吴昌硕「千里之路不可扶以绳」

大字本

神雕侠侣

一

金庸

朗聲圖書

中山大學出版社
SUN YAT-SEN UNIVERSITY PRESS

朗声图书

图书在版编目（CIP）数据

神雕侠侣 / 金庸著 .— 广州：中山大学出版社，2024.1

ISBN 978-7-306-07997-8

Ⅰ.①神…　Ⅱ.①金…　Ⅲ.①侠义小说—中国—当代　Ⅳ.①I247.5

中国国家版本馆 CIP 数据核字（2024）第 019755 号

神雕侠侣

出 版 人　王天琪

策　　划　欧阳群

责任编辑　林春光　熊锡源

责任校对　黄剑宇

特约编辑　马　洁

责任技编　靳晓虹

内文插画　姜云行

封面原画　李志清

封面设计　明月青锋设计工作室

出 版 社　中山大学出版社

电　　话　编辑部 020-84111996，84111997，84113349，84110779

地　　址　广州市新港西路135号　邮政编码：510275　传真：020-84036565

网　　址　http://www.zsup.com.cn　E-mail:zdcbs@mail.sysu.edu.cn

发　　行　广州市朗声图书有限公司（电话：020-34297719）

印 刷 者　广州一龙印刷有限公司

规　　格　787mm×1092mm　1/16　96.75 印张　1241 千字

版次印次　2024 年 1 月第 1 版　2024 年 1 月第 1 次印刷

定　　价　218.00 元

金庸先生

孔子曰：知之者不如好之者，好之者不如樂之者。誠哉斯言，請從讀書中求賞心樂事。

金庸

衬页印章／吴昌硕「千里之路不可扶以绳」：

吴昌硕（1844—1927），初名俊卿，浙江安吉人，清末民初著名艺术家，书画金石俱为大家。

左图／高剑父《枫鹰图》：高剑父（1879—1951），广东番禺人，岭南画派的领袖，以笔法雄劲著名。

陈宗训《秋庭戏婴图》：

陈宗训，杭州人，

宋理宗绍定年间画院待诏，

是郭靖、杨过同时代的人物。

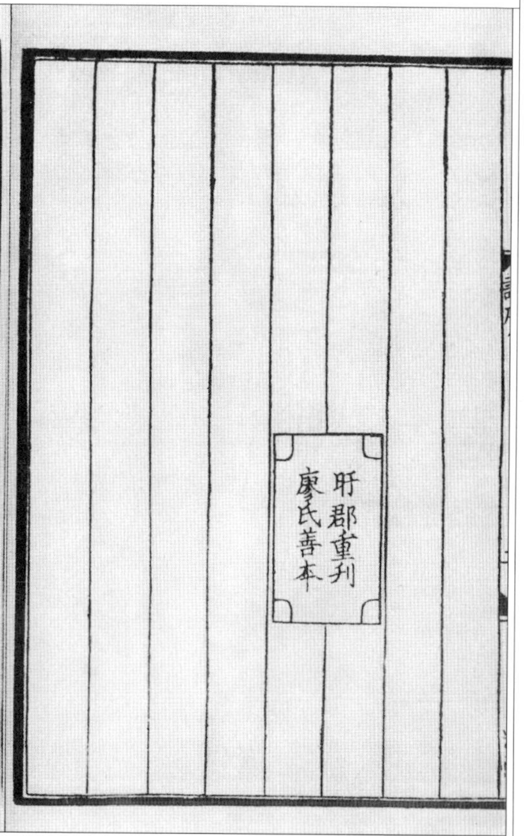
旴郡重刊廖氏善本

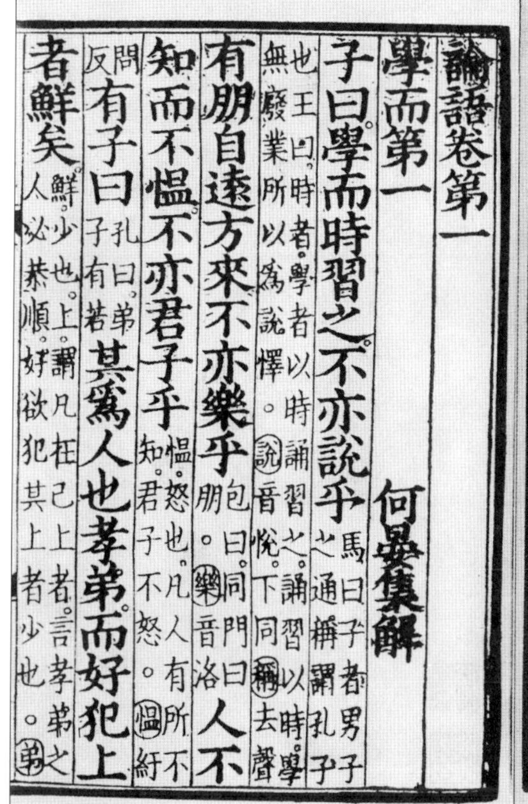
論語卷第一

學而第一　　何晏集解

子曰學而時習之不亦說乎馬曰子者男子之通稱謂孔子也王曰時者學者以時誦習之誦習以時學無廢業所以為說懌○說音悅下同稱去聲有朋自遠方來不亦樂乎包曰同門曰朋○樂音洛人不知而不慍不亦君子乎慍怒也凡人有所不知君子不怒○慍紆問反有子曰孔曰弟子有若其為人也孝弟而好犯上者鮮矣鮮少也上謂凡在己上者言孝弟之人必恭順好欲犯其上者少也○弟

元人重刊宋版《论语集解》之第一页：此为元人根据宋人廖氏世彩堂善本重刊，保留宋版《论语》的原来面目。黄蓉教杨过读《论语》，或许读的就是类似版本。

王重阳故事壁画：山西永济县永乐镇相传是吕洞宾的故乡，元初建规模宏大的道教寺观「大纯阳万寿宫」，其中一部为「永乐宫」，第五进为「重阳殿」，奉祀王重阳及其诸弟子。殿壁共有四十九幅壁画，描绘王重阳及全真七子的事迹，本图为其中之一「救荀婆眼疾」，显示全真教诸位祖师重视拯济平民疾苦。

石椁石刻画：唐朝石刻。棺外之棺称为椁。图中女子正在捕蝶，蝴蝶停在花上。陕西长安南郊出土，现存陕西省博物馆。咸阳与长安均在终南山附近。

张大千《终南一角》：

张大千（1899—1983），近现代中国绘画大师。

“金庸作品集”序

小说是写给人看的。小说的内容是人。

小说写一个人、几个人、一群人或成千成万人的性格和感情。他们的性格和感情从横面的环境中反映出来，从纵面的遭遇中反映出来，从人与人之间的交往与关系中反映出来。长篇小说中似乎只有《鲁滨逊飘流记》，才只写一个人，写他与自然之间的关系，但写到后来，终于也出现了一个仆人“星期五”。只写一个人的短篇小说多些，写一个人在与环境的接触中表现他外在的世界、内心的世界，尤其是内心世界。

西洋传统的小说理论分别从环境、人物、情节三个方面去分析一篇作品。由于小说作者不同的个性与才能，往往有不同的偏重。

基本上，武侠小说与别的小说一样，也是写人，只不过环境是古代的，人物是有武功的，情节偏重于激烈的斗争。任何小说都有它所特别侧重的一面。爱情小说写男女之间与性有关的感情，写实小说描绘一个特定时代的环境，《三国演义》与《水浒》一类小说叙述大群人物的斗争经历，现代小说的重点往往放在人物的心理过程上。

小说是艺术的一种，艺术的基本内容是人的感情，主要形式是美，广义的、美学上的美。在小说，那是语言文笔之美、安排结构之美，关键在于怎样将人物的内心世界通过某种形式而表现出来。什么形式都可以，或者是作者主观的剖析，或者是客观的叙述故事，从人物的行动和言语中客观的表达。

读者阅读一部小说，是将小说的内容与自己的心理状态结合起来。同样一部小说，有的人感到强烈的震动，有的人却觉得无聊厌倦。读者的个性与感情，与小说中所表现的个性与感情相接触，产生了“化学反应”。

武侠小说只是表现人情的一种特定形式。好像作曲家要表现一种情绪，用钢琴、小提琴、交响乐或歌唱的形式都可以，画家可以选择油画、水彩、水墨或漫画的形式。问题不在采取什么形式，而是表现的手法好不好，能不能和读者、听者、观赏者的心灵相沟通，能不能使他的心产生共鸣。小说是艺术形式之一，有好的艺术，也有不好的艺术。

好或者不好，在艺术上是属于美的范畴，不属于真或善的范畴。判断美的标准是美，是感情，不是科学上的真或不真，道德上的善或不善，也不是经济上的值钱不值钱，政治上对统治者的有利或有害。当然，任何艺术作品都会发生社会影响，自也可以用社会影响的价值去估量，不过那是另一种评价。

在中世纪的欧洲，基督教的势力及于一切，所以我们到欧美的博物院去参观，见到所有中世纪的绘画都以圣经为题材，表现女性的人体之美，也必须通过圣母的形象。直到文艺复兴之后，凡人的形象才在绘画和文学中表现出来，所谓文艺复兴，是在文艺上复兴希腊、罗马时代对“人”的描写，而不再集中于描写神与圣人。

中国人的文艺观，长期来是“文以载道”，那和中世纪欧洲黑暗时代的文艺思想是一致的，用“善或不善”的标准来衡量文艺。《诗经》中的情歌，要牵强附会地解释为讽刺君主或歌颂后妃。陶渊明的《闲情赋》，司马光、欧阳修、晏殊的相思爱恋之词，或者惋惜地评之为白璧之玷，或者好意地解释为另有所指。他们不相信文艺所表现的是感情，认为文字的唯一功能只是为政治或社会价值服务。

我写武侠小说，只是塑造一些人物，描写他们在特定的武侠环境（古代的、没有法治的、以武力来解决争端的社会）中的遭遇。当时的社会和现代社会已大不相同，人的性格和感情却没有多大变化。古代人的悲欢离合、喜怒哀乐，仍能在现代读者的心灵中引起相应的情绪。读者们当然可以觉得表现的手法拙劣，技巧不够成熟，描写殊不深刻，以美学观点来看是低级的艺术作品。无论如何，我不想载什么道。我在写武侠小说的同时，也写政治评论，也写与哲学、宗教有关的文字。涉及思想的文字，是诉诸读者理智的，对这些文字，才有是非、真假的判断，读者或许同意，或许只部份同意，或许完全反对。

对于小说，我希望读者们只说喜欢或不喜欢，只说受到感动或觉得厌烦。我最高兴的是读者喜爱或憎恨我小说中的某些人物，如果有了那种感情，表示我小说中的人物已和读者的心灵发生联系了。小说作者最大的企求，莫过于创造一些人物，使得他们在读者心中变成活生生的、有血有肉的人。艺术是创造，音乐创造美的声音，绘画创造美的视觉形象，小说是想创造人物。假使只求如实反映外在世界，那么有了录音机、照相机，何必再要音乐、绘画？有了报纸、历史书、记录电视片、社会调查统计、医生的病历纪录、党部与警察局的人事档案，何必再要小说？

一九八六·二·六　于香港

目录

“越女采莲秋水畔……芳心只共丝争乱……”一阵轻柔婉转的歌声，飘在烟水濛濛的湖面上。歌声发自一艘小船之中，船里五个少女和歌嘻笑，荡舟采莲。

第一回

风月无情

“越女采莲秋水畔，窄袖轻罗，暗露双金钏。照影摘花花似面，芳心只共丝争乱。　　鸂鶒滩头风浪晚，雾重烟轻，不见来时伴。隐隐歌声归棹远，离愁引着江南岸。”

一阵轻柔婉转的歌声，飘在烟水濛濛的湖面上。歌声发自一艘小船之中，船里五个少女和歌嘻笑，荡舟采莲。她们唱的曲子是北宋大词人欧阳修所作的《蝶恋花》词，写的正是越女采莲的情景，虽只寥寥六十字，但季节、时辰、所在、景物，以及越女的容貌、衣着、首饰、心情，无一不描绘得历历如见，下半阕更是写景中有叙事，叙事中夹抒情，自近而远，余意不尽。欧阳修在江南为官日久，吴山越水，柔情密意，尽皆融入长短句中。宋人不论达官贵人，或是里巷小民，无不以唱词为乐，是以柳永新词一出，有井水处皆歌，而江南春岸折柳，秋湖采莲，随伴的往往便是欧词。

时当南宋理宗年间，地处嘉兴南湖。节近中秋，荷叶渐残，莲肉饱实。这一阵歌声传入湖边一个道姑耳中。她在一排柳树下悄立已久，晚风拂动她杏黄色道袍的下摆，拂动她颈中所插拂尘的万缕柔丝，心头思潮起伏，当真亦是“芳心只共丝争乱”。只听得歌声渐渐远去，唱的是欧阳修另一首《蝶恋花》词，一阵风吹来，隐隐送来两句：“风月无情人暗换，旧游如梦空肠断……”歌声甫歇，便是一阵格格娇笑。

那道姑一声长叹，提起左手，瞧着染满了鲜血的手掌，喃喃自语："那又有什么好笑？小妮子只是瞎唱，浑不解词中相思之苦、惆怅之意。"

在那道姑身后十余丈处，一个青袍长须的老者也是一直悄立不动，只有当"风月无情人暗换，旧游如梦空肠断"那两句传到之时，发出一声极轻极轻的叹息。

小船在碧琉璃般的湖面上滑过，舟中五个少女中三人十五六岁上下，另外两个都只九岁。两个幼女是中表之亲，表姊姓程，单名一个英字，表妹姓陆，名无双。两人相差半岁。

三个年长少女唱着歌儿，将小舟从荷叶丛中荡将出来。程英道："表妹你瞧，这位老伯伯还在这儿。"说着伸手指向垂柳下的一人。

那人满头乱发，胡须也是蓬蓬松松如刺猬一般，须发油光乌黑，照说年纪不大，可是满脸皱纹深陷，却似七八十岁老翁，身穿蓝布直缀，颈中挂着个婴儿所用的锦缎围涎，围涎上绣着幅花猫扑蝶图，已然陈旧破烂。

陆无双道："这怪人在这儿坐了老半天啦，怎么动也不动？"程英道："别叫怪人，要叫'老伯伯'。你叫他怪人，他要生气的。"陆无双笑道："他还不怪吗？这么老了，头颈里却挂了个围涎。他生了气，要是胡子都翘了起来，那才好看呢。"从小舟中拿起一个莲蓬，往那人头上掷去。

小舟与那怪客相距数丈，陆无双年纪虽小，手上劲力竟自不弱，这一掷也是甚准。程英叫了声："表妹！"待要阻止，已然不及，只见那莲蓬径往怪客脸上飞去。那怪客头一仰，已咬住莲蓬，也不伸手去拿，舌头卷处，咬住莲蓬便大嚼起来。五个少女见他竟不剥出莲子，也不怕苦涩，就这么连瓣连衣的吞吃，互相望了几眼，忍不住格格而笑，一面划船近前，走上岸来。

程英走到那人身边，拉一拉他衣襟，道："老伯伯，这样不好吃的。"从袋里取出一个莲蓬，擘开莲房，剥出十几颗莲子，再将莲子外的青皮撕开，取出莲子中苦味的芯儿，然后递在怪客手里。那怪客嚼了几口，但觉滋味清香鲜美，与适才所吃的大不相同，裂嘴向程英一笑，点了点头。程英又剥了几枚莲子递给他。那怪客将莲子抛入口中，一阵乱嚼，仰天说道："跟我来！"说着大踏步向西便走。

陆无双一拉程英的手，道："表姊，咱们跟他去。"三个女伴胆小，忙道："快回家去罢，别走远了惹你娘骂。"陆无双扁扁嘴扮个鬼脸，见那怪客走得甚快，说道："你不来算啦。"放脱表姊的手，向前追去。程英与表妹一同出来玩耍，不能撇下她自归，只得跟去。那三个女伴虽比她们大了好几岁，但个个怕羞胆怯，只叫了几声，便见那怪客与程陆二人先后走入了桑树丛后。

那怪客走得甚快，见程陆二人脚步小跟随不上，先还停步等了几次，到后来不耐烦起来，突然转身，长臂伸处，一手一个，将两个女孩儿挟在腋下，飞步而行。二女只听耳边风声飒然，路上的石块青草不住在眼前移动。陆无双害怕起来，叫道："放下我，放下我！"那怪客哪里理她，反而走得更快了。陆无双仰起头来，张口往他手掌缘上猛力咬去。那怪客手掌一碰，只把她牙齿撞得隐隐生痛。陆无双只得松开牙齿，一张嘴可不闲着，拼命的大叫大嚷。程英却是默不作声。

那怪客又奔一阵，将二人放下地来。当地是个坟场。程英的小脸吓成惨白，陆无双却涨得满脸通红。程英道："老伯伯，我们要回家了，不跟你玩啦！"

那怪客两眼瞪视着她，一言不发。程英见他目光之中流露出一股哀愁凄惋、自怜自伤的神色，不自禁的起了同情之心，轻轻道："要是没人陪你玩，明天你再到湖边来，我剥莲子给你吃。"那怪客叹道："是啊，十年啦，十年来都没人陪我玩。"突然间目现凶光，恶狠狠的道："何沅君呢？何沅君到哪里去了？"

程英见他突然间声色俱厉，心里害怕，低声道："我……我……我不知道。"那怪客抓住她手臂，将她身子摇了几摇，低沉着嗓子道："何沅君呢？"程英给他吓得几欲哭了出来，泪水在眼眶中滚来滚去，却始终没有流下。那怪客咬牙切齿的道："哭啊，哭啊！你干么不哭？哼，你在十年前就是这样。我不准你嫁给他，你说不舍得离开我，可是非跟他走不可。你说感激我对你的恩情，离开我心里很是难过，呸！都是骗人的鬼话。你要是真的伤心，又为什么不哭？"

他狠狠的凝视着程英。程英早给吓得脸无人色，但泪水总是没掉下来。那怪客用力摇晃她身子。程英牙齿咬住嘴唇，心中只说："我不哭，我不哭！"那怪客道："哼，你不肯为我掉一滴眼泪，连一滴眼泪也舍不得，我活着还有什么用？"猛然放脱程英，双腿一弯，矮着身子，往身旁一块墓碑上撞去，砰的一声，登时晕了过去，倒在地下。

陆无双叫道："表姊，快逃。"拉着程英的手转身便走。程英奔出几步，只见怪客头上汩汩冒血，心中不忍，道："老伯伯别撞死啦，瞧瞧他去。"陆无双道："死了，那不变了鬼么？"程英吃了一惊，既怕他变鬼，又怕他忽然醒转，再抓住自己说些古里古怪的疯话，可是见他满脸鲜血，实在可怜，自己安慰自己："老伯伯不是鬼，我不怕，他不会再抓我。"一步步的缓缓走近，叫道："老伯伯，你痛么？"

怪客呻吟了一声，却不回答。程英胆子大了些，取手帕给他按住伤口。但他这一撞之势着实猛恶，头上伤得好生厉害，转瞬之间，一条手帕就给鲜血浸透。她用左手紧紧按住伤口，过了一会，鲜血不再流出。怪客微微睁眼，见程英坐在身旁，叹道："你又救我作甚？还不如让我死了干净。"程英见他醒转，很是高兴，柔声道："你头上痛不痛？"怪客摇摇头，凄然道："头上不痛，心里痛。"程英听得奇怪，心想："怎么头上撞破了这么一大块，反而头上不痛心里痛？"当下也不多问，解下腰带，给他包扎好了伤处。

怪客叹了口气，站起身来，道："你是永不肯再见我的了，那么咱们就这么分手了么？你一滴眼泪也不肯为我流么？"程英听他这话说得伤心，又见他一张丑脸虽然鲜血斑斑的甚是怕人，眼中却满是求恳之色，不禁心中酸楚，两道泪水夺眶而出。怪客见到她的眼泪，脸上神色又是欢喜，又是凄苦，哇的一声哭了出来。

程英见他哭得心酸，自己眼泪更如珍珠断线般从脸颊上滚将下来，轻轻伸出双手，搂住了他的脖子。陆无双见他二人莫名其妙的搂着痛哭，一股笑意竟从心底直透上来，再也忍耐不住，纵声哈哈大笑。

那怪客听到笑声，仰天叹道："是啊，嘴里说永远不离开我，年纪一大，便将过去的说话都忘了，只记着这个新相识的小白脸。你笑得可真开心啊！"低头仔细再瞧程英，说道："是的，是的，你是阿沅，是我的小阿沅。我不许你走，不许你跟那小白脸畜生走。"说着紧紧抱住了程英。

陆无双见他神情激动，却也不敢再笑了。

怪客道："阿沅，我找到你啦。咱们回家去罢，你从今以后，永远跟着爹爹在一起。"程英道："老伯伯，我爹爹早死了。"怪客道："我知道，我知道。我是你的义父啊，你不认得了吗？"程英微微摇头，道："我没有义父。"怪客大叫一声，狠狠将她推开，喝道："阿沅，你连义父也不认了？"程英道："老伯伯，我叫程英，不是你的阿沅。"

那怪客喃喃的道：“你不是阿沅？不是我的阿沅？”呆了半晌，说道：“嗯，二十多年之前，阿沅才似你这般大。现今阿沅早长大啦，早大得不要爹爹啦。她心眼儿中，就只陆展元那小畜生一个。”陆无双“啊”的一声，道：“陆展元？”

怪客双目瞪视着她，问道：“你认得陆展元，是不是？”陆无双微微笑道：“我自然认得，他是我大伯。”那怪客突然满脸都是狠戾之色，伸手抓住陆无双两臂，问道：“他……他……这小畜生在哪里？快带我去找他。”陆无双甚是害怕，脸上却仍是带着微笑，颤声道：“我大伯住得很近，你真的要去找他？嘻嘻！”怪客道：“是，是！我在嘉兴已整整找了三天，就是要找这小畜生算账。小娃娃，你带我去，老伯伯不难为你。”语气渐转柔和，说着放开了手掌。陆无双右手抚摸左臂，道：“我给你抓得好痛，我大伯住在哪里，忽然忘记了。”

那怪客双眉直竖，便欲发作，随即想到欺侮这样一个小女孩甚是不该，丑陋的脸上露出了笑容，伸手入怀，道：“是公公不好，给你赔不是啦。公公给糖糖你吃。”可是一只手在怀里伸不出来，显是摸不到什么糖果。

陆无双拍手笑道：“你没糖，说话骗人，也不害羞。好罢，我跟你说，我大伯就住在那边。”手指远处两株高耸的大槐树，道：“就在那边。”

怪客长臂伸出，又将两人挟在腋下，飞步向双槐树奔去。他急冲直行，遇到小溪阻路，纵跃即过。片刻之间，三人已到了双槐之旁。那怪客放下两人，却见槐树下赫然并列着两座坟墓，一座墓碑上写着“陆公展元之墓”六字，另一碑上则是“陆门何夫人之墓”七字。墓畔青草齐膝，显是安葬已久。

怪客呆呆望着墓碑，自言自语：“陆展元这小畜生死了？几时死的？”陆无双笑嘻嘻的道：“死了有三年啦。”

那怪客冷笑道："死得好，死得好，只可惜我不能亲手取他狗命。"说着仰天哈哈大笑。笑声远远传了出去，声音中充满哀愁愤懑，殊无欢乐之意。

此时天色向晚，绿杨青草间已笼上淡淡烟雾。陆无双拉拉表姊的衣袖，低声道："咱们回去罢。"那怪客道："小白脸死了，阿沅还在这里干么？我要接她回大理去。喂，小娃娃，你带我去找你……找你那个死大伯的老婆去。"陆无双向墓碑一指，道："你不见吗？我大妈也死了。"

怪客纵身跃起，叫声如雷，猛喝："你这话是真是假？她，她也死了？"陆无双脸色苍白，颤声道："爹爹说的，我大伯死了之后，大妈跟着也死了。我不知道，我不知道。你别吓我，我怕！"怪客捶胸大叫："她死了，她死了？不会的，你还没见过我面，决不能死。我跟你说过的，十年之后我定要来见你。你……你怎么不等我？"

他狂叫猛跳，势若疯虎，突然横腿扫出，喀的一声，将右首那株大槐树只踢得不住摇晃，枝叶簌簌作响。程英和陆无双手拉着手，退得远远的，哪敢近前？只见他忽地抱住那株槐树用力摇晃，似要拔将起来。但那槐树干粗枝密，却哪里拔得它起？他高声大叫："你亲口答应的，难道就忘了吗？你说定要和我再见一面，怎么答应了的事不算数？"喊到后来，声音渐渐嘶哑。他蹲下身子，双手运劲，头上热气缓缓冒起，有如蒸笼，手臂上肌肉虬结，弓身拔背，猛喊一声："起！"那槐树始终未能拔起，可是喀喇一声巨响，竟尔从中断为两截。他抱着半截槐树发了一阵呆，轻声道："死了，死了！"举起来奋力掷出，半截槐树远远飞了出去，有如在半空张了一柄大伞。

他呆立墓前，喃喃的道："不错，陆门何夫人，那就是阿沅了。"眼睛一花，两块石碑幻成了两个人影。一个是拈花微笑、明眸流盼的少女，另一个却是长身玉立、神情潇洒的少年。两人并肩而立。

那怪客睁眼骂道：“你诱拐我的乖女儿，我一指点死你。”伸出右手食指，欺身直进，猛往那少年胸口点去，突觉食指剧痛，几欲折断，原来这一指点中了石碑，那少年的身影却隐没不见了。怪客大怒，骂道：“你逃到哪里去？”左掌随着击出，一掌双发，啪啪两响，都击在碑上。他愈打愈怒，掌力也愈来愈是凌厉，打得十余掌，手掌上已是鲜血淋漓。

程英心中不忍，劝道：“老伯伯，别打了，你可打痛了自己的手。”那怪客哈哈大笑，叫道：“我不痛，我要打死陆展元这小畜生。”

他正自纵声大笑，笑声忽尔中止，呆了一呆，叫道：“我非见你的面不可，非见你的面不可。”双手猛力探出，十根手指如锥子般插入了那座“陆门何夫人”坟墓的坟土之中，待得手臂缩回，已将坟土抓起了两大块。只见他两只手掌有如铁铲，随起随落，将坟土一大块一大块的铲起。

程陆二人吓得脸无人色，不约而同的转身便逃。那怪客全神贯注的挖坟，浑没留意。二人急奔一阵，直到转了好几个弯，不见怪客追来，这才稍稍放心。二人不识途径，沿路向乡人打听，直到天色大黑，方进陆家庄大门。

陆无双张口直嚷：“不好啦，不好啦！爸爸、妈妈快来，那疯子在挖大伯大妈的坟！”飞跑着闯进大厅，只见父亲陆立鼎正抬起了头，呆呆的望着墙壁。

程英跟着进厅，和陆无双顺着他眼光瞧去，却见墙上印着三排手掌印，上面两个，中间两个，下面五个，共是九个。每个掌印都是殷红如血。

陆立鼎听得女儿叫嚷，忙问："你说什么？"陆无双叫道："那个疯子在挖大伯大妈的坟。"陆立鼎一惊，站起身来，喝道："胡说！"程英道："姨丈，是真的啊。"陆立鼎知道自己女儿刁钻顽皮，精灵古怪，但程英却从不说谎，问道："什么事？"陆无双咭咭咯咯的将适才的事说了一遍。

陆立鼎心知不妙，不待她说完，从壁上摘下单刀，朝兄嫂坟上急奔而去。奔到坟前，只见不但兄嫂的坟墓已被挖破，连二人的棺木也都打开了。当他听到女儿说起有人挖坟，此事原在意料之中，但亲眼见到，仍是不禁心中怦怦乱跳。棺中尸首却已踪影全无，棺木中的石灰、纸筋、棉垫等已凌乱不堪。他定了定神，只见两具棺木的盖上留着许多铁器的崭凿印痕，不由得既悲且愤，又惊又疑，刚才没细问女儿，不知这盗尸恶贼跟兄嫂有何深仇大怨，在他们死后尚来毁尸泄愤？当即提刀追赶。

他一身武功都是兄长陆展元所传，生性淡泊，兼之家道殷实，一生席丰履厚，从不到江湖上行走，可说是全无阅历，又乏应变之才，不会找寻盗尸贼的踪迹，兜了个圈子后又回到坟前，更无半点主意，呆了半晌，只得回家。

他走进大厅，坐在椅中，顺手将单刀拄在椅边，望着墙上的九个血手印呆呆出神。心中只是想："哥哥临死之时曾说，他有个仇家，是个道姑，名叫李莫愁，外号'赤练仙子'，武功既高，行事又是心狠手辣。预料在他成亲之后十年要来找他夫妻报仇。那时他说：'我此病已然不治，这场冤仇，那赤练仙子是报不成的了。再过三年，便是她来报仇之期，你无论如何要劝你嫂子远远避开。'我当时含泪答应，不料嫂子在我哥哥逝世的当晚便即自刎殉夫。哥哥已去世三年，算来正是那道姑前来报仇之期，可是我兄嫂既已去世，冤仇什么的自也一笔勾销，那道姑又来干什么？哥哥又说，那道姑杀人之前，往往先在那人家中墙上或是门上印上血手印，一个手印便杀一人。我家连长工婢女总共也不过七人，怎地她印上了九个手印？啊，是了，她先印上血手印，才得知我兄嫂已死，便再派人去掘坟盗尸？这……这女魔头当真恶毒……我今日一直在家，这九个血手印却是几时印下的？如此神不知鬼不觉的下手，此人……此人……”想到此处，不由得打了个寒噤。

背后脚步细碎，一双柔软的小手蒙住了他双眼，听得女儿的声音说道：“爹爹，你猜我是谁？”这是陆无双自小跟父亲玩惯了的玩意，她三岁时伸手蒙住父亲双目，说：“爹爹，你猜我是谁？”令父母大笑了一场，自此而后，每当父亲闷闷不乐，她总是使这法儿引他高兴。陆立鼎纵在盛怒之下，被爱女这么一逗，也必怒气尽消。但今日他却再无心思与爱女戏耍，拂开她双手，道：“爹爹没空，你到里面玩去！”

陆无双一呆，她自小得父母爱宠，难得见他如此不理睬自己，小嘴一撅，要待撒娇跟父亲不依，只见男仆阿根匆匆进来，垂手禀道：“少爷，外面来了客人。”陆立鼎挥挥手道：“你说我不在家。”阿根道：“少爷，那大娘不是要见你，是过路人要借宿一晚。”陆立鼎惊道：“什么？是娘们？”阿根道：“是啊，那大娘还带了两个孩子，长得怪俊的。”陆立鼎听说那女客还带着两个孩子，稍稍放心，道：“她不是道姑？”阿根摇摇头道：“不是。穿得干干净净的，瞧上去倒是好人家的大娘。”陆立鼎道：“好罢，你招呼她到客房安息，饭菜相待就是。”阿根答应着去了。陆无双道：“我也瞧瞧去。”随后奔出。

陆立鼎站起身来，正要入内与娘子商议如何应敌，陆二娘已走到厅上。陆立鼎将血手印指给她看，又说了坟破尸失之事。陆二娘皱眉道：“两个孩子送到哪里去躲避？”陆立鼎指着墙上血印道：“两个孩子也在数内，这魔头既按下了血手印，只怕轻易躲避不了。嘿，咱两个枉自练了这些年武功，这人进出我家，我们没半点知觉，这……这……”陆二娘望着白墙，那九个血手印似乎越来越大，越来越红，便要从墙上扑将下来，不禁“啊”的叫了一声，抓住椅背，道：“为什么九个指印？咱们家里可只有七口。”

她两句话出口，手足酸软，怔怔的望着丈夫，竟要流下泪来。陆立鼎伸手扶住她臂膀，道：“娘子，事到临头，也不必害怕。上面这两个手印是要给哥哥和嫂子的，下面两个自然是打在你我身上了。第三排的两个，是对付无双和小英。最后三个，打的是阿根和两名丫头。嘿嘿，这才叫血溅满门啊。”陆二娘颤声道：“哥哥嫂子？”陆立鼎道：“不知这魔头跟哥哥嫂子有甚大仇，兄嫂死了，她仍要派人从坟里掘出他们遗体来折辱。”陆二娘道：“你说那疯子是她派来的？”陆立鼎道：“这个自然。”陆二娘见他满脸汗水尘土，柔声道：“回房去擦个脸，换件衣衫，好好休息一下再说。”

陆立鼎站起身来，和她并肩回房，说道：“娘子，陆家满门今日若是难逃一死，也让咱们死得不堕了兄嫂的威名。”陆二娘心中一酸，道：“二爷说得是。”两人均想，陆立鼎虽然藉藉无名，他兄长陆展元、何沅君夫妇却是侠名震于江湖，嘉兴陆家庄的名头在武林中向来是无人胆敢小觑的。

二人走到后院，忽听得东边壁上喀的一响，高处有人。陆立鼎抢上一步，挡在妻子身前，抬头看时，却见墙头上坐着一个男孩，伸手正去摘凌霄花。又听墙脚边有人叫道：“小心啦，莫掉下来。”原来程英、陆无双和另一个男孩守在墙边花丛之后。陆立鼎心想：“这两个孩儿，想是来借宿那家人的，怎么如此顽皮？”

墙头那男孩摘了一朵花。陆无双叫道：“给我，给我！”那男孩一笑，却向程英掷去。程英伸手接过，递给表妹。陆无双恼了，拿过花儿丢在地下，踏了几脚，嗔道：“希罕么？我才不要呢。”陆氏夫妇见孩儿们玩得起劲，全不知一场血腥大祸已迫在眉睫，叹了口气，同进房中。

程英见陆无双踏坏花朵，道："表妹，你又生什么气啦？"陆无双小嘴撅起，道："我不要他的，我自己采。"说着右足一点，身子跃起，已抓住一根花架上垂下来的紫藤，这么一借力，又跃高数尺，径往一株银桂树的枝干上窜去。墙头那男孩拍手喝采，叫道："到这里来！"陆无双双手拉着桂花树枝，在空中荡了几下，松手放树，向着墙头扑去。

以她所练过的这一点微末轻功，这一扑实是大为危险，只是她气恼那男孩把花朵抛给表姊而不给自己，女孩儿家在生人面前要强好胜，竟不管三七二十一的从空中飞跃过去。那男孩吃了一惊，叫道："留神！"伸手相接。他若不伸出手去，陆无双原可攀到墙头，但在半空中见到男孩要来相拉，叱道："让开！"侧身要避开他双手。那空中转身之技是极上乘的轻功，她曾见父亲使过，但连她母亲也不会，她一个小小女孩又怎会使？这一转身，手指已攀不到墙头，惊叫一声"啊哟"，直堕下来。

墙脚下那男孩见她跌落，飞步过来，伸手去接。墙高一丈有余，陆无双身子虽轻，这一跌下来力道可是甚大，那男孩一把抱住了她腰身，两人重重的一齐摔倒。只听喀格两响，陆无双左腿腿骨折断，那男孩的额角撞在花坛石上，登时鲜血喷出。

程英与另一个男孩见闯了大祸，忙上前相扶。那男孩慢慢站起身来，按住额上创口，陆无双却已晕了过去。程英抱住表妹，大叫："姨丈，阿姨，快来！"

陆立鼎夫妇听得叫声，从房中奔出，见到两个孩子负伤，又见一个中年妇人从西厢房快步出来，料想是那前来借宿的女子。只见她抢着抱起陆无双与那男孩走向厅中，她不替孩子止血，却先给陆无双接续断了的腿骨。陆二娘取过布帕，给那男孩头上包扎了，过去看女儿腿伤。

那妇人在陆无双断腿内侧的“血海穴”与膝后“委中穴”各点一指，止住她的疼痛，双手持定断腿两边，待要接骨。陆立鼎见她出手利落，点穴功夫更是到家，心中疑云大起，叫道：“大娘是谁？光临舍下有何指教？”那妇人全神贯注的替陆无双接骨，只嗯了几声，没答他问话。

就在此时，忽然屋顶上有人哈哈一笑，一个女子声音叫道：“但取陆家一门九口性命，余人快快出去。”那妇人正在接骨，猛听得屋顶上呼喝之声，吃了一惊，不自禁的双手一扭，喀的一声，陆无双剧痛之下，大叫一声，又晕了过去。

各人一齐抬头，只见屋檐边站着一个少年道姑，月光映在她脸上，看来只有十五六岁年纪，背插长剑，血红的剑绦在风中猎猎作响。陆立鼎朗声道：“在下陆立鼎。你是李仙姑门下的么？”

那小道姑嘴角一歪，说道：“你知道就好啦！快把你妻子、女儿、婢仆尽都杀了，然后自尽，免得我多费一番手脚。”这几句话说得轻描淡写，不徐不疾，竟是将对方半点没放在眼里。

陆立鼎听了这几句话只气得全身发颤，说道：“你……你……”一时不知如何应付，待要跃上与她厮拼，却想对方年幼，又是女子，可不便当真跟她动手。正踌躇间，忽觉身旁有人掠过，那前来借宿的妇人已纵身上屋，手挺长剑，与那小道姑斗在一起。

那妇人身穿灰色衫裙，小道姑穿的是杏黄道袍，月光下只见灰影与黄影盘旋飞舞，夹杂着三道寒光，偶尔发出几下兵刃碰撞之声。陆立鼎武功得自兄长亲传，虽然从无临敌经历，眼光却是不弱，于两人剑招瞧得清清楚楚。见小道姑手中一柄长剑守忽转攻，攻倏变守，剑法甚是凌厉。那妇人凝神应敌，乘隙递出数招。陡然间听得铮的一声，双剑相交，小道姑手中长剑飞向半空。她急跃退后，俏脸生晕，叱道：“我奉师命来杀陆家满门，你是什么人，却来多管闲事？”

那妇人冷笑道："你师父若有本事，就该早寻陆展元算账，现下明知他死了，却来找旁人的晦气，羞也不羞?"小道姑右手一挥，三枚银针激射而出，两枚打向那妇人，第三枚却射向站在天井中的陆立鼎。这一下大是出人意外，那妇人挥剑击开，陆立鼎低声怒叱，伸两指钳住了银针。

小道姑微微冷笑，翻身下屋，只听得步声细碎，飞快去了。那妇人跃回庭中，见陆立鼎手中拿着银针，忙道："快放下!"陆立鼎依言掷下。那妇人挥剑割断自己一截衣带，立即将他右手手腕牢牢缚住。

陆立鼎吓了一跳，道："针上有毒?"那妇人道："剧毒无比。"当即取出一粒药丸给他服下。陆立鼎只觉食中两指麻木不仁，随即肿大。那妇人忙用剑尖划破他两根手指的指心，但见一滴滴的黑血渗了出来。陆立鼎大骇，心道："我手指又未破损，只碰了一下银针就如此厉害，若是给针尖刺破一点，哪里还有命在?"当下向那妇人施了一礼，道："在下有眼不识泰山，不敢请问大娘高姓。"

那妇人道："我家官人姓武，叫作武三通。"陆立鼎一凛，说道："原来是武三娘子。听说武前辈是云南大理一灯大师的门下，不知是否?"武三娘道："正是。一灯大师是我家官人的师父。小妇人从官人手里学得一些粗浅武艺，当真是班门弄斧，可教陆爷见笑了。"陆立鼎连声称谢援手之德。他曾听兄长说起，生平所见武学高手，以大理一灯大师门下的最是了得；一灯大师原为大理的国君，避位为僧后有"渔樵耕读"四大弟子随侍，其中那农夫名叫武三通，与他兄长颇有嫌隙，至于如何结怨，则未曾明言。可是武三娘不与己为敌，反而出手逐走赤练仙子的弟子，此中缘由实在难以索解。

各人回进厅堂。陆立鼎将女儿抱在怀内，见她已然苏醒，脸色惨白，但强自忍痛，竟不哭泣，不禁甚是怜惜。武三娘叹道："这女魔头的徒儿一去，那魔头立即亲至。陆爷，不是我小看于你，凭你夫妇两人，再加上我，万万不是那魔头的对手。但我瞧逃也无益，咱们听天由命，便在这儿等她来罢！”

陆二娘问道：“这魔头到底是何等样人？和咱家又有什么深仇大怨？”武三娘向陆立鼎望了一眼，道：“难道陆爷没跟你说过？”陆二娘道：“他说只知此事跟他兄嫂有关，其中牵涉到男女情爱，他也并不十分明白。”

武三娘叹了口气道：“这就是了。我是外人，说一下不妨。令兄陆大爷十余年前曾去大理。那魔头赤练仙子李莫愁现下武林中人闻名丧胆，可是十多年前却是个美貌温柔的好女子，那时也并未出家。也是前生的冤孽，她与令兄相见之后，就种下了情苗。后来经过许多纠葛变故，令兄与令嫂何沅君成了亲。说到令嫂，却又不得不提拙夫之事。此事言之有愧，但今日情势紧迫，我也只好说了。这个何沅君，本来是我们的义女。”

陆立鼎夫妇同时“啊”的一声。

武三娘轻抚那受伤男孩的肩膀，眼望烛火，说道：“令嫂何沅君自幼孤苦，我夫妇收养在家，认作义女，对她甚是怜爱。后来她结识了令兄，双方情投意合，要结为夫妇。拙夫一来不愿她远嫁，二来又是固执得紧，说江南人狡猾多诈，十分靠不住，无论如何不肯答允。阿沅却悄悄跟着令兄走了。成亲之日，拙夫和李莫愁同时去跟新夫妇为难。喜宴座中有一位大理天龙寺的高僧，出手镇住两人，要他们冲着他的面子，保新夫妇十年平安。拙夫与李莫愁当时被迫答应十年内不跟新夫妇为难。拙夫愤激过甚，此后就一直疯疯癫癫，不论他的师友和我如何相劝，总是不能开解，老是算着这十年的日子。屈指算来，今日正是十年之期，想不到令兄跟阿沅……唉，却连十年的福也享不到。”说着垂下头来，神色凄然。

陆立鼎道：“如此说来，掘坟盗我兄嫂遗体的，便是尊夫了。”

武三娘深有惭色，道：“刚才听府上两位小姐说起，那确是拙夫。”陆立鼎怫然道：“尊夫这等行径，可大大的不是了。这本来也不是什么怨仇，何况我兄嫂已死，就算真有深仇大怨，也是一了百了，却何以来盗他遗体，这算什么英雄好汉？”论到辈份，武氏夫妇该是尊长，但陆立鼎心下愤怒，说话间便不叙尊卑之礼。武三娘叹道：“陆爷责备得是，拙夫心智失常，言语举止，往往不通情理。我今日携这两个孩儿来此，原是防备拙夫到这里来胡作非为。当今之世，只怕也只有我一人，他才忌惮三分了。”说到这里，向两个孩子道：“向陆爷、陆二娘叩头，代你爹爹谢罪。”两个孩子拜了下去。

陆二娘忙伸手扶起，问起名字，那摔破额角的叫作武敦儒，是哥哥，弟弟叫作武修文。两人相差一岁，一个十二，一个十一，武学名家的两个儿子，却都取了个斯文名字。武三娘言道，他夫妇中年得子，深知武林中的险恶，盼望儿子弃武学文，可是两个孩儿还是好武，跟他们的名字沾不上边儿。

武三娘说了情由，黯然叹息，心想：“这番话只能说到这里为止，别的话却是不足为外人道了。”原来何沅君长到十七八岁时，亭亭玉立，娇美可爱，武三通对她似乎已不纯是义父义女之情。以他武林豪侠的身份，自不能有何逾份的言行，本已内心郁结，突然见她爱上了一个江南少年，竟是狂怒不能自已。至于他说“江南人狡猾多诈，十分靠不住”，除了敌视何沅君的意中人外，也因当年受了黄蓉的欺骗，替郭靖托下压在肩头的黄牛、大石，弄得不能脱身，虽然后来与靖蓉二人和解了，但“江南人狡猾多诈”一节，却是深印脑中。

武三娘又道：“万想不到拙夫没来，那赤练仙子却来寻府上的晦气……”说到此处，忽听屋上有人叫道：“儒儿，文儿，给我出来！”这声音来得甚是突然，丝毫不闻屋瓦上有脚步之声，便忽然有人呼叫。陆氏夫妇同时一惊，知是武三通到了。程英与陆无双也认出是吃莲蓬怪客的声音。

只见人影晃动，武三通飞身下屋，一手一个，提了两个儿子上屋而去。武三娘大叫："喂，喂，你来见过陆爷、陆二娘，你取去的那两具尸体呢？快送回来……"武三通全不理会，早去得远了。

他乱跑一阵，奔进一座树林，忽然放下修文，单单抱着敦儒，走得影踪不见，竟把小儿子留在树林之中。

武修文大叫："爸爸，爸爸！"见父亲抱着哥哥，早已奔出数十丈外，只听得他远远叫道："你等着，我回头再来抱你。"武修文知道父亲行事向来颠三倒四，倒也不以为异。黑夜之中一个人在森林里虽然害怕，但想父亲不久回来，当下坐在树边等待。过得良久，父亲始终不来，他自言自语："我找妈去！"向着来路摸索回去。

哪知江南乡间阡陌纵横，小路弯来绕去，纵在白日也是难认，何况黑夜之中？他越走道路越是狭窄，数次踏入了田中，双脚全是烂泥。到后来竟摸进了一片树林之中，脚下七高八低，望出来黑漆一团。他急得想哭，大叫："爸爸，爸爸！妈妈，妈妈！"静夜中哪里有人答应？却听得咕嘘、咕嘘几声，却是猫头鹰的啼声。他曾听人言道，猫头鹰最爱数人眉毛的根数，若是被它数得清楚，立即毙命，当即伸指沾了唾液，沾湿眉毛，好教猫头鹰难以计数。但猫头鹰还是不住啼鸣，他靠在树干上伸指紧紧揿住双眉，不敢稍动，心中只是怦怦乱跳，过了一会，终于合眼睡着了。

睡到天明，迷糊中听得头顶几下清亮高亢的啼声，他睁开眼来，抬头望去，只见两只极大的白色大鹰正在天空盘旋翱翔，双翅横展，竟达丈许。他从未见过这般大鹰，凝目注视，只觉又是奇怪，又是好玩，叫道："哥哥，快来看大鹰！"一时没想到只自己孤身一人，自来形影不离的哥哥却已不在身边。

忽听得背后两声低啸，声音娇柔清脆，似出于女孩子之口。两只大鹰又盘旋了几个圈子，缓缓下降。武修文回过头来，只见树后走出一个女孩，向天空招手，两只大鹰敛翅飞落，站在她的身畔。那女孩向武修文望了一眼，抚摸两只大鹰之背，说道：“好雕儿，乖雕儿。”武修文心想：“原来这两只大鹰是雕儿。”但见双雕昂首顾盼，神骏非常，站在地下比那女孩还高。

武修文走近说道：“这两只雕儿是你家养的么？”那女孩小嘴微撅，做了个轻蔑神色，道：“我不认得你，不跟你玩。”武修文也不以为忤，伸手去摸雕背。那女孩一声轻哨，那雕儿左翅突然扫出，劲力竟是极大。武修文没提防，登时摔了个筋斗。

武修文打了个滚站起，望着双雕，心下好生羡慕，说道：“这对雕儿真好，肯听你话。我回头要爹爹也去捉一对来养了玩。”那女孩道：“哼，你爹爹捉得着么？”武修文连讨三个没趣，讪讪的很是不好意思，定睛瞧时，只见她身穿淡绿罗衣，颈中挂着一串明珠，脸色白嫩无比，犹如奶油一般，似乎要滴出水来，双目流动，秀眉纤长。武修文虽是小童，也觉她秀丽之极，不由自主的心生亲近之意，但见她神色凛然，却又不禁感到畏缩。

那女孩右手抚摸雕背，一双眼珠在武修文身上滚了一转，问道：“你叫什么名字？怎么一个儿出来玩？”武修文道：“我叫武修文，我在等我爹爹啊。你呢？你叫什么？”那女孩扁了扁小嘴，哼的一声，道：“我不跟野孩子玩。”说着转身便走。武修文呆了一呆，叫道：“我不是野孩子。”一边叫，一边随后跟去。

他见那女孩约莫比自己小着两三岁，人矮腿短，自己一发足便能追上，哪知他刚展开轻功，那女孩脚步好快，片刻间已奔出数丈，竟把他远远抛在后面。她再奔几步，站定身子，回头叫道：“哼，你追得着我么？”武修文道：“自然追得着。”立即提气急追。

那女孩回头又跑，忽然向前疾冲，躲在一株松树后面。武修文随后跟来，那女孩瞧他跑得近了，陡然间伸出左足，往他小腿上绊去。武修文全没料到，登时向前跌出。他忙使个“铁树桩”想定住身子，那女孩右足又出，向他臀部猛力踢去。武修文一交直摔下去，鼻子刚好撞在一块小尖石上，鼻血流出，衣上点点斑斑的尽是鲜血。

那女孩见血，不禁慌了，登时没做理会处，只想拔足逃走，忽然身后有人喝道：“芙儿，你又在欺侮人了，是不是？”那女孩并不回头，辩道：“谁说的？他自己摔交，关我什么事？你可别跟我爹乱说。”武修文按住鼻子，其实也不很疼，只是见到满手鲜血，心下惊慌。他听得女孩与人说话，转过身来，见是个撑着铁拐的跛足老者。那人两鬓如霜，形容枯槁，双眼翻白，是个瞎子。

只听他冷笑道：“你别欺我瞧不见，我什么都听得清清楚楚。你这小妞儿啊，现下已经这样坏，大了瞧你怎么得了？”那女孩过去挽住他的手臂，央求道：“大公公，你别跟我爹爹说，好不好？他摔出了鼻血，你给他治治啊！”

那老者踏上一步，左手抓住武修文手臂，右手伸指在他鼻旁“闻香穴”揿了几揿。武修文鼻血本已渐止，这么几揿，就全然不流了，只觉那老者五根手指有如铁钳，又长又硬，紧紧抓着自己手臂，心中害怕起来，微微一挣，竟是动也不动，当下手臂一缩一圈，使出母亲所授的小擒拿手功夫，手掌打个半圈，向外逆翻。那老者没料到这小小孩童竟有如此巧妙手法，被他一翻之下，竟尔脱手，“噫”的一声轻呼，随即又抓住了他手腕。武修文运劲欲再挣扎，却怎么也挣不脱了。

那老者道：“小兄弟别怕，你姓什么？”武修文道：“我姓武。”那老者道：“你说话不是本地口音，从哪里来的？你爹妈呢？”说着放松了他手腕。武修文想起一晚没见爹娘，不知他两人怎样了，听他问起，险些儿便要哭出来。那女孩刮脸羞他，唱道：“羞羞羞，小花狗，眼圈儿红，要流油！”

武修文昂然道：“哼，我才不哭呢！”当下将母亲在陆家庄等候敌人、父亲抱了哥哥不知去了哪里、自己在黑夜中迷路等情说了。他心情激动，说得大是颠三倒四，但那老者也听出了七八成，又问知他们是从大理国来，父亲叫作武三通，最擅长的武功是“一阳指”。那老者道：“你爹爹是一灯大师门下，是不是？”武修文喜道：“是啊，你认识咱们皇爷吗？你见过他没有？我可没见过。”武三通当年在大理国功极帝段智兴手下当御林军总管，后来段智兴出家，法名一灯，但武三通与两个孩子说起往事之时，仍是“咱们皇爷怎样怎样”，是以武修文也叫他“咱们皇爷”。

那老者道：“我也没机缘拜见过他老人家，久仰‘南帝’的大名，好生钦慕。这女孩儿的爹娘曾受过他老人家极大的恩惠。如此说来，大家不是外人，你可知道你妈等的敌人是谁？”武修文道：“我听妈跟陆爷说话，那敌人好像是什么赤练蛇、什么愁的。”那老者抬起了头，喃喃的道：“什么赤练蛇？”突然一顿铁杖，大声叫道：“是赤练仙子李莫愁？”武修文喜道：“对对！正是赤练仙子！”

那老者登时神色甚是郑重，说道：“你们两个在这里玩，一步也别离开。我瞧瞧去。”那女孩道：“大公公，我也去。”武修文也道：“我也去。”那老者急道：“唉，唉！万万去不得。那女魔头凶恶得紧，我打不过她。不过既知朋友有难，可不能不去。你们要听话。”说着拄起铁杖，一跷一拐的疾行而去。

武修文好生佩服，说道：“这老公公又瞎又跛，却奔得这么快。”那女孩小嘴一扁，道：“这有什么希奇？我爹爹妈妈的轻功，你见了才吓一大跳呢。”武修文道：“你爹爹妈妈也是又瞎又跛的吗？”那女孩大怒，道：“呸！你爹爹妈妈才又瞎又跛！”

此时天色大明，田间农夫已在耕作，男男女女唱着山歌。那老者是本地土著，双目虽盲，但熟悉道路，随行随问，不久即来到陆家庄前。远远便听得兵刃相交，乒乒乓乓的打得极是猛烈。陆展元一家是本地的官宦世家，那老者却是市井之徒，虽然同是嘉兴有名的武学之士，却向无往来；又知自己武功不及赤练仙子，这番赶去只是多赔上一条老命，但想到此事牵涉一灯大师的弟子在内，大伙儿欠一灯大师的情太多，决不能袖手，当下足上加劲，抢到庄前。只听得屋顶上有四个人在激斗，他侧耳静听，从呼喝与兵刃相交声中，听出一边三个，另一边只有一个，可是众不敌寡，那三个已全然落在下风。

上晚武三通抱走了两个儿子，陆立鼎夫妇甚是讶异，不知他是何用意。武三娘却脸有喜色，笑道："拙夫平日疯疯癫癫，这回却难得通达事理。"陆二娘问起原因，武三娘笑而不答，只道："我也不知所料对不对，待会儿便有分晓。"这时夜已渐深，陆无双伏在父亲怀中沉沉睡去。程英也是迷迷糊糊的睁不开眼来。陆二娘抱了两个孩子要送她们入房安睡。武三娘道："且稍待片刻。"忽听得屋顶有人叫道："抛上来。"正是武三通的声音。他轻功了得，来到屋顶，陆氏夫妇事先仍是全没察觉。

武三娘接过程英，走到厅口向上抛去，武三通伸臂抱住。陆氏夫妇正惊异间，武三娘又抱过陆无双掷了上去。

陆立鼎大惊，叫道："干什么？"跃上屋顶，四下里黑沉沉地，已不见武三通与二女的影踪。他拔足欲追，武三娘叫道："陆爷不须追赶，他是好意。"陆立鼎将信将疑，跳回庭中，颤声问道："什么好意？"此时陆二娘却已会意，道："武三爷怕那魔头害了孩儿们，定是将他们藏到了稳妥之处。"陆立鼎当局者迷，被娘子一语点醒，连道："正是，正是。"但想到武三通盗去自己兄嫂尸体，却又甚不放心。

武三娘叹道："拙夫自从阿沅嫁了令兄之后，见到女孩子就会生气，不知怎的，竟会眷顾府上两位千金，实非我意料所及。他第一次来带走儒儿、文儿之时，我见他对两位小姐连望几眼，神色间大是怜爱，颇有关怀之意。他从前对着阿沅，也总是这般模样的。果然他又来抱去了两位小姐。唉，但愿他从此转性，不再胡涂！"说着连叹了两口长气，接着道："两位且养养神，那魔头什么时候到来，谁也料想不到，提心吊胆的等着，没的折磨了自己。"

陆氏夫妇初时顾念女儿与姨侄女的安危，中心栗六，举止失措，此时去了后顾之忧，恐惧之心渐减，敌忾之意大增，两人身上带齐暗器兵刃，坐在厅上，闭目养神。两人做了十几年夫妻，平日为家务之事不时小有龃龉，此刻想到强敌转瞬即至，想起陆展元与武三娘所说那魔头武功高强、行事毒辣，多半大数难逃，夫妇相偕之时无多，不自禁互相依偎，四手相握。

过了良久，万籁俱寂之中，忽听得远处飘来一阵轻柔的歌声，相隔虽远，但歌声吐字清亮，清清楚楚听得是："问世间，情是何物，直教生死相许？"每唱一字，便近了许多，那人来得好快，第三句歌声未歇，已来到门外。

三人愕然相顾，突然间砰嘭喀喇数声响过，大门内门闩木撑齐断，大门向两旁飞开，一个美貌道姑微笑着缓步进来，身穿杏黄色道袍，自是赤练仙子李莫愁到了。

阿根正在打扫天井，上前喝问："是谁？"陆立鼎急叫："阿根退开！"却哪里还来得及？李莫愁拂尘挥动，阿根登时头颅碎裂，不声不响的死了。陆立鼎提刀抢上，李莫愁身子微侧，从他身边掠过，挥拂尘将两名婢女同时扫死，笑问："两个女孩儿呢？"

陆氏夫妇见她一眨眼间便连杀三人，明知无幸，一咬牙，提起刀剑分从左右攻上。李莫愁举拂尘正要击落，见武三娘持剑在侧，微微一笑，说道："既有外人插手，就不便在屋中杀人了！"她话声轻柔婉转，神态娇媚，加之明眸皓齿，肤色白腻，实是个出色的美人，也不见她如何提足抬腿，已轻飘飘的上了屋顶。陆氏夫妇与武三娘跟着跃上。

李莫愁拂尘轻挥，将三般兵刃一齐扫了开去，娇滴滴的道：“陆二爷，你哥哥若是尚在，只要他出口求我，再休了何沅君这个小贱人，我未始不可饶了你家一门良贱。如今，唉，你们运气不好，只怪你哥哥太短命，可怪不得我。”陆立鼎叫道：“谁要你饶？”挥刀砍去，武三娘与陆二娘跟着上前夹攻。李莫愁眼见陆立鼎武功平平，但出刀踢腿、转身劈掌的架子，宛然便是当年意中人陆展元的模样，心中酸楚，却盼多看得一刻是一刻，若是举手间杀了他，在这世上便再也看不到“江南陆家刀法”了，当下随手挥架，让这三名敌手在身边团团而转，心中情意缠绵，出招也就不如何凌厉。

突然间李莫愁一声轻啸，纵下屋去，扑向小河边一个手持铁杖的跛足老者，拂尘起处，向他颈口缠了过去。这一招她足未着地，拂尘却已攻向敌人要害，全未防备自己处处都是空隙，只是她杀着厉害，实是要教对方非守不可。

那老者于敌人来招听得清清楚楚，铁杖疾横，陡地点出，径刺她的右腕。铁杖是极笨重的兵刃，自来用以扫打砸撞，这老者却运起“刺”字诀，竟使铁杖如剑，出招轻灵飘逸。李莫愁拂尘微挥，银丝倒转，已卷住了铁杖杖头，叫一声：“撒手！”借力使力，拂尘上的千万缕银丝将铁杖之力尽数借了过来。那老者双臂剧震，险些把持不住，危急中乘势跃起，身子在空中斜斜窜过，才将她这一拂的巧劲卸开，心下暗惊：“这魔头果然名不虚传。”李莫愁这一招“太公钓鱼”，取义于“愿者上钩”，以敌人自身之力夺人兵刃，本来百不失一，岂知竟未夺下他的铁杖，却也是大出意料之外，暗道：“这跛脚老头儿是谁？竟有这等功夫？”身形微侧，但见他双目翻白，是个瞎子，登时醒悟，叫道："你是柯镇恶！"

这盲目跛足老者，正是江南七怪之首的飞天蝙蝠柯镇恶。

当年郭靖、黄蓉参与华山论剑之后，由黄药师主持成婚，在桃花岛归隐。黄药师性情怪僻，不喜热闹，与女儿女婿同处数月，不觉厌烦起来，留下一封书信，说要另寻清静之地闲居，径自飘然离岛。黄蓉知道父亲脾气，虽然不舍，却也无法可想。初时还道数月之内，父亲必有消息带来，哪知一别经年，音讯杳然。黄蓉思念父亲和师父洪七公，和郭靖出去寻访，两人在江湖上行走数月，不得不重回桃花岛，原来黄蓉有了身孕。

她性子向来刁钻古怪，不肯有片刻安宁，有了身孕，处处不便，甚是烦恼，推源祸始，自是郭靖不好。有孕之人性子本易暴躁，她对郭靖虽然情深爱重，这时却找些小故，不断跟他吵闹。郭靖知道爱妻脾气，每当她无理取闹，总是笑笑不理。若是黄蓉恼得狠了，他就温言慰藉，逗得她开颜为笑方罢。

不觉十月过去，黄蓉生下一女，取名郭芙。她怀孕时心中不喜，但生下女儿之后，却异常怜惜，事事纵恣。这女孩不到一岁便已顽皮不堪。郭靖有时看不过眼，管教几句，黄蓉却着意护持，郭靖每管一回，结果女儿反而更加放肆一回。到郭芙五岁那年，黄蓉开始授她武艺。这一来，桃花岛上的虫鸟走兽可就遭了殃，不是羽毛被拔得精光，就是尾巴给剪去了一截，昔时清清静静的隐士养性之所，竟成了鸡飞狗走的顽童肆虐之场。郭靖一来顺着爱妻，二来对这顽皮女儿确也十分爱怜，每当女儿犯了过错，要想责打，但见她扮个鬼脸搂着自己脖子软语相求，只得叹口长气，举起的手又慢慢放了下来。

这些年中，黄药师与洪七公均是全无音讯，靖蓉夫妇想起二人年老，好生挂念。郭靖又几次去接大师父柯镇恶，请他到桃花岛来颐养天年。但柯镇恶爱与市井之徒为伍，闹酒赌钱为乐，不愿过桃花岛上冷清清的日子，始终推辞不来。这一日他却不待郭靖来接，自行来到岛上。原来他近日手气不佳，连赌连输，欠下了一身债，无可奈何，只得到徒儿家里来避债。郭靖、黄蓉见到师父，自是高兴异常，留着他在岛上长住，无论怎样不放他走了。黄蓉慢慢套出真相，暗地里派人去替他还了赌债。柯镇恶却不知道，不敢回嘉兴去，闲着无事，就做了郭芙的游伴。

忽忽数年，郭芙已满九岁了。黄蓉记挂父亲，与郭靖要出岛寻访，柯镇恶说什么也要一起去，郭芙自也磨着非同去不可。四人离岛之后，谈到行程，柯镇恶说道："什么地方都好，就是嘉兴不去。"黄蓉笑道："大师父，好教你得知，那些债主我早给你打发了。"柯镇恶大喜之下，首先便要去嘉兴。

到得嘉兴，四人宿在客店之中。柯镇恶向故旧打听，有人说前数日曾见到一个青袍老人独自在烟雨楼头喝酒，说起形貌，似乎便是黄药师的模样。郭靖、黄蓉大喜，便在嘉兴城乡到处寻访。这日清晨，柯镇恶带着郭芙，携了双雕到树林中玩，不意凑巧碰到了武修文。

柯镇恶与李莫愁交手数合，就知不是她的对手，心想："这女魔头武功之强，竟似不亚于当年的梅超风。"当下展开伏魔杖法，紧紧守住门户。李莫愁心中暗赞："曾听陆郎这没良心的小子言道，他嘉兴前辈人物中有江南七怪，武功甚是不弱，收下一个徒儿大大有名，便是大侠郭靖。这老儿是江南七怪之首，果然名不虚传。他盲目跛足，年老力衰，居然还接得了我十余招。"只听陆氏夫妇大声呼喝，与武三娘已攻到身后，心中主意已定："要伤柯老头不难，但惹得郭氏夫妇找上门来，却是难斗，今日放他一马便是。"拂尘一扬，银丝鼓劲挺直，就似一柄花枪般向柯镇恶当胸刺去。这拂尘丝虽是柔软之物，但借着一股巧劲，所指处又是要害大穴，这一刺之势却也颇为厉害。

柯镇恶铁杖在地下一顿，借势后跃。李莫愁踏上一步，似是进招追击，哪知陡然间疾向后仰。她腰肢柔软之极，翻身后仰，肩膀离武三娘已不及二尺。武三娘吃了一惊，急挥左掌向她额头拍去。李莫愁腰肢轻摆，就如一朵菊花在风中微微一颤，早已避开，啪的一下，陆二娘小腹上已然中掌。

陆二娘向前冲了三步，伏地摔倒。陆立鼎见妻子受伤，右手力挥，将单刀向李莫愁掷将过去，跟着展开双臂扑上去，要抱住她与之同归于尽。李莫愁以处女之身，失意情场，变得异样的厌憎男女之事，此时见陆立鼎纵身扑来，心中恼恨之极，转过拂尘柄打落单刀，拂尘借势挥出，刷的一声，击在他的天灵盖上。

李莫愁连伤陆氏夫妇，只一瞬间之事，待得柯镇恶与武三娘赶上相救，早已不及。她笑问："两个女孩儿呢？"不等武三娘答话，黄影闪动，已窜入庄中，前后搜寻，竟无程英与陆无双的人影。她从灶下取过火种，在柴房里放了把火，跃出庄来，笑道："我跟桃花岛、一灯大师都没过节，两位请罢。"

柯镇恶与武三娘见她凶狠肆暴，气得目眦欲裂，铁杖钢剑，双双攻上。李莫愁侧身避过铁杖，拂尘扬出，银丝早将武三娘长剑卷住。两股劲力自拂尘传出，一收一放，喀的一响，长剑断为两截，剑尖刺向武三娘，剑柄却向柯镇恶脸上激射过去。

武三娘长剑被夺，已是大吃一惊，更料不到她能用拂尘震断长剑，再立即以断剑分击二人，那剑头来得好快，急忙低头闪避，只觉头顶一凉，剑头掠顶而过，割断了一大丛头发。柯镇恶听到金刃破空之声，杖头激起，击开剑柄，但听得武三娘惊声呼叫，当下运杖成风，着着进击。他左手虽扣了三枚毒蒺藜，但想素闻赤练仙子的冰魄银针阴毒异常，自己目不见物，别要引出她的厉害暗器来，更是难以抵挡，是以情势虽甚紧迫，那毒蒺藜却一直不敢发射出去。

李莫愁对他始终手下容情，心道："若不显显手段，你这瞎老头只怕还不知我有意相让。"腰肢款摆，拂尘银丝已卷住杖头。柯镇恶只觉一股大力要将他铁杖夺出手去，忙运劲回夺，哪知劲力刚透杖端，突然对方相夺之力已不知到了何处，这一瞬间，但觉四肢百骸都是空空荡荡的无所着力。李莫愁左手将铁杖掠过一旁，手掌已轻轻按在柯镇恶胸口，笑道："柯老爷子，赤练神掌拍到你胸口啦！"柯镇恶此时自已无法抵挡，怒道："贼贱人，你发劲就是，啰唆什么？"

武三娘见状，大惊来救。李莫愁跃起身子，从铁杖上横窜而起，身子尚在半空，突然伸掌在武三娘脸上摸了一下，笑道："你敢逐我徒儿，胆子也算不小。"说着格格娇笑，几个起落，早去得远了。

武三娘只觉她手掌心柔腻温软，给她这么一摸，脸上说不出的舒适受用，眼见她背影在柳树丛中一晃，随即不见，自己与她接招虽只数合，但每一招都是险死还生，已然使尽了全力，此刻软瘫在地，一时竟动弹不得。柯镇恶适才胸口也是犹如压了一块大石，闷恶难言，当下急喘了数口气，才慢慢调匀呼吸。

过了好一会，武三娘奋力站起，但见黑烟腾空，陆家庄已裹在烈焰之中，火气逼将过来，炙热异常，当下柯镇恶分别扶起陆氏夫妇，但见二人气息奄奄，已挨不过一时三刻，寻思："若是搬动二人，只怕死得更快，可是又不能将他们留在此地，那便如何是好？"

正自为难，忽听远处一人大叫："娘子，你没事么？"正是武三通的声音。

突然间黄影晃动，李莫愁跃上武三通手中所握栗树的树梢，挥动拂尘，凌空下击。此后数十招中，不论武三通如何震撞扫打，她始终犹如黏附在栗树上一般，顺着树干抖动之势，寻隙进攻。

第二回

故人之子

武三娘正没做理会处，忽听得丈夫叫唤，又喜又恼，心想你这疯子不知在胡闹些什么，却到这时才来，只见他上身扯得破破烂烂，颈中兀自挂着何沅君儿时所用的那块围涎，急奔而至，不住的叫道："娘子，你没事么？"她近十年来从未见丈夫对自己这般关怀，心中甚喜，叫道："我在这里。"武三通扑到跟前，将陆氏夫妇一手一个抱起，叫道："快跟我来。"一言甫毕，便腾身而起。柯镇恶与武三娘跟随在后。

武三通东弯西绕，奔行数里，领着二人到了一座破窑之中。这是座烧酒坛子的陶窑，倒是极大。武三娘走进窑洞，见敦儒、修文两个孩子安好无恙，当即放心，叹了口气。

武氏兄弟正与程英、陆无双坐在地下玩石子。程英与陆无双见到陆氏夫妇如此模样，扑在二人身上，又哭又叫。

柯镇恶听陆无双哭叫爸爸妈妈，猛然想起李莫愁之言，惊叫："啊哟，不好，咱们引鬼上门，那女魔头跟着就来啦！"武三娘适才这一战已吓得心惊胆战，忙问："怎么？"柯镇恶道："那魔头要伤陆家的两个孩子，可是不知她们在哪里……"武三娘当即醒悟，惊道："啊，是了，她有意不伤咱们，却偷偷的跟来。"武三通大怒，叫道："这赤练蛇女鬼阴魂不散，让我来斗她。"说着挺身站在窑洞之前。

陆立鼎头骨已碎，可是尚有一件心事未了，强自忍着一口气，向程英道："阿英，你把我……我……胸口……胸口一块手帕拿出来。"程英抹了抹眼泪，伸手到他胸衣内取出一块锦帕。手帕是白缎的质地，四角上都绣着一朵红花。花红欲滴，每朵花旁都衬着一张翠绿的叶子，白缎子已旧得发黄，花叶却兀自娇艳可爱，便如真花真叶一般。陆立鼎道："阿英，你把手帕缚在颈中，千万不可解脱，知道么？"程英不明他用意，但既是姨父吩咐，当即接了过去，点头答应。

陆二娘本已痛得神智迷糊，听到丈夫说话声音，睁开眼来，说道："为什么不给双儿？你给双儿啊！"陆立鼎道："不，我怎能负了她父母之托？"陆二娘急道："你……你好狠心，你自己女儿也不顾了？"说着双眼翻白，声音都哑了。陆无双不知父母吵些什么，只是哭叫："妈妈，爸爸！"陆立鼎柔声道："娘子，你疼双儿，让她跟着咱们去不好么？"

原来这块红花绿叶锦帕，是当年李莫愁赠给陆展元的定情之物。红花是大理国最著名的曼陀罗花，李莫愁比作自己，"绿""陆"音同，绿叶就是比作她心爱的陆郎了，取义于"红花绿叶，相偎相倚"。陆展元临死之时，料知十年之期一届，李莫愁、武三通二人必来生事，自己原有应付之策，不料忽染急病；兄弟武艺平平，到时定然抵挡不了，无可奈何之中，便将这锦帕交给兄弟，叮嘱明白，若是武三通前来寻仇，能避则避，不能避动手自然必输，却也不致有性命之忧；但李莫愁近年来心狠手辣之名播于江湖，遇上了势必无幸，危急之际将锦帕缠在颈中，只盼这女魔头顾念旧情，或能手下忍得一忍。只是陆立鼎心高气傲，始终不肯取出锦帕向这女魔头乞命。

程英是陆立鼎襟兄之女。她父母生前将女儿托付于他抚养。他受人重托，责任未尽，此时大难临头，便将这块救命的锦帕给了她。陆二娘毕竟舐犊情深，见丈夫不顾亲生女儿，惶急之下，伤处剧痛，便晕了过去。

程英见姨母为锦帕之事烦恼，忙将锦帕递给表妹，道：“姨妈说给你，你拿着罢！”陆立鼎喝道：“双儿，是表姊的，别接。”武三娘瞧出其中蹊跷，说道：“我将帕儿撕成两半，一人半块，好不好？”陆立鼎欲待再说，可是一口气接不上来，哪能出声，只是点头。武三娘将锦帕撕成两半，分给了程陆二女。

武三通站在洞口，听到背后又哭又叫，不知出了什么事，回过头来，蓦见妻子左颊漆黑，右脸却无异状，不禁骇异，指着她脸问道：“为……为什么这样？”武三娘伸手在脸上一摸，道：“什么？”只觉左边脸颊木木的无甚知觉，心中一惊，想起李莫愁临去时曾在自己脸上摸了一下，难道这只柔腻温香的手掌轻抚而过，竟已下了毒手？

武三通欲待再问，忽听窑洞外有人笑道：“两个女娃娃在这里，是不是？不论死活，都给抛出来罢。否则的话，我一把火将你们都烧成了酒坛子。”声若银铃，既脆且柔。

武三通急跃出洞，但见李莫愁俏生生的站在当地，不由得大感诧异：“怎么十年不见，她仍是这等年轻貌美？”当年在陆展元的喜筵上相见，李莫愁是二十岁左右年纪，此时已是三十岁，但眼前此人除了改穿道装之外，却仍是肌肤娇嫩，宛如昔日好女。她手中拂尘轻轻挥动，神态甚是悠闲，美目流盼，桃腮带晕，若非素知她是个杀人不眨眼的魔头，定道是位带发修行的富家小姐。武三通见她拂尘一动，猛想起自己兵刃留在窑洞之中，若再回洞，只怕她乘机闯进去伤害了众小儿，见洞边长着棵碗口粗细的栗树，当即双掌齐向栗树推去，吆喝声中，将树干从中击断。

李莫愁微微一笑，道：“好力气。”武三通横持树干，说道：

“李姑娘，十年不见，你好啊。”他从前叫她李姑娘，现下她出了家，他并没改口，依然旧时称呼。这十年来，李莫愁从未听人叫过自己作“李姑娘”，忽然间听到这三个字，心中一动，少女时种种温馨旖旎的风光突然涌向胸头，但随即想起，自己本可与意中人一生厮守，哪知这世上另外有个何沅君在，竟令自己丢尽脸面，一世孤单凄凉，想到此处，心中一瞬间涌现的柔情密意，登时尽化为无穷怨毒。

武三通也是所爱之人弃己而去，虽然和李莫愁其情有别，但也算得是同病相怜，可是那日自陆展元的酒筵上出来，亲眼见她手刃何老拳师一家二十余口男女老幼，下手之狠，此时思之犹有余悸。何老拳师与她素不相识，无怨无仇，跟何沅君也是毫不相干，只因大家姓了个何字，她伤心之余，竟去将何家满门杀了个干干净净。何家老幼直到临死，始终没一个知道到底为了何事。其时武三通不明其故，未曾出手干预，事后才得悉李莫愁纯是迁怒，只是发泄心中的失意与怨毒，从此对这女子便既恨且惧，这时见她脸上微现温柔之色，但随即转为冷笑，不禁为程陆二女暗暗担心。

李莫愁道：“我既在陆家墙上印了九个手印，这两个小女孩是非杀不可的。武三爷，请你让路罢。”武三通道：“陆展元夫妇已经死了，他兄弟、弟媳也已中了你的毒手，小小两个女孩儿，你就饶了罢。”李莫愁微笑摇首，柔声道：“武三爷，请你让路。”武三通将栗树抓得更加紧了，叫道：“李姑娘，你也忒以狠心，阿沅……”“阿沅”这两字一出口，李莫愁脸色登变，说道：“我曾立过重誓，谁在我面前提起这贱人的名字，不是他死就是我亡。我曾在沅江之上连毁六十三家货栈船行，只因他们招牌上带了这个臭字，这件事你可曾听到了吗？武三爷，是你自己不好，可怨不得我。”说着拂尘一起，往武三通头顶拂到。

莫瞧她小小一柄拂尘，这一拂下去既快又劲，只带得武三通头上乱发猎猎飞舞。她知武三通是一灯大师门下高弟，虽然痴痴呆呆，武功却确有不凡造诣，是以一上来就下杀手。武三通左手挺举，树干猛地伸出，狂扫过去。李莫愁见来势厉害，身子随风飘出，不等他树干之势使足，随即飞跃而前，攻向他的面门。武三通见她攻入内圈，右手倏起，伸指向她额上点去，这招一阳指点穴去势虽不甚快，却是变幻莫测，难闪难挡。李莫愁一招“倒打金钟”，身子骤然间已跃出丈许之外。

武三通见她忽来忽往，瞬息之间进退数次，心下暗暗惊佩，当下奋力舞动树干，将她逼在丈余之外。但只要稍有空隙，李莫愁立即便如闪电般欺近身来，若非他一阳指厉害，早已不敌，饶是如此，那树干毕竟沉重，舞到后来渐感吃力，李莫愁却越欺越近。突然间黄影晃动，她竟跃上武三通手中所握栗树的树梢，挥动拂尘，凌空下击。武三通大惊，倒转树梢往地下撞去。李莫愁格格娇笑，踏着树干直奔过来。武三通侧身长臂，一指点出。她纤腰微摆，已退回树梢。此后数十招中，不论武三通如何震撞扫打，她始终犹如黏附在栗树上一般，顺着树干抖动之势，寻隙进攻。

这一来武三通更感吃力，她身子虽然不重，究是在树干上又加了数十斤的份量，何况她站在树上，树干打不着她，她却可以攻人，自是立于不败之地。武三通眼见渐处下风，知道只要稍有疏忽，自己死了不打紧，满窑洞老幼要尽丧她手，当下奋起膂力，将树干越舞越急，欲以树干猛转之势，将她甩下树来。

又斗片刻，听得背后柯镇恶大叫：“芙儿，你也来啦？快叫雕儿咬这恶女人。”跟着便有一个女孩声音连声呼叱，空中两团白影扑将下来，却是两头大雕，左右分击，攻向李莫愁两侧，正是郭芙携同双雕到了。

李莫愁见双雕来势猛恶，一个筋斗翻在栗树之下，左足钩住了树干。双雕扑击不中，振翼高飞。女孩的声音又呼哨了几下。双雕二次扑将下来，四只钢钩铁爪齐向树底抓去。李莫愁曾听人说起，桃花岛郭靖、黄蓉夫妇养有一对大雕，颇通灵性，这时陡见双雕分进合击，对雕儿倒不放在心上，却怕双雕是郭靖夫妇之物，倘若他夫妇就在左近，那可十分棘手。她闪避数次，拂尘啪的一下，打在雌雕左翼之上，只痛得它吱吱急鸣，几根长长的白羽从空中落了下来。

郭芙见雕儿受挫，大叫："雕儿别怕，咬这恶女人。"李莫愁向她一望，见这女孩儿肤似玉雪，眉目如画，心里一动："听说郭夫人是当世英侠中的美人，不知比我如何？这小妞儿难道是她女儿吗？"

她心念微动，手中稍慢。武三通见虽有双雕相助，仍是战她不下，焦躁起来，猛地力运双臂，连人带树的将她往空中掷去。李莫愁料想不到他竟会出此怪招，身不由主的给他掷高数丈。双雕见她飞上，扑动翅膀，上前便啄。

李莫愁若是脚踏平地，双雕原也奈何她不得，此时她身在半空，无所借力，如何能与飞禽抵敌？情急之下，挥动拂尘护住头脸，长袖挥处，三枚冰魄银针先后急射而出。两枚分射双雕，一枚却指向武三通胸口。双雕急忙振翅高飞，但银针去得快极，嗤嗤作声，从雄雕脚爪之旁擦过，划破了爪皮。

武三通正仰头相望，猛见银光一闪，急忙着地滚开，银针仍是刺中了他左足小腿。武三通一滚站起，哪知左脚竟然立时不听使唤，左膝跪倒。他强运功力，待要撑持起身，麻木已扩及双腿，登时俯伏跌倒，双手撑了几撑，终于伏在地下不动了。

郭芙大叫："雕儿，雕儿，快来！"但双雕逃得远了，并不回头。李莫愁笑道："小妹妹，你可是姓郭么？"郭芙见她容貌美丽，和蔼可亲，似乎并不是什么"恶女人"，便道："是啊，我姓郭。你姓什么？"李莫愁笑道："来，我带你去玩。"缓步上前，要去携她的手。柯镇恶铁杖一撑，急从窑洞中窜出，拦在郭芙面前，叫道：“芙儿，快进去！”李莫愁笑道：“怕我吃了她么？”

就在这时，一个衣衫褴褛的少年左手提着一只公鸡，口中唱着俚曲，跳跳跃跃的过来，见窑洞前有人，叫道：“喂，你们到我家里来干么？”走到李莫愁和郭芙之前，侧头向两人瞧瞧，笑道：“啧啧，大美人儿好美貌，小美人儿也挺秀气，两位姑娘是来找我的吗？姓杨的可没这般美人儿朋友啊。”脸上贼忒嘻嘻，说话油腔滑调。

郭芙小嘴一扁，怒道：“小叫化，谁来找你了？”那少年笑道：“你不来找我，怎么到我家来？”说着向窑洞一指，敢情这座破窑竟是他的家。郭芙道：“哼，这样脏地方，谁爱来了？”

武三娘见丈夫倒在地下，不知死活，担心之极，从窑洞中抢将出来，俯身叫道：“三哥，你怎么啦？”武三通哼了一声，背心摆了几摆，始终站不直身子。郭芙极目远眺，不见双雕，大叫：“雕儿，雕儿，快回来！”

李莫愁心想：“夜长梦多，别等郭靖夫妇到来，讨不了好去。”微微一笑，径自闯向窑洞。武三娘急忙纵身回来拦住，挥剑叫道：“别进来！”李莫愁笑道：“这是那个小兄弟的府上，你又作得主了？”左掌对准剑锋，直按过去，刚要碰到刃锋，手掌略侧，三指推在剑身的刃面，剑锋反向武三娘额头削去，擦的一响，削破了她额头。李莫愁笑道：“得罪！”将拂尘往衣领中一插，低头进了窑洞，双手分别将程英与陆无双提起，竟不转身，左足轻点，反跃出洞，百忙中还出足踢飞了柯镇恶手中铁杖。

那褴褛少年见她伤了武三娘，又掳劫二女，大感不平，耳听得陆程二女惊呼，当即跃起，往李莫愁身上抱去，叫道：“喂，大美人儿，你到我府上伤人捉人，也不跟主人打个招呼，太不讲理，快放下人来。”

李莫愁双手各抓着一个女孩，没提防这少年竟会张臂相抱，但觉胁下忽然多了一双手臂，心中一凛，不知怎的，忽然全身发软，当即劲透掌心，轻轻一弹，将二女弹开数尺，随即一把抓住少年后心。她自十岁以后，从未与男子肌肤相接，活了三十岁，仍是处女之身。当年与陆展元痴恋苦缠，始终以礼自持。江湖上有不少汉子见她美貌，不免动情起心，可是只要神色间稍露邪念，往往立毙于她赤练神掌之下，哪知今日竟会给这少年抱住。她一抓住少年，本欲掌心发力，立时震碎他的心肺，但适才听他称赞自己美貌，语出真诚，心下不免有些欢喜，这话若是大男人所说，只有惹她厌憎，出于这十三四岁少年之口却又不同，一时心软，竟然下不了手。

忽听得空中雕唳声急，双雕自远处飞回，又扑下袭击。李莫愁左袖一挥，两枚冰魄银针急射而上。双雕先前已在这厉害之极的暗器下吃过苦头，急忙振翅上飞，但银针去势劲急异常，双雕飞得虽快，银针却射得更快，双雕吓得高声惊叫。李莫愁眼见这对恶鸟再也难以逃脱，正自欢喜，猛听得呼呼声响，两件小物迅速异常的破空而至，刚听到一点声息，两物转瞬间划过长空，已将两枚银针分别打落。

这暗器先声夺人，威不可当，李莫愁大吃一惊，随手放落少年，纵身过去一看，原来只是两颗寻常的小石子，心想：“发这石子之人武功深不可测，我可不是对手，先避他一避再说。”身随意转，手掌拍出，击向程英的后心。她要先伤了程陆二女，再图后计。

手掌刚要碰到程英后心，一瞥间见她颈中系着一条锦帕，素底缎子上绣着红花绿叶，正是当年自己精心绣就、赠给意中人之物，不禁一呆，倏地收回掌力，往日的柔情密意瞬息间在心中滚了几转，心想：“他虽与那姓何的小贱人成亲，心下始终没忘了我，这块帕儿也一直好好放着。他求我饶他后人，却饶是不饶？”一时心意难决，决定先毙了陆无双再说。拂尘抖处，银丝击向陆无双后心，阳光耀眼之下，却见她颈中也系着一条锦帕，李莫愁“咦”了一声，心道：“怎地有两块帕儿？定有一块是假的。”拂尘改击为卷，裹住陆无双头颈，将她倒拉转来。

就在此时，破空之声又至，一粒小石子向她后心直飞而至。李莫愁回过拂尘，钢柄挥出，刚好打中石子，猛地虎口一痛，掌心发热，全身不由自主的剧震。这么小小一颗石子竟有如许劲力，发石之人的武功可想而知。她再也不敢逗留，随手提起陆无双，展开轻功提纵术，犹如疾风掠地，转瞬间奔了个无影无踪。

程英见表妹被擒，大叫：“表妹，表妹！”随后跟去。但李莫愁的脚力何等迅捷，程英怎追得上？江南水乡之地到处河泊纵横，程英奔了一阵，前面小河拦路，无法再行。她沿岸奔跑叫嚷，忽见左边小桥上黄影晃动，一人从对岸过桥奔来。程英只一呆，已见李莫愁站在面前，腋下却没了陆无双。

程英见她回转，甚是害怕，大着胆子问道：“我表妹呢？”李莫愁见她肤色白嫩，容颜秀丽，冷冷的道：“你这等模样，他日长大了，不是让别人伤心，便是自己伤心，不如及早死了，世界上少了好些烦恼。”拂尘一起，搂头拂将下来，眼见要将她连头带胸打得稀烂。

她拂尘挥到背后，正要向前击出，突然手上一紧，尘尾被什么东西拉住了，竟然甩不出去。她大吃一惊，转头欲看，蓦地里身不由主的腾空而起，被一股大力拉扯之下，向后高跃丈许，这才落下。这一惊当真非同小可，左掌护胸，拂尘上内劲贯注，直刺出去，岂知眼前空荡荡的竟是什么也没有。她生平大小数百战，从未遇到这般怪异情景，脑海中一个念头电闪而过：“妖精？鬼魅？”一招“混元式”，将拂尘舞成一个圆圈，护住身周五尺之内，这才再行转身。

只见程英身旁站着一个身材高瘦的青袍怪人，脸上木无神色，似是活人，又似僵尸，一见之下，登时心头说不出的烦恶。李莫愁不由自主的倒退两步，一时之间，实想不到武林中有哪一个厉害人物是这等模样，待要出言相询，只听那人低头向程英道：“娃儿，这女人好生凶恶，你去打她。”程英哪敢动手，仰起头道：“我不敢。”那人道：“怕什么？只管打。”程英仍是不敢。那人一把抓住程英背心，往李莫愁投去。

李莫愁当非常之境，便不敢应以常法，料想用拂尘挥打必非善策，当即伸出左手相接，刚要碰到程英腰间，忽听嗤的一声，臂弯陡然酸软，手臂竟然抬不起来。程英一头撞在她胸口，顺手挥出，啪的一响，清清脆脆的打了她一个巴掌。

李莫愁毕生从未受过如此大辱，狂怒之下，更无顾忌，拂尘倒转，疾挥而下，猛觉虎口剧震，拂尘柄飞了起来，险些脱手，原来那人又弹出一块小石，打在她拂尘柄上。程英却已稳稳的站立在地。

李莫愁料知今日已讨不了好去，若不尽快脱身，大有性命之忧，轻声一笑，转身便走，奔出数步，双袖向后连挥，一阵银光闪动，十余枚冰魄银针齐向青袍怪人射去。她发这暗器，不转身，不回头，可是针针指向那人要害。那人出其不意，没料想她暗器功夫竟然如此阴狠厉害，当即飞身向后急跃。银针来得虽快，他后跃之势却是更快，只听得银针丁丁铮铮一阵轻响，尽数落在身前。李莫愁明知射他不中，这十余枚银针只是要将他逼开，一听到他后跃风声，袖子又挥，一枚银针直射程英。她知这一针非中不可，生怕那青袍人上前动手，竟不回头察看，足底加劲，急奔过桥，穿入了桑林。

那青袍人叫了声：“啊哟！”上前抱起程英，只见一枚长长的银针插在她肩头，不禁脸上变色，微一沉吟，抱起她快步向西。

柯镇恶等见李莫愁终于掳了陆无双而去，都是骇然。那衣衫褴褛的少年道："我瞧瞧去。"郭芙道："有什么好瞧的？这恶女人一脚踢死了你。"那少年笑道："你踢死我？不见得罢。"说着发足便向李莫愁去路急追。郭芙道："蠢才！又不是我要踢你。"她可不知这少年绕着弯儿骂她是"恶女人"。

那少年奔了一阵，忽听得远处程英高声叫道："表妹，表妹！"当即循声追去。奔出数十丈，听声辨向，该已到了程英呼叫之地，可是四下里却不见二女的影子。

一转头，只见地下明晃晃的撒着十几枚银针，针身镂刻花纹，打造得极是精致。他俯身一枚枚的拾起，握在左掌，忽见银针旁一条大蜈蚣肚腹翻转，死在地下。他觉得有趣，低头细看，见地下蚂蚁死了不少，数步外尚有许多蚂蚁正在爬行。他拿一枚银针去拨弄几下，那几只蚂蚁兜了几个圈子，便即翻身僵毙，连试几只小虫都是如此。

那少年大喜，心想用这些银针去捉蚊蝇，真是再好不过，突然左手麻麻的似乎不大灵便，猛然惊觉："针上有毒！拿在手中，岂不危险？"忙张开手掌抛下银针，只见两张手掌心已全成黑色，左掌尤其深黑如墨。他心里害怕，伸手在人腿旁用力磨擦，但觉左臂麻木渐渐上升，片刻间便麻到臂弯。他幼时曾给毒蛇咬过，险些送命，当时被咬处附近就是这般麻木不仁，知道凶险，忍不住哇的一声哭了出来。

忽听背后一人说道："小娃娃，知道厉害了罢？"这声音铿锵刺耳，似从地底下钻出来一般。那少年急忙转身，不觉吃了一惊，只见一人用头支在地上，双脚并拢，撑向天空。他退开几步，叫道："你……你是谁？"

那人双手在地下一撑，身子忽地拔起，一跃三尺，落在少年的面前，说道："我……我是谁？我知道我是谁就好啦。"那少年更是惊骇，发足狂奔。只听得身后笃、笃、笃的一声声响亮，回头一望，不禁吓得魂不附体，原来那人以手为足，双手各持一块石头，倒转身子而行，竟是快速无比，离自己背后已不过数尺。

他加快脚步，拼命急奔，忽听呼的一声响，那人从他头顶跃过，落在他身前。那少年叫道："妈啊！"转身便逃，可是不论他奔向何处，那怪人总是呼的一声跃起，落在他身前。他枉有双脚，却赛不过一个以手行走之人。他转了几个方向，那怪人越逼越近，当下伸手发掌，想去推他，哪知手臂麻木，早已不听使唤，只急得他大汗淋漓，不知如何是好，双腿一软，坐倒在地。

那怪人道："你越是东奔西跑，身上的毒越是发作得快。"那少年福至心灵，双膝跪倒，叫道："求老公公救我性命。"那怪人摇头道："难救，难救！"那少年道："你本事这么大，定能救我。"这一句奉承之言，登教那怪人听得甚是高兴，微微一笑，道："你怎知我本事大？"那少年听他语气温和，似有转机，忙道："你倒转了身子还跑得这么快，天下再没第二个及得上你。"他随口捧上一句，岂知"天下再没第二个及得上你"这话，正好打中了那怪人的心窝。他哈哈大笑，声震林梢，叫道："倒过身来，让我瞧瞧。"

那少年心想不错，自己直立而他倒竖，确是瞧不清楚，他既不愿顺立，只有自己倒竖了，当下倒转身子，将头顶在地下，右手尚有知觉，牢牢的在旁撑住。那怪人向他细看了几眼，皱眉沉吟。

那少年此时身子倒转，也看清楚了怪人的面貌，但见他高鼻深目，满脸雪白短须，根根似铁，又听他喃喃自语，说着叽哩咕噜的怪话，极是难听。少年怕他不肯相救，求道："好公公，你救救我。"那怪人见他眉目清秀，看来倒也欢喜，道："好，救你不难，但你须得答应我一件事。"少年道："你说什么，我都听你的。公公，你要我答应什么事？"怪人裂嘴一笑，道："我正要你答应这件事。我说什么，你都得听我的。"少年心下迟疑："什么话都听？难道叫我扮狗吃屎也得听？”

怪人见他犹豫，怒道：“好，你死你的罢！”说着双手一缩一挺，身子飞起，向旁跃开数尺。那少年怕他去远，忙要追去求恳，可是不能学他这般用手走路，当下翻身站起，追上几步，叫道：“公公，我答应啦，你不论说什么，我都听你的。”怪人转过身来，说道：“好，你罚个重誓来。”少年此时左臂麻木已延至肩头，心中越来越是害怕，只得罚誓道：“公公若是救了我性命，去了我身上恶毒，我一定听你的话。要是不听，让恶毒重行回到我身上。”心想：“以后我永远不再碰到银针，恶毒如何回到身上？但不知我罚这样一个誓，这怪人肯不肯算数？”

斜眼瞧他时，却见他脸有喜色，显得极是满意，那少年暗喜：“老家伙信了我啦。”怪人点点头，忽地翻过身子，捏住少年手臂推拿几下，说道：“好，好，你是个好娃娃。”少年只觉经他一捏，手臂上麻木之感立时减轻，叫道：“公公，你再给我捏啊！”怪人皱眉道：“你别叫我公公，要叫爸爸！”少年道：“我爸爸早死了，我没爸爸。”怪人喝道：“我第一句话你就不听，要你这儿子何用？”

那少年心想：“原来他要收我为儿。”他一生从未见过父亲之面，听母亲说，他父亲在他出世之前就已死了，自幼见到别的孩子有父亲疼爱，心下常自羡慕，只是见这怪人举止怪异，疯疯癫癫，却老大不愿意认他为义父。那怪人喝道：“你不肯叫我爸爸，好罢，别人叫我爸爸，我还不肯答应呢。”那少年寻思怎生想个法儿骗得他医好自己。那怪人口中忽然发出一连串古怪声音，似是念咒，发足便行。那少年急叫：“爸爸，爸爸，你到哪里去？”

怪人哈哈大笑，说道：“乖儿子，来，我教你除去身上毒气的法儿。”少年走近身去。怪人道：“你中的是李莫愁那女娃娃的冰魄银针之毒，治起来可着实不容易。”当下传了口诀和行功之法，说道此法是倒运气息，须得头下脚上，气血逆行，毒气就会从进入身子之处回出。只是他新学乍练，每日只能逼出少许，须得一月以上，方能驱尽毒气。

那少年极是聪明，一点便透，入耳即记，当下依法施为，果然麻木略减。他运了一阵气，双手手指尖流出几滴黑汁。怪人喜道：“好啦！今天不用再练，明日我再教你新的法儿。咱们走罢。”少年一愣，道：“哪里去？”怪人道：“你是我儿，爸爸去哪里，儿子自然跟着去哪里。”

正说到此处，空中忽然几声雕唳，两头大雕在半空飞掠而过。那怪人向双雕呆望，以手击额，皱眉苦苦思索，突然间似乎想起了什么，登时脸色大变，叫道：“我不要见他们，不要见他们。”说着一步跨了出去。这一步迈得好大，待得第二步跨出，人已在丈许之外，连跨得十来步，身子早在桑树林后隐没了。

那少年叫道：“爸爸，爸爸！”随后赶去。绕过一株大柳树，蓦觉脑后一阵疾风掠过，却是那对大雕从身后扑过，向前飞落。柳树林后转出一男一女，双雕分别停在二人肩头。

那男的浓眉大眼，胸宽腰挺，三十来岁年纪，上唇微留髭须。那女的约莫二十六七岁，容貌秀丽，一双眼睛灵活之极，在少年身上转了几眼，向那男子道：“你说这人像谁？”那男子向少年凝视半晌，道：“你说是像……”只说了四个字，却不接下去了。

这二人正是郭靖、黄蓉夫妇。这日两人正在一家茶馆中打听黄药师的消息，忽见远处烈焰冲天而起，过了一会，街上有人奔走相告：“陆家庄失火！”黄蓉心中一凛，想起嘉兴陆家庄的主人陆展元是武林中一号人物，虽然向未谋面，却也久慕其名。江湖上多说“江南两个陆家庄”，江南陆家庄何止千百，武学之士说两个陆家庄，却是指太湖陆家庄与嘉兴陆家庄而言。陆展元能与陆乘风相提并论，自非泛泛之士。一问之下，失火的竟然就是陆展元之家。两人当即赶去，待得到达，见火势渐小，庄子却已烧成一个火窟，火场中几具焦尸烧得全身似炭，面目已不可辨。

黄蓉道："这中间可有古怪。"郭靖道："怎么？"黄蓉道："那陆展元在武林中名头不小，他夫人何沅君也是当代女侠。若是寻常火烛，他家中怎能有人逃不出来？定是仇家来放的火。"郭靖一想不错，说道："对，咱们搜搜，瞧是谁放的火，怎么下这等毒手？"

二人绕着庄子走了一遍，不见有何痕迹。黄蓉忽然指着半壁残墙，叫道："你瞧，那是什么？"郭靖一抬头，只见墙上印着几个血手印，给烟一薰，更加显得可怖。墙壁倒塌，有两个血手印只剩下半截。郭靖心中一惊，脱口而出："赤练仙子！"黄蓉道："一定是她。早就听说赤练仙子李莫愁武功高强，阴毒无比，不亚于当年的西毒。她驾临江南，咱们正好跟她斗斗。"郭靖点点头，道："武林朋友都说这女魔头难缠得紧，咱们若是找到岳父，那就好了。"黄蓉笑道："年纪越大，越是胆小。"郭靖道："这话一点不错。越是练武，越是知道自己不行。"黄蓉笑道："郭大爷好谦！我却觉得自己愈练愈了不起呢。"

二人嘴里说笑，心中却暗自提防，四下里巡视，在一个池塘旁见到两枚冰魄银针。一枚银针半截浸在水中，塘里几十条金鱼尽皆肚皮翻白，此针之毒，实是可怖可畏。黄蓉伸了伸舌头，拾两段断截树枝夹起银针，取出手帕重重包裹了，放入衣囊。二人又到远处搜寻，却见到了双雕，又遇上那个少年。

郭靖眼见那少年有些面善，一时却想不起像谁，鼻中忽然闻到一阵怪臭，嗅了几下，只觉头脑中微微发闷。黄蓉也早闻到了，臭味似乎出自近处，转头寻找，见雄雕左足上有破损伤口，凑近一闻，臭味果然就从伤口发出。二人吃了一惊，细看伤口，虽只擦破一层油皮，但伤足肿得不止一倍，皮肉已在腐烂。郭靖寻思："什么伤，这等厉害？"忽见那少年左手全成黑色，惊道："你也中了这毒?”

黄蓉抢过去拿起他手掌一看，忙捋高他衣袖，取出小刀割破他手腕，推挤毒血。只见少年手上流出来的血却是鲜红之色，微感奇怪：他手掌明明全成黑色，怎么血中却又无毒？她不知那少年经怪人传授，已将毒血逼向指尖，一时不再上升。她从囊中取出一颗九花玉露丸，道：“嚼碎吞下。”少年接在手里，先自闻到一阵清香，放入口中嚼碎，但觉满嘴馨芳，甘美无比，一股清凉之气直透丹田。黄蓉又取两粒药丸，喂双雕各服一丸。

郭靖沉思半晌，忽然张口长啸。那少年耳畔异声陡发，出其不意，吓了一跳，但听啸声远远传送出去，只惊得雀鸟四下里乱飞，身旁柳枝垂条震动不已。他一啸未已，第二啸跟着送出，啸上加啸，声音振荡重叠，犹如千军万马，奔腾远去。

黄蓉知道丈夫发声向李莫愁挑战，听他第三下啸声又出，当下气涌丹田，跟着发声长啸。郭靖的啸声雄壮宏大，黄蓉的却是清亮高昂。两人的啸声交织在一起，有如一只大鹏一只小鸟并肩齐飞，越飞越高，那小鸟竟然始终不落于大鹏之后。两人在桃花岛潜心苦修，内力已臻化境，双啸齐作，当真是回翔九天，声闻数里。

那倒行的怪人听到啸声，足步加快，疾行而避。

抱着程英的青袍客听到啸声，哈哈一笑，说道：“他们也来啦，老子走远些，免得啰唆。”

李莫愁将陆无双挟在胁下，奔行正急，突然听到啸声，猛地停步，拂尘一挥，转过身来，冷笑道：“郭大侠名震武林，倒要瞧瞧他是不是果有真才实学。”忽听得一阵清亮的啸声跟着响起，两股啸声呼应相和，刚柔相济，更增威势。李莫愁心中一凛，自知难敌，又想他夫妇同闯江湖，互相扶持，自己却是孤零零的一人，登觉万念俱灰，叹了一口长气，抓着陆无双的背心去了。

此时武三娘已扶着丈夫，带同两个儿子与柯镇恶作别离去。柯镇恶适才一番剧战，生怕李莫愁去而复返伤害郭芙，带着她正想找个隐蔽所在躲了起来，忽然听到郭黄二人啸声，心中大喜。郭芙叫道："爹爹，妈妈！"发足便跑。

一老一小循着啸声奔到郭靖夫妇跟前。郭芙投入黄蓉怀里，笑道："妈，大公公刚才打跑了一个恶女人，他老人家本事可大得很哩。"黄蓉自然知她撒谎，却只笑了笑。郭靖斥道："小孩子家，说话可要老老实实。"郭芙伸了伸舌头，笑道："大公公本事不大吗？他怎么能做你师父？"生怕父亲又再责骂，当即远远走开，向那少年招手，说道："你去摘些花儿，编了花冠给我戴！"

那少年跟了她过去。郭芙瞥见他手掌漆黑，便道："你手这么脏，我不跟你玩。你摘的花儿也给你弄臭啦。"那少年冷然道："谁爱跟你玩了？"大踏步便走。

郭靖叫道："小兄弟，别忙走。你身上余毒未去，发作出来厉害得紧。"那少年最恼别人小看了他，给郭芙这两句话刺痛了心，当下昂首直行，对郭靖的叫喊只如不闻。郭靖抢步上前，说道："你怎么中了毒？我们给你治了，再走不迟。"那少年道："我又不识得你，关你什么事？"足下加快，想从郭靖身旁穿过。郭靖见他脸上悻悻之色，眉目间甚似一个故人，心念一动，说道："小兄弟，你姓什么？"那少年向他白了一眼，侧过身子，意欲急冲而过。郭靖翻掌抓住了他手腕。那少年几下挣不脱，左手一拳，重重打在郭靖腹上。

郭靖微微一笑，也不理会。那少年想缩回手臂再打，哪知拳头深陷在他小腹之中，竟然拔不出来。他小脸涨得通红，用力后拔，只拔得手臂发疼，却始终挣不脱他小腹的吸力。郭靖笑道："你跟我说你姓什么，我就放你。"那少年道："我姓倪，名字叫作牢子，你快放我。"郭靖听了好生失望，腹肌松开，他可不知那少年其实说自己名叫“你老子”，在讨他的便宜。那少年拳头脱缚，望着郭靖，心道：“你本事好大，你老子不及乖儿子。”

黄蓉见了他脸上的狡猾惫懒神情，总觉他跟那人甚为相似，忍不住要再试他一试，笑道：“小兄弟，你想做我丈夫的老子，可不成了我的公公吗?”左手挥出，已按住他后颈。那少年觉得按来的力道极是强劲，急忙运力相抗。黄蓉手上劲力忽松，那少年不由自主的仰天一交，结结实实的摔倒。郭芙拍手大笑。那少年大怒，跳起身来，退后几步，正要污言秽语的骂人，黄蓉已抢上前去，双手按住他肩头，凝视着他双眼，缓缓的道：“你姓杨名过，你妈妈姓穆，是不是?”

那少年正是姓杨名过，突然被黄蓉说了出来，不由得惊骇无比，胸间气血上涌，手上毒气突然回冲，脑中一阵胡涂，登时晕了过去。

黄蓉一惊，扶住他身子。郭靖给他推拿了几下，但见他双目紧闭，牙齿咬破了舌头，满嘴鲜血，始终不醒。郭靖又惊又喜，道：“他……他原来是杨康兄弟的孩子。”黄蓉见杨过中毒极深，低声道：“咱们先投客店，到城里配几味药。”

原来黄蓉见这少年容貌与杨康实在相像，想起当年王处一在中都客店中相试穆念慈的武功师承，伸手按她后颈，穆念慈不向前跌，反而后仰，这正是洪七公独门的运气练功法门。这少年若是穆念慈的儿子，所练武功也必是一路。黄蓉是洪七公的弟子，自是深知本门练功的诀窍，一试之下，果然便揭穿了他的真相。

当下郭靖抱了杨过，与柯镇恶、黄蓉、郭芙三人携同双雕，回到客店。黄蓉写下药方，店小二去药店配药，只是她用的药都是偏门，嘉兴虽是通都大邑，一时却也配不齐全。郭靖见杨过始终昏迷不醒，甚是忧虑。黄蓉知道丈夫自杨康死后，常自耿耿于怀，今日陡然遇上他的子嗣，自是欢喜无限，偏是他又中了剧毒，不知生死，说道：“咱们自己出去采药。”郭靖心知只要稍有治愈之望，她必出言安慰自己，却见她神色之间亦甚郑重，心下更是惴惴不安，于是嘱咐郭芙不得随便乱走，夫妻俩出去找寻药草。

杨过昏昏沉沉的睡着，直到天黑，仍是不醒。柯镇恶进来看了他几次，自是束手无策，他毒蒺藜的毒性与冰魄银针全然不同，两者的解药自不能混用，又怕郭芙溜出，不住哄着她睡觉。

杨过昏迷中也不知过了多少时候，忽觉有人在他胸口推拿，慢慢醒转，睁开眼来，但见黑影闪动，什么东西从窗中窜了出去。他勉力站起，扶着桌子走到窗口张望，只见屋檐上倒立着一人，头下脚上，正是日间要他叫爸爸的那个怪人，身子摇摇摆摆，似乎随时都能摔下屋顶。

杨过惊喜交集，叫道：“是你。”那怪人道：“怎么不叫爸爸?”杨过叫了声：“爸爸!”心中却道：“你是我儿子，老子变大为小，叫你爸爸便了。”那怪人很是欢喜，道：“你上来。”杨过爬上窗槛，跃上屋顶。可是他中毒后身子虚弱，力道不够，手指没攀到屋檐，竟掉了下去，不由得失声惊呼：“啊哟!”

那怪人伸手抓住他背心，将他轻轻放在屋顶，倒转来站直了身子，正要说话，听得西边房里有人呼的一声吹灭烛火，知道已有人发现自己踪迹，当下抱着杨过疾奔而去。待得柯镇恶跃上屋时，四下里早已无声无息。

那怪人抱着杨过奔到镇外的荒地，将他放下，说道：“你用我教你的法儿，再把毒气逼些儿出来。”杨过依言而行，约莫一盏茶时分，手指上滴出几点黑血，胸臆间登觉大为舒畅。那怪人道：“你这孩儿甚是聪明，一教便会，比我当年亲生的儿子还要伶俐。唉！孩儿啊！”想到亡故了的儿子，眼中不禁湿润，抚摸杨过的头，微微叹息。

杨过自幼没有父亲，母亲也在他十一岁那年染病身亡。穆念慈临死之时，说他父亲死在嘉兴铁枪庙里，要他将她遗体火化了，去葬在嘉兴铁枪庙外。杨过遵奉母亲遗命办理，从此流落嘉兴，住在这破窑之中，偷鸡摸狗的混日子。穆念慈虽曾传过他一些武功的入门功夫，但她自己本就苦不甚高，去世时杨过又尚幼小，实是没能教得了多少。这几年来，杨过到处遭人白眼，受人欺辱，那怪人与他素不相识，居然对他这等好法，眼见他对自己真情流露，心中极是感动，纵身一跃，抱住了他脖子，叫道："爸爸，爸爸！"他从两三岁起就盼望有个爱怜他、保护他的父亲。有时睡梦之中，突然有了个慈爱的英雄父亲，但一觉醒来，这父亲却又不知去向，常常因此而大哭一场。此刻多年心愿忽而得偿，于这两声"爸爸"之中，满腔孺慕之意尽情发泄了出来，再也不想在心中讨还便宜了。

杨过固然大为激动，那怪人心中却只有比他更是欢喜。两人初遇之时，杨过被逼认他为父，心中实是一百个不愿意，此时两人心灵交通，当真是亲若父子，但觉对方若有危难，自己就是为他死了也所甘愿。那怪人大叫大笑，说道："好孩子，好孩子，乖儿子，再叫一声爸爸。"杨过依言叫了两声，靠在他的身上。

那怪人笑道："乖儿子，来，我把生平最得意的武功传给你。"说着蹲低身子，口中咕咕咕的叫了三声，双手推出，但听轰的一声巨响，面前半堵土墙应手而倒，只激得灰泥弥漫，尘土飞扬。杨过只瞧得目瞪口呆，伸出了舌头，惊喜交集，问道："那是什么功夫，我学得会吗?"怪人道："这叫作蛤蟆功，只要你肯下苦功，自然学得会。"杨过道："我学会之后，再没人欺侮我了么?"那怪人双眉上扬，叫道："谁敢欺侮我儿子，我抽他的筋，剥他的皮。"

这个怪人，自然便是西毒欧阳锋了。

他自于华山论剑之役被黄蓉用计逼疯，十余年来走遍了天涯海角，不住思索：“我到底是谁？”凡是景物依稀熟稔之地，他必多所逗留，只盼能找到自己，这几个月来他一直耽在嘉兴，便是由此。近年来他逆练九阴真经，内力大有进境，脑子也已清醒得多，虽然仍是疯疯癫癫，许多旧事却已逐步一一记起，只是自己到底是谁，却始终想不起来。

当下欧阳锋将修习蛤蟆功的入门心法传授了杨过。他这蛤蟆功是天下武学中的绝顶功夫，变化精微，奥妙无穷，内功的修习更是艰难无比，练得稍有不对，不免身受重伤，甚或吐血身亡，以致当年连亲生儿子欧阳克亦未传授。此时他心情激动，加之神智迷糊，不分轻重，竟毫不顾忌的教了这新收的义子。

杨过武功没有根柢，虽将入门口诀牢牢记住了，却又怎能领会得其中意思？偏生他聪明伶俐，于不明白处自出心裁的强作解人。欧阳锋教了半天，听他瞎缠歪扯，说得牛头不对马嘴，恼将起来，伸手要打他耳光，月光下见他面貌俊美，甚是可爱，尤胜当年欧阳克少年之时，这一掌便打不下去了，叹道：“你累啦，回去歇歇，明儿我再教你。”

杨过自被郭芙说他手脏，对她一家都生了厌憎之心，说道：“我跟着你，不回去啦。”欧阳锋只是对自己的事才想不明白，于其余世事却并不胡涂，说道：“我的脑子有些不大对头，只怕带累了你。你先回去，待我把一件事想通了，咱爷儿俩再厮守一起，永不分离，好不好？”杨过自丧母之后，一生从未有人跟他说过这等亲切言语，上前拉住了他手，哽咽道：“那你早些来接我。”欧阳锋点头道：“我暗中跟着你，不论你到哪里，我都知道。要是有人欺侮你，我打得他肋骨断成七八十截。”当下抱起杨过，将他送回客店。

柯镇恶曾来找过杨过，在床上摸不到他身子，到客店四周寻了一遍，也是不见，甚是焦急；二次来寻时，杨过已经回来，正要问他刚才到了哪里，忽听屋顶上风声飒然，有人纵越而过。他知是有两个武功极强之人在屋面经过，忙将郭芙抱来，放在床上杨过的身边，持铁杖守在窗口，只怕二人是敌，去而复回，果然风声自远而近，倏忽间到了屋顶。一人道：“你瞧那是谁?”另一人道：“奇怪，奇怪，当真是他?”原来是郭靖、黄蓉夫妇。

柯镇恶这才放心，开门让二人进来。黄蓉道：“大师父，这里没事么?”柯镇恶道：“没事。”黄蓉向郭靖道：“竟难道咱们看错了人?”郭靖摇头道：“不会，九成是他。”柯镇恶道：“谁啊?”黄蓉一扯郭靖衣襟，要他莫说。但郭靖对恩师不敢相瞒，便道：“欧阳锋。”柯镇恶生平恨极此人，一听到他名字便不禁脸上变色，低声道：“欧阳锋?他还没死?”郭靖道：“适才我们采药回来，见到屋边人影一晃，身法又快又怪，当即追去，却已不见了踪影。瞧来很像欧阳锋。”柯镇恶知他向来稳重笃实，言不轻发，他说是欧阳锋，就决不能是旁人。

郭靖挂念杨过，拿了烛台，走到床边察看，但见他脸色红润，呼吸调匀，睡得正沉，不禁大喜，叫道：“蓉儿，他好啦!”杨过其实是假睡，闭了眼偷听三人说话。他隐约听到义父名叫“欧阳锋”，而这三人显然对他极是忌惮，不由得暗暗欢喜。

黄蓉过来一看，大感奇怪，先前明明见他手臂上毒气上延，过了这几个时辰，只有更加瘀黑肿胀，哪知毒气反而消退，实是奇怪之极。她与郭靖出去找了半天，草药始终没能采齐，当下将采到的几味药捣烂了，挤汁给他服下。

次日郭靖夫妇与柯镇恶携了两小离嘉兴向东南行，决定先回桃花岛，治好杨过的伤再说。这晚投了客店，柯镇恶与杨过住一房，郭靖夫妇与女儿住一房。

郭靖夫妇睡到中夜，忽听屋顶上喀的一声响，接着隔壁房中柯镇恶大声呼喝，破窗跃出。郭靖与黄蓉急忙跃起，纵到窗边，只见屋顶上柯镇恶正空手和人恶斗，对手身高手长，赫然便是欧阳锋。郭靖大惊，只怕欧阳锋一招之间便伤了大师父性命，正欲跃上相助，却见柯镇恶纵声大叫，从屋顶摔了下来。郭靖飞身抢上，就在柯镇恶的脑袋将要碰到地面之时，轻轻拉住他后领向上提起，然后再轻轻放下，问道："大师父，没受伤吗？"柯镇恶道："死不了。快去截下欧阳锋。"郭靖道："是。"跃上屋顶。

这时屋顶上黄蓉双掌飞舞，已与这十余年不见的老对头斗得甚是激烈。她这些年来武功大进，内力强劲，出掌更是变化奥妙，十余招中，欧阳锋竟丝毫占不到便宜。

郭靖叫道："欧阳先生，别来无恙啊。"欧阳锋道："你说什么？你叫我什么？"脸上一片茫然，当下对黄蓉来招只守不攻，心中隐约觉得"欧阳"二字似与自己有极密切关系。郭靖待要再说，黄蓉已看出欧阳锋疯病未愈，忙叫道："你叫作赵钱孙李、周吴郑王！"欧阳锋一怔，道："我叫作赵钱孙李、周吴郑王？"黄蓉道："不错，你的名字叫作冯陈褚卫、蒋沈韩杨。"她说的是《百家姓》上的姓氏。欧阳锋心中本来胡涂，给她一口气背了十几个姓氏，更是摸不着头脑，问道："你是谁？我是谁？"

忽听身后一人大喝："你是杀害我五个好兄弟的老毒物。"呼声未毕，铁杖已至，正是柯镇恶。他适才被欧阳锋掌力逼下，未曾受伤，到房中取了铁杖上来再斗。郭靖大叫："师父小心！"柯镇恶铁杖砸出，和欧阳锋背心相距已不到一尺，却听呼的一声响，铁杖反激出去，柯镇恶把持不住，铁杖撒手，跟着身子也摔入了天井。

郭靖知道师父虽然摔下，并不碍事，但欧阳锋若乘势追击，后着可凌厉之极，当下叫道："看招！"左腿微屈，右掌划了个圆圈，平推出去，正是降龙十八掌中的"亢龙有悔"。这一招他日夕勤练不辍，初学时便已非同小可，加上这十余年苦功，实已到炉火纯青之境，初推出去时看似轻描淡写，但一遇阻力，能在刹时之间连加一十三道后劲，一道强似一道，重重叠叠，直是无坚不摧、无强不破。这是他从九阴真经中悟出来的妙境，纵是洪七公当年，单以这一招而论，也无如此精奥的造诣。

欧阳锋刚将柯镇恶震下屋顶，但觉一股微风扑面而来，风势虽然不劲，然已逼得自己呼吸不畅，知道不妙，急忙身子蹲下，双掌平推而出，使的正是他生平最得意的“蛤蟆功”。三掌相交，两人身子都是一震。郭靖掌力急加，一道又是一道，如波涛汹涌般向前猛扑。欧阳锋口中咯咯大叫，身子一晃一晃，似乎随时都能摔倒，但郭靖掌力愈是加强，他反击之力也相应而增。

二人不交手已十余年，这次江南重逢，都要试一试对方进境如何。昔日华山论剑，郭靖殊非欧阳锋敌手，但别来勇猛精进，武功大臻圆熟，欧阳锋虽逆练真经，也自有心得，但一正一反，终究是正胜于反，到此次交手，郭靖已能与他并驾齐驱，难分上下。黄蓉要丈夫独力取胜，只在旁掠阵，并不上前夹击。

南方的屋顶与北方大不相同。北方居室因须抵挡冬日冰雪积压，屋顶坚实异常，但自淮水而南，屋顶瓦片叠盖，便以轻巧灵便为主。郭靖与欧阳锋各以掌力相抵，力贯双腿，过了一盏茶时分，只听脚下格格作声，突然喀喇喇一声巨响，几条椽子同时断折，屋顶穿了个大孔，两人一齐落下。

黄蓉大惊，忙从洞中跃落，只见二人仍是双掌相抵，脚下踏着几条椽子，这些椽子却压在一个住店的客人身上。那人睡梦方酣，岂知祸从天降，登时双腿骨折，痛极大号。郭靖不忍伤害无辜，不敢足上用力，欧阳锋却不理旁人死活。二人本来势均力敌，但因郭靖足底势虚，掌上无所借力，渐趋下风。他以单掌抵敌人双掌，然全身之力已集于右掌，左掌虽然空着，可也已无力可使。黄蓉见丈夫身子微向后仰，虽只半寸几分的退却，却显然已落败势，当下叫道：“喂，张三李四、胡涂王八，看招。”轻飘飘的一掌往欧阳锋肩头拍去。

这一掌出招虽轻，然而是落英神剑掌法的上乘功夫，落在敌人身上，劲力直透内脏，纵是欧阳锋这等一流名家，也须受伤不可。欧阳锋听她又以古怪姓名称呼自己，一怔之下，陡然见她招到，双掌力推，将郭靖的掌力逼开半尺，就在这电光石火的一瞬之间，一把抓住了黄蓉肩头，五指如钩，要硬生生扯她一块肉下来。

这一抓发出，三人同时大吃一惊。欧阳锋但觉指尖剧痛，原来已抓中了她身上软猬甲的尖刺，忙不迭的松手。就在此时，郭靖掌力又到，欧阳锋回掌相抵，危急中各出全力，砰的一声，两人同时急退，但见尘沙飞扬，墙倒屋倾。原来二人这一下全使上了刚掌，黑暗中瞧不清对方身形，降龙十八掌与蛤蟆功的巨力竟都打在对方肩头。两人破墙而出，半边屋顶塌了下来。黄蓉肩头受了这一抓，虽未受伤，却也已吓得花容失色，百忙中在屋顶将塌未塌之际斜身飞出。只见欧阳锋与郭靖相距半丈，呆立不动，显然都已受了内伤。

黄蓉不及攻敌，当即站在丈夫身旁守护。但见二人闭目运气，哇哇两声，不约而同的都喷出一口鲜血。欧阳锋叫道："降龙十八掌，嘿，好家伙，好家伙！"一阵狂笑，扬长便走，瞬息间去得无影无踪。

此时客店中早已呼爷喊娘，乱成一团。黄蓉知道此处不可再居，从柯镇恶手里抱过女儿，道："师父，你抱着靖哥哥，咱们走罢！"柯镇恶将郭靖扛在肩上，一跷一拐的向北行去。走了一阵，黄蓉忽然想起杨过，不知这孩子逃到了哪里，但挂念丈夫身受重伤，心想旁的事只好慢慢再说。

郭靖心中明白，只是被欧阳锋的掌力逼住了气，说不出话来。他在柯镇恶肩头调匀呼吸，运气通脉，约莫走出七八里地，各脉俱通，说道："大师父，不碍事了。"柯镇恶将他放下，问道："还好么？”郭靖摇摇头道：“蛤蟆功当真了得！”只见女儿伏在母亲肩头沉沉熟睡，心中一怔，问道：“过儿呢？”柯镇恶一时想不起过儿是谁，愕然难答。黄蓉道：“你放心，先找个地方休息，我回头去找他。”

此时天色将明，道旁树木房屋已朦胧可辨。郭靖道：“我的伤不碍事，咱们一起去找。”黄蓉皱眉道：“这孩子机伶得紧，不用为他挂怀。”正说到此处，忽见道旁白墙后伸出个小小脑袋一探，随即缩了回去。黄蓉抢过去一把抓住，正是杨过。他笑嘻嘻的叫了声“阿姨”，说道：“你们才来么？我在这儿等了好久啦。”黄蓉心中好些疑团难解，随口答应一声，道：“好，跟我们走罢！”

杨过笑了笑，跟随在后。郭芙睁开眼来，问道：“你到哪里去啦？”杨过道：“我去捉蟋蟀儿，那才好玩呢。”郭芙道：“有什么好玩？”杨过道：“哼，谁说不好玩？一个大蟋蟀跟一只老蟋蟀对打，老蟋蟀输了，又来了两只小蟋蟀帮着，三只打一个。大蟋蟀跳来跳去，这边弹一脚，那边咬一口，嘿嘿，那可厉害了……”说到这里，却住口不说了。郭芙怔怔的听着，问道：“后来怎样？”杨过道：“你说不好玩，问我干么？”郭芙碰了个钉子，很是生气，转过了头不睬他。

黄蓉听他言语中明明是帮着欧阳锋，在讥刺自己夫妇与柯镇恶，便道：“你跟阿姨说，到底是谁打赢了？”杨过笑笑，轻描淡写的道：“我正瞧得有趣，你们都来了，蟋蟀儿全逃走啦。”黄蓉心想：“当真是有其父必有其子。”不禁微觉有气。

说话之间，众人来到一个村子。黄蓉向一所大宅院求见主人。那主人甚是好客，听说有人受伤生病，忙命庄丁打扫厢房接待。郭靖吃了三大碗饭，坐在榻上闭目养神。黄蓉见丈夫气定神闲，心知已无危险，坐在他身旁守护，想起见到杨过以来的种种情状，觉得此人年纪虽小，却有许多怪异难解之处，但若详加查问，他多半不会实说，心想只小心留意他行动便是。当日无话，用过晚膳后各自安寝。

杨过与柯镇恶同睡一房，到得中夜，他悄悄起身，听得柯镇恶鼻鼾呼呼，睡得正沉，便打开房门，溜了出去，走到墙边，爬上一株桂花树，纵身跃起，攀上墙头，轻轻溜下。墙外两只狗闻到人气，吠了起来。杨过早有预备，从怀里摸出两根日间藏着的肉骨头，丢了过去。两只狗咬住骨头大嚼，当即止吠。

杨过辨明方向，向西南而行，约莫走了七八里地，来到铁枪庙前。他推开庙门，叫道："爸爸，我来啦！"只听里面哼了一声，正是欧阳锋的声音，杨过大喜，摸到供桌前，找到烛台，点燃了残烛，见欧阳锋躺在神像前的几个蒲团之上，神情委顿，呼吸微弱。他与郭靖所受之伤情形相若，只是郭靖方当年富力强，复元甚速，他却年纪老迈，精力已远为不如。

原来昨晚杨过与柯镇恶同室宿店，半夜里欧阳锋又来瞧他。柯镇恶当即醒觉，与欧阳锋动起手来。其后黄蓉、郭靖二人先后参战，杨过一直在旁观看。终于欧阳锋与郭靖同时受伤，欧阳锋远引。杨过见混乱中无人留心自己，悄悄向欧阳锋追去。初时欧阳锋行得极快，杨过自是追赶不上，但后来他伤势发作，举步维艰，杨过赶了上来，扶他在道旁休息。杨过知道自己若不回去，黄蓉、柯镇恶等必来找寻，只恐累了义父的性命，是以与欧阳锋约定了在铁枪庙中相会。这铁枪庙与他二人都大有干系，一说均知。杨过独自守在大路之旁相候，与郭靖等会面后，直到半夜方来探视。

杨过从怀里取出七八个馒头，递在他手里，道："爸爸，你吃罢。"欧阳锋饿了一天，生怕出去遇上敌人，整日躲在庙中苦挨，吃了几个馒头后精神为之一振，问道："他们在哪儿？"杨过一一说了。

欧阳锋道："那姓郭的吃了我这一掌，七日之内难以复原。他媳妇儿要照料丈夫，不敢轻离，眼下咱们只担心柯瞎子一人。他今晚不来，明日必至。只可惜我没半点力气。唉，我好像杀过他的兄弟，也不知是四个还是五个……"说到这里，不禁剧烈咳嗽。

杨过坐在地下，手托腮帮，小脑袋中刹时间转了许多念头，忽然心想："有了，待我在地下布些利器，老瞎子若是进来，可要叫他先受点儿伤。"于是在供桌上取过四只烛台，拔去灰尘堆积的陈年残烛，将烛台放在门口，再虚掩庙门，搬了一只铁香炉，爬上去放在庙门顶上。

他四下察看，想再布置些害人的陷阱，见东西两边偏殿中各吊着一口大铁钟。每一口钟都是三人合抱也抱不过来，料必重逾千斤。钟顶上有一只极粗的铁钩，与巨木制成的木架相连。这铁枪庙年久失修，破败不堪，但巨钟和木架两皆坚牢，仍是完好无损。杨过心道："老瞎子要是到来，我就爬到钟架上面，管教他找我不着。"

他手持烛台，正想到后殿去找件防身利器，忽听大路上笃、笃、笃的一声声铁杖击地，知道柯镇恶到了，忙吹灭烛火，随即想起："这瞎子目不见物，我倒不必熄烛。"但听笃笃笃之声越来越近，欧阳锋忽地坐起，要把全身仅余的劲力运到右掌之上，先发制人，一掌将他毙了。杨过将手中烛台的铁签朝外，守在欧阳锋身旁，心想我虽武艺低微，好歹也要相助义父，跟老瞎子拼上一拼。

柯镇恶料定欧阳锋身受重伤，难以远走，那铁枪庙便在附近，正是欧阳锋旧游之地，料想他不敢寄居民家，多半会躲在庙中，想起五个兄弟惨遭此人毒手，今日有此报仇良机，哪肯放过？睡到半夜，轻轻叫了两声："过儿，过儿！"不听答应，只道他睡得正熟，竟没走近查察，当下越墙而出。那两条狗子正在大嚼杨过所给的骨头，见他出来，只呜呜几声，却没吠叫。

他缓缓来到铁枪庙前，侧耳听去，果然庙里有呼吸之声。他大声叫道：“老毒物，柯瞎子找你来啦，有种的快出来。”说着铁杖在地下一顿。欧阳锋只怕泄了丹田之气，不敢言语。

柯镇恶叫了几声，未闻应声，举铁杖撞开庙门，踏步进内，只听呼的一响，头顶一件重物砸将下来，同时左脚已踏中烛台上的铁签，刺破靴底，脚掌心上一阵剧痛。他一时之间不明所以，铁杖挥起，当的一声巨响，震耳欲聋，将头顶的铁香炉打了开去，随即在地下一滚，好教铁签不致刺入足底。哪知身旁尚有几只烛台，只觉肩头一痛，又有一只烛台的铁签刺入了肉里。他左手抓住烛台拔出，鲜血立涌。此时不敢再有大意，听着欧阳锋呼吸之声，脚掌擦地而前，一步一步走近，走到离他三尺之处，铁杖高举，叫道：“老毒物，今日你还有何话说?”

欧阳锋已将全身所剩有限力气运上右臂，只待对方铁杖击下，手掌同时拍出，跟他拼个同归于尽。柯镇恶虽知仇人身受重伤，但不知他到底伤势如何，这一杖迟迟不落，要等他先行发招，就可知他还剩下多少力气。两人相对僵持，均各不动。

柯镇恶耳听得他呼吸沉重，脑中陡然间出现了朱聪、韩宝驹、南希仁等结义兄弟的声音，似乎在齐声催他赶快下手，当下再也忍耐不住，大吼一声，一招“秦王鞭石”，挥铁杖搂头盖将下去。欧阳锋身子略闪，待要发掌，手臂只伸出半尺，一口气却接不上来，登时软垂下去。但听砰的一声猛响，火光四溅，铁杖杖头将地下几块方砖击得粉碎。

柯镇恶一击不中，次招随上，铁杖横扫，向他中路打去。若在平日，欧阳锋轻轻一带，就要叫他铁杖脱手，至不济也能纵身跃过，但此刻全身酸软，使不出半点劲道，只得着地打滚，避了开去。柯镇恶使开降魔杖法，一招快似一招。欧阳锋却越避越是迟钝，终于给他一招“杵伏药叉”击中左肩。

杨过在一旁听着，不由得心惊肉跳，有心要上前相助义父，却自知武艺低微，只有送死的份儿。

柯镇恶接连三杖，都击在欧阳锋身上。欧阳锋今日也是该遭此厄，总算他内力深湛，虽无还手之力，却能退避化解，将他每一击的劲道都卸在一旁，身上已被打得皮开肉绽，筋骨内脏却不受损。柯镇恶暗暗称奇，心想这老毒物的本事果然非同小可，每一杖下去，明明已经击中，但总是在他身上滑溜而过，十成劲力倒给化解了九成，心想他的头盖总不能以柔功滑开我的杖力，当下运杖成风，着着向他头顶进攻。

欧阳锋闪头避了几次，霎时间身子已被笼罩在他杖风之下，不由得暗暗叫苦，若是被他一杖击在头上，哪里还保得住性命，无可奈何中行险侥幸，突然扑入他的怀里，抓住了他胸口。柯镇恶吃了一惊，铁杖已在外门，难以击敌，只得伸手反揪。两人一齐滚倒。

欧阳锋不敢松手，牢牢抓住对方胸口，左手去扭他腰间，忽然触手坚硬，急忙抓起，竟是一柄尖刀。这是张阿生常用的兵刃屠牛刀，名虽如此，其实并非用以屠牛。这刀砍金断玉，锋利无比。张阿生在蒙古大漠死于陈玄风之手，柯镇恶心念义弟，这柄刀带在身畔，片刻不离。欧阳锋近身肉搏，拔了出来，左手弯过，举刀便往敌人腰胁刺落。恰在此时，柯镇恶正放脱铁杖，右拳挥出，砰的一声，将欧阳锋打了个筋斗。欧阳锋眼前金星直冒，迷迷糊糊中挥手将尖刀往敌人掷去。柯镇恶听得风声，闪身避过，只听镗的一响，钟声嗡嗡不绝，原来这把刀正掷中殿上的铁钟。欧阳锋这一掷虽然无甚手劲，但因刀刃十分锋利，竟然刺入铁钟，刀身不住颤动。

杨过站在钟旁，尖刀贴面飞过，险些给刺中脸颊，只吓得心中怦怦而跳，急忙快手快脚的爬上钟架。

欧阳锋灵机一动，绕到了钟后。此时钟声未绝，柯镇恶一时听不出他呼吸所在，侧头细辨声息。大殿中月光斜照，但见他满头乱发，拄杖倾听，神态极是可怕。杨过瞧出了其中关键，当即拔出屠牛刀，将刀柄往钟上重重撞去，镗的一声，将两人呼吸声尽皆盖过。

柯镇恶听到钟声，向前疾扑，欧阳锋已绕到了钟后。柯镇恶横杖击出，欧阳锋向旁闪避，这一杖便击中了铁钟，只听得镗的一声巨响，当真是震耳欲聋。杨过只觉耳鼓隐隐作痛。柯镇恶性起，挥铁杖不住击钟，前声未绝，后声又起，越来越响。欧阳锋心想不妙，他这般敲击下去，虽然郭靖受伤，黄蓉却只怕要来应援。乘着钟声震耳，放轻脚步，想从后殿溜出。哪知柯镇恶耳音灵敏之极，虽在钟声镗镗巨响之中，仍分辨得出别的细微声息，听得欧阳锋脚步移动，当下只作不知，仍是舞杖狂敲，待他走出数步，离钟已远，突然纵跃而前，挥杖往他头顶击落。

欧阳锋劲力虽失，但他一生不知经过多少大风大浪，这些接战时的虚虚实实，岂有不知？眼见柯镇恶右肩微抬，早知他的心意，不待他铁杖挥出，又已逃回钟后。他重伤后本已步履艰难，但此刻生死系于一发，竟然从数十年的深厚内力之中，激发了连自己也不知从何而来的力道。

柯镇恶大怒，叫道："就算打你不死，累也累死了你。"绕钟来追。

杨过见二人绕着铁钟兜圈子，时候一长，义父必定气力不加，眼见情势危急，忽然心生一计，爬在钟架上双手乱舞，大做手势。欧阳锋全神躲闪敌人追击，并未瞧见，再兜两个圈子，才见杨过的影子映在地下，正做手势叫他离开，一时未明其意，但想他既叫我离开，必有用意，当下冒险向外奔去。

柯镇恶停步不动，要分辨敌人的去向。杨过除下脚上两只鞋子，向后殿掷去，啪啪两声，落在地下。柯镇恶大奇，明明听得欧阳锋走向大门，怎么后殿又有声响？就在他微一迟疑之际，杨过提起屠牛尖刀，发力向吊着铁钟的木架横梁上斩去。这横梁极粗，杨过力气又小，宝刀虽利，数刀急砍又怎斩它得断？但铁钟沉重之极，横梁给接连斩出了几个缺口，已吃不住巨钟的重量。喀喇喇几声响，横梁折断，那口大铁钟夹着一股疾风，对准柯镇恶的顶门直砸下来。

柯镇恶早听得头顶忽发异声，正自奇怪，巨钟已落将下来，这当儿已不及逃窜，百忙中铁杖直竖，当的一声猛响，巨钟边缘正压在杖上，就这么一挡，他已乘隙从钟底滚出。但听喀、砰、嘭、轰，接连几响，铁杖断为两截，铁钟翻滚过去，在柯镇恶肩头猛力一撞，将他抛出山门，连翻了几个筋斗，只跌得鼻子流血，额角上也破了一大块。柯镇恶目不见物，不知变故因何而起，只怕殿中躲着什么怪物作祟，爬起身来，一跷一拐的走了。

欧阳锋在旁瞧着，也不由得微微心惊，不住口叫道："可惜，可惜！"又道："乖孩儿，好聪明！"杨过从钟架上爬下，喜道："这瞎子不敢再来啦。"欧阳锋摇头道："此人与我仇深似海，只要他一息尚存，必定再来。"杨过道："那么咱们快走。"欧阳锋仍是摇头，道："我受伤甚重，逃不远。"他这时危难暂过，只觉四肢百骸都如要散开来一般，实是一步也不能动了。杨过急道："那怎么办？"欧阳锋沉吟半晌，道："有个法子，你再斩断另一口钟的横梁，将我罩在钟下。"杨过道："那你怎么出来？"欧阳锋道："我在钟下用功七日，元功一复，自己就能掀钟出来。这七日之中，那柯瞎子纵然再来寻仇，谅他这点点微末道行，也揭不开这口大钟。只要黄蓉这女娃娃不来，未必有人能识破机关。黄蓉一来，那可大事去矣。"

杨过心想除此之外，确也没有旁的法子，问清楚他确能自行开钟，不须别人相助，又问："你七天没东西吃，能行吗？"欧阳锋道："你去找只盆钵，装满了清水，放在我身旁。这里还有好几个馒头，慢慢吃着，尽可支持得七日。”

杨过去厨房中找到一只瓦钵，装了清水，放在另一口仍然高悬的大钟之下，然后扶了欧阳锋端端正正的坐在钟下。欧阳锋道：“孩儿，你尽管随那姓郭的前去，日后我必来寻你。”杨过答应了，爬上钟架，斩断横梁，大铁钟落下，将欧阳锋罩住了。

杨过叫了几声“爸爸”，不听欧阳锋答应，知他在钟内听不见外边声息，正要离去，心念忽动，又到后殿拿一只瓦钵，盛满了清水。将瓦钵放在地下，然后倒转身子，左手伸在钵中，依照欧阳锋所授逆行经脉之法，将手上毒血逼了一些出来。只是使这功夫极是累人，他又只学得个皮毛，虽只挤得十几滴黑血，却已闹得满头大汗。歇了一阵，扯下神像前的几条布幡，缠在一只签筒之上，然后蘸了碗中血水，在那口钟上到处都遍涂了，心想若是柯瞎子再至，想撬开铁钟，手掌碰到钟身，叫他非中毒不可。

忽又想到，义父罩在钟内，七天之中可别给闷死了，于是用尖刀挖掘钟边之下的青砖，在地下挖了个拳头大的洞孔，以便通风透气。挖掘之间，那尖刀碰到青砖底下的一块硬石，竟尔啪的一声折断了。这屠牛刀锋锐之极，刃锋却是甚薄，给杨过当作铁凿般乱挖乱掘，一柄宝刀竟尔断送。他不知此刀珍贵，反正不是自己之物，也不可惜，随手抛在一旁，伏在地下，对准钟底洞孔叫道：“爸爸，我去了，你快来接我。那口钟外面有毒，你出来时小心些。”随即侧头，俯耳洞孔，只听欧阳锋微弱的声音道：“好孩子，我不怕毒，毒才怕我。你自己小心，我定来接你。”

杨过悄立半晌，颇有恋恋不舍之意，这才快步奔回客店，越墙时提心吊胆，只怕柯镇恶惊觉，哪知进房后见柯镇恶尚未回来，倒也大出意料之外。

次日一早，忽听得有人用棍棒嘭嘭嘭的敲打房门。杨过跃下床来，打开房门，只见柯镇恶持着一根木棍，脸色灰白，刚踏进门便向前扑出，摔在地下。杨过见他双手乌黑，果然又去寻过欧阳锋，终究不免中了自己布下之毒，暗暗心喜，当下假装吃惊，大叫：“柯公公，你怎么了?”

郭靖、黄蓉听得叫声，奔过来查看，见柯镇恶倒在地下，吃了一惊。此时郭靖虽能行走，却无力气，当下黄蓉将柯镇恶扶在床上，问道：“大师父，你怎么啦?”柯镇恶摇了摇头，并不答话。黄蓉见到他掌心黑气，恨恨的道：“又是那姓李的贱人。靖哥哥，待我去会她。”说着一束腰带，跨步出去。

柯镇恶低声道：“不是那女子。”黄蓉止步回头，奇道：“咦，那是谁?”柯镇恶自觉连一个手无缚鸡之力的人也对付不了，反弄到自己受伤回来，也可算无能之极。他性子刚硬，真所谓辛姜老而弥辣，对受伤的原由竟一句不提。靖蓉二人知他脾气，若他愿说，自会吐露，否则愈问愈惹他生气。好在他只皮肤中毒，毒性也不厉害，只是一时昏晕，服了一颗九花玉露丸后便无大碍。

黄蓉心下计议，眼前郭靖与柯镇恶受伤，那李莫愁险毒难测，须得先将两个伤者、两个孩子送到桃花岛，日后再来找她算账，方策万全。这日上午在客店中休息半天，下午雇船东行。

杨过见黄蓉不去找欧阳锋，心下暗喜，又想：“爸爸很怕郭伯母去找他，难道郭伯母这样娇滴滴的一个大美人儿，比柯瞎子还厉害得多吗?”

舟行半日，天色向晚，船只靠岸停泊，船家淘米做饭。郭芙见杨过不理自己，又是生气又是无聊，倚在船窗向外张望，忽见柳荫下两个小孩子在哀哀痛哭，瞧模样正是武敦儒、武修文兄弟。郭芙大声叫道：“喂，你们在干什么?”武修文回头见是郭芙，哭道：“我们在哭，你不见么?”郭芙道：“干什么呀，你妈打你们么?”武修文哭道：“我妈死啦!”

黄蓉听到他说话，吃了一惊，跃上岸去。只见两个孩子抚着母亲的尸身哀哀痛哭。武三娘满脸漆黑，早已死去多时。黄蓉再问武三通的下落，武敦儒哭道：“爸爸不知到哪里去啦。”武修文道：“妈妈给爸爸的伤口吸毒，吸了好多黑血出来。爸爸好了，妈妈却死了。爸爸见妈死了，心里忽然又胡涂啦。我们叫他，他理也不理就走了。”说着又哭了起来。黄蓉心想：“武三娘子舍生救夫，实是个义烈女子。”问道：“你们饿了罢?”两兄弟不住点头。

黄蓉叹了口气，命船夫带他们上船吃饭，到镇上买了一具棺木，将武三娘收殓了。当晚不及安葬，次晨才买了一块地皮，将棺木葬了。武氏兄弟在坟前伏地大哭。

郭靖道：“蓉儿，这两个孩儿没了爹娘，咱们便带到桃花岛上，以后要多费你心照顾啦。”黄蓉点头答应，当下劝住了武氏兄弟，上船驶到海边，另雇大船，东行往桃花岛进发。

武修文骑在杨过身上，兄弟俩牢牢按住，四个拳头不住往他身上击去。杨过咬住牙关苦挨，一声不哼。郭芙在旁见武氏兄弟为她出气，心下甚喜，叫道：“用力打，打他！”

第三回

求师终南

郭靖在舟中潜运神功，数日间伤势便已痊愈了大半。夫妇俩说起欧阳锋十余年不见，不但未见衰迈，武功犹胜往昔，这一掌若是打中了郭靖胸口要害，那便非十天半月之内所能痊可了。两人谈到洪七公，不知他身在何处，甚是记挂。黄蓉虽在桃花岛隐居，仍是遥领丐帮帮主之位，帮中事务由鲁有脚奉黄蓉之名处分勾当。她此番来到江南，原拟乘便会见帮中诸长老会商帮务，并打听洪七公近况，但郭靖受伤，只有先行归岛。其后说到杨过，黄蓉便将他叫进内舱，询问前事。杨过说了母亲因病逝世、自己流落嘉兴的经过，郭靖夫妇想起和穆念慈的交情，均是不胜伤感。

待杨过回出外舱，郭靖说道："我向来有个心愿，你自然知道。今日天幸遇到过儿，我的心愿就可得偿了。"当年郭靖之父郭啸天与杨过的祖父杨铁心义结兄弟，两家妻室同时怀孕。二人相约，日后生下的若均是男儿，就结为兄弟，若均是女则结为金兰姊妹，如是一男一女，则为夫妇。后来两家生下的各为男儿，郭靖与杨过之父杨康如约结为兄弟。但杨康认贼作父，多行不义，终于惨死于嘉兴王铁枪庙中。郭靖念及此事，常耿耿于怀。此时这么一说，黄蓉早知他的心意，摇头道："我不答应。"

郭靖愕然道："怎么？"黄蓉道："芙儿怎能许配给这小子。"

郭靖道："他父虽然行止不端，但郭杨两家世代交好，我瞧他相貌清秀，聪明伶俐，今后跟着咱俩，将来不愁不能出人头地。"黄蓉道："我就怕他聪明过份了。"郭靖道："你不是聪明得紧么？那有什么不好？"黄蓉笑道："我却偏喜欢你这傻哥哥呢。"郭靖一笑，道："芙儿将来长大，未必与你一般也喜欢傻小子。再说，如我这般傻瓜，天下只怕再也难找第二个。"黄蓉刮脸羞他道："好希罕么？不害臊。"

两人说笑几句，郭靖重提话头，说道："我爹爹就只这么一个遗命，杨铁心叔父临死之际也曾重托于我。可是于杨康兄弟与穆世姊份上，我实没尽了什么心。若我再不将过儿当作亲人一般看待，怎对得起爹爹与杨叔父？"言下长叹一声，甚有怃然之意。黄蓉柔声道："好在两个孩子都还小，此事也不必急急。将来若是过儿当真没甚坏处，你爱怎么就怎么便了。"

郭靖站起身来，深深一揖，正色道："多谢相允，我实是感激不尽。"黄蓉也正色道："我可没应允。我是说，要瞧那孩子将来有没有出息。"郭靖一揖到地，刚伸腰直立，听她此言，不禁愣住，随即道："杨康兄弟自幼在金国王府之中，这才学坏。过儿在我们岛上，却决计坏不了，何况他这名字当年就是我给取的。他名杨过，字改之，就算有了过失，也能改正，你放心好啦。"黄蓉笑道："名字怎能作数？你叫郭靖，好安靖吗？从小就跳来跳去的像只大猴子。"郭靖瞠目结舌，说不出话来。黄蓉一笑，转过话头，不再谈论此事。

舟行无话，到了桃花岛上。郭芙突然多了三个年纪相若的小朋友，自是欢喜之极。

杨过服了黄蓉的解药后，身上余毒便即去净。他和郭芙初见面时略有嫌隙，但小孩性儿，过了几日，大家自也忘了。这几天中，四人都在捕捉蟋蟀相斗为戏。

这一日杨过从屋里出来，又要去捉蟋蟀，越弹指阁，经两忘峰，刚绕过清啸亭，忽听得山后笑语声喧，忙奔将过去，只见郭芙和武氏兄弟翻石拨草，也正在捕捉蟋蟀。武敦儒拿着个小竹筒，郭芙捧着一只瓦盆。

武修文翻开一块石头，嗤的一响，一只大蟋蟀跳了出来。武修文纵身扑上，双手按住，欢声大叫。郭芙叫道："给我，给我。"武修文拿起蟋蟀，道："好罢，给你。"揭开瓦盆盖，放在盆里，只见这蟋蟀方头健腿、巨颚粗腰，甚是雄骏。武修文道："这只蟋蟀定是无敌大将军，杨哥哥，你那许多蟋蟀儿都打它不过。"

杨过不服，从怀中取出几竹筒蟋蟀，挑出最凶猛的一只来与之相斗。斗得几个回合，那大蟋蟀张开巨口咬去，将杨过的那只拦腰咬住，摔出盆外，随即振翅而鸣，洋洋得意。郭芙拍手欢叫："我的打赢啦！"杨过道："别忙，还有呢。"可是他连出三蟀，尽数败下阵来，第三只甚至被巨蟀一口咬成两截。

杨过脸上无光，道："不玩啦！"转身便走。忽听得后面草丛中叽叽叽的叫了三声，正是蟋蟀鸣叫，声音却颇有些古怪。武敦儒道："又是一只。"拨开草丛，突然向后急跃，惊道："蛇，蛇！"杨过转过身来，果见一条花纹斑斓的毒蛇，昂首吐舌的盘在草中。杨过拾起一块石子，对准了摔去，正中蛇头，那毒蛇扭曲了几下，便即死了。只见毒蛇所盘之旁有一只黑黝黝的小蟋蟀，相貌奇丑，却展翅发出叽叽之声。

郭芙笑道："杨哥哥，你捉这小黑鬼啊。"杨过听出她话中有讥嘲之意，激发了胸中傲气，说道："好，捉就捉。"当下将黑蟋蟀捉了过来。郭芙笑道："你这只小黑鬼，要来干什么？想跟我的无敌大将军斗斗吗？"杨过怒道："斗就斗，小黑鬼也不是给人欺负的。"将黑蟀放在郭芙的瓦盆之中。

说也奇怪，那大蟋蟀见到小黑蟀竟有畏惧之意，不住退缩。郭芙与武氏兄弟大声吆喝，为大蟋蟀加劲助威。小黑蟀昂头纵跃而前，那大蟀不敢接战，想跃出盆去。小黑蟀也即跃高，在半空咬住大蟀的尾巴，双蟀齐落，那大蟋蟀抖了几抖，翻转肚腹而死。原来蟋蟀之中有一种喜与毒虫共居，与蜈蚣共居的称为“蜈蚣蟀”，与毒蛇共居的称为“蛇蟀”，因身上染有毒虫气息，非常蟀之所能敌。杨过所捉到的小黑蟀正是一只蛇蟀。

郭芙见自己的无敌大将军一战即死，很不高兴，转念一想，道：“杨哥哥，你这头小黑鬼给了我罢。”杨过道：“给你么，本来没什么大不了，但你为什么骂它小黑鬼？”郭芙小嘴一撇，悻悻的道：“不给就不给，希罕吗？”拿起瓦盆一抖，将小黑蟀倒在地上，右脚踹落，登时踏死。杨过又惊又怒，气血上涌，满脸涨得通红，登时按捺不住，反手一掌，重重打了她个耳光。

郭芙一愣，还没决定哭是不哭。武修文骂道：“你这小子打人！”向杨过胸口就是一拳。他家学渊源，自小得父母亲传，武功已有相当根基，这拳正中杨过前胸，力道着实不轻。杨过大怒，回手也是一拳，武修文闪身避过。杨过追上扑击，武敦儒伸脚在他腿上一钩，杨过扑地倒了。武修文转身跃起，骑在他的身上。兄弟俩牢牢按住，四个拳头猛往他身上击去。

杨过虽比二人大了一两岁，但双拳难敌四手，武氏兄弟又练过上乘武功，杨过却只跟穆念慈学过一些粗浅武功，不是二人对手，当下咬住牙关挨打，哼也不哼。武敦儒道：“你讨饶就放你。”杨过骂道：“放屁！”武修文砰砰两下，又打了他两拳。郭芙在旁见武氏兄弟为她出气，心下甚喜。

武氏兄弟知道若是打他头脸，有了伤痕，待会被郭靖、黄蓉看到，必受斥责，是以拳打足踢，都招呼在他身上。郭芙见打得厉害，有些害怕，但摸到自己脸上热辣辣的疼痛，又觉打得痛快，不禁叫道："用力打，打他！"武氏兄弟听她这般呼叫，打得更加狠了。

杨过伏在地下，耳听郭芙如此叫唤，心道："你这丫头如此狠恶，我日后必报此仇。"但觉腰间、背上、臀部剧痛无比，渐渐抵受不住，武氏兄弟自幼练功，拳脚有力，寻常大人也经受不起，若非杨过也练过一些内功，早已昏晕。他咬牙强忍，双手在地下乱抓乱爬，突然间左手抓到一件冰凉滑腻之物，正是适才砸死的毒蛇，当即抓起，回手挥舞。

武氏兄弟见到这条花纹斑斓的死蛇，齐声惊呼。杨过乘机翻身，回手狠狠一拳，只打得武敦儒鼻流鲜血，当即爬起身来，发足便逃。武氏兄弟大怒，随后追去。郭芙要看热闹，连声叫唤："捉住他，捉住他！"在后追赶。杨过奔了一阵，一回头，只见武敦儒满脸鲜血，模样甚是狠恶，心知若是给两兄弟捉住了，那一顿饱打必比适才更是厉害，当下不住足的奔向试剑峰山脚，直向峰上爬去。

武敦儒鼻上虽吃了一拳，其实并不如何疼痛，但见到了鲜血，又是害怕，又是愤怒，提气急追。杨过越爬越高，武氏兄弟丝毫不肯放松。郭芙却在半山腰里停住脚步，仰头观看。杨过奔了一阵，眼见前面是个断崖，已无路可走。当年黄药师每创新招，要跃过断崖，再到峰顶绝险之处试招，杨过却如何跃得过？他心道："我纵然跳崖而死，也不能让这两个臭小子捉住了再打。"转过身来，喝道："你们再上来一步，我就跳下去啦！"武敦儒一呆，武修文叫道："跳就跳，谁还怕了你不成？料你也没胆子！"说着又爬上几步。

杨过气血上冲，正要涌身下跃，瞥眼忽见身旁有块大石，半截搁在几块石头之上，似乎安置得并不牢稳。他狂怒之下，哪里还想到什么后果，伸手将大石下面的几块石头搬开，那大石果然微微摇动。他跃到大石后面，用力推去，大石晃了两下，空隆一响，向山腰里滚将下来。

武氏兄弟见他推石，心知不妙，吓得脸上变色，急忙缩身闪避。那大石带着无数泥沙，从武氏兄弟身侧滚过，砰嘭巨响，一路上压倒许多花木，滚入大海。武敦儒心下慌乱，一脚踏空，溜了下来，武修文急忙抱住。两人在山坡上站立不住，搂作一团的滚将下来，翻滚了六七丈，幸好给下面一株大树挡住了。

黄蓉在屋中远远听得响声大作，忙循声奔出，来到试剑峰下，但见泥沙飞扬，女儿藏在山边草里，吓得哭也哭不出来，武氏兄弟满头满脸都是瘀损鲜血。黄蓉上前抱起女儿，问道："什么事?"郭芙伏在母亲怀里，哇的一声哭了出来，哭了一会，才抽抽噎噎的诉说杨过怎样无理打她、武氏兄弟怎样相帮、杨过又怎样推大石要压死二人。她将过错尽数推在杨过身上，自己踏死蟋蟀、武氏兄弟打人之事，却全瞒过了不说。黄蓉听罢，呆了半晌，见到女儿半边脸颊红肿，那一掌打得确是不轻，心下甚是怜惜，不住口的安慰。

这时郭靖也奔了出来，见到武氏兄弟的狼狈情状，问起情由，好生着恼，又怕杨过有甚不测，忙奔上山峰，可是峰前峰后找了一遍，不见影踪。他提高嗓子大叫："过儿，过儿。"这几下高叫声传数里，但始终不见杨过出来，也不闻应声。郭靖等了一会，越加担心，下得峰来，划了小艇环岛巡绕找寻，直到天黑，杨过竟是不知去向。

原来杨过推下大石，见武氏兄弟滚下山坡，遥遥望见黄蓉出来，心知这番必受重责，当下缩身在岩石的一个缝隙之中，听得郭靖叫唤，却不敢答应。他挨着饥饿，躲在石缝中动也不动，眼见暮色苍茫，大海上渐渐昏黑，四下里更无人声。又过一阵，天空星星闪烁，凉风吹来，身上大有寒意，他走出石缝，向山下张望，但见精舍的窗子中透出灯光，想像郭靖夫妇、柯镇恶、郭芙、武氏兄弟六人正在围坐吃饭，鸡鸭鱼肉摆了满桌，不由得咽了几口唾沫。但随即想到，他们必在背后数说责骂自己，不禁气愤难当。黑夜中站在山崖上的海风之中，只想着一生如何受人欺辱，但觉尘世间个个对他冷眼相待，思潮起伏，满胸孤苦怨愤，难以自已。

其实郭靖寻他不着，哪有心情吃饭？黄蓉见丈夫烦恼，知道劝他不听，也不吃饭，陪他默默而坐。次日天没亮，两人又出外找寻。

杨过饿了半日一晚，第二天一早，再也忍耐不住，悄悄溜下山峰，在溪边捉了几只青蛙，剥了皮，找些枯叶，要烧烤来吃。他在外流浪，常以此法充饥度日，此时他怕被郭靖、黄蓉见到烟火，当下藏在山洞中烧柴，一将蛙腿烤黄，立即踏灭柴火，张口大嚼。耳听得郭靖叫唤“过儿，过儿。”心想：“你要叫我出去打我，我才不出来呢。”

当晚他就在山洞中睡了，迷迷糊糊的躺了一阵，忽见欧阳锋走进洞来，说道：“孩儿，我来教你练武功，免得你打不过武家那两个小鬼。”杨过大喜，跟他出洞，只见他蹲在地下，咕咕咕的叫了几声，双掌推出。杨过跟着他便练了起来，只觉发掌踢腿，无不恰到好处。忽然欧阳锋挥拳打来，他闪避不及，砰的一下，正中顶门，头上剧痛无比，大叫一声，跳起身来。

头上又是砰的一下，他一惊而醒，原来适才是做了一梦。他摸摸头顶，撞起了一个疙瘩，甚是疼痛，不禁叹了口气，寻思：“料来爸爸此刻已经伤势全愈，从大钟底下出来了。不知他什么时候来接我去，真的教我武功，也免得我在这里受人白眼，给人欺辱。”走出洞来，望着天边，但见稀星数点挂在树梢，回思适才欧阳锋教导自己的武功，却一点也想不起来。他蹲下身来，口中咕咕咕的叫了几声，要将欧阳锋当日在嘉兴所传的蛤蟆功口诀用在拳脚之上，但无论如何使用不上。他苦苦思索，双掌推出，梦中随心所欲的发掌出足，这时竟已全然不是这么一回事了。

他独立山崖，望着茫茫大海，孤寂之心更甚，忽听海上一声长啸隐隐传来，叫着：“过儿，过儿。”他不由自主的奔下峰去，叫道：“我在这儿，我在这儿。”他奔上沙滩，郭靖远远望见，大喜之下，急忙划艇近岸，跃上滩来。星光下两人互相奔近。郭靖一把将杨过搂在怀里，只道："快回去吃饭。"他心情激动，语音竟有些哽咽。回到屋中，黄蓉预备饭菜给郭靖和杨过吃了，大家对过去之事绝口不提。

次日清晨，郭靖将杨过、武氏兄弟、郭芙叫到大厅，又将柯镇恶请来，随即命四个孩子向江南六怪的灵位磕过了头，向柯镇恶道："大师父，弟子要请师父恩准，跟你收四个徒孙。"柯镇恶喜道："那再好不过，我恭喜你啦。"郭靖命杨过与武氏兄弟先向柯镇恶磕头，再对他夫妇行拜师之礼。郭芙笑问："妈，我也得拜么?"黄蓉道："自然要拜。"郭芙笑嘻嘻的也向三人磕了头。

郭靖正色道："从今天起，你们四人是师兄弟啦……"郭芙接口道："不，还是师兄妹。"郭靖横了女儿一眼，道："爹没说完，不许多口。"他顿了一顿，说道："自今而后，你们四人须得相亲相爱，有福共享，有难同当。如再争闹打架，我可不能轻饶。"说着向杨过看了一眼。杨过心想："你自然偏袒女儿，以后我不去惹她就是。"

柯镇恶接着将他们门中诸般门规说了一些，都是些不得恃强欺人、不得滥伤无辜之类。江南七怪门派各自不同，柯镇恶也记不得那许多，反正也是大同小异。

郭靖说道："我所学的武功很杂，除了江南七侠所授的根基之外，全真派的内功、桃花岛和丐帮东北两大宗的武功，都曾练过一些。为人不可忘本，今日我先授你们柯大师祖的独门功夫。"

他正要亲授口诀，黄蓉见杨过低头出神，脸上有一股说不出的怪异之色，依稀是杨康当年的模样，不禁心中生憎，寻思："他父亲虽非我亲手所杀，但也可说死在我的手里，莫养虎为患，将来成为一个大大的祸胎。"心念微动，已有计较，说道："你一个人教四个孩子，未免太也辛苦，过儿让我来教。"郭靖尚未回答，柯镇恶已拍手笑道："那妙极啦！你两口子可以比比，瞧谁的徒儿教得好。"郭靖心中也喜，知道妻子比己聪明百倍，教导之法一定远胜于己，当下没口子称善。

郭芙怕父亲严峻，道："妈，我也要你教。"黄蓉笑道："你老是缠着我胡闹，功夫一定学不成，还是让爹教你的好。"郭芙向父亲偷看一眼，见他双目也正瞪着自己，急忙转头，不敢再说。

黄蓉对丈夫道："咱们定个规矩，你不能教过儿，我也不能教他们三人。这四个孩子之间，更加不得互相传授，否则错乱了功夫，有损无益。"郭靖道："这个自然。"黄蓉道："过儿，你跟我来。"杨过厌憎郭芙与武氏兄弟，听黄蓉这么说，得以不与他们同场学艺，正合心意，当下跟着她走向内堂。

黄蓉领着他进了书房，从书架上拿下一本书来，道："你师父有七位师父，人称江南七怪，大师父就是柯公公，二师父叫作妙手书生朱聪，现下我先教你朱二师祖的功夫。"说着摊开书本，朗声读道："子曰：学而时习之，不亦说乎？有朋自远方来，不亦乐乎？"原来那是一部《论语》。杨过心中奇怪，不敢多问，只得跟着她诵读识字。

一连数日，黄蓉只是教他读书，始终绝口不提武功。这一日读罢了书，杨过独自到山上闲走，想起欧阳锋现下不知身在何处，思念甚殷，不禁倒转身子，学着他的样子旋转起来。转了一阵，依照欧阳锋所授口诀逆行经脉，只觉愈转愈是顺遂，一个翻身跃起，咕的一声叫喊，双掌拍出，登觉遍体舒泰，快美无比，立时出了一身大汗。他可不知只这一番练功，内力已有进展。欧阳锋的武功别创一格，实是厉害之极的上乘功夫，杨过悟性奇高，虽然那日于匆匆之际所学甚少，但如此练去，内力也自有所进益。

自此之后，他每日跟黄蓉诵读经书，早晨晚间有空，自行到僻静山边练功。他倒不是想从此练成一身惊人武艺，只是每练一次，全身总是说不出的舒适，到后来已是不练不快。

他暗自修练，郭靖与黄蓉毫不知晓。黄蓉教他读书，不到三个月，已将一部《论语》教完。杨过记诵极速，对书中经义却往往不以为然，不住提出疑难。其实黄蓉教他读书，也已早感烦厌，只是常自想到："此人聪明才智似不在我下，如果他为人和他爹爹一般，再学了武功，将来为祸不小，不如让他学文，习了圣贤之说，于己于人都有好处。"当下耐着性子教读，《论语》教完，跟着再教《孟子》。

几个月过去，黄蓉始终不提武功，杨过也就不问。自那日与郭芙、武氏兄弟打架之后，再不跟他们三人在一起玩耍，独个儿越来越感孤寂，心知郭靖虽收他为徒，武功是决计不肯传授的了。自己本就不是武氏兄弟的对手，待郭靖教得他们一年半载，再有争斗，非死在他们手里不可，心中打定了主意，一有机会，立即设法离岛。

这日下午，杨过跟黄蓉读了几段《孟子》，辞出书房，在海边闲步，望着大海中白浪滔滔，心想不知何日方能脱此困境，眼见海面上白鸥来去，好生欣羡它们的来去自在。正自神往，忽听桃树林外传来呼呼风响。他好奇心起，悄悄绕到树后张望，原来郭靖正在林中空地上教武氏兄弟拳脚，教的是一招擒拿手"托梁换柱"。郭靖口中指点，手脚比划，命武氏兄弟跟着照学。杨过只看了一遍，早就领会到这一招的精义所在，但武氏兄弟学来学去始终不得要领。郭靖本性鲁钝，深知其中甘苦，毫不厌烦，只是反覆教导。

杨过暗暗叹气，心道："郭伯伯若肯教我，我岂能如他们这般蠢笨。"闷闷不乐，自回房中睡了。晚饭后读了几遍书，但感百无聊赖，又到海滩旁边，学着郭靖所授的拳脚，使将开来，只是将一招反覆使得几遍，便感腻烦，心念一动："我若去偷学武功，保管比武氏兄弟强得多，那也不用怕他们来害我了。"

一喜之后，跟着又想："郭伯伯既不肯教，我又何必偷学他的？哼，这时他就是来求我去学，我也不学的了。最多给人打死了，好希罕么？"想到此处，又是骄傲，又感凄苦，倚岩静坐，竟在浪涛声中迷迷糊糊的睡着了。

次日清晨，杨过不去吃早饭，也不去书房读书，在海中捞了几只大蚝，生火烧烤来吃，心想："不吃你郭家的饭，也饿不死我。"瞧着岸边的大船和小艇，寻思："那大船我开不动，小艇却又划不远，怎生逃走才好？"烦恼了半日，无计可施，便在一块巨岩之后倒转了身子，练起了欧阳锋所授的内功来。

正练到血行加速、全身舒畅之际，突然间身后有人大声呼喝，杨过一惊之下，登时摔倒，手足麻痹，再也爬不起来，原来是郭芙与武氏兄弟三人适于此时到来。这巨岩之后本来十分僻静，向无人至，但桃花岛上道路树木的布置皆按五行生克之变，郭芙与武氏兄弟不敢到处乱走，来来去去只在岛上道路熟识处玩耍，以致见到了他练功的情状。幸好杨过此时功力甚浅，否则给他们三人这么齐声吆喝，经脉错乱，非当场瘫痪不可。

郭芙拍手笑道："你在这里捣什么鬼？"杨过扶着岩石，慢慢支撑着站起，向她白了一眼，转身走开。武修文叫道："喂，郭师妹问你哪，怎地你这般无礼，也不理睬？"杨过冷冷的道："你管得着么？"武敦儒大怒，说道："咱们自管玩去，别去招惹疯狗。"杨过道："是啊，疯狗见人就咬，人家好端端的在这里，三条疯狗却过来乱吠乱叫。"武敦儒怒道："你说三条疯狗？你骂人？"杨过笑道："我只骂狗，没骂人。"

武敦儒怒不可遏，扑上去拔拳便打，杨过一闪避开。武修文想起师父曾有告诫，师兄弟不可打架，这事闹了起来，只怕被师父责备，忙拉住兄长手臂，笑吟吟的对杨过道："杨大哥，你跟师娘学武艺，我们三个跟师父学。这几个月下来，也不知是谁长进得快了。咱们来过过招，比划比划，你敢不敢？”

杨过心下气苦，本想说：“我没你们的运气，师娘可没教过我武功。”但一听到他说“你敢不敢”四字，语气中充满了轻蔑之意，那句泄气的话登时忍住了不说，只哼了一声，冷冷的斜睨着他。武修文道：“咱们师兄弟比试武功，不论谁输谁赢，都不可去跟师父、师娘说，就是打破了头，也说是自己摔的。谁打输了向大人投诉，谁就是狗杂种、王八蛋。杨大哥，你敢不敢？”

他这“你敢不敢”四字第二次刚出口，眼前一黑，左眼上已重重着了杨过一拳，武修文一个踉跄，险些摔倒。武敦儒怒道：“你这般打冷拳，好不要脸。”施展郭靖所教的拳法，向杨过腰间打去。杨过不识闪避，登时中拳，眼见武敦儒又是飞脚踢来，脑海中灵光一闪，想起昨天郭靖传授武氏兄弟的招数，当即右腿微蹲，左手在武敦儒踢来的右脚小腿上一托。这正是“闹市侠隐”全金发所擅擒拿手法中的一招“托梁换柱”，虽非极精深的武功，临敌之时却也颇切实用。昨日郭靖反覆叫两兄弟试习，武氏兄弟本已学会，但当真使将出来，却远不及杨过偷看片刻的灵活机巧。武敦儒被他这么一托，登时远远摔了出去。

武修文眼上中拳，本已大怒，但见兄长又遭摔跌，当即扑将上来，左拳虚晃，杨过向左避让，却不知这是拳术中甚是浅近的招数，先虚后实，武修文跟着右拳实击，砰的一声，杨过右边颧骨上重重中了一拳。武敦儒爬起身来，上前夹击，他两兄弟武功本有根柢，杨过先前就已抵敌不过，再加上郭靖这几个月来的教导，他如何再是敌手？斯打片刻，头脸腰背已连中七八下拳脚。杨过心下发了狠：“就是给你们打死了，我也不逃。”发拳直上直下的乱舞乱打，全然不成章法。

武修文见他咬牙切齿的拚命，心下倒是怯了，反正已大占上风，不愿再斗，叫道：“你已经输啦，我们饶了你，不用再打了。”

杨过叫道："谁要你饶？"冲上去劈面猛击。武修文伸左臂格开，右手抓住他胸口衣襟向前急拉，便在此时，武敦儒双拳同时向杨过后腰直击下去。杨过站立不稳，向前摔倒。武敦儒双手按住他头，问道："你服了没有？"杨过怒道："谁服你这疯狗？"武敦儒大怒，将他脸孔向沙地上直按下去，叫道："你不服，就闷死了你。"

杨过眼睛口鼻中全是沙粒，登时无法呼吸，又过片刻，全身如欲爆裂。武敦儒双手用力按住他头，武修文骑在他头颈之中，杨过始终挣扎不脱，窒闷难当之际，这些日子来所练欧阳锋传授的内力突然崩涌，只觉丹田中一股热气激升而上，不知如何，全身蓦然间精力充沛，他猛跃而起，眼睛也不及睁开，双掌便推了出去。

这一下正中武修文的小腹，武修文"啊"的一声大叫，仰跌在地，登时晕了过去。这掌力乃是欧阳锋的绝技"蛤蟆功"，威力固不及欧阳锋神功半成，杨过又不会运用，但他于危急之间自发而生的使将出来，武修文却也已抵受不起。

武敦儒抢将过去，只见兄弟一动也不动的躺着，双眼翻白，只道已给杨过打死，大骇之下，大叫："师父，师父，我弟弟死了，我弟弟死了！"连叫带哭，奔回去禀报郭靖。郭芙心中害怕，也急步跟去。

杨过吐出嘴里沙土，抹去眼中沙子，只觉全身半点气力也无，便欲移动一步也是艰难无比，眼见武修文躺着不动，又听得武敦儒大叫："我弟弟死了！"心下一片茫然，不知到底出了什么事，明知事情大大不妙，却是无力逃走。

也不知过了多少时候，只见郭靖、黄蓉飞步奔来。郭靖抱起武修文，在他胸腹之间推拿。黄蓉走到杨过身边，问道："欧阳锋呢？他在哪里？"杨过茫然不答。黄蓉又问："这蛤蟆功他什么时候教你的？"杨过似乎听见了，又似没有听见，双眼失神落魄的望着前面，嘴巴紧紧闭住，生怕说了一个字出来。黄蓉见他不理，抓住他双臂，连声道："快说！欧阳锋在哪里？"杨过始终一动不动。

过不多时，武修文在郭靖内力推拿下醒了转来，接着柯镇恶也随着郭芙赶到。柯镇恶听郭芙说了杨过倒转身子的情状，又听得他如何"打死"武修文，想到这小子原来是欧阳锋的传人，满腔仇怨登时都转到了他身上，听得黄蓉连问："欧阳锋在哪里？"而杨过全不理睬，当即走上前去，高举铁杖，厉声喝道："欧阳锋这奸贼在哪里？你不说，一杖就打死了你！"

杨过此时已豁出了性命不要，大声道："他不是奸贼！他是好人。你打死我好了，我一句话也不说。"柯镇恶大怒，挥杖劈落。郭靖大叫："大师父，别……"只听啪的一声，铁杖从杨过身侧擦过，击入沙滩。原来柯镇恶心想打死这小小孩童毕竟不妥，铁杖击出时准头略偏。

柯镇恶厉声道："你一定不说？"杨过大声道："你有种就打死我，我怕你这老瞎子吗？"郭靖纵身上前，重重打了他个耳光，喝道："你胆敢对师祖爷爷无礼！"杨过也不哭泣，只冷冷的道："你们也不用动手，要我性命，我自己死好了！"反身便向大海奔去。

郭靖喝道："过儿回来！"杨过奔得更加急了。郭靖正欲上前拉他，黄蓉低声道："且慢！"郭靖当即停步，只见杨过直奔入海，冲进了浪涛之中。郭靖惊道："他不识水性，蓉儿，咱们快救他。"又要入海去救。黄蓉道："死不了，不用着急。"过了一会，见杨过竟不回来，心下也不禁佩服他的傲气，当即纵身入海，游了出去。她精熟水性，在近岸海中救一个人自是视若等闲，潜入水底，将杨过拖了回来，将他搁在岩石之上，任由他吐出腹中海水，自行慢慢醒转。

郭靖瞧瞧师父，又瞧瞧妻子，问道："怎么办？"黄蓉道："他这功夫是来桃花岛之前学的，欧阳锋若是来到岛上，咱们决不能不知。"郭靖点了点头。黄蓉问道："小武的伤怎么样？"郭靖道：

"只怕要将养一两个月。"

柯镇恶道："明儿我回嘉兴去。"郭靖与黄蓉对望了一眼，自都明白他的意思，他决不愿和欧阳锋的传人同处一地。黄蓉道："大师父，这儿是你的家，你何必让这小子？"

当天晚上，郭靖把杨过叫进房来，说道："过儿，过去的事，大家也不提了。你对师祖爷爷无礼，不能再在我的门下，以后你只叫我郭伯伯便是。你郭伯伯不善教诲，只怕反耽误了你。过几天我送你去终南山重阳宫，求全真教长春子丘真人收你入门。全真派武功是武学正宗，你好好在重阳宫中用功，修心养性，盼你日后做个正人君子。"

杨过应了声："是，郭伯伯。"当即改了称呼，不再认郭靖作师父了。

郭靖这日一早起来，带备银两行李，与大师父、妻子、女儿、武氏兄弟别过，带着杨过，乘船到浙江海边上岸。郭靖买了两匹马，与杨过晓行夜宿，一路向北。杨过从未骑过马，但他内功略有根柢，习练数日，已控辔自如。他少年好事，常常驰在郭靖之前。

不一日，两人渡过黄河，来到陕西。此时大金国已为蒙古所灭，黄河以北，尽为蒙古人天下。郭靖少年时曾在蒙古军中做过大将，只怕遇到蒙古旧部，招惹麻烦，将良马换了两匹极瘦极丑的驴子，身上穿了破旧衣衫，打扮得就和乡下庄汉相似。杨过也穿上粗布大褂，头上缠了一块青布包头，跨在瘦驴之上。这驴子脾气既坏，走得又慢，杨过在道上整日就是与它拗气。

这一天到了樊川，已是终南山的所在，汉初开国大将樊哙曾食邑于此，因而得名。沿途冈峦回绕，松柏森映，水田蔬圃连绵其间，宛然有江南景色。

杨过自离桃花岛后，心中气恼，绝口不提岛上之事，这时忍不住道："郭伯伯，这地方倒有点像咱们桃花岛。"郭靖听他说"咱们桃花岛"五字，不禁怃然有感，道："过儿，此去终南山不远，你在全真教下好好学艺。数年之后，我再来接你回桃花岛。"杨过头一撇，道："我这一辈子永远不回桃花岛啦。"郭靖不意他小小年纪，竟说出这等决绝的话来，心中一怔，一时无言可对，隔了半晌才道："你生郭伯母的气么？"杨过道："侄儿哪里敢？只是侄儿惹郭伯母生气罢啦。"郭靖拙于言辞，不再接口。

两人一路上冈，中午时分到了冈顶的一座庙宇。郭靖见庙门横额写着"普光寺"三个大字，当下将驴子拴在庙外松树上，进庙讨斋饭吃。庙中有七八名僧人，见郭靖打扮鄙朴，神色间极是冷淡，拿两份素面、七八个馒头给二人吃。

郭靖与杨过坐在松下石凳上吃面，一转头，忽见松后有一块石碑，长草遮掩，露出"长春"二字。郭靖心中一动，走过去拂草看时，碑上刻的却是长春子丘处机的一首诗，诗云：

"天苍苍兮临下土，胡为不救万灵苦？
万灵日夜相凌迟，饮气吞声死无语。
仰天大叫天不应，一物细琐枉劳形。
安得大千复混沌，免教造物生精灵。"

郭靖见了此诗，想起十余年前蒙古大漠中种种情事，抚着石碑呆呆不语，待想起与丘处机相见在即，心中又自欣喜。

杨过道："郭伯伯，这碑上写着些什么？"郭靖道："那是你丘祖师做的诗。他老人家见世人多灾多难，感到十分难过。"当下将诗中含义解释了一遍，道："丘真人武功固然卓绝，这一番爱护万民的心肠更是教人钦佩。你父亲是丘祖师当年得意的弟子。丘祖师瞧在你父面上，定会好好待你。你用心学艺，将来必有大成。"

杨过道："郭伯伯，我想请问你一件事。"郭靖道："什么事？"杨过说道："我爹爹是怎么死的？"郭靖脸上变色，想起嘉兴铁枪庙中之事，身子微颤，黯然不语。杨过道："是谁害死他的？"郭靖仍是不答。

杨过想起母亲每当自己问起父亲的死因，总是神色特异，避不作答，又觉郭靖虽然待己甚是亲厚，黄蓉却颇有疏忌之意，他年纪虽小，却也觉得其中必有隐情，这时忍不住大声道："我爹爹是你跟郭伯母害死的，是不是？"

郭靖大怒，顺手在石碑上重重拍落，厉声道："谁教你这般胡说？"他此时功劲何等厉害，盛怒之下这么一击，只拍得石碑不住摇晃。杨过见他动怒，忙低头道："侄儿知错啦，以后不敢胡说，郭伯伯别生气。"

郭靖对他本甚爱怜，听他认错，气就消了，正要安慰他几句，忽听身后有人"咦"的一声，语气似乎甚是惊诧。回过头来，只见两个中年道士站在山门口，凝目注视，脸上大有愤色，自己适才在碑上这一击，定是教他二人瞧在眼里了。

两个道士对望了一眼，便即出寺。郭靖见二人步履轻捷，显然身有武功，心想此去离终南山不远，这二道多半是重阳宫中人物。两人都是四十上下年纪，或是全真七子的弟子。他自在桃花岛隐居后，不与马钰等互通消息，是以全真门下弟子都不相识，只知全真教近来好生兴旺，马钰、丘处机、王处一等均收了不少佳弟子，在武林中名气越来越响，平素行侠仗义，扶危解困，做下了无数好事，江湖上不论是否武学之士，凡是听到全真教的名头，都是十分尊重。他想自己要上山拜见丘真人，正好与那二道同行。

当下足底加劲，抢出山门，只见那两个道士已快步奔在十余丈外，却不住回头观看。郭靖叫道："二位道兄且住，在下有话请问。"他嗓门洪亮，一声呼出，远近皆闻，那二道却不停步，反而走得更加快了。郭靖心想："难道这二人是聋子？"足下微使劲力，几个起落，已绕过二人身旁，抢在前头，转身说道："二位道兄请了。”说着唱喏行礼。

两个道人见他身法如此迅捷，脸现惊惶之色，见他躬身行礼，只道他要运内劲暗算，急忙分向左右闪避，齐声问道：“你干什么？”郭靖道：“二位可是终南山重阳宫的道兄么？”那身材瘦削道人沉着脸道：“是便怎地？”郭靖道：“在下是长春真人丘道长故人，意欲上山拜见，相烦指引。”另一个五短身材的道人冷笑道：“你有种自己上去，让路罢！”说着突然横掌挥出，出掌竟然甚是快捷。郭靖只得向右让过。不料另一个瘦道人与那矮道人武术上练得丝丝入扣，分进合击，跟着一掌自右向左，将郭靖拦在中间。这两招叫作“大关门式”，原是全真派武功的高明招数，郭靖如何不识？他见二道不问情由，一上来就使伤人重手，不禁愕然，不知他们有何误会，当下既不化解，亦不闪避，只听波波两声，二道双掌都击在他的胁下。

郭靖中了这两掌，已知对方武功深浅，心想以二人功力而论，确是全真七子的弟子，与自己算是同辈。他在二道手掌击到之时，早已鼓劲抵御，只是内力运得恰到好处，自己既不丝毫受损，却也不将掌力反击出去令二人手掌疼痛肿胀，只是平平常常受了，恍若无事。

二道苦练了十余年的绝招打在对方身上，竟然如中败絮，全不受力，心中惊骇无比，当下齐声呼啸，同时跃起，四足齐飞，猛向郭靖胸口踢到。郭靖暗暗奇怪：“全真七子都是有道之士，待人亲切，怎地门下弟子却这般毫没来由的便对人拳足交加？”眼见二人使出“鸳鸯连环腿”的脚法，仍是不动声色，未加理会。但听得啪啪啪，波波波，数声响过，他胸口多了几个灰扑扑的脚印。

二道每人均是连踢六脚，足尖犹如踢在沙包之上，软软的极是舒服，但见对方神定气闲，浑若无事，这一下惊诧更比适才厉害了几倍，心想：“这贼子如此了得？就是我们师父师伯，却也没这等功夫。”斜眼细看郭靖时，见他浓眉大眼，神情朴实，一身粗布衣服，就如寻常的庄稼汉子一般，实无半点异样之处，不禁呆在当地，作声不得。

杨过见二道对郭靖又打又踢，郭靖却不还手，不禁生气，走上喝道：“你这两个臭道士，干么打我伯伯？”郭靖连忙喝止，道：“过儿，快住口，过来拜见两位道长。”杨过一怔，心想：“郭伯伯好没来由，何必畏惧他们？”

两个道士对望一眼，刷刷两声，从腰间抽出长剑。矮道士一招“探海屠龙”，刺向郭靖下盘，另一个使招“罡风扫叶”，却向杨过右腿疾削。

郭靖对刺向自己这剑全没在意，但见瘦道人那招出手狠辣，不由得着恼：“这孩子跟你们无怨无仇，何以下此毒手？这一剑岂非要将他右腿削断？”当下身子微侧，左手掌缘搁上矮道人剑柄，“顺手推舟”，轻轻向左推开。矮道人不由自主的剑刃倒转，当的一声，与瘦道人长剑相交，架开了他那一招。郭靖这一手以敌攻敌之技，原自空手入白刃功夫中变化出来，莫说敌手只有两人，纵有十人八人同时攻上，他也能以敌人之刀攻敌人之剑，以敌人之枪挑敌人之鞭，借敌打敌，以寡胜众。

两道均感手腕酸麻，虎口隐隐生痛，立即斜跃转身，向郭靖怒目而视，心下又是惊骇，又是佩服，当下齐声低啸，双剑又上。

郭靖心想：“你们这是初练天罡北斗阵的根基功夫，虽是上乘剑法，但你们只有二人，剑术又没练得到家，有何用处？”生恐杨过被二人剑锋扫到，侧身避开双剑，伸右手抱起杨过，叫道：“在下是丘真人故人，两位不必相戏。”那瘦道人道：“你冒充马真人的故人也没用。”郭靖道：“马真人确也曾传授过在下功夫。”矮道人怒道：“贼子胡说八道，却来消遣人，只怕我们重阳祖师也曾传授过你武功。”挺剑向他当胸刺来。

郭靖眼见二道明明是全真门下，何以把自己当敌人看待，实是猜想不透。他和全真七子情谊非比寻常，又想杨过要去重阳宫学艺，不能得罪了宫中道士，是以一味闪避，并不还手。

二道又惊又怕，早知对方武功远在己上，难以刺中，两人打个手势，忽然剑法变幻，刷刷刷刷数剑，都往杨过前胸后背刺去，每一剑都是致人死命的狠辣招数。郭靖见这些不留丝毫余地的剑法都是向一个小孩儿身上招呼，此时也不由得不怒，但见矮道人一剑来得猛恶，右手倏地穿出，食中二指张开，平夹剑刃，手腕向内略转，右肘撞向对方鼻梁。矮道士用力回抽，没抽动长剑，却见他手肘已然撞到，知道只要给撞中了面门，非死也受重伤，只得撒剑后跃。

此时郭靖的武功真所谓随心所欲，不论举手抬足无不恰到好处，他右手双指微微一沉，那剑倒竖立起，剑柄向上反弹。那瘦道人正挺剑刺向杨过头颈，剑锋被那剑柄一撞，铮的一声，右臂发热，全身剧震，也只得松手放剑，向旁跳开。两人齐声说道："淫贼厉害，走罢！"说着转身急奔。

郭靖一生被人骂过不少，但不是"傻小子"，便是"笨蛋"，也有人骂他"臭贼""贼厮鸟"的，"淫贼"二字的恶名，却是破天荒第一次给人加在头上，当下也不放下杨过，抱着他急步追赶，奔到二道身后，右足一点，身子已从二道头顶飞过，足一落地，立刻转身喝道："你们骂我什么？"

矮道人心下吃惊，嘴头仍硬，说道："你若不是妄想娶那姓龙的女子，到终南山来干什么？"他此言出口，生怕郭靖上前动手，不自禁的倒退了三步。

郭靖一呆，心想："我妄想娶那姓龙的女子？那姓龙的女子是谁？我为什么要娶她？我早有了蓉儿，怎么还会娶旁人？"一时摸不着半点头脑，怔在当地。二道见他发呆，心想良机莫失，互相使个眼色，急步抢过他身边，上山奔去。

杨过见郭靖出神，轻轻挣下地来，说道：“郭伯伯，两个臭道士走啦。”郭靖如梦初醒，“嗯”了一声，道：“他们说我要娶那姓龙的女子，她是谁啊？”杨过道：“侄儿也不知道，这两人不分青红皂白，一上来就动手，定是认错了人。”郭靖哑然失笑，道：“必是如此，怎么我会想不到？咱们上山罢！”

杨过将二道遗下的两柄长剑提在手中。郭靖一看剑柄，上面赫然刻着“重阳宫”三个小字。二人一路上山，行了一个多时辰，已至金莲阁，再上去道路险峻，蹑乱石，冒悬崖，屈曲而上，过日月岩时天渐昏暗，到得抱子岩时新月已从天边出现。那抱子岩生得甚是奇怪，就如一个妇人抱着个孩子一般。两人歇了片刻，郭靖道：“过儿，你累了？”杨过摇头道：“不累。”郭靖道：“好，咱们再上。”

又走了一阵，只见迎面一块大岩石当道，形状阴森可怖，自空凭临，宛似一个老妪弯腰俯视。杨过心中正有些害怕，忽听岩后数声呼哨，跃出四个道士，各执长剑，拦在当路，默不作声。

郭靖上前唱喏行礼，说道：“在下桃花岛郭靖，上山拜见丘真人。”一个长身道士踏上一步，冷笑道：“郭大侠名闻天下，是桃花岛黄老前辈令婿，岂能如你这般无耻？快快下山去罢！”郭靖心道：“我什么事无耻了？”当下沉住气道：“在下确是郭靖，请各位引见丘真人便见分晓。”

那长身道士喝道：“你到终南山来恃强逞能，当真是活得不耐烦了。不给你些厉害，你还道重阳宫尽是无能之辈。”说话中竟是将适才矮、瘦二道也刺了一下，语声甫毕，长剑晃动，踏奇门，走偏锋，一招“分花拂柳”刺向郭靖腰胁。郭靖暗暗奇怪：“怎地我十余年不闯江湖，世上的规矩全都变了？”当下侧身让开，待要说话，另外三名道士各挺长剑，将他与杨过二人围在垓心。郭靖道：

“四位要待怎地，才信在下确是郭靖？”

那长身道士喝道：“除非你将我手中之剑夺了下来。”说着又是一剑，这一剑竟是当胸直刺。自来剑走轻灵，讲究偏锋侧进，不能如使单刀那般硬砍猛劈，他这一剑却是全没将郭靖放在眼里，招数中显得极是轻佻。

郭靖微微有气，心道：“夺你之剑，又有何难？”眼见剑尖刺到，伸食指扣在拇指之下，对准剑尖弹出，嗡的一声，那道士把捏不定，长剑直飞上半空。郭靖不等那剑落下，铮铮铮连弹三下，嗡嗡嗡连响三声，三柄长剑跟着飞起，剑刃在月光映照下闪闪生辉。杨过大声喝采，叫道：“你们信不信了？”郭靖平时出手总为对方留下余地，这时气恼这长身道人剑招无礼，才使出了弹指神通的妙技。这门功夫是黄药师的绝学，郭靖在岛上住了几年，已尽得其传，他内力深厚，使将出来自是非同小可。

四名道士长剑脱手，却还不明白对方使的是何手段。那长身道士叫道：“这淫贼会邪法，走罢。”说着跃向老妪岩后，在乱石中急奔而去。其余三道跟随在后，片刻间均已隐没在黑暗之中。

郭靖第一次给人骂“淫贼”，这一次又被骂“使妖法”，不禁又是好气，又是好笑，说道：“过儿，将几柄剑好好放在路边石上。”

杨过道：“是。”依言拾起四剑，与手中原来二剑并列在一块青石之上，心中对郭靖的武功佩服得五体投地，口边滚来滚去的只想说一句话：“郭伯伯，我不跟臭道士学武艺，我要跟你学。”但想起桃花岛上诸般情事，终于将那句话咽在肚里。

二人转了两个弯，前面地势微见开旷，但听得兵刃铮铮相击为号，松林中跃出七名道士，也是各持长剑。

郭靖见七人扑出来的阵势，左边四人，右边三人，正是摆的“天罡北斗阵”阵法，心中一凛：“与此阵相斗，倒有些难缠。”当下不敢托大，低声嘱咐杨过：“你到后面大石旁边等我，走得远些，以免我照顾你分心。”杨过点点头，不愿在众道士之前示弱，解开裤子，大声道：“郭伯伯，我去拉尿。”说着转身而奔，到后面大石旁撒尿。郭靖暗喜：“这孩子聪明伶俐，直追蓉儿，但愿他走上正路，一生学好。”

回头瞧七个道人时，那七人背向月光，面目不甚看得清楚，但见前面六人颏下都有一丛长须，年纪均已不轻，第七人身材细小，似乎年岁较轻，心念一动：“及早上山拜见丘真人说明误会要紧，何必跟这些人瞎缠?”身形一晃，已抢到左侧“北极星位”。

那七个道人见他一语不发，突然远远奔向左侧，还未明白他的用意，那位当“天权”的道人低啸一声，带动六道向左转将上来，要将郭靖围在中间。哪知七人刚一移动，郭靖制敌机先，向右踏了两步，仍是站稳“北极星位”。天权道人本拟由斗柄三人发动侧攻，但见郭靖所处方位古怪，三人长剑都攻他不到，反而七人都是门户洞开，互相不能联防，每人都暴于他攻势之下，当下左手一挥，带动阵势后转。岂知摇光道刚移动脚步，郭靖走前两步，又已站稳北极星位，待得北斗阵法布妥，七人仍是处于难攻难守的尴尬形势。

那天罡北斗阵是全真教中的极上乘功夫，练到炉火纯青之时，七名高手合使，实可说无敌于天下。只是郭靖深知这阵法的秘奥，只消占到了北极星位，便能以主驱奴，制得北斗阵缚手缚脚，施展不得自由。也因那七道练这阵法未臻精熟，若是由马钰、丘处机等主持阵法，决不容敌人轻轻易易的就占了北极星位。此时八人连变几次方位，郭靖稳持先手，可是始终不动声色，只是气定神闲的占住了枢纽要位。

位当天枢的道人年长多智，已瞧出不妥，叫道：“变阵!”七道倏地散开，左冲右突，东西狂奔，料想这番倒乱阵法，必能迷惑敌人目光。突然之间，七道又已组成阵势。只是斗柄斗魁互易其位，阵势也已从正西转到了东南。阵势一成，天璇、玉衡二道挺剑上冲，猛见敌人站在斗柄正北，两足不丁不八，双掌相错，脸上微露笑容。二道猛地惊觉："我二人若是冲上，开阳、天璇二位非受重伤不可！"只一呆间，天枢道已大声叫道："攻不得，快退下！"天权道又惊又怒，大声呼哨，带动六道连连变阵。

杨过不明其理，但见七个道人如发疯般环绕狂奔，郭靖却只是或东或西、或南或北的移动几步，七道始终不敢向郭靖发出一招半式。他愈看愈觉有趣，忽见郭靖双掌一拍，叫道："得罪！"突然向左疾冲两步。

此时北斗阵已全在他控制之下，他向左疾冲，七道若是不跟着向左，人人后心暴露，无可防御，那是武学中凶险万分之事，当下只得跟着向左。这么一来，七道已陷于不能自拔之境。郭靖快跑则七道跟着快跑，他缓步则七道跟着缓步。那年轻道士内力最浅，被郭靖带着急转十多个圈子，已感头脑发晕，呼吸不畅，转眼就要摔倒，只是心知北斗阵倘若少了一人，全阵立时溃灭，只得咬紧牙关，勉力撑持。

郭靖年纪已然不轻，但自偕黄蓉归隐桃花岛之后，甚少与外界交往，不脱往日少年人性子，见七道奔得有趣，不由得童心大起，心想："今日无缘无故的受你们一顿臭骂，不是叫我淫贼，便是咒我会使妖法，若不真的显些妖法给你们瞧瞧，岂非枉自受辱？"当下高声叫道："过儿，瞧我使妖法啦。"忽然纵身跃上了高岩。那七个道士此时全在他控制之下，他既跃上高岩，若不跟着跃上，北斗阵弱点全然显露，有数人尚自迟疑，那天权道气急败坏的大声发令，抢着将全阵带上高岩。

七道立足未定，郭靖又是纵身窜上一株松树。他虽与众道相离，但不远不近，仍是占定了北极星位，只是居高临下，攻瑕抵隙更是方便。七道暗暗叫苦，都想："不知从何处钻出这个大魔头来，我全真教今日当真是颜面扫地了。”心中这般寻思，脚下却半点停留不得，各找树干上立足之处，跃了上去。郭靖笑道：“下来罢！”纵身下树，伸手向位占开阳的道士足上抓去。

那北斗阵法最厉害之处，乃是左右呼应，互为奥援，郭靖既攻开阳，摇光与玉衡就不得不跃落树下相助，而这二道一下来，天枢、天权二道又须跟下，顷刻之间，全阵尽皆牵动。

杨过在一旁瞧得心摇神驰，惊喜不已，心道：“将来若有一日我能学得郭伯伯的本事，纵然一世受苦，也是心甘。”但转念想到：“我这世哪里还能学到他的本事？只郭芙那丫头与武氏兄弟才有这等福气。郭伯伯明知全真派武功远不及他，却送我来跟这些臭道士学艺。”越想越是烦恼，几乎要哭将出来，当即转过了头不去瞧他逗七道为戏，只是他小孩心性，如何忍耐得了，只转头片刻，禁不住回头观战。

郭靖心想：“到了此刻，你们总该信我是郭靖了。做事不可太过，须防丘真人脸上不好看。”见七道转得正急，突然站定，拱手说道：“七位道兄，在下多有得罪，请引路罢。”

那天权道性子暴躁，见对方武功高强，精通北斗阵法，更认定他对本教不怀好意，朗声喝道：“淫贼，你处心积虑的钻研本教阵法，用心当真阴毒。你们要在终南山干这等无耻勾当，我全真教嫉恶如仇，决不能坐视不理。”郭靖愕然问道：“什么无耻勾当？”

天枢道说道：“瞧你这身武功，该非自甘下流之辈，贫道好意相劝，你快快下山去罢。”语气之中，显得对郭靖的武功甚是钦佩。郭靖道：“在下自南方千里北来，有事拜见丘真人，怎能不见他老人家一面，就此下山？”天权道问道：“你定要求见丘真人，到底是何用意？”郭靖道：“在下自幼受马真人、丘真人大恩，十余年不见，心中好生记挂。此番前来，另行有事相求。”

天权道一听之下，敌意更增，脸上便似罩上一阵乌云。原来江湖上于“恩仇”二字，看得最重，有时结下深仇，说道前来报恩，其实乃是报仇，比如说道：“在下二十年前承阁下砍下了一条臂膀，此恩此德，岂敢一日或忘？今日特来酬答大恩。”而所谓有事相求，往往也不怀好意，比如强人劫镖，通常便说：“兄弟们短了衣食，相求老兄帮忙，借几万两银子使使。”此时全真教大敌当前，那天权道有了成见，郭靖好好的一番言语，他都当作反话，冷冷的道：“只怕敝师玉阳真人，也于阁下有恩。”

郭靖听了此言，登时想起少年时在赵王府之事，玉阳子王处一不顾危险，力敌群邪，舍命相救，实是恩德非浅，说道：“原来道兄是玉阳真人门下。王真人确于在下有莫大恩惠，若是也在山上，当真再好不过。”

这七名道人都是王处一的弟子，忽尔齐声怒喝，各挺长剑，七枝剑青光闪动，疾向郭靖身上七处刺来。郭靖皱起眉头，心想自己越是谦恭，对方越是凶狠，真不知是何来由，可惜黄蓉没有同来，否则她一眼之间便可明白其中原因，当下斜身侧进，占住北极星位，朗声说道：“在下江南郭靖，来到宝山实无歹意，各位须得如何，方能见信？”

天权道说道：“你已连夺全真教弟子六剑，何不再夺我们七剑？”那天璇道一直默不作声，突然拉开破锣般的嗓子说道：“狗淫贼，你要在那龙家女子跟前卖好逞能，难道我全真教真是好惹的么？”郭靖怒道：“什么姓龙的姑娘，我郭靖素不相识。”天璇道哈哈一笑，道：“你自然跟她素不相识。天下又有哪一个男子跟她相识了？你若有种，就高声骂她一句小贱人。”

郭靖一怔，心想那姓龙的女子不知是何等样人，自己怎能无缘无故的出口伤人，便道：“我骂她作甚？”三四个道人齐声说道：“你这可不是不打自招么？”

郭靖平白无辜的给他们硬安上一个罪名，越听越是胡涂，心想只有硬闯重阳宫，见了马钰、丘处机、王处一他们，一切自有分晓，当下冷然道："在下要上山了，各位若是阻拦，莫怪无礼。"

七道各挺长剑，同时踏上两步。天璇道大声道："你莫使妖法，咱们只凭武功上见高低。"郭靖一笑，心中已有主意，说道："我偏要使点妖法。你们瞧着，我双手不碰你们兵刃，却能将你们七柄长剑尽数夺下了。"七道相互望了一眼，脸上均有不信之色，心中都道："你武功虽强，难道不用双手，当真能夺下我们兵刃？你空手入白刃功夫就算练到了顶儿尖儿，也得有一双手呀。"天枢道忽道："好啊，我们领教领教阁下的踢腿神功。"郭靖道："我也不须用脚，总而言之，你们的兵刃手脚，我不碰到半点，若是碰着了，就算我输，在下立时拍手回头，再也不上宝山啰唣。"

七道听他口出大言，人人着恼。那天权道长剑一挥，立时带动阵法围了上去。

郭靖斜身疾冲，占了北极星位，随即快步转向北斗阵左侧。天权道识得厉害，急忙带阵转至右方。凡两人相斗，必是面向敌人，倘若敌人绕到背后，自非立即转身迎敌不可。此时郭靖所趋之处，正是北斗阵的背心要害，不须出手攻击，七名道人已不得不带动阵法，以便正面和他相对。但郭靖一路向左，竟不回身，只是或快或慢，或正或斜，始终向左奔跑。他既稳稳占住北极星位，七道不得不跟着向左。

郭靖越奔越快，到后来直是势逾奔马，身形一晃，便已奔出数丈。七道的功夫倒也大非寻常，虽处逆境，阵法竟是丝毫不乱，天枢、天璇、天玑、天权、玉衡、开阳、摇光七个部位都是守得既稳且准，只是身不由主的跟着他疾奔。郭靖也不由得暗暗喝采："全真门下之士果然不凡。"当下提一口气，奔得犹似足不点地一般。

七道初时尚可勉力跟随，但时候一长，各人轻身功夫分出了高下，位当天权、天枢、玉衡的三道功夫较高，奔得较快，余人渐渐落后，北斗阵中渐现空隙。各人不禁暗惊，心想："敌人如在此时出手攻阵，只怕我们已防御不了。"但事到临头，也已顾不到旁的，只有各拼平生内力，绕着郭靖打转。

世上孩童玩耍，以绳子缚石，绕圈挥舞，挥得急时突然松手，石子便带绳远远飞出。此时天罡北斗阵绕圈急转，情形亦复相似，七道绕着郭靖狂奔，手中长剑举在头顶，各人奔得越快，长剑越是把捏不定，就似有一股大力向外拉扯，要将手上长剑夺出一般。突然之间，郭靖大喝一声："撒手！"向左飞身疾窜。七道出其不意，只得跟着急跃，也不知怎的，七柄长剑一齐脱手飞出，有如七条银蛇，直射入十余丈外的松林之中。郭靖猛地停步，笑吟吟的回过头来。

七个道人面如死灰，呆立不动，但每人仍是各守方位，阵势严整。郭靖见他们经此一番狂奔乱跑，居然阵法不乱，足见平时习练的功夫实不在小。那天权道有气没力的低声呼哨，七人退入山岩之后。

郭靖道："过儿，咱们上山。"哪知他连叫两声，杨过并不答应。他四下里一找，杨过已影踪不见，但见树丛后遗着他一只小鞋。郭靖吃了一惊："原来除了这七道之外，另有道人窥视在旁，将他掳了去。"但想群道只是认错了人，对己有所误会，全真教行侠仗义，决不致难为一个孩子，是以倒也并不着慌。当下一提气，向山上疾奔。他在桃花岛隐居十余年，虽然每日练功，但长久未与人对敌过招，有时也不免有寂寞之感，今日与众道人激斗一场，每一招都是得心应手，不由得暗觉满意。

此时山道更为崎岖，有时峭壁之间必须侧身而过，行不到半个时辰，乌云掩月，山间忽然昏暗。郭靖心道："此处我地势不熟，那些道兄们莫要使甚诡计，倒不可不防。"于是放慢脚步，缓缓而行。

又走一阵，云开月现，满山皆明，心中正自一畅，忽听得山后隐隐传出大群人众的呼吸。气息之声虽微，但人数多了，郭靖已自觉得。他紧一紧腰带，转过山道。

眼前是个极大的圆坪，四周群山环抱，山脚下有座大池，水波映月，银光闪闪。池前疏疏落落的站着百来个道人，都是黄冠灰袍，手执长剑，剑光闪烁耀眼。

郭靖定睛细看，原来群道每七人一组，布成了十四个天罡北斗阵。每七个北斗阵又布成一个大北斗阵。自天枢以至摇光，声势实是非同小可。两个大北斗阵一正一奇，相生相克，互为犄角。郭靖暗暗心惊："这北斗阵法从未听丘真人说起过，想必是这几年中新钻研出来的，比之重阳祖师所传，可又深了一层了。"当下缓步上前。

只听得阵中一人撮唇呼哨，九十八名道士倏地散开，或前或后，阵法变幻，已将郭靖围在中间。各人长剑指地，凝目瞧着郭靖，默不作声。

郭靖拱着手团团一转，说道："在下诚心上宝山来拜见马真人、丘真人、王真人各位道长，请众位道兄勿予拦阻。"

阵中一个长须道人说道："阁下武功了得，何苦不自爱如此，竟与妖人为伍？贫道良言奉劝，自来女色误人，阁下数十年寒暑之功，莫教废于 旦。我全真教跟阁下素不相识，并无过节，阁下何苦助纣为虐，随同众妖人上山捣乱？便请立时下山，日后尚有相见地步。"他说话声音低沉，但一字一句，清清楚楚，显见内力深厚，语意恳切，倒是诚意劝告。

郭靖又好气，又是好笑，心想："这些道人不知将我当作何人，若是蓉儿在我身畔，就不致有此误会了。"当下说道："什么妖人女色，在下一概不知，容在下与马真人、丘真人等相见，一切便见分晓。"

长须道人凛然道："你执迷不悟，定要向马真人、丘真人领教，须得先破了我们的北斗大阵。”郭靖道：“在下区区一人，武功低微，岂敢与贵教的绝艺相敌？请各位放还在下携来的孩儿，引见贵教掌教真人和丘真人。”

长须道人高声喝道：“你装腔作势，出言相戏，终南山上重阳宫前，岂容你这淫贼撒野？”说着长剑在空中一挥，剑刃劈风，声音嗡嗡然长久不绝。众道士各挥长剑，九十八柄剑刃披荡往来，登时激起一阵疾风，剑光组成了一片光网。

郭靖暗暗发愁：“他两个大阵奇正相成，我一个人如何占他的北极星位？今日之事，当真棘手之极了。”

他心下计议未定，两个北斗大阵的九十八名道人已左右合围，剑光交织，真是一只苍蝇也难钻过。长须道人叫道：“快亮兵刃罢！全真教不伤赤手空拳之人。”

郭靖心想：“这北斗大阵自然难破，但说要能伤我，却也未必。此阵人数众多，威力虽大，但各人功力高低参差，必有破绽，且瞧一瞧他们的阵法再说。”突然间滴溜溜一个转身，奔向西北方位，使出降龙十八掌中一招“潜龙勿用”，手掌一伸一缩，猛地斜推出去。七名年轻道人剑交左手，各自相联，齐出右掌，以七人之力挡了他这一招。郭靖这路掌法已练到了出神入化之境，前推之力固然极强，更厉害的还在后着的那一缩。七名道人奋力挡住了他那猛力一推，不料立时便有一股大力向前牵引，七人立足不定，身不由主的一齐俯地摔倒，虽然立时跃起，但个个尘土满脸，无不大是羞愧。

长须道人见他出手厉害，一招之间就将七名师侄摔倒，不由得心惊无已，长啸一声，带动十四个北斗阵，重重叠叠的联在一起，料想敌人纵然掌力再强十倍，也决难双手推动九十八人。

郭靖想起当日君山大战，与黄蓉力战丐帮，对手武功虽均不强，但一经联手，却是难以抵敌，当下不敢与众道强攻硬战，只展开轻身功夫，在阵中钻来窜去，找寻空隙。

他东奔西跃，引动阵法生变，只一盏茶时分，已知单凭一己之力，要破此阵实是难上加难。一来他不愿下重手伤人；二来阵法严谨无比，竟似没半点破绽；三来他心思迟钝，阵法变幻却快，纵有破绽，一时之间也看不出来。溶溶月色之下，但见剑光似水，人影如潮，此来彼去，更无已时。

再斗片刻，眼见阵势渐渐收紧，从空隙之间奔行闪避越来越是不易，寻思："我不如闯出阵去，径入重阳宫去拜见马道长、丘道长？"抬头四望，只见西边山侧有二三十幢房舍，有几座构筑宏伟，料想重阳宫必在其间，当下向东疾趋，几下纵跃，已折向西行。

众道见他身法突然加快，一条灰影在阵中有如星驰电闪，几乎看不清他的所在，不禁头晕目眩，攻势登时呆滞。长须道人叫道："大家小心了，莫要中了淫贼的诡计。"

郭靖大怒，心想："说来说去，总是叫我淫贼。这名声传到江湖之上，我今后如何做人？"又想："这阵法由他主持，只要打倒此人，就可设法破阵。"双掌一分，直向那长须道人奔去。哪知这阵法的奥妙之一，就是引敌攻击主帅，各小阵乘机东包西抄、南围北击，敌人便是落入了陷阱。郭靖只奔出七八步，立感情势不妙，身后压力骤增，两侧也是翻翻滚滚的攻了上来。他待要转向右侧，正面两个小阵十四柄长剑同时刺到。这十四剑方位时刻拿捏得无不恰到好处，竟教他闪无可闪，避无可避。

郭靖身处险境，心下并不畏惧，却是怒气渐盛，心想："你们纵然误认我是什么妖人淫贼，出家人慈悲为怀，怎么招招下的都是杀手？难道非要了我的性命不可？又说什么'全真教不伤赤手空拳之人'？"倏地斜身窜跃，右脚飞出，左手前探，将一名小道人踢了个筋斗，同时将他长剑夺了过来，眼见右腰七剑齐到，他左手挥了出去，八剑相交，喀喇一响，七柄剑每一剑都是从中断为两截，他手中长剑却是完好无恙。他所夺长剑本也与别剑无异，并非特别锐利的宝剑，只是他内劲运上了剑锋，将对手七剑一齐震断。

那七个道人惊得脸如土色，只一呆间，旁边两个北斗阵立时转上，挺剑相护。郭靖见这十四人各以左手扶住身旁道侣右肩，十四人的力气已联而为一，心想：“且试一试我的功力到底如何?”长剑挥出，黏上了第十四名道人手中之剑。

那道人急向里夺，哪知手中长剑就似镶焊在铜鼎铁砧之中，竟是纹丝不动。其余十三人各运功劲，要合十四人之力将敌人的黏力化开。郭靖正要引各人合力，一觉手上夺力骤增，喝一声：“小心了!”右臂振处，喀喇喇一阵响亮，犹如推倒了什么巨物，十二柄长剑尽皆断折。最后两柄却飞向半空。十四名道人惊骇无已，急忙跃开。郭靖暗叹：“毕竟我功力尚未精纯，却有两柄剑没能震断。”

这么一来，众道人心中更多了一层戒惧，出手愈稳，廿一名道士手中虽然失了兵刃，但运掌成风，威力并未减弱。郭靖适才震剑，未能尽如己意，又感敌阵守得越加坚稳，心想不知马道长、丘道长他们这些年中在北斗阵上另有什么新创，若是对方忽出高明变化，自己难以拆解，只怕不免为群道所擒，事不宜迟，须得先下手为强，当下高声叫道：“各位道兄，再不让路，莫怪在下不留情面了。”

那长须道人见己方渐占上风，只道郭靖技止于此，心想你纵然将我们九十八柄长剑尽数震断，也不能脱出全真教的北斗大阵，听他叫喊，只是微微冷笑，并不答话，却将阵法催得更加紧了。

郭靖倏地矮身，窜到东北角上，但见西南方两个小阵如影随形的转上，当即指尖抖动，长剑于瞬息之间连刺了十四下，十四点寒星似乎同时扑出，每一剑都刺中一名道人右腕外侧“阳谷穴”。这是剑法中最上乘功夫，运剑如风似电，落点却不失厘毫，就和同时射出十四件暗器一般无异。

他出手甚轻，每个道人只是腕上一麻，手指无力，十四柄长剑一齐抛在地下。各人惊骇之下，急忙后跃，察看手腕伤势，但见阳谷穴上微现红痕，一点鲜血也没渗出，才知对方竟以剑尖使打穴功夫，劲透穴道，却没损伤外皮。众道暗暗吃惊，均想这淫贼虽然无耻，倒还不算狠毒，若非手下容情，要割下我们手掌真是不费吹灰之力。

这一来，已有五七三十五柄长剑脱手。长须道人大是恚怒，明知郭靖未下绝手，只是全真教实在颜面无光，何况若让如此强手闯进本宫，后患大是不小，当下连连发令，收紧阵势，心想九十八名道人四下合围，将你挤也挤死了。

郭靖心道："这些道兄实在不识好歹，说不得，只好狠狠挫折他们一下。"左掌斜引，右掌向左推出。一个北斗阵的七名道人转上接住。郭靖急奔北极星位，第二个北斗阵跟着攻了过来。此时共有一十四个北斗阵，也即有一十四个北极星座，郭靖无分身之术，自是没法同时占住一十四个要位。他展开轻身功夫，刚占第一阵的北极星位，立即又转到第二阵的北极星位，如此转得几转，阵法已现纷乱之象。

长须道人见情势不妙，急传号令，命众道远远散开，站稳阵脚，以静制动，知道各人若是随着郭靖乱转，他奔跑迅速，必能乘隙捣乱阵势，但若固守不动，一十四个北极星位相互远离，郭靖身法再快，也难同时抢占。

郭靖暗暗喝采，心想："这位道兄精通阵法要诀，果然见机得快。他们既站立不动，我便乘机往重阳宫去罢。"转念忽想："啊哟，不好，多半马道长、丘道长他们都不在宫中，否则我跟这些道兄们斗了这么久，丘道长他们岂有不知之理。"抬头向重阳宫望去，忽见道观屋角边白光连闪，似是有人正使兵刃相斗，只是相距远了，身形难以瞧见，刀剑撞击之声更无法听闻。

郭靖心中一动："有谁这么大胆，竟敢到重阳宫去动手？今晚之事，实是大有蹊跷。”要待赶去瞧个明白，十四座北斗阵却又逼近，越缠越紧。他心中焦急，左掌一招“见龙在田”，右手一招“亢龙有悔”，使出左右互搏之术，同时分攻左右。但见左边北斗大阵的四十九人挡他左招，右边四十九人挡他右招。他招数未曾使足，中途忽变，“见龙在田”变成了“亢龙有悔”，而“亢龙有悔”却变成了“见龙在田”。

他以左右互搏之术，双手使不同招数已属难能，而中途招数互易，众道更是见所未见、闻所未闻。左边的北斗大阵原是抵挡他的“见龙在田”，右边的挡他的“亢龙有悔”，这两招去势相反，两边道人奋力相抗，哪料得到倏忽之间他竟招数互易。只见郭靖人影一闪，已从两阵的夹缝中窜出，左边的四十九名道人与右边四十九名道人正自发力向前冲击，这时哪里还收得住脚？只听砰的一声巨响，两阵相撞，或剑折臂伤，或鼻肿目青，更有三十余人自相冲撞摔倒。

主持阵法的长须道人虽然闪避得快，未为道侣所伤，可是也已狼狈不堪，盛怒之下，连声呼喝，急急整顿阵势，见郭靖向山脚下的大池玉清池奔去，当即带着十四个小阵直追。全真派的武功本来讲究清静无为、以柔克刚，主帅动怒，正是犯了全真派武功的大忌，他心浮气粗之下，已说不上什么审察敌情、随机应变。

郭靖堪堪奔到玉清池边，但见眼前一片水光，右手长剑挥出，斩下池边一棵杨柳的粗枝，随即抛下长剑，双手抓起树枝，远远抛入池中。他足下用劲，身子腾空，右足尖在树枝上一点，树枝直沉下去，他却已借力纵到了对岸。

众道人奔得正急，收足不住，但听扑通、扑通数十声连响，倒有四五十人摔入了水中。最后数十人已踏在别人背上，这才在岸边停住脚步。有些道人不识水性，在池中载沉载浮，会水的道人急忙施救。玉清池边群道拖泥带水，大呼小叫，乱成了一团。

那群玉蜂有如一股浓烟，向郭靖与丘处机面前扑来。丘处机气涌丹田，张口向蜂群一口喷出。郭靖学到诀窍，当即跟着鼓气力送。当先的数百只蜂子抵挡不住，飞势立偏。

第四回

全真门下

郭靖摆脱众道纠缠，提气向重阳宫奔去，忽听得钟声镗镗响起，正从重阳宫中传出。钟声甚急，似是传警之声。郭靖抬头看时，见道观后院火光冲天而起，不禁一惊：“原来全真教今日果然有敌大举来袭，须得赶快去救。”但听身后众道齐声呐喊，蜂涌赶来，他这时方才明白：“这些道人定是将我当作和敌人是一路，现下主观危急，他们更要和我拼命了。”当下也不理会，径自向山上疾奔。

他展开身法，片刻间已纵出数十丈外，不到一盏茶功夫，奔到重阳宫前，但见烈焰腾吐，浓烟弥漫，火势甚是炽烈，但说也奇怪，重阳宫中道士无数，竟无一个出来救火。

郭靖暗暗心惊，见十余幢道观屋宇疏疏落落的散处山间，后院火势虽大，主院尚未波及，主院中却是吆喝斥骂，兵刃相交之声大作。他双足一蹬，跃上高墙，便见一片大广场上黑压压的挤满了人，正自激斗。定神看时，见四十九名黄袍道人结成了七个北斗阵，与百余名敌人相抗。敌人高高矮矮，或肥或瘦，一瞥之间，但见这些人武功派别、衣着打扮各自不同，或使兵刃，或用肉掌，正自四面八方的向七个北斗阵狠扑。看来这些人武功不弱，人数又众，全真群道已落下风。只是敌方各自为战，七个北斗阵却相互呼应，守御严密，敌人虽强，却也尽能抵挡得住。

郭靖待要喝问，却听得殿中呼呼风响，尚有人在里相斗。从拳风听来，殿中相斗之人的武功又比外边的高得多。他从墙头跃落，斜身侧进，东一晃、西一窜，已从三座北斗阵的空隙间穿了过去。群道大骇，纷纷击剑示警，只是敌人攻势猛恶，无法分身追赶。

大殿上本来明晃晃的点着十余枝巨烛，此时后院火光逼射进来，已把烛火压得黯然无光，只见殿上排列着七个蒲团，七个道人盘膝而坐，左掌相联，各出右掌，抵挡身周十余人的围攻。

郭靖不看敌人，先瞧那七道，见七人中三人年老，四人年轻，年老的正是马钰、丘处机和王处一，年轻的四人中只识得一个尹志平。七人依天枢以至摇光列成北斗阵，端坐不动。七人之前另有一个道士俯伏在地，不知生死，但见他白发苍然，却看不到面目。郭靖见马钰等处境危急，胸口热血涌将上来，也不管敌人是谁，舌绽春雷，张口喝道："大胆贼子，竟敢到重阳宫来撒野？"双手伸处，已抓住两名敌人背心，待要摔将出去，哪知两人均是好手，双足牢牢钉在地上，竟然摔之不动。郭靖心道："哪里来的这许多硬手？难怪全真教今日要吃大亏。"突然松手，横腿扫去。那二人正使千斤坠功夫与他手力相抗，不意他蓦地变招，在这一扫之下登时身子腾空，破门而出。

敌人见对方骤来高手，都是一惊，但自恃胜算在握，也不以为意，早有两人扑过来喝问："是谁？"郭靖毫不理会，呼呼两声，双掌拍出。那两人尚未近身，已被他掌力震得立足不住，腾腾两下，背心撞上墙壁，口喷鲜血。其余敌人见他一上手连伤四人，不由得大为震骇，一时无人再敢上前邀斗。马钰、丘处机、王处一认出是他，心喜无已，暗道："此人一到，我教无忧矣！"

郭靖竟不把敌人放在眼里，跪下向马钰等磕头，说道："弟子郭靖拜见。"马钰、丘处机、王处一微笑点头，举手还礼。尹志平忽然叫道："郭兄留神！"郭靖听得脑后风响，知道有人突施暗算，竟不站起，手肘在地微撑，身子腾空，堕下时双膝顺势撞出，正中偷袭的二人背心"魂门穴"，那两人登即软瘫在地。郭靖仍是跪着，膝下却已多垫了两个肉蒲团。

马钰微微一笑，说道："靖儿请起，十余年不见，你功夫大进了啊！"郭靖站起身来，道："这些人怎么打发，但凭道长吩咐。"马钰尚未回答，郭靖只听背后有二人同时打了一声哈哈，笑声甚是怪异。

他当即转过身来，只见身后站着二人。一个身披红袍，头戴金冠，形容枯瘦，是个中年藏僧。另一个身穿淡黄色锦袍，手拿折扇，作贵公子打扮，约莫三十来岁，脸上一股傲狠之色。郭靖见两人气度沉穆，与其余敌人大不相同，当下不敢轻慢，抱拳说道："两位是谁？到此有何贵干？"那贵公子道："你又是谁？到这里干什么来着？"口音不纯，显非中土人氏。

郭靖道："在下是这几位师长的弟子。"那贵公子冷笑道："瞧不出全真派中居然还有这等人物。"他年纪比郭靖还小了几岁，但说话老气横秋，甚是傲慢。郭靖本欲分辩自己并非全真派弟子，但听他言语轻佻，心中微微有气，他本来不善说话，也就不再多言，只道："两位与全真教有何仇怨？这般兴师动众，放火烧观？"那贵公子冷笑道："你是全真派后辈，此间容不到你来说话。"郭靖道："你们如此胡来，未免太也横蛮。"此时火焰逼得更加近了，眼见不久便要烧到重阳宫主院。

那贵公子折扇一开一合，踏上一步，笑道："这些朋友都是我带来的，你只要接得了我三十招，我就饶了这群牛鼻子老道如何？"

郭靖眼见情势危急，不愿多言，右手探出，已抓住他折扇，猛往怀里一带，他若不撒手放扇，就要将他身子拉将过来。

这一拉之下，那贵公子的身子晃了几晃，折扇居然并未脱手。

郭靖微感惊讶：“此人年纪不大，居然抵得住我这一拉，他内力的运法似和那藏僧灵智上人门户相近，可比灵智上人远为机巧灵活，想来是西藏一派。他这扇子的扇骨是钢铸的，原来是件兵刃。”当即手上加劲，喝道：“撒手！”那贵公子脸上陡然间现出一层紫气，但霎息间又即消退。郭靖知他急运内功相抗，自己若在此时加劲，只要他脸上现得三次紫气，内脏非受重伤不可，心想此人练到这等功夫实非易事，不愿使重手伤他，微微一笑，突然张开手掌。

折扇平放掌心，那贵公子夺劲未消，但郭靖的掌力从折扇传到对方手上，将他的夺劲尽数化解了，贵公子使尽平生之力，始终未能有丝毫劲力传上扇柄，也就拿不动扇子半寸。贵公子心下明白，对方武功远胜于己，只是保全自己颜面，未曾硬夺折扇，当下撒手跃开，满脸通红，说道：“请教阁下尊姓大名。”语气中已大为有礼了。郭靖道：“在下贱名不足挂齿，这里马真人、丘真人、王真人，都是在下的恩师。”

那贵公子将信将疑，心想适才和全真众老道斗了半日，他们也只一个天罡北斗阵厉害，若是单打独斗，个个不是自己对手，怎地他们的弟子却这等厉害，再向郭靖上下打量，但见他容貌朴实，甚是平庸，一身粗布衣服，实和寻常庄稼汉子一般无异，但手底下功夫却当真深不可测，便道：“阁下武功惊人，小可极是拜服，十年之后，再来领教。小可于此处尚有俗务未了，今日就此告辞。”说着拱了拱手。郭靖抱拳还礼，说道：“十年之后，我在此相候便了。”

那贵公子转身出殿，走到门口，说道：“小可与全真派的过节，今日自认是栽了。但盼全真派各人自扫门前雪，别来横加阻挠小可的私事。”依照江湖规矩，一人若是自认栽了筋斗，并约定日子再行决斗，那么日子未至之时，纵是狭路相逢也不能动手。郭靖听他这般说，当即答允，说道：“这个自然。”

那贵公子微微一笑，以藏语向那藏僧说了几句，正要走出，丘处机忽然提气喝道："不用等到十年，我丘处机就来寻你。"他这一声呼喝声震屋瓦，显得内力甚是深厚。那贵公子耳中鸣响，心头一凛，暗道："这老道内力大是不弱，敢情他们适才未出全力。"不敢再行逗留，径向殿门疾趋。那红袍藏僧向郭靖狠狠望了一眼，与其余各人纷纷走出。

郭靖见这群人之中形貌特异者颇为不少，或高鼻虬髯，或曲发深目，并非中土人物，心中存了老大疑窦，只听得殿外广场上兵刃相交与吆喝酣斗之声渐止，知道敌人正在退去。

马钰等七人站起身来，那横卧在地的老道却始终不动。郭靖抢上一看，原来是广宁子郝大通，才知马钰等虽然身受火厄，始终端坐不动，是为了保护同门师弟。只见他脸如金纸，呼吸细微，双目紧闭，显是身受重伤。郭靖解开他的道袍，不禁一惊，但见他胸口印着一个手印，五指箕张，颜色深紫，陷入肉里，心想："敌人武功果是西藏一派，这是大手印功夫。掌上虽然无毒，功力却比当年的灵智上人为深。"再搭郝大通的脉搏，幸喜仍是洪劲有力，知他玄门正宗，多年修为，内力不浅，性命当可无碍。

此时后院的火势逼得更加近了。丘处机将郝大通抱起，道："出去罢！"郭靖道："我带来的孩子呢？是谁收留着？莫要被火伤了。"丘处机等全心抗御强敌，未知此事，听他问起，都问："是谁的孩子？在哪里？"

郭靖还未回答，忽然火光中黑影一晃，一个小小的身子从梁上跳了下来，笑道："我在这里。"正是杨过。郭靖大喜，忙问："你怎么躲在梁上？"杨过笑道："你跟那七个臭道士……"郭靖喝道："胡说！快来拜见祖师爷。"

杨过伸了伸舌头，当下向马钰、丘处机、王处一三人磕头，待磕到尹志平面前时，见他年轻，转头问郭靖道："这位不是祖师爷了罢？我瞧不用磕头啦。”郭靖道：“这位是尹师伯，快磕头。”杨过心中老大不愿意，只得也磕了。郭靖见他站起身来，不再向另外三个中年道人磕头见礼，喝道：“过儿，怎么这般无礼？”杨过笑道：“等我磕完了头，那就来不及啦，你莫怪我。”

郭靖问道：“什么事来不及了？”杨过道：“有一个道士给人绑在那边屋里，若不去救，只怕要烧死了。”郭靖急问：“哪一间？快说！”杨过伸手向东一指，说道：“好像是在那边，也不知道是谁绑了他的。”说着嘻嘻而笑。

尹志平横了他一眼，急步抢到东厢房，踢开房门不见有人，又奔到东边第三代弟子修习内功的静室，一推开门，但见满室浓烟，一个道人被缚在床柱之上，口中呜呜而呼，情势已甚危殆。尹志平当即拔剑割断绳索，救了他出来。

此时马钰、丘处机、王处一、郭靖、杨过等人均已出了大殿，站在山坡上观看火势。眼见后院到处火舌乱吐，火光照红了半边天空，山上水源又小，只有一道泉水，仅敷平时饮用，用以救火实是无济于事，只得眼睁睁望着一座崇伟宏大的后院渐渐梁折瓦崩，化为灰烬。全真教众弟子合力阻断火路，其余殿堂房舍才不受蔓延。马钰本甚达观，心无挂碍。丘处机却是性急暴躁，老而弥甚，望着熊熊大火，咬牙切齿的咒骂。

郭靖正要询问敌人是谁，为何下这等毒手，只见尹志平右手托在一个胖大道人腋下，从浓烟中钻将出来。那道人被烟熏得不住咳嗽，双目流泪，一见杨过，登时大怒，纵身向他扑去。杨过嘻嘻一笑，躲在郭靖背后。那道人也不知郭靖是谁，伸手便在他胸口一推，要将他推开，去抓杨过。哪知这一下犹如推在一堵墙上，竟是纹丝不动。那道人一呆，指着杨过破口大骂：“小杂种，你要害死道爷！”王处一喝道：“清笃，你说什么？”

那道人鹿清笃是王处一的徒孙，适才死里逃生，心中急了，见到杨过就要扑上厮拼，全没理会掌教真人、师祖爷和丘师祖都在身旁，听得王处一这么一喝，才想到自己无礼，登时惊出一身冷汗，低头垂手，说道："弟子该死。"王处一道："到底是什么事？"鹿清笃道："都是弟子无用，请师祖爷责罚。"王处一眉头微皱，愠道："谁说你有用了？我问你是什么事？"

鹿清笃道："是，是。弟子奉赵志敬赵师叔之命，在后院把守，后来赵师叔带了这小……小……小……"他满心想说"小杂种"，终于想到不能在师祖爷面前无礼，改口道："……小孩子来交给弟子，说他是我教一个大对头带上山来的，为赵师叔所擒，叫我好好看守，不能让他逃了。于是弟子带他到东边静室里去，坐下不久，这小……小孩儿就使诡计，说要拉屎，要我放开缚在他手上的绳索。弟子心想他小小一个孩童，也不怕他走了，于是给他解了绳索。哪知这小孩儿坐在净桶上假装拉屎，突然间跳起身来，捧起净桶，将桶中臭屎臭尿向我身上倒来。"

鹿清笃说到此处，杨过嗤的一笑。鹿清笃怒道："小……小……你笑什么？"杨过抬起了头，双眼向天，笑道："我自己笑，你管得着么？"鹿清笃还要跟他斗口，王处一道："别跟小孩儿胡扯，说下去。"鹿清笃道："是，是。师祖爷你不知道，这小孩子狡猾得紧。我见尿屎倒来，匆忙闪避，他却笑着说道：'啊哟，道爷，弄脏了你衣服啦！……'"众人听他细着嗓门学杨过说话，语音不伦不类，都是暗暗好笑。王处一皱起了眉头，暗骂这徒孙在外人面前丢人现眼。

鹿清笃续道："弟子自然很是着恼，冲过去要打，哪知这小孩举起净桶，又向我身上抛来。我大叫：'小杂种，你干什么？'忙使一招'急流勇退'，立时避开，一脚却踩在屎尿之中，不由得滑了两下，总算没有摔倒，不料这小……小孩儿乘我慌乱之中，拔了我腰间佩剑，用剑顶在我心头，说我若是动一动，就一剑刺了下来。

我想君子不吃眼前亏，只好不动。这小孩儿左手拿剑，右手用绳索将我反绑在柱子上，又割了我一块衣襟，塞在我嘴里，后来宫里起火，我走又走不得，叫又叫不出，若非尹师叔相救，岂不是活生生教这小孩儿烧死了么?”说着瞪眼怒视杨过，恨恨不已。

众人听他说毕，瞧瞧杨过，又转头瞧瞧他，但见一个身材瘦小，另一个胖大魁梧，不自禁都纵声大笑起来。鹿清笃给众人笑得莫名其妙，抓耳摸腮，手足无措。

马钰笑道：“靖儿，这是你的儿子罢？想是他学全了母亲的本领，是以这般刁钻机灵。”郭靖道：“不，这是我义弟杨康的遗腹子。”

丘处机听到杨康的名字，心头一凛，细细瞧了杨过两眼，果然见他眉目间依稀有几分杨康的模样。杨康是他惟一的俗家弟子，虽然这徒儿不肖，贪图富贵，认贼作父，但丘处机每当念及，总是自觉教诲不善，以致让他误入歧途，常感内疚，现下听得杨康有后，又是伤感，又是欢喜，忙问端详。

郭靖简略说了杨过的身世，又说是带他来拜入全真派门下。丘处机道：“靖儿，你武功早已远胜我辈，何以不自己传他武艺?”郭靖道：“此事容当慢慢禀告。只是弟子今日上山，得罪了许多道兄，极是不安，谨向各位道长谢过，还望恕罪莫怪。”当下将众道误己为敌、接连动手等情说了。马钰道：“若不是你及时来援，全真教不免一败涂地。大家是自己人，什么赔罪、感谢的话，谁也不必提了。”

丘处机剑眉早已竖起，待掌教师兄一住口，立即说道：“志敬主持外阵，敌友不分，当真无用。我正自奇怪，怎地外边安下了这么强的阵势，竟然转眼间就让敌人冲了进来，攻了我们一个措手不及。哼，原来他调动北斗大阵去阻拦你来着。”说着须眉戟张，极是恼怒，当即呼叫两名弟子上来，询问何以误认郭靖为敌。

两名弟子神色惶恐，那年纪较大的弟子说道："守在山下的冯师弟、卫师弟传上讯来，说这……这位郭大侠在普光寺中拍击石碑，只道他定……定是敌人一路。"

郭靖这才恍然，想不到一切误会全是由此而起，说道："那可怪不得众位道兄。弟子在山下普光寺中，无意间在道长题诗的碑上重重拍了一掌，想是因此惹起众道友的误会。"丘处机道："原来如此，事情可也真凑巧。我们事先早已得知，今日来攻重阳宫的邪魔外道就是以拍击石碑为号。"郭靖道："这些人到底是谁？竟敢这么大胆？"

丘处机叹了口气，道："此事说来话长，靖儿，我带你去看一件物事。"说着向马钰与王处一点点头，转身向山后走去。郭靖向杨过道："过儿，你在这儿别走开。"当下跟在丘处机后面。只见他一路走向观后山上，脚步矫捷，精神不减少年。

二人来到山峰绝顶。丘处机走到一块大石之后，说道："这里刻得有字。"

此时天色昏暗，大石背后更是漆黑一团。郭靖伸手石后，果觉石上有字，逐字摸去，原来是一首诗。诗云：

"子房志亡秦，曾进桥下履。
佐汉开鸿举，屹然天一柱。
要伴赤松游，功成拂衣去。
异人与异书，造物不轻付。
重阳起全真，高视仍阔步。
矫矫英雄姿，乘时或割据。
妄迹复知非，收心活死墓。
人传入道初，二仙此相遇。
于今终南下，殿阁凌烟雾。"

他一面摸，一面用手指在刻石中顺着笔划书写，忽然惊觉，那些笔划与手指全然吻合，就似是用手指在石上写出来一般，不禁脱口而出：“用手指写的？”

丘处机道：“此事说来骇人听闻，但确是用手指写的！”郭靖奇道：“难道世间当真是有神仙？”丘处机道：“这首诗是两个人写的，两个都是武林中了不起的人物。书写前面那八句之人，身世更是奇特，文武全才，超逸绝伦，虽非神仙，却也是百年难得一见的人杰。”郭靖大是仰慕，忙道：“这位前辈是谁？道长可否引见，得让弟子拜会。”丘处机道：“我也从来没见过此人。你坐下罢，我跟你说一说今日之事的因缘。”郭靖依言在石上坐下，望着山腰里的火光渐渐减弱，忽想：“只可惜此番蓉儿没跟我同来，否则一起坐在这里听丘道长讲述奇事，岂不是好？”

丘处机道：“这诗的意思你懂么？”郭靖此时已是中年，但丘处机对他说话的口气，仍是与十多年前他少年时一般无异，郭靖也觉原该如此，道：“前面八句说的是张良，这故事弟子曾听蓉儿讲过，倒也懂得，说他在桥下替一位老者拾鞋，那人许他孺子可教，传他一部异书。后来张良辅佐汉高祖开国，称为汉兴三杰之一，终于功成身退，隐居而从赤松子游。后面几句说到重阳祖师的事迹，弟子就不大懂了。”丘处机问道：“你知重阳祖师是什么人？”

郭靖一怔，答道：“重阳祖师是你师父，是全真教的开山祖师，当年华山论剑，武功天下第一。”丘处机道：“那不错，他少年时呢？”郭靖摇头道：“我不知道。”丘处机道：“‘矫矫英雄姿，乘时或割据’。我恩师不是生来就做道士的。他少年时先学文，再练武，是一位纵横江湖的英雄好汉，只因愤恨金兵入侵，毁我田庐，杀我百姓，曾大举义旗，与金兵对敌，占城夺地，在中原建下了轰轰烈烈的一番事业，后来终以金兵势盛，先师连战连败，将士伤亡殆尽，这才愤而出家。那时他自称‘活死人’，接连几年，住在本山的一个古墓之中，不肯出墓门一步，意思是虽生犹死，不愿与金贼共居于青天之下，所谓不共戴天，就是这个意思了。”郭靖道：“原来如此。”

丘处机道：“事隔多年，先师的故人好友、同袍旧部接连来访，劝他出墓再干一番事业。先师心灰意懒，又觉无面目以对江湖旧侣，始终不肯出墓。直到八年之后，先师一个生平劲敌在墓门外百端辱骂，连激他七日七夜，先师实在忍耐不住，出洞与之相斗。岂知那人哈哈一笑，说道：‘你既出来了，就不用回去啦！’先师恍然而悟，才知敌人倒是出于好心，乃是可惜他一副大好身手埋没在坟墓之中，是以用计激他出墓。二人经此一场变故，化敌为友，携手同闯江湖。”

郭靖想到前辈的侠骨风范，不禁悠然神往，问道：“那一位前辈是谁？不是东邪、西毒、南帝、北丐四大宗师之一罢？”

丘处机道：“不是。论到武功，此人只有在四大宗师之上，只因她是女流，素不在外抛头露面，是以外人知道的不多，声名也是默默无闻。”郭靖道：“啊，原来是女的。”丘处机叹道：“这位前辈其实对先师甚有情意，欲待委身相事，与先师结为夫妇。当年二人不断的争闹相斗，也是那人故意要和先师亲近，只不过她心高气傲，始终不愿先行吐露情意。后来先师自然也明白了，但他于邦国之仇总是难以忘怀，常说：匈奴未灭，何以家为？对那位前辈的深情厚意，装痴乔呆，只作不知。那前辈只道先师瞧她不起，怨愤无已。两人本已化敌为友，后来却又因爱成仇，约好在这终南山上比武决胜。”

郭靖道：“那又不必了。”丘处机道：“是啊！先师知她原是一番美意，自是一路忍让。岂知那前辈性情乖僻，说道：‘你越是让我，那就越是瞧我不起。’先师逼于无奈，只得跟她动手。当时他二位前辈便是在这里比武，斗了几千招，先师不出重手，始终难分胜败。那人怒道：‘你并非存心跟我相斗，当我是什么人？’先师道：‘武比难分胜负，不如文比。’那人道：‘这也好。若是我输了，我终生不见你面，好让你耳目清净。’先师道：‘若是你胜了，你要怎样？’那人脸上一红，无言可答，终于一咬牙，说道：‘你那活死人墓就让给我住。’

“那人这句话其实大有文章，意思说若是胜了，要和先师在这墓中同居厮守。先师好生为难，自料武功稍高她一筹，实逼处此，只好胜了她，以免日后纠缠不清，于是问她怎生比法。她道：‘今日大家都累了，明晚再决胜负。’

“次日黄昏，二人又在此处相会。那人道：‘咱们比试之前，先得定下个规矩。’先师道：‘又定什么规矩了？’那人道：‘你若得胜，我当场自刎，以后自然不见你面。我若胜了，你就要把这活死人墓让给我住，终生听我吩咐，任何事不得相违；否则的话，就须得出家，任你做和尚也好，做道士也好。不论做和尚还是道士，须在这山上建立寺观，陪我十年。’先师心中明白：‘终生听你吩咐，自是要我娶你为妻。否则便须做和尚道士，那是不得另行他娶。我又怎能忍心胜你，逼你自杀？只是在山上陪你十年，却又难了。’当下好生踌躇。其实这位女流前辈才貌武功都是上上之选，她一片深情，先师也不是不动心，但不知如何，说到要结为夫妇，却总是没这个缘份。先师沉吟良久，打定了主意，知道此人说得出做得到，一输之后必定自刎，于是决意舍己从人，不论比什么都输给她便是，说道：‘好，就是这样。’

“那人道：‘咱们文比的法子极是容易。大家用手指在这块石头上刻几个字，谁写得好，那就胜了。’先师道：‘用手指怎么能刻？’那人道：‘这就是比一比指上的功夫，瞧谁刻得更深。’先师摇头道：‘我又不是神仙，怎能用手指在石上刻字？’那人道：‘若是我能，你就认输？’先师本处进退两难之境，心想世上决无此事，正好乘此下台，成个不胜不败之局，这场比武就不了了之，当即说道：'你若有此能耐，我自然认输。要是你也不能，咱俩不分高下，也不用再比了。'

"那人凄然一笑，道：'好啊，你做定道士啦。'说着左手在石上抚摸了一阵，沉吟良久，道：'我刻些什么字好？嗯，自来出家之人，第一位英雄豪杰是张子房。他反抗暴秦，不图名利，是你的先辈。'于是伸出右手食指，在石上书写起来。先师见她手指到处，石屑竟然纷纷跌落，当真是刻出一个个字来，自是惊讶无比。她在石上所写的字，就是这一首诗的前半截八句。

"先师心下钦服，无话可说，当晚搬出活死人墓，让她居住，第二日出家做了道士，在那活死人墓附近，盖了一座小小道观，那就是重阳宫的前身了。"

郭靖惊诧不已，伸手指再去仔细抚摸，果然非凿非刻，当真是用手指所划，说道："这位前辈的指上功夫，也确是骇人听闻。"丘处机仰天打个哈哈，道："靖儿，此事骗得先师，骗得我，更骗得你。但若你妻子当时在旁，决计瞒不过她的眼去。"郭靖睁大双眼，道："难道这中间有诈？"

丘处机道："这何消说得？你想当世之间，论指力是谁第一？"郭靖道："那自然是一灯大师的一阳指。"丘处机道："是啊！凭一灯大师这般出神入化的指上功夫，就算是在木材之上，也未必能刻出字来，何况是在石上？更何况是旁人？先师出家做了黄冠，对此事苦思不解。后来令岳黄药师前辈上终南山来访，先师知他极富智计，隐约说起此事，向他请教。黄岛主想了良久，哈哈笑道：'这个我也会。只是这功夫目下我还未练成，一月之后再来奉访。'说着大笑下山。过了一个月，黄岛主又上山来，与先师同来观看此石。上次那位前辈的诗句，题到'异人与异书，造物不轻付'为止，意思是要先师学张良一般，遁世出家。黄岛主左手在石上抚摸良久，右手突然伸出，在石上写起字来，他是从‘重阳起全真’起，写到‘殿阁凌烟雾’止，那都是恭维先师的话。

“先师见那岩石触手深陷，就与上次一般无异，更是惊奇，心想：‘黄药师的武功明明逊我一筹，怎地也有这等厉害的指力？’一时满腹疑团，突然伸手指在岩上一刺，说也奇怪，那岩石竟被他刺了一个孔。就在这里。”说着将郭靖的手牵到岩旁一处。

郭靖摸到一个小孔，用食指探入，果然与印模一般，全然吻合，心想：“难道这岩石特别松软，与众不同。”指上运劲，用力捏去，只捏得指尖隐隐生疼，岩石自是纹丝不动。

丘处机哈哈笑道：“谅你这傻孩子也想不通这中间的机关。那位女前辈右手手指书写之前，左手先在石面抚摸良久，原来她左手掌心中藏着一大块化石丹，将石面化得软了，在一炷香的时刻之内，石面不致变硬。黄岛主识破了其中巧妙，下山去采药配制化石丹，这才回来依样葫芦。”

郭靖半晌不语，心想：“我岳父的才智，实不在那位女前辈之下，但不知他老人家到了何处。”心下好生挂念。

丘处机不知他的心事，接着道：“先师初为道士，心中甚是不忿，但道书读得多了，终于大彻大悟，知道一切全是缘法，又参透了清静虚无的妙诣，乃苦心潜修，光大我教。推本思源，若非那位女前辈这么一激，世间固无全真教，我丘某亦无今日，你郭靖更不知是在何处了。”

郭靖点头称是，问道：“但不知这位女前辈名讳怎生称呼，她可还在世上么？”丘处机叹道：“这位女前辈当年行侠江湖，行踪隐秘异常，极少有人见过她的真面目。除了先师之外，只怕世上无人知道她的真实姓名，先师也从来不跟人说。这位前辈早在首次华山论剑之前就已去世，否则以她这般武功与性子，岂有不去参与之理？”

郭靖点头道：“正是。不知她可有后人留下？”丘处机叹了口气道："乱子就出在这里。那位前辈生平不收弟子，就只一个随身丫鬟相侍，两人苦守在那墓中，竟然也是十余年不出，那前辈的一身惊人武功都传给了丫鬟。这丫鬟素不涉足江湖，武林中自然无人知闻，她却收了两个弟子。大弟子姓李，你想必知道，江湖上叫她什么赤练仙子李莫愁。"

郭靖"啊"了一声，道："这李莫愁好生歹毒，原来渊源于此。"丘处机道："你见过她？"郭靖道："数月之前，在江南曾碰上过。此人武功果然了得。"丘处机道："你伤了她？"郭靖摇头道："没有。其实也没当真会面，只见到她下手连杀数人，狠辣无比，较之当年的铁尸梅超风尤有过之。"

丘处机道："你没伤她也好，否则麻烦多得紧。她的师妹姓龙……"郭靖一凛，道："是那姓龙的女子？"丘处机脸色微变，道："怎么？你也见过她了？可出了什么事？"郭靖道："弟子不曾见过她。只是此次上山，众位道兄屡次骂我是妖人淫贼，又说我为姓龙的女子而来，教我好生摸不着头脑。"

丘处机哈哈大笑，随即叹了口气，说道："那也是重阳宫该遭此劫。若非阴错阳差，生了这个误会，不但北斗大阵必能挡住那批邪魔，而你早得一时三刻上山，郝师弟也不致身受重伤。"他见郭靖满面迷惘之色，说道："今日是那姓龙的女子十八岁生辰。"郭靖顺口接了一句："嗯，是她十八岁生辰！"可是一个女子的十八岁生辰，为什么能酿成这等大祸，仍是半点也不明白。

丘处机道："这姓龙的女子名字叫作什么，外人自然无从得知，那些邪魔外道都叫她小龙女，咱们也就这般称呼她罢。十八年前的一天夜里，重阳宫外忽然有婴儿啼哭之声，宫中弟子出去察看，见包袱中裹着一个婴儿，放在地下。重阳宫要收养这婴儿自是极不方便，可是出家人慈悲为本，却也不能置之不理，那时掌教师兄和我都不在山上，众弟子正没做理会处，一个中年妇人突然从山后过来，说道：‘这孩子可怜，待我收留了她罢！’众弟子正是求之不得，当下将婴儿交给了她。后来马师兄与我回宫，他们说起此事，讲到那中年妇人的形貌打扮，我们才知是居于活死人墓中的那个丫鬟。她与我们全真七子曾见过几面，但从未说过话。两家虽然相隔极近，只因上辈的这些纠葛，当真是鸡犬相闻，却老死不相往来。我们听过算了，也就没放在心上。

“后来她弟子赤练仙子李莫愁出山，此人心狠手辣，武艺极高，在江湖上闹了个天翻地覆。全真教数次商议，要治她一治，终于碍着这位墓中道友的面子，不便出手。我们写了一封信送到墓中，信中措辞十分客气。可是那信送入之后，宛似石沉大海，始终不见答覆，而她对李莫愁仍是纵容如故，全然不加管束。

“过得几年，有一日墓外荆棘丛上挑出一条白布灵幡，我们知道是那位道友去世了，于是师兄弟六人到墓外致祭。刚行礼毕，荆棘丛中出来一个十三四岁的小女孩，向我们还礼，答谢吊祭，说道：‘师父去世之时，命弟子告知各位道长，那人作恶横行，师父自有制她之法，请各位不必操心。’说毕转身回入。我们待欲详询，她已进了墓门。先师曾有遗训，全真派门下任何人不得踏进墓门一步。她既进去，只索罢了，只是大家心中奇怪，那位道友既死，还能有什么制治弟子之法？只是见那小女孩孤苦可怜，便送些粮食用品过去，但每次她总是原封不动，命一个仆妇退了回来。看来此人性子乖僻，与她祖师、师父一模一样。但她既有仆妇照料，那也不需旁人代为操心了。后来我们四方有事，少在宫中，于这位姑娘的讯息也就极少听见。不知怎的，李莫愁忽然在江湖上消声匿迹，不再生事。我们只道那位道友当真遗有妙策，都感钦佩。

“去年春天，我与王师弟赴西北有事，在甘州一位大侠家中盘桓，竟听到了一件惊人的消息。说道一年之后，四方各处的邪魔外道要群集终南山，有所作为。终南山是全真教的根本之地，他们上山来自是对付我教，那岂可不防？我和王师弟还怕这讯息不确，派人四出打听，果然并非虚假。只是他们上终南山来却不是冲着我教，而是对那活死人墓中的小龙女有所图谋。”郭靖奇道：“她小小一个女孩子，又从不出外，怎能跟这些邪魔外道结仇生怨？”丘处机道：“到底内情如何，既跟我们不相干，本来也就不必理会。但一旦这群邪徒来到终南山上，我们终究无法置身事外，于是辗转设法探听，才知这件事是小龙女的师姊挑拨起来的。”郭靖道：“李莫愁？”

丘处机道：“是啊。原来她们师父教了李莫愁几年功夫，瞧出她本性不善，就说她学艺已成，令她下山。李莫愁当师父在世之日，虽然作恶，总还有几分顾忌，待师父一死，就借吊祭为名，闯入活死人墓中，想将师妹逐出。她自知所学未曾尽得师祖、师父的绝艺，要到墓中查察有无武功秘笈之类遗物。哪知墓中布置下许多巧妙机关，李莫愁费尽心机，才进了两道墓门，在第三道门边却看到师父的一封遗书。她师父早料到她必定会来，这通遗书放在那里等她已久，其中写道：某年某月某日，是她师妹十八岁的生辰，自那时起便是她们这一派的掌门。遗书中又嘱她痛改前非，否则难获善终。那便是向她点明，倘若她怙恶不悛，她师妹便当以掌门人身份清理门户。

“李莫愁很是生气，再闯第三道门，却中了她师父事先伏下的毒计，若非小龙女给她治伤疗毒，当场就得送命。她知道厉害，只得退出，但如此缩手，哪肯甘心？后来又闯了几次，每次都吃了大亏。最后一次竟与师妹动手过招。那时小龙女不过十五六岁年纪，武功却已远胜师姊，如不是手下容让，取她性命也非难事……”

郭靖插口道：“此事只怕江湖上传闻失实。”丘处机道：“怎么？”郭靖道：“我恩师柯大侠曾和李莫愁斗过两场，说起她的武功，实有独到之处。连一灯大师的及门高弟武三通武大哥也败在她手下。那小龙女若是未满二十岁，功夫再好，终难胜她。”

丘处机道：“那是王师弟听丐帮中一位朋友说的，到底小龙女是不是当真胜过了师姊李莫愁，其时并无第三人在场，谁也不知，只是江湖上有人这么说罢了。这一来，李莫愁更是心怀不忿，知道师父偏心，将最上乘的功夫留着给师妹。于是她传言出来，说道某年某月某日，活死人墓中的小龙女要比武招亲……”郭靖听到“比武招亲”四字，立即想到杨康、穆念慈当年在北京之事，不禁轻轻“啊”了一声。

丘处机知他心意，也叹了口气，道：“她扬言道：若是有谁胜得小龙女，不但小龙女委身相嫁，而墓中的奇珍异宝、武功秘笈，也尽数相赠。那些邪魔外道本来不知小龙女是何等样人，但李莫愁四下宣扬，说她师妹的容貌远胜于她。这赤练仙子据说甚是美貌，姿色莫说武林中少见，就是大家闺秀，只怕也是少有人及。”

郭靖心中却道：“那又何足为奇？我那蓉儿自然胜她百倍。”

丘处机续道：“江湖上妖邪人物之中，对李莫愁着迷的人着实不少。只是她对谁都不加青眼，有谁稍为无礼，立施毒手，现下听说她另有个师妹，相貌更美，而且公然比武招亲，谁不想来一试身手？”郭靖恍然大悟，道：“原来这些人都是来求亲的，怪不得宫中道兄们骂我是淫贼妖人。”

丘处机哈哈大笑，又道：“我们又探听到，这些妖邪对全真教也不是全无顾忌。他们大举集人齐上终南山来，我们倘若干预此事，索性乘机便将全真教挑了，除了这眼中之钉。我和王师弟得到讯息，决意跟众妖邪周旋一番，当即传出法帖，召集本教各代道侣，早十天都聚在重阳宫中。只刘师哥和孙师妹在山西，不及赶回。我们一面操演北斗阵法，一面送信到墓中，请小龙女提防。哪知此信送入，仍是没有回音，小龙女竟然全不理睬。”

郭靖道：“或许她已不在墓中了。”丘处机道：“不，在山顶遥望，每日都可见到炊烟在墓中升起。你瞧，就在那边。”说着伸手西指。郭靖顺着他手指瞧去，但见山西郁郁苍苍，十余里地尽是树林，亦不知那活死人墓是在何处。想像一个十八岁的少女，整年住在墓室之中，若是换作了蓉儿，真要闷死她了。

丘处机又道：“我们师兄弟连日布置御敌。五日之前，各路哨探陆续赶回，查出众妖邪之中最厉害的是两个大魔头。他们约定先在山下普光寺中聚会，以手击碑石为号。你无意之中在碑上拍了一下，又显出功力惊人，无怪我那些没用的徒孙要大惊小怪。

“那两个大魔头说起来名声着实不小，只是他们今年方到中原，这才震动武林。你在桃花岛隐居，与世隔绝，因而不知。那贵公子是蒙古的王子，据说还是大汗成吉思汗的近系子孙。旁人都叫他作霍都王子。你在大漠甚久，熟识蒙古王族，可想得到此人来历么?”

郭靖喃喃说了几遍“霍都王子”，回思他的容貌举止，却想不起会是谁的子嗣，但觉此人容貌俊雅，傲狠之中又带了不少狡诈之气。成吉思汗共生四子，长子术赤剽悍英武，次子察合台性子暴躁而实精明，三子窝阔台即当今蒙古皇帝，性格宽和，四子拖雷血性过人，相貌均与这霍都大不相同。

丘处机道：“只怕是他自高身价，胡乱吹嘘，那也是有的。此人武功是西藏一派，今年年初来到中原，出手就伤了河南三雄，后来又在甘凉道上独力杀死兰州七霸，名头登时响遍了半边天，我们可料不到他竟会揽上这门子事。另一个藏僧名叫达尔巴，天生神力，和霍都的武功全然一路，看来是霍都的师兄还是师叔。他是和尚，自然不是要来娶那女子，多半是来帮霍都的。

“其余的淫贼奸人见这两人出头，都绝了求亲之念，然而当年李莫愁曾大肆宣扬，说古墓中珍宝多如山积，又有不少武功秘本，什么降龙十八掌的掌谱、一阳指的指法等等无不齐备。群奸虽然将信将疑，但想只要跟上山来，打开古墓，多少能分润一些好处，是以上终南山来的竟有百余人之众。本来我们的北斗阵定能将这些二流脚色尽数挡在山下，纵然不能生擒，也教他们不得走近重阳宫一步。也是我教合当遭劫，这中间的误会，那也不必说了。”

郭靖甚感歉仄，呐呐的要说几句谢罪之言。丘处机将手一挥，笑道：“出门一笑无拘碍，云在西湖月在天。宫殿馆阁，尽是身外之物，身子躯壳尚不足惜，又理这些身外物作甚？你十余年来勤修内功，难道这一点还勘不破么？”郭靖也是一笑，应了声：“是！”丘处机笑道：“其实我眼见重阳宫后院为烈火焚烧之时，也是暴跳如雷，此刻才宁静了下来，比之马师哥当时便心无挂碍，我的修为实是万万不及。”郭靖道：“这些奸人如此毫没来由的欺上门来，也难怪道长生气。”

丘处机道：“北斗大阵全力与你周旋，两个魔头领着一批奸人，乘隙攻到重阳宫前。他们一上来就放火烧观，郝师弟出阵与那霍都王子动手。也是他过于轻敌，而霍都的武功又别具一格，怪异特甚。郝师弟出手时略现急躁，胸口中了他一掌。我们忙结阵相护。只是少了郝师弟一人，补上来的弟子功力相差太远，阵法威力便属有限。你若不及时赶到，全真教今日当真是一败涂地了。现下想来，就算守在山下的众弟子不认错了敌人，那些二流妖人固然无法上山，达尔巴与霍都二人却终究阻挡不住。此二人联手与北斗阵相斗，我们输是不会输的，但决不能如你这般赢得干净爽快……”正说到这里，忽听西边呜呜呜一阵响亮，有人吹动号角。角声苍凉激越，郭靖听在耳中，不由得心迈阴山，神驰大漠，想起了蒙古黄沙莽莽、平野无际的风光。

再听一会，忽觉号角中隐隐有肃杀之意，似是向人挑战。丘处机脸现怒色，骂道：“孽障，孽障！”眼望西边树林，说道：“靖儿，那奸人与你订了十年之约，妄想这十年中肆意横行，好教你不便干预。天下哪有这等称心如意之事？咱们过去！”郭靖道：“是那霍都王子？”丘处机道：“自然是他。他是在向小龙女挑战。”一边说，一边飞步下山。郭靖跟随在后。

二人行出里许，但听那号角吹得更加紧了，角声呜呜之中，还夹着一声声兵刃的铮铮撞击，显是那达尔巴也出手了。丘处机怒道：“两个武学名家，却来合力欺侮一个少女，当真好不要脸。”说着足下加快。两人片刻间已奔到山腰，转过一排石壁。郭靖只见眼前是黑压压的一座大树林，林外高高矮矮的站着百余人，正是适才围攻重阳宫那些妖邪。两人隐身石壁之后，察看动静。

只见霍都王子与达尔巴并肩而立。霍都举角吹奏。那达尔巴左手高举一根金色巨杵，将戴在右手手腕上的一只金镯不住往杵上撞去，铮铮声响，与号角声相互应和，要引那小龙女出来。两人闹了一阵，树林中静悄悄的始终没半点声响。

霍都放下号角，朗声说道：“小王蒙古霍都，敬向小龙女恭贺芳辰。”一语甫毕，树林中琤琤琤响了三下琴声，似是小龙女鼓琴回答。霍都大喜，又道：“闻道龙姑娘扬言天下，今日比武招亲，小王不才，特来求教，请龙姑娘不吝赐招。”猛听得琴声激亢，大有怒意。众妖邪纵然不懂音律，却也知鼓琴者心意难平，出声逐客。

霍都笑道：“小王家世清贵，姿貌非陋，愿得良配，谅也不致辱没。姑娘乃当世侠女，不须腼腆。”此言甫毕，但听琴韵更转高昂，隐隐有斥责之意。

霍都向达尔巴望了一眼，那藏僧点了点头。霍都道：“姑娘既不肯就此现身，小王只好强请了。”说着收起号角，右手一挥，大踏步向林中走去。群豪蜂涌而前，均想：“连大名鼎鼎的全真教也阻挡不了我们，谅那小龙女孤身一个小小女子，济得甚事？”但怕别人抢在头里，将墓中宝物先得了去，各人争先恐后，涌入树林。

丘处机高声叫道：“这是全真教祖师重阳真人旧居之地，快快退出来。”众人听得他叫声，微微一怔，但脚下毫不停步。丘处机怒道：“靖儿，动手罢！”二人转出石壁，正要抢入树林，忽听群豪高声叫嚷，飞奔出林。

丘郭二人一呆，但见数十人没命价飞跑，接着霍都与达尔巴也急步奔出，狼狈之状，比之适才退出重阳宫时不知过了几倍。丘郭均感诧异：“那小龙女不知用何妙法驱退群邪？”这念头只在心中一闪间，便听得嗡嗡响声自远而近，月光下但见白茫茫、灰濛濛一团物事从林中疾飞出来，扑向群邪头顶。郭靖奇道：“那是什么？”丘处机摇头不答，凝目而视，只见江湖豪客中有几个跑得稍慢，被那群东西在头顶一扑，登时倒地，抱头狂呼。郭靖惊道：“是一群蜂子，怎么白色的？”说话之间，那群玉色蜂子又已螫倒了五六人。树林前十余人滚来滚去，呼声惨厉，听来惊心动魄。郭靖心想：“给蜂子刺了，就真疼痛，也不须这样杀猪般的号叫，难道这玉蜂毒性异常么？”只见灰影晃动，那群玉蜂有如一股浓烟，向他与丘处机面前扑来。

眼见群蜂来势凶猛，难以抵挡，郭靖要待转身逃走，丘处机气涌丹田，张口向蜂群一口喷出。蜂群飞得正急，突觉一股强风刮到，势道顿挫。丘处机一口气喷完，第二口又即喷出。郭靖学到诀窍，当即跟着鼓气力送，与丘处机所吹的一股风连成一起。二人使的都是玄门正宗的上乘功夫，蜂群抵挡不住，当先的数百只蜂子飞势立偏，从二人身旁掠过，却又追赶霍都、达尔巴等人去了。

这时在地下打滚的十余人叫声更是凄厉，呼爹喊娘，大声叫苦。更有人叫道：“小人知错啦，求小龙女仙姑救命！”郭靖暗暗骇异：“这些人都是江湖上的亡命之徒，纵然砍下他们一臂一腿，也未必会讨饶叫痛。怎地小小蜂子的一螫，竟然这般厉害？”

但听得林中传出琤琤琴声，接着树梢头冒出一股淡淡白烟。丘郭二人只闻到一阵极甜的花香。过不多时，嗡嗡之声自远而近，那群玉蜂闻到花香，飞回林中，原来是小龙女烧香召回。

丘处机与小龙女做了十八年邻居，从不知她竟然有此本事，又是佩服，又觉有趣，说道："早知我们这位芳邻如此神通广大，全真教大可不必多事。"他这两句话虽是对郭靖说的，但提气送出，有意也要小龙女听到。果然林中琴声变缓，轻柔平和，显是酬谢高义之意。丘处机哈哈大笑，朗声叫道："姑娘不必多礼。贫道丘处机率弟子郭靖，敬祝姑娘芳辰。"琴声琤琤两响，从此寂然。

郭靖听那些人叫得可怜，道："道长，这些人怎生救他们一救？"丘处机道："龙姑娘自有处置，咱们走罢。"

当下二人转身东回，路上郭靖又求丘处机收杨过入门。丘处机叹道："你杨铁心叔父是豪杰之士，岂能无后？杨康落得如此下场，我也颇有不是之处。你放心好了，我必尽心竭力，教养这小孩儿成人。"郭靖大喜，就在山路上跪下拜谢。

二人谈谈说说，回到重阳宫前，天色已明。众道士正在收拾后院烬余，清理瓦石。

丘处机召集众道士，替郭靖引见，指着那主持北斗大阵的长须道人，说道："他是王师弟的大弟子，名叫赵志敬。第三代弟子之中，武功以他练得最纯，就由他点拨过儿的功夫罢。"

郭靖与此人交过手，知他武功确是了得，心中甚喜，当下命杨过向赵志敬行了拜师之礼，自己又向赵志敬郑重道谢。他在终南山盘桓数日，对杨过谆谆告诫叮嘱，这才与众人别过，回桃花岛而去。

丘处机回想当年传授杨康武功，却任由他在王府中养尊处优，终于铸成大错，心想："自来严师出高弟，棒头出孝子。这次对过儿须得严加管教，方不致重蹈他父覆辙。"当下将杨过叫来，疾言厉色的训诲一顿，嘱他刻苦耐劳，事事听师父教训，不可有丝毫怠忽。

杨过留在终南山上，本已老大不愿，此时没来由的受了一场责骂，心中恚愤难言，当时忍着眼泪答应了，待得丘处机走开，不禁放声大哭。忽然背后一人冷冷的道："怎么？祖师爷说错了你么？"

杨过一惊，止哭回头，只见背后站着的正是师父赵志敬，忙垂手道："不是。"赵志敬道："那你为什么哭泣？"杨过道："弟子想起郭伯伯，心中难过。"赵志敬明明听得丘师伯厉声教训，他却推说为了思念郭靖，甚是不悦，心想："这孩子小小年纪就已如此狡猾，若不重重责打，大了如何能改？"沉着脸喝道："你胆敢对师父说谎？"

杨过眼见全真教群道给郭靖打得落花流水，又见丘处机等被霍都一班妖邪逼得手忙脚乱，全赖郭靖救援，心中认定这些道士武功全都平常。他对丘处机尚且毫不佩服，更何况对赵志敬？也是郭靖一时疏忽，未跟他详细说明全真派武功乃武学正宗，当年王重阳武功天下第一，各家各派的高手无一能敌。他自己所以能胜诸道，实因众道士未练到绝顶，却非全真派武功不济。可是杨过认定郭靖夫妇不愿收他为徒，便胡乱交给旁人传艺，兼之亲眼见到群道折剑倒地的种种狼狈情状，就算郭靖解释再三，他也是决不肯信的。这时他见师父脸色难看，心道："我拜你为师，实是迫不得已，就算我武功练得跟你一模一样，又有屁用？还不是大脓包一个？你凶霸霸的干么？"当下转过了头不答。

赵志敬大怒，嗓门提得更加高了："我问你话，你胆敢不答？"杨过道："师父要我答什么，我就答什么。"赵志敬听他出言挺撞，怒气再也按捺不住，反手挥去，啪的一声，登时将他打得脸颊红肿。杨过哇的一声，哭了出来，发足便奔。赵志敬追上去一把抓住，问道："你到哪里去？"杨过道："快放手，我不跟你学武功啦。"

赵志敬更怒，喝道："小杂种，你说什么？"杨过此时横了心，骂道："臭道士，狗道士，你打死我罢！"其时于师徒之份看得最重，武林之中，师徒就如父子一般，师父就是要处死弟子，为徒的往往也不敢反抗。杨过居然胆敢辱骂师尊，实是罕见罕闻的大逆不道之事。赵志敬气得脸色焦黄，举掌又劈脸打了下去。杨过突然间纵身跃起，抱住他手臂，张口牢牢咬住他的右手食指。

杨过自得欧阳锋授以内功秘诀，间中修习，已有了一些根柢。赵志敬盛怒之下，又道他是小小孩童，丝毫未加提防，给他紧抱狠咬，竟然挣之不脱，常言道十指连心，手指受痛，最是难忍。赵志敬左手在他肩头重重一拳，喝道："你作死么？快放开！"杨过此时心中狂怒，纵然刀枪齐施，他也决意不放，但觉肩头剧痛，牙齿更加用劲了，喀的一响，直咬抵骨。赵志敬大叫："哎唷！"左拳狠狠在他天灵盖上一锤，将他打得昏了过去，这才捏住他下颚，将右手食指抽了出来。但见满手鲜血淋漓，指骨已断，虽能续骨接指，但此后这根手指的力道必较往日为逊，武功不免受损，气恼之余，在杨过身上又踢了几脚。

他撕下杨过的衣袖，包了手指创口，四下一瞧，幸好无人在旁，心想此事若被旁人知晓，江湖上传扬出去，说全真教赵志敬给小徒儿咬断了指骨，实是颜面无存，当下取过一盆冷水，将杨过泼醒。

杨过一醒转，发疯般纵上又打。赵志敬一把扭住他胸口，喝道："畜生，你当真不想活了？"杨过骂道："狗贼，臭道士，长胡子山羊，给我郭伯伯打得爬在地下吃屎讨饶的没用家伙，你才是畜生！"

赵志敬右手出掌，又打了他一记。此时他有了提防，杨过要待还手，哪里还能近身？瞬息之间，被他连踢了几个筋斗。赵志敬若要伤他，原是轻而易举，但想他究是自己徒弟，如下手重了，师父师伯问起来如何对答？可是杨过瞎缠猛打，倒似与他有不共戴天之仇一般，虽然身上连中拳脚，疼痛不堪，竟丝毫没退缩之意。

赵志敬对杨过拳打足踢，心中却是好生后悔，眼见他虽然全身受伤，却是越战越勇，最后迫于无奈，左手伸指在他胁下一点，封闭了他的穴道。杨过躺在地上动弹不得，眼中满含怒色。赵志敬道："你这逆徒，服不服了？"杨过双眼瞪着他，毫无屈服之意。赵志敬坐在一块大石上，呼呼喘气。他若与高手比武过招，打这一时三刻绝不致呼吸急喘，现下手脚自然不累，只是心中恼得厉害，难以宁定。

一师一徒怒目相对，赵志敬竟想不出善策来处置这顽劣的孩儿，正烦恼间，忽听钟声镗镗响起，却是掌教召集全教弟子。赵志敬吃了一惊，对杨过道："你若不再忤逆，我就放了你。"伸手解开了他穴道。

哪知杨过猛地跃起，纵身扑上。赵志敬退开两步，怒道："我不打你，你还要怎地？"杨过道："你以后还打我不打？"赵志敬听得钟声甚急，不敢耽误，只得道："你若是乖乖地，我打你作甚？"杨过道："那也好。师父，你不打我，我就叫你师父。你再打我一记，我永不认你。"赵志敬气得只有苦笑，点了点头，道："掌教召集门人，快跟我去罢。"他见杨过衣衫扯烂，面目青肿，只怕旁人查问，给他略略整理一下，拉了他手，奔到宫前聚集。

赵志敬与杨过到达时，众道已分班站立。马钰、丘处机、王处一三人向外而坐。马钰双手击了三下，朗声说道："长生真人与清净散人从山西传来讯息，说道该处之事极为棘手。本座和两位师弟会商决定，长春真人与玉阳真人带同十名弟子，即日前去应援。"众道人面面相觑，有的骇异，有的愤激。丘处机当下叫出十名弟子的姓名，说道："各人即行收拾，明天一早随玉阳真人和我前去山西。余人都散了。"

众道散班，这才悄悄议论，说道："那李莫愁不过是个女子，怎地这生了得，连长生子刘师叔也制她不住？"有的道："清净散人孙师叔难道不是女子？可见女子之中也尽有能人，却小觑不得。”有的道：“丘师伯与王师叔一去，那李莫愁自当束手就缚。”

丘处机走到赵志敬身边，向他道：“我本要带你同去，但怕耽误了过儿功夫，这一趟你就不用去了。”一眼瞥见杨过满脸伤痕，不觉一怔，道：“怎么？跟谁打架了？”赵志敬大急，心想丘师伯得知实情，必然严责，忙向杨过连使眼色。杨过心中早有主意，见到赵志敬惶急之情，只作不知，支支吾吾的却不回答。丘处机怒道：“是谁将你打得这个样子？到底是谁不好？快说。”赵志敬听丘师伯语气严厉，心中更是害怕。

杨过说：“不是打架，是弟子摔了一交，掉下了山坑。”丘处机不信，怒道：“你说谎，好好的怎会摔一交？你脸上这些伤也不是摔的。”杨过道：“适才师祖爷教训弟子要乖乖的学艺……”丘处机道：“是啊，那怎么了？”杨过道：“师祖爷走开之后，弟子想师祖爷教训得是，弟子今后要力求上进，才不负了师祖爷的期望。”他这几句花言巧语，丘处机听得脸色渐和，嗯了一声。杨过接着道：“哪知突然之间来了一条疯狗，不问情由的扑上来便咬，弟子踢它赶它，那疯狗却越来越凶。弟子只得转身逃走，一不小心，摔入了山坑。幸好我师父赶来，救了我起来。”

丘处机将信将疑，眼望赵志敬，意思询问这番话是真是假。赵志敬大怒，心道：“好哇，你这臭小子胆敢骂我疯狗？”但形格势禁，不得不为他圆谎，只得点头道：“是弟子救他起来的。”

丘处机这才信了，道：“我去之后，你好好传他本门玄功，每隔十天，由掌教师伯覆查一次，指点窍要。”赵志敬心中老大不愿，但师伯之言哪敢违抗，只得躬身答应。杨过此时只想着逼得师父自认疯狗的乐趣，丘师祖之言全未听在耳里。待丘处机走开了十几步，赵志敬怒火上冲，忍不住伸手又要往杨过头顶击去。杨过大叫：“丘师祖！”丘处机愕然回头，问道：“什么？”赵志敬的手伸在半空，不敢落下，情势甚是尴尬，勉强回臂用手指去搔鬓边头发。杨过奔向丘处机，叫道：“师祖爷，你去之后，没人看顾我，这里好多师伯师叔都要打我。”丘处机脸一板，喝道：“胡说！哪有这等事?”他外表严厉，内心却甚慈祥，想起孤儿可怜，朗声道：“志敬，你好好照料这个孩儿，若有差失，我回来惟你是问。”赵志敬只得又答应了。

当日晚饭过后，杨过慢吞吞的走到师父所住的静室之中，垂手叫了声：“师父！”此刻是传授武功之时，赵志敬盘膝坐在榻上早已盘算了半日，心想：“这孩子这等顽劣，此时已是桀骜不驯，日后武功高了，还有谁更能制得住他？但丘师伯与师父命我传他功夫，不传可又不成。”左思右想，好生委决不下，见他慢慢进来，眼光闪动，一副似笑非笑的模样，更是老大生气，忽然灵机一动：“有了，他于本门功夫一窍不通，我只传他玄功口诀，修练之法却半点不教。他记诵得几百句歌诀又有何用？师父与师伯们问起，我尽可推诿，说他自己不肯用功。”琢磨已定，和颜悦色的道：“过儿，你过来。”杨过道：“你打不打我?”赵志敬道：“我传你功夫，打你作甚?”杨过见他如此神情，倒是大出意料之外，当下慢慢走近，心中严加戒备，生怕他有甚诡计。赵志敬瞧在眼里，只作不知，说道：“我全真派功夫，乃是从内练出外，与外家功夫自外向内者不同。现下我传你本门心法，你要牢牢记住了。”当下将全真派的入门内功口诀，说了一遍。

杨过只听了一遍，就已记在心里，寻思：“这长胡子老山羊恼我恨我，岂肯当真传授功夫？他多半教我些没用的假口诀作弄人。”过了一会，假装忘却，又向赵志敬请教。赵志敬照旧说了。次日，杨过再问师父，听他说的与昨日一般无异，这才相信非假，料得他若是胡乱捏造，连说三次，不能字字相同。

如此过了十日，赵志敬只是授他口诀，如何修练的实在法门却一字不说。到第十天上，赵志敬带他去见马钰，说已授了本门心法，命杨过背给掌教师祖听。杨过从头至尾背了一遍，一字不错。马钰甚喜，连赞孩子聪明。他是敦厚谦冲的有道之士，君子可欺以方，哪想得到赵志敬另有诡计。

夏尽秋至，秋去冬来，转瞬过了数月，杨过记了一肚皮的口诀，可是实在功夫却丝毫没有学到，若论武艺内功，与他上山之时实无半点差别。杨过于记诵口诀之初，过不了几天，即知师父是在作弄自己，但他既不肯相授，却也无法可想，眼见掌教师祖慈和，若是向他诉说，他也不过责备赵志敬几句，只怕这长胡子山羊会另使毒计来折磨自己，只有待丘师祖回来再说。但数月之间丘处机始终不归。好在杨过对全真派武功本来瞧不起，学不学也不在乎，但赵志敬如此相欺，心中怀恨愈来愈烈，只是不肯吃眼前亏，脸上可越加恭顺。赵志敬暗自得意，心道："你忤逆师父，到头来瞧是谁吃亏？"

转眼到了腊月，全真派中自王重阳传下来的门规，每年除夕前三日，门下弟子大较武功，考查这一年来各人的进境。众弟子见较武之期渐近，日夜勤练不息。

这一天腊月望日，全真七子的门人分头较艺，称为小较。各弟子分成七处，马钰的徒子徒孙成一处，丘处机、王处一等的徒子徒孙又各成一处。谭处端虽然已死，他的徒子徒孙仍是极盛。马钰、丘处机等怜念他早死，对他的门人加意指点，是以每年大较，谭氏门人倒也不输于其余六子的弟子。这一年重阳宫遇灾，全真派险遭颠覆之祸，全派上下都想到全真教虽然号称天下武学正宗，实则武林中各门各派好手辈出，这名号岌岌可危，因此人人勤练苦修，比往日更着意了几分。

全真教由王重阳首创，乃创教祖师。马钰等七子是他亲传弟子，为第二代。赵志敬、尹志平、程瑶迦等为七子门徒，属第三代。杨过等一辈则是第四代了。这日午后，玉阳子门下赵志敬、崔志方等人齐集东南角旷地之上，较武论艺。王处一不在山上，由大弟子赵志敬主持小较。第四代弟子或演拳脚，或使刀枪，或发暗器，或显内功，由赵志敬等讲评一番，以定甲乙。

杨过入门最迟，位居末座，眼见不少年纪与自己相若的小道士或俗家少年武艺精熟，各有专长，并无羡慕之心，却生怀恨之意。赵志敬见他神色间忿忿不平，有意要使他出丑，待两名小道士比过器械，大声叫道："杨过出来！"

杨过一呆，心道："你又没传我半点武艺，叫我出来干么？"赵志敬又叫道："杨过，你听见没有？快出来！"杨过只得走到座前，打了一躬，道："弟子杨过，参见师父。"全真门人大都是道人，但也有少数如杨过这般俗家弟子，行的是俗家之礼。

赵志敬指着场中适才比武得胜的小道士，说道："他也大不了你几岁，你去和他比试罢。"杨过道："弟子又不会丝毫武艺，怎能和师兄比试？"赵志敬怒道："我传了你大半年功夫，怎说不会丝毫武艺？这大半年中你干什么来着？"杨过无话可答，低头不语。赵志敬道："你懒惰贪玩，不肯用功，拳脚自然生疏。我问你：'修真活计有何凭？心死群情念不生。'下两句是什么？"杨过道："精气充盈功行具，灵光照耀满神京。"赵志敬道："不错，我再问你：'秘语师传悟本初，来时无欠去无余。'下两句是什么？"杨过答道："历年尘垢揩磨尽，遍体灵明耀太虚。"赵志敬微笑道："很好，一点儿也不错。你就用这几句法门，下场和师兄过招罢。"杨过又是一怔，道："弟子不会。"赵志敬心中得意，脸上却现大怒之色，喝道："你学了功诀，却不练功，只是推三阻四，快快下场去罢。"

这几句歌诀虽是修习内功的要旨，教人收心息念，练精养气，但每一句均有几招拳脚与之相配，合起来便是一套简明的全真派入门拳法。众道士亲耳听到杨过背诵口诀，丝毫无误，只道他临试怯场，好心的出言鼓励，幸灾乐祸的便嘲讽讪笑。全真弟子大都是良善之士，只因郭靖上终南山时一场大战，把群道打得一败涂地，得罪的人多了，是以颇有不少人迁怒于杨过，盼他多受挫折，虽然未必就是恶意，可是求出一口胸中肮脏之气，却也是人之常情。

杨过见众人催促，有些人更冷言冷语的连声讥刺，不由得怒气转盛，把心一横，暗道："今日把命拼了就是。"当下纵跃入场，双臂舞动，直上直下的往那小道士猛击过去。那小道士见他一下场既不行礼，亦不按门规谦逊求教，已自诧异，待见他发疯般乱打，更是吃惊，不由得连连倒退。杨过早把生死置之度外，猛冲上去着着进逼。那小道士退了几步，见他下盘虚浮，斜身出足，一招"风扫落叶"，往他腿上扫去。杨过不知闪避之法，立足不住，扑地倒了，跌得鼻血长流。

群道见他跌得狼狈，有的笑了起来。杨过翻身爬起，也不抹拭鼻血，低头向小道士猛扑。小道士见他来得猛恶，侧身让过。杨过出招全然不依法度，双手一搂，已抱住对方左腿。小道士右掌斜飞，击他肩头，这招"揩磨尘垢"原是拆解自己下盘被袭的正法，但杨过在桃花岛既未学到武艺，在重阳宫中又未得传授实用功夫，于对方什么来招全不知晓，只听蓬的一声，肩头热辣辣的一阵疼痛，已被重重的击中了一掌。他愈败愈狠，一头撞正对方右腿，小道士立足不定，已被他压倒在地。杨过抡起拳头，狠命往他头上打去。

小道士败中求胜，手肘猛地往他胸口撞去，乘他疼痛，已借势跃起，反手一推一甩，重重将杨过摔了一交，使的正是一招"无欠无余"。他打个稽首道："杨师弟承让！"同门较艺，本来一分胜败就须住手，哪知杨过势若疯虎，又是疾冲过来。两三招之间，又被摔倒，但他越战越勇，拳脚也越出越快。

赵志敬叫道：“杨过，你早已输了，还比什么?”杨过哪里理会，横踢竖打，竟无半分退缩。群道初时都觉好笑，均想：“我全真门中哪有这般蛮打的笨功夫?”但后来见他情急拼命，只怕闯出祸来，纷纷叫道：“算啦，算啦。师兄弟切磋武艺，不必认真。”

再斗一阵，那小道士已大有怯意，只是闪避挡躲，不敢再容他近身。常言道：一人拼命，万夫莫当。杨过在终南山上受了大半年怨气，此时禁不住尽情发泄出来。小道士的武功虽远胜于他，却哪有这等旺盛的斗志？眼见抵敌不住，只得在场中绕圈奔逃。杨过在后疾追，骂道：“臭道士，你打得我好，打过了想逃么?”

此时旁观的十人中倒有八九个是道士，听他这么臭道士、贼道士的乱骂，不由得又是好气，又是好笑，人人都道：“这小子非好好管教不可。”那小道士给赶得急了，惊叫：“师父，师父!”盼赵志敬出言喝止。赵志敬连声怒喝，杨过却毫不理睬。

正没做理会处，人群中一声怒吼，窜出一名胖大道人，纵上前去，一把抓住杨过的后领，提将起来，啪啪啪三记耳光，下的竟是重手，打得他半边面颊登时肿了起来。杨过险些给这三下打晕了，一看之下，原来是与自己有仇的鹿清笃。杨过首日上山，鹿清笃被他使诈险些烧死，此后受尽师兄弟的讪笑，说他本事还不及一个小小孩儿。他一直怀恨在心，此时见杨过又在胡闹，忍不住便出来动手。

杨过本就打豁了心，眼见是他，更知无幸，只是后心被他抓住了，动弹不得。鹿清笃一阵狞笑，又是啪啪啪三记耳光，叫道：“你不听师父的言语，就是本门叛徒，谁都打得。”说着举手又要打落。

赵志敬的师弟崔志方见杨过出手之际竟似不会半点本门武功，又知赵志敬心地狭隘，只怕其中另有别情，眼见鹿清笃落手凶狠，恐防打伤了人，当即喝道：“清笃，住手!”

鹿清笃听师叔叫喝，虽然不愿，只得将杨过放下，道：“师叔你有所不知，这小子狡猾无赖之极，不重重教训，我教中还有什么规矩？”

崔志方不去理他，走到杨过面前，只见他两边面颊肿得高高的，又青又紫，鼻底口边都是鲜血，神情甚是可怜，当下柔声道：“杨过，你师父教了你武艺，你怎不好好用功修习，却与师兄们撒泼乱打？”杨过恨恨的道：“什么师父？他没教我半点武功。”崔志方道：“我明明听到你背诵口诀，一点也没背错。”

杨过想起黄蓉在桃花岛上教他背诵四书五经，只道赵志敬所教的也是与武功绝无关连的经书，道：“我又不想考试中状元，背这些劳什子何用？”崔志方假意发怒，要试一试他是否当真不会半点本门武功，当下板起脸道：“对尊长说话，怎么这等无礼？”倏地伸出手去，在他肩头一推。

崔志方是全真门下第三代的高手之一，武功虽不及赵志敬、尹志平等人，却也是内外兼修，功力颇深。这一推轻重疾徐恰到好处，触手之下，但觉杨过肩头微侧，内力自生，竟把他的推力卸开了一小半，虽然踉踉跄跄的退后几步，竟不跌倒。崔志方一惊，心头疑云大起，寻思：“他小小年纪，入我门不过半年，怎能有此功力？他既具此内力，适才比武就绝不该如此乱打，难道当真有诈么？”他哪知杨过修习欧阳锋所传内功，不知不觉间已颇有进境。白驼山一派内功上手甚易，进展极速，不比全真派内功在求根基扎实。在初练的十年之中，白驼山的弟子功力必高出甚多，直到十年之后，全真派弟子才慢慢赶将上来。两派内功本来大不相同，但崔志方随手这么一推，自难分辨其间的差别。

杨过被他一推，胸口气都喘不过来，只道他也出手殴打自己。他此时天不怕，地不怕，纵然丘处机亲来，也要上前动手，哪里会忌惮什么崔志方、崔志圆？当下低头直冲，向他小腹撞去。崔志方怎能与小孩儿一般见识，微微一笑，闪身让开，一心要瞧瞧他的真实功夫，说道：“清笃，你与杨师弟过过招，下手有分寸些，别太重了！”

鹿清笃巴不得有这句话，立时晃身挡在杨过前面，左掌虚拍，杨过向右一躲，鹿清笃右掌打出，这一掌“虎门手”劲力不小，砰的一响，正中杨过胸口。若非杨过已习过白驼山内功，非当场口喷鲜血不可，饶是如此，也是胸前疼痛不堪，脸如白纸。鹿清笃见一掌打他不倒，也是暗自诧异，右拳又击他面门。杨过伸臂招架，苦在他不明拳理，竟不会最寻常的拆解之法。鹿清笃右拳斜引，左拳疾出，又是砰的一响，打中他小腹。杨过痛得弯下了腰。鹿清笃竟然下手不容情，右掌掌缘猛斩而下，正中项颈。他满拟这一斩对准要害，要他立时晕倒，以报昔日之仇，哪知杨过身子晃了几下，死命挺住，仍不跌倒，只是头脑昏眩，已全无还手之力。

崔志方此时已知他确是不会武功，叫道：“清笃，住手！”鹿清笃向杨过道：“臭小子，你服了我么？”杨过骂道：“贼道士，终有一日要杀了你！”鹿清笃大怒，两拳连击，都打在他的鼻梁之上。

杨过被殴得昏天黑地，摇摇晃晃的就要跌倒，不知怎地，忽然间一股热气从丹田中直冲上来，眼见鹿清笃第三拳又向面门击至，闪无可闪，避无可避，自然而然的双腿一弯，口中阁的一声叫喝，手掌推出，正中鹿清笃小腹。但见他一个胖大身躯突然平平飞出，腾的一响，尘土飞扬，跌在丈许之外，直挺挺的躺在地下，再也不动。

旁观众道见鹿清笃以大欺小，毒打杨过，均有不平之意，长一辈的除赵志敬外都在出声阻拦，哪知奇变陡生，鹿清笃竟被杨过掌力摔出，就此僵卧不动，人人都大为讶异，一齐拥过去察看。

杨过于这蛤蟆功的内功原本不会使用，只是在危急拼命之际，自然而然的迸发，第一次在桃花岛上击晕了武修文，相隔数月，内力又已大了不少，而他心中对鹿清笃的憎恨，更非对武氏兄弟之可比，劲由心生，竟将他打得直飞出去。只听得众道士乱叫：“啊哟，不好，死了！”“没气啦，准是震碎了内脏！”“快禀报掌教祖师。”杨过心知已闯下了大祸，昏乱中不及细想，当下撒腿便奔。

群道都在查探鹿清笃死活，杨过悄悄溜走，竟无人留心。赵志敬见鹿清笃双眼上翻，不明生死，又骇又怒，大叫：“杨过，杨过，你学的是什么妖法？”他武功虽强，但平日长在重阳宫留守，见闻不广，竟不识得蛤蟆功的手法。他叫了几声，不闻杨过答应。众道士回过身来，已不见他的踪影。赵志敬立传号令，命众人分头追拿，料想这小小孩童在这片刻之间又能逃到何处？

杨过慌不择路，发足乱闯，只拣树多林密处钻去，奔了一阵，只听得背后喊声大振，四下里都有人在大叫：“杨过，杨过，快出来。”他心中更慌，七高八低的乱走，忽觉前面人影一晃，一名道士已见到了他，抢着过来。杨过急忙转身，西边又有一名道士，大叫：“在这里啦，在这里啦。”杨过一矮身，从一丛灌木下钻了过去。那道士身躯高大，钻不过去，待得绕过树丛来寻，杨过已逃得不知去向。

杨过钻过灌木丛，向前疾冲，奔了一阵，耳听得群道呼声渐远，但始终不敢停步，避开道路，在草丛乱石中狂跑，到后来全身酸软，实在再也奔不动了，只得坐在石上喘气。坐了一会，心中只道：“快逃，快逃。”可是双腿如千斤之重，说什么也站不起来。忽听身后有人嘿嘿冷笑，杨过大吃一惊，回过头来，吓得一颗心几乎要从口腔中跳将出来，只见身后一个道人横眉怒目，长须垂胸，正是赵志敬。

二人相对怒视半晌，片刻之间，都是一动也不动。杨过突然大叫一声，转身便逃。赵志敬抢上前去，伸手抓他后心。杨过向前急扑，幸好差了数寸，没给抓住，当即拾起一块石子，用力向后掷出。赵志敬侧身避过，足下加快，二人相距更加近了。杨过狂奔十几步，突见前面似是一道深沟，已无去路，也不知下面是深谷还是山溪，更不思索，便即涌身跃下。

赵志敬走到峭壁边缘向下张望，眼见杨过沿着青草斜坡，直滚进了树丛之中。立足处离下面斜坡少说也有六七丈，他可不敢就此跃下，快步绕道来到青草坡上，顺着杨过在草地上压平的一条路线，寻进树丛，却不见杨过的踪迹，越行树林越密，到后来竟已遮得不见日光。他走出十数丈，猛地省起，这是重阳祖师昔年所居活死人墓的所在，本派向有严规，任谁不得入内一步，可是若容杨过就此躲过，却是心有不甘，当下高声叫道："杨过，杨过，快出来。"

叫了几声，林中一片寂静，更无半点声息，他大着胆子，又向前走了几步，朦胧中见地下立着一块石碑，低头一看，见碑上刻着四个字道："外人止步。"赵志敬踌躇半晌，提高嗓子又叫："杨过你这小贼，再不出来，抓住你活活打死。"叫声甫毕，忽闻林中起了一阵嗡嗡异声，接着灰影晃动，一群白色蜂子从树叶间飞出，扑了过来。

赵志敬大惊，挥动袍袖要将蜂子驱开，他内力深厚，袖上的劲道原自不小，但挥了数挥，蜂群突分为二，一群正面扑来，另一群却从后攻至。赵志敬更是心惊，不敢怠慢，双袖飞舞，护住全身。群蜂散了开来，上下左右、四面八方的扑击。赵志敬不敢再行抵御，挥袖掩住头脸，转身急奔出林。

那群玉蜂嗡嗡追来，飞得虽不甚速，却是死缠不退。赵志敬逃向东，玉蜂追向东，他逃向西，玉蜂追向西。他衣袖舞得微一缓慢，两只蜂子猛地从空隙中钻了进去，在他右颊上各螫了一针。片刻之间，赵志敬只感麻痒难当，似乎五脏六腑也在发痒，心想："今日我命休矣！"到后来已然立足不定，倒在林边草坡上滚来滚去，大声呼叫。蜂群在他身畔盘旋飞舞了一阵，便回入林中。

杨过睡在石床上寒冷难当，全身发抖。只见小龙女取出一根绳索，在室东的一根铁钉上系住，拉绳横过室中，将绳子的另一端系在西壁的一口钉上。她轻轻纵起，横卧绳上。

第五回

活死人墓

杨过摔在山坡，滚入树林长草丛中，便即昏晕，也不知过了多少时候，忽觉身上刺痛，睁开眼来，只见无数白色蜂子在身周飞舞来去，耳中听到的尽是嗡嗡之声，跟着全身奇痒入骨，眼前白茫茫的一片，不知是真是幻，又晕了过去。

又过良久，忽觉口中有一股冰凉清香的甜浆，缓缓灌入咽喉，他昏昏沉沉的吞入肚内，但觉说不出的受用，微微睁眼，猛见到面前两尺外是一张生满鸡皮疙瘩的丑脸，正瞪眼瞧着自己。杨过一惊之下，险些又要晕去。那丑脸人伸出左手捏住他下颚，右手拿着一只杯子，正将甜浆灌在他口里。

杨过觉得身上奇痒剧痛已减，又发觉自己睡在一张床上，知那丑人救治了自己，微微一笑，意示相谢。那丑脸人也是一笑，喂罢甜浆，将杯子放在桌上。杨过见她的笑容更是十分丑陋，但奇丑之中却含仁慈温柔之意，登时心中感到一阵温暖，求道："婆婆，别让师父来捉我去。"

那丑脸老妇柔声问道："好孩子，你师父是谁？"杨过已好久没听到这般温和关切的声音，胸间一热，不禁放声大哭起来。那老妇左手握住他手，也不出言劝慰，只是脸含微笑，侧头望着他，目光中充满爱怜之色，右手轻拍他背心；待他哭了一阵，才道："你好些了吗？”杨过听那老妇语音慈和，忍不住又哭了起来。那老妇拿手帕给他拭泪，安慰道：“乖孩子，别哭，别哭，过一会身上就不痛啦。”她越是劝慰，杨过越是哭得伤心。

忽听帷幕外一个娇柔的声音说道：“孙婆婆，这孩子哭个不停，干什么啊？”杨过抬起头来，只见一只白玉般的纤手掀开帷幕，走进一个少女来。那少女披着一袭轻纱般的白衣，犹似身在烟中雾里，看来约莫十六七岁年纪，除了一头黑发之外，全身雪白，面容秀美绝俗，只是肌肤间少了一层血色，显得苍白异常。杨过脸上一红，立时收声止哭，低垂了头甚感羞愧，但随即用眼角偷看那少女，见她也正望着自己，忙又低下头来。

孙婆婆笑道：“我没法子啦，还是你来劝劝他罢。”那少女走近床边，看他头上被玉蜂螫刺的伤势，伸手摸了摸他额角，瞧他是否发烧。杨过的额头与她掌心一碰到，但觉她手掌寒冷异常，不由得机伶伶打个冷战。那少女道：“没什么。你已喝了玉蜂浆，半天就好。你闯进林子来干什么？”

杨过抬起头来，与她目光相对，只觉这少女清丽秀雅，莫可逼视，神色间却是冰冷淡漠，当真是洁若冰雪，也是冷若冰雪，实不知她是喜是怒，是愁是乐，竟不自禁的感到恐怖：“这姑娘是水晶做的，还是个雪人儿？到底是人是鬼，还是神道仙女？”虽听她语音娇柔婉转，但语气之中似乎也没丝毫暖意，一时呆住了竟不敢回答。

孙婆婆笑道：“这位龙姊姊是此间主人，她问你什么，你都回答好啦！”

这个秀美的白衣少女便是活死人墓的主人小龙女。其时她已过十八岁生辰，只是长居墓中，不见日光，所修习内功又是克制心意的一路，是以比之寻常同年少女似是小了几岁。孙婆婆是服侍她师父的女仆，自她师父逝世，两人在墓中相依为命。这日听到玉蜂的声音，知道有人闯进墓地外林，孙婆婆出去查察，见杨过已中毒晕倒，当下将他救了回来。本来依照她们门中规矩，任何外人都不能入墓半步，男子进来更是犯了大忌。只是杨过年幼，又见他遍体伤痕，孙婆婆心下不忍，是以破例相救。

杨过从石榻上翻身坐起，跃下地来，向孙婆婆和小龙女都磕了一个头，说道："弟子杨过，拜见婆婆，拜见龙姑姑。"

孙婆婆眉花眼笑，连忙扶起，说道："啊，你叫杨过，不用多礼。"她在墓中住了几十年，从不与外人来往，此时见杨过人品俊秀，举止有礼，心中说不出的喜爱。小龙女却只点了点头，在床边一张石椅上坐了。孙婆婆道："你怎么会到这里来？怎生受了伤？哪一个歹人将你打成这个样子的啊？"她口中问着，却不等他答覆，出去拿了好些点心糕饼，不断劝他吃。

杨过吃了几口糕点，于是把自己的身世遭遇从头至尾的说了。他口齿伶俐，说来本已娓娓动听，加之新遭折辱，言语之中更是心情激动。孙婆婆不住叹息，时时插入一句二句评语，竟是语语护着杨过，一会儿说黄蓉偏袒女儿、行事不公，一会儿斥责赵志敬心胸狭隘、欺侮孩子。小龙女却不动声色，悠悠闲闲的坐着，只在听杨过说到李莫愁之时，与孙婆婆对望了数眼。孙婆婆听杨过说罢，伸臂将他搂在怀里，连说："我这苦命的孩子。"小龙女缓缓站起身来，道："他的伤不碍事，婆婆，你送他出去罢！"

孙婆婆和杨过都是一怔。杨过大声嚷道："我不回去，我死也不回去。"孙婆婆道："姑娘，这孩子若是回到重阳宫中，他师父定要难为他。"小龙女道："你送他回去，跟他师父说说，教他别难为孩子。"孙婆婆道："唉，旁人教门中的事，咱们也管不着。"小龙女道："你送一瓶玉蜂蜜浆去，再跟他说，那老道不能不依。"她说话斯文，但语气中自有一股威严，教人难以违抗。孙婆婆叹了口气，知她自来执拗，多说也是无用，只是望着杨过，目光中甚有怜惜之意。

杨过霍地站起，向二人作了一揖，道："多谢婆婆和姑姑医伤，我走啦！"孙婆婆道："你到哪里去？"杨过呆了片刻，道："天下这么大，哪里都好去。"但他心中实不知该到何处才是，脸上不自禁的露出凄然之色。孙婆婆道："孩子，非是我们姑娘不肯留你过宿，实是此处向有严规，不容旁人入来，你别难过。"杨过昂然道："婆婆说哪里话来？咱们后会有期了。"他满口学的是大人口吻，但声音稚嫩，孙婆婆听来又是可笑又是可怜，见他眼中泪珠莹然，却强忍着不让泪水掉将下来，对小龙女道："姑娘，这深更半夜的，就让他明儿一早再去罢。"小龙女微微摇头，道："婆婆，你难道忘了师父所说的规矩？"孙婆婆叹了口气，站起身来，低声向杨过道："来，孩子，我给你一件物事玩儿。"杨过伸手背在眼上一抹，低头向门外奔了出去，叫道："我不要。我死也不回到臭道士那里去。"

孙婆婆摇了摇头，道："你不认得路，我带你出去。"上前携了他手。一出室门，杨过眼前便是漆黑一团，由孙婆婆拉着手行走，只觉转了一个弯又是一个弯，不知孙婆婆在黑暗之中如何认得这曲曲折折的路径。

原来这活死人墓虽然号称坟墓，其实是一座极为宽敞宏大的地下仓库。当年王重阳起事抗金之前，动用数千人力，历时数年方始建成，在其中暗藏器甲粮草，作为山陕一带的根本，外形筑成坟墓之状，以瞒过金人的耳目；又恐金兵终于来攻，墓中更布下无数巧妙机关，以抗外敌。义兵失败后，他便在此隐居。是以墓内房舍众多，通道繁复，外人入内，即是四处灯烛辉煌，亦易迷路，更不用说全无丝毫星火之光了。

两人出了墓门，走到林中，忽听得外面有人朗声叫道："全真门下弟子尹志平，奉师命拜见龙姑娘。"声音远隔，显是从禁地之外传来。孙婆婆道："外面有人找你来啦，且别出去。"杨过又惊又怒，身子剧颤，说道："婆婆，你不用管我。一身作事一身当，我既失手打死了人，让他们杀我抵命便了。"说着大踏步走出。孙婆婆道："我陪你去。"

孙婆婆牵着杨过之手，穿过丛林，来到林前空地。月光下只见六七名道人一排站着，另有四名火工道人，抬着身受重伤的赵志敬与鹿清笃。群道见到杨过，轻声低语，不约而同的走上了几步。

杨过挣脱孙婆婆的手，走上前去，大声道："我在这里，要杀要剐，全凭你们就是。"

群道人料不到他小小一个孩儿居然这般刚硬，都是颇出意料之外。一个道人抢将上来，伸手抓住杨过后领拖了过去。杨过冷笑道："我又不逃，你急什么?"那道人是赵志敬的大弟子，眼见师父为了杨过而身受玉蜂之螫，痛得死去活来，也不知性命是否能保。他向来对师父十分恭敬，心想做徒弟的居然会对师父如此忤逆，实是无法无天之至，听杨过出言冲撞，顺手在他头上就是一拳。

孙婆婆本欲与群道好言相说，眼见杨过被人强行拖去，已是大为不忍，突然见他被殴，心头怒火哪里还按捺得下?立时大踏步上前，衣袖一抖，拂在那道人手上。那人只觉手腕上热辣辣的一阵剧痛，不由得松手，待要喝问，孙婆婆已将杨过抱起，转身而行。

莫看她似乎只是个龙钟衰弱的老妇，但这下出手夺人却是迅捷已极，群道只一呆间，她已带了杨过走出丈许之外。三名道人怒喝："放下人来!"同时抢上。孙婆婆停步回头，冷笑道："你们要怎地?"

尹志平知道活死人墓中人物与师门渊源极深，不敢轻易得罪，先行喝止各人："大家散开，不得在前辈面前无礼。"这才上前稽首行礼，道："弟子尹志平拜见前辈。"孙婆婆道："干什么?"尹志平道："这孩子是我全真教的弟子，请前辈赐还。"孙婆婆双眉一竖，厉声道："你们当我之面，已将他这般毒打，待得拉回道观之中，更不知要如何折磨他。要我放回，万万不能！"尹志平忍气道："这孩子顽劣无比，欺师灭祖，大坏门规。武林中人讲究的是敬重师长，敝教责罚于他，想来也是应该的。"孙婆婆怒道："什么欺师灭祖，全是一面之词。"指着躺在担架中的鹿清笃道："孩子跟这胖道士比武，是你们全真教自己定下的规矩。他本来不肯比，给你们硬逼着下场。既然动手，自然有输有赢，这胖道人自己不中用，又怪得谁了？"她相貌本来丑陋，这时心中动怒，紫涨了脸皮，更是怕人。

说话之间，陆陆续续又来了十多名道士，都站在尹志平身后，窃窃私议，不知这个大声呼喝的丑老婆子是谁。

尹志平心想，打伤鹿清笃之事原也怪不得杨过，但在外人面前可不能自堕威风，说道："此事是非曲直，我们自当禀明掌教师祖，由他老人家秉公发落。请前辈将孩子交下罢。"孙婆婆冷笑道："你们的掌教又能秉什么公了？全真教自王重阳以下，从来就没一个好人。若非如此，咱们住得这般近，干么始终不相往来？"尹志平心想："这是你们不跟我们往来，又怎怪得了全真教？你话中连我们创教真人也骂了，未免太也无礼。"但不愿由此而启口舌之争，致伤两家和气，只说："请前辈成全，敝教若有得罪之处，当奉掌教吩咐，再行登门谢罪。"

杨过揽着孙婆婆的头颈，在她耳边低声道："这道人鬼计很多，婆婆你别上他当。"

孙婆婆十八年来将小龙女抚养长大，内心深处常盼再能抚养一个男孩，这时见杨过跟自己亲热，极是高兴，当下心意已决："说什么也不能让他们将孩子抢去。"于是高声叫道："你定要带孩子去，到底想怎生折磨他？"尹志平一怔，道："弟子与这孩子的亡父有同门之谊，决不能难为亡友的孤儿，老前辈大可放心。"孙婆婆摇了摇头，说道：“老婆子素来不听外人啰唆，少陪啦。”说着拔步走向树林。

赵志敬躺在担架，玉蜂螫伤处麻痒难当，心中却极明白，听尹志平与孙婆婆斗口良久不决，愈听愈怒，突然间挺身从担架中跃出，纵到孙婆婆跟前，喝道：“这是我的弟子，爱打爱骂，全凭于我。不许师父管弟子，武林中可有这等规矩?”

孙婆婆见他面颊肿得犹似猪头一般。听了他的说话，知道就是杨过的师父，一时之间倒无言语相答，只得强词夺理：“我偏不许你管教，那便怎么?”赵志敬喝道：“这孩子是你什么人？你凭什么来横加插手?”孙婆婆一怔，大声道：“他早不是你全真教的门人啦。这孩子已改拜我家小龙女姑娘为师，他好与不好，天下只小龙女姑娘一个管得。你们乘早别来多管闲事。”

此言出口，群道登时大哗。要知武林中的规矩，若是未得本师允可，决不能另拜别人为师，纵然另遇之明师本领较本师高出十倍，亦不能见异思迁，任意飞往高枝，否则即属重大叛逆，为武林同道所不齿。昔年郭靖拜江南七怪为师后，再跟洪七公学艺，始终不称“师父”，直至后来柯镇恶等正式允可，方与洪七公定师徒名分。此时孙婆婆被赵志敬抢白得无言可对，她又从不与武林人士交往，哪知这些规矩，当下信口开河，却不知犯了大忌。全真诸道本来多数怜惜杨过，颇觉赵志敬处事不合，但听杨过胆敢公然反出师门，那是全真教创教以来从所未有之事，无不大为恼怒。

赵志敬伤处忽尔剧痛，忽尔奇痒，本已难以忍耐，只觉拼了一死，反而爽快，咬牙问杨过道：“杨过，此事当真?”

杨过原本不知天高地厚，眼见孙婆婆为了护着自己与赵志敬争吵，她就算说自己做下了千件万件十恶不赦之事，也都一口应承，何况只不过是改投师门，那正是他心中的意愿，又别说是拜小龙女为师，便是说他拜一只猪、一只狗为师，他也毫不迟疑的认了，当即大声叫道："臭道士，贼头狗脑的山羊胡子牛鼻子，你这般打我，我为什么还认你为师？不错，我已拜了孙婆婆为师，又拜了龙姑姑为师啦。"

赵志敬气得胸口几欲炸裂，飞身而起，双手往他肩头抓去。孙婆婆骂道："臭杂毛，你作死么？"右臂格出，碰向赵志敬手腕。赵志敬是全真教第三代弟子中的第一高手，若论武功造诣，犹在尹志平之上，虽然身受重伤，出势仍是极为猛烈。二人手臂一交，各自倒退了两步。孙婆婆呸了一声，道："好杂毛，倒非无能之辈。"赵志敬一抓不中，二抓又出。这次孙婆婆已不敢小觑于他，侧身避过，裙里腿无影无踪的忽地飞出。赵志敬听到风声，待要躲避，玉蜂所螫之处突然奇痒难当，不禁"嗳哟"一声大叫，抱头蹲低，就在他大叫声中，孙婆婆已一脚踢在他胁下。赵志敬身子飞起，在半空中还是痒得"嗳哟、嗳哟"的大叫。

尹志平抢上两步，伸臂接住赵志敬，交给身后的弟子。他见这丑婆子武功招数奇异之极，眼见难敌，一声呼哨，六名道人从两侧围上，布成天罡北斗之阵，将孙婆婆与杨过包在中间。尹志平叫声："得罪！"左右位当天枢、摇光的两名道人攻了上来。孙婆婆不识阵法，只还了几招，立知厉害，她又只能一手应敌，拆到十二三招时已是凶险百出，每一下攻着都被尹志平推动阵法化解开去，而北斗阵的攻势却是连绵不断。再拆十余招，孙婆婆右掌被两名道士缠住了，左侧又有两名道士攻上，只得放下杨过，出左手相迎，只听得北斗阵中一声呼哨，两名道士抢上来擒拿杨过。

孙婆婆暗暗心惊："这批臭道士可真的有点本事，老婆子对付不了。"一面出裙里腿逐开两人，口中嗡嗡嗡的低吟起来。这吟声初时极为轻微，众道并不在意，但她的吟声后一声与前一声相叠，重重叠叠，竟然越来越响。

尹志平与孙婆婆一起手相斗，即是全神戒备。他知当年住在这墓中的前辈武功可与本教创教祖师并驾争先，她的后人自然也非等闲之辈，是以听到嗡嗡之声，料想是一门传音摄心之术，急忙屏息宁神，以防为敌所制；可是听了一阵，她吟声不断加响，自己心旌却毫无动摇之象，正自奇怪，蓦地里想起一事，不由得大惊失色。正欲传令群道退开，但听得远处的嗡嗡之声，已与孙婆婆口中的吟声混成一片，尹志平大叫："大伙儿快退！"群道一呆，心想："我们已占上风，不久便可生擒这一老一小，老婆子乱叫乱嚷又怕她何来？"突然树林中灰影闪动，飞出一群玉蜂，往众人头顶扑来。群道见过赵志敬所吃的苦头，登时个个吓得魂不附体，掉头就逃。蜂群急飞追赶。

眼见群道人人难逃蜂螫之厄，孙婆婆哈哈大笑。忽见林中抢出一个老道，手中高举两个火把，火头中有浓烟升起，挥向蜂群。群蜂被黑烟一熏，阵势大乱，慌不迭的远远飞走了。孙婆婆吃了一惊，看那老道时，只见他白发白眉，脸孔极长，看模样是全真教中的高手，喝问："喂，你这老道是谁？干么驱赶我的蜂儿。"那老道笑道："贫道郝大通，拜见婆婆。"

孙婆婆虽然向不与武林中人交往，但与重阳宫近在咫尺，也知广宁子郝大通是王重阳座下的七大弟子之一，心想赵志敬、尹志平这样的小道士能为已自不低，这个老道自然更加难缠，鼻中闻到火把上的浓烟，臭得便想呕吐，料想这火把是以专熏毒虫的药草所扎，眼下既无玉蜂可恃，只得乘早收篷，厉声喝道："你熏坏了我家姑娘的蜂子，怎生赔法，回头跟你算账。"抱起杨过，纵身入林。

尹志平道："郝师叔，追是不追？"郝大通摇头道："创教真人定下严规，不得入林，且回观从长计议，再作道理。"

孙婆婆携着杨过的手又回墓中。二人共经这番患难，更是亲密了一层。杨过担心小龙女仍是不肯收留自己，孙婆婆道："你放心，我定要说得她收你为止。"当下命他在一间石室中休息，自行去向小龙女关说。

杨过等了良久，始终不见她回来，越来越是焦虑，寻思：“龙姑姑多半不肯收留，就算孙婆婆强了她答应，我在此处也是无味。”想了片刻，心念已决，悄悄向外走去。

刚走出室门，孙婆婆匆匆走来，问道：“你到哪里去?”杨过道：“婆婆，我去啦，等我年纪大些，再来望你。”孙婆婆道：“不，我送你到一处地方，教别人不能欺你。”杨过听了这话，知道小龙女果然不肯收留，不禁心中一酸，低头道：“那也不用了。我是个顽皮孩子，不论到哪里，人家都不要我。婆婆你别多费心。”孙婆婆与小龙女争了半天，见她执意不肯，心中也自恼了，又见杨过可怜，胸口热血上涌，叫道：“孩子，别人不要你，婆婆偏喜欢你。你跟我走，不管去哪里，婆婆总是跟你在一起。”

杨过大喜，伸手拉着她手，二人一齐走出墓门。孙婆婆气愤之下，也不转头去取衣物，伸手在怀中一摸，碰到一个瓶子，记起是要给赵志敬疗毒的蜂浆，心想这臭道士固然可恶，却是罪不至死，他不服这蜂浆，不免后患无穷，当下带着杨过，往重阳宫而去。

杨过见她奔近重阳宫，吓了一跳，低声道：“婆婆，你又去干什么?”孙婆婆道：“给你的臭师父送药。”几个起落，已奔近道观之前。她跃上墙头，正要往院子中纵落，忽然黑暗中钟声镗镗急响，远远近近都是唿哨之声。在一片寂静中猛地众声齐作，孙婆婆知已陷入重围，不由得暗暗心惊。

全真教是武林中一等一的大宗派，平时防范布置已异常严密，这日接连出事，更是四面八方都有守护，眼见有人闯入宫来，立时示警传讯，宫中众弟子当即分批迎敌。更有一群群道人远远散了出去，一来包围已入腹地之敌，二来阻挡敌人后援。

孙婆婆暗骂：“老婆子又不是来打架，摆这些臭架子吓谁了?”

高声叫道："赵志敬，快出来，我有话跟你说。"大殿上一名中年道人应声而出，说道："夤夜闯入敝观，有何见教？"孙婆婆道："这是治他蜂毒的药，拿了去罢！"说着将一瓶玉蜂浆抛了过去。那道人伸手接住，将信将疑，寻思："她干么这等好心，反来送药。"朗声道："那是什么药？"孙婆婆道："不必多问，你给他尽数喝将下去，自见功效。"那道士道："我怎知你是好心还是歹意，又怎知是解药还是毒药。赵师兄已给你害得这么惨，怎么忽然又生出菩萨心肠来啦？"

孙婆婆听他出言不逊，竟把自己一番好意说成是下毒害人，怒气再也不可抑制，将杨过往地下一放，急跃而前，夹手将玉蜂浆抢过，拔去瓶塞，对杨过道："张开嘴来！"杨过不明她用意，但依言张大了口。孙婆婆侧过瓷瓶，将一瓶玉蜂浆都倒在他嘴里，说道："好，免得让他们疑心是毒药。过儿，咱们走罢！"说着携了杨过之手，走向墙边。

那道士名叫张志光，是郝大通的第二弟子，这时不由得暗自后悔不该无端相疑，看来她送来的倒真是解药，赵志敬若是无药救治，只怕难以挨过，当下急步抢上，双手拦开，笑道："老前辈，你何必这么大的火性？我随口说句笑话，你又当真了。大家多年邻居，总该有点儿见面之情，哈哈，既是解药，就请见赐。"

孙婆婆恨他油嘴滑舌，举止轻佻，冷笑道："解药就只一瓶，要多是没有的了。赵志敬的伤，你自己想法儿给他治罢！"说着反手一个耳刮子，喝道："你不敬前辈，这就教训教训你。"这一掌出手奇快，张志光不及闪避，啪的一声，正中脸颊，甚是清脆爽辣。

门边两名道士脸上变色，齐声说道："就算你是前辈，也岂能容你在重阳宫撒野？"一出左掌，一出右掌，从两侧分进合击。孙婆婆领略过全真教北斗阵的功夫，知道极不好惹，此时身入重地，哪能跟他们恋战？晃身从双掌夹缝中窜过，抱起杨过就往墙头跃去。

眼见墙头无人，她刚要在墙上落足，突然墙外一人纵身跃起，喝道："下去罢！"双掌迎面推来。孙婆婆人在半空，无法借劲，只得右手还了一招，单掌与双掌相交，各自退后，分别落在墙壁两边。六七名道士连声呼啸，将她挤在墙角。

这六七人都是全真教第三代弟子中的好手，特地挑将出来防守道宫大殿。刹时之间，此上彼退，此退彼上，六七人已波浪般攻了数次。孙婆婆被逼在墙角之中，欲待携着杨过冲出，那几名道人所组成的人墙却硬生生的将她挡住了，数次冲击，都给逼了回来。

又拆十余招，主守大殿的张志光知道敌人已无能为力，当即传令点亮蜡烛。十余根巨烛在大殿四周燃起，照得孙婆婆面容惨淡，一张丑脸阴森怕人。张志光叫道："守阵止招。"七名与孙婆婆对掌的道人同时向后跃开，双掌当胸，各守方位。孙婆婆喘了口气，冷笑道："全真教威震天下，果然名不虚传。几十个年青力壮的杂毛合力欺侮一个老太婆、一个小孩子。嘿嘿，厉害啊厉害！"

张志光脸上一红，说道："我们只是捉拿闯进重阳宫来的刺客。管你是老太婆也好，男子汉也好，长着身子进来，便得矮着身子出去。"孙婆婆冷笑道："什么叫作矮着身子出去？叫老太婆爬出山门，是也不是！"张志光适才脸上被她一掌打得疼痛异常，哪肯轻易罢休，说道："若要放你，那也不难，只是须依我们三件事。第一，你放蜂子害了赵师兄，须得留下解药。第二，这孩子是全真教的弟子，不得掌教真人允可，怎能任意反出师门？你将他留下了。第三，你擅自闯进重阳宫，须得在重阳祖师之前磕头谢罪。"

孙婆婆哈哈大笑，道："我早跟咱家姑娘说，全真教的道士们全没出息，老太婆的话几时说错了？来来来，我跟你磕头赔罪。"说着福将下去，就要跪倒。

这一着倒是大出张志光意料之外，一怔之间，只见孙婆婆已然弯身低头，忽地寒光一闪，一枚暗器直飞过来。张志光叫声“啊唷”，急忙侧身避开，但那暗器来得好快，啪的一下，已打中了他左眼角，暗器粉碎，张志光额上全是鲜血。原来孙婆婆顺手从怀中摸出那装过玉蜂浆的空瓷瓶，冷不防的以独门暗器手法掷出。她这一派武功系女流所创，招数手法处处出以阴柔，变幻多端，这一招“前恭后倨”更是人所莫测，虽是一个空瓷瓶，但在近处蓦地掷出，张志光出其不意，却也没能躲开。

群道见张志光满脸是血，齐声惊怒呼喝，纷纷拔出兵刃。全真道人都使长剑，一时之间庭院中剑光耀眼。孙婆婆负隅而立，微微冷笑，心知今日难有了局，但她性情刚硬，老而弥辣，哪肯屈服，转头问杨过道：“孩子，你怕么？”杨过见到这些长剑，心中早在暗想：“若是郭伯伯在此，臭道士再多我也不怕。若凭孙婆婆的本事，我们却闯不出去。”听孙婆婆相问，朗声答道：“婆婆，让他们杀了我便是。此事跟你无关，你快出去罢。”

孙婆婆听这孩子如此硬气，又为自己着想，更是爱怜，高声道：“婆婆跟你一起死在这里，好让臭道士们遂了心意。”突然之间大喝一声：“着！”急扑而前，双臂伸出，抓住了两名道士的手腕，一拗一夺，已将两柄长剑抢了过来。这空手入白刃的功夫怪异之极，似是蛮抢，却又巧妙非凡。两道全没防备，眼睛一霎，手中已失了兵器。

孙婆婆将一柄长剑交给杨过，道：“孩子，你敢不敢跟臭道士们动手？”杨过道：“我自然不怕。就可惜没旁人在此。”孙婆婆道：“什么旁人？”杨过大声道：“全真教威名盖世，这等欺侮孤儿老妇的英雄之事，若无旁人宣扬出去，岂不可惜？”他听了孙婆婆适才与张志光斗口，已会意到其中关键。他说得清脆响亮，却带着明显的童音。

群道听了这几句话，倒有一大半自觉羞愧，心想合众人之力而与一个老妇一个幼童相斗，确是胜之不武。有人低声道："我去禀告掌教师伯，听他示下。"此时马钰独自在山后十余里的一所小舍中清修，教中诸务都已交付于郝大通处理。说这话的是谭处端的弟子，觉得事情闹大了，涉及全真教的清誉，非由掌教亲自主持不可。

张志光脸上被碎瓷片割伤了十多处，鲜血蒙住了左眼，惊怒之中不及细辨，还道左眼已被暗器击瞎，心想掌教师伯性子慈和，必定吩咐放人，自己这只眼睛算是白瞎了，当即大声叫道："先拿下这恶婆娘，再去请掌教师伯发落。各位师弟齐上，把人拿下了。"

天罡北斗阵渐缩渐小，眼见孙婆婆只有束手被缚的份儿，哪知待七道攻到距她三步之处，她长剑挥舞，竟是守得紧密异常，再也进不了一步。这阵法若由张志光主持，原可改变进攻之法，但他害怕对方暗器中有毒，若是出手相斗，血行加剧，毒性发作得更快，是以眯着左眼只在一旁喝令指挥。他既不下场，阵法威力就大为减弱。

群道久斗不下，渐感焦躁，孙婆婆突然一声呼喝，抛下手中长剑，抢上三步，从群道剑光中钻身出去，抓住一名少年道人的胸口，将他提了起来，叫道："臭杂毛，你们到底让不让路？"群道一怔之间，忽地身后一人钻出，伸手在孙婆婆腕上一搭。孙婆婆尚未看清此人面容，只觉腕上酸麻，抓着的少年道人已被他夹手抢了过去，紧接着劲风扑面，那人一掌当面击来。孙婆婆暗想："此人出掌好快。"急忙回掌挡格。双掌相交，啪的一响，孙婆婆退后一步。

此人也是微微一退，但只退了尺许，跟着第二掌毫不停留的拍出。孙婆婆还了一招，双掌撞击，她又退后一步。那人踏上半步，第三掌跟着击出。这三掌一掌快似一掌，逼得孙婆婆连退三步，竟无余暇去看敌人面目，到第四掌上，孙婆婆背靠墙壁，已是退无可退。那人右掌击出，与孙婆婆手心相抵，朗声说道："婆婆，你把解药和孩子留下罢!"

孙婆婆抬起头来，但见那人白须白眉，满脸紫气，正是日间以毒烟驱赶玉蜂的郝大通，适才交了三掌，已知他内力深厚，远在自己之上，若是他掌力发足，定然抵挡不住，但她性子刚硬，宁死不屈，喝道："要留孩子，须得先杀了老太婆。"郝大通知她与先师渊源极深，不愿相伤，掌上留劲不发，说道："你我数十年邻居，何必为一个小孩儿伤了和气?"孙婆婆冷笑道："我原是好意前来送药，你问问自己弟子，此言可假?"郝大通转头欲待询问，孙婆婆忽地飞出一腿，往他下盘踢去。

这一腿来得无影无踪，身不动，裙不扬，郝大通待得发觉，对方足尖已踢到小腹，纵然退后，也已不及，危急之下不及多想，掌上使足了劲力，"嘿"的一声，将孙婆婆推了出去。这一推中含着他修为数十年的全真派上乘玄功内力，但听喀喇一响，墙上一大片灰泥带着砖瓦落了下来。孙婆婆喷出一大口鲜血，缓缓坐倒，委顿在地。

杨过大惊，伏在她的身上，叫道："你们要杀人，杀我便是。谁也不许伤了婆婆。"孙婆婆睁开眼来，微微一笑，说道："孩子，咱俩死在一块罢。"杨过张开双手，护住了她，背脊向着郝大通等人，竟将自己安危全然置之度外。

郝大通这一掌下了重手，眼见打伤了对方，心下也是好生后悔，哪里还会跟着进击，当下要察看孙婆婆伤势，想给她服药治伤，只是给杨过遮住了，无法瞧见，温言道："杨过，你让开，待我瞧瞧婆婆。"杨过哪肯信他，双手紧紧抱住了孙婆婆。郝大通说了几遍，见杨过不理，焦躁起来，伸手去拉他手臂。杨过高声大嚷："臭道士，贼道士，你们杀死我好了！我决不让你害我婆婆。"

正闹得不可开交，忽听身后冷冷的一个声音说道：“欺侮幼儿老妇，算得什么英雄？”郝大通听那声音清冷寒峻，心头一震，回过头来，只见一个极美的少女站在大殿门口，白衣如雪，目光中寒意逼人。重阳宫钟声一起，十余里内外群道密布，重重叠叠的守得严密异常，然而这少女陡然进来，事先竟无一人示警，不知她如何竟能悄没声的闯进道院。郝大通问道：“姑娘是谁？有何见教？”

那少女瞪了他一眼，并不答话，走到孙婆婆身边。杨过抬起头来，凄然道：“龙姑姑，这恶道士……把……把婆婆打死啦！”这白衣少女正是小龙女。孙婆婆带着杨过离墓、进观、出手，她都跟在后面看得清清楚楚，料想郝大通不致狠下杀手，是以始终没有露面，哪知形格势禁，孙婆婆终于受了重伤，她要待相救，已自不及。杨过舍命维护孙婆婆的情形，她都瞧在眼里，见他眼中满是泪水，点了点头，道：“人人都要死，那也算不了什么。”

孙婆婆自小将她抚养长大，直与母女无异，但小龙女十八年来过的都是止水不波的日子，兼之自幼修习内功，竟修得胸中没了半点喜怒哀乐之情，见孙婆婆伤重难愈，自不免难过，但哀戚之感在心头一闪即过，脸上竟是不动声色。

郝大通听得杨过叫她“龙姑姑”，知道眼前这美貌少女就是逐走霍都王子的小龙女，更是诧异不已。须知霍都王子铩羽败逃之事数月来传遍江湖，小龙女虽然未下终南山一步，名头在武林中却已颇为响亮。

小龙女缓缓转过头来，向群道脸上逐一望去。除了郝大通内功深湛、心神宁定之外，其余众道士见到她澄如秋水、寒似玄冰的眼光，都不禁心中打了个突。

小龙女俯身察看孙婆婆，问道：“婆婆，你怎么啦？”孙婆婆叹了口气，道：“姑娘，我一生从来没求过你什么事，就是求你，你不答允也终是不答允。”小龙女秀眉微蹙，道：“现下你想求我什么?"孙婆婆点了点头，指着杨过，一时却说不出话来。小龙女道："你要我照料他?"孙婆婆强运一口气，道："我求你照料他一生一世，别让他吃旁人半点亏，你答不答允?"小龙女踌躇道："照料他一生一世?"孙婆婆厉声道："姑娘，若是老婆子不死，也会照料你一生一世。你小时候吃饭洗澡、睡觉拉尿，难道……难道不是老婆子一手干的么?你……你……你报答过我什么?"小龙女上齿咬着下唇，说道："好，我答允你就是。"孙婆婆的丑脸上现出一丝微笑，眼睛望着杨过，似有话说，一口气却接不上来。

杨过知她心意，俯耳到她口边，低声道："婆婆，你有话跟我说?"孙婆婆道："你……你再低下头来。"杨过将腰弯得更低，把耳朵与她口唇碰在一起。孙婆婆低声道："你龙姑姑无依无靠，你……你……也……"说到这里，一口气再也提不上来，突然满口鲜血喷出，只溅得杨过半边脸上与胸口衣襟都是斑斑血点，就此闭目而死。杨过大叫："婆婆，婆婆!"伤心难忍，伏在她身上号啕大哭。

群道在旁听着，无不恻然，郝大通更是大悔，走上前去向孙婆婆的尸首行礼，说道："婆婆，我失手伤你，实非本意。这番罪业既落在我的身上，也是你命中该当有此一劫。你好好去罢!"小龙女站在旁边，一语不发，待他说完，两人相对而视。

过了半晌，小龙女才皱眉说道："怎么?你不自刎相谢，竟要我动手么?"郝大通一怔，道："怎么?"小龙女道："杀人抵命，你自刎了结，我就饶了你满观道士的性命。"郝大通尚未答话，旁边群道已哗然叫了起来。此时大殿上已聚了三四十名道人，纷纷斥责："小姑娘，快走罢，我们不来难为你。""瞎说八道!什么自刎了结，饶了我们满观道士的性命?""小小女子，不知天高地厚。"郝大通听群道喧扰，忙挥手约束。

小龙女对群道之言恍若不闻，缓缓从怀里取出一团冰绡般的物事，双手一分，右手将一块白绡戴在左手之上，原来是一只手套，随即右手也戴上手套，轻声道：“老道士，你既贪生怕死，不肯自刎，取出兵刃动手罢！”

郝大通惨然一笑，说道：“贫道误伤了孙婆婆，不愿再跟你一般见识，你带了杨过出观去罢。”他想小龙女虽因逐走霍都王子而名满天下，终究不过凭借一群玉蜂之力。她小小年纪，就算武功有独得之秘，总不能强过孙婆婆去，让她带杨过而去，一来念着双方师门上代情谊，息事宁人，二来误杀孙婆婆后心下实感不安，只得尽量容让。

不料小龙女对他说话仍是恍如没有听见，左手轻扬，一条白色绸带忽地甩了出来，直扑郝大通的面门。这一下来得无声无息，事先竟没半点朕兆，烛光照映之下，只见绸带末端系着一个金色的圆球。郝大通见她出招迅捷，兵器又是极为怪异，一时不知如何招架，他年纪已大，行事稳重，虽然自恃武功高出对方甚多，却也不肯贸然接招，当下闪身往左避开。

哪知小龙女这绸带兵刃竟能在空中转弯，郝大通跃向左边，这绸带跟着向左，只听得玎玎玎三声连响，金球疾颤三下，分点他脸上“迎香”、“承泣”、“人中”三个穴道。这三下点穴出手之快、认位之准，实是武林中的第一流功夫，又听得金球中发出玎玎声响，声虽不大，却是十分怪异，入耳荡心摇魄。郝大通大惊之下，急忙使个“铁板桥”，身子后仰，绸带离脸数寸急掠而过。他怕绸带上金球跟着下击，也是他武功精纯，挥洒自如，便在身子后仰之时，全身忽地向旁搬移三尺。这一着也是出乎小龙女意料之外，铮的一响，金球击在地下。她这金球击穴，着着连绵，郝大通竟在极危急之中以巧招避过。

郝大通伸直身子，脸上已然变色。群道不是他的弟子，就是师侄，向来对他的武功钦服之极，见他虽然未曾受伤，这一招却避得极是狼狈，无不骇异。四名道人各挺长剑向小龙女刺去。小龙女道："是啦，早该用兵刃！"双手齐挥，两条白绸带犹如水蛇般蜿蜒而出，玎玎两响，接着又是玎玎两响，四名道人手腕上的"灵道穴"都被金球点中，呛啷、呛啷两声，四柄长剑投在地下。这一下先声夺人，群道尽皆变色，无人再敢出手进击。

郝大通初时只道小龙女武功多半平平，哪知一动上手竟险些输在她的手里，不由得起了敌忾之心，从一名弟子手中接过长剑，说道："龙姑娘功夫了得，贫道倒失敬了，来来来，让贫道领教高招。"小龙女点了点头，玎琤声响，白绸带自左而右的横扫过去。

按照辈份，郝大通高着一辈，小龙女动手之际本该敬重长辈，先让三招，但她一上来就下杀手，于什么武林规矩全不理会。郝大通心想："这女孩儿武功虽然不弱，但似乎什么也不懂，显是绝少临敌接战的经历，再强也强不到哪里。"当下左手捏着剑诀，右手摆动长剑，与她的一对白绸带拆解起来。

群道团团围在周围，凝神观战。烛光摇晃下，但见一个白衣少女，一个灰袍老道，带飞如虹，剑动若电，红颜华发，渐斗渐烈。

郝大通在这柄剑上花了数十载寒暑之功，单以剑法而论，在全真教中可以数得上第三四位，但与这小姑娘翻翻滚滚拆了数十招，竟自占不到丝毫便宜。小龙女双绸带矫夭似灵蛇，圆转如意，再加两枚金球不断发出玎玎之声，更是扰人心魄。郝大通久战不下，虽然未落丝毫下风，但想自己是武林中久享盛名的宗匠，若与这小女子战到百招以上，纵然获胜，也已脸上无光，不由得焦躁起来，剑法忽变，自快转慢，招式虽然比前缓了数倍，剑上的劲力却也大了数倍。初时剑锋须得避开绸带的卷引，此时威力既增，反而去削斩绸带。

再拆数招，只听铮的一响，金球与剑锋相撞，郝大通内力深厚，将金球反激起来，弹向小龙女面门，当即乘势进击，众道欢呼声中剑刃随着绸带递进，指向小龙女手腕，满拟她非撒手放下绸带不可，否则手腕必致中剑。哪知小龙女右手疾翻，已将剑刃抓住，喀的一响，长剑从中断为两截。

这一下群道齐声惊叫，郝大通向后急跃，手中拿着半截断剑，怔怔发呆。他怎想得到对方手套系以极细极韧的白金丝织成，是她师祖传下的利器，虽然轻柔软薄，却是刀枪不入，任他宝刀利剑都难损伤，剑刃被她蓦地抓住，随即以巧劲折断。

郝大通脸色苍白，大败之余，一时竟想不到她手套上有此巧妙机关，只道她当真是练就了刀枪不入的上乘功夫，颤声说道："好好好，贫道认输。龙姑娘，你把孩子带走罢。"小龙女道："你打死了孙婆婆，说一句认输就算了？"郝大通仰天打个哈哈，惨然道："我当真老胡涂了！"提起半截断剑就往颈中抹去。

忽听铮的一响，手上剧震，却是一枚铜钱从墙外飞入，将半截断剑击在地下。他内力深厚，要从他手中将剑击落，真是谈何容易？郝大通一凛，从这钱镖打剑的功夫，已知是师兄丘处机到了，抬起头来，叫道："丘师哥，小弟无能，辱及我教，你瞧着办罢。"只听墙外一人纵声长笑，说道："胜负乃是常事，若是打个败仗就得抹脖子，你师哥再有十八颗脑袋也都割完啦。"人随声至，丘处机手持长剑，从墙外跃了进来。

他生性最是豪爽不过，厌烦多闹虚文，长剑挺出，刺向小龙女手臂，说道："全真门下丘处机向高邻讨教。"小龙女道："你这老道倒也爽快。"左掌伸出，又已抓住丘处机的长剑。郝大通大急叫："师哥，留神！"但为时已经不及，小龙女手上使劲，丘处机力透剑锋，二人手劲对手劲，喀喇一响，长剑又断。但小龙女也是震得手臂酸麻，胸口隐隐作痛。只这一招之间，她已知丘处机的武功远在郝大通之上，自己的"玉女心经"未曾练成，实是胜他不得，当下将断剑往地下一掷，左手挟着孙婆婆的尸身，右手抱起杨过，双足一登，身子腾空而起，轻飘飘的从墙头飞了出去。

丘处机、郝大通等人见她忽然露了这手轻身功夫，不由得相顾骇然。丘郝二人与她交手，已知她武功虽精，比之自己终究尚有不及，但如此了得的轻身功夫却当真是见所未见。郝大通长叹一声，道："罢了，罢了！"丘处机道："郝师弟，枉为你修习了这多年道法，连这一点点挫折也勘不破？咱们师兄弟几个这次到山西，不也闹了个灰头土脸？"郝大通惊道："怎么？没人损伤吗？"丘处机道："这事说来话长，咱们见马师哥去。"

原来李莫愁在江南嘉兴连伤陆立鼎等数人，随即远走山西，在晋北又伤了几名豪杰。终于激动公愤，当地的武林首领大撒英雄帖，邀请同道群起而攻。全真教也接到了英雄帖。当时马钰与丘处机等商议，都说李莫愁虽然作恶多端，但她的师祖终究与重阳先师渊源极深，最好是从中调解，给她一条自新之路。当下刘处玄与孙不二两人连袂北上。哪知李莫愁行踪诡秘，忽隐忽现，刘孙二人竟是奈何她不得，反给她又伤了几名晋南晋北的好汉。

后来丘处机与王处一带同十名弟子再去应援。李莫愁自知一人难与众多好手为敌，便以言语相激，与丘王诸人订约逐一比武。第一日比试的是孙不二。李莫愁暗下毒手，以冰魄银针刺伤了她，随即亲上门去，馈赠解药，叫丘处机等不得不受。这么一来，全真诸道算是领了她的情，按规矩不能再跟她为敌。诸人相对苦笑，铩羽而归。幸好丘处机心急回山，先走一步，没与王处一等同去太行山游览，这才及时救了郝大通的性命。

小龙女出了重阳宫后，放下杨过，抱了孙婆婆的尸身，带同杨过回到活死人墓中。她将孙婆婆尸身放在她平时所睡的榻上，坐在榻前椅上，支颐于几，呆呆不语。杨过伏在孙婆婆身上，抽抽噎噎的哭个不停。过了良久，小龙女道："人都死了，还哭什么？你这般哭她，她也不会知道了。"杨过一怔，觉得她这话甚是辛辣无情，但仔细想来，却也当真如此，伤心益甚，不禁又放声大哭。

小龙女冷冷的望着他，脸上丝毫不动声色，又过良久，这才说道：“咱们去葬了她，跟我来。”抱起孙婆婆的尸身出了房门。杨过伸袖抹了眼泪，跟在她后面。墓道中没半点光亮，他尽力睁大眼睛，也看不见小龙女的白衣背影，只得紧紧跟随，不敢落后半步。她弯弯曲曲的东绕西回，走了半晌，推开一道沉重的石门，从怀里取出火折打着了火，点燃石桌上的两盏油灯。杨过四下里一看，不由得打个寒噤，只见空空旷旷的一座大厅上并列放着五具石棺。凝神细看，见两具石棺棺盖已密密盖着，另外三具的棺盖却只推上一半，也不知其中有无尸体。

小龙女指着右边第一具石棺道：“祖师婆婆睡在这里。”指着第二具石棺道：“师父睡在这里。”杨过见她伸手指向第三具石棺，心中怦怦而跳，不知她要说谁睡在这里，眼见棺盖没有推上，若是有僵尸在内，岂不糟糕之极？只听她道：“孙婆婆睡在这里。”杨过才知是具空棺，轻轻吐了一口气。他望着旁边两具空棺，好奇心起，问道：“那两口棺材呢？”小龙女道：“我师姊李莫愁睡一口，我睡一口。”杨过一呆，道：“李莫愁……李姑娘会回来么？”小龙女道：“我师父这么安排了，她总是要回来的。这里还少一口石棺，因为我师父料不到你会来。”杨过吓了一跳，忙道：“我不，我不！”小龙女道：“我答允孙婆婆要照料你一生一世。我不离开这儿，你自然也在这儿。”

杨过听她漠不在乎的谈论生死大事，也就再无顾忌，道：“就算你不让我出去，等你死了，我就出去了。”小龙女道：“我既说要照料你一生一世，就不会比你先死。”杨过道：“为什么？你年纪比我大啊！”小龙女冷冷的道：“我死之前，自然先杀了你。”杨过吓了一跳，心道：“那也未必。脚生在我身上，我不会逃走么？”

小龙女走到第三具石棺前，推开棺盖，抱起孙婆婆便要放入。

杨过心中不舍，说道："让我再瞧婆婆一眼。"小龙女见他与孙婆婆相识不过一日，却已如此重情，不由得好生厌烦，皱了皱眉头，当下抱着孙婆婆的尸身不动。杨过在黯淡灯光下见孙婆婆面目如生，又想哭泣。小龙女横了他一眼，将孙婆婆的尸身放入石棺，伸手抓住棺盖一拉，喀隆一声响，棺盖与石棺的榫头相接，盖得严丝合缝。

小龙女怕杨过再哭，对他一眼也不再瞧，说道："走罢！"左袖挥处，室中两盏油灯齐灭，登时黑成一团。杨过怕她将自己关在墓室之中，急忙跟出。

墓中天地，不分日夜。二人闹了这半天也都倦了。小龙女命杨过睡在孙婆婆房中。杨过自幼独身浪迹江湖，常在荒郊古庙中过夜，本来胆子甚壮，但这时要他在墓中独睡一室，想起石棺中那些死人，却是说不出的害怕。小龙女连说几声，他只是不应。小龙女道："你没听见么？"杨过道："我怕。"小龙女道："怕什么？"杨过道："我不知道。我不敢一人睡。"小龙女皱眉道："那么跟我一房睡罢。"当下带他到自己的房中。

她在暗中惯了，素来不点灯烛，这时特地为杨过点了一枝蜡烛。杨过见她秀美绝伦，身上衣衫又是皓如白雪，一尘不染，心想她的闺房也必陈设得极为雅致，哪知一进房中，不由得大为失望，但见她房中空空洞洞，竟和放置石棺的墓室无异。一块长条青石作床，床上铺了张草席，一幅白布当作薄被，此外更无别物。

杨过心想："不知我睡在哪里？只怕她要我睡在地下。"正想此事，小龙女道："你睡我的床罢。"杨过道："那不好，我睡地下好啦。"小龙女脸一板，道："你要留在这儿，我说什么，你就得听话。你跟全真教的道士打架，那由得你。哼哼，可是你若违抗我半点，立时取你性命。"杨过道："你不用这么凶，我听你话就是。"小龙女道："你还敢顶嘴？"杨过见她年轻美丽，却硬装狠霸霸模样，伸了伸舌头，就不言语了。小龙女已瞧在眼里，道："你伸舌头干什么？不服我是不是？"杨过不答，脱下鞋子，径自上床睡了。

一睡到床上，只觉彻骨冰凉，大惊之下，赤脚跳下床来。小龙女见他吓得狼狈，虽然矜持，却也险些笑出声来，道："干什么？"杨过见她眼角之间蕴有笑容，便笑道："这床上有古怪，原来你故意作弄我。"小龙女正色道："谁作弄你了。这床便是这样的，快上去睡着。"说着从门角后取出一把扫帚，道："你若是睡了一阵溜下来，须吃我打十帚。"

杨过见她当真，只得又上床睡倒，这次有了防备，不再惊吓，只是草席之下似是放了一层厚厚的寒冰，越睡越冷，禁不住全身发抖，上下两排牙齿相击，格格作声。再睡一阵，寒气透骨，实在忍不下去了。

转眼向小龙女望去，见她脸上似笑非笑，大有幸灾乐祸之意，心中暗暗生气，当下咬紧牙关，全力与身下的寒冷抗御。只见小龙女取出一根绳索，在室东的一根铁钉上系住，拉绳横过室中，将绳子的另一端系在西壁的一口钉上，绳索离地约莫一人来高。她轻轻纵起，横卧绳上，竟然以绳为床，跟着左掌挥出，掌风到处，烛火登熄。

杨过大为钦服，说道："姑姑，明儿你把这本事教给我好不好？"小龙女道："这本事算得什么？你好好的学，我有好多厉害本事教你呢。"杨过听得小龙女肯真心教他，登时将初时的怨气尽数抛到了九霄云外，感激之下，不禁流下泪来，哽咽道："姑姑，你待我这么好，我先前还恨你呢。"小龙女道："我赶你出去，你自然恨我，那也没什么希奇。"杨过道："倒不为这个，我只道你也跟我从前的师父一样，尽教我些不管用的功夫。"

小龙女听他话声颤抖，问道："你很冷么？"杨过道："是啊，这张床底下有什么古怪，怎地冷得这般厉害？"小龙女道："你爱不爱睡？”杨过道：“我……我不爱。”小龙女冷笑道：“哼，你不爱睡，普天下武林中的高手，不知道有多少人想睡此床而不得呢。”杨过奇道：“那不是活受罪么？”小龙女道：“哼，原来我宠你怜你，你还当是活受罪，当真不知好歹。”

杨过听她口气，似乎她叫自己睡这冷床确也不是恶意，于是柔声央求道：“好姑姑，这张冷床有什么好处，你跟我说好不好？”小龙女道：“你要在这床上睡一生一世，它的好处将来自然知道。合上眼睛，不许再说。”黑暗中听得她身上衣衫轻轻的响了几下，似乎翻了个身，她凌空睡在一条绳索之上，居然还能随便翻身，实是不可思议。

她最后两句话声音严峻，杨过不敢再问，于是合上双眼想睡，但身下一阵阵寒气透了上来，想着孙婆婆又心中难过，哪能睡着？过了良久，轻声叫道：“姑姑，我抵不住啦。”但听小龙女呼吸徐缓，已然睡着。他又轻轻叫了两声，仍然不闻应声，心想：“我下床来睡，她不会知道的。”当下悄悄溜下床来，站在当地，大气也不敢喘一口。

哪知刚站定脚步，瑟的一声轻响，小龙女已从绳上跃了过来，抓住他左手扭在他背后，将他按在地下。杨过惊叫一声。小龙女拿起扫帚，在他屁股上用力击了下去。杨过知道求饶也是枉然，于是咬紧牙关强忍。起初五下甚是疼痛，但到第六下时小龙女落手已轻了些，到最后两下时只怕他挨受不起，打得更轻。十下打过，提起他往床上一掷，喝道：“你再下来，我还要再打。”

杨过躺在床上，不作一声，只听她将扫帚放回门角落里，又跃上绳索睡觉。小龙女只道他定要大哭大闹一场，哪知他竟然一声不响，倒是大出意料之外，问道：“你干么不作声？”杨过道：“没什么好作声的，你说要打，总须要打，讨饶也是无用。”小龙女道：“哼，你在心里骂我。”杨过道：“我心里没骂你，你比我从前那些师父好得多。”小龙女奇道：“为什么？”杨过道：“你虽然打我，心里却怜惜我。越打越轻，生怕我疼了。”小龙女被他说中心事，脸上微微一红，好在黑暗之中，也不致被他瞧见，骂道：“呸，谁怜惜你了，下次你不听话，我下手就再重些。”

杨过听她的语气温和，嬉皮笑脸的道：“你打得再重，我也喜欢。”小龙女啐道：“贱骨头，你一日不挨打，只怕睡不着觉。”杨过道：“那要瞧是谁打我。要是爱我的人打我，我一点也不恼，只怕还高兴呢。她打我，是为我好。有的人心里恨我，只要他骂我一句，瞪我一眼，待我长大了，要一个个去找他算账。”小龙女道：“你倒说说看，哪些人恨你，哪些人爱你。”杨过道：“这个我心里记得清清楚楚。恨我的人不必提啦，多得数不清。爱我的有我死了的妈妈，我的义父，郭靖伯伯，还有孙婆婆和你。”

小龙女冷笑道：“哼，我才不会爱你呢。孙婆婆叫我照料你，我就照料你，你这辈子可别盼望我有好心待你。”杨过本已冷得难熬，听了此言，更如当头泼下一盆冷水，忍着气问道：“我有什么不好，为什么你这般恨我？”小龙女道：“你好不好关我什么事？我也没恨你。我这一生就住在这坟墓之中，谁也不爱，谁也不恨。”杨过道：“那有什么好玩？姑姑，你到外面去过没有？”小龙女道：“我没下过终南山，外面也不过有山有树，有太阳月亮，有什么好？”

杨过拍手道：“啊哟，那你可真是枉自活这一辈子啦。城里形形色色的东西，那才教好看呢。”当下把自幼东奔西闯所见的诸般事物一一描述。他口才本好，这时加油添酱，更加说得希奇古怪，变幻百端。好在小龙女活了一十八岁从未下过终南山，不管他如何夸张形容，全都信以为真，听到后来，不禁叹了口气。

杨过道：“姑姑，我带你出去玩，好不好？”小龙女道：“你别胡说！祖师婆婆留下遗训，在这活死人墓中住过的人，谁也不许下终南山一步。”杨过吓了一跳，道：“难道我也不能下山啦？”小龙女道：“自然不能。”杨过听了倒也并不忧急，心道：“桃花岛是海中孤另另的一个岛，我去了也能离开，这座大坟又怎当真关得我住？”又问：“你说那个李莫愁李姑娘是你师姊，她自然也在这活死人墓中住过了，怎么又下终南山去？”小龙女道：“她不听我师父的话，是师父赶她出去的。”杨过大喜，心想：“有这么个规矩就好办，哪一天我想出去了，只须不听你话，让你赶了出去便是。”但想这番打算可不能露了口风，否则就不灵了。

两人谈谈说说，杨过一时之间倒忘了身上的寒冷，但只住口片刻，全身又冷得发抖，当下央求道：“姑姑，你饶了我罢。我不睡这床啦。”小龙女道：“你跟全真教的师父打架，不肯讨一句饶，怎么现下这般不长进？”杨过笑道：“谁待我不好，他就是打我，我也不肯输一句口。谁待我好呢，我为他死了也是心甘情愿，何况讨一句饶？”小龙女呸了一声，道：“不害臊，谁待你好了？”

小龙女自幼受师父及孙婆婆抚养长大，十八年来始终与两个年老婆婆为伴。二人虽然对她甚好，只是她师父要她修习“玉女心经”，自幼便命她摒除喜怒哀乐之情，只要见她或哭或笑，必有重谴，孙婆婆虽是热肠之人，却也不敢碍了她的进修，是以养成了一副冷酷孤僻的脾气。这时杨过一来，此人心热如火，年又幼小，言谈举止自与两位婆婆截然相反。小龙女听他说话，明知不对，却也与他谈得娓娓忘倦。她初时收留杨过，全为了孙婆婆的一句请托，但后来听杨过总说自己待他好，自然而然觉得自己确是待他不错。

杨过听她语音之中并无怒意，大声叫道：“冷啊，冷啊，姑姑，我抵不住啦。”其实他身上虽冷，却也不须喊得如此惊天动地。小龙女道：“你别吵，我把这石床的来历说给你知道。”杨过喜道：“好。我不叫啦，姑姑你说罢。”

小龙女道：“我说普天下英雄都想睡这张石床，并非骗你。这床是用上古寒玉制成，实是修习上乘内功的良助。”杨过奇道：“这不是石头么？”小龙女冷笑道：“你说见过不少古怪物事，可见过这般冰冷的石头没有？这是祖师婆婆花了七年心血，到极北苦寒之地，在数百丈坚冰之下挖出来的寒玉。睡在这玉床上练内功，一年抵得上平常修练的十年。”杨过喜道：“啊，原来有这等好处。”小龙女道：“初时你睡在上面，觉得奇寒难熬，只得运全身功力与之相抗，久而久之，习惯成自然，纵在睡梦之中也是练功不辍。常人练功，就算是最勤奋之人，每日总须有几个时辰睡觉。要知道练功是逆天而行之事，气血运转，均与常时不同，但每晚睡将下来，气血自不免如旧运转，倒将白天所练成的功夫十成中耗去了九成。但若在这床上睡觉，睡梦中非但不耗白日之功，反而更增功力。”

杨过登时领悟，道：“那么晚间在冰雪上睡觉，也有好处。”小龙女道：“那又不然。一来冰雪被身子偎热，化而为水，二来这寒玉胜过冰雪之寒数倍。这寒玉床另有一桩好处，大凡修练内功，最忌的是走火入魔，是以平时练功，倒有一半的精神用来去和心火相抗。这寒玉乃天下至阴至寒之物，修道人坐卧其上，心火自清，因此练功时尽可勇猛精进，这岂非比常人练功又快了一倍？”

杨过喜得心痒难搔，道：“姑姑，你待我真好，你借了这床给我睡，我就不怕武家兄弟与郭芙他们了。全真教的赵志敬他们练功虽久，我也追得上。”小龙女冷冷的道：“祖师婆婆传下的遗训，既在这墓中住，就得修性养心，绝了与旁人争竞之念。”杨过急道：“难道他们这般欺侮我，又害死了孙婆婆，咱们就此算了？”小龙女道：“一个人总是要死的，孙婆婆若是不死在郝大通手里，再过几年，她好端端的自己也会死。多活几年，少活几年，又有什么分别？报仇雪恨的话，以后不可再跟我提。”

杨过觉得这些话虽然言之成理，但总有什么地方不对，只是一时想不出话来反驳。就在此时，寒气又是阵阵侵袭，不禁发起抖来。小龙女道："我教你怎生抵挡这床上的寒冷。"于是传了他几句口诀与修习内功的法门，正是她那一派的入门根基功夫。杨过依法而练，只练得片刻，便觉寒气大减，待得内息转到第三转，但感身上火热，再也不嫌冰冷难熬，反觉睡在石床上甚是清凉舒服，双眼一合，竟迷迷糊糊的睡去了。睡了小半个时辰，热气消失，被床上的寒意冷醒了过来，当下又依法用功。如此忽醒忽睡，闹了一夜，次晨醒转却丝毫不感困倦。原来只一夜之间，内力修为上便已有了好处。

两人吃了早饭，杨过将碗筷拿到厨下，洗涤干净，回到大厅中来。小龙女道："有一件事，你去想想明白。若是你当真拜我为师呢，一生一世就得听我的话。若是不拜我为师，我仍然传你功夫，你将来若是胜得过我，就凭武功打出这活死人墓去。"杨过毫不思索，道："我自然拜你为师。就算你不传我半点武艺，我也会听你的话。"小龙女奇道："为什么？"杨过道："姑姑，你心里待我好，难道我不知道么？"小龙女板起脸道："我待你好不好，不许你再挂在嘴上说。你既决意拜我为师，咱们到后堂行礼去。"

杨过跟着她走向后堂，只见堂上也是空荡荡的没什么陈设，只东西两壁都挂着一幅画。西壁画中是两个姑娘。一个二十五六岁，正在对镜梳妆，另一个是十四五岁的丫鬟，手捧面盆，在旁侍候。画中镜里映出那年长女郎容貌极美，秀眉入鬓，眼角之间却隐隐带着一层杀气。杨过望了几眼，心下不自禁的大生敬畏之念。

小龙女指着那年长女郎道："这位是祖师婆婆，你磕头罢。"杨过奇道："她是祖师婆婆，怎么这般年轻？"小龙女道："画像的时候年轻，后来就不年轻了。"杨过心中琢磨着"画像的时候年轻，后来就不年轻了"这两句话，大生凄凉之感，怔怔的望着那幅画像，不禁要掉下泪来。

小龙女哪知他的心意，又指着那丫鬟装束的少女道：“这是我师父，你快磕头罢。”杨过侧头看那画像，见这少女憨态可掬，满脸稚气，哪知后来竟成了小龙女的师父，当下不遑多想，跪下就向画像磕头。

小龙女待他站起身来，指着东壁上悬挂着的画像道：“向那道人吐一口唾沫。”杨过一看，见像中道人身材甚高，腰悬长剑，右手食指指着东北角，只是背脊向外，面貌却看不见。他甚感奇怪，问道：“那是谁？干么唾他？”小龙女道：“这是全真教的教主王重阳，我们门中有个规矩，拜了祖师婆婆之后，须得向他唾吐。”杨过大喜，他对全真教本来十分憎恶，觉得本门这个规矩妙之极矣，当下大大一口唾沫吐在王重阳画像的背上，吐了一口颇觉不够，又吐了两口，还待再吐，小龙女道：“够啦！”

杨过问道：“咱们祖师婆婆好恨王重阳么？”小龙女道：“不错。”杨过道：“我也恨他。干么不把他的画像毁了，却留在这里？”小龙女道：“我也不知道，只听师父与孙婆婆说，天下男子就没一个好人。”她突然声音严厉，喝道：“日后你年纪大了，做了坏事出来，瞧我饶不饶你？”杨过道：“你自然饶我。”小龙女本来威吓示警，不意他竟立即答出这句话来，一怔之下，倒拿他无法可想，喝道：“快拜师父。”

杨过道：“师父自然是要拜的。不过你先须答允我一件事，否则我就不拜。”小龙女心想：“听孙婆婆说，自来收徒之先，只有师父叫徒儿答允这样那样，岂有徒儿反向师父要胁之理？”只是她生性沉静，倒也并不动怒，道：“什么事？你倒说来听听。”杨过道：“我心里当你师父，敬你重你，你说什么我做什么，可是我口里不叫你师父，只叫你姑姑。”小龙女又是一呆，问道：“那为什么？”杨过道：“我拜过全真教那个臭道士做师父，他待我不好，我在梦里也咒骂师父。因此还是叫你姑姑的好，免得我骂师父时连累到你。”小龙女哑然失笑，觉得这孩子的想法倒也有趣，便道：“好罢，我答允你便是。”

杨过当下恭恭敬敬的跪下，向小龙女咚咚咚的叩了八个响头，说道：“弟子杨过今日拜小龙女姑姑为师，自今而后，杨过永远听姑姑的话，若是姑姑有甚危难凶险，杨过要舍了自己性命保护姑姑，若是有坏人欺侮姑姑的话，杨过一定将他杀了。”其实此时小龙女的武功不知比他要高出多少，但杨过见她秀雅柔弱，胸中油然而生男子汉保护弱女子的气概，到后来竟越说越是慷慨激烈。小龙女听他语气诚恳，虽然话中孩子气甚重，却也不禁感动。

杨过磕完了头，爬起身来，满脸都是喜悦之色。小龙女道：“你有什么好高兴的？我本事胜不过那全真教的老道丘处机，更加比不上你的郭伯伯。”杨过道：“他们再好也不干我事，但你肯真的教我功夫啊。”小龙女道：“其实学了武功也没什么用。只是在这墓中左右无事，我就教你罢了。”

杨过道：“姑姑，咱们这一派叫作什么名字？”小龙女道：“自祖师婆婆入居这活死人墓以来，从来不跟武林人物打交道，咱们这一派也没什么名字。后来李师姊出去行走江湖，旁人说她是‘古墓派’弟子，咱们就叫‘古墓派’罢！”杨过摇头道：“古墓派，这名字不好！”他刚拜师入门，便指摘本门的名字，小龙女也不以为意，说道：“名字好不好有甚相干？你在这里等着，我出去一会。”

杨过想起自己孤另另的留在这墓之中，大是害怕，忙道：“姑姑，我和你同去。”小龙女横了他一眼，道：“你说永远听我话，我第一句话你就不听。”杨过道：“我怕。”小龙女道：“男子汉大丈夫，怕什么了？你还说要帮我打坏人呢。”杨过想了一想，道：“好，那你快些回来。”小龙女冷冷的道：“那也说不定，要是一时三刻捉不到呢？”杨过奇道：“捉什么？”小龙女不再答话，径自去了。

她这一出去，墓中更无半点声息。杨过心中猜想，不知她去捉什么人，但想她不会下终南山，定是去捉全真教的道人了，只是不知捉谁，捉来自然要折磨他一番，倒是大大的妙事，但姑姑孤身一人，别吃亏才好。胡思乱想了一阵，出了大厅，沿着走廊向西走去，走不了十多步，眼前便是一片漆黑。他只怕迷路，摸着墙壁慢慢走回，不料走到二十步以上，仍是不见大厅中的灯光。他惊慌起来，加快脚步向前。本已走错了路，这一慌乱，更是错上加错。越走越快，东碰西撞，黑暗中但觉处处都是歧路岔道，永远走不回大厅之中。他放声大叫："姑姑，姑姑，快来救我。"回音在墓道之中传来，隐隐发闷。

乱闯了一阵，只觉地下潮湿，拔脚时带了泥泞上来，原来已非墓道，却是走进了与墓道相通的地底隧道。他更是害怕，心道："我若在墓中迷路，姑姑总能找到我。现下我走到了这里，她遍找不见，只道我逃了出去，她定会伤心得很。"当下不敢再走，摸到一块石头，双手支颐，呆呆的坐着，只想放声大哭，却又哭不出声。

这样枯坐了一个多时辰，忽然隐隐听到"过儿，过儿!"的叫声。杨过大喜，急跃而起，叫道："姑姑，我在这里。"可是那"过儿，过儿"的叫声却越去越远。杨过大急，放大了嗓子狂喊："我在这里。"过了一阵，仍不听见什么声息，突觉耳上一凉，耳朵被人提了起来。

他先是大吃一惊，随即大喜，叫道："姑姑，你来啦，怎么我一点也不知道?"小龙女道："你到这里来干什么?"杨过道："我走错了路。"小龙女嗯了一声，拉住他手便走，虽在黑暗之中，然而她便如在太阳下一般，转弯抹角，行走迅速异常。杨过道："姑姑，你怎么能瞧见?"小龙女道："我一生在黑暗中长大，自然不用光亮。"杨过适才在这一个多时辰中惊悔交集，此时获救，自是喜不自胜，只不知说些什么才好。

片刻之间，小龙女又带他回到大厅。杨过叹了一口长气，道："姑姑，刚才我真是担心。"小龙女道："担心什么？我总会找到你的。"杨过道："不是担心这个，我怕你以为我自己逃走了，心里难过。"小龙女道："你若是逃走，我对孙婆婆的诺言就不用守了，又有什么难过？"

杨过听了，很觉无味，问道："姑姑，你捉到了么？"小龙女道："捉到了。"杨过道："你为什么捉他？"小龙女道："给你练习武功啊。跟我来！"杨过心想："原来她去捉个臭道人来给我过招，那倒有趣，最好捉的便是师父赵志敬，他给姑姑制服后，只有挨自己的拳打足踢，无法反抗，当真是大大的过瘾。"跟随在后，越想越是开心。

小龙女转了几转，推开一扇门，进了一间石室，室中点着灯火。石室奇小，两人站着，转身也不容易，室顶又矮，小龙女伸长手臂，几可碰到。杨过不见道士，暗暗纳罕，问道："你捉来的道士呢？"小龙女道："什么道士？"杨过道："你不是说出去捉人来助我练功么？"小龙女道："谁说是人了？就在这儿。"俯身在石室角落里提起一只布袋，解开缚在袋口的绳索，倒转袋子一抖，飞出来三只麻雀。杨过大是奇怪，心道："原来姑姑出去是捉麻雀。"

小龙女道："你把三只麻雀都捉来给我，可不许弄伤了羽毛脚爪。"杨过喜道："好啊！"扑过去就抓。可是麻雀灵便异常，东飞西扑，杨过气喘吁吁，累得满头大汗，别说捉到，连羽毛也碰不到一根。

小龙女道："你这么捉不成，我教你法子。"当下教了他一些窜高扑低、挥抓拿捏的法门。杨过才知她是经由捉麻雀而授他武功，当下牢牢记住。只是诀窍虽然领会了，一时之间却不易用得上。小龙女任他在小室中自行琢磨练习，带上了门出去。

这一日杨过并未捉到一只，晚饭过后，就在寒玉床上练功。第二日再捉麻雀，跃起时高了数寸，出手时也快捷了许多。到第五日上，终于抓到了一只。杨过大喜不已，忙奔去告知小龙女。不料她殊无嘉许之意，冷冷的道：“一只有什么用，要连捉三只。”

杨过心想：“既能捉到一只，再捉两只又有何难？”岂知大谬不然，接连两日，又是一只也捉不到了。小龙女见三只麻雀已累得筋疲力尽，用饭粒饱饱喂了一顿，放出墓去，另行捉了三只来让他练习。到第八日上，杨过才一口气将三只麻雀抓住。

小龙女道：“今天该上重阳宫去啦。”杨过惊道：“干什么？”小龙女不答，带着他走出墓门。杨过已有七日不见日光，乍见之下，眼睛几乎睁不开来。

两人来到重阳宫前。杨过心下惴惴，不住斜眼瞧小龙女，却见她神色漠然，于她心意猜不到半分，只听她朗声叫道：“赵志敬，快出来。”

两人来到宫前，便有人报了进去，小龙女叫声甫毕，宫中涌出数十名道士。两名小道士左右扶着赵志敬，只见他形容憔悴，双目深陷，已无法自行站立。众道见到二人，都是手按剑柄，怒目而视。

小龙女双掌这边挡，那边拍，八十一只麻雀尽数聚在她胸前三尺之内。她双臂飞舞，两只手掌宛似化成了千手千掌，任他群雀如何飞滚翻扑，始终逃不出她双掌所围成的圈子。

第六回

玉女心经

小龙女从怀里取出一个瓷瓶，交在杨过手里，高声道："这是治疗蜂毒的蜜浆，拿去给赵志敬罢。"杨过见到赵志敬，早就恨得牙痒痒地，只是不便拂逆小龙女之意，于是快步上前，将蜜浆在赵志敬面前地下重重一放。群道听说小龙女又到宫前，只道再次寻衅，来为孙婆婆报仇，一面严加戒备，一面飞报马钰、丘处机等师尊，哪知她竟是来送解毒的蜜浆，愕然之下，都无言可对。杨过放下瓷瓶，向赵志敬望了一眼，满脸鄙夷之色，转头便走。

鹿清笃一见到杨过，登时便怒火上冲，叫道："好小子，叛出师门，就这么走了么？"那日他被杨过以蛤蟆功打晕，虽然一时闭气，但杨过功力甚浅，毕竟受伤不重，丘处机给他推拿了几次，将养数日，已然全愈，此时飞步抢出，要报当日一推之仇。

小龙女道："过儿，今日且别还手。"杨过听得背后脚步声响，接着掌风飒然，有人抓向自己后领。他在活死人墓中睡了八日寒玉床，练了八日捉麻雀，小龙女虽只授了他一些捉雀的法门，但那是古墓派轻功精萃之所在，此时身上功夫与当日小较比武时已颇有不同，当下不先不后，直等鹿清笃手掌刚要抓到，这才矮身窜出，跟着乘势伸手在他衣角上一带。鹿清笃说什么也想不到短短数日内他轻功便已大有进境，大怒之下出手不免轻敌，急扑不中，身已前倾，再被他一带，登时立足不住，重重一交仆跌在地。

待得他爬起身来，杨过早已奔到小龙女身畔。鹿清笃大声怒喝，要待冲过去再打，群道中突然奔出一人，犹似足不点地般倏忽抢到，拉着他的手臂，回入人丛。鹿清笃被他抓住，登时半身麻木，抬头看时，原来是师叔尹志平，已骂到口边的一句话便即缩了回去。

尹志平朗声叫道："多谢龙姑娘赐药。"说着躬身行礼。小龙女并不理睬，牵着杨过的手道："回去罢。"尹志平道："龙姑娘，这杨过是我全真教门下弟子，你强行收去，此事到底如何了断？"小龙女一怔，道："我不爱听人啰唆。"挽着杨过手臂，快步入林。

尹志平、赵志敬等群道呆在当地，相顾愕然。

两人回入墓室。小龙女道："过儿，你的功夫是有进益了，不过你打那胖道士，却很是不对。"杨过道："这胖道士打得我苦，可惜今日没打够他。姑姑，干吗我不该打他？"小龙女摇头道："不是不该打他，是打法不对。你不该带他仆跌，应该不出手带他，让他自行朝天仰摔一交。"杨过大喜，道："那可有趣得紧。姑姑，你教我。"小龙女道："我是过儿，你是胖道人，你就来捉我罢。"说着缓步前行。

杨过笑嘻嘻的伸手去捉她。小龙女背后似乎生了眼睛，杨过跑得快，她脚步也快，杨过走得慢了，她也就放慢脚步，总是与他不即不离的相距约莫三尺。杨过笑道："我捉你啦！"纵身向前扑去，小龙女竟不闪避。杨过眼见双手要抱住她的脖子，哪知就在两臂将合未合之际，小龙女斜刺里向后一滑，脱出了他臂圈。杨过忙回臂去捉，这一下急冲疾缩，自己势道用逆了，再也立足不稳，仰天一交，跌得背脊隐隐生痛。

小龙女伸手牵住他右手提起，助他站直。杨过喜道："姑姑，这法儿真好，你身法怎么能这般快？”小龙女道：“你再捉一年麻雀，那就成啦。”杨过奇道：“我已会捉啦。”小龙女冷笑道：“哼，那就算会捉？我古墓派的功夫这么容易学会？你跟我来。”

当下带他到另一间石室之中。这石室比之先前捉麻雀的石室长阔均约大了一倍，室中已有六只麻雀在内。地方大了这么多，捕捉麻雀自然远为艰难，但小龙女又授了他一些轻功提纵术与擒拿功夫，八九日后，杨过已能一口气将六只麻雀尽数捉住。

此后石室愈来愈大，麻雀只数也是越来越多，最后是在大厅中捕捉九九八十一只麻雀。古墓派心法确然神妙，寒玉床对修习内功又辅助奇大，只三个月功夫，八十一只麻雀杨过已能手到擒来。小龙女见他进步迅速，也觉欢喜，道：“现下咱们要到墓外去捉啦。”杨过在墓中住了三月，大是气闷，听说到墓外练功，不由得喜形于色。小龙女道：“有什么好欢喜的？这功夫难练得紧。八十一只麻雀，一只都不能飞走了。”

两人来到墓外，此时正当暮春三月，枝头一片嫩绿，杨过深深吸了几口气，只觉一股花草香气透入胸中，真是说不出的舒适受用。小龙女抖开布袋袋口，麻雀纷纷飞出，就在此时，她一双纤纤素手挥出，东边一收，西边一拍，将几只振翅飞出的麻雀挡了回来。群雀骤得自由，哪能不四散乱飞？但说也奇怪，小龙女双掌这边挡，那边拍，八十一只麻雀尽数聚在她胸前三尺之内。

但见她双臂飞舞，两只手掌宛似化成了千手千掌，任他八十一只麻雀如何飞滚翻扑，始终飞不出她双掌所围成的圈子。杨过只看得目瞪口呆，又惊又喜，一定神间，立时想到：“姑姑是在教我一套奇妙掌法。快用心记着。”当下凝神观看她如何出手挡击，如何回臂反扑。她发掌奇快，但一招一式，清清楚楚，自成段落。杨过看了半晌，虽然不明掌法中的精微之处，但已不似初见时那么诧异万分。

小龙女又打了一盏茶时分，双掌分扬，反手背后，那些麻雀骤脱束缚，纷纷冲天飞去。小龙女长袖挥处，两股袖风扑出，群雀尽数跌落，唧唧乱叫，才一只只的振翅飞去。

杨过大喜，牵着她衣袖，道：“姑姑，我猜郭伯伯也不会你这本事。”小龙女道：“我这套掌法叫作‘天罗地网势’，是古墓派武功的入门功夫。你好好学罢！”于是授了他十几招掌法，杨过一一学了。十余日内，杨过将八十一招“天罗地网势”学全了，练习纯熟。小龙女捉了一只麻雀，命他用掌法拦挡。最初挡得两三下，麻雀就从他手掌的空隙中窜了出去。小龙女候在一边，素手一伸，将麻雀挡了回来。杨过继续展开掌法，但不是出招未够快捷，就是时刻拿捏不准，只两三招，又给麻雀逃走。小龙女便挡回让他再练。

如此练习不辍，春尽夏来，日有进境。杨过天资颖悟，用功勤奋，所能挡住的麻雀不断增加，到得中秋过后，这套“天罗地网势”已然练成，掌法展了开来，已能将八十一只麻雀全数挡住，偶尔有几只漏网，那是因功力未纯之故，却非一蹴可至了。

这日小龙女说道：“你已练成了这套掌法，再遇到那胖道士，便可毫不费力的摔他几个筋斗了。”杨过道：“若和赵志敬动手呢？”小龙女不答，心想：“瞧那赵志敬和孙婆婆动手时的身手，他若不是中了蜂毒，孙婆婆也未必能赢。你目下的功夫可还远不及他。”杨过明白她这不答之答的含意，说道：“现下我打不过他也不要紧，再过几年，就能胜过他了。姑姑，咱们古墓派的武功确比全真教要厉害些，是不是？”

小龙女仰头望着室顶石板，道：“这句话世上只有你我二人相信。上次我和全真教姓丘的老道动手，武功我不及他，然而这并非古墓派不及全真教，只是我还没练成我派最精奥的功夫而已。”杨过一直以小龙女难胜丘处机为忧，听了此言，不由得喜上眉梢，道："姑姑，那是什么功夫？很难练么？你就起始练，好不好？"

小龙女道："我跟你说个故事，你才知道我派的来历。你拜我为师之前，曾拜过祖师婆婆。她姓林，名字叫作朝英，数十年前，武林中以祖师婆婆与王重阳二人武功最高。本来两人难分上下，后来王重阳因组义师反抗金兵，日夜忙碌，祖师婆婆却潜心练武，终于高出他一筹，但祖师婆婆向来不问武林中的俗事，不喜炫耀，因此江湖上知道她名头的人却是绝少。后来王重阳举义失败，愤而隐居在这活死人墓中，日夜无事，以钻研武学自遣，祖师婆婆那时却心情不佳，接连生了两场大病，因此待得王重阳二次出山，祖师婆婆却又不及他了。最后两人不知如何比武打赌，王重阳竟输给了祖师婆婆，这古墓就让给她居住。来，我带你去看看这两位先辈留下来的遗迹。"

杨过拍手道："原来这座古墓是祖师婆婆从王重阳手里硬抢来的。早知如此，我住在这里可又加倍开心了。"小龙女微微一笑，领着他来到一间石室。杨过见这座石室形状甚是奇特，前窄后宽，成为梯形，东边半圆，西边却作三角形状，问道："姑姑，这间屋子为何建成这个怪模样？"小龙女道："这是王重阳钻研武学的所在，前窄练掌，后宽使拳，东圆研剑，西角发镖。"杨过在室中走来走去，只觉莫测高深。

小龙女伸手向上一指，说道："王重阳武功的精奥，尽在于此。"杨过抬头看时，但见室顶石板上刻满了诸般花纹符号，均是以利器刻成，或深或浅，殊无规则，一时之间，哪能领略得出其中的奥妙？

小龙女走到东边，伸手到半圆的弧底推了几下，一块大石缓缓移开，现出一扇洞门。她手持蜡烛，领杨过进去。里面又是一室，却和先一间处处对称，而又处处相反，乃是后窄前宽，西圆东角。杨过抬头仰望，见室顶也是刻满了无数符号。

小龙女道："这是祖师婆婆的武功之秘。她赢得古墓，乃是用智，若论真实功夫，确是未及王重阳。她移居古墓之后，先参透了王重阳所遗下的这些武功，更潜心苦思，创出了克制他诸般武功的法子。那就都刻在这里了。"杨过喜道："这可妙极了。丘处机、郝大通他们武功再高，总也强不过王重阳去，你只消将祖师婆婆的武功学会了，自能胜过了这些臭道士。"小龙女道："话是不错，只可惜没人助我。"杨过昂然道："我助你。"小龙女横了他一眼，道："只可惜你本事不够。"杨过满脸通红，甚感羞愧。

小龙女道："祖师婆婆这套功夫叫作'玉女心经'，须得二人同练，互为臂助。当时祖师婆婆是和我师父一起练的。祖师婆婆练成不久，便即去世，我师父却还没练成。"杨过转愧为喜，道："我是你徒儿，也能与你同练。"小龙女沉吟道："好，咱们走着瞧罢。第一步，你先得练成本门各项武功。第二步是学全真派武功。第三步再练克制全真派武功的玉女心经。我师父去世之时，我还只十四岁，本门功夫是学全了，全真派武功却只练了个开头，更不用说玉女心经了。第一步我可教你，第二步、第三步咱俩须得一起琢磨着练。"

从那日起，小龙女将古墓派的内功心传、拳法掌法、兵刃暗器，一项项的传授。如此过得两年，杨过已尽得所传，借着寒玉床之助，进境奇速，只功力尚浅而已。古墓派武功创自女子，师徒三代又都是女人，不免柔灵有余，沉厚不足。但杨过生性浮躁轻动，这武功的路子倒也合于他的本性。

小龙女年纪渐长，越来越是出落得清丽无伦。这年杨过已十六岁了，身材渐高，喉音渐粗，已是个俊秀少年，非复初入古墓时的孩童模样，但小龙女和他相处惯了，仍当他孩童看待。杨过对师父越来越是敬重，两年之间，竟无一事违逆师意。小龙女刚想到要做什么，他不等师父开口，早就抢先办好。但小龙女冷冰冰的性儿仍与往时无异，对他不苟言笑，神色冷漠，似没半点亲人情份。杨过却也不以为意。小龙女有时抚琴一曲，琴韵也是平和冲淡。杨过便在一旁静静聆听。

这一日小龙女说道："我古墓派的武功，你已学全啦，明儿咱们就练全真派的武功。这些全真老道的功夫，练起来可着实不容易，当年师父也不十分明白，我更加没能领会多少。咱们一起从头来练。我若是解得不对，你尽管说好了。"次日师徒俩到了第一间奇形石室之中，依着王重阳当年刻在室顶的文字符号修习。

杨过练了几日，这时他武学的根底已自不浅，许多处所一点即透，初时进展极快。但十余日后，突然接连数日不进反退，愈练愈是别扭。

小龙女和他拆解研讨，却也感到疑难重重。杨过心下烦躁，大发自己脾气。小龙女道："我与师父学练全真武功，练不多久，便难进展一步，其时祖师婆婆已不在世，无处可请教益。明知由于未得门径口诀，却也无法可想。我曾说要到全真教去偷口诀，给师父重重训斥了一顿，这门功夫就此搁下了。反正是全真派武功，不练也不打紧。你也不用生气，此事不难，咱们只消去捉个全真道士来，逼他传授入门口诀，那就行了。跟我走罢。"这一言提醒了杨过，忽然想起赵志敬传过他的"全真大道歌"中有云："大道初修通九窍，九窍原在尾闾穴。先从涌泉脚底冲，涌泉冲起渐至膝。过膝徐徐至尾闾，泥丸顶上回旋急。金锁关穿下鹊桥，重楼十二降宫室。"于是将这几句话背了出来。

小龙女细辨歌意，说道："听来这确是全真派武功的要诀。你既知道，那再好也没有了。"当下杨过将赵志敬所传的口诀，逐一背诵出来。当日赵志敬所传，确是全真派上乘内功的基本秘诀，只是未授其用法，至于什么"涌泉"、"十二重楼"、"泥丸"等等名称更是毫不解说，杨过只是熟记在心，自是毫无用处。此时小龙女一加推究，指出其中关键，杨过立时便明白了。数月之间，两人已将王重阳在室顶所留的武功精要大致参究领悟。

这一日两人在石室中对剑已毕，小龙女叹道："初时我小觑全真派的武功，只道它虽号称天下武学正宗，其实也不过如此，但到今日，始知此道实是深不可测。咱们虽尽知其法门秘要，但要练到得心应手，劲力自然而至，却不知何年何月方能成功。"杨过道："全真派武功虽精，但祖师婆婆既留下克制之法，自然尚有胜于它的本事。这叫作一山还有一山高。"小龙女道："从明日起，咱们要练玉女心经了。"

次日两人同到第二间石室，依照室顶的符号练功。这番修习却比学练全真派武功容易得多，林朝英所创破解王重阳武功的法门，还是源自她原来的武学。

过得数月，二人已将"玉女心经"的外功练成。有时杨过使全真剑法，小龙女就以玉女剑法破解，待得小龙女使全真剑法，杨过便以玉女剑法克制。那玉女剑法果是全真剑法的克星，一招一式，恰好把全真剑法的招式压制得动弹不得，步步针锋相对，招招制敌机先，全真剑法不论如何腾挪变化，总是脱不了玉女剑法的笼罩。

外功初成，转而进练内功。全真内功博大精深，欲在内功上创制新法而胜过之，真是谈何容易？那林朝英也真是聪明无比，居然别寻蹊径，自旁门左道力抢上风。小龙女抬头望着室顶的图文，沉吟不语，一动不动的连看数日，始终皱眉不语。

杨过道："姑姑，这功夫很难练么？"小龙女道："我从前听师父说，这心经的内功须二人同练，只道能与你合修，哪知却不能够。"杨过大急，忙问："为什么？"小龙女道："若是女子，那就可以。"杨过急道："那有什么分别？男女不是一样么？"小龙女摇头道："不一样，你瞧这顶上刻着的是什么图形？"杨过向她所指处望去，见室顶角落处刻着无数人形，不下七八十个，瞧模样似乎均是女相，姿式各不相同，全身有一丝丝细线向外散射。杨过仍是不明原由，转头望着她。

小龙女道："这经上说，练功时全身热气蒸腾，须拣空旷无人之处，全身衣服畅开而修习，使得热气立时发散，无片刻阻滞，否则转而郁积体内，小则重病，大则丧身。"杨过道："那么咱们解开衣服修习就是了。"小龙女道："到后来二人互以内力导引防护，你我男女有别，解开了衣服相对，成何体统？"

杨过这两年来专心练功，并未想到与师父男女有别，这时觉得与师父解开全身衣衫而相对练功确然不妥，到底有何不妥，却也说不上来。小龙女其时已年逾二十，可是自幼生长古墓，于世事可说一无所知，本门修练的要旨又端在克制五情六欲，是以师徒二人虽是少年男女，但朝夕相对，一个冷淡，一个恭诚，绝无半点越礼之处。此时谈到解衣练功，只觉是个难题而已，亦无他念。杨过忽道："有了！咱俩可以并排坐在寒玉床上练。"小龙女道："万万不行。热气给寒玉床逼回，练不上几天，你和我就都死啦。"

杨过沉吟半晌，问道："为什么定须两人在一起练？咱俩各练各的，我遇上不明白地方，慢慢再问你不成吗？"小龙女摇头道："不成。这门内功步步艰难，时时刻刻会练入岔道，若无旁人相助，非走火入魔不可，只有你助我、我助你，合二人之力方能共渡险关。"

杨过道："练这门内功，果然有些麻烦。"小龙女道："咱们将外功再练得熟些，也足够打败全真老道了。何况又不是真的要去跟他们打架，就算胜他们不过，又有什么了？这内功不练也罢。"杨过听师父这般说，当下答应了，便也不将此事放在心上。

这日他练完功夫，出墓去打些獐兔之类以作食粮，打到一只黄麋后，又去追赶一头灰兔，这灰兔东闪西躲，灵动异常，他此时轻身功夫已甚是了得，一时之间竟也追不上。他童心大起，不肯发暗器相伤，却与它比赛轻功，要累得兔儿无力奔跑为止。一人一兔越奔越远，兔儿转过山坳，忽然在一大丛红花底下钻了过去。

这丛红花排开来长达数丈，密密层层，奇香扑鼻，待他绕过花丛，兔儿已影踪不见。杨过与它追逐半天，已生爱惜之念，纵然追上，也会相饶，找不到也就罢了。但见花丛有如一座大屏风，红瓣绿枝，煞是好看，四下里树荫垂盖，便似天然结成的一座花房树屋。杨过心念一动，忙回去拉了小龙女来看。

小龙女淡然道："我不爱花儿，你既喜欢，就在这儿玩罢。"杨过道："不，姑姑，这真是咱们练功的好所在，你在这边，我到花丛的那一边去。咱俩都解开了衣衫，可是谁也瞧不见谁。岂不绝妙?"

小龙女听了大觉有理。她跃上树去，四下张望，见东南西北都是一片清幽，只闻泉声鸟语，杳无人迹，确是个上好的练功所在，于是说道："亏你想得出，咱们今晚就来练罢。"

当晚二更过后，师徒俩来到花荫深处。静夜之中，花香更是浓郁。小龙女将修习玉女心经的口诀法门说了一段，杨过问明了其中疑难不解之处，二人各处花丛一边，解开衣衫，修习起来。杨过左臂透过花丛，与小龙女右掌相抵，只要谁在练功时遇到难处，对方受到感应，立时能运功为助。

两人自此以夜作昼。晚上练功，白日在古墓中休息。时当盛暑，夜间用功更为清凉，如此两月有余，相安无事。那玉女心经共分九段行功，这一晚小龙女已练到第七段，杨过也已练到第六段。当晚两人隔着花丛各自用功，全身热气蒸腾，将那花香一薰，更是芬芳馥郁。渐渐月到中天，再过半个时辰，两人六段与七段的行功就分别练成了。突然间山后传来脚步声响，两个人一面说话，一面走近。

这玉女心经单数行功是“阴进”，双数为“阳退”。杨过练的是“阳退”功夫，随时可以休止，小龙女练的“阴进”却须一气呵成，中途不能微有顿挫。此时她用功正到要紧关头，对脚步声和说话声全然不闻。杨过却听得清清楚楚，心下惊异，忙将丹田之气逼出体外，吐纳三次，止了练功。只听那二人渐行渐近，语音好生熟悉，原来一个是他以前的师父赵志敬，一个却是尹志平。两人越说越大声，竟是在互相争辩。

只听赵志敬道：“尹师弟，此事你再抵赖也是无用。我去禀告丘师伯，凭他查究罢。”尹志平怒道：“你苦苦逼我，为了何来？难道我就不知？你不过想做第三代弟子的首座弟子，将来好做我教的掌门人。”赵志敬冷笑道：“你不守清规，犯了我教的大戒，怎能再做首座弟子？”尹志平道：“我犯了什么大戒？”赵志敬大声喝道：“全真教第四条戒律，淫戒！”

杨过隐身花丛，偷眼外望，只见两个道人相对而立。尹志平脸色铁青，在月光映照下更是全无血色，沉着嗓子道：“什么淫戒？”说了这四字，伸手按住剑柄。赵志敬道：“你自从见了活死人墓中的那个小龙女，整日价神不守舍，胡思乱想，你心中不知几千百遍的想过，要将小龙女搂在怀里，温存亲热，无所不为。我教讲究的是修心养性。你心中这么想，难道不是已犯了淫戒么？”

杨过对师父尊敬无比，听赵志敬这么说，不由得怒发欲狂，对二道更是恨之切骨。但听尹志平颤声道：“胡说八道，连我心中想什么，你也知道了？”赵志敬冷笑道：“你心中所思，我自然不知，但你晚上说梦话，却不许旁人听见么？你在纸上一遍又一遍书写小龙女的名字，不许旁人瞧见么？”尹志平身子摇晃了两下，默然不语。赵志敬得意洋洋，从怀中取出一张白纸，扬了几扬，说道：“这是不是你的笔迹？咱们交给掌门马师伯、你座师丘师伯认认去。”尹志平再也忍耐不住，刷的一声，长剑出鞘，分心便刺。

赵志敬侧身避开，将白纸塞入怀内，狞笑道：“你想杀我灭口么？只怕没这等容易。”尹志平一言不发，疾刺三剑，但每一剑都被他避开了。到第四剑上，铮的一声，赵志敬也是长剑出手，双剑相交，当下便在花丛之旁剧斗起来。这两人都是全真派第三代高弟，一个是丘处机的首徒，一个是王处一的首徒，武功原在伯仲之间。尹志平咬紧牙关狠命相扑，赵志敬却在恶斗之中不时夹着几句讥嘲，意图激怒对方，造成失误。

此时杨过已将全真派的剑法尽数学会，见二人酣斗之际，进击退守，招数虽然变化多端，但大致尽在意料之中，心想姑姑教的本事果然不错。只见二人翻翻滚滚的拆了数十招，尹志平使的尽是进手招数，赵志敬不断移动脚步，冷笑道：“我会的你全懂，你会的我也都练过。要想杀我，休想啊休想。”他守得稳凝无比，尹志平奋力进扑，每一招却都被他挡开。再斗一阵，眼见二人脚步不住移向小龙女身边，杨过大惊，心想：“这两名贼道若是打到我姑姑身畔，那可糟啦！”

蓦地里赵志敬突施反击，将尹志平逼了回去。他急进三招，尹志平连退三步。杨过见二人离师父远了，心中暗喜，哪知尹志平忽然剑交左手，右臂倏出，呼的一掌，当胸拍去。赵志敬笑道：“你就是有三只手，也只有妙手偷香的本事，终难杀我。”当下举左掌相迎。两人剑刺掌击，比适才斗得更加凶了。

小龙女潜心内用，对外界一切始终不闻不见。杨过见二人走近几步，心中就焦急万分，移远几步，又略略放心。

斗到酣处，尹志平大声怒喝，连走险招，竟然不再挡架对方来剑，一味猛攻。赵志敬暗呼不妙，知他处境尴尬，宁可给自己刺死，也不能让暗恋人家姑娘的事泄漏出去。他与尹志平虽然素来不睦，却绝无害死他之意，这么一来，登时落在下风。再拆数招，尹志平左剑平刺，右掌正击，同时左腿横扫而出，正是全真派中的

"三连环"绝招。赵志敬高纵丈余，挥剑下削。尹志平长剑脱手，猛往对方掷去，跟着"嘿"的一声，双掌齐出。

杨过见这几招凌厉变幻，已非己之所知，不禁手心中全是冷汗，眼见赵志敬身在半空，一个势虚，一个势实，看来这两掌要打得他筋折骨断。岂知赵志敬竟在这情势危急异常之际忽地空中翻身，急退寻丈，轻轻巧巧的落了下来。

瞧他身形落下之势，正对准了小龙女坐处花丛，杨过大惊之下再无细思余暇，纵身而起，左掌从右掌下穿出，托在赵志敬背心，一招"彩楼抛球"，使劲挥出，将他庞大的身躯抛在两丈以外。但他此时内力未足，这一下劲力使得猛了，劲集左臂，下盘便虚，登时站立不稳，身子一侧，左足踏上了一根花枝。那花枝迅即弹回，碰在小龙女脸上。

只这么轻轻一弹，小龙女已大吃一惊，全身大汗涌出，正在急速运转的内息阻在丹田之中，再也回不上来，立即昏晕。

尹志平陡然间见杨过出现，又陡然间见到自己昼思夜想的意中人竟隐身在花丛之中，登时呆了，实不知是真是幻。此时赵志敬已站直身子，月光下已瞧清楚小龙女的面容，叫道："妙啊，原来她在这里偷汉子。"

杨过大怒，厉声喝道："两个臭道士都不许走，回头找你们算账。"见小龙女摔倒后便即不动，想起她曾一再叮嘱，练功之际必须互相全力防护，纵然是獐兔之类无意奔到，也能闯出大祸，这时她大受惊吓，定然为害非小，心下惶恐无比，伸手去摸她的额头，只觉一片冰凉，忙将她衣襟拉过，遮好她身子，将她抱起，叫道："姑姑，你没事么？"

小龙女"嗯"了一声，却不答话。杨过稍稍放心，道："姑姑，咱们先回去，回头再来杀这两个贼道。"小龙女全身无力，偎倚在他怀里。杨过迈开大步，走过二人身边。尹志平痴痴呆呆的站在当地。赵志敬哈哈大笑，道："尹师弟，你的意中人在这里跟旁人干那无耻的勾当，你与其杀我，还不如杀他！"尹志平听而不闻，不作一声。

杨过听了"干那无耻的勾当"七字，虽不明他意之所指，但知总是极恶毒的咒骂，盛怒之下，将小龙女轻轻放在地下，让她背脊靠在一株树上，折了一根树枝拿在手中，向赵志敬戟指喝道："你胡说些什么？"

事隔两年，杨过已自孩童长成一个长身玉立的少年，赵志敬初时并不知道是他，待得听他二次喝骂，脸庞又转到月光之下，这才瞧清楚原来是自己的徒儿，自己忙乱中竟被他摔了一交，不由得惭怒交迸，见他上身赤裸，喝道："杨过，原来是你这小畜生！"杨过道："你骂我也还罢了，你骂我姑姑什么？"赵志敬哈哈一笑，道："人言道古墓派是姑娘派，向来传女不传男，个个是冰清玉洁的处女，却原来污秽不堪，暗中收藏男童，幕天席地的干这调调儿！"

小龙女适于此时醒来，听了他这几句话，惊怒交集，刚调顺了的气息又复逆转，双气相激，胸口郁闷无比，知道已受内伤，只骂得一声："你胡说，咱们没有……"突然口中鲜血狂喷，如一根血柱般射了出来。

尹志平与杨过一齐大惊，双双抢近。尹志平道："你怎么啦？"俯身察看她的伤势。杨过只道他意欲加害，左手推向他胸口。尹志平顺手一格。杨过对全真派的武功招招熟习，手掌一翻，已抓住他手腕，先拉后送，将他摔了出去。

此时杨过的武功其实远不及尹志平，如与别派武学之士相斗，对手武功与尹志平相若，杨过非输不可。但林朝英当年钻研克制全真武功之法，每一招每一式都是配合得丝丝入扣，而她创成之后从未用过，是以全真弟子始终不知世上竟有这一门本门克星的武功。此时杨过突然使将出来，尹志平猝不及防，又当心神激荡之际，竟全无招架之功，这一交虽未跌倒，但身子已在两丈之外，站在赵志敬身旁。

杨过道："姑姑，你莫理他们，我先扶你回去。"小龙女气喘吁吁的道："不，你杀了他们，别……别让他们在外边说……说我……"杨过道："好。"纵身而前，手中树枝向赵志敬当胸点去。赵志敬哪将他放在眼里，长剑微摆，削他树枝。哪知杨过所使剑招正是全真剑法的对头，树枝尖头一颤，倏地弯过，已点中赵志敬手腕上穴道。赵志敬手腕一麻，暗叫不好。杨过左掌横劈，直击他左颊，这一劈来势怪极，乃是从最不可能处出招。赵志敬要保住长剑，就得挺头受了他这一劈，若要避招，长剑非撒手不可。

赵志敬武功了得，虽处劣势，竟是丝毫不乱，放手撒剑，低头避过，跟着左掌前探，就在这一瞬之间要夺回长剑。岂知林朝英在数十年前早已料敌机先，对全真高手或能使用的诸般巧妙厉害变着，尽数预拟了对付之策。赵志敬这一招自觉别出心裁，定能败中求胜，哪想到杨过与小龙女早就将此招拆解得烂熟于胸。杨过夺到敌剑，见他左掌一闪，已知他要用此着，长剑刺去，抢先削他手掌。赵志敬大惊，急忙缩手。杨过剑尖已指在他胸口，喝道："躺下！"左脚勾出。赵志敬要害被制，动弹不得，被他一勾，当即仰天摔倒。杨过提起长剑，疾往他小腹刺下。

忽听身后风声飒然，一剑刺到，厉声喝道："你胆敢弑师么？"这一剑攻敌之必救，杨过于大惊大怒交攻之际，仍能审察缓急，立时回剑挡格，当的一声，双剑相交。尹志平见他回剑既快且准，不禁暗暗称赞，突觉自己手中长剑不挺自伸，竟被对方黏了过去，一惊之下，急运内力回夺。他内力自是远为深厚，双力互夺，杨过长剑反被牵引过去。不料杨过正是要诱他使这一着，只微一凝持，突然放剑，双掌直欺，猛击他前胸，同时剑柄反弹上来，双掌一剑，三路齐至，尹志平武功再高，也挡不住这怪异之极的奇袭。

当此之时，尹志平只得撒剑回掌，并手横胸，急挡一招，只是手臂弯得太内，已难以发劲，总算杨过功力不深，未能将他双臂立时折断，但也已震得他胸口剧痛，两臂酸麻，急忙倒退三步，运气护住胸前要穴。赵志敬已乘机跳起身来。杨过双剑在手，向二人攻去。

赵尹二人数招之间，被一个初出茅庐的少年杀得手忙脚乱，都是既惊且怒，再也不敢大意。两人并肩而立，使开掌法，只守不攻，要先摸清对方的武功路子再说。这么一来，杨过虽双手皆有利器而对方赤手空拳，但二人守得严密异常，再也不能如初交手时那么杀他们个措手不及。玉女心经剑术之中，并无克制全真派拳脚的招数。要知林朝英旨在盖过王重阳，如以利剑制敌肉掌，非但胜之不武，抑且自失身份，她于此自是不屑去费丝毫心思。加之赵尹二人功力固然远胜，又是联防而求立于不败之地，杨过双剑闪烁，纵横挥动，却无可乘之机，到后来便渐落下风。赵志敬掌力沉厚，不断催劲，压向他剑上。

尹志平定了定神，暗想两个长辈合斗一个少年，那成什么样子？眼见胜算已然在握，又记挂小龙女的安危，喝道："杨过，你快扶你姑姑回去，跟我们瞎缠什么？"杨过道："姑姑恨你们胡说八道，叫我非杀了你们不可。"尹志平呼的一掌，将他左手剑震歪了，向左跃开三步，叫道："且住！"杨过道："你想逃么？"尹志平道："杨过，你想杀我们两个，这叫作千难万难，不过好教你姑姑放心，今日之事，我姓尹的若是吐露了半句，立时自刎相谢。倘有食言……"说到此处，忽然身形一晃，夹手将杨过左手中长剑抢过，说道："有如此指！"左手竖掌，右手挥剑，将左手的小指与无名指削了下来。

这几下行动有似兔起鹘落，迅捷无比，杨过丝毫没有提防。他一呆之下，已知尹志平之言确是出自真心，心想："我同时斗他们两个，果然难胜，不如先杀了姓赵的，回头再来杀他。”当即喝道：“姓尹的，你割手指有什么用？除非把脑袋割下来，我才信你的。”尹志平惨笑道：“要我性命，嘿嘿，只要你姑姑说一句话，有何不可？”杨过道：“行！”向前踏上两步，蓦地里挺剑向背后刺出，直指赵志敬胸口。

这一招“木兰回射”阴毒无比，赵志敬正自全神倾听二人说话，哪料到他忽施偷袭，待得惊觉，剑尖已刺上了小腹。赵志敬只感微微一痛，立时气运丹田，小腹陡然间向后缩了半尺，疾起右腿，竟将杨过手中长剑踢飞。杨过不等他右腿缩回，伸指向他膝弯里点去，正中穴道。赵志敬虽然逃脱性命，却再也站立不住，右腿跪倒在杨过面前。

杨过伸手接住从空中落下的长剑，指在赵志敬咽喉，道：“我曾拜你为师，磕过你八个头，现下你已非我师，这八个头快磕回来。”赵志敬气得几欲晕去，脸皮紫涨，几成黑色。杨过手上稍稍用力，剑尖陷入他喉头肉里。赵志敬骂道：“你要杀便杀，多说什么？”杨过挺剑正要刺去，忽听小龙女在背后说道：“过儿，弑师不祥，你叫他立誓不说今日之事，就……就饶了他罢！”

杨过对小龙女之言奉若神明，听她这般说，便道：“你发个誓来。”赵志敬虽然气极，毕竟性命要紧，说道：“我不说就是，发什么誓？”杨过道：“不成，非发个毒誓不可。”赵志敬道：“好，今日之事，咱们这里只有四人知道。我若对第五人提起，教我身败名裂，逐出师门，为武林同道所不齿，终于不得好死！”

小龙女与杨过都不谙世事，只道他当真发了毒誓。尹志平却听出他誓言之中另藏别意，待要提醒杨过，又觉不便明助外人；只见杨过抱着小龙女，脚步迅捷，转过山腰去了。他左手两根手指上鲜血不住直流，痴痴的站着，竟自不知疼痛。

杨过抱着小龙女回到古墓，将她放在寒玉床上。小龙女叹道：“我身受重伤，怎么还能与寒气相抗？”杨过“啊”了一声，心中愈惊，暗想：“原来姑姑受伤如此之重。”当下抱她到隔壁她自己卧房。她自将寒玉床让给杨过后，初时仍与他同室而卧，过了年余，才搬入隔壁石室。小龙女刚一卧倒，又是“哇”的一声，喷出了大口鲜血，杨过赤裸的上身被喷得满胸是血。她喘息几下，便喷一口血。杨过吓得手足无措，只是流泪。

小龙女淡淡一笑，说道：“我把血喷完了，就不喷了，又有什么好伤心的？”杨过道：“姑姑，你别死。”小龙女道：“你自己怕死，是不是？”杨过愕然道：“我？”小龙女道：“我死之前，自然先将你杀了。”这话她在两年多前曾说过一次，杨过早就忘了，想不到此时重又提起。小龙女见他满脸讶异之色，道：“我若不杀你，死了怎有脸去见孙婆婆？你独个儿在这世上，又有谁来照料你？”杨过脑中一片惶乱，不知说什么好。

小龙女吐血不止，神情却甚是镇定，浑若无事。杨过灵机一动，奔去舀了一大碗玉蜂蜜浆来，喂她喝了下去。这蜜浆疗伤果有神效，过不多时，她终于不再吐血，躺在床上沉沉睡去。杨过心中略定，只是惊疲交集，再也支持不住，坐在地下，也倚墙睡着了。

不知过了多少时候，忽觉咽喉上一凉，当即惊醒。他在古墓中住了多年，虽不能如小龙女般黑暗中视物有如白昼，但在墓中来去，也已不须秉烛点灯。睁开眼来，只见小龙女坐在床沿，手执长剑，剑尖指在他的喉头，一惊之下，叫道：“姑姑！你……”

小龙女淡然道：“过儿，我这伤势是好不了啦，现下杀了你，咱们一块儿见孙婆婆去罢！”杨过只是急叫：“姑姑！”小龙女道：“你心里害怕，是不是？挺快的，只一剑就完事。”杨过见她眼中忽发异光，知她立时就要下杀手，胸中求生之念热切无比，再也顾不得别的，一个打滚，飞腿去踢她手中长剑。

小龙女虽然内伤沉重，身手迅捷，竟是不减平时，侧身避开了他这一脚，剑尖又点在他的喉头。杨过连变几下招术，但他每一招每一式全是小龙女所点拨，哪能不在她意料之中？长剑如影随形，始终不离他咽喉三寸之处。杨过吓得全身都是冷汗，暗想："今日逃不了性命，定要给姑姑杀了。"危急中双掌一并，凭虚击去，欺她伤后无力，招数虽精，该无劲力与自己对掌。

小龙女识得他的用意，仍是上身微侧，让他的掌力呼呼两响在自己肩头掠过，叫道："过儿，不用斗了！"长剑略挺，剑尖颤了几颤，一招巧妙无比的"分花拂柳"，似左实右，已点在杨过喉头。她运劲前送，正要在他喉头刺落，见到他乞怜的眼色，突然心中伤痛难禁，登时眼前发黑，全身酸软，当的一声，长剑落地，接着便晕了过去。

这一剑刺来，杨过只是待死，不料她竟会在这紧急关头昏去。他一呆之下，当真是死里逃生，急步奔出古墓。但见阳光耀目，微风拂衣，花香扑面，好鸟在树，哪里还是墓中阴沉惨怛的光景？

他惊魂略定，当即展开轻功，向山下急奔，下山的路子越跑越快，只中午时分，已到了山脚。他见小龙女不曾追来，稍稍放心，才放慢脚步而行。走了一阵，腹中饿得咕咕直响。他自幼闯荡江湖，找东西吃的本事着实了得，四下张望，见西边山坡上长着一大片玉米，于是过去摘了五根棒子。玉米尚未成熟，但已可食得。他拾了一些枯柴，正想设法生火烧烤来吃，忽听树后脚步声细碎，有人走近。

他侧身先挡住了玉米，以免给乡农捉贼捉赃，再斜眼看时，却见是个妙龄道姑，身穿杏黄道袍，脚步轻盈，缓缓走近。她背插双剑，剑柄上血红丝绦在风中猎猎作响，显是会武。杨过心想此人定是山上重阳宫里的，多半是清净散人孙不二的弟子。他心悸之余，不敢多生事端，低了头自管在地下掇拾枯枝。

那道姑走到他身前，问道："喂，上山的路怎生走法？"杨过暗道："这女子是全真教弟子，怎能不识上山路径？定是不怀好意。"当下也不转头，随手向山上一指，道："顺大路上去便是。"那道姑见他上身赤裸，下身一条裤子甚是敝旧，蹲在道旁执拾柴草，料想是个寻常庄稼汉。她自负美貌，任何男子见了都要目不转瞬的呆看半晌，这少年居然瞥了自己一眼便不再瞧第二眼，竟是瞎了眼一般，不禁有气，但随即转念："这些蠢牛笨马一般的乡下人又懂得什么？"说道："你站起来，我有话问你。"

杨过对全真教上上下下早就尽数恨上了，当下装聋作哑，只作没听见。那道姑道："傻小子，我的话你听见没有？"杨过道："听见啦，可是我不爱站起来。"那道姑听他这么说，不禁嗤的一笑，说道："你瞧瞧我，是我叫你站起来啊！"这两句话声音娇媚，又甜又腻。杨过心中一凛："怎么她说话这等怪法？"抬起头来，只见她肤色白润，双颊晕红，两眼水汪汪的斜睨自己，似乎并无恶意；一眼看过之后，又低下头来拾柴。

那道姑见他满脸稚气，虽然瞧了自己第二眼，仍是毫不动心，不怒反笑，心想："原来是个不懂事的孩子。"从怀里取出两锭银子，叮叮的相互撞了两下，说道："小兄弟，你听我话，这两锭银子就给你。"

杨过原不想招惹她，但听她说话奇怪，倒要试试她有何用意，于是索性装痴乔呆，怔怔的望着银子，道："这亮晶晶的是什么啊？"那道姑一笑，说道："这是银子。你要新衣服啦、大母鸡啦、白米饭啦，都能用银子去买来。"杨过装出一股茫然不解的神情，道："你又骗我啦，我不信。"那道姑笑道："我几时骗过你了？喂，小子，你叫什么名字？"杨过道："人人都叫我傻蛋，你不知道么？你叫什么名字？"那道姑笑道："傻蛋，你只叫我仙姑就得啦。你妈呢?”杨过道:“我妈刚才臭骂了我一顿,到山上砍柴去啦。”那道姑道:“嗯,我要用一把斧头,你去家里拿来,借给我使使。”杨过心中大奇,双眼发直,口角流涎,傻相却装得越加像了,不住摇头,道:“那使不得,我家斧头不能借人的。要是爹爹知道我借给你,定要用扁担揍我。”那道姑笑道:“你爹妈见了银子,欢喜还来不及啦,一定不会揍你。”说着扬手将一锭银子向他掷去。

杨过伸手去接,假装接得不准,让那银子撞在肩头,落下来时,又碰上了右脚,他捧住右脚,左足单脚而跳,大叫:“嗳哟,嗳哟,你打我!我跟妈妈说去!”说着大叫大嚷,银子也不要了,向前急奔。

那道姑见他傻得有趣,微微而笑,解下身上腰带,向着杨过的右足挥出。杨过听到风声,回头一望,见到腰带来势,吃了一惊:“这是我古墓派的功夫!难道她不是全真派的道姑?”当下也不闪避,让她腰带缠住右足,扑地摔倒,全身放松,任她横拖倒曳的拉回来,只是心下戒惧:“她上山去,难道是冲着姑姑?”

他一想到小龙女,不知她此时生死如何,不由得忧急无比,心念已决,纵然死在她的手里,也要再去看看她。这念头在他脑海中兜了几转,那道姑已将他拉到面前,见他虽然满脸灰土,却是眉清目秀,心道:“这乡下小子生得倒俊,只可惜绣花枕头,肚子里却是一包乱草。”听他兀自大叫大嚷,胡言乱语,微微笑道:“傻蛋,你要死还是要活?”说着拔出长剑,抵在他胸口。

杨过见她出手这招“锦笔生花”正是古墓派嫡传剑法,心下更无疑惑:“此人多半是师伯李莫愁的弟子,上山找我姑姑,定然不怀好意,从她挥腰带、出长剑的手法看来,武功颇为了得,我便装傻到底,好教她全不提防。”于是满脸惶恐,求道:“仙姑,你……你别杀我,我听你的话。”那道姑笑道:“好,你如不听我吩咐,一剑就将你杀了。”杨过叫道：“我听，我听。”那道姑挥起腰带，啪的一声轻响，已缠回腰间，姿态飘逸，甚是洒脱。杨过暗赞一声：“好！”脸上却仍是一股茫然之色。道姑心道：“这傻子又怎懂得这一手功夫之难？我这可是俏媚眼做给瞎子看了。”说道：“你快回家去拿斧头。”

杨过依言奔向前面的农舍，故意足步蹒跚，落脚极重，摇摇摆摆，显得笨拙异常。那道姑瞧得极不顺眼，叫道：“你可别跟人说起，快去快回。”杨过应道：“是啦！”悄悄在一所农舍的门边一张，见屋内无人，想是都在田地里耕作，当下在壁上取了一柄伐树砍柴用的短斧，顺手又在板凳上取过一件破布衣披在身上，傻里傻气的回来。

他虽在作弄那道姑，心中总是挂念着小龙女的安危，脸上不禁深有忧色。那道姑嗔道：“你哭丧着脸干么？快给我笑啊。”杨过咧开了嘴，傻笑几声。那道姑秀眉微蹙，道：“跟我上山去。”杨过忙道：“不，不，我妈吩咐我不可乱走。”那道姑喝道：“你不听话，我立时杀了你。”说着伸左手扭住他耳朵，右手长剑高举，作势欲斩。杨过杀猪也似的大嚷起来：“我去啊，我去啊！”

那道姑心想：“这人蠢如猪羊，正合我用。”于是拉住他袖子，走上山去。她轻功不弱，行路自然极快。杨过却跌跌撞撞，左脚高，右脚低，远远跟在后面，走了一阵，便坐在路边石上不住拭汗，呼呼喘气。那道姑连声催促快走。杨过道：“你走起路来像兔子一般，我怎跟得上？”那道姑见日已偏西，心中老大不耐烦，回过来挽住他手臂，向山上急奔。杨过只是跟不上，双脚乱跨，忽尔在她脚背上重重踹了一脚。

那道姑“嗳哟”一声，怒道：“你作死么？”但见他气息粗重，实在累得厉害，当下伸出左臂托在他腰里，喝一声：“走罢！”揽着他身子向山上疾驰，轻功施展开来，片刻间就奔出数里。

杨过被她揽在臂弯，背心感到的是她身上温软，鼻中闻到的是她女儿香气，索性不使半点力气，任她带着上山。那道姑奔了一阵，俯下头来，只见他脸露微笑，显得甚是舒服，不禁有气，松开手臂，将他掷在地上，嗔道："你好开心么?"杨过摸着屁股大叫："哎唷，哎唷，仙姑摔痛傻蛋屁股啦。"

那道姑又好气又好笑，骂道："你怎么这生傻?"杨过道："是啊，我本来就叫傻蛋嘛。仙姑，我妈说我不姓傻，姓张。你可是姓仙么?"那道姑道："你叫我仙姑就得啦，管我姓什么呢。"原来她正是赤练仙子李莫愁的大弟子洪凌波，便是当日去杀陆立鼎满门而被武三娘逐走的小道姑。杨过想探听她的姓名，哪知她竟不吐露。

她在石上坐下，整理被风吹散了的秀发。杨过侧头看她，心道："这道姑也算得美了，只是还不及桃花岛郭伯母，更加不及我姑姑。"洪凌波向他横了一眼，笑道："傻蛋，你尽瞧着我干甚?"杨过道："我瞧着就是瞧着，又有什么干不干的?你不许我瞧，我不瞧就是了，有什么希罕?"洪凌波噗哧一笑，道："你瞧罢!喂，你说我好不好看?"从怀里摸出一只象牙小梳，慢慢梳着头发。

杨过道："好看啊，就是，就是……"洪凌波道："就是什么?"杨过道："就是不大白。"洪凌波向来自负肤色白腻，肌理晶莹，听他这么说，不禁勃然而怒，站起身来喝道："傻蛋，你要死了，说我不够白?"杨过摇头道："不大白。"洪凌波怒道："谁比我更白了?"杨过道："晚晚跟我一起睡的，就比你白得多。"洪凌波道："谁?是你媳妇儿，还是你娘?"心中转过一个念头，就想将这肤色比自己更白的女人杀了。杨过道："都不是，是我家的白羊儿。"洪凌波转怒为笑，道："真是傻子，人怎能跟畜生比?快走罢。"挽着他臂膀，快步上山。

将至直赴重阳宫的大路时，洪凌波折而向西，朝活死人墓的方向走去。杨过心想："她果然去找我姑姑。"洪凌波走了一会，从怀中取出一张地图，找寻路径。杨过道："仙姑，前面走不通啦，树林子里有鬼。"洪凌波道："你怎知道？"杨过道："林子里有个大坟，坟里有恶鬼，谁也不敢走近。"洪凌波大喜，心道："活死人墓果然是在此处。"

原来洪凌波近年得师父传授，武功颇有进益，在山西助师打败武林群豪，更得李莫愁的欢心。她听师父谈论与全真诸子较量之事，说道若是练成了"玉女心经"，便不用畏惧全真教这些牛鼻子老道，只可惜记载这门武学的书册留在终南山古墓之中。洪凌波问她为什么不到墓中去研习这门功夫。李莫愁含糊而答，只说已把这地方让给了小师妹，师姊妹俩不大和睦，向来就没来往。她极其好胜，自己曾数度闯入活死人墓、铩羽被创、狼狈逃走之事，自不肯对徒儿说起，反说那小师妹年纪幼小，武功平平，做师姊可不便以大欺小。当下洪凌波极力怂恿师父去占墓夺经。其实李莫愁此念无日或忘，但对墓中机关始终参详不透，是以迟迟不敢动手，听徒儿说得热切，只是微笑不答。

洪凌波提了几次，见师父始终无可无不可，当下暗自留了心，向师父详问去终南山古墓的道路，私下绘了一图，却不知李莫愁其实并未尽举所知以告。这次师父派她上长安杀一个仇家，事成之后，便径自上终南山来，不意却与杨过相遇；当下命杨过使短斧砍开阻路荆棘，觅路入墓。

杨过心想这般披荆斩棘而行，搞上一年半载也走不近古墓，当下痴痴呆呆的只是依命而行。闹了大半个时辰，天色全黑，还行不到里许路，离古墓仍极遥远。他记挂小龙女之心越来越是热切，暗想不如带这道姑进去，瞧她能有什么古怪，当下举斧乱劈几下，对准一块石头砍了下去，火星四溅，斧口登时卷了。他大声叫道："嗳哟，嗳哟，这儿有一块大石头。斧头坏啦，回头爹爹准要打我。仙姑，我……我要回家去啦。”

洪凌波早已十分焦急，瞧这等走法，今晚无论如何不能入墓，口中只骂：“傻蛋，不许回去！”杨过道：“仙姑，你怕不怕鬼？”洪凌波道：“鬼才怕我呢，我一剑就将恶鬼劈成两半。”杨过喜道：“你不骗我么？”洪凌波道：“我骗你干么？”杨过道：“恶鬼既然怕你，我就带你到大坟去。那恶鬼出来，你可要赶跑他啊！”洪凌波大喜道：“你识得到大坟去的路？快带我去。”杨过怕她疑心，唠唠叨叨的再三要她答应，定要杀了恶鬼。洪凌波连声安慰，叫他放心，说道便有十个恶鬼也都杀了。

杨过道：“早几年，我到大坟边放羊，睡了一觉，醒来时已经半夜啦。我瞧见坟里出来一个白衣女鬼，吓得我没命的逃走，路上摔了一交，头也跌破了，你瞧，这儿还有一个疤儿。”说着凑近身去，要她来摸。他一路上给她揽着之时，但觉她吹气如兰，挨近她身子很是舒畅，这时乘机使诈，将脑袋凑近她脸边。洪凌波笑着叫了一声：“傻蛋！”随手一摸，并不觉得有什么疤痕，也不以为意，只道：“快领我去。”

杨过牵着她手，走出花木丛来，转到通往古墓的秘道。此时已近中夜，星月无光。杨过拉着她手，只觉温腻软滑，心中暗暗奇怪：“姑姑与她都是女子，怎么姑姑的手冰冰冷的，她却这么温暖。”不自禁手上用劲，捏了几捏。若是武林中有人对洪凌波这般无礼，她早已拔剑杀却，但她只道杨过是个傻瓜，此时又有求于他，再者见他俊美，心中也有几分喜欢，竟未动怒，暗道：“这傻蛋倒也不是傻得到底，却也知道我生得好看。”

不到一顿饭功夫，杨过已将洪凌波领到墓前。他出来时心慌意乱，未将墓门关上，但见那块作为墓门的大石碑仍是倒在一边。他心中怦怦乱跳，暗暗祷告：“但愿姑姑没死，让我得能再见她一面。”这时再也没心绪和洪凌波捣鬼，只道：“仙姑，我带你进去，可是恶鬼倘若吃了我，我变了鬼，那就永远缠住你不放啦。”当即举步入内。

洪凌波心想：“这傻蛋忽然大胆，倒也奇怪。”当下不暇多想，在黑暗中紧紧跟随，她听师父说活死人墓中道路迂回曲折，只要走错一步，立时迷路，却见杨过毫不迟疑的快步而前，东一转，西一绕，这边推开一扇门，那边拉开一块大石，竟是熟悉异常。洪凌波暗暗生疑：“墓中道路有什么难走？难道师父骗我，她是怕我私自进入么？”片刻之间，杨过已带她走到古墓中心的小龙女卧室。

他轻轻推开了门，侧耳倾听，不闻半点声响，待要叫唤：“姑姑！”想起洪凌波在侧，急忙忍住，低声道：“到啦！”

洪凌波此时深入古墓，虽然艺高人胆大，毕竟也是惴惴不安，听了杨过之言，忙取出火折，打火点燃了桌上的蜡烛，只见一个白衣女子躺在床上。她早料到会在墓中遇到师叔小龙女，却想不到她竟是这般泰然高卧，不知是睡梦正酣，还是没将自己放在眼里，当下平剑当胸，说道：“弟子洪凌波，拜见师叔。”

杨过张大了口，一颗心几乎从胸腔中跳了出来，全神注视小龙女的动静，只见她一动不动，隔了良久，才轻轻“嗯”了一声。从洪凌波说话到小龙女答应，杨过等得焦急异常，恨不得扑上前去，抱住师父放声大哭，待听她出声，心头有如一块大石落地，喜悦之下，再也克制不住，“哇”的一声，哭了出来。洪凌波问道：“傻蛋，你干什么？”杨过呜咽道：“我……我好怕。”

小龙女缓缓转过身来，低声道：“你不用怕，刚才我死过一次，一点也不难受。”洪凌波陡然间见到她秀丽绝俗的容颜，大吃一惊：“世上居然有这等绝色美人！”不由得自惭形秽，又道：“弟子洪凌波，拜见师叔。”小龙女轻轻的道：“我师姊呢？她也来了么？”洪凌波道：“我师父命弟子先来，请问师叔安好。”小龙女道：“你出去罢，这个地方莫说是你，连你师父也是不许来的。”

洪凌波见她满脸病容，胸前一滩滩的都是血渍，说话中气短促，显是身受重伤，当下将提防之心去了一半，问道："孙婆婆呢？"小龙女道："她早死啦，你快出去罢。"洪凌波更是放心，暗想："当真是天缘巧合，不想我洪凌波竟成了这活死人墓的传人。"眼见小龙女命在顷刻，只怕她忽然死去，无人能知收藏"玉女心经"的所在，忙道："师叔，师父命弟子来求取玉女心经。你交了给我，弟子立时给你治伤。"

小龙女长期修炼，七情六欲本来皆已压制得若有若无，可说万事不萦于怀，但此时重伤之余，失了自制，听她这么说，不由得又急又怒，晕了过去。洪凌波抢上去在她人中上捏了几下。小龙女悠悠醒来，说道："师姊呢？你请她来，我有话……有话跟她说。"洪凌波眼见本门的无上秘笈竟然唾手可得，实是迫不及待，一声冷笑，从怀里取出两枚长长的银针，厉声道："师叔，你认得这针儿，不快交出玉女心经，可莫怪弟子无礼。"

杨过曾吃过这冰魄银针的大苦头，只不过无意捏在手里，便即染上剧毒，若是刺在身上，那还了得？眼见事势危急，叫道："仙姑，那边有鬼，我怕！"说着扑将过去，抱住她背心，顺手便在她"肩贞""京门"两穴上各点一指。洪凌波做梦也想不到这"傻蛋"竟有一身上乘武功，要待骂他胡说八道，已是全身酸麻，软瘫在地。杨过怕她有自通经脉之能，随即在她"巨骨穴"上又再重重点上几指，说道："姑姑，这女人真坏，我用银针来刺她几下好不好？"说着用衣襟裹住手指，拾起银针。

洪凌波身子不能动弹，这几句话却清清楚楚的听在耳里，见他拾起银针，笑嘻嘻的望住自己，只吓得魂飞魄散，要待出言求情，苦在张口不得，只是目光中露出哀怜之色。小龙女道："过儿，关上了门，防我师姊进来。"杨过应道："是！"刚要转身，忽听身后一个娇媚的女子声音说道："师妹，你好啊？我早来啦。"

杨过大惊转身，烛光下只见门口俏生生的站着一个美貌道姑，杏脸桃腮，嘴角边似笑非笑，正是赤练仙子李莫愁。

当洪凌波打听活死人墓中道路之时，李莫愁早料到她要自行来盗玉女心经，派她到长安杀人等等，其实都是有意安排。她一直悄悄跟在其后，见到她如何与杨过相遇，如何入墓，如何逼小龙女献经，又如何中计失手，只因她身法迅捷，脚步轻盈，洪凌波与杨过竟是丝毫没有察觉，直至斯时，方始现身。

小龙女矍然而起，叫了声："师姊！"跟着便不住咳嗽。李莫愁冷冷的指着杨过道："这人是谁？祖师婆婆遗训，古墓中不准臭男子踏进一步，你干么容他在此？"小龙女猛烈咳嗽，无法答话。杨过挡在小龙女身前相护，朗声道："她是我姑姑，这里的事，不用你多管！"李莫愁冷笑道："好傻蛋，真会装蒜！"拂尘挥动，呼呼呼进了三招。这三招虽先后而发，却似同时而到，正是古墓派武功的厉害招数，别派武学之士若不明此中奥妙，一上手就给她击得筋断骨折。杨过对这门功夫习练已熟，虽远不及李莫愁功力深厚，仍是轻描淡写的闪开了她三招混一的"三燕投林"。

李莫愁拂尘回收，暗暗吃惊，瞧他闪避的身法竟是本门武学，厉声道："师妹，这小贼是谁？"小龙女怕再呕血，不敢高声说话，低低的道："过儿，拜见了大师伯。"杨过呸了一声道："这算什么师伯？"小龙女道："你俯耳过来，我有话说。"

杨过只道她要劝自己向李莫愁磕头，心下不愿，但仍是俯耳过去。小龙女声细若蚊，轻轻道："脚边床角落里，有一块突起的石板，你用力向左边扳，然后立即跳上床来。"李莫愁也当她是在嘱咐徒儿向自己低头求情，眼前一个身受重伤，一个是后辈小子，哪里放在心上，自管琢磨怎生想个妙法，勒逼师妹献出玉女心经。

杨过点点头，朗声道："好，弟子拜见大师伯！"慢慢伸手到小龙女脚边床边里一摸，触手处果有一块突起的石板，当下用力扳动，跟着跃上床去。只听得轧轧几响，石床突然下沉。李莫愁一惊，知道古墓中到处都是机关，当年师父偏心，瞒过了自己，却将运转机关的法门尽数传给师妹，立即抢上来向小龙女便抓。

此时小龙女全无抵御之力，石床虽然下沉，但李莫愁见机奇快，出手迅捷之极，这一下竟要硬生生将她抓下床来。杨过大惊，奋力拍出一掌，将她手抓击开，只觉眼前一黑，砰嘭两响，石床已落入下层石室。室顶石块自行推上，登时将小龙女师徒与李莫愁师徒四人一上一下的隔成两截。

杨过朦胧中见室中似有桌椅之物，于是走向桌旁，取火折点燃了桌上的半截残烛。小龙女叹道："我血行不足，难以运功治伤。但纵然身未受伤，咱师徒俩也斗不过我师姊……"杨过听到她"血行不足"四字，也不待她说完，提起左手，看准了腕上筋脉，狠命咬落，登时鲜血迸出。他将伤口放在小龙女嘴边，鲜血便汩汩从她口中流入。

小龙女本来全身冰冷，热血入肚，身上便微有暖意，但知此举不妥，待要挣扎，杨过早已料到，伸指点了她腰间穴道，教她动弹不得。过不多时，伤口血凝，杨过又再咬破，然后再咬右腕，灌了几次鲜血之后，杨过只感头晕眼花，全身无力，这才坐直身子，解开她的穴道。小龙女对他凝视良久，不再说话，幽幽叹了口气，自行练功。杨过见蜡烛行将燃尽，换上了一根新烛。

这一晚两人各自用功。杨过是补养失血后的疲倦。小龙女服食杨过的鲜血后精神大振，两个时辰后，自知性命算是保住了，睁开眼来，向他微微一笑。杨过见她双颊本来惨白，此时忽然有两片红晕，有如白玉上抹了一层淡淡的胭脂，大喜道："姑姑，你好啦。"小龙女点点头。杨过欣喜异常，却不知说什么好。

小龙女道："咱们到孙婆婆的屋里去，我有话跟你说。"杨过道："你不累么？"小龙女道："不碍事。"伸手在石壁的机括上扳了几下，石块转动，露出一道门来。此处的道路杨过亦已全不识得。小龙女领着他在黑暗中转来转去，到了孙婆婆屋中。

她点亮烛火，将杨过的衣服打成一个包裹，将自己的一对金丝手套也包在里面。杨过呆呆的望着她，奇道："姑姑，你干什么？"小龙女不答，又将两大瓶玉蜂浆放在包中。杨过喜道："姑姑，咱们要出去了，是么？那当真好得很。"

小龙女道："你好好去罢，我知道你是好孩子，你待我很好。"杨过大惊，问道："姑姑你呢？"小龙女道："我向师父立过誓，是终身不出此墓的。除非……除非……嗯，我不出去。"说着黯然摇头。

杨过见她脸色严正，语气坚定，显是决计不容自己反驳，当下不敢再说，但此事实在重大，终于又鼓起勇气道："姑姑，你不去，我也不去。我陪着你。"小龙女道："此时我师姊定是守住了出墓的要道，要逼我交出玉女心经。我功夫远不如她，又受了伤，定然斗她不过，是不是？"杨过道："是。"小龙女道："咱们留着的粮食，我看勉强也只吃得二十来天，再吃些蜂蜜什么，最多支持一个月。一个月之后，那怎么办？"杨过一呆，道："咱们强冲出去，虽然打不过师伯，却也未必不能逃命。"小龙女摇头道："你若知道你师伯的武功脾气，就知咱们决不能逃命。那时不但要惨受折辱，而且死时苦不堪言。"杨过道："若是如此，我一个人更是难以逃出。"

小龙女摇头道："不！我去邀她相斗，一路引她走入古墓深处，你就可乘机逃出。你出去之后，搬开墓左的大石，拔出里面的机括，就有两块万斤巨石落下，永远封住了墓门。"杨过愈听愈惊，道："姑姑，你会开动机括出来，是不是？"

小龙女摇头道："不是。当年王重阳起事抗金，图谋大举，这座石墓是他积贮钱粮兵器的大仓库。是以机关重重，布置周密，又在墓门口安下这两块万斤巨石，称为‘断龙石’。万一义师未兴，而金兵已得知风声先行来攻，要是寡不敌众，他就放下巨石，闭墓而终，攻入墓来的敌人也决计难以生还。因断龙石既落之后，不能再启。你知入墓甬道甚是狭窄，只容一人通行，就算进墓的敌人有千人之众，却也只能排成长长的一列，仅有当先的一人能摸到堵塞了墓门的巨石，一个人不论力气多大，终究抬它不起。那老道如此安排，自是宁死不屈，又与敌人同归于尽的意思。他抗金失败后，独居石墓，金主侦知他的所在，曾前后派了数十名高手来杀他，都被他或擒或杀，竟无一人得能逃脱。后来金主暴毙，继位的皇帝不知原委，便放过了他，因此这两块断龙石始终不曾用过。王重阳让出活死人墓时，将墓中一切机关尽数告知了祖师婆婆。”

杨过越听越是心惊，垂泪道：“姑姑，我死活都要跟着你。”小龙女道：“你跟着我有什么好？你说外面的世界好玩得很，你就出去玩罢。以你现下的功夫，全真教的臭道士们已不能跟你为难。你骗过洪凌波，比我聪明得多，以后也不用我来照料你了。”杨过奔上去抱住她，哭道：“姑姑，我若不能跟你在一起，一生一世也不会快活。”

小龙女本来冷傲绝情，说话斩钉截铁，再无转圜余地，但此时不知怎的，听了杨过这几句话不禁胸中热血沸腾，眼中一酸，忍不住要流下泪来。她大吃一惊，想起师父临终时对她千叮万嘱的言语：“你所练功夫，乃是断七情、绝六欲的上乘功夫，日后你若是为人流了眼泪，动了真情，不但武功大损，且有性命之忧，切记切记。”当下用力将杨过推开，冷冷的道：“我说什么，你就得依我吩咐。”

杨过见她突然严峻，不敢再说。小龙女将包裹缚在他背上，从壁上摘下长剑，递在他手中，厉声道：“待会我叫你走，你立刻就走，一出墓门，立即放下巨石闭门。你师伯厉害无比，时机稍纵即逝，你听不听我话?”杨过哽咽着声音道：“我听话。”小龙女道：“你若不依言而行，我死于阴间，也是永远恨你。走罢!”说着拉了杨过的手，开门而出。

杨过从前碰到她手，总是其寒如冰，但此时被她握住，却觉她手掌一阵热一阵冷，与平昔大异，只是心煎如沸，无暇去想此种小事，当下跟随着她一路走出。行了一阵，小龙女摸着一块石壁，低声道：“她们就在里面，我一将师姊引开，你便从西北角伤门冲出。洪凌波若是追你，你就用玉蜂针伤她。”杨过心乱如麻，点头答应。

玉蜂针是古墓派的独门暗器，林朝英当年有两件最厉害的暗器，一是冰魄银针，另一就是玉蜂针。这玉蜂针乃是细如毛发的金针，六成黄金、四成精钢，以玉蜂尾刺上毒液炼过，虽然细小，但因黄金沉重，掷出时仍可及远。只是这暗器太过阴毒，林朝英自来极少使用，中年后武功出神入化，更加不须用此暗器。小龙女的师父因李莫愁不肯立誓永居古墓以承衣钵，传了她冰魄银针后，玉蜂针的功夫就没传授。

小龙女凝神片刻，按动石壁机括，轧轧声响，石壁缓缓向左移开。她双绸带立即挥出，左攻李莫愁，右攻洪凌波，身随带进，去势迅捷已极。这时李莫愁早解开了洪凌波身上穴道，斥责了她几句，正在推算墓中方位，想觅路出室，突见小龙女攻进，师徒俩都是一惊。李莫愁拂尘挥出，挡开了她绸带。拂尘与绸带都是至柔之物，以柔敌柔，但李莫愁功力远胜，两件兵器一交，小龙女的绸带登时倒卷回来。

小龙女左带回转，右带继出，刹时间连进数招，两条绸带夭矫灵动。李莫愁又惊又怒：“师父果然好生偏心，她几时传过我这门功夫?”但自忖尽可抵敌得住，也不必便下杀手，一来玉女心经未得，若是杀了她，在这偌大石墓中实难寻找，二来也要瞧瞧师父究竟传了她什么厉害本事。

洪凌波向来自负精明强干，不意今日折在一个少年手里，给他装傻乔呆的作弄了半天，居然没瞧出半点破绽，一直便在气恼，眼见师父与师叔斗得热闹，叱道："傻蛋，你这臭小子心眼儿可坏得到了家。"双手持剑，踏上半步，叫道："瞧我削不削下你的鼻子来。"双剑左刺右击，嗤嗤嗤连进数招。杨过见她来势凌厉，只得举剑相挡。若在平时，他定要出言讥嘲，跟她再开开玩笑，但此时想起与小龙女分手在即，眼眶中满蕴热泪，望出来模糊一片，只是顺手招架，殊无还击之意。洪凌波递了数剑，虽然伤他不得，但见他出手无力，只道他本领平常，更是自恨先前大意，竟冷不防的给他点中了穴道。

李莫愁与师妹拆了十余招，拂尘一翻，卷住了她左手绸带，笑道："师妹，瞧瞧你姊姊的本事。"手劲到处，绸带登时断为两截。寻常使兵刃斗殴，以刀剑震断对方的刀剑已属难能，拂尘和绸带均是极柔软之物，她居然能以刚劲震断绸带，比之震断刀剑可就更要难上十倍。李莫愁显了这一手，脸上大有得色。

小龙女不动声色，道："你本事好便怎样？"半截断带扬出，已裹住了她拂尘的丝线，右手绸带倏地飞去，卷住了拂尘木柄，一力向左，一力向右，啪的一声，拂尘断为两截。这一手论功力远比李莫愁适才震断绸带为浅，但出手奇快，运劲巧妙，却也使李莫愁措手不及。她微微一惊，抛下拂尘柄，空手来夺绸带，直逼得小龙女连连倒退。

又拆了十余招，小龙女已退到了东边石壁之前，眼见身后已无退路，忽地反手在石壁上一抹，叫道："过儿，快走！"喀喇一响，西北角露出一个洞穴。李莫愁大吃一惊，急忙转身，要拦住杨过。小龙女抛下绸带，扑上去双掌连下杀手。李莫愁只得回身抵挡。小龙女喝道："过儿，还不快走？"

杨过望着小龙女，知道此事已无可挽回，叫道："姑姑，我去啦！"刷刷刷突进三剑，剑尖直指洪凌波面门。洪凌波一直见他剑招软弱，哪知蓦地里剑势陡强，危急中只得向后跃开。杨过弯腰冲出石门，回过头来，要向小龙女再瞧最后一眼。

小龙女与师姊赤手对掌，虽在重伤之余，但习了玉女心经后招数变幻，数十招内原可不落下风，但她见杨过的背影在洞口一晃，想到此后与他永远不能再见，忽地胸口一热，眼中发酸，似要流下泪来。她从来不动真情，今日却两番要哭，不禁大是惊惧。高手对掌，哪容得有丝毫疏神？李莫愁见她一呆，立即乘隙而入，一把抓住她左手手腕的"会宗穴"，出脚勾去。小龙女站立不定，倒在地下。

杨过回过头来，正见到小龙女被师姊勾倒，但见李莫愁扑上去要伤害师父，胸中热血上涌，大叫："别伤我姑姑！"又从石门中窜入，自后扑上，拦腰抱住了李莫愁。这一抱是各家招数之所无，却是他情急之下胡打蛮来。李莫愁一心要拿师妹，竟未提防他去而复回，被他双手牢牢抱住，一时竟挣扎不脱。

她虽出手残暴，任性横行，不为习俗所羁，但守身如玉，在江湖上闯荡多年，仍是处女，陡然间被杨过牢牢抱住，但觉一股男子热气从背脊传到心里，荡心动魄，不由得全身酸软，满脸通红，手臂上登时没了力气。小龙女乘机出手反扣她手腕脉门，可是洪凌波的剑尖却也指到了杨过背心。

小龙女仰卧在地，眼见剑到，当即向左滚动，将杨过与李莫愁同时带在一旁，洪凌波这一剑便刺了个空。小龙女跃起身来，喝道："过儿，快出去！"

杨过牢牢抱住李莫愁的腰，叫道："姑姑，你快出去！我抱着她，她走不了。"这瞬息之间，李莫愁已连转了十几次念头，知道事势危急，生死只间一发，然而被他抱在怀中，却是心魂俱醉，快美难言，竟然不想挣扎。

小龙女好生奇怪："师姊如此武功，怎么竟会被过儿制得动弹不得？难道是穴道给扣住了？"见洪凌波左手剑又向杨过刺去，当即伸出双指在她右手剑的平面剑刃上推去，那剑陡地跳起，碰向她左手长剑。当的一声，洪凌波双手虎口发麻，两柄长剑同时落地，吓了一跳，向后跃开。

这双剑相交，迸出几星火花，就在这火花的一下闪烁之中，李莫愁觉到师妹瞧向自己的眼光中露出奇异之色，不禁大羞，骂道："臭小子，你作死么？"双臂运劲挣卸，脱出了杨过的怀抱，跳起身来，随即发掌向小龙女拍去。

小龙女正注视着杨过的动静，突觉李莫愁掌到，不及以招数化解，只得还掌挡架，但觉师姊掌力沉厚，被她震得胸口隐隐作痛，见杨过爬起后仍来相助自己，喝道："过儿，你当真不听我的话，是不是？"杨过道："你什么话都听，就是这一句不听。好姑姑，我跟你死活都在一起。"小龙女听他说得诚挚，心中又动真情，眼见李莫愁又是挥掌拍来，自知此刻功力大损，这一掌万万接她不得，当下低头旁窜，抓起杨过，从石门中奔了出去。

李莫愁如影随形，伸手向她背心抓去，叫道："别走！"小龙女回手一扬，十余枚玉蜂针掷了过去。李莫愁蓦地闻到一股蜜糖的甜香，知道暗器厉害，大骇之下，急忙挺腰向后摔出，撞正洪凌波身上，两人一齐跌倒。

但听得叮叮叮极轻微的几响，几枚玉蜂针都打在石壁之上，接着又是轧轧两声，却是小龙女带着杨过逃出石室，开动机关，又将室门堵住了。

杨过依言推开棺盖，抱起小龙女轻轻放入石棺，随即跃入棺中，和她并头卧倒。两人挤在一起，已无转侧余地。小龙女又是欢喜，又是奇怪。

第七回

重阳遗刻

杨过随着小龙女穿越甬道，奔出古墓，大喜无已，在星光下吸了几口气，道："姑姑，我去放下断龙石，将两个坏女子闷死在墓里。"说着便要去找寻机关。小龙女摇摇头，道："且慢，等我先回进去。"杨过一惊，忙问："为什么？"小龙女道："师父嘱咐我好好看守此墓，决不能让旁人占了去。"

杨过道："咱们封住墓门，她们就活不成。"小龙女道："可是我也回不进去啦。师父的话我永远不敢违抗。可不像你！"说着瞪了他一眼。杨过胸口热血上涌，伸手挽住她手臂，道："姑姑，我听你的话就是。"小龙女克制心神，生怕激动，一句话也不敢多说，摔脱了他手，走进墓门，道："你放石罢！"说着背脊向外，只怕自己终于变卦，更不回头瞧他一眼。

杨过心意已决，深深吸了口气，胸臆间尽是花香与草木的清新之气，抬头上望，但见满天繁星，闪烁不已，暗道："这是我最后一次瞧见天星了。"奔到墓碑左侧，依着小龙女先前指点，运劲搬开巨石，果然下面有一块圆圆的石子，当下抓住圆石，用力一拉。圆石离开原位后露出一孔，一股细沙迅速异常的从孔中向外流出，墓门上边两块巨石便慢慢落下。这两块断龙石重逾万斤，当年王重阳构筑此墓之时，合百余人之力方始安装完成，此时将墓门堵死，李莫愁、小龙女、洪凌波三人武功再高，也决不能生出此墓了。

小龙女听到巨石下落之声，忍不住泪流满面，回过头来。杨过待巨石落到离地约有二尺之时，突然一招“玉女投梭”，身子如箭一般从这二尺空隙中窜了进去。小龙女一声惊叫，杨过已站直身子，笑道：“姑姑，你再也赶我不出去啦。”一言甫毕，腾腾两声猛响，两块巨石已然着地。

小龙女惊喜交集，激动过度，险些又要晕去，倚靠在石壁之上，只是喘气，过了良久，才道：“好罢，咱两个便死在一起。”牵着杨过的手，走向内室。

李莫愁师徒正在四周找寻机关，东敲西打，茫无头绪，实是焦急万状，突见二人重又现身，不由得喜出望外。李莫愁身形一晃，抢到小龙女与杨过身后，先挡住了二人退路。小龙女冷冷的道：“师姊，我带你去一个地方。”李莫愁迟疑不答，心道：“这墓中到处都是机关，莫要着了她的道儿。她若是要使甚手脚，我可是防不胜防。”小龙女道：“我带你去拜见师父灵柩，你不愿去也就罢了。”李莫愁道：“你可不能凭师父之名来骗我。”小龙女微微冷笑，也不答话，径向门口走去。李莫愁见她言语举止之中自有一股威仪，似乎令人违抗不得，当下师徒两人跟随在后，只是步步提防，不敢有丝毫怠忽。小龙女携着杨过之手前行，也不怕师姊在后暗算，带着她们进了放石棺的灵室。

李莫愁从未来过此处，念及先师教养之恩，心中微觉伤感，但随即想起师父偏心，哀戚之念立时转为愤怒，竟不向师父灵柩磕拜，怒道：“我们师徒之间早已情断义绝，你带我来作甚?”小龙女淡淡的道：“这里还空着两具石棺，一具是你用的，一具是我的。我就这么跟你说一声，你爱哪一具可以任拣。”说着伸手向两具石棺一指。

李莫愁大怒，喝道：“你胆敢恁地消遣我？”语歇招出，发掌击向小龙女胸前。哪知小龙女眼见掌到，竟不还手。李莫愁一怔，心道：“这一掌可莫劈死了她。”掌缘离她胸口数寸，硬生生的收了转来。小龙女心平气和的道：“师姊，墓门的断龙石已经放下啦！”

李莫愁脸色立时惨白，墓中诸般机关她虽不尽晓，却知“断龙石”是闭塞墓门的最厉害杀着，当年师父曾遇大敌，险些不能抵御，几乎要放“断龙石”将敌人挡在外面，后来终于连使冰魄银针和玉蜂针伤了强敌。不料师妹竟将自己闭在墓内，惊惶之下，颤声道：“你另有出去的法子，是不是？”

小龙女淡然道：“断龙石一闭，墓门再不能开。你难道不知？”李莫愁伸臂揪住她胸口衣襟，厉声道：“你骗人！”小龙女仍是不动声色，说道：“师父留下的玉女心经就在那边，你要看，只管去看好啦。我和过儿在这儿，你要杀，尽管下手。但你想生离古墓，我瞧是不成的啦！”

李莫愁抓住小龙女胸口的手慢慢松开，凝神瞪视，但见她一副漫不在乎的神气，知她并非说谎，随即念头一转，道：“也好，我先杀了你师徒俩！”挥掌击向她面门。杨过闪身而上，挡在小龙女身前，叫道：“你先杀我罢！”李莫愁手掌下沉，转到了小龙女胸口，留劲不发，恶狠狠的瞧着杨过，说道：“你这般护着她，就是为她死了也是心甘，是不是？”杨过朗声道：“正是！”李莫愁左手斜出，将杨过腰中长剑抢在手里，指住他的咽喉，厉声道：“我只要杀一个人。你再说一遍，你死还是她死？”杨过不答，只是朝着小龙女一笑。此时二人早已把生死置之度外，不论李莫愁施何杀手，也都不放在心上。

李莫愁长叹一声，说道：“师妹，你的誓言破了，你可下山去啦。”

古墓派祖师林朝英当年苦恋王重阳，终于好事难谐。她伤心之余，立下门规，凡是得她衣钵真传之人，必须发誓一世居于古墓，终身不下终南山，但若有一个男子心甘情愿的为她而死，这誓言就算破了。不过此事决不能事先让那男子得知。只因林朝英认定天下男子无不寡恩薄情，王重阳英雄侠义，尚自如此，何况旁人？决无一个能心甘情愿为心爱的女子而死，若是真有此人，那么她后代弟子跟他下山也自不枉了。李莫愁比小龙女早入师门，原该承受衣钵，但她不肯立那终身不下山之誓，是以后来反由小龙女得了真传。

此时李莫愁见杨过这般诚心对待小龙女，不由得又是羡慕，又是恼恨，想起陆展元对自己的负心薄幸，双眉扬起，叫道："师妹，你当真有福气。"长剑疾向杨过喉头刺去。小龙女见她真下毒手，事到临头，却也不由得不救，左手挥动，十余枚玉蜂针掷了过去。

李莫愁双足一点，身子跃起，避开毒针。小龙女已拉了杨过奔向门口，回头说道："师姊，我誓言破也好，不破也好，咱们四个命中是要在这墓中同归于尽。我不愿再见你面，咱们各死各的罢。"伸手在壁角一按，石门落下，又将四人隔开。

小龙女心情激动，一时难以举步。杨过扶着她到孙婆婆房中休息，倒了两杯玉蜂浆，服侍她喝了一杯，自己也喝了一杯。小龙女幽幽的叹了口气，道："过儿，你为什么甘愿为我死？"杨过道："天下就只你待我好，我怎么不肯为你死？"小龙女不语，隔了半晌，才道："早知这样，咱们也不用回进墓来陪她们一起死啦。不过，若不回来，不知你甘愿为我而死，我这誓言也不能算破。"杨过道："咱们想法子出去，好不好？"小龙女道："你不知这古墓的构筑多妙，咱们是不能再出去啦。"杨过叹了口气。

小龙女道："你后悔了，是不是？"杨过道："不，在这里我是跟你在一起，外边世界上又没疼我的人。”小龙女以前不许他说“你疼我什么”，杨过自后就一直不提，这时她心情已变，听了不禁大有温暖之感，问道：“那你干么又叹气了？”杨过道：“我想若是咱俩一块儿下山，天下好玩的事真多，有你和我在一起，当真是快活不过。”

小龙女自婴儿之时即在古墓之中长大，向来心如止水，师父与孙婆婆从来不跟她说外界之事，她自然无从想像，此时给杨过一提，不由心事如潮，但觉胸口热血一阵阵的上涌，待欲运气克制，总是不能平静，不禁暗暗惊异，自觉生平从未经历此境，想必是重伤之后，功力难复。她却不知以静功压抑七情六欲，原是逆天行事，并非情欲就此消除，只是严加克制而已。她此时已年过二十，突遭危难，却有一个少年男子甘心为她而死，自不免激动真情，有如堤防溃决，诸般念头纷至沓来。

她坐在床上运了一会功，但觉浮躁无已，当下在室中走来走去，却越走越是郁闷，当下脚步加快，奔跑起来。杨过见她双颊潮红，神情激动，自与她相识以来从未见她如此，不禁大是骇异。小龙女奔了一阵，重又坐到床上，向杨过望去，但见他脸上满是关切之情，心中忽然一动：“反正我就要死了，他也要死了。咱们还分什么师徒姑侄？若是他来抱我，我决不会推开，便让他紧紧的抱着我。”

杨过见她眼波流动，胸口不住起伏喘气，只道她伤势又发，急道：“姑姑，你怎么啦？”小龙女柔声道：“过儿，你过来。”杨过依言走到床边，小龙女握住他手，轻轻在自己脸上抚摸，低声道：“过儿，你喜不喜欢我？”杨过只感她脸上烫热如火，心中大急，颤声道：“你胸口好痛么？”小龙女微笑道：“不，我心里舒服得很。过儿，我快死啦，你跟我说，你是不是真的很喜欢我？”杨过道：“当然啦，这世上就只你是我的亲人。”小龙女道：“要是另外有个女子，也像我这样待你，你会不会也待她好?”杨过道：“谁待我好，我也待他好。”他此言一出，突觉小龙女握着他的手颤了几颤，登时变得冰冷，抬起头来，见她本来晕红娇艳的俏脸忽又回复了一向的苍白。

杨过惊道：“我说错了么?”小龙女道：“你若要再去喜欢世上别的女子，那还是别喜欢我的好。”杨过笑道：“咱们没几天就要死啦，我还去喜欢什么别的女子？难道我会去待李莫愁和她那个徒儿很好吗?”

小龙女嫣然一笑，道：“我当真胡涂啦。不过我还是爱听你亲口发一个誓。”杨过道：“发什么誓?”小龙女道：“我要你说，你今后心中就只有我一个儿，若是有了别个女子，就得给我杀死。”

杨过笑道：“莫说我永远不会，要是我当真不好，不听你话，你杀我也是该的。”于是依言发誓道：“弟子杨过，这一生一世，心中就只有姑姑一个，倘若日后变了心，不用姑姑来杀，只要一见姑姑的脸，弟子就亲手自杀。”小龙女很是开心，叹道：“你说得很好，这么我就放心啦。”紧紧握着他手不放。杨过但觉一阵阵温热从她手上传来。

小龙女道：“过儿，我真是不好。”杨过忙道：“不，你一直都好。”小龙女摇头道：“我以前对你很凶，起初要赶你出去，幸亏孙婆婆留住了你。要是我不赶走你，孙婆婆也不会死啊!”说到这里，眼泪不禁夺眶而出。她自五岁开始练功，就不再流泪，这时重又哭泣，心神大震，全身骨节格格作响，似觉功劲内力正在离身而去。杨过大骇，只叫：“你……姑姑，你怎么了？觉得怎样?”

就在这当口，忽然轧轧声响，石门推开，李莫愁与洪凌波走了进来。原来李莫愁心想断龙石已下，左右是个死，也不再顾忌墓中到处伏有厉害机关，鼓勇前闯，竟被她连过几间石室，到了孙婆婆房里。她暗自庆幸，只道此番运气奇佳，竟没触发机关受困，却没想到墓中机关原为抵挡大队金兵而设，皆是巨石所构，粗大笨重，须有人操纵方能抗敌，小龙女既不施暗算，诸般机关自也全无动静。

杨过立即抢过，挡在小龙女身前。李莫愁道："你让开，我有话跟师妹说。"杨过防她使诈伤害师父，不肯让开，道："你说便是。"李莫愁瞪眼向他望了一阵，叹道："似你这般男子，当真是天下少有。"小龙女忽地站起，问道："师姊，你说他怎么啦，好还是不好？"李莫愁道："师妹，你从未下过山，不知世上人心险恶，似他这等情深义重之人，普天下再难找出第二个来。"她在情场中伤透了心，悲愤之余，不免过甚其辞，把普天下所有真情的男子都抹杀了。

小龙女极是喜慰，低声道："那么，有他陪着我一起死，也自不枉了这一生。"李莫愁道："师妹，他到底是你什么人？你已嫁了他么？"小龙女道："不，他是我徒儿。他说我待他很好。但到底好不好，我也不知道。"

李莫愁大是奇怪，摇头道："师妹，我瞧瞧你的手臂。"伸出左手轻轻握住小龙女的手，右手捋起她衣袖，但见雪白的肌肤上殷红一点，正是师父所点的守宫砂。李莫愁暗暗钦佩："这二人在古墓中耳鬓厮磨，居然能守之以礼，她仍是个冰清玉洁的处女。"当下卷起自己衣袖，一点守宫砂也是娇艳欲滴，两条白臂傍在一起，煞是动人，不过自己是无可奈何才守身完贞，师妹却是有人心甘情愿的为她而死，幸与不幸，大相径庭，想到此处，不禁长长叹了口气，放开了小龙女的手。

小龙女道："你有什么话要跟我说？"李莫愁本意要羞辱她一番，说她勾引男子，败坏师门，想激得她于惭怒交迸之际无意中透露出墓的机关，但此时已无言可说，沉吟片刻，又有了主意，说道："师妹，我是来向你赔不是啦。"小龙女大出意外，她素知这位师姊心高气傲，决不肯向人低头，这句话不知是何用意，当下淡淡的道：“你做你的事，我做我的，各行其是，那也不用赔什么不是。”李莫愁道：“师妹，你听我说，我们做女子的，一生最有福气之事，乃是有一个真心的郎君。古人有言道：易求无价宝，难得有情郎。做姊姊的命苦，那是不用说了。这少年待你这么好，你实是什么都不欠缺的了。”小龙女微微一笑，道：“我确是很开心啊。他永远不会对我负心的，我知道。”

李莫愁心中一酸，接着道：“那你该当下山去好好快活一番才是啊。花花世界，你二人双宿双飞，赏心乐事，当真无穷无尽。”小龙女抬起头来，出了一会神，轻轻道：“是啊，可惜现下已经迟了。”李莫愁道：“为什么？”小龙女道：“断龙石已经放下，纵然师父复生，咱们也不能再出去了。”李莫愁低声下气，费了一番唇舌，原盼引起她求生之念，凭着她对古墓地形的熟习，找寻一条生路，哪知到头来仍然无望，急怒之下，不由得杀意骤生，手腕微翻，举掌往她头顶击落。

杨过在旁怔怔的听着她二人对答，蓦见李莫愁忽施杀手，慌乱中自然而然的蹲下身子，阁的一声大叫，双掌推出，使出了欧阳锋所授的蛤蟆功。这是他幼时所学功夫，自进古墓后从来没有练过，但深印脑海之中，于最危急时不思自出。李莫愁这一掌将落未落，突觉一股凌厉之极的掌风从旁压到，急忙回掌向下挡架。杨过在古墓中修习两年，内力已强，虽跟蛤蟆功全不相干，这一推之力却也已大非昔比，砰的一声，竟将李莫愁推得向后飞出，在石壁上重重一撞，只感背脊剧痛。

李莫愁大怒，双掌互擦，斗室中登时腥臭弥漫，中人欲呕。小龙女知道杨过适才这一击只是侥幸得手，师姊真正厉害的“赤练神掌”功夫施展出来，合自己与杨过二人之力也是抵挡不住，当即拉着杨过手臂，闪身穿出室门。

李莫愁挥掌拍出，哪知手掌尚在半空，左颊上忽地吃了一记耳光，虽然不痛，声音却甚清脆，但听小龙女叫道："你想学玉女心经的功夫，这就是了！"李莫愁只一怔间，右颊上又中了一掌。她素知师父"玉女心经"的武功厉害之极，此时但见小龙女出手快捷无比，而手掌之来又是变幻无方，明明是本门武功路子，偏生自己全然不解其中奥妙，自是玉女心经功夫无疑，心中立时怯了，眼睁睁望着师妹携同杨过走入另室，关上了室门。她兀自抚着脸颊，暗道："总算她手下留情，若是这两掌中使了劲力，我这条命还在么？"却不知小龙女这门功夫尚未练成，掌法虽然精妙，掌力却不能伤人。

杨过见师父干净利落的打了李莫愁两下耳光，大是高兴，道："姑姑，这心经的功夫，李莫愁便敌不过……"一言未毕，忽见小龙女颤抖不止，似乎难以自制，惊叫："姑姑，你怎么……你……"小龙女颤声道："我……我好冷……"适才她击出这两掌，虽然发劲极轻，使的却是内家真力，重伤后元功未复，这一牵动实是受损不小。她一生在寒玉床上练功，原是至寒的底子，此时制力一去，犹如身堕万仞玄冰之中，奇冷彻骨，牙齿不住打战。杨过急得只叫："怎么办？"情急之下，将她紧紧搂在怀中，欲以自身的热气助她抗寒，只抱了一会，但觉小龙女身子越来越冷，渐渐自己也抵挡不住。

小龙女自觉内力在一点一滴的不断消失，说道："过儿，我是不成的啦，你……你抱我到……到那放石棺的地方去。"杨过一阵伤心欲绝，说不出话来，但随即想起，反正大家已没几天好活，这时陪她一起死了也是一样，于是快快活活的道："好。"抱着她走到放石棺的室中，将她放在一具石棺的盖上，点燃了蜡烛。烛光映照之下，石棺厚重，更显得小龙女柔纤脆弱。

小龙女道："你推开这……这具石棺的盖儿，把我放进去。"杨过道："好!"小龙女察觉他语音中并无伤感之意，微觉奇怪。杨过推开棺盖，抱起她轻轻放入，随即跃进棺中，和她并头卧倒。两人挤在一起，已无转侧余地。

小龙女又是欢喜，又是奇怪，问道："你干什么?"杨过道："我自然跟你在一起。让那两个坏女人睡那口石棺。"小龙女长长叹了口气，心中十分平安，身上寒意便已不如先前厉害，转眼向杨过瞧去，只见他目光也正凝视着自己。她偎倚在杨过身上，心头一阵火热，只盼他伸臂来搂抱自己，但杨过两条手臂伸直了，规规矩矩的放在他自己大腿之上，似乎惟恐碰到了她身子。

小龙女微感害羞，脸上一红，转过了头不敢再去瞧他，心头迷乱了半晌，忽然见到棺盖内侧似乎写得有字，凝目瞧去，果见是十六个大字：

"玉女心经，技压全真。重阳一生，不弱于人。"

这十六个字以浓墨所书，笔力苍劲，字体甚大。其时棺盖只推开了一半，但斜眼看去，仍是清清楚楚。小龙女"咦"的一声，道："那是什么意思?"杨过顺着她目光瞧去，见到那十六个大字，微一沉吟，说道："是王重阳写的?"小龙女道："好像是他写的。他似说咱们的玉女心经虽然胜得过全真派武功，然而他自己却并不弱于咱们祖师婆婆，是不是?"杨过笑道："这牛鼻子老道吹牛。"小龙女再看那十六个字时，只见其后还写得有许多小字，只是字体既小，又是在棺盖的彼端，她睡在这一头却已难以辨认，说道："过儿，你出去。"杨过摇头道："我不出去。"小龙女微笑道："你先出去一会儿，待会再进来陪我。"杨过这才爬出石棺。

小龙女坐起身来，要杨过递过烛台，转身到彼端卧倒，观看小字。此时看来，这些小字都已颠倒，她逐一慢慢读去，连读了两遍，忽感手上无力，烛台一晃，跌在胸前。杨过忙伸手抢起，扶她出了石棺，问道：“怎么？那些字写的是什么？”

小龙女脸色异样，定神片刻，才叹了口气道：“原来祖师婆婆死后，王重阳又来过古墓。”杨过道：“他来干么？”小龙女道：“他来吊祭祖师婆婆。他见到石室顶上祖师婆婆留下的玉女心经，竟把全真派所有的武功尽数破去。他便在这石棺的盖底留字说道，咱们祖师婆婆所破去的，不过是全真派的粗浅武功而已，但较之最上乘的全真功夫，玉女心经又何足道哉？”

杨过“呸”了一声道：“反正祖师婆婆已经过世，他爱怎么说都行。”小龙女道：“他在留言中又道：他在另一间石室中留下破解玉女心经之法，后人有缘，一观便知。”杨过好奇心起，道：“姑姑，咱们瞧瞧去。”小龙女道：“王重阳的遗言中说道，那间石室是在此室之下。我在这里一辈子，却不知尚有这间石室。”杨过央求道：“姑姑，咱们想法子下去瞧瞧。”

此时小龙女对他已不若往时严厉，虽然身子疲倦，仍觉还是顺着他的好，微微一笑，说道：“好罢！”在室中巡视沉思，最后向适才睡卧过的石棺内注视片刻，道：“原来这具石棺也是王重阳留下的。棺底可以掀开。”

杨过大喜，道：“啊，我知道啦，那是通向石室的门儿。”当即跃入棺中，四下摸索，果然摸到个可容一手的凹处，于是紧紧握住了向上一提，却是纹丝不动。小龙女道：“先朝左转动，再向上提。”杨过依言转而后提，只听喀喇一响，棺底石板应手而起，大喜叫道：“行啦！”小龙女道：“且莫忙，待洞中秽气出尽后再进去。”

杨过坐立不安，过了一会，道：“姑姑，行了吗？”小龙女叹道：“似你这般急性儿，也真难为你陪了我这几年。”缓缓站起，拿了烛台，与他从石棺底走入，下面是一排石级，石级尽处是条短短甬道，再转了个弯，果然走进了一间石室。

室中也无特异之处，两人不约而同的抬头仰望，但见室顶密密麻麻的写满了字迹符号，最右处写着四个大字：“九阴真经”。

两人都不知《九阴真经》中所载实乃武学最高的境界，看了一会，但觉奥妙难解。小龙女道：“就算这功夫当真厉害无比，于咱们也是全无用处了。”

杨过叹了口气，正欲低头不看，一瞥之间，突见室顶西南角绘着一幅图，似与武功无关，凝神细看，倒像是幅地图，问道：“那是什么？”小龙女顺着他手指瞧去，只看了片刻，全身登时便如僵住了，再也不动。

过了良久，她兀自犹如石像一般，凝望着那幅图出神。杨过害怕起来，拉拉她衣袖，问道：“姑姑，怎么啦？”小龙女“嗯”的一声，忽然伏在他胸口抽抽噎噎的哭了起来。杨过柔声道：“你身上又痛了，是不是？”小龙女道：“不，不是。”隔了半晌，才道：“咱们可以出去啦。”杨过大喜，一跃而起，大叫：“当真？”小龙女点了点头，轻声道：“那幅图画，绘的是出墓的秘道。”她熟知墓中地形，是以一见便明白此图含义。

杨过欢喜无已，道：“妙极了！那你干么哭啊？”小龙女含着眼泪，嫣然笑道：“我以前从来不怕死，反正一生一世是在这墓中，早些死、晚些死又有什么分别？可是，可是这几天啊，我老是想到，我要到外面去瞧瞧。过儿，我又是害怕，又是欢喜。”

杨过拉着她手，说道：“姑姑，你和我一起出去，我采花儿给你戴，捉蟋蟀给你玩，好不好？”他虽然长大了，但所想到的有趣之事，还是儿时的那些玩意。小龙女从来没与人玩过，听他兴高采烈的说着，也就静静的倾听，心中虽想：“还是尽快出去的好”，但身子酸软无力，又实是不想离开古墓，过了好一会，终于支持不住，慢慢靠向杨过肩头。杨过说了一会，不听她回答，转过头来，只见她双眼微闭，呼吸细微，竟自沉沉睡去了。他心中一畅，倦困暗生，迷糊之间竟也入了睡乡。

过了不知多少时候，突然腰间一酸，腰后“中枢穴”上被人点了一指。他一惊而醒，待要跃起抵御，后颈已被人施擒拿手牢牢抓住，登时动弹不得，侧过头来，但见李莫愁师徒笑吟吟的站在身旁，师父也已被点中了穴道。原来杨龙两人殊无江湖上应敌防身的经历，喜悦之余，竟没想到要回上去安上棺底石板，却被李莫愁发现了这地下石室，偷袭成功。

李莫愁冷笑道：“好啊，这里竟还有一个如此舒服的所在，两个儿躲了起来享福。师妹，你倒用心推详推详，说不定会有一条出墓的道路。”小龙女道：“我就算知道，也不会跟你说。”李莫愁本来深信她先前所说并无虚假，断龙石既已放下，更无出墓之望，但她刚才说这两句话的语气神情，显然是知道出墓的法子。李莫愁一听之下，不由得喜从天降，说道：“好师妹，你带我们出去，从此我不再跟你为难便了。”小龙女道：“你们自己进来，便自己想法子出去，为什么要我带领你们？”

李莫愁素知这个师妹倔强执拗，即令师父在日，也常容让她三分，用强胁迫九成无效，但当此生死关头，不管怎么也都要逼一逼了，于是伸指在两人颈下“天突穴”上重重一点，又在两人股腹之间的“五枢穴”上点了一指。那“天突穴”是人身阴维、任脉之会，“五枢穴”是足少阳、带脉之会，李莫愁使的是古墓派秘传点穴手法，料知两人不久便周身麻痒难当，非吐露秘密不可。

小龙女闭上了眼，浑不理会。杨过道：“若是我姑姑知道出路，咱们干么不逃出去，却还留在这儿？”李莫愁笑道：“她刚才话中已露了口风，再也赖不了啦。她自然知道这古墓另有秘密出口，等你们养足了精神，当然便出去了。师妹，你到底说是不说？”小龙女轻轻的道：“你到了外面，也不过是想法子去杀人害人，出去又有什么好？”

李莫愁抱膝坐在一旁，笑吟吟的不语。过了一会，杨过已先抵受不住，叫道：“喂，李莫愁，祖师婆婆传下这手点穴法来，是叫你对付敌人呢还是欺侮自己人？你用来害自己师妹，可对得住祖师婆婆么？”李莫愁微笑道：“你叫我李莫愁，咱们早就不是自己人了。”

杨过在小龙女耳边低声道：“你千万别说出墓的秘密，李莫愁若不知道，始终不会杀死我们，等得她一知出路，立刻就下毒手了。”小龙女道：“啊，你说得对，我倒没想到。我本来就只是偏偏不肯跟她说。”此时她卧倒在地，睁眼便见到室顶的地图，心想：“这地图若给师姊发现，那可糟了。我眼光决不能瞧向地图。”

当年王重阳得知林朝英在活死人墓中逝世，想起她一生对自己情痴，这番恩情实是非同小可，此时人鬼殊途，心中伤痛实难自已，于是悄悄从密道进墓，避开她的丫鬟弟子，对这位江湖旧侣的遗容熟视良久，抑住声息痛哭了一场，这才巡视自己昔时所建的这座石墓，见到了林朝英所绘自己背立的画像，又见到两间石室顶上她的遗刻。但见玉女心经中所述武功精微奥妙，每一招都是全真武功的克星，不由得脸如死灰，当即退了出来。

他独入深山，结了一间茅庐，一连三年足不出山，精研这玉女心经的破法，虽然小处也有成就，但始终组不成一套包蕴内外、融会贯串的武学。心灰之下，对林朝英的聪明才智更是佩服，甘拜下风，不再钻研。十余年后华山论剑，夺得武学奇书《九阴真经》。他决意不练经中功夫，但为好奇心所驱使，禁不住翻阅一遍。

他武功当时已是天下第一，九阴真经中所载的诸般秘奥精义，一经过目，思索上十余日，即已全盘豁然领悟，当下仰天长笑，回到活死人墓，在全墓最隐秘的地下石室顶上刻下九阴真经的要旨，并一一指出破除玉女心经之法。他看了古墓的情景，料想那几具空棺将来是林朝英的弟子所用。她们多半是临终时自行入棺等死，其时自当能得知全真派祖师一生不输于人。于是在那具本来留作己用的空棺盖底写下了十六字，好教林朝英的后人于临终之际，得知全真教创教祖师的武学，实非玉女心经所能克制。

这只是他一念好胜，却非有意要将九阴真经泄漏于世，料想待得林朝英的弟子见到九阴真经之时，也已奄奄一息，只能将这秘密带入地下了。

王重阳与林朝英均是武学奇才，原是一对天造地设的佳偶。二人之间，既无或男或女的第三者引起情海波澜，亦无亲友师弟间的仇怨纠葛。王重阳先前尚因专心起义抗金大事，无暇顾及儿女私情，但义师毁败、枯居石墓，林朝英前来相慰，柔情高义，感人实深，其时已无好事不谐之理，却仍是落得情天长恨，一个出家做了黄冠，一个在石墓中郁郁以终。此中原由，丘处机等弟子固然不知，甚而王林两人自己亦是难以解说，惟有归之于“无缘”二字而已。却不知无缘系“果”而非“因”，二人武功既高，自负益甚，每当情苗渐茁，谈论武学时的争竞便随伴而生，始终互不相下，两人一直至死，争竞之心始终不消。林朝英创出了克制全真武功的玉女心经，而王重阳不甘服输，又将九阴真经刻在墓中。只是他自思玉女心经为林朝英自创，自己却依傍前人的遗书，相较之下，实逊一筹，此后深自谦抑，常常告诫弟子以容让自克、虚怀养晦之道。

至于室顶秘密地图，却是当石墓建造之初即已刻上，原是为防石墓为金兵长期围困，得以从秘道脱身。这条秘道却连林朝英也不知悉。林朝英只道一放下“断龙石”，即与敌人同归于尽，却没想到王重阳建造石墓之时，正谋大举以图规复中原，满腔雄心壮志，岂肯一败之下便自处于绝地？后来王重阳让出石墓之时，深恐林朝英讥其预留逃命退步，失了慷慨男儿的气概，是以并不告知，却也是出于一念好胜。

小龙女不敢去看地图，眼光只望着另一个角落，突然之间，“解穴秘诀”四个小字有如电光般闪入眼中。她心中一凛，将秘诀仔细看了几遍，一时大喜过望，若不是素有自制，几乎便叫了出来。秘诀中讲明自通穴道之法，若是修习内功时走火，穴道闭塞，即可以此法自行打通。本来若有人练到九阴真经，武功必已到了一流境界，绝少再会给人点中穴道，这秘诀原本用以对付自身内心所起的魔头。但在小龙女此时处境，却是救命的妙诀。

她转念又想：“我纵然通了穴道，但打不过师姊，仍是无用。”当即细看室顶经文，要找一门即知即用的武功，一出手就将李莫愁制住，但约略瞥去，每一项皆是艰深繁复，料想就算是最易的功夫，也须数十日方能练成，却又不敢多看，生恐李莫愁顺着自己目光抬头仰望，即便发现室顶的地图与九阴真经。耳听得杨过大呼小叫，不住与李莫愁斗口，幸得如此，这个向来细心的师姊才没留心自己的眼光，突然间心念一动，想到了计策，抬头将九阴真经中“解穴秘诀”与“闭气秘诀”两项默念一遍，俯嘴在杨过耳边，轻轻教给了他。

杨过登时便即领会。小龙女轻声道：“先解穴道。”杨过生怕李莫愁师徒发觉，口中大声呻吟，不断胡言乱语，叫道：“啊哟，李师伯，你下手实在太也狠毒，对不住祖师婆婆，更对不住祖师婆婆的婆婆，婆婆的太婆……”

两人依着王重阳遗篇中所示的“解穴秘诀”默运玄功，两人内功本有根柢，片刻间已将身上被点的两处穴道解开。两人外表一无动静，但李莫愁还是立即察觉有异，喝道：“干什么？”纵身过来。

小龙女跃起身来，反手出掌，在她肩头轻轻一拍，正是玉女心经中的上乘武功。李莫愁万料不到她竟能自解穴道，大惊之下，急忙后跃。小龙女道：“师姊，你想不想出去？”

李莫愁一听大喜，她自负武功高强，才智更是罕逢匹敌，此时竟被一个从未见过世面的小师妹玩弄于掌股之上，不由得愤恚异常，但想且当忍一时之气，先求出墓，再治她不迟，她虽有几下怪招，但着身无力，这时已觉到似乎并非她手下容情，而实是内劲不足，没什么了不起，当即笑道："这才是好师妹呢，我跟你赔不是啦，你带我出去罢。"

杨过心想，眼前机会大好，正可乘机离间她师徒，说道："我姑姑说，只能带你们之中一个人出去，你说是带你呢，还是带你徒儿？"李莫愁道："你这坏小厮，乘早给我闭嘴。"小龙女还没明白杨过的用意，但处处护着他，随即道："正是，我只能带一个人，多了不行。"杨过笑道："师伯，还是让洪师姊跟我们出去的好，你年纪大了，活得够啦。洪师姊相貌又比你美得多。"其实李莫愁年纪虽然较大，美貌却犹胜徒儿，听了这话，更是恼怒，却仍不作声。杨过道："好罢，我们走！姑姑在前带路，我走第二，走在最后的就不能出去。"

小龙女此时已然会意，轻轻一笑，携着杨过的手，走出石室。李莫愁与洪凌波不约而同的抢在后面，两人同时挤在门口，只怕小龙女当真放下机关，将最后一人隔在墓中。李莫愁怒道："你跟我抢么？"左手伸出，已扳住了洪凌波肩头。洪凌波知道师父出手狠辣，若不停步，立时会毙于她掌下，只得让师父走在前头，心中又恨又怕。

李莫愁紧紧跟在杨过背后，一步也不敢远离，只觉小龙女东转西弯，越走越低。同时脚下渐渐潮湿，心知早已出了古墓，只是在暗中隐约望去，到处都是岔道。再走一会，道路奇陡，竟是笔直向下，若非四人武功均高，早已摔了下去。李莫愁暗想："终南山本不甚高，这般走法，不久就到山下，难道我们是在山腹中么？"

下降了约莫半个时辰，道路渐平，只是湿气却也渐重，到后来更听到了淙淙水声，路上水没至踝。越走水越高，自腿而腹，渐与胸齐。小龙女低声问杨过道："那闭气秘诀你记得明白罢？"杨过低声道："记得。"小龙女道："待会你闭住气，莫喝下水去。"杨过道："嗯，姑姑，你自己要小心了。"小龙女点点头。

说话之间，水已浸及咽喉。李莫愁暗暗吃惊，叫道："师妹，你会泅水吗？"小龙女道："我一生长于墓中，怎会泅水？"李莫愁略觉放心，踏出一步，不料脚底忽空，一股水流直冲口边。她大惊之下，急忙后退，但小龙女与杨过却已钻入了水中，到此地步，前面纵是刀山剑海，也只得闯了过去，突觉后心一紧，衣衫已被洪凌波拉住，忙反手回击，这一下出手不轻，却甩她不脱。此时水声轰轰，虽是地下潜流，声势却也惊人。李莫愁与洪凌波都不通水性，被潜流一冲，立足不定，都漂浮了起来。

李莫愁虽然武功精湛，此刻也是惊慌无已，伸手乱抓乱爬，突然间触到一物，当即用力握住，却是杨过的左臂。杨过正闭住呼吸，与小龙女携着手在水底一步步向前而行，陡然被李莫愁抓到，忙运擒拿法卸脱，但李莫愁既已抓住，哪里还肯放手？一股股水往她口中鼻中急灌，直至昏晕，仍是牢牢抓住。杨过几次甩解不脱，生怕用力过度，喝水入肚，也就由得她抓着。

四人在水底拖拖拉拉，行了约莫一顿饭时分，小龙女与杨过气闷异常，渐渐支持不住，两人都喝了一肚子水，差幸水势渐缓，地势渐高，不久就露口出水。又行了一炷香时刻，越走眼前越亮，终于在一个山洞里钻了出来。二人筋疲力尽，先运气吐出腹中之水，躺在地下喘息不已。

此时李莫愁仍牢牢抓着杨过手臂，直至杨过逐一扳开她的手指，方始放手。小龙女先点了李莫愁师徒二人肩上的穴道，才将她们放在一块圆石之上，让腹中之水慢慢从口中流出。

过了良久，李莫愁"啊、啊"几声，先自醒来，但见阳光耀眼，当真是重见天日，回想适才坐困石墓、潜流遭厄的险状，兀自不寒而栗，虽然上身麻软，心中却远较先前宽慰。又过良久，洪凌波才慢慢苏醒。

小龙女对李莫愁道：“师姊，你们请便罢！”李莫愁师徒双手瘫痪，下半身却行动自如，当下站起身来，默默无言的对望一眼，一前一后的去了。

杨过游目四顾，但见浓荫匝地，花光浮动，心中喜悦无限，只道：“姑姑，你说好看么？”小龙女点头微笑。两人想起过去这数天的情景，真是恍同隔世。四下里寂无人声，原来这山洞是在终南山山脚一处极为荒僻的所在。当晚二人就在树荫下草地上睡了。

次晨醒来，依杨过说就要出去游玩，但小龙女从未见过繁华世界，不知怎的，竟自大为害怕，说道：“不，我得先养好伤，然后咱们须得练好玉女心经。”杨过在自己头顶重击一掌，说道：“该死！打你这胡涂小子！我竟忘了你的伤。”又想下山之后，再要和师父解开衣衫一同练功，实是诸多不便，当下便助她运功疗伤。不到半月，小龙女内伤已然全愈。

两人在一株大松树下搭了两间小茅屋以蔽风雨。茅屋上扯满了紫藤。杨过喜欢花香浓郁，更在自己居屋前种了些玫瑰茉莉之类香花。小龙女却爱淡雅，说道松叶清香，远胜异花奇卉，她所住的茅屋前便一任自然，惟有野草。

师徒俩日间睡眠，晚上用功。数月过去，先是小龙女练成，再过月余，杨过也功行圆满了。两人反覆试演，已是全无窒碍，杨过又提入世之议。

小龙女但觉如此安稳过活，世上更无别事能及得上，但想他留恋红尘，终是难以长羁他在荒山之中，于是说道：“过儿，咱俩的武功虽已大非昔比，但跟你郭伯父、郭伯母相较，又是怎地？”杨过道：“那自然还远远及不上。”小龙女道：“你郭伯父将功夫传了他女儿，又传了武氏兄弟，他日相遇，咱们仍会受他们欺辱。”

一听此言，杨过跳了起来，怒道：“他们若再欺侮我，岂能与他们干休？”小龙女冷冷的道：“你打他们不过，可也是枉然。”杨过道：“那你帮我。”小龙女道：“我打不赢你郭伯母，仍是无用。”杨过低头不语，筹思对策。沉吟了一会，说道：“瞧在郭伯伯的份上，我不跟他们争闹就是。”小龙女心想：他在墓中住了两年多，练了古墓派内功，居然火性大减，倒也难得。其实杨过只是年纪长了，多明事理，想起郭靖相待自己确是一片真情，心下感激，是以甘愿为他而退让一步，何况与郭芙、武氏兄弟也无什么深仇大恨，只不过幼时为了蟋蟀而争闹而已，此时回思，早已淡然。

小龙女道：“你肯不跟人争竞，那是再好也没有了。不过听你说道，到了外边，就算你肯让了别人，别人还是会来欺侮你，咱们若不练成王重阳遗下来的功夫，遇上了武功高强之人，终究还是抵敌不过。”杨过知她雅不欲离开这清静的所在，不忍拂逆其意，便道：“姑姑，我听你话，打从明儿起，咱们起手练那九阴真经。”

就因这一席话，两人在山谷中又多住了一年有余。小龙女和杨过重经秘道潜入墓中，将重阳遗刻诵读数日，记忆无误，这才出来修习。年余之间，师徒俩内功外功俱皆精进。但墓中的重阳遗刻只是对付玉女心经的法门，仅为九阴真经的一小部份，是以二人所学，比之郭靖、黄蓉毕竟尚远为不如，但此却非二人所知了。

这一日练武已毕，两人均觉大有进境。杨过跳上跳下的十分开心，小龙女却愀然不乐。杨过不住说笑话给她解闷，小龙女只是不声不响。杨过知道此时重阳遗刻上的功夫已然学会，若说要融会贯通，自不知要到何年何月，但其中诀窍奥妙却已尽数知晓，只要日后继续修习，功夫越深，威力就必越强。料想小龙女不愿下山，却无借口相留，是以烦恼，便道：“姑姑，你不愿下山，咱们就永远在这里便是。”小龙女喜道：“好极啦……”只说了三个字，便即住口，明知杨过纵然勉强为己而留，心中也难真正快活，幽幽的道：“明儿再说罢。”晚饭也不吃，回到小茅屋中睡了。

杨过坐在草地上发了一阵呆，直到月亮从山后升起，这才回屋就寝。睡到半夜，睡梦中隐隐听得呼呼风响，声音劲急，非同寻常。他一惊而醒，侧耳听去，正是有人相斗的拳声掌风。他急忙窜出茅屋，奔到师父的茅屋外，低声道：“姑姑，你听到了么？”

此时掌风呼呼，更加响了，按理小龙女必已听见，但茅屋中却不闻回答。杨过又叫了两声，推开柴扉，只见榻上空空，原来师父早已不在了。他更是心惊，忙寻声向掌声处奔去。奔出十余丈，未见相斗之人，单听掌风，已知其中之一正是师父，但对手掌风沉雄凌厉，武功似犹在师父之上。

杨过急步抢去，月光下只见小龙女与一个身材魁梧的人盘旋来去，斗得正急。小龙女虽然身法轻盈，但那人武功高强之极，在他掌力笼罩之下，小龙女只是勉力支撑而已。杨过大骇，叫道：“姑姑，我来啦！”两个起落，已纵到二人身边，与那人一朝相，不禁惊喜交集，原来那人满腮虬髯，根根如戟，一张脸犹如刺猬相似，正是分别已久的义父欧阳锋。

但见他凝立如山，一掌掌缓缓的劈将出去，小龙女只是闪避，不敢正面接他掌力。杨过叫道：“都是自己人，且莫斗了。”小龙女一怔，心想这大胡子疯汉怎会是自己人，一凝思间，身法略滞。欧阳锋斜掌从左肘下穿出，一股劲风直扑她面门，势道雄强无比。杨过大骇，急纵而前，只见小龙女左掌已与欧阳锋右掌抵上，知道师父功力远远不及义父，时刻稍久，必受内伤，当即伸五指在欧阳锋右肘轻轻一拂，正是他新学九阴真经中的“手挥五弦”上乘功夫。他虽习练未熟，但落点恰到好处，欧阳锋手臂微酸，全身消劲。

小龙女见机何等快捷，只感敌人势弱，立即催击，此一瞬间欧阳锋全身无所防御，虽轻加一指，亦受重伤。杨过翻手抓住了师父手掌，夹在二人之间，笑道："两位且住，是自己人。"欧阳锋尚未认出是他，只觉这少年武功奇高，未可小觑，怒道："你是谁？什么自己人不自己人？"

杨过知他素来疯疯癫癫，只怕他已然忘了自己，大叫道："爸爸，是我啊，是你的儿子啊。"这几句话中充满了激情。欧阳锋一呆，拉着他手，将他脸庞转到月光下看去，正是数年来自己到处找寻的义儿，只是一来他身材长高，二来武艺了得，是以初时难以认出。他当即抱住杨过，大叫大嚷："孩儿，我找得你好苦！"两人紧紧搂在一起，都流下泪来。

小龙女自来冷漠，只道世上就只杨过一人情热如火，此时见欧阳锋也是如此，心中对下山一事更是凛然有畏，静静坐在一旁，愁思暗生。

欧阳锋那日在嘉兴王铁枪庙中与杨过分手，躲在大钟之下，教柯镇恶奈何不得。他潜运神功，治疗内伤，七日七夜之后内力已复，但给柯镇恶铁杖所击出的外伤实也不轻，一时难以痊可。他掀开巨钟，到客店中又去养了二十来天伤，这才内外痊愈，便去找寻杨过，但一隔匝月，大地茫茫，哪里还能寻到他的踪迹？寻思："这孩子九成是到了桃花岛上。"当即弄了一只小船，驶到桃花岛来，白天不敢近岛，直到黑夜，方始在后山登岸。他自知非郭靖、黄蓉二人之敌，又不知黄药师不在岛上，就算自己本领再大一倍，也打这三人不过，是以白日躲在极荒僻的山洞之中，每晚悄悄巡游。岛上布置奇妙，他也不敢随意乱走。

如此一年有余，总算他谨慎万分，白天不敢出洞一步，踪迹始终未被发觉，直到一日晚上听到武修文兄弟谈话，才知郭靖送杨过到全真教学艺之事。欧阳锋大喜，当即偷船离岛，赶到重阳宫来。

哪知其时杨过已与全真教闹翻，进了活死人墓。此事在全真教实是奇耻大辱，全教上下，人人绝口不谈，欧阳锋虽千方百计打听，却探不到半声消息。这些时日中，他踏遍了终南山周围数百里之地，却哪里知道杨过竟深藏地底，自然寻找不着。

这一晚事有凑巧，他行经山谷之旁，突见一个白衣少女对着月亮抱膝长叹。欧阳锋疯疯癫癫的问道："喂，我的孩儿在哪里？你有没见他啊？"小龙女横了他一眼，不加理睬。欧阳锋纵身上前，伸手便抓她臂膀，喝道："我的孩儿呢？"小龙女见他出手强劲，武功之高，生平从所未见，即是全真教的高手，亦是远远不及，不由得大吃一惊，忙使小擒拿手卸脱。欧阳锋这一抓原期必中，哪知竟被对方轻轻巧巧的拆解开了，也不问她是谁，左手跟着又上。两人就这么毫没来由的斗了起来。

义父义子各叙别来之情。欧阳锋神智半清半迷，过去之事早已说不大清楚，而对杨过所述也是不甚了了，只知他这些年来一直在跟小龙女练武，大声道："她武功又不及我，何必跟她练？让我来教你。"小龙女哪里跟他计较，听见后淡淡一笑，自行走在一旁。

杨过却感到不好意思，说道："爸爸，师父待我很好。"欧阳锋妒忌起来，叫道："她好，我就不好么？"杨过笑道："你也好。这世界上，就只你两个待我好。"欧阳锋的话虽然说得不明不白，杨过却也知他在几年中到处找寻自己，实是费尽了千辛万苦。

欧阳锋抓住他的手掌，嘻嘻傻笑，过了一阵，道："你的武功倒练得不错，就可惜不会世上最上乘的两大奇功。"杨过道："那是什么啊？"欧阳锋浓眉倒竖，喝道："亏你是练武之人，世上两大奇功都不知晓。你拜她为师有什么用？"杨过见他忽喜忽怒，不由得暗自担忧，心道："爸爸患病已深，不知何时方得痊愈？"欧阳锋哈哈大笑，道："嘿，让爸爸教你。那两大奇功第一是蛤蟆功，第二是九阴真经。我先来教你蛤蟆功的入门功夫。”说着便背诵口诀。杨过微笑道：“你从前教过我的，你忘了吗？”欧阳锋搔搔头皮，道：“原来你已经学过，再好也没有了。你练给我瞧瞧。”

杨过自入古墓之后，从未练过欧阳锋昔日所授的怪异功夫，此时听他一说，欣然照办。他在桃花岛时便已练过，现下以上乘内功一加运用，登时使得花团锦簇。欧阳锋笑道：“好看，好看！就是不对劲，中看不中用。我把其中诀窍尽数传了你罢！”当下指手划脚、滔滔不绝的说了起来，也不理会杨过是否记得，只是说个不停，说一段蛤蟆功，又说一段颠倒错乱的九阴真经。杨过听了半晌，但觉他每句话中都似妙义无穷，但既繁复，又古怪，一时之间又哪能领会得了这许多？

欧阳锋说了一阵，瞥眼忽见小龙女坐在一旁，叫道：“啊哟，不好，莫要给你的女娃娃师父偷听了去。”走到小龙女跟前，说道：“喂，小丫头，我在传我孩儿功夫，你别偷听。”小龙女道：“你的功夫有什么希罕？谁要偷听了？”欧阳锋侧头一想，道：“好，那你走得远远地。”小龙女靠在一株花树之上，冷冷的道：“我干么要听你差遣？我爱走就走，不爱走就不走。”欧阳锋大怒，须眉戟张，伸手要往她脸上抓去，但小龙女只作不见，理也不理。杨过大叫：“爸爸，你别得罪我师父。”欧阳锋缩回了手，说道：“好好，那就我们走得远远地，可是你跟不跟来偷听？”

小龙女心想过儿这个义父为人极是无赖，懒得再去理他，转过了头不答，不料背心上突然一麻，原来欧阳锋忽尔长臂，在她背心穴道上点了一指，这一下出手奇快，小龙女又全然不防，待得惊觉想要抵御，上身已转动不灵。欧阳锋跟着又伸指在她腰里点了一下，笑道：“小丫头，你莫心焦，待我传完了我孩儿功夫，就来放你。”说着大笑而去。

杨过正在默记义父所传的蛤蟆功与九阴真经，但觉他所说的功诀有些缠夹不清，乱七八糟，然而其中妙用极多，却是绝无可疑，潜心思索，毫不知小龙女被袭之事。欧阳锋走过来牵了他手，道："咱们到那边去，莫给你的小师父听去了。"杨过心想小龙女怎会偷听，你就是硬要传她，她也决不肯学，但义父心性失常，也不必和他多所争辩，于是随着他走远。

小龙女麻软在地，又是好气又是好笑，心想自己武功虽然练得精深，究是少了临敌的经验，以致中了李莫愁暗算之后，又遭这胡子怪人的偷袭，于是潜运九阴神功，自解穴道，吸一口气向穴道冲击几次。岂知两处穴道不但毫无松动之象，反而更加酸麻，不由得大骇。原来欧阳锋的手法刚与九阴真经逆转而行，她以王重阳的遗法冲解，竟然是求脱反固。试了几次，但觉被点处隐隐作痛，当下不敢再试，心想那疯汉传完功夫之后，自会前来解救，她万事不萦于怀，当下也不焦急，仰头望着天上星辰出了一会神，便合眼睡去。

过了良久，眼上微觉有物触碰，她黑夜视物如同白昼，此时竟然不见一物，原来双眼被人用布蒙住了，随觉有人张臂抱住了自己。这人相抱之时，初时极为胆怯，后来渐渐放肆，渐渐大胆。小龙女惊骇无已，欲待张口而呼，苦于口舌难动，但觉那人以口相就，亲吻自己脸颊。她初时只道是欧阳锋忽施强暴，但与那人面庞相触之际，却觉他脸上光滑，决非欧阳锋的满脸虬髯。她心中一荡，惊惧渐去，情欲暗生，心想原来杨过这孩子却来戏我。只觉他双手越来越不规矩，缓缓替自己宽衣解带，小龙女无法动弹，只得任其所为，不由得又是惊喜，又是害羞。

欧阳锋见杨过甚是聪明，自己传授口诀，他虽不能尽数领会，却很快便记住了，心中欣喜，越说兴致越高，直说到天色大明，才将两大奇功的要旨说完。杨过默记良久，说道："我也学过九阴真经，但跟你说的却大不相同。却不知是何故？”欧阳锋道：“胡说，除此之外，还有什么九阴真经？”杨过道：“比如练那易筋锻骨之术，你说第三步是气血逆行，冲天柱穴。我师父却说要意守丹田，通章门穴。”欧阳锋摇头道：“不对，不对……嗯，慢来……”他照杨过所说一行，忽觉内力舒发，意境大不相同。他自想不到郭靖写给他的经文其实已加颠倒窜改，不由得心中混乱一团，喃喃自语：“怎么？到底是我错了，还是你的女娃娃师父错了？怎会有这等事？”

杨过见他两眼发直，一副神不守舍的模样，连叫他几声，不闻答应，怕他疯病又要发作，心下甚是担忧，忽听得数丈外树后忽喇一声，人影一闪，花丛中隐约见到杏黄道袍的一角。此处人迹罕至，怎会有外人到此？而且那人行动鬼鬼祟祟，显似不怀好意，不禁疑心大起，急步赶去。那人脚步迅速，向前飞奔，瞧他后心，乃是一个道人。杨过叫道：“喂，是谁？你来干什么？”施展轻功，提步急追。

那道人听到呼喝，奔得更加急了，杨过微一加劲，身形如箭般直纵过去，一把拿住了他肩头，扳将过来，原来是全真教的尹志平。杨过见他衣冠不整，脸上一阵红一阵白，喝道：“你干什么？”尹志平是全真教第三代弟子的首座，武功既高，平素举止又极有气派，但不知怎的，此时竟是满脸慌张，说不出话来。杨过见他怕得厉害，想起那日他自断手指立誓，为人倒是不坏，于是放松了手，温言道：“既然没事，你就走罢！”尹志平回头瞧了几眼，慌慌张张的急步去了。

杨过暗笑：“这道士失魂落魄似的，甚是可笑。”当下回到茅屋之前，只见花树丛中露出小龙女的两只脚来，一动不动，似乎已睡着了。杨过叫了两声：“姑姑！”不闻答应，钻进树丛，只见小龙女卧在地下，眼上却蒙着一块青布。

杨过微感惊讶，解开了她眼上青布，但见她眼中神色极是异样，晕生双颊，娇羞无限。杨过问道：“姑姑，谁给你包上了这块布儿？”小龙女不答，眼中微露责备之意。杨过见她身子软瘫，似乎被人点中了穴道，伸手拉她一下，果然她动弹不得。杨过念头一转，已明原委：“定是我义父用逆劲点穴法点中了她，否则任他再厉害的点穴功夫，姑姑也能自行通解。”于是依照欧阳锋适才所授之法，给她解开了穴道。

不料小龙女穴道被点之时，固然全身软瘫，但杨过替她通解了，她仍是软绵绵的倚在杨过身上，似乎周身骨骼尽皆熔化了一般。杨过伸臂扶住她肩膀，柔声道：“姑姑，我义父做事颠三倒四，你莫跟他一般见识。”小龙女将脸藏在他的怀里，含含糊糊的道：“你自己才颠三倒四呢，不怕丑，还说人家！”杨过见她举止与平昔大异，心中稍觉慌乱，道：“姑姑，我……我……”小龙女抬起头来，嗔道：“你还叫我姑姑？”杨过更加慌了，顺口道：“我不叫你姑姑叫什么？要我叫师父么？”小龙女浅浅一笑，道：“你这般对我，我还能做你师父么？”杨过奇道：“我……我怎么啦？”

小龙女卷起衣袖，露出一条雪藕也似的臂膀，但见洁白似玉，竟无半分瑕疵，本来一点殷红的守宫砂已不知去向，羞道：“你瞧。”杨过摸不着头脑，搔搔耳朵，道：“姑姑，我不懂啊。”小龙女嗔道：“我跟你说过，不许再叫我姑姑。”她见杨过满脸惶恐，心中顿生说不尽的柔情，低声道：“咱们古墓派的门人，世世代代都是处女传处女。我师父给我点了这点守宫砂，昨晚……昨晚你这么对我，我手臂上怎么还有守宫砂呢？”杨过道：“我昨晚怎么对你啊？”小龙女脸一红，道：“别说啦。”隔了一会，轻轻的道：“以前，我怕下山去，现下可不同啦，不论你到哪里，我总是心甘情愿的跟着你。”

杨过大喜，叫道：“姑姑，那好极了。”小龙女正色道：“你怎么仍是叫我姑姑？难道你没真心待我么？”她见杨过不答，心中焦急起来，颤声道：“你到底当我是什么人？”杨过诚诚恳恳的道：“你是我师父，你怜我教我，我发过誓，要一生一世敬你重你，听你的话。”小龙女大声道：“难道你不当我是你妻子？”

杨过从未想到过这件事，突然被她问到，不由得张皇失措，不知如何回答才好，喃喃的道：“不，不！你不能是我妻子，我怎么配？你是我师父，是我姑姑。”小龙女气得全身发抖，突然“哇”的一声，喷出一口鲜血。

杨过慌了手脚，只是叫道：“姑姑，姑姑！”小龙女听他仍是这么叫，狠狠凝视着他，举起左掌，便要向他天灵盖拍落，但这一掌始终落不下去，她目光渐渐的自恼恨转为怨责，又自怨责转为怜惜，叹了一口长气，轻轻的道：“既是这样，以后你别再见我。”长袖一拂，转身疾奔下山。

杨过大叫：“姑姑，你到哪里去？我跟你同去。”小龙女回过身来，眼中泪珠转来转去，缓缓说道：“你若再见我，就只怕……只怕我……我管不住自己，难以饶你性命。”杨过道：“你怪我不该跟义父学武功，是不是？”小龙女凄然道：“你跟人学武功，我怎会怪你？”转身快步而行。

杨过一怔之下，更是不知所措，眼见她白衣的背影渐渐远去，终于在山道转角处隐没，不禁悲从中来，伏地大哭。左思右想，实不知如何得罪了师父，何以她神情如此特异，一时温柔缠绵，一时却又怨愤决绝？为什么说要做自己“妻子”，又不许叫她姑姑，想了半天，心道：“此事定然与我义父有关，必是他得罪我师父了。”

于是走到欧阳锋身前，只见他双目呆瞪，一动也不动。杨过道：“爸爸，你怎么得罪我师父啦？”欧阳锋道：“九阴真经，九阴真经。”杨过道：“你干么点了她的穴道，惹得她生这么大气？”欧阳锋道：“到底该是逆冲天柱，还是顺通章门？”杨过急道：“爸爸，我师父干么走了？你说啊，你对她怎么啦？”欧阳锋道：“你师父是谁？我是谁？谁是欧阳锋？”

杨过见他疯病大发，又是害怕，又是难过，温言道：“爸爸，你累啦，咱们到屋里歇歇去罢。”欧阳锋突然一个筋斗，倒转了身子，以头撑地，大叫：“我是谁？我是谁？欧阳锋到哪里去了？”双掌乱舞，身子急转，以手行路，其快如风的冲下山去。杨过大叫：“爸爸！”想要拉他，被他飞足踢来，正中下巴。这一脚踢得劲力好不沉重，杨过站立不定，仰后便倒。待得立直身子，只见欧阳锋已在十余丈外。

杨过追了几步，猛地住足，只呆得半晌，欧阳锋已然不见人影，四顾茫然，但见空山寂寂，微闻鸟语。他满心惶急，大叫：“姑姑，姑姑！爸爸，爸爸！”隔了片刻，四下里山谷回音，也是叫道：“姑姑，姑姑！爸爸，爸爸！”

他数年来与小龙女寸步不离，既如母子，又若姊弟，突然间她不明不白的绝裾而去，岂不叫他肝肠欲断？伤心之下，几欲在山石上一头撞死。但心中总还存着一个指望，师父既突然而去，多半也能突然而来。义父虽得罪了她，她想到我却并无过失，自然会回头寻我。

这一晚他又怎睡得安稳？只要听到山间风声响动，或是虫鸣陡起，都疑心是小龙女回来了，一骨碌爬起身来，大叫：“姑姑！”出去迎接，每次总是凄然失望。到后来索性不睡了，奔上山巅，睁大了眼四下眺望，直望到天色大亮，惟见云生谷底，雾迷峰巅，天地茫茫，就只他杨过一人而已。

杨过捶胸大号，蓦地想起：“师父既然不回，我这就找她去。只要见得着她，不管她如何打我骂我，我总是不离开她。她要打死我，就让她打死便了。”心意既决，登时精神大振，将小龙女与自己的衣服用物胡乱包了一包，负在背上，大踏步出山而去。

一到有人家处，就打听有没见到一个白衣美貌女子。大半天中，他接连问了十几个乡民，都是摇头说并没瞧见。杨过焦急起来，再次询问，出言就不免欠缺了礼貌。那些山民见他一个年青小伙子，冒冒失失的打听什么美貌闺女，心中先就有气，有一人就反问那闺女是他什么人。杨过道："你不用管。我只问你有没见到她从此间经过？"那人便要反唇相稽。旁边一个老头拉了拉他衣袖，指着东边一条小路，笑道："昨晚老汉见到有个仙女般的美人向东而去，还道是观世音菩萨下凡，却原来是老弟的相好……"杨过不听他说完，急忙一揖相谢，顺着他所指的小路急步赶了下去，虽听得背后一阵轰笑，却也没在意，怎知道那老者见他年青无礼，故意胡扯骗他。

奔了一盏茶时分，眼前出现两条岔路，不知向哪一条走才是。寻思："姑姑不喜热闹，多半是拣荒僻的路走。"当下踏上左首那条崎岖小路。岂料这条路越走越宽，几个转弯，竟转到了一条大路上来。他一日一晚没半点水米下肚，眼见天色渐晚，腹中饿得咕咕直响，只见前面房屋鳞次栉比，是个市镇，当下快步走进一家客店，叫道："拿饭菜来。"

店伴送上一份家常饭菜，杨过扒了几口，胸中难过，喉头噎住，竟是食不下咽，心道："虽然天黑，我还是得去找寻姑姑，错过了今晚，只怕今后永难相见。"当下将饭菜一推，叫道："店伴，我问你一句话。"店伴笑着过来，道："小爷有甚吩咐？可是这饭菜不合口味？小的吩咐去另做，小爷爱吃什么？"

杨过连连摇手，道："不是说饭菜。我问你，可有见到一个穿白衫子的美貌姑娘，从此间过去么？"店伴沉吟道："穿白衣，嗯，这位姑娘可是戴孝？家中死了人不是？"杨过好不耐烦，问道："到底见是没见？"店伴道："姑娘倒有，确也是穿白衫子的……"杨过喜道："向哪条路走？"店伴道："可过去大半天啦！小爷，这娘儿可不是好惹的……"突然放低声音，说道："我劝你啊，还是别去找她的好！"杨过又惊又喜，知是寻到了姑姑的踪迹，忙问："她……怎么啦？"问到此句，声音也发颤了。

那店伴道："我先问你，你知不知道那姑娘是会武的？"杨过心道："我怎会不知？"忙道："知道啊，她是会武的。"那店伴道："那你还找她干么？可险得紧哪。"杨过道："到底是什么事？"那店伴道："你先跟我说，那白衣美女是你什么人？"杨过无奈，看来不先说些消息与他，他决不能说小龙女的行踪，于是说道："她是我……是我的姊姊，我要找她。"那店伴一听，肃然起敬，但随即摇头道："不像，不像。"杨过焦躁起来，一把抓住他衣襟，喝道："你到底说是不说？"那店伴一伸舌头，道："对，对，这可像啦！"

杨过喝道："什么又是不像、又是像的？"那店伴道："小爷，你先放手，我喉管给你抓得闭住了气，嘿嘿，说不出话。要勉强说当然也可以，不过……"杨过心想此人生性如此，对他用强也是枉然，当下松开了手。那店伴咳嗽几声，道："小爷，我说你不像，只为那娘……那女……嘿嘿，你姊姊，透着比你年轻貌美，倒像是妹子，不是姊姊。说你像呢，为的是你两位都是火性儿，有一门子爱抡拳使棍的急脾气。"杨过只听得心花怒放，笑逐颜开，道："我……我姊姊跟人动武了吗？"

那店伴道："可不是么！不但动武，还伤了人呢。你瞧，你瞧。"指着桌上几条刀剑砍起的痕迹，得意洋洋的道："这事才教险呢，你姊姊本事了得，一刀将两个道爷的耳朵也削了下来。"杨过笑问："什么道爷？"心想定是全真教的牛鼻子道人给我姑姑教训了一番。那店伴道："就是那个……"说到这里，突然脸色大变，头一缩，转身便走。

杨过料知有异，不自追出，端起饭碗，举筷只往口中扒饭，放眼瞧去，只见两个道人从客店门外并肩进来。两人都是二十六七岁年纪，脸颊上都包了绷带，走到杨过之旁的桌边坐下。一个眉毛粗浓的道人一叠连声的只催快拿酒菜。那店伴含笑过来，偷空向杨过眨下眼睛，歪了歪嘴。杨过只作不见，埋头大嚼。他听到了小龙女的消息，心中极是欢畅，吃了一碗又添一碗。他身上穿的是小龙女缝制的粗布衣衫，本就简朴，一日一夜之间急赶，更是尘土满身，便和寻常乡下少年无异。那两个道士一眼也没瞧他，自行低声说话。

杨过故意唏哩呼噜的吃得甚是大声，却自全神倾听两个道人说话。

只听那浓眉道人道："皮师弟，你说韩陈两位今晚准能到么？"另一个道人嘴巴甚大，喉音嘶哑，粗声道："这两位都是丐帮中铁铮铮的汉子，与申师叔有过命的交情，申师叔出面相邀，他们决不能不到。"杨过斜眼微睨，向两人脸上瞥去，并不相识，心想："重阳宫中牛鼻子成千，我认不得他们，他们却都认得我这反出全真教的小子，可不能跟他们朝相。哼，他们打不过我姑姑，又去约什么丐帮中的叫化子作帮手。"听那浓眉道人道："说不定路远了，今晚赶不到……"那姓皮的道人道："哼，姬师兄，事已如此，多担心也没用，谅她一个娘们，能有多大……"那姓姬的道人忙道："喝酒，别说这个。"随即招呼店伴，吩咐安排一间上房，当晚就在店中歇息。

杨过听了二人寥寥几句对话，料想只消跟住这两个道人，便能见着师父。想到此处，心中欢欣无限。待二人进房，命店伴在他们隔壁也安排一间小房。

那店伴掌上灯，悄声在杨过耳畔道："小爷，你可得留神啊，你姊姊割了那两个道爷耳朵，他们准要报仇。"杨过悄声道："我姊姊脾气再好不过，怎会割人家耳朵？"那店伴阴阳怪气的一笑，低声道："她对你自然好啦，对旁人可好不了。你姊姊正在店里吃饭……嘿嘿，当真是姊姊？小的可不大相信，就算是姊姊罢，那道爷坐在她旁边，就只向她的腿多瞧了几眼，你姊姊就发火啦，拔剑跟人家动手……"他滔滔不绝，还要说下去，杨过听得隔壁已灭了灯，忙摇手示意，叫他免开尊口，心中暗暗生气："那两个臭道人定是见到姑姑美貌，不住瞧她，惹得她生气。哼，全真教中又怎有好人？"又想："姑姑曾到重阳宫中动手，那两个道人自然认得她，脸上的模样还能好看得了？"

他等店伴出去，熄灯上炕，这一晚是决意不睡的了，默默记诵了一遍欧阳锋所授的两大神功秘诀，但这两项秘诀本就十分深奥，欧阳锋说得又太也杂乱无章，他记得住的最多也不过两三成而已，这时也不敢细想，生怕想得出了神，对隔房动静竟然不知。

这般静悄悄的守到中夜，突然院子中登登两声轻响，有人从墙外跃了进来。接着隔房窗子啊的一声推开。姓姬的道人问道："是韩陈两位么？"院子中一人答道："正是。"姬道人道："请进罢！"轻轻打开房门，点亮油灯。杨过全神贯注，倾听四人说话。

只听那姓姬的道人说道："贫道姬清虚，皮清玄，拜见韩陈两位英雄。"杨过心道："全真教下以'处志清静'四字排行，这两个牛鼻子是全真教中的第四代弟子，不知是郝大通还是刘处玄哪一条老牛的门下。"听得一个嗓音尖锐的人说道："我们接到你申师叔的帖子，马不停蹄的赶来。那小贱人当真十分了得么？"姬清虚道："说来惭愧，我们师兄弟跟她打过一场，不是她的对手。"

那人道："这女子的武功是什么路数？"姬清虚道："申师叔疑心她是古墓派传人，是以年纪虽小，身手着实了得。"杨过听到"古墓派"三字，不自禁轻轻"哼"了一声。

只听姬清虚又道："可是申师叔提起古墓派，这小丫头却对赤练仙子李莫愁口出轻侮言语，那么又不是了。"那人道："既是如此，料来也没什么大来头。明儿在哪里相会？对方有多少人？”姬清虚道：“申师叔和那女子约定，明儿正午，在此去西南四十里的豺狼谷相会，双方比武决胜。对方有多少人，现下还不知道。我们既有丐帮英雄韩陈两位高手压阵助拳，也不怕他们人多。”另一个声音苍老的人道：“好，我哥儿俩明午准到。韩老弟，咱们走罢。”

姬清虚送到门口，压低了语声说道：“此处离重阳宫不远，咱们比武的事，可不能让宫中马、刘、丘、王几位师祖知晓，否则我们会受重责。”那姓韩的哈哈一笑，说道：“你们申师叔的信中早就说了，否则的话，重阳宫中高手如云，何必又来约我们两个外人作帮手？”那姓陈的道：“你放心，咱们决不泄漏风声就是。别说不能让马刘丘王郝孙六位真人得知，你们别的师伯、师叔们知道了恐怕也不大妥当。”两名道人齐声称是。杨过心想：“他们联手来欺我姑姑，却又怕教里旁人知道，哼，鬼鬼祟祟，作贼心虚。”

只听那四人又低声商量了几句，韩陈二人越墙而出，姬清虚和皮清玄送出墙去。

杨过见陆无双危在顷刻，再也延缓不得，伸指在牛臀上一戳。那牯牛放开四蹄，向六人直冲过去。六人恶斗正酣，突然见到疯牛冲来，都吃了一惊，四下纵开避让。

第八回

白衣少女

杨过轻轻推开窗门，闪身走进姬皮二道房中，但见炕上放着两个包裹，拿起一个包裹一掂，里面有二十来两银子，心想："正好用作盘缠。"当下揣在怀里。另一个包裹四尺来长，却是包着两柄长剑。他分别拔出，使重手法将两柄剑都折断了，重行还归入鞘，再将包裹包好，正要出房，转念一想，拉开裤子，在二道被窝中拉了一大泡尿。

耳听得有人上墙之声，知道这两个道士的轻身功夫也只寻常，不能一跃过墙，须得先跳上墙头，再纵身下地，当下闪身回房，悄悄掩上房门，两个道人竟然全无知觉。杨过俯耳于墙，倾听隔房动静。

只听两个道人低声谈论，对明日比武之约似乎胜算在握，一面解衣上炕，突然皮清玄叫了起来："啊，被窝中湿漉漉的是什么？啊，好臭，姬师兄，你这么懒，在被窝中拉尿？"姬清虚啐道："什么拉尿？"接着也大叫了起来："哪里来的臭猫子到这儿拉尿。"皮清玄道："猫儿拉尿哪有这样多？"姬清虚道："咦，奇怪……哎，银子呢？"房中霎时一阵大乱，两人到处找寻放银两的包裹。杨过暗暗好笑。只听得皮清玄大声叫道："店伴儿，店伴儿，你们这里是黑店不是？半夜三更偷客人银子？"

两人叫嚷了几声，那店伴睡眼惺忪的起来询问。皮清玄一把抓住他胸口，说他开黑店。那店伴叫起撞天屈来，惊动了客店中掌柜的、烧火的、站堂的都纷纷起来，接着住店的客人也挤过来看热闹。杨过混在人丛之中，只见那店伴大逞雄辩，口舌便给，滔滔不绝，只驳得姬皮二道哑口无言。这店伴生性最爱与人斗口，平素没事尚要撩拨旁人，何况此时有人惹上头来，更何况他是全然的理直气壮？只说得口沫横飞，精神越来越旺。姬皮二道老羞成怒，欲待动手，但想到教中清规，此处是终南山脚下，怎敢胡来？只得忍气吞声，关门而睡。那店伴兀自在房外唠叨不休。

次日清晨，杨过起来吃面，那多嘴店伴过来招呼，口中喃喃不绝的还在骂人。杨过笑问："那两个贼道怎么啦？"店伴得意洋洋，说道："直娘贼，这两个臭道士想吃白食、住白店，本来瞧在重阳宫的份上，那也不相干，可是他们竟敢说我们开黑店。今儿天没亮，两个贼道就溜走了。哼，老子定要告到重阳宫去，全真教的道爷成千成万，哪一个不是严守清规戒律？这两个贼道的贼相我可记得清清楚楚，定要认了他们出来……"杨过暗暗好笑，又挑拨了几句，给了房饭钱，问明白去豺狼谷的路径，迈步便行。

转瞬间行了三十余里，豺狼谷已不在远，眼见天色尚只辰初。杨过心道："我且躲在一旁，瞧姑姑怎生发付那些歹人。最好别让姑姑先认出我来。"想起当日假扮庄稼少年耍弄洪凌波之事，心下甚是得意，决意依样葫芦，再来一次，当下走到一家农舍后院，探头张望，只见牛栏中一条大牯牛正在发威，低头挺角，向牛栏的木栅猛撞，登登大响。杨过心念一动："我就扮成个牧童，姑姑乍见之下，定然认我不出。"

他悄悄跃进农舍，屋中只有两个娃娃坐在地下玩土，见到了吓得不敢作声。他找了套农家衣服换上，穿上草鞋，抓一把土搓匀了抹在脸上，走近牛栏，只见壁上挂着一个斗笠、一枝短笛，正是牧童所用之物，心中甚喜，这样一来，扮得更加像了，于是摘了斗笠戴起，拿一条草绳缚在腰间，将短笛插在绳里，然后开了栏门。那牯牛见他走近，已在荷荷发怒，一见栏门大开，登时发足急冲出来，猛往他身上撞去。

杨过左掌在牛头上一按，飞身上了牛背。这牯牛身高肉壮，足足有七百来斤重，毛长角利，甚是雄伟，一转眼已冲上了大路。它正当发情，暴躁异常，出力跳跃颠荡，要将杨过震下背来。杨过稳稳坐着，极是得意，笑叱道："你再不听话，可有苦头吃了。"提起手掌，用掌缘在牛肩上一斩。这一下他只使了二成内力，可是那牯牛便已痛得抵受不住，大声吽叫，正要跃起发威，杨过又是一掌斩了下去。这般连斩十余下，那牯牛终于不敢再行倔强。杨过又试出只要用手指戳它左颈，它就转右，戳它右颈，立即转左，戳后则进，戳前即退，居然指挥如意。

杨过大喜，猛力在牛臀上用手指一戳，牯牛向前狂奔，竟是迅速异常，几若奔马，不多时穿过一座密林，来到一个四周群山壁立的山谷，正与那店伴所说的无异。当下跃落牛背，任由牯牛在山坡上吃草，手中牵着绳子，躺在地下装睡。

他不住望着头顶太阳，只见红日渐渐移到中天，心中越来越是慌乱，生怕小龙女不理对方的约会，竟然不来。四下里一片寂静，只有那牯牛不时发出几下鸣声。突然山谷口有人击掌，接着南边山后也传来几下掌声。杨过躺在坡上，跷起一只泥腿，搁在膝上，将斗笠遮住了大半边脸，只露出右眼在外。

过了一会，谷口进来三个道人。其中两个就是昨日在客店中见过的姬清虚与皮清玄，另一个约莫四十来岁年纪，身材甚矮，想来就是那个什么"申师叔"了，凝目看他相貌，依稀在重阳宫曾经见过。跟着山后也奔来两人。一个身材粗壮，另一个面目苍老，满头白发，两人都是乞丐装束，自是丐帮中的韩陈二人。五人相互行近，默默无言的只一拱手，各人排成一列，脸朝西方。

就在此时，谷口外隐隐传来一阵得得蹄声，那五人相互望了一眼，一齐注视谷口，只听得蹄声细碎，越行越近，谷口黑白之色交映，一匹黑驴驮着一个白衣女子疾驰而来。杨过遥见之下，心中一凛："不是姑姑！难道又是他们的帮手？"只见那女子驰到距五人数丈处勒定了黑驴，冷冷的向各人扫了一眼，脸上全是鄙夷之色，似乎不屑与他们说话。

姬清虚叫道："小丫头，瞧你不出，居然有胆前来，把帮手都叫出来罢。"那女子冷笑一声，刷的一声，从腰间拔出一柄又细又薄的弯刀，宛似一弯眉月，银光耀眼。姬清虚道："我们这里就只五个，你的帮手几时到来，我们可不耐烦久等。"那女子一扬刀，说道："这就是我的帮手。"刀锋在空中划过，发出一阵嗡嗡之声。

此言一出，六个人尽皆吃惊。那五人惊的是她孤身一个女子，居然如此大胆，也不约一个帮手，竟来与武林中的五个好手比武。杨过却是失望伤痛之极，满心以为在此必能候到小龙女，岂知所谓"白衣美貌女子"，竟是另有其人，陡然间胸口逆气上涌，再也难以自制，"哇"的一声，放声大哭。

他这一哭，那六个人却也吃了一惊，但见是山坡上一个牵牛放草的牧童，自是均未在意，料来乡下一个小小孩童受了什么委屈，因而在此啼哭。姬清虚指着那姓韩的道："这位是丐帮中的韩英雄。"指着那姓陈的道："这位是丐帮中的陈英雄。"又指着"申师叔"道："我们师叔申志凡申道长，你曾经见过的。"那女子全不理睬，眼光冷冷，在五人脸上扫来扫去，竟将对方视若无物。

申志凡道："你既只一人来此，我们也不能跟你动手。给你十日限期，十天之后，你再约四个帮手，到这里相会。"那女子道："我说过已有帮手，对付你们这批酒囊饭袋，还约什么人？"申志凡怒道："你这女娃娃，当真狂得可以……"他本待破口喝骂，终于强忍怒气，问道："你到底是不是古墓派的？"那女子道："是又怎样？不是又怎样？牛鼻子老道，你敢跟姑娘动手呢还是不敢？"申志凡见她孤身一人，却是有恃无恐，料得她必定预伏好手在旁，古墓派的李莫愁却是个惹不得的人物，于是说道："姑娘，我倒要请问，你平白无端的伤了我派门人，到底是什么原因？倘若曲在我方，小道登门向你师父谢罪，要是姑娘说不出一个缘由，那可休怪无礼。"

那女子冷然一笑，道："自然是因你那两个牛鼻子无礼，我才教训他们。不然天下杂毛甚多，何必定要削他们两个的耳朵？"申志凡愈是见她托大，愈是惊疑不定。那姓陈乞丐年纪虽老，火气却是不小，抢上一步，喝道："小娃娃，跟前辈说话，还不下驴？"说着身形晃处，已欺到黑驴跟前，伸手去抓她右臂。这一下出手迅速之极，那女子不及闪躲，立时被他抓住，她右手握刀，右臂被抓，已不能挥刀挡架。

不料冷光闪动，那女子手臂一扭，一柄弯刀竟然还是劈了下来。那陈姓乞丐大骇，急忙撒手，总算他见机极快，变招迅捷，但两根手指已被刀锋划破。他急跃退后，拔出单刀，哇哇大叫："贼贱人，你当真活得不耐烦啦。"那姓韩乞丐从腰间取出一对链子锤，申志凡亮出长剑。姬清虚与皮清玄也抓住剑柄，拔剑出鞘，陡觉手上重量有异，两人不约而同"咦"的一声，大吃一惊，原来手中抓住的各是半截断剑。

那女子见到二道狼狈尴尬的神态，不禁噗哧一笑。杨过正自悲伤，听到那女子笑声，见到二道的古怪模样，也不自禁的破涕为笑。只见那女子一弯腰，刷的一刀，往皮清玄头上削去。皮清玄急忙缩头，哪知她这一刀意势不尽，手腕微抖，在半空中转了个弯，终于划中皮清玄的右额，登时鲜血迸流。其余四人又惊又怒，团团围在她黑驴四周。姬皮二人退在后面，手里各执半截断剑，抛去是舍不得，拿着可又没用，不知如何是好。

那女子一声清啸，左手一提缰绳，胯下黑驴猛地纵出数丈。韩陈二丐当即追近，刀锤纷举，攻了上去。申志凡跟着抢上，使开全真派剑法，剑剑刺向敌人要害。杨过看他剑法虽狠，但比之尹志平、赵志敬等大有不如，料来是“志”字辈中的三四流脚色。

他此时心神略定，方细看那女子容貌，只见她一张瓜子脸，颇为俏丽，年纪似尚比自己小着一两岁，无怪那店伴不信这个“白衣美貌女子”是他姊姊。她虽也穿着一身白衣，但肤色微黑，与小龙女的皎白胜雪截然不同。但见她刀法轻盈流动，大半却是使剑的路子，刺削多而砍斫少。杨过只看了数招，心道：“她使的果然是我派武功，难道又是李莫愁的弟子?”心想两边都不是好人，不论谁胜谁败，都不必理会，又想：“凭你也配称什么‘白衣美貌女子’了？你给我姑姑做丫鬟也不配。”于是曲臂枕头，仰天而卧，斜眼观斗。

起初十余招那少女居然未落下风，她身在驴背，居高临下，弯刀挥处，五人不得不跳跃闪避。又斗十余招，姬清虚见手中这柄断剑实在管不了用，心念一动，叫道：“皮师弟，跟我来。”奔向旁边树丛，拣了一株细长小树，用断剑齐根斩断，削去枝叶，俨然是一根杆棒。皮清玄依样削棒。二道左右夹攻，挺棒向黑驴刺去。

那少女轻叱：“不要脸!”挥刀挡开双棒，就这么一分心，那姓韩乞丐的链子锤与申志凡的长剑前后齐到。那少女急使险招，低头横身，铁锤夹着一股劲风从她脸上掠过。当的一声，弯刀与长剑相交。就在此时，黑驴负痛长嘶，前足提了起来，原来被姬清虚刺了一棒。那姓陈乞丐就地打个滚，展开地堂刀法，刀背在驴腿上重重一击，黑驴登时跪倒。这么一来，那少女再也不能乘驴而战，眼见剑锤齐至，当即飞身而起，左手已抓住皮清玄的杆棒，用力一拗，杆棒断成两截。她双足着地，回刀横削，格开那姓陈乞丐砍来的一刀。杨过一惊："怎么？她已受了伤？"

原来那少女左足微跛，纵跃之间显得不甚方便，一直不肯下驴，自是为了这个缘故。杨过侠义之心顿起，待要插手相助，转念想道："我和姑姑好端端在古墓中长相厮守，都是那恶女人李莫愁到来，才闹到这步田地。这女子又冒充我姑姑，要人叫她'白衣美貌女子'，好不要脸！"当下转过了头，不去瞧她。

耳听得兵刃相交叮当不绝，好奇心终于按捺不住，又回过头来，但见相斗情势已变，那少女东闪西避，已是遮拦多还手少。突然那姓韩乞丐铁锤飞去，那少女侧头让过，正好申志凡长剑削到，玎的一声轻响，将她束发的银环削断了一根，半边鬓发便披垂下来。那少女秀眉微扬，嘴唇一动，脸上登如罩了一层严霜，反手还了一刀。

杨过见她扬眉动唇的怒色，心中剧烈一震："姑姑恼我之时，也是这般神色。"只因那少女这一发怒，杨过立时决心相助，当下拾起七八块小石子放入怀中，但见她左支右绌，神情已十分狼狈。申志凡叫道："你与赤练仙子李莫愁到底怎生称呼？再不实说，可莫怪我们不客气了！"那少女弯刀横回，突从他后脑钩了过来。申志凡没料到她会忽施突袭，挡架不及。姓陈乞丐急叫："留神！"姬清虚猛力举杆棒向弯刀背上击去，才救了申志凡性命。五人见她招数如此毒辣，下手再不容情。霎时之间，那少女连遇险招。申志凡料想这少女与李莫愁必有渊源，日后被那赤练魔头得知讯息，那可祸患无穷，眼见她并无后援，正好杀了灭口，于是招招指向她的要害。

杨过见她危在顷刻，再也延缓不得，翻身上了牛背，随即溜到牛腹之下，双足勾住牛背，伸指在牛臀上一戳。那牯牛放开四蹄，向六人直冲过去。

六人恶斗正酣，突然见到疯牛冲来，都吃了一惊，四下纵开避让。

杨过伏在牛腹之下，看准了五个男子的背心穴道，小石子一枚枚掷出，或中“魂门”，或中“神堂”，但听得呛啷、啪喇、“哎唷”连响，五人双臂酸麻，手中兵刃纷纷落地。杨过却已驱赶牯牛回上山坡。他从牛腹下翻身落地，大叫大嚷：“啊哟，大牯牛发疯啦，这可不得了啦！”

申志凡穴道被点，兵刃脱手，又不见敌人出手，自料是那少女的帮手所为，此人武功如此高明，哪里还敢恋战？幸好双腿仍能迈步，发足便奔，总算他尚有义气，叫道：“陈大哥，韩兄弟，咱们走罢！”余人不暇细想，也都跟着逃走。皮清玄慌慌张张，不辨东西，反而向那少女奔去。姬清虚大叫：“皮师弟，到这里来！”皮清玄待要转身，那少女抢上一步，弯刀斫将下来。皮清玄大惊，手中又无兵刃，急忙偏身闪避，岂知那少女弯刀斫出时方向不定，似东实西，如上却下，冷光闪处，已砍到了他面门。皮清玄危急中举手挡格，擦的一声，弯刀已削去了他四根手指。他尚未觉得疼痛，回头急逃。

姓韩乞丐逃出十余步，见陆无双不再追来，心道：“这丫头跛了脚，怎追我得上？”想到她足跛，不自禁的向她左腿瞧了一眼，转身又奔。岂知这一下正犯了那少女的大忌，登时怒气勃发，不可抑止，叫道：“贼叫化，你道我追你不上么？”舞动弯刀，挥了几转，呼的一声，猛地掷出。只见那弯刀在半空中银光闪闪，噗的一声，插入那姓韩乞丐左肩。那人一个踉跄，肩头带着弯刀，狂奔而去。不多时五人均已窜入了树林。

那少女冷笑几声，心中大是狐疑：“难道有人伏在左近？他为什么要助我？”自己使惯了的银弧刀给那姓韩乞丐带了去，不禁有些可惜，拾起那姓陈乞丐掉在地下的单刀拿在手里，急步往四下树林察看，静悄悄的没半个人影，回到谷中。但见杨过哭丧着脸坐在地下，呼天抢地的叫苦。

那少女问道："喂，牧童儿，你叫什么苦?"杨过道："这牛儿忽然发疯，身上撞烂了这许多毛皮，回去主人家定要打死我。"那少女看那牯牛，但见毛色光鲜，也没撞损什么，说道："好罢，总算你这牛儿帮了我一个忙，给你一锭银子。"说着从怀中掏出一锭三两银子的元宝，掷在地下。她想杨过定要大喜称谢，哪知他仍是愁眉苦脸，摇着头不拾银子。那少女道："你怎么啦?傻瓜，这是银子啊。"杨过道："一锭不够。"那少女又取出一锭银子掷在地下。杨过有意逗她，仍是摇头。

那少女恼了，秀眉一扬，沉脸骂道："没啦，傻瓜!"转身便走。杨过见了她发怒的神情，不自禁的胸头热血上涌，眼中发酸，想起小龙女平日责骂自己的模样，心意已决："一时之间若是寻不着姑姑，我就尽瞧这姑娘恼怒的样儿便了。"当下伸手抱住她右腿，叫道："你不能走!"那少女用力一挣，却被他牢牢抱住了挣不脱，更是发怒，叫道："放开!你拉着我干么?"杨过见她怒气勃勃，心中愈是乐意，叫道："我回不了家啦，你救命。"跟着便大叫："救命，救命!"

那少女又好气又好笑，举刀喝道："你再不放手，我一刀砍死你。"杨过抱得更加紧了，假意哭了起来，说道："你砍死我算啦，反正我回家去也活不成。"那少女道："你要怎地?"杨过道："我不知道，我跟着你去。"那少女心想："没来由的惹得这傻瓜跟我胡缠。"提刀便砍了下去。杨过料想她不会真砍，仍是抱住她小腿不放，哪知这少女出手狠辣，这一刀真是砍向他头顶，虽不想取他性命，却要在他头顶砍上一刀，好叫他吃点苦头，不敢再来歪缠。杨过见单刀直砍下来，待刀锋距头不过数寸，一个打滚避开，大叫：

“杀人哪，杀人哪！”

那少女更加恼怒，抢上又是挥刀砍去。杨过横卧地下，双脚乱踢，大叫：“我死啦，我死啦！”他一双泥足瞎伸乱撑，模样要有多难看就有多难看，但那少女几次险些被他踢中手腕，始终砍他不中。杨过见她满脸怒色，正是要瞧这副嗔态，不由得痴痴的凝望。那少女见他神色古怪，喝道：“你起来！”杨过道：“那你杀我不杀？”那少女道：“好，我不杀你就是。”杨过慢慢爬起，呼呼呼的大声喘息，暗中运气闭血，一张脸登时惨白，全无血色，就似吓得魂不附体一般。

那少女心中得意，“呸”了一声道：“瞧你还敢不敢胡缠？”举刀指着山坡上皮清玄那几根被割下来的手指，说道：“人家这般凶神恶煞，我也砍下他的爪子来。”杨过装出惶恐畏惧模样，不住退缩。那少女将单刀插在腰带上，转身找寻黑驴，可是那驴子早已逃得不知去向，只得徒步而行。

杨过拾起银子，揣在怀里，牵了牛绳跟在她后面，叫道：“姑姑，你带我去。”那少女哪加理睬，加快脚步，转眼间将他抛得影踪不见。哪知刚歇得一歇，只见他牵着牯牛远远奔来，叫道：“带我去啊，带我去啊。”那少女秀眉紧蹙，展开轻功，一口气奔出数里，只道他再也追赶不上，不料过不多时，又隐隐听到“带我去啊”的叫声。那少女怒从心起，反身奔去，拔出单刀，高高举起。杨过叫道：“啊哟！”抱头便逃。那少女只要他不再跟随，也就罢了，转身再行。

走了一阵，听得背后一声牛鸣，回头望时，但见杨过牵了牯牛遥遥跟在后面，相距约有三四十步。那少女站定脚步等他过来。可是杨过见她不走，也就立定不动，她如前行，当即跟随，若是返身举刀追来，他转头就逃。这般追追停停，天色已晚，那少女始终摆脱不了他的纠缠。她见这小牧童虽然傻里傻气，脚步却是异常迅捷，想是在山地中奔跑惯了，要待追上去打晕了他，或是砍伤他两腿，每次总是给他连滚带爬、惊险异常的溜脱。

又缠了几次，那少女左足跛了，行得久后，甚感疲累，于是心生一计，高声叫道："好罢，我带你走便是，你可得听我的话。"杨过喜道："你当真带我去？"那少女道："是啊，干么要骗你？我走得累了，你骑上牛背，也让我骑着。"杨过牵了牯牛快步走近，暮霭苍茫中见她眼光闪烁，知她不怀好意，当下笨手笨脚的爬上了牛背。那少女右足一点，轻轻巧巧的跃上，坐在杨过身前，心想："我驴子逃走了，骑这牯牛倒也不坏。"足尖在牛胁上重重一踢。牯牛吃痛，发蹄狂奔。那少女微微冷笑，蓦地里手肘用力向后撞去，正中杨过胸口。杨过叫声"啊哟！"一个筋斗翻下了牛背。

那少女甚是得意，心想："任你无赖，此次终须着了我的道儿。"伸指在牛胁里一戳，那牯牛奔得更加快了，忽听杨过仍是大叫大嚷，声音就在背后，一回头，只见他两手牢牢拉住牛尾，双足离地，给牯牛拖得腾空飞行，满脸又是泥沙，又是眼泪鼻涕，情状之狼狈实是无以复加，可偏偏就是不放牛尾。那少女无法可施，提起单刀正要往他手上砍去，忽听人声喧哗，原来牯牛已奔到了一个市集上。人众拥挤，牯牛无路可走，终于停了下来。

杨过有意要逗那少女生气以瞧她的怒色，躺在地下大叫："我胸口好疼啊，你打死我啦！"市集上众人纷纷围拢，探问缘由。

那少女钻入人丛，便想乘机溜走，岂知杨过从地下爬将过去，又已抱住她右腿，大叫："别走，别走啊！"旁人问道："干什么？你们吵些什么？"杨过叫道："她是我媳妇儿，我媳妇儿不要我，还打我。"那人道："媳妇儿打老公，那还成什么世界？"那少女柳眉倒竖，左脚踢出。杨过把身旁一个壮汉一推，这一脚正好踢在他的腰里。那大汉怒极，骂道："小贱人，踢人么？"提起醋钵般的拳头捶去。那少女在他手肘上一托，借力挥出，那大汉二百来斤的身躯忽地飞起，在空中哇哇大叫，跌入人丛，只压得众人大呼小叫，乱成一团。

那少女竭力要挣脱杨过，被他死命抱住了却哪里挣扎得脱？眼见又有五六人抢上要来为难，只得低头道："我带你走便是，快放开。"杨过道："你还打不打我？"那少女道："好，不打啦！"杨过这才松手，爬起身来。二人钻出人丛，奔出市集，但听后面一片叫嚷之声。杨过居然在百忙之中仍是牵着那条牯牛。

杨过笑嘻嘻的道："人家也说，媳妇儿不可打老公。"那少女恶狠狠的道："死傻蛋，你再胡说八道，说我是你媳妇儿什么，瞧我不把你的脑袋瓜子砍了下来。"说着提刀一扬。杨过抱住脑袋，向旁逃过几步，求道："好姑娘，我不敢说啦。"那少女啐道："瞧你这副脏模样，丑八怪也不肯嫁你做媳妇儿。"杨过嘻嘻傻笑，却不回答。

此时天色昏暗，两人站在旷野之中，遥望市集中炊烟袅袅升起，腹中都感饥饿。那少女道："傻蛋，你到市上去买十个馒头来。"杨过摇头道："我不去。"那少女脸一沉，道："你干么不去？"杨过道："我才不去呢！你骗我去买馒头，自己偷偷的溜了。"那少女道："我说过不溜就是了。"杨过只是摇头。那少女握拳要打，他却又快步逃开。两人绕着大牯牛，捉迷藏般团团乱转。那少女一足跛了，行走不便，眼见这小子跌倒爬起，大呼小叫，自己虽有轻身功夫，却总是追他不上。

她恼怒已极，心想自己空有一身武功，枉称机智乖巧，却给这个又脏又臭的乡下小傻蛋缠得束手无策，算得无能之至。也是杨过一副窝囊相装得实在太像，否则她几次三番杀不了这小傻蛋，心中早该起疑。她沿着大道南行，眼见杨过牵着牯牛远远跟随，心中计算如何出其不意的将他杀了。走了一顿饭功夫，天色更加黑了，只见道旁有一座破旧石屋，似乎无人居住，寻思："今晚我就睡在这里，等那傻瓜半夜里睡着了，一刀将他砍死。”当即向石屋走去，推门进去，只觉尘气扑鼻，屋中桌椅破烂，显是废弃已久。她割些草将一张桌子抹干净了，躺在桌上闭目养神。

只见杨过并不跟随进来，她叫道：“傻蛋，傻蛋！”不听他答应，心想：“难道这傻蛋知道我要杀他，因而逃了！”当下也不理会，过了良久，迷迷糊糊的正要想睡，突然一阵肉香扑鼻。她跳起身来，走到门外，但见杨过坐在月光之下，手中拿着一大块肉，正自张口大嚼，身前生了一堆火，火上树枝搭架，挂着野味烧烤，香味一阵阵的送来。

杨过见她出来，笑了笑道：“要吃么？”将一块烤得香喷喷的腿肉掷了过去。那少女接在手中，似是一块黄麖腿肉，肚中正饿，撕下一片来吃了，虽然没盐，却也甚是鲜美，当下坐在火旁，斯斯文文的吃了起来。她先将腿肉一片片的撕下，再慢慢咀嚼，但见杨过吃得唾沫乱溅，嗒嗒有声，不由得恶心，欲待不吃，腹中却又饥饿，只得转过了头不去瞧他。

她吃完一块，杨过又递了一块给她。那少女道：“傻蛋，你叫什么名字？”杨过愣愣的道：“你是神仙不是？怎知道我名叫傻蛋？”那少女心中一乐，笑道：“哈，原来你就叫傻蛋。你爸爸妈妈呢？”杨过道：“都死光啦。你叫什么名字？”那少女道：“我不知道。你问来干么？”杨过心想：“你不肯说，我且激你一激。”得意洋洋的道：“我知道啦，你也叫傻蛋，因此不肯说。”那少女大怒，纵起身来，举拳往他头上猛击一记，骂道：“谁说我叫傻蛋？你自己才是傻蛋。”杨过哭丧着脸，抱头说道：“人家问我叫什么名字，我说不知道，人家就叫我傻蛋。你也说不知道，自然也是傻蛋啦。”那少女道：“谁说不知道了？我不爱跟你说就是。我姓陆，知不知道？”

这少女就是当日在嘉兴南湖中采莲的幼女陆无双。她与表姊程英、武氏兄弟采摘花朵时摔断了腿，武三娘为她接续断骨，适在此时洪凌波奉师命来袭，以致接骨不甚妥善，伤愈之后左足短了寸许，行走时略有跛态。她皮色虽然不甚白皙，但容貌秀丽，长大后更见娇美，只是一足跛了，不免引以为恨。

那日李莫愁杀了她父母婢仆，将她掳去，本来也要杀害，但见到她颈中所系的锦帕，记起她伯父陆展元昔日之情，迟迟不忍下手。陆无双聪明精乖，知道落在这女魔头手中，生死系于一线，这魔头来去如风，要逃是万万逃不走的，于是一起始便曲意迎合，处处讨好，竟奉承得那杀人不眨眼的赤练仙子加害之意日渐淡了。李莫愁有时记起当年恨事，就将她叫来折辱一场。陆无双故意装得蓬头垢面，一跷一拐。李莫愁见了她这副可怜巴巴的模样，胡乱打骂一番，出了心中之气，也就不为已甚。陆无双如此委曲求全，也亏她一个小小女孩，居然在这大魔头门下挨了下来。

她将父母之仇暗藏心中，丝毫不露。李莫愁问起她的父母，她总是假装想不起来。当李莫愁与洪凌波练武之时，她就在旁递剑传巾、斟茶送果的侍候，十分殷勤。她武学本有些根柢，看了二人练武，心中暗记，待李洪二人出门时便偷偷练习，平时更加意讨好洪凌波。后来洪凌波乘着师父心情甚佳之时代陆无双求情，也拜在她门下作了徒弟。

如是过了数年，陆无双武功日进，只是李莫愁对她总是心存疑忌，别说最上乘的武功，就是第二流的功夫也不肯传授。倒是洪凌波见她可怜，暗中常加点拨，因此她的功夫说高固然不高，说低却也不低。这日李莫愁与洪凌波师徒先后赴活死人墓盗“玉女心经”，陆无双见她们长久不归，决意就此逃离魔窟，回江南去探访父母的生死下落。她幼时虽见父母被李莫愁打得重伤，料来凶多吉少，究未亲见父母逝世，心中总存着一线指望，要去探个水落石出。临走之时，心想一不做，二不休，竟又盗走了李莫愁的一本《五毒秘传》，那是记载诸般毒药和解药的抄本。

她左足跛了，最恨别人瞧她跛足，那日在客店之中，两个道人向她的跛足多看了几眼，她立即出言斥责，那两个道人脾气也不甚好，三言两语，动起手来，她使弯刀削了两个道人的耳朵，才有日后豺狼谷的约斗。当日李莫愁掳她北去之时，她在窑洞口与杨过曾见过一面，但其时二人年幼，日后都变了模样，数年前匆匆一会，这时自然谁都记不起了。

陆无双吃完两块烤肉，也就饱了。杨过却借着火光掩映，看她的脸色，心道："我姑姑此刻不知身在何处？眼前这女子若是姑姑，我烤麂腿给她吃，岂不是好？"心下寻思，呆呆的凝望着她，竟似痴了。陆无双哼了一声，心道："你这般无礼瞧我，现下且自忍耐，半夜里再杀你。"当即回入石屋中睡了。

睡到中夜，她悄悄起来，走到屋外，只见火堆边杨过一动不动的睡着，火堆早已熄了，于是蹑手蹑足的走到他身后，手起刀落，往他背心砍去，突然手腕一抖，虎口震得剧痛，登时把捏不定，当的一声，单刀脱手，只觉中刀之处似铁似石。她一惊非小，急忙转身逃开，心道："难道这傻蛋竟练得周身刀枪不入？"奔出数丈，见杨过并不追来，回头一望，只见他仍是伏在火边不动。

陆无双疑心大起，叫道："傻蛋，傻蛋！我有话跟你说。"杨过只是不应。她凝神细看，但见杨过身形缩成一团，模样极是古怪，当下大着胆子走近，见他竟然不似人形，伸手摸了摸，衣服下硬硬的似是一块大石。抓住衣服向上提起，衣服下果然是一块岩石，又哪里有杨过的人在？

她呆了一呆，叫道："傻蛋，傻蛋！"不听答应，当下侧耳倾听，似乎屋子中传出一阵阵鼾声，循声寻去，只见杨过正睡在她适才所睡的桌上，背心向外，鼾声大作，浓睡正酣。陆无双盛怒之下，也不去细想他怎会突然睡到了桌上，立即纵身而上，提起单刀，挺刀尖向他背心插落。

这一下刀锋入肉，手上绝无异感，却听杨过打了几下鼾，说起梦话来："谁在我背上搔痒，嘻嘻，别闹，别闹，我怕痒。"

陆无双惊得脸都白了，双手发颤，心道："此人难道竟是鬼怪？"转身欲逃，一时之间双足竟然不听使唤。只听他又说梦话："背上好痒，定是小老鼠来偷我的黄麖肉。"伸手背后，从衣衫底下拉出半爿黄麖，啪的一声，抛在地下。陆无双舒了一口长气，这才明白："原来这傻蛋将黄麖肉放在背上，刚才这刀刺在兽肉上啦，却教我虚惊一场。"

她连刺两次失误，对杨过憎恨之心更加强了，咬牙低声道："臭傻蛋，瞧我这次要不要了你的小命。"闪身扑上，举刀向他背心猛砍。杨过于鼾声呼呼中翻了个身，这一刀啪的一声，砍在桌上，深入木里。

陆无双手上运劲，待要拔刀，杨过正做什么恶梦，大叫："妈啊，妈啊，小老鼠来咬我啊。"两条泥腿倏地伸出，左腿搁在陆无双臂弯里的"曲池穴"，右腿却搁在她肩头的"肩井穴"。这两处都是人身大穴，他两条泥腿摔将下来，无巧不巧，恰好撞正这两处穴道。陆无双登时动弹不得，呆呆的站着，让身子作了他搁腿的架子。

她心中怒极，身子虽不能动，口中却能说话，喝道："喂，傻蛋，快把臭脚拿开。"只听他打呼声愈加响了。她不知如何是好，恼恨之下，张口将唾沫向他吐去。杨过翻了个身，右脚尖漫不经意的掠了过来，正好在她"巨骨穴"上轻轻一碰。陆无双立时全身酸麻，连嘴也张不开了，鼻中只闻到他脚上臭气阵阵冲来。

就这么搁了一盏茶时分，陆无双气得几欲晕去，心中赌咒发誓："明日待我穴道松了，定要在这傻蛋身上斩他十七八刀。"再过一阵，杨过心想也作弄她得了，放开双足，转过身来，虽在黑暗之中，她脸上的气恼神色仍是瞧得清清楚楚。她越是发怒，似乎越是与小龙女相似，杨过痴痴的瞧着，哪里舍得闭眼？其实陆无双相貌和小龙女全不相似，只是天下女子生气的模样总是大同小异，杨过念师情切，百无聊赖之中，瞧瞧陆无双的嗔态怒色，自觉是依稀瞧到了小龙女，那也是画饼之意、望梅之思而已。

过了一会，月光西斜，从大门中照射进来。陆无双见杨过双眼睁开，笑眯眯的瞧着自己，心中一凛："莫非这傻蛋乔呆扮痴？他点我穴道，并非无意碰巧撞中？"想到此处，不由得出了一身冷汗。就在此时，忽见杨过斜眼望着地下，她歪过眼珠，顺着他眼光看去，只见地下并排列着三条黑影，原来有三个人站在门口。凝神再看，三条黑影的手中都拿着兵刃，她暗暗叫苦："糟啦，糟啦，对头找上了门来，偏生给这傻蛋撞中了穴道。"她连遭怪异，心中虽然起疑，却总难信如此肮脏猥琐的一个牧童竟会有一身高明武功。

杨过闭上了眼大声打鼾。只听门口一人叫道："小贱人，快出来，你站着不动，就想道爷饶了你么？"杨过心道："原来又是个牛鼻子。"又听另一人道："我们也不要你的性命，只要削你两只耳朵、三根手指。"第三人道："老子在门外等着，爽爽快快的出来动手罢。"说着向外跃出。三人围成半圆，站在门外。

杨过伸个懒腰，慢慢坐起，说道："外面叫什么啊？陆姑娘，你在哪里？咦，你干么站着不动？"在她背上推了几下。陆无双但觉一股强劲力道传到，全身一震，三处被封的穴道便即解开，当下也不及细想，俯身拾起单刀，跃出大门，只见三个男人背向月光而立。

她更不打话，翻腕向左边那人挺刀刺去。那人手中拿的是条铁鞭，看准尖刀砸将下来。他铁鞭本就沉重，兼之膂力甚强，砸得又准，当的一声，陆无双单刀脱手。杨过横卧桌上，见陆无双向旁跳开，左手斜指，心道："好，那道人的长剑保不住。"果然她手腕陡翻，已施展古墓派武功，夺过道人手中长剑，顺手斫落，噗的一声，道人肩头中剑。他大声咒骂，跃开去撕道袍裹伤。

陆无双舞剑与使鞭的汉子斗在一起。另一个矮小汉子手持花枪，东一枪西一枪的攒刺，不敢过分逼近。那使鞭的猛汉武艺不弱，斗了十余合，陆无双渐感不支。那人出手与步履之间均有气度，似乎颇为自顾身份，陆无双数次失手，他竟并不过分相逼。

那道人裹好伤口，空手过来，指着陆无双骂道："古墓派的小贱人，下手这般狠毒！"挺臂舞拳，向她急冲过去。白光闪动，那道人背上又吃了一剑，可是那矮汉的花枪却也刺到了陆无双背心，使鞭猛汉的铁鞭戳向她肩头。杨过暗叫："不好！"双手握着的两枚石子同时掷出，一枚荡开花枪，另一枚打中了猛汉右腕。

不料那猛汉武功了得，右腕中石，铁鞭固然无力前伸，但左掌快似闪电，倏地穿出，噗的一声，击正陆无双胸口。杨过大惊，他究竟年轻识浅，看不透这猛汉左手上拳掌功夫的了得，急忙抢出，一把抓住他后领运劲甩出。那猛汉腾空而起，跌出丈许之外。那道人与矮汉见杨过如此厉害，忙扶起猛汉，头也不回的走了。

杨过俯头看陆无双时，见她脸如金纸，呼吸甚是微弱，受伤实是不轻，伸左手扶住她背脊，让她慢慢坐起，但听得格啦、格啦两声轻响，却是骨骼互撞之声，原来她两根肋骨被那猛汉一掌击断了。她本已昏晕过去，两根断骨一动，一阵剧痛，便即醒转，低低呻吟。杨过道："怎么啦？很痛么？"陆无双早痛得死去活来，咬牙骂道："问什么？自然很痛。抱我进屋去。"杨过托起她身子，不免略有震动。陆无双断骨相撞，又是一阵难当剧痛，骂道："好，鬼傻蛋，你……你故意折磨我。那三个家伙呢？"杨过出手之时，她已被击晕，是以不知是他救了自己性命。

杨过笑了笑，道：“他们只道你已经死了，拍拍手就走啦。”陆无双心中略宽，骂道：“你笑什么？死傻蛋，见我越痛就越开心，是不是？”杨过每听她骂一句，就想起小龙女当日叱骂自己的情景来。他在活死人墓中与小龙女相处这几年，实是他一生中最欢悦的日子，小龙女纵然斥责，他因知师父真心相待，仍是内心感到温暖。此时找寻师父不到，恰好碰到另一个白衣少女，凄苦孤寂之情，竟得稍却。实则小龙女秉性冷漠，纵对杨过责备，也不过不动声色的淡淡数说几句，哪会如陆无双这么乱骂？但在杨过此时心境，总是有一个年轻女子斥骂自己，远比无人斥骂为佳，对她的恶言相加只是微笑不理，抱起她放到桌上。陆无双横卧下去时断骨又格格作声，忍不住大声呼痛，呼痛时肺部吸气，牵动肋骨，痛得更加厉害了，咬紧牙关，额头上全是冷汗。

杨过道：“我给你接上断骨好么？”陆无双骂道：“臭傻蛋，你会接什么骨？”杨过道：“我家里的癞皮狗跟隔壁的大黄狗打架，给咬断了腿，我就给它接过骨。还有，王家伯伯的母猪撞断了肋骨，也是我给接好的。”陆无双大怒，却又不敢高声呼喝，低沉着嗓子道：“你骂我癞皮狗，又骂我母猪。你才是癞皮狗，你才是母猪。”杨过笑道：“就算是猪，我也是公猪啊。再说，那癞皮狗也是雌的，雄狗不会癞皮。”陆无双虽然伶牙俐齿，但每说一句，胸口就一下牵痛，满心要跟他斗口，却是力所不逮，只得闭眼忍痛，不理他的唠叨。杨过道：“那癞皮狗的骨头经我一接，过不了几天就好啦，跟别的狗打起架来，就和没断过骨头一样。”

陆无双心想：“说不定这傻蛋真会接骨。何况若是无人医治，我准没命。可是他跟我接骨，便得碰到我胸膛，那……那怎么是好？哼，他若治我不好，我跟他同归于尽。若是治好了，我也决不容这见过我身子之人活在世上。”她幼遭惨祸，忍辱挣命，心境本已大异常人，跟随李莫愁日久，耳染目濡，更学得心狠手辣，小小年纪，却是满肚子的恶毒心思，低声道：“好罢！你若骗我，哼哼，小傻蛋，我决不让你好好的死。”

杨过心道：“此时不加刁难，以后只怕再没机缘了。”于是冷冷的道：“王家伯伯的母猪撞断了肋骨，他闺女向我千求万求，连叫我一百声‘好哥哥’，我才去给接骨……”陆无双连声道：“呸，呸，呸，臭傻蛋……臭傻蛋……啊唷……”胸口又是一阵剧痛。杨过笑道：“你不肯叫，那也罢了。我回家啦，你好好儿歇着。”说着站起身来，走向门口。

陆无双心想：“此人一去，我定要痛死在这里了。”只得忍气道：“你要怎地？”杨过道：“本来嘛，你也得叫我一百声好哥哥，但你一路上骂得我苦了，须得叫一千声才成。”陆无双心下计议：“一切且答应他，待我伤愈，再慢慢整治他不迟。”于是说道：“我就叫你好哥哥，好哥哥，好哥哥……哎唷……哎唷……”杨过道：“好罢，还有九百九十七声，那就记在账上，等你好了再叫。”走近身去，伸手去解她衣衫。

陆无双不由自主的一缩，惊道：“走开！你干什么？”杨过退了一步，道：“隔着衣服接断骨我可不会，那些癞皮狗、老母猪都是不穿衣服的。”陆无双也觉好笑，可是若要任他解衣，终觉害羞，过了良久，才低头道：“好罢，我闹不过你。”杨过道：“你不爱治就不治，我又不希罕……”

正说到此处，忽听得门外有人说道：“这小贱人定然在此方圆二十里之内，咱们赶紧搜寻……”陆无双一听到这声音，只吓得面无人色，当下顾不得胸前痛楚，伸手按住了杨过的嘴巴，原来外面说话的正是李莫愁。

杨过听了她声音，也是大吃一惊。只听另一个女子声音道：“那叫化子肩头所插的那把弯刀，明明是师妹的银弧刀，就可惜没能起出来认一下。”此人自是洪凌波了。

她师徒俩从活死人墓中死里逃生，回到赤霞庄来，发现陆无双竟已逃走，这也罢了，不料她还把一本《五毒秘传》偷了去。李莫愁横行江湖，武林人士尽皆忌惮，主要还不因她武功，而在她五毒神掌与冰魄银针的剧毒。《五毒秘传》中载得有神掌与银针上毒药及解药的药性、制法，倘若流传了出去，赤练仙子便似赤练蛇给人拔去了毒牙。秘传中所载她早熟烂于胸，自不须带在身边，在赤霞庄中又藏得机密万分，哪知陆无双平日万事都留上了心，得知师父收藏的所在，既然决意私逃，便连这本书也偷了去。

李莫愁这一怒真是非同小可，带了洪凌波连日连夜的追赶，但陆无双逃出已久，所走的又是荒僻小道。李莫愁师徒自北至南、自南回北兜截了几次，始终不见她的踪影。这一晚事有凑巧，师徒俩行至潼关附近，听得丐帮弟子传言，召集西路帮众聚会。李莫愁心想丐帮徒众遍于天下，耳目灵通，当会有人见到陆无双，于是师徒俩赶到集会之处，想去打探消息，在路上恰好撞到一名五袋弟子由一名丐帮帮众背着飞跑，另外十七八名乞儿在旁卫护。李莫愁见那人肩头插了一柄弯刀，正是陆无双的银弧刀。她闪身在旁窃听，隐约听到那些乞丐愤然叫嚷，说给一个跛足丫头用弯刀掷中了肩头。

李莫愁大喜，心想他既受伤不久，陆无双必在左近，当下急步追赶，寻到了那破屋之前。但见屋前烧了一堆火，又微微闻到血腥气，忙晃亮火折四下照看，果见地下有几处血迹，血色尚新，显是恶斗未久。李莫愁一拉徒儿的衣袖，向那破屋指了指。洪凌波点点头，推开屋门，舞剑护身，闯了进去。

陆无双听到师父与师姊说话，已知无幸，把心一横，躺着等死。只听得门声轻响，一条淡黄人影闪了进来，正是师姊洪凌波。

洪凌波对师妹情谊倒甚不错，知道此次师父定要使尽诸般恶毒法儿，折磨得师妹痛苦难当，这才慢慢处死，眼见她躺在桌上，当下举剑往她心窝中刺去，免她零碎受苦。

剑尖刚要触及陆无双心口，李莫愁伸手在她肩头一拍，洪凌波手臂无劲，立时垂下。李莫愁冷笑道："难道我不会动手杀人？要你忙什么？"对陆无双道："你见到师父也不拜了么？"她此时虽当盛怒，仍然言语斯文，一如平素。陆无双心想："今日既已落在她手中，不论哀求也好，挺撞也好，总是要苦受折磨。"于是淡淡的道："你与我家累世深仇，什么话也不必说啦。"李莫愁静静的望着她，目光中也不知是喜是愁。洪凌波脸上满是哀怜之色。陆无双上唇微翘，反而神情倨傲。

三人这么互相瞪视，过了良久，李莫愁道："那本书呢？拿来。"陆无双道："给一个恶道士、一个臭叫化子抢去啦！"李莫愁暗吃一惊。她与丐帮虽无梁子，跟全真教的过节却是不小，素知丐帮与全真教渊源极深，这本《五毒秘传》落入了他们手中，那还了得？

陆无双隐约见到师父淡淡轻笑，自是正在思量毒计。她在道上遁逃之际，提心吊胆的只怕师父追来，此刻当真追上了，反而不如先时恐惧，突然间想起："傻蛋到哪里去了？"她命在顷刻，想起那个肮脏痴呆的牧童，不知不觉竟有一股温暖亲切之感。突然间火光闪亮，蹄声腾腾直响。

李莫愁师徒转过身来，只见一头大牯牛急奔入门，那牛右角上缚了一柄单刀，左角上缚着一丛烧得正旺的柴火，眼见冲来的势道极是威猛，李莫愁当即闪身在旁，但见牯牛在屋中打了个圈子，转身又奔了出去。牯牛进来时横冲直撞，出去时也是发足狂奔，转眼间已奔出数丈之外。李莫愁望着牯牛后影，初时微感诧异，随即心念一动："是谁在牛角上缚上柴火尖刀？"转过身来，师徒俩同声惊呼，躺在桌上的陆无双已影踪不见。

洪凌波在破屋前后找了一遍，跃上屋顶。李莫愁料定是那牯牛作怪，当即追出屋去。黑暗中但见牛角上火光闪耀，已穿入了前面树林。她在火光照映下见牛背上无人，看来陆无双并非乘牛逃走，转念一想："是了，定是有人在外接应，赶这怪牛来分我之心，乘乱救了她去。"但一时之间不知向何方追去才是，当下脚步加快，片刻间已追上牯牛，纵身跃上牛背，却瞧不出什么端倪，立即跃下，在牛臀上踢了一脚，撮口低啸，与洪凌波通了讯号，一个自北至南，一个从西到东的追去。

这牯牛自然是杨过赶进屋去的。他听到李莫愁师徒的声音，当即溜出后门，站在窗外偷听，只一句话，便知李莫愁是要来取陆无双性命，灵机一动，奔到牯牛之旁，将陆无双那柄给铁鞭砸落在地的单刀拾起，再拾了几根枯柴，分别缚上牛角，取火燃着了柴枝，伏在牛腹之下，手脚抱住牛身，驱牛冲进屋去，一把抱起陆无双，仍是藏在牛腹底下逃出屋来。他行动迅捷，兼之那牯牛模样古怪，饶是李莫愁精明，事出不意，却也没瞧出破绽。待得她追上牯牛，杨过早已抱着陆无双跃入长草中躲起。

这一番颠动，陆无双早痛得死去活来，于杨过怎样相救、怎样抱着她藏身在牛腹之下、怎样跃入草丛，她都是迷糊不清，过了好一阵，神智稍复，"啊"的一声叫了出来。杨过忙按住她口，在她耳边低声道："别作声！"只听脚步声响，洪凌波道："咦，怎地一霎眼就不见了人？"远处李莫愁道："咱们走罢。这小贱人定是逃得远了。"但听洪凌波的脚步声渐渐远去。陆无双极是气闷，又待呼痛，杨过仍是按住她嘴不放。

陆无双微微一挣，发觉被他搂在怀内，又羞又急，正想出手打去。杨过在她耳边低声道："别上当，你师父在骗你。"这句话刚说完，果然听得李莫愁道："当真不在此处。"说话声音极近，几乎就在二人身旁。陆无双吃了一惊，心道："若不是傻蛋见机，这番可没命了！"原来李莫愁疑心她就藏在附近，口中说走，其实是施展轻功，悄没声的掩了过来。陆无双险些中计。

杨过侧耳静听，这次她师徒俩才当真走了，松开按在陆无双嘴上的手，笑道：“好啦，不用怕啦。”陆无双道：“放开我。”杨过轻轻将她平放草地，说道：“我立时给你接好断骨，咱们须得赶快离开此地，待得天明，可就脱不了身啦。”陆无双点了点头。杨过怕她接骨时挣扎叫痛，惊动李莫愁师徒，当即点了她的麻软穴，伸手去解她衣上扣子，说道：“千万别作声。”

解开外衣后，露出一件月白内衣，内衣之下是个杏黄色肚兜。杨过不敢再解，目光上移，但见陆无双秀眉双蹙，紧紧闭着双眼，又羞又怕，浑不似一向的横蛮模样。杨过情窦初开，闻到她一阵阵处女体上的芳香，一颗心不自禁的怦怦而跳。陆无双睁开眼来，轻轻的道：“你给我治罢！”说了这句话，又即闭眼，侧过头去。杨过双手微微发颤，解开她的肚兜，看到她乳酪一般的胸脯，怎么也不敢用手触摸。

陆无双等了良久，但觉微风吹在自己赤裸的胸上，颇有寒意，转头睁眼，却见杨过正自痴痴的瞪视，怒道：“你……你瞧……瞧……什么？”杨过一惊，伸手去摸她肋骨，一碰到她滑如凝脂的皮肤，身似电震，有如碰到炭火一般，立即缩手。陆无双道：“快闭上眼睛，你再瞧我一眼，我……我……”说到此处，眼泪流了下来。

杨过忙道：“是，是。我不看了。你……你别哭。”果真闭上眼睛，伸手摸到她断了的两根肋骨，将断骨仔细对准，忙拉她肚兜遮住她胸脯，心神略定，于是折了四根树枝，两根放在她胸前，两根放在背后，用树皮牢牢绑住，使断骨不致移位，这才又扣好她里衣与外衣的扣子，松了她的穴道。

陆无双睁开眼来，但见月光映在杨过脸上，双颊绯红，神态忸怩，正自偷看她的脸色，与她目光一碰，急忙转过头去。此时她断骨对正，虽然仍是疼痛，但比之适才断骨相互锉轧时的剧痛已大为缓和，心想："这傻蛋倒真有点本事。"她此时自已看出杨过实非常人，更不是傻蛋，但她一起始就对之嘲骂轻视，现下纵然蒙他相救，却也不肯改颜尊重，当下问道："傻蛋，你说怎生好？呆在这儿呢，还是躲得远远地？"杨过道："你说呢？"陆无双道："自然走啊，在这儿等死么？"杨过道："到哪儿去？"陆无双道："我要回江南，你肯不肯送我去？"杨过道："我要寻我姑姑，不能去那么远。"陆无双一听，脸色沉了下来，道："好罢，那你快走！让我死在这儿罢。"

陆无双若是温言软语的相求，杨过定然不肯答应，但见她目蕴怒色，眉含秋霜，依稀是小龙女生气的模样，不由得难以拒却，心想："说不定姑姑恰好到了江南，我送陆姑娘去，常言道好心有好报，天可怜见，却教我撞见了姑姑。"他明知此事渺茫之极，只是无法拒绝陆无双所求，只好向自己巧所辩解罢了，当下叹了口气，俯身将她抱起。

陆无双怒道："你抱我干么？"杨过笑道："抱你到江南去啊。"陆无双大喜，噗嗤一笑，道："傻蛋，江南这么远，你抱得我到么？"话虽这么说，却安安静静的伏在他怀里，一动也不动了。

这时那头大牯牛早奔得不知去向。杨过生怕给李莫愁师徒撞见，尽拣荒僻小路行走。他脚下迅捷，上身却是稳然不动，全没震痛陆无双的伤处。陆无双见身旁树木不住倒退，他这一路飞驰，竟然有如奔马，比自己空身急奔还要迅速，轻功实不在师父之下，心中暗暗惊奇："原来这傻蛋身负绝艺。他小小年纪，怎能练到这一身本事？"不久东方渐白，她抬起头来，见杨过脸上虽然肮脏，却是容貌清秀，双目更是灵动有神，不由得心中一动，渐渐忘了胸前疼痛，过了一阵，竟尔沉沉睡去。

待得天色大明，杨过有些累了，奔到一棵大树底下，轻轻将她放下，自己坐在她身边休息。陆无双睁开眼来，浅浅一笑，说道："我饿啦，你饿不饿？"杨过道："我自然也饿，好罢，咱们找家饭店吃饭。"站起身来，又抱起了她，只是抱了半夜，双臂微感酸麻，当下举起她坐在自己肩头，缓缓而行。

陆无双两只脚在杨过胸前轻轻的一荡一荡，笑道："傻蛋，你到底叫什么名字？总不成在别人面前，我也叫你傻蛋。"杨过道："我没名字，人人都叫我傻蛋。"陆无双愠道："你不说就算啦！那你师父是谁？"杨过听她提到"师父"二字，他对小龙女极是敬重，哪敢轻忽玩闹，正色答道："我师父是我姑姑。"陆无双信了，心道："原来他是家传的武艺。"又问："你姑姑是哪一家哪一派？"杨过呆头呆脑的道："她是住在家里的，派什么的我可不知道啦。"陆无双嗔道："你装傻！我问你，你学的是哪一门子武功？"杨过道："你问我家的大门吗？怎么说是纸糊的，那明明是木头的。"陆无双心下沉吟："难道此人当真是个傻蛋？武功虽好，人却痴呆么？"于是温言道："傻蛋，你好好跟我说，你为什么救我性命？"

杨过一时难以回答，想了一阵，道："我姑姑叫我救你，我就救你。"陆无双道："你姑姑是谁？"杨过道："姑姑就是姑姑。她叫我干什么，我就干什么。"陆无双叹了口气，心想："这人原来真是傻的。"本来已对他略有温柔之意，此时却又转生厌憎。杨过听她不再说话，问道："你怎么不说话啦？"陆无双哼了一声。杨过又问一句。陆无双嗔道："我不爱说话就不说话，傻蛋，你闭着嘴巴！"杨过知她此时脸色定然好看，只是她坐在自己肩头，难以见到，不禁暗感可惜。

不多时，来到一个小市镇。杨过找了一家饭店，要了饭菜，两人相对而坐。陆无双闻到他身上的牛粪气息，眉头一皱，道："傻蛋，你坐到那边去，别跟我一桌。"杨过笑了笑，走到另一张桌旁坐了。陆无双见他仍是面向自己，心中烦躁，越瞧越觉此人傻得讨厌，沉脸道："你别瞧我。"指着远处一张桌子道："坐到那边去。"杨过裂嘴一笑，捧了饭碗，坐在门槛上吃了起来。陆无双道："这才对啦。"她肚中虽饿，但胸口刺痛，难以下咽，只感一百个的不如意，欲待拿杨过出气，他又坐得远了，呼喝不着。

正烦恼间，忽听门外有人高声唱道："小小姑娘做好事哪。"又有人接唱道："施舍化子一碗饭哪！"陆无双抬起头来，只见四名乞丐一字排在门外，一齐望着自己，眼见这四人来意不善，心中暗暗吃惊。又听第三个化子唱道："天堂有路你不走哪！"第四个唱道："地狱无门你进来哟！"四个乞丐唱的都是讨饭的"莲花落"调子，每人都是右手持一只破碗，左手拿一根树枝，肩头负着四只麻布袋子。陆无双曾听师姊闲谈时说起，丐帮帮众以所负麻袋数目分辈份高低，这四人各负四袋，那均是四袋弟子了，想起昨天在豺狼谷中相斗的那韩陈二人，背上似乎各负五只麻袋，比之眼前这四人还高了一级。自己若是身上无伤，对这四丐自是不惧，可是现下提筷子都没力气，却如何迎敌？傻蛋轻功虽然了得，但这么疯疯癫癫的，就算会武，也决不能高，一时不禁彷徨无计。

杨过自管自吃饭，对这四个化子恍若未见。他吃完了一碗，自行走到饭桶边满满的又装一碗，伸手到陆无双面前的菜盘中抓起一条鱼来，汤水鱼汁，淋得满桌都是，傻笑道："嘻嘻！我吃鱼！"

陆无双秀眉微蹙，已无余暇斥骂。只听那四个乞丐又唱了起来，唱的仍是"小小姑娘"那四句。四个乞丐连唱三遍，八只眼睛瞪视着她。陆无双不知如何应付才是，当下缓缓扒着饭粒，只作没有听见，心中却是焦急万分。

一个化子大声说道："小姑娘，你既一碗饭也不肯施舍，就再施舍一柄弯刀罢。"另一个道："你跟我们去，我们也不能难为你。只要问明是非曲直，自有公平了断。"隔了一会，第三个道："快走罢，难道真要我们用强不成？”陆无双回答也不是，不答也不是，不知如何是好。第四个化子道：“我们不能强丐恶化，四个大男人欺侮一个小姑娘，也教江湖上好汉笑话，只是要你去评一评理。”陆无双听了四人语气，知道片刻之间就要动武，虽然明知难敌，却也不能束手待毙，左手抚着长凳，只待对方上来，就挺凳拒敌。

杨过心想：“该出手啦！”走到陆无双桌边，端起汤碗，口中咬着一大块鱼，含含糊糊的道：“我……我要泡点儿汤！”汤碗一侧，把半碗热汤倒在陆无双右臂上。她坐西朝东，右臂处于内侧，这半碗汤倒将下去，她立时身子一缩，转头去看。杨过叫道：“啊哟！”毛手毛脚的去替她抹拭，就在此时，左手向外一扬，四根竹筷激飞而出，分射四名化子。

这四根竹筷去势实在太快，那四个化子还没看清，只觉臂弯处一痛，呛啷啷声响，四只破碗一齐摔在地下砸得粉碎。杨过拉起身上破衣，不住价往陆无双袖子上抹去，说道：“你……你别生气……我……我……我给你抹干净。”陆无双叱道：“别瞎捣乱！”回头瞧那四个化子时，登时惊得呆了。

只见四个乞丐的背影在街角处一晃而没，地下满是破碗的碎片。陆无双大是惊疑：“这四人忒也古怪，怎地平白无端的突然走了？”

她见杨过双手都是鱼汤菜汁，还在桌上乱抹，斥道：“快走开，也不怕脏？”杨过道：“是，是！”双手在衣襟上大擦一阵。陆无双皱起眉头，问道：“那四个叫化怎么走啦？”杨过道：“他们见姑娘小气，不肯施舍，再求也是无用，这就走啦。”

陆无双沉吟片刻，不明所以，取出银子，叫杨过去买了一头驴子，付了饭钱后，跨上驴背。但刚上驴背，断骨处便是剧痛，忍不住呻吟出声。杨过道：“可惜我又脏又臭，要不然倒可扶着你。”陆无双道：“哼，尽说废话。”缰绳一抖，那驴子的脾气甚是倔强，挨到墙边，将她身子往墙上擦去。陆无双手脚都无力气，惊呼一声，竟从驴子上摔了下来。她右足着地，稳稳站定，可是牵动伤处，疼痛难当，怒道："你明明见我摔下来，也不来扶。"杨过道："我……身上脏啊。"陆无双道："你就不会洗洗么？"杨过傻笑几下，却不说话。陆无双道："你扶我骑上驴子去。"杨过依言扶她上了驴背。那驴子一觉背上有人，立时又要捣鬼。

陆无双道："你快牵着驴子。"杨过道："不，我怕驴子踢我。要是我那条大牯牛跟着来，可就好了。"陆无双气极："这傻蛋说他不傻却傻，说他傻呢，却又不傻。他明明是想抱着我。"无可奈何，只得道："好罢，你也骑上驴背来。"杨过道："是你叫我的，可别嫌我脏，又骂我打我。"陆无双道："是啦，啰啰唆唆的多说干么？"杨过这才一笑跨上驴背，双手搂住了她，两腿微一用力，那驴子但感腹边大痛，哪里还敢作怪，乖乖的走了。

杨过道："向哪儿走？"陆无双早已打听过路径，本想东行过潼关，再经中州，折而南行，那是大道，但见了丐帮这四个化子后，寻思前边路上必定还有丐帮徒众守候，不如走小路，经竹林关，越龙驹寨，再过紫荆关南下，虽然路程迂远些，却是太平得多，也更加不易给师父追上，沉吟一会，向东南方一指，道："往那边去。"

驴子蹄声得得，缓缓而行，刚出市集，路边一个农家小孩奔到驴前，叫道："陆姑娘，有件物事给你。"说着将手中一束花掷了过来，转头撒腿就跑。陆无双伸手接过，见是一束油菜花，花束上缚着一封信，忙撕开封皮，抽出一张黄纸，见纸上写道：

"尊师转眼即至，即速躲藏，切切！"

黄纸甚是粗糙，字迹却颇为秀雅。陆无双"咦"了一声，惊疑不定："这小孩是谁？他怎知我姓陆？又怎知我师父即会追来？"问杨过道："你识得这小孩，是不是？又是你姑姑派来的了？"

杨过在她脑后早已看到了信上字迹，心想："这明明是个寻常农家孩童，定是受人差遣送信。只不知写信的人是谁？看来倒是好意。当真李莫愁追来，那便如何是好？”他虽学了玉女心经和九阴真经，一身而兼修武林中两大秘传，但究竟时日太浅，虽知秘奥，功力未至，也是枉然，若给李莫愁赶上，可万万不是敌手，青天白日的实是无处躲藏，正自沉吟无计，听陆无双问起，答道：“我不识得这小傻蛋，看来也不是我姑姑派来的。”

刚说了这两句话，只听吹打声响，迎面抬来一乘花轿，数十人前后簇拥，原来是迎娶新娘。虽是乡间村夫的粗鄙鼓乐，却也喜气洋洋，自有一股动人心魄的韵味。杨过心念一动，问道：“你想不想做新娘子？”

但见陆无双眉头微蹙，似乎睡梦中也感到断骨处的痛楚，杨过登时想起小龙女来，跟着记起她要自己立过的誓，全身冷汗直冒，啪啪两下，重重打了自己两个耳光。

第九回

百计避敌

陆无双正自惶急，听他忽问傻话，怒道："傻蛋！又胡说什么？"杨过笑道："咱们来玩拜天地成亲。你扮新娘子好不好？那才教美呢！脸上披了红布，别人说什么也瞧你不见。"陆无双一怔，道："你教我扮新娘子躲过师父？"杨过嘻嘻笑道："我不知道，你扮新娘子，我就扮新官人。"

此时事势紧迫，陆无双也无暇斥骂，心想："这傻蛋的主意当真古怪，但除此之外，实在亦无别法。"问道："怎么扮法啊？"杨过也不敢多挨时刻，扬鞭在驴臀上连抽几鞭，驴子发足直奔。

乡间小路狭窄，一顶八人抬的大花轿塞住了路，两旁边已无空隙。迎亲人众见驴子迎面奔来，齐声叱喝，叫驴上乘客勒缰缓行。杨过双腿一夹，却催得驴子更加快了，转眼间已冲到迎亲的人众跟前。早有两名壮汉抢上前来，欲待拉住驴子，以免冲撞花轿。杨过皮鞭挥处，卷住了二人手臂，一提一放，登时将二人都摔在路旁，向陆无双道："我要扮新郎啦！"身子前探，右手伸出，已将骑在一匹白马上的新郎提将过来。

那新郎十七八岁年纪，全身新衣，头戴金花，突然被杨过抓住，自是吓得魂不附体。杨过举起他身子往空中一抛，待他飞上一丈有余，再跌下来时，在众人惊呼声中伸手接住。迎亲的共有三十来人，半数倒是身长力壮的关西大汉，但见他如此本领，新郎又落入他手中，哪敢上前动手？一个老者见事多了，料得是大盗拦路行劫，抢上前来唱个肥喏，说道："大王请饶了新官人。大王需用多少盘缠使用，大家尽可商量。"杨过向陆无双笑道："媳妇儿，怎么他叫我大王？我又不姓王？我瞧他比我还傻。"陆无双道："别瞎缠啦，我好似听到了师父花驴上的铃子声响。"

杨过一惊，侧耳静听，果然远处隐隐传来一阵铃声，心想："她来得好快啊。"说道："铃子？什么铃子？是卖糖的么？那好极啦，咱们买糖吃。"转头向那老者道："你们全都听我的话，就放了他，要不然……"说着又将新郎往空中一抛。那新郎吓得哇哇大叫，哭将起来。那老者只是作揖，道："全凭大王吩咐。"杨过指着陆无双道："她是我媳妇儿，她见你们玩拜天地成亲，很是有趣，也要来玩玩……"陆无双斥道："傻蛋，你说什么？"杨过不去理她，说道："你们快把新娘子的衣服给她穿上，我就扮新官人玩儿。"

儿童戏耍，原是常有假扮新官人、新娘子拜天地成亲之事，天下皆然，不足为异。但万料不到一个拦路行劫的大盗忽然要闹这玩意，众人都是面面相觑，作声不得。看杨陆二人时，一个是弱冠少年，一个是妙龄少女，说是一对夫妻，倒也相像。众人正没做理会处，杨过听金铃之声渐近，跃下驴背，将新郎横放驴子鞍头，让陆无双守住了，自行到花轿跟前，掀开轿门，拉了新娘出来。

那新娘吓得尖声大叫，脸上兜着红布，不知外面出了什么事。杨过伸手拉下她脸上红布，但见她脸如满月，一副福相，笑道："新娘子美得紧啊。"在她脸颊上轻轻一摸。新娘子这时吓得呆了，反而不敢作声。杨过左手提起新娘，叫道："若要我饶她性命，快给我媳妇儿换上新娘的打扮。"

陆无双耳听得师父花驴的鸾铃声越来越近，向杨过横了一眼，心道："这傻蛋不知天高地厚，这当口还说笑话？"但听迎亲的老者连声催促："快，快！快换新郎新娘的衣服。"送嫁喜娘当即七手八脚的除下新娘的凤冠霞帔、锦衣红裙，替陆无双穿戴。杨过自己动手，将新郎的吉服穿上，对陆无双道："乖媳妇儿，进花轿去罢。"陆无双叫新娘先进花轿，自己坐在她身上，这才放下轿帷。

杨过看了看脚下的草鞋，欲待更换，铃声却已响到了山角之处，叫道："回头向东南方走，快吹吹打打！有人若来查问，别说见到我们。"纵身跃上白马，与骑在驴背上的新郎并肩而行。众人见新夫妇都落入了强人手中，哪敢违抗，锁呐锣钹，一齐响起。

花轿转过头来，只行得十来丈地，后面鸾铃声急，两匹花驴踏着小步，追了上来。陆无双在轿中听到铃声，心想能否脱却大难，便在此一瞬之间了，一颗心怦怦急跳，倾听轿外动静。杨过装作害羞，低头瞧着马颈，只听得洪凌波叫道："喂，瞧见一个跛脚姑娘走过没有？"迎亲队中的老者说道："没……没有啊？"洪凌波再问："有没见一个年轻女子骑了牲口经过？"那老者仍道："没有。"师徒俩纵驴从迎亲人众身旁掠过，急驰而去。

过不多时，李洪二人兜过驴头，重行回转。李莫愁拂尘挥出，卷住轿帷一拉，嗤的一声，轿帷撕下了半截。杨过大惊，跃马近前，只待她拂尘二次挥出，立时便要出手救人，哪知李莫愁向轿中瞧了一眼，笑道："新娘子挺俊呀。"抬头向杨过道："小子，你福气不小。"杨过低下了头，哪敢与她照面，但听蹄声答答，二人竟自去了。

杨过大奇："怎么她竟然放过了陆姑娘？"向轿中张去，但见那新娘吓得面如土色，簌簌发抖，陆无双竟已不知去向。杨过更奇，叫道："哎唷，我的媳妇儿呢？"陆无双笑道："我不见啦。"但见新娘裙子一动，陆无双钻了出来，原来她低身躲在新娘裙下。她知师父行事素来周密，任何处所决不轻易放过，料知她必定去后复来，是以躲了起来。杨过道："你安安稳稳的做新娘子罢，坐花轿比骑驴子舒服。”陆无双点了点头，对新娘道：“你挤得我好生气闷，快给我出去。”新娘无奈，只得下轿，骑在陆无双先前所乘的驴上。

新郎和新娘从未见过面，此时新郎见新娘肥肥白白，颇有几分珠圆玉润；新娘偷看新郎，倒也五官端正。二人心下窃喜，一时倒忘了身遭大盗劫持，后果大是不妙。

一行人行出二十来里，眼见天色渐渐晚了。那老者不住向杨过哀求放人，以免误了拜天地的吉期。杨过斥道：“你噜唆什么？”

一句话刚出口，忽然路边人影一闪，两个人快步奔入树林。杨过心下起疑，追了下去，依稀见到二人的背影，衣衫褴褛，却是化子打扮。杨过勒住了马，心想：“莫非丐帮已瞧出了蹊跷，又在前边伏下人手？事已如此，只得向前直闯。”

不久花轿抬到，陆无双从破帷里探头出来，问道：“瞧见了什么？”杨过道：“花轿帷子破了，你脸上又不兜红布。扮新娘子嘛，总须得哭哭啼啼，就算心里一百个想嫁人，也得一把眼泪一把鼻涕，喊爹叫娘，不肯出门。天下哪有你这般不怕丑的新娘子？”

陆无双听他话中之意，似乎自己行藏已被人瞧破，只轻轻骂了声“傻蛋”，不再言语。又行一阵，前面山路渐渐窄了，一路上岭，甚是崎岖难行，迎亲人众早已疲累不堪，但生怕惹恼了杨过，没一个敢吐半句怨言。

转眼间夕阳在山，归鸦哑哑的叫着从空中飞过。正行之间，忽然山角后几个人齐声唱道：“小小姑娘做好事哪，施舍一把银弯刀哪。”

陆无双脸上变色，心道：“原来那四个化子埋伏在这儿。”花轿转过山角，只见迎面站着三个乞丐，三人都是身材高大，与日间在饭店中所见的四人截然不同。杨过见他们每人肩头都负着五只麻布袋，心想：“这三个五袋叫化，定比那四个四袋的要厉害些，看来非当真动手不可了。”

迎亲人众与轿夫等正行得没好气，早有人挥鞭向一个乞丐头上击去，高声叫道：“快让路，快让路！”那乞丐也不闪避，抓住鞭梢一拉，那人扑地倒了，跌了个狗吃屎。若在平时，众人定是一拥而上，但先前给杨过吓得怕了，人人均想：“原来这三个叫化跟那强盗是一伙。”没一人敢再向前，反而退了几步。

一名乞丐朗声说道：“恭喜姑娘大喜啊，小叫化要讨几文赏钱。”陆无双回头低声道：“傻蛋，我身上有伤，动手不得，你给我打发了去。”杨过道：“好！”纵马上前，喝道：“呸，今儿是我娶媳妇的好日子，叫化儿莫要叽哩咕噜，快给让开了。”一名叫化向杨过打量了几眼，一时摸不准他的来历。那四个四袋弟子先前给竹筷打中手腕，都以为是陆无双所出手，并未向师伯师叔们提到杨过。

一名叫化右手一扬，杨过的坐骑受惊，前足提起。杨过假装乘坐不稳，晃了几下便摔落马背，半晌爬不起身。三个乞丐心想：“原来此人是真的新郎。”丐帮是侠义道的帮会，向来锄强扶弱，济困拯危，所以跟陆无双为难，只为她伤了帮中兄弟，眼见杨过不会武功，这般摔了他一交，均觉歉然，一名乞丐当即伸手拉了他起来，说道：“对不住，您包涵些。”杨过喃喃骂道：“你们，哎，真是……讨钱就讨钱，怎地惊了我的牲口？”摸出三枚小钱，每人给了一枚。三丐依照丐帮规矩，接过谢了。

杨过笑嘻嘻的向陆无双道：“你要我打发，我已经打发啦。”陆无双嗔道：“你尽跟我装傻，有什么好？”杨过道：“是，是！”退在一旁，挥袖扑打身上的灰土。

陆无双见三个化子仍是拦在路口，冷然道：“你们要怎地？”一名化子说道：“姑娘是古墓派的高手，我兄弟三人好生仰慕，要请姑娘指点几招。”陆无双道：“我身负重伤，还能动什么手？你们既然不服气，那就约定日子，待我伤愈，自会前来领教。你们三位是丐帮高手，今日合力来欺侮一个身上负伤的年轻女子，那才是英雄好汉呢！”

三个化子给她这几句话一挡，果觉己方理亏。其中二人齐声说道：“好罢！待你伤愈之后，再来找你理论。”另一人却道：“慢来，你伤在何处？到底是真是假，须得让我瞧瞧。倘若真的有伤，今日就饶过了你。”他不知她伤在胸口，原是言出无心。陆无双却登时双颊飞红，不由得大怒，气愤之下，一时说不出话来，隔了半晌，才骂道：“江湖上说什么丐帮英雄仗义，却原来尽是无耻之徒。”三个乞丐听她辱及丐帮名声，脸色立变，一丐性子甚是暴躁，抢上一步，伸出大手就要往花轿中抓她出来。

杨过见情势紧迫，叫道：“慢来，慢来。你们讨钱，我已经给了，怎么又来跟我媳妇儿啰唣？”说着抢过来拦在轿前，又道：“看三位仁兄虽然做了化子，但个个相貌堂堂，将来必定升官发财，怎地来调戏我的新媳妇，干这般轻薄无赖的勾当？”

三个化子一怔，倒也无言可答。那火爆性子的化子道：“你让开，我们只是要领教她古墓派的武功，谁轻薄来？”说着用手轻轻一推。杨过大叫一声，往路旁摔去。丐帮自来相传有个规矩，决不许先行出手殴打不会武艺之人。那化子料不到这新郎如此不济，只这么轻轻一推便即摔倒，若是摔伤了他，帮中必有重罚，其余两个同伴也脱不了干系。三人大惊，同时抢上来扶起。杨过只叫得惊天动地：“哎唷，哎唷！我的妈啊！”三个化子也瞧不清他到底伤了没有。

杨过一面呼痛，一面说道：“你这三人也是傻的，我新媳妇儿怕羞，怎肯跟不相识之人说话。这样罢！你们要领教什么，先跟我说。我悄悄问了我新媳妇，再来跟你们说，好是不好？”

三个化子见他半傻不傻，实是老大不耐烦，但又不便对他动手。三丐中年纪最大的那人寻思："这姓陆的女子假扮新娘，这人若是真新郎，就不该如此出力回护。若是假新郎，又不该如此脓包。"细细打量他身形举止，始终瞧不出端倪。

那火爆性子的化子将手一扬，喝道："你让是不让？"杨过双手张开，大声道："你们要欺侮我媳妇儿，那是万万不可。"另一个化子叫道："陆姑娘，你叫这傻蛋挡着，难道还能挡一辈子不成？爽爽快快，拿句话出来罢。"杨过奇道："咦，你也知道我叫傻蛋，真是奇哉怪也。"那火爆性子的化子向陆无双道："我们也不领教别的，只想见识一下你那弯刀斩肩的功夫，这一招叫作什么？"

陆无双也知杨过尽这么跟他们歪缠，总是没个了结，心中正自寻思脱身之计，听那化子问起，顺口答道："那叫'貂蝉拜月'，怎么啊？"杨过接口道："不错，我媳妇儿那弯刀这么呼的一声，就砍在你肩头啦。"右手一探，从那化子肩头绕了过去，啪的一下，掌缘在他肩后轻轻斩了一下。

这一下出手，三个化子都是吃了一惊，立时跃开，均想："这厮原来假扮新郎，戏弄我们。"那火性化子肩头吃了一掌，虽然杨过未运劲力，却已大感脸上无光，叫道："好啊，贼厮鸟装傻，来来来，先领教你的高招。"

杨过道："你说向我媳妇领教，怎么又向我领教？"那化子怒道："跟阁下领教也是一样。"杨过道："那就糟啦，我什么也不会。"转头向陆无双问道："好媳妇儿，我的亲亲小媳妇儿，你说我该教他什么？"

陆无双此时再无怀疑，知他定然身负绝艺，刚才他这反手一斩，干净利落，自己就决计办不了，只是不知他武功家数，便随口说道："再来一招'貂蝉拜月'。"杨过道："好！"腰一弯，手一长，啪的一声，又在那化子后肩斩了一掌。这一下出手，三丐更是惊骇。杨过明明与那丐相对而立，并不移步转身，只一伸手，手掌就斩到了他的肩后，这招掌法实是怪异之极。陆无双心中也是一震：“这明明是我古墓派的武功，他怎么也会？”又道：“你再来一招‘西施捧心’。”杨过道：“好啊！”左拳打出，正中对方心口。

那化子身上中拳，只觉一股大力推来，不由自主的飞出一丈开外，却仍是稳稳站立，胸口中拳处也不觉疼痛，倒似给人抱起来放在一丈之外一般。另外两名化子左右抢上。杨过急叫：“媳妇儿，我对付不了，快教我。”陆无双道：“昭君出塞，麻姑献寿。”杨过左手斜举，右手五指弹起，作了个弹琵琶的姿式，五根手指一一弹在右首化子身上，正是“昭君出塞”；随即侧身让开左首化子踢来的一脚，双手合拳向上抬击，砰的一声，击中对方下巴，说道：“这是‘麻姑献寿’，对不对啊？”他不欲伤人，是以手上并未用劲。

他连使四招，招招是古墓派“美女拳法”的精奥功夫。古墓派自林朝英开派，从来传女不传男。林朝英创下这套“美女拳法”，每一招都取了个美女的名称，使出来时娇媚婀娜，却也均是凌厉狠辣的杀手。杨过跟小龙女学武，这套拳法自然也曾学过，只是觉得拳法虽然精妙，总是扭扭捏捏，男人用之不雅，当练习之时，不知不觉的在纯柔的招数中注入了阳刚之意，变妩媚而为潇洒，然气韵虽异，拳式仍是一如原状。

三个化子莫名其妙的中招，却又不觉疼痛，对杨过的功夫并未佩服，齐声呼啸，攻了上来。杨过东闪西避，叫道：“媳妇儿，不得了，你今儿要做小寡妇！”陆无双嗤的一笑，叫道：“天孙织锦！”杨过右手挥左，左手送右，作了个掷梭织布之状，这一挥一送，双手分别又都打在两名化子的肩头。陆无双又叫：“文君当垆，贵妃醉酒！”杨过举手作提铛斟酒之状，在那火性化子头上一凿，接着身子摇晃，跌跌撞撞的向右歪斜出去，肩头正好撞中另一个化子的胸口。

三个化子又惊又怒，三人施展平生武功，竟然连他衣服也碰不到，而这小子手挥目送，要打哪里就是哪里，虽然打在身上不痛，却也是古怪之极。陆无双连叫三招“弄玉吹箫”、“洛神凌波”、“钩弋握拳”，杨过一一照做。陆无双佩服已极，故意出个难题，见他正伸拳前击，立即叫道：“则天垂帘。”当他此时身形，按理万不能发这一招，但杨过自恃内力高出敌手甚多，竟尔身子前扑，双掌以垂帘式削将下来。三个化子见他前胸露出老大破绽，心中大喜，同时抢攻，哪知为他内力所逼，都是腾腾腾的退出数步。

陆无双惊喜交集，叫道：“一笑倾国！”这却是她杜撰的招数，美人嫣然一笑固能倾国倾城，但怎能用以与人动手过招？杨过一怔，立即纵声大笑，哈哈哈哈，嘿嘿嘿嘿，呼呼呵呵，运起了“九阴真经”中的极高深内功。虽然他尚未练得到家，不能用以对付真正高手，但那三名五袋弟子究只是三四流脚色，听得笑声怪异，不禁头晕目眩，身子摇了几摇，扑地跌倒。须知每人耳中有一半月形小物，专司人身平衡，若此半月形物受到震荡，势不免头重脚轻，再也站立不稳。杨过的笑声以强劲内力吐出，人人耳鼓连续不断的受到冲击，蓦地里均感天旋地转。陆无双几欲晕倒，急忙抓住轿中扶手。只听啊唷、砰嘭之声响成一片，迎亲人众与新郎、新娘一一摔倒在地。

杨过笑声止息，三名化子跃起身来，脸如土色，头也不回的走了。

众人休息半晌，才抬起花轿又行，此时对杨过奉若神明，更是不敢有半点违抗。二更时分，到了一个市镇，杨过才放迎亲人众脱身。

众人只道这番为大盗所掳，扣押勒赎固是意料中事，多半还要大吃苦头，岂知那大盗当真只是玩玩假扮新郎新娘，就此了事，实是意外之喜，不由得对杨过千恩万谢。随伴的喜娘更是口彩连篇：

“大王和压寨娘子百年好合、白头偕老、多生几位小大王！”只惹得杨过哈哈大笑，陆无双又羞又嗔。

杨过与陆无双找了一家客店住下，叫了饭菜，正坐下吃饭，忽见门口人影一闪，有人探头进来，见到杨陆二人，立即缩头转身。杨过见情势有异，追到门口，见院子中站着两人，正是在豺狼谷中与陆无双相斗的申志凡与姬清虚。二道拔出长剑，纵身扑上。杨过心想：“你们找我晦气干么？想自讨苦吃？”两个道士扑近，却是侧身掠过，奔入大堂，抢向陆无双。就在此时，蓦地里传来叮玲、叮玲一阵铃响。

铃声突如其来，待得入耳，已在近处，两名道士脸色大变，互相瞧了一眼，急忙退向西首第一间房里，砰的一声关上了门，再也不出来了。杨过心道：“臭道士，多半也吃过那李莫愁的苦头，竟吓成这个样子。”

陆无双低声道：“我师父追到啦，傻蛋，你瞧怎么办？”杨过道：“怎么办？躲一躲罢！”刚伸出手去扶她，铃声陡然在客店门口止住，只听李莫愁的声音道：“你到屋上去守住。”洪凌波答应了，飕的一声，上了屋顶。又听掌柜的说道：“仙姑，你老人家住店……哎唷，我……”噗的一声，仆跌在地，再无声息。他怎知李莫愁最恨别人在她面前提到一个“老”字，何况当面称她为“老人家”？拂尘挥出，立时送了掌柜他老人家的老命。她问店小二：“有个跛脚姑娘，住在哪里？”那店小二早已吓得魂不附体，只说：“我……我……”一句话也答不出来。李莫愁左足将他踢开，右足踹开西首第一间房的房门，进去查看，那正是申姬二道所住之处。

杨过寻思：“只好从后门溜出去，虽然定会给洪凌波瞧见，却也不用怕她。”低声道：“媳妇儿，跟我逃命罢。”陆无双白了他一眼，站起身来，心想这番如再逃得性命，当真是老天爷太瞧得起啦。

两人刚转过身，东角落里一张方桌旁一个客人站了起来，走近杨陆二人身旁，低声道："我来设法引开敌人，快想法儿逃走。"这人一直向内坐在暗处，杨陆都没留意他的面貌。他说话之时脸孔向着别处，话刚说完，已走出大门，只见到他的后影。这人身材不高，穿一件宽大的青布长袍。

杨陆二人只对望得一眼，猛听得铃声大振，直向北响去。洪凌波叫道："师父，有人偷驴子。"黄影一闪，李莫愁从房中跃出，追出门去。陆无双道："快走！"杨过心想："李莫愁轻功迅捷无比，立时便能追上此人，转眼又即回来。我背了陆姑娘行走不快，仍是难以脱身。"灵机一动，闯进了西首第一间房。

只见申志凡与姬清虚坐在炕边，脸上惊惶之色兀自未消，此时片刻也延挨不得，杨过不容二道站起喝问，抢上去手指连挥，将二人点倒，叫道："媳妇儿，进来。"陆无双走进房来。杨过掩上房门，道："快脱衣服！"陆无双脸上一红，啐道："傻蛋，胡说什么？"杨过道："脱不脱由你，我可要脱了。"除了外衣，随即将申志凡的道袍脱下穿上，又除了他的道冠，戴在自己头上。陆无双登时醒悟，道："好，咱们扮道士骗过师父。"伸手去解衣钮，脸上又是一红，向姬清虚踢了一脚，道："闭上眼睛啦，死道士！"姬清虚与申志凡不能转动的只是四肢而非五官，当即闭上眼睛，哪敢瞧她？

陆无双又道："傻蛋，你转过身去，别瞧我换衣。"杨过笑道："怕什么，我给你接骨之时，岂不早瞧过了？"此语一出，登觉太过轻薄无赖，不禁讪讪的有些不好意思。陆无双秀眉一紧，反手就是一掌。

杨过只消头一低，立时就轻易避过，但一时失魂落魄，呆呆的出了神，啪的一下，这一记重重击在他的左颊。陆无双万万想不到这掌竟会打中，还着实不轻，也是一呆，心下歉然，笑道："傻蛋，打痛了你么？谁叫你瞎说八道？"

杨过抚着面颊，笑了一笑，当下转过身去。陆无双换上道袍，笑道："你瞧！我像不像个小道士？"杨过道："我瞧不见，不知道。"陆无双道："傻蛋，转过身来啦。"杨过回过头来，见她身上那件道袍宽宽荡荡，更加显得她身形纤细，正待说话，陆无双忽然低呼一声，指着炕上，只见炕上棉被中探出一个道士头来，正是豺狼谷中被她砍了几根手指的皮清玄。原来他一直便躺在炕上养伤，一见陆无双进房，立即缩头进被。杨陆二人忙着换衣，竟没留意。陆无双道："他……他……"想说"他偷瞧我换衣"却又觉不便出口。

就在此时，花驴铃声又起。杨过听过几次，知道花驴已被李莫愁夺回，那青衫客骑驴奔出时铃声杂乱，李莫愁骑驴之时，花驴奔得虽快，铃声却疾徐有致。他一转念间，将皮清玄一把提起，顺手闭住了他的穴道，揭开炕门，将他塞入炕底。北方天寒，冬夜炕底烧火取暖，此时天尚暖热，炕底不用烧火，但里面全是烟灰黑炭，皮清玄一给塞入，不免满头满脸全是灰土。

只听得铃声忽止，李莫愁又已到了客店门口。杨过向陆无双道："上炕去睡。"陆无双皱眉道："臭道士睡过的，脏得紧，怎能睡啊？"杨过道："随你便罢！"说话之间，又将申志凡塞入炕底，顺手解开了姬清虚的穴道。陆无双虽觉被褥肮脏，但想起师父手段的狠辣，只得上炕，面向里床。刚刚睡好，李莫愁已踢开房门，二次来搜。杨过拿着一只茶杯，低头喝茶，左手却按住姬清虚背心的死穴。李莫愁见房中仍是三个道士，姬清虚脸如死灰，神魂不定，于是笑了一笑，去搜第二间房。她第一次来搜时曾仔细瞧过三个道人的面貌，生怕是陆无双乔装改扮，二次来搜时就没再细看。

这一晚李莫愁、洪凌波师徒搜遍了镇上各处，吵得家家鸡犬不宁。杨过却安安稳稳的与陆无双并头躺在炕上，闻到她身上一阵阵少女的温馨香味，不禁大乐。陆无双心中思潮起伏，但觉杨过此人实是古怪之极，说他是傻蛋，却又似聪明无比，说他聪明罢，又老是疯疯癫癫的。她躺着一动也不敢动，心想那傻蛋定要伸手相抱，那时怎生是好？过了良久良久，杨过却没半点动静，反而微觉失望，闻到他身上浓重的男子气息，竟尔颠倒难以自已，过了良久，才迷迷糊糊的睡了。

杨过一觉醒来，天已发白，见姬清虚伏在桌上沉睡未醒，陆无双鼻息细微，双颊晕红，两片薄薄红唇略见上翘，不由得心中大动，暗道："我若是轻轻的亲她一亲，她决不会知道。"少年人情窦初开，从未亲近过女子，此刻朝阳初升，正是情欲最盛之时，想起接骨时她胸脯之美，更是按捺不住，伸过头去，要亲她口唇。尚未触到，已闻一阵甜香，不由得心中一荡，热血直涌上来，却见她双眉微蹙，似乎睡梦中也感到断骨处的痛楚。杨过见到这般模样，登时想起小龙女来，跟着记起她要自己立过的誓："我这一生一世心中只有姑姑一个，若是变心，不用姑姑杀我，我立刻就杀了自己。"全身冷汗直冒，当即啪啪两下，重重打了自己两个耳光，一跃下炕。

这一来陆无双也给惊醒了，睁眼问道："傻蛋，你干什么？"杨过正自羞愧难当，含含糊糊的道："没什么？蚊子咬我的脸。"陆无双想起整晚和他同睡，突然间满脸通红，低下了头，轻轻的道："傻蛋，傻蛋！"话声中竟是大有温柔缠绵之意。

过了一会，她抬起头来，问道："傻蛋，你怎么会使我古墓派的美女拳法？"杨过道："我晚上做梦，那许多美女西施啦、貂婵啦，每个人都来教我一招，我就会了。"陆无双呸了一声，料知再问他也不肯说，正想转过话头说别的事，忽听得李莫愁花驴的铃声响起，向西北方而去，却又是回头往来路搜寻，料来她想起那部

《五毒秘传》落入陆无双手中，迟一日追回，便多一日危险，是以片刻也不敢耽搁，天色微明，就骑驴动身。

杨过道："她回头寻咱们不见，又会赶来。就可惜你身上有伤，震荡不得，否则咱们盗得两匹骏马，一口气奔驰一日一夜，她哪里还追得上？"陆无双嗔道："你身上可没伤，干么你不去盗一匹骏马，一口气奔驰一日一夜？"杨过心想："这姑娘当真是小心眼儿，我随口一句话，她就生气。"只是爱瞧她发怒的神情，反而激她道："若不是你求我送到江南，我早就去了。"陆无双怒道："你去罢，去罢！傻蛋，我见了你就生气，宁可自个儿死了的好。"杨过笑道："嘿，你死了我才舍不得呢。"

他怕陆无双真的大怒，震动断骨，一笑出房，到柜台上借了墨笔砚台，回进房来，将墨在水盆中化开了，双手蘸了墨水，突然抹在陆无双脸上。

陆无双未曾防备，忙掏手帕来抹，不住口的骂道："臭傻蛋，死傻蛋。"只见杨过从炕里掏出一大把煤灰，用水和了涂在脸上，一张脸登时凹凹凸凸，有如生满了疙瘩。她立时醒悟："我虽换了道人装束，但面容未变，若给师父赶上，她岂有不识之理？"当下将淡墨水匀匀的涂在脸上。女孩儿家生性爱美，虽然涂黑脸颊，仍是犹如搽脂抹粉一般细细整容。

两人改装已毕，杨过伸脚到炕下将两名道人的穴道踢开。陆无双见他看也不看，随意踢了几脚，两名道人登时发出呻吟之声，心下暗暗佩服："这傻蛋武功胜我十倍。"但钦佩之意，丝毫不形于色，仍是骂他傻蛋，似乎浑不将他瞧在眼里。

杨过去市上想雇一辆大车，但那市镇太小，无车可雇，只得买了两匹劣马。这日陆无双伤势已轻了些，两人各自骑了一匹，慢慢向东南行去。

行了一个多时辰，杨过怕她支持不住，扶她下马，坐在道旁石上休息。他想起今晨居然对陆无双有轻薄之意，轻薄她也没什么，但如此对不起姑姑，自己真是大大的混账王八蛋，正在深深自责，陆无双忽道："傻蛋，怎么不跟我说话?"杨过微笑不答，忽然想到一事，叫道："啊哟，不好，我真胡涂。"陆无双道："你本就胡涂嘛!"杨过道："咱们改装易容，那三个道人尽都瞧在眼里，若是跟你师父说起，岂不是糟了?"陆无双抿嘴一笑，道："那三个臭道人先前骑马经过，早赶到咱们头里去啦，师父还在后面。你这傻蛋失魂落魄的，也不知在想些什么，竟没瞧见。"

杨过"啊"了一声，向她一笑。陆无双觉得他这一笑之中似含深意，想起自己话中"失魂落魄的，也不知想些什么"那几个字，不禁脸儿红了。就在此时，一匹马突然纵声长嘶。陆无双回过头来，只见道路转角处两个老丐并肩走来。

杨过见山角后另有两个人一探头就缩了回去，正是申志凡和姬清虚，心下了然："原来这三个臭道士去告知了丐帮，说我们改了道人打扮。"当下拱手说道："两位叫化大爷，你们讨米讨八方，贫道化缘却化十方，今日要请你们布施布施了。"一个化子声似洪钟，说道："你们就是剃光了头，扮作和尚尼姑，也休想逃得过我们耳目。快别装傻啦，爽爽快快的，跟我们到执法长老跟前评理去罢。"杨过心想："这两个老叫化背负八只布袋，只怕武功甚是了得。"那二人正是丐帮中的八袋老丐，眼见杨陆二人都是未到二十岁的少年，居然连败四名四袋弟子、三名五袋弟子，料想这中间定然另有古怪。

双方均自迟疑之际，西北方金铃响起，玎铃，玎铃，轻快流动，抑扬悦耳。陆无双暗想："糟了，糟了。我虽改了容貌装束，偏巧此时又撞到这两个死鬼化子，给他们一揭穿，怎能脱得师父的毒手?唉，当真运气太坏，魔劫重重，偏有这么多人吃饱了饭没事干，尽是找上了我，缠个没了没完。”

片刻之间，铃声更加近了。杨过心想：“这李莫愁我是打不过的，只有赶快向前夺路逃走。”说道：“两位不肯化缘，也不打紧，就请让路罢。”说着大踏步向前走去。两个化子见他脚下虚浮，似乎丝毫不懂武功，各伸右手抓去。杨过右掌劈出，与两人手掌相撞，三只手掌略一凝持，各自退了三步。这两名八袋老丐练功数十年，均是内力深湛，在江湖上已是少逢敌手，要论武功底子，实是远胜杨过，只是论到招数的奇巧奥妙，却又不及。杨过借力打力，将二人掌力化解了，但要就此闯过，却也不能。三人心中各自暗惊。

就在此时，李莫愁师徒已然赶到。洪凌波叫道：“喂，叫化儿，小道士，瞧见一个跛脚姑娘过去没有?”两个老丐在武林中行辈甚高，听洪凌波如此询问，心中有气，只是丐帮帮规严峻，绝不许帮众任意与外人争吵，二人顺口答道：“没瞧见!”李莫愁眼光锐利，见了杨陆二人的背影，心下微微起疑：“这二人似乎曾在哪里见过。”又见四人相对而立，剑拔弩张的便要动武，心想在旁瞧个热闹再说。

杨过斜眼微睨，见她脸现浅笑，袖手观斗，心念一动：“有了，如此这般，就可去了她的疑心。”转身走到洪凌波跟前，打个问讯，嘶哑着嗓子说道：“道友请了。”洪凌波以道家礼节还礼。杨过道：“小道路过此处，给两个恶丐平白无端的拦住，定要动武。小道未携兵刃，请道友瞧在老君面上，相借宝剑一用。”说罢又是深深一躬。洪凌波见他脸上凹凹凸凸，又黑又丑，但神态谦恭，兼之提到道家之祖的太上老君，似乎不便拒却，于是拔出长剑，眼望师父，见她点头示可，便倒转剑柄，递了过去。杨过躬身谢了，接过长剑，剑尖指地，说道：“小道若是不敌，还请道友念在道家一派，赐于援手。”洪凌波皱眉哼了一声，却不答话。

杨过转过身来，大声向陆无双道：“师弟，你站在一旁瞧着，不必动手，教他丐帮的化子们见识见识我全真教门下的手段。”李莫愁一凛：“原来这两个小道士是全真教的。可是全真教跟丐帮素来交好，怎地两派门人却闹将起来？”杨过生怕两个老丐喝骂出来，揭破了陆无双的秘密，挺剑抢上，叫道：“来来来，我一个斗你们两个。”陆无双却大为担忧：“傻蛋不知我师父曾与全真教的道士大小十余战，全真派的武功有哪一招一式逃得过她的眼去？天下道教派别多着，正乙、大道、太一，什么都好冒充，怎地偏偏指明了全真教？”

两个老丐听他说到“全真教门下”五字，都是一惊，齐声喝道：“你当真是全真派门人？你和那……”

杨过哪容他们提到陆无双，长剑刺出，分攻两人胸口小腹，正是全真嫡传剑法。两个老丐辈份甚高，决不愿合力斗他一个后辈，但杨过这一招来得奇快，不得不同时举棒招架。铁棒刚举，杨过长剑已从铁棒空隙中穿了过去，仍是疾刺二人胸口。两个老丐万料不到他剑法如此迅捷，急忙后退。杨过毫不容情，着着进逼，片刻之间，已连刺二九一十八剑，每一剑都是一分为二，刺出时只有一招，手腕抖处，剑招却分而为二。这是全真派上乘武功中的“一气化三清”剑术，每一招均可化为三招。杨过每一剑刺出，两个老丐就倒退三步，这一十八剑刺过，两个老丐竟然一招也还不了手，一共倒退了五十四步。玉女心经的武功专用以克制全真派，杨过未练玉女心经，先练全真武功，只是练得并不精纯，“一气化三清”是化不来的，“化二清”倒也化得似模似样。

李莫愁见小道士剑法精奇，不禁暗惊，心道：“无怪全真教名头这等响亮，果然是人才辈出，这人再过十年，我哪里还能是他对手？看来全真教的掌教，日后定要落在这小道人身上。”她若跟杨过动手，数招之间便能知他的全真剑法似是而非，底子其实是古墓派功夫，但外表看来，却是真伪难辨。杨过从赵志敬处得到全真派功夫的歌诀，此后曾加修习，因此他的全真派武功却也不是全盘冒充。洪凌波与陆无双自然更加瞧得神驰目眩。

杨过心想："我若手下稍缓，让两个老叫化一开口说话，那就凶多吉少。"这一十八剑刺过，长剑急抖，却已抢到了二丐身后，又是一剑化为两招刺出。二丐急忙转身招架，杨过不容他们铁棒与长剑相碰，晃身闪到二丐背后，两丐急忙转身，杨过又已抢到他们背后。他自知若凭真实功夫，莫说以一敌二，就是一个化子也抵敌不过，是以回旋急转，一味施展轻功绕着二丐兜圈。

全真派每个门人武功练到适当火候，就须练这轻功，以便他日练"天罡北斗阵"时抢位之用。杨过此时步伐虽是全真派武功，但呼吸运气，使的却是"玉女心经"中的心法。古墓派轻功乃天下之最，他这一起脚，两名丐帮高手竟然跟随不上，但见他疾奔如电，白光闪处，长剑连刺。若是他当真要伤二人性命，二十个化子也都杀了。二丐身子急转，抡棒防卫要害，此时已顾不得抵挡来招，只是尽力守护，凭老天爷的慈悲了。

如此急转了数十圈，二丐已累得头晕眼花，脚步踉跄，眼见就要晕倒。李莫愁笑道："喂，丐帮的朋友，我教你们个法儿，两个人背靠背站着，那就不用转啦。"这一言提醒，二丐大喜，正要依法施为，杨过心想："不好！给他们这么一来，我可要输。"当下不再转身移位，一招两式，分刺二丐后心。

二丐只听得背后风声劲急，不及回棒招架，急忙向前迈了一步，足刚着地，背后剑招便到，大惊之下，只得提气急奔。哪知杨过的剑尖直如影子一般，不论两人跑得如何迅捷，剑招始终是在他两人背后晃动。二丐脚步稍慢，背上肌肉就被剑尖刺得剧痛。二丐心知杨过并无相害之意，否则手上微一加劲，剑尖上前一尺，刃锋岂不穿胸而过？但脚下始终不敢有丝毫停留。三人都是发力狂奔，片刻间已奔出两里有余，将李莫愁等远远抛在后面。

杨过突然足下加劲，抢在二丐前头，笑嘻嘻的道："慢慢走啊，小心摔交！"二丐不约而同的双棒齐出。杨过左手一伸，已抓住一根铁棒，同时右手长剑平着剑刃，搭在另一根铁棒上向左推挤，左掌张处，两根铁棒一齐握住。二丐惊觉不妙，急忙运劲里夺。杨过功力不及对方，哪肯与他们硬拼，长剑顺着铁棒直划下去。二丐若不放手，八根手指立时削断，只得撤棒后跃，脸上神色极是尴尬，斗是斗不过，就此逃走，却又未免丢人太甚。

杨过说道："敝教与贵帮素来交好，两位千万不可信了旁人挑拨。怨有头，债有主，古墓派的赤练仙子李莫愁明明在此，两位何不找她去？"二丐并不识得李莫愁，但素知她的厉害，听了杨过之言，心中一凛，齐声道："此话当真？"杨过道："我干么相欺？小道也是给这魔头逼得走投无路，这才与两位动手。"说到此处，双手捧起铁棒，恭恭敬敬的还了二丐，又道："那赤练仙子随身携带之物天下闻名，两位难道不知么？"一个老丐恍然而悟，说道："啊，是了，她手中拿着拂尘，花驴上系有金铃。那个穿黄衫的就是她了？"杨过笑道："不错，不错。用银弧飞刀伤了贵帮弟子的那个姑娘，就是李莫愁的弟子……"微一沉吟，又道："就只怕……不行，不行……"那声若洪钟的老丐性子甚是急躁，忙问："怕什么？"杨过道："不行，不行。"那丐急道："不行什么？"杨过道："想那李莫愁横行天下，江湖上人物个个闻名丧胆，贵帮虽然厉害，却没一个是她的敌手。既然伤了贵帮朋友的是她弟子，那也只好罢休。"

那老丐给他激得哇哇大叫，拖起铁棒，说道："哼，管她什么赤练仙子、黑练仙子，今日非去斗斗她不可！"说着就要往来路奔回。另一个老丐却甚为持重，心想我二人连眼前这个小道人也斗不过，还去惹那赤练仙子，岂非白白送死？当下拉住他手臂，道：

“也不须急在一时，咱们回去从长计议。”向杨过一拱手，说道：“请教道友高姓大名。”杨过笑道：“小道姓萨，名叫华滋。后会有期。”打个问讯，回头便走。

两丐喃喃自语：“萨华滋，萨华滋？可没听过他的名头，此人年纪轻轻，武功居然如此了得……”一丐突然跳了起来，骂道：“直娘贼，狗厮鸟！”另丐问道：“什么？”那丐道：“他名叫萨华滋，那是杀化子啊，给这小贼道骂了还不知道。”两丐破口大骂，却也不敢回去寻他算账。

杨过心中暗笑，生怕陆无双有失，急忙回转，只见陆无双骑在马上，不住向这边张望，显是等得焦急异常。她一见杨过，脸有喜色，忙催马迎了上来，低声道：“傻蛋，你好，你撇下我啦。”

杨过一笑，双手横捧长剑，拿剑柄递到洪凌波面前，躬身行礼，道：“多谢借剑。”洪凌波伸手接过。杨过正要转身，李莫愁忽道：“且慢。”她见这小道士武艺了得，心想留下此人，必为他日之患，乘他此时武功不及自己，随手除掉了事。

杨过一听“且慢”二字，已知不妙，当下将长剑又递前数寸，放在洪凌波手中，随即撒手离剑。洪凌波只得抓住剑柄，笑道：“小道人，你武功好得很啊。”

李莫愁本欲激他动手，将他一拂尘击毙，但他手中没了兵刃，自己是何等身份，那是不能用兵刃伤他的了，于是将拂尘往后领中一插，问道：“你是全真七子哪一个的门下？”

杨过笑道：“我是王重阳的弟子。”他对全真诸道均无好感，心中没半点尊敬之意，丘处机虽相待不错，但与之共处时刻甚暂，临别时又给他狠狠的教训了一顿，固也明白他并无恶意，心下却总不愤，至于郝大通、赵志敬等，那更是想起来就咬牙切齿。他在古墓中学练王重阳当年亲手所刻的九阴真经要诀，若说是他的弟子，勉强也说得上。但照他的年纪，只能是赵志敬、尹志平辈的徒儿，李莫愁见他武功不弱，才问他是全真七子哪一个的门人，实已抬举了他。杨过若是随口答一个丘处机、王处一的名字，李莫愁倒也信了。但他不肯比杀死孙婆婆的郝大通矮着一辈，便抬出王重阳来。重阳真人是全真教创教祖师，生平只收七个弟子，武林中众所周知，这小道人降生之日，重阳真人早已不在人世了。

李莫愁心道："你这小丑八怪不知天高地厚，也不知我是谁，在我面前胆敢捣鬼。"转念一想："全真教道士哪敢随口拿祖师爷说笑？又怎敢口称'王重阳'三字？但他若非全真弟子，怎地武功招式又明明是全真派的？"

杨过见她脸上虽然仍是笑吟吟地，但眉间微蹙，正自沉吟，心想自己当日扮了乡童，跟洪凌波闹了好一阵，在古墓中又和她们师徒数度交手，别给她们在语音举止中瞧出破绽，事不宜迟，走为上策，举手行了一礼，翻身上马，就要纵马奔驰。

李莫愁轻飘飘的跃出，拦在他马前，说道："下来，我有话问你。"杨过道："我知道你要问什么？你要问我，有没见到一个左脚有些不便的美貌姑娘？可知她带的那本书在哪里？"李莫愁心中一惊，淡淡的道："是啊，你真聪明。那本书在哪里？"杨过道："适才我和这个师弟在道旁休息，见那姑娘和三个化子动手。一个化子给那姑娘砍了一刀，但又有两个化子过来，那姑娘不敌，终于给他们擒住……"

李莫愁素来镇定自若，遇上天大的事也是不动声色，但想到陆无双既被丐帮所擒，那本《五毒秘传》势必也落入他们手中，不由得微现焦急之色。

杨过见谎言见效，更加张大其词："一个化子从那姑娘怀里掏出一本什么书来，那姑娘不肯给，却让那化子打了老大一个耳刮子。"陆无双向他横了一眼，心道："好傻蛋，你胡说八道损我，瞧我不收拾你?”杨过明知陆无双心中骇怕，故意问她道：“师弟，你说这岂不教人生气?那姑娘给几个化子又摸手、又摸脚，吃了好大的亏哪，是不是?”陆无双低垂了头，只得“嗯”了一声。

说到此处，山角后马蹄声响，拥出一队人马，仪仗兵勇，声势甚盛，原来是一队蒙古官兵。其时金国已灭，淮河以北尽属蒙古。李莫愁自不将这些官兵放在眼里，但她急欲查知陆无双的行踪，不想多惹事端，于是避在道旁，只见铁蹄扬尘，百余名蒙古兵将拥着一个官员疾驰而过。那蒙古官员身穿锦袍，腰悬弓箭，骑术甚精，脸容虽瞧不清楚，纵马大跑时的神态却颇为剽悍。

李莫愁待马队过后，举拂尘拂去身上给奔马扬起的灰土。她拂尘每动一下，陆无双的心就剧跳一下，知道这一拂若非拂去尘土，而是落在自己头上，势不免立时脑浆迸裂。

李莫愁拂罢尘土，又问：“后来怎样了?”杨过道：“几个化子掳了那姑娘，向北方去啦。小道路见不平，意欲拦阻，那两个老叫化就留下来跟我打了一架。”

李莫愁点了点头，微微一笑，道：“很好，多谢你啦。我姓李名莫愁，江湖上叫我赤练仙子，也有人叫我赤练魔头。你听见过我的名字么?”杨过摇头道：“我没听见过。姑娘，你这般美貌，真如天仙下凡一样，怎可称为魔头啊?”李莫愁这时已三十来岁，但内功深湛，皮肤雪白粉嫩，脸上没一丝皱纹，望之仍如二十许人。她一生自负美貌，听杨过这般当面奉承，心下自然乐意，拂尘一摆，道：“你跟我说笑，自称是王重阳门人，本该好好叫你吃点苦头再死。既然你还会说话，我就只用这拂尘稍稍教训你一下。”

杨过摇头道：“不成，不成，小道不能平白无端的跟后辈动手。”李莫愁道：“死到临头，还在说笑。我怎么是你的后辈啦?”杨过道：“我师父重阳真人，跟你祖师婆婆是同辈，我岂非长着你一辈?你这么一个年轻貌美的小姑娘，我老人家是不能欺侮你的。”李莫愁浅浅一笑，对洪凌波道：“再将剑借给他。”杨过摇手道：“不成，不成，我……”他话未说完，洪凌波已拔剑出鞘，只听擦的一响，手中拿着的只是个剑柄，剑刃却留在剑鞘之内。她愕然之间，随即醒悟，原来杨过还剑之时暗中使了手脚，将剑刃捏断，但微微留下几分勉强牵连，拔剑时稍一用力，当即断截。

李莫愁脸上变色。杨过道：“本来嘛，我是不能跟后辈的年轻姑娘们动手的，但你既然定要逼我过招，这样罢，我空手接你拂尘三招。咱们把话说明在先，只过三招，只要你接得住，我就放你走路。但三招一过，你却不能再跟我纠缠不清啦。”他知当此情势，不动手是不成的了，但若当真比拼，自然绝不是她对手，索性老气横秋，装出一派前辈模样，再以言语挤兑，要她答应只过三招，不能再发第四招，自己反正是斗她不过，用不用兵刃也是一样，最好她也就此不使那招数厉害之极的拂尘。

李莫愁岂不明白他的用意，心道：“凭你这小子也接得住我三招?”说道：“好啊，老前辈，后辈领教啦。”

杨过道：“不敢……”突然间只见黄影晃动，身前身后都是拂尘的影子。李莫愁这一招“无孔不入”，乃是向敌人周身百骸进攻，虽是一招，其实千头万绪，一招之中包含了数十招，竟是同时点他全身各处大穴。她适才见杨过与两丐交手，剑法精妙，确非庸手，定要在三招之内伤他，倒也不易，是以一上手就使出生平最得意的“三无三不手”来。

这三下招数是她自创，连小龙女也没见过。杨过突然见到，吓了一跳。这一招其实是无可抵挡之招，闪得左边，右边穴道被点，避得前面，后面穴道受伤，只有武功远胜于李莫愁的高手，以狠招正面扑击，才能逼得她回过拂尘自救。杨过自然无此功力，情急之下，突然一个筋斗，头下脚上，运起欧阳锋所授的功夫，经脉逆行，全身穴道尽数封闭，只觉无数穴道上同时微微一麻，立即无事。他身子急转，倒立着飞腿踢出。

李莫愁眼见明明已点中他多处穴道，他居然仍能还击，心中大奇，跟着一招“无所不至”。这一招点的是他周身诸处偏门穴道。杨过以头撑地，伸出左手，伸指戳向她右膝弯“委中穴”。李莫愁更惊，急忙避开，“三无三不手”的第三手“无所不为”立即使出。

这一招不再点穴，专打眼睛、咽喉、小腹、下阴等人身诸般柔软之处，是以叫作“无所不为”，阴狠毒辣，可说已有些无赖意味。当她练此毒招之时，哪想得到世上竟有人动武时会头下脚上，匆忙中一招发出，自是照着平时练得精熟的部位攻击敌人，这一来，攻眼睛的打中了脚背，攻咽喉的打中了小腿，攻小腹的打中了大腿，攻下阴的打中了胸膛，攻其柔虚，逢其坚实，竟然没半点功效。

李莫愁这一惊真是非同小可，她一生中见过不少大阵大仗，武功胜过她的人也曾会过，只是她事先料敌周详，或攻或守，或击或避，均有成竹在胸，却万料不到这小道士竟有如此不可思议的功夫，只一呆之下，杨过突然张口，已咬住了她拂尘的尘尾，一个翻身，直立起来。李莫愁手中一震，竟被他将拂尘夺了过去。

当年二次华山论剑，欧阳锋逆运经脉，一口咬中黄药师的手指，险些送了他的性命。盖逆运经脉之时，口唇运气，一张一合，自然而然会生咬人之意。一人全身诸处之力，均不及齿力厉害，常人可用牙齿咬碎胡桃，而大力士手力再强，亦难握破胡桃坚壳。因此杨过内力虽不及李莫愁远甚，但牙齿一咬住拂尘，竟夺下她用以扬威十余载的兵刃。

这一下变生不测，洪凌波与陆无双同时惊叫。李莫愁虽然惊讶，却丝毫不惧，双掌轻拍，施展赤练神掌，扑上夺他拂尘。她一掌刚要拍出，突然叫道：“咦，是你！你师父呢？”原来杨过脸上涂了泥沙，头下脚上的急转几下，泥沙剥落，露出了半边本来面目。

同时洪凌波也已认出了陆无双，叫道："师父，是师妹啊。"先前陆无双一直不敢与李莫愁、洪凌波正面相对，此时杨过与李莫愁激斗，她凝神观看，忘了侧脸避开洪凌波的眼光。

杨过左足一点，飞身上了李莫愁的花驴，同时左手弹处，一根玉蜂针射进了洪凌波所乘驴子的脑袋。

李莫愁盛怒之下，飞身向杨过扑去。杨过纵身离鞍，倒转拂尘柄，噗的一声，将花驴打了个脑浆迸裂，大叫："媳妇儿，快随你汉子走。"身子落在马背，挥拂尘向后乱打。陆无双立即纵马疾驰。李莫愁的轻功施展开来，一二里内大可赶上四腿的牲口，但被杨过适才的怪招吓得怕了，不敢过份逼近，只是施展小擒拿手欲夺还拂尘，第四招上左手三指碰上了拂尘丝，反手抓住一拉，杨过拿捏不住，又给她夺回。

洪凌波胯下的驴子脑袋中了玉蜂针，突然发狂，猛向李莫愁冲去，张嘴大咬。李莫愁喝道："凌波，你怎么啦？"洪凌波道："驴子闹倔性儿。"用力勒缰，拉得驴子满口是血。猛地里那驴子四腿一软，翻身倒毙，洪凌波跃起身来，叫道："师父，咱们追！"但此时杨陆二人早已奔出半里之外，再也追赶不上了。

陆无双与杨过纵骑大奔一阵，回头见师父不再追来，叫道："傻蛋，我胸口好疼，抵不住啦！"杨过跃下马背，俯耳在地上倾听，并无蹄声追来，道："不用怕啦，慢慢走罢。"当下两人并辔而行。

陆无双叹了口气，道："傻蛋，怎么连我师父的拂尘也给你夺来啦？"杨过道："我跟她胡混乱搞，她心里一乐，就将拂尘给了我。我老人家不好意思要她小姑娘的东西，又还了给她。"陆无双道："哼，她为什么心里一乐，瞧你长得俊么？"说了这句话，脸上微微一红。杨过笑道："她瞧我傻得有趣，也是有的。"陆无双道："呸！好有趣么？"

两人缓行一阵，怕李莫愁赶来，又催坐骑急驰。如此快一阵、慢一阵的行到黄昏。杨过道："媳妇儿，你若要保全小命，只好拼着伤口疼痛，再跑一晚。"陆无双道："你再胡说八道，瞧我理不理你？"杨过伸伸舌头，道："可惜是坐骑累了，再跑得一晚准得拖死。"此时天色渐黑，猛听得前面几声马嘶，杨过喜道："咱们换马去罢。"两人催马上前，奔了里许，见一个村庄外系着百余匹马，原来是日间所见的那队蒙古骑兵。杨过道："你待在这儿，我进村探探去。"当下翻身下马，走进村去。

只见一座大屋的窗中透出灯光，杨过闪身窗下，向内张望，见一个蒙古官员背窗而坐。杨过灵机一动："与其换马，不如换人。"待了片刻，只见那蒙古官站起身来，在室中来回走动。这人约莫三十来岁，正是日间所见的那锦袍官员，神情举止，气派甚大，看来官职不小。杨过待他背转身时，轻轻揭起窗格，纵身而入。那官员听到背后风声，倏地抢上一步，左臂横挥，一转身，双手十指犹似两把鹰爪，猛插过来，竟是招数凌厉的"大力鹰爪功"。杨过微感诧异，不意这个蒙古官员手下倒也有几分功夫，当下侧身从他双手间闪过。那官员连抓数下，都被他轻描淡写的避开。

那官员少时曾得鹰爪门的明师传授，自负武功了得，但与杨过交手数招，竟是全然无法施展手脚。杨过见他又是双手恶狠狠的插来，突然纵高，左手按他左肩，右手按他右肩，内力直透双臂，喝道："坐下！"那官员双膝一软，坐在地下，但觉胸口郁闷，似有满腔鲜血急欲喷出。杨过伸手在他乳下穴道上揉了两揉，那官员胸臆登松，一口气舒了出来，慢慢站起，怔怔的望着杨过，隔了半晌，这才问道："你是谁？来干么？"这两句汉话倒是说得字正腔圆。

杨过笑了笑，反问："你叫什么名字？做的是什么官？"那官员怒目圆瞪，又要扑上。杨过毫不理睬，却去坐在他先前坐过的椅中。那官员双臂直上直下的猛击过来，杨过随手推卸，毫不费力的将他每一招都化解了去，说道："喂，你肩头受了伤，别使力才好。"那官员一怔，道："什么受了伤？"左手摸摸右肩，有一处隐隐作痛，忙伸右手去摸左肩，同样部位也是一般的隐痛，这处所先前没去碰动，并无异感，手指按到，却有细细一点地方似乎直疼到骨里。那官员大惊，忙撕破衣服，斜眼看时，只见左肩上有个针孔般的红点，右肩上也是如此。他登时醒悟，对方刚才在他肩头按落之时，手中偷藏暗器，已算计了他，不禁又惊又怒，喝道："你使了什么暗器？有毒无毒？"

杨过微微一笑，道："你学过武艺，怎么连这点规矩也不知？大暗器无毒，小暗器自然有毒。"那官员心中信了九成，但仍盼他只是出言恐吓，神色间有些将信将疑。杨过微笑道："你肩头中了我的神针，毒气每天伸延一寸，约莫六天，毒气攻心，那就归天了。"

那官员虽想求他解救，却不肯出口，急怒之下，喝道："既然如此，老爷跟你拼个同归于尽。"纵身扑上。杨过闪身避开，双手各持了一枚玉蜂针，待他又再举手抓来，双手伸出，将两枚玉蜂针分别插入了他掌心。那官员只感掌心中一痛，当即停步，举掌见到掌心中的细针，随即只觉两掌麻木，大骇之下，再也不敢倔强，过了半晌，说道："算我输了！"

杨过哈哈大笑，问道："你叫什么名字？"那官员道："下官耶律晋，请问英雄高姓大名？"杨过道："我叫杨过。你在蒙古做什么官？"耶律晋说了。原来他是蒙古大丞相耶律楚材的儿子。耶律楚材辅助成吉思汗和窝阔台平定四方，功勋卓著，是以耶律晋年纪不大，却已做到汴梁经略使的大官，这次是南下到河南汴梁去就任。

杨过也不懂汴梁经略使是什么官职，只点点头，说道："很好，很好。"耶律晋道："下官不知何以得罪了杨英雄，当真胡涂万分。杨英雄但有所命，请吩咐便是。"杨过笑了笑，道："也没什么得罪了。”突然一纵身，跃出窗去。耶律晋大惊，急叫：“杨英雄……”奔到窗边，杨过早已影踪全无。耶律晋惊疑不定：“此人倏忽而来，倏忽而去，我身上中了他的毒针，那便如何是好？”忙拔出掌心中的细针，肩头和掌心渐感麻痒难当。

正心烦意乱间，窗格一动，杨过已然回来，室中又多了一个少女，正是陆无双。耶律晋道：“啊，你回来了！”杨过指着陆无双道：“她是我的媳妇儿，你向她磕头罢！”陆无双喝道：“你说什么？”反手就是一记巴掌。杨过若是要避，这一记如何打他得着？但不知怎的，只觉受她打上一掌、骂得几句，实是说不出的舒服受用，当下竟不躲开，啪的一响，面颊上热辣辣的吃了一掌。

耶律晋不知二人平时闹着玩惯了的，只道陆无双的武功比杨过还要高强，呆呆的望着二人，不敢作声。杨过抚了抚被打过的面颊，对耶律晋笑道：“你中了我神针之毒，但一时三刻死不了。只要乖乖听话，我自会给你治好。”耶律晋道：“下官生平最仰慕的是英雄好汉，只可惜从来没见过真正有本领之人，今日得能结识高贤，实慰平生之望。杨英雄纵然不叫下官活了，下官死亦瞑目。”这几句话既自高身份，又将对方大大的捧了一下。

杨过从来没跟官府打过交道，不知居官之人最大的学问就是奉承上司，越是精通做官之道的，谄谀之中越是不露痕迹。蒙古的官员本来粗野诚朴，但进入中原后，渐渐也沾染了中国官场的习气。杨过给他几句上乘马屁一拍，心中大喜，翘起拇指赞道：“瞧你不出，倒是个挺有骨气的汉子。来，我立刻给你治了。”当下用吸铁石将他肩头的两枚玉蜂针吸了出来，再给他在肩头和掌心敷上解药。

陆无双从未见过玉蜂针，这时见那两口针细如头发，似乎放在水面也浮得起来，心想：“一阵风就能把这针吹得不知去向，却如何能作为暗器？”对杨过佩服之心不由得又增了一分，口中却道：

“使这般阴损暗器，没点男子气概，也不怕旁人笑话。”

杨过笑了笑，却不理会，向耶律晋道：“我们两个，想投靠大人，做你的侍从。”耶律晋一惊，忙道：“杨英雄说笑话了，有何嘱咐，请说便是。”杨过道：“我不说笑话，当真是要做大人的侍从。”耶律晋心想：“原来这二人想做官，图个出身。”不由得架子登时大了起来，咳嗽一声，正色道：“嗯，学了一身武艺，卖与帝皇家，那才是正途啊。”杨过笑道：“这个你又想错了。我们有个极厉害的仇家对头，一路在后追赶。咱俩打她不过，想装成你的侍从，暂时躲她一躲。”耶律晋好生失望，一张板了起来的脸重又放松，陪笑道：“想两位这等武功，区区仇家，何足道哉。若是他们人多势众，下官招集兵勇，将他们拿来听凭处置便是。”杨过道：“连我也打她不过，大人那就不必费事啦。快吩咐侍从，给我们拿衣服更换。”

他这几句话说得甚是轻松，但语气中自有一股威严，耶律晋连声称是，命侍从取来衣服。杨陆二人到另室去更换了。陆无双取过镜子一照，镜中人貂衣锦袍，明眸皓齿，居然是个美貌的少年蒙古军官，自觉甚是有趣。

次晨一早启程。杨过与陆无双各乘一顶轿子，由轿夫抬着，耶律晋仍是骑马，未到午时，但听得鸾铃之声隐隐响起，由远而近，从一行人身旁掠了过去。陆无双大喜，心想：“在这轿中舒舒服服的养伤，真是再好不过。傻蛋想出来的傻法儿倒也有几分道理。我就这么让他们抬到江南。”

如此行了两日，不再听得鸾铃声响，想是李莫愁一直追下去，不再回头寻找。向陆无双寻仇的道人、丐帮等人，也没发觉她的踪迹。

第三日上，一行人到了龙驹寨，那是秦汴之间的交通要地，市肆颇为繁盛。用过晚饭后，耶律晋踱到杨过室中，向他请教武学，高帽一顶顶的送来，将杨过奉承得通体舒泰。杨过也就随意指点一二。耶律晋正自聚精会神的倾听，一名侍从匆匆进来，说道："启禀大人，京里老大人送家书到。"耶律晋喜道："好，我就来。"正要站起身向杨过告罪，转念一想："我就在他面前接见信使，以示我对他无丝毫见外之意，那么他教我武功时也必尽心。"于是向侍从道："叫他到这里见我。"

那侍从脸上有异样之色，道："那……那……"耶律晋将手一挥，道："不碍事，你带他进来。"那侍从道："是老大人自己……"耶律晋脸一沉道："有这门子啰唆，快去……"话未说完，突然门帷掀处，一人笑着进来，说道："晋儿，你料不到是我罢。"

耶律晋一见，又惊又喜，急忙抢上跪倒。叫道："爹爹，怎么你老人家……"那人笑道："是啊！是我自己来啦。"那人正是耶律晋的父亲，蒙古国大丞相耶律楚材。当时蒙古官制称为中书令。

杨过听耶律晋叫那人为父亲，不知此人威行数万里，乃是当今一人之下、万人之上，最有权势的大丞相，向他瞧去，但见他年纪也不甚老，相貌清雅，威严之中带着三分慈和，心中不自禁的生了敬重之意。

那人刚在椅上坐定，门外又走进两个人来，上前向耶律晋见礼，称他"大哥"。这两人一男一女，男的二十三四岁，女的年纪与杨过相仿。耶律晋喜道："二弟，三妹，你们也都来啦。"向父亲道："爹爹，你出京来，孩儿一点也不知道。"耶律楚材点头道："是啊，有一件大事，若非我亲来主持，实是放心不下。"他向杨过等众侍从望了一眼，示意要他们退下。

耶律晋好生为难，本该挥手屏退侍从，但杨过却是个得罪不得之人，不由得脸现犹豫之色。杨过知他心意，笑了一笑，自行退了出去。耶律楚材早见杨过举止有异，自己进来时，众侍从拜伏行礼，只这一人挺身直立，此时翩然而出，更有独往独来、傲视公侯之概，不禁心中一动，问耶律晋道：“此人是谁？”

耶律晋是开府建节的封疆大吏，若在弟妹之前直说杨过的来历，未免太过丢脸，当下含糊答道：“是孩儿在道上结识的一个朋友。爹爹亲自南下，不知为了何事？”耶律楚材叹了口气，脸现忧色，缓缓说明情由。

原来蒙古国大汗成吉思汗逝世后，第三子窝阔台继位。窝阔台做了十三年大汗逝世，他儿子贵由继位。贵由胡涂酗酒，只做了三年大汗便短命而死，此时是贵由的皇后垂帘听政。皇后信任群小，排挤先朝的大将大臣，朝政甚是混乱。宰相耶律楚材是三朝元老，又是开国功臣，遇到皇后措施不对之处，时时忠言直谏。皇后见他对自己谕旨常加阻挠，自然甚是恼怒，但因他位高望重，所说的又都是正理，轻易动摇不得。耶律楚材自知得罪皇后，全家百口的性命直是危如累卵，便上了一道奏本，说道河南地方不靖，须派大臣宣抚，自己请旨前往。皇后大喜，心想此人走得越远越好，免得日日在眼前惹气，当即准奏。于是耶律楚材带了次子耶律齐、三女耶律燕，径来河南，此行名为宣抚，实为避祸。

杨过回到居室，跟陆无双胡言乱语的说笑，陆无双偏过了头不加理睬。杨过逗了她几次全无回答，当即盘膝而坐，用起功来。

陆无双却感没趣了，见他垂首闭目，过了半天仍是不动，说道：“喂，傻蛋，怎么这当儿用起功来啦？”杨过不答。陆无双怒道：“用功也不急在一时，你陪不陪我说话儿？”正要伸手去呵他痒，杨过忽然一跃而起，低声道：“有人在屋顶窥探！”陆无双没听到丝毫声息，抬头向屋顶瞧了一眼，低声道：“又来骗人？”杨过道：“不是这里，在那边两间屋子之外。”陆无双更加不信，笑了笑，低低骂了声：“傻蛋。”只道他是在装傻说笑。

杨过扯了扯她衣袖，低声道："别要是你师父寻来啦，咱们先躲着。"陆无双听到"师父"两字，背上登时出了一片冷汗，跟着他走到窗口。杨过指向西边，陆无双抬起头来，果见两间屋子外的屋顶上黑黝黝的伏着一个人影。此时正当月尽，星月无光，若非凝神观看，还真分辨不出，心中佩服："不知傻蛋怎生察觉的？"她知师父向来自负，夜行穿的还是杏黄道袍，决不改穿黑衣，在杨过耳边低声道："不是师父。"

一言方毕，那黑衣人突然长身而起，在屋顶飞奔过去，到了耶律父子的窗外，抬腿踢开窗格，执刀跃进窗中，叫道："耶律楚材，今日我跟你同归于尽罢。"却是女子声音。

杨过心中一动："这女子身法好快，武功似在耶律晋之上，老头儿只怕性命难保。"陆无双叫道："快去瞧！"两人奔将过去，伏在窗外向内张去。

只见耶律晋提着一张板凳，前支后格，正与那黑衣女子相斗。那女子年纪甚轻，但刀法狠辣，手中柳叶刀锋利异常，连砍数刀，已将板凳的四只凳脚砍去。耶律晋眼见不支，叫道："爹爹，快避开！"随即纵声大叫："来人哪！"那少女忽地飞起一腿，耶律晋猝不及防，正中腰间，翻身倒地。那少女抢上一步，举刀朝耶律楚材头顶劈落。

杨过暗叫："不好！"心想先救了人再说，手中扣着一枚玉蜂针，正要往少女手腕上射去，只听得耶律楚材的女儿耶律燕叫道："不得无礼！"右手出掌往那少女脸上劈落，左手以空手夺白刃手法去抢她刀子。这两下配合得颇为巧妙，那少女侧头避开来掌，手腕已被耶律燕搭住，百忙中飞腿踢出，教她不得不退，手中单刀才没给夺去。杨过见这两个少女都是出手迅捷，心中暗暗称奇。霎时之间，两人已砍打闪劈，拆解了七八招。

这时门外涌进来十余名侍卫，见二人相斗，均欲上前。耶律晋道："慢着！三小姐不用你们帮手。"

杨过低声向陆无双道："媳妇儿，这两个姑娘的武功胜过你。"陆无双大怒，侧身就是一掌。杨过一笑避开，道："别闹，还是瞧人打架的好。"陆无双道："那么你跟我说真个的，到底是我强，还是她们强？"杨过低声道："一个对一个，这两个姑娘都不如你。你一个打她们两个呢，单论武功你就要输。只不过她们的打法太也老实，远不及你诡计多端、阴险毒辣，因此毕竟还是你赢。"陆无双心下欢喜，低声道："什么'诡计多端、阴险毒辣'的，可有多难听！说到诡计多端，世上没人及得上咱们的傻蛋傻大爷。"杨过微笑道："那你岂不成了傻大娘？"陆无双轻轻啐了一口。

只见两女又斗一阵，耶律燕终究没有兵刃，数次要夺对方的柳叶刀没能夺下，反给逼得东躲西闪，无法还手。耶律齐道："三妹，我来试试。"斜身侧进，右手连发三掌。耶律燕退在墙边，道："好，瞧你的。"

杨过只瞧了耶律齐出手三招，不由得暗暗惊诧。只见他左手插在腰里，始终不动，右手一伸一缩，也不移动脚步，随手应付那少女的单刀，招数固然精妙，而时刻部位拿捏之准，更是不凡，心道："此人好生了得，似乎是全真派的武功，却又颇有不同。"

陆无双道："傻蛋，他武功比你强得多啦。"杨过瞧得出神，竟没听见她说话。

李莫愁见杨过剑法精奇，自己每招每式都在他意料之中，心下怨恨师父偏心，突然纵身跃到桌上，右足斜踢，左足踏在桌边，身子前后晃动，飘逸有致。

第十回

少年英侠

耶律齐道："三妹，你瞧仔细了。我拍她臂臑穴，她定要斜退相避，我跟着拿她巨骨穴，她不得不举刀反砍。这时出手要快，就能夺下她的兵刃。"那黑衣少女怒道："呸，也没这般容易。"耶律齐道："是这样。"说着右掌往她"臂臑穴"拍去。这一掌出手歪歪斜斜，却将她前后左右的去路都封住了，只留下左侧后方斜角一个空隙。那少女要躲他这一拍，只得斜退两步。耶律齐点了点头，果然伸手拿她"巨骨穴"。那少女心中一直记着："千万别举刀反砍。"但形格势禁，只有举刀反砍才是连消带打的妙着，当下无法多想，立时举刀反砍。耶律齐道："是这样！"人人以为他定要伸手夺刀，哪知他右手也缩了回来，与左手相拱，双手笼入袖筒。那少女一刀没砍着，却见他双手笼袖，微微一呆。耶律齐右手忽地伸出，两根手指夹着刀背一提，那少女握刀不住，给他夺了过去。

众人见此神技，一时呆了半晌，随即一个哄堂大采。那黑衣少女脸色沮丧，呆立不动。众人都想："二公子不出手擒你，明明放你一条生路。你还不出去，更待何时？"

耶律齐缓步退开，向耶律燕道："她也没了兵刃，你再跟她试试，胆子大些，留心她的掌中腿。"耶律燕踏上两步，说道："完颜萍，我们一再饶你，你始终苦苦相逼，难道到了今日还不死心么？"

完颜萍不答，垂头沉吟。耶律燕道："你既定要与我分个胜负，咱们就爽爽快快动手罢！"说着冲上去迎面就是两拳。完颜萍后跃避开，凄然道："刀子还我。"耶律燕一怔，心道："我哥哥夺了你兵刃，明明是要你和我平手相斗，怎地你又要讨还兵器？"说道："好罢！"从哥哥手里接过柳叶刀抛给了她。一名侍卫倒转手中单刀递过，说道："三小姐，你也使兵刃。"耶律燕道："不用。"但转念一想："我空手打不过她，咱们就比刀。"接刀虚劈两下，觉得稍微沉了一点，但勉强也可使得。

完颜萍脸色惨白，左手提刀，右手指着耶律楚材道："耶律楚材，你帮着蒙古人，害死我爹爹妈妈，今生我是不能找你报仇的了。咱们到阴世再算账罢！"说话甫毕，左手横刀就往脖子中抹去。

杨过听她说这几句话时眼神凄楚，一颗心怦的一跳，胸口一痛，失声叫道："姑姑！"

就在此时，完颜萍已横刀自刎。耶律齐抢上两步，右手长出，又伸两指将她柳叶刀夺了过来，随手点了她臂上穴道，说道："好端端地，何必自寻短见？"横刀自刎、双指夺刀，都只一霎间之事，待众人瞧得清楚，刀子已重入耶律齐之手。

其时室内众人齐声惊呼，杨过的一声"姑姑"无人在意，陆无双在他身旁却听得清楚，低声问道："你叫什么？她是你姑姑？"杨过忙道："不，不！不是。"原来他见完颜萍眼波中流露出一股凄恻伤痛、万念俱灰的神色，就如小龙女与他决绝分手时一模一样。他陡然间见到，不由得如痴如狂，竟不知身在何处。

耶律楚材缓缓说道："完颜姑娘，你已行刺过我三次。我身为大蒙古国宰相，灭了你大金国，害你父母。可是你知我的祖先却又是为何人所灭呢？"完颜萍微微摇头，道："我不知道。"耶律楚材道："我祖先是大辽国的皇族，大辽国是给你金国灭了的。我大辽国耶律氏的子孙，被你完颜氏杀戮得没剩下几个。我少时立志复仇，这才辅佐蒙古大汗灭你金国。唉，怨怨相报，何年何月方了啊？”说到最后这两句话时，抬头望着窗外，想到只为了几家人争为帝王，以致大城民居尽成废墟，万里之间尸积为山，血流成河。

完颜萍茫然无语，露出几颗白得发亮的牙齿，咬住上唇，哼了一声，向耶律齐道：“我三次报仇不成，自怨本领不济，那也罢了。我要自尽，又干你何事？”耶律齐道：“姑娘只要答应以后不再寻仇，你这就去罢！”完颜萍又哼了一声，怒目而视。耶律齐倒转柳叶刀，用刀柄在她腰间轻轻撞了几下，解开她的穴道，随即将刀递了过去。完颜萍欲接不接，微一犹豫，终于接过，说道：“耶律公子，你数次手下容情，以礼相待，我岂有不知？只是我完颜家与你耶律家仇深似海，凭你如何慷慨高义，我父母的血海深仇不能不报。”

耶律齐心想：“这女子始终纠缠不清，她武艺不弱，我总不能寸步不离爹爹，若有失闪，如何是好？嗯，不如用言语相迫，教她只能来找我。”朗声说道：“完颜姑娘，你为父母报仇，志气可嘉。只是老一辈的账，该由老一辈自己了结。咱们做小辈的自己各有恩怨。你家与我家的血账，你只管来跟我算便是，若再找我爹爹，在下此后与姑娘遇到，可就十分为难了。”

完颜萍道：“哼，我武艺远不及你，怎能找你报仇？罢了，罢了。”说着掩面便走。

耶律齐知她这一出去，必定又图自尽，有心要救她一命，冷笑道：“嘿嘿，完颜家的女子好没志气！”完颜萍霍地转过身来，道：“怎地没志气了？”耶律齐冷笑道：“我武功高于你，那不错，可这又有什么希罕？只因我曾遇明师指点，并非我自己真有什么过人之处。你所学的铁掌功夫，本来也是当世一门了不起的武功，只是教你的那位师父所学未精，你练的时日又浅，难以克敌制胜，原是理所当然。年纪轻轻，只要苦心去另寻明师，难道就找不着了？”完颜萍本来满腔怨怒，听了这几句话，不由得暗暗点头。

耶律齐又道：“我每次跟你动手，只用右手，非是我傲慢无礼。只因我左手力大，出手往往便要伤人。这样罢，待你再从明师之后，随时可来找我，只要逼得我使用左手，我引颈就戮，决无怨言。”他知完颜萍的功夫与自己相差太远，纵得高人指点，也是难以胜得过自己单手；料想一个人欲图自尽，只是一时忿激，只要她去寻师学艺，心有专注，过得若干时日，自不会再生自杀的念头。

完颜萍心想：“你又不是神仙，我痛下苦功，难道两只手当真便胜不了你单手？”提刀在空中虚劈一下，沉着声音道：“好！君子一言……”耶律齐接口道：“快马一鞭！”完颜萍向众人再也不望一眼，昂首而出，但脸上掩不住流露出凄凉之色。

众侍卫见二公子放她走路，自然不敢拦阻，纷纷向耶律楚材道惊请安，退出房去。耶律晋见此处闹得天翻地覆，但杨过始终并不现身，心中暗感奇怪。耶律燕道：“二哥，你怎么又放了她走？”耶律齐道：“不放她怎么？难道杀了她？”耶律燕抿嘴笑道：“你放她总是不对。”耶律齐道：“什么？”耶律燕笑道：“你既要她做我嫂子，就不该放她啊。”耶律齐正色道：“别胡说！”耶律燕见他认真，怕他动怒，不敢再说笑话。

杨过在窗外听耶律燕说到“要她做我嫂子”几字，心中突然无缘无故的感到一阵酸意，见完颜萍上高向东南方而去，当下向陆无双道：“我瞧瞧去。”陆无双道：“瞧什么？”杨过不答，展开轻功追了出去。

完颜萍武功并不甚强，轻功却甚高明，杨过提气急追，直到龙驹寨镇外，才见到她的后影。只见她落入一座屋子的院子，推门进房。杨过跟着跃进，躲在墙边。过了半晌，西厢房中传出灯火，随即听到一声长叹。这一声叹息中直有千般怨愁，万种悲苦。

杨过在窗外听着，怔怔的竟是痴了，触动心事，不知不觉的也长叹一声。完颜萍听得窗外有人叹息，大吃一惊，急忙吹熄灯火，退在墙壁之旁，低声喝问："是谁？"杨过道："跟你一般，也是伤心之人。"完颜萍更是一怔，听他语气中似乎并无恶意，又问："你到底是谁？"杨过道："常言道：君子报仇，十年未晚。你几次行刺不成，便想自杀，可不是将自己性命看得忒也轻了？更将这番血海深仇看得忒也轻了？"

呀的一声，两扇门推开，完颜萍点亮烛火，道："阁下请进。"杨过在门外双手一拱，走进房去。完颜萍见他身穿蒙古军官装束，年纪甚轻，微感惊讶，说道："阁下指教得是，请问高姓大名。"

杨过不答，双手笼在袖筒之中，说道："耶律齐大言不惭，自以为只用右手就算本领了得，其实要夺人之刀，点人穴道，一只手也不用又有何难？"完颜萍心中不以为然，只是未摸清对方的底细，不便反驳。杨过道："我教你三招武功，就能逼那耶律齐双手齐用。现下我先和你试试，我既不用手，又不使脚，跟你过几招如何？"完颜萍大奇，心道："难道你有妖法，一口气便能将我吹倒了？"杨过见她迟疑，道："你只管用刀子砍我，我要是避不了，死而无怨。"完颜萍道："好罢，我也不用刀，只用拳掌打你。"杨过摇头道："不，我不用手脚而夺下你刀子，你方能信服。"

完颜萍见他似笑非笑的神情，心头微微有气，道："阁下如此了得，真是闻所未闻。"说着抽出单刀，往他肩头劈去。她见杨过双手笼袖，浑若无事，只怕伤了他，这一刀的准头略略偏了些。杨过瞧得明白，动也不动，说道："不用相让，要真砍！"柳叶刀从他肩旁直劈而下，与他身子相离只有寸许。完颜萍见他毫不理会，好生佩服他的胆量，又想："难道这是个浑人？"柳叶刀一斜，横削过去，这次却不容情了。杨过斗地矮身，刀锋从他头顶掠过，相差仍然只有寸许。

完颜萍打起精神，提刀直砍。杨过顺着刀势避过，道："你刀中还可再夹掌法。”完颜萍道：“好！”横刀砍出，左掌跟着劈去。杨过侧身闪避，道：“再快些不妨。”完颜萍将一路刀法施展开来，掌中夹刀，愈出愈快。杨过道：“你掌法凌厉，好过刀法。耶律齐说这是铁掌功夫，是不是？”完颜萍点点头，出手更是狠辣。杨过双手始终笼在袖中，在掌影刀锋间飘舞来去。完颜萍单刀铁掌，连他衣服也碰不到半点。

她一套刀法使了大半，杨过道：“小心啦，三招之内，我夺你刀。”完颜萍此时对他已甚是佩服，但说要在三招之内夺去自己兵刃，却仍是不信，只是不由自主的将刀柄握得更加紧了，说道：“你夺啊！”横刀使一招“云横秦岭”，向他头颈削去。杨过一低头，从刀底下钻了过去，侧过头来，额角正好撞正她右手肘弯“曲池穴”。完颜萍手臂酸软，手指无力。杨过仰头张口，咬住刀背，轻轻巧巧的便将刀子夺过，跟着头一侧，刀柄撞在她胁下，已点中了穴道。

杨过抬头松齿，向上甩去，柳叶刀飞了上去，他将刀抛开，为的是要清清楚楚说话，当下说道：“怎么样，服了么？”说了这六个字，那刀落将下来，杨过张口咬住，笑嘻嘻的瞧着她。完颜萍又惊又喜，点了点头。

杨过见她秋波流转，娇媚动人，不自禁想抱她一抱，亲她一亲，只是此事太过大胆荒唐，咬住刀背，一张脸涨得通红。完颜萍哪知他的心事，但见他神色怪异，心中微感惊奇，自觉全身酸麻，双腿软软的似欲摔倒。杨过踏上一步，距她已不过尺许，正想抛去刀子，把嘴唇凑到她眼皮上去亲一个吻，猛地想起：“她好生感激那耶律齐以礼相待，难道我就不如他了？哼，我偏要处处都胜过他。”于是低下头来，下颚一摆，将刀柄在她腰间一撞，解开她的穴道，将刀柄递了过去。

完颜萍不接刀子，双膝跪地，说道：“求师父指点，小女子得报父母深仇，永感大德。”杨过大为狼狈，急忙扶起，伸手从口中取下单刀，说道：“我怎能做你师父？不过我能教你一个杀死那耶律齐的法门。”完颜萍大喜，道：“只要能杀了耶律齐，他哥哥和妹子我都不怕，自能再杀他父亲……”说到此处，忽然想起一事，黯然道：“唉，待得我学到能杀他的本事，那耶律老儿怎能还在世上？我父母之仇，终究是报不了的啦。”杨过笑道：“那耶律老儿一时三刻之命，总还是有的。”完颜萍奇道：“什么？”杨过道：“要杀耶律齐又有何难？现下我教你三招，今晚就能杀了他。”

完颜萍曾三次行刺耶律楚材，三次都被耶律齐行若无事的打败，知他本领高于自己十倍，心想眼前这蒙古少年军官武功虽强，未必就胜过了耶律齐，纵使胜得，也决不能只教自己三招，就能用之杀了他，而今晚便能杀他，更是万万不能的了。她怕杨过着恼，不敢出言反驳，只是微微摇头，眼中那股叫他瞧了发痴发狂的眼色，不住滚来滚去。

杨过明白她的心意，说道：“不错，我武功未必在他之上，当真动手，说不定我还是输多赢少。但要教你三招，今晚去杀了他，却决非难事。就只怕他曾饶你三次，你下不了手而已。”完颜萍心中一动，随即硬着心肠道：“他虽有德于我，但父母深仇，不能不报。”杨过道：“好，这三招我便教你。你若能杀他而不愿下手，那便如何？”完颜萍道：“凭你处置便了。反正你这么高的本领，要打要杀，我还能逃得了么？”杨过心道：“我怎舍得打你杀你？你杀不杀他，跟我又有什么相干？”于是微微一笑，说道：“其实这三招也没什么了不起。你瞧清楚了。”

当下提起刀来，缓缓自左而右的砍去，说道：“第一招，是‘云横秦岭’。”完颜萍心道：“这一招我早就会了，何用你教？”见刀锋横来，侧身而避。杨过突出左手，抓住她的右掌，说道：“第二招，是你刚才使过两次的‘枯藤缠树’。”完颜萍点头道：“是，这是我铁掌擒拿手中的一招。”杨过握着她又软又滑的手掌，心中一荡，笑道：“你该学羊脂玉掌功才是，怎么去学铁掌擒拿手了？”完颜萍不知他是出言调笑，道：“有羊脂玉掌功么？这名儿倒挺美。”只觉他捏住自己手掌，一紧一放，使力极轻，觉得这手法还不及自己所学以铁掌功为基的擒拿手厉害，心想：“你第一招与第二招都是我所会的功夫，难道单凭第三招一招，就能杀了耶律齐？”杨过凝视着她眼睛，叫道：“看仔细了！”突然手腕疾翻，横刀往自己项颈中抹去。

完颜萍大惊，叫道：“你干什么？”她右手被杨过牢牢握住，忙伸左手去夺他单刀。虽在危急之中，她的铁掌擒拿手仍是出招极准，一把抓住杨过手腕，往外力拗，叫他手中刀子不能及颈。杨过松开了手，退后两步，笑道：“你学会了么？”

完颜萍惊魂未定，只吓得一颗心怦怦乱跳，不明他的用意。杨过笑道：“你先使‘云横秦岭’横削，再使‘枯藤缠树’牢牢抓住他右手，第三招举刀自刎，他势必用左手救你。他向你立过誓，只要你逼得他用了左手，任你杀他，死而无怨。这不成了么？”完颜萍一想不错，怔怔的瞧着他。杨过道：“这三招万无一失，若不收效，我跟你磕头。”完颜萍微微摇头，说道：“他说过不用左手，一定不会用的。那便怎地？”杨过道：“那又怎地？你永世报不了仇啦，自己死了不就干净？”完颜萍凄然点头，道：“你说得对。多谢指点迷津。阁下到底是谁？”

杨过还未回答，窗外忽然有个女子声音叫道：“他叫傻蛋，你别信他的鬼话。”杨过听得是陆无双的声音，只笑了笑，并不理会。完颜萍纵向窗边，只见黑影一闪，一个人影跃出了围墙。

完颜萍待要追出，杨过拉住她手，笑道：“不用追了，是我的同伴。她最爱跟我过不去。”完颜萍望着他，沉吟半晌，道：“你既不肯说自己姓名，那也罢了。我信得过你对我总是一番好意。”

杨过见她秋波一转，神色楚楚，不由得心生怜惜，当下拉着她手，和她并肩坐在床沿，柔声道：“我姓杨名过，我是汉人，不是蒙古人。我爹爹妈妈都死啦，跟你身世一般……”

完颜萍听他说到这里，心里一酸，两滴珠泪夺眶而出。杨过心情激荡，忽然哇的一声，哭了出来。完颜萍从怀里抽出一块手帕，掷给了他。杨过拿到脸上拭抹，想到自己身世，眼泪却越来越多。

完颜萍强笑道：“杨爷，你瞧我倒把你招哭啦。”杨过道：“别叫我杨爷。你今年几岁啦？”完颜萍道：“我十八岁，你呢？”杨过道：“我也是十八。”心想：“我若是月份小过她，给她叫一声兄弟，可没味儿。”说道：“我是正月里的生日，以后你叫我杨大哥得啦。我也不跟你客气，叫你完颜妹子啦。”完颜萍脸上一红，觉得此人做事单刀直入，好生古怪，但对自己确是并无恶意，于是点了点头。

杨过见她点头，喜得心痒难搔。完颜萍容色清秀，身材瘦削，遭逢不幸，似乎生来就叫人怜惜，而最要紧的是她盈盈眼波竟与小龙女极为相似。他可没想到一个人心中哀伤，眼色中自然有凄苦之意，天下之人莫不皆然，说她眼波与小龙女相似，那也只是他自欺自慰的念头而已。他凝视着她眼睛，忽而将她的黑衣幻想而为白衣，将她瘦瘦的瓜子脸幻想成为小龙女清丽绝俗的容貌，痴痴的瞧着，脸上不禁流露出了祈求、想念、爱怜种种柔情。

完颜萍有些害怕，轻轻挣脱他手，低声道：“你怎么啦？”杨过如梦方醒，叹了口气，道：“没什么。你去不去杀他？”完颜萍道：“我这就去。杨大哥，你陪不陪我？”杨过待要说“自然陪你去”，转念一想：“若我在旁，她有恃无恐，自刎之情不切，耶律齐就不会中计。”说道：“我不便陪你。”

完颜萍眼中登时露出失望之色，杨过心里一软，几乎便要答应陪她，哪知完颜萍幽幽的道：“好罢，杨大哥，只怕我再也见不到你啦。”杨过忙道：“哪里？哪里？我……”

完颜萍凄然摇头，径自奔出屋去，片刻之间，又已回到耶律晋的住处。

这时耶律楚材等各已回房，正要安寝。完颜萍在大门上敲了两下，朗声说道：“完颜萍求见耶律齐耶律公子。”早有几名侍卫奔过来，待要拦阻，耶律齐打开门来，说道：“完颜姑娘有何见教？”完颜萍道：“我再领教你的高招。”耶律齐心中奇怪：“怎地你如此不自量力？”于是侧身让开，右手一伸，说道：“请进。”

完颜萍进房拔刀，呼呼呼连环三招，刀风中夹着六招铁掌掌法，这“一刀夹双掌”自左右分进合击。耶律齐左手下垂，右手劈打戳拿，将她三刀六掌尽数化解，心想：“怎生寻个法儿，叫她知难而退，永不再来纠缠？”

二人斗了一阵，完颜萍正要使出杨过所授的三招，门外忽有一个女子声音叫道：“耶律齐，她要骗你使用左手，可须小心了。”正是陆无双出声呼叫。耶律齐一怔，完颜萍不等他会过意来，立时一招“云横秦岭”削去，待他侧身闪避，陡地伸出左手，“枯藤缠树”，已抓住他右手，自己右手回转，横刀猛往颈中抹去。

在这电光石火的一瞬之间，耶律齐心中转了几转：“定须救她！但她是在骗我用左手，我一使上左手，这条命就是交给她了。大丈夫死则死耳，岂能见死不救？”杨过逆料耶律齐的心思，只要突然出此三招，他非出左手相救不可，哪知陆无双从中捣乱，竟尔抢先提醒。本来这法子已然不灵，但耶律齐慷慨豪侠，明知这一出手相救，乃是自舍性命，危急之际竟然还是伸出左手，在完颜萍右腕上一挡，手腕翻处，夺过了她的柳叶刀来。

二人交换了这三招，各自跃后两步。耶律齐不等她开口，将刀掷了过去，说道：“你已迫得我用了左手，你杀我便是，但有一事相求。”完颜萍脸色惨白，道：“什么事？”耶律齐道：“求你别再加害家父。”完颜萍“哼”了一声，慢慢走近，举起刀来，烛光下只见他神色坦然，凛凛生威，见到这般男子汉的气概，想起他是为了相救自己才用左手，这一刀哪里还砍得下去？她眼中杀气突转柔和，将刀子往地下一掷，掩面奔出。

她六神无主，信步所之，直奔郊外，到了一条小溪之旁，望着淡淡的星光映在溪中，心中乱成一团。过了良久良久，叹了一口长气。

忽然身后也发出一声叹息。完颜萍一惊，转过身来，只见一人站在身后，正是杨过。她叫了声“杨大哥”，垂首不语。杨过上前握住她双手，安慰她道：“要为父母报仇，原非易事，那也不必性急。”完颜萍道：“你都瞧见了？”杨过点点头。完颜萍道：“以我这般无用之辈，报仇自然不易。我只要有你一半功夫，也不会落得如此下场。”

杨过携着她手，和她并排坐在一棵大树下，说道：“纵然学得我的武功，又有何用？你眼下虽不能报仇，总知道仇人是谁，日后岂无良机？我呢？连我爹爹是怎样死的也不知，是谁害死他也不知，什么报仇雪恨，全不用提。”

完颜萍一呆，道：“你父母也是给人害死的么？”杨过叹道：“我妈是病死的，我爹爹却死得不明不白。我从来没见过我爹一面。”完颜萍道：“那怎么会？”杨过道：“我妈生我之时，我爹已经死了。我常问我妈，爹爹到底是怎么死的？仇人是谁？我每次问起，妈妈总是垂泪不答，后来我就不敢再问啦。那时候我想，等我年纪大些再问不迟，哪知道妈妈忽然一病不起。她临死时我又问起。妈妈只是摇头，说道：‘你爹爹……你爹爹……唉，孩儿，你这一生一世千万别想报仇。你答允妈，千万不能想为爹爹报仇。’

我又是悲伤，又是难过，大叫：‘我不答允，我不答允！’妈一口气转不过来，就此死了。唉，你说我怎生是好啊？”他说这一番话原意是安慰完颜萍，但说到后来，自己也伤心起来。常言道：“杀父之仇，不共戴天”，人若不报父仇，乃是最大的不孝，终身蒙受耻辱，为世人所不齿。杨过连杀父仇人的姓名都不知道，这件恨事藏在心中郁积已久，此时倾吐出来，语气之中自是充满了伤心怨愤。

完颜萍道：“是谁养大你的？”杨过道：“又有谁了？自然是我自己养自己。我妈死后，我就在江湖上东游西荡，这里讨一餐，那里挨一宿，有时肚子饿得抵不住，偷了人家一个瓜儿薯儿，常常给人抓住，饱打一顿。你瞧，这里许多伤疤，这里的骨头突出来，都是小时给打的。”一面说，一面卷起衣袖裤管给她看，星光朦胧下完颜萍瞧不清楚，杨过抓住了她手，在自己小腿的伤疤上摸去。完颜萍抚摸到他腿上凹凹凸凸的疤痕，不禁心中一酸，暗想自己虽然国破家亡，但父亲留下不少亲故旧部，金银财宝更是不计其数，与他的身世相较，自己又是幸运得多了。

二人默然半晌，完颜萍将手轻轻缩转，离开了他小腿，但手掌仍是让他握着，低声问道：“你怎能学了这一身高强武功？怎地又做了蒙古人的官儿？”杨过微微一笑，道：“我不是蒙古的官儿。我穿蒙古衣衫，只是为了躲避仇家追寻。”完颜萍喜道：“那好啊。”杨过道：“好什么？”完颜萍脸上微微一红，道：“蒙古人是我大金国的死对头，我自然盼望你不是蒙古的官儿。”杨过握着她温软滑腻的手掌，大是心神不定，说道：“若是我做大金的官儿，你又对我怎样？”

完颜萍当初见他容貌英俊，武功高强，本已有三分喜欢，何况在患难之际，得他诚心相助，后来听了他诉说身世，更增了几分怜惜，此时听他说话有些不怀好意，却也并不动怒，只叹道：“若是我爹爹在世，你想要什么，我爹爹总能给你。现下我爹娘都不在了，一切还说什么？”

杨过听她语气温和，伸手搭在她的肩头，在她耳边低声道：“妹子，我求你一件事。”完颜萍芳心怦怦乱跳，已自料到三分，低声问：“什么？”杨过道：“我要亲亲你的眼睛！你放心，我只亲你的眼睛，别的什么也不犯你。”

完颜萍初时只道他要出口求婚，又怕他要有肌肤之亲，自己若是拒却，他微一用强，怎能是他对手？何况她少女情怀，一只手被他坚强粗厚的手掌握着，已自意乱情迷，别说他用强，纵然毫不动粗，实在也是难以拒却，哪知他只说要亲亲自己的眼睛，不由得松了一口气，可是心中却又微感失望，略觉诧异，当真是中心栗六，其乱如丝了。她妙目流波，怔怔的望着他，眼神中微带娇羞。杨过凝视她的眼睛，忽然想起小龙女与自己最后一次分别之前，也曾这般又娇羞又深情的望着自己，不禁大叫一声，跃起身来。

完颜萍被他吓了一跳，想问他为了什么，又觉难以启齿。

杨过心中混乱，眼前晃来晃去尽是小龙女的眼波。那日他见此眼波之时，尚是个混沌未凿的少年，对小龙女又素来尊敬，以致全然不明其中含意，但自下得山来，与陆无双共处几日，此刻又与完颜萍耳鬓厮磨，蓦地里心中灵光一闪，恍然大悟，对小龙女这番柔情密意，方始领会，不由得懊丧万端，几欲在大树上就此一头撞死，心想：“姑姑对我如此一片深情，又说要做我妻子，我竟然辜负她的美意，此时却又往何处寻她？”突然间大叫一声，扑上去一把抱住完颜萍，猛往她眼皮上亲去。

完颜萍见他如痴如狂，心中又惊又喜，但觉他双臂似铁，紧紧箍在自己腰里，当下闭了眼睛，任他恣意领受那温柔滋味，只觉他嘴唇亲来亲去，始终不离自己的左眼右眼，心想此人虽然狂暴，倒是言而有信，但不知他何以只亲自己的眼睛？忽听得杨过叫道：“姑姑，姑姑！”声音中热情如沸，却又显得极是痛楚。完颜萍正要问他叫什么，忽然背后一个女子声音说道："劳您两位的驾！"

杨过与完颜萍同时一惊，离身跃开，见大树旁站着一人，身穿青袍。完颜萍心下怦怦乱跳，满脸飞红，低头抚弄衣角，不敢向那人再瞧上一眼。杨过却认得清楚，正是当日在小客店中盗驴引开李莫愁的那人，于自己和陆无双实有救命之恩，见这人头垂双鬟，是个女郎，当即深深一躬，说道："日前多蒙姑娘援手，大德难忘。"

那女郎恭恭敬敬的还礼，说道："杨爷此刻，还记得那一同出死入生的旧伴么？"杨过道："你说是……"那女郎道："李莫愁师徒适才将她擒了去啦！"杨过大吃一惊，颤声道："当真？她……她现下不碍事么？"那女郎道："一时三刻还不碍事。陆姑娘咬定那部秘本给丐帮拿了去，赤练魔头便押着她去追讨。谅来她性命一时无妨，折磨自然是免不了。"杨过叫道："咱们快救她去。"那女郎摇头道："杨爷武功虽高，只怕还不是那赤练魔头的对手。咱们枉自送了性命，却于事无补。"

杨过在淡淡星光之下，见这青衣女郎的面目竟是说不出的怪异丑陋，脸上肌肉半点不动，倒似一个死人，教人一见之下，不自禁的心生怖意，向她望了几眼，便不敢正视，心想："这位姑娘为人这么好，却生了这样一副怪相，实是可惜。我再看她面貌，难免要流露惊诧神色，那可就得罪她了。"问道："不敢请教姑娘尊姓？"

那女郎道："贱姓不足挂齿，将来杨爷自会知晓，眼下快想法子救人要紧。"她说话时脸上肌肤丝毫不动，若非听到声音是从她口中发出，真要以为她是一具行尸走肉的僵尸。但说也奇怪，她话声却极是柔娇清脆，令人听之醒倦忘忧。杨过道："既然如此，如何救人一凭姑娘计议。小人敬听吩咐便是。"那女郎彬彬有礼，说道："杨爷不必客气，你武功强我十倍，聪明才智，我更是望尘莫及。你年纪大过我，又是堂堂男子汉，你说怎么办，便怎么办，小女子听从差遣。”

杨过听了她这几句又谦逊又诚恳的话，心头真是说不出的舒服，心想这位姑娘面目可怖，说话却如此的温雅和顺，真是人不可以貌相了，当下想了一想，说道：“那么咱们悄悄随后跟去，俟机救人便了。”那女郎道：“这样甚好。但不知完颜姑娘意下如何？”说着走了开去，让杨过与完颜萍商议。

杨过道：“妹子，我要去救一个同伴，咱们后会有期。”完颜萍低头道：“我本事虽低，或许也能出得一点力。杨大哥，我随同你去救人罢。”杨过大喜，连说：“好，好！”当下提高声音，向那青衣女郎说道：“姑娘，完颜姑娘愿助我们去救人。”

那女郎走近身来，向完颜萍道：“完颜姑娘，你是金枝玉叶之体，行事还须三思。我们的对头行事毒辣无比，江湖上称作赤练魔头，当真万般的不好惹。”语气甚是斯文有礼。完颜萍道：“且别说杨大哥于我有恩，他的事就是我的事。单凭姐姐你这位朋友，我完颜萍也很想交交。我跟了姐姐去，一切小心便是。”那女郎过来携住她手，柔声道：“那再好也没有。姐姐，你年纪比我大，还是叫我妹子罢。”

完颜萍在黑暗之中瞧不见她丑陋的容貌，但听得她声音娇美，握住自己手掌的一只手也是又软又嫩，只道她是个美貌少女，心中很是喜欢，问道：“你今年几岁？”那女郎轻轻一笑，道：“咱们不忙比大小。杨爷，还是救人要紧，你说是不是？”杨过道：“是了，请姑娘指引路途。”那女郎道：“我见到她们是向东南方而去，定是直奔大胜关了。”

三人当即施展轻功，齐向东南方急行。古墓派向以轻功擅长，称得上天下第一。完颜萍武艺并不如何了得，轻功却着实不弱。岂知那青衣女郎不疾不徐的跟在完颜萍身后。完颜萍奔得快，她跟得快，完颜萍行得慢了，她也放慢脚步，两人之间始终是相距一两步。杨过暗暗惊异："这位姑娘不知是哪一派弟子，瞧她轻功，实在完颜妹子之上。"他不愿在两个姑娘之前逞能，是以始终堕后。

行到天色大明，那女郎从衣囊中取出干粮，分给二人。杨过见她所穿青袍虽是布质，但缝工精巧，裁剪合身，穿在身上更衬得她身形苗条，婀娜多姿，实是远胜锦衣绣服，而干粮、水壶等物，无一不安排妥善，处处显得她心细如发。完颜萍见到她的容貌，甚是骇异，不敢多看，心想："世上怎会有如此丑陋的女子？"

那女郎待两人吃完，对杨过道："杨爷，李莫愁识得你，是不是？"杨过道："她见过我几次。"那女郎从衣囊中取出一块薄薄的丝巾般之物，道："这是张人皮面具，你戴了之后，她就认不得你了。"杨过接过手来，见面具上露出双眼与口鼻四个洞孔，便贴在脸上，高低凹凸，处处吻合，就如生成一般，当下大喜称谢。

完颜萍见杨过戴了这面具后相貌陡变，丑陋无比，这才醒悟，说道："妹子，原来你也戴着人皮面具，我真傻，还道你生就一副怪样呢。真对不起。"那女郎微笑道："杨爷这副俊俏模样，戴了面具可就委屈了他。我的相貌哪，戴不戴却都是一样。"完颜萍道："我才不信呢！妹子，你揭下面具给我瞧瞧，成不成？"杨过心中好奇，也是急欲看一看她的容貌，但那女郎退开两步，笑道："别瞧，别瞧，我一副怪相可要吓坏了你。"完颜萍见她一定不肯，只得罢了。

中午时分，三人赶到了武关，在镇上一家酒楼上拣个座头，坐下用饭。店家见杨过是蒙古军官打扮，不敢怠慢，极力奉承。

三人吃得一半，只见门帷掀处，进来三个女子，正是李莫愁师徒押着陆无双。杨过心想此时李莫愁虽然决计认不出自己，但一副如此古怪的容貌难免引起她疑心，行事诸多不便，当下转过头去只是扒饭，倾听李莫愁她们说话。哪知陆无双固然默不作声，李莫愁、洪凌波师徒要了饭菜后也不再说话。

完颜萍听杨过说过李莫愁师徒三人的形貌，心中着急，倒转筷子，在汤里一沾，在桌上写道：“动手么?”杨过心想：“凭我三人之力，再加上媳妇儿，仍难敌她师徒。此事只可智取，不能力敌。”将筷子缓缓摇了几摇。

楼梯脚步声响，走上两人。完颜萍斜眼看去，却是耶律齐、耶律燕兄妹。二人忽见完颜萍在此，均觉惊奇，向她点了点头，找了个座位坐下。他兄妹二人自完颜萍去后，知她不会再来行刺，于是别过父兄，结伴出来游山玩水，在此处又遇见她，心下更是宽慰。

李莫愁因《五毒秘传》落入丐帮之手，好生愁闷，这几日都是食不下咽，只吃了半碗面条，就放下筷子，抬头往楼外闲眺，忽见街角边站着两个乞丐，背上都负着五只布袋，乃是丐帮中的五袋弟子，心念一动，走到窗口，向两丐招手道：“丐帮的两位英雄，请上楼来，贫道有一句话，相烦转达贵帮帮主。”她知若是平白无端的呼唤，这二人未必肯来，若说有话转致帮主，丐帮的弟子却是非来不可。

陆无双听师父召唤丐帮人众，必是质询《五毒秘传》的去处，不由得脸色惨白。耶律齐知丐帮在北方势力极大，这个相貌俊美的道姑居然有言语传给他们帮主，不知是个何等身份来历，不由得好奇心起，停杯不饮，侧头斜睨。

片刻之间，楼梯上踏板微响，两名化子走了上来，向李莫愁行了一礼，道：“仙姑有何差遣，自当遵奉。”两人行礼后站直身子。一名化子见陆无双在侧，脸上倏地变色，原来他曾在道上拦截过她，当下一扯同伴，两人跃到梯口。

李莫愁微微一笑，说道：“两位请看手背。”两丐的眼光同时往自己手背上瞧去，只见每只手背上都抹着三条朱砂般的指印，实不知她如何竟用快捷无伦的手法，已神不知鬼不觉的使上了五毒神掌。她这下出手，两丐固然一无所知，连杨过与耶律齐二人也未瞧得明白。两丐一惊之下，同声叫道：“你……你是赤练仙子？”

李莫愁柔声道：“去跟你家帮主言道，你丐帮和我姓李的素来河水不犯井水，我一直仰慕贵帮英雄了得，只是无缘谋面，难聆教益，实感抱憾。”两丐互望了一眼，心想：“你说得倒好听，怎又无缘无故的突下毒手？”李莫愁顿了一顿，说道：“两位中了五毒神掌，那不用担心，只要将夺去的书赐还，贫道自会替两位医治。”一丐道：“什么书？”李莫愁笑道：“这本破书，说来嘛也不值几个大钱，贵帮倘若定是不还，原也算不了什么。贫道只向贵帮取一千条叫化的命儿作抵便了。”

两丐手上尚未觉得有何异样，但每听她说一句，便不自禁往手背望上一眼，久闻赤练神掌阴毒无比，中了之后，死时剧痛奇痒，这时心生幻象，手背上三条殷红指印似乎正自慢慢扩大，听她说得凶恶，心想只有回去禀报本路长老再作计较，互相使个眼色，奔下楼去。

李莫愁心道：“你帮主若要你二人性命，势必乖乖的拿《五毒秘传》来求我……啊哟不好，若是他抄了个副本留下，却将原本还我，那便如何？”转念又想：“我神掌暗器诸般毒性的解法，全在书上载得明白，他们既得此书，何必再来求我？”想到此处，不禁脸色大变，飞身抢在二丐头里，拦在楼梯中路，砰砰两掌，将二丐击回楼头。她倏下倏上，只见黄影闪动，已回上楼来，抓住一丐手臂一抖，喀喇声响，那人臂骨折断，手臂软软垂下。另一个化子大惊，但他甚有义气，却不奔逃，抢上来护住受伤的同伴，眼见李莫愁抢上前来，急忙伸拳直击。李莫愁随手抓住了他手腕，顺势一抖，又折断了他臂骨。

二丐都只一招之间就身受重伤，心知今日已然无幸，两人背靠着背，各举一只未伤手臂，决意负隅拼斗。李莫愁斯斯文文的道：

"你二位便留着罢，等你们帮主拿书来赎。"二丐见她回到桌边坐下喝酒，背向他们，于是一步步的挨向梯边，欲待俟机逃走。李莫愁转身笑道："瞧来只有两位的腿骨也都折断了，这才能屈留大驾。"说着站起身来。

洪凌波瞧着不忍，道："师父，我看守着不让他们走就是了。"李莫愁冷笑道："哼，你良心倒好。"缓缓向二丐走近。二丐又是愤怒，又是害怕。

耶律齐兄妹一直在旁观看，此时再也忍耐不住，同时霍然站起。耶律齐低声道："三妹，你快走，这女人好生厉害。"耶律燕道："你呢?"耶律齐道："我救了二丐，立即逃命。"耶律燕只道二哥于当世已少有敌手，听他说也要逃命，心下难以相信。

就在此时，杨过在桌上用力一拍，走到耶律齐跟前，说道："耶律兄，你我一起出手救人如何?"他想要救陆无双，迟早须跟李莫愁动手，难得有耶律齐这样的好手要仗义救人，不拉他落水，更待何时?

耶律齐见他穿的是蒙古军装，相貌十分丑陋，生平从未遇见此人，心想他既与完颜萍在一起，自然知道自己是谁，但李莫愁如此武功，自己都绝难取胜，常人出手，只有枉自送了性命，一时踌躇未答。

李莫愁听到杨过说话，向他上下打量，只觉他话声甚是熟悉，但此人相貌一见之后决难忘记，却可断定素不相识。

杨过道："我没兵刃，要去借一把使使。"说着身形一晃，在洪凌波身旁一掠而过，顺手在她衣带上摘下了剑鞘，在她脸颊上一吻，叫道："好香!"洪凌波反手一掌，他头一低，已从她掌底钻过，站在二丐与李莫愁之间。这一下身法之快，异乎寻常，正是在古墓斗室中捉麻雀练出来的最上乘轻功。李莫愁心中暗惊。耶律齐却是大喜过望，叫道："这位兄台高姓大名?"

杨过左手一摆，说道："小弟姓杨。"举起剑鞘道："我猜里面是柄断剑。"拔剑出鞘，那口剑果然是断的。洪凌波猛然醒悟，叫道："好小子。师父，就是他。"杨过揭下脸上面具，说道："师伯、师姊，杨过参见。"

这两声"师伯、师姊"一叫，耶律齐固是如堕五里雾中，陆无双更是惊喜交集："怎地傻蛋叫她们师伯、师姊？"李莫愁淡淡一笑，说道："嗯，你师父好啊？"杨过心中一酸，眼眶儿登时红了。

李莫愁冷冷的道："你师父当真调教得好徒儿啊。"日前杨过以怪招化解了她的生平绝技"三无三不手"，最后更以牙齿夺去她的拂尘，武功之怪，委实匪夷所思，虽然终于夺回了拂尘，也知杨过武功与自己相距尚远，此后回思，仍是禁不住暗暗心惊："这坏小厮进境好快，师妹可更加了不得啦。原来玉女心经中的武功竟然这般厉害。幸好师妹那日没跟他联手，否则……否则……"此刻见他又再现身，心下立感戒惧，不由自主的四下一望，要看小龙女是不是也到了。

杨过猜到了她的心意，笑嘻嘻的道："我师父请问师伯安好。"李莫愁道："她在哪里呢？咱姊妹俩很久没见啦。"杨过道："师父就在左近，稍待片时，便来相见。"他知自己远不是李莫愁的对手，纵然加上耶律齐，仍是难以取胜，于是摆下"空城计"，抬出师父来吓她一吓。李莫愁道："我自管教我徒儿，又干你师父什么事了？"杨过笑道："我师父向师伯求个情，请你将陆师妹放了罢。"李莫愁微微一笑，道："你乱伦犯上，与师父做了禽兽般的苟且之事，却在人前师父长、师父短的，羞也不羞？"

杨过听她出言辱及师父，胸口热血上涌，提起剑鞘当作剑使，猛力急刺过去。李莫愁笑道："你丑事便做得，却怕旁人说么？"杨过使开剑鞘，连环急攻，凌厉无前，正是重阳遗刻中克制林朝英玉女剑法的武功。李莫愁不敢怠慢，拂尘摆动，见招拆招，凝神接战。

李莫愁拂尘上的招数皆是从玉女剑法中化出，数招一过，但觉对方的剑法精奇无比，自己每一招每一式都在他意料之中，竟给他着着抢先，若非自己功力远胜，竟不免要落下风，心中恨道：“师父好偏心，将这套剑法留着单教师妹。哼，多半是要师妹以此来克制我。这剑法虽奇，难道我就怕了?”招数一变，突然纵身而起，跃到桌上，右足斜踢，左足踏在桌边，身子前后晃动，飘逸有致，直如风摆荷叶一般，笑吟吟的道：“你姘头有没教过你这一手？料她自己也不会使罢?”

杨过一怔，怒道：“什么姘头?”李莫愁笑道：“我师妹曾立重誓，若无男子甘愿为她送命，便一生长居古墓，决不下山。她既随你下山，你两个又不是夫妻，那不是你姘头是什么?”杨过怒极，更不打话，挥动剑鞘纵身一涌，也上了桌子。只是他轻功不及对方，不敢踏在桌沿，双足踏碎了几只饭碗菜碗，却也稳稳站定，横鞘猛劈。李莫愁举拂尘挡开剑鞘，笑道：“你这轻功不坏啊！你姘头待你果然很好，说得上有情有义。”

杨过怒气勃发，不可抑止，叫道：“姓李的，你是人不是？口中说人话不说?”挺剑鞘快刺急攻。李莫愁淡淡的道：“若要人不知，除非己莫为。我古墓派出了你这两个败类，可说是丢尽了脸面。”她手上招架，口中不住出言讥讽。她行事虽毒，谈吐举止却向来斯文有礼，说这些言语实是大违本性，只是她担心小龙女窥伺在侧，若是突然抢出来动手，那就难以抵挡，是以污言秽语，滔滔不绝，要骂得小龙女不敢现身。

杨过听她越说越是不堪，若是谩骂自己，那是毫不在乎，但竟然如此侮辱小龙女，狂怒之下，手脚颤抖，头脑中忽然一晕，只觉眼前发黑，登时站立不稳，大叫一声，从桌上摔了下来。李莫愁举起拂尘，往他天灵盖直击下去。

耶律齐眼见势急，在桌上抢起两只酒杯往李莫愁背上打去。李莫愁听到暗器风声，斜眼见是酒杯，当即吸口气封住了背心穴道，定要将杨过打死再说，心想两只小小酒杯何足道哉。哪知酒杯未到，酒先泼至，但觉“至阳”“中枢”两穴被酒流冲得微微一麻，暗叫：“不好！师妹到了。酒已如此，酒杯何堪？”急忙倒转拂尘，及时拂开两只酒杯，只觉手臂一震，心中更增烦忧：“怎么这小妮子力气也练得这么大了？”

待得转过身来，见扬手掷杯的并非小龙女，却是那蒙古装束的长身少年，她大为惊讶：“后辈之中竟有这许多好手？”只见他拔出长剑，朗声说道：“仙姑下手过于狠毒，在下要讨教几招。”李莫愁见他慢慢走近，脚步凝重，看他年纪不过二十来岁，但适才投掷酒杯的手劲，以及拔剑迈步的姿式，竟似有二十余年功力一般，当下凝眸笑问：“阁下是谁？尊师是哪一位？”耶律齐躬身道：“在下耶律齐，是全真派门下。”

此时杨过已然避在一旁，听得耶律齐说是全真派门下，心道：“他果然是全真派的，难道是刘处玄的弟子？料得郝大通也教不出这样的好手来。”

李莫愁问道：“尊师是马钰，还是丘处机？”耶律齐道：“不是。”李莫愁道：“是刘、王、郝中的哪一位？”耶律齐道：“都不是。”李莫愁格格一笑，指着杨过道：“他自称是王重阳的弟子，那你和他是师兄弟啦。”耶律齐奇道：“不会的罢？重阳真人谢世已久，这位兄台哪能是他弟子？”李莫愁皱眉道：“嘿嘿，全真门下尽是撒谎不眨眼的小子，全真派乘早给我改名为‘全假派’罢。看招！”拂尘轻扬，当头击落。

耶律齐左手捏着剑诀，左足踏开，一招“定阳针”向上斜刺，正是正宗全真剑法。这一招神完气足，劲、功、式、力，无不恰到好处，看来平平无奇，但要练到这般没半点瑕疵，天资稍差之人积一世之功也未必能够。杨过在古墓中学过全真剑法，自然识得其中妙处，只是他武功学得杂了，这招“定阳针”就无论如何使不到如此端凝厚重。

李莫愁见他此招一出，就知是个劲敌，于是跨步斜走，拂尘后挥。耶律齐但见灰影闪动，拂尘丝或左或右、四面八方的掠将过来，他接战经历甚少，此时初逢强敌，当下抖擞精神，全力应付。刹时之间二人拆了四十余招，李莫愁越攻越近，耶律齐缩小剑圈，凝神招架，眼见败象已成，但李莫愁要立时得手，却也不成。她暗暗赞赏：“这小子果是极精纯的全真武功，虽然不及丘王刘诸子，却也不输于孙不二。全真门下当真是人才辈出。”

又拆数招，李莫愁卖个破绽。耶律齐不知是计，提剑直刺，李莫愁忽地飞出左脚，踢中他的手腕，耶律齐手上一疼，长剑脱手，但他虽败不乱，左手斜劈，右手竟用擒拿法来夺她拂尘。李莫愁一笑，赞道：“好俊功夫！”只数招间，便察觉耶律齐的擒拿法中蕴有余意不尽的柔劲，却是刘处玄、孙不二等人之所无，心下更是暗暗诧异。

杨过破口骂道：“贼贱人，今生今世我再不认你做师伯。”挺剑鞘上前夹攻。李莫愁见耶律齐的长剑落下，拂尘一起，卷住长剑，往杨过脸上掷去，笑道：“你是你师父的汉子，那么叫我师姊也成。”杨过看准长剑来势，举起剑鞘迎去。陆无双、完颜萍等齐声惊呼，却听得刷的一声，长剑正好插入了剑鞘之中。这一下以鞘就剑，实是间不容发，只要剑鞘偏得厘毫，以李莫愁这一掷之势，长剑自是在他身上穿胸而过。可是他在古墓中勤练暗器，于拿捏时刻、力道轻重、准头方位各节，已练到实无厘毫之差的地步，细如毛发的玉蜂针尚能挥手必中，要接这柄长剑自是浑不当一回事。他拔剑出鞘，与耶律齐联手双战。

这时酒楼上凳翻台歪，碗碎碟破，众酒客早已走避一空。洪凌波自跟师父出道以来，从未见她在战阵中落过下风，古墓中受挫于小龙女，只为了不识水性；拂尘虽曾被杨过夺去，转眼便即夺回，仍是逼得杨过落荒而逃，是以虽见二人向她夹攻，心中毫不担忧，只是站在一旁观战。三人斗到酣处，李莫愁招数又变，拂尘上发出一股劲风，迫得二人站立不定，霎时之间，耶律齐与杨过迭遇险招。

耶律燕与完颜萍叫声："不好。"同时上前助战。只拆得三招，耶律燕左腿给拂尘拂中，登时踉跄跌出，腰间撞上桌缘，才不致摔倒。耶律齐见妹子受伤，心神微乱，被李莫愁几下猛攻，不由得连连倒退。

那青衣少女见情势危急，纵上前来扶起耶律燕退开。李莫愁于恶斗之际眼观六路，耳听八方，见那少女纵起时身法轻盈，显是名家弟子，挥拂尘往她脸上掠去，问道："姑娘尊姓？尊师是哪一位？"

二人相隔丈余，但拂尘说到就到，晃眼之间，拂尘丝已掠到她脸前。青衣少女吓了一跳，右手急扬，袖中挥出一根兵刃，将拂尘挡开。李莫愁见这兵刃甚是古怪，晶莹生光，长约三尺，似乎是根牙箫玉笛，心中琢磨："这是哪一家哪一派的兵刃？"数下急攻，要逼她尽展所长。那少女抵挡不住，杨过与耶律齐忙抢上相救。但实在难敌李莫愁那东发一招、西劈一掌、飘忽灵动的战法，顷刻间险象环生。

杨过心想："我们只要稍有疏虞，眼前个个难逃性命。"张口大叫："好媳妇儿、我的好妹子、穿青衣的好姊姊、耶律好师妹，大家快下楼去散散心罢！这贼婆娘厉害得紧。"四个女子听他乱叫胡嚷，人人脱不了一个"好"字，都不禁皱起了眉头，眼见情势确是紧迫已极。陆无双首先下楼，青衣少女也扶着耶律燕下去。

两个化子见这几个少年英侠为了自己而与李莫愁打得天翻地覆，有心要上前助战，苦于臂膀断折，动手不得。他两人甚有义气，虽然李莫愁无暇相顾，二人却始终站着不动，不肯先杨过等人逃命。

杨过与耶律齐并肩而斗，抵挡李莫愁愈来愈凌厉的招术，接着完颜萍也退下楼去。杨过道："耶律兄，这里手脚施展不开，咱们下楼打罢。"他想到了人多之处，就可乘机溜走。耶律齐道："好！"两人并肩从楼梯一步步退下。李莫愁步步抢攻，虽然得胜，心中却大为恼怒："我生平要杀谁就杀谁，今日却教这两个小子挡住了，若是陆无双这贱人竟因此逃脱，赤练仙子威名何存？"她一意要擒回陆无双，跟着追杀下楼。

众人各出全力，自酒楼斗到街心，又自大街斗到荒郊。杨过不住叫嚷："亲亲媳妇儿、亲亲好妹子，走得越快越好。耶律师妹、青衫姑娘，你们快走罢，咱两个男子汉死不了。"耶律齐却一言不发，他年纪只比杨过稍大几岁，但容色威严，沉毅厚重，全然不同于杨过的轻捷剽悍、浮躁跳脱。二人断后挡敌，耶律齐硬碰硬的挡接敌人毒招，杨过却纵前跃后，扰乱对方心神。

李莫愁见小龙女始终没有现身，更是放心宽怀，全力施展。杨过和耶律齐毕竟功力和她相差太远，战到此时，二人均已面红心跳，呼呼气喘。李莫愁见状大喜，心道："不用半个时辰，便可尽取这批小鬼的性命。"

正激斗间，忽听得空中几声唳鸣，声音清亮，两头大雕往她头顶疾扑下来，四翅鼓风，只带得满地灰沙飞扬，声势惊人。杨过识得这对大雕是郭靖夫妇所养，自己幼时在桃花岛上也曾与双雕一起玩耍，心想双雕既来，郭靖夫妇必在左近，自己反出重阳宫，可不愿再与他们相见，忙跃后数步，取出人皮面具戴上。

双雕倏左倏右，上下翻飞，不住向李莫愁翅扑喙啄。原来双雕记心甚好，当年吃过她冰魄银针的苦头，一直怀恨在心，此时在空中远远望见，登时飞来搏击，但害怕她银针的厉害，一见她扬手，立即振翅上翔。

耶律齐瞧得好生诡异，见双雕难以取胜，叫道："杨兄，咱们再上，四面夹击，瞧她怎地?"正要猱身抢上，忽听东南方马蹄声响，一乘马急驰而至。

那马脚步迅捷无比，甫闻蹄声，便已奔到跟前，身长腿高，遍体红毛，神骏非凡。李莫愁和耶律齐都是一惊："这马怎地如此快法?"马上骑着个红衣少女，连人带马，宛如一块大火炭般扑将过来，只有她一张雪白的脸庞才不是红色。杨过见了双雕红马，早料到马上少女是郭靖、黄蓉的女儿郭芙。只见她一勒马缰，红马倏地立住。这马在急奔之中说定便定，既不人立，复不嘶鸣，神定气闲。耶律齐自幼在蒙古长大，骏马不知见过多少，但如此英物却是从所未见，不由得更是惊讶。他不知此马乃郭靖在蒙古大漠所得的汗血宝马，当年是小红马，此时马齿已增，算来已入暮年，但神物毕竟不同凡马，年岁虽老，仍是筋骨强壮，脚力雄健，不减壮时。

杨过与郭芙多年不见，偶尔想到她时，总记得她是个骄纵蛮横的女孩，哪知此时已长成一个颜若春花的美貌少女。她一阵急驰之后，额头微微见汗，双颊被红衣一映，更增娇艳。她向双雕看了片刻，又向耶律齐等人瞥了一眼，眼光扫到杨过脸上时，见他身穿蒙古装束，戴了面具后又是容貌怪异，不由得双蛾微蹙，神色间颇有鄙夷之意。

杨过自幼与她不睦，此番重逢，见她仍是憎恶自己，自卑自伤之心更加强了，心道："你瞧我不起，难道我就非要你瞧得起不可？你爹爹是当世大侠，你妈妈是丐帮帮主，你外公是武学大宗师，普天下武学之士，无一人不敬重你郭家。可是我父母呢？我妈是个乡下女子，我爹不知是谁，又死得不明不白……哼，我自然不能跟你比，我生来命苦，受人欺辱。你再来欺辱，我也不在乎。"

他站在一旁暗暗伤心，但觉天地之间无人看重自己，活在世上了无意味。只有师父小龙女对自己一片真心，可是此时又不知去了何方？不知今生今世，是否还有重见她的日子？

心中正自难过，听得马蹄声响，又有两乘马驰来。两匹马一青一黄，也都是良种，但与郭芙的红马相形之下，可就差得太远。每匹马上骑着一个少年男子，均是身穿黄衫。

郭芙叫道："武家哥哥，又见到这恶女人啦。"马上少年正是武敦儒、武修文兄弟。二人一见李莫愁，她是杀死母亲的大仇人，数年来日夜不忘，岂知在此相见，登时急跃下马，各抽长剑，左右攻了上去。郭芙叫道："我也来。"从马鞍旁取出宝剑，下马上前助战。

李莫愁见敌人越战越多，却个个年纪甚轻，眼见两个少年一上来就是面红目赤，恶狠狠的情同拼命，剑法纯正，显然也是名家弟子，接着那红衣美貌少女也攻了上来，一出手剑尖微颤，耀目生光，这一剑斜刺正至，暗藏极厉害的后着，功力虽浅，剑法却甚是奥妙，心中一凛，叫道："你是桃花岛郭家姑娘？"

郭芙笑道："你倒识得我。"刷刷连出两剑，均是刺向她胸腹之间的要害。李莫愁举拂尘挡开，心道："小女孩儿骄横得紧，凭你这点儿微末本领，竟也敢来向我无礼，若不是忌惮你爹娘，就有十个也一起毙了。"拂尘回转，正想夺下她长剑，突然两胁间风声飒然，武氏兄弟两柄长剑同时指到。他哥儿俩和郭芙都是郭靖一手亲传的武艺，三人在桃花岛上朝夕共处，练的是同样剑法。三人剑招配合得紧密无比，此退彼进，彼上此落，虽非什么阵法，三柄剑使将开来，居然声势也大是不弱。

三人二雕连环搏击，将李莫愁围在垓心。若凭他三人真实本领，时刻稍长，李莫愁必能俟机伤得一人，其余二人就绝难自保。但她眼见敌方人多势众，若是一拥而上，倒是不易对敌，若再惹得郭靖夫妇出手，更是讨不了好去，当下拂尘回卷，笑道："小娃娃们，且瞧瞧赤练仙子要猴儿的手段！"呼呼呼连进六招，每一招都是直指要害，逼得郭芙与武氏兄弟手忙脚乱，不住跳跃避让，当真有些猴儿的模样。李莫愁左足独立，长笑声中，滴溜溜一个转身，叫道："凌波，去罢！"师徒俩向西北方奔去。

郭芙叫道："她怕了咱们，追啊！"提剑向前急追。武氏兄弟展开轻功，随后赶去。李莫愁将拂尘在身后一挥一拂，潇洒自如，足下微尘不起，轻飘飘的似是缓步而行。洪凌波则是发足急奔。郭芙和武氏兄弟用足力气，却与她师徒俩愈离愈远。只有两只大雕才比李莫愁更快，不断飞下搏击。武敦儒眼见今日报仇无望，吹动口哨，召双雕回转。

耶律齐等生怕三人有失，随后赶来接应，见郭芙等回转，当下上前行礼相见。众人都是少年心性，三言两语就说得极为投机。耶律齐忽然想起，叫道："杨兄呢？"完颜萍道："他一个儿走啦。我问他去哪里，他理也不理。"说着垂下头来。

耶律齐奔上一个小丘，四下瞭望，只见那青衣少女与陆无双并肩而行，走得已远，杨过却是没半点影踪。耶律齐茫然若失，他与杨过此次初会，联手拒敌，为时虽无多久，但数次性命出入于呼吸之间，已大起敌忾同仇之心，见他忽然不别而行，倒似不见了一位多年结交的良友一般。

原来杨过见武氏兄弟赶到，与郭芙三人合攻李莫愁，三人神情亲密，所施展的剑法又是极为精妙，数招之间竟将李莫愁赶跑。他不知李莫愁是忌惮郭靖夫妇这才离去，还道三人的剑招之中暗藏极厉害的内力，逼得她非逃不可。当日郭靖送他上终南山学艺，曾大展雄威，打败无数全真道士，武功之高，在他小小心灵中留下了极深印痕，心想郭靖教出来的弟子，武功自然胜己十倍，有了这先入为主的念头，见郭芙等三人一招寻常剑法，也以为其中必含奥妙后着。他越看越是不忿，想起幼时在桃花岛上被武氏兄弟两番殴打，郭芙则在旁大叫："打得好，用力打！"又想起黄蓉故意不教自己武功，郭靖武功如此高强，却不肯传授，将自己送到重阳宫去受一群恶道折磨，只觉满腔怨愤，不能自已，眼见完颜萍、陆无双、青衣少女、耶律燕四女都是眼望自己，脸有诧异之色，心想："李莫愁污言骂我姑姑，你们便都信了。你们瞧不起我，那也罢了，怎敢轻视我姑姑？我此刻脸色难看，那是我气不过武氏兄弟和郭芙，气不过郭伯伯、郭伯母，你们便当我跟姑姑有了苟且，因而内心有愧吗？"突然发足狂奔，也不依循道路，只在荒野中乱走。此时他心神异常，只道普天下之人都要与自己为难，却没想自己戴着人皮面具，虽然满脸妒恨不平之色，完颜萍等又如何瞧得见？平白无端的，旁人又怎会笑他？李莫愁恶名满江湖，又是众人公敌，所说的言语谁能信了？

他本来自西北向东南行，现下要与这些人离得越远越好，反而折返西北。心中混乱，厌憎尘世，摘下面具，只在荒山野岭间乱走，肚子饥了，就摘些野果野菜裹腹。越行越远，不到一个月，已是形容枯槁，衣衫破烂不堪，到了一处高山丛中。他也不知这是天下五岳之一的华山，但见山势险峻，就发狠往绝顶上爬去。

他轻功虽高，但华山是天下之险，却也不能说上就上。待爬到半山时，天候骤寒，铅云低压，北风渐紧，接着天空竟飘下一片片的雪花。他心中烦恼，尽力折磨自己，并不找地方避雪，风雪越大，越是在巉崖峨壁处行走，行到天色向晚，雪下得越发大了，足底溜滑，道路更是难于辨认，若是踏一个空，势必掉在万仞深谷中跌得粉身碎骨。他也不在乎，将自己性命瞧得极是轻贱，仍是昂首直上。

又走一阵，忽听身后发出极轻的嗤嗤之声，似有什么野兽在雪中行走，杨过立即转身，只见后面一个人影晃动，跃入了山谷。

杨过大惊，忙奔过去，向谷中张望，只见一人伸出三根手指钩在石上，身子却是凌空。杨过见他以三指之力支持全身，凭临万仞深谷，武功之高，实是到了不可思议的地步，于是恭恭敬敬的行了一礼，说道："老前辈请上来！"

那人哈哈大笑，震得山谷鸣响，手指一捺，已从山崖旁跃了上来，突然厉声喝问："你是藏边五丑的同党不是？大风大雪，半夜三更，鬼鬼祟祟在这里干什么？"

杨过被他这般没来由的一骂，心想："大风大雪，三更半夜，我鬼鬼祟祟的到底在这里干什么了？"触动心事，突然间放声大哭，想起一生不幸，受人轻贱，自己敬爱之极的小龙女，却又无端怪责，决绝而去，此生多半再无相见之日，哭到伤心处，真是愁肠千结，毕生的怨愤屈辱，尽数涌上心来。

那人起初见他大哭，不由得一怔，听他越哭越是伤心，更是奇怪，后来见他竟是哭得没完没了，突然之间纵声长笑，一哭一笑，在山谷间交互撞击，直震得山上积雪一大块一大块的往下掉落。

杨过听他大笑，哭声顿止，怒道："你笑什么？"那人笑道："你哭什么？"杨过待要恶声相加，想起此人武功深不可测，登时将愤怒之意抑制了，恭恭敬敬的拜将下去，说道："小人杨过，参见前辈。"那人手中拿着一根竹棒，在他手臂上轻轻一挑，杨过也不觉有什么大力逼来，却身不由自主的向后摔去。依这一摔之势，原该摔得爬也爬不起来，但他练过头下脚上的蛤蟆功，在半空顺势一个筋斗，仍然好端端的站着。

这一下，两人都是大出意料之外。凭杨过目前的武功，要一出手就摔他一个筋斗，虽是李莫愁、丘处机之辈也万万不能；而那人见他一个倒翻筋斗之后居然仍能稳立，也不由得另眼相看，又问："你哭什么？"

杨过打量他时，见他是个须发俱白的老翁，身上衣衫破烂，似乎是个化子，虽在黑夜，但地下白雪一映，看到他满脸红光，神采奕奕，心中肃然起敬，答道：“我是个苦命人，活在世上实是多余，不如死了的干净。”

那老丐听他言辞酸楚，当真是满腹含怨，点了点头，问道：“谁欺侮你啦？快说给你公公听。”杨过道：“我爹爹给人害死，却不知是何人害他。我妈又生病死了，这世上没人怜我疼我。”那老丐“嗯”了一声，道：“这是可怜哪。教你武功的师父是谁？”杨过心想：“郭伯母名儿上是我师父，却不教我半点武功。全真教的臭道士们提起来就令人可恨。欧阳锋是我义父，并非师父。我的武功是姑姑教的，但她说要做我妻子，我如说她是我师父，她是要生气的。王重阳祖师、林婆婆石室传经，又怎能说是我师父？我师父虽多，却没一个能提。”那老丐这一问触动他的心事，猛地里又放声大哭，叫道：“我没师父，我没师父！”那老丐道：“好啦，好啦！你不肯说也就罢了。”杨过哭道：“我不是不肯说，是没有。”

那老丐道：“没有就没有，又用得着哭？你识得藏边五丑么？”杨过道：“不识。”那老丐道：“我见你一个人黑夜行走，还道是藏边五丑的同党，既然不是，那便很好。”

此人正是九指神丐洪七公。他将丐帮帮主的位子传了给黄蓉后，独个儿东飘西游，寻访天下的异味美食。广东地气和暖，珍奇食谱最多。他到了岭南之后，得其所哉，十余年不再北返中原。

那百粤之地毒蛇作羹，老猫炖盅，斑鱼似鼠，巨虾称龙，肥蚝炒响螺，龙虱蒸禾虫，烤小猪而皮脆，煨果狸则肉红，洪七公如登天界，其乐无穷。偶尔见到不平之事，便暗中扶危济困，杀恶诛奸，以他此时本领，自是无人得知他来踪去迹。有时偷听丐帮弟子谈话，得知丐帮在黄蓉、鲁有脚主持下太平无事，内消污衣、净衣两派之争，外除金人与铁掌帮之逼，他老人家无牵无挂，每日里只是张口大嚼、开喉狂吞便了。

这一年藏边五丑中的第二丑在广东滥杀无辜，害死了不少良善。洪七公嫉恶如仇，本拟随手将他除去，但想杀他一人甚易，再寻余下四丑就难了，因此上暗地跟踪，要等他五丑聚会，然后一举屠绝，不料这一跟自南至北，千里迢迢，竟跟上了华山。此时四丑已集，尚有大丑一人未到，却在深夜雪地里遇到杨过。

洪七公道："咱们且不说这个，我瞧你肚子也饿啦，咱们吃饱了再说。"于是扒开雪地，找些枯柴断枝生了个火堆。杨过帮他捡拾柴枝，问道："煮什么吃啊？"洪七公道："蜈蚣！"

杨过只道他说笑，淡淡一笑，也不再问。洪七公笑道："我辛辛苦苦的从岭南追赶藏边五丑，一直来到华山，若不寻几样异味吃吃，怎对得起它？"说着拍了拍肚子。杨过见他全身骨格坚朗，只这个大肚子却肥肥的有些累赘。洪七公又道："华山之阴，是天下极阴寒之处，所产蜈蚣最为肥嫩。广东天时炎热，百物快生快长，蜈蚣肉就粗糙了。"杨过听他说得认真，似乎并非说笑，心中好生疑惑。

洪七公将四块石头围在火旁，从背上取下一只小铁锅架在石上，抓了两团雪放在锅里，道："跟我取蜈蚣去罢。"几个起落，已纵到两丈高的峭壁上。杨过见山势陡峭，不敢跃上。洪七公叫道："没中用的小子，快上来！"杨过最恨别人轻贱于他，听了此言，咬一咬牙，提气直上，心道："怕什么？摔死就摔死罢。"胆气一粗，轻功施展时便更圆转如意，紧紧跟在洪七公之后，十分险峻滑溜之处，居然也给他攀了上去。

只一盏茶时分，两人已攀上了一处人迹不到的山峰绝顶。洪七公见他竟有如此胆气轻功，甚是喜爱，以他见识之广博，居然看不出这少年的武功来历，欲待查问，却又记挂着美食，当下走到一块大岩石边，双手抓起泥土，往旁抛掷，不久土中露出一只死公鸡来。杨过大是奇怪，道：“咦，怎么有只大公鸡？”随即省悟：“啊，是你老人家藏着的。”

洪七公微微一笑，提起公鸡。杨过在雪光掩映下瞧得分明，只见鸡身上咬满了百来条七八寸长的大蜈蚣，红黑相间，花纹斑斓，都在蠕蠕而动。他自小流落江湖，本来不怕毒虫，但蓦地里见到这许多大蜈蚣，也不禁怵然而惧。洪七公大为得意，说道：“蜈蚣和鸡生性相克，我昨天在这儿埋了一只公鸡，果然把四下里的蜈蚣都引来啦。”

当下取出包袱，连鸡带蜈蚣一起包了，欢天喜地的溜下山峰。杨过跟随在后，心中发毛：“难道真的吃蜈蚣？瞧他神情，又并非故意吓我。”这时一锅雪水已煮得滚热，洪七公打开包袱，拉住蜈蚣尾巴，一条条的抛在锅里。那些蜈蚣挣扎一阵，便都给烫死了。洪七公道：“蜈蚣临死之时，将毒液毒尿尽数吐了出来，是以这一锅雪水剧毒无比。”杨过将毒水倒入了深谷。

只见洪七公取出小刀，斩去蜈蚣头尾，轻轻一捏，壳儿应手而落，露出肉来，雪白透明，有如大虾，甚是美观。杨过心想：“这般做法，只怕当真能吃也未可知。”洪七公又煮了两锅雪水，将蜈蚣肉洗涤干净，再不余半点毒液，然后从背囊中取出大大小小七八个铁盒来，盒中盛的是油盐酱醋之类。他起了油锅，把蜈蚣肉倒下去一炸，立时一股香气扑向鼻端。杨过见他狂吞口涎，馋相毕露，不由得又是吃惊，又是好笑。

洪七公待蜈蚣炸得微黄，加上作料拌匀，伸手往锅中提了一条上来放入口中，轻轻嚼了几嚼，两眼微闭，叹了一口气，只觉天下之至乐，无逾于此矣，将背上负着的一个酒葫芦取下来放在一旁，说道：“吃蜈蚣就别喝酒，否则糟蹋了蜈蚣的美味。”他一口气吃了十多条，才向杨过道：“吃啊，客气什么？”杨过摇头道：“我不吃。”洪七公一怔，随即哈哈大笑，说道：“不错，不错，我见过不少英雄汉子，杀头流血不皱半点眉头，却没一个敢跟我老叫化吃一条蜈蚣。嘿嘿，你这小子毕竟也是个胆小鬼。”

杨过被他一激，心想：“我闭着眼睛，嚼也不嚼，吞他几条便是，可别让他小觑了。”当下用两条细树枝作筷，到锅中夹了一条炸蜈蚣上来。洪七公早猜中他心意，说道：“你闭着眼睛，嚼也不嚼，一口气吞他十几条，这叫作无赖撒泼，并非英雄好汉。”杨过道：“吃毒虫也算是英雄好汉？”洪七公道：“天下大言不惭自称英雄好汉之人甚多，敢吃蜈蚣的却找不出几个。”杨过心想：“除死无大事。”将那条蜈蚣放在口中一嚼。只一嚼将下去，但觉满嘴鲜美，又脆又香，清甜甘浓，一生之中从未尝过如此异味，再嚼了几口，一骨碌吞了下去，又去夹第二条来吃，连赞：“妙极，妙极。”

洪七公见他吃得香甜，心中大喜。二人你抢我夺，把百余条大蜈蚣吃得干干净净。洪七公伸舌头在嘴旁舐那汁水，恨不得再有一百条蜈蚣下肚才好。杨过道：“我把公鸡再去埋了，引蜈蚣来吃。”洪七公道：“不成啦，一来公鸡的猛性已尽，二来近处已无肥大蜈蚣留下。”忽地伸个懒腰，打个呵欠，仰天往雪地里便倒，说道：“我急赶歹徒，已有五日五夜没睡，难得今日吃一餐好的，要好好睡他三天，便是天塌下来，你也别吵醒我。你给我照料着，别让野兽乘我不觉，一口咬了我半个头去。”杨过笑道：“遵命。”洪七公闭上了眼，不久便沉沉睡去。

杨过心想：“这位前辈真是奇人。难道当真会睡上三天？管他是真是假，反正我也无处可去，便等他三天就是。”那华山蜈蚣是天下至寒之物，杨过吃了之后，只觉腹中有一团凉意，于是找块岩石坐下，用功良久，这才全身舒畅。此时满天鹅毛般的大雪兀自下个不停，洪七公头上身上盖满了一层白雪，犹如棉花一般。人身本有热气，雪花遇热即熔，如何能停留在他脸上？杨过初时大为不解，转念一想，当即省悟：“是了，他睡觉时潜行神功，将热气尽数收在体内。只是好端端一个活人，睡着时竟如僵尸一般，这等内功，委实可惊可羡。姑姑让我睡寒玉床，就是盼望我日后也能练成这等深厚内功。唉，寒玉床哪寒玉床！”

眼见天将破晓，洪七公已葬身雪坟之中，惟见地下高起一块，却已不露人形。杨过并无倦意，但见四下里都是暗沉沉地，忽听得东北方山边有刷刷刷的踏雪之声，凝神望去，只见五条黑影急奔而来，都是身法迅捷，背上刀光闪烁。杨过心念一动：“多半便是这位老前辈所说的藏边五丑。”忙在一块大岩石后边躲起。

不多时五人便奔到岩石之前。一人“咦”的一声，叫道：“老叫化的酒葫芦！”另一人颤声道：“他……他在华山？”五人脸现惊惶之色，聚在一起悄悄商议。突然间五人同时分开，急奔下峰。山峰上道路本窄，一人只奔出几步，就踏在洪七公身上，只觉脚下柔软，“啊”的一声大叫。其余四人停步围拢，扒开积雪，见洪七公躺在地上，似已死去多时。五人大喜，伸手探他鼻息，已没了呼吸，身上也是冰凉一片。五人欢呼大叫，乱蹦乱跳，当真比拾到奇珍异宝还要欢喜百倍。

一人道：“这老叫化一路跟踪，搞得老子好惨，原来死在这里。”另一人道：“洪七公这老贼武功了得，好端端的怎会死了？”又一人道：“武功再好，难道就不死了？你想想，老贼有多大年纪啦。”其余四人齐声称是，说道：“天幸阎罗王抓了他去，否则倒是难以对付。”首先那人道：“来，大伙儿来剁这老贼几刀出出气！任他九指神丐洪七公英雄盖世，到头来终究给藏边五雄剁成了他妈的十七廿八块。”

杨过心道：“原来这位老前辈便是洪七公，难怪武功如此了得。”洪七公的名头和“降龙十八掌”等绝技，他曾听小龙女在闲谈时说过，但洪七公的形貌脾气，当年连林朝英也不大清楚，小龙女自然不会知道，他手中扣了玉蜂针，心想五人难以齐敌，只得俟机偷发暗器，伤得三两人后，余下的就好打发了。但随即听那人说要剐几刀出气，只怕他们伤了洪七公，不及发射暗器，立即大喝一声，从岩石后跃将出来。他没有兵刃，随手捡起两根树枝，快招连发，分刺五人。这五招迅捷异常，就可惜先行喝了一声，五丑有了提防，否则总会有一二人给他刺中。饶是如此，五丑也已经颇为狼狈，窜闪挡架，才得避开。

五人转过身来，见只是个衣衫褴褛的少年，手中拿了两段枯柴，登时把惊惧之心去了八九。那大丑喝道："臭小子，你是丐帮的小叫化不是？你的老叫化祖宗西天去啦，快跪下给五位爷爷磕头罢。"

杨过见了五人刚才闪避的身法，已约略瞧出他们的武功。五丑均使厚背大刀，武功是一师所传，功夫有深浅之别，家数却是一般。若论单打独斗，自己必可胜得，但如五人齐上，却又抵敌不过，听大丑叫自己磕头，便道："是，小人给五位爷磕头。"抢上一步，拜将下去。他跪下拜倒的这一招"前恭后倨"，当年孙婆婆便曾使过，于全真道人张志光出其不意之际掷出瓷瓶，差一点便打瞎了他眼睛，此刻杨过"前恭后倨"之后，接着是一招"推窗望月"，突然双手横扫，两根枯柴分左右击出。

他左边是二丑，右边是三丑。这一招"推窗望月"甚是阴毒，三丑功夫较高，急忙竖刀挡架，被他枯柴打在刀背上，虎口发热，大刀险些脱手。五丑却被扫中了脚骨，喀喇一声，脚骨虽不折断，却已痛得站不起身。其余四丑大怒，四柄单刀呼呼呼呼的劈来。杨过身法灵便，东西闪避，四丑一时奈何不了他。斗了一阵，五丑一跷一拐加入战团，恼怒异常，出手犹似拼命。

杨过轻功远在五人之上，若要逃走，原亦不难，但他挂念着洪七公，只怕一步远离，五人就下毒手。可是敌不过五人联手，顷刻间便连遇险招，当即俯身抱起洪七公，右手舞动枯柴夺路而行，提一口气，发足奔出十余丈。藏边五丑随后赶来。

杨过只觉手中的洪七公身子冰冷，不禁暗暗着慌，心想他睡得再沉，也决无不醒之理，莫非真的死了？叫道："老前辈，老前辈！"洪七公毫不动弹，宛似死尸无异，只是并非僵硬而已。杨过伸手去摸他心时，似乎尚在微微跳动，鼻息却是全无。

这稍一停留，大丑已然追到，只是他见杨过武功了得，心存忌惮，不敢单独逼近，待得等齐二丑、四丑，杨过又已奔出十余丈外。藏边五丑见他只是往峰顶攀上，眼见那山峰只此一条通路，心想你难道飞上天去？倒也并不急急，一步步的追上。

山道越行越险，杨过转过一处弯角，见前面山道狭窄之极，一人通行也不大容易，窄道之旁便是万丈深渊，云缭雾绕，不见其底，心想："此处最好，我就在这里挡住他们。"当下加快脚步冲过窄道，将洪七公放在一块大岩石畔，立即转身，大丑已奔到窄道路口。杨过直冲过去，喝道："丑八怪，你敢来吗？"

那大丑真怕给他一撞之下，一齐掉下深谷，急忙后退。杨过站在路口，是时朝阳初升，大雪已止，放眼但见琼瑶遍山，水晶匝地，阳光映照白雪，更是瑰美无伦。

杨过将人皮面具往脸上一罩，喝道："你丑还是我丑？"藏边五丑的相貌固然难看，可也不是怪异绝伦，那一个"丑"字，倒是指他们的行径而言的居多。这时见杨过双手往脸上一抹，突然变了一副容貌，脸皮蜡黄，神情木然，竟如坟墓中钻出来的僵尸一般，五丑面面相觑，无不骇然。

杨过慢慢退到窄道的最狭隘处，使个"魁星踢斗势"，左足立地，右足朝天踢起，身子在晓风中轻轻晃动。瞬时之间，只觉英雄之气充塞胸臆，敌人纵有千军万马冲来，我便也是这般一夫当关。

五丑心中嘀咕："丐帮中哪里钻出来这样一个古怪少年？"眼见地势奇险，不敢冲向窄道，聚首相议："咱们守在这里，轮流下山取食，不出两日，定教他饿得筋疲力尽。”当下四人一字排在桥头，由二丑下山去搬取食物。

双方便如此僵持下来，杨过不敢过去，四丑也不敢过来。

到第二日上，二丑取来食物，五人张口大嚼，食得嗒嗒有声。杨过早已饥火中烧，回首看洪七公时，只见他与一日之前的姿势丝毫无变，心想：“他若是睡着，睡梦中翻个身也是有的，如此一动不动，只怕当真死了。再挨一日，我饿得力弱，更加难以抵敌，不如立即冲出，还能逃生。”缓缓站起身来，又想：“他说过要睡三日，吩咐我守着照料，我已亲口答应过了，怎可就此舍他而去？”当下强忍饥饿，闭目养神。

到第三日上，洪七公仍与两日前一般僵卧不动，杨过越看越是疑心，暗想：“他明明已经死了，我偏守着不走，也太傻了。再饿得半日，也不用这五个丑家伙动手，只怕我自己就饿死了。”抓起山石上的雪块，吞了几团，肚中空虚之感稍见缓和，心想：“我对父母不能尽孝，对姑姑不起，又无兄弟姊妹，连好朋友也无一个，‘义气’二字，休要提起。这个‘信’字，好歹要守他一守。”又想：“郭伯母当年和我讲书，说道古时尾生与女子相约，候于桥下，女子未至而洪水大涨，尾生不肯失约，抱桥柱而死，自后此人名扬百世。我杨过遭受世人轻贱，若不守此约，更加不齿于人，纵然由此而死，也要守足三日。”

一夜一日眨眼即过，第四日一早，杨过走到洪七公身前，探他呼吸，仍是气息全无，不禁叹了一口气，向他作了一揖，说道：“洪老前辈，我已守了三日之约，可惜前辈不幸身故。弟子无力守护你的遗体，只好将你抛入深谷，免受奸人毁辱。”当下抱起他的身子，走向窄道。

五丑只道他难忍饥饿，要想逃走，当即大声吆喝，飞奔过来。杨过大喝一声，将洪七公往山谷中一抛，对着大丑疾冲过去。

吴昌硕「鲜鲜霜中菊」

大字本

神雕侠侣

二

金庸

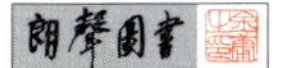

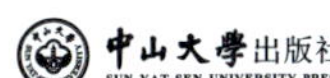

图书在版编目（CIP）数据

神雕侠侣 / 金庸著 . — 广州 : 中山大学出版社，2024.1
ISBN 978-7-306-07997-8

Ⅰ . ①神…　Ⅱ . ①金…　Ⅲ . ①侠义小说—中国—当代　Ⅳ . ① I247.5

中国国家版本馆 CIP 数据核字（2024）第 019755 号

敬告读者

为了维护读者、著作权人和出版发行者的合法权益，本书采用了新型数码防伪技术。正版图书的定价标示处及外包装盒上均贴有完好的防伪标签。刮开涂层，可见到一组数码，您可以通过两种途径查验真伪。

1. 拨打全国免费电话4008301315，按语音提示从左到右依次输入相应数码并按#键结束。
2. 扫描防伪标上的二维码，按提示输入相应数码。

读者如发现盗版图书，可向当地“扫黄打非”办公室、新闻出版局、公安机关、市场监督管理局等部门举报，或直接与我们联系。

联系电话：020-34297719　13570022400

我们对举报盗版、盗印、销售盗版图书等侵权行为的有功人员将予以重奖。

广州市朗声图书有限公司

衬页印章／吴昌硕「鲜鲜霜中菊」：此为韩愈诗句。

左图／高奇峰《枫鹰图》：高奇峰（1889—1933），广东番禺人，初从兄高剑父学画，后留学日本，岭南画派中之大家。

秦仲文《深山曲涧》：秦仲文，当代山水画家。图中高山峭壁，窄道深谷，武侠小说中所描述者常有此景象。杨过与藏边五丑相斗处或仿佛似之。

石鼓文：东周时以十块石头作成鼓状，四周刻以颂诗。石鼓原在北京孔庙。韩愈《石鼓歌》以石鼓是周宣王时物，罗振玉认为是秦文公所刻（公元前761年）。本图所载的十六字是：「吾车既工，吾马既同，吾车既好，吾马既阜。」其后说君子出去打猎了。

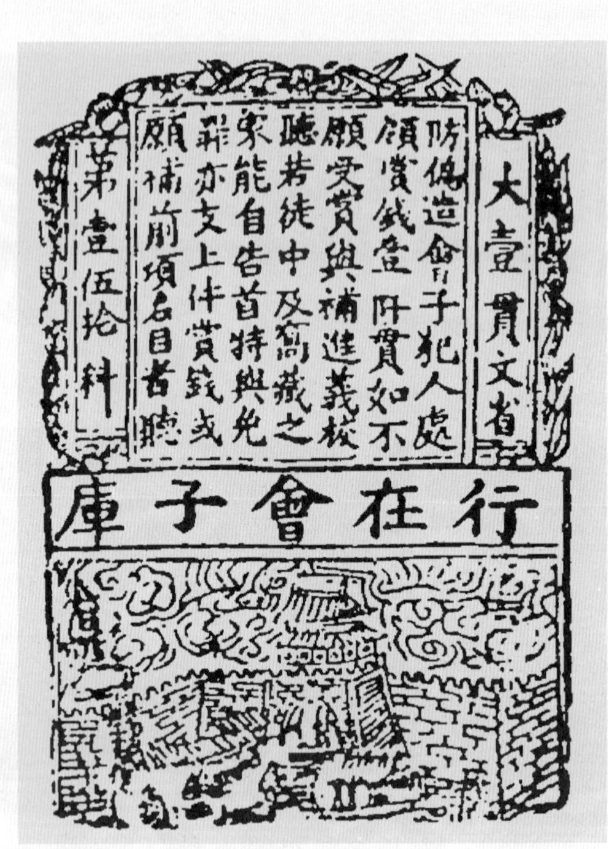

大壹貫文省

防偽造會子犯人處
領賞錢壹伯貫如不
願受賞與補進義校
聽若徒中及窩藏之
家能自告首特與免
罪亦支上件賞錢或
願補前項名目者聽

第壹伍拾料

行在會子庫

右图／南宋会子：
铜版印刷，会子就是钞票，
图中的会子等于一贯，
即铜钱一千文。
「行在」为皇帝行宫所在之地，
其时即临安，
「行在会子库」意为
陪都储备银行。
杨过大概使用过这类钞票。

左图／北宋的「印本真言」：
金轮法王所念的「降魔伏妖咒」
就是这一类密宗真言。

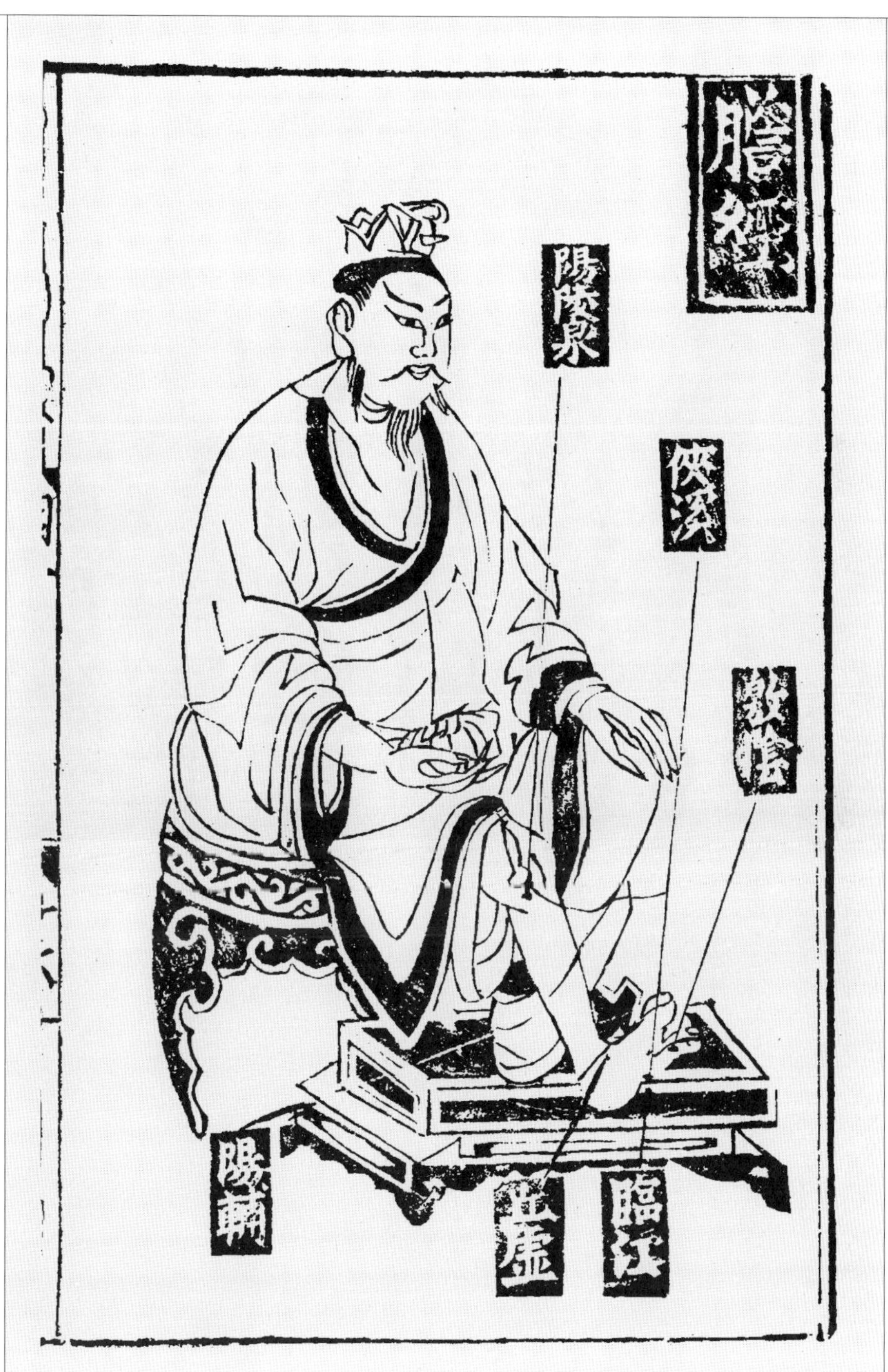

元刊经穴图：元刊《新刊补注铜人腧穴针灸图经》一书中的插图，绘的是足少阳胆经，列出阳陵泉、侠溪、窍阴、临泣、丘墟、阳辅等穴道位置。

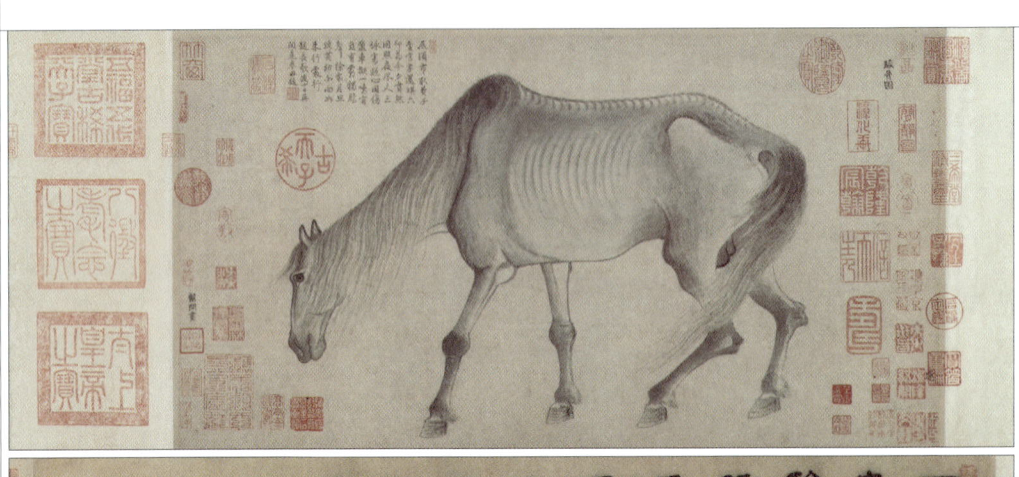

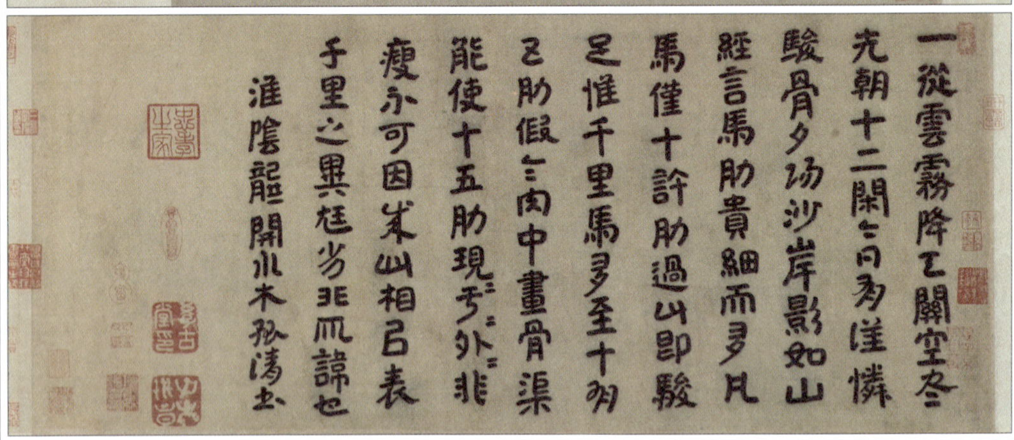

龚开《骏骨图卷》：
龚开，淮阴人，
宋理宗景定间为两淮制置使监官，
与杨过是同时代人。
宋亡后不仕，家贫无几桌，
令儿子伏地，在他背上铺纸作画。
此图现藏日本大阪市立美术馆。

萧立声《黄蓉》：萧立声先生，潮州人，后居香港，善画罗汉、人物等。此图是萧先生为作者所作，绘黄蓉持打狗棒。

西藏拉萨喇嘛庙的大法轮：
佛教中教法称为法轮，
说教法称为转法轮。
佛教中轮有二义，
一为回转，二为碾摧，称为
「回转四天下，碾摧诸怨敌」，
金轮法王的法名
与兵器当据此而来。
上乘佛法则称
「回转众生界，摧破诸烦恼」。
《仁王经》中有五大力菩萨，
转法轮菩萨为其中之一。
佛教密宗以
地、水、火、风、空为五轮。
「俱舍轮」以风轮、水轮、
金轮、地轮为四轮。
转轮圣王七宝之一为金轮，
此宝位居
银轮、铜轮、铁轮诸轮之上。

目　录

北丐西毒数十年来反覆恶斗，性命相拼，岂知竟同时在华山绝顶归天。两人毕生怨愤纠结，临死之际却相抱大笑。数十年的深仇大恨，一笑而罢！

第十一回

风尘困顿

杨过只奔出两步，突然间头顶一阵劲风过去，一个人从他头顶窜过，站在他与五丑之间，笑道："这一觉睡得好痛快！"正是九指神丐洪七公。

这一下杨过大喜过望，五丑惊骇失色。原来洪七公初时是在雪中真睡，待得被五丑在身上踏了一脚，自然醒了。他存心试探，瞧这少年能否守得三日之约，每当杨过来探他鼻息，便闭气装死。直到此刻，才神威凛凛的站在窄道路口。他左手划个半圆，右手一掌推出，正是生平得意之作"降龙十八掌"中的"亢龙有悔"。大丑不及逃避，明知这一招不能硬接，却也只得双掌一并，奋力抵挡。

洪七公掌力收发自如，当下只使了一成力，但大丑已感双臂发麻，胸口疼痛。二丑见他势危，生怕被洪七公掌力震入深谷，忙伸双手推他背心，洪七公掌力加强，二丑向后一仰，险些摔倒。四丑站在其后，伸臂相扶。洪七公的掌力跟着传将过来，接着四丑传三丑，三丑又传到最后的五丑身上。这五人逃无可逃，避无可避，转瞬之间，就要被洪七公运单掌之力，一鼓击毙。

洪七公笑道："你们五个家伙作恶多端，今日给老叫化一掌震死，想来死也瞑目。"五人扎定马步，鼓气怒目，合力与他单掌相抗，只觉压力越来越重，胸口烦恶，渐渐每喘一口气都感艰难。

洪七公突然“咦”的一声，显得十分诧异，将掌力收回了八成，说道：“你们的内功很有些儿门道，你们的师父是谁？”

大丑双掌仍是和他相抵，气喘吁吁的道：“我们……是……是达尔巴师父……的……的门下。”洪七公摇头道：“达尔巴？没听见过。嗯，你们内力能互相传接，这门功夫很了不起哪。”

杨过心想：“能得洪老前辈说一句‘很了不起’，那定是当真了不起了。可是我看这五个家伙也平平无奇，没一个打得过我。”

只听洪七公又道：“你们是什么门派的？”大丑道：“我们的师父，是……是西藏圣……圣僧……金轮法王门下二……二弟子……”洪七公又摇摇头，说道：“西藏圣僧，金轮法王？没听见过。西藏有个和尚，叫什么灵智上人，倒见过的，他武功强过你们，但所学的不是上乘功夫。你们学的功夫很好，嗯，大有道理。你去叫你们祖师爷来，跟我比划比划。”

大丑道：“我们祖师爷是圣僧……活菩萨，蒙古第一国师，神通广大，天下无敌，怎……怎能……”二丑听得洪七公语气中有饶他们性命之意，但大丑这般说，正是自断活路，忙道：“是，是。我们去请祖师爷来，跟洪老前辈切磋……切……切……也只有我们祖师爷，才能跟洪老前辈动手。我们小辈……跟你提……提……酒……酒葫芦儿……也……也……不……”

就在这当口，只听铎、铎、铎几声响处，山角后转出来一人，身子颠倒，双手各持石块，撑地而行，正是西毒欧阳锋。杨过失声大叫：“爸爸！”欧阳锋恍若未闻，跃到五丑背后，伸出右足在他背心上一撑，一股大力通过五人身子一路传将过去。

洪七公见欧阳锋陡然出现，也是大吃一惊，听杨过叫他“爸爸”，心想原来这小子是他儿子，难怪如此了得，只觉手上一沉，对方力道涌来，忙加劲反击。

自华山二次论剑之后，十余年来洪七公与欧阳锋从未会面。欧阳锋神智虽然胡涂，但逆练九阴真经，武功愈练愈怪，愈怪愈强。洪七公曾听郭靖、黄蓉背诵真经中的一小部份，与自己原来武功一加印证，也是大有进境，毕竟正胜于逆，虽然所知不多，却也不输于西毒。两人数十年前武功难分轩轾，此后各有际遇，今日在华山第三度相逢，一拼功力，居然仍是不分上下。就可怜藏边五丑夹在当世两大高手之间，作了试招的垫子、练拳的沙包，身上冷一阵、热一阵，呼吸紧一阵、缓一阵，周身骨骼格格作响，比经受任何酷刑更要惨上百倍。

欧阳锋忽问："这五个家伙学的内功很好。是什么门派？"杨过心道："连我义父也说他们学的内功很好，这五丑果然不是寻常之辈。"只听洪七公道："他们说是什么西藏圣僧金轮法王的徒孙。"欧阳锋道："这个金轮法王跟你相比，谁厉害些？"洪七公道："不知道，或许差不多罢。"欧阳锋道："比我呢？"洪七公道："比你厉害些。"欧阳锋一怔，叫道："不信！"

两人说话之际，手足仍是继续较劲。洪七公连发几次不同掌力，均被欧阳锋在彼端以足力化解，接着他足上加劲，却也难使洪七公退让半寸。二人一番交手，各自佩服，同时哈哈大笑，向后跃开。

藏边五丑身上的压力骤失，不由得摇摇晃晃，就如喝醉了酒一般。五人给这两大高手的内力前后来回交逼，五脏六腑均受重伤，筋酥骨软，已成废人，便是七八岁的小儿也敌不过了。洪七公喝道："五名奸贼，总算你们大限未到，反正今后再也不能害人，快快给我滚罢。记得回去跟你们祖师爷金轮法王说，叫他快到中原来，跟我较量较量。"欧阳锋道："跟我也较量较量。"藏边五丑连声答应，脚步蹒跚，相携相扶的狼狈下峰。

欧阳锋翻身正立，斜眼望着洪七公，依稀相识，喝道："喂，你武功很好啊，你叫什么名字？”洪七公一听，又见他脸上神色迷茫，知他十余年前发疯之后，始终未曾痊愈，于是说道：“我叫欧阳锋，你叫什么名字？”欧阳锋心头一震，觉得“欧阳锋”这三字果然好熟，但自己叫什么名字，实在想不起来，摇头道：“我不知道。喂，我叫什么名字？”洪七公哈哈笑道：“你自己的名字也不知道。快回家想想罢。”欧阳锋怒道：“你一定知道，你跟我说。”洪七公道：“好罢，你名叫臭蛤蟆。”“蛤蟆”两字，欧阳锋是十分熟悉的，听来有些相似，但细细想落却又不是。

他与洪七公是数十年的死仇，憎恶之意深印于脑，此时虽不明所以，但自然而然的见到他就生气。洪七公见他呆呆站立，目中忽露凶光，暗自戒备，果然听他大吼一声，恶狠狠的扑将上来，当下不敢怠慢，出手就是降龙十八掌的掌法。两人襟带朔风，足踏寒冰，在这宽仅尺许的窄道上各逞平生绝技，倾力以搏。一边是万丈深渊，只要稍有差失，便是粉身碎骨之祸，比之平地相斗，倍增凶险。二人此时年事已高，精力虽已衰退，武学上的修为却俱臻炉火纯青之境，招数精奥，深得醇厚稳实之妙诣，只拆得十余招，两人不由得都是心下钦佩。欧阳锋叫道：“老家伙厉害得很啊。”洪七公笑道：“臭蛤蟆也了不起。”

杨过见地势险恶，生怕欧阳锋掉下山谷，但有时见洪七公遇窘，不知不觉竟也盼他转危为安。欧阳锋是他义父，情谊自深，然洪七公慷慨豪迈，这随身以具的当世大侠风度，令他一见便为之心折。他在饥寒交迫之中，干冒大险为洪七公苦熬三日三夜，三昼夜中两人虽不交一言片语，在杨过心中，却便如已与他共历了千百次生死患难一般。

拆了数十招后，杨过见二人虽在对方凌厉无伦的攻击之下总是能化险为夷，便不再挂虑双方安危，只潜心细看奇妙武功。《九阴真经》乃天下武术总纲，他所知者虽只零碎片断，但时见二人所使招数与真经要义暗合，不由得惊喜无已，心想：“真经中平平常常一句话，原来能有这许多推衍变化。”

堪堪拆到千余招，二人武功未尽，但年纪老了，都感气喘心跳，手脚不免迟缓。杨过叫道：“两位打了半日，想必肚子饿了，大家来饱吃一顿再比如何？”洪七公听到一个“吃”字，立即退后，连叫：“妙极，妙极！”杨过早见五丑用竹篮携来大批冷食，放在一旁，于是奔去提了过来，打开篮盖，但见冻鸡冻肉、白酒冷饭，一应俱全。洪七公大喜，抢过一只冻鸡，忙不迭的大口咬落，吃得格格直响。

杨过拿了一块冻肉递给欧阳锋，柔声道：“爸爸，这些日子你在哪儿？”欧阳锋瞪着眼睛道：“我在找你。”杨过胸口一酸，心想：“世上毕竟也有如此真心爱我之人。”拉着他的手臂，说道：“爸爸，你就是欧阳锋。这位洪老前辈是好人，你别跟他打架了。”

欧阳锋指着洪七公，道：“他是欧阳锋，欧阳锋是坏人。”杨过见他神智错乱，心下难过。洪七公笑道：“不错，欧阳锋是坏人，欧阳锋该死。”欧阳锋望望洪七公，望望杨过，双眼发直，竭力回忆思索，但脑海中始终乱成一团。

杨过服侍欧阳锋吃了些食物，站起身来，向洪七公道：“洪老前辈，他是我的义父。你怜他身患重病，神智胡涂，别跟他为难了罢。”洪七公听他这么说，连连点头，道：“好小子，原来他是你义父。”

哪知欧阳锋突然跃起，叫道：“欧阳锋，咱们拳脚比不出胜败，再比兵器。”洪七公摇头道：“不比啦，算你胜就是。”欧阳锋道：“什么胜不胜的？我非杀了你不可。”回手折了一根树枝，拉去枝叶，成为一条棍棒，向洪七公兜头击落。他的蛇杖当年纵横天下，厉害无比，现下杖头虽然无蛇，但这一杖击将下来，杖头未至，一股风已将杨过逼得难以喘气。杨过急忙跃开躲避，看洪七公时，只见他拾起地下一根树枝，当作短棒，二人已斗在一起。洪七公的打狗棒法世间无双，但轻易不肯施展，除此之外尚有不少精妙棒法，此时便逐一使将出来。

这场拼斗，与适才比拼拳脚又是另一番光景，但见杖去神龙夭矫，棒来灵蛇盘舞，或似长虹经天，或若流星追月，只把杨过瞧得惊心动魄，如醉如痴。

二人杖去棒来，直斗到傍晚，兀自难分胜败。杨过见地势险恶，满山冰雪极是滑溜，二人年事已高，再斗下去必有失闪，大声呼喝，劝二人罢斗。但洪七公与欧阳锋斗得兴起，哪肯停手？杨过见洪七公吃食时的馋相，心想若以美味引动，或可收效，于是在山野间挖了好些山药、木薯，生火烤得喷香。

洪七公闻到香气，叫道："臭蛤蟆，不跟你打啦，咱们吃东西要紧。"奔到杨过身旁，抓起两枚山药便吃，虽然烫得满嘴生疼，还是含糊着连声称赞。欧阳锋跟着赶到，举木杖往他头顶劈下。洪七公却不避让，拾起一枚山药往他抛去，叫道："吃罢！"欧阳锋一呆，顺手接过便吃，浑忘了适才的恶斗。

当晚三人就在岩洞中睡觉。杨过想帮义父回复记忆，向他提及种种旧事。欧阳锋总是呆呆不答，有时伸拳用力敲打自己脑袋，显是在竭力思索，但茫无头绪，十分苦恼。杨过生怕他反而更加疯了，当下劝他安睡，自己却翻来覆去的睡不着，思索二人的拳法掌法，越想越兴奋，忍不住起身悄悄比拟，但觉奥妙无穷，练了半夜，直到倦极才睡。

次晨一早，杨过尚未睡醒，只听得洞外呼呼风响，夹着吆喝纵跃之声，急忙奔出，只见洪七公又与欧阳锋斗得难分难解。他叹了口气，心想："这两位老人家返老为童，这种架又有什么好打？"只得坐在一旁观看，但见洪七公每一招每一式都是条理分明，欧阳锋的招数却难以捉摸，每每洪七公已占得上风，可是被他倏使怪招，重又拉成平手。

二人日斗晚睡，接连斗了四日，均已神困力倦，几欲虚脱，但始终不肯容让半招。

杨过寻思：“明天说什么也不能让他们再打了。”这晚待欧阳锋睡着了，悄声向洪七公道：“老前辈请借洞外一步说话。”洪七公跟着他出外。离洞十余丈后，杨过突然跪倒，连连磕头，却一句话也不说。洪七公一怔之间，登时明白，知他要自己可怜欧阳锋身上有病，认输退让，仰天哈哈一笑，说道：“就是这么着。”倒曳木棒，往山下便走。

只走出数丈，突闻衣襟带风，欧阳锋从洞中窜出，挥杖横扫，怒喝：“老家伙，想逃么？”洪七公让了三招，欲待夺路而走，却被他杖风四方八面拦住了，脱身不得。高手比武差不得半分，洪七公存了个相让之心，登时落在下风，狼狈不堪，数次险些命丧于他杖下，眼见他挺杖疾进，击向自己小腹，知他这一杖尚有厉害后着，避让不得，当即横棒挡格，忽觉他杖上传来一股凌厉之极的内力，不禁一惊：“你要和我比拼内力？”心念甫动，敌人内力已逼将过来，除了以内力招架，更无他策，当下急运功劲抗御。

以二人如此修为，若是偶一疏神中了对方一杖一掌，立时内力随生，防护相抗，纵然受伤，也不致有甚大碍，此时比拼内力，却已到了无可容让、不死不休的境地。二人以前数次比武，都是忌惮对方了得，自己并无胜算，不敢轻易行此险着，生怕求荣反辱，枉自送了性命。哪知欧阳锋浑浑噩噩，数日比武不胜，突运内力相攻。

十余年前洪七公固恨西毒入骨，但此时年纪老了，火性已减，既见他疯疯癫癫，杨过又一再求情，实已无杀他之意，当下气运丹田，只守不攻，静待欧阳锋内力衰竭。哪知对方内力犹如长江浪涛，源源不绝的涌来，过了一浪又是一浪，非但无丝毫消减之象，反而越来越是凶猛。洪七公自信内力深厚，数十年来勇猛精进，就算胜不了西毒，但若全力守御，无论如何不致落败，岂知拼了几次，欧阳锋的内力竟然愈来愈强。洪七公想起与他隔着藏边五丑比力之际，他足上连运三次劲，竟是一次大似一次，此刻回想，似乎当时他第一次进攻的力道未消，第二次攻力已至；二次劲力犹存，第三次跟着上来。若是只持守势，由得他连连催逼，定然难以抵挡，只有乘隙回冲，令他非守不可，来势方不能累积加强，心念动处，立即运劲反击，二人以硬碰硬，全身都是一震。

杨过见二人比拼内力，不禁大为担忧，他若出手袭击洪七公后心，自可相助义父得胜，然见洪七公白发满头，神威凛然中兼有慈祥亲厚，刚正侠烈中伴以随和洒脱，实是不自禁的为之倾倒，何况他已应己求恳而甘愿退让，又怎忍出手加害？

二人又僵持一会，欧阳锋头顶透出一缕缕的白气，渐渐愈来愈浓，就如蒸笼一般。洪七公也是全力抵御，此时已无法顾到是否要伤对方性命，若得自保，已属万幸。

从清晨直拼到辰时，又从辰时拼到中午，洪七公渐感内力消竭，但对方的劲力仍似狂涛怒潮般涌来，暗叫："老毒物原来越疯越厉害，老叫化今日性命休矣。"料得此番拼斗定然要输，苦在无法退避，只得竭力撑持，却不知欧阳锋也已气衰力竭，支撑维艰。

又拼了两个时辰，已至申刻。杨过眼见二人脸色大变，心想再拼得一时三刻，非同归于尽不可，若是上前拆解，自己功力与他们相差太远，多半分解不开，反而赔上自己一条性命，迟疑良久，眼见欧阳锋神色愁苦，洪七公呼呼喘气，心道："纵冒大险，也得救他们性命。"于是折了一根树干，走到二人之间盘膝坐下，运功护住全身，一咬牙，伸树干往二人杖棒之间挑去。

岂知这一挑居然毫不费力，二人的内力从树干上传来，被他运内力一挡，立即卸去。原来强弩之末不能穿鲁缟，北丐西毒虽然俱是当世之雄，但互耗多日，均已精力垂尽，二人给他内力反激，同时委顿在地，脸如死灰，难以动弹。杨过惊叫：“爸爸，洪老前辈，你们没事么？”二人呼吸艰难，均不回答。

杨过要扶他们进山洞去休息，洪七公轻轻摇头。杨过才知二人受伤极重，移动不得，当晚就睡在二人之间，只怕他们半夜里又起来拼命。其实二人欲运内功疗伤已不可得，哪里还能互斗？次晨杨过见二人气息奄奄，比昨日更是委靡，心中惊慌，挖掘山药烤了，服侍他们吃下。直到第三日上，二人才略见回复了些生气。杨过将他们扶进山洞，分卧两侧，自己在中间隔开。

如此休养数日，洪七公胃口一开，复元就快。欧阳锋却镇日价不言不语，神色郁郁，杨过逗他说话，他只是不答。

这日二人相对而卧，洪七公忽然叫道：“臭蛤蟆，你服了我么？”欧阳锋道：“服什么？我还有许多武功尚未使出，若是尽数施展，定要打得你一败涂地。”洪七公大笑，道：“正巧我也有好多武功未用。你听见过丐帮的打狗棒法没有？”欧阳锋一凛，心想：“打狗棒法的名字倒好像听见过的，似乎厉害得紧，难道这老家伙居然会使？但他和我这般拼命恶斗，怎么又不用？或许早已使过了。要不，他就压根儿不会。”便道：“打狗棒法有什么了不起？”

洪七公早已颇为后悔，日前与他拼斗，只消使出打狗棒法，定能压服了他，只是觉得他神智不清，自己本已占了不少便宜，再以丐帮至宝打狗棒法对付，未免胜之不武，不是英雄好汉的行径，岂知他人虽疯癫，武功却绝不因而稍减，到头来竟闹了个两败俱伤，眼下要待再使这路棒法，已没了力气，听他这么说，心中甚不服气，灵机一动，向杨过招招手，叫他俯耳过来，说道：“我是丐帮的前任帮主，你知道么？”杨过点点头，他在全真教重阳宫中曾听师兄们谈论当世人物，都说丐帮前任帮主九指神丐洪七公武功盖世，肝胆照人，乃是大大的英雄好汉。

洪七公道："现下我有一套武功传给你。这武功向来只传本帮帮主，不传旁人，只是你义父出言小觑于我，我却要你演给他瞧瞧。"杨过道："老前辈这武功既然不传外人，晚辈以不学为是。我义父神智未复，老前辈不用跟他一般见识。"洪七公摇头道："你虽学了架式，不知运劲诀窍，临敌之际全然无用。我又不是要你去打你义父，只消摆几个姿式，他一看就明白了。因此也不能说是传你功夫。"杨过心想："这套武功既是丐帮镇帮之宝，我义父未必抵挡得了，我又何必帮你赢我义父？"当下只是推托，说不敢学他丐帮秘传。

洪七公窥破了他的心意，高声道："臭蛤蟆，你义儿知道你敌不过我的打狗棒法，不肯摆式子给你瞧。"欧阳锋大怒，叫道："孩儿，我还有好些神奇武功未曾使用，怕他怎地？快摆出来我瞧。"

两人一股劲儿的相逼，杨过无奈，只得走到洪七公身边。洪七公叫他取过树枝，将打狗棒法中一招"棒打双犬"细细说给了他听。杨过一学即会，当即照式演出。

欧阳锋见棒招神奇，果然厉害，一时难以化解，想了良久，将一式杖法说给杨过听了。杨过依言演出。洪七公微微一笑，赞了声："好！"又说了一招棒法。

两人如此大费唇舌的比武，比到傍晚，也不过拆了十来招，杨过却已累得满身大汗。次晨又比，直过了三天，三十六路棒法方始说完。棒法虽只三十六路，其中精微变化却是奥妙无穷，越到后来，欧阳锋思索的时刻越长，但他所回击的招数，可也尽是攻守兼备、威力凌厉的佳作，洪七公看了也不禁叹服。

到这日傍晚，洪七公将第三十六路棒法"天下无狗"的第六变说了，这是打狗棒法最后一招最后一变的绝招，这一招使将出来，四面八方是棒，劲力所至，便有几十条恶犬也一齐打死了，所谓"天下无狗"便是此义，棒法之精妙，已臻武学中的绝诣。欧阳锋自是难有对策。当晚他翻来覆去，折腾了一夜。

次晨杨过尚未起身，欧阳锋忽然大叫："有了，有了。孩儿，你便以这杖法破他。"叫声又是兴奋，又是紧迫。杨过听他呼声有异，向他瞧去，不禁大吃一惊，原来欧阳锋虽然年老，但因内功精湛，须发也只略现灰白，这晚用心过度，一夜之间竟然须眉尽白，似乎忽然老了十多岁。

杨过心中难过，欲待开言求洪七公休要再比，欧阳锋却一叠连声的相催，只得听他指拨。这一招十分繁复，欧阳锋反覆解说，杨过方行领悟，于是依式演了出来。

洪七公一见，脸色大变，本来瘫痪在地，难以动弹，此时不知如何忽生神力，一跃而起，大叫："老毒物，欧阳锋！老叫化今日服了你啦。"说着扑上前去，紧紧抱住了他。

杨过大惊，只道他要伤害义父，急忙拉他背心，可是他抱得甚紧，竟然拉之不动。只听洪七公哈哈大笑，叫道："老毒物欧阳锋，亏你想得出这一着绝招，当真了得！好欧阳锋，好欧阳锋。"

欧阳锋数日恶斗，一宵苦思，已是神衰力竭，听他连叫三声"欧阳锋"，突然间回光反照，心中陡然如一片明镜，数十年来往事历历，尽数如在目前，也是哈哈大笑，叫道："我是欧阳锋！我是欧阳锋！你是老叫化洪七公！"

两个白发老头抱在一起，哈哈大笑。笑了一会，声音越来越低，突然间笑声顿歇，两人一动也不动了。

杨过大惊，连叫："爸爸，老前辈！"竟无一人答应。他伸手去拉洪七公的手臂，一拉而倒，竟已死去。杨过惊骇不已，俯身看欧阳锋时，也已没了气息。二人笑声虽歇，脸上却犹带笑容，山谷间兀自隐隐传来二人大笑的回声。

北丐西毒数十年来反覆恶斗，互不相下，岂知竟同时在华山绝顶归天。两人毕生怨愤纠结，临死之际却相抱大笑。数十年的深仇大恨，一笑而罢！

杨过霎时间又惊又悲，没了主意，心想洪七公曾假死三日三夜，莫非二老又是假死？但瞧这情形却实在不像，心想："或许他们死了一会，又会复活。两位老人家武功这样高，不会就死的。或许他们又在比赛，瞧谁假死得久些。"

他在两人尸身旁直守了七日七夜，每过一日，指望便少了一分，但见两尸脸上变色，才知当真死去，当下大哭一场，在洞侧并排挖了两个坑，将两位武林奇人葬了。洪七公的酒葫芦以及两人用以比武的棍棒也都一起埋入。只见二老当日恶斗时在雪中踏出的足印都已结成了坚冰，足印犹在，躯体却已没入黄土。杨过踏在足印之中，回思当日情景，不禁又伤心起来。又想如二老这般惊世骇俗的武功，到头来却要我这不齿于人的小子掩埋，什么荣名，什么威风，也不过是大梦一场罢了。

他在二老墓前恭恭敬敬的磕了八个头，心想："义父虽然了得，终究是逊于洪老前辈一筹。那打狗棒法使出之时，义父苦思半晌方能拆解，若是当真对敌，哪容他有细细凝思琢磨的余裕？"叹息了一阵，觅路往山下而去。

这番下山，仍是信步而行，也不辨东西南北，心想大地茫茫，就只我孤身一人，任得我四海飘零，待得寿数尽了，随处躺下也就死了。在这华山顶上不满一月，他却似已度过了好几年一般。上山时自伤遭人轻贱，满腔怨愤。下山时却觉世事只如浮云，别人看重也好，轻视也好，于我又有什么干系。小小年纪，竟然愤世嫉俗、玩世不恭起来。

不一日来到陕南一处荒野之地，放眼望去，尽是枯树败草，朔风肃杀，吹得长草起伏不定，突然间西边蹄声隐隐，烟雾扬起，过不多时，数十匹野马狂奔而东，在里许之外掠过。眼见众野马纵驰荒原，自由自在，杨过不自禁的也感心旷神怡，纵目平野，奔马远去，只觉天地正宽，无拘无碍，正得意间，忽听身后有马发声悲嘶。

转过身来，只见一匹黄毛瘦马拖着一车山柴，沿大路缓缓走来，想是那马眼见同类有驰骋山野之乐，自己却劳神苦役，致发悲鸣。那马只瘦得胸口肋骨高高凸起，四条长腿肌肉尽消，宛似枯柴，毛皮零零落落，生满了癞子，满身泥污杂着无数血渍斑斑的鞭伤。一个莽汉坐在车上，嫌那马走得慢，不住手的挥鞭抽打。

杨过受人欺侮多了，见这瘦马如此苦楚，这一鞭鞭犹如打在自己身上一般，胸口一酸，泪水几欲夺目而出，双手叉腰，站在路中，怒喝："兀那汉子，你鞭打这马干么？"

那莽汉见一个衣衫褴褛、化子模样的少年拦路，举起马鞭喝道："快让路，不要小命了么？"说着鞭子挥落，又重重打在马背上。杨过大怒，叫道："你再打马，我杀了你。"那莽汉哈哈大笑，挥鞭往杨过头上抽来。

杨过夹手夺过，倒转马鞭，吧的一响，挥鞭在空中打了个圈子，卷住了莽汉头颈，一把拉下马来，夹头夹脸的抽打了他一顿。

那瘦马模样虽丑，却似甚有灵性，见莽汉被打，纵声欢嘶，伸头过来在杨过腿上挨挨擦擦，显得甚是亲热。杨过拉断了它拉车的挽索，拍拍马背，指着远处马群奔过后所留下的烟尘，说道："你自己去罢，再也没人欺侮你了。"

那马前足人立，长嘶一声，向前直奔。哪知这马身子虚弱，突然疾驰，无力支持，只奔出十余丈，前腿一软，跪倒在地。杨过见着不忍，跑过去托住马腹，喝一声："起！"将马托了起来。那莽汉见他如此勇力，只吓得连大车山柴也不敢要了，爬起身来，撒腿就跑，直奔到半里以外，这才大叫："有强人哪！抢马哪！抢柴哪！"

杨过觉得好笑，扯了些青草喂那瘦马。眼见此马遭逢坎坷，不禁大起同病相怜之心，抚着马背说道：“马啊，马啊，以后你随着我便了。”牵着缰绳慢慢走到市镇，买些料豆麦子喂马吃了个饱。第二日见瘦马精神健旺，这才骑了缓缓而行。

这匹癞马初时脚步蹒跚，不是失蹄，就是打蹶，哪知却是越走越好，七八日后食料充足、精力充沛，竟是步履如飞。杨过说不出的喜欢，更是加意喂养。

这一日他在一家小酒店中打尖，那癞马忽然走到桌旁，望着邻座的一碗酒不住呜嘶，竟似意欲喝酒。杨过好奇心起，叫酒保取过一大碗酒来，放在桌上，在马头上抚摸几下。那马一口就将一碗酒喝干了，扬尾踏足，甚是喜悦。杨过觉得有趣，又叫取酒，那马一连喝了十余碗，兴犹未尽。杨过再叫取酒时，酒保见他衣衫破烂，怕他无钱会钞，却推说没酒了。

饭后上马，癞马乘着酒意，撒开大步，驰得犹如癫了一般，道旁树木纷纷倒退，委实是迅捷无比。只是寻常骏马奔驰时又稳又快，这癞马快是快了，身躯却是忽高忽低，颠簸起伏，若非杨过一身极高的轻功，却也骑它不得。这马更有一般怪处，只要见到道上有牲口在前，非发足超越不可，不论牛马骡驴，总是要赶过了头方肯罢休，这一副逞强好胜的脾气，似因生平受尽欺辱而来。杨过心想这匹千里良驹屈于村夫之手，风尘困顿，郁郁半生，此时忽得一展骏足，自是要飞扬奔腾了。

这一副劣脾气倒与他甚是相投，一人一马，居然便成了好友一般。他本来情怀郁闷，途中调马为乐，究是少年心性，没几日便开心起来。自此一路向南，来到汉水之畔。沿路想起调笑陆无双、戏弄李莫愁师徒之事，在马上不自禁的好笑。想起小龙女不知身在何处，何日再得和她相会，却又愁思难遣。

这一日行到正午，一路上不断遇见化子，瞧那些人的模样，不少都是身负武功，心下琢磨："难道媳妇儿和丐帮的纠葛尚未了结？又莫非丐帮大集人众，要和李莫愁一决雌雄？这热闹倒是不可不看。"他对丐帮本来无甚好感，但因钦佩洪七公，不自禁的对丐帮有了亲近之意，心想这些叫化子只要不是跟陆无双为难，就告知他们洪七公逝世的讯息。又行一阵，见路上化子越来越多。众化子见了杨过，都是微感诧异，他衣衫打扮和化子无异，但丐帮帮众若非当真事在紧急，决不骑马。杨过也不理会，按辔徐行。

行到申牌时分，忽听空中雕鸣啾啾，两头白雕飞掠而过，向前扑了下去。只听得一个化子说道："黄帮主到啦，今晚九成要聚会。"又一个化子道："不知郭大侠来是不来？"第一个化子道："他夫妇俩秤不离锤，锤不离秤……"瞥眼见杨过勒定了马听他们说话，向他瞪了一眼，便住口不说了。

杨过听到郭靖与黄蓉的名字，微微一惊，随即心下冷笑："从前我在你家吃闲饭，给你们轻贱戏弄，那时我年幼无能，吃了不少苦头。此刻我以天下为家，还倚靠你们什么？"心念一转："我不如装作潦倒不堪，前去投靠，且瞧他们如何待我。"

于是寻了一个僻静所在，将头发扯得稀乱，在左眼上重重打了一拳，面颊上抓了几把，左眼登时青肿，脸上多了几条血痕。他本就衣衫不整，这时更把衣裤再撕得七零八落，在泥尘中打了几个滚，配上这匹满身癞疮的丑马，果然是一副穷途末路、奄奄欲毙的模样。装扮已毕，一跷一拐的回到大路，马也不骑了，随着众化子而行。他不牵马缰，那丑马自行跟在他身后。丐帮中有人打切口问他是否去参与大宴，杨过瞪目不答，只是混在化子群中，忽前忽后的走着。

一行人迤逦而行，天色将暮，来到一座破旧的大庙前。只见两头白雕栖息在庙前一株松树上。武氏兄弟一个手托盘子，另一个在盘中抓起肉块，抛上去喂雕。日前他哥儿俩与郭芙合斗李莫愁，杨过也曾在旁打量，只是当时一直凝神瞧着郭芙，对二人不十分在意，此时斜目而观，但见武敦儒神色剽悍，举手投足之间精神十足，武修文则轻捷灵动，东奔西走，没一刻安静。武敦儒身穿紫酱色茧绸袍子，武修文身穿宝蓝色山东大绸袍子，腰间都束着绣花锦缎英雄绦，果然是英雄年少，人才出众。

杨过上前打了一躬，结结巴巴的道："两……两位武兄请了，别来……别来安好。"这时庙前庙后都聚满了乞丐，个个鹑衣百结，杨过虽然灰尘扑面，混在众丐之中也并不显得刺眼。武敦儒还了一礼，向杨过上下一瞧，却认他不出，说道："恕小弟眼拙，尊兄是谁?"杨过道："贱名不足挂齿，小弟……小弟想求见黄帮主。"

武敦儒听他的声音有些熟悉，正要查问，忽听得庙门口一个银铃似的声音叫道："大武哥哥，我叫你给我买根软些儿的马鞭，可买到了没有?"武敦儒急忙撇下杨过，迎了上去，说道："早买到了，你试试，可趁不趁手?"说着从怀中掏出一根马鞭。

杨过转过头来，只见一个少女穿着淡绿衫子，从庙里快步而出，但见她双眉弯弯，小小的鼻子微微上翘，脸如白玉，颜若朝华，正是郭芙。她服饰打扮也不如何华贵，只项颈中挂了一串明珠，发出淡淡光晕，映得她更是粉装玉琢一般。杨过只向她瞧了一眼，不由得自惭形秽，便转过了头不看。武修文也即抢上，哥儿俩同时尽力巴结。

武敦儒跟郭芙说了一会话，记起了杨过，转头道："你是来赴英雄宴的罢?"杨过也不知英雄宴是什么，顺口应了一声。武敦儒向一名化子招招手，道："你接待这位朋友，明儿招呼他上大胜关去。"说着自顾和郭芙说话，再也不去理他。

那化子答应了，过来招呼，请教姓名。杨过照实说了。他原是无名之辈，那化子自然没听见过他的姓名，也不在意。那化子自称姓王行十三，是丐帮中的二袋弟子，问道："杨兄从何处来?"杨过道："从陕西来。"王十三道："咦，杨兄是全真派门下的了？"杨过听到"全真派"三字就头痛，忙摇头道："不是。"王十三道："杨兄的英雄帖定是带在身边了？"

杨过一怔，道："小弟落拓江湖，怎称得上是什么英雄？只是先前跟贵帮黄帮主见过一面，特来求见，想告借些盘缠还乡。"王十三眉头一皱，沉吟半晌，道："黄帮主正在接待天下英雄，只怕没空见你。"杨过此次原是特意要装得寒酸，对方愈是轻视，他心中愈是得意，当下更加可怜巴巴的求恳。

丐帮帮众皆是出身贫苦，向来扶危解困，决不轻贱穷人。王十三听他说得哀苦，道："杨兄弟，你先饱餐一顿，明日咱们一齐上大胜关去。做哥哥的给你回禀长老，转禀帮主，瞧她老人家怎么吩咐，好不好？"王十三本来叫他杨兄，现下听他说不是英雄宴上之人，自己年纪比他大得多，就改口称杨兄弟了。杨过连声称谢。王十三邀他走进破庙，捧出饭菜飨客。丐帮帮规，本帮弟子即使逢到喜庆大典，也先要把鸡鱼牛羊弄得稀烂，好似残羹剩肴一般才吃，以示永不忘本，但招待客人却是完整的酒饭。

杨过正吃之间，眼前陡然一亮，只见郭芙笑语盈盈，飘然进殿，武氏兄弟分侍左右。只听武修文道："好，咱们今晚夜行，连夜赶到大胜关。我去把你红马牵出来。"三人自顾说话，对坐在地下吃饭的杨过眼角也没瞥上一眼。三人走进后院取了包裹兵刃，出了破庙，但听得蹄声杂沓，已上马去了。杨过的一双筷子插在饭碗之中，听着蹄声隐隐远去，心中百感交集，也不知是愁是恨？是怒是悲？

次日王十三招呼了他一同上道。沿途除了丐帮帮众，另有不少武林人物，或乘马，或步行，想来都是赴英雄宴去的。杨过不知那英雄宴、英雄帖是什么东西，料想王十三也不肯说，当下假痴假呆，只是扮苦装傻。

傍晚时分来到大胜关。那大胜关是豫鄂之间的要隘，地占形势，市肆却不繁盛，自此以北便是蒙古兵所占之地了。王十三引着杨过越过市镇，又行了七八里地，只见前面数百株古槐围绕着一座大庄院，各路英雄都向庄院走去。庄内房屋接着房屋，重重叠叠，一时也瞧不清那许多，看来便接待数千宾客也是绰绰有余。

王十三在丐帮只是个低辈弟子，知道帮主此时正有要务忙碌，哪敢去禀告借盘缠这等小事？安排了杨过的住处，自和朋友说话去了。

杨过见这庄子气派甚大，众庄丁来去待客，川流不息，心下暗暗纳罕，不知主人是谁，何以有这等声势？忽听得砰砰砰放了三声号铳，鼓乐手奏起乐来。有人说道："庄主夫妇亲自迎客，咱们瞧瞧去，不知是哪一位英雄到了？"但见知客、庄丁两行排开。众人都让在两旁。大厅屏风后并肩走出一男一女，都是四十上下年纪，男的身穿锦袍，颏留微须，气宇轩昂，颇见威严；女的皮肤白皙，却斯斯文文的似是个贵妇。众宾客悄悄议论："陆庄主和陆夫人亲自出去迎接大宾。"

两人之后又是一对夫妇，杨过眼见之下心中一凛，不禁脸上发热，那正是郭靖、黄蓉夫妇。数年不见，郭靖气度更是沉着，黄蓉脸露微笑，浑不减昔日端丽。杨过心想："原来郭伯母竟是这般美貌，小时候我却不觉得。"郭靖身穿粗布长袍，黄蓉却是淡紫的绸衫，但她是丐帮帮主，只得在衫上不当眼处打上几个补钉了事。靖蓉身后是郭芙与武氏兄弟。此时大厅上点起无数明晃晃红烛，烛光照映，但见男的越是英武，女的愈加娇艳。众宾客指指点点："这位是郭大侠，这位是郭夫人黄帮主。""这个花朵般的闺女是谁？""是郭大侠夫妇的女儿。""那两个少年是他们的儿子？""不是，是徒儿。"

杨过不愿在人众之间与郭靖夫妇会面，缩在一个高大汉子身后向外观看，鼓乐声中外面进来了四个道人。杨过眼见之下，不由得怒从心起，当先是个白发白眉的老道，满脸紫气，正是全真七子之一的广宁子郝大通，其后是个灰白头发的老道姑，杨过未曾见过。后面并肩而入两个中年道人，一是赵志敬，一是尹志平。

陆庄主夫妇齐肩拜了下去，向那老道姑口称师父，接着郭靖夫妇、郭芙、武氏兄弟等一一上前见礼。杨过听得人丛中一个老者悄悄向人说道："这位老道姑是全真教的女剑侠，姓孙名不二。"那人道："啊，那就是名闻大江南北的清净散人了。"那老者道："正是。她是陆夫人的师父。陆庄主的武艺却非她所传。"

原来陆庄主双名冠英，他父亲陆乘风是黄蓉之父黄药师的弟子，因此算起来他比郭靖、黄蓉还低着一辈。陆冠英的夫人程瑶迦是孙不二的弟子。他夫妇俩本居太湖归云庄，后来庄子给欧阳锋一把火烧成白地，陆乘风一怒之下，叫儿子也不要再做太湖群盗的头脑了，携家北上，定居在大胜关。此时陆乘风已然逝世。当年程瑶迦遭遇危难，得郭靖、黄蓉及丐帮中人相救，是以对丐帮一直感恩。这时丐帮广撒英雄帖招集天下英雄，陆冠英夫妇一力承担，将英雄宴设在陆家庄中。

郭靖等敬礼已毕，陪着郝大通、孙不二走向大厅，要与众英雄引见。郝大通捋着胡须说道："马刘丘王四位师兄接到黄帮主的英雄帖，都说该当奉召，只是马师兄近来身子不适，刘师兄他们助他运功医治，难以分身，只有向黄帮主告罪了。"黄蓉道："好说，好说。几位前辈太客气了。"她虽年轻，然是天下第一大帮的帮主，郝大通等自是对她极为尊重。郭靖与尹志平少年时即曾相识，此时重见，俱各欢喜，二人携手同入。郭靖询问马钰病况，甚是挂念。大厅上筵席开处，人声鼎沸，烛光映红，一派热闹气象。

尹志平东张西望，似在人丛中寻觅什么人。赵志敬微微冷笑，低声道：“尹师弟，龙家那位不知会不会赏光？”尹志平脸上变色，并不答话。郭靖不知他们说的是小龙女，接口道：“哪一位姓龙的英雄？是两位师兄的朋友么？”赵志敬道：“是尹师弟的好友，贫道是不敢相交的。”郭靖见二人神色古怪，知道另有别情，也就不再追问。

突然之间，尹志平在人丛中见到杨过，全身一震，如中雷轰电击，他只道杨过既然在此，小龙女也必到了。赵志敬顺着他眼光瞧去，霎时间脸色大变，怒道：“杨过！是杨过！这……这小……也来了！”

郭靖听到“杨过”两字，忙转头瞧去。他二人别离数年，杨过人已长大，郭靖本来未必即能相识，但听了赵志敬的呼声，登时便认出了，心下又惊又喜，快步抢过去抓住了他手，欢然道：“过儿，你也来啦？我只怕荒废了你功课，没邀你来。你师父带了你来，真是再好也没有了。”杨过反出重阳宫，全真教上下均引为本教之耻，谁也不向外泄漏一句，是以郭靖在桃花岛上一直未知。

赵志敬此番来参与英雄宴，便是要向郭靖说知此事，不料竟与杨过相遇。他生怕郭靖听了杨过一面之词，先入为主，此时听他如此说，知道二人也是初遇，当下脸色铁青，抬头望天，说道：“贫道何德何能，哪敢做杨爷的师父？”

郭靖大吃一惊，忙问：“赵师兄何出此言？敢是小孩儿不听教训么？”赵志敬见大厅上诸路英雄毕集，提起此事，势必与杨过争吵，全真派脸上无光，当下只是嘿嘿冷笑，不再言语。

郭靖端详杨过，但见他目肿鼻青，脸上丝丝血痕，衣服破烂，泥污满身，显是吃了不少苦头，心中难受，一把将他搂在怀里。杨过一被他抱住，立时全身暗运内功，护住要害。然而郭靖乃是对他爱怜，哪有丝毫相害之意，向黄蓉叫道：“蓉儿，你瞧是谁来着？”黄蓉见到杨过，也是一怔。她可没郭靖这般欢喜，只淡淡的道："好啊，你也来啦。"

杨过从郭靖怀抱中轻轻挣脱，说道："我身上脏，莫弄污了你老人家衣服。"这两句话甚是冷淡，语气中颇含讥刺。郭靖微感难过，随即心想："这孩子没爹没娘，瞧来他师父也不疼他。"携着他手，要他和自己坐在一桌。杨过本来给分派在大厅角落里的偏席上，跟最不相干之人共座，当下冷冷的道："我坐在这儿就是，郭伯伯你去陪贵客罢。"郭靖也觉尊客甚多，不便冷落旁人，于是轻轻拍了拍他肩膀，回到主宾席上敬酒。

三巡酒罢，黄蓉站起来朗声说道："明日是英雄大宴的正日。尚有好几路的英雄好汉此刻尚未到来。今晚请各位放怀畅饮，不醉不休，咱们明日再说正事。"众英雄轰然称是。

但见筵席上肉如山积，酒似溪流，群豪或猜枚斗饮，或说故叙旧。这日陆家庄上也不知放翻了多少头猪羊，斟干了多少坛美酒。

酒饭已罢，众庄丁接待诸路好汉，分房安息。

赵志敬悄声向郝大通禀告几句，郝大通点点头。赵志敬站起身来向郭靖一拱手，说道："郭大侠，贫道有负重托，实在惭愧得很，今日是负荆请罪来啦。"

郭靖急忙回礼，说道："赵师兄过谦了。咱们借一步到书房中说话。小孩儿家得罪赵师兄，小弟定当重重责罚，好教赵师兄消气。"

他这几句话朗声而说，杨过和他相隔虽远，却也听得清清楚楚，心下计议早定："他只要骂我一句，我起身就走，永不再见他面。他若是打我，我武功虽然不及，也要和他拼命。"心中有了这番打算，倒也坦然，已不如初见赵志敬之惊惧，见郭靖向他招手，就过去跟在他身后。

郭芙与武氏兄弟在另一桌喝酒，初时对杨过已不识得，后来经父母相认，才记起原来是儿时在桃花岛上的游伴。各人相隔已久，少年人相貌变化最大，数月不见即有不同，何况一别数年，又何况杨过故意扮成穷困落魄之状，混在数百人之中，郭芙自然不识了。她见杨过回来，不禁心中怦然而动，回想当年在桃花岛上争斗吵闹，不知他是否还记昔时之恨？眼见他这副困顿情状，与武氏兄弟丰神隽朗的形貌实有天渊之别，不由得隐隐起了怜悯之心，低声向武敦儒道："爹爹送他到全真派去学艺，不知学得比咱们如何？"武敦儒还未回答，武修文接口道："师父武功天下无敌，他怎能跟咱们比？"郭芙点了点头，道："他从前根基不好，想来难有什么进境，却怎地又弄成这副狼狈模样？"武修文道："那几个老道跟他直瞪眼，便似要吞了他一般。这小子脾气劣得紧，定是又闯了什么大祸。"

三人悄悄议论了一会，听得郭靖邀郝大通等到书房说话，又说要重责杨过，郭芙好奇心起，道："快，咱们抢先到书房埋伏，去听他们说些什么。"武敦儒怕师父责骂，不敢答应。武修文却连声叫好，已抢在郭芙头里。郭芙右足一顿，微现怒色，向武敦儒道："你就是不听我话。"武敦儒见了她这副口角生嗔、眉目含笑的美态，心中怦的一跳，再也违抗不得，当即跟她急步而行。

三人刚在书架后面躲好，郭靖、黄蓉已引着郝大通、孙不二、尹志平、赵志敬四人走进书房，双方分宾主坐下。杨过跟着进来，站立一旁。

郭靖道："过儿，你也坐罢！"杨过摇头道："我不坐。"面对着武林中的六位高手，他纵然大胆，到这时也不自禁的惴惴不安。

郭靖向来把杨过当作自己嫡亲子侄一般，对全真七子又十分敬重，心想也不必问什么是非曲直，定然做小辈的不是，当下板起脸向杨过道："小孩儿这等大胆，竟敢不敬师父。快向两位师叔祖、师父、师叔磕头请罪。"其时君臣、父子、师徒之间的名分要紧之极，所谓君要臣死，不敢不死；父要子亡，不敢不亡；而武林中师徒尊卑之分，亦是不容有半点儿差池。郭靖如此训斥，实是怜他孤苦，语气已温和到了万分，换作别人，早已“小畜生、小杂种”的乱骂，拳头板子夹头夹脸的打下去了。

赵志敬霍地站起，冷笑道：“贫道怎敢妄居杨爷的师尊？郭大侠，你别出言讥刺。我们全真教并没得罪您郭大侠，何必当面辱人？杨大爷，小道士给您老人家磕头赔礼，算是我瞎了眼珠，不识得英雄好汉……”

靖蓉夫妇见他神色大变，越说越怒，都是诧异不已，心想徒弟犯了过失，师父打骂责罚也是常事，何必如此大失体统？黄蓉料知杨过所犯之事定然重大异常，见郭靖给他一顿发作，作声不得，于是缓缓说道：“我们给赵师兄添麻烦，当真过意不去。赵师兄却也不须发怒，这孩子怎生得罪了师父，请坐下细谈。”

赵志敬大声道：“我赵志敬这一点点臭把式，怎敢做人家师父？岂不让天下好汉笑掉了牙齿？那可不是要我的好看吗？”

黄蓉秀眉微蹙，心感不满。她与全真教本没多大交情，当年全真七子摆天罡北斗阵围攻她父亲黄药师，丘处机又曾坚欲以穆念慈许配给郭靖，都曾令她大为不快，虽然事过境迁，早已不介于怀，但此时赵志敬在她面前大声叫嚷，出言挺撞，未免太过无礼。

郝大通和孙不二虽觉难怪赵志敬生气，然而如此暴躁吵闹，实非出家人本色。孙不二道：“志敬，好好跟郭大侠和黄帮主说个明白。你这般暴躁，成什么样子？咱们修道人修的是什么道？”孙不二虽是女流，但性子严峻，众小辈都对她极为敬畏，她这么缓缓的说了几句，赵志敬当即不敢再嚷，连称：“是，是。”退回座位。

郭靖道：“过儿，你瞧你师父对长辈多有规矩，你怎不学个榜样？”赵志敬又待说“我不是他师父”，望了孙不二一眼，便强行忍住，哪知杨过大声道：“他不是我师父！”

此言一出，郭靖、黄蓉固然大为吃惊，躲在书架后偷听的郭芙及武氏兄弟也是诧异不已。武林中师徒之分何等严明，常言道：“一日为师，终身如父。”郭靖自幼由江南七怪抚育成人，又由洪七公传授武艺，师恩深重，自幼便深信尊师之道实是天经地义，岂知杨过竟敢公然不认师父，说出这般忤逆的话来？他霍地立起，指着杨过，颤声道：“你……你……你说什么？”他拙于言辞，不会骂人，但脸色铁青，却已怒到了极处。黄蓉平素极少见他如此气恼，低声劝道：“靖哥哥，这孩子本性不好，犯不着为他生气。”

杨过本来心感害怕，这时见连本来疼爱自己的郭伯伯也如此疾言厉色，把心横了，暗想：“除死无大事，最多你们将我杀了。”于是朗声说道：“我本性原来不好，可也没求你们传授武艺。你们都是武林中大有来头的人物，何必使诡计损我一个没爹没娘的孩子？”他说到“没爹没娘”四字，自伤身世，眼圈微微一红，但随即咬住下唇，心道：“今日就是死了，我也不流半滴眼泪。”

郭靖怒道：“你郭伯母和你师父……好心……好心传你武艺，都是瞧着我和你过世爹爹的交情份上，谁又使……又使什么诡计了？谁……谁……又来损……损你了？”他本就不会说话，盛怒之下更是结结巴巴。

杨过见他急了，更加慢慢说话：“你郭伯伯待我很好，我永远不会忘记。”

黄蓉缓缓的道：“郭伯母自然亏待你了。你爱一生记恨，那也由得你。”

杨过到此地步，索性侃侃而言，说道：“郭伯母没待我好，可也没亏待我。你说传授武艺，其实是教我读书，武功一分不传。可是读书也是好事，小侄总是多认得了几个字，听你讲了许多古人之事。可是这几个老道……”他手指郝大通和赵志敬，恨恨的道：“总有一日，我要报那血海深仇。”

郭靖大惊，忙问：“什……什么？什么血海……这……这从何说起？”

杨过道：“这姓赵的道人自称是我师父，不传我丝毫武艺，那也罢了，他却叫好多小道士来打我。郭伯母既不教我武功，全真教又不教，我自然只有挨打的份儿。还有这姓郝的，见到一位婆婆爱怜我，他却把人家活活打死了。姓郝的臭道士，你说这话是真是假？”想到孙婆婆为自己而死，咬牙切齿，直要扑上去和郝大通拼命。

郝大通是全真教高士，道学武功，俱已修到甚高境界，易理精湛，全真教中更是无出其右，只因一个失手误杀了孙婆婆，数年来一直郁郁不乐，引为生平恨事。全真七子生平杀人不少，但所杀的尽是奸恶之徒，从来不伤无辜。此时听杨过当众直斥，不由得脸如死灰，当日一掌打得孙婆婆狂喷鲜血的情景，又清清楚楚的现在眼前。他身上不带兵刃，当下伸出左手，从赵志敬腰里拔出长剑。

众人只道他要剑刺杨过，郭靖踏上一步，欲待相护，岂知他倒转长剑，将剑柄向杨过递去，说道：“不错，我是杀错了人。你跟孙婆婆报仇罢，我决不还手就是。”

众人见他如此，无不大为惊讶。郭靖生怕杨过接剑伤人，叫道：“过儿，不得无礼。”

杨过知道在郭靖、黄蓉面前，决计难报此仇，冷冷的道：“你明知郭伯伯定然不许我动手，却来显这般大方劲儿。你真要我杀你，干么又不在无人之处递剑给我？”

郝大通是武林前辈，竟给这少年几句话刺得无言可对，手中拿着长剑，递出又不是，缩回又不是，手上运劲一抖，啪的一声，长剑断为两截。他将断剑往地下一丢，长叹一声，说道：“罢了，罢了！”大踏步走出书房。郭靖待要相留，却见他头也不回的去了。

郭靖看看杨过，又看看孙不二等三人，心想看来这孩子的说话并非虚假，过了半晌，说道：“怎么全真教的师父们不教你功夫？

这几年你在干什么了？”问这两句话时，口气已和缓了许多。

杨过道：“郭伯伯上终南山之时，将重阳宫中数百个道士打得没还手之力，就算马刘丘王诸位真人不介意，难道旁人也不记恨么？他们不能欺你郭伯伯，难道不能在我这小小孩子身上出气么？他们恨不得打死我才痛快，又怎肯传我武功？这几年来我过的是暗无天日的日子，今日还能活着来见郭伯伯，当真是老天爷有眼了。”他轻轻几句话，将自己反出全真教的起因尽数推在郭靖身上。所谓“暗无天日”云云，倒也不是说谎，他住在古墓之中，自是不见天日。郭靖听来，怜惜之心不禁大盛。

赵志敬见郭靖倒有九成信了他的说话，着急起来，说道：“你……你……小杂种胡说八道……你……哼，我们全真教光明磊落……那……那……”

郭靖只道杨过所言是实。黄蓉却鉴貌辨色，见杨过眼珠滚动，满脸伶俐机变的神色，心想：“这孩子狡猾得紧，其中定然有诈。”说道：“这样说来，你一点武功也不会了？你在全真教门下这几年是白耽的了？”一面问一面慢慢站起，突然间手臂一长，挥掌往他天灵盖直拍下去。

这一掌手指拍向脑门正中“百会穴”，手掌根拍向额头入发际一寸的“上星穴”，这两大要穴俱是致命之处，只要被重手拍中，立时毙命，无可挽救。郭靖大惊，叫得一声：“蓉儿！”但黄蓉落手奇快，这一掌是她家传的“落英神剑掌”，毫无先兆，手动掌至，郭靖待要相救，已自不及。

杨过身子微微向后一仰，要待避开，但黄蓉此时何等功夫，既然出手，哪里还能容他闪避，眼见手掌已拍上他脑门。杨过大惊之下，急忙伸手格架，脑中念头急转，右手微微一动，又即垂下。如郭靖这等武功高强而心智迟钝之人，心中尚未明白，便已出手。杨过却见事快极，心中立时想到：“郭伯母是试我功夫来着，要是我架了她这一掌，那就是自认撒谎。”但眼见黄蓉这一招实是极厉害的杀手，倘若她并非假意相试，自己不加招架，岂非枉自送了性命？在这电光石火般的一瞬之间，猛地激起了倔强狠烈、肆意妄为的性儿，心道：“死就死好了！”他此时武功虽然未及黄蓉，但要伸手格开她这一掌却也并非难事，可是竟干冒生死大险，垂手不动。

黄蓉这一招果然是试他武功，手掌拍到了他头顶，却不加劲，只见他脸现惊惶之色，既不伸手招架，更不暗运内功护住要穴，显是丝毫不会武功的模样，当下微微一笑，说道：“我不传你武功，那是为了你好。全真派的道爷们想来和我心意相同。”回身入座，向郭靖低声道：“他确然没学到全真派的武功。”

一言甫出，心中突然暗叫：“啊哟，不对！险些受了这小鬼之骗。”想起杨过在桃花岛之时，曾以蛤蟆功震伤武敦儒，武功已有了些根基，纵使这几年没半点进境，适才自己手掌拍上他的脑门，无论如何定会招架，心道：“小子啊小子，你鬼聪明得过了头，若是慌慌张张的格我一招，或许竟能给你瞒过。现下你装作一窍不通，却露出破绽来了。”当下也不说破，心想且瞧你如何捣鬼再作计较。她向赵志敬望望，又向杨过瞧瞧，只是微笑。

赵志敬见黄蓉试了一招，杨过并不还手，只道黄蓉已然被他瞒过，那就更加显得自己理亏，不由得怒火冲天，大声道：“这小畜生诡计多端，黄帮主你试他不出，我来试试。”走到杨过面前，指着他鼻子道：“小畜生，你当真不会武功么？你若不接招，道爷手下可不会容情，是死是活，你自己走着瞧罢。”他知杨过的武功实在自己之上，但自己猛下杀手，却要逼得他非显露真相不可，若是仍然装假，索性一招送了他的性命，最多与郭靖夫妇翻脸，拼着受教主及师父重责便是。当真是怒从心上起，恶向胆边生，心想：“你料定黄帮主不会伤你的性命，这才大着胆子、鬼模鬼样的装得好像。在我手下，瞧你敢不敢装假？”袍袖一挥，便要动手。

郭靖叫道："且慢！"只怕他伤了杨过性命，便要上前干预。黄蓉一拉他的袖子，低声道："你别管。"她知赵志敬愤怒异常，出招必定沉重，杨过无法行险以图侥幸，势须还手，那时真相便可大白了。郭靖怎知其中有这许多曲折，心下惴惴，但想妻子素来料事决无差失，也就不再说话，只踏上了一步，若是当真危险，出手相救也来得及。

赵志敬向孙不二、尹志平二人说道："孙师叔、尹师弟，这小畜生假装不会武功，我是逼得无法，这才试他。倘若他硬挺到底，我一掌击毙了他，请你们在掌教师伯、丘师伯和我师父面前作个见证。"

杨过反出全真教的原委，孙不二自是一清二楚，见他此时凭着狡狯伎俩，挤得赵志敬下不了台，明明显得全真教理亏，也盼赵志敬逼他现出本相，冷笑道："这般毁师叛教逆徒，打杀了便是。"她是有道高人，岂能叫人妄开杀戒？这几句话的用意实是威吓杨过，要他不敢继续装假作伪。

赵志敬有师叔撑腰，胆子更加大了，提起右足，对准杨过小腹猛踢过去。这招"天山飞渡"刚中有柔，阳劲蕴蓄阴劲，着实厉害。但这一脚劲力虽强，却并不深奥，乃是全真派武功的入门第一课，出招平淡无奇，只要稍会武功，便能拆解。凡全真教弟子第一天学武，就必先学"天山飞渡"，跟着就学"退马势"，那是避让"天山飞渡"的一着，一攻一守，乃是最简易的套子。赵志敬使出这一招，是要使郭靖、黄蓉明白："就算我没传他高深武功，难道这入门第一课也不教么？"

杨过见他飞腿踢来，却不使那"退马势"，叫声："啊哟！"左手下垂，挡住了小腹。赵志敬见他竟然大着胆子不闪不让，这一脚也就不再容情，直踢过去，待得足尖与他小腹相距只余三寸，灯光下猛见他左手大拇指微微翘起，对准了自己右足内踝的"大溪穴"。

这一脚若是猛力踢去，足尖尚未及到对方身体，自己先已被点中穴道，这一来不是对方伸手点穴，却是自己将穴道凑到他指尖上去给他点了。他是全真教第三代弟子中的第一高手，危急中立即变招，硬生生转过出脚方向，右足从杨过身旁擦过，总算避开了这一点之厄，但身子已不免一晃，满脸涨得通红。

郭靖与黄蓉都在杨过身后，看不到他的手指，还道赵志敬脚下容情，在最后关头转了去势。孙不二和尹志平却已看得清楚。尹志平默不作声。孙不二霍地站起来，喝道："好小子，这等奸猾!"

赵志敬左掌虚晃，右掌往杨过左颊斜劈下去，这一招"紫电穿云"却是极精妙的上乘招数，手掌到了中途，去向突换，明明劈向左颊，掌缘却要斩在敌人右颈之中。岂知杨过早已将玉女心经练得滚瓜烂熟，这心经正是全真武功的大对头。王重阳每一招厉害的拳术掌法，当年林朝英无不拟具了巧妙破法。这时杨过见他左掌晃动，忙伸手抱头，似乎极为害怕，左手食指却已暗藏右颈，只是右掌在外遮掩，教赵志敬无法看到，待他掌缘斩至，突然右手微斜，波的一声，左手食指正好点中他掌缘正中的"后溪穴"。

这一着仍是赵志敬自行将手掌送到他手指上去给他点穴，杨过只是料敌机先，将手指放在准确的部位而已。赵志敬掌上穴道被点，登时手臂酸麻，知道中了诡计，狂怒之下，左足横扫而出。杨过大叫："不得了!"左臂微曲，将肘尖置于左腰上二寸五分之处。赵志敬左脚踢到，足踝上"照海""太溪"二穴同时撞正杨过肘尖。他这一脚在大怒之中踢出，力道强劲已极，穴道受到的震荡便也十分厉害，左腿一麻，跪倒在地。

孙不二见师侄出丑，左臂探处，伸手挽起，在他背后拍了几下，解开了穴道。

杨过见这老道姑出手既准且快，武功远远胜过赵志敬，心中也自忌惮，忙退在一边。

孙不二虽然修道多年，性子仍是极为刚强，见杨过的功夫奇诡无比，似乎正是本门武功的克星，自己出手也未必能胜，叫道："走罢！"也不向郭黄二人道别，袍袖一拂，纵身从书房窗中扑出，径自上了屋顶。

尹志平一直犹似失魂落魄，要待向郭靖和黄蓉解释原委，赵志敬怒道："还说什么？"拉拉他的袍袖，两人先后跃出窗口，随孙不二而去。

以郭靖、黄蓉二人眼力，自然知道赵志敬被人点了穴道，但杨过明明并未伸手出指，难道旁边有高人暗中相助不成？

郭靖立即探头到窗口一看，哪里有人？他只道赵志敬正要痛下杀手之际忽然不忍，因而假装穴道被点，借故离去。黄蓉却看出必是杨过使了诡计，只是一来她在杨过背后，眼光再好也看不到他手指手肘的动静，二来她不知世上有玉女心经这样一门武功，竟能料敌机先，将全真派武功克制得没丝毫还手之力，一时便也猜想不透。她可不会似郭靖这般以君子之心度人，见全真教四道拂袖径去，大缺礼数，心下暗自恚怒。

她心下沉吟，回过身来，只见书架下露出郭芙墨绿色的鞋子，当即叫道："芙儿，在这儿干什么？"郭芙嘻嘻一笑，出来扮个鬼脸，道："我和武家哥哥在这儿找书看呢。"黄蓉知道他们三人素来不亲书籍，怎能今日忽然用功起来？一看女儿的脸色，料定他们必是事先躲着偷听。正要斥骂几句，丐帮弟子禀报有远客到临，黄蓉向杨过望了一眼，自与郭靖出去迎宾。

郭靖向武氏兄弟道："杨家哥哥是你们小时同伴，你们好好招呼他。"

武氏兄弟从前和杨过不睦，此时见他如此潦倒，在全真教中既没学到半分武功，又被师父"小畜生、小杂种"的乱骂，自是更加轻视，叫来一名庄丁，命他招呼杨过，安置睡处。

郭芙对杨过却是大感好奇，问道："杨大哥，你师父干么不要你？"杨过道："那原因可就多啦。我又笨又懒，脾气不好，又不会装矮人侍候师父的亲人，去给买马鞭子、驴鞭子什么的……"

武氏兄弟听得此言刺耳，都变了脸。武修文先就忍耐不住，喝道："你说什么？"杨过道："我说我不中用，讨不到师父的欢心。"

郭芙嫣然一笑，说道："你师父是道爷，难道也有女儿么？"杨过见她这么一笑，犹似一朵玫瑰花儿忽然开放，明媚娇艳，心中不觉一动，脸上微微一红，将头转了开去。郭芙自来将武氏兄弟摆布得团团乱转，早已不当一回事，这时忽见杨过转头，知他已开始为自己的美貌倾倒，心中暗自得意。

杨过眼望西首，见壁上挂着一副对联，上联是"桃花影落飞神剑"，下联是"碧海潮生按玉箫"。这副对联他在桃花岛试剑亭中曾经见过，知是黄药师所书，但此处的对联下面署名却是"五湖废人病中涂鸦"。他年纪比眼前这三人大不了几岁，阅历心情，却似老了十多年一般，看到"五湖废人"四字，想起亲人或死或离，自己东飘西泊，直与废人无异，适才逼得赵志敬狼狈遁走的得意之情霎时尽消，一股凄苦萧索之意袭上心来，不禁垂下了头，暗自神伤。

郭芙低声软语："杨大哥，你这就去安置罢，明儿我再找你说话。"杨过淡淡的道："好罢！"随着那庄丁出了书房，隐约听得郭芙在发作武氏兄弟："我爱找他说话，你们又管得着了？他武功不好，我自会求爹爹教他。"

杨过道：“郭姑娘，请转告你爹爹妈妈，说我走啦。”郭芙一惊，问道：“好端端的干么走了？”杨过淡淡的道：“也没什么。我本不为什么而来，既然来过了，也就该去了。”

第十二回

英雄大宴

次日杨过在厅上用过早点，见郭芙在天井中伸手相招，武氏兄弟却在旁探头探脑。杨过暗暗好笑，向郭芙走去，问道：“你找我么?”郭芙笑道：“是啊，你陪我到门外走走，我要问你这些年来在干些什么。”杨过嘘了一口长气，心想那真是一言难尽，三日三夜也说不完，而且这些事又怎能跟你说?

二人并肩走出大门，杨过一侧头，见武氏兄弟遥遥跟在后面。郭芙早已知道，却假装没瞧见，只是向杨过絮絮相询。杨过拣些没要紧的闲事乱说一通，东拉西扯，惹得郭芙格格娇笑。她明知杨过瞎说，却听得甚觉有趣。

二人缓步行到柳树之下，忽听得一声长嘶，一匹癞皮瘦马奔将过来，在杨过身上挨挨擦擦，甚是亲热。武氏兄弟见了这匹丑马，忍不住哈哈大笑，走到二人身边。武修文笑道：“杨兄，这匹千里宝马妙得紧啊，亏你好本事觅来。几时你也给我觅一匹?”武敦儒正色道：“这是大食国来的无价之宝，你怎买得起?”郭芙望望杨过，望望丑马，见二者一般的肮脏潦倒，不由得格的一声笑了出来。

杨过笑道：“我人丑马也丑，原本相配。两位武兄的坐骑，想来神骏得紧了。”武修文道：“咱哥儿俩的坐骑，也不过比你的癞皮马好些。芙妹的红马才是宝马呢。以前你在桃花岛上早见过的。”杨过道：“原来郭伯伯将红马给了姑娘。”

四个人边说边走。郭芙忽然指着西首，说道：“瞧！我妈又传棒法去啦。”杨过转过头来，只见黄蓉和一个年老乞丐正向山坳中并肩走去，两人手中都提着一根杆棒。武修文道：“鲁长老也真够笨的了，这打狗棒法学了这么久，还是没学会。”杨过听到“打狗棒法”四字，心中一凛，却丝毫不动声色，转过头来望着别处，假装观赏风景。

只听郭芙道：“打狗棒法是丐帮的镇帮之宝，我妈说这棒法神妙无比，乃是天下兵刃中最厉害的招数，自不是十天半月便学得会的。你说他笨，你好聪明么？”武敦儒叹了口气，道：“可惜除了丐帮的帮主，这棒法不传外人。”郭芙道：“将来若是你做丐帮帮主，鲁帮主自会传你。这棒法连我爹爹也不会，你不用眼热。”武敦儒道：“凭我这块料儿，怎能做丐帮帮主？芙妹，你说师母怎会选中鲁长老接替？”郭芙道：“这些年来，我妈也只挂个名儿。丐帮大大小小的事儿，一直就交给鲁有脚长老办着。我妈听见丐帮中这许多噜哩噜唆的事儿就头痛，她说何必老是这样有名无实，不如叫鲁长老做了帮主是正经。等到鲁长老学会打狗棒法，我妈就正式传位给他啦。”

武修文道：“芙妹，这打狗棒法到底是怎样打的？你见过没有？”郭芙道：“我没见过。咦，我见过的！”从地下捡起一根树枝，在他肩头轻击一下，笑道：“就是这样！”武修文大叫：“好，你当我是狗儿，你瞧我饶不饶你？”伸手作势要去抓她。郭芙笑着逃开，武修文追了过去。两人兜了个圈子又回到原地。

郭芙笑道：“小武哥哥，你别再闹，我倒有个主意。”武修文道：“好，你说。”郭芙道：“咱们去偷着瞧瞧，看那打狗棒法究竟是个什么宝贝模样。”武修文拍手叫好。武敦儒却摇头道：“要是给师母知觉咱们偷学棒法，定讨一顿好骂。”郭芙愠道：“咱们只瞧个样儿，又不是偷学。再说，这般神妙的武功，你瞧几下就会了么？大武哥哥，你可真算了不起。”武敦儒给她一顿抢白，只微微一笑。郭芙又道：“昨儿咱们躲在书房里偷听，我妈骂了人没有？你就是一股劲儿胆小。小武哥哥，咱们两个去。”武敦儒道：“好好，算你的道理对，我跟你去就是。”郭芙道：“这天下第一等的武功，难道你就不想瞧瞧？你不去也成，我学会了回来用这棒法打你。”说着举起手中树枝向他一扬。

他三人对打狗棒法早就甚是神往，耳闻其名已久，但到底是怎么个样儿，却从来没见过。郭靖曾跟他们讲述，当年黄蓉在君山丐帮大会之中如何以打狗棒法力折群雄、夺得帮主之位，三个孩子听得欣慕无已。此刻郭芙倡议去见识见识，武敦儒嘴上反对，心中早就一百二十个的愿意，只是装作勉为其难，不过听从郭芙的主意，万一事发，师母须怪不到他。

郭芙道：“杨大哥，你也跟我们去罢。”杨过眺望远山，似乎正涉遐思，全没听到他们的话。郭芙又叫了一遍，杨过才回过头来，满脸迷惘之色，问道：“好好，跟你去，到哪里啊？”郭芙道：“你别问，跟我来便是。”武敦儒道：“芙妹，要他去干么，他又看不懂，笨头笨脑的弄出些声音来，岂不教师母知觉了？”郭芙道：“你放心，我照顾着他就是了。你们两个先去，我和杨大哥随后再来。四个人一起走脚步声太大。”

武氏兄弟老大不愿，但素知郭芙的言语违拗不得。兄弟俩当下怏怏先行。郭芙叫道：“咱们绕近路先到那棵大树上躲着，大家小心些别出声，我妈不会知觉的。”武氏兄弟遥遥答应，加快脚步去了。

郭芙瞧瞧杨过，见他身上衣服实在破烂得厉害，说道：“回头我要妈给你做几件新衣，你打扮起来，就不会这般难看了。”杨过摇头道："我生来难看，打扮也没用的。"

郭芙说过便算，也没再将这事放在心上，瞧着武氏兄弟的背影，忽然轻轻叹了口气。杨过道："你为什么叹气？"郭芙道："我心里烦得很，你不懂的。"

杨过见她脸色娇红，秀眉微蹙，确是个绝美的姑娘，比之陆无双、完颜萍、耶律燕等还都美上三分，心中微微一动，说道："我知道你为什么烦心。"郭芙笑道："这又奇了，你怎会知道？真是胡说八道。"杨过道："好，我若是猜中了，你可不许抵赖。"

郭芙伸出一根白白嫩嫩的小手指抵着右颊，星眸闪动，嘴角蕴笑，道："好，你猜。"杨过道："那还不容易。武家哥儿俩都喜欢你，都讨你好，你心中就难以取舍。"

郭芙给他说破心事，一颗心登时怦怦乱跳。这件事她知道、武氏兄弟知道、她父母知道，甚至师公柯镇恶也知道，可是大家都觉得此事难以启齿，每个人心里常常想着，口中却从来没提过一句。此时陡然间给杨过说了出来，不由得她满脸通红，又是高兴，又是难过，又想嘻笑，又想哭泣，泪珠儿在眼眶中滚来滚去。

杨过道："大武哥哥斯文稳重，小武哥哥却能陪我解闷。两个儿都是年少英俊，武功了得，又都千依百顺，向我大献殷勤，当真是哥哥有哥哥的好，弟弟有弟弟的强，可是我一个人，又怎能嫁两个郎？"郭芙怔怔的听他说着，听到最后一句，啐了一口，说道："你满嘴胡说，谁理你啦？"杨过瞧她神色，早知已全盘猜中，口中轻轻哼着小调儿："可是我一个人啊，又怎能嫁两个郎？"

他连哼几句，郭芙始终心不在焉，似乎并没听见，过了一会，才道："杨大哥，你说是大武哥哥好呢，还是小武哥哥好？"这句话问得甚是突兀。她与杨过虽是儿时游伴，但当时便有嫌隙，又是多年未见，现下两人都已长大，这般女儿家的心事怎能向他吐露？可是杨过生性活泼，只要不得罪他，他跟你嘻嘻哈哈，有说有笑，片刻间令人如坐春风，似饮美酒。况且郭芙心中不知已千百遍的想过此事，确是觉得二人各有好处，日常玩耍说笑，和武修文较为投机相得，但要办什么正事，却又是武敦儒妥当得多。女孩儿情窦初开，平时对二人或嗔或怒，或喜或愁，将兄弟俩摆弄得神魂颠倒，在她内心，却是好生为难，不知该对谁更好些才是，这时和杨过谈起，竟不自禁的问出了口。

杨过笑道："我瞧两个都不好。"郭芙一怔，问道："为什么?"杨过笑道："若是他二人好了，我杨过还有指望么?"他一路上对陆无双嬉皮笑脸的胡闹惯了，其实并非当真有什么邪念，这时和郭芙说笑，竟又脱口而出。

郭芙一呆，她是个娇生惯养的姑娘，从来没人敢对她说半句轻薄之言，当下不知该发怒还是不该，板起了脸，道："你不说也就罢了，谁跟你说笑？咱们快走罢。"说着展开轻功，绕小路向山坳后奔去。

杨过碰了一个钉子，觉得老大不是意思，心想："我挤在他们三人中间干么？自己走得远远的罢!"转过身来，缓缓而行，心想："武家兄弟把这姑娘当作天仙一般，唯恐她不嫁自己。其实当真娶到了，整天陪着这般娇纵横蛮的一个女子，定是苦头多过乐趣，嘿，这般痴人，也真好笑。"

郭芙奔了一阵，只道杨过定会跟来求告赔罪，不料立定稍候，竟没他的人影。她心念一转，暗道："这人不会轻功，自然追我不上。"当即向来路赶回，只见他反而走远，心中好生奇怪，奔到他面前，问道："你怎么不来?"杨过道："郭姑娘，请你转告你爹爹妈妈，说我走啦。"郭芙一惊，道："好端端的干么走了?"杨过淡淡一笑，道："也没什么。我本来不为什么而来，既然来过了，也就该去了。"

郭芙素来喜欢热闹，虽然心中全然瞧不起杨过，只是觉得听他说笑，比之跟武氏兄弟说话另有一股新鲜味儿，实是一百个盼望他别走，说道：“杨大哥，咱们这么久没见，我有好多话要问你呢。再说，今晚开英雄大宴，东南西北、各家各派的英雄好汉都来聚会，你怎不见识见识呢？”

杨过笑道：“我又不是英雄，若是也来与会，岂不教那些大英雄们笑话？”郭芙道：“那也说得是。”微一沉吟，道：“反正陆家庄不会武功之人也很多，你跟那些账房先生、管家们一起喝酒吃饭，也就是了。”杨过一听大怒，心想：“好哇，你将我当作低三下四之人看待了。”脸上却丝毫不露气恼之色，笑道：“那可不错。”他本想一走了之，此时却将心一横，决意要做些事情出来羞辱她一番。

郭芙自小娇生惯养，不懂人情世故，她这几句话其实并非有意相损，却不知无意中已大大得罪了人。她见杨过回心转意，笑道：“快走罢，别去得迟了，给妈先到，就偷看不到了。”她在前快步而行，杨过气喘吁吁的跟着，落脚沉重，显得十分的迟钝笨拙。

好容易奔近黄蓉平时传授鲁有脚棒法之处，只见武氏兄弟已爬在树梢，四下张望。郭芙跃上树枝，伸下手来拉杨过上去。杨过握着她温软如绵的小手，不由得心中一荡，但随即想起：“你就是再美十倍，也怎及得上我姑姑半分？”

郭芙悄声问道：“我妈还没来么？”武修文指着西首，低声道：“鲁长老在那里舞棒，师母和师父走开说话去了。”郭芙生平就只怕父亲一人，听说他也来了，觉得有些不妥，但见鲁有脚拿着一根竹棒，东边一指，西面一搅，毫无惊人之处，低声道：“这就是打狗棒法么？”武敦儒道：“多半是了。师母正在指点，师父过来有事和师母商量，请她到一旁说话去了，鲁长老就独个儿这么练着。”

郭芙又看了几招，但觉呆滞，不见奥妙，说道：“鲁长老还没学会，没什么好看，咱们走罢。”杨过见鲁长老所使的棒法，与洪七公当日在华山绝顶所传果然分毫不错，心中冷笑：“小女孩儿什么也不懂，偏会口出大言。”

武氏兄弟对郭芙奉命唯谨，听说她要走，正要跃下树来，忽听树下脚步声响，郭靖夫妇并肩走近。只听郭靖说道：“芙儿的终身大事，自然不能轻忽。但过儿年纪还小，少年人顽皮胡闹总免不了的。在全真教闹的事，看来也不全是他错。”黄蓉道：“他在全真教捣蛋，我才不在乎呢。你顾念郭杨两家祖上累世的交情，原本是该的。但杨过这小子狡狯得紧，我越是瞧他，越觉得像他父亲，我怎放心将芙儿许他？”

杨过、郭芙、武氏兄弟四人听了这几句话，无不大惊。四人虽知郭杨两家本有瓜葛牵连，却不知上代原来渊源极深，更万想不到郭靖有意把女儿许配给杨过。这几句话与各人都有莫大干系，四人自是都凝神倾听，四颗心一齐怦怦乱跳。

只听郭靖道：“杨康兄弟不幸流落金国王府，误交匪人，才落得如此悲惨下场，到头来竟致尸骨不全。若他自小就由杨铁心叔父教养，决不至此。”黄蓉叹了口气，想到嘉兴王铁枪庙中那晚惊心动魄之事，兀自寒心，低低的道：“那也说得是。”

杨过对自己身世从来不明，只知父亲早亡，死于他人之手，至于怎样死法，仇人是谁，即是自己生母也不肯明言。此时听郭靖提到他父亲，说什么“流落王府，误交匪人”，又是什么“尸骨不全”，登时如遭雷轰电掣，全身发颤，脸如死灰。郭芙斜眼瞧了他一眼，见他如此神色，不由得心中害怕，担心他突然摔下，就此死去。

郭靖与黄蓉背向大树，并肩坐在一块岩石之上。郭靖轻抚黄蓉手背，温言道：“自从你怀了这第二个孩子，最近身子大不如前，快些将丐帮的大小事务一古脑儿的交了给鲁有脚，须得好好补养才是。”郭芙大喜，心道：“原来妈妈有了孩子，我多个弟弟，那可有多好。妈怎么又不跟我说？”

黄蓉道：“丐帮之事，我本来就没多操心。倒是芙儿的终身，好教我放心不下。”郭靖道：“全真教既不肯收容过儿，让我自己好好教他罢。我瞧他人是极聪明的，将来我把功夫尽数传与他，也不枉了我与他爹爹结义一场。”

杨过此时才知郭靖原来与自己生父是金兰兄弟，“郭伯伯”这三个字，中间实有重大含义，听郭靖言语中对自己情重，心中感动，几欲流下泪来。

黄蓉叹道：“我就是怕他聪明反被聪明误，因此只教他读书，不传武功。盼他将来成为一个深明大义、正正派派的好男儿，纵使不会半点武功，咱们将芙儿许他，也是心满意足的了。”郭靖道：“你事事想得周全，用心本来很好，可是芙儿是这样的一个脾气，这样的一身武功，要她终身守着一个文弱书生，你说不委屈她么？你说她会尊重过儿么？我瞧啊，这样的夫妻定然难以和顺。”黄蓉笑道：“也不怕羞！原来咱俩夫妻和顺，只因为你武功胜过我了。郭大侠，来来来，咱俩比划比划。”郭靖笑道：“好，黄帮主，你划下道儿来罢。”只听啪的一声，黄蓉在郭靖肩头轻轻拍了一下。

过了一会，黄蓉道：“唉，这件事说来好生为难，就算过儿的事暂且搁在一旁，武家哥儿俩又怎生分解？你瞧大武好些呢，还是小武好些？”郭芙和武氏兄弟三人之心自然大跳特跳。杨过事不关己，却也急欲知道郭靖对二人的评语。

只听郭靖“嗯”了一声，隔了好久始终没有下文，最后才道：“小事情上是瞧不出的。一个人要面临大事，真正的品性才显得出来。”他声调转柔，说道：“好，芙儿年纪还小，过几年再说也不算迟，说不定到那时一切自有妥善安排，全不用做父母的操心。你教导鲁长老棒法，可别太费神了，这几日我总觉你气息纷乱，有些担心。我找过儿去，跟他谈谈。”说着站起身来，向来路回去。

黄蓉坐在石上调匀一会呼吸，才招呼鲁有脚过来试演棒法。这时鲁有脚已将三十六路打狗棒法尽数学全，只是如何使用却未领会诀窍。黄蓉耐着性子，一路路的详加解释。

那打狗棒法的招数固然奥妙，而诀窍心法尤其神妙无比，否则小小一根青竹棒儿怎能成为丐帮镇帮之宝？以欧阳锋如此厉害的武功，竟要苦苦思索，方能拆解得一招半式？黄蓉已花了将近一个月功夫，才将招数传授了鲁有脚，此时再把口诀和变化心法念了几遍，叫他牢牢记住，说到融会贯通，那是要瞧各人的资质与悟性了，却不是师父所能传授得了的。

郭芙与武氏兄弟不懂棒法，只听得索然无味，什么“封”字诀如何如何，“缠”字诀又怎样怎样，第十八变怎样转为第十九变，而第十九变又如何演为第二十变。三人几次要想溜下树去，却又怕给黄蓉发觉，只盼她尽快说完口诀，与鲁有脚一齐走开。哪知黄蓉预定今日在英雄大宴之前将帮主之位传给鲁有脚，预定此时将棒法口诀一齐传完，倘若他无法领会，宁可日后慢慢再教，总之是遵依帮规，使他在接任帮主之时已然学会打狗棒法，因之说了将近一个时辰还没说完。偏生鲁有脚天资不佳，兼之年纪已老，记心减退，一时之间哪里记得了这许多？黄蓉反来覆去说了一遍又一遍，他总是记得难以周全。

黄蓉自十五岁上与郭靖相识，对资质迟钝之人相处已惯，鲁有脚记心不好，她倒也并不着恼。苦在帮规所限，这口诀心法必须以口相传，决不能录之于笔墨，否则写将出来让他慢慢读熟，倒可省却不少心力了。

当日洪七公在华山绝顶与欧阳锋比武，损耗内力后将这棒法每一招每一变都教了杨过，叫他演给欧阳锋观看，但临敌使用的口诀心法却一句不传。他想杨过虽听了招数，不明心法，实无半点用处，这样便不算犯了帮规，而当时并非真的与欧阳锋过招，使棒的心法自也不必传授。哪知杨过竟会在此处原原本本的尽数听到。他天资高出鲁有脚百倍，只听到第三遍，早已一字不漏的记住，鲁有脚却兀自颠三倒四、缠七夹八的背不清楚。

黄蓉第二次怀孕之后，某日修习内功时偶一不慎，伤了胎气，因是大感虚弱。这日教了半天，颇觉疲累，倚在石上休息，合眼养了一会神，叫道："芙儿、儒儿、文儿、过儿，一起都给我滚下来罢！"

郭芙等四人大吃一惊，都想："怎么她不动声色，原来早知道了！"郭芙笑道："妈，你真有本事，什么都瞒不过你。"说着使一招"乳燕投林"，轻轻跃在她面前。武氏兄弟跟着跃下，杨过却慢慢爬下树来。

黄蓉哼了声道："凭你们这点功夫，也想偷看来着？若是连你们几个小贼也知觉不了，到江湖上行走，只怕过不了半天就中歹人埋伏。"郭芙讪讪的有些不好意思，但自恃母亲素来宽纵，也不怕她责骂，笑道："妈，我拉了他们三个来，想要瞧瞧威震天下的打狗棒法，哪知道鲁长老使的一点也不好看。妈，你使给我瞧瞧。"

黄蓉一笑，从鲁有脚手中接过竹棒，道："好，你小心着，我要绊小狗儿一交。"郭芙全神留心下盘，只待竹棒伸来，立即上跃，教她绊之不着。黄蓉竹棒一晃，郭芙急忙跃起，双足离地半尺，刚好棒儿一绊，轻轻巧巧的便将她绊倒了。郭芙跳起身来，大叫："我不来，我不来。那是我自己不好。"黄蓉笑道："好罢，你爱怎么着就怎么着。"

郭芙摆个马步，稳稳站着，转念一想，说道："大武哥哥，小武哥哥，你两个在我旁边，也摆马步。"武氏兄弟依言站稳。郭芙伸出手臂与二人手臂相勾，合三人之力，当真是稳若泰山，说道："妈，不怕你啦。除非是爹爹的降龙十八掌，那才推得动我们。"黄蓉微微一笑，挥棒往三人脸上横扫过去，势挟劲风，甚是峻急。

三人连忙仰后相避，这么一来，下盘扎的马步自然松了。黄蓉竹棒回带，使个“转”字诀，往三人脚下掠去，三人立足不稳，同时扑地跌倒。总算三人武功已颇有根基，上身微一沾地，立即跃起。

郭芙叫道：“妈，你这个仍是骗人的玩意儿，我不来。”黄蓉笑道：“适才我传授鲁长老那绊、劈、缠、戳、挑、引、封、转八诀，哪一诀是用蛮力的？你说我这是个骗人的玩意儿，那不错，武功之中，十成中九成是骗人的玩意儿，只要能把高手骗倒，那就是胜了。只有你爹爹的降龙十八掌这等武功，那才是真功夫的硬拼，用不着使巧劲诈着。可是要练到这一步，天下能有几人能够？”

这几句话只把杨过听得暗暗点头，凝思黄蓉所述的打狗棒心法，与洪七公所说的招数一加印证，当真是奥妙无穷。郭芙等三人虽然懂了黄蓉这几句话，却未悟到其中妙旨。

黄蓉又道：“这打狗棒法是武林中最特异的功夫，卓然自成一家，与各门派的功夫均无牵涉。单学招数，若是不明口诀，那是一点无用。凭你绝顶聪明，只怕也难以自创一句口诀，以之与招数相配。但若知道了口诀，非我亲传招数，也只记得什么‘绊、劈、缠、戳、挑、引、封、转’八个字而已，因此不怕你们四个小鬼偷听。若是我传授别种武功，未得我的允准，以后可万万不能偷听偷学，知道了么？”郭芙连声答应，笑道：“妈，你的功夫我何必偷学？难道你还有不肯教我的么？”

黄蓉用竹棒在她臀上轻轻一拍，笑道：“跟两位武家哥哥玩去。过儿，我有几句话跟你说。鲁长老，你慢慢去想罢，一时记不全，日后再教你。”鲁有脚、郭芙等四人别了黄蓉，自回陆家庄去，只留下杨过站着。

杨过心中怦怦而跳，生怕黄蓉知道他偷学打狗棒法，要施辣手取他性命。

黄蓉见他神色惊疑不定，拉着他手，叫他坐在身边，柔声道：“过儿，你有很多事，我都不明白，若是问你，料你也不肯说。不过这个我也不怪你。我年幼之时，性儿也是极其怪僻，全亏得你郭伯伯处处容让。”说到这里，轻轻叹了口气，嘴角边现出微笑，想起了自己少年时淘气之事，又道：“我不传你武功，本意是为你好，哪知反累你吃了许多苦头。你郭伯伯爱我惜我，这份恩情，我自然要尽力报答，他对你有个极大的心愿，望你将来成为一个顶天立地的好男儿。我定当尽力助你学好，以成全他的心愿。过儿，你也千万别让他灰心，好不好？”

杨过从未听黄蓉如此温柔诚恳的对自己说话，只见她眼中充满着怜爱之情，不由得大是感动，胸口热血上涌，不禁哇的一声，哭了出来。

黄蓉抚着他的头发，柔声说道：“过儿，我什么也不用瞒你。我以前不喜欢你爹爹，因此一直也不喜欢你。但从今以后，我一定好好待你，等我身子复了原，我便把全身武功都传给你。郭伯伯也说过要传你武功。”

杨过更是难过，越哭越响，抽抽噎噎的道：“郭伯母，很多事我瞒着你，我……我……我都跟你说。”黄蓉抚着他头发，说道：“今日我很倦，过几天再说不迟，你只要做个好孩子，我就欢喜啦。待会开丐帮大会，你也来瞧瞧罢。”杨过心想洪七公逝世这等大事，自须在大会中明言，擦着眼泪不住点头。

二人在大树下这一席话，都是真情流露，将从前相互不满之情，豁然消解。说到后来，杨过竟然破涕为笑，又想到郭靖言语中对自己的期望与厚意，自与小龙女分别以来，首次感到这般温暖。

黄蓉说了一会话，觉得腹中隐隐有些疼痛，慢慢站起，说道：“咱们回去罢。”携着他手，缓步而行。杨过心想该把洪七公的死讯先行禀明，道：“郭伯母，我有一件很要紧的事跟你说。”黄蓉只感丹田中气息越来越不顺畅，皱着眉头道："明儿再说，我……我不舒服。"

杨过见她脸色灰白，不禁担心，只觉她手掌有些阴凉，大着胆子暗自运气，将一股热力从手掌上传了过去。当他与小龙女在终南山同练玉女心经之时，这门掌心传功的法门已练得极是纯熟，但他怕黄蓉的内功与他所学互有冲撞抵触，初时只微微传了些过去，后来觉得通行无阻，这才增加内力。

黄蓉感到他传来的内力绵绵密密，与全真派内功全然不同，但柔和浑厚，实不在全真高手之下，体内大为受用，片刻之间，她逆转的气血已归顺畅，双颊现出晕红，心中惊异："这孩子却在哪里学到了这上乘内功？"向他一笑，意甚嘉许。

正要出言询问，郭芙远远奔来，叫道："妈，妈，你猜是谁来啦？"黄蓉笑道："今儿天下英雄聚会，我怎知是谁来了？"突然心念一动，欢然道："啊，是武家哥哥的师伯、师叔们，这可多年不见了。"郭芙道："妈你真聪明，怎么一猜就中？"黄蓉笑道："这有何难？武家哥儿俩寸步也不离开你，忽然不跟着你，定是他们亲人到了。"杨过向来自恃聪明机变，但见黄蓉料事如神，远在自己之上，不禁骇服。

黄蓉又道："芙儿，恭喜你又得能多学一门上乘武功，就只怕你学不会。"郭芙问道："什么武功？"杨过冲口而出："一阳指！"郭芙不去理他，随口道："你懂什么？妈，是什么武功？"黄蓉笑道："杨大哥不已说了？"郭芙道："啊，原来是妈跟你说的。"

黄蓉和杨过都微笑不语。黄蓉心想："过儿聪明智慧，胜于武家兄弟十倍。芙儿是个草包，更加不用提。他知一阳指是一灯大师的本门功夫，武氏兄弟的师叔伯们到来，怜他兄弟孤苦，定会传授，而他哥儿俩要讨好芙儿，自是学到什么就转送给她什么了。"郭芙却好生奇怪，妈妈干么要将此事先告诉了杨过，难道真要将我终身许给这小叫化吗？想到此处，不由得向杨过白了一眼，做个鬼脸。

大理国一灯大师座下有渔樵耕读四大弟子。武氏兄弟的父亲武三通即是位列第三的农夫。他自与李莫愁一战受伤，迄今影踪不见，存亡未卜。此次来赴英雄宴的是渔人点苍渔隐与书生朱子柳二人。

朱子柳与黄蓉一见就要斗口，此番睽别已十余年，两人相见，又是各逞机辩。欢叙之后，点苍渔隐与朱子柳二人果然找了间静室，将一阳指的入门功夫传于武氏兄弟。

这日上午，陆家庄上又到了无数英雄好汉。陆家庄虽大，却也已到处挤满了人。

中午饭罢，丐帮帮众在陆家庄外林中聚会。新旧帮主交替是丐帮最隆重的庆典，东南西北各路高辈弟子尽皆与会，来到陆家庄参与英雄宴的群豪也均受邀观礼。

十余年来，鲁有脚一直代替黄蓉处理帮务，公平正直，敢作敢为，丐帮中的污衣、净衣两派齐都心悦诚服。其时净衣派的简长老已然逝世，梁长老长年缠绵病榻，彭长老叛去，帮中并无别人可与之争，是以这次交替乃是顺理成章之事。黄蓉按着帮规宣布后，将历代帮主相传的打狗棒交给了鲁有脚，众弟子一齐向他唾吐，只吐得他满头满脸、身前身后都是痰涎，于是新帮主接任之礼告成。

杨过见帮主交接的礼节甚是奇特，心中暗暗称异，正要起身禀报洪七公逝世的讯息，忽见一个老年乞丐跃上大石，大声说道：“洪老帮主有令，命我传达。”帮众听了，登时齐声欢呼。他们十多年未得老帮主信息，常自挂念，忽闻他有号令到来，个个欣喜若狂。人丛中一个乞丐大声叫道：“恭祝洪老帮主安好！”众丐一齐呼叫，当真是声振天地。呼声此伏彼起，良久方止。

杨过见群丐人人激动，有的甚至泪流满面，心想："大丈夫得能如此，方不枉在这世上走一遭。只是众人这等欢欣，我又何忍将洪老帮主逝世的讯息说了出来？何况我人微言轻，述说这等大事，他们未必肯信。会中七张八嘴，势必乱成一团，这又不是好事，何必扫他们的兴？"再想："他们问到洪老帮主的死因，我自不能隐瞒义父跟他比武之事。武氏兄弟知道我跟义父学过'蛤蟆功'，他们焉有不说出来之理？会中这许多化子难免要疑心我从旁相助义父，一起下手，因而害死了洪老帮主，那当真是百口莫辩了。待得大会散后，我详详细细的告知郭伯母，让她转告便了。"暗自庆幸亏得这老丐抢先出来，否则自己未加深思，径自直言，势必要惹起重大麻烦。

只听那老丐说道："半年之前，我在广南东路韶州始兴郡遇见洪老帮主，陪着他老人家喝了一顿酒。他老人家身子健旺，胃口极好，酒量跟先前亦是一般无二。"群丐又是大声欢叫，夹杂着不少笑声。那老丐接着道："老帮主这些年来，杀了不少祸国殃民的狗官恶霸，他说刚听到消息，有五个大坏蛋叫作什么'藏边五丑'，奉了蒙古鞑子之命，在川东、湖广一带作了不少坏事，他老人家就要赶去查察，要是的确如此，自然要取了这五条狗命。"

一名中年乞丐站起身来，说道："'藏边五丑'前一阵好生猖獗，只是行踪飘忽，我们川东众兄弟始终找他们不到。近来却突然不知去向，定然是给老帮主出手除了。"丐帮弟子与观礼的群豪纷纷鼓掌。杨过心下黯然："你们怎知洪老帮主和我义父将'藏边五丑'打成废人之后，他二位不久便离开了人世。"

那老丐又道："洪老帮主言道：方今天下大乱，蒙古鞑子日渐南侵，蚕食我大宋天下，凡我帮众，务须心存忠义，誓死杀敌，力御外侮。"群丐齐声答应，神情极是激昂。那老丐道："朝廷政事紊乱，奸臣当道，要那些臭官儿们来保国护民，那是办不到的。眼下外患日深，人人都要存着个捐躯报国之心，洪老帮主命我勉励众位好兄弟，要牢牢记住‘忠义’二字。”群丐轰然而应，齐声高呼：“誓死遵从洪老帮主的教训。”

杨过自幼失教，不知“忠义”两字有何等重大干系，只是见群丐正义凛然，不禁大有所感，觉得前时戏弄丐帮弟子，倒是自己的不是了。

丐帮大会以后办的都是些本帮赏罚升黜等事，帮外宾客不便与闻，纷纷告辞退出。

到得晚间，陆家庄内内外外挂灯结彩，华烛辉煌。正厅、前厅、后厅、厢厅、花厅各处一共开了二百余席，天下成名的英雄豪杰倒有一大半赴宴。这英雄大宴是数十年中难得一次的盛举，若非主人交游广阔，众所钦服，决计难以邀到这许多武林英豪。

郭靖、黄蓉夫妇陪伴主宾，位于正厅。黄蓉替杨过安排席次，便在她坐席之旁。郭芙与武氏兄弟反而坐得甚远。

郭芙初时有些奇怪，心想：“这人不会武功，妈怎么让他坐这好位？”突然转念一想，不由得心中一凉：“啊哟不好，爹爹说要将我许配于他，莫非妈竟依从了爹爹？”她越想越怕，想到刚才眼见妈妈拉住了杨过之手而行，神情亲热，又想爹妈互敬互重，爹爹要是执意如此，妈妈自也不会不允。她斜眼望着杨过，又是担心，又是气愤，心想：“我怎能嫁给这小叫化？”忍不住要哭了出来。武修文恰好在此时说道：“芙妹，你瞧那姓杨的小子也坐在这儿，他算是哪一门子的英雄？”郭芙气鼓鼓的道：“你有本事就赶他走啊！”

武氏兄弟对杨过原本只是心存轻视，但在树上听到郭靖说要将女儿许配于他，已然大生敌意。武修文听了郭芙之言，心想：“我何不羞辱他一番？教他在众英雄之前大大出一番丑。师母向来极其要强好胜，这姓杨的当众栽个大筋斗，师母便决不能再要他做女婿。”他适才跟师伯学了一阳指功夫，正好一试，说道：“他既要冒充英雄，那就让他摆摆架子，大大的露一下脸。”站起身来，满满斟了两杯酒，走到杨过身旁，说道：“杨大哥，这些年来你定是挺得意罢？我敬你一杯。”

杨过见武修文走近之时，眼光不住转过去瞧郭芙，脸上神色狡狯，显是不怀好意，心想：“他过来敬酒，定有鬼花样。但说在酒中下毒，料他也是不敢。”于是站起接过酒来，说道：“多谢。”一饮而尽。就在此时，武修文突然伸出右手食指，往他腰间点去。他将身子挡住了旁人眼光，这一指对准了杨过的“笑腰穴”，听师伯言道，以一阳指法点中了敌人“笑腰穴”，对方便要大笑大叫，穴道不解，始终大笑不止。

杨过早就在全神提防，岂能中此暗算？其实即是对方出其不意的突施偷袭，以他此时武功，也决不能着了道儿。若依杨过平时半点不肯吃亏的脾气，定要狠狠反击，不是摔武修文一交，便是反点他“笑腰穴”，但今日与黄蓉说了一番话后，心中愉乐，和平舒畅，暗想：“你虽和我过不去，但总是郭伯伯、郭伯母的徒弟，我也不来跟你一般见识。”当下暗运欧阳锋所授内功，全身经脉霎时之间尽皆逆转，所有穴道即行变位，只是他此时并非头下脚上的倒立，而于这功夫也是修为甚浅，经脉只能逆转片刻，一呼一吸之后便即回顺，必须再运内功，方得二次逆转片时。但就只这么短短一刻，已足令武修文这一指全无效用。

武修文一指点后，见杨过只是微微一笑，坐回原位，竟是半点不动声色，心中好生奇怪，回到自己席上，低声道：“哥哥，怎么师伯教的功夫不管使？”武敦儒道：“什么不管使？”武修文将适才之事说了。武敦儒冷笑道：“定是你出指不对，又或是认穴歪了。”武修文急道：“怎么不对？你瞧。”手指一起，作势往兄长腰中点去，姿式劲道，与师伯所传丝毫不差。

郭芙小嘴一撅，道：“我还道一阳指是什么了不起的玩意，哼！瞧来也没什么用。”她得知武氏兄弟学了一阳指而自己不会，虽说二人日后必定传她，心中却已不甚乐意。

武敦儒霍地站起身来，也斟了两杯酒，走到杨过身前，说道：“杨大哥，咱哥儿俩数年不见，此番重逢，小弟也敬你一杯。”杨过心中暗笑：“你弟弟已显过身手，瞧你做哥哥的又有什么高招?”筷上夹了一大块牛肉，也不放下，左手接过酒杯，笑道：“多谢。”

武敦儒更不遮掩，右臂倏出，袍袖带风，出指疾往杨过腰间戳去。杨过见他来指势狠，自己于这逆运经脉的功夫所习有限，只怕抵挡不住，当下不再运气逆脉，手臂下垂，将一大块牛肉挡在自己“笑腰穴”上。他这一下后发而先至，武敦儒全然不觉，食指戳去，正好刺中牛肉。杨过放下筷子，笑道：“喝了酒吃块牛肉最好。”武敦儒提起手来，只见五只手指抓着好大一块牛肉，汁水淋漓，拿着又不是，抛去又不好，甚是狼狈，狠狠向杨过瞪了一眼，回入座中。

郭芙见他手中抓着一大块牛肉，很是奇怪，问道：“那是什么?”武敦儒涨红了脸，难以答语。正狼狈间，只见丐帮新任帮主鲁有脚举着酒杯，站了起来。

他举杯向群雄敬了一杯酒，朗声说道：“敝帮洪老帮主传来号令，言道蒙古南侵日急，命敝帮帮众各出死力，抵御外侮。现下天下英雄会集于此，人人心怀忠义，咱们须得商量一个妙策，使得蒙古鞑子不敢再犯我大宋江山。”他说了这几句话后，群雄纷纷起立，你一言我一语，都是赞同之意。此日来赴英雄宴之人多数都是血性汉子，眼见国事日非，大祸迫在眉睫，早就深自忧心，有人提起此事，忠义豪杰自是如响斯应。

一个银髯老者站起身来，声若洪钟，说道：“常言道蛇无头不行，咱们空有忠义之志，若无一个领头的，大事难成。今日群雄在此，大伙儿便推举一位德高望重、人人心服的豪杰出来，由他领头，众人齐奉号令。”群雄一齐喝采，早有人叫了起来：“就由你老人家领头好啦！”“不用推举旁人啦！”

那老者哈哈笑道：“我这臭老儿又算得哪一门子货色？武林高手，自来以东邪、西毒、南帝、北丐、中神通为首。中神通重阳真人仙去多年，东邪黄岛主独往独来，西毒非我辈中人，南帝远在大理，不是我大宋百姓。群雄盟主，自是非北丐洪老前辈莫属。”

洪七公是武林中的泰山北斗，当真是众望所归，群雄一齐鼓掌，再无异议。

人丛中一人说道：“洪老帮主自然做得群雄盟主，除他老人家之外，又有哪一个艺能服众，德能胜人，担当得了这个大任？”他话声响亮，众人齐往发声之处瞧去，却看不到人，原来说话的人身材甚矮，给旁边之人遮没了。有人问道：“是哪一位说话？”

那矮子跃起身来，站到了桌上，但见他身高不满三尺，年逾四旬，满脸透着精悍之气。有人识得他是江西好汉“矮狮”雷猛。众人欲待要笑，见了他左顾右盼的威猛眼光，都把笑声吞下了肚里。只听他道：“可是洪老帮主行事神出鬼没，十年之中难得露一次脸，要是遇上了抗敌御侮的大事，恰好无法向他老人家请示，那便如何？”群雄心想：“这话倒也说得是。”雷猛又道：“咱们今日所作所为，全是尽忠报国的事，实无半点私心。咱们推举一位副盟主，洪老盟主云游四方之时，大伙儿就对他唯命是从。”

喝采鼓掌声中，有人叫道：“郭靖郭大侠！”有人叫道：“鲁帮主最好。”有人道：“丐帮前黄帮主足智多谋，又是洪老帮主的弟子，我推举黄帮主。”又有人道：“就是此间陆庄主。”更有人叫：“全真教马教主。长春子丘真人。”一时众论纷纭。

正乱间，厅口快步进来四个道人，却是郝大通、孙不二、赵志敬、尹志平四人。杨过见他们去而复回，心道：“哼，要跟我再干一场吗?”郭靖和陆冠英大喜，忙离席相迎。全真派号称天下武术正宗，今日英雄大宴中若无全真派高手参与，自然大为逊色。

郝大通在郭靖耳边低声道：“有敌人前来捣乱，须得小心提防。我们特地赶回报讯。”郭靖心想，广宁子郝大通是全真教中有数高手，江湖上武功胜过他的没有几人，他说这几句话的声音微微发颤，对头自必是极厉害的人物，低声问道：“欧阳锋?”郝大通道：“不，是我曾折在他手下的那个蒙古人。”郭靖心中一宽，点头道：“是霍都王子?”

郝大通还未回答，只听得大门外号角之声呜呜吹起，接着响起了断断续续的击磬之声。陆冠英叫道：“迎接贵宾!”语声甫歇，厅前已高高矮矮的站了数十个人。

堂上群雄都在欢呼畅饮，突然见这许多人闯进厅来，都是微感诧异，但均想此辈定是来赴英雄宴的人物，眼见内中并无相识之人，也就不以为意。

郭靖低声向黄蓉转述了郝大通的说话，便即站起身来，夫妻俩与陆冠英夫妇一起迎了出去。郭靖识得那容貌清雅、贵公子模样的是蒙古霍都王子；那脸削身瘦的藏僧是霍都的师兄达尔巴。这二人曾在终南山重阳宫中会过，虽是一流高手，但武功比自己为逊，也不去惧他。只见这二人分站两旁，中间站着一个身披红袍、极高极瘦、身形犹似竹杆一般的藏僧，脑门微陷，便似一只碟子一般。

郭靖与黄蓉互望了一眼，他们曾听黄药师说起过西藏密宗的奇异武功，练到极高境界之时，顶门微微凹下，此人顶心深陷，难道武功当真高深之极？怎么江湖上从不曾听说西藏有这么一个高手？两人暗中提防，同时躬身施礼。郭靖说道：“各位远道到来，就请入座喝上几杯。”他既知来者是敌，也不说什么“光临、欢迎”之类口是心非的言语。陆冠英吩咐庄丁另开新席，重整杯盘。

武氏兄弟一直帮着师父师母料理事务，武修文快手快脚，尤是第一等的精明干练人物。两兄弟指挥庄丁，在最尊贵处安排席次，一面不住道歉，请众宾挪动座位。郭芙见杨过安安稳稳的坐着，全不动弹，瞧着十分的不顺眼，心道："你也算得什么英雄？天下英雄死光了，也轮不到你。"向武修文使个眼色，又向杨过一努嘴。武修文会意，走到杨过身前，说道："杨大哥，你的座位儿挪一挪。"也不等他示意可否，已指挥庄丁将他杯筷搬到了屋角落里最僻的一席。杨过心中怒火渐盛，当下也不说话，只是暗暗冷笑。

这边厢霍都王子向那高瘦藏僧说道："师父，我给你老人家引见中原两位大名鼎鼎的英雄……"郭靖一惊："原来他是这蒙古王子的师父。"那藏僧点了点头，双目似开似闭。霍都王子道："这位是做过咱们蒙古西征右军元帅的郭靖郭大侠，这位是郭夫人，也即是丐帮的黄帮主。"那藏僧听到"蒙古西征右军元帅"八字，双目一张，陡然间精光四射，在郭靖脸上转了一转，重又半垂半闭，对丐帮的帮主却似不放在心上。

霍都王子朗声说道："这位是在下的师尊，西藏圣僧，人人尊称金轮法王，当今大蒙古国皇后封为第一护国大师。"这几句话说得甚是响亮，满厅英雄都听得清清楚楚。众人愕然相顾，均想："我们在这里商议抵御蒙古南侵，却怎地来了个蒙古的什么护国大师？"

杨过更是一凛，记得那日在华山绝顶，义父与洪七公都曾称赞藏边五丑所学功夫"了不起"，要他们带讯去叫师祖金轮法王来比划比划；此刻金轮法王与藏边五丑的师父达尔巴同时到来，义父与洪七公却已不在人世了，既感伤心，又知这高瘦藏僧定是非同小可。

郭靖不知如何对付这几人才好，只淡淡的说道："各位远道而来，请多喝几杯。"

酒过三巡，霍都王子站起身来，折扇一挥，张了开来，露出扇上一朵娇艳欲滴的牡丹，朗声说道："我们师徒今日未接英雄帖，却来赴英雄大宴，老着脸皮做了不速之客，但想到得会群贤，却也顾不得许多了。盛会难得，良时不再，天下英雄尽聚于此，依小王之见，须得推举一位群雄的盟主，领袖武林，以为天下豪杰之长，各位以为如何？"

"矮狮"雷猛大声道："这话不错。我们已推举了丐帮洪老帮主为群雄盟主，现下正在推选副盟主，阁下有何高见？"

霍都冷笑道："洪七公早就归位了。推一个鬼魂做盟主，你当我们都是死人么？"此言一出，群雄齐声大哗，丐帮帮众尤其愤怒异常，纷纷叫嚷。霍都道："好罢，洪七公若是未死，就请他出来见见。"

鲁有脚将打狗棒高举两下，说道："洪老帮主云游天下，行踪无定。你说要见，就轻易见得着么？"霍都冷笑道："莫说洪七公此时死活难知，就算他好端端的坐在此处，凭他的武功德望，又怎及得上我师父金轮法王？各位英雄请听了，当今天下武林的盟主，除了金轮法王，再无第二人当得。"

群雄听了这一番话，都已明白这些人的来意，显是得知英雄大宴将不利于蒙古，是以来争盟主之位。倘若金轮法王凭武功夺得盟主，中原豪杰虽然决不会听他号令，却也是削弱了汉人抗拒蒙古的声势。众人素知黄蓉足智多谋，不约而同的转过头去望她，心想："这几十个人武功再强，也决不能是这里数千人的对手，不论单打独斗还是群殴，我们都不致落了下风，大家只听黄帮主号令行事便了。"

黄蓉知道今日若不动武，决难善罢，群殴自然必胜，只是难令对方心服，朗声说道："此间群雄已推举洪老帮主为盟主，这个蒙古好汉却横来打岔，要推举一个大家从未闻名、素不相识的什么金轮法王。若是洪老帮主在此，原可与金轮法王各显神通，一决雌雄，只是他老人家周游天下，到处诛杀蒙古鞑子、铲除为虎作伥的汉奸，没料到今日各位自行到来，未能在此恭候，他老人家日后知道了，定感遗憾。好在洪老帮主与金轮法王都传下了弟子，就由两家弟子代师父们较量一下如何?”

中原群雄大半知道郭靖武功惊人，又当盛年，只怕已算得当世第一，此时纵然是洪七公也未必能强过他去，若与金轮法王的弟子相较，那是胜券在握，决无败理，当下纷纷叫好喝采，声震屋瓦。在偏厅、后厅中饮宴的群雄得到讯息，纷纷涌来，一时廊下、天井、门边都挤满了人，众人叫好助威。金轮法王一边人少，声势自是大大不如。

霍都当年在重阳宫与郭靖交手，一招即败，其时还道他是全真派门人，后来稍加打听，自即知道了他的来历。师兄达尔巴与自己只伯仲之间，就算师兄弟两人齐上，多半也敌不过洪七公这位弟子郭大侠，但若不允黄蓉之议，今日这盟主一席自是夺不到了，这个变故实非始料之所及，不禁彷徨无计。

金轮法王道：“好，霍都，你就下场去，和洪七公的弟子比划比划。”他话声极是重浊，这句话一口气说将出来，全然不须转换呼吸。他一直在西藏住，料想凭着霍都的武功，在中原定然少有敌手，最多是不敌北丐、东邪、西毒等寥寥几个前辈而已，却不知他曾折在郭靖手下。霍都答应一声，随即低声道：“师父，那洪老儿的徒弟十分了得，弟子恐怕难以取胜，莫要堕了师父的威风。”

金轮法王脸一沉，哼了一声，道：“难道连人家的徒儿也斗不过？快下去。”霍都甚是尴尬，他输给郭靖之事，一直瞒着师父，此刻不敢事到临头才来禀明，他只道师父有通天彻地之能，当世无人能与匹敌，只消法驾来到英雄宴，盟主之位自是手到拿来，哪知竟会要自己与郭靖比武，正自焦急，一个身穿蒙古官服的胖大汉子走近身来，凑嘴到他耳边轻轻说了几句话。霍都一听大喜，站起身来，张开扇子拨了几拨，朗声说道："素闻丐帮的镇帮之宝，有一套叫作什么打狗棒法的，是洪老帮主生平最厉害的本事。小王不才，要凭这柄扇子破他一破。若是破得，看来洪七公的本事也不过尔尔了！"

黄蓉初时见有人在他耳边说话，并未在意，忽听他提到打狗棒法，只轻轻几句话，便将武功最强的郭靖撇在一边，却是谁人献此妙策？向那蒙古人瞧去，当即省悟，认出此人是丐帮中四大长老之一的彭长老，原来他已投靠蒙古，改穿了蒙古装束，留了蓬蓬松松的满腮大胡子，帽子低垂，直遮至眼，若不留神细看，还真认不出，也只有他，才知打狗棒法非丐帮帮主不传，郭靖武功虽高，却是不会。霍都说这番话，明是指名向自己与鲁有脚挑战。鲁有脚的棒法新学乍练，领会有限，使用不得，那是非自己出马不可了。

郭靖知道妻子的打狗棒法妙绝天下，料想可以胜得霍都，但她这几个月来胎气方动，内息不调，万不能与人动武，于是步出座位，站在席间，说道："洪老帮主的打狗棒法向来不肯轻用，你就来领教领教他老人家的降龙十八掌好了。"

金轮法王双目半张半闭，见郭靖出座这么一站，当真是有若渊渟岳峙，气势非常，不由得暗暗吃惊："此人果真了不起。"

霍都哈哈一笑，说道："终南山重阳宫中，小王与阁下曾有一面之缘，当日阁下自称是马钰、丘处机诸道的门人，怎么又冒充起洪七公的弟子来啦？"郭靖正要回答，霍都抢着又道："一人投拜数位师父，本来也是常事。然而今日乃金轮法王与洪老帮主较量功夫，阁下武功虽强，却是艺兼众门，须显不出洪老帮主的真实本事。"

这番话倒也甚是有理，郭靖本就拙于言辞，一时难以辩驳。群雄却大声叫嚷起来："有种就跟郭大侠较量，没胆子的就夹着尾巴走罢。""郭大侠是洪老帮主及门弟子，若他代不得，谁又代得了？""你先吃了降龙十八掌的苦头，再试打狗棒法不迟。"

霍都仰天长笑，发笑时潜运内力，哈哈哈哈，呵呵呵呵，将群雄七张八嘴的言语都压了下去，只震得大厅上的烛火摇晃不定。群雄相顾失色，都想："瞧不出他年纪轻轻，公子哥儿般的人物，居然有此厉害内功。"霎时间都静了下来。

霍都向金轮法王朗声道："师父，咱们让人冤啦。初时只道今日天下英雄聚会，才千里迢迢的赶来，哪知尽是些贪生怕死之徒。咱们快走，你若不幸做了这些人的盟主，教天下好汉说你是天下酒囊饭袋之首，岂非污辱了你老人家的名头？"

群雄均知他是有意相激，定要挑黄蓉出战，可是他说话如此狂妄，实是令人难忍。众人喝骂声中，鲁有脚竹棒一摆，大踏步走到席间，道："在下是丐帮新任帮主鲁有脚，打狗棒法十成中还学不到一成，原本不该使用。只是你定要尝尝给打狗棒痛打一顿的滋味，在下就打你几棒罢。"鲁有脚的武功本已颇为精湛，打狗棒法虽未学全，究已使他原来武功加强不少威力，眼见霍都年甫三旬，料想他纵得高人传授，功力也必不深，他知黄蓉身子不适，自己不论是胜是败，总不能让她涉险。

霍都只求不与郭靖过招，旁人一概不惧，当即抱拳躬身，说道："鲁帮主，幸会幸会。跟你讨教，再好也没有了。"黄蓉暗暗着急，但想鲁有脚新任帮主，他既已出言挑战，自己便不能再加阻拦，否则既折了鲁有脚的威风，又显得自己的权势仍在丐帮帮主之上，只有让他先斗上一阵再说。

陆家庄上管家指挥庄丁，挪开酒席，在大厅上空出七八张桌子的地位来，更添红烛，将厅中心照耀得白昼相似。

霍都叫道："请罢！"两个字刚出口，扇子挥动，一阵劲风向鲁有脚迎面扑去，风中竟微带幽香。鲁有脚怕风中有毒，忙侧风避开。霍都一扇挥出，跟着擦的一声，扇子已折成一条八寸长的点穴笔，径向敌人胁下点去。鲁有脚竹棒扬起，竟不理会他的点穴，用缠字诀一绊一挑。这打狗棒法当真巧妙异常，去势全在旁人万难料到之处，霍都轻跃相避，哪知竹棒猛然翻转，竟已击中了他的脚胫。他一个踉跄，跃出三步，这才不致跌倒。旁观群雄齐声喝采，呼叫："打中狗儿啦！""教你见识见识打狗棒法的威风！"

这一下挫折，霍都登时面红过耳，轻飘飘一个转身，左手挥掌击了出去。鲁有脚飞起左脚，竹棒横扫，登时棒影飞舞，变幻无定。霍都暗暗心惊："打狗棒法果然名不虚传！"打叠十二分精神，右扇左掌，全力应付。鲁有脚的棒法毕竟未曾学全，数次已可得手，始终功亏一篑。郭靖、黄蓉在旁看着，不住暗叫："可惜！"

再拆得十余招，鲁有脚棒法中的破绽越露越大。杨过每招看得清楚，不由得暗暗皱眉。幸好打狗棒先声夺人，一出手就打中了对方脚胫，霍都心有所忌，不敢过份逼近，否则鲁有脚早已落败。黄蓉见情势不妙，正欲开言叫他下来，鲁有脚突使一招"斜打狗背"，竹棒一晃，夹头夹脸打在霍都的左边面颊。可是这一棒使得过重，失了轻妙之致，霍都羞痛交集之下，伸手急带，已将竹棒抓在手里，当下再没顾虑，腾的一掌，正中鲁有脚胸口，跟着又横扫一腿，喀喇一声，鲁有脚脚骨已断，一口鲜血喷出，向前直摔下去。两名七袋弟子急忙抢上扶下。群雄见霍都出手如此狠辣，都是愤怒异常，纷纷喝骂。

霍都双手横持那根晶莹碧绿的竹棒，洋洋得意，说道："丐帮镇帮之宝的打狗棒，原来也不过如此。"他有意要折辱这个中原侠义道的大帮会，双手拿住竹棒两端，便要将竹棒折为两截。

突然间绿影晃动，一个清雅秀丽的少妇已站在面前，说道："且慢！"正是黄蓉。霍都见她身法奇快，吃了一惊，只说得一个："你……"黄蓉左手轻挥，右手探取他双目。霍都忙举手相格，黄蓉已将竹棒轻轻巧巧的夺了过来。

这一招夺棒手法叫作“獒口夺杖”，乃是打狗棒法中极高明的招数。当年丐帮洞庭湖君山大会，黄蓉曾以这招手法在杨康手中连夺三次竹棒。这一招变幻莫测，夺棒时百发百中，再强的高手也闪避不了。堂上堂下群雄采声大起，黄蓉回身入座，将竹棒倚在身旁，留着霍都站在当地，甚是狼狈。

他虽武学精深，但黄蓉到底用何手法夺去竹棒，实是不解其故，心想：“难道这女子会使幻术？”耳听得众人纷纷讥嘲，斜眼又见师父脸色铁青，料想这样一个美貌少妇真正本领自必有限，当即大声道：“黄帮主，我已将棒儿还了给你，这就请来过过招。你总不会不敢罢？”此言一出，果然有人以为适才并非黄蓉夺棒，乃是他将竹棒交还，以求比试。只有武功极高之人，才看出是黄蓉强夺过来。

郭芙听了他这话大是气恼，她一生之中从未见人胆敢对母亲如此无礼，刷的一声，抽出了佩剑。武修文道：“芙妹，我去给你出气。”武敦儒也是这个心思，二人不约而同的跃到厅心。一个道：“我师母是尊贵之体。”另一个接上道：“焉能跟你这蛮子动手？”那一个又道：“你先领教领教小爷的功夫再说。”

霍都见二人年纪轻轻，但身法端稳，确是曾得名师指点，心想：“我们今日来此，原是要耀武扬威，折一折汉人武师的锐气，多打几场甚好。只是彼众我寡，若是惹成群殴，可就难弄得很。”于是说道：“天下英雄请了，这两个乳臭小儿要和我比武，若是小王出手，只怕给人说一声以大欺小，倘若不比，倒又似怕了两个孩子。这样罢，咱们言明比武三场，哪一方胜得两场，就取盟主之位。小王与鲁帮主适才的比试不必计算，大家从头比起。各位请看妥是不妥？”这几句话占尽身份，显得极为大方。

郭靖、黄蓉与众贵宾低声商量，觉得对方此议实是难以拒却。今日与会之人，除了黄蓉不能出阵之外，算来以郭靖、郝大通和一灯大师的四弟子书生朱子柳三人武功最强。朱子柳是大理国人，并非宋人，但大理和大宋唇齿相依，近年来也颇受蒙古的胁迫，算得是同仇敌忾，何况他与靖蓉夫妇交好，自是义不容辞。当下商定由朱子柳第一阵斗霍都，郝大通第二阵斗达尔巴，郭靖压阵，挑斗金轮法王。这阵势是否能胜，殊无把握，要是金轮法王武功当真极高，连郭靖也抵敌不住，说不定三阵连输，那当真是一败涂地了。

众人议论未决，黄蓉忽道："我倒有个必胜的法儿。"郭靖大喜，正要相询，忽听金刃劈风，霍霍生响，众人转过头来，只见武氏兄弟各使长剑，已和霍都一柄扇子斗在一起。郭靖、黄蓉夫妇，以及一灯大师门下的点苍渔隐与朱子柳均关心徒儿安危，凝目观斗。

原来武氏兄弟听霍都王子出言不逊，直斥自己是乳臭小儿，这话给心上人听在耳中，这面子如何下得去？何况适才见师母夺他竹棒，手到拿来，心想他虽打败鲁有脚，看来是鲁有脚功夫实在太过不济，倒非此人了得；又想兄弟俩已得师父的武功真传，一人即或斗他不过，二人合力，决无败理。也不管他要比三场比四场，当真是初生犊儿不怕虎，兄弟俩使个眼色，双剑齐出。

可是郭靖武功虽高，却不大会调教徒儿，自己领会了上乘武学精义，传授时却总是辞不达意，说不明白。武氏兄弟资质平平，在短短数年中又学到了多少？只数招之间，二人的长剑便给霍都逼住了，半点施展不开。

霍都有意欲在群雄之前逞能立威，眼见武修文长剑刺到，他左手食指往上一托，搭住了平面剑刃，扇子斜里挥去，拦腰击在剑刃之上，铮的一声，长剑断为两截。武氏兄弟大惊，武修文急忙跃开，武敦儒怕伤了兄弟，挺剑直刺霍都背心，要教他不能追击。霍都早已料到此招，头也不回，折扇回转，两下里一凑合，正好搭在剑背，手指转了两转。他只是手指转动，武敦儒手中长剑若要顺着扇子而转，肩骨非脱骱不可，只得松手离剑，向后跃开，但见长剑直飞上去，剑光在半空中映着烛火闪了几闪，这才跌下。

武氏兄弟又惊又怒，虽然赤手空拳，并不惧怕。武敦儒左掌横空，摆着降龙十八掌的招式；武修文却是右手下垂，食指微屈，只要敌人攻来，就使一阳指对付。

霍都见二人姿式凝重，倒也不敢轻视，心道："赢到此处，已然够了，莫要见好不收，自讨没趣。"降龙十八掌和一阳指都是武学中一等一的功夫，武氏兄弟功力虽浅，摆出来的架子却是分毫不错，常人看了也不觉什么，在霍都这等行家眼中却知并非易与，当下哈哈一笑，拱手道："两位请回罢，咱们只分胜败，不拼生死。"语意中已客气了许多。

武氏兄弟脸上含羞，料想空手与他相斗，多半只有败得更惨，二人垂头丧气的退在一旁，却不到郭芙身边。郭芙急步过去，大声道："武家哥哥，咱三人齐上，再跟他斗过。"众人群相注目。郭芙右手持剑，左手一挥，叫道："我们师兄妹三个一齐来。"郭靖喝道："芙儿，别胡闹！"郭芙最怕父亲，只得退了几步，气鼓鼓的望住霍都。霍都见她娇艳美貌，笑吟吟的点了点头。郭芙瞪了他一眼，转过头不理。武氏兄弟本来深恐被郭芙耻笑，此时见她全心袒护，足见有情，心中甚感安慰。

霍都打开折扇，扇了几下，说道："这一场比试，自然也是不算的了。郭大侠，敝方三人是家师、师兄与区区在下。我的功夫最差，就打这头阵，贵方哪一位下场指教？谁胜谁败，那可不是玩耍了。"

郭靖听妻子说有必胜之道，知道她智计百端，虽不知她使何妙策，却也已有恃无恐，大声说道："好，咱们就是三场见高下。"

霍都知道对方武功最强的是郭靖，师父天下无敌，定能胜他，黄蓉虽施过夺棒怪招，然而瞧她的娇怯怯模样，当真动手，未必厉害，余人更不足道，于是目光向众人一扫，说道：“各位如有异议，便请早言。胜负既决，就须唯盟主之命是从了。”

群雄要待答应，但见他连败鲁有脚与武氏兄弟，都是举重若轻，行有余力，不知尚有多少本事没施展出来，大家倒也不敢接口，都转头望着靖蓉夫妇。

黄蓉道：“足下比第一场，令师兄比第二场，尊师比第三场，那是确定不移的了。是也不是？”霍都道：“正是如此。”

黄蓉向身旁众人低声道：“咱们胜定啦。”郭靖道：“怎么？”黄蓉低声道：“今以君之下驷，与彼上驷……”她说了这两句，目视朱子柳。朱子柳笑着接下去，低声道：“取君上驷，与彼中驷；取君中驷，与彼下驷。既驰三辈毕，而田忌一不胜而再胜，卒得王千金。”郭靖瞠目而视，不懂他们说些什么。

黄蓉在他耳边悄声道：“你精通兵法，怎忘了兵法老祖宗孙膑的妙策？”郭靖登时想起少年时读“武穆遗书”，黄蓉曾跟他说过这个故事：齐国大将田忌与齐王赛马，打赌千金，孙膑教了田忌一个必胜之法，以下等马与齐王的上等马赛，以上等马与齐王的中等马赛，以中等马与齐王的下等马赛，结果二胜一负，赢了千金。现下黄蓉自是师此故智了。

黄蓉道：“朱师兄，以你一阳指功夫，要胜这蒙古王子是不难的。”朱子柳当年在大理国中过状元，又做过宰相，自是饱学之士，才智过人。大理段氏一派的武功十分讲究悟性。朱子柳初列南帝门墙之时，武功居渔樵耕读四大弟子之末，十年后已升到第二位，此时的武功却已远在三位师兄之上。一灯大师对四名弟子一视同仁，诸般武功都是倾囊相授，但到后来却以朱子柳领会的最多，尤其一阳指功夫练得出神入化。此时他的武功比之郭靖、马钰、丘处机尚有不及，但已胜过王处一、郝大通等人了。

郭靖听妻子如此说，当即接口道："请郝道长当那金轮法王，可就危险得紧。胜负固然无关大局，只怕敌人出手过于狠辣，难以抵挡。"他心直口快，也不顾忌自己算上驷、而将郝大通当作下驷未免太不客气。

郝大通深知这一场比武关系国家气运，与武林中寻常的争名之斗大大不同，若是给蒙古国师抢去了天下英雄盟主之位，汉人武士不但丢脸，而且人心涣散，只怕难以结盟抗敌，共赴国难，当下慨然说道："这个倒不须顾虑，只要利于国家，老道纵然丧生于藏僧之手，那也算不了什么。"黄蓉道："咱们在三场中只要先胜了两场，这第三场就不用再比。"郭靖大喜，连声称是。

朱子柳笑道："在下身负重任，若是胜不了这蒙古王子，那可要给天下英雄唾骂一世了。"黄蓉道："不用过谦，就请出马罢。"

朱子柳走到厅中，向霍都拱了拱手，说道："这第一场，由敝人来向阁下讨教。敝人姓朱名子柳，生平爱好吟诗作对，诵经读易，武功上就粗疏得很，要请阁下多多指教。"说着深深一揖，从袖里取出一枝笔来，在空中画了几个虚圈儿，全然是个迂儒模样。

霍都心想："越是这般人，越有高深武功，实是轻忽不得。"当下双手抱拳为礼，说道："小王向前辈讨教，请亮兵刃罢。"

朱子柳道："蒙古乃蛮夷之邦，未受圣人教化，阁下既然请教，敝人自当指点指点。"霍都心下恼怒："你出言辱我蒙古，须饶你不得。"折扇一张，道："这就是我的兵刃，你使刀还是使剑？"朱子柳提笔在空中写了一个"笔"字，笑道："敝人一生与笔杆儿为伍，会使什么兵刃？"霍都凝神看他那枝笔，但见竹管羊毫，笔锋上沾着半寸墨，实无异处，与武林中用以点穴的纯钢笔大不相同，正欲相询，只见外面走进来一个白衣少女。

她在厅口一站，眼光在各人脸上缓缓转动，似乎在找寻什么人。

堂上群雄本来一齐注目朱子柳与霍都二人，那白衣少女一进来，众人不由自主的都向她望去。但见她脸色苍白，若有病容，虽然烛光如霞，照在她脸上仍无半点血色，更显得清雅绝俗，姿容秀丽无比。世人常以“美若天仙”四字形容女子之美，但天仙究竟如何美法，谁也不知，此时一见那少女，各人心头都不自禁的涌出“美若天仙”四字来。她周身犹如笼罩着一层轻烟薄雾，似真似幻，实非尘世中人。

杨过一见到那少女，大喜若狂，胸口便似猛地给大铁锤重重一击，当即从屋角里一跃而出，抱住了她，大叫：“姑姑，姑姑！”

这少女正是小龙女。

她自与杨过别后，在山野间兜了个圈子，重行潜水回进古墓石室。她十八岁前在古墓中居住，当真是心如止水，不起半点漪澜，但自与杨过相遇，经过了这一番波折，再要如旧时一般诸事不萦于怀，却是万万不能的了。每当在寒玉床上静坐练功，就想起杨过曾在此床睡过；坐在桌边吃饭，便记起当时饮食曾有杨过相伴。练功不到片刻，便即心中烦躁，难以为继。如此过了月余，再也忍耐不住，决意去找杨过，但找到之后如何对待，实是一无所知。她于人情世故一窍不通，宛若深山野人一般，此时剧变骤生，可真是全然不知所措了。

下得山来，但见事事新鲜，她又怎识得道路，见了路人，就问：“你见到杨过没有？”肚子饿了，拿起人家的东西便吃，也不知该当给钱，一路之上闹了不少笑话。但旁人见她天真美貌，不自禁的都加容让，倒也无人与她为难。一日无意间在客店中听到两名大汉谈论，说是天下有名的英雄好汉都到大胜关陆家庄赴英雄宴，她想杨过说不定也在那儿，于是打听路途，到得陆家庄来。

除了郝大通、尹志平、赵志敬等三人外，大厅上二千余人均不知小龙女是何来历，只是见她美得出奇，人人心中都生特异之感。

孙不二虽知其人，却从未会过。尹志平脸色惨白，身子发颤。赵志敬斜眼瞧着他微微冷笑。郭靖、黄蓉见杨过对她这般举动，也是大感诧异。

小龙女道：“过儿，你果然在此，我终于找到你啦。”杨过流下泪来，哽咽道：“你……你不再撇下我了罢？”小龙女摇头道：“我不知道。”杨过道：“你今后到哪里，我便跟你到哪里。”大厅之上千人拥集，他二人却是旁若无人，自行叙话。小龙女拉着杨过之手，心中也不知是喜是悲。

霍都见了小龙女的模样，虽然心中一动，却不知就是当年自己上终南山去向她求婚的那个姑娘，见杨过衣衫褴褛，却与她神情亲热，登生厌憎之心，说道：“咱们要比试功夫，你们让点儿地方出来罢！”

杨过也没心思跟他答话，牵着小龙女的手，走到旁边，和她并肩坐在厅柱的石础上，心里欢喜，有如要炸开来一般。

霍都转过头来，对朱子柳道：“你既不用兵刃，咱们拳脚上分胜败也好。”朱子柳道：“非也。我中华乃礼义之邦，不同蒙古蛮夷。君子论文，以笔会友，敝人有笔无刀，何须兵刃？”霍都道：“既然如此，看招！”折扇张开，向他一扇。朱子柳斜身侧步，摇头摆脑，左掌在身前轻掠，右手毛笔径向霍都脸上划去。霍都侧头避开，但见对方身法轻盈，招数奇特，当下不敢抢攻，要先瞧明他武功家数，再定对策。朱子柳笑道：“敝人笔杆儿横扫千军，阁下可要小心了。”说着笔锋向前疾点。

霍都虽是在西藏学的武艺，但金轮法王胸中渊博，浩若湖海，于中原名家的武功无一不知。霍都学武时即已决意赴中原树立威名，因此金轮法王曾将中土著名武学大派的得意招数一一与他拆解。岂知今日一会朱子柳，他用的兵器既已古怪，而出招更是匪夷所思，从所未闻，只见他笔锋在空中横书斜钩，似乎写字一般，然笔锋所指，却处处是人身大穴。

大理段氏本系凉州武威郡人，在大理得国称帝，中华教化文物广播南疆。朱子柳是天南第一书法名家，虽然学武，却未弃文，后来武学愈练愈精，竟自触类旁通，将一阳指与书法融为一炉。这路功夫是他所独创，旁人武功再强，若是腹中没有文学根柢，实难抵挡他这一路文中有武、武中有文、文武俱达高妙境界的功夫。差幸霍都自幼曾跟汉儒读过经书、学过诗词，尚能招架抵挡。但见对方毛笔摇晃，书法之中有点穴，点穴之中有书法，当真是银钩铁划，劲峭凌厉，而雄伟中又蕴有一股秀逸的书卷气。

郭靖不懂文学，看得暗暗称奇。黄蓉却受乃父家传，文武双全，见了朱子柳这一路奇妙武功，不禁大为赞赏。

郭芙走到母亲身边，问道："妈，他拿笔划来划去，那是什么玩意?"黄蓉全神观斗，随口答道："房玄龄碑。"郭芙愕然不解，又问："什么房玄龄碑?"黄蓉看得舒畅，不再回答。

原来"房玄龄碑"是唐朝大臣褚遂良所书的碑文，乃是楷书精品。前人评褚书如"天女散花"，书法刚健婀娜，顾盼生姿，笔笔凌空，极尽抑扬控纵之妙。朱子柳这一路"一阳书指"以笔代指，也是招招法度严谨，宛如楷书般的一笔不苟。霍都虽不懂一阳指的精奥，总算曾临写过"房玄龄碑"，预计得到他那一横之后会跟着写那一直，倒也守得井井有条，丝毫不见败象。

朱子柳见他识得这路书法，喝一声采，叫道："小心！草书来了。"突然除下头顶帽子，往地下一掷，长袖飞舞，狂奔疾走，出招全然不依章法。但见他如疯如癫、如酒醉、如中邪，笔意淋漓，指走龙蛇。

郭芙骇然笑问："妈，他发痴了吗?"黄蓉道："嗯，若再喝上三杯，笔势更佳。"提起酒壶斟了三杯酒，叫道："朱大哥，且喝三杯助兴。”左手执杯，右手中指在杯上一弹，那酒杯稳稳的平飞过去。朱子柳举笔捺出，将霍都逼开一步，抄起酒杯一口饮尽。黄蓉第二杯、第三杯接着弹去。霍都见二人在阵前劝酒，竟不把自己放在眼内，想挥扇将酒杯打落，但黄蓉凑合朱子柳的笔意，总是乘着空隙弹出酒杯，叫霍都击打不着。

朱子柳连干三杯，叫道：“多谢，好俊的弹指神通功夫！”黄蓉笑道：“好锋锐的‘自言帖’！”朱子柳一笑，心想：“朱某一生自负聪明，总是逊这小姑娘一筹。我苦研十余年的一路绝技，她一眼就看破了。”原来他这时所书，正是唐代张旭的“自言帖”。张旭号称“草圣”，乃草书之圣。杜甫《饮中八仙歌》诗云：“张旭三杯草圣传，脱帽露顶王公前，挥毫落纸如云烟。”黄蓉劝他三杯酒，一来切合他使这路功夫的身份，二来是让他酒意一增，笔法更具锋芒，三来也是挫折霍都的锐气。

只见朱子柳写到“担夫争道”的那个“道”字，最后一笔钩将上来，直划上了霍都衣衫。群豪轰笑声中，霍都踉跄后退。

杨过使招美女拳法中的“丽华梳妆”，伸手在头上一梳，跟着手指软软的挥了出去，脸露微笑。达尔巴依样而为，也是作态一笑。旁观众人无不毛骨悚然。

第十三回

武林盟主

金轮法王双眼时开时合，似于眼前战局浑不在意，实则一切看得清清楚楚，眼见霍都已处下风，突然说道："阿古斯金得儿，咪嘛哈斯登，七儿七儿呼！"众人不知他这几句藏语说些什么，霍都却知师父提醒自己，不可一味坚守，须使"狂风迅雷功"与对方抢攻，当下发声长啸，右扇左袖，鼓起一阵疾风，急向朱子柳扑去。

劲风力道凌厉，旁观众人不由自主的渐渐退后，只听他口中不住有似霹雳般吆喝助威，料想这"狂风迅雷功"除了兵刃拳脚之外，叱咤雷鸣，也是克敌制胜的一门厉害手段。朱子柳奋袂低昂，高视阔步，和他斗了个旗鼓相当。

两人翻翻滚滚拆了百余招，朱子柳一篇"自言帖"将要写完，笔意陡变，出手迟缓，用笔又瘦又硬，古意盎然。黄蓉自言自语："古人言道'瘦硬方通神'，这一路'褒斜道石刻'，当真是千古未有之奇观。"

霍都仍以"狂风迅雷功"对敌，只是对方力道既强，他扇子相应加劲，呼喝也更是猛烈。武功较逊之人竟在大厅中站立不住，一步步退到了天井之中。

黄蓉见杨过与小龙女并肩坐在柱旁，离恶斗的二人不过丈余，自行喁喁细谈，对二人相斗固然丝毫不加理会，而霍都鼓动的劲风却也全然损不到他们。但见小龙女衣带在疾风中猎猎飘动，她却行若无事，只是脉脉含情的凝视杨过。黄蓉愈看愈奇，到后来竟是注视他二人多而看霍朱二人少了，心想："这小女孩似乎身有上乘武功，过儿和她这般亲密，却不知她是哪一位高人的门下？"

小龙女此时已过二十岁，只因她自小在古墓中生长，不见阳光，皮肤特别娇嫩，内功又高，看来倒似只有十六七岁一般。她在与杨过相遇之前，罕有喜怒哀乐，七情六欲最能伤身损颜，她过两年只如常人一年。若她真能遵师父之教而清心修练，不但百年之寿可期，而且到了百岁，体力容颜与五十岁之人无异。因此在黄蓉眼中看来，她倒似反较杨过为幼，而举止稚拙、天真纯朴之处，比郭芙更为显然，无怪以为她是小女孩了。

这时朱子柳用笔越来越是丑拙，但劲力却也逐步加强，笔致有似蛛丝络壁，劲而复虚。霍都暗暗心惊，渐感难以捉摸。金轮法王大声喝道："马米八米，古斯黑斯。"这八个字不知是什么意思，却震得人人耳中嗡嗡发响。朱子柳焦躁起来，心道："他若再变招，这场架不知何时方能打完。我以大理国故相而为大宋打头阵，可千万不能输了，致贻邦国与师门之羞。"忽然间笔法又变，运笔不似写字，却如拿了斧斤在石头上凿打一般。

这一节郭芙也瞧出来了，问道："朱伯伯在刻字么？"黄蓉笑道："我的女儿倒也不蠢，他这一路指法是石鼓文。那是春秋之际用斧凿刻在石鼓上的文字，你认认看，朱伯伯刻的是什么字。"郭芙顺着他笔意看去，但见所写的每一字都是盘绕纠缠，倒像是一幅幅的小画，一个字也不识得。黄蓉笑道："这是最古的大篆，无怪你不识，我也认不全。"郭芙拍手笑道："这蒙古蠢才自然更加认不出了。妈，你瞧他满头大汗、手忙脚乱的怪相。"

霍都对这一路古篆果然只识得一两个字。他既不知对方书写何字，自然猜不到书法间架和笔画走势，登时难以招架。朱子柳一个字一个字篆将出来，文字固然古奥，而作为书法之基的一阳指也相应加强劲力。霍都一扇挥出，收回稍迟，朱子柳毛笔抖动，已在他扇上题了一个大篆。

霍都一看，茫然问道："这是'网'字么？"朱子柳笑道："不是，这是'尔'字。"随即伸笔又在他扇上写了一字。霍都道："这多半是'月'字？"朱子柳摇头说道："错了，那是'乃'字。"霍都心神沮丧，摇动扇子，要躲开他笔锋，不再让他在扇上题字，不料朱子柳左掌陡然强攻，霍都忙伸掌抵敌，却给他乘虚而入，又在扇上题了两字，只因写得急了，已非大篆，却是草书。霍都便识得了，叫道："蛮夷！"

朱子柳哈哈大笑，说道："不错，正是'尔乃蛮夷'。"群雄愤恨蒙古铁骑入侵，残害百姓，个个心怀怨愤，听得朱子柳骂他"尔乃蛮夷"，都大声喝起采来。

霍都给他用真草隶篆四般"一阳书指"杀得难以招架，早就怯了，听得这一股喝采声势，心神更乱，但见朱子柳振笔挥舞，在空中连书三个古字，哪里还想得到去认什么字？只得勉力举扇护住面门胸口要害，突感膝头一麻，原来已被敌人倒转笔杆，点中了穴道。霍都但觉膝弯酸软，便要跪将下去，心想这一跪倒，那可再也无颜为人，强吸一口气向膝间穴道冲去，要待跃开认输，朱子柳笔来如电，跟着又是一点。他以笔代指，以笔杆使一阳指法连环进招，霍都怎能抵挡？膝头麻软，终于跪了下去，脸上已是全无血色。

群雄欢声雷动。郭靖向黄蓉道："你的妙策成啦。"黄蓉微微一笑。

武氏兄弟在旁观斗，见朱师叔的一阳指法变幻无穷，均是大为钦服，暗想："朱师叔功力如此深厚强劲，化而为书法，其中又尚能有这许多奥妙变化，我不知何日方能学到如他一般。"一个叫："哥哥！"一个叫："兄弟！"两人一般的心思，都要出言赞佩师叔武功，忽听得朱子柳“啊”的一声惨叫，急忙回头，但见他已仰天跌倒。

这一下变起仓卒，人人都是大吃一惊。原来霍都认输之后，朱子柳心想自己以一阳指法点中他穴道，这与寻常点穴法全然不同，旁人须难解救，于是伸手在他胁下按了几下，运气解开他的穴道。哪知霍都穴道甫解，杀机陡生，口里微微呻吟，尚未站直身子，右手拇指一按扇柄机括，四枚毒钉从扇骨中飞出，尽数钉在朱子柳身上。本来高手比武，既见输赢，便决不能再行动手，何况大厅上众目睽睽，怎料得到他会突施暗算？霍都若在比武之际发射暗器，扇骨藏钉虽然巧妙，却也决计伤害不了对方；此时朱子柳解他穴道，与他相距不过尺许，这暗器贴身陡发，武功再高，亦难闪避。四枚钉上喂以西藏雪山所产剧毒，朱子柳一中毒钉，立时全身痛痒难当，难以站立。

群雄惊怒交集，纷纷戟指霍都，痛斥他卑鄙无耻。霍都笑道：“小王反败为胜，又有什么耻不耻的？咱们比武之先，又没言明不得使用暗器。这位朱兄若是用暗器先行打中小王，那我也是认命罢啦。”众人虽觉他强词夺理，一时倒也没法驳斥，但仍是斥骂不休。

郭靖抢出抱起朱子柳，但见四枚小钉分钉他胸口，又见他脸上神情古怪，知道暗器上的毒药甚是怪异，忙伸指先点了他三处大穴，使得血行迟缓、经脉闭塞，毒气不致散发入心，问黄蓉道：“怎么办？”黄蓉皱眉不语，料知要解此毒，定须霍都或金轮法王亲自用药，但如何夺到解药，一时彷徨无计。

点苍渔隐见师弟中毒深重，又是担忧，又是愤怒，拉起袍角在衣带中一塞，就要奔出去和霍都交手。黄蓉却思虑到比武的通盘大计，心想：“对方已然胜了一场，渔人师兄出马，对方达尔巴应战，我们并无胜算。”忙道：“师兄且慢！”点苍渔隐问道：“怎地？”饶是黄蓉智谋百出，却也答不出话来，这头一场既已输了，此后两场就甚是难处。

霍都使狡计胜了朱子柳，站在厅口洋洋自得，游目四顾，大有不可一世之概，一瞥眼间，见小龙女和杨过并肩坐在石础之上，拉着手娓娓深谈，对自己这场胜利竟是视若无睹，不由得心头火起，伸扇指着杨过喝道："小畜生，站起来。"

杨过全神贯注在小龙女身上，但觉天下虽大，再无一事能分他之心，因之适才霍都与朱子柳斗得天翻地覆，他竟是视而不见、听而不闻。他与小龙女同在古墓数年，实不知自己对她已是刻骨铭心，生死以之。当日小龙女问他是否要自己做他妻子，只以突然而发，他心中从未想过此事，竟是愕然不知所对，事后小龙女影踪不见，他在心中已不知说了几千百遍："我要的，我要的。宁可我立时死了，也要姑姑做我妻子。"

他与小龙女之间的情意，两人都是不知不觉而萌发，及至相别，这才蓬蓬勃勃的不可抑制。杨过固然天不怕、地不怕，而小龙女于世俗礼法半点不知，只道我欲爱则爱，我欲喜则喜，又与旁人何干？因此上一个不理，一个不懂，二人竟在千人围观之间、恶斗剧战之场，执手而语，情致缠绵。

霍都骂了一声，杨过仍是不曾听见。霍都更欲斥责，只听金轮法王吩咐道："我方已胜了一场，可接着再斗第二场。"霍都向杨过狠狠瞪了一眼，退回席间，大声说道："敝方胜了一场，第二场由我二师兄达尔巴出手，贵方哪一位英雄出来指教？"

达尔巴从大红袈裟下取出一件兵器，走到厅中。众人见到他的兵刃，都是暗暗心惊，原来那是一柄又粗又长的金杵。这金刚降魔杵向为佛教中护法尊者所用，藏僧以此为兵刃的本亦常有，但达尔巴这降魔杵长达四尺，杵头碗口粗细，杵身金光闪闪，似是用纯金所铸，这份量可比钢铁重得多了。

他来到厅中，向群雄合什行礼，举手将金杵往上一抛。金杵落将下来，砰的一声，把厅上两块青花大砖打得粉碎，杵身陷入泥中，深逾一尺。这一下先声夺人，此杵重量可知，瞧他又干又瘦的一个和尚，居然使得动此杵，则武功膂力又可想而知。

黄蓉心想："靖哥哥自能制服这莽和尚，但第三场那法王出手，我方无人能挡，这场比武是输定了。说不得，我勉力用巧劲斗他一斗。"一提打狗棒，说道："我出手罢!"郭靖大惊，忙道："使不得，使不得。你身子不适，怎能与人动手?"黄蓉也觉并无把握取胜，若是输了这一场，第三场便不用比了，正踌躇间，点苍渔隐叫道："黄帮主，让我去会这恶僧。"他见师弟中毒后麻痒难当的惨状，心急如焚，急欲报仇。黄蓉也是苦无善策，心想："眼下只有力拼，若他胜得藏僧，靖哥哥再以硬碰硬，与那金轮法王分个高下便了。"于是说道："师兄请小心了。"

武氏兄弟取过师伯所用的两柄铁桨呈上。点苍渔隐挟在胁下，走到厅中。他双眼火红，绕着达尔巴走了一圈。达尔巴莫名其妙，见他打圈，便跟着转身。点苍渔隐猛然大喝一声，挥动双桨，往他头顶直劈下去。达尔巴身法好快，伸手拔起地下降魔杵一架，桨杵相交，当的一声大响，只震得各人耳中嗡嗡发响。两人虎口都是隐隐发痛，知道对方力大，各自向后跃开。达尔巴说了一句藏语，渔隐却用一句大理的夷语骂他。二人谁也不懂，突然间欺近身来，桨杵齐发，又是金铁交鸣的一声大响。

这番恶斗，再不似朱子柳与霍都比武时那般潇洒斯文。二人铜缸对铁瓮，大力拼大力，各以上乘外门硬功相抗，杵桨生风，旁观众人尽皆骇然。

点苍渔隐膂力本就极大，在湘西侍奉一灯大师隐居之时，日日以铁桨划舟，逆溯激流而上，双臂更是练得筋骨似铁。他是一灯的大弟子，在师门亲炙最久，一灯大师以他生性纯朴粗鲁，向来极为喜爱，只是他天资较差，内功不及朱子柳，但外门硬功却是厉害之极。此时与藏僧达尔巴硬拼外功，正是用其所长，但见他双桨飞舞，直上直下的强攻。两柄铁桨每一柄总有五十来斤重，他却举重若轻，与常人挥舞几斤重的刀剑一般灵便。

达尔巴自负膂力无双，不料在中原竟遇到这样一位神力将军，对方不但力大，招数更是精妙，当下全力使动金刚杵。杵对桨，桨对杵，两人均是攻多守少。

当朱子柳与霍都比武之时，厅上观战的群雄均已避风散开，此刻三般重兵刃交相拼斗，别说兵风难挡，即是桨杵相撞时所发出的巨声也令人极为难受。众人多数掩耳而观。烛光照耀之下，黄金杵化成一道黄光，镔铁桨幻为两条黑气，交相缠绕，越斗越是激烈。

这场好斗，众人实是生平未见。更凶险的情景固然并非没有，但高手比拼内功，内里紧迫异常，外表看来却甚平淡。至于拳脚兵刃的招数拆解，则巧妙固有过之，狠猛却又大为不及。世上如点苍渔隐这般神力之人已然极为罕有，再要两个膂力相若、武功相若之人碰在一起如此恶斗，更是难遇难见了。

郭靖与黄蓉都看得满手是汗。郭靖道："蓉儿，你瞧咱们能胜么？"黄蓉道："现下还瞧不出来。"其实郭靖何尝不知一时之间胜负难分，但盼妻子说一句"渔隐可胜"，心中就大为安慰。

再拆数十招，两人力气丝毫不衰，反而精神弥长。点苍渔隐双桨交攻，口中吆喝助威。达尔巴问道："你说什么？"他说的是藏语，渔隐哪里懂得，也问："你说什么？"达尔巴也是不懂。两人便即各自乱骂狠斗，只打得厅上桌椅木片横飞。众人担心他们一个不留神打中了柱子，只怕整座大厅都会塌将下来。

金轮法王和霍都也是暗暗心惊，看来如此恶斗下去，达尔巴纵然得胜，也必脱力重伤，但激战方酣，怎能停止？

两人跳荡纵跃，大呼鏖战，黄光黑气将烛光逼得也暗了下来，猛然间震天价一声大响，两人同声大喝，一齐跳开，原来渔隐右手铁桨和金杵硬拼一招，二人各使全力，铁桨桨柄较细，不及金杵坚牢，竟尔断为两截。桨片飞开，当的一声，跌在小龙女身前。

小龙女正与杨过说得出神，毫没留意，桨片撞在她左脚脚指上，她“哎哟”一声，跳了起来。她这一呼痛，杨过方才惊觉，忙问：“你受伤了么？”小龙女抚着脚指，脸现痛楚神色。

杨过大怒，转头寻找是谁投来这块铁板打痛了姑姑，只见点苍渔隐右手拿着断桨，正与达尔巴争执，要以单桨与他再斗。达尔巴只是摇头，他知敌人力气功夫和自己半斤八两，若再比武，也是难胜，既在兵刃上占了便宜，这场比武就算赢了。

霍都站了出来，朗声说道：“我们三场中胜了两场，这武林盟主之位自该属于我师，各位……”他话未说完，杨过向渔隐道：“你的铁桨怎地断了，飞过来打痛了我姑姑？”渔隐道：“我……我……”杨过道：“你的铁桨也不做得结实些，快去赔礼。”渔隐见他是个孩子，不加理睬。杨过忽地伸手，将他断桨夺过，叫道：“快向我姑姑赔不是。”

霍都给他打断话头，大是气恼，喝道：“小畜生！快滚开！”杨过叫道：“小畜生骂谁？”霍都听他问“小畜生骂谁”，顺口答道：“小畜生骂你！”他怎知南方孩子向来以这般套子斗口，一不留神，已自上当。杨过哈哈大笑，说道：“不错，正是小畜生骂我！”大厅上情势本来极是紧张，却给这少年突然这么一个打岔，群雄都笑了出来。霍都大怒，折扇直出，往杨过头顶击去。

群雄适才均见霍都武功甚是了得，这一扇若是打在杨过头上，不死也必重伤，齐声呼叫：“住手！”“不得以大欺小。”

郭靖飞身抢出，正要伸手夺扇，杨过头一低，已从霍都手臂下钻过，桨柄回绕，使出打狗棒法的“缠”字诀，在霍都脚下一绊。

霍都立足不稳，一个踉跄，险些跌倒，总算他武功高强，将跌势硬生生变为跃势，凌空窜起，再稳稳落下。

郭靖一怔，问道：“过儿，怎么了？”杨过笑道：“没什么。这厮瞧不起洪老帮主的打狗棒法，我就想用打狗棒法摔他一个筋斗，可惜给他逃开了。”郭靖大奇，又问：“你怎么会使？”杨过撒谎道：“适才鲁帮主和他动手，我瞧了之后，学了几招。”郭靖自己天资鲁钝，只道世上聪明之人甚多，对他的话倒也信了八九成。

霍都给杨过这么一绊，料得是自己不小心，怎想得到这个十几岁的少年竟有高明武功，心想眼下争盟主是大事，办完正事再打发这小子不迟，于是大踏步走到郭靖面前，朗声道：“郭大侠，今日比武是我们胜了，我师金轮法王是天下武林盟主。可有哪一位不服……”

他话未说完，杨过悄悄走到他身后，桨柄疾送，使出打狗棒法中第四招“戳”字诀，忽地向他臀上戳去。以霍都的武功修为，背后有人突施暗算，岂有不知之理？可是打狗棒法端的神奇奥妙，他虽惊觉，急闪之际终究还是差了这么几寸，噗的一下，正中臀部。饶是他内功深厚，臀部又是多肉之处，可是这一下却也甚是疼痛，兼之出其不意，他只道定可避过，偏偏竟又戳中，不由得“啊”的一声叫了出来。杨过喝道：“什么东西？我就不服！”

霎时之间，厅上笑声大作。群雄都想这少年不但顽皮，兼且大胆，这蒙古王子居然两次着了他的道儿。

至此地步，霍都焉得不恼？反手一掌，要先打他个耳光，出了口恶气再说。他虽是顺手一掌，但掌力含劲蓄势，实是西藏派武功的精要，预拟一掌要将这少年打昏躺下。郭靖知道厉害，左手探出，反手一勾，已将他手掌抓住，劝道：“阁下怎能跟小孩儿一般见识？”霍都被他一把抓住，但感半身发麻，不禁惊怒交集。

杨过乘势横过桨柄，重重一棍打在他臀上，叫道：“小畜生不听话，爸爸打你屁股！”郭靖喝道：“过儿快退开，不许胡闹！”但群豪均已嘻嘻哈哈的笑成一团。

蒙古一边的众武士纷纷叫嚷：“两个打一个么？”“不要脸！”“这算不算比武？”郭靖一怔，放脱了霍都。

黄蓉见杨过适才这一绊一戳，确是打狗棒法的招数，心下大疑：“他从何处偷学得到这路棒法？难道这几个月来我教鲁有脚之时，每天他都来偷看？但我教棒时每次均四下查过，他怎能瞒得过我？”叫道：“靖哥哥，你来。”郭靖回到妻子身旁，但他担心杨过吃亏，眼光仍是不离厅心二人。

只见霍都挥掌飞脚，不住向杨过攻去。杨过一面闪避，一面大叫：“打你屁股，打你屁股！”横桨柄不住向他臀部抽击，此时霍都展开身法，自已打他不着，每一棍都落了空。霍都用折扇想打杨过脑袋，杨过却用铁桨桨柄去打他后臀，两人你追我赶，在厅上迅速异常的兜绕圈子，谁也打不着谁。

旁观众人初时只觉滑稽古怪，待见二人绕了几个圈子，都惊讶起来。杨过年纪虽小，但脚步轻盈，身手迅捷，直和霍都不相上下。霍都几次飞步击打，都给他巧妙避开。

点苍渔隐与达尔巴本来各执兵刃，怒目对视，一个要冲上去再打，一个全神戒备，以防对方突袭，但见霍都竟然奈何不了这样一个少年，都是极为诧异，一个裂开大嘴嘻嘻而笑，一个用藏语叽哩咕噜的咒骂。

转瞬间霍杨二人又绕了三个圈子，霍都已瞧出对方轻身功夫甚是了得，一味跟他追逐，说不定竟还输了，突然转身，急伸左掌迎面去抓他桨柄，右手扇子往他腿侧“环跳穴”上点去。这一下出手，显已不再是惩戒顽童，竟是比武过招了。

杨过却仍不与他正面对战，侧身避开扇子，横着桨柄挥打，叫道：“老子打你屁股！一日不过三，打了两下，还欠一下！”拼斗时使这般戏弄手段，须得比对方武功高出极多方无危险，杨过虽然学过不少上乘武功，功力却远远不及霍都，如此胡闹本来必定遭殃。但群豪瞧得有劲，纷纷嘻笑叫嚷、拍手顿足的为他助威。霍都只听得心神不定，生怕在天下英雄面前自己屁股再给这顽童打中了一下，就算当场杀了这小厮，也已大大的丢脸，因之全神贯注的闪避，一时竟忘了反击，杨过这才未遇凶险。

到了此时，黄蓉自早已看出杨过曾受高人指点，武功着实了得，又想起日间他以内力助自己调息，内功修为亦自不凡，心想且由他胡搅一阵，竟能由此挽回连败两阵的颓势亦未可知，于是高声叫道："过儿，你好好和他比一比罢，我瞧他不是你对手。"

杨过向霍都伸了伸舌头，道："你敢不敢?"说着站定身子，指着他的鼻子。

霍都心下虽怒，但想不可因小不忍而乱大谋，己方连胜两场，武林盟主已然夺得，何必再为一个少年而另起纠纷？便道："小畜生，如此顽皮，总得要好好教训你一番，这个倒也不忙。现下请天下武林盟主金轮法王给大伙儿致训，大家一齐听他老人家的号令。"

群雄轰然抗辩，喧哗嘈杂。霍都大声道："咱们言明在先，三赛两胜。各位说过的话，算人话不算?"群雄都是江湖上的成名人物，均知驷不及舌之义，要他们出尔反尔，那是万万不肯的；但适才这两场实在输得冤枉，第一场是中了暗算，反胜为败，第二场只是折断了兵刃，可是硬要说不败，却也难以理直气壮。众人给他这么一问，一时语塞。

杨过道："这个老和尚这般高，这般瘦，模样古怪，怎能做武林盟主？我瞧他不配。"霍都怒道："这小孩的师父是谁？快领去管教。再在这里撒野，我下手可要不留情面了。"杨过道："我师父才配当武林盟主，你师父有什么本事?"霍都道："你师父是哪一位？请出来见见。"他见杨过身手不凡，料得他师父必是高手，是以用了个“请”字。

杨过道：“今日争武林盟主，都是徒弟替师父打架，是也不是？”霍都道：“不错，我们三场中胜了两场，因此我师父是盟主。”杨过道：“好罢，就算你胜了他们，那又怎地？我师父的徒弟你可没打胜。”霍都问道：“你师父的徒弟是谁？”杨过笑道：“蠢才！我师父的徒弟，自然是我。”群雄听他说得有趣，都哈哈大笑起来。杨过笑道：“咱们也来比三场，你们胜得两场，我才认老和尚作盟主。若是我胜得两场，对不起，这武林盟主只好由我师父来当了。”

众人听他说到此处，均想莫非他师父当真是大有来头的人物，要来和洪七公、金轮法王争武林盟主，不管他师父是谁，总是汉人，自胜于让蒙古国师抢了盟主去，这少年当然斗不过霍都，然而眼下己方已然败定，只有另生枝节，方有转机，于是纷纷附和：“对，对，除非你们蒙古人再胜得两场。”“这位小哥说的甚是。”“中原高手甚多，你们侥幸占了两场便宜，有甚希罕？”

霍都寻思：“对方最强的两个高手都已败了，再来两个又有何惧？就怕他们使车轮战法，打败两个又来两个。”对杨过道：“尊师要争这盟主之位，原也在理，只是天下英雄何止千万，比了一场又是一场，却比到何年何月方了？”

杨过头一昂，说道：“旁人来作盟主，我师父也不愿理会，但她瞧着你师父心里就有气。”霍都道：“尊师是谁？他老人家可在此处？”杨过笑道：“他老人家就在你眼前。喂，姑姑，他问你老人家好呢。”小龙女“嗯”的一声，向霍都点了点头。

群雄先是一怔，随即哈哈大笑。眼见小龙女容貌俏丽，年纪尚较杨过幼小，怎能是他师父？显是这少年有意取笑、作弄霍都了。只有郝大通、赵志敬、尹志平等几人才知他所言是实。黄蓉虽然智慧过人，却也决计不信小龙女这样一个娇弱幼女会是他的师父。

霍都大怒，喝道："小顽童胡说八道！今日群雄聚会，有多少大事要干，哪容得你在此胡闹？快给我滚开。"

杨过道："你师父又黑又丑，说话叽哩咕噜，难听无比。你瞧我师父多美，多么清雅秀丽，请她做武林盟主，岂不是比你这个黑丑和尚师父强得多么？"小龙女听杨过称赞自己美貌，心中欢喜，嫣然一笑，真如异花初胎，美玉生晕，明艳无伦。

群雄见杨过作弄敌人越来越是大胆，都感痛快，有些老成之人则暗暗为他担心，生怕霍都忽下杀手，势必送了他性命。

果然闹到此时，霍都再也忍耐不住，叫道："天下英雄请了，小王杀此顽童，那是他自取其咎，须怪不得小王。"折扇一挥，就要往杨过头顶击去。

杨过模仿他说话神气，挺胸凸肚，叫道："天下英雄请了，小顽童杀此王子，那是他自取其咎，须怪不得小顽童！"群雄轰笑声中，他突然横过桨柄，往霍都臀上挥去。

霍都侧身让过，折扇斜点，左掌如风，直击对方脑门。扇点是虚，掌击却实，这一掌使上了十成力，存心要一掌将他打得脑浆迸裂。杨过闪身斜走，顺手将一张方桌推出，格的一响，霍都这掌击在桌上，登时木屑横飞，方桌塌了半边。群雄见他掌力惊人，不禁咋舌。霍都随即飞脚踢开桌子，跟着进击。杨过见他出掌狠辣，再也不敢轻忽，舞动桨柄，就使打狗棒法和他斗了起来。那打狗棒法的招数洪七公曾全部传授，当日杨过在华山绝顶向欧阳锋试演数日，招数中最奥妙曲折之处也都已演过，口诀和变化又曾听黄蓉传于鲁有脚，这时将两者一加凑合，居然使得头头是道。只是桨柄太过沉重，又短了半截，运用之际甚不方便，拆了十余招，已被霍都扇中夹掌，困在一隅。

黄蓉见他所使的果真都是打狗棒法，虽然招数生涩，未尽妙用，出手姿式却似模似样，知他兵刃不顺手，当即走到厅中，伸棒在二人之间一隔，说道："过儿，打狗须用打狗棒。鲁帮主这棒儿借给你罢，打完恶狗，立即归还。"打狗棒是丐帮帮主的信物，是以须得言明借用。杨过大喜，接过竹棒。黄蓉在他耳边低声道："逼他交出解药。"说罢便即跃回。杨过没留神适才朱子柳身中暗器的情状，不知解药何指，微微一怔，霍都已挥掌劈到。

杨过提起打狗棒往他小腹点去。这竹棒又坚又韧，长短轻重，无不顺手，以打狗棒使打狗棒法，自是威力倍增。霍都发掌正劈向他头颈，见他竹棒疾出，径刺自己脐下三寸的"关元穴"，这是任脉的要穴，这小小顽童认穴竟如此精确，不由得吃了一惊。他与杨过已纠缠数次，始终当他不过是个身手敏捷、曾得明师指点的少年，此刻见了他这一招刺穴，才当他是个可相匹敌的对手，再也不敢轻忽，撤掌回身，转扇护胸。旁观高手见他竟然改取守势，显是对杨过颇为忌惮，诧异更甚。

杨过说道："且慢，小顽童决不白白与人过招，须得赌个利物。"霍都道："好，你若输了，向我磕三个头，叫三声爷爷。"杨过又使江南顽童常用的讨便宜套子，假装没听见，问道："叫什么？"这套子突然使将出来，不知者极易上当。霍都生长蒙藏，日常相处的尽是淳朴质实之辈，哪懂这些江南顽童的狡狯，顺口答道："叫爷爷！"杨过应道："嗯，乖孙儿，再叫我一声。"众人轰笑声中，霍都又知上了恶当，一咬牙，右扇左掌，狂风暴雨般攻将过去。

杨过奋力抵挡，说道："你若输了，就须将解药给我。"霍都怒道："我输给你？快别做梦，小畜生！"杨过竹棒扬起，喝道："小畜生骂谁？"霍都道："小畜生骂……"话到口边，猛然省起，总算悬崖勒马，硬生生把最后一个"你"字缩回嘴里。杨过笑道："小番王，教了你个乖，你记着罢。"他话虽说得轻巧，手上却越来越是艰难。

霍都是金轮法王的得意弟子，已得西藏派武功的精要，他与一灯大师最强的弟子朱子柳拆得近千招，功力之深，与杨过自是不可同日而语。杨过初时激他动了怒气，乘机占得便宜，霍都也未全力与搏，此刻当真动手，二十余招之后，杨过便即相形见绌。但群雄见他小小年纪，居然支持了这么许久，均已大为赞许，都说："这孩子可了不起。"纷纷互相询问，这少年是谁的门下。

霍都见敌人势劣，掌力越是加强。杨过所使的打狗棒法神妙莫测，本非霍都的扇法掌法之所及，但洪七公所授的只是招数，棒法的口诀秘奥，他甫自黄蓉口中听到，仗着聪明，才勉强凑乎着两者使用，然要立时之间融会贯通，施展威力，自是决无此理。再斗一会，杨过东躲西闪，已难以招架。

郭芙与武氏兄弟自厅中比武开始，一直全神观斗，三人凑首悄悄议论，及至杨过出来动手，三人实是大出意料之外。武氏兄弟说他狂妄愚鲁，自讨苦吃。郭芙偏和他们抬杠，赞他大胆机敏。武氏兄弟听得心中酸溜溜的甚不好受。初时他们见小龙女忽然来到，与杨过神态亲密，兄弟俩对望一眼，登时大感轻松，待得听杨过称她为师父，虽不知真假，二人心头又沉重起来。这时见杨过给霍都逼得手忙脚乱，两兄弟自知不该幸灾乐祸、希冀敌人获胜，然内心深处，竟是盼望他这筋斗栽得越重越好。二人只因患得患失，于是忽喜忽忧，心情于瞬息之间接连数变。郭芙对杨过固无好感，亦无厌憎之心，只当他是个落魄无能之人，无足轻重，听父亲说要将自己许配于他，一时虽感气愤，但终信此事决难成真，也不如何挂怀，后来见他武功非同小可，也只是大为惊异而已，见他势危，却不禁为他担心。

杨过知道如此相斗，十招之内便要给敌人打倒，瞥见小龙女虽仍坐在石础上，背心却已不再倚靠厅柱，神色关注，随时便要跃起相助，心念一动，突然横棒挥出，身子斜飞，从小龙女脚上跃过。霍都喝道：“哪里走？”跟着跃起追击。

小龙女双足微抬，左足足尖踢向霍都右足外踝的“昆仑穴”，右足足尖踢他左足心的“涌泉穴”。总算霍都武功极为精强，见微知著，变化迅捷，小龙女双足稍起，旁人毫不在意，他已知这少女是以极厉害的招数忽施突袭，百忙中使一招“鸳鸯连环腿”，双足向空连环虚踢，才避开了她这两下来无影去无踪的飞足点穴。

杨过从小龙女脚上跃过，早料到有此一着，不待敌人落地，打狗棒已挥了出去。霍都伸扇在棒上一搭，借力斜身飞开，离得小龙女远远地，不自禁望了她两眼，心想：“中原果然尽多能人，这两个少年男女都不过十来岁年纪，怎地如此了得？”

杨过得了这一招之利，发挥棒法中的攻手，进了三记杀招，霍都大感狼狈，全力抵御。可是第四招上杨过已无奥妙棒法连续进攻，缓得一缓，被他反击过来，又处劣势。

旁人不懂棒法，还不怎地，黄蓉却连连暗呼可惜，忍不住念道：“棒回掠地施妙手，横打双獒莫回头。”这正是打狗棒法的诀窍，杨过虽知歌诀招数，却不知此招该当于此时用出，听得黄蓉念起，当即横棒掠地，直击不回。

这一棒去势古怪，他虽然使了，实不知有何功效，岂知竹棒击出，正巧对方举扇斜挥。霍都这一招尚未使足，已知不妙，急忙跃起相避。黄蓉又念：“狗急跳墙如何打，快击狗臀劈狗尾。”这路棒法在丐帮中世代相传，做乞儿的有甚文雅之士，口诀语句自然俚俗。旁人还道是黄蓉出言讥骂敌人是狗，却不知她正在指点杨过武艺。那打狗棒法虽是除丐帮帮主外不传别人，但一来杨过已自学会，二来这场比武关系重大，务须求胜，当下黄蓉也顾不得帮规所限，看到两人进退攻守的情势，不住口的出言指点。

她每一句话都说得正中窍要，兼之杨过机伶无比，数次得手之后，不等黄蓉念完歌诀全句，只消提得头上几字便即施展。这打狗棒法果然威力奇强，霍都空有一身武功，竟被一根竹棒逼得团团乱转，再无还手余地。眼见再拆数招，这武功精强的番邦王子就要落败，群雄惊喜交集。大厅中采声四起。

霍都挥扇急攻两招，把杨过迫开几步，叫道："且住！"杨过笑道："怎么？小孙儿认输了罢？"霍都脸色铁青，森然道："你说是为你师父争夺盟主，怎么使上了洪七公的武功？若说为洪七公争盟主，适才已比过两场。你们到底是胡混瞎赖，还是怎的？"

黄蓉心想不错，他这话倒是难以辩驳，正想跟他强词夺理一番，杨过已接口道："你这次说的倒算是人话，这棒法果然非我师父所授，纵然胜得你，谅你也不服。你要见识见识我师父的功夫，丝毫不难。我刚才借用别派功夫，就怕本门功夫用将出来，你输得太惨。"原来杨过听他说了这番话，回头向小龙女望了一眼，猛然省起："幸亏这番王提醒了我。若是我用打狗棒法胜他，怎能显出我姑姑的本事？姑姑岂不怪我忘了她传授武功的恩德？"其实小龙女一派天真，心中充满了对杨过的柔情密意，只要眼中看着他，就已心满意足，万事全不挂怀，他胜了固好，败也无妨，均是无甚相干，至于他是否用本门武功，是否听由黄蓉指点，她更是半点也不放在心上。

霍都心想："你若不用打狗棒法，取你性命又有何难。"当下冷笑道："这就是了，定须领教尊师的所授高招。"

杨过跟小龙女练得最精纯的乃是剑法，于是向群雄道："哪一位尊长请借柄剑一用。"厅上二千余人之中倒有三百余人佩剑，听杨过如此说，齐声答应，纷纷拔剑。

郝大通和孙不二未曾拜王重阳为师之时，均已心怀忠义，后来受王重阳薰陶，攘夷御侮之心更热。杨过反出全真教，他们自是甚感恼怒，但此时见他力抗强敌，为中华争光，登时将门户私见抛在一旁。孙不二武功在全真七子中最弱，王重阳临终时将全真教最锋利的一把宝剑传给了她，俾以利器补武功之不足。她见杨过借剑拒敌，当即纵身抢在头里，双手横托一柄青光闪闪、寒气森森的宝剑，说道："你用这柄剑罢！"

杨过见那剑犹如一泓秋水，知是断金切玉的利刃，若用以与霍都交手，定可占得不少便宜，但他一见到孙不二身上的道袍，立时想起自己在重阳宫中所受的屈辱，又想起孙婆婆横死在郝大通掌下，白眼一翻，却不接剑，转头从一名丐帮弟子手中取过一柄黑沉沉的生锈铁剑，说道："就借大哥此剑一用。"竟将孙不二僵在当地，进退不得。她虽出家修道，终究武学之士火性难净，自己好意借剑，这少年竟敢如此无礼，不禁大为恼怒，欲待开口斥责，却又是大敌当前，不便另起争端，当下强忍怒气，退回人丛。也是杨过性子太过刚硬，爱憎极其强烈，本可乘此良机与全真教修好，这么一来，双方嫌隙却更深了。

霍都见他不取宝剑，却拿了一把锈得斑斑驳驳的铁剑，心中却多了一层忌惮之意。盖武功练到极高境界，飞花摘叶均可伤人，原已不仗兵刃锐利，心想敌人取了这样一柄钝剑，当真是有恃无恐不成？当下张开折扇，挥了两下，欲待开口叫阵。杨过挺剑指着折扇上朱子柳所写的四字，笑道："尔乃蛮夷，众人皆知，倒也不用张扬了。"霍都脸上一红，折扇啪的一声，折成一根短棒，向他"肩井穴"微点，左掌呼地劈出，势挟劲风，凌厉狠辣。杨过使动铁剑，以"玉女剑法"还招。

当年林朝英石墓苦修，创下玉女心经的武功，此后不再出墓，只传了她的贴身丫鬟，经小龙女再传而至杨过。那丫鬟非但从不涉足武林，连终南山也没下过一步。李莫愁虽是小龙女的师姊，却未得师传高深剑法，只以拂尘与掌法、暗器扬威江湖。此时杨过使出古墓派剑法，大厅上各门各派高手毕集，除小龙女外，竟无一人识得。

这一派武功的创始人固是女子，接连两代的弟子也都是女人，自不免轻柔有余、威猛不足。小龙女教导杨过的架式，都带着三分袅娜风姿。杨过融会贯通之后，自然而然的除去了女子神态，转为飘逸灵动。古墓派轻功当世无比，此时但见他满厅游走，一招未毕，二招已至。剑招初出时人尚在左，剑招抵敌时身已转右，竟似剑是剑，人是人，两者殊不相干，一套剑法只使得十余招，群雄无不骇然钦服。

霍都的扇上功夫本也是武林一绝，挥打点刺，也是以飘逸轻柔取胜，但此刻遇到天下无双的古墓派绝顶轻功，竟然施展不出手脚，加以他扇上给朱子柳写上那四个字，被杨过一番取笑，不愿再行张开，这样一来。扇子中的“挥”字功夫便使不出了。

郭芙与武氏兄弟见杨过的剑法竟然如此了得，六只眼睛睁得大大的，再也无话可说。旁观众人之中第一欢喜的要算郭靖，他见故人之子忽尔练成这般身手，连自己也瞧不准他的家数，想起自己郭家与杨家的累世交情，不由得悲喜交集。黄蓉斜眼望了丈夫一眼，见他眼眶微红，嘴角却带笑容，知他心意，伸过手去握住了他右手。

霍都眼见不敌，焦躁起来，暗思今日若是竟折在这小子手中，自此声名扫地，还说什么扬威中原？只见杨过长剑斜指，剑尖分花，竟是连刺三处，若是纵跃闪避，登时落了下风，当即张开折扇，挡过了他这三招连刺，一声呼喝，又使出“狂风迅雷功”来反击。他右扇左袖，鼓起一股疾风，袖中隐藏铁掌，口里大声呼喝，以他武林高手的身份，与一个少年过招，竟然不得不用出看家本领来全力施为，即令得胜，脸上也已全无光采。但此时他只求不败，哪里还顾得这许多？吐气叫嚷，一招狠似一招。

杨过剑走轻灵，招断意连，绵绵不绝，当真是闲雅潇洒，翰逸神飞，大有晋人乌衣子弟裙屐风流之态。这套美女剑法本以韵姿佳妙取胜，衬着对方的大呼狂走，更加显得他雍容徘徊，隽朗都丽。杨过虽然一身破衣，但这路剑法使到精妙处，人人眼前陡然一亮，但觉他清华绝俗，活脱是个翩翩佳公子。

可是杨过一求姿式俊雅，剑上的威力便不易发扬。霍都豁出了性命不要，愈斗愈狠，杨过渐感吃力。郭靖、黄蓉看出他又将落败，都是眉头渐渐皱拢，但见霍都扇底与袖间的风劲越鼓越猛，不由得心中暗叫："不好！"

忽见杨过铁剑一摆，叫道："小心！我要放暗器了！"霍都曾用扇中毒钉伤了朱子柳，听他如此说，只道他的铁剑就如自己折扇一般，也是藏有暗器，无怪他不用利剑而用锈剑，自己既以此手段行险取胜，想来对方亦能学样，见杨过铁剑对准自己面门指来，急忙向左跃开。却见杨过左手剑诀引着铁剑刺到，哪里有什么暗器？

霍都知道上当，骂了声："小畜生！"杨过问道："小畜生骂谁？"霍都不再回答，催动掌力。杨过左手一扬，叫道："暗器来了！"霍都忙向右避，对方一剑恰好从右边疾刺而至，急忙缩身摆腰，剑锋从右肋旁掠过，相距不过寸许，这一剑凶险之极，疾刺不中，群雄都叫："可惜！"蒙古众武士却都暗呼："惭愧！"

霍都虽然死里逃生，也吓得背生冷汗，但见杨过左手又是一扬，叫道："暗器！"便再也不去理他，自行挥掌迎击，果然对方又是行诈。杨过一剑刺空，纵前扑出，左手第四次扬起，大叫："暗器！"霍都骂道："小……"第二个字尚未出口，蓦地里眼前金光闪动，这一下相距既近，又是在对方数次行诈之后毫没防备，急忙涌身跃起，只觉腿上微微刺痛，已中了几枚极细微的暗器。他想暗器细小，虽中亦无大碍，盛怒之下，扇戳掌劈，要将这狡狯小儿立毙于当场。

杨过知已得手，哪里还再和他力拼，只是舞剑严守门户，笑吟吟的道："我三番四次提醒，要放暗器了，要放暗器了，你总是不信。可没骗你，是不是?"

霍都正要挥掌击出，突觉腿上一下麻痒，似被一只大蚊叮了一口，忙提气忍住，要待发招，麻痒更加厉害了，心里一惊："不好，小畜生暗器有毒!"念头只是一转，腿上痒得再也无法忍耐，也顾不得大敌当前，抛下扇子，伸手就去搔痒，只这么一搔，竟似连心中也都痒了起来，不由得大叫摔倒。须知古墓派玉蜂金针之毒，天下罕见，中了一枚已自难当，何况在激斗之际、血行正速时连中数枚?

藏僧达尔巴大踏步走出，抱起师弟交在师父手中，转身向杨过道："小孩子，我来和你比武!"金刚杵横扫，疾向杨过腰间打去。

这一杵挥将过来，带着一道金光。金刚杵极为沉重，他一出手，金光便生，可见其膂力之强、手法之快。杨过双脚不动，腰身向后缩了尺许，金刚杵恰好在他腰前掠过。哪知达尔巴不等金杵势头转老，手腕使劲，金刚杵的横挥之势陡然间变为直挺，竟向杨过腰间直戳过去。以如此沉重兵刃，使如此刚狠招数，竟能半途急遽转向，人人均是出乎意外，杨过也是大吃一惊，忙按铁剑在金杵上压落，身子借力飞起。

达尔巴不等他落地，挥杵追击，杨过铁剑又在金杵上一按，二度上跃。达尔巴大喝一声："往哪里逃?"金杵跟着击到。杨过身在半空，不便转折，眼见情势危急已极，当下行险侥幸，突然伸手抓住杵头，挥剑直削下去。要是他有点苍渔隐那样的力气，敌人非撒手放杵不可。只是达尔巴本力强他数倍，用力回夺，急向后退。杨过乘势放开杵头，轻轻巧巧的落下地来。他接连三招被逼在半空，性命真是在呼吸之间，这时敌人的兵刃虽没夺到，但危局已解，旁观众人都舒了口气。

达尔巴见他轻功高强，变招灵活，说道：“小孩子的功夫很不错，是谁教你的啊?”他说的是藏语，杨过自然一字不懂。他料来这和尚是在骂自己，于是依着他的口音，也是叽哩咕噜的说了几句。这几个字发音既准，次序又是丝毫不乱，在达尔巴听来，正是问他：“小孩子的功夫很不错，是谁教你的啊?”于是答道：“我师父是金轮法王。我又不是小孩子，你该叫我大和尚。”

杨过半点不肯吃亏，心想：“不管你如何恶毒的骂我，我只要全盘奉还，口头上就不会输了。你用番话骂我猪狗畜生，我照式照样也骂你猪狗畜生。”是以用心听他说话，等他一说完，便依样葫芦的用藏语说道：“我的师父是金轮法王。我又不是小孩子，你该叫我大和尚。”

达尔巴大奇，侧过头左看右瞧，心想你明明是小孩子，怎会是大和尚?你师父又怎会是金轮法王?于是说道：“我是法王的首代弟子，你是第几代的?”杨过也道：“我是法王的首代弟子，你是第几代的?”

西藏喇嘛教中向来有转世轮回之说，其时达赖与班禅的转世尚未起始，但人死后投胎复生、不昧性灵的说法，早为喇嘛教中人人所深信不疑。金轮法王少年时收过一个大弟子，这弟子不到二十岁就死了，达尔巴和霍都均未见过，只知道有这么一回事。达尔巴在法王座下排名第二，霍都居三，便是为此。此时达尔巴听了这番言语，只道杨过真是大师兄转世，又想他如不是神童带艺投胎，一个少年怎能有如此武功?再说他是中原少年，藏语又怎能说得这般纯熟?当下侧头向他凝视片刻，越想越像，突然抛下金刚杵，向杨过低头膜拜，连称：“大师兄，师弟达尔巴参见。”

这一来杨过自然大奇，心想这和尚竟然骂不过我，向我低头服输，见他举动恭谨之极，所说言语自非骂人，必是敬语，倒不必跟着他学了，于是点头微笑，意示接纳。

旁观众人更是诧异之极，大家不懂藏语，不知杨过跟他叽哩咕噜、咭咭咯咯的对答半晌，说了一番什么言语，竟然将这神力惊人的番僧就此折服。

这中间只有金轮法王明白原委，心知这二弟子为人鲁直，上了杨过的当，于是大声说道：“达尔巴，他不是你大师兄转世，快起来跟他比武。”达尔巴一惊跃起，说道：“师父，我看他定是大师兄，否则小小年纪，怎会有如此身手？”金轮法王道：“你大师兄的武功比你强得多，这孩子却不及你。”达尔巴只是摇头不信。金轮法王知他性子最直，一时也说不明白，便道：“你若不信，跟他再比试一下就知道了。”

达尔巴对师父的话向来奉若神明，他既说杨过不是大师兄转世，那就多半不是大师兄了。但他小小年纪，竟有这般高明武功，又自称是他大师兄，却又难以不信，还是遵从师父吩咐，与他较量几招，试试他的真功夫，瞧是谁胜谁败，那就立判真伪了，于是举手向杨过道：“好，我就跟你比试一下武功，是真是假，就凭胜败而定。”

杨过见他站起身来，叽哩咕噜的说了几句话，神色间甚是恭谨，料想他是说几句礼貌言语，于是一音不变的照说一遍，达尔巴听来，正是：“好，我就跟你比试一下武功，是真是假，就凭胜败而定。”他听了这几句话，心下又感惊惧，暗想：“师父说我大师兄的武功比我强得多，我是定然比他不过的。”

杨过见他脸有惧色，心想：“我再吓他一吓，让他就此退去便是。”说道：“你有五个徒儿，叫作藏边五丑，前几天在华山绝顶对我无礼，已被我废去了武功。这五个家伙还活着罢？”他说的是汉语，达尔巴自然不懂，当下由随来的一名武士译了。达尔巴一听之下，更是大惊失色。藏边五丑在洪七公与欧阳锋两大高手夹击之下，全身筋脉俱废，回去话也说不出了。达尔巴察看五人的伤势，料想就是师父金轮法王也绝无如此功力，竟能将这五人震得八脉俱废，却又保得他们性命，下手者实有通天彻地之能，殆是神道鬼怪。他又怎想得到洪七公、欧阳锋二人的内力均不在金轮法王之下，二人合力，自是胜过了他师父一倍。此刻听杨过这么说，更是惧意大盛，转眼向金轮法王瞧去，只见他脸有怒容，却又不敢不与杨过动手，只得说道："请你手下留情。"杨过学着他的藏语，也道："请你手下留情。"

郭芙见二人用藏语说个不休，走到黄蓉身边道："妈，他们说些什么？"黄蓉早听出杨过只是依样葫芦，少年人闹着玩儿，但达尔巴何以竟会对他膜拜，却也参详不透，听得女儿相询，只是"嗯"了一声，道："杨家哥哥和他说笑呢！"

便在此时，达尔巴突然挥杵向杨过打去，他想事先已说得清清楚楚，对方自有防备。杨过却见他神态恭敬，万不料他会突然出手，这一杵险些给他打着，急忙后跃避开。

他急退急趋，随即纵上连刺三剑。达尔巴心中存了怯意，生怕杨过追随师父日久，武学上有惊人造诣，轮回转世，更有莫大神通，当下只是以金刚杵紧守门户，不敢丝毫怠忽，数招一过，杨过已瞧出他只守不攻，虽然不明用意，却乐得大展攻势，当下飘忽来去，东刺西击，这一路玉女剑法更见使得英气爽朗，顾盼生姿。

堪堪拆了百余招，金轮法王瞧得大不耐烦，喝道："达尔巴，赶快反击，他不是你的大师兄！"达尔巴的武功自是远在杨过之上，只是心存敬畏，功夫倒去了五成，杨过却是乘机全力施展。一个愈是得心应手，一个愈是畏缩退让。杨过虽占上风，却也伤他不得，达尔巴更道是大师兄手下留情。金轮法王大怒，厉声喝道："立时反攻！"这一句话声音奇猛，只震得各人耳鼓嗡嗡作响。达尔巴不敢违抗师命，一挺金刚杵，当即狂打急攻。

他这一番猛击，便将杨过逼得不住闪避，招数中的破绽也渐渐显露出来。达尔巴见他剑招稍疏，金杵倒甩上去，杨过缩手不及，剑杵相交。本来比武之际，双方兵刃碰撞乃是常事，但金刚杵太过沉重，杨过的铁剑始终翻腾飞舞，不敢和金杵相碰，此时一撞，但觉一股大力激荡，震得虎口剧痛，啪的一声，铁剑断为两截。达尔巴叫道："是我胜啦！"垂杵退开，将金刚杵往地下一竖，双手合什，躬身行礼。他虽得胜，对大师兄却不敢失了礼数。

杨过也用藏语叫道："是我胜啦！"半截铁剑向他迎面掷去。达尔巴侧身避过，心中一怔："怎么是大师兄胜啦？难道他这一招是诱着？"只见杨过空手猱身而上，不敢怠慢，忙舞杵护身。杨过在古墓中随小龙女学练掌法，练到双掌挡得住九九八十一只麻雀飞翔，不让一只雀儿漏出掌去。这路"天罗地网势"的掌法乃林朝英独得之秘，招数掌形从未下过终南山一步，此时使将出来，果然绵密无比，虽是空手，威力实不逊于手中有剑之时。达尔巴将金刚杵使得呼呼风响，杨过却以极高的轻身功夫在杵隙中进退来去，虽然凶险处时时间不容发，金刚杵却始终碰不到他身子丝毫。他反而抓打撕劈、擒拿勾击，在小擒拿手中夹以"天罗地网势"的掌法，着着抢攻。

又斗一阵，达尔巴神力愈增，杨过却也是越奔越是轻捷。他在古墓寒玉床上坐卧练功，斗室中急奔疾转，数年之功，此时才尽数显现出来。

小龙女坐在柱旁石础上，脸露微笑，瞧着两人相斗，眼见杨过久战不下，从怀中掏出一双白色手套，叫道："过儿，接住了！"右手一扬，将手套掷了过去。

她这双手套是以极细极韧的白金丝织成，虽然柔薄，却非宝刀利刃所能损伤。郝大通见到手套飞空，脸上微微变色。当年重阳宫中交手，小龙女曾戴这手套而拗断他长剑，竟逼得他险些自杀，此刻眼见之下，不由得触动心境。

杨过接住了手套，退后一步，迅速戴上，腰肢款摆，使出古墓派武功中最奇妙最花巧的“美女拳法”来。这路拳法当日他助陆无双却敌，便曾使过几招，以此击退丐帮弟子的追击。拳法每一招都是模拟一位古代美女，由男子使来本是不甚雅观，但杨过研习时姿式已有更改，招名拳法如旧，飞掌踢腿之际，却已变婀娜妩媚而为飘逸潇洒。这么一来，旁观群雄更加摸不着头脑，但见他忽而翩然起舞，忽而端形凝立，神态变幻，极尽诡异。

要知女子的姿态心神本就变化既多且速，而历代有名女子性格各有不凡之处，颦笑之际、愁喜之分，自更难知难度。将千百年来美女变幻莫测的心情神态化入武术之中，再加上女神端丽之姿，女仙飘缈之形，凡夫俗子，如何能解？杨过使一招“红玉击鼓”，双臂交互快击，达尔巴举杵横架。杨过变为“红拂夜奔”，出其不意的叩关直入，达尔巴竖杵直挡。杨过突使“绿珠坠楼”，扑地攻敌下盘。达尔巴吃了一惊，心想：“大师兄的招法怎地如此难测？”急跃而起，闪开他左掌的劈削。杨过双掌连拍数下，接着连绵不断的拍出，原来这是“文姬归汉”，共有胡笳十八拍。

他每一招均有来历，达尔巴是个藏僧，又怎懂得这些中原典故？霎时之间给他忽高忽低、或东或西的攻了个手忙脚乱。杨过手上戴了金丝手套，时时乘机使出“红线盗盒”、“木兰弯弓”、“班姬赋诗”、“嫦娥窃药”等招数来夺他金杵，逼得他吼叫连连，大是狼狈。群雄大喜，齐声喝采助威。

金轮法王眼见徒儿武功明明高于这少年，只是存了怯意，不断遭到对方抢攻，以致处境窘迫，当下厉声喝道：“快使无上大力杵法！”

达尔巴应道：“是！”双手握住杵柄，挥舞起来。他单手舞杵，已是神力惊人，此时双手用劲，连腰力也同时使上了，金刚杵上所发呼呼风声更加响了一倍。这“无上大力杵法”无甚变化，只是横挥八招，直击八招，一共二八一十六招，但一十六招反覆使将出来，横挥直击，只逼得杨过远远避开，别说正面交锋，连杵风也是不敢碰上。

点苍渔隐折断铁桨之后，一直甚不服气，此时见到这“无上大力杵法”如此威武，心想自己桨法之中实无这般至刚至猛的招数，倒也不由得暗自钦佩。

再斗一阵，厅上的红烛已有七八枝被杵风带灭，杨过只仗着轻功东西纵跃，一味闪避，但求不给金杵击中带着，哪里尚能还手？中原英雄尽皆心惊，默不作声，蒙古众武士却暴雷价叫起好来。

杨过在金杵紧迫下惟有不住退缩，不多时竟已退让入了厅角，要待变招，却半点腾不出手脚。这路“无上大力杵法”本就带着三分颠狂之意，达尔巴使发了性，已忘了眼前之人是大师兄转世，见他缩在厅角内已然退无可退，大喝一声：“你死了！”金杵横挥，只听得轰隆一声猛响，烟雾弥漫，砖土纷飞，大厅墙壁已被他打破了一个大孔。

杨过于千钧一发之际从他头顶疾跃而过，百忙之中仍没忘了用藏语回敬一句：“你死了！”这一跃却是“九阴真经”中的武功。他和小龙女曾修习古墓石室顶上的王重阳遗经石刻，拳脚剑术是学到了几成，内功却因无人指点，两人练是练了，可也不知练得对是不对，此时初临大敌，哪敢使用？竟不料在危急中自然而然的使了出来，救了一命。

众人只道达尔巴这一招定要得手，郭靖不待他这一杵挥足，已自抢出要袭他后心，猛见眼前红袍晃动，金轮法王发掌击来。郭靖见对方掌势奇速，急使一招“见龙在田”挡开。两人双掌相交，竟没半点声息，身子都晃了两晃。郭靖退后三步，金轮法王却稳站原地不动。他本力远较郭靖为大，功力也深，掌法武技却颇有不及。郭靖顺势退后，卸去敌人的猛劲，以免受伤。金轮法王却极为好胜，强自硬接了这一招，忍着胸口隐隐作痛，竟然凝立不动。连郭靖与金轮法王这等高手也道杨过定要遇险，以致一个飞身相救，一个出手阻截，哪知杨过竟有奇招，在金杵贴身掠过的空隙之间逃了出来。二人见他居然脱险，均感诧异，一个喜慰，一个惋惜，各自退回。

达尔巴一击不中，更不回身，金杵向后猛挥，杨过见敌招来得快极，自然而然的掠地窜出。这一下犹似燕子穿帘一般，离地尺许，平平掠过，刚好在金杵之下数寸，那又是“九阴真经”中的武功。

黄蓉大奇，道：“靖哥哥，怎么过儿也会九阴真经？你教他的么？”她只道郭靖顾念故人之情，在送他上终南山的途中将真经授了于他。郭靖道：“没有啊，若是传他，我怎会瞒你？”黄蓉“嗯”了一声，素知丈夫对旁人尚且说一是一，对自己自是更无虚言。但见杨过腾挪闪避，每遇危急，总是靠那真经的功夫护身。但他显然并未练通，不会以真经武功反击取胜，虽然保得性命，这一场比武看来终归要输了。黄蓉暗暗叹息：“过儿真是奇才，他若跟得我一年半载，将打狗棒法和真经上的功夫学得全了，这藏僧哪里还是他对手？”

正自烦恼，眼光一转之际，忽见丐帮叛徒彭长老混在蒙古武士群中，满脸喜色，她灵机一动，叫道：“过儿，移魂大法，移魂大法！”九阴真经中有一门功夫叫作“移魂大法”，系以心灵之力克敌制胜。当年洞庭湖君山丐帮大会，黄蓉曾以此法克制彭长老迷神催眠的“慑心术”，因此上见到此人时便即想起。

杨过记得“移魂大法”的练法，但他不信心力专注凝视对方，即能克敌制胜，是以从未练过，他素服黄蓉之能，心想：“郭伯母既出此言，必有缘故，反正今日已然输定，我就试他一试。”于是拳脚上继续窜避招架，心中却是摒虑绝思，依着经中所载止观法门，由“制心止”而至“体真止”，宁神归一，竟无半点杂念。这时他全凭本性招架，听声闪跃、遇风趋避，眼光呆呆的瞪着敌人。

又拆数招，达尔巴忽觉杨过举动有异，向他望了一眼，金杵猛击过去。杨过使一招美女拳法中的“蛮腰纤纤”，腰肢轻摆避开，他既运“移魂大法”，心体为一，拳脚上使的是什么招数，脸上就有什么神情。达尔巴见他脸上忽现书卷之气，哪里知他是在模仿唐代诗人白乐天之妾小蛮的舞姿，不禁一呆，金杵当头直击。杨过侧头避过，五根手指张开，伸手在自己头发上一梳，手指跟着软软的挥了出去，脸上微微一笑，却是一招“丽华梳妆”。那张丽华是李后主的宠姬，发长七尺，光可鉴人，李后主为她废弃政事而亡国，其媚可知。杨过这么一笑，达尔巴已受感染，跟着也是一笑。只是杨过眉清目秀，添上笑容，更增风致，那达尔巴颧骨高耸，面颊深陷，跟着杨过作态一笑，旁观众人无不毛骨悚然。

杨过见他呆住，伸指戳出，却是一招“萍姬针神”。达尔巴侧身闪开，脸上跟着他做个细心缝衣的模样。

黄蓉见杨过领会她的意思，居然能以“移魂大法”令敌人受到感应，心中大为喜慰，低声对郭靖道：“过儿遭际非凡，当年你在他这般年纪之时，尚无如此功夫。”郭靖叵动颜色，点了点头，目光凝视厅心二人，竟不稍瞬。

这“移魂大法”纯系心灵之力的感应，倘若对方心神凝定，此法往往无效。要是对方内力更高，则反激过来，施术者反受其制。两人比武，如施术者武功较强，则拳脚兵刃已足以获胜，实不必施用此法，假如功力不及，却又不敢贸然使用。是以此法虽然高深精奥，临敌时却也无甚用处。达尔巴听杨过说了一通藏语，早有八九成信得他是大师兄转世，只因心存敬畏之意，是以感应极快，杨过这才一举成功，但若施之于霍都，则此术杨过事先既未曾练过，内力又不及对手，势必大遭凶险。

这时杨过将美女拳法施展出来，或步步生莲，或依依如柳，达尔巴依样模仿，只将众人看得又是惊骇，又是好笑。

郭芙早已笑得打跌，对母亲道：“妈，杨家哥哥这套功夫真妙，你怎不教我?”黄蓉道：“你若会了移魂大法，定然闹得天翻地覆，终于自受其害。”拉着她手，郑重说道：“你别以为好玩，杨家哥哥正与这和尚性命相搏，这可比动刀动剑更是凶险呢!”郭芙伸了伸舌头，凝神望着杨过，心里总觉得好玩，见杨过笑达尔巴也笑、杨过怒达尔巴也怒，于是也跟着学样。哪知这“移魂大法”厉害之极，她只学得两下，心头便迷迷糊糊，竟一步步的走向厅心。

黄蓉大吃一惊，忙伸手拉住。这时郭芙已心神受制，用力想甩开母亲。黄蓉反手扣住她手腕拖了回来，将她脸儿转过，教她瞧不到杨过。郭芙挣扎了几下，脉门被拿住了动弹不得，脑中一昏，便伏在母亲怀里睡着了。

此时达尔巴已全被杨过制住，见他使招“西子捧心”，登时跟着来一下“东施效颦”，见他使出“洛神微步”，便也亦步亦趋，“翩若惊鸦、宛若游蛇”起来。金轮法王早看出不对，连声呼喝，达尔巴竟是恍如不闻。杨过见时机已至，突使一招“曹令割鼻”，挥手在自己脸上斜削一掌，左掌削过，右掌又削，连绵不断。古时曹文叔之妻名令，夫死后自割其鼻，以示决不再嫁。拳法中这一招本是以手掌在自己脸前削过，格开敌人击来面门的拳掌，杨过的手掌却近了数寸，削上了自己脸颊，看似出手甚重，其实只是手掌在自己脸上轻轻一抹，达尔巴哪里知道，双掌拼命往自己脸上打去。他神力惊人，每一掌都是百余斤的劲力，打到十余掌，终于支持不住，将自己打得昏晕倒地。

杨过悄退数步，坐到小龙女身畔，右手支颐，左手轻轻挥出，长叹一声，脸现寂寥之意。这是“美女拳法”最后一招的收式，叫作“古墓幽居”，却是杨过所自创，林朝英固然不知，小龙女也是不会。杨过当年学全了美女拳法之后，心想祖师婆婆姿容德行，不输于古代美女，武功之高更不必说，这路拳法中若无祖师婆婆在，算不得有美皆备，于是自行拟了这一招，虽说为抒写林朝英而作，举止神态却是模拟了师父小龙女。当日小龙女见到，只是微微一哂，自也不会跟着他去胡闹。

群雄齐声欢呼，叫道："我们又胜了第二场！""武林盟主是大宋高手！""蒙古鞑子快快滚出去罢，别来中原现世啦！"两名蒙古武士在纷乱中抢出，将达尔巴抬了回去。

金轮法王见两个徒弟都输在这少年手里，却均非武功不及，委实败得胡里胡涂之至，心中大是恼怒，但脸上不动声色，坐在椅上喝道："少年，你的师父是谁？"他武功绝伦之外，兼且博学多才，居然会说汉语。

杨过右手向小龙女一伸，笑道："我师父就是这一位，你快来拜见武林盟主罢！"

金轮法王见小龙女妩媚娇怯，比杨过年纪更小，绝不信是他师父，心想："中原汉人诡计多端，可不能骗得了我？"霍地站起，当啷啷一阵响亮，从怀中取出一个金轮。这金轮径长尺半，乃黄金铸成，轮上铸有藏文的密宗真言，中藏九个小球，随手一抖，响声良久不绝。金轮法王指着小龙女道："哼，你这小姑娘也配做武林盟主？只要你接得住我这金轮的十招，我就认你是盟主。"杨过笑道："我已胜了两场，三赛两胜，你方言明在先，却又胡赖些什么？"金轮法王道："我要试试她的功夫，瞧她是不是当得起。"

小龙女不知金轮法王武功惊世骇俗，也不知"武林盟主"是什么东西，更没想到自己要当还是不当，听他说要试试自己是否接得住他金轮十招，当即站起身来，说道："那我就试试。"

金轮法王道："你若接不住我十招，那便怎样？"小龙女道：

“接不住就接不住，又怎样了？”她此时虽对杨过爱念已深，然对别事仍是无动于中。中原群雄与蒙古武士均不知这是她的本性，见她全不把金轮法王瞧在眼内，还道她确是武功深不可测。更有人见杨过使“移魂大法”打败达尔巴，还道她会使妖法，是个小妖女，登时纷纷议论起来。

金轮法王却也真怕她行使妖法，当下口中喃喃念咒，叽哩咕噜，咭哩咯嘟，念的是密宗真言“降妖伏魔咒”。杨过在旁听得明白，只道这和尚又用藏语骂他师父，忙用心硬记，一个字一个字全记得清清楚楚。金轮法王念完咒语，金轮一摆，当啷啷一阵响，喝道：“少年退开，我要动手了！”这两句话说的却是汉语。

杨过摇摇手，不敢说话，只怕一分心便忘了硬生生记住的这大段藏语，当下依着字音，一字一字的念了起来。恰好达尔巴此时悠悠醒转，见师父手持金轮，正要与人动手，却听杨过口诵密宗真言“降魔伏妖咒”，此是本门秘法，决计不传外人，杨过若非大师兄转世，怎么会念此咒？情急之下，一跃而出，跪在师父面前叫道：“师父，他真是大师兄转世，你再收他入门罢！”金轮法王怒道：“胡说！你上了当还不知道。”达尔巴道：“是的啊，这事千真万确，决不能错。”法王见他纠缠不清，一把抓起他背心往厅里掷去。达尔巴一个一百多斤重的身躯，在他一抓一掷之下轻飘飘的恍似无物。

众人适才见达尔巴力斗点苍渔隐与杨过，膂力惊人，但法王这么一掷，功力显然又远在其上，眼见小龙女这般娇滴滴的模样，别说接他十招，就是给他用力吹一口气，只怕也就吹倒了，不禁都为她担忧。蒙古武士中不少人曾见过金轮法王显示武功，当真是艺压万夫、力胜九牛。小龙女虽是敌人，但见她稚弱美貌，恻隐之心，人皆有之，想她纵有妖术，也必难敌法王玄功通神，不免暗暗盼他不要痛下辣手。

杨过念完咒语，低声道："姑姑，小心这个和尚。"金轮法王听他念得一字不错，心下佩服，赞道："少年，亏得你了。"杨过道："和尚，亏得你了。"法王双目一瞪，说道："亏得我什么？"杨过道："亏得你有胆跟我师父动手。她是菩萨转世，有通天彻地之能、降龙伏虎之功，你还是小心为妙。"他见这和尚厉害，想说得他有了顾忌，出手不敢放尽，师父就易于抵挡。但金轮法王是西藏不世出的英杰，文武全才，哪会上当，叫道："第一招来了，小姑娘，亮兵刃罢！"

杨过除下金丝手套，替师父戴上，垂手退开。小龙女从怀中摸出一条雪白绸带，迎风一抖，绸带末端系着一个金色圆球，圆球中空有物，绸带抖动，圆球如铃子般响了起来，玎玲玎玲，清脆动听。众人见二人的兵刃都极怪异，心想今日真是大开眼界，一个兵刃极短，一个却是极长，一个极坚，一个却极柔，偏巧二般兵器又都会玎珰作声。

金轮法王所用的金轮专擅锁拿对手兵刃，不论刀枪剑戟、矛锤鞭棍，遇上了全是缚手缚脚，常人挥动武器一招过去，手中就没了兵器。若不是他见杨过功夫了得，还决不会说到十招。他一生之中，极少有人能接得了他金轮的二招。

小龙女绸带扬动，抢先进招。法王道："这是什么东西？"左手去抓带子，眼见绸带夭矫灵动，料来变化必多，这一抓之中暗藏上下左右中五个方位，不论绸带闪到哪里，都是逃不脱掌握。哪知绸带上的小圆球玎的一声响，反激起来，径来打他手背上的"中渚穴"。金轮法王变招奇速，手掌翻转，又来抓那小球。小龙女手腕微抖，小球翻将过去，自下而上，打他手背虎口处的"合谷穴"。金轮法王手掌再翻，这次却是伸出食中两指去夹圆球。小龙女看得明白，绸带微送，圆球伸出去点他臂弯里的"曲泽穴"。

这几下变招，当真只在反掌之间，金轮法王手掌翻了两次，小龙女手腕抖了三下，却已交换了五招。杨过看得明白，大声数道：“一二三四五……五招啦！还剩五招。”金轮法王要小龙女接他十招，是要她抵挡金轮的十下攻势，杨过取巧，却将双方交换的招数一并计算在内。法王是一代武学宗师，哪肯与这狡狯小儿斤斤辩算招数多少？当下左臂微偏，让开圆球，金轮直递了出去。

小龙女只听得当啷啷一阵急响，眼前金光闪动，敌人金轮已攻到面前尺许之处。这一下真是变生不测，别说抵挡，闪躲也已不及，危急中抖动手腕，绸带直绕过来，圆球直打法王脑后正中的“风池穴”，这是人身要害，任你武功再强，只要给打中了，终须性命难保。那是她无可奈何，才以两败俱伤的险招逼敌回轮自保。果然金轮法王不愿与她拼命，低头避过，只这么一低头，手上轮子送出略缓。小龙女已乘机收回绸带，玎玎珰珰一阵响，圆球与轮子相碰，已将金轮的攻招解开。这只是一瞬间的事，但小龙女已是从生到死、从死到生的经了一转，急忙展开轻功，向旁急退，脸上大现惊惧之色。

金轮法王只这么攻了一招，但杨过大声叫道：“六七八九十……好啦，我师父已接了你十招，更有什么话说？”

这几下交手，金轮法王已知这小姑娘武功虽高，终究万万不及自己，若是正式比拼，十招之内定可将她打败，最讨厌杨过在旁搅局，胡言乱语，弄得自己心神不定，心想：“且不理这少年胡说，我加紧出招，先将这女孩儿打败了，再作道理。”于是袍袖带风，金轮晃动，又是一招极厉害的杀着劈将过去。杨过大叫：“不要脸！说了十招，又来偷袭，十一、十二、十三、十四……”他也不理会双方攻守招数多少，口中自管连珠价数将出来。

小龙女接过一招之后，极是害怕，说什么也不敢再正面挡他第二招，当下展开轻功，在厅上飞舞来去，手中绸带飘动，金球急转，幻成一片白雾，一道黄光。那金球发出玎玎声响，忽急忽缓，忽轻忽响，竟尔如乐曲一般。原来她闲居古墓之时，曾依着林朝英遗下的琴谱按抚瑶琴，颇得妙理。后来练这绸带金球，听着球中发出的声音颇具音节，也是她少年心性，竟在武功之中把音乐配了上去。天地间岁时之序，草木之长，以至人身之脉搏呼吸，无不含有一定节奏，音乐乃依循天籁及人身自然节拍而组成，是故乐音则听之悦耳，嘈杂则闻之心烦。武功一与音乐相合，使出来更是柔和中节，得心应手。

古墓派的轻功乃武林一绝，别派任何轻功均所不及。于平原旷野之间尚不易见其长处，此时在厅上使将出来，的是飘逸无伦，变幻万方。她一生在墓室中练功，于丈许方圆之内当真趋退若神。金轮法王武功虽然远胜，但她一味腾挪奔跃，却也奈何不了，只听得铃声玎玎，有如乐曲，听了几下，竟便要顺着她乐音出手，急忙摆动金轮，发出一阵嘈音来冲荡铃声。霎时间大厅上两般声音交作，忽轻忽响，或高或低。铃声清脆，听来心旷神怡，金轮中发出的当啷巨响却是如打铁，如刮镬，如杀猪，如击狗，说不出的古怪喧噪。

郭靖与黄蓉在旁观战，都想起少年之时在桃花岛上听洪七公、欧阳锋、黄药师三人以乐声拼斗的情景，此时思及，已如隔世。眼前这两人武功虽妙，说到以乐声拼斗的功夫，却尚远不及洪黄欧阳。这时杨过滔滔不绝的早已数到了“一千零五、一千零六、一千零七……”但小龙女不与敌人正面动手，金轮法王却算来未满十招。郭芙本在母亲怀中昏睡，被金轮的恶响吵醒，双手掩耳，抬起头来，满脸迷惘，不明所以。

此时金轮法王也已极不耐烦，自觉以一代宗主身份，来来去去竟然斗不下一个少女，若再拖延，纵然获胜，也已脸上无光，猛地里左臂横伸，金轮斜砸，手掌自左下方仰拍，金轮自右上方击落。二人游斗这许久，小龙女轻功的路子已被他摸准了五成，这两下杀招拦住了她进途退路，要教她让得前面，避不了后面。小龙女危急中绸带飞扬，卷起一团白花，身子急向上跃。法王金轮回转，已将绸带锁住。若是寻常兵刃，早已被他锁夺脱手，但绸带没半点坚劲，竟尔轻轻巧巧的从轮孔中滑脱。金轮法王喝道："这是第二招，第三招来了！"踏上一步，金轮忽地脱手，向小龙女飞了过去。

这一下绝招实是出乎人人意料之外，但见金轮急转，向小龙女砸到。小龙女大骇，伏低身子向后急窜，只听得当啷啷声响，一团黄光从脸畔掠过，不容寸许，疾风只削得她嫩脸生疼。众人惊呼声中，法王抢身长臂，手掌在轮缘一拨，那金轮就如活了一般，在空中忽地转身，又向小龙女追击过去。小龙女眼见轮子转动时势道大得异乎寻常，哪敢用绸带去卷？只得以绝顶轻功旁跃避开。金轮法王两击不中，叫道："好轻功！"抢上去突伸左拳，当的一声在轮边一击，同时双掌齐出，拦在小龙女身前，那金轮却呛啷啷的从她脑后飞来。

金轮来势并不十分迅速，但轮子未到，疾风已然扑至，势道猛恶之极。法王在轮上击这一拳时，已先行料到对方闪避方位，因此那轮子犹似长了眼睛一般，在空中绕了半个圈子，向她身后急追。小龙女这一跃一避，已然尽施生平所学，却见这藏僧双掌箕张，竟自拦在身前。群雄耳中鸣响，目为之眩，无不惊心。

杨过见小龙女遇险，情急关心，顺手抓起达尔巴遗在地下的金杵，奋力跃起，举杵向轮子捣去，当的一声大响，金刚杵恰好套入轮中空洞，只是金轮力道实在猛恶，只震得他双手虎口迸裂，鲜血长流，连人带轮和着金杵，一齐摔在地下。

小龙女一瞥眼见金轮落地，后路胁迫已解，但自己身在半空，如何能避开面前的大敌？情急智生，绸带挥出，卷住西首的柱子，用劲一扯，身子在空中借力斜飞，撞向厅柱，轻轻巧巧的滑落，溜到了柱后，在千钧一发之际，避开了法王五丁开山般的掌力。

金轮法王明已得手，却又被杨过从中阻挠，不但对方逃开，连自己纵横无敌的兵刃也被他打落在地，真是生平从所未遇的大挫折。他本来清明在躬，智慧朗照，这时却不由得大动无明，不待杨过起身，呼的一掌，已劈空向他击去。按理他是一派宗师，对方既是后辈，又已摔在地下未曾起身，如此打他一掌，和他身份及平素的自负实是殊不相称，但盛怒之下也已顾不得这许多。

郭靖见他怒视杨过，抬肩缩臂，知他要猛下毒手，暗叫："不好!"若是抢步上前，纵然挡得一挡，杨过仍然不免受伤，危急中不及细思，一招"飞龙在天"，全身跃在空中，向他头顶搏击下来。金轮法王掌力若是不收，虽能将杨过毙于掌底，自己却也要丧生于这凌厉无伦的降龙掌之下，当下掌力急转，"嘿"的一声呼喝，手掌与郭靖相交。

这是当代两位武学大师的二次交掌。郭靖人在半空，无从借力，顺着对方掌势翻了半个筋斗，向后落下。金轮法王却稳站原地，身不晃，脚不移，居然行若无事。郝大通、孙不二、点苍渔隐等素知郭靖武功，见后无不骇异，心想这番僧的功夫实是深不可测。其实郭靖向后退让，自然而然的消解敌人掌力，乃是武学正道。金轮法王给杨过一捣乱，搅得脸上无光，硬要争回颜面而实接郭靖掌力，却是大耗内力真气，虽似占了上风，内里却是吃亏。二人均是并世雄杰，数十招内决难分判高下，金轮法王勉强在一招中先占地步，胸口又不免隐隐生疼，好在对方只求救人，并不继续进招，于是口唇紧闭，暗运内力，打通胸口所凝住的一股滞气。

杨过死里逃生，爬起身来，奔向小龙女身旁，小龙女也正过来探视。两人齐声问道："你没事么?"两人同时点了点头，脸上同现笑容，双手互握，满心喜悦。

杨过随即举起金刚杵，将金轮顶在杵上，要盘子般转动，居然也发出些呛啷啷的声响，高声叫道："蒙古众武士听者：你们大国师的兵刃已给我缴下，还说什么天下武林盟主？快快滚你们蒙古奶奶老太婆的臭鸭蛋罢！”

蒙古武士尽皆不服，眼见金轮法王与小龙女比武已然胜了，对方出了一个杨过不足，又出一个郭靖，纷纷叫嚷：“你们以三敌一，羞也不羞？”“法王自行将金轮抛去，岂是你这小子所能夺下？”“一对一，好好比过，不许旁人插手助拳！”“对对，再打过。”众人喧哗叫嚣，但说的都是蒙古话，除郭靖之外，中原群雄一句也听不懂。

中原群雄中明白事理的，也觉以武功而论，金轮法王当然在小龙女之上，但武林盟主这个名号，说什么也不能让一个蒙古国师拿去，否则中原武林固然丢尽了脸面，而群集御敌之际自不免先行折了锐气。少年气盛的见蒙古众武士喧扰，也是大声喝骂，与他们对吵起来。双方各抽兵刃，势成群殴。

杨过高举金杵金轮，向金轮法王说道：“还不认输？你的兵刃都失了，还有什么脸面？世上可有兵刃给人收去的武林盟主么？”

金轮法王正暗运内力，杨过的说话耳中听得清清楚楚，却不敢开口说话。杨过一见情状，已自猜到三分，忙大声说道：“各位英雄请听者：我再问他三声，他若是不答，便是认输。”他怕时刻一久，法王运气完毕，更不延搁，一口气的问道：“你是不是输了？武林盟主你是想也不敢想了？你默不作声，就是认输？”金轮法王正消去了滞气，胸口隐痛已除，待要答话，杨过见他嘴唇微动，急忙抢在头里，说道：“好，你既认输，我们也不来难为你，你们大伙儿好好的去罢。”当下高举金杵金轮，拿去交给了郭靖。他本想交与师父，但怕金轮法王发怒来夺，小龙女抵挡不住。

金轮法王气得脸皮紫涨，又忌惮郭靖武功了得，金轮既落入他手，自己空手去夺，必难成功，眼见中原武士人多势众，若是群斗，己方定要一败涂地。好汉不吃眼前亏，只得先行退却，再图报复，于是大声说道：“中原蛮子诡计多端，倚多为胜，不是英雄好汉，大伙儿随我走罢。”他右手一挥，蒙古众武士齐向厅外退出。他遥遥向郭靖施礼，说道：“郭大侠，黄帮主，今日领教高招。青山不改，绿水长流，咱们后会有期。”

郭靖躬身答礼，说道：“大师武功精深，在下佩服得很。贤师徒的兵刃就请取回。”说着要将金轮金杵递过。杨过大声道：“金轮法王，你想伸手接过，要不要脸？”郭靖刚喝得一声：“过儿，别胡说。”金轮法王早已袍袖飘动，转身向外，头也不回的大步出厅。

杨过忽地想起一事，叫道：“喂，你的弟子霍都中了我暗器之毒，快拿解药来换我的解药罢。”金轮法王自恃玄功通神，深明医理，什么毒物都能治得，恨极杨过狡猾无礼，对他的话毫不理睬，径自去了。黄蓉见朱子柳合上眼沉沉睡去，心想此间聚集了不少使用喂毒暗器的名家，总有人能治得他身上之伤，见金轮法王不肯交换解药，却也不甚在意。

此时陆家庄前前后后欢声雷动，都为杨过与小龙女力胜金轮法王喝采。二人身旁围集了数百人，你一言我一语的议论。有的说杨过打败霍都，乃是以其人之道还治其人之身。有的说小龙女轻功超逸绝伦，居然避开了金轮如此凶猛的飞击。但对杨过以“移魂大法”使达尔巴自击晕倒一节，十之八九都不明白。有人问起，杨过便胡说八道一番。

酒楼上桌椅不久便尽被踏碎，三人在碎木层上相斗。金轮法王大踏步来去，铁轮晃得当啷啷直响，双臂大开大阖，以急招向杨过和小龙女二人猛攻。

第十四回

礼教大防

当下陆家庄上重开筵席，再整杯盘。杨过一生受尽委屈，遭遇无数折辱轻贱，今日方得扬眉吐气，为中原武林立下大功，无人不刮目相看，心中自是得意非凡。

小龙女不明世事，见杨过喜动颜色，虽不知原由，却也极为高兴。黄蓉对她很是喜爱，拉着她手问长问短，要她坐在席间自己身畔。小龙女见杨过坐在郭靖与点苍渔隐之间，与她隔得老远，忙招手道："过儿，过来坐在我身边。"杨过却知男女有别，初见之际一时忘形，对她真情流露，此时在众目睽睽之下再与她这般亲热，却是甚为不妥，听她这般叫唤，脸上不禁一红，微微一笑，却不过去。

小龙女又叫道："过儿，你干么不来？"杨过道："我坐在这里好了，郭伯伯跟我说话呢。"小龙女秀眉微蹙，说道："我要你坐在我身边。"杨过见了她生气的神情，心中怦然一动，这轻嗔薄怒的模样，真教他为之粉身碎骨也是甘心情愿。当日只因陆无双的嗔容与小龙女微有相似之处，便为她奋身却敌、护行千里，此时真人到来，哪里还能有半点违拗？当即站起身来，走到她座前。

黄蓉见了二人神情，心下微微起疑，当即命人安排席位，问杨过道："过儿，你这身武功是跟谁学的？"杨过指着小龙女道：

"她是我师父啊，郭伯母你怎么不信？"黄蓉素知他狡谲，但见小龙女一派天真无邪，料定不会撒谎，于是转头问她："妹妹，他的武功是你教的？"小龙女很是得意，说道："是啊，你说我教得好不好？"黄蓉这才信了，说道："好得很啊！妹妹，你师父是谁？"小龙女道："我师父已经死了。"说着眼圈一红，心中颇感难过。她师父本来教得她不动七情六欲，但此时对杨过的爱念一起，胸中隐藏着的深情慢慢都泄露了出来。

黄蓉又问："请问尊师高姓大名？"小龙女摇头道："我不知道，师父就是师父。"黄蓉只道她不肯说，武林中人讳言师门真情也是常事，当下不再追问。其实小龙女的师父是林朝英的贴身丫鬟，只有一个使唤的小名，连她自己也不知姓什么。

这时各路武林大豪纷向郭靖、黄蓉、小龙女、杨过四人敬酒，互庆打败了金轮法王这个强敌。郭芙跟着父母，本来到处受人尊重，此时相形之下，不由得黯然无光，除了武氏兄弟照常在旁殷勤之外，竟无一人理她。她心中气闷，说道："大武哥哥，小武哥哥，咱们别喝酒了，外边玩去。"武敦儒与武修文齐声答应。三人站起身来，正要出厅，忽听郭靖叫道："芙儿，你到这儿来。"郭芙回过头来，只见父亲已移坐在母亲一席，笑吟吟的向她招手，于是走近身去，叫了声："爹，妈！"倚在黄蓉身上。

郭靖向黄蓉笑道："你起初担心过儿人品不正，又怕他武功不济，难及芙儿，现下总没话说了罢？他为中原英雄立了这等大功，别说并无什么过失，就真有何莽撞，做错了事，那也是过不及功了。"黄蓉点点头，笑道："这一回是我走了眼，过儿人品武功都好，我也是欢喜得紧呢。"

郭靖听妻子答应了女儿的婚事，心中大喜，向小龙女道："龙姑娘，令徒过世了的父亲当年与在下有八拜之交。杨郭两家累世交好，在下单生一女，相貌与武功都还过得去……"他性子直爽，心中想什么口里就说什么。黄蓉插嘴笑道："啊哟，瞧你这般自夸自赞的劲儿，也不怕龙家妹子笑话。"

郭靖哈哈一笑，接着说道："在下意欲将小女许配给贤徒。他父母都已过世，此事须得请龙姑娘作主。乘着今日群贤毕集，喜上加喜，咱们就请两位年高德劭的英雄作媒，订了亲事如何？"其时婚配讲究父母之命、媒妁之言，男女本人反而做不了主，因之当年郭靖之父郭啸天与杨过的祖父杨铁心才有指腹为婚之事。

郭靖说了此言，笑嘻嘻的望着杨过与女儿，心料小龙女定会玉成美事。郭芙早已羞得满脸通红，将脸蛋儿藏在母亲怀里，心觉不妥，却不敢说什么。

小龙女脸色微变，还未答话，杨过已站起身来，向郭靖与黄蓉深深一揖，说道："郭伯伯、郭伯母养育的大恩，见爱之情，小侄粉身难报。但小侄家世寒微，人品低劣，万万配不上你家千金小姐。"

郭靖本想自己夫妇名满天下，女儿品貌武功又是第一流的人才，现下亲自出口许配，他定然欢喜之极，哪知竟会一口拒绝，倒不由得一怔，但随即想起，他定是年轻面嫩，腼腆推托，当下哈哈一笑，说道："过儿，你我不是外人，这是终身大事，不须害羞。"杨过又是一揖到地，说道："郭伯伯，你若有何差遣，小侄赴汤蹈火，在所不辞。婚姻之命，却实是不敢遵从。"郭靖见他脸色郑重，大是诧异，望着妻子，盼她说个明白。

黄蓉暗怪丈夫心直，不先探听明白，就在席间开门见山的当众提出来，枉自碰了个大钉子，眼见杨过与小龙女相互间的神情大有缠绵眷恋之意，但他们明明自认师徒，难道两人行止乖悖，竟做出逆伦之事来？这一节却大是难信，心想杨过虽然未必是正人君子，却也不致如此胡作非为。宋人最重礼法，师徒间尊卑伦常，看得与君臣、父子一般，万万逆乱不得。黄蓉虽有所疑，但此事太大，一时未敢相信，于是问杨过道：“过儿，龙姑娘真的是你师父吗？”杨过道：“是啊！”黄蓉又问：“你是磕过头、行过拜师的大礼了？”杨过道：“是啊。”他口中答覆黄蓉，眼光却望着小龙女，满脸温柔喜悦，深怜密爱，别说黄蓉聪颖绝伦，就算换作旁人，也已瞧出了二人之间绝非寻常师徒而已。

郭靖却尚未明白妻子的用意，心想：“他早说过是龙姑娘的弟子，二人武功果是一路同派，那还有什么假的？我跟他提女儿的亲事，怎么蓉儿又问他们师承门派？嗯，他先入全真派，后来改投别师，虽然不合武林规矩，却也不难化解。”

黄蓉见了杨过与小龙女的神色，暗暗心惊，向丈夫使个眼色，说道：“芙儿年纪还小，婚事何必急急？今日群雄聚会，还是商议国家大计要紧。儿女私事，咱们暂且搁下罢。”郭靖心想不错，忙道：“正是，正是。我倒险些儿以私废公了。龙姑娘，过儿与小女的婚事，咱们日后慢慢再谈。”

小龙女摇了摇头，说道：“我自己要做过儿的妻子，他不会娶你女儿的。”

这两句话说得清脆明亮，大厅上倒有数百人都听见了。郭靖一惊，站了起来，竟不相信自己的耳朵，但见她拉着杨过的手，神情亲密，可又不由得不信，期期艾艾的道：“他……他是你的徒……徒……儿，却难道不是么？”

小龙女久在地下古墓，不见日光，因之脸无血色，白皙逾恒，但此时心中欢悦，脸色娇艳，如花初放，笑吟吟的道：“是啊！我从前教过他武功，可是他现下武功跟我一般强了。他心里喜欢我，我也很喜欢他。从前……”说到这里，声音低了下去，虽然天真纯朴，但女儿家的羞涩却是与生俱来，缓缓说道：“从前……我只道他不喜欢我，不要我做他妻子，我……我心里难受得很，只想死了倒好。但今日我才知他是真心爱我，我……我……”厅上数百人肃静无声，倾听她吐露心事。本来一个少女纵有满腔热爱，怎能如此当众宣泄？又怎能向郭靖这不相干之人倾诉？但她于什么礼法人情压根儿一窍不通，觉得这番言语须得跟人说了，当即说了出来。

杨过听她真情流露，自是大为感动，但见旁人脸上都是又惊又诧、又是尴尬、又是不以为然的神色，知道小龙女太过无知，不该在此处说这番话，当下牵着她手站起身来，柔声道："姑姑，咱们去罢！"小龙女道："好！"两人并肩向厅外走去。此时大厅上虽然群英聚会，但在小龙女眼中，就只见到杨过一人。

郭靖和黄蓉愕然相顾，他夫妇俩一生之中经历过千奇百怪、艰难惊险，眼前此事却是万万料想不到，一时之间竟不知如何应付才好。

小龙女和杨过正要走出大厅，黄蓉叫道："龙姑娘，你是天下武林盟主，群望所属，观瞻所系，此事还须三思。"小龙女回过头来，嫣然一笑，说道："我做不来什么盟主不盟主，姊姊你若是喜欢，就请你当罢。"黄蓉道："不，你如真要推让，该当让给前辈英雄洪老帮主。"武林盟主是学武之人最尊荣的名位，小龙女却半点也不放在心上，随口笑道："随你的便罢，反正我是不懂的。"拉着杨过的手，又向外走。

突然间衣袖带风，红烛晃动，座中跃出一人，身披道袍，手挺长剑，正是全真道士赵志敬。他横剑拦在厅口，大声道："杨过，你欺师灭祖，已是不齿于人，今日再做这等禽兽之事，怎有面目立于天地之间？赵某但教有一口气在，断不容你。"杨过不愿与他在众人之前纠缠不清，低沉着声音道："让开！"赵志敬大声道："尹师弟，你过来，你倒说说，那天晚上咱们在终南山上，亲眼目睹这两人赤身露体，干什么来着？"尹志平颤巍巍的站起身来，左手高举。众人见他小指与无名指削断了半截，虽不知其中含意，但见他浑身发抖，脸色怪异，料想中间必然大有蹊跷。

杨过那晚与小龙女在花丛中练玉女心经，为赵尹二人撞见，杨过曾迫赵志敬立誓，不得向第五人说起，哪知他今日竟在大庭广众之间大肆诬蔑，自是恼怒已极，喝道：“你立过重誓，不能向第五人说的，怎么如此……如此……”赵志敬哈哈一笑，大声道：“不错，我立誓不向第五人说，可是眼前有第六人、第七人、百人千人，就不是第五人了。你们行得苟且之事，我自然说得。”

赵志敬见二人于夜深之际，衣衫不整的同处花丛，怎想得到是在修习上乘武功？这时狂怒之下抖将出来，倒也不是故意诬蔑。小龙女那晚为此气得口喷鲜血，险些送命，这时听他狡言强辩，再也忍耐不住，伸手向他胸口轻轻按去，说道：“你还是别胡说的好。”此刻她玉女心经早已练成，这一掌按出无影无踪，而玉女心经又是全真派武功的克星，赵志敬伸手急格，不料小龙女的手掌早已绕过他手臂，按到了他胸口。

赵志敬一格落空，大吃一惊，但对方手掌在自己胸口稍触即逝，竟无半点知觉，当下也不在意，冷笑道：“你摸我干么？我又不……”一言未毕，突然双目直瞪，砰的一声，翻身摔倒，竟已受了极重的暗伤。

孙不二与郝大通见师侄受伤，急忙抢出扶起，只见他血气上涌，涨得满脸通红，宛似醉酒。孙不二冷笑道：“好哇，你古墓派当真是和我全真派干上了。”拔出长剑，就要与小龙女动手。

郭靖急从席间跃出，拦在双方之间，劝道：“咱们自己人休得相争。”向杨过道：“过儿，双方都是你师尊。你劝大家回席，从缓分辨是非不迟。”

小龙女从来意想不到世间竟有这等说过了话不算的奸险背信之事，心中极是厌烦，牵着杨过的手，皱眉道：“过儿，咱们走罢，永不见这些人啦！”杨过随着她跨出两步。

孙不二长剑闪动，喝道：“打伤了人想走么？”

郭靖见双方又要争竞，正色说道："过儿，你可要立定脚跟，好好做人，别闹得身败名裂。你的名字是我取的，你可知这个'过'字的用意么？"

杨过听了这话，心中一震，突然想起童年时的许多往事，想起了诸般伤心折辱，又想："怎么我这名字是郭伯伯取的？"

郭靖对杨过爱之切，就不免求之苛，责之深，见他此日在群雄之前大大露脸，正自欣慰无已，却突然发觉他做了万万不该之事，心中一急，语声也就特别严厉，又道："你过世的母亲定然曾跟你说，你单名一个'过'字，表字叫作什么？"杨过记得母亲确曾说起，只是他年纪轻轻，从来无人以表字相称，几乎自己也忘了，于是答道："叫作'改之'。"郭靖厉声道："不错，那是什么意思？"杨过想了一想，记起黄蓉教过的经书，说道："郭伯伯是叫我有了过失就要悔改。"

郭靖语气稍转和缓，说道："过儿，人孰无过，过而能改，善莫大焉，这是先圣先贤说的话。你对师尊不敬，此乃大过，你好好的想一下罢。"

杨过道："若是我错了，自然要改。可是他……"手指赵志敬道："他打我辱我，骗我恨我，我怎能认他为师？我和姑姑清清白白，天日可表。我敬她爱她，难道这就错了？"他侃侃而言，居然理直气壮。郭靖的机智口才均是远所不及，怎说得他过？但心知他行为大错特错，却不知如何向他说清楚才是，只道："这个……这个……你不对……"

黄蓉缓步上前，柔声道："过儿，郭伯伯全是为你好，你可要明白。"杨过听到她温柔的言语，心中一动，也放低了声音道："郭伯伯一直待我很好，我知道的。"眼圈一红，险些要流下泪来。黄蓉道："他好言好语的劝你，你千万别会错了意。"杨过道："我就是不懂，到底我又犯了什么错？"黄蓉脸一沉，说道：

“你是当真不明白，还是跟我们闹鬼？”杨过心中不忿，心道：“你们好好待我，我也好好回报，却又要我怎地？”咬紧了嘴唇却不答话。黄蓉道：“好，你既要我直言，我也不跟你绕弯儿。龙姑娘既是你师父，那便是你尊长，便不能有男女私情。”

这个规矩，杨过并不像小龙女那般一无所知，但他就是不服气，为什么只因为姑姑教过他武功，便不能做他妻子？为什么他与姑姑绝无苟且，却连郭伯伯也不肯信？想到此处，胸头怒气涌将上来。他本是个天不怕地不怕、偏激刚烈之人，此时受了冤枉，更是甩出来什么也不理会了，大声说道：“我做了什么事碍着你们了？我又害了谁啦？姑姑教过我武功，可是我偏要她做我妻子。你们斩我一千刀、一万刀，我还是要她做妻子。”

这番话当真是语惊四座，骇人听闻。当时宋人拘泥礼法，哪里听见过这般肆无忌惮的叛逆之论？郭靖一生最是敬重师父，只听得气向上冲，抢上一步，伸手便往他胸口抓去。

小龙女吃了一惊，伸手便格。郭靖武功远胜于她，此时盛怒之下，更是出尽全力，一带一挥，将小龙女抛出丈余，接着手掌一探，抓住了杨过胸口“天突穴”，左掌高举，喝道：“小畜生，你胆敢出此大逆不道之言？”

杨过给他一把抓住，全身劲力全失，心中却丝毫不惧，朗声说道：“姑姑全心全意的爱我，我对她也是这般。郭伯伯，你要杀我便下手，我这主意是永生永世不改的。”郭靖道：“我当你是我亲儿子一般，决不许你做了错事，却不悔改。”杨过昂然道：“我没错！我没做坏事！我没害人！”这三句话说得斩钉截铁，铿然有声。

厅上群雄听了，心中都是一凛，觉得他的话实在也有几分道理，若是他师徒俩一句话也不说，在什么世外桃源，或是穷乡荒岛之中结成夫妇，始终不为人知，确是与人无损。只是这般公然无忌的胡作非为，却是有乖世道人心，成了武林中的败类。

郭靖举起手掌，凄然道：“过儿，我心里好疼，你明白么？我宁可你死了，也不愿你做坏事，你明白么？”说到后来，语音中已含哽咽。

杨过听他如此说，知道自己若不改口，郭伯伯便要一掌将自己击死。他有时虽然狡计百出，但此刻却又倔强无比，朗声道：“我知道自己没错，你不信就打死我好啦。”

郭靖左掌高举，这一掌若是击在杨过天灵盖上，他哪里还有性命？群雄凝息无声，数百道目光都望着他手掌。

郭靖左掌在空际停留片时，又向杨过瞧了一眼，但见他咬紧口唇，双眉紧蹙，宛似他父亲杨康当年的模样，心中一阵酸痛，长叹一声，右手放松了他领口，说道：“你好好的想想去罢。”转过身来，回席入座，再也不向他瞧上一眼，脸色悲痛，心灰意懒已到极处。

小龙女招手道：“过儿，这些人横蛮得紧，咱们走罢。”她可丝毫不知适才杨过生死之际间不容发。杨过心想“横蛮”二字的形容，确甚适当，大踏步走向厅口，与小龙女携手而出，到庄外牵了瘦马，径自去了。

群雄眼睁睁的望着二人背影，有的鄙夷，有的惋惜，有的愤怒，有的惊诧。

杨过与小龙女并肩而行，夜色已深，此时两人久别重逢，远离尘嚣，于适才的恶斗、争辩，都已忘得干干净净，只觉此刻人生已臻极美之境，过去的生涯尽是白活，而未来的时光也大可不必再过。两人心灵相通，不交一言，默默无言的走着，到了一株垂杨树下，两人过去坐下，在树荫下倚着树干，渐感倦困，就此沉沉睡去。瘦马在远处吃着青草，偶而发出一声声低嘶。

一觉醒来，天已大明，两人相视一笑。杨过道：“姑姑，咱们到哪里去?”小龙女沉吟半晌，道：“还是回古墓去罢。”她自下得山来，只觉软红十丈虽然繁华，终不如在古墓中那么逍遥自在。杨过寻思：“得与姑姑在古墓中厮守一辈子，此生已无他求。”从前记挂着外面世界，只盼她放自己出墓，但在外面打了个转，却又留恋起古墓中清净的生涯来。当下两人折而向北，缓缓而行。一个仍是叫他“过儿”，一个仍是叫她“姑姑”，都觉如此相处相呼，最是自然不过。

中午时分，两人谈到金轮法王的武功，都说他功夫了得，难以抵敌。小龙女忽道：“过儿，玉女心经中最后一章，咱们从没练好过，你可记得么?”杨过道：“记是记得的，但咱俩拆来拆去，总是不成，想来总有些什么地方不对。”小龙女道：“本来我也想不透，但昨天见那老道姑的宝剑抖了几下，倒让我想起一件事来。”杨过回想孙不二昨日所使的剑招，登时领悟，叫道：“对啦，对啦，那是要全真派武学与玉女心经同时使用，怪不得咱们一直练得不对。”

当年古墓派祖师林朝英独居古墓而创下玉女心经，虽是要克制全真派武功，但对王重阳始终情意不减，写到最后一章之时，幻想终有一日能与意中人并肩击敌，因之这一章的武术是一个使玉女心经，一个使全真功夫，相互应援，分进合击。林朝英当日柔肠百转，深情无限，缠绵相思，尽数寄托于这章武经之中。双剑纵横是宾，携手克敌才是主旨所在，然而在所遗石刻之中却不便注明这番心事。小龙女与杨过初练时相互情愫未生，无法体会祖师婆婆的深意，修习之际两人均使本门心法，自是领会不到其中妙诣。

当下两人一齐悟到，各自折了一枝柳枝，一招招对拆起来。小龙女缓缓使动玉女剑法，杨过使的则是全真剑法。但只拆了数招，仍觉难以融会。他二人想不到林朝英当年创制这套剑法，心中想像与王重阳并肩御敌，一招一式尽是相互配合照顾，此时杨龙两人对拆，却是将对方当成了敌人，互刺互击，相杀相斫，自是大为凿枘。其实林朝英与王重阳都是当时天下一等一的高手，单只一人已无旁人能与之对敌，这套联手抗敌的功夫实在并无用处，只是林朝英自肆想像、以托芳心而已。她创此剑法时武功已达巅峰，招式劲急，绵密无间，不能有毫发之差，杨过与小龙女不明其中含意，自难得心应手。

二人练了一会总感不对。小龙女道："或许咱们记错了，回到墓中去瞧清楚了再练。"杨过正要答话，突听远处马蹄声响，一骑马飞驰而至。那马遍体赤毛，马上之人一身紫衫，转眼之间，一人一骑如风般掠过身边，正是黄蓉骑着小红马。

杨过不愿再与她一家人见面而多惹烦恼，于是与小龙女商量改走小道，以免在前途再行相遇。小龙女虽是师父，但除了武功之外什么事也不懂，杨过说改走小道，她自无异议。当晚二人在一家小客店中宿了。杨过睡在床上，小龙女仍是用一条绳子横挂室中，睡在绳上。二人都已决意要结为夫妇，但在古墓中数年来都是如此安睡，此番重遇，仍是自然而然的睡下，依法练功，只是想到心上人就在身旁，此后更不分离，均感无限喜慰。

次日中午，二人来到一座大镇。镇上人烟稠密，车来马往，甚是热闹。杨过带同小龙女到一家酒楼用饭，刚走上楼梯，不禁一怔，只见黄蓉与武氏兄弟坐在一张桌旁正自吃饭。杨过心想既然遇到，不便假装不见，上前行礼，叫了声："郭伯母。"

黄蓉双眉深锁，脸带愁容，问道："你见到我女儿没有？"杨过道："没有啊。芙妹没跟你在一起么？"

黄蓉尚未答话，楼梯声响，走上数人。当先一人身材高大，正是金轮法王。杨过急忙转头，不再跟黄蓉说话，悄悄走到小龙女身旁，低声道："背转了脸，别瞧他们。"但金轮法王眼光何等锐利，一上楼梯，于楼上诸人均已尽收眼底，嘿嘿冷笑，大剌剌的在一张桌旁坐了下来。杨过本已将头转过，突听黄蓉叫了声："芙儿！"不禁回头，只见郭芙与金轮法王同坐一桌，眼睁睁望着母亲，却是不敢过去。

原来金轮法王陆家庄受挫，心中不忿，筹思反败为胜之策，更兼霍都身中玉蜂针，毒性发作，多方解救始终无效，更须设法抢夺解药，是以未曾远去，便在陆家庄附近逗留。也是郭芙合当遭难，清晨骑了小红马出来驰骋，正好遇上这个大对头，给他一把揪下马来。小红马极有灵性，飞奔回庄，悲嘶不已。郭靖等知道女儿遇险，大惊之下，立即分头寻找。黄蓉虽然怀有身孕，仍是带着武氏兄弟来回探察，此日在这镇上见到杨过师徒，不料金轮法王押着郭芙，却也来到了这酒楼。

黄蓉一见女儿，惊喜交集，眼见她落入大敌手中，叫了一声之后，便不再说话，拿着一双筷子在桌上划来划去，筹思救女之策。正自琢磨，忽听金轮法王说道："黄帮主，这一位是你的爱女罢？前日我见她倚在你的怀中，撒痴撒娇，有趣得紧啊。"黄蓉哼了一声，并不答话。武修文站起身来，喝道："枉你身为一派宗师，比武不胜，却来欺侮人家年轻姑娘，羞也不羞？"金轮法王对他的话只当没听见，又道："黄帮主，前日较量，你们明明输了，却多般的横生枝节，不是好汉行径。你先将毒针解药给我，然后咱们约定日子，公公道道的比一场武，以定武林盟主之位到底谁属。"黄蓉仍是哼了一声，并不答话。

武修文大声道："你先把郭姑娘放回，我们立时送上解药，比武之议慢慢商量不迟。"黄蓉斜眼向杨过与小龙女望了一眼，心想："解药是在这二人身上，你贸然答应对方，也不知人家给是不给。"金轮法王道："喂毒暗器，天下难道就只你们一家？你们用毒针伤我徒儿，我也能在你女儿身上钉上几枚毒钉。你们给解药，我们就给她治。说到放人，可没那么容易。”黄蓉见女儿神色如常，似乎并未受伤，但母女情深，不禁心中无主，常言道“关心则乱”，她虽机变无双，此时竟然一筹莫展。

眼见店伴将酒菜川流不息价送到金轮法王桌上，法王等纵情饮食，大说大笑。郭芙呆呆坐着，只是凝望母亲，始终不提筷子。黄蓉心如刀割，牵动内息，突然腹中又隐隐作痛。

金轮法王用完酒饭，站起身来，说道：“黄帮主，跟咱们一起走罢。”黄蓉一愕，立时省悟，他不但擒住女儿不放，竟连自己也要带走，此时落了单，身边只武氏兄弟二人，自是非他敌手，不禁脸色大变。金轮法王又道：“黄帮主，你不用害怕，你是中原武林中大有来头的人物，我们自是以礼相待。只要武林盟主之位有了定论，立时恭送南归。”他上楼见到黄蓉，便知遇到良机，只要将她擒获，中原武士非拱手臣服不可，那比拿住了郭芙可要高出百倍，当真是一件天大买卖送上门来。黄蓉只关心着女儿，先前竟没想到此节。

武氏兄弟见师娘受窘，明知不敌，却也不能不挺身而出，长剑双双出鞘，护在师娘身前。黄蓉低声道：“快跳窗逃走，向师父求救。”武氏兄弟两人向她瞧了一眼，又向郭芙瞧了一眼，这才奔向窗口。

黄蓉暗骂：“笨蛋，这当儿怎容得如此迟疑？”果然只这么稍一稽延，已自不及。金轮法王长臂前探，一手一个，抓住二人背心，如老鹰拿小鸡般提了起来。武氏兄弟回剑急刺，金轮法王也不闪避，只是双手微摆，武敦儒长剑刺向弟弟，而武修文的长剑却刺向了哥哥。两武大惊，急忙撒手抛剑，当啷两声，两柄长剑同时落地，才算没伤了兄弟。

金轮法王双臂一振，将二人抛出丈许，冷笑道：“乖乖的跟佛爷走罢。”转头向杨过与小龙女道：“你两位跟黄帮主倘若不是一路，便请自便，以后别来碍我的事就是。两位武功了得，今后好好保重，再去练上一二十年，天下便无敌手。”他倒并非对二人另眼相看，却是知道黄蓉、小龙女、杨过三人武功虽然都不及自己，但如联手相斗，那就不易应付，即使得胜，也未必定可擒获黄蓉，因之有意相间，那是得其主干、舍其旁枝之意。他并不知黄蓉因怀孕而不便动手，只估量她打狗棒法极其神妙，是个劲敌。

小龙女道：“过儿，咱们走罢！这老和尚很厉害，咱们打他不过的。”她满心只盼早回古墓，与杨过长相厮守，她于世间的恩仇斗杀本来就毫不关心，见到金轮法王又感害怕，便即直言无隐。杨过答应了，站起身来，走到楼口，心想此去回到古墓，多半与黄蓉永世不再相见，不禁向她望了一眼。

只见她玉容惨淡，左手按住小腹，显是在暗忍疼痛，杨过登时心想：“郭伯伯、郭伯母不许我和姑姑相好，未免多事，但他们对我实无歹意，今日郭伯母有难，我如何能一走了之？只是敌人实在太强，我与姑姑齐上，也决计不是这藏僧的敌手，反正救不了郭伯母，又何必将自己与姑姑的性命赔上？不如立即去禀报郭伯伯，让他率人追救便是。”想到此处，向黄蓉打个眼色。黄蓉知他要去传讯求救，稍感宽心，极缓极缓的点了点头。

杨过携着小龙女的手，举步下楼，只见一名蒙古武士大踏步走到黄蓉身前，粗声说道：“快走，还耽搁什么？”说着伸手去拉她臂膀，竟当她是囚犯一般。

黄蓉当了十余年丐帮的帮主，在武林中地位何等尊崇，虽然今日遭厄，岂能受此伧夫之辱？见他黑毛茸茸的一只大手伸将过来，当即衣袖甩起，袖子盖上他手腕，乘势抓住挥出，呼的一声，那蒙古武士肥大的身躯从酒楼窗口飞了出去，跌在街心，只摔得半死不活。黄蓉生性爱洁，不愿手掌与他手腕相触，是以先用袖子罩住，才隔袖摔他。

酒楼上众人初时听他们说得斯文，均未在意，突见动手，登时大乱。

金轮法王冷笑道："黄帮主果然好功夫。"学着蒙古武士的神气，大踏步走上，一模一样的伸手去拉。黄蓉知他有意炫示功夫，虽是同样的出手，自己要同样的摔他却是万万不能，只得退了一步。

杨过已走下楼梯数级，猛见争端骤起，黄蓉眼下就要受辱，不由得激动了侠义心肠，还顾得什么生死安危，飞身过去拾起武敦儒掉下的长剑，一招"青龙出海"，急向金轮法王后心刺去，喝道："黄帮主带病在身，你乘危相逼，羞也不羞？"

金轮法王听到背后金刃破空之声，竟不回头，翻过手指往他剑刃平面上一击。当的一响，杨过只震得右臂发麻，剑尖直垂下去，急忙飞身跃开。

金轮法王回过身来，说道："少年，快快走罢！你年纪轻轻，武功不弱，将来成就远胜于我，此时却还不是我的对手，何苦强自出头，丧生于我手下？"这几句话软硬兼施，既把杨过捧了一下，却又深具威胁。他金轮被杨过与小龙女击下，令他已然到手的武林盟主之位终于落空，心中对二人自是恨得牙痒痒地，只是此刻权衡轻重，以拿住黄蓉为第一要义，不愿多树敌人，只盼杨过与小龙女退出这场是非，日后再找这两个小辈的晦气不迟。他称雄西藏，颇富谋略，非徒武功惊人而已。

这几句话不亢不卑，确又不是大言欺人，杨过究是少年心性，听他说自己将来造就还胜于他，心中自是喜乐，笑道："大和尚不必客气，要练到你这般厉害的功夫很不容易。这位黄帮主自小养我大的，你还是别难为她罢。她今日若非有病，你的武功未必胜得过她，你如不信，待她将病养好了，跟你比试一场如何？"他只道金轮法王自负功夫了得，被他这么一激，或许真的不再与黄蓉为难。

岂知金轮法王本来担心黄蓉、小龙女、杨过三人联手合力，这才对杨过客气，此刻听了他这几句话，向黄蓉脸上一望，果见她容色憔悴，病势竟自不轻，心想单凭你这两个少年男女，我金轮法王又有何惧？当下冷笑一声，抢到梯口，说道："那你也留下罢！"

小龙女站在梯间，被金轮法王将她与杨过隔开，心中不乐，说道："和尚你走开，让他下来。"金轮法王双眉倒竖，"单掌开碑"，一招疾推下去，他膂力本大，这一招居高临下，更是威猛无比。小龙女哪敢硬接？她悬念杨过身在楼头，不向梯底跃下，双足一登，竟以绝顶轻功从敌人身畔擦过，与杨过并肩而立。金轮法王当她从左侧掠过时回肘反打，竟然一击不中，心下也佩服她身法轻捷。杨过又拾起武修文掉下的长剑交在她手里，说道："姑姑，这和尚无礼，咱们打他。"

呛啷一响，金轮法王从袍子底下取出一只轮子，这轮子与他先前所使的金轮一般大小，只颜色黑黝黝地，却是精铁所铸，轮上也铸有密宗真言。他共有金银铜铁铅五只轮子，当真遇上大敌之时，可以五轮齐出，但他已往只用一只金轮，已自打败无数劲敌，因此上得了金轮法王的名号，其余银铜铁铅四轮却从未用过，其实依他武学修为，原该称"五轮法王"才是。陆家庄比武时金轮被杨过用金刚杵捣下，这时将铁轮取出，说道："黄帮主，你也一齐上么？"他虽见黄蓉脸有病容，终是忌惮她武功了得，这句"黄帮主"一呼，点醒她是一帮之主，如与旁人联手合力斗他一人，未免堕了帮主的身份。

杨过叫道："黄帮主要回家啦，她没空跟你噜唆。"转头向黄蓉道："郭伯母，你带了芙妹走罢。"他已打定主意，自己与小龙女合力拒敌，打是打不过的，但勉力抵挡一阵，设法逃走，却多半办得到，好在此时并非比武赌胜，只须逃脱魔掌，就算逃得狼狈万状，又有何妨？当下挺剑向法王刺去。小龙女见他使的是玉女心经功夫，于是跟着挥剑旁击，她心中无甚打算，既见杨过跟这和尚动手，也就出手相助。

金轮法王舞动轮子，挡开两剑，他嫌酒楼上桌椅太多，施展不开手脚，一面舞轮，一面飞脚将桌椅踢开。杨过心想：“跟你以力硬拼，我们定然要输，只有跟你纠缠，才可抵挡得片刻。”见他踢开桌椅，便反把桌椅推转，挡在敌我之间。他与小龙女都是轻身功夫了得，东钻西窜，并不正式和敌人拼斗，再加上忽尔投掷酒壶，忽尔翻泼菜盘，只闹得楼面上酒浆菜汁，淋漓满地。

如此一闹，黄蓉已乘机拉过郭芙。达尔巴中了杨过的“移魂大法”之后，此时兀自时昏时醒，霍都中毒重伤，其余的蒙古武士本领低微，哪里挡得住黄蓉？杨过大叫：“郭伯母，你们快走罢！”但黄蓉见金轮法王招数厉害，杨龙二人出尽全力，仍是难以招架，此刻胡闹歪打，尚可挡得一挡，若是给他找到破绽，猛下毒手，这两个少年男女哪里还有性命？心想：“他舍命救我，我岂能只图自身，舍之而去？”站在楼头，悄立观战。

武氏兄弟却连声催促：“师娘，咱们先走罢，你身子不适，须得保重。”黄蓉初时不理，听他们催得紧了，怒道：“为人不讲‘侠义’二字，练武有何用处？活在世上又有何用处？这姓杨的强过你们百倍。哼，你兄弟俩好好想一想罢。”武氏兄弟一番好意，却给师母一顿抢白，讪讪的老大不是意思。

郭芙从地下拾起一条断了的桌脚，叫道：“武家哥哥，咱们齐上。”黄蓉一把拉住，说道：“凭你这点功夫，上去送死么？”郭芙撅起了小嘴不信。她见杨过与小龙女出招也无甚特异奥妙之处，有时姿式虽妙，剑招却毫不凌厉狠辣。

金轮法王每次追击，总是给地下倒翻的桌椅挡住去路，而杨龙二人转动灵活，飘忽来去，尽是游斗。他心念一动，足下突然使劲，只听喀喇喇、喀喇喇响声不绝，一张张倒翻的桌椅在他足底碎裂断折。他手上舞动铁轮攻拒转打，足底却使出“千斤坠”功夫，双脚踏到何处，何处的桌椅便断，再斗得数转，楼面上堆成一层碎木残块，三人均在碎木层上相斗，再无桌椅阻手碍脚，挡住去路。

此时金轮法王大踏步来去，铁轮晃得当啷啷直响，双臂大开大阖，以急招向二人猛攻。杨过与小龙女少了桌椅的阻隔，只得以真功夫抵挡。金轮法王连进三招，杨过架得手臂隐隐生痛。金轮法王得理不让人，第四招当头猛砸下来，铁轮未到，已是挟着一股疾风，声势极是惊人。杨过与小龙女双剑齐上，剑尖抵中铁轮，合双剑之力，才挡过了这一招，但两柄剑均已被压得弯了。

两人同时奋力将铁轮弹开，杨过长剑直刺，攻敌上盘，小龙女横剑急削敌人左腿。金轮法王飞脚向小龙女手腕踢去，铁轮斜打，击向杨过项颈。杨过低头蹲腿，闪避铁轮。不料此时奇峰突起，金轮法王右手陡松，铁轮竟向杨过头顶摔落，他双手得空，同时向小龙女肩上抓去。

就在这瞬息之间，二人同时遭逢奇险。黄蓉“啊”的一声叫，要待抢上相救，只见杨过身子贴地斜飞，尚未落地，长剑已直刺金轮法王后心，这一招也是一举两得，攻守兼备，既解自身危难，且以“围魏救赵”之计，使金轮法王不敢再向小龙女进袭，此招叫作“雁行斜击”，却是全真派的剑法。

金轮法王“咦”的一声，乘铁轮尚未落地，右脚脚背在铁轮上一抄，那轮子激飞起来，当啷啷声响，向杨过头上砸到。杨过在危急中使了一招全真派剑法，居然收到奇效，跟着又是一招全真派的“白虹经天”，平剑向轮子打去。轮重剑轻，这一剑平击本无效用，但这一下打得恰到好处，合上了武学中“四两拨千斤”的道理，铁轮方向转过，反向金轮法王头上飞去。郭芙在旁看得大喜，拍手大声喝采。

金轮法王胆敢兵刃脱手、飞轮击敌，原是料到敌人无力接轮，若是对方以兵刃砸碰飞轮，不论多么沉重的钢鞭大刀，撞上了均非脱手不可，哪料到杨过竟有拨打轮子的功夫？盛怒之下，伸手抓住铁轮，暗用转劲，又将轮子飞出。这时劲力加急，轮子竟然寂然无声，却是铁轮飞转太快，轮中小球不及相互碰撞。杨过第一次拨他轮子，是无意中用上了九阴真经的功夫，这时再度伸剑拍打，当的一声，长剑震得脱手。金轮法王立时一记“大摔碑手”重重拍去。原来杨过的九阴真经功夫未曾练熟，这次力道用得不正。

小龙女见杨过遇险，纤腰微摆，长剑急刺，这一招去势固然凌厉，抑且风姿绰约，飘逸无比，却已使上了“玉女心经”中最后一章的武功。黄蓉母女看得心旷神怡，同声叫道：“好！”

金轮法王收掌跃起，抓住轮子架开剑锋，杨过也乘机接回长剑，适才这一下当真是死里逃生，但人当危急之际心智特别灵敏，猛地里想起：“我和姑姑二人同使玉女剑法，难以抵挡。但我使全真剑法，她使玉女剑法，却均化险为夷。难道心经的最后一章，竟是如此行使不成？”当下大叫：“姑姑，‘浪迹天涯’！”说着斜剑刺出。小龙女未及多想，依言使出心经中所载的“浪迹天涯”，挥剑直劈。两招名称相同，招式却是大异，一招是全真剑法的厉害剑招，一招是玉女剑法的险恶家数，双剑合璧，威力立时大得惊人。金轮法王无法齐挡双剑击刺，向后急退，嗤嗤两声，身上两剑齐中。亏得他闪避得宜，剑锋从两胁掠过，只划破了他衣服，但已吓出了一身冷汗。

金轮法王百忙中又急退两步，以避锋锐，只听杨过叫道：“花前月下！”一招自上而下搏击，模拟冰轮横空、清光铺地的光景。小龙女单剑颤动，如鲜花招展风中，来回挥削，只晃得金轮法王眼花缭乱，浑不知她剑招将从何处攻来，只得跃后再避。杨过又叫：“清饮小酌！”剑柄提起，剑尖下指，有如提壶斟酒。小龙女剑尖上翻，竟是指向自己樱唇，宛似举杯自饮一般。

金轮法王见二人的剑招愈来愈怪，可是相互呼应配合，所有破绽全为旁边一人补去，厉害杀着却是层出不穷。他越斗越惊，暗想：“天下之大，果然能人辈出，似这等匪夷所思的剑法，我在西藏怎能梦想得到？唉！我井底之蛙，可小觑了天下英雄。”气势一馁，更呈败象。

杨过和小龙女修习这章剑法，数度无功，此刻身遭奇险，相互情切关心，都是不顾自身安危，先救情侣，正合上了剑法的主旨。这路剑法每一招中均含着一件韵事，或“抚琴按箫”、或“扫雪烹茶”、或“松下对弈”、或“池边调鹤”，均是男女与共，当真是说不尽的风流旖旎。林朝英情场失意，在古墓中郁郁而终。她文武全才，琴棋书画，无所不能，最后将毕生所学尽数化在这套武功之中。她创制之时只是自舒怀抱，哪知数十年后，竟有一对情侣以之克御强敌，却也非她始料之所及了。

杨过与小龙女初使时尚未尽会剑法中的奥妙，到后来却越使越是得心应手。使这剑法的男女二人倘若不是情侣，则许多精妙之处实在难以体会；相互间心灵不能沟通，则联剑之际是朋友则太过客气，是尊长小辈则不免照拂仰赖；如属夫妻同使，妙则妙矣，可是其中脉脉含情、盈盈娇羞、若即若离、患得患失诸般心情却又差了一层。此时杨过与小龙女相互眷恋极深，然而未结丝萝，内心隐隐又感到前途困厄正多，当真是亦喜亦忧，亦苦亦甜，这番心情，与林朝英创制这套“玉女素心剑”之意渐渐的心息相通。

黄蓉在旁观战，只见小龙女晕生双颊，腼腆羞涩，杨过时时偷眼相觑，依恋回护，虽是并战强敌，却流露出男欢女悦、情深爱切的模样，不由得暗暗心惊，同时受了二人的感染，竟回想到与郭靖初恋时的情景。酒楼上一片杀伐声中，竟然蕴含着无限的柔情密意。

杨过与小龙女灵犀暗通，金轮法王更难抵御，深悔适才将桌椅尽皆踏毁了，否则有桌椅阻隔，敌人攻势不能如此凌厉，眼见再打下去非送命不可，当下一步步退向楼梯，又一级级的退了下去。杨过与小龙女居高临下的逼攻，眼见就可将他逐走。黄蓉叫道：“除恶务尽，过儿，别放过了他。”她瞧出杨过与小龙女所以胜得金轮法王，全凭了一套奇妙的剑法，看来倒有八分侥幸，若是今日放过了他，此人武学高深，回去穷思精研，想出了破解这套剑法的法门，日后再要相除却是千难万难。

杨过答应一声，猛下杀手，“小园艺菊”、“茜窗夜话”、“柳荫联句”、“竹帘临池”，一招招的使将出来，金轮法王几乎连招架都有不及，别说还手。

杨过本拟遵照黄蓉嘱咐乘机杀他，哪知林朝英当年创制这路剑法本为自娱抒怀，实无伤人毙敌之意，其时心中又充满柔情，是以剑法虽然厉害，却无一招旨在致敌死命。这时杨龙二人虽逼得金轮法王手忙脚乱，狼狈万状，要取他性命却亦不易。

金轮法王不明剑法的来历，眼见对方奇招叠出，只道厉害杀着尚未使出，只要二人一用上，那真是老命休矣，危急中计上心来，足下用劲，每在楼梯上退一级，便踏断一级楼梯。他魁梧的身躯拦在梯心，杨龙二人无法抢前，待得三级楼梯断截，长剑已自递不到他身前。金轮法王铁轮一举，说道：“今日见识中原武功，老衲佩服得紧。你们这套剑法叫作什么名堂？”杨过正色道：“中原武功，以打狗棒法与刺驴剑术为首，我们这套剑法，就是刺驴剑术了。”金轮法王一怔，道：“刺驴剑术？”杨过道：“是啊，刺秃驴的剑术。”金轮法王才知他是绕弯儿相骂，心中大怒，喝道：“无礼小儿，终须叫你知道金轮法王的手段。”铁轮呛啷啷一挥，大踏步而去。

但见他身形飘飘，去得好快，几下急晃，已在墙角边隐没。杨过料知难以追上，转过身来，却见达尔巴扶着霍都，脸色惨白，站在当地，说道：“大师兄，你杀我不杀？”杨过见二人可怜，向黄蓉道："郭伯母，放他们走了，好不好？"黄蓉点了点头。杨过又见霍都神情委顿，憔悴不堪，从怀里摸出一小瓶玉蜂蜜来，指指霍都，做过服药姿势，交给达尔巴。达尔巴大喜，与霍都叽哩咕噜说了一阵。霍都取出一包药粉，交给杨过，说道："那位使笔的前辈中了我毒钉，这是解药。"

达尔巴向杨过合什行礼，说道："大师兄，多谢。"杨过也合什还礼，嬉皮笑脸的学他藏语，说道："大师兄，多谢。"达尔巴大奇："大师兄为什么叫我大师兄？"转念一想，便即明白："他转世为人，已让我为大，不来跟我争大师兄之位。"心下更加感激，向杨过深深打躬，伸左臂抱起霍都，与众蒙古武士一齐去了。

杨过将解药交于黄蓉，躬身施礼，说道："郭伯母，小侄就此别过，伯母和郭伯伯多多保重。"想到这番别后再不相见，心中甚是难过。黄蓉问道："你到哪里去？"杨过道："我和姑姑去个见不到人的所在隐居，从此永不出来，免得累了郭伯伯与你的声名。"

黄蓉寻思："他今日舍命救了我和芙儿，恩德非浅，眼见他陷迷沉沦，我岂可不相救于他？"于是说道："那也不忙在这一刻，今儿大伙儿累了，咱们找个客店休息一宵，明日分手动身不迟。"杨过见她情意恳挚，不便违拗，也就答应了。

黄蓉取出银两，赔了酒楼的破损，到镇上借客店安息。当晚用过晚膳，黄蓉差开郭芙，叫她去和武氏兄弟说话，将小龙女叫进房来，说道："妹子，我有一件物事送给你。"小龙女道："你给我什么？"

黄蓉将她拉到身前，取出梳子给她梳头，只见她乌丝垂肩，轻软光润，极是可爱，于是将她柔丝细心卷起，从自己头上取下一枚束发金环，说道："妹妹，我给你这个戴。"那金环打造得极是精致，通体是一枝玫瑰花枝，花枝回绕，相连处铸成一朵将开未放的玫瑰。黄药师收藏天下奇珍异宝，她偏偏拣中了这枚金环，匠艺之巧，可想而知。小龙女从来不戴什么首饰，束发之具就只一枚荆钗而已，虽见金环精巧，也不在意，随口谢了。黄蓉给她戴在头上，随即跟她闲谈。

说了一阵子话，只觉她天真无邪，世事一窍不通，烛光下但见她容色秀美，清丽绝俗，若非与杨过有师徒之份，两人确是一对璧人，问道："妹子，你心中很欢喜过儿，是不是？"小龙女盈盈一笑，道："是啊，你们为什么不许他跟我好？"

黄蓉一怔，想起自己年幼之时，父亲不肯许婚郭靖，江南七怪又骂自己为"小妖女"，直经过重重波折，才得与郭靖结成鸳侣，眼前杨过与小龙女真心相爱，何以自己却来出力阻挡？但他二人师徒名份既定，若有男女之私，大乖伦常，有何脸面以对天下英雄？当下叹了口气，说道："妹子，世间有很多事情你是不懂的。要是你与过儿结成夫妻，别人要一辈子瞧你不起。"小龙女微笑道："别人瞧我不起，那打什么紧？"

黄蓉又是一怔，只觉她这句话与自己父亲倒是气味相投，当真有我行我素、普天下人皆不在眼底之概；想到此处，不禁点了点头，心想似她这般超群拔类的人物，原不能拘以世俗之见，但转念又想起丈夫对杨过爱护之深、关顾之切，不论他是否会做自己女婿，总盼他品德完美，于是说道："过儿呢？别人也要瞧他不起。"小龙女道："他和我一辈子住在谁也瞧不见的地方，快快活活，理会旁人作甚？"黄蓉问道："什么谁也瞧不见的地方？"小龙女道："那是一座好大的古墓，我向来就住在里面的。"黄蓉一呆，道："难道今后你们一辈子住在古墓之中，就永远不出来了？"

小龙女很是开心，站起来在室中走来走去，说道："是啊，出来干么？外边的人都坏得很。"黄蓉道："过儿从小在外边东飘西荡，老是关在一座坟墓之中，难道不气闷么？"小龙女笑道："有我陪着他，怎会气闷？”黄蓉叹道：“初时自是不会气闷。但多过得几年，他就会想到外边的花花世界，他倘若老是不能出来，就会烦恼了。”

小龙女本来极是欢悦，听了这几句话，一颗心登时沉了下来，道：“我问过儿去，我不跟你说了。”说着走出房去。

黄蓉见她美丽的脸庞上突然掠过一层阴影，自己适才的说话实是伤了一个天真无邪的少女之心，登时颇为后悔，但转念又想，自己见得事多，自不同两个少年男女的一厢情愿，这番忠言纵然逆耳，却是深具苦心，心想：“不知过儿怎么说？”于是悄悄走到杨过窗下，要听听二人对答之言。

只听小龙女问道：“过儿，你这一辈子跟我在一起，会烦恼么？会生厌么？”杨过道：“你又问我干么？你知道我只有欢喜不尽。咱两个直到老了、头发都白了、牙齿跌落了，也仍是欢欢喜喜的厮守不离。”这几句话情辞真挚，十分恳切。小龙女听着，心中感动，不由得痴了，过了半晌，才道：“是啊，我也是这样。”从衣囊中取出根绳子，横挂室中，说道：“睡罢！”杨过道：“郭伯母说，今晚你跟她母女俩睡一间房，我跟武氏兄弟俩睡一间房。”小龙女道：“不！为什么要那两个男人来陪你？我要和你睡在一起。”说着举手一挥，将油灯灭了。

黄蓉在窗外听了这几句话，心下大骇：“她师徒俩果然已做了苟且之事，那老道赵志敬的话并非虚假！”

她想两个少年男女同床而睡，不便在外偷听，正待要走，突见室内白影一闪，有人凌空横卧，晃了几下，随即不动了。黄蓉大奇，借着映入室内的月光看去，只见小龙女横卧在一根绳上，杨过却睡在炕上。二人虽然同室，却是相守以礼。黄蓉悄立庭中，只觉这二人所作所为大异常人，是非实所难言。

她悄立良久，正待回房安寝，忽听脚步声响，郭芙与武氏兄弟从外边回来。黄蓉道："敦儿、修儿，你哥儿俩另外去要间房，不跟杨家哥哥一房睡罢。"武氏兄弟答应了。郭芙却问："妈，为什么？"黄蓉道："不关你事。"武修文笑道："我知道为什么。他二人师不师、徒不徒，狗男女作一房睡。"黄蓉板脸斥道："修儿，你不干不净的说什么？"武敦儒道："师娘你也忒好，这样的人理他干么？我是决不跟他说话的。"郭芙道："今儿他二人救了咱们，那可是一件大恩。"武修文道："哼，我倒宁可教金轮法王杀了，好过受这些畜生一般之人的恩惠。"黄蓉怫然不悦，道："别多说了，快去睡罢。"

这一番话杨过与小龙女隔窗都听得明白。杨过自幼与武氏兄弟不和，当下一笑而已，并不在意。小龙女心中却在细细琢磨："干么过儿和我好，他就成了畜生、狗男女？"思来想去难以明白，半夜里叫醒杨过，问道："过儿，有一件事你须得真心答我。你和我住在古墓之中，多过得几年，可会想到外边的花花世界？"杨过一怔，半晌不答。小龙女又问："你若是不能出来，可会烦恼？你虽爱我之心始终不变，在古墓中时日久了，可会气闷？"

这几句话杨过均觉好生难答，此刻想来，得与小龙女终身厮守，当真是快活胜过神仙，但在冷冰冰、黑沉沉的古墓之中，纵然住了十年、二十年仍不厌倦，住到三十年呢？四十年呢？顺口说一句"决不气闷"，原自容易，但他对小龙女一片至诚，从来没半点虚假，沉吟片刻，道："姑姑，要是咱们气闷了、厌烦了，那便一同出来便是。"

小龙女嗯了一声，不再言语，心想："郭夫人的话倒非骗我。将来他终究会气闷，要出墓来，那时人人都瞧他不起，他做人有何乐趣？我和他好，不知何以旁人要轻贱于他？想来我是个不祥之人了。我喜欢他、疼爱他，要了我的性命也行。可是这般反而害得他不快活，那他还是不娶我的好。那日晚上在终南山巅，他不肯答应要我做妻子，自必为此了。”反覆思量良久，只听得杨过鼻息调匀，沉睡正酣，于是轻轻下地，走到炕边，凝视着他俊美的脸庞，中心栗六，柔肠百转，不禁掉下泪来。

次晨杨过醒转，只觉肩头湿了一片，微觉奇怪，见小龙女不在室中，坐起身来，却见桌面上用金针刻着细细的八个字道：

“善自珍重，勿以为念。”

杨过登时脑中一团混乱，呆在当地，不知所措，但见桌面上泪痕莹莹，兀自未干，自己肩头所湿的一片自也是她泪水所沾了。他神智昏乱，推窗跃出，大叫：“姑姑，姑姑！”

店小二上来侍候。杨过问他那白衣女客何时动身，向何方而去。店小二瞠目不知所对。杨过心知此刻时机稍纵即逝，要是今日寻她不着，只怕日后难有相会之时，奔到马厩中牵出瘦马，一跃而上。郭芙正从房中出来，叫道：“你去哪里？”杨过听而不闻，沿大路纵马向北急驰，不多时已奔出了数十里地。他一路上大叫：“姑姑，姑姑！”却哪里有小龙女的人影？

又奔一阵，只见金轮法王一行人骑在马上，正向西行。众人见他孤身一骑，均感错愕。金轮法王提缰催马，向他驰来。

杨过未带兵刃，陡逢大敌，自是十分凶险，但他此时心中所思，只是小龙女到了何处，自身安危浑没念及，眼见金轮法王拍马过来，反而勒转马头，迎了上去，问道：“你见到我师父么？”金轮法王见他并不逃走，已自奇怪，听了他问这句话，更是一愕，随口答道：“没见啊，她没跟你在一起么？”

二人一问一答，均出仓卒，未经思索，但顷刻之间，便都想到杨过一人落单，就非法王敌手。二人眼光一对，胸中已自了然。杨过双腿一夹，金轮法王已伸手来抓。但瘦马神骏非凡，犹似疾风般急掠而过。法王催马急赶，杨过一人一骑早已远在里许之外，再难追上。法王心念动处，勒马不追，寻思：“他师徒分散，我更有何惧？黄帮主若是尚未远去，嘿嘿……”当即率领徒众，向来路驰回。

杨过一阵狂奔，数十里内访不到小龙女的半点踪迹，但觉胸间热血上涌，昏昏沉沉，竟险些晕倒在马背之上，心中悲苦：“姑姑何以又舍我而去？我怎么又得罪她啦？她离去之时流了不少眼泪，那自非恼我。”忽然想起：“啊，是了，定是我说在古墓之中日久会厌，她只道我不愿与她长相厮守。”想到此处，眼前登见光明：“她回到古墓去啦，我跟去陪着她便是。”不由得破涕为笑，在马背上连翻了几个筋斗。

适才纵马疾驰，不辨东西南北，于是定下神来，认明方向，勒转马头，向终南山而去。一路上越想越觉所料不错，倒将伤怀悬想之情去了九分，放开喉咙，唱起山歌来。

过午后在路边一家小店中打尖，吃完面条，出来之时匆匆未携银两，觑那店主人不防，跃上马背，急奔而逃，只听店主人远远在后叫骂，却哪里奈何得了他？不禁暗自好笑。

行到申牌时分，只见前面黑压压一片大树林，林中隐隐传出呼叱喝骂之声。他心中微惊，侧耳听去，却是金轮法王与郭芙的声音。

他心知不妙，跃下马背，把缰绳在辔头上一搁，隐身树后，悄步寻声过去探察，走了十余丈，望见树林深处的乱石堆中，黄蓉母女、武氏兄弟四人正与金轮法王一行拒敌。但见武氏兄弟脸上衣上都是血渍，黄蓉、郭芙头发散乱，神情甚是狼狈，看来若非金轮法王要拿活口，只怕四人都早已丧生于他铁轮之下。

杨过瞧了片刻，心想：“姑姑不在此间，我若上去相助，枉自送了性命。这便如何是好？可有什么法儿能救得郭伯母？”忽见金轮法王挥轮砸出，黄蓉无力硬架，便在一堆乱石之后一缩。金轮法王在乱石外转来转去，竟然攻不到她身前。杨过大奇，再看郭芙和武氏兄弟三人也是倚赖乱石避难，危急中只须躲到石后，达尔巴诸人就须远兜圈子，方能追及，那时郭芙等又已躲到了另一堆乱石之后。杨过诧异之极，见这几堆平平无奇的乱石居然有此妙用，实是不可思议，看来黄蓉等虽危实安，只是无法出乱石阵逃走而已。

金轮法王久攻不下，虽然打伤了武氏兄弟，但伤非致命，己方倒有一名武士被郭芙刺死，眼见黄蓉所堆的这许多乱石大有古怪，须得推究出其中奥妙，方能擒获四人。他自负才智过人，反正这几人说什么也逃不脱自己掌握，待想通了乱石阵的布局，大踏步闯进阵中，手到擒来，方显本事。于是左手一挥，约退诸人，自己也退开丈余，望着乱石阵暗自凝思。大凡行兵布阵，脱不了太极两仪、五行八卦的变化，金轮法王精通奇门妙术，心想这乱石阵虽怪，总也不离五行生克的道理。

哪知他怔怔的看了半天，刚似瞧出了一点端倪，略加深究，却又全盘不对，左翼对了，右翼生变，想通了阵法的前锋，其后尾却又难以索解，不禁呆在当地，惊佩无已。他文武全才，实是当世出类拔萃的人物，眼前既遇难题，务要凭一己才智破解，方遂心愿。

杨过见金轮法王皱起眉头沉思，良久不动，突然间双眼精光大盛，身形晃动，闯进乱石阵中，抓住了郭芙的手臂，急退而出。这一下变生不测，黄蓉等三人大惊失色，登时手足无措，若是出阵去救，非遭他毒手不可。

原来郭芙见敌人呆立不动，一时大意，竟不遵母亲所示的方位站立，离了阵法的蔽障。金轮法王一见有隙可乘，立时出手擒获，当下伸指点了她胁下穴道，放在地上。他故意不点哑穴，让她哀声求救，好激得黄蓉出阵。郭芙只感周身麻痒难当，忍不住呻吟出声。黄蓉岂不知敌人诡计，但听到女儿的哀声，心中如沸，只是咬住嘴唇强忍。

杨过在树后瞧得明白，眼见黄蓉竹棒一摆，就要奔出乱石堆抢救爱女，这一出去可是凶险之极，当下不及细想，猛地跃出，抓住郭芙后心，向乱石堆扑去。金轮法王铁轮飞出，击向他后心。杨过人在半空，难以闪避，用力将郭芙朝黄蓉推去，同时使个“千斤坠”，身子直落，啪的一声，结结实实的摔在乱石堆上，但听得呛啷啷声音响亮，铁轮自头顶疾飞而过，兜了个圈子，又飞回法王手中。

黄蓉抱住爱女，悲喜交集，见杨过从乱石堆上翻身爬起，撞得目青鼻肿，忙伸竹棒指引他进入石阵。

金轮法王见功败垂成，又是杨过这小子作怪，心中不怒反喜，微微冷笑，说道：“好，你乖乖的自投罗网，却省得日后再来找你了。”

杨过这一下奋身救人，实是激于义愤，进了石阵之后，才想起这一出手，瞧来自己性命也得饶上了，此生再难见小龙女之面，不由得暗暗懊悔。黄蓉问道：“你师父呢？”杨过黯然道：“她突然半夜里走了，我正在找她。”黄蓉叹了口气，说道：“过儿，你又何必多此一举？”杨过只有苦笑，摇头道：“郭伯母，我傻里傻气，心头热血一涌，这就管不住自己了。”黄蓉道：“好孩子，你心肠好，跟你爹……”说了一半，突然住口。杨过颤声道：“郭伯母，我爹爹是坏人，是不是？”黄蓉垂头道：“你要知道这个干么？”突然叫道：“小心，到这里来！”拉着他跨过两堆乱石，避开了金轮法王一下偷袭。

杨过向那乱石堆前前后后望了一阵，好生佩服，说道：“郭伯母，如你这般聪明才智，并世再无第二个了。”黄蓉替女儿解开穴道，正自给她按摩，微笑着未答。郭芙道：“你知道什么？我妈的本事都是外公教的。外公才厉害呢。”杨过在桃花岛上曾见到黄药师的诸般手泽，只是当时年幼，未能领略这中间的妙处，此刻经郭芙一提，连连点头，不由得悠然神往，叹道："几时得能拜见他老人家一面，也不枉了这一生。"

蓦地里金轮法王闯过两堆乱石，又攻了过来。杨过手中没兵器，忙拾起黄蓉抛在地下的竹棒，抢出去阻挡，呼呼两棒，使上了打狗棒法。法王见他棒法精妙，凝神接战，拆了数招，突然间两人脚下同时在乱石上一绊，均是一个踉跄。法王只怕中了暗算，跃出阵去。

黄蓉接引杨过进来，指派武氏兄弟与女儿搬动石块，变乱阵法，问杨过道："你这打狗棒法到底从何处学来？"杨过于是照实述说如何在华山巧遇洪七公、北丐西毒如何比武、洪七公如何传授棒法等情，但他怕激动黄蓉心神，洪七公逝世的经过却隐瞒不言。黄蓉叹道："你遇合之奇，确是罕有。"忽地心念一动，说道："过儿，你很聪明，且想个法儿，脱却今日之难。"

杨过瞧了她的神情，知她已想到计策，当下故作不知，说道："若是你身子安健，和我双战法王，自能获胜，又或能邀得我师父来，那也好了。"黄蓉道："我身子一时三刻之间怎能痊可？你师父也不知去了哪里。我另有一个计较在此，却须用到这几堆乱石。这石阵是我爹爹所授，其中变幻百端，刻下所用的还不到二成。"杨过又惊又喜，想起黄药师学究天人，大是赞叹。

黄蓉道："我师父授你的打狗棒法仅是招式，而你在树上听到我说的只是口诀大意。现下我将棒法中的精微变化一并传你。"杨过大喜，却以退为进，说道："这个只怕使不得，打狗棒法除了丐帮帮主，历来不传外人。"黄蓉白了他一眼，道："在我面前，你又使什么狡狯？这棒法我师父传了你三成，你自个儿偷听了二成，今日我再传你二成。余下三成，就得凭你自己才智去体会领悟，旁人可传授不来。这一来并非有人全套传你，二来今日事急，也只好从权。”

杨过跪倒在地，拜了几拜，笑道：“郭伯母，我幼小之时，你曾答应传我功夫，今日才传，也还不迟。”黄蓉微微一笑，道：“你心中一直记恨，是不是？”杨过笑道：“我哪里敢？”于是黄蓉轻声悄语，将棒法的奥妙之处，一一说给他知晓。

金轮法王在乱石外望见杨过向黄蓉磕头，二人有说有笑，唧唧哝哝，不知捣什么鬼了，瞧来似乎有恃无恐，竟是全不将自己放在眼内。虽是心中有气，但他素来持重，知道眼前这二人武功虽然敌不过自己，却实在鬼计多端，可别不小心上了大当，定要参透其中机关，再定对策。也幸好他缓下了攻势，黄蓉与杨过不必应敌，不到半个时辰，已将窍要说完。

杨过聪明颖悟，胜过鲁有脚百倍，真所谓闻一知十，举一反三，兼之他对这套棒法早已费过许多心血推详，先前百思不得其解之处，今日黄蓉略加点拨，立行豁然贯通。金轮法王遥遥望见黄蓉神色端严安详，口唇微动，杨过却是搔耳摸腮，喜不自胜，实不知二人葫芦中卖什么药，但此事于己不利，当可断言。

杨过听完要诀，问了十余处艰深之点，黄蓉一一解说，说道：“行啦，你问得出这些疑难，足证你领悟已多。这第二步嘛，咱们就要把这和尚诱进阵来擒获。”

杨过一惊，道：“将他擒住？”黄蓉道：“那又有何难？此刻你我联手，智胜于彼，力亦过之。现下我要解说这乱石阵的奥妙，你一时定然难以领会，好在你记心甚好，只须将三十六般变化死记即可。”于是一项一项的说了下去，青龙怎样演为白虎，玄武又怎生化为朱雀。原来这乱石阵乃是从诸葛亮的八阵图中变化出来。当年诸葛亮在长江之滨用石块布成阵法，东吴大将陆逊入阵后难以得脱。此刻黄蓉所布的便是师法诸葛武侯的遗意，只是事起仓卒，未及布全，大敌奄至，那阵法不过稍具规模而已。但纵然如此，也已吓得金轮法王心神不定，眼睁睁望着面前五人，却是不敢动手。

这阵图的三十六项变化，实是繁复奥妙，饶是杨过聪明过人，一时记得明白的也只十余变。眼见天色将暮，金轮法王蠢蠢欲动，黄蓉道："就只这十几变，已足困死他有余。你出去引他入阵，我变动阵法，将他困住。"

杨过大喜，道："郭伯母，他日我若再到桃花岛上，你肯不肯将这门学问尽数教我？"黄蓉抿嘴一笑，凉风拂鬓，夕阳下风致嫣然，说道："你若肯来，我如何不肯教？你舍命救了我和芙儿两次，难道我还似从前这般待你么？"

杨过听了，胸中暖烘烘地极是舒畅，此时黄蓉不论教他干什么，他当真是百死无悔，当下提起竹棒，转出石阵，叫道："生了锈的铁轮法王，你有胆子，就来跟我斗三百回合！"

金轮法王正自担心他们在石阵中捣鬼，暗算自己，见他出阵挑战，正是求之不得，呛啷啷铁轮响动，斜劈过去。他怕杨过相斗不胜，又逃回阵中，是以攻了两招之后，径自抄他后路，要逼得他远离石阵。岂知杨过新学了打狗棒法的精要，将那绊、劈、缠、戳、挑、引、封、转八字诀使将出来，果然是变化精微，出神入化。法王大意抢攻，略见疏神，竟被他在大腿上戳了一下，虽在危急中急闭穴道，未曾受伤，却也是疼痛良久。

他吃了这一下苦头，再也不敢怠忽，抡起铁轮，凝神拒战，眼前对手虽只是个十余岁的少年，他却如接大敌，攻时敬，守时严，竟当他是一派大宗主那么看待。这一来，杨过立感不支，打狗棒法虽妙，即学即用，究是难以尽通，当下使个"封"字诀挡住铁轮攻势，移动脚步，东突西冲。金轮法王跟着他竹棒攻守变招，眼见他向外冲击，心想来得正好，不住倒退，要引他远离石阵。不料退了十几步，突然右脚在一块巨石上一绊，原来不知不觉间竟已被诱进石阵。

他心知不妙，只听黄蓉连声呼叫：“朱雀移青龙，巽位改离位，乙木变癸水。”武氏兄弟与郭芙搬动岩石，石阵急变。金轮法王大惊失色，停轮待要察看周遭情势，杨过的竹棒却缠了上来。这打狗棒法与他正面相敌虽尚不足，扰乱心神却是有余。法王脚下连绊几下，站立不稳，知道石阵极是厉害，陷溺稍久，越转越乱，危急中大喝一声，跃上乱石。本来上了石堆，即可不受石阵困惑，否则方位迷乱，料来只须笔直疾走定可出阵，岂知奔东至西，往南抵北，只不过在十余丈方圆内乱兜圈子，终于精力耗尽，束手待毙。但法王刚上石堆，杨过已挥棒打向脚骨，他铁轮是短兵刃，不能俯身攻拒，只得跃下平地，横轮反击。

又拆十余招，眼见暮色苍茫，四下里乱石嶙峋，石阵中似乎透出森森鬼气，饶是他艺高胆大，至此也不由得暗暗心惊，突然间脑海中灵光一闪，已有计较，左足一抄，一块二十余斤的大石已被他抄起，飞向半空，跟着右腿掠出，又是一块大石高飞。他身形闪动，双腿连抄，大石砰嘭山响，互撞之下，火花与石屑齐飞，那乱石阵霎时破了。黄蓉等五人大惊，连连闪避空中落下来的飞石。

此时金轮法王若要出阵，已是易如反掌，但他反守为攻，左掌探出，竟来擒拿黄蓉。杨过棒尖向他后心点到，法王铁轮斜挥架开，左掌却已搭到黄蓉的肩头。她如向后闪跃，原可避过，但耳听风声劲急，半空中一块大石正向身后猛砸下来，只得急施大擒拿手反勾法王左腕。法王叫声：“好！”任她勾住手腕，待她借势外甩之际，突运神力，向怀里疾拉。

若在平日，黄蓉自可运劲卸脱，但此刻内力不足，叫声“啊哟”，已自跌倒。杨过大惊，当下顾不得生死安危，向前扑出，抱住了法王双腿，两人一齐摔倒。

金轮法王武功究竟高出他甚多，人未着地，右掌挥出，击向杨过右胸。杨过忙伸左臂挡格，啪的一声，掌臂相交，杨过只觉胸口气血翻涌，身子便如一捆稻草般飞了出去。就在此时，空中最后一块巨石猛地落下，砰的一响，正好撞在法王背心。这一撞沉猛之极，他内功再强，却也经受不起，虽然运功将大石弹开，但身子晃了几下，终于向前仆跌。

顷刻之间，石落阵破，黄蓉、杨过、法王三人同时受伤倒地。

只见窗边一个青衫少女左手按纸，右手握笔，正自写字。她背面向榻，瞧不见她相貌，但见她背影苗条，细腰一搦，甚是娇美。

第十五回

东邪门人

石阵外达尔巴和众蒙古武士、石阵内郭芙与武氏兄弟尽皆大惊，一齐抢前来救。达尔巴神力惊人，蒙古武士中也有数名高手，郭芙与二武如何能敌？突见金轮法王摇摇晃晃的站起来，铁轮一摆，呛啷啷动人心魄，脸色惨白，仰天大笑，笑声中却充满着凄怆惨厉之意，众人相顾骇然，都住足不前。

金轮法王嘶哑着嗓子说道："老衲生平与人对敌，从未受过半点微伤，今日居然自己伤了自己。"伸出大手往黄蓉背上抓去。

杨过被他掌力震伤胸臆，爬在地下无力站起，眼见黄蓉危急，仍是横棒挥出，将他这一拿格开，但就是这么一用力，禁不住喷出一口鲜血。黄蓉惨然道："过儿，咱们认栽啦，不用再拼，你自己保重。"郭芙手提长剑，护在母亲身前。杨过低声道："芙妹你快逃走，去跟你爹爹报信要紧。"

郭芙心中昏乱，明知自己武艺低微，可怎舍得母亲而去？金轮法王铁轮微摆，撞正她手中长剑，当的一声，白光闪动，长剑倏地飞起，落向林中。

金轮法王正要推开郭芙去拿黄蓉，忽听一个女子声音叫道："且慢！"林中跃出一个青衫人影，伸手接住半空落下的长剑，三个起伏，已奔到乱石堆中。金轮法王见此人面目可怖已极，三分像人，七分似鬼，生平从未见过如此怪异的面貌，不禁一怔，喝问：“是谁？”那女子却不答话，俯身推过一块岩石，挡在他与黄蓉之间，说道：“你便是大名鼎鼎的金轮法王么？”她相貌虽丑，声音却甚是娇嫩。法王道：“不错，尊驾是谁？”那女子说道：“我是无名幼女，你自识不得我。”说着又将另一块岩石移动了三尺。

此时日落西山，树林中一片朦胧，法王心念忽动，喝道：“你干什么？”待要阻止她再移石块，那女子叫道：“角木蛟变亢金龙！”郭芙与二武都是一怔，心想：“她怎么也知石阵的变化？”但听她喝令之中自有一股威严之意，立时遵依搬动石块。四五块岩石一移，散乱的阵法又生变化。

金轮法王又惊又怒，大喝道：“你这小女孩也敢来捣乱！”只听她又叫：“心月狐转房日兔”，“毕月乌移奎木狼”，“女土蝠进室火猪”，她所叫的都是二十八宿方位。郭芙与二武听她叫得头头是道，与黄蓉主持阵法时一般无异，心下大喜，奋力移动岩石，眼见又要将金轮法王困住。

法王背上受了石块撞击，强运内力护住，一时虽不发作，其实内伤着实不轻，万万无力再起脚挑动石块，他知道只消再迟得片刻，便即陷身石阵，达尔巴徒有勇力，不明阵法，难以相救，见黄蓉正撑持着起身，兀自站立不定，只须踏上几步就可手到擒来，却也是自谋脱身要紧，当下铁轮虚晃，向武修文脑门击去。

他受伤之后，手臂已全然酸软无力，便是举起铁轮也已十分勉强，武修文若是拔剑招架，反可将他铁轮击落脱手。但他威风凛凛，虽是虚招，瞧来仍是猛不可当，武修文哪敢硬接，当即缩身入阵。

金轮法王缓步退出石阵，呆立半晌，心中思潮起伏：“今日错过了这个良机，只怕日后再难相逢。难道老天当真护佑大宋，教我大事不成？中原武林中英才辈出，单是这几个青年男女，已是资兼文武，未易轻敌，我蒙藏豪杰之士，可是相形见绌了。”抚胸长叹，转头便走，走出十余步，突然间呛啷一响，铁轮落地，身子摇晃。

达尔巴大惊，大叫：“师父！”抢上扶住，忙问：“师父，你怎么啦？”金轮法王皱眉不语，伸手扶着他肩头，低声道：“可惜，可惜！走罢！”一名蒙古武士拉过坐骑。金轮法王重伤之后已无力上马，达尔巴左掌托住师父腰间，将他送上马背。一行人向东而去。

青衫少女缓步走到杨过身旁，顿了一顿，慢慢弯腰，察看他的脸色，要瞧伤势如何。此时夜色已深，相距尺许也已瞧不清楚，她直凑到杨过脸边，但见他双目睁大，迷茫失神，面颊潮红，呼吸急促，显是伤得不轻。

杨过昏迷中只见一对目光柔和的眼睛凑到自己脸前，就和小龙女平时瞧着自己的眼色那样，又是温柔，又是怜惜，当即张臂抱住她身子，叫道：“姑姑，过儿受了伤，你别走开了不理我。”

青衫少女又羞又急，微微一挣。杨过胸口伤处立时剧痛，不禁“啊唷”一声。那少女不敢强挣，低声道：“我不是你姑姑，你放开我。”杨过凝视着她眼睛，哀求道：“姑姑，你别撇下我，我……我……我是你的过儿啊。”那少女心中一软，柔声道：“我不是你姑姑。”这时天色更加黑了，那少女一张可怖的丑脸全在黑暗中隐没，只一对眸子炯炯生光。杨过拉着她手，不住哀求：“是的，是的！你……你别再撇下我不理。”那少女给他抱住了，羞得全身发烧，不知如何是好。

突然间杨过神志清明，惊觉眼前之人并非小龙女，失望已极，脑中天旋地转，便即昏了过去。

那少女大惊，但见郭芙与二武均围着黄蓉慰问服侍，无人来理杨过，心想他受伤极重，若非服用师父秘制灵药，只怕有性命之忧，当下扶着他后腰，半拖半拉的走出石阵，又慢慢走出林外。瘦马甚有灵性，认得主人，奔近身来。那少女将杨过扶上马背，却不与他同乘，牵了马缰步行。

杨过一阵清醒，一阵迷糊，有时觉得身边的女子是小龙女，大喜而呼，有时却又发觉不是，全身如入冰窖。也不知过了多少时候，只觉口腔中一阵清馨，透入胸间伤处，说不出的舒服受用，缓缓睁开眼来，不由得一惊，原来自己已睡在一张榻上，身上盖了薄被，要待翻身坐起，突感胸骨剧痛，竟是动弹不得。

转头只见窗边一个青衫少女左手按纸，右手握笔，正自写字。她背面向榻，瞧不见她相貌，但见她背影苗条，细腰一搦，甚是娇美。再看四周时，见所处之地是间茅屋的斗室，板床木凳，俱皆简陋，四壁萧然，却是一尘不染，清幽绝俗。床边竹几上并列着一张瑶琴，一管玉箫。

他只记得在树林石阵中与金轮法王恶斗受伤，何以到了此处，脑中却尽是茫然一片；用心思索，隐约记得自己伏在马背，有人牵马护行，那人是个女子。此刻想来，依稀记得她背影便是眼前这少女。她这时正自专心致志的写字，但见她右臂轻轻摆动，姿式飘逸。室中寂静无声，较之先前石阵恶斗，竟似到了另一世界。他不敢出声打扰那少女，只是安安稳稳的躺着，正似梦后楼台高锁，酒醒帘幕低垂，实不知人间何世。

突然间心念一动，眼前这青衫少女，正是长安道上示警、后来与自己联手相救陆无双的那人，自忖与她无亲无故，怎么她对自己这么好法？不由得冲口而出，说道："姊姊，原来又是你救了我性命。"

那少女停笔不写，却不回头，柔声道："也说不上救你性命，我恰好路过，见那西藏和尚甚是横蛮，你又受了伤……"说罢微微低头。杨过道："姊姊，我……我……"心中感激，一时喉头哽咽，竟然说不出声来。那少女道："你良心好，不顾自己性命去救别人，我碰上稍稍出了些力，却又算得什么。”杨过道：“郭伯母于我有养育之恩，她有危难，我自当尽力，但我和姊姊……”那少女道：“我不是说你郭伯母，是说陆无双陆家妹子。”

陆无双这名字，杨过已有许久没曾想起，听她提及，忙问：“陆姑娘平安罢？她伤全好了？”那少女道：“多谢你挂怀，她伤口已然平复。你倒没忘了她。”杨过听她语气中与陆无双甚是亲密，问道：“不知姊姊跟陆姑娘怎生称呼？”

那少女不答，微微一笑，说道：“你不用姊姊长、姊姊短的叫我，我年纪没你大。”顿了一顿，笑道：“也不知叫了人家几声‘姑姑’呢，这时改口，只怕也已迟了。”

杨过脸上一红，料想自己受伤昏迷之际定是将她错认了小龙女，不住的叫她“姑姑”，说不定还有什么亲昵之言、越礼之行，越想越是不安，期期艾艾的道：“你……你……不见怪罢？”那少女笑道：“我自是不会见怪，你安心在这儿养伤罢。等伤势好了，便去寻你姑姑。”又道：“别太担心了，终究找得到的。”这几句话温柔体贴，三分慈和中又带着三分敬重，令人既安心，又愉悦，与他所识别的女子全不相同。她不似陆无双那么刁钻活泼，更不似郭芙那么骄肆自恣。耶律燕是豪爽不羁，完颜萍是楚楚可怜。至于小龙女，初时冷若冰霜，漠不关心，到后来却又是情之所钟，生死以之，乃是趋于极端的性儿。只有这位青衫少女却是斯文温雅，殷勤周至，知他记挂“姑姑”，就劝他好好养伤，痊愈后立即前去寻找。但觉和她相处，一切全是宁静平和。

她说了这几句话，又提笔写字。杨过道：“姊姊，你贵姓？”那少女道：“你别问这个问那个的，还是安安静静的躺着，不要胡思乱想，内伤就好得快了。”杨过道：“好罢，其实我也明知是白问，你连脸也不让见，姓名更是不肯说的了。”那少女叹道：“我相貌很丑，你又不是没见过。”杨过叫道：“不，不！那是你戴了人皮面具。”那少女道：“若是我像你姑姑一般好看，我干么又要戴面具？”杨过听她称赞小龙女美貌，极是欢喜，问道：“你怎知我姑姑好看？你见过她么？”那少女道：“我没见过。但你这么魂牵梦萦的想念，她自是天下第一的美人儿了。”杨过叹道：“我想念她，倒也不是为了她美貌，就算她是天下第一丑人，我也一般想念。不过……不过要是你见了她，定会更加称赞。”

这番话倘若给郭芙或陆无双听了，定要讥刺他几句，那少女却道：“定是这样。她不但美貌，待你更是好得不得了。”说着又伏案写字。

杨过望着帐顶出了一会神，忍不住又转头望着她苗条的背影，问道：“姊姊，你在写些什么？这等要紧。”那少女道：“我在学写字。”杨过道：“你临什么碑帖？”那少女道：“我的字写得难看极啦，怎说得上摹临碑帖？”杨过道：“你太谦啦，我猜定是好的。”那少女笑道：“咦，这可奇啦，你怎么又猜得出？”杨过道：“似你这等俊雅的人品，书法也定然俊雅的。姊姊，你写的字给我瞧瞧，好不好？”

那少女又是轻轻一笑，道：“我的字是见不得人的，等你养好了伤，要请你教呢。”杨过暗叫：“惭愧。”不禁感激黄蓉在桃花岛上教他读书写字，若没那些日子的用功，别说分辨书法美恶，连旁人写什么字也不识得。

他出了一会神，觉得胸口隐隐疼痛，当下潜运内功，气转百穴，渐渐的舒畅安适，竟自沉沉睡去。待得醒来，天已昏黑，那少女在一张矮几上放了饭菜，端到他床上，服侍他吃饭。竹筷陶碗，虽是粗器，却都是全新的，纵然一物之微，看来也均用了一番心思。

那菜肴也只平常的青菜豆腐、鸡蛋小鱼，但烹饪得甚是鲜美可口。杨过一口气吃了三大碗饭，连声赞美。那少女脸上虽然戴着面具，瞧不出喜怒之色，但明净的双眼中却露出欢喜的光芒。

次日杨过的伤势又好了些。那少女搬了张椅子，坐在床头，给他缝补衣服，将他一件破烂的长衫全都补好了。她提起那件长衫，说道：“似你这等人品，怎么故意穿得这般褴褛？”说着走出室去，捧了一匹青布进来，依着杨过原来衣衫的样子裁剪起来。

听她话声和身材举止，也不过十七八岁，但她对待杨过不但像是长姊视弟，直是母亲一般慈爱温柔。杨过丧母已久，时至今日，依稀又是当年孩提的光景，心中又是感激，又是诧异，忍不住问道：“姊姊，干么你待我这么好？我实在是当不起。”那少女道：“做一件衣衫，那有什么好了？你舍命救人，那才教不易呢。”

这一日上午就这么静静过去。午后那少女又坐在桌边写字，杨过极想瞧瞧她到底写些什么，但求了几次，那少女总是不肯。她写了约莫一个时辰，写一张，出一会神，随手撕去，又写一张，始终似乎写得不合意，随写随撕，瞧这情景，自不是钞录什么武学谱笈，最后她叹了口气，不再写了，问道：“你想吃什么东西，我给你做去。”

杨过灵机一动，道：“就怕你太过费神了。”那少女道：“什么啊？你说出来听听。”杨过道：“我真想吃粽子。”那少女一怔，道：“裹几只粽子，又费什么神了？我自己也想吃呢。你爱吃甜的还是咸的？”杨过道：“什么都好。有得吃就心满意足了，哪里还能这么挑剔？”

当晚那少女果然裹了几只粽子给他作点心，甜的是猪油豆沙，咸的是火腿鲜肉，端的是美味无比，杨过一面吃，一面喝采不迭。

那少女叹了口气，说道：“你真聪明，终于猜出了我的身世。”杨过心下奇怪：“我没猜啊！怎么猜出了你的身世？”但口中却说：“你怎知道？”那少女道：“我家乡江南的粽子天下驰名，你不说旁的，偏偏要吃粽子。”杨过回忆数年前在浙西遇到郭靖夫妇、与李莫愁争斗、又得欧阳锋收为义子等一连串事迹，始终想不起眼前这少女是谁。

他要吃粽子，却是另有用意，快吃完时乘那少女不觉，在手掌心里暗藏一块，待她收拾碗筷出去，忙取过一条她做衫时留下的布线，一端黏了块粽子，掷出去黏住她撕破的碎纸，提回来一看，不由得一怔。原来纸上写的是“既见君子，云胡不喜”八个字。那是《诗经》中的两句，当年黄蓉曾教他读过，解说这两句的意思是：“既然见到了这男子，怎么我还会不快活？”杨过又掷出布线黏回一张，见纸上写的仍是这八个字，只是头上那个“既”字却已给撕去了一半。杨过心中怦怦乱跳，接连掷线收线，黏回来十多张碎纸片，但见纸上颠来倒去写的就只这八个字。细想其中深意，不由得痴了。

忽听脚步声响，那少女回进室来。杨过忙将碎纸片在被窝中藏过。那少女将余下的碎纸搓成一团，拿到室外点火烧化了。

杨过心想：“她写‘既见君子’，这君子难道说的是我么？我和她话都没说过几句，她瞧见我有什么可欢喜的呢？再说，我这么乱七八糟，又是什么狗屁君子了。若说不是我，这里又没旁人。”

正自痴想，那少女回进室来，在窗边悄立片刻，吹灭了蜡烛。月光淡淡，从窗中照射进来，铺在地下。杨过叫道：“姊姊。”那少女却不答应，慢慢走了出去。

过了半晌，只听室外箫声幽咽，从窗中送了进来。杨过曾见她用玉箫与李莫愁动手，武功甚是不弱，不意这管箫吹将起来却也这么好听。他在古墓之中，有时小龙女抚琴，他便伴在一旁，听她述说曲意，也算得粗解音律。这时辨出箫中吹的是“无射商”调子，却是一曲“淇奥”，这首琴曲温雅平和，杨过听过几遍，也并不喜爱。但听她吹的翻来覆去总是头上五句：“瞻彼淇奥，绿竹猗猗，有匪君子，如切如磋，如琢如磨。”或高或低，忽徐忽疾，始终是这五句的变化，却颇具缠绵之意。杨过知道这五句也出自《诗经》，是赞美一个男子像切磋过的象牙那么雅致，像琢磨过的美玉那么和润。

杨过听了良久，不禁低声吟和："瞻彼淇奥，绿竹猗猗……"只吟得两句，突然箫声断绝。杨过一怔，暗悔唐突："她吹箫是自舒其意，我出声低吟，显得明白了她的心思，那可太也无礼了。"

次日清晨，那少女送早饭进来，只见杨过脸上戴了人皮面具，不禁一呆，笑道："你怎么也戴这东西了？"杨过道："这是你送给我的啊，你不肯显露本来面目，我也就戴个面具。"那少女淡淡的道："那也很好。"说了这句话后，放下早饭，转身出去，这天一直就没再跟他说话。

杨过惴惴不安，生怕得罪了她，想要说几句话赔罪，她在室中却始终没再停留。到得晚间，那少女待杨过吃完了饭，进室来收拾碗筷，正要出去，杨过道："姊姊，你的箫吹得真好听，再吹一曲，好不好？"

那少女微一沉吟，道："好的。"出室去取了玉箫，坐在杨过床前，幽幽吹了起来。这次吹的是一曲"迎仙客"，乃宾主酬答之乐，曲调也如是雍容揖让，肃接大宾。杨过心想："原来你在箫声之中也戴了面具，不肯透露心曲。"

箫声中忽听得远处脚步声响，有人疾奔而来。那少女放下玉箫，走到门口，叫道："表妹！"一人奔向屋前，气喘吁吁的道："表姊，那女魔头查到了我的踪迹，正一路寻来，咱们快走！"杨过听话声正是陆无双，心下一喜，但随即听她说那女魔头即将追到，指的自是李莫愁，不由得暗暗吃惊，随即又想："原来这位姑娘是媳妇儿的表姊。"

只听那少女道："有人受了伤，在这里养伤。"陆无双道："是谁？"那少女道："你的救命恩人。"陆无双叫道："傻蛋！他……他在这里！"说着冲进门来。

月光下只见她喜容满脸，叫道："傻蛋，傻蛋！你怎么寻到了这里？这次可轮到你受伤啦。"杨过道："媳妇……"只说出两个字，想起身旁那温雅端庄的青衫少女，登时不敢再开玩笑，当即缩住，转口问道："李莫愁怎么又找上你了？"

陆无双道："那日酒楼上一战，你忽然走了，我表姊带我到这里养伤。其实我的伤早就没事啦，我气闷不过，出去闲逛散心，当天就撞到了两名丐帮的化子，偷听到他们说大胜关在开什么英雄大会。我便去大胜关瞧瞧热闹，哪知这会已经散了。我怕表姊记挂，赶着回来，在前面镇上的茶馆外忽然见到了那女魔头的花驴。她驴子换了，金铃却没换……"说到这里，声音已不禁发颤，续道："总算命不该绝，若是迎面撞上，表姊，傻蛋，这会儿可见你们不着啦。"

杨过道："这位姑娘是你表姊？多承她相救，可还没请教姓名。"那少女道："我……"陆无双突然伸出双手，将杨过和那少女脸上的人皮面具同时拉脱，说道："那魔头不久就要到来，你们两个还戴这劳什子干什么？"

杨过眼前陡然一亮，见那少女脸色晶莹，肤光如雪，鹅蛋脸儿上有一个小小酒窝，微现腼腆，虽不及小龙女那么清丽绝俗，却也是个极美的姑娘。

陆无双道："她是我表姊程英，桃花岛黄岛主的关门小弟子。"杨过作揖为礼，道："程姑娘。"程英还礼，道："杨少侠。"杨过心想："怎么她小小年纪，竟是黄岛主的弟子？从郭伯母身上算起来，我岂不还矮了她一辈？"

原来程英当日为李莫愁所擒，险遭毒手，适逢桃花岛岛主黄药师路过，救了她性命。黄药师自女儿嫁后，浪迹江湖，四海为家，年老孤单，自不免寂寞，这时见程英稚弱无依，不由得起了怜惜之心，治愈她伤毒之后便带在身边。程英服侍得他体贴入微，远胜当年娇憨顽皮、跳荡不羁的黄蓉。黄药师由怜生爱，收了她为徒。程英聪明机智虽然远不及黄蓉，但她心细似发，从小处钻研，却也学到了黄药师不少本领。

这一年她武功初成，禀明师父，北上找寻表妹，在关陕道上与杨过及陆无双相遇，途中示警、夜半救人，便都是她的手笔了。众少年合斗李莫愁后，她带同陆无双到这荒山中来结庐疗伤。日前陆无双独自出外，久久不归。程英记挂起来，出去找寻，却遇上黄蓉摆乱石阵与金轮法王相斗。这项奇门阵法她也曾跟黄药师学过，虽所知不多，学得却极细致，机缘巧合，将杨过救了回来。

陆无双道："这紧急关头，你两位还这般多礼干什么?"杨过道："李莫愁后来见到你了?"陆无双道："你倒想得挺美！要是给她见到了，你又不来救我，我还能逃脱她的毒手?我一见到花驴颈中的金铃，立即躲在茶馆屋后，大气也不敢喘一口。只听得那魔头在向茶馆掌柜的打听，有没见到两个小姑娘，一个有点儿跛，另一个是个丑八怪。表姊，她说的是你，可不知道你恰好是丑八怪的对头，是位美人儿……"程英脸上微微一红，道："你别胡说，可让杨少侠笑话。"杨过道："少侠什么的称呼，可不敢当，你叫我杨过便是。"

陆无双嗔道："你一见我表姊，就服服贴贴的，连名带姓都说了，跟我却偏装神弄鬼的骗人。"杨过微笑道："你叫我'傻蛋'，我便听你话做傻蛋，那还不够服服贴贴吗?"陆无双小嘴一撅，道："慢慢再跟你算账。"转头向程英道："表姊，你带了这面具儿，常到镇上去买盐米物品，镇上的人都认得你。茶馆掌柜也决想不到李莫愁这样斯文美貌的出家人会不怀好意，自然跟她说了咱们的住处。那魔头谢了，又问镇上什么地方可以借宿，便带了洪师姊去找宿处。她一向害人总是天刚亮时动手，算来还有三个时辰。"

程英道："是。那日这魔头到表妹家，便是寅末卯初时分。"三人说起当年李莫愁如何下毒手害死陆无双父母之事，才知三人幼时曾在嘉兴相会，程英和陆无双都还去过杨过所住的破窑，想到儿时居然曾有过这番遇合，心头不由得均是平添温馨之意。

杨过道："这魔头武功高强，就算我并未受伤，咱三个也是斗她不过的。还是外甥点灯笼，照旧，咱们这就溜之大吉罢。"程英点头道："眼下还有三个时辰。杨兄的坐骑脚力甚好，咱们立时就逃，那魔头未必追得上。"陆无双道："傻蛋，你身上有伤，能骑马么？"杨过叹道："不能骑也只得硬挺，总好过落在这魔头手中。"

陆无双道："咱们只一匹马。表姊，你陪傻蛋向西逃，我故布疑阵，引她往东追。"程英脸上微微一红，道："不，你陪杨兄。我跟李莫愁并无深仇大怨，纵然给她擒住，也不一定要伤我，你若落入她手，那可有得受的了。"陆无双道："她冲着我而来，若见我和傻蛋在一起，岂非枉自累了他？"表姊妹俩你一言，我一语，互推对方陪伴杨过逃走。

杨过听了一会，甚是感动，心想这两位姑娘都是义气干云，危急之际甘心冒险来救我性命，纵然我给那魔头拿住害死，这一生一世也不算白活了。

只听陆无双道："傻蛋，你倒说一句，你要我表姊陪你逃呢，还是要我陪？"杨过还未回答，程英道："你怎么傻蛋长、傻蛋短的，也不怕杨兄生气。"陆无双伸了伸舌头，笑道："瞧你对他这般斯文体贴，傻兄定是要你陪的了。"她把"傻蛋"改称"傻兄"，算是个折衷。

程英面色白皙，极易脸红，给她一说，登时羞得颜若玫瑰，微笑道："人家叫你'媳妇儿'，可不是么？你媳妇儿不陪，那怎么成？"这一来可轮到陆无双脸红了，伸出双手去呵她痒，程英转身便逃。霎时间小室中一片旖旎风光，三人倒不似初时那么害怕担忧了。

杨过心想："若要程姑娘陪我逃走，媳妇儿就有性命之忧。倘是媳妇儿陪我，程姑娘也是万分危险。”说道：“两位姑娘如此相待，实是感激无已。我说还是两位快些避开，让我在这里对付那魔头。我师父与她是师姊妹，她总得有几分香火之情，何况她怕我师父，谅她不敢对我如何……”他话未说完，陆无双已抢着道：“不行，不行。”

杨过心想她二人也定然不肯弃己而逃，于是朗声道：“咱三人结伴同行，当真给那魔头追上时，三人拼一死战，是死是活，听天由命便了。”陆无双拍手道：“好，就是这样。”

程英沉吟道：“那魔头来去如风，三人同行，定然给她追上。与其途中邀战，不如就在这儿给她来个以逸待劳。”杨过道：“不错。姊姊会得奇门遁甲之术，连那金轮法王尚且困住，赤练仙子未必就能破解。”此言一出，三人眼前登时现出一线光明。程英道：“那乱石阵是郭夫人布的，我乘势略加变化则可，要我自布一个却是万万无此大才，说不得，咱们尽人事以待天命便了。表妹，你来帮我。”杨过心想：“郭伯母教我阵法变化，仓卒之际，我只硬记得十来种，只能用来诱那生满了锈的铁轮法王入阵，要阻挡这怨天愁地的李发愁却是全无用处。这门功夫可繁难得紧，真要精熟，决非一年半载之功。程姑娘小小年纪，所学自然及不上郭伯母，她这话想来也非谦辞。但她布的阵势不论如何简陋，总是有胜于无。”

表姊妹俩拿了铁铲锄头，走出茅舍，掘土搬石，布置起来。忙了一个多时辰，隐隐听得远处鸡鸣之声，程英满头大汗，眼见所布的土阵与黄蓉的乱石阵实在相差太远，心中暗自难过：“郭夫人之才真是胜我百倍。唉，想以此粗陋土阵挡住那赤练魔头，那当真是难上加难了。”她怕表妹与杨过气沮，也不明言。

陆无双在月光下见表姊的脸色有异，知她实无把握，从怀中取出一册抄本，进屋去递给杨过，道：“傻蛋，这就是我师父的《五毒秘传》。”杨过见那本书封皮殷红如血，心中微微一凛。陆无双道："我骗她说，这书给丐帮抢了去，待会我若给她拿住，定然给她搜出。你好生瞧一遍，记熟后就烧毁了罢。"她与杨过说话，从来就没正正经经，此时想到命在顷刻，却也没心情再说笑话了。杨过见她神色凄然，点头接过。

陆无双又从怀里取出一块锦帕，低声道："若你不幸落入那魔头手中，她要害你性命，你就拿出这块锦帕来给她。"杨过见那锦帕一面毛边，显是从什么地方撕下来的，绣着的一朵红花也撕去了一半，不知她是何用意，愕然不接，问道："这是什么？"

陆无双道："是我托你交给她的，你答应么？"杨过点了点头，接过来放在枕边。陆无双却过来拿起，放入他怀中，低声道："可别让我表姊知道。"突然间闻到他身上一股男子气息，想起关陕道上解衣接骨、同枕共榻种种情事，心中一荡，向他痴痴的望了一眼，转身出房。

杨过见她这一回眸深情无限，心中也自怦怦跳动，打开那《五毒秘传》来看了几页，记住了五毒神掌与冰魄银针毒性的解法，心想："两种解药都是极难制炼，但教今日不死，这两门解法日后总当有用。"

忽听茅屋门呀的一声推开，抬起头来，只见程英双颊晕红，走近榻边，额边都是汗珠。她呼吸微见急促，说道："杨兄，我在门外所布的土阵实在太也拙劣，殊难挡得住那赤练仙子。"说着从怀中取出一块锦帕，递给了他，又道："若是给她冲进屋来，你就拿这块帕子给她罢。"

杨过见那锦帕也只半边，质地花纹与陆无双所给的一模一样，心下诧异，抬起头来，目光与她相接，灯下但见她泪眼盈盈、又羞又喜，正待相询，程英陡然间面红过耳，低声道："千万别让我表妹知道。"说罢翩然而出。

杨过从怀中取出陆无双的半边锦帕，拼在一起，这两个半块果然原是从一块锦帕撕开的，见帕子甚旧，白缎子已变淡黄，但所绣的红花却仍是娇艳欲滴。他望着这块破帕，知道中间定有深意，何以她二人各自给我半块？何以要我交给李莫愁？何以她二人又不欲对方知晓？而赠帕之际，何以二人均是满脸娇羞？

他坐在床上呆呆出神，听得远处鸡声又起，接着幽幽咽咽的箫声响了起来，想是程英布阵已完，按箫以舒积郁，吹的是一曲“流波”，箫声柔细，却无悲怆之意，隐隐竟有心情舒畅、无所挂怀的模样。杨过听了一会，低吟相和。

陆无双坐在土堆之后，听着表姊与杨过箫歌相和，东方渐现黎明，心想：“师父转瞬即至，我的性命是挨不过这个时辰了。但盼师父见着锦帕，饶了表姊和他的性命，他二人……”陆无双本来刁钻尖刻，与表姊相处，程英从小就处处让她三分。但此刻临危，她竟一心一意盼望杨过平安无恙，心中对他情深一片，暗暗许愿，只要能逃得此难，就算他与表姊结成鸳侣，自己也是死而无憾。

正自出神，猛抬头，突见土堆外站着一个身穿黄衫的道姑，右手拂尘平举，衣襟飘风，正是师父李莫愁到了。

陆无双心头大震，拔剑站起。李莫愁竟站着一动不动，只是侧耳倾听。

原来她听到箫歌相和，想起了少年时与爱侣陆展元共奏乐曲的情景，一个吹笛，一个吹笙，这曲“流波”便是当年常相吹奏的。这已是二十年前之事，此刻音韵依旧，却已是“风月无情人暗换”，耳听得箫歌酬答，曲尽绸缪，蓦地里伤痛难禁，忍不住纵声大哭。

这一下陡放悲声，更是大出陆无双意料之外，她平素只见师父严峻凶杀，哪里有半点柔软心肠？怎么明明是要来报怨杀人，竟在门外痛哭起来？但听她哭得愁尽惨极，回肠百转，不禁也心感酸楚。

李莫愁这么一哭，杨过和程英也自惊觉，歌声节拍便即散乱。李莫愁心念一动，突然纵声而歌，音调凄婉，歌道：

“问世间，情是何物，直教生死相许？天南地北双飞客，老翅几回寒暑？欢乐趣，离别苦，就中更有痴儿女。君应有语，渺万里层云，千山暮雪，只影向谁去？”

箫歌声本来充满愉乐之情，李莫愁此歌却词意悲切，声调更是哀怨，且节拍韵律与“流波”全然不同，歌声渐细，却是越细越高。程英心神微乱，竟顺着那“欢乐趣”三个字吹出，待她转到“离别苦”三字时，已不自禁的给她带去。她慌忙转调，但箫韵清和，她内力又浅，吹奏不出高亢之音与李莫愁的歌声相抗，微一踌躇，便奔进室内，放下玉箫，坐在几边抚动瑶琴。杨过也放喉高唱，以助其势。只听得李莫愁歌声愈转凄苦，程英的琴弦也是越提越高，铮的一声，第一根“徵弦”忽然断了。

程英吃了一惊，指法微乱，瑶琴中第二根“羽弦”又自崩断。李莫愁长歌带哭，第三根“宫弦”再绝。程英的琴箫都是跟黄药师学的，虽遇明师，毕竟年幼，造诣尚浅。李莫愁本来乘着对方弦断韵散、心慌意乱之际，大可长驱直入，但眼见茅屋外的土阵看似乱七八糟，中间显是暗藏五行生克的变化，她不解此道，在古墓内又曾累次中伏被创，不免心存忌惮，灵机一动，突然绕到左侧，高歌声中破壁而入。

程英所布的土阵东一堆，西一堆，全都用以守住大门，却未想到茅屋墙壁不牢，给李莫愁绕开正路，双掌起处，推破土壁，攻了进来。陆无双大惊，提剑跟着奔进。

杨过身上有伤，无法起身相抗，只有躺着不动。程英料知与李莫愁动手也是徒然送命，当下把心一横，生死置之度外，调弦转律，弹起一曲“桃夭”来。这一曲华美灿烂，喜气盎然。她心中暗思：“我一生孤苦，今日得在杨大哥身边而死，却也不枉了。”目光斜向杨过瞧去。杨过对她微微一笑，程英心中愉乐甜美，暗唱：“桃之夭夭，灼灼其华……”琴声更是洋洋洒洒，乐音中春风和畅，花气馨芳。

李莫愁脸上愁苦之色渐消，问陆无双道：“那书呢？到底是丐帮取去了不曾？”杨过将《五毒秘传》扔给了她，说道：“丐帮黄帮主、鲁帮主大仁大义，要这邪书何用？早就传下号令，帮众子弟，不得翻动此书一页。”李莫愁见书本完整无缺，心下甚喜，又素知丐帮行事正派，律令严明，也许是真的未曾翻阅。

杨过又从怀中取出两片半边锦帕，铺在床头几上，道：“这帕子请你一并取了去罢！”李莫愁脸色大变，拂尘一挥，将两块帕子卷了过去，怔怔的拿在手中，一时间思潮起伏，心神不定。程英和陆无双互视一眼，都是脸上晕红，料不到对方竟将帕子给了杨过，而他却当面取了出来。

这几下你望我、我望你，心事脉脉，眼波盈盈，茅屋中本来一团肃杀之气，霎时间尽化为浓情密意。程英琴中那“桃夭”之曲更是弹得缠绵欢悦。

突然之间，李莫愁将两片锦帕扯成四截，说道：“往事已矣，夫复何言？”双手一阵急扯，往空抛出，锦帕碎片有如梨花乱落。程英一惊，铮的一响，琴弦又断了一根。

李莫愁喝道：“咄！再断一根！”悲歌声中，瑶琴上第五根“角弦”果然应声而断。李莫愁冷笑道：“顷刻之间，要教你三人求生不能，求死不得，快快给我抱头痛哭罢。”这时琴上只剩下两根琴弦，程英的琴艺本就平平，自已难成曲调。李莫愁道：“快弹几声凄伤之音！世间大苦，活着有何乐趣？”程英拨弦弹了两声，虽不成调，却仍是“桃之夭夭”的韵律。李莫愁道：“好，我先杀一人，瞧你悲不悲痛？”这一厉声断喝，又崩断了一根琴弦，举起拂尘，就要往陆无双头顶击下。

杨过笑道：“我三人今日同时而死，快快活活，远胜于你孤苦寂寞的活在世间。英妹、双妹，你们过来。”程英和陆无双走到他床边。杨过左手挽住程英，右手挽住陆无双，笑道："咱三个死在一起，在黄泉路上说说笑笑，却不强胜于这恶毒女子十倍？"陆无双笑道："是啊，好傻蛋，你说的一点儿不错。"程英温柔一笑。表姊妹二人给杨过握住了手，都是心神俱醉。杨过却想："唉，可惜不是姑姑在身旁陪着我。"但他强颜欢笑，双手轻轻将二女拉近，靠在自己身上。

李莫愁心想："这小子的话倒不错，他三人如此死了，确是胜过我活着。"寻思："天下哪有这等便宜之事？我定要教你们临死时伤心断肠。"于是拂尘轻摆，脸带寒霜，低声唱了起来，仍是"问世间，情是何物，直教生死相许"那曲子，歌声若断若续，音调酸楚，犹似弃妇吞声，冤鬼夜哭。

杨过等三人四手相握，听了一阵，不自禁的心中哀伤。杨过内功较深，凝神不动，脸上犹带微笑；陆无双心肠刚硬，不易激动；程英却已忍不住掉下泪来。李莫愁的歌声越唱越低，到了后来声似游丝，若有若无。

那赤练仙子只待三人同时掉泪，拂尘挥处，就要将他们一齐震死。正当歌声凄婉惨厉之极的当口，突听茅屋外一人哈哈大笑，拍手踏歌而来。

歌声是女子口音，听来年纪已自不轻，但唱的却是天真烂漫的儿歌："摇摇摇，摇到外婆桥，外婆叫我好宝宝，糖一包，果一包，吃了还要拿一包。"歌声中充满着欢乐，李莫愁的悲切之音登时受扰。但听她越唱越近，转了几转，从大门中走了进来，却是个蓬头乱服的中年女子，双眼圆睁，嘻嘻傻笑，手中拿着一柄烧火用的火叉。李莫愁吃了一惊："怎么她轻轻易易的便绕过土堆，从大门中进来？若不是他三人一伙，便是精通奇门遁甲之术了。"她心有别念，歌声感人之力立减。

程英见到那女子，大喜叫道："师姊，这人要害我，你快帮我。"这蓬头女子正是曲傻姑。她其实比程英低了一辈，年纪却大得多，因此程英便叫她师姊。

只听她拍手嬉笑，高唱儿歌，什么"天上一颗星，地下骨零丁"，什么"宝塔尖，冲破天"，一首首的唱了出来，有时歌词记错了，便东拉西扯的混在一起。李莫愁欲以悲苦之音相制，岂知傻姑浑浑噩噩，向来并没什么愁苦烦恼，须知情由心生，心中既一片混沌，外感再强，也不能无中生有，诱发激生；而李莫愁的悲音给她乱七八糟的儿歌一冲，反而连杨过等也制不住了。李莫愁大怒，心道："须得先结果此人。"歌声未绝，挥拂尘迎头击去。

当年黄药师后悔一时意气用事，迁怒无辜，累得弟子曲灵风命丧敌手，因此收养曲灵风这个女儿傻姑，发愿要把一身本事倾囊以授。可是傻姑当父亲被害之时大受惊吓，坏了脑子，不论黄药师花了多少心血来循循善诱，总是人力难以回天，别说要学到他文事武功的半成，便要她多识几个字，学会几套粗浅功夫，却也是万万不能。但十余年来，傻姑在这明师督导之下，却也练成了一套掌法、一套叉法。所谓一套，其实只是每样三招。黄药师知道什么变化奇招她是决计记不住的，于是穷智竭虑，创出了三招掌法、三招叉法。这六招呆呆板板，并无变化后着，威力全在功劲之上。常人练武，少则数十招，多则变化逾千，傻姑只练六招，日久自然精纯，招数虽少，却也非同小可。

至于她能绕过茅屋前的土堆，只因她在桃花岛住得久了，程英的布置尽是桃花岛的粗浅功夫，傻姑看也不看，自然而然的便信步进屋。

此时她见李莫愁拂尘打来，当即火叉平胸刺出。李莫愁听得这一叉破空之声甚是劲急，不禁大惊："瞧不出这女子功力如此深湛。"急忙绕步向左，挥拂尘向她头颈击去。傻姑不理敌招如何，挺叉直刺。李莫愁拂尘倒转，已卷住了叉头。傻姑只如不见，火叉仍往前刺。李莫愁运劲急甩，火叉竟不摇动，转眼间已刺到她双乳之间，总算李莫愁武功高强，百忙中一个“倒转七星步”，从墙壁破洞中反身跃出，方始避开了这势若雷霆的一击，却已吓出了一身冷汗。

她略一凝神，又即跃进茅屋，纵身而起，从半空中挥拂尘击落。傻姑以不变应万变，仍是挺叉平刺，只因敌人已经跃高，这一叉就刺向对方小腹。李莫愁见来劲狠猛，倒转拂尘柄在叉杆上一挡，借势窜开，呆呆的望着她，心想：“我适才攻击的三手，每一手都暗藏九般变化，十二着后招，任他哪一位武林高手均不能等闲视之。这女子只是一叉当胸平刺，便将我六十三手变化尽数消解于无形。此人武功深不可测，赶快走罢！”

她哪知傻姑的叉法来来去去只有三招，只消时刻稍久，李莫愁看明白了她出手的路子，自易取胜。常言道程咬金三斧头，傻姑也只有三火叉，她单凭一招叉法，竟将这个绝顶厉害的敌人惊走，桃花岛主也真足自豪了。

李莫愁转过身来，正要从墙壁缺口中跃出，却见破口旁已坐着一人，青袍长须，正是当年从她手中救了程英的桃花岛主黄药师。他凭几而坐，矮几上放着程英适才所弹的瑶琴。李莫愁对战时眼观六路、耳听八方，但黄药师进屋、取琴、坐地，她竟全没察觉，若在背后暗算，取她性命岂非易如反掌？

李莫愁与傻姑对招之时，生怕程英等加入战团，是以口中悲歌并未止歇，要教他三人心神难以宁定，此时陡见黄药师悄坐抚琴，心头一震，歌声登时停了。

黄药师在琴上弹了一响，纵声唱道：“问世间，情是何物，直教生死相许？”唱的居然就是李莫愁那一曲。琴上的弦线只剩下一根“羽弦”，但他竟便在这一根弦上弹出宫商角徵羽诸般音律，而琴韵悲切，更远胜于她的歌声。

这一曲李莫愁是唱熟了的，黄药师一加变调，她心中所生感应，比之杨过诸人更甚十倍。黄药师早知她作恶多端，今日正要借此机缘将她除去。他昔年曾以一枝玉箫与欧阳锋的铁筝、洪七公的啸声相抗，斗成平手，这时隔了这许多年，力气已因年老而衰减，内功却是越练越深，李莫愁如何抵御得住？片刻间便感心旌摇动，莫可抑制。

黄药师琴歌相和，忽而欢乐，忽而愤怒，忽而高亢激昂，忽而低沉委宛，瞬息数变，引得她也是忽喜忽悲，忽怒忽愁，眼见这一曲唱完，李莫愁非发狂不可。

便在此时，傻姑一转头，突然见到杨过，烛光之下，看来宛然是他父亲杨康。傻姑最怕的便是鬼魂，于当日杨康中毒而死的情状深印脑海，永不能忘，忽见杨过呆呆而坐，只道杨康的鬼魂作祟，急跳而起，指着他道："杨……杨兄弟，你……你别害我……你……你不是我害死的……你去……找别人罢。"

黄药师不提防她这么旁里横加扰乱，铮的一声，最后一根琴弦竟也断了。傻姑躲到师祖身后，大叫："鬼……鬼……爷爷，是杨兄弟的鬼魂。"李莫愁得此空隙，急忙挥拂尘打熄烛火，从破壁中钻了出去。黄药师未能制其死命，终于给她逃脱，自顾身份，已不能出屋追击。黑暗中傻姑更是害怕，叫得更加响了："是恶鬼，爷爷，打鬼，打鬼！"

黄药师喝住傻姑。程英打火点亮蜡烛，拜倒在地，向师父见礼，站起身来，将杨过与陆无双二人的来历简略说了。

黄药师向杨过笑道："我这个徒孙兼徒儿傻里傻气。她识得你父亲。你果然与你父甚是相像。"杨过在床上弯腰磕头，说道："恕弟子身上有伤，不能叩拜。"黄药师颜色甚和，道："你不顾性命，救我女儿和外孙女，真是好孩子。"原来他已与黄蓉见过面，得悉经过情由，听说程英将他救去，于是带同傻姑前来寻找。

黄药师取出疗伤灵药，给杨过服了，又运内功给他推拿按摩。杨过但觉他双手到处，有如火炙，不自禁的从体中生出抗力。黄药师陡觉他皮肉一震，接着便感到他经脉运转，内功实有异常造诣，于是手上加劲，运了一顿饭时分，杨过但觉四肢百骸无不舒畅，昏昏沉沉的竟睡着了。

次日醒时，杨过睁眼见黄药师坐在床头，忙坐起行礼。黄药师道："你可知江湖上叫我什么名号？"杨过道："前辈是桃花岛主？"黄药师道："还有呢？"杨过觉得"东邪"二字不便出口，但转念一想，他外号中既然有个"邪"字，脾气自和常人大不相同，于是大着胆子道："你是东邪！"黄药师哈哈大笑，说道："不错。我听说你武功不坏，心肠也热，行事却也邪得可以。又听说你想娶你师父为妻，是不是？"杨过道："正是，老前辈，人人都不许我，但我宁可死了，也要娶她。"

黄药师听他这几句话说得斩钉截铁，怔怔的望了他一阵，突然抬起头来，仰天大笑，只震得屋顶的茅草簌簌乱动。杨过怒道："这有什么可笑？我道你号称东邪，定有了不起的高见，岂知也与世俗之人一般无异。"黄药师大声道："好，好，好！"说了几个"好"字，转身出屋。杨过怔怔的坐着，心想："我这一番话，可把这位老前辈给得罪了。可是他何以又无怒色？"

殊不知黄药师一生纵横天下，对当时礼教世俗之见最是憎恨，行事说话，无不离经叛道，因此上得了个"邪"字的名号。他落落寡合，生平实无知己，虽以女儿女婿之亲，也非真正知心，郭靖端凝厚重，尤非意下所喜。不料到得晚年，居然遇到杨过。日前英雄大会中杨过诸般作为，已然传入他耳中，黄蓉也约略说了这少年的行事为人，此刻与他寥寥数语，更是大合心意。

这天傍晚，黄药师又回到室中，说道："杨过，听说你反出全真教，殴打本师，倒也邪得可以。你不如再反出古墓派师门，转拜我为师罢。”杨过一怔道：“为什么？”黄药师笑道：“你先不认小龙女为师，再娶她为妻，岂非名正言顺？”杨过道：“这法儿倒好。可是师徒不许结为夫妻，却是谁定下的规矩？我偏要她既做我师父，又做我妻子。”

黄药师鼓掌笑道：“好啊！你这么想，可又比我高出一筹。”伸手替他按摩疗伤，叹道：“我本想要你传我衣钵，要好教世人得知，黄老邪之后又有个杨小邪。你不肯做我弟子，那是没法儿的了。”

杨过道：“也非定须师徒，方能传扬你的邪名。你若不嫌我年纪幼小，武艺浅薄，咱俩大可交个朋友，要不然就结拜为兄弟。”黄药师怒道：“你这小小娃儿，胆子倒不小。我又不是老顽童周伯通，怎能跟你没上没下？”杨过道：“老顽童周伯通是谁？”黄药师当下将周伯通的为人简略说了些，又说到他与郭靖如何结为金兰兄弟。

二人谈谈说说，大是情投意合，常言道：“酒逢知己千杯少，话不投机半句多”，杨过口齿伶俐，言辞便给，兼之生性和黄药师极为相近，说出话来，黄药师每每大叹深得我心，当真是一见如故，相遇恨晚。他口上虽然不认，心中却已将他当作忘年之交，当晚命程英在杨过室中加设一榻，二人联床共语。

数日过后，杨过伤势痊可，他与黄药师二人也是如胶如漆，难舍难分。黄药师本要带了傻姑南下，此时却一句不提动身之事。程英与陆无双见他一老一少，白日樽前共饮，晚间剪灯夜话，高谈阔论，滔滔不绝，忍不住暗暗好笑，都觉老的全无尊长身份，少的却又太过肆无忌惮。本来以见识学问而论，杨过还没黄药师的一点儿零头，只是黄药师说到什么，他总是打从心窍儿出来的赞成，偶尔加上片言只字，却又往往恰到好处，不由得黄药师不引他为生平第一知己了。

这些时日之中，杨过除了陪黄药师说话之外，常自想到傻姑错认自己那晚所说的话，当时她说：“你不是我害死的，你去找别人罢！”料想她必知自己父亲是给谁害死，旁人隐瞒不说，傻姑疯疯癫癫，或可从她口中探明真相。

这日午后，杨过道：“傻姑，你来，我有话跟你说。”傻姑见他太像杨康，总是害怕，摇头道：“我不跟你玩。”杨过道：“我会变戏法，你瞧不瞧？”傻姑摇头道：“你骗人，我不瞧！”说着闭上了眼睛。杨过突然头下脚上，倒了过来，叫道：“快瞧！”以欧阳锋所授的功夫颠倒行路，跳跃向前。傻姑睁开眼来，一见大喜，拍掌欢呼，随后跟去。

杨过纵跃前行，到了一处树木茂密之地，离所居茅舍已远，翻身直立，说道：“我们来捉迷藏，好不好？不过输了的得罚？”傻姑这些年来跟随着黄药师，有谁陪她玩儿？听杨过这么说，真是喜出望外，连连拍手，登时将惧怕他的心思丢到了九霄云外，说道：“好极，好极。好兄弟，你说罚什么？”她称杨过之父为兄弟，称他也是兄弟。

杨过取出一块手帕将她双目蒙住，道：“你来捉我。若是捉着了，你问我什么，我就答什么，不可隐瞒半句。倘若捉不着，我就问你，你也得照实回答。”傻姑连说：“好极，好极！”杨过叫道：“我在这里，你来捉我！”傻姑张开双手，循声追去。杨过练的是古墓派轻功，妙绝当时，别说傻姑眼睛被蒙住了，就算目能见物，也决计追他不着，来来去去追了一阵，倒在树干上撞得额头起了老大几个肿块，不由得连声呼痛。

杨过怕傻姑扫兴，就此罢手不玩，故意放慢脚步，轻咳一声。傻姑疾纵而前，抓住他的背心，大叫：“捉着啦，捉着啦！”取下蒙在眼上的帕子，满脸喜色。

杨过道：“好，我输啦，你问我罢。”这倒是给她出了个难题。

她怔怔的望着杨过，心下茫然，不知该问什么才是，隔了良久，问道："好兄弟，你吃过饭了么？"杨过见她思索半天，却问这么一句不打紧的说话，险些笑了出来，当下不动声色，一本正经的答道："我吃过了。"傻姑点点头，不再言语。杨过道："你还问什么？"傻姑摇摇头，说道："不问啦，咱们再玩罢。"杨过道："好，你快来捉我。"

傻姑摸着额头上的肿块，道："这次轮到你来捉我。"她突然不傻，倒出于杨过意料之外，却也正合心意，于是拿起帕子蒙在眼上。

傻姑虽然痴呆，轻功也甚了得，杨过身处暗中，哪里捉她得着？他纵跃几次，偷偷伸手在帕子上撕裂一缝，眼见她躲在右边大树之后，故意向左摸索，说道："你在哪里？你在哪里？"猛地里一个翻身，抓住了她手腕，左手随即拉下帕子放入怀内，防她瞧出破绽，笑道："这次要我问你了。"

傻姑便道："我吃过饭啦。"杨过笑道："我不问你这个。我问你，你识得我爹爹，是不是？"说到这里，脸色甚是郑重。傻姑道："你爹爹是谁？我不识得。"杨过道："有一个人相貌和我一模一样，那是谁？"傻姑道："啊，那是杨兄弟。"杨过道："你见到那杨兄弟给人害死，是不是？"傻姑答道："是啊，半夜里，那个庙里，好多好多乌鸦大声叫，呜啊，呜啊，呜啊！"学起乌鸦的嘶叫。树林中枝叶蔽日，本就阴沉，她这么一叫，更是寒意森森。

杨过不禁发抖，问道："杨兄弟怎么死的？"傻姑道："姑姑要我说，杨兄弟不许我说，他就打了姑姑一掌，他就大笑起来，哈哈！呵呵！哈哈！"她竭力模仿杨康当年临死时的笑声，笑得自己也害怕起来，满脸都是恐惧之色。杨过只听得莫名其妙，问道："谁是姑姑？"傻姑道："姑姑就是姑姑。"

杨过知道生父被害之谜转眼便可揭破，胸口热血上涌，正要再问，忽听身后一人说道："你两个在这儿玩什么？"却是黄药师的声音。傻姑道："好兄弟在跟我捉迷藏呢。是他叫我玩的，不是我叫他玩的。你可别骂我。"黄药师微微一笑，向杨过望了一眼，神色之间颇含深意，似已瞧破了他的心事。

杨过心中怦然而动，待要说几句话掩饰，忽听树林外脚步声响，程英携着陆无双的手奔来，向黄药师道："你老人家所料不错，她果然还在那边。"说着向西面山后一指。杨过问道："谁?"程英道："李莫愁!"

杨过大是诧异，心想这女子怎地如此大胆，望着黄药师，盼他解说。黄药师笑了笑，说道："咱们过去瞧瞧。"各人和他在一起，自已无所畏惧，于是走向西边山后。

程英知杨过心中疑团未释，低声道："师父说，李莫愁知他是大宗师的身份，那晚既在茅舍中有心要制她死命而未能成功，一击不中，就耻于二次再行出手。"杨过恍然大悟，惊道："因此她有恃无恐的守在这里，要俟机取咱们三人性命。若非岛主有见及此，咱们定然当她早已远远逃走，疏于防备，终不免遭了她毒手。"程英温柔一笑，点了点头。陆无双插口道："你自负聪明过人，与岛主相比，可相差太远了。"杨过笑道："我是傻蛋，傻气过人，是傻姑的好兄弟。"

说话之间，五人已转到山后，只见一株大树旁有间小小茅舍，却已破旧不堪，柴扉紧闭，门上钉着一张白纸，写着四行十六个大字：

"桃花岛主，弟子众多，以五敌一，贻笑江湖!"

黄药师哈哈一笑，随手从地下拾起两粒石子，放在拇指与中指间弹出，嗤嗤声中，两粒石子急飞而前，啪的一响，十余步外的两扇板门竟被两粒小小石子撞开。杨过在桃花岛上之时，曾听郭芙说起外祖父这手弹指神通的本领，今日亲见，尤胜闻名，不由得佩服无已。

板门开处，只见李莫愁端坐蒲团，手捉拂尘，低眉闭目，正自打坐，神光内敛，妙相庄严，俨然是个有道之士。屋内便只她一人，洪凌波不在其旁。杨过一转念便即明白："她讥笑黄岛主弟子多，以众凌寡，便索性连洪凌波也远远的遣开了。她所恃的不是能敌得过黄岛主，而是她既孤身一人，以黄岛主的身份便不能动她。"

陆无双想起父母之仇，这几年来委曲忍辱的苦处，霍地拔出长剑，叫道："表姊，傻蛋，不用岛主出手，咱三个跟她拼了。"傻姑摩拳擦掌，说道："还有我呢！"李莫愁睁开眼来，在五人脸上一扫，脸有鄙夷之色，随即又闭上眼睛，竟似丝毫没将身前强敌放在心上。程英眼望师父，听他示下。

黄药师叹道："黄老邪果然徒弟众多，若是我陈梅曲陆四大弟子有一人在此，焉能让她说嘴？"说着将手一挥，道："回去罢！"四人不明他的心意，跟着他回到茅舍，只见他郁郁不乐，晚饭也不吃，竟自睡了。

杨过睡在他卧榻之旁，回想日间与傻姑的一番说话，又琢磨李莫愁的神情，心想："她笑我们以五敌一，眼下我伤势已愈，以我一人之力，也未必敌她不过，不如我悄悄去跟她恶斗一场，一来雪她辱我姑姑之耻，二来也好教岛主出了这口气。"心意已决，当下轻轻穿好衣服。他虽任性，行事却颇谨慎，知道李莫愁实是强敌，稍一不慎，就会将性命送在她的手里，于是盘膝坐在榻上练气调息，要养足精神，再去决一死战。

坐了约莫半个更次，突然间眼前似见一片光明，四肢百骸，处处是气，口中不自禁发出一片呼声，这声音犹如龙吟大泽，虎啸深谷，远远传送出去。黄药师当他起身穿衣，早已知觉，听到他所发奇声，不料他内功竟然进境至斯，不由得惊喜交集。

原来一人内功练到一定境界，往往会不知不觉的大发异声。后来明朝之时，大儒王阳明夜半在兵营练气，突然纵声长啸，一军皆惊，这是史有明文之事。此时杨过中气充沛，难以抑制，作啸声闻数里。程英、陆无双固然甚是讶异，连山后李莫愁听到也是暗自惊骇，但她料想定是黄药师吞吐罡气，反正他不会出手，却也不用惧怕。哪料到杨过既受寒玉床之益，又学得玉女心经与九阴真经的秘要，内力积蓄已厚，日前黄药师为他疗伤，桃花岛主内功的门路与他全然不同，受到这股深厚无比的内力激发，不由自主的纵声长啸。

这片啸声约莫持续了一顿饭时分，方渐渐沉寂。黄药师心想："我自负不世奇才，却也要到三十岁后方能达到这步田地。这少年竟比我早了十年以上，不知他曾有何等异遇？"待杨过吐气站起，问道："你说李莫愁最厉害的功夫是什么？"

杨过听了此问，知道行径已给他瞧破，答道："是五毒神掌和拂尘上的功夫。"黄药师道："不错，你内功既有如此根底，要破她看家本领，那也不难。"杨过大喜，不自禁的拜倒在地。他本来甚是自傲，虽认黄药师为前辈，亦知他武功深湛，玄学通神，却不肯向他低头，此时听说李莫愁横行天下的功夫竟然垂手可破，怎能不服？

当下黄药师教了他"弹指神通"功夫，可用以克制五毒神掌，再教他一路自玉箫中化出来的剑法，可以破她拂尘。

杨过听了他指点的窍要，问明了其间的种种疑难，潜心记忆，但觉这两门武功俱是奥妙精深，算来纵有小成，至少也得在一年之后，若要稳胜，更非三年不可，说道："黄岛主，要立时胜她，那是无法可想的了。"黄药师道："三年之期转瞬即过。那时你以二十一二岁的年纪，即已练成这般武功，还嫌不足么？"杨过道："我……我不是为我自己……"黄药师拍拍他肩膀，温言道："你三年之后为我杀了她，已极承你情。我当年自毁贤徒，难道今日不该受一点报应么？"说着一声长叹。

杨过跪下地来，拜了八拜，叫了声："师父！"知他传授武功，是要自己代雪李莫愁揭帖上十六字之辱，就非得有师徒名分不可。

黄药师却知他与古墓派情谊极深，决不肯另投明师，当下伸手扶起，说道：“你与那魔头动手之际，是我弟子，除此之外，却是我的朋友。杨兄弟，你明白么?”杨过笑道：“得能交上你这位朋友，真是莫大快事。”黄药师笑道：“我和你相遇，也是三生有幸。”二人拊掌大笑，声动四壁。

黄药师又将“弹指神通”与“玉箫剑法”中的秘奥窍要细细解释一通。杨过听他说得如此详尽，知他就要离去，黯然道：“相识不久，就要分手，此后相见，却不知又在何日?”黄药师笑道：“你我肝胆相照，纵各天涯，亦若比邻。将来我若得知有人阻你婚事，便在万里之外，亦必赶到助你。”杨过得他拍胸承担，心下大慰，笑道：“只怕第一个出头干挠之人，就是令爱。”

黄药师道：“她自己嫁得如意郎君，就不念别人相思之苦？我这宝贝女儿就只向着丈夫，嘿嘿，‘出嫁从夫’，三从四德，好了不起！”说着哈哈大笑，振衣出门，倏忽之间，笑声已在数十丈外，当真是去若神龙，矫夭莫知其踪。

杨过呆了半晌，坐着默想适才所学功夫的窍要。不久天色已明，忽见板门推开，程英走了进来，手中托着件青布长袍，微微一笑，说道：“你试穿着，瞧瞧合不合身。”杨过好生感激，接过时双手微微发抖。

他与程英目光相接，只见她眼中脉脉含情，温柔无限，于是走到床边将新袍换上，但觉袍身腰袖，无不适体，说道：“我……我……真是多谢你。”程英又是嫣然一笑，但随即露出凄然之色，叹道：“师父他老人家走了，又不知几时方得重会。”正想坐下说话，忽见门外黄衫一闪，随即隐没，知是表妹在外，心想：“这妮子心眼儿甚多。我可不便在他房里多耽了。”站起身来，缓步出门。

杨过细看新袍，但见针脚绵密，不由得怦然心动：“她对我如此，媳妇儿又是待我这般，可是我心早有所属，义无旁顾。若不早走，徒惹各人烦恼。”怔怔的想了半天，又怕自己去后李莫愁忽然来袭，独自到山后她所居的茅舍去窥察端倪，却见地下一摊焦土，茅舍已化成灰烬，原来李莫愁放火烧屋，竟已走了。

大敌既去，晚间便在灯下留书作别，想起程陆二女的情意，不禁黯然，又见句无文采，字迹拙劣，怕为程英所笑，一封信写了一半便又撕了。这一晚翻来覆去，难以睡稳。

迷糊之中，忽听陆无双在外拍门，叫道：“傻蛋，傻蛋！快起来看。”语声颇为惶急。杨过起床披衣，开门出去，只觉晓风习习，微有寒意，天色尚未大明。陆无双脸有惊惧之色，指着柴扉。杨过顺着她手指瞧去，不禁一惊，原来门板上印着四个殷红的血手印，显是李莫愁昨晚曾来查探，得悉黄药师已去，便宣示要杀他四人。

两人怔了片刻，接着程英也闻声出来，问道：“你是几时瞧见的？”陆无双道：“天没亮我就见到了。”此言一出，登时满脸通红，原来她思念杨过，一早便在他窗外徘徊。程英故作不知，道：“侥幸没遇上她。现下太阳将升，这魔头今日是不会来了，咱们慢慢筹思对策不迟。”三人走进杨过室内商议。

陆无双道：“那日她领教了傻姑的火叉功夫，怎么又不怕了？”程英道：“师姊的火叉招数，来来去去只是这么几下。她回去后细加思索，定是想到了破解之法。”陆无双道：“可是傻蛋伤势痊可，他两傻合璧，岂非威力无穷？”杨过大笑，说道：“傻蛋加傻姑，一塌里胡涂，何威力之有？”

三人说了一阵，也无什么妙策，但想四人联手，纵然不能取胜，也足自保，明日跟她力斗便是。杨过道：“我们两傻合璧，正面跟她对战，你表姊妹左右夹攻。咱们去寻傻姑来，先行演习一番。”

呼叫傻姑时却无应声，竟已不知去向，三人都担起心来，忙分头往山前山后寻找。程英找了一阵，突在一堆乱石中见傻姑躺在地下，已是气若游丝，大惊之下，解开她衣服察看，但见背心上隐隐一个血色掌印，果然是中了李莫愁的五毒神掌，忙招呼杨陆二人过来，跟着取出师门妙药九花玉露丸给她服下。杨过记得《五毒秘传》上所载治疗此毒掌之法，急运内劲给她推拿穴道。

傻姑嘻嘻傻笑，道："恶女人，背后，打我。傻姑，反手，打她。"傻姑的反手掌是黄药师所授的三招之一，李莫愁虽然偷袭得手，小臂上却也给她反手拍中，险些连臂骨也给打折了，又惊又痛之下立即遁去，不敢继续进招取她性命。

三人救回傻姑，相对愁坐，四人中损了一个好手，明日更难抵敌。傻姑身受重伤，若是护她逃命，势必给李莫愁追上。杨过看看程英，望望陆无双，顺手拿起针线篮中一条丝线，拿剪刀剪成一段一段。傻姑躺在榻上，突然大声叫道："剪断，恶女人的扫帚！剪断扫帚！"她不会说拂尘，却说是"扫帚"。

杨过心念一动："那魔头的拂尘是柔软之物，她又使得出神入化，任是宝刀利剑都伤它不得，若真有一柄大剪刀当作兵器，给她喀的一下剪断，那就妙了。"想到此处，左手丝线抖动，就似拂尘击来一般，右手剪刀伸出，将丝线一剪两截，跟着设想拂尘的来势，持剪追击，创拟招术。

程英与陆无双看了一会，已明其意，都是喜动颜色。程英道："此去向北七八里，有家打铁铺子……"陆无双插口道："好啊，咱们去叫铁匠赶打一把大剪刀。"杨过心想："仓卒之间，这兵刃实难练成，但我接战时随机应变，总是易过练玉箫剑法百倍，反正别无他法，也只好一试。"心想若是一人去铁匠铺定造，李莫愁忽尔来袭，那就凶险无比，此时四人可片刻分离不得。于是程陆二人在马背上垫了被褥，扶傻姑横卧了，同去铁匠铺。

蒙古灭金之后，铁骑侵入宋境。这一带是大宋疆界的北陲，城镇多为蒙古兵所占，到处一片残破。

铁铺甚是简陋，入门正中是个大铁砧，满地煤屑碎铁，墙上挂着几张犁头，几把镰刀，屋中寂然无人。

杨过瞧了这等模样，心想："这处所哪能打什么兵刃！"但既来了，总是问一问再说，于是高声叫道："师傅在家么？"过了半晌，边房中出来一个老者，须发灰白，约莫五十来岁年纪，想是长年弯腰打铁，背脊驼了，双目被烟火薰得又红又细，眼眶旁都是眼屎，左腿残废，肩窝下撑着一根拐杖，说道："客官有何吩咐？"

杨过正要答话，忽听马蹄声响，两骑马冲到店前，马上一个是蒙古什长，另一个是汉人，不知是传译还是地保。那汉人大声道："冯铁匠呢？过来听取号令。"老铁匠上前行礼，说道："小的便是。"那人道："长官有令：全县铁匠，限三日之内齐到县城，拨归军中效力。你明日就到县城，听见了没有？"冯铁匠道："小人这么老了……"那蒙古什长举起马鞭当头一鞭，叽哩咕噜的说了几句。那汉人道："明日不到，小心你脑袋搬家。"说着两人纵马而去。

冯铁匠长叹一声，呆呆出神。程英见他年老可怜，取出十两银子放在桌上，说道："冯师傅，你这大把年纪，况且行走不便，拨到蒙古军中，岂不枉自送了性命？你拿了这银子逃生去罢。"冯铁匠叹道："多谢姑娘好心，老铁匠活了这把年纪，死活都不算什么。就可叹江南千万生灵，却要遭逢大劫了。"

三人都是一惊，齐问："为什么？"冯铁匠道："蒙古元帅征集铁匠，自是打造兵器。想蒙古军中兵器向来足备，既要大事添造，定是要南攻宋朝江山了。"三人听他出言不俗，说得甚是有理，待要再问，冯铁匠道："三位要打造什么？"

杨过道："冯师傅有事在身，原本不该搅扰，但为急用，只得费神。"于是将大剪刀的式样和尺寸说了。此物极是奇特，哪知冯铁匠听了之后，脸上却不露诧异之色，点了点头，拉扯风箱生起炉子，将两块镔铁放入炉中镕炼。杨过道：“不知今晚打造得起么?”冯铁匠道：“小人尽快做活便是。”说着猛力拉动风箱，将炉中煤炭烧成一片血红。

傻姑伏在桌上，半坐半卧。杨过等三人家乡都在江南，虽然从小出门，但听到家乡即将遭难，都是戚然有忧。三人望着炉火，心中都想遭此乱世，人命微贱，到处都是穷愁苦厄，明日虽然有难，但惊惧之心却也淡了几分。

过了一个多时辰，冯铁匠镕铁已毕，左手用铁钳钳起烧红的铁条放在砧上，右手举起一个大铁锤敲打。他年纪虽老，膂力却强，舞动铁锤，竟似并不费力，击打良久，但见他将两片铁条弯成一把大剪刀的粗胚，渐渐成形。陆无双喜道：“傻蛋，今儿来得及打起了。”

忽听身后一人冷冷的道：“打造这把大剪刀，用来剪断我的拂尘么?”三人大惊，回过头来，只见李莫愁轻挥拂尘，站在门口。

这一来利器未成，强敌奄至。程英与陆无双各拔长剑，杨过看准了炉旁的一根铁条，只待对头出手，立即抢起使用。

李莫愁冷笑道：“打把大剪刀来剪我拂尘，亏你们这些娃娃想得出。我就坐在这里，等你们剪刀打好，再交手不迟。”说着拖过一张板凳坐下，竟是视三人有如无物。

杨过道：“那就再好也没有了。我瞧你这拂尘啊，非给剪刀剪断不可。”

李莫愁见傻姑伏在桌上，背脊微耸，心道：“这女子中了我一掌，居然还能坐得起，却也好生了得。”冷冷问道：“黄药师呢?”那冯铁匠听到“黄药师”三字，身子一震，抬起头来向她望了一眼，随即低头继续打铁。程英道：“你明知我师父不在此处，还问什么？你若知他老人家未去，便有天大的胆子也不敢来。”

李莫愁哼了一声，从怀里取出一张白纸，说道："黄药师欺世盗名，就靠多收徒弟，恃众为胜。哼！他这些弟子之中，又有哪一个是真正有用的?"说着左手一扬，白纸挥出，跟着手臂微动，一枚银针飞去，将白纸钉在柱上，说道："留此为证。他日黄老邪回转，好知他这两个宝贝徒儿是谁杀的。"转头向冯铁匠喝道："快些儿打，我可不耐烦多等。"

冯铁匠眯着一双红眼瞧那白纸，见纸上写着"桃花岛主，弟子众多，以五敌一，贻笑江湖"十六个字，抬起头望着屋顶，呆呆思索。李莫愁道："还不快干?"冯铁匠低下头来，说道："是啦，快了，快了。"左手伸出铁钳，连针带纸一齐夹起，投入了熊熊的炉火之中，白纸霎时间烧成灰烬。

这一下众人都是惊诧之极。李莫愁大怒，举拂尘就要向他顶门击去，但随即心想："这小镇上的一个老铁匠，居然如此大胆，难道竟非常人?"她本已站起，于是又缓缓坐下，问道："阁下是谁?"冯铁匠道："你不见么？我是个老铁匠。"李莫愁道："你干么烧了我这张纸?"冯铁匠道："纸上写得不对，最好就别钉在我这铺子里。"李莫愁厉声喝道："什么不对了?"

冯铁匠道："桃花岛主有通天彻地之能，他的弟子只要学得他老人家的一艺，便足以横行天下。他大弟子名叫陈玄风，周身铜筋铁骨，刀枪不入，你听说过么?"他说话之时，仍是一锤一锤的打着，当当巨响，更增言语声势。

他一提到陈玄风，李莫愁固然惊奇，杨过等也是大出意料之外，万想不到穷乡僻壤中的一个老年铁匠竟也知道这些江湖人物。李莫愁道："哼，铜尸陈玄风，听说是给一个小儿一刀刺死的，那有什么厉害了？说什么刀枪不入，胡吹大气！"

冯铁匠道："嗯，嗯。桃花岛主的二弟子叫作梅超风，来去如风，出手迅捷无比。"李莫愁嘿嘿一笑，说道："是啊，这女人出手太快了，因此先给江南七怪打瞎了眼珠，再给西毒欧阳锋震碎心肺。”

冯铁匠呆了半晌，凄然道：“有这等事么？我却不知。桃花岛主三弟子曲灵风轻功神妙，劈空掌凌厉绝伦。”李莫愁道：“江湖上传言，有人偷入皇宫大内偷盗宝物，给御前侍卫打死了，那便是这位劈空掌凌厉绝伦的曲灵风。掌掌劈出，掌掌落空，这是桃花岛的劈空掌。”

冯铁匠低下头来，嗤嗤两声，两滴水珠落在烧红的铁上，化作两道水气而逝。陆无双坐得和他最近，瞧清楚是他眼中落下的泪水，不由得暗暗纳罕。只见他铁锤举得更高，落下时声音也更响了。

过了一会，冯铁匠又道：“桃花岛门下有陈梅曲陆四大弟子。四弟子陆乘风不但武术精湛，兼擅奇门遁甲异术，你若是遇到，定然讨不了好去。”李莫愁冷笑道：“奇门遁甲又有何用？他在太湖边上起造一座归云庄，江湖上好汉说得奥妙无穷，可是给人一把火烧成了白地，他自己从此也无下落，多半就是给这把火烧死了。”

冯铁匠抬起头来，厉声道：“你这道姑胡说八道，桃花岛主的弟子个个武艺精湛，焉能尽皆为人所害？你欺我乡下人不知世事么？”李莫愁冷笑道：“你问这三个小娃娃便知端的。”

冯铁匠转头望向程英，目光中露出询问之意。程英站起身来，黯然说道：“我师门不幸，人才凋零。晚辈入门日浅，功夫低微，不能为师父争一口气，实是惭愧。你老人家可是与家师有旧么？”冯铁匠不答，向她上下打量，神色之间大见怀疑，问道：“桃花岛主晚年又收弟子了么？”

程英看到冯铁匠残废的左腿，心里蓦地一动，说道：“家师年老寂寞，命晚辈随身侍奉。似晚辈这等年幼末学，实不敢说是桃花岛弟子，况且迄今晚辈连桃花岛也没缘法踏上一步。”她这么说，也即自承是桃花岛弟子。

冯铁匠点点头，眼光甚是柔和，颇有亲近之情，低头打了几下铁，似在出神思索什么。

程英见他铁锤在空中画个半圆，落在砧上时，却是一偏一拖，这手法显与本门落英神剑掌法极为相似，心中更明白了三分，说道：“家师空闲之时，和晚辈谈论，说他当年驱逐弟子离岛，陈梅二人是自己作孽，那也罢了。曲陆武冯四位却是无辜受累，尤其那姓冯的冯默风师哥，他年纪最小，身世又甚可怜，师父思念及之，常自耿耿于怀，深自抱憾。”其实黄药师性子乖僻，心中虽有此想，口里却决不肯说。只是程英温柔婉娈，善解人意，当师父寂寞时与他谈谈说说，黄药师稍露口风，她即已隐约猜到，此时所说虽非当真转述师父的言语，却也没违背他本意。

李莫愁听他二人的对答和词色，已自猜到了八九分，但见冯铁匠长叹一声，泪如雨下，落在烧红的铁块上，嗤嗤嗤的都化成白雾，不自禁的也为之心酸，但转念之间，心肠复又刚硬，寻思：“纵然他们多了一个帮手，这老铁匠是残废之人，又济得甚事？”冷笑道：“冯默风，恭喜你师兄妹相会啊。”

这老铁匠正是黄药师的小弟子冯默风。当年陈玄风和梅超风偷盗《九阴真经》逃走，黄药师迁怒留下的弟子，将他们大腿打断，逐出桃花岛。曲灵风、陆乘风、武天风三人都打断双腿，但打到冯默风时见他年幼，武功又低，忽起怜念，便只打折了他的左腿。冯默风伤心之余，远来襄汉之间，在这乡下打铁为生，与江湖人物半点不通声气，一住三十余年，始终默默无闻，不料今日又得闻师门讯息。他性命是黄药师从仇人手里抢救出来的，自幼得师父抚养长大，实是恩德深重，不论黄药师待他如何，均无怨怼之心，此刻听了程英之言，不禁百感交集，悲从中来。

一阵凉风吹来，李莫愁身上衣衫登时片片飞开，手臂、肩膊、胸口、大腿，竟有多处肌肤露了出来。她羞惭难当，正要转头逃走，突然背上一凉，又是一大块衣衫飞走。

第十六回

杀父深仇

杨过与陆无双听得冯铁匠竟是程英的师兄，都是又惊又喜，心想黄药师的弟子，武功决计差不了，不意危难之间忽得强助，实是喜出望外。

李莫愁冷冷的道：“你既已给师父逐出门墙，却还依恋不舍，岂非无聊之极？今日我要杀这三个小娃娃和一个傻女人，你站在一旁瞧热闹罢。”冯默风缓缓说道：“我虽学过武艺，一生之中却从没跟人动过手，况且腿也断了，打架是打不来的。”李莫愁道：“是啊，那最好也没有了，你也犯不着赔上一条老命。”冯默风摇头道：“我可不许你碰我师妹一根毫毛，这几位既是我师妹的朋友，你也别逞凶横。”

李莫愁杀气斗起，笑道：“那你们四个人一起上，也妙得紧啊。”说着站起身来。冯铁匠仍是不动声色，依着打铁声音，便似唱戏的角儿顺着锣鼓点子，打一下，说几个字，一板一眼的道：“我离师门已三十余年，武艺早抛生疏了，得好好想想，在心中理一理。”

李莫愁嘿嘿一笑，说道：“我半生行走江湖，可真还没见过这等上阵磨枪、急来抱佛脚的人物。今日里大开眼界。冯默风，你一生之中，当真从来没跟人动过手么？”冯默风道：“我从来不得罪别人，别人打我骂我，我也不跟他计较，自是动不起手来。”李莫愁冷笑道：“嘿嘿，黄老邪果然尽检些脓包来做弟子，到世上丢人现眼。”冯默风道：“请你莫说我恩师坏话。”李莫愁微笑道：“人家早不要你做弟子了，你还恩师长、恩师短的，也不怕人笑掉了牙齿。”

冯默风仍是一下一下的打铁，缓缓的道：“我一生孤苦，这世上亲人就只恩师一人，我不敬他爱他，却又去思念何人？小师妹，恩师他老人家身子可好么？”程英道：“他老人家很好。”冯默风脸上登现喜色。

李莫愁见他真情流露，心想：“黄老邪一代宗师，果然大有过人之处。他将弟子打成这般模样，这人对他还是如此忠心依恋。”

此时那块镔铁打得渐渐冷却，冯铁匠又钳到炉中去烧，可是他心不在焉，送进炉的竟是右手的一柄大铁锤，却不是那块镔铁。李莫愁笑道：“冯铁匠，你慢慢想师父教的功夫便是，用不着手忙脚乱。”冯默风不答，望着红红的炉火沉思，过了一会，又将左肩窝下撑着的拐杖塞进了炉中。杨过和陆无双同时叫道：“唉，唉，那是拐杖！”程英也大叫：“师哥！”冯默风仍然不答，双眼呆望着炉火。但那拐杖在猛火之中居然并不烧毁，却渐渐变红，原来是根铁杖。再过一阵，铁锤也已烧得通红，但他抓住锤柄拐杖，却似并不烫手。

这时李莫愁才将轻蔑之心变为提防，知道眼前这容貌猥琐的铁匠实有过人之处，生怕他猝然发难，中了他的毒手，当即拂尘急挥数下，护住了身前要害，倒跃出门，叫道：“冯铁匠，你来罢！”

冯默风应声出户，身手之矫捷，绝不似身有残疾之人。他将通红的铁杖拄在地下，说道：“你这位仙姑，请你别再骂我恩师，也别跟我师妹为难，你饶了我这苦命的老铁匠罢！”李莫愁又是大出意外：“怎么临到上阵，还向人求饶？”说道：“我只饶你一人，你若害怕，干脆就别插手。”冯默风咬一咬牙齿，沉声道：“好，那你先将我打死罢!”说时全身发颤，又是害怕，又是激动。

李莫愁拂尘一起，向他头顶直击。冯默风急跃跳开，避得甚是灵巧，但手臂发抖，竟然不敢还击。李莫愁连进三招，他都以巧妙身法闪过，始终没有还手。

杨过等三人站在一旁观斗，俟机上前相助，眼见李莫愁招数渐紧，冯默风似乎的确从未与人打过架，兼之生性谦和，一柄烧得通红的大铁锤竟然击不出去。杨过心想不妙，这位武林异人武功虽强，却无争斗之心，非激他动怒不可，于是大声道：“李莫愁，你为什么骂桃花岛主不忠不孝、不仁不义?”李莫愁心想：“我几时骂过啦?”手上加快，并不回答。杨过又叫道：“你说桃花岛主淫人妻女，掳人子弟，你亲眼见到么?你说他欺骗朋友、出卖恩人，当真有这等事么?你为何在江湖上到处散播谣言，败坏黄岛主的清誉令名?”

程英愕然未解，冯默风已听得怒火冲天，一股刚勇从胸中涌起，铁锤拐杖，同时出手。他右足站地，一个“金鸡独立”式，犹如钉在地下，又稳又定，锤拐带着一股炽烈的热气，向李莫愁直逼过去。

李莫愁见他来势猛烈，不敢正面接战，纵跃闪避，寻隙还击。杨过又叫道：“李莫愁，你骂桃花岛主招摇撞骗，是个无耻之徒，我瞧你自己才无耻!”冯默风越听越怒，铁锤和拐杖横挥直压，猛不可当，初时他招术颇见生疏，斗了一阵，越来越是顺手。

二人功力原本相差不远，但李莫愁横行江湖，大小数百战，见识多他百倍，拆得二三十招，李莫愁已知冯默风功力不弱，经验却实在太过欠缺，兼之只有一腿，时刻一长，定然要输，于是立意与之游斗，待其锐气一挫，再行反攻。果然再斗得十余合，冯默风怒意稍减，斗志即懈，渐落下风，李莫愁大喜，举拂尘向他胸口疾挥。

冯默风横锤挡开。拂尘已乘势弯将过来，卷住了锤头，这是李莫愁夺人兵刃的绝招，只要一夺一甩，冯默风的铁锤非脱手不可。岂知嗤嗤嗤一阵轻响，青烟冒起，各人闻到一股焦臭，拂尘的帚尾竟已烧断。

这一来，李莫愁非但没夺到对方兵刃，反而将自己兵刃失去了，她临危不乱，掷下拂尘柄，改使五毒神掌。这路掌法虽然厉害，却非贴近施展不能见功，此时冯默风右锤左拐，舞得风声呼呼，得心应手，但见两条人影之间不断冒出青烟，原来李莫愁身上道袍带到烧得通红的锤拐，一块块的不断烧毁。她心中大怒，明明可以取胜，却被这老铁匠在兵刃上占了便宜，实是心不甘服，决意要击他一掌出气。

冯默风初次与人交手，若是上来接连吃亏，登时便会畏缩，此刻占了上风，锤拐使将出来竟是极尽精妙。李莫愁想要击他一掌，几次都是险些碰到铁锤铁拐，若非闪避得快，掌心都要给烧焦了。

突然之间，冯默风叫道："不打了，不打了，你这样子太不成体统！"独足向后跃开半丈。李莫愁一呆，一阵凉风吹来，身上衣衫片片飞开，手臂、肩膊、胸口、大腿，竟有多处肌肤露了出来。她是处女之身，这一下羞惭难当，正要转头逃走，突然背上一凉，又是一大块衣衫飞走。

杨过见她处境狼狈万状，当即扯断衣带，脱下外袍，运起内力，向她背上掷去。那袍子就似一个人般张臂将她抱住。李莫愁忙将手臂穿进袖子，拉好衣襟，饶是她一生见过大阵大仗无数，此时也不由得惊羞交集，脸上红一阵白一阵，不知是否更与敌人动手？寻思："若再上前搏斗，这件衣衫又会烧毁，这口气只好咽下再说。"向杨过点点头，谢他赠袍之德，转头对冯默风道："你使这等诡异兵刃，果是黄老邪的嫡传邪道。你凭良心说，若以真实武功拼斗，可胜得过我么？黄老邪的弟子若是规规矩矩的与我单打独斗，能占上风么?”

冯默风坦然道:“若非你失了兵刃,那么时刻一久,便可胜我。”李莫愁傲然道:“你知道就好。我那纸上写道,桃花岛门人恃众为胜,可没说错。”

冯默风低头沉思,过了一会,道:“那却不然!若是我陈梅曲陆四位师兄在此,任哪一位都强过了你。别说陈师兄、曲师兄武功卓绝,就是梅超风梅师姊也属女流,你就决计胜不了她。”

李莫愁冷笑道:“这些人死无对证,更说什么?黄老邪的功夫也只如此。我本想领教领教他亲生女儿郭夫人的神技,但举一反三,那也不必了。”说着转身欲走。

杨过心念微动,说道:“且慢!”李莫愁秀眉一扬,道:“怎么?”杨过道:“你说桃花岛主武功不过如此,那就错了。我听他说过一路玉箫剑法,尽可破得你的拂尘功夫。”说着拿起铁条,在地下挥划图形,口中解说:“喏,你这一记当面迎击,果然迅捷凌厉,但他长剑从此处横削,你就收势不及。你若反打,这剑就从此疾攻,你如正面拂穴,他就以虎形爪抓你帚尾,却倒转剑柄逆点你的肩贞穴,这一招你想得到么?”这一招果然是匪夷所思,可也是精妙绝伦,正面拂穴原是李莫愁拂尘功夫的绝招之一,杨过所说的这一招却将她克制得再无还手余地,只有丢了拂尘认输。

杨过又比划着说道:“再说到你的五毒掌法,桃花岛主留有指甲,这么一掌引开,待你手掌击到,他使出弹指神通功夫,指甲在你掌心这么一弹,你这只手掌岂不是当场废了?他只须立时削去指甲,你掌上剧毒就传不到他身上。”接着又说了十余招克制她武功的法门。

此一番话只把李莫愁听得脸如土色,他每一句话都是入情入理,所说的方法每一项均是巧妙无比,确非自己所能抵挡。

杨过又道:“桃花岛主恼你出言无状,他自己是大宗师身份,犯不着亲自与你动手，已将这些法门传了给我，命我代他收拾你。但我想到你与我师总有同门之谊，今日将桃花岛主的厉害说与你听，下次你见到他的门人，还是远而避之罢。”

李莫愁默然半晌，说道：“罢了，罢了！”转头便走，霎时之间，身形已在山后隐没，身法之快，确是江湖上少见。

其实这些法门黄药师虽已传给了杨过，若要练到真能使用，克敌制胜，最快也须在数年之后。杨过这么一番讲述，不必出手，却已将她吓得心服口服，从此终身不敢再出一句轻侮黄药师之言。

陆无双在李莫愁积威之下，只消听到她声音，心中就怦怦乱跳，见她远去，登时如释重负，拍手笑道：“傻蛋！你好口才啊，连我师父也给你吓走了。”

程英见杨过将自己所缝的袍子送给李莫愁，当时情势紧迫，那也罢了，但他新袍底下仍是穿着那件破破烂烂的旧袍子，显见这袍子因是小龙女所缝，他亲疏有别，决不忘旧。程英心中微微一酸，装作浑不在意。当下四人回到屋中去看傻姑。

刚跨进门，忽听得山前人喧马嘶，隐隐如雷，四人同时回身。

杨过道：“我去瞧瞧。”跃上马背，转出山坳，奔了数里，已到大路，但见尘土飞扬，旌旗蔽空，原来是一大队蒙古兵向南开拔，铁弓长刀，势若波涛。杨过从未见过大军启行，看到这般惊心动魄的壮观，不由得呆了。

两名小军舞起长刀，吆喝：“兀那蛮子，瞧什么？”冲将过来。杨过拨转马头便跑，两名小军弯弓搭箭，飕飕两声，向他后心射来。杨过回手接住，只觉这两枝箭势甚是劲急，若非自己身有武功，早给射得穿胸而死。两名小军见他如此本领，吓得勒住马头，不敢再追。

杨过回到铁匠铺中，将所见说了。冯默风叹道：“蒙古大军果然南下。我中国百姓可苦了！”杨过道：“蒙古人骑射之术，实非宋兵所能抵挡，这场灾祸甚是不小。”冯默风道：“杨公子正当英年，何不回南投军，以御外侮？”杨过一呆，道：“不，我要北上去寻我姑姑。蒙古军声势如此浩大，以我一人之力，有什么用？”冯默风摇头道：“一人之力虽微，众人之力就强了。倘若人人都如公子这等想法，还有谁肯出力以抗异族入侵？”

杨过觉得他话是不错，可是世上决没有比寻找小龙女更要紧之事。他自幼流落江湖，深受小官小吏之苦，觉得蒙古人固然残暴，宋朝皇帝也未必就是好人，犯不着为他出力，当下微微一笑，不再接口。

冯默风将铁锤、钳子、风箱等缚作一捆，负在背上，对程英道：“师妹，你日后见到师父，请向他老人家说，弟子冯默风不敢忘了他老人家的教诲。今日投向蒙古军中，好歹也要刺杀他一二名侵我江山的王公大将。师妹，你多多保重。我今日得见一位师父的传人，实是欢喜得紧。”说罢撑着铁拐，头也不回的去了，竟没再向杨过瞧上一眼。

杨过向程英与陆无双望了一眼，说道：“不意在此处得识这位异人。”陆无双心中偏袒杨过，道：“表姊，你师父门下的人物，除你之外，不是傻里傻气，便是疯疯癫癫。”程英一笑，淡然道：“人各有志，自是勉强不来。你说他疯疯癫癫，说不定他却说咱们是无情之辈呢。再说，我自己又何尝不有点儿傻里傻气、疯疯癫癫？”杨过听了心中怦然而动，瞧她神色如常，猜不透她此言是否意带双关。

忽听得砰的一声，傻姑从凳上摔将下来。三人都是一惊，忙扶她上炕，但见她满脸通红，双目发直，知道五毒神掌的毒性又发作了。当下程英给她服药，杨过替她按穴推拿。傻姑怔怔的瞪着他，脸上满是恐惧之色，叫道：“杨兄弟，你别找我抵命，不是我害你……”程英柔声道：“姊姊，你别害怕，他不是……”

杨过忽地想到：“她此时神智迷糊，正可逼她吐露真言。”双手一翻，扣住了她手腕，厉声道：“是谁害死我的？你不说，我就要你抵命。”傻姑求道：“杨兄弟，不是我。”杨过怒道：“你不说！好，我就扼死你。”伸手叉住她咽喉。傻姑吓得尖声大叫。

程英和陆无双哪明白杨过的用意，齐声劝阻，一个叫“杨大哥”，一个叫“傻蛋”，一个说：“别吓坏了她。”一个说：“这时候怎么闹着玩？”

杨过哪里理会，手上微微加劲，脸上现出凶神恶煞般的神气，咬牙切齿的道：“我是杨兄弟的恶鬼。我死得好苦，你知道么？”傻姑道：“我知道的，你死后乌鸦吃你的肉。”

杨过心如刀绞，他只知父亲死于非命，却不知死后连尸体也不得埋葬，竟被乌鸦啄食，大叫：“是谁害死我的？快说，快说。”傻姑声音嘶哑，道：“是你自己去打姑姑，姑姑身上有毒针，你就死了。”杨过大声嚷道：“姑姑是谁？”傻姑被他扼得气都喘不过来，几欲晕去，低声道：“姑姑就是姑姑。”杨过道：“姑姑姓什么？叫什么名字？”傻姑道：“我……我……我不知道啊，你放开我！”

陆无双见情势紧迫，去拉杨过手臂。杨过此时犹如癫狂一般，用力一挥，使了十成力，陆无双哪里抵挡得住，给他直推出去，砰的一响，撞在墙上，好不疼痛。程英见杨过平素温和潇洒，此刻状若疯虎，吓得手足都软了。

杨过心想：“今日若不问出杀父仇人的姓名，我立时就会呕血而死。”连问几声：“姑姑是姓曲么？是姓梅么？”他猜想傻姑自己姓曲，那她姑姑多半也是姓曲，说不定是梅超风。

傻姑出力挣扎，她练功时日虽远较杨过为久，武功却是不及，兼之手腕上穴道被扣，只急得哑哑而呼，说道：“你去向姑姑讨命，别……别找我。”杨过道：“姑姑在哪里？”傻姑道：“我和爷爷，出来！她和汉子，在岛上。”

杨过听了此言，一股凉气从背脊心直透下去，颤声道：“姑姑叫你爷爷做什么？”傻姑道：“叫爸爸啊，还能叫什么？”杨过脸如土色，还怕弄错，追问一句：“姑姑的汉子名叫郭靖，是不是？”傻姑道：“我不知道。姑姑就叫：‘靖哥哥，靖哥哥！’”学着黄蓉叫郭靖的腔调，双脚乱踢，忽如杀猪般叫了起来：“救命，救命！鬼……鬼……”

杨过此时哪里尚有丝毫怀疑？自己幼时孤苦、受人欺凌诸般往事，霎时间都涌向心间，心想：“若不是爹爹被害，我妈也不致悲伤困顿，这样早便死了，我自也不会吃尽这些苦头。”又想：“在桃花岛之时，郭靖夫妇对我总是不甚自然，有些儿客气，有些儿忌讳，绝不如对待武氏兄弟那么要说便说，要骂便骂，当时我但感别扭，哪知道只因他们杀了我父亲，心中怀着鬼胎。他们不肯传我武功，送我去全真教大受折磨，原来皆是为此。”

他惊愤交迸，手脚都软了。傻姑大叫一声，从床上跃起。

程英走到杨过身边，轻声说道：“傻姊姊向来傻里傻气，你是知道的。她受伤后更加语无伦次，千万别信她的。”但她内心却也深信傻姑所说是实，也知如此劝慰管不了用，只是见杨过满脸悲苦愤激之状，心中极是不忍。

这几句话杨过全没听见，他呆了半晌，大叫出门，翻身上了瘦马，双腿力夹，那马疾窜而前，转瞬间奔出数十丈外，隐隐听得身后“傻蛋！”“杨大哥！”的呼声，他哪里还去理会，心中只想：“我要复仇！我要复仇！”

这一口气狂奔，一个多时辰中驰了数十里，忽觉口唇上甚是疼痛，伸手一摸，满手都是鲜血，原来悲愤之际咬紧口唇，竟将上下唇都咬破了，心想：“郭伯母本来待我并不好，最近忽然待我好了，却原来尽是假仁假义，那也罢了，但郭伯伯，郭伯伯……”他心中对郭靖一直崇敬异常，觉他德行武功固然超凡绝俗，对待自己更是一片真心，这时才知竟是大大受了欺骗，只觉此人奸诈尤甚于黄蓉，愤懑之气竟似把胸膛也要胀裂了。

想到伤心之处，下马坐在大路中心，抱头痛哭起来。这一番大放悲声，当真是天愁地惨，似乎人世间的伤痛烦恼，尽集于他一身。他从未见过父亲一面，也从未听人说起，连母亲也是绝口不提，但他自幼空想，在小小心灵之中，早把父亲想得十全十美，世上再无如此好人。这样一位英雄豪杰，却活活让郭靖、黄蓉使奸计害死了。

他哭了一阵，忽听得马蹄声响，北边驰来四匹马，马上都是蒙古武士。当先一人手持长矛，矛头上挑着个两三岁大的婴孩，哈哈大笑的奔来。那婴儿尚未死绝，兀自发出微弱哭声。四名蒙古武士见杨过坐在路口哭喊，微感诧异，但这样一个衣衫破烂的汉人少年到处皆是，自也毫不在意。一人叫道："让路，让路。"说着挺矛向他刺去。

杨过正自烦恼，抓住矛头一扯，将那武士拉下马来，顺手反矛横扫，那武士直飞出丈许之外，脑骨碎裂而死。余下三人见他如此神勇，发一声喊，一齐转马逃回，只听啪的一声，那婴儿摔在路上。

杨过抱了起来，见是个汉人孩子，肥肥白白的甚是可爱，长矛刺在肚中一时不得就死，可也已不能医活，小嘴中啊啊啊的似乎还在叫着"妈妈"。杨过伤痛之余，悲悯之心转盛，抱着这个半死不活的孩子，又流下泪来，眼见他痛苦难当，轻轻一掌将他击死了，用蒙古武士的长矛在地下掘个坑，要将他掩埋了。

只掘得十来下，猛听得蹄声如雷，号角声中大队蒙古兵急冲而至。杨过左手抱着死婴，右手挺长矛上马，那瘦马原是久历沙场的战马，眼见战阵，精神大振，长嘶一声，向蒙古兵冲去。杨过手起矛落，一连搠翻三四人，但见敌兵不计其数的涌来，当下拨转马头，落荒而走。背后箭如飞蝗般射来，他挥矛一一拨落。瘦马脚程奇快，片刻间已将追兵抛落，但兀自不停，仍是在荒野中如飞奔跑。

又过一阵，杨过见天色渐晚，收缰遥望，四下里长草没胫，怪石迫人，暮霭苍茫，静悄悄的绝无人声，连乌鸦麻雀也没一只。

他下得马来，手中还抱着那个死婴，只见他面目如生，脸上神情痛苦异常，心中惨然，想道："这孩子的父母自是爱他犹似性命一般，孩子已死，再无知觉，他父母却要肝肠寸断了。这些凶暴残忍的蒙古兵大举南下，一路上不知要害死多少大人小孩？"越想越是难受，当下在大树旁掘一个坑，将小孩埋了，又想起傻姑的话来，心道："这小孩死了，尚有我给他掩埋，我爹爹却葬身于乌鸦之口。唉，你们既害死了他，给他埋入土中又有何妨？用心当真是歹毒之至！不报此仇，杨过誓不为人。"

当晚便在一棵大树上睡了，次晨骑上马背，任由瘦马在荒山野岭间信步而行，一时想到要去古墓见小龙女，一时又想无论如何得先杀了郭靖、黄蓉，以报父仇。肚子饿了，便摘些野果充饥。

行到第四日上，忽见远处有一人纵身跃高，伸手在一株野果树上摘取果子，杨过纵马走近，望见是金轮法王的弟子达尔巴。他每次一跃，只采到一枚果子，后来不耐烦起来，伸臂横击，打了几下，那野果树喀喇声响，从中折断，他尽采树上野果，放入怀中。

杨过心道："难道金轮法王就在左近？"他与法王本来并无仇怨，此时认定郭靖、黄蓉是杀父仇人，反而后悔当日相助郭黄而与法王作对，当下悄悄跟在达尔巴身后，要去瞧个究竟。只见他迈步如飞，直向山坳中行去。杨过下马步行，远远跟随，见他转入林木深处，越走越高，于是随着他上了一座山峰。

峰顶上搭着一座小小茅棚，四面通风。金轮法王闭目垂眉，在棚中打坐。达尔巴将野果放在棚中地下，转过身来，突见杨过走近，不由得脸色大变，叫道："大师兄，你要来加害师父么?"说着向杨过急冲过来，伸手便去扭他衣襟。他武功原比杨过为高，但此刻师父正处于奇险之境，一受外感，立时性命不保，惶急之下心神失常，这一招章法大乱，竟自犯了武学的大忌，给杨过反擒手臂，一带一送，将他摔得跌了出去。

达尔巴心中认定杨过是大师兄转世，又给他这一摔先声夺人，在地下打了个滚，翻身爬起，跃到杨过面前。杨过只道他又要动手，退后一步，哪知他突然双膝落地，磕头道："大师兄，你须念前世恩师之情。师父身受重伤，正自行功自疗，你若惊动了他，那可……那可……"说到后来，喉头哽咽，泪水长流。

杨过虽不懂他的藏语，但见他神情激动，金轮法王又是容颜憔悴，已明白了七八分，忙扶他起身，说道："我决不伤害尊师，你放心好啦。"达尔巴见他脸色和善，心中大喜，虽然不懂他说话，却已消去了敌意。

就在此时，金轮法王睁开眼来，见到杨过，大吃一惊，适才他入定运气，并未听到杨过和达尔巴对答之言，陡见大敌当前，长叹一声，缓缓说道："我枉自修练多年，总是勘不破名关，却不道今日丧身中原。"原来他受巨石撞击，内脏受了重伤，这些日来耽在荒山顶上结庐疗伤，不意杨过竟跟踪而来，此时固然丝毫用不得力，即令达尔巴将杨过逐走，争斗之时也必使他心神不定，重伤难愈。

哪知杨过躬身唱喏，说道："在下此来，非与大师为敌，请勿多心。"法王摇了摇头，待要说话，胸口突然剧痛，急忙闭目运气。杨过走进茅棚，伸出右掌，贴在他背心的"至阳穴"上。这穴道在第七脊椎之下，乃是人身督脉的大穴。达尔巴一见之下，大惊失色，挥拳便要向杨过攻去。杨过摇摇左掌，向他使个眼色。达尔巴见师父神情无异，脸上且微带笑意，这一拳举起了便不打下去。

杨过修为不深，于西藏派内功更是一无所知，掌心隐隐感到他体内气息流动，便潜运内力，将一股热气助他上通灵台、神道、身柱、陶道各穴，下通筋缩、中枢、脊中、悬枢各穴，尽其所能，仅能维护他的督脉。达尔巴武功虽强，练的都是外功，不能助师疗伤，这些日子中只有干着急的份儿。此刻金轮法王既无后顾之虑，便气走任脉，全力调理前胸小腹的伤势，只一个多时辰，疼痛大减，脸现红润，睁眼向杨过点首为谢，合掌说道："杨居士，你何以忽来助我?"

杨过也不隐瞒，将最近得悉郭靖夫妇害死他父亲、现下决意要前去报仇、无意中跟随达尔巴上山等情说了。

金轮法王虽知这少年甚是狡黠，十句话中连一句也是难信，但他今日于杀己易于反掌之际反而相助疗伤，对己确是绝无敌意，便道："原来居士身上尚负有如此深冤大仇。但郭靖夫妇武学深湛，杨居士要报此仇，只怕不易呢。"杨过默然，过了一会，说道："那么我父子两代都死在他手下，也就罢了!"法王道："我初时自负天下无敌，欲以一人之力，压倒中原群雄，争那武林盟主之位。但中土武人不讲究单打独斗的规矩，大伙儿来个一拥而上，那只好另作打算了。老衲伤愈之后，须得多邀高手相助。我方声势一大，中原武师不能恃多为胜，大家便能公平决个胜败。你可有意参与我方么?"

杨过待要答允，却想起蒙古兵将屠戮之惨，说道："我不能相助蒙古。"法王摇头道："你想单枪匹马去杀郭靖夫妇报仇，那可是难上加难。"

杨过沉吟半晌，说道："好，我助你取武林盟主，你却须助我报仇。"金轮法王伸出手掌，说道："大丈夫一言为定，击掌以誓。”二人击掌三下，订了盟约。杨过道：“我只助你争那盟主之位，你要帮蒙古人攻取江南，杀害百姓，我可不能出力。”

法王笑道：“人各有志，那也勉强不来。杨兄弟，你的武功花样甚多，不是我倚老卖老说一句，博采众家固然甚妙，但也不免驳而不纯。你最擅长的到底是哪一门功夫？要用什么武功去对付郭靖夫妇？”

这几句话可将杨过问得张口结舌，难以回答。他一生遭际不凡，性子又是贪多务得，全真派的、欧阳锋的、古墓派的、九阴真经、洪七公的、黄药师的，诸般武功着实学了不少。这些功夫每一门都是奥妙无穷，以毕生精力才智钻研探究，亦难以望其涯岸，他东摘一鳞、西取半爪，却没一门功夫练到真正第一流的境界。遇到次等对手之时，施展出来固然是五花八门，叫人眼花缭乱，但遭逢到真正高手，却总是相形见绌，便和金轮法王的弟子达尔巴、霍都相较，也是颇有不及。他低头凝思，觉得金轮法王这几句话实是当头棒喝，说中了他武学的根本大弊。

转念又想：“我既已决意与姑姑厮守终生，却何以又到处留情？程姑娘、媳妇儿，还有那完颜萍，我对她们既无真情，何以又不规规矩矩的？这真是贪多嚼不烂了。”再想：“不论洪七公、黄药师、欧阳锋，或是全真七子、金轮法王，凡是卓然而成名家者，都是精修本门功夫，别派武功并非不懂，却只是明其家数，并不研习，然则我该当专修哪一门功夫？”在情在理，自当专研古墓派的玉女心经才是，但想到洪七公的打狗棒法如此奥妙、黄药师的玉箫剑法这等精微，置之不理，岂非可惜？而义父的蛤蟆功与经脉逆行、九阴真经中的诸般功夫，无一不是以一技即足以扬名天下，好不容易的学到，又怎能弃之如遗？

他走出茅棚，在山顶上负手而行，苦苦思索，甚是烦恼，想了半天，突然间心念一动：“我何不取各派所长，自成一家？天下武功，均是由人所创，别人既然创得，我难道就创不得？”想到此处，眼前登时大现光明。

他自辰时想到午后，又自午后苦思至深夜，在山峰上不饮不食，生平所见诸般精妙武功在脑海中此来彼往，相互激荡。他曾见洪七公与欧阳锋口述比武，自己也曾口讲指划而将李莫愁惊走，此时脑中诸家武功互争雄长，比口述更是迅速激烈。想到后来，不由自主的挥拳踢腿的施展起来。初时还能分辨这一招学自洪七公，那一招学自欧阳锋，到得后来竟是乱成一团，他再难支持，仰天摔倒，昏了过去。

达尔巴遥遥望见他疯疯癫癫，指手划脚，不知干些什么，突然见他摔倒，大吃一惊，要去相救。金轮法王笑道：“别去拂乱他心思。只可惜你才智平庸，难明其中的道理。”

杨过睡了半夜，次晨一早起来又想。七日之中，接连昏迷了五次。说要综纳诸门，自创一家，那是谈何容易？以他此时的识力修为固然绝难成功，那更不是十天半月间之事。但连想数日之后，恍然有悟，猛地明白诸般武术皆可为我所用，既不能合而为一，也就不必强求，日后临敌之际，当用则用，不必去想武功的出处来历，也已与自创一派相差无几。想明白了此节，登时心中舒畅。

金轮法王经这数日运功自疗，伤势愈了八九成，已可行动如常，这日见杨过突然神情平和、一副成竹在胸的模样，知他于武学之道已进了一层，说道：“杨兄弟，我带你去见一个人。此人雄才伟略，豁达大度，包你见了心服。”杨过道：“是谁？”法王道：“蒙古王子忽必烈。他是成吉思汗之孙，皇子拖雷的第四子。”

杨过自见蒙古军士大肆暴虐之后，对蒙古人极感憎恶，皱眉说道：“我急欲去报杀父大仇，那蒙古王子却是不必见了。”法王笑道：“我已答允助你，岂能失信？但我是忽必烈王子聘来，须得向他禀告一声。他王帐离此不远，一日可至。”杨过无奈，自忖绝非郭靖、黄蓉夫妇的对手，不论斗智斗力，都是相去不可以道里计，不得金轮法王相助，此仇势必难报，只得和他同去。

金轮法王受封蒙古第一护国大师，蒙古兵将对他极是尊崇，一见到来，立即通报王爷。蒙古人世世代代向居包帐，虽然入城，仍是不惯宫室，因此忽必烈也住在营帐之中。

法王携着杨过之手走进王帐。杨过见那营帐比之寻常蒙古营帐大逾一倍，帐中陈设却甚简朴。一个二十五六岁的青年男子科头布服，正坐着看书。那人见二人进帐，忙离座相迎，笑吟吟的道："多日不见国师，常自思念。"金轮法王道："王爷，我给你引见一位少年英雄。这位杨兄弟年纪虽轻，却是一位了不起的人杰。"

杨过只道忽必烈是成吉思汗之孙，外貌若非贵盛尊荣，便当威武刚猛，哪知竟是这么一个会说汉语、谦和可亲的青年，颇觉诧异。

忽必烈向杨过微一打量，左手拉住法王，向左右道："快取酒来，我和这位兄弟喝一碗。"左右送上三只大斗，倒满了蒙古的马乳酒。忽必烈接过来一饮而尽，法王也自干了。杨过平素甚少饮酒，此时见主人如此脱略形迹，不便推却，当下也是举斗饮干，只觉那酒极是辛烈，颇带酸味。

忽必烈笑道："小兄弟，这酒味可美么？"杨过道："此酒辛辣酸涩，入口如刀，味道不美，却是男子汉大丈夫的本色。"

忽必烈大喜，连声呼酒，三人各尽三斗。杨过仗着内力精湛，喝得丝毫不动声色。忽必烈喜道："国师，你何处觅得这位好人才？真乃我大蒙古之幸。"法王当下将杨过的经历约略一说，言语中将他身份抬得甚高，隐然当他是中原武林的一位大人物。杨过给他这么一捧，不自禁也有些飘飘然之感。

忽必烈奉命南取大宋江山，在中原日久，心慕汉化，日常与儒生为伍，读经学书，又广聘武学高人，结交宾客，策划南下攻宋。若是换作旁人，见杨过如此年轻，定是难信，但忽必烈才智卓绝，气度恢宏，对金轮法王又是深信不疑，大喜之下，即命大张筵席。

不多时筵席张布，酒肉满几，蒙汉食事各居其半。忽必烈向左右道："请招贤馆的几位英雄来见。"左右应命出帐。忽必烈道："这几日招贤馆中又到来几位宾客，各怀异能，实为国家之福，唯不及国师与杨君文武全才耳。"

言谈间左右报称客到，帐门开处，走进四个人来。当先一人身材高瘦，脸无血色，形若僵尸，忽必烈向法王与杨过引见，说是湘西名宿潇湘子。第二人极矮极黑，乃是来自天竺的高手尼摩星。其后两人一个身高八尺，粗手大脚，脸带傻笑，双眼木然。另一个高鼻深目，曲发黄须，是个胡人，身上穿的却是汉服，颈悬明珠，腕带玉镯，珠光宝气。忽必烈分别引见，那巨汉是回疆人，名叫马光佐。那胡人是波斯大贾，祖孙三代在汴梁、长安、太原等地贩卖珠宝，取了个中国姓名叫作尹克西。

尼摩星与潇湘子听说金轮法王是"蒙古第一国师"，冷冷的上下打量，脸上均有不服之色，见杨过年纪幼小，只道是法王的徒子徒孙，更没放在心上。酒过三巡，尼摩星忍耐不住，说道："王爷，大蒙古地方人人的，这个大和尚是第一国师的，武功定是很大很大的，我们想要瞧瞧的。"忽必烈微笑不语。潇湘子接口道："这位尼摩星仁兄来自天竺，西藏武功传自天竺，难道世上当真有青出于蓝之事么？兄弟可有点不大相信了。"

金轮法王见尼摩星双目炯然生光，潇湘子脸上隐隐透着一股青气，知道这两人内功均深，尹克西则嘻嘻哈哈、竭力装出一股极庸俗的市侩气来，此人越是显得无能，只怕越是有底，倒也不可小看了，那巨汉马光佐却是不必挂怀，当下微微一笑，说道："老衲受封国师，是大汗和四王子殿下的恩典，老衲本是愧不敢当。"

潇湘子道："那你就该避位让贤啊。"说着眼睛向尼摩星斜望，嘴角边微微冷笑。

法王伸筷子夹了一大块牛肉，笑道："这块牛肉是这盘中最肥大的了，老衲原也不想吃它，只是偶尔伸筷，偶尔夹着，在佛家称为缘法罢了。哪一位居士有兴，尽可夹去。"说着举筷停在盘上，静候各人来夹。

马光佐不明白金轮法王语带机锋，说的是一块肥大牛肉，其意所指却是蒙古第一国师的高位，见他夹着牛肉让客，当即伸筷去接。他筷头将要和牛肉碰到，法王手中的一根筷子突然横出，与他筷子轻轻一碰，马光佐只感手臂剧震，把捏不定，一双筷子竟然落在桌上。法王那根筷子却已及时缩回，夹住了牛肉。众人愕然相顾。马光佐还未明白，拾起筷子，五根手指牢牢捏住，心想："这次你总再也碰不下了。"伸筷再去夹肉。法王又是一筷横出，这一次马光佐抓得极紧，果然震他不下，却听得喀喇一声轻响，一双筷子断为四截，犹如刀斩一般，两个半截落在桌上。

马光佐大怒，大吼一声，扑上去要和法王厮拼。忽必烈笑道："马壮士不须动怒，若要比武，待用完饭再较量不迟。"马光佐畏惧王爷，恨恨归座，指着法王喝道："你使什么妖法，弄断了我的吃饭家伙？"法王一笑，筷子仍是夹着牛肉，伸在身前。

尼摩星初时也没将金轮法王如何放在眼内，待得见他内力深厚，再也不敢小觑。他是天竺国人，吃饭不用筷子，只用手抓，说道："肥牛肉，大汉子抢不到的，我，想吃的。"突然五指如铁爪，猛往肉上抓去。法王横出右边一根筷子，快如闪电般颤了几颤，分点他手心、手腕、手背、虎口、中指指尖五处穴道。尼摩星手掌急翻，呼的一声，向他手腕斩落。法王手臂不动，倒竖筷子，又颤了几颤，尼摩星突觉筷尖触到自己虎口，疾忙缩回。法王那根筷子转了回去，仍将牛肉夹住。他出筷点穴，快捷无伦，数颤而回，牛肉尚未落下。杨过等都瞧得明白，就在这霎时之间，二人已交换了数招，法王出筷固然极快，尼摩星能在间不容发之际及时缩手避开，武功也着实了得。潇湘子阴恻恻的叫了声："好本事!"忽必烈知道二人以上乘武功较劲，但使的是什么功夫却瞧不出来。马光佐睁着一双铜铃般的大眼，望望这个，瞪瞪那个，不明所以。

尹克西笑嘻嘻的道："各位太客气啦！你推我让，你也不吃，我也不吃，却让得菜都冷了。"说着慢吞吞的伸出筷子，手腕上一只翡翠镯、一只镶金玉镯相互撞得玎玎珰珰乱响。他筷头尚未碰到牛肉，法王的筷子已被他内劲激得微微一荡，原来他竟抢了先着，使内劲逼得法王的筷子伸不出来。法王索性将筷子前送，让他夹着，劲力传到他筷上，再向他手臂冲去。尹克西忙运劲还击。哪知法王的内劲忽发即收，牛肉本已给尹克西夹去，给他自己的劲力一送，重又交回到法王筷上。法王笑道："尹兄定要推让，实在太客气了。"这一下是以巧取胜。尹克西中计，同时也已试出对方内力远胜于己，好在并未出丑，当即微微一笑，转筷在盘中夹了一小块牛肉，笑道："兄弟生平所爱，只是珠宝财帛，肥牛肉却不大喜欢，还是吃一块小的罢。"说着送肉入嘴，慢慢咀嚼。

金轮法王心想："这波斯胡气度倒是不凡。"转头向潇湘子道："老兄如此谦让，老衲只好自用了。"说着筷子微微向内缩了半尺。他猜想潇湘子内力不弱，不敢大意，筷子缩回半尺，就是发出内劲时近了半尺，而对方却远了半尺。潇湘子冷笑一声，筷子缓缓举起，突然抢出，夹住了牛肉，借势回夺，竟给他拉回了半尺。

金轮法王没料到他手法如此快捷，急忙运劲回夺，那牛肉便又一寸一寸的移了回来。潇湘子站起身来，左手据桌，只震得桌子格格直响，却阻不住牛肉向法王面前移动之势。眼见金轮法王神态悠闲，潇湘子额头汗珠涌出，强弱之势已分。

忽听得远处有人高声叫道："郭靖，郭兄弟，你在哪里？快快出来，郭靖，姓郭的小子哪！”呼声初时发自东边，倏忽之间却已从西边传来。东西相距几有里许之遥，似是一人喊毕，第二人跟着接上，但语音却是一人，而且自东至西连续不断，此人身法之快，呼声中内力之厚，均是世上少见。

各人愕然相顾之际，潇湘子放松筷子，颓然坐下。金轮法王哈哈一笑，说道：“承让，承让！”正要将牛肉送入口中，突然帐门扬起，人影一闪，一人伸手将法王筷上那块肥牛肉抢了过去，放入口中大嚼起来。

这一下众人都大吃一惊，同时站起，看那人时，却是个白发白须的老人，满脸红光，笑容可掬。只见他在帐内地下的毡上一坐，左手拨开白胡子，右手将牛肉往口中送去，吃得嗒嗒有声。金轮法王回思这老人抢去自己筷上牛肉的手法，越想越是骇异。

帐门口守卫的武士没拦住白须老人，猛喝：“捉刺客。”早有四柄长矛齐向他胸间搠去。那老人伸出左手，一把抓住四个矛头，向杨过道：“小兄弟，再拿些牛肉来吃，我肚子饿得狠了。”四名蒙古武士用力推前，竟是纹丝不动，随即使力回夺，但四人挣得满脸通红，四柄长矛竟似铸在一座铁山中一般，连半寸也拉不回转。杨过看得有趣，拿起席上的那盘牛肉，平平向他飞去，说道：“请用罢！”

那老人右手抄起，平平托在胸前，突然间盘中一块牛肉跳将起来，飞入他口中，犹如活了一般。忽必烈看得有趣，只道他会玩魔术，喝一声采。金轮法王等却知那老人手掌局部运力，推动盘中的某一块牛肉激跳而出。常人隔着盘子用力击敲，原可震得牛肉跳起，但定是众肉齐飞，汁水淋漓，要牛肉分别一块块跃出却万万不能，这老人的掌力实已到了所施无不自如的境地，席上众人自量无法做到，不由得均生敬畏之心。

那老人不停咀嚼，刚吞下一块牛肉，盘中又跳起一块，片刻之间，将一盘牛肉吃得干干净净。他右手一扬，盘子脱手上飞，在半空中划个弧形，向杨过与尹克西飞去。杨尹二人见他功夫了得，生怕在盘上暗中使了怪劲，不敢伸手去接，忙分向两旁让开。那盘子平平的贴着桌面飞来，对准了一盘烤羊肉一撞，那盘羊肉便向老人飞去，空盘在桌上转了几个圈子，停住不动。原来他使的是股“太极劲”，如太极图一般周而复始，连绵不断，若是在空旷处掷出盘子，那盘就会绕身兜圈。这股劲力使发也并不甚难，颇多善变幻术之人均擅此技，所难者是劲力拿捏恰到好处，刚巧飞向席上一撞，空盘停住，而将另一盘食物送到他手中。

那老人哈哈大笑，极是得意，手掌运劲，烤羊肉又是一块块的跃起，给他吃了个肉尽盘空。其时最狼狈的莫过于那四名蒙古武士，用力夺回长矛固是不能，而放手却又不敢。蒙古军法极严，临阵抛弃兵刃是杀头的死罪，何况四人身负护卫四王子的重任，只得使出吃奶的力气来与之争夺。那老人越见他们手足无措，越是高兴，突然间喝道：“变变变，两个给我磕响头，两个仰天摔一交！一二三！”那“三”字刚说完，手臂一震，四根长矛同时断折。他五指使力的方向不同，在两根长矛上运力外推，对另外两根长矛却是向内拉扯，只听得“啊哟”连声，果然两名武士俯跌下去，如同磕头，另外两名武士却是仰天摔跌。那老人拍手唱道：“小宝宝，滚元宝，跌得重，长得高！”唱的是首儿歌，那是当小孩跌交之时，大人唱来安慰他的。

尹克西猛地省起，问道：“前辈可是姓周？”那老人笑道：“是啊，哈哈，你认得我么？”尹克西站起身来，抱拳说道：“原来是老顽童周伯通周老前辈到了。”潇湘子素闻其名，金轮法王与尼摩星却不知周伯通的名头，但见他武功深湛，行事却顽皮胡闹，果然不枉了“老顽童”三字的称号。各人登时减了敌意，脸上都露出笑容。

金轮法王道：“请恕老衲眼拙，未识武林前辈。便请入座如何？王爷求贤若渴，今日得见高人，定必欢喜畅怀。”忽必烈拱手道：“正是，周先生即请入座。”周伯通摇头道：“我吃得饱了，不用再吃。郭靖呢，他在这里么？”杨过曾听黄药师说过周伯通与郭靖结拜之事，当即冷冷的道：“你找他干什么？”

周伯通自来天真烂漫，最喜与孩童接交，见座中杨过年纪最小，先便欢喜，又听他直称自己为“你”，不说什么“老前辈”、“周先生”，更是高兴，说道：“郭靖是我拜把子的兄弟，你认得他么？他从小爱跟蒙古人在一起，因此我见到蒙古包，就钻进来找找。”杨过皱眉道：“你找郭靖有什么事？”周伯通心无城府，哪知隐瞒心中之事，随口答道：“他派人送个信给我，叫我去赴英雄大宴。我老远赶去，路上玩了几场，迟到了几日，他们却早已散了，叫人好没兴头。”杨过道：“他们没留下书信给你么？”

周伯通白眼一翻，说道：“你为什么尽盘问我？你到底识不识得郭靖？”杨过道：“我怎么不识？郭夫人名叫黄蓉，是不是？他们的女儿名叫郭芙，是不是？”周伯通拍手笑道：“错啦，错啦！黄蓉这丫头自己也是个小女孩儿，有什么女儿？”

杨过一怔，随即会意，问道：“你和他夫妻俩有几年不见啦？”周伯通点着手指头儿一数，十只手指每一只数了两遍，道：“总有二十年了罢。”杨过笑道：“对啊，她隔了二十年还是小女孩儿么？这二十年中她不会生孩子么？”

周伯通哈哈大笑，只吹得白须根根飘动，说道：“是你对，是你对！他们夫妻小两口儿，生的女儿可也挺俊吗？”杨过道：“那女孩儿相貌像郭夫人多些，像郭靖少些，你说俊不俊呢？”周伯通呵呵笑道：“那就好啦，一个女孩儿若是浓眉大眼，黑黑的脸蛋，像我郭兄弟一般，那自然是美不了。”

杨过知他再无怀疑，为坚其信，又道：“黄蓉的父亲桃花岛主药师兄，和我是莫逆之交，你可认得他么？”周伯通一怔，说道：

“你这娃娃，怎么跟黄老邪称兄道弟？你师父是谁？”杨过道：“我师父的本事大得紧，说出来只怕吓坏了你。”周伯通笑道：“我才吓不坏呢。”右手一扬，手中空盘向他疾飞过去，呼呼风响，势道猛烈异常。

杨过早知周伯通是马钰、丘处机他们的师叔，又见他扬手时臂不内曲，全以指力发出，正是全真派的手法。他对全真武功的门道自是无所畏惧，当即伸出左手食指，在盘底一顶，那盘子就在他手指上滴溜溜的转动。

这一下周伯通固然大是欢喜，而潇湘子、尹克西、尼摩星等也是群相耸动。潇湘子初时见杨过衣衫褴褛，年纪幼小，哪将他放在眼内，此刻却想：“凭这盘子飞来之势，我便不敢伸手去接，更何况单凭一指之力？只消有半点摸不准力道的来势，连手腕也得折断了。却不知这少年是何来历？”

周伯通连叫几声：“好！”但也已瞧出他以指顶盘是全真一派的家数，问道：“你识得马钰、丘处机么？”杨过道：“这两个牛鼻子我怎不认识？”周伯通大喜。他与丘处机等虽然并无蒂芥，总觉得他们清规戒律烦多，太过拘谨，实在有些儿瞧他们不起。他生平最佩服的除师兄王重阳外，就是放诞落拓的九指神丐洪七公，而与黄药师之邪、黄蓉之巧，也隐隐有臭味相投之感。这时听杨过称马钰、丘处机为“牛鼻子”，只觉极为入耳，又问：“郝大通他们怎样啦？”

杨过一听“郝大通”三字，怒气勃发，骂道：“这牛鼻子混蛋得很，终有一日，我要让他好好吃点儿苦头。”周伯通兴致越来越高，问道：“你要给他吃点什么苦头？”杨过道：“我捉着他绑住了手足，在粪缸里浸他半天。”周伯通大喜，悄声道：“你捉着他之后，可别忙浸入粪缸，你先跟我说，让我在旁偷偷瞧个热闹。”他对郝大通其实并无半分恶意，只是天性喜爱恶作剧，旁人胡闹顽皮，自是投其所好，非来凑趣不可。杨过笑道：“好，我记得了。可是你干么要偷偷的瞧？你怕全真教的牛鼻子么？”周伯通叹道：“我是郝大通的师叔啊！他瞧见我，自然要张口呼救。那时我若不救，未免不好意思，若是相救，好戏可又瞧不到啦。”

杨过暗自沉吟：“此人武功极强，性子倒也朴直可爱，但总是全真派的，又是郭靖的把兄。大丈夫心狠手辣，须得设法除了他才好。”

周伯通哪知他心中起了毒念，又问：“你几时去捉郝大通？”杨过道：“我这就去。你爱瞧热闹，就跟我来罢。”周伯通大喜，拍着手掌站起身来，突然神情沮丧，又坐了下来，说道：“唉，不成，我得上襄阳去。”杨过道：“襄阳有什么好玩？还是别去罢。”周伯通道：“郭兄弟在陆家庄留书给我，说道蒙古大军南下，必攻襄阳。他率领中原豪杰赶去相助，叫我也去出一把力。我一路寻他不见，只好追去襄阳了。”

忽必烈与金轮法王对视了一眼，均想：“原来中原武人大队赶去襄阳，相助守城。”

正说到此处，帐门中进来一个和尚，约莫四十来岁年纪，容貌儒雅，神色举止均似书生。他走到忽必烈身旁，两人交头接耳的说了几句。这和尚是汉人，法名子聪，乃是忽必烈的谋主。他俗家姓刘名侃，少年时在县衙为吏，后来出家为僧，学问渊源，审事精详，忽必烈对他甚是信任。此时他得到卫士禀报，说王爷帐中到了异人，当即入见。

周伯通抚了抚肚皮，道：“和尚，你走开些，我在跟小兄弟说话。喂，小兄弟，你叫什么名字？”杨过道：“我姓杨名过。”周伯通道：“你师父是谁？”杨过道：“我师父是个女子，她相貌既美，武功又高，可不许旁人提她的名字。”

周伯通打个寒噤，想起了自己的旧情人瑛姑，登时不敢再问，站起身来，伸袖子一挥身上的灰尘，登时满帐尘土飞扬。子聪忍不住打了两个喷嚏。周伯通大乐，衣袖挥得更加起劲，突然大声笑道：“我去也！”左手一扬，四柄折断的矛头向潇湘子、尼摩星、尹克西、马光佐四人激射过去。四柄矛头挟着呜呜破空之声，去势奇速，相距又近，刹那之间，已飞到四人眼前。

潇湘子等一惊，眼见闪避不及，只得各运内劲去接，哪知四只手伸出去，一齐接了个空，噗的一声响，四柄矛头都插在地下土中。原来他这一掷之劲巧妙异常，既发即收，矛头刚飞到四人身前，突然转弯插地。马光佐是个戆人，只觉有趣，哈哈大笑，叫道：“白胡子，你的戏法真多。”潇湘子等三人却是大为惊骇，忍不住脸上变色，均想适才这一接不中，矛头转弯，自己的性命实已交在对方手里，矛头若非转而落地，却是插向自己小腹，凭他这一掷之力，哪里还有命在？

周伯通戏弄四人成功，极是得意，转身便要出帐。子聪说道：“周老先生，如你这般神通，当真是天下少有，小僧代王爷敬你一杯。”说着将斟好了的一杯酒送到他面前。周伯通一饮而尽。子聪又送一杯过去，道：“小僧自己敬一杯！”周伯通又干了。子聪要待再敬第三杯时，周伯通忽然大叫：“啊哟，不好！我肚子痛，要拉屎。”蹲下身来，解开裤带，就要在王帐之中拉屎。法王等忍不住好笑，大声喝阻。周伯通一怔，叫道：“肚子痛得不对，不是要拉屎！”

杨过向子聪瞧了一眼，已然明白，原来酒中下了毒。他先前虽曾起意设法除去周伯通，以免郭靖多一强助，但这恶念在心头一闪即过，他与这老顽童无怨无仇，见他天真烂漫，实在颇有亲近之意，眼见他中了奸计，心下不忍，正想提醒于他，叫他拿住忽必烈，逼子聪取药解毒，忽听周伯通叫道：“不对，不对，原来是毒酒喝得太少，这才肚子痛了。和尚，快快，再斟三杯毒酒来。越毒越好!”众人愕然相顾。子聪怕他临死发威，哪敢走近身去?

周伯通大踏步走到桌边，金轮法王挡在忽必烈身前相护，却见他左手提着裤子，右手取过盛毒酒的酒壶，仰起头咕噜噜的直灌入肚，喝了个涓滴不存。

众人群相失色。周伯通却哈哈大笑，说道：“对啦，肚子里毒物太多，老顽童可不变成了老毒物吗?须得以毒攻毒才是。”突然口一张，一股酒浆向子聪激射过去。金轮法王眼见势危，拉起桌子一挡，一条酒箭射上桌面，只溅得嗤嗤作响。

周伯通笑声不绝，走到营帐门口，忽地童心大起，拉住营帐的支柱，使劲晃了几下，那柱子喀的一声断了，一座牛皮大帐登时落将下来，将忽必烈、金轮法王、杨过等一齐盖罩在内。周伯通大喜，纵身帐上，来回奔驰，将帐内各人都踏到了。金轮法王在帐内挥掌拍出，正好击在他的脚底心。周伯通只觉一股大力冲到，倒也抵挡不住，一个筋斗翻了下来，大叫：“有趣，有趣!”扬长而去。

待得法王等护住忽必烈爬出，众侍卫七手八脚换柱立帐，周伯通早已去得远了。法王与潇湘子等齐向忽必烈谢罪，自愧护卫不周，惊动了王爷。忽必烈丝毫不介于怀，反而不绝口的称赞周伯通本事，说如此异人不能罗致帐下，甚感可惜。法王等均有愧色。

当下重整杯盘。忽必烈道：“蒙古大军数攻襄阳，始终难下。眼下中原豪杰聚会守城，这周伯通又去相助，倒是件棘手之事，不知各位有何妙策?”尹克西道：“这周伯通武功虽强，咱们也未必就弱于他了。王爷尽管攻城，咱们兵对兵，将对将，中原固有英雄，西域也有豪杰。”忽必烈道：“话虽不错，但古人有云：‘未战而庙算胜者，得算多也。多算胜，少算不胜。’进兵之前，务须成竹在胸。”子聪道：“王爷之见，极是英明……”

他一言未毕，忽听帐外有人大声叫道：“我说过不去就是不去，你们软请硬邀，都是无用。”正是周伯通在叫嚷，不知他何以去而复来，又是在和谁讲话，众人好奇心起，均想出帐看个究竟。忽必烈笑道："大家去瞧瞧，不知那老顽童又在跟谁胡闹了。"

众人步出帐外，只见周伯通远远站在西首的旷地上，四个人分站南、西、西北、北四个方位，成弧形将他围住，却空出了东面。周伯通伸臂攘拳，大声叫嚷："不去，不去！"

杨过心中奇怪："他若不去，又有谁勉强得了？何必如此争吵？"看那四人时，都是一式的绿袍，服色奇古，并非当时装束，三个男人均是中年，各戴高冠，站在西北方的则是个少女，腰间一根绿色绸带随风飘舞。

只听站在北方的男子说道："我们决非有意为难，只是尊驾踢翻丹炉、折断灵芝、撕毁道书、焚烧剑房，只得屈请大驾，亲自向家师说明，否则家师怪责，我们做弟子的万万担当不起。"周伯通嬉皮笑脸的道："你就说是一个老野人路过，无意中闯的祸，不就完了？"那男子道："尊驾是一定不肯去的了？"周伯通摇摇头。那男子伸手指着东方道："好啊，好啊，是他来了。"

周伯通回头一看，不见有人。那男子做个手势，四人手中突然拉开一张绿色的大渔网，兜头向周伯通罩落。这四人手法熟练无比，又是古怪万分，饶是周伯通武功出神入化，给那渔网一罩住，登时手足无措，只听得他大呼小叫、唤爹喊娘，却给四人提着渔网东绕西转，绑了个结结实实。一个男子将他负在肩头，余下三人持剑在旁相护，向东飞奔而去。

杨过挂念周伯通的安危，心道："我非救他不可。"当即提气追去，叫道："喂，喂！你们捉他到哪里去？"

法王等均觉如此怪事，岂能不看个究竟？当即别过忽必烈，随后赶去。奔行数里，来到一条溪边，只见那四人扛着周伯通上船，两人扳桨，溯溪上行。众人沿岸追赶，追了里许，见溪中有艘小舟，当即入舟。马光佐力大，扳桨而划，顷刻间追近数丈。但溪流曲折，转了几个弯，忽然不见了前舟的影踪。

尼摩星从舟中跃起，登上山崖，霎时间犹如猿猴般爬上十余丈，四下眺望，只见绿衫人所乘小舟已划入西首一条极窄的溪水之中。溪水入口处有一大丛树木遮住，若非登高俯视，真不知这深谷之中居然别有洞天。他跃回舟中，指明了方向，众人急忙倒转船头，划向来路，从那树丛中划了进去。溪洞山石离水面不过三尺，众人须得横卧舱中，小舟始能划入。划了一阵，但见两边山峰壁立，抬头望天，只余一线。山青水碧，景色极尽清幽，只是四下里寂无声息，隐隐透着凶险。又划出三四里，溪心忽有九块大石迎面耸立，犹如屏风一般，挡住了来船去路。

马光佐首先叫起来："糟啦，糟啦，这船没法划了。"潇湘子阴恻恻的道："你一身牛力，将船提了过去罢。"马光佐怒道："我可没这般大力，除非你僵尸来使妖法。"

金轮法王当二人争吵之先，早自寻思："那小舟如何过得这九个石屏风？"听了二人之言，说道："凭一人之力，任谁都拔不起这船，咱们六人合力，那就成了。杨兄弟、尹兄和我三人一面，尼兄、潇湘兄、马兄三位一面，六人合力齐施如何？"

众人同声叫好，依着他的分派，六人分站两旁，各自在山石上寻到了坚稳的立足之处，好在那溪极是窄狭，六人站立两旁，伸出手来足够握到船边。法王叫一声："起！"六人同时用力。六人中只杨过与尹克西力气较小，其余四人都是力兼数人，马光佐尤具神力，只听得波的一声，小舟离开水面，已越过了那九块大石组成的石屏。

众人跃回船头，一齐抚掌大笑。这六人本来勾心斗角，相互间颇存敌意，但经此一番齐心合力，自然而然的亲密了几分。

潇湘子道："我们六人的功夫虽然不怎么样，在武林中总也挨得上是一流好手，六人合力抬一艘小船，原也算不了难事，可是……”尼摩星抢着道：“四个绿衫子的男的女的，武功胡里胡涂的，小船抬得过大石的？”六人中倒有五人早在暗暗诧异，只有马光佐却在思索他说“武功胡里胡涂的”是什么意思。尼摩星又道：“他们的船小的，人的……人的……四个人……也少的。四个人能够这么……这么干的，力气也就……就好的。”尹克西道：“那三个男子也还罢了，另一个娇滴滴的十七八岁大姑娘，决计无此本事，这大石中必是另有机关，咱们一时猜想不透罢了。”

法王微微一笑，说道：“人不可以貌相，如我们这位杨兄弟，他小小年纪，却是身负绝顶武功，若非我们亲眼得见，谁又信来？”杨过谦道：“小弟末学后进，有何足道？但那四个绿衫人居然能将周伯通绑缚而去，自是有过人之处。”他口中谦逊，但说话之间已与潇湘子等一流名家称兄道弟。众人亲见他以一指之力接了周伯通的飞盘，均已不轻视于他，听他这番话说得有理，都纷纷猜测起来。

这六人中杨过年幼，法王、马光佐、尼摩星三人向在西域，潇湘子荒山独修，素不与外人交往，只尹克西于中原武林的门派、人物、武功、轶事，所知甚是广博，但对这四个绿衣男女的来历却也是想不起半点端倪。说话之间，已划到小溪尽头，六人弃舟登陆，沿着小径向深谷中行去。

山径只有一条，倒不会行错，只是山径越行越高，也越是崎岖，天色渐黑，仍不见那四个绿衫人的影踪。正感焦躁，忽见远处有几堆火光，众人大喜，均想：“这荒山穷谷之中，有火光自有人家，除了那几个绿衣人之外，常人也决不会住在如此险峻之地。”当下发足向前奔去，心知身入险地，各自戒备。但各人过去都曾独闯江湖，多历凶险，此时六大高手并肩入山，天下有谁挡得？是以虽存戒心，却无惧意。

行不多时，到了山峰顶上一处平旷之地，只见一个极大的火堆熊熊而燃，再走近数十丈，火光下已看得明白，火堆之后有座石屋。

尼摩星大声叫道：“喂，喂，有客人来的！你们快出来的。”石屋门缓缓打开，出来四人，三男一女，正是日间擒拿周伯通的绿衫人。四人躬身行礼，右首一人道：“贵客远来，未克相迎，实感歉仄。”法王道：“好说，好说。”那人道：“列位请进。”

金轮法王等六人走进石屋，只见屋内空荡荡地，除几张桌椅之外一无陈设。四个绿衫男女跟着入内，坐在主位。当先一人道：“不敢请问六位高姓大名。”尹克西最擅言词，笑吟吟的将五人身份说了，最后说道：“在下名叫尹克西，是个波斯胡人，我的本事除了吃饭，就是识得些珠玉宝物，可不像这几位那样个个身负绝艺。”

那绿衫人道：“敝处荒僻得紧，从无外人到访，今日贵客降临，幸何如之。却不知六位有何贵干？”尹克西笑道：“我们见四位将那老顽童周伯通捉拿来此，好奇心起，是以过来瞧瞧。贵处景色幽雅，令人大开眼界，实是不虚此行。”

第一个绿衫人道：“那捣乱的老头儿姓周么？也不枉了他叫作老顽童。”说着恨恨不已。第二个绿衫人道：“各位和他是一路的么？”法王接口道：“我们和他也是今日初会，说不上有甚交情。”

第一个绿衫人道：“那老顽童闯进谷来，蛮不讲理的大肆捣乱。”法王问道：“他捣乱了什么？当真是如各位所说，又是撕书，又是放火烧屋？”那绿衫人道：“可不是吗？晚辈奉家师之命，看守丹炉，不知那老头儿怎地闯进丹房，跟我胡说八道个没完没了，又说要讲故事啦，又要我跟他打赌翻筋斗啦，疯不像疯，癫不像癫。那丹炉正烧到紧急的当口，我无法离身逐他，只好当作没听见，哪知他突然飞起一腿，将一炉丹药踢翻了。再要采全这炉丹药的药材，唉，可不知要到何年何月了。”说着气愤之情见于颜色。

杨过笑道："他还怪你不理他，说你的不对，是不是？"那绿衫少女道："一点儿也不错。我在芝房中听得丹房大闹，知道出了岔儿，刚想过去察看，这怪老头儿已闪身进来，一伸手，就将一株四百多年的灵芝折成两截。"杨过见那少女约莫十七八岁年纪，肤色极白，娇嫩异常，眼神清澈，嘴边有粒小小黑痣，便道："老顽童当真胡闹得紧，一株灵芝长到了四百多年，那自是十分珍异之物。"那少女叹道："我爹爹原定在新婚之日和我继母分服，哪知却给老顽童毁了，我爹爹大发雷霆，那也不在话下。那老顽童折断了灵芝，放入怀内，说什么也不肯还我，只是哈哈大笑。我又没得罪他，不知为什么这般无缘无故的来跟我为难。"说着眼眶儿红红的，甚感委屈。杨过心道："老顽童毫没来由的欺侮这位姑娘，那可不该。"

尹克西道："请问令尊名号。我们无意闯入，连主人的姓名也不知，实是礼数有亏。"那少女迟疑未答。第一个绿衫人道："未得谷主允可，不便奉告，须请贵客原谅。"

杨过寻思："这些人隐居荒谷，行迹如此诡秘，原不肯向外人泄露身份。"问道："那老顽童抢了灵芝去，后来又怎样了？"

第三个绿衣人道："这姓周的在丹房、芝房中居然胡闹得还嫌不够，又冲进书房来，抢到一本书便看。在下职责所在，不得不出手拦阻。他却说：'这些骗小孩子的玩意儿，有什么大不了！'竟一口气撕毁了三本道书。这时大师兄、二师兄和师妹一齐赶到了。我们四人合力，仍是拦他不住。"法王微微一笑，说道："这老顽童性子希奇古怪，武功可着实了得，原是不易拦他得住。"

第二个绿衫人道："他闹了丹房、芝房、书房，仍是放不过剑房。他踏进室门，就大发脾气，说剑房内兵刃……兵刃太多，东挂西摆，险些儿刺伤了他，当即放了一把火，将剑房壁上的书画尽数烧毁。我们忙着救火，终于给他乘虚逃脱。我们一想这事可不得了，于是追出谷去，将他擒回，交由谷主发落。”

杨过道：“不知谷主如何处置，但盼别伤他性命才好。”第三个绿衫人道：“家师新婚在即，倒也不会轻易杀人。但若这老儿仍是胡言乱道，尽说些不中听的言语来得罪家师，那是他自讨苦吃，可怨不得人。”

尹克西笑道：“那老顽童不知为何故意来跟尊师为难？我瞧他虽然顽皮，脾气却似乎不坏。”绿衫少女道：“他说我爹爹年纪这么大啦，还娶……”那大师兄突然接口道：“这老顽童说话傻里傻气，当得什么准？各位远道而来，定然饿了，待晚辈奉饭。”马光佐大叫：“妙极，妙极！”登时容光焕发。

四个绿衫人入厨端饭取菜，一会儿开出席来，四大盆菜青的是青菜，白的是豆腐，黄的是豆芽，黑的是冬菇，竟然没一样荤腥。

马光佐生下来不到三个月，吃饭便是无肉不欢，面前这四大盆素菜连油星也不见半点，不禁大失所望。第一个绿衫人道：“我们谷中摒绝荤腥，须请贵客原谅。请用饭罢。”说着拿出一个大瓷瓶，在各人面前碗中倒满了清澈澄净的一碗白水。马光佐心想：“既无肉吃，多喝几碗酒也是好的。”举碗骨都骨都喝了两口，只觉淡而无味，却是清水，大嚷起来：“主人家忒煞小气，连酒也没一口。”

第一个绿衫人道：“谷中不许动用酒浆，这是数百年来的祖训，须请贵客原谅。”那绿衫女郎道：“我们也只在书本子上曾见到‘美酒’两字，到底美酒是怎么的样儿，可从来没见过。书上说酒能乱性，想来也不是什么好东西。”

法王、尹克西等眼见这四个绿衫男女年纪不大，言行却如此迂腐拘谨，而且自与他们说话以来，从未见四人中有哪一个脸上露过一丝笑容，虽非面目可憎，可实是言语无味。当真是：话不投机半句多，各人不再说话，低头吃饭。四个绿衫人也即退出，不再进来。

用饭既毕，马光佐嚷着要乘夜归去。但其余五人眼见谷中处处透着诡异，好奇心起，均盼查明究竟。尹克西劝道："马兄，咱们既来此间，明日还须见见谷主，怎能就此回去？"马光佐嚷道："没酒没肉，这不是存心折磨人么？这日子我是半天也不能过的。"潇湘子板着脸道："大伙儿说不去，你一个人吵些什么？"马光佐见他僵尸一般的相貌，一直暗自害怕，听他这么一说，不敢再作声了。

当晚六人就在石屋中安睡，地下只是几张草席。只觉这谷中一切全是十分的不近人情，直比寺庙还更严谨无聊，庙中和尚虽然吃素，却也不会如此对人冷冰冰的始终不露笑容。只有杨过住惯了古墓、对惯了冷若冰霜的小龙女，却是丝毫不以为意。

尼摩星气愤愤的道："老顽童拆屋放火，大大好的！"此言一出，马光佐登时大有同感，大声喝采。尼摩星道："金轮老兄，你是我们六个头脑的，你说这谷主是什么路道？是好人还是不好的？明儿咱们给他客气客气呢，还是打他个落花……落花什么水的？"法王道："这谷主的路数，我和诸位一般，也是难以捉摸，明日见机行事便了。"尹克西低声道："这四个绿衫弟子武功不弱，谷中自然更有高手，人家务须小心在意，只要稍有疏忽，六人一齐陷身此处，那就不妙之极了。"

马光佐还在唠唠叨叨的诉说饭菜难以下咽，没将他一句话听在耳中。杨过道："你明日不小心，给他们抓住了关一辈子，整日价喂你清水白饭，青菜豆腐，只怕连你肚里的蛔虫也要气死了……"马光佐大吃一惊，忙道："好兄弟，我听，我听。"

这一晚众人身处险地，都是睡得不大安稳，只有马光佐却鼾声如雷，有时梦中大叫："来，来！干杯！这块牛肉好大！"

樊一翁忙偏头避让，敌招来得快，他这一偏也是极为迅捷，长胡子跟着甩了起来。杨过的大剪刀早已张开了守在右方，喀的一声，将他胡子剪去了两尺有余。

第十七回

绝情幽谷

次晨杨过醒来，走出石屋。昨晚黑暗中没看得清楚，原来四周草木青翠欲滴，繁花似锦，一路上已是风物佳胜，此处更是个罕见的美景之地。信步而行，只见路旁仙鹤三二，白鹿成群，松鼠小兔，尽是见人不惊。

转了两个弯，那绿衫少女正在道旁摘花，见他过去，招呼道："阁下起得好早，请用早餐罢。"说着在树上摘下两朵花，递给了他。

杨过接过花来，心中嘀咕："难道花儿也吃得的？"却见那女郎将花瓣一瓣瓣的摘下送入口中，于是学她的样，也吃了几瓣，入口香甜，芳甘似蜜，更微有醺醺然的酒气，正感心神俱畅，但嚼了几下，却有一股苦涩的味道，要待吐出，似觉不舍，要吞入肚内，又有点难以下咽。他细看花树，见枝叶上生满小刺，花瓣的颜色却是娇艳无比，似芙蓉而更香，如山茶而增艳，问道："这是什么花？我从来没见过。"那女郎道："这叫作情花，听说世上并不多见。你说好吃么？"

杨过道："上口极甜，后来却苦了。这花叫作情花？名字倒也别致。"说着伸手又去摘花。那女郎道："留神！树上有刺，别碰上了！"杨过避开枝上尖刺，落手甚是小心，岂知花朵背后又隐藏着小刺，还是将手指刺损了。那女郎道："这谷叫作'绝情谷'，偏偏长着这许多情花。”杨过道：“为什么叫绝情谷？这名字确是……确是不凡。”那女郎摇头道：“我也不知什么意思。这是祖宗传下来的名字，爹爹或者知道来历。”

二人说着话，并肩而行。杨过鼻中闻到一阵阵的花香，又见道旁白兔、小鹿来去奔跃，甚是可爱，说不出的心旷神怡，自然而然的想起了小龙女来：“倘若身旁陪我同行的是我姑姑，我真愿永远住在这儿，再不出谷去了。”刚想到此处，手指上刺损处突然剧痛，伤口微细，痛楚竟然厉害之极，宛如胸口蓦地里给人用大铁锤猛击一下，忍不住“啊”的一声叫了出来，忙将手指放在口中吮吸。

那女郎淡淡的道：“想到你意中人了，是不是？”杨过给她猜中心事，脸上一红，奇道：“咦，你怎知道？”女郎道：“身上若给情花的小刺刺痛了，十二个时辰之内不能动相思之念，否则苦楚难当。”杨过大奇，道：“天下竟有这等怪事？”女郎道：“我爹爹说道：情之为物，本是如此，入口甘甜，回味苦涩，而且遍身是刺，你就算小心万分，也不免为其所伤。多半因为这花儿有这几般特色，人们才给它取上这个名儿。”

杨过问道：“那干么十二个时辰之内不能……不能……相思动情？”那女郎道：“爹爹说道：情花的刺上有毒。大凡一人动了情欲之念，不但血行加速，而且血中生出一些不知什么的物事来。情花刺上之毒平时于人无害，但一遇上血中这些物事，立时使人痛不可当。”杨过听了，觉得也有几分道理，将信将疑。

两人缓步走到山阳，此处阳光照耀，地气和暖，情花开放得早，这时已结了果实。但见果子或青或红，有的青红相杂，还生着茸茸细毛，就如毛虫一般。杨过道：“那情花何等美丽，结的果实却这么难看。”女郎道：“情花的果实是吃不得的，有的酸，有的辣，有的更加臭气难闻，中人欲呕。”杨过一笑，道：“难道就没甜如蜜糖的么？”

那女郎向他望了一眼，说道："有是有的，只是从果子的外皮上却瞧不出来，有些长得极丑怪的，味道倒甜，可是难看的又未必一定甜，只有亲口试了才知。十个果子九个苦，因此大家从来不去吃它。"杨过心想："她说的虽是情花，却似是在比喻男女之情。难道相思的情味初时虽甜，到后来必定苦涩么？难道一对男女倾心相爱，到头来定是丑多美少吗？难道我这般苦苦的念着姑姑，将来……"

他一想到小龙女，突然手指上又是几下剧痛，不禁右臂大抖了几下，才知那女郎所说果然不虚。那女郎见了他这等模样，嘴角微微一动，似乎要笑，却又忍住。这时朝阳斜射在她脸上，只见她眉目清雅，肤色白里泛红，甚是娇美。杨过笑道："我曾听人说故事，古时有一个什么国王，烧烽火戏弄诸侯，送掉了大好江山，不过为求一个绝代佳人之一笑。可见一笑之难得，原是古今相同的。"那女郎给杨过这么一逗，再也忍耐不住，格格一声，终于笑了出来。

杨过见她一直冷冰冰的，心存三分忌惮，此时这么一笑，二人之间的生分隔阂登时去了大半。杨过又道："世上皆知美人一笑的难得，说什么一笑倾城，再笑倾国，其实美人另有一样，比笑更是难得。"那女郎睁大了眼睛，问道："那是什么？"杨过道："那便是美人的名字了。见上美人一面已是极大的缘份，要见她嫣然一笑，那便须祖宗积德，自己还得修行三世……"他话未说完，女郎又已格格笑了起来。杨过仍是一本正经的道："至于要美人亲口吐露芳名，那真须祖宗十八代广积阴功了。"

那女郎道："我不是什么美人，这谷中从来没一人说过我美，你又何必取笑？"杨过长叹一声，道："唉，怪不得这山谷叫作绝情谷。但依我之见，还是改一个名字的好。"那女郎道："改什么名字？"杨过道："应该称作盲人谷。"女郎奇道："为什么？"杨过道：

"你这么美丽，他们却不称赞你，这谷中所居的不都是瞎子么?"

那女郎又是格格娇笑。其实她容貌虽也算得上等，但与小龙女相比固然远为不及，较之程英之柔、陆无双之俏，似亦微见逊色，只是她秀雅脱俗，自有一般清灵之气。她一生之中确是无人赞过她美貌，因她门中所习功夫近乎禅门，各人相见时都是冷冰冰的不动声色，旁人心中纵然觉她甚美，决无哪一个胆敢宣之于口。今日忽遇杨过，此人却生性跳脱，越是见她端严自持，越是要逗她除却那一副拒人于千里之外的无情神态。她听了杨过之言，心中欢喜，笑道："只怕你自己才是瞎子，将一个丑八怪看作了美人。"

杨过板着脸道："我看错了也说不定。不过这谷中要太平无事，你原是笑不得的。"那女郎奇道："为什么?"杨过道："古人说一笑倾人城，再笑倾人国，其实是写了个别字。这个字非国土之国，该当是山谷之谷。"那女郎微微弯腰，笑道："多谢你，别再逗我了，好不好?"杨过见她腰肢袅娜，上身微颤，心中不禁一动，岂知这一动心不打紧，手指尖上却又一阵剧痛。

那女郎见他连连挥动手指，微感不快，嗔道："我跟你说话，你却去思念你的意中人。"杨过道："冤枉啊冤枉，我为你手指疼痛，你却来怪我。"那女郎满脸飞红，突然发足急奔。

杨过一言出口，心中已是懊悔："我既一心一意向着姑姑，这不规不矩的坏脾气却何以始终不改?杨过啊杨过，你这小坏蛋可别再胡说八道了。"他天性中实带了父亲的三分轻薄无赖，虽然并无歹意，但和每个少女调笑几句，招惹一下，害得人家意乱情迷，却是他心之所喜。

那女郎奔出数丈，忽地停住，站在一株情花树下面，垂下了头呆呆出神，过了一会，回过头来，微笑道："若是一个丑八怪把名字跟你说了，那定是你祖宗十八代坏事做得太多，以致贻祸子孙了。"杨过走近身去，笑道："你偏生爱说反面话儿。我祖宗十八代做了这许多好事，到我身上，总该好有好报罢。”这几句话还是在赞对方之美。她脸上微微一红，低声道：“说便跟你说了，你可不许跟第二个说，更不许在旁人面前叫我。”杨过伸了伸舌头道：“唐突美人，我不怕绝子绝孙么？”

那女郎又是嫣然一笑，道：“我爹爹复姓公孙……”她总是不肯直说己名，要绕个弯儿。杨过插嘴道：“但不知姑娘姓什么？”那女郎抿嘴笑道：“那我可不知道啦。我爹爹曾给他的独生女儿取个名字，叫作绿萼。”杨过赞道：“果然名字跟人一样美。”

公孙绿萼将姓名跟杨过说了，跟他又亲密了几分，道：“待会爹爹要请你相见，你可不许对我笑。”杨过道：“笑了便怎地？”公孙绿萼叹道：“唉，若是他知我对你笑过，又知我将名字跟你说了，真不知会怎样罚我呢？”杨过道：“也没听见过这样严厉的父亲，女儿对人笑一下也不行。这般如花似玉的女儿，难道他就不爱惜么？”

公孙绿萼听他如此说，不禁眼眶一红，道：“从前爹爹是很爱惜我的，但自我六岁那年妈妈死后，爹爹就对我越来越严厉了。他娶了我新妈妈之后，不知还会对我怎样？”说着流下了两滴泪水。杨过安慰道：“你爹爹婚后心中高兴，定是待你更加好些。”绿萼摇头道：“我宁可他待我更凶些，也别娶新妈妈。”

杨过父母早死，对这般心情不大了然，有意要逗她开心，道：“你新妈妈一定没你一半美。”绿萼忙道：“你偏说错了，我这新妈妈才真是美人儿呢。爹爹可为她……为她……昨儿我们把那姓周的老头儿捉了来，若不是爹爹忙着安排婚事，决不会再让这老顽童逃走。”杨过又惊又喜，问道：“老顽童又逃走了？”绿萼秀眉微蹙，道：“可不是吗？”

二人说了一阵子，朝阳渐渐升高，绿萼蓦地惊觉，道：“你快回去罢，别让师兄们撞见我们在一起说话，去禀告我爹爹。”杨过对她处境油然而生相怜之意，伸左手握住了她手，右手在她手背上轻轻拍了几下，意示安慰。公孙绿萼眼中露出感激之色，低下头来，突然满脸红晕。杨过生怕想到小龙女，手指又痛，快步回到所居的石屋。

他尚未进门，就听得马光佐大叫大嚷，埋怨清水青菜怎能裹腹，又说这些苦不苦、甜不甜的花瓣也叫人吃，那不是谋财害命么？尹克西笑道："马兄，你身上有什么宝贝，当真得好好收起，我瞧这谷主哪，有点儿不怀好意。"马光佐不知他是取笑，连连点头称是。杨过走进屋去，只见石桌上堆了几盘情花的花瓣，人人都吃得愁眉苦脸，想起连金轮法王这大和尚也受情花之累，不禁暗暗好笑。

他拿起水杯来喝了两口，只听门外脚步声响，走进一个绿衫人来，拱手躬身，说道："谷主有请六位贵客相见。"

法王、尼摩星等人均是一派宗师，不论到什么处所，主人总是亲自远迎，连大蒙古国四王子忽必烈也是礼敬有加，却不道来到这深山幽谷之中，主人却如此大剌剌的无礼相待，各人都是心头有气，均想："待会见到这鸟谷主，可要他知道我的厉害。"

六人随着那绿衫人向山后走去，行出里许，忽见迎面绿油油的好大一片竹林。北方竹子极少，这般大的一片竹林更是罕见。七人在绿竹篁中穿过，闻到一阵阵淡淡花香，登觉烦俗尽消。穿过竹林，突然一阵清香涌至，眼前无边无际的全是水仙花。原来地下是浅浅的一片水塘，深不逾尺，种满了水仙。这花也是南方之物，不知何以竟会在关洛之间的山顶出现？法王心想："必是这山峰下生有温泉之类，以致地气奇暖。"

水塘中每隔四五尺便是一个木桩，引路的绿衫人身形微晃，纵跃踏桩而过。六人依样而为，只有马光佐身躯笨重，轻功又差，跨步虽大，却不能一跨便四五尺，踏倒了几根木桩之后，索性涉水而过。

青石板路尽处，遥见山阴有座极大石屋。七人走近，只见两名绿衫僮儿手执拂尘，站在门前。一个僮儿进去禀报，另一个便开门迎客。杨过心道："不知谷主是否出门迎接？"思念未定，石屋中出来一个身穿绿袍的长须老者。

这老者身材极矮，不逾四尺，五岳朝天，相貌清奇，最奇的是一丛胡子直垂至地，身穿墨绿色布袍，腰束绿色草绳，形貌极是古怪。杨过心道："这谷主这等怪模怪样，生的女儿却美。"那老者向六人深深打躬，说道："贵客光临，幸何如之，请入内奉茶。"

马光佐听到这个"茶"字，眉头深皱，大声道："喝茶么？什么地方没茶了？又何必定要到这里来？"长须老者不明其意，向他望了一眼，躬身让客。

尼摩星心想："我是矮子，这里的谷主却比我更矮。矮是你矮，武功却看是谁强。"他抢前先行，伸出手去，笑道："幸会，幸会。"拉住了老头的手，随即手上使劲。余人一见两人伸手相握，各自让开几步，要知两大高手较劲，非同小可。

尼摩星手上先使两分劲，只觉对方既不还击，亦不抗拒，微感奇怪，又加了两分劲，但觉手中似乎握着一段硬木。他跟着再加两分劲，那老者脸上微微闪过一阵绿气，那只手仍似木头一般僵直。尼摩星大感诧异，最后几分劲不敢再使将出来，生怕全力施为之际，对方突然反击，自己抵挡不住，当下哈哈一笑，放脱了他的手。

金轮法王走在第二，见了尼摩星的情状，知他没能试出那老者的深浅，心想对方虚实不明，自己不必妄自出手，当下双手合什，大大方方的走了进去。潇湘子、尹克西二人鱼贯而入，更其次是马光佐。他见那老者长须垂地，十分奇特，他一早没吃过什么东西，几朵情花只有越吃越饿，这时饥火与怒火交迸，进门时突然伸出大脚，往那老者长须上踹去，一脚将他的须尖踏在足底。那老者不动声色，道：“贵客小心了。”马光佐另一只脚也踏到了他须上，道：“怎么?”那老者微一摇头，马光佐站立不稳，猛地里仰天一交摔倒。这样一个巨人摔将下来，实是一件大事。杨过走在最后，急忙抢上两步，伸掌在他屁股上一托，掌上发劲，将他庞大的身躯弹了进去。马光佐站桩立稳，双手摸着自己屁股发愣。

那老者恍若未见，请六人在大厅上西首坐下，朗声说道：“贵客已至，请谷主见客。”杨过等都是一惊：“原来这矮子并非谷主。”

只见后堂转出十来个绿衫男女，在左边一字站开，公孙绿萼也在其内。又隔片刻，屏风后转出一人，向六人一揖，随随便便的坐在东首椅上。那长须老者垂手站在他椅子之侧。瞧那人的气派，自然是谷主了。

那人四十五六岁年纪，面目英俊，举止潇洒，只这么出厅来一揖一坐，便有轩轩高举之概，只是面皮蜡黄，容颜枯槁，不似身有绝高武功的模样。他一坐下，几个绿衣童子献上茶来。大厅内一切陈设均尚绿色，那谷主身上一件袍子却是崭新的宝蓝缎子，在万绿之中，显得甚是抢眼。

谷主袍袖一拂，端起茶碗，道：“贵客请用茶。”马光佐见一碗茶冷冰冰的，水面上漂浮着两三片茶叶，想见其淡无比，发作道：“主人哪，你肉不舍得吃，茶也不舍得喝，无怪满脸病容了。”那谷主皮肉不动，喝了一口茶，说道：“本谷数百年来一直茹素。”马光佐道：“那有什么好处？可是能长生不老么?”谷主道：“自敝祖上于唐玄宗时迁来谷中隐居，茹素之戒，子孙从不敢破。”

金轮法王拱手道：“原来尊府自天宝年间便已迁来此处，真是世泽绵长了。”谷主拱手道：“不敢。”

潇湘子突然怪声怪气的道：“那你祖宗见过杨贵妃么?”这声音

异常奇特。尼摩星、尹克西等听惯了他说话，均觉有异，都转头向他脸上瞧去。一看之下，更是吓了一跳，只见他脸容忽地全然改变，他本来生就一张僵尸脸，这时显得更加诡异。法王、尼摩星等心下暗自忌惮，均想："原来此人的内功竟然如此厉害，连容貌也全变了。他暗自运功，是要立时发难，对这谷主一显颜色么?"各人想到此处，各自戒备。

只听谷主答道："敝姓始迁祖当年确是在唐玄宗朝上为官，后见杨国忠混乱朝政，这才愤而隐居。"潇湘子咕咕一笑，说道："那你祖宗一定喝过杨贵妃的洗脚水了。"

此言一出，大厅上人人变色。这句话自是向谷主下了战书，顷刻间就要动手。法王等都觉诧异："这潇湘子本来极为阴险，诸事都让旁人去挡头阵，今日怎地如此奋勇当先?"

那谷主并不理睬，向站在身后的长须老头一拂手。那老者大声道："谷主敬你们是客，以礼相待，如何恁地胡说?"

潇湘子又是咕咕一笑，怪声怪气的道："你们老祖宗当年非喝过杨贵妃的洗脚水不可，倘若没喝过，我把头割下来给你。"马光佐大感奇怪，问道："潇湘兄，你怎知道?难道你当日一起喝了?"潇湘子哈哈大笑，声音又是一变，说道："要不是喝洗脚水喝反了胃，怎么不吃荤腥?"马光佐鼓掌大笑，叫道："对了，对了，定是这个道理。"

法王等却眉头深皱，均觉潇湘子此言未免过火，想各人饮食自有习性，如何拿来取笑?何况六人深入谷中，眼见对方决非善类，就算动手较量，也该留下余地为是。

那长须老头再也忍耐不住，走到厅心，说道："潇湘先生，我们谷中可没得罪你啊。阁下既然定要伸手较量，就请下场。"潇湘子道："好!"只见他连人带椅跃过身前桌子，登的一声，坐在厅心，叫道："长胡子老头，你叫什么名字？你知道我名字，我可不知道你的，动起手来太不公平。这个眼前亏我是万万吃不起的。"这几句话似通非通，那长须老人更增怒气，只是他见潇湘子连椅飞跃这手功夫飘逸灵动，非同凡俗，戒心却又深了一层。那谷主道："你跟他说罢，不打紧。"

长须老人道："好，我姓樊，名叫一翁，请站起来赐招罢。"潇湘子道："你使什么兵器，先取出来给我瞧瞧。"樊一翁道："你要比兵刃？那也好。"右足在地下一顿，叫道："取来！"两名绿衣童子奔入内室，出来时肩头扛了一根长约一丈一尺的龙头钢杖。杨过等都是一惊："如此长大沉重的兵刃，这矮子如何使用？"只见潇湘子理也不理，从长袍底下取出一柄极大的剪刀，说道："你可知道这剪刀用来干什么的？"

众人见了这把大剪刀不过觉得希奇，杨过却是大吃一惊，他也不用伸手到衣囊中去摸，背脊微微一挺，便察觉囊中大剪刀已然失去，心想："这大剪刀是冯铁匠给我打的，原本要用以剪断李莫愁的拂尘，怎么这僵尸竟在夜中偷偷摸了去，我可半点也没知觉？"

樊一翁接过钢杖，在地下一顿。石屋大厅极是开阔，钢杖一顿之下，震出嗡嗡之声，加上四壁回音，实是声势非凡。

潇湘子右手拿起剪刀，手指尽力撑持，方能使剪刀开合，叫道："喂，矮胡子，你不知我这宝剪的名字，可要我教你？"樊一翁怒道："你这般旁门左道的兵刃，能有什么高雅名字了。"潇湘子哈哈大笑，道："不错，名字确是不雅，这叫作狗毛剪。"杨过心下不快："我好好一柄剪刀，谁要你给取这样一个难听名字。"只听潇湘子又道："我早知这里有个长胡子怪物，因此去定造了这柄狗毛剪，用来剪你的胡子。"

马光佐与尼摩星纵声大笑，尹克西与杨过也忍不住笑出声来，只有金轮法王端严自持，和那谷主隔座相对，两人竟似没有听见。

樊一翁提起钢杖，微微一摆，激起一股风声，说道："我的胡子原嫌太长，你爱做剃头的待诏，那是再好也没有，请罢！"

潇湘子抬头望着大厅的横梁，呆呆出神，似乎全没听到他的说话，猛地里右臂闪电般向前伸出，喀的一响，大剪刀往他胡子上剪去。樊一翁万料不到他身坐椅上，竟会陡然发难，危急中不及闪避，钢杖急撑，身子向上跃起，一个筋斗翻高丈余，钢杖却仍是支在地下。潇湘子这一下发动极快，樊一翁也闪得甚是迅捷，这一剪一避，两位高手在一霎之间都露了上乘武功。但樊一翁终于吃亏在给对方攻了个措手不及，虽然让开了这一剪，还是有三茎胡子给剪刀尖头剪断了。

潇湘子甚是得意，左手提起胡子，张口一吹，三茎胡子向桌上自己那碗茶飞去，乒乓一声，茶碗落在地下打得粉碎。杨过等皆知潇湘子故弄玄虚，推落茶碗的只是他所吹的那一口劲气。马光佐却不明其理，只道三根胡子被他这么一吹，竟能生出恁大力量，大声叫道："潇湘子，你的胡子好厉害啊！"潇湘子哈哈一笑，剪刀一开一夹，叫道："矮胡子，你想不想再试试我的狗毛剪？"

众人见他虽然纵声长笑，脸上却是皮肉不动，越来越是惊异，心想："内功练到上乘境界，原可喜怒不形于色，甚至无嗔无喜，但如他这般笑得极为欢喜，脸上却是阴森可怖，实是从所未见。"他脸色实在太过难看，众人只瞧上一眼，便即转头。

樊一翁连遭戏弄，怒火大炽，向谷主躬身说道："师父，弟子今日不能再以敬客之礼待人了。"杨过甚是奇怪："这矮子年纪比谷主老得多，怎地称他师父？"那谷主微微点头，左手轻摆。樊一翁挥动钢杖，呼的一声，往潇湘子坐椅上横扫过去，他身子虽矮，却是神力惊人，这重逾百斤的钢杖挥将出来，风声甚是劲急。

杨过等虽与潇湘子同来，但他真正功夫到底如何，却也不甚了然，当下凝神观看二人拼斗，眼见那钢杖离椅脚不到半尺，潇湘子左臂垂下，竟然伸手去抓杖头，同时剪刀张开，又去剪对方长须。樊一翁怒极，心想："你竟如此小觑于我！"脑袋一侧，长须甩开，钢杖却仍往他手上扫去，这一下正好击中他的手掌。众人"噫"的一声，同时站起，均想这一下潇湘子手掌定受重伤。樊一翁却感钢杖犹如击在水中，柔若无物，心知不妙，急忙收杖，哪知潇湘子手腕陡翻，已然抓住了杖头。

樊一翁只觉对方立即向里拉夺，当下将钢杖向前疾送，这一挺力道威猛，眼见潇湘子非离椅不可，不料他突然间又是连人带椅的跃起，向左一让，钢杖登时落空，但他手指却也不得不放开了杖头。樊一翁左手在头顶一转，钢杖打个圈子，往敌人头上挥击过去。潇湘子有意卖弄，连人带椅的跃高丈许，竟从钢杖之上越过。众人见这手功夫既奇特又轻捷，他虽身在椅中，实与空身无殊，都是不自禁的喝了一声采。

樊一翁见对手功夫如此高强，全神接战，将一根钢杖使得呼呼风响，心知要打中他身子大是不易，但若打碎了他的坐椅，也是占了先着。哪知潇湘子的武功竟尔神出鬼没，右手剪刀忽张忽合，不住往他长胡子上招呼，左手却使出擒拿手法乘隙夺他钢杖。二人在大厅中翻翻滚滚，转瞬间斗了数十合，似乎是旗鼓相当，不分胜败，其实潇湘子身不离椅，全不将对手放在眼里。法王等心中暗惊："瞧不出这僵尸般的怪物，竟有这等了不起的手段？"

又斗数合，樊一翁的钢杖尽是着地横扫的招数，潇湘子连人带椅的纵跃闪避，只听椅脚忽上忽落，登登乱响，越来越快。谷主忽地叫道："别打椅子，否则你对付不了。"樊一翁一怔，登时省悟："他坐在椅上，我才勉强与他战成平手。若是他双脚着地，只怕用不了几招，我胡子就给他剪去了。"突然杖法一变，狂舞急挥，但见一团银光之中裹着个长胡子的绿袍矮子，银光之外却是个僵尸般的人形坐在椅中跳蹦不定，洵是罕见奇观。

那谷主瞧出潇湘子存心戏弄，再斗下去，樊一翁定要吃亏，当下缓步离席，说道：“一翁，你不是这位高人对手，退下罢。”樊一翁听到师父吩咐，大声答应：“是!”钢杖一挺，正要收招跃开，潇湘子叫道：“不行，不行!”身子离椅飞起，往他钢杖上直扑下去。只听喀喇一响，一张椅子登时被钢杖打得粉碎，杖身却已被潇湘子左手抓住，左足踏定，同时大剪张开，已将樊一翁颏下长须夹入刃口，只须剪刀一合，这丛美髯就不保了。

哪知道樊一翁留下这把长长的胡子，其实是一件极厉害的软兵刃，用法与软鞭、云帚、链子锤是同一的路子，只见他脑袋微晃，胡子倒卷，早已脱出剪口，倒反过来卷住剪刀，脑袋向后一仰，一股大力将剪刀往上扯夺。潇湘子大叫：“啊哟，老矮子，你的胡子真是厉害，我潇湘子可服了你啦。”一个长须缠住剪刀，一个左手抓住钢杖，一时纠缠不决。潇湘子哈哈大笑，只叫：“有趣，有趣!”

突然大门口灰影晃动，一条人影迅捷异常的抢将进来，双掌齐出，突往潇湘子背后推去。谷主喝道：“是谁?”眼见这一下偷袭又快又猛，势必得手，潇湘子左掌放杖回转，往敌人肘底一托，立时便将他掌力化解了。那人怒道：“贼厮鸟，跟你拼个你死我活!”

杨过等向他望去，惊奇不已，同声叫道：“潇湘子!”原来这进门偷袭的人却也是潇湘子。何以他一人化二?又何以他向自己的化身袭击?众人一时都是茫然不解。

再定神看时，与樊一翁纠缠的那人明明穿着潇湘子的服色，衣服鞋帽，半点不错，脸孔虽然也是僵尸一般，面目却与潇湘子原来的相貌全然不同。后来进厅那人面目是对了，却穿了谷中众人所服的绿衫绿裤，只见他双手犹如鸟爪，又向拿剪刀的潇湘子背心抓去，叫道：“施暗算的称什么英雄好汉?”

樊一翁斗见来了帮手，那人穿的虽是谷中服色，却非相识，微感惊讶，绰杖退在一边，但见两个僵尸一般的人砰砰嘭嘭，斗在一起。

杨过此刻早已猜到，持剪刀那人定是偷了自己的人皮面具，戴在脸上，又掉换了潇湘子的衣衫，混到大厅中来胡搅，只因潇湘子平时的面相就和死人一般，初时谁都没瞧出来。杨过虽然时戴人皮面具，但戴上之后的相貌如何，自己却是不知，程英戴了面具的模样他又不敢多看，竟被这人瞒过。他凝神看了片刻，认明了持剪刀那人的武功，叫道："周伯通，还我的面具剪刀。"说着跃到厅心，伸手去夺他手中大剪。

原来此人正是周伯通。他一个没留神，给绝情谷的四弟子用渔网擒住。但他神通广大，四人微一疏忽，立时被他破网逃出。他躲在山石之后，存心要在谷中闹个天翻地覆，却见杨过等一行六人到来。到得晚间，他暗施偷袭，点了潇湘子的穴道，将他移出石屋，除了他的衣服自行穿上。只因他轻功了得，来去无踪，潇湘子固然在睡梦中着了他的道儿，连法王等也是浑然不觉。周伯通换过衣服之后，回到石屋中在杨过身畔卧倒，顺手偷了他背囊中的剪刀与面具。次晨众人醒转，竟然均未发觉。

潇湘子穴道被点，忙运内力自通，但周伯通点穴的手法厉害，直至三个时辰之后，四肢方能运转如意。那时他身上只剩下贴肉的短衫小衣，自是恼怒已极，见到谷中一个绿衫子弟走过，立即将之打倒，换了他的衣裤鞋袜，赶到大石屋中来。只见一人穿了自己的衣服正与樊一翁恶斗，当真是怒不可遏，连运双掌，恶狠狠的向他扑击。

周伯通见杨过上来抢夺剪刀，当即运起左右互搏之技，左掌忽伸忽缩，对付杨过，右手剪子或开或合，却将潇湘子逼得不敢近身。那大剪刀张开来时，剪刃之间相距二尺来长，若是给他夹中头颈，收劲一合，一个脑袋登时就得和脖子分了家。潇湘子虽然狂怒，却也不敢轻率冒进。

公孙谷主当见周伯通与樊一翁相斗之时，已是暗中惊佩，待见他双手分斗二人，宛然便是一人化身为二一般，自己所学的一门阴阳双刃功夫与此略有相似之处，可怎能当真如他这般一心二用？又见潇湘子双爪如铁，出招狠辣，杨过却是风仪闲雅，姿形端丽，举手投足间飘飘有出尘之想，寻思：“天下之大，能人辈出。两个老儿固然了得，这少年功力虽浅，身法拳脚却也秀气得紧。”当下朗声说道：“三位且请住手。”

杨过与潇湘子同时向后跃开，周伯通拉下人皮面具，连剪刀向杨过掷去，叫道：“玩得够了，我去也！”双足一登，疾往梁上窜去。

谷中弟子见他露出本来面目，无不哗然。公孙绿萼叫道：“爹爹，便是这老头儿！”周伯通横骑梁上，哈哈大笑。屋梁离地有三丈来高，厅中虽然好手甚多，但要这般一跃而上，却均自愧不能。樊一翁是绝情谷的掌门大弟子，年纪还大过谷主，谷中除谷主之外数他武功第一，今日连遭周伯通戏弄，如何不怒？他身子矮小，精于攀援之术，身形纵起，已抱住了柱子，犹似猿猴般爬了上去。周伯通最爱有人与他胡闹，眼见樊一翁爬上凑趣，正是投其所好，不等他爬到梁上，已伸出手来相接。

樊一翁哪知他存的是好心，见他右手伸出，便伸指直戳他腕上“大陵穴”。周伯通手腕上微有知觉，立即闭住穴道，放松肌肉。樊一翁这一指犹如戳在棉花之中，急忙缩手，周伯通手掌疾翻，在他手背上拍的打了一下，声音极是清脆，叫道：“一箩麦，二箩麦，哥哥弟弟拍大麦！”樊一翁怒极，脑袋一晃，长须向他胸口疾甩过去。周伯通听得风声劲急，左足一撑，身子荡开，左手攀住横梁，全身悬空，就似打秋千般来回摇晃。

潇湘子心知樊一翁决非他的对手，纵然自己上去联手而斗，也未必能胜，转头向尼摩星和马光佐道：“尼马二兄，这老儿将咱们六人全不瞧在眼内，实是欺人太甚。”尼摩星性子暴躁，受不得激，马光佐脑筋迟钝，是非不明，听他说“将咱们六人全不瞧在眼内”，只道当真如此，齐声怒吼，纵身跃向横梁，去抓周伯通双脚。周伯通左一脚，右一脚，踢向尼马二人手掌。

潇湘子向尹克西冷冷的道：“尹兄，你当真是袖手旁观吗?”尹克西微微一笑，说道：“潇湘兄先上，小弟愿附骥尾。”潇湘子一声怪啸，四座生寒，突然跃将起来。但见他双膝不弯，全身僵直，双臂也是笔直的前伸，向周伯通小腹抓去。

周伯通见他双爪袭到，身子忽缩，如狸奴般卷成一球，抓住横梁的左手换成了右手。潇湘子双爪落空，在空中停留不住，落下地来。他全身犹似一根硬直的木材，足底在地下一登，又窜了上去。樊一翁在横梁上挥须横扫，潇湘子、尼摩星、马光佐三人此起彼落，此落彼起，不住高跃仰攻。

尹克西笑道：“这老儿果真身手不凡，我也来赶个热闹。”伸手在怀中一探，陡然间满厅珠光宝气，金辉耀眼，手中已多了一条软鞭。这软鞭以金丝银丝绞就，镶满了珠玉宝石，如此豪阔华贵的兵刃，武林中只怕就此一件而已。金丝珠鞭霞光闪烁，向周伯通小腿缠去。

杨过瞧得有趣，心想：“这五人各显神通围攻老顽童，我若不出奇制胜，不足称能。”心念一动，将人皮面具戴在脸上，学着潇湘子般怪啸一声，拾起樊一翁抛在地下的钢杖，一撑之下，便已借力跃在半空。钢杖本已有一丈有余，再加上这一撑，他已与周伯通齐头，大叫：“老顽童，看剪!”大剪刀往他白胡子上剪去。

周伯通大喜，侧头避过剪刀，叫道：“小兄弟，你这法儿有趣得紧。”杨过道：“老顽童，我没得罪你啊，干么开我玩笑?”周伯通笑道：“有来有往，你半点也没吃亏，反而占了便宜。”杨过一怔，道：“什么有来有往？”周伯通笑道：“现下我要卖个关子，不跟你说。”眼见尹克西的金龙鞭击到，当即伸手抄去。尹克西软鞭倒卷，欲待反击对方背心，身子却已落了下去。周伯通道：“你这根死赤练蛇，花花绿绿的倒也好玩。”此时樊一翁的长须也已挥将过来，他双手攀住横梁，全凭一把胡子击敌。

周伯通笑道：“大胡子原来还有这用处？”学他模样，也将颏下长须甩将过去。但他胡子既远较樊一翁的为短，又没在胡子上练过功夫，这一甩全不管用，刷的一下，却给对方胡子打中了脸颊，脸上登时起了丝丝红痕，热辣辣的好不疼痛，若非他内力深厚，登时就会晕去。老顽童吃了一下苦头，却不恼怒，对樊一翁反大生钦佩之意，说道：“长胡子，我的胡子不及你，我认输，咱们不必比了。”

樊一翁一招得手，却是见好不收，又是一胡子甩将过去。周伯通不敢再用胡子去和他对战，左手使出“空明拳”拳招，虚飘飘的挥拳打出，拳风推动樊一翁的胡子向右甩去，适逢马光佐纵身攻到，长胡子正好拂在他的脸上。马光佐双眼被遮，两手顺势抓住胡子。樊一翁的胡子本来舒卷自如，但被周伯通的拳风激得失却控纵之力，竟然落入马光佐掌中。他一惊之下用力回夺，却被马光佐使出蛮力，抓住了牢牢不放，身子下落时顺势一拉，二人一齐摔下地来。

马光佐皮粗肉厚，倒也不怎么疼痛。樊一翁摔在他的身上，怒道：“你怎么啦，还不放手？”马光佐摔得虽然不痛，给这矮子双足在小腹一撑，却有点经受不起，也是怒气勃发，喝道：“我偏不放，瞧你怎么？”说着手腕急转，竟将他胡子在臂上绕了几转。樊一翁劈面一掌，马光佐侧头避让，哪知对方这掌却是虚招，左手砰的一拳，正中鼻梁。马光佐哇哇大叫，回击一拳。说到武功，原是樊一翁高出甚多，苦在胡子缠于敌臂，难以转头，这一拳竟也被他击中颧骨。一高一矮，便在地下砰砰嘭嘭的打将起来，樊一翁虽然在上，却脱不出对方纠缠。

金轮法王见厅上乱成一团，自己六人同来，已有五人出手，仍然奈何不了一个老顽童，未免脸上无光，呛啷啷两声响亮，从怀中取出一个银轮，一个铜轮，一个自左至右，一个自右至左，划成两道弧光，向周伯通袭去。双轮在空中当啷急响，声势惊人。

周伯通不知厉害，说道："这是什么东西?"伸手去抓。杨过大叫："抓不得!"挥手将钢杖掷了上去，当的一声巨响，又粗又长一根钢杖给铜轮激得直飞到墙角，打得石墙火光四溅，石屑纷飞。铜轮回飞过来，法王左手一拨，轮子又急转着向横梁上旋去。

这么一来，周伯通才知这个和尚甚不好惹，心想他们众人联手，自己抵挡不了，一个筋斗翻下地来，叫道："各位请了，老顽童失陪，赶明儿咱们再玩。"说着奔向厅口，却见四个绿衫人张着一张渔网拦在门前。周伯通吃过这渔网的苦头，叫道："不好!"纵身欲从东窗跃出，眼看绿影晃动，又是一张渔网罩将过来。

周伯通跃回厅心，只见东南西北四方均有四名绿衫人张开渔网挡住去路。周伯通又即跃上横梁，一招"冲天掌"在屋顶上打了个大洞，待要从洞中钻出，一抬头，却见上面也罩了一张渔网。他无路可走，翻身下地，指着谷主笑道："黄脸皮老头儿，你留住我干么啊?要我陪你玩耍吗?"

公孙谷主淡淡的道："你只须将取去的四件物事留下，立时放你出谷。"周伯通奇道："咦！我要你的臭东西有什么用?就算本领练到如你这般，好希罕么?"公孙谷主缓缓走到厅心，右袖拂了拂身上的灰尘，左袖又拂了一拂，说道："若非今日是我大喜的日子，便得向你领教几招。你还是留下谷中之物，好好的去罢。"

周伯通大怒，叫道："这么说，你硬栽我偷了你的东西啦。呸，你这穷山谷中能有什么宝贝了?"说着便解衣服，一件件的脱将下来，手脚极其快捷，片刻之间已赤条条的除得清光。公孙谷主连声喝阻，他哪里理睬，将衣裤里里外外翻了一转，果然并无别物。厅上众女弟子均感狼狈，转过了头不敢看他。这一下却也大出谷主意料之外，他书房、丹房、芝房、剑房中每处失去的物事都甚要紧，非追回不可，难道这老顽童当真并未偷去？

他正自沉吟，周伯通拍手叫道："瞧你年纪也已一大把，怎地如此为老不尊？说话口不择言，行事颠三倒四，在大庭广众之间作此丑事，岂非笑掉了旁人牙齿？"这几句话其实正该责备他自己，不料却给他抢先说了，只听得公孙谷主啼笑皆非，倒也无言可对，见樊一翁与马光佐兀自在地下缠打不休，于是喝道："一翁起来，别再跟客人胡闹。"

周伯通笑道："长胡子，你这脾气我很喜欢，咱二老大可交交啊。"其实樊一翁一生端严稳重，今日与马光佐厮打实是迫不得已，他早已数次欲待站起，苦于胡子给对方缠在手臂之上，无法脱身。

公孙谷主眉头微皱，指着周伯通道："说到在大庭广众之间，行事惹人耻笑，只怕还是阁下自己。"周伯通道："我赤条条从娘肚子中出来，现下赤身露体，清清白白，有什么不对了？你这么老了，还想娶一个美貌的闺女为妻，嘿嘿，可笑啊可笑！"这几句话犹似一个大铁锤般打在谷主胸口，他焦黄的脸上掠过一片红潮，半晌说不出话来。

周伯通叫道："啊哟，不好，没穿衣服，只怕着凉。"突然向厅口冲去。

厅中四个绿衫弟子只见人形一晃，急忙移动方位，四下里兜将上去，将他裹在网中。只觉他在网中猛力挣扎，四人将渔网四角结住，提到谷主面前。那渔网是极坚韧极柔软的金丝铸成，即是宝刀宝剑，也不易切割得破。四人兜网的手法十分奇特迅捷，交叉走位，遮天蔽地的撒将过来，纵是极强的高手也难应付，所差的是必须四人共使，若是单打独斗就用它不着。四人一兜成功，大是得意，却见谷主注视渔网，脸上神色不善，急忙低头看时，登时吓得出了一身冷汗，七手八脚解开金丝网，放出两个人来，却是樊一翁与马光佐。

原来周伯通脱光了衣服，谁也没防到他竟会不穿衣服而猛地冲出。他身法奇快，兜手抄起地下正自缠斗的樊马二人，丢入网中。乘着四弟子急收渔网，他早已窜出。这一下虚虚实实，声东击西，端的是神出鬼没。

老顽童这么一闹，公孙谷主固是脸上无光，连金轮法王等也是心中有愧，均想：自己枉称武林中的一流好手，合这许多人之力，尚且擒不住这样疯疯癫癫的一个老头儿，也算得无能之至。只有杨过甚感欣喜，他对周伯通极是佩服，心想他若失手被擒，我定要设法相救，现下他能自行逃脱，那就再好也没有了。

法王本拟查察这谷主是何来历，但经周伯通一阵捣乱，觉得再耽下去也无意味，与潇湘子、尹克西两人悄悄议论了两句，站起身来拱手道："极蒙谷主盛情，厚意相待，本该多所讨教，但因在下各人身上有事，就此别过。"

公孙谷主本来疑心这六人与老顽童是一路的朋友，后见潇湘子与他性命相搏，法王、尹克西、杨过、尼摩星、马光佐各施绝技攻打，倒是颇有相助自己之意，于是拱手道："小弟有一件不情之请，不知六位能予俯允否？"法王道："但教力之所及，当得效劳。"谷主道："今日午后，小弟续弦行礼，想屈各位大驾观礼。这山谷僻处穷乡，数百年来外人罕至，今日六位贵客同时降临，也真是小弟三生有幸了。"马光佐道："有酒喝么？"

公孙谷主待要回答，只见杨过双眼怔怔的瞪视着厅外，脸上神色古怪已极，似是大欢喜，又似是大苦恼。众人均感诧异，顺着他目光瞧去。只见一个白衣女郎缓缓的正从厅外长廊上走过，淡淡阳光照在她苍白的脸上，清清冷冷，阳光似乎也变成了月光。她睫毛下泪光闪烁，走得几步，泪珠就从她脸颊上滚下。她脚步轻盈，身子便如在水面上飘浮一般掠过走廊，始终没向大厅内众人瞥上一眼。

杨过好似给人点了穴道，全身动弹不得，突然间大叫："姑姑！"

那白衣女郎已走到了长廊尽头，听到叫声，身子剧烈一震，轻轻的道："过儿，过儿，你在哪儿？是你在叫我吗？"回过头来，似乎在寻找什么，但目光茫然，犹似身在梦中。

杨过从厅上急跃而出，拉住了她手，叫道："姑姑，你也来啦，我找得你好苦！"接着"哎唷"一声，却是手指上被情花小刺刺伤处蓦地里剧痛难当。

那白衣女郎"啊"的一声大叫，身子颤抖，坐倒在地，合了双眼，似乎晕了过去。杨过叫道："姑姑，你……你怎么啦？"过了半晌，那女郎缓缓睁眼，站起身来，说道："阁下是谁？你对我是怎生称呼？"

杨过大吃一惊，向她凝目瞧去，却不是小龙女是谁？忙道："姑姑，我是过儿啊，怎……怎地你不认得我了么？你身子好么？什么地方不舒服？"

那女郎再向他望了一眼，冷冷的道："我与阁下素不相识。"说着走进大厅，走到公孙谷主身旁坐下。杨过奇怪之极，迷迷惘惘的回进厅来，左手扶住椅背。

公孙谷主一直脸色漠然，此时不自禁的满脸喜色，举手向法王等人道："她便是兄弟的新婚夫人，已择定今日午后行礼成亲。"说着眼角向杨过淡淡一扫，似怪他适才行事莽撞，认错了人，以致令他新夫人受惊。

杨过这一惊更是非同小可，大声道："姑姑，难道你……你不是小龙女么？难道你不是我师父么？"那女郎缓缓摇头，说道："不是！什么小龙女？"

杨过双手捏拳，指甲深陷掌心，脑中乱成一团："姑姑恼了我，不肯认我？只因咱们身处险地，她故弄玄虚？她像我义父一样，什么事都忘记了？可是义父仍然认得我啊。莫非世间真有与她一模一样之人？"只说："姑姑，你……你……我……我是过儿啊！"

公孙谷主见他失态，微微皱眉，低声向那女郎道："柳妹，今日奇奇怪怪的人真多。"那女郎也不睬他，慢慢斟了一杯清水，慢慢喝了，眼光从金轮法王起逐一扫过，却避开了杨过，没再看他。众人但见她衣袖轻颤，杯中清水泼了出来溅上她衣衫，她却全然不觉。

杨过心下慌乱，彷徨无计，转头问法王道："我师父和你比过武的，你自然记得。你说我……我认错了人么？"

当这女郎进厅之时，法王早已认明她是小龙女，然而她却对杨过毫不理睬，心想定是这对少年男女闹什么别扭，于是微微一笑，说道："我也不大记得了。"小龙女与杨过联手使玉女素心剑法，令他遭受生平从所未有之大败，他想倘若这对男女龃龉反目，于自己实是大有好处，何必助他们和好？

杨过又是一愣，随即会意，心下大怒："你这和尚可太也歹毒。当你在山顶养伤之际，我出力助你，此时你却来害我。"恨不得立时便杀了他。

金轮法王见他失神落魄，眼中却露出恨恨之意，寻思："他对我已怀恨在心，留着这小子总是后患。今日他方寸大乱，实是除他的良机。"拱手向公孙谷主笑道："今日欣逢谷主大喜，自当观礼道贺，只是老衲和这几位朋友未携薄礼，未免有愧。"

公孙谷主听他说肯留下参与婚礼，心中大喜，对那女郎道：

“这几位都是武林高人，只须请到一位，已是莫大荣幸，何况请到了……请到了……”他本想说“六位”，但觉杨过少年轻浮，适才见他与周伯通动手，姿式虽然美观，功力却是平平，料想武学修为华而不实，不能将他列于“武林高人”之数，但若将他除外而只说“五位”，未免又过于着迹，微一踌躇，接口道：“……请到了这众位英雄。”就没接下文。法王暗想：“这谷主气派俨然，瞧他布渔网擒拿老顽童的阵势，武功智谋都甚了得，可是器量却小。杨过和小龙女说了这几句话，他就耿耿于怀。”

公孙谷主道：“柳妹，这位是金轮法王……”一个个的说下去，最后说了杨过姓名。那女郎听到各人名号时只微微点头，脸上木然，似对一切全不萦怀，对杨过却是连头也不点，眼睛向着厅外。

杨过满脸涨得通红，心中已如翻江倒海一般，公孙谷主说什么话，他半句也没听见。尼摩星、尹克西等本来不知他的渊源，只道他认错了人，以致有愧于心。

公孙绿萼站在父亲背后，杨过这一切言语举止却没半点漏过她的耳目，尽自思量：“晨间他手指给情花刺伤，即遭相思之痛，瞧他此时情状，难道我这新妈妈竟便是他意中人么？天下事怎能有如此巧法？莫非他与这些人到我谷中，实是为我新妈妈而来？”侧头打量那“新妈妈”时，见她脸上既无喜悦之意，亦无娇羞之色，实不似将作新嫁娘的模样，心下更是犯疑。

杨过胸口闷塞，如欲窒息，随即转念：“姑姑既然执意不肯认我，料来她另有图谋，我当别寻途径试探真相。”于是站起身来，向谷主一揖，朗声说道：“小子有位尊亲，与……与这位姑娘容貌极是相像，适才不察，竟致误认，还请勿罪。”

公孙谷主听到他这几句雍容有礼之言，立时改颜相向，还了一揖，说道：“认错了人，那也是常情，何怪之有？只是……”顿了一顿，笑道："天下竟然另有一个如她这等容颜之人，那不仅巧合，也是奇怪之极了。"言下之意，自是说普天之下哪里还能有一个这般美貌的女子？

杨过道："是啊，小子也是十分奇怪。小子冒昧，请问这位姑娘高姓？"公孙谷主微微一笑，道："她姓柳。尊亲可也姓柳？"杨过道："那倒不是。"心下琢磨："姑姑干么要改姓柳？"突然心念一动："啊，为的是我姓杨。"念头这么一转，手指上又剧痛起来。

公孙绿萼见他痛楚神情，甚有怜惜之意，眼光始终不离他的脸庞。

公孙谷主向杨过凝视片刻，又向那白衣女郎望了一眼，只见她低头垂眉，一声不响，心中起疑，又想："刚才她听到这小子呼唤，我隐隐听到她似乎说'过儿，过儿，你在哪儿？是你在叫我么？'莫非她真是这小子的姑姑？却何以不认他？"待要出言相询，但想眼下外人众多，此事待婚礼之后慢慢再问不迟，于是话到口边，却又缩回。

杨过又道："这位柳姑娘自非在谷中世居的了，不知谷主如何与她结识？"

古时女子本来决不轻易与外人相见，成亲吉日更加不会见客，但金轮法王等或是西域胡人，或为江湖异流，绝不拘泥俗礼，见那白衣女郎出来，也不以为奇，只是觉得她于良辰吉日兀自全身缟素，未免太也不伦不类；听得杨过询问谷主与她结识的经过，涉及旁人私情，却均觉不免过份。

公孙谷主却也正想获知他未婚夫人的来历，心道："这小子真的认识柳妹也未可知。"说道："杨兄弟所料不差。半月之前，我到山边采药，遇到她卧在山脚之下，身受重伤，气息奄奄。我一加探视，知她因练内功走火，于是救到谷中，用家传灵药助她调养。说到相识的因缘，实是出于偶然。"

法王插口道："这正所谓千里姻缘一线牵。想必柳姑娘由是感恩图报，委身以事了。那真是郎才女貌，佳偶天成啊。"他这番话似是奉承谷主，用意却在刺伤杨过。

杨过一听此言，果是脸色大变，全身发颤，突然间喉头微甜，一口鲜血喷在地下。

那白衣女郎见此情状，颤声道："你……你……"急忙站起，伸手欲扶，但终于强自忍住，跟着也是一口鲜血吐在胸口，白衣上赤血殷然。

这柳姑娘正是小龙女的化名。她那晚在客店中听了黄蓉一席话后，心想若与杨过结成夫妇，累得他终身受世人轻视唾骂，自己于心不安，但若与他长自在古墓中厮守，日子一久，他定会闷闷不乐，左思右想，长夜盘算，终于硬起心肠，悄然离去。但她对杨过实是情深爱重，如此毅然割绝，实系出于一片爱他的深意，心想若回古墓，他必来寻找，于是独自踽踽凉凉的在旷野穷谷之中漫游，一日独坐用功，猛地里情思如潮，难以克制，内息突然冲突经脉，引得旧伤复发，若非公孙谷主路过将她救起，已然命丧荒山。

公孙谷主失偶已久，眼见小龙女秀丽娇美，实是生平所难想像，不由得在救人的心意上又加上了十倍殷勤。其时小龙女心灰意懒，又想此后独居，定然管不住自己，终不免重蹈覆辙，又会再去寻觅杨过，遗害于他，见公孙谷主情意缠绵、吐露求婚之意，当即忍心答允，心想此后既为人妇，与杨过这番孽缘自是一刀两断，兼之这幽谷外人罕至，料得此生与他万难相见。岂知老顽童突然出来捣乱，竟将他引来谷中。

小龙女此刻陡然与杨过相逢，当真是柔肠百转，难以自已，心想："我既已答允嫁与旁人，还是装作不识得他，任他大怒而去，终身恨我。以他这般才貌，何愁无淑女佳人相配？如此我虽伤心一世，却免得他日后受苦了。”因此眼见杨过情急难过，她总是漠然不理，但心中凄恻，越来越是难忍，蓦地里见他呕血，又是怜惜，又是伤痛，不由得热血逆涌，喷将出来。

她脸色惨白，摇摇晃晃的待要走入内堂，公孙谷主忙道：“快坐着别动，莫震动了经脉。”转过头来，向杨过道：“你出去罢，以后可永远别来了。”

杨过热泪盈眶，向小龙女道：“姑姑，倘若我有不是，你尽可打我骂我，便是一剑将我杀了，我也甘心。可是你怎能不认我啊？”小龙女低头不语，轻轻咳嗽两声。

公孙谷主见他激得小龙女吐血，早已恼怒异常，总算他涵养功夫极好，却不发作，低沉着嗓子道：“你再不出去，可莫怪我手下无情。”

杨过双目凝视着小龙女，哪去理睬这谷主，哀求道：“姑姑，我答允一生一世在古墓中陪你，决不后悔，咱们一齐走罢。”

小龙女抬起头来，眼光与他相接，只见他脸上深情无限，愁苦万种，不由得心中动摇，心道：“我这就随着他！”但立即想到：“我与他分手，又非出于一时意气。好好恶恶，前后已思虑周详。眼下若无一时之忍，日后贻他终身之患。”于是将头转过，长叹一声，说道：“我不认得你。你说些什么，我全不明白。你好好的走罢！”

这几句话说得有气无力，可是言语中充满着柔情密意，除了马光佐是个浑人、全无知觉之外，厅上人人皆知她对杨过实怀深情，这几句话乃是违心之言。

公孙谷主不由得醋意大作，心想：“你虽允我婚事，却从未对我说过半句如此深情的言语。”侧目瞪了杨过一眼，但见他眉目清秀，英气勃勃，与小龙女确是一对少年璧人，寻思：“瞧来他二人定是一对情侣。只因有甚言语失和，柳妹才愤而允我婚事，实则对这小子全未忘情。‘姑姑’、‘师父’什么的，定是他二人平素调情时的称谓。这小子年纪比柳妹大着几岁，怎能当真叫她‘姑姑’、‘师父’？”想到此处，目光中更露愤恨之色。

樊一翁对师父最是忠心，见他一直孤寂寡欢，常盼能有什么法子为他解闷才好，日前见师父救回一个美貌少女，而这少女又允下嫁，他心中的欢喜几乎不逊于乃师，此时突见杨过出来阻挠，引得新师母呕血，师父却是一再忍耐，于是挺身而出，厉声喝道：“姓杨的小子，你识趣就快走！我们谷主不喜你这等无礼的宾客。”

杨过听而不闻，对小龙女柔声又道：“姑姑，你真的忘了过儿么？”樊一翁大怒，伸手往他背心抓去，想抓着他身子甩出厅去。杨过全心全意与小龙女说话，一切全是置之度外，直至樊一翁手指碰到背心，这才惊觉，急忙回缩，对方五指抓空，只听嗤的一响，背上衣服给抓出了一个大洞。

杨过一再哀求，见小龙女始终不理，心中越来越急，若是在古墓之中或无人之处，自可慢慢求恳，偏生大厅上有这么多外人，而樊一翁又来喝骂动手，满腔委屈，登时尽数要发泄在他身上，回头喝道：“我自与我姑姑说话，又干你这矮子什么事了？”樊一翁大声喝道：“谷主叫你出去，永远不许再来，你不听吩咐，莫怪我手下无情了。”杨过怒道：“我偏不出去，我姑姑不走，我就在这里耽一辈子。就是我死了，尸骨化成灰，也是跟着她。”这几句话自是说给小龙女听的。

公孙谷主偷瞧小龙女的脸色，只见她目中泪珠滚来滚去，终于忍耐不住，一滴滴的溅在胸口鲜血之上。他又是含酸，又是担忧，向樊一翁做个眼色，微一摆手，叫他猛下杀手，毙了杨过，索性断绝小龙女之念，免有后患。

樊一翁见到师父这个手势，倒是大出意料之外，他本来只想将杨过逐出谷去，叫他别再啰唣，也就是了，想不到师父竟会忽下杀人的号令，大声说道：“今日虽是师父大喜的好日子，难道我就杀不得人么？”说着眼望师父。公孙谷主又是将手一摆，意思是说：“不用顾忌什么吉日良辰，尽管毙了这小子便是。”樊一翁拾起纯钢巨杖，在地下重重顿落，只震得满厅嗡嗡发响，喝道：“小子，你当真不怕死么？”

杨过适才喷了一口血，此时胸头满腔热血滚来滚去，又要夺口而出。古墓派内功十分讲究克己节欲，小龙女的师父传她心法之时，谆谆叮嘱须得摒绝喜怒哀乐，到后来小龙女克制不住心情，以致数度呕血。杨过受小龙女传授，内功与她路子相同，此时手足冰冷，心想：“我就在姑姑面前狂喷鲜血，一死了之，瞧她是否仍不理我？”但转念又想：“姑姑平时待我何等亲爱，今日之事，中间定有别情，多半她受了这贼谷主的挟持，无可奈何，才不敢认我。若我自残身躯，反而难与抗拒。”思念及此，雄心大振，决意拼命杀出重围，救护小龙女脱险，当下镇慑心神，气沉丹田，将满腔热血缓缓压落，微微一笑，指着樊一翁道：“你这死样活气的山谷，小爷要来时，你挡我不住，欲去时你也别想留客。”

众人见他本来情状大变，势欲疯狂，突然间神定气闲，均感奇怪。

樊一翁先前见到杨过伤心呕血，心中暗暗代他难受，实不欲伤他性命，钢杖摆动，一股疾风带得杨过衣袂飘动，喝道：“你到底出不出去？”公孙谷主眉头一皱，说道：“一翁，你怎地啰唆个没完没了？”樊一翁见师父下了严令，只得抖起钢杖，往杨过脚胫上叩去。

公孙绿萼素知大师兄武艺惊人，虽然身长不满四尺，却是天生神力，武功已得父亲所传十之七八，这柄钢杖下杀毙过不少极凶猛的恶兽。她料想杨过年纪轻轻，决难敌得过大师兄九九八十一路泼水杖法，待得二人交上了手，再要救他就是极难，虽见父亲脸带严霜，神色极怒，还是鼓足勇气，站出来向杨过道："杨公子，你在这里多耽无益，又何苦枉自送了性命？"语气温柔，充满了关怀之意。

法王等一齐向她望去，无不暗暗称奇，均想："杨过和我等同时进谷，却怎地偷偷和这女孩子结下了交情？"

杨过点头一笑，说道："多谢姑娘好意。你爱不爱用长胡子编个辫子来玩？"公孙绿萼一怔，问道："什么？"杨过道："我拔下这矮子的胡子，送给你玩儿，好不好？"公孙绿萼大惊失色，心想这般玩笑也敢开，你当真是活得不耐烦了。绝情谷中规矩极严，她劝杨过这几句话，已是拼着受父亲重重一顿责罚，哪知反引得他胡说八道，脸上一红，再也不敢接嘴，退入了众弟子的行列。

樊一翁身躯矮了，对自己的胡子向来极为自负，听到杨过出言轻薄，猛地抛下钢杖，纵上前来，喝道："好小子，教你先吃我一胡子。"吆喝声中，长须已拂将过去。杨过笑道："老顽童没剪下你的胡子，我来试试。"从背囊中取出大剪刀，疾向他胡子上剪落。樊一翁胡子直甩，猛往他头顶击落，势道着实凌厉。杨过步子微挫，早已让开，剪刀刃口回了过来，喀的一响，双刃合拢。樊一翁大惊，急忙一个筋斗翻出，只要迟得瞬息之间，一丛胡子便全给他剪断了。这一下惊得他非同小可。旁观众人也是不约而同"吁"的一声低呼。

要知杨过请冯默风打造这柄剪刀，原意是对付李莫愁的拂尘。李莫愁以一对五毒神掌、一柄拂尘纵横江湖，云帚上的功夫何等了得，杨过欲以大剪破她，事先早已细细想过，她拂尘如何卷，大剪便如何刺，拂尘如何击，大剪又如何夹。岂不料李莫愁并未斗到，竟在这绝情谷中遇上这个以胡子当兵器的矮子。杨过心想："你的胡子功再厉害，也决强不过李莫愁的拂尘去。"当下有恃无恐，手持大剪着着进迫。樊一翁在胡子上已有十余年的功力，因有双掌空着为辅，比之一般软鞭云帚更是厉害，只见他摇头晃脑，带动胡子，同时催发掌力向杨过急攻。

适才周伯通以大剪去剪樊一翁胡子，反而被他以胡子卷住剪刀，只得服输。众人见识了周伯通的功夫，均自忖与他相比实是有所不及，哪知杨过使开了这把大剪刀，纵横剪夹，来去绞舞，竟是远胜老顽童的手法，各人无不纳罕。以武技功力而论，杨过与周伯通当然差得甚远，但他事先曾细心揣摩过李莫愁的云帚功夫，设想了剪刀的招数，而樊一翁的胡子正与云帚的用法大同小异，他这剪刀使将开来，果然是得心应手，大占上风。比之周伯通胡乱拿一柄大剪刀来全无章法的乱夹乱剪，自是大不相同。但法王等不知缘由，亲眼见到老顽童将大剪刀交给杨过，料想以周伯通之为人，这把古怪胡闹的兵刃自然是他异想天开而去打造来的。杨过擅于使剑，乃法王所素知。

樊一翁数次险为剪刀所伤，登时除了轻视他年少无能之心，招法一变，将胡子舞得团团乱转，四面八方的打将过去，纵击横扫，居然也成招数。杨过连夹数剪，尽数落空，又见敌人掌风凌厉，有时胡子是虚招，掌力是实，有时掌法诱敌，却以胡子乘隙进攻，虚虚实实，的是武林中前所未见的奇妙功夫。辗转拆了数十招，杨过心想："这谷主阴险狠辣，武功定是远在矮子之上，我不胜其徒，焉能敌师？"心中微感焦躁。只是樊一翁的胡子又长又厚，比李莫愁的拂尘长大得多，铺发开来，实无破绽。

又拆数招，杨过凝神望着对手，但见他摇头晃脑，神情滑稽，胡子越是使得急，那颗圆圆的小脑袋尤其晃动得厉害，陡地心念一动，已想到破法，剪刀喀的一声，跃后半丈，叫道："且慢！"樊一翁并不追击，道："小兄弟，你既服输，还是快出谷去罢！"杨过笑着摇了摇头，道："你这丛大胡子剪短之后，要多久才留得回来？”樊一翁怒道：“那关你什么事？我的胡子从来不剪的。”杨过摇头道：“可惜，可惜！”樊一翁道：“可惜什么？”杨过道：“我三招之内，就要将你的大胡子剪去了。”

樊一翁心想：“你和我已斗了数十招，始终是个平手，三招之内要想取胜，哼，那是梦想。”怒喝一声：“看招！”右掌劈出。杨过左手斜格，右剪砸落，击向对方左额。他身子高，击敌头脸时剪刀自上而下，樊一翁侧头闪避，不料杨过左掌跟着落下，劈他右额。这一劈势道极是凶猛，樊一翁忙又偏头向左避让，敌招来得快，他这一偏也是极为迅捷，长胡子跟着甩了起来。杨过的大剪刀早已张开了守在右方，喀的一声，将他胡子剪去了两尺有余。

众人“啊”的一声，无不大感惊讶，见他果然只用三招，就将樊一翁的胡子剪断了。

原来杨过久斗之下，终于发现樊一翁胡子左甩，脑袋必先向右，胡子上击，脑袋必先低垂，暗骂自己愚蠢：“他胡子长在头上，若要挥动胡子，自然必先动头。我竟然不击其根本，却一味与他的胡子缠斗，实是大傻蛋一个。”心中定下了击首剪须之计，这才声言三招剪他胡子。

樊一翁一呆，见自己以半生功夫留起来的胡子一丝丝落在地下，又是可惜，又是愤怒，一个起落，将钢杖抢在手中，怒喝：“今日不拼个你死我活，你休想出得谷去。”杨过笑道：“我本就不想出去啊！”樊一翁钢杖横扫，往他腰里击去。

马光佐刚才与樊一翁厮打良久，着实吃了亏，这时甚是得意，大声道：“老矮子，你相貌本就不美，少了这一大把胡子，那更是怪模怪样之极了。”樊一翁听了，咬牙切齿，手上又加了三分劲。

杨过与他相斗多时，一直是与他胡子的柔力周旋，不知他膂力如何，见他钢杖挥来，伸出剪刀去一格，只听得当的一声巨响，手臂酸麻，剪刀已给钢杖打得弯了过来，不成模样。

就只这么一招，那大剪刀已不能再用。旁观众人眼见杨过已然获胜，不料兵刃一变，二人登时优劣异势，樊一翁手持一件长大沉重的厉害兵刃，杨过却是拿着一堆废铁。公孙绿萼忍不住叫道："杨公子，你不及我大师兄力大，何必再斗？"

公孙谷主见女儿一再维护外人，怒气渐盛，向她瞪了一眼，只见她一脸的关切焦虑之状，再向小龙女望去时，却见她神色淡然，竟不以杨过的安危萦怀，当即转怒为喜，暗想："原来她对这小子并无情意，否则眼见他身处险境，何以竟不介意？"他哪知小龙女素知杨过智计百出，武功也在樊一翁之上，二人相斗，他是有胜无败，是以绝不担心。

杨过将那扭曲的大剪刀抛在地下，说道："老樊，你不是我敌手，快快丢下钢杖投降了罢。"樊一翁怒道："你若赢得我手中钢杖，我就一头撞死。"杨过道："可惜，可惜！"樊一翁叫道："看招！"一招"泰山压顶"，钢杖当头击下。杨过侧身闪开，左足已踏住杖头。樊一翁双手疾抖，甩起钢杖。杨过身随杖起，竟给他带在半空，左足却稳稳站在杖上。樊一翁连抖几下，始终未能将他震落，待要倒转钢杖，杨过右足迈出，竟从杖身上走将过去。

这两下怪招在旁人与樊一翁眼中，自是匪夷所思，其实却是古墓派武功中以绝顶轻功破长大兵刃的常法。当年李莫愁在嘉兴破窑外与武三通相斗，站在他当作兵器的栗树树干上，武三通始终甩她不脱，便是这门功夫。樊一翁一怔之际，杨过左足又跨前一步，右足飞起，向他鼻尖踢去。此时樊一翁处境狼狈之极，敌人附身钢杖，自己若向后闪跃，势必将敌人带了过来，这一脚自是躲避不了，他双手持杖，无法分手招架，而胡子被剪，又少了一件防身利器，情急之下，只得抛下钢杖，这才后跃而避了这一脚。当的一响，钢杖一端着地，另一端尚未跌落，已被杨过抄在手中。

马光佐、尼摩星、潇湘子等齐声喝采。杨过将钢杖在地下一顿，笑道："怎么?"樊一翁涨红了脸，道："我一时不察，中了你的诡计，心中不服。"杨过道："咱们再来过。"将那钢杖轻轻抛去，樊一翁伸手去接。哪知钢杖飞到他身前两尺余之处，突然向上跃起，樊一翁接了个空，杨过飞身长臂，又抓了过来。马光佐等采声愈响，樊一翁一张脸更是涨成了紫酱色。

金轮法王与尹克西相视一笑，心中暗赞杨过的聪明。昨日周伯通以断矛掷人，劲力即发即收，矛头掷出后中途变向，此时杨过自是学了他这个法子。只是矛头有四而钢杖惟一，钢杖沉重，转劲不难，杨过此举远较周伯通为易。但公孙谷主与众弟子不知有此缘由，不免大为惊诧。

杨过笑道："怎么?要不要再来一次?"樊一翁胡子被剪，钢杖被夺，全是对方用智取胜，要他认输，如何肯服?大声说道："你若凭真实本领胜我，自然服你。"杨过微笑道："武学之道，以巧为先。你师父头脑不清，教出来的弟子自然也差劲了。我劝你啊，还是改投明师的是。"这话自是指着公孙谷主的鼻子在骂了。

樊一翁心想："我学艺不精，有辱师尊，若是当真不能取胜，今日只有自刎以谢师父了。"一咬牙，猱身直上，杨过横持钢杖，交在他的手里，说道："这一次可要小心了，若再被我夺来，须怨不得旁人。"

樊一翁不语，右手牢牢抓住杖端，心道："再要夺得此杖，除非将我这条手臂割去。"杨过叫道："小心了!"和身向前扑出，左手已搭住杖头，右手食中二指倏取他的双目，同时左足翻起，已压住杖身，这正是打狗棒法的绝招"獒口夺杖"。

先两次杨过夺杖，旁人虽感他手法奇特，但看得清清楚楚，这一次却连樊一翁也不明其中奥妙，只是眼睛一霎，钢杖又已到了敌人手中。只金轮法王武学深湛，又见识过打狗棒法，才知道杨过所使是这路棒法中的手段。

马光佐叫道："没胡子的长胡子，这一下你服了么?"樊一翁大叫："他使的是妖术，又非真实武功，我如何能服?"杨过笑道："你要怎地才服?"樊一翁道："除非你凭真实本领打倒我，小老儿方肯服输。"杨过又将钢杖还他，道："好罢，咱们再试几招。"

樊一翁对他空手夺杖的妙术极是忌惮，心想："不论我如何占到上风，他抵挡不住之时，只须突使妖术夺杖，终难胜他。"于是说道："我使这般长大兵刃，你却空手，就算胜了，你也不服。"

杨过笑道："你是怕了我空手入白刃的功夫，也罢，我用一样兵刃便是。"目光在厅中一转，只见大厅四壁光秃秃的全无陈设，一件可用的兵刃也无，院子中却有两株大柳树，枝条依依，挂绿垂翠，他向小龙女望了一眼，说道："你要姓柳，我就用柳枝作兵器罢!"说着纵身入庭，折了一根寸许圆径的柳枝，长约四尺，长短粗细，就与丐帮的打狗棒相似，只是不去柳叶，另增雅致。

小龙女心中混乱一片，对日后如何已是全无主见，杨过在她眼前越久，越是难以割舍。她当时独自凝思，虽与杨过分手极是伤心，但想一了百了，尚可忍得，此刻这个人活生生的来到眼前，但觉他一言一动，一笑一怒，无不令她心动意荡，欲待入内不闻不见，却又如何舍得?她低头不语，内心却如千百把钢刀在绞剜一般。

公孙止突然使出了平生绝学“阴阳倒乱刃法”来。黑剑本来轻柔，此时却硬砍猛斫，变成了刚猛之极的刀法，而笨重长大的锯齿金刀却刺挑削洗，全走单剑的轻灵路子，刀成剑，剑变刀，当真是奇幻无方。

第十八回

公孙谷主

樊一翁见杨过折柳枝作兵刃，宛似小儿戏耍，显是全不将自己放在眼里，怒气更盛，他哪知这柳枝柔中带韧，用以施展打狗棒法，虽不及丐帮世代相传的竹棒，其厉害处实不下于宝剑宝刀。

马光佐道：“杨兄弟，你用我这柄刀罢！”说着刷的一声，抽刀出鞘，精光四射，确是一柄利刃。杨过双手一拱，笑道：“多谢了！这位矮老兄人是不坏的，只可惜他拜错了师父，武艺很差，一根柳条儿已够他受的。”柳枝抖动，往钢杖上搭去。

樊一翁听他言语中又辱及师尊，心想此番交手，实决生死存亡，再无容情，呼呼声响，展开了九九八十一路泼水杖法。杖法号称“泼水”，乃是泼水不进之意，可见其严谨紧密。

杖法展开，初时响声凌厉，但数招之后，渐感挥出去方位微偏，杖头有点儿歪斜，带动的风声也略见减弱。原来杨过使开打狗棒法中的“缠”字诀，柳枝搭在杖头之上，对方钢杖到东，柳枝跟到东，钢杖上挑，柳枝也跟了上去，但总是在他劲力的横侧方向稍加推拉，使杖头不由自主的变向。这打狗棒法的“缠”字一诀，正是从武学中上乘功夫“四两拨千斤”中生发出来，精微奥妙，远胜于一般“借力打力”、“顺水推舟”之法。

众人愈看愈奇，万料不到杨过年纪轻轻，竟有如此神妙武功。但见樊一翁钢杖上的力道逐步减弱，杨过柳枝的劲道却是不住加强。

此消彼长，三十招后，樊一翁全身已为柳条所制，手上劲力出得愈大，愈是颠颠倒倒，难以自已，到后来宛如入了一个极强的旋风涡中，只卷得他昏头晕脑，不明所向。公孙谷主伸手在石桌上一拍，叫道：“一翁，退下！”

这一声石破天惊，连杨过也是心头一凛，暗想：“此时岂能再让你退出。”手臂抖处，已变为“转”字诀，身子凝立不动，手腕急画小圈，带得樊一翁如陀螺般急速旋转。杨过手腕抖得越快，樊一翁转得也是越快，手中钢杖就如陀螺的长柄，也是跟着滴溜溜的旋转。杨过朗声说道：“你能立定脚跟不倒，算你是英雄好汉。就只怕你师父差劲，教的出来徒儿上阵要摔交。”柳枝向上疾甩，跃后丈许。

樊一翁此时心神身子已全然不由自主，眼见他脚步踉跄，再转得几转，立时就要摔倒。公孙谷主陡然跃高，身在半空，举掌在钢杖头上一拍，轻轻纵回。这一拍看上去轻描淡写，力道却是奇大，将钢杖拍得深入地下二尺有余，登时便不转了。樊一翁双手牢牢抓住钢杖，这才不致摔倒，但身子东摇西摆，恍如中酒，一时之间难以宁定。

潇湘子、尹克西等瞧瞧杨过，又瞧瞧公孙谷主，心想这二人均非易与之辈，且看这场龙争虎斗谁胜谁败，心下均存了幸灾乐祸的隔岸观火之意。只有马光佐一意助着杨过，大声呼喝：“杨兄弟，好功夫！矮胡子输了！”

樊一翁深吸一口气，宁定心神，转过身来，突向师父跪倒，拜了几拜，磕了四个头，一言不发，猛向石柱上撞去。众人都是大吃一惊，万想不到他竟是如此烈性，比武受挫竟会自杀。公孙谷主叫声：“啊哟！”急从席间跃出，伸手去抓他背心，只是相距太远，而樊一翁这一撞又是极为迅捷，一抓却抓了个空。

樊一翁纵身撞柱，使上了十成刚劲，突觉额头所触之处竟是软绵绵地，抬起头来，见是杨过伸出双掌，站在柱前，说道："樊兄，世间最伤心之事是什么？"

原来杨过见樊一翁向师父跪拜，已知他将有非常之举，已自全神戒备，他与樊一翁相距既近，竟然抢在头里，出掌挡了他这一撞。

樊一翁一怔，问道："是什么？"杨过凄然道："我也不知。只是我心中伤痛过你十倍，我还没自尽，你又何必如此？"樊一翁道："你比武胜了，心中又有什么伤痛？"杨过摇头道："比武胜败，算得什么？我一生之中，不知给人打败过多少次。你要自尽，你师尊急得如此。若我自尽，我师父却丝毫不放在心上，这才是最伤心之事啊。"

樊一翁还未明白，公孙谷主厉声道："一翁，你再生这种傻念头，那便是不遵师令。你站在一旁，瞧为师收拾这小子。"樊一翁对师命不敢有违，退在厅侧，瞪目瞧着杨过，自己也不明白对他是怨恨，是愤怒，还是佩服？

小龙女听杨过说"若我自尽，我师父却丝毫不放在心上"这两句话，眼眶一红，几滴眼泪又掉了下来，心想："若你死了，难道我还会活着么？"

公孙谷主隔不片刻，便向小龙女瞧上一眼，不断察看她的神情，突见她又流眼泪，心下又妒又恼，双手击了三下，叫道："将这小子拿下了。"他自高身份，不屑与杨过动手。两旁的绿衫弟子齐声答应，十六人分站四方，突然间呼的一声响，每四人合持一张渔网，同时展开，围在杨过身周。

杨过与法王等同来，法王隐然是一伙人的首领，此时闹到这个地步，是和是战，按理法王该当挺身主持，但他只是微微冷笑，始终袖手旁观。

公孙谷主不知法王用意，还道他讥笑自己对付不了杨过，心道："终须让你见见绝情谷的手段。"双手又是击了三下。十六名绿衫弟子交叉换位，将包围圈子缩小了几步。四张渔网或横或竖，或平或斜，不断变换。

杨过曾两次见到绿衫弟子以渔网阵擒拿周伯通，确是变幻无方，极难抵挡，阵法之精，与全真教的"天罡北斗阵"可说各有千秋。心想："以老顽童这等武功，尚且给渔网擒住，我却如何对付？何况他是只求脱身，将樊马二人掷入网中，即能乘机兔脱，我却偏偏要留在谷中。"

每张渔网张将开来丈许见方，持网者藏身网后，要破阵法，定须先行攻倒持网的绿衫弟子，但只要一近身，不免先就为渔网所擒，竟是无从着手。但见十六人愈迫愈近，杨过一时不知如何应付，只得展开古墓派轻功，在大厅中奔驰来去，斜窜急转，纵横飘忽，令敌人难以确定出手的方位。

他四下游走，十六名弟子却不跟着他转动，只是逐步缩小圈子。杨过脚下奔跑，眼中寻找阵法的破绽，见渔网转动虽极迅速，四网交接处却总是互相重叠，始终不露丝毫空隙，心想："除了用暗器伤人，再无别法。"滴溜溜一个转身，手中已扣了一把玉蜂针，见西边四人欺近，左手一扬，七八枚金针向北边四人掷去。

眼见四人要一齐中针，不料叮叮叮叮几声轻响，七八枚金针尽数被渔网吸住。原来渔网金丝的交错之处，缀有一块块小磁石，如此一张大网，不论敌人暗器如何厉害，自是尽数挡住。玉蜂针七成金、三成钢，只因这三成钢铁，便给网上的磁石吸住了。

杨过满拟一击成功，哪料到这渔网竟有这许多妙用，百忙中向公孙谷主瞪了一眼，料知再发暗器也是无用。右手往怀中一揣，放回金针，正待再想破解之法，东边的渔网已兜近身边，掌阵者一声呼哨，眼前金光闪动，一张渔网已从右肩斜罩下来。杨过身形一挫，待要从西北方逸出，北边与西北的渔网同时凑拢。

杨过暗叫："罢了，罢了！落入这贼谷主手中，不知要受何等折辱？"忽听南边持网人中有人娇声叫道："啊哟！"杨过回过头来，只见公孙绿萼摔倒在地，渔网一角软软垂下。

这正是渔网阵的一个空隙，杨过想也不想，身子已激射而出，脱出包围，但见公孙绿萼连声呼痛，却向他使个眼色，叫他赶快逃出谷去。杨过暗想："她舍命救我，情意自极可感。但我这一出谷去，姑姑定然被迫与这贼谷主成婚，今日拼着给他擒住，身受千刀之苦，也决不出谷。"站在厅角，双目瞪着小龙女，心想我在这顷刻之间身历奇险，难道你竟是无动于中么？

但见小龙女仍是低首垂眉，不作一声。

公孙谷主击掌二下，四张渔网倏地分开。他向公孙绿萼冷冷的道："你干什么？"公孙绿萼道："我脚上突然抽筋，痛得厉害。"公孙谷主早知女儿对杨过已然钟情，以致在紧急当口放了他一条生路，只是有外人在座，不便发作，冷笑一声，道："好，你退下。十四儿补她的位置。"公孙绿萼垂首退开。一名绿衣少年应声而出，过去拉住了渔网，此人不过十四五岁年纪，头上扎着两条小辫。

公孙绿萼向杨过偷瞧一眼，目光中大有幽怨之意。杨过心中歉仄，暗道："姑娘的盛情厚意，只怕我今生难以补报了。"

公孙谷主又击掌四下，十六名弟子突然快步退入内堂。杨过一怔，心想："难道你认输了？"他正自奇怪，一回头，却见公孙绿萼神色极是惊惶，连使眼色，命他急速出谷，瞧这模样，自己便似有大祸临头一般。杨过微微一笑，反而拉过一张椅子，坐了下来。忽听得内堂叮叮当当一阵轻响，十六名弟子转了出来，手中仍是拉着渔网。

众人一见渔网，无不变色。原来四张渔网已经换过，网上遍生倒钩和匕首，精光闪闪，极是锋利，任谁被网兜住，全身中刀，绝无活命之望。马光佐大叫：“喂，谷主老兄，你用这般歹毒家伙对付客人，要不要脸？”

公孙谷主指着杨过道：“非是我要害你，我几次三番请你出去，你偏生要在此捣乱。在下最后良言相劝，快快出谷去罢。”

马光佐见了这四张渔网，饶是他胆气粗壮，也不由得肉为之颤，听得网上刀钩互撞而发出叮当之声，更是惊心动魄，站起身来拉着杨过的手道：“杨兄弟，这般歹毒的家伙，咱们去他妈的为妙，你何必跟他呕气？”

杨过眼望小龙女，瞧她有何话说。

小龙女见谷主取出带有刀钩的渔网，心中早已想了一个“死”字，只待杨过一被渔网兜住，自己也就扑在渔网之上，与他相拥而死。她想到此处，心下反而泰然，觉得人世间的愁苦就此一了百了，嘴角不禁带着微笑。

她这番曲折的心事，杨过却哪里明白，心想自己遭受极大危难，她居然还笑得出，心中一痛，又比适才更甚，就在这伤心、悲愤、危急交迸之际，脑中倏地闪过一个念头，也不再想第二遍，径自走到小龙女身前，微微躬身，说道：“姑姑，过儿今日有难，你的金铃索与掌套给我一用。”

小龙女只想着与他同死之乐，此外更无别样念头，听了他这句话，当即从怀中取出一双白色手套、一条白绸带子，递了给他。

杨过缓缓接过，凝视着她的脸，说道：“你现今认了我么？”小龙女柔情无限，微笑道：“我心中早就认你啦！”杨过精神大振，颤声问道：“那你决意跟了我去，不嫁给这谷主啦，是不是？”小龙女微笑点头，道：“我决意跟了你去，自是不能再嫁旁人啦。过儿，我自然是你的妻子。”

她话中“跟了你去”四字，说的是与他同死，连杨过也未明白，旁人自然不懂，但“我自然是你的妻子”这八个字，却是说得再也清楚不过。公孙谷主脸色惨白，双手猛击四下，催促绿衫弟子动手。十六名弟子抖动渔网，交叉走动。

杨过听了小龙女这几句话，宛似死中复活，当真是勇气百倍，就算眼前是刀山油锅，他也不放在眼里，当即戴上了刀枪不损的金丝掌套，右手绸带抖动，玲玲声响，绸带就如一条白蛇般伸了出去。

绸带末端是个发声的金铃，绸带一伸一缩，金铃已击中南边一名弟子的“阴谷穴”，回过来时击中了东边一名弟子的“曲泽穴”。那阴谷穴正当膝弯里侧，那人立足不牢，屈膝跪下；曲泽穴位处臂弯，被点中的手臂酸软，渔网脱手。

这两下先声夺人，金铃索一出手，渔网阵立现破绽，西边持网的四名弟子一惊之下，攻上时稍形迟缓，杨过金铃索倒将过来，玎玲玲声响，又将两名弟子点倒。但就在此时，北边那张渔网已当头罩下，网上刀钩距他头顶不过半尺，以金铃索应敌已然不及。杨过左掌翻起，一把抓住渔网，借力甩出，他手上戴着掌套，掌中虽然抓住匕首利钩，却是丝毫无损。渔网被他抓住了一抖，陡然向四名绿衫弟子反罩过去。

众弟子操练渔网阵法之时，只怕敌人漏网兔脱，但求包罗严密，从来没想到这渔网竟会掉头反噬，但见网上明晃晃的刀钩向自己头上扑来，素知这渔网厉害无比，同声惊呼，撒手跃开。那替补公孙绿萼的少年身手较弱，大腿上终于给渔网的匕首带着，登时鲜血长流，摔倒在地，痛得哭号起来。

杨过笑道：“小兄弟，别害怕，我不伤你。”左手抖动渔网，右手舞起金铃索，但听得呛啷啷、玎玲玲，刀钩互击，金铃声响，极是清脆动听。这一来，众弟子哪里还敢上前，远远靠墙站着，只是未得师父号令，不敢认输逃走，但虽不认输，却也是输了。

马光佐拍手顿足，大声叫好，只是人群之中惟有他一人喝采，未免显得寂寞，他叫了几声，瞪眼向法王道：“和尚，杨兄弟的本领不高么？怎么你不喝采？”法王一笑，道：“很高，很高，但也不必叫得这般惊天动地。”马光佐瞪眼道：“为什么？”法王见公孙谷主双眉竖起，慢慢走到厅心，当下凝神注视他的动静，再也不去理会马光佐说些什么。

公孙谷主听小龙女说了“我自然是你的妻子”这八字后，已知半月来一番好梦到头来终于成空，虽然又是失望，又是恼怒，但想：“我纵然得不了你的心，也须得到你的人。我一掌将这小畜生击毙，你不跟我也得跟我，时日一久，终能教你回心转意。”

杨过见他双眉越竖越高，到后来眼睛与眉毛都似直立一般，不知是哪一派的厉害武功，心下也不禁骇然，右手提索，左手抓网，全神戒备，知道自己和小龙女的生死存亡，便在此一战，实不敢有丝毫怠忽。

公孙谷主绕着杨过缓缓走了一圈，杨过也在原地慢慢转头，眼睛始终不敢离开他的眼光，见他越是迟迟不动手，知道出手越是凌厉，只见他双手向前平举三次，双掌合拍，铮的一响，铮铮然如金铁相击。杨过心中一凛，退了一步，公孙谷主右臂突伸，一把抓住渔网边缘一扯。杨过但觉这一扯之力大得异乎寻常，五指剧痛，只得松手。公孙谷主将渔网抛向厅角空着手的四名弟子，这才喝道：“退下！”

杨过渔网被夺，不容他再次抢到先手，绸索一振，金铃抖动，分击对方肩头“巨骨”与颈中“天鼎”两穴。公孙谷主胸口门户大开，双臂长伸在外，但杨过不敢贸然击他前胸大穴，先攻他身上小穴以作试探。公孙谷主的武功竟是另成一家，对杨过的金铃击穴绝不理睬，右臂一长，倏向他臂上抓来，但听叮叮两声，“巨骨”与“天鼎”双穴齐中，他恍若不觉，呼的一响，手抓变掌，拍向杨过左乳。杨过大惊，急忙侧身急闪，幸好他轻身功夫了得，才让开了对方这陡然而来的一掌。

杨过曾听欧阳锋、洪七公、黄药师等武林好手谈论武功，知道一人内功练到上乘境界，当敌招袭到之际可以暂时封闭穴道，但总有迹象可寻。又如欧阳锋的异派武功，练得经脉倒转，周身大穴全部变位，可是其时他头下脚上，更是一望而知。眼前这个敌人却对点穴绝无反应，就似身上不生穴道一般，这门功夫当真是罕见罕闻，心中一馁，不禁存了三分怯意。眼见他双掌翻起，手掌心隐隐带着一股黑气，拍到时劲风逼人而来，心知厉害，不敢正面硬接，右手以金铃索与他缠斗，左掌护住了全身各处要害。

顷刻间已拆了十余招，杨过全神招架，突见对方左掌轻飘飘当胸按来，似柔实刚，依稀便是完颜萍的“铁掌”路子，忙跃开数尺。公孙谷主一掌按空，并不收招，手掌仍是伸出两尺，身形一晃，已纵到杨过身前。常人出拳发掌，总是以臂使手，手臂回缩，拳掌便跟着打出，他这一招却是以身发掌，手掌不动，竟以身子前纵之劲击向敌人。本来全身之力虽大于一臂，然而以之发招，究嫌过于迟缓，公孙谷主这一掌却是威猛迅捷，兼而有之。杨过待要侧身闪避，已然不及，只得左掌挥出，硬接了这一招。啪的一响，双掌相交，震得杨过退后三步，公孙谷主却站在原地不动，只是身子微微一晃。

公孙谷主稳住了身子，显是大占上风，其实杨过掌力反击，也已震得他胸口一阵隐痛，心中大感讶异：“我这一招铁掌功夫已使上了十成功力，这小子竟然接得下。缠斗下去，未必能毙得了他。倘若给他打成平局，一切全不用说了。”双掌连拍，铮铮作响，声音极是刺耳，说道：“姓杨的，本谷主掌下留情，你明白了么？”

若是平常比武，原是胜败已分，再打下去，杨过定然是有输无赢，谷主说到这句话，他该当自认武功不及，但今日之事，心知对方决不能平平安安的放小龙女与自己出谷，除拼死活之外，别无他途。当此生死大险之际，杨过对敌人仍是不改嬉皮笑脸的本色，何况小龙女已认了他，心中喜乐无涯，当即哈哈一笑，说道："你若打死了我，我姑姑焉能嫁你？你若打不死我，我姑姑一般的不能嫁你。你哪里是掌底留情了？你这是轻不得，重不得，无可奈何之至，手足无措之极！"

杨过这番猜测，却是将对手的心地推想得太过良善。公孙谷主恨不得一招就将他打死，绝了后患，纵然小龙女怨怪恼怒，那也顾不了许多，他的无可奈何，其实是一对手掌收拾不了这个少年。他转头向女儿道："取我兵刃来。"公孙绿萼迟疑不答。谷主厉声道："你没听见么？"公孙绿萼脸色惨白，只得应道："是！"转入内堂。

杨过瞧了父女二人的神情，心想："凭他一双空手，我已经对付不了，再取出什么古怪兵器，哪还能有什么生路？此时不走，更待何时？"走到小龙女身前，伸出手来，柔声道："姑姑，你跟了过儿去罢！"

公孙谷主双掌蓄势，只要小龙女一站起身来伸手与杨过相握，立时便扑上去以铁掌猛袭杨过背脊，心中打定了主意："拼着柳妹怪责，也要将这小子打死。柳妹若是跟了他去，我这下半生做人还有何乐趣。"

哪知小龙女并不站起，只淡淡的道："我当然要跟你去。只是这里的公孙谷主救过我性命，咱们得跟他说明白一切缘由，请他见谅。"杨过大急，心想："姑姑什么事也不懂。你跟他说明白了，难道他就会见谅？"

却听得小龙女问道："过儿，这几天来你好吗？"问到这句话时，关切之情溢于言表。杨过听到这温柔语意，见到这爱怜神色，便是天塌下来也不顾了，哪里还想到什么逃走？说道："姑姑，你不恼我了？"

小龙女淡淡一笑，道："我怎么会恼你？我从来没恼过你。你转过了身子。"杨过依言转身，只是不明她的用意。

小龙女从怀里取出一个小针线包儿，在针上穿了线，比量了一下他背心衣衫上给樊一翁抓出的破孔，叹道："这些日子我老在打算给你缝件新袍子，但想今后永不再见你面了，缝了又有什么用？唉，想不到你真会寻到这里来。"说话间凄伤神色转为欢愉，拿小剪刀在自己衣角上剪下一块白布，慢慢的替他缝补。

当二人同在古墓之时，杨过衣服破了，小龙女就这么将他拉在身边，替他缝补，这些年来也不知有过多少次。此时二人都已将生死置之度外，当真是旁若无人，大厅上虽是众目睽睽，两人就似是在古墓中相依为命之时一般无异。

杨过欢喜无限，热泪夺眶而出，哽咽道："姑姑，适才我激得你呕了血，我……我真是不好。"小龙女微微一笑，道："那不关你的事。你知道我早有这个病根子。没见你几日，你功夫进步得好快。你刚才也呕了血，可没事吗？"杨过笑道："那不打紧。我肚子里的血多得很。"小龙女微笑道："你就爱这么胡说八道。"

两人一问一答，说的话虽然平淡无奇，但人人都听得出来，他二人相互间情深爱切，以往又有极深的渊源。法王等面面相觑。公孙谷主又惊又妒，呆在当地，不知如何是好。

杨过道："这几天中我遇到了好几个有趣之人。姑姑，你倒猜猜我这把大剪刀是哪里得来的？"小龙女道："我也在奇怪啊，倒似是你早料到这里有个大胡子，定打了这剪刀来剪他胡子。唉，你真是顽皮，人家的长胡子辛辛苦苦留了几十年，却给你一下子剪断了，不可惜么？"说着抿嘴一笑，明眸流转，风致嫣然。

公孙谷主再也忍耐不住，伸手往杨过当胸抓来，喝道："小杂种，你也未免太过目中无人。"杨过竟不招架，说道："不用忙，等姑姑给我补好了衣衫，再跟你打。"

公孙谷主手指距他胸口数寸，他究是武学大宗匠的身份，虽然恼得胸口不住起伏，这一招总是不便就此送到杨过身上。忽听公孙绿萼在背后说道："爹爹，兵刃取来啦。"他并不转身，肩头一晃，退后数尺，将兵刃接在手里。

众人看时，只见他左手拿着一柄背厚刃宽的锯齿刀，金光闪闪，似是黄金打造，右手执的却是一柄又细又长的黑剑，在他手中轻轻颤动，显得刃身极是柔软，两边刃口发出蓝光，自是锋锐异常。两件兵器全然相反，一件至刚至重，一件却极尽轻柔。

杨过向他一对怪异兵刃望了一眼，说道："姑姑，前几日我遇见一个女人，她跟我说了我杀父仇人是谁。"小龙女心中一凛，问道："你的仇人是谁？"杨过咬着牙齿，恨恨的道："你真猜一辈子也猜不着，我一直还当他们待我极好呢。"小龙女道："他们？他们待你极好？"杨过道："是啊，那就是……"

只听嗡嗡一响，声音清越，良久不绝，却是公孙谷主的黑剑与金刀相碰。他手腕抖动，嗡嗡嗡连刺三剑，一剑刺向杨过头顶，一剑刺他左颈，一剑刺他右颈，都是贴肉而过，相差不到半寸。那谷主自重身份，敌人既不出手抵御，也就不去伤他，只是这三剑击刺之准，的是神技。

小龙女道："补好啦！"轻轻在杨过背上一拍。杨过回头一笑，提着金铃索走到厅心。

公孙谷主的武功之中，闭穴功夫、渔网阵、金刀黑剑阴阳双刃三项得自祖传，只因世居幽谷，数百年来不与外人交往，是以三项武功虽奇，却不为世间所知，且三项武功之中均有重大破绽，若为高手察觉，不免惨遭杀身之祸。公孙氏祖训严峻，不得到江湖上逞能争雄，也未始不是出于自知之明。公孙谷主二十余年前又学到铁掌门的武功。传他武艺之人虽非了不起的高手，却是见识广博，心思周密，助他补足了家传武功中的不少缺陷，于阴阳双刃的招数改进尤多，曾对他言道："这门刀剑合使的武功至此已灿然大备，对手就算绝顶聪明，也终不能在五十招内识破其中机关。但你双刃既动，岂有五十招内还杀他不得之理？"

他见杨过提索出战，当即叫道："看剑！"黑剑颤动，当胸刺去，可是剑尖并非直进，却是在他身前乱转圈子。杨过不知这黑剑要刺向何方，大惊之下，急向后跃。

公孙谷主出手快极，杨过后跃退避，黑剑划成的圆圈又已指向他身前，剑圈越划越大，初时还只绕着他前胸转圈，数招一过，已连他小腹也包在剑圈之中，再使数招，剑圈渐渐扩及他的头颈。杨过自颈至腹，所有要害已尽在他剑尖笼罩之下。金轮法王、尹克西、潇湘子等生平从未见过这般划圈逼敌的剑法，无不大为骇异。

公孙谷主一招使出，杨过立即窜避，他连划十次剑圈，杨过逃了十次，竟是无法还手，眼见敌人剑招越来越是凌厉，而左手倒提的一柄锯齿刀始终未用，待得他金刀再动，多半万难抵敌，当下不及多想，窜跃向左，抖动金铃索，玎玲玲一响，金铃飞出，击敌左目。公孙谷主侧头避过，挺剑反击。杨过大喜，铃索一抖，已将他右腿缠住，刚要收力拉扯，谷主黑剑划下，嗤的一声轻响，金铃索从中断绝，这把黑剑竟是锋锐无比的利刃。

众人齐声"啊"的一叫，只听得风声呼呼，公孙谷主已挥锯齿刀向杨过劈去。杨过倒地急滚，当的一响，震得四壁鸣响，原来他抢起樊一翁的钢杖挡架，杖刀相交，两人手臂都是震得隐隐发麻。公孙谷主暗自惊异："这小子当真了得，竟接得住我十招以上。"左刀横斫，右剑斜刺。本来刀法以刚猛为主，剑招以轻灵为先，两般兵刃的性子截然相反，一人同使刀剑，几是绝不可能之事，但公孙谷主双手兵刃越使越急，而刀法剑法却分得清清楚楚，刚柔相济，阴阳相辅，当真是武林中罕见的绝技。

杨过大喝一声，运起钢杖，使出打狗棒法的“封”字诀，紧紧守住门户。公孙谷主刀剑齐施，一时竟然难以攻入。只是打狗棒法以变化精微为主，一根轻轻巧巧的竹棒自可使得圆转自如，手中换了长大沉重的一条钢杖，数招之后便已感变化不灵。

公孙谷主忽地寻到破绽，金刀上托，黑剑划将下来，喀的一声，钢杖竟给黑剑割断。杨过叫道：“妙极！我正嫌这劳什子太重！”舞动半截钢杖，反而大见灵动。公孙谷主“哼”了一声，说道：“妙是不妙，瞧瞧再说。”左手金刀疾砍下来。

这一刀当头直砍，招数似乎颇为呆滞，杨过只须稍一侧身，便可轻易避过，然而谷主黑剑所划剑圈却笼罩住了他前后左右，令他绝无闪避躲让之处。杨过只得举起半截钢杖，一招“只手擎天”，硬接了他这招。但听得当的一声巨响，刀杖相交，只爆得火花四溅，杨过双臂只感一阵酸麻。公孙谷主第二刀连着又上，招法与第一刀一模一样。杨过武学所涉既广，临敌时又是机灵异常，但竟无法破解他这笨拙钝重的一招，除了同法硬架之外，更无善策。刀杖二度相交，杨过双臂酸麻更甚，心想只要再给他这般砍上几刀，我手臂上的筋络也要给震坏了。思念未定，谷主第三刀又砍了过来。再接数刀，杨过手中的半截钢杖已给金刀砍起累累缺口，右手虎口上也震出血来。

公孙谷主见他危急之中仍是脸带微笑，左手一刀砍过，右手黑剑倏地往他小腹上刺去。杨过此时已给他逼在厅角，眼见剑尖刺到，忙伸手平掌一挡，剑尖刺中他掌心，剑刃弯成弧形，弹了回来。原来小龙女的掌套甚是坚密，黑剑虽利，却也伤它不得。

杨过试出掌套不惧黑剑，手掌一翻，突然伸手去拿他剑锋，要师法当年小龙女拗断郝大通长剑的故智，哪料到公孙谷主手腕微震，黑剑陡地弯弯的绕了过来，剑尖正中他下臂，鲜血迸出。杨过一惊，急忙向后跃开。公孙谷主却不追击，冷笑几声，这才缓步又进。倘若公孙谷主手中只一柄锯齿金刀，或是一柄能拐弯刺人的黑剑，杨过定然有法抵御，现下两件兵刃一刚一柔，相济而攻，杨过登时给打了个手忙脚乱。

法王、尹克西、潇湘子、尼摩星在一旁瞧着，均想："这谷主的阴阳双刃实是凌厉凶狠已极，也亏得这小子机变百出，竟然躲得过这许多恶招。"

公孙谷主左刀砍过，右剑疾刺，杨过肩头又中，袍子上鲜血斑斑。谷主沉声道："你服了没有？"杨过微笑道："你大占便宜的和我比武，居然还来问我服是不服，哈哈，公孙谷主，怎地你如此不要脸？"谷主收回刀剑，道："我占了什么便宜，倒要请教。"杨过道："你使的是凑手兵刃，左手一柄怪刀，右手一柄奇剑，这一刀一剑，只怕走遍天下也再找不到同样的一对儿，是不是？"谷主道："是便怎样？你的掌套铃索，可也并不寻常啊。"

杨过将半截钢杖往地下一掷，笑道："这是你大胡子弟子的。"除下掌套，拾起割成了两段的金铃索，掷给小龙女，道："这是我姑姑的。"他双手一拍，弹了弹身上灰尘，也不理三处伤口中鲜血汩汩流出，笑道："我空手来你谷中，岂有为敌之意？你要杀便杀，何必多言。"

公孙谷主见他气度闲适，面目俊秀，身上数处受伤，竟是谈笑自如，行若无事，相较之下，不由得自惭形秽，心想："此人非我所及，若是留在世上，柳妹定是倾心于他。"点了点头，说道："好！"挺剑往他胸口直刺过去。

杨过早已打定了主意："我既然打他不过，任他刺死便了。"见他剑到，不闪不避，却回头去望着小龙女，心想："我瞧着姑姑而死，那也快活得很。”只见小龙女脸带甜笑，一步步向他走近，四目相投，对公孙谷主的黑剑竟是谁都不瞧一眼。

公孙谷主与杨过素不相识，哪里来的仇怨？所以要将他致之死地，自全是为了小龙女之故，因此一剑既出，情不自禁的向小龙女瞧去。这一眼瞧过，心中立时打翻了醋缸，但见她情致缠绵的望着杨过，再斜眼向杨过看去，见他神色也与小龙女一般无异。此时黑剑剑尖已抵住杨过胸口，只须臂力微增，剑尖便透胸而入，但小龙女既不惊惶关切，杨过也不设法抵御，两人痴痴的互望，心意相通，早把身外之事尽数忘了。公孙谷主愤恚难平，心道：“此时将这小子杀了，看来柳妹立时要殉情而死，我定须逼迫她和我成婚，过了洞房花烛，再杀这小子不迟。”叫道：“柳妹，你要我杀他呢，还是饶他？”

小龙女眼望杨过之时，全未想到公孙谷主，突然给他大声一呼，这才醒悟，惊道：“把剑拿开，你剑尖抵着他胸口干么？”谷主微微冷笑，说道：“要饶他性命不难，你叫他立时出谷，莫阻了你我的吉期。”

小龙女未见杨过之时，打定了主意永世不再与他相会，拼着自己一生伤心悲苦，盼他得能平安喜乐，此时当真会面，如何再肯与谷主成亲？自知这些日子来自己所打的主意绝难做到，宁可自己死了，也不能舍却他另嫁旁人，于是回头向谷主道：“公孙先生，多谢你救我性命。但我是不能跟你成亲的了。”

公孙谷主明知其理，仍是问道：“为什么？”

小龙女与杨过并肩而立，挽着他的手臂，微笑道：“我决意与他结成夫妻，终身厮守，难道你瞧不出来吗？”公孙谷主身子晃了两晃，说道：“当日你若坚不答允，我岂能乘人之危，以势相逼？你亲口允婚，那可是真心情愿的。”小龙女说道：“那不错，可是我舍不了他。咱们要去了，请你别见怪。”说着拉了杨过的手，径往厅口走去。

公孙谷主急纵而起，拦在厅口，嘶哑着嗓子道："若要出谷，除非你先将我杀了。"小龙女微笑道："你于我有救命大恩，我焉能害你？再说，你武功这般高强，我也决计打你不过。"一面说，一面撕下自己衣襟给杨过裹伤。

金轮法王突然大声说道："公孙谷主，你还是让他们走的好。"谷主哼了一声，铁青着脸不语。法王又道："他二人双剑联手，你的金刀黑剑如何能敌？与其赔了夫人又折兵，还不如卖个人情，让了他罢。"他败在小龙女与杨过联手的"玉女素心剑法"之下，引为毕生奇耻，此后苦苦思索，始终想不出破解之法，这时见谷主阴阳刃法极是厉害，颇不在自己金轮之下，于是出言相激，要他三人相斗，一来可乘机再钻研二人联剑招法中的破绽，寻求取胜复仇之机，二来也盼他们斗个三败俱伤。

其实他纵不出言相激，公孙谷主也决不能让小龙女与杨过携手出谷，回头向金轮法王怒视一眼，心想："你胆敢在我面前说这般言语。此刻无暇，日后再跟你算账。"转过头来，咬牙切齿的瞧着小龙女，心道："你的心不给我，身子定须给我。你活着不肯跟我成亲，你死了我也要跟你成亲。"初时他本拟以杨过的性命相胁，逼迫小龙女屈服，但见二人泯不畏死，心想纵然二人齐杀，也决不放人，双眉又是缓缓上竖，脸上杀气渐盛。

忽听得马光佐粗声叫道："喂，公孙老头儿，人家说过不跟你成亲了，你还拦着人家干什么？死皮赖活的，要脸不要？"潇湘子阴恻恻的插口道："马兄别要胡说，公孙谷主今日已摆下喜宴，要请咱们大吃一顿呢。"马光佐大声道："他的清水素菜，有什么吃头？我若是这位姑娘，也决不嫁他。如她这般美貌，便是皇帝娘娘也做得，何苦跟一个凶霸霸的老头儿一辈子吃青菜豆腐。就算不气死，淡也淡死了她！"

小龙女转过头来，婉言道：“马大爷，公孙先生于我有活命之恩，我……我……心中是永远感激他的。”

马光佐叫道：“好罢，公孙老儿，你若要做个大仁大义之人，不如今日就让他小两口儿在此间拜堂成亲，洞房花烛。若是你救了一位姑娘，便想霸占她身子，岂不是如同下三滥的土匪贼强盗?”他心直口快，说出来的话句句令人刺心逆耳，却又难以反驳。

公孙谷主杀机一起，决意要将入谷外人一网打尽，当下不动声色，淡淡的道：“我这绝情谷虽非什么了不起的地方，但各位说来便来，说去便去，我姓公孙的也太过让人小觑了。柳姑娘……”

小龙女嫣然一笑，道：“我说姓柳是骗你的，我姓龙。为的是他姓杨，我便说姓柳。”公孙谷主醋意更甚，对她这几句话只作没听见，仍道：“柳姑娘，这……”他一句话还没接下去，马光佐插口道：“这位姑娘明明说是姓龙，你何以叫她柳姑娘?”小龙女道：“公孙先生叫惯了，这只怪我先前骗他的不好，他爱叫什么便叫什么罢。”

公孙谷主对二人之言绝不理会，仍道：“柳姑娘，这姓杨的只要胜得了我手中阴阳双刃，我自任他平安出谷。咱二人私下的事，咱们自行了断，可与旁人无干。”说来说去，仍是要凭武力截留小龙女。

小龙女叹了一口气，道：“公孙先生，我原不愿与你动手，但他一个人打你不过，我只好帮他。”公孙谷主双眉竖成两条直线，说道：“你不怕自己适才呕过血，那么一起上也成。”小龙女对他极感抱憾，又道：“我和他都没兵刃，空手跟你这对刀剑相斗准定是输。你大人大量，还是放我们走罢。”

金轮法王插口说道：“公孙谷主，你这谷中包罗万有，还缺两把长剑么？只是我先得提醒你，他二人双剑联手，只怕你性命难保。”

公孙谷主向西首一指，道："那边过去第三间便是剑室，你们要什么兵刃，自行去挑选罢。只怕我所藏的利器，这几位贵客身上还未必有。"说着嘿嘿冷笑。

杨过与小龙女互视一眼，均想："我二人若能撇开了旁人，在静室中相处片刻，死亦甘心。"当即携手向西，从侧门出去，走过两间房，来到第三间房前。

小龙女眼光始终没离开杨过之脸，见房门闭着，也不细看，伸手推开，正要跨过门槛进去，杨过猛地想到一事，忙伸手拉住道："小心了。"小龙女道："怎么？"杨过左足踏在门槛之外，右足跨过门槛往地板上一点，立即缩回，丝毫不见异状。小龙女道："你怕谷主要暗害咱们吗？他这人很好，决不致于……"刚说完这三句话，猛听得嗤嗤声响，眼前白光闪动，八柄利剑自房门上下左右挺出，纵横交错，布满入口，若是有人于此时踏步进门，武功再高，也难免给这八柄利剑在身上对穿而过。

小龙女透了口长气，说道："过儿，这谷主恁地歹毒，我真瞧错他的为人了。咱们也不用跟他比什么剑，这就走罢。"忽听身后有人说道："谷主请两位入室拣剑。"两人回过头来，只见八名绿衫弟子手持带刀渔网，拦在身后，自是谷主防杨龙二人相偕逃走，派人截住了后路。小龙女的金铃索已被黑剑割断，再不能如适才这般遥点绿衫弟子的穴道。

小龙女向杨过道："你说这室中还有什么古怪？"杨过将她双手握在掌中，说道："姑姑，此刻你我相聚，复有何憾？便是万剑穿心，你我也死在一起。"小龙女心中也是柔情万种。两人一齐步入剑室，杨过随手把门带上。

只见室中壁上、桌上、架上、柜中、几间，尽皆列满兵刃，式样繁多，十之八九都是古剑，或长逾七尺，或短仅数寸，有的铁锈斑驳，有的寒光逼人，二人眼光缭乱，一时也看不清这许多。

小龙女对杨过凝视半晌，突然“嘤”的一声，投入他的怀中。杨过将她紧紧抱住，在她嘴上亲去。小龙女在他一吻之下，心魂俱醉，双手伸出去搂住他头颈。

突然砰的一声，室门推开，一名绿衫弟子厉声说道：“谷主有令，拣剑后立即出室，不得逗留。”

杨过脸上一红，当即双手放开。小龙女却想自己喜欢杨过，二人相拥而吻决没什么不该，只是有人在旁干扰，难以畅怀，当下叹了一口气，轻声说道：“过儿，待咱们打败了那谷主，你再这般亲我。”杨过笑着点了点头，伸左手搂住她腰，柔声道：“我永生永世也亲你不够。你拣兵器罢。”

小龙女道：“这里的兵刃瞧来果然均是异物，没一件不好。咱们古墓里也没这么多。”于是先从壁间逐一看去，要想拣一对长短轻重都是一般的利剑，则与杨过联手御敌之时收效最大，但瞧来瞧去，各剑均自不同。她一面看，一面问道：“适才进室之时，你怎知此处装有机关？”杨过道：“我从谷主的脸色和眼光中猜想而知。他本想娶你为妻，但听到你要和我联手斗他，便想杀你了。以他为人，我不信他会好心让咱们来选拣兵刃。”

小龙女又低低叹了口气，道：“咱们使玉女素心剑法，能胜得了他么？”杨过道：“他武功虽强，却也并不在金轮法王之上。我二人联手胜得法王，谅来也可胜他。”小龙女道：“是了，法王不住激他和我二人动手，却也是存了私心。”杨过微笑道：“人心鬼蜮，你也领会得一些了。”随即说道：“我只担心你的身子，刚才你又呕了血。”

小龙女笑靥如花，道：“你知道的，我伤心气恼的时候才会呕血，现下我欢喜得很，这点内伤不算什么。你也呕了血，不打紧罢？”杨过道：“我见了你，什么都不碍事了。”小龙女柔声道：

“我也这样。”顿了一顿，又道：“你近来武功大有进境，合斗法王之时咱们尚且能胜，何况今日？”杨过听了此言，也觉这场比试定能取胜，握着她手说道：“我想要你答应一件事，不知你肯不肯？”

小龙女柔声道：“你又何必问我？我早已不是你师父，是你的妻子啦。你说什么，我便听你的吩咐。”杨过道：“那……那真好，我……却不知道。”小龙女道：“自从那天在终南山的晚上，你和我这般亲热，我怎么还能是你的师父？你虽不肯娶我为妻，在我心里，我早就是你的妻子了。”杨过不知那晚在终南山上到底为了何事，她才突然如此相问，或许是她一时心情激动，或许是她久怀情愫而适于其时突然奔放流露，自然万万料想不到尹志平作恶那一节，心想：“那天我义父欧阳锋授我武功，将你点倒，我可并没和你亲热啊。”但耳听得她如此柔声说着缠绵的言语，醺醺如醉，一时也说不出话来。

小龙女靠在他胸前，问道：“你要我答应什么？”杨过抚着她秀发，说道：“咱们胜了那谷主，立即动身回古墓，以后不论什么，你永远不能再离开我身边。”小龙女抬起头来，望着他双眼，说道：“难道我想离开你么？难道离开你之后，我的伤心不及你厉害么？我自然答应你，便是天塌下来，我也不离开你啦。”

杨过大喜，待要说话，忽听为首的绿衫弟子大声道：“拣定了兵刃没有？”

小龙女微微一笑，向杨过道：“咱们尽快走罢。”转过身来，想任意取两把剑便是，却见西壁间一大片火烧的焦痕，几张桌椅也均烧得残破，不禁一怔。杨过笑道：“那老顽童曾闯进这剑房中来过，放了一把火，这焦痕自是他的手笔了。”只见屋角里半截画幅之下露出两段剑鞘来。他心念一动：“这两把剑本是以画遮住，只因画幅给老顽童烧去半截，剑身才显露出来。主人如此布置，这两把剑定是十分珍异。”于是伸手到壁上摘了下来，将一柄交给小龙女，握住另一柄的剑柄，拔出剑鞘。

剑一出鞘，两人脸上都感到一阵凉意，但剑身乌黑，没半点光泽，就似一段黑木一般。小龙女也拔剑出鞘。那剑与杨过手中的一模一样，大小长短，全无二致。双剑并列，室中寒气大增，只是两把剑既无尖头，又无剑锋，圆头钝边，倒有些似一条薄薄的木鞭。杨过翻转剑身，只见刻着两字，文曰："君子"，再看小龙女那把剑时，刻的是"淑女"两字。杨过本来不喜两剑形状，但很喜欢这成双成对的剑名，眼望小龙女瞧她意下如何。小龙女喜道："此剑无尖无锋，正好用来与谷主过招，他曾救我性命，我本不想伤他。"杨过笑道："剑名君子淑女。我可当不起。这'君'字若改成个'浪'字，我用起来就更好了。"说着举剑虚刺两下，但觉轻重合手，极是灵便，道："好，咱俩便用这对剑罢。"

小龙女还剑入鞘，正要出室，只见桌上花瓶中插着的一丛花娇艳欲滴，美丽异常，只是插得乱七八糟，不成格局，于是顺手去整理一下。杨过叫道："啊哟，使不得。"但为时不及，小龙女手指上已被花刺刺中数下，她愕然回顾，问道："怎么？"杨过道："这是情花啊，你在谷中这些日子，难道不知么？"小龙女将伤指在口中吮了数下，摇头道："我不知道。情花？那是什么花？"

杨过待要解释，一众绿衫弟子连声催促，于是两人重回大厅。公孙谷主早已等得极不耐烦，向绿衫弟子怒目而视，显是怪责他们办事不力，何以任由杨龙二人耽搁了这许多时候。众弟子极为害怕，均各变色。

公孙谷主待二人走近，说道："柳姑娘，你拣定剑了？"小龙女取出"淑女剑"，点头道："我们用这对钝剑，不敢当真与谷主拼斗，只是点到为止如何？"谷主心中一凛，厉声道："是谁教你们取这剑的？"说着眼光向公孙绿萼一扫，随即又定在小龙女脸上。小龙女微感奇怪，道："没人教我们啊。这对剑用不得么？那么我们去换过两把便是。”谷主怒目向杨过横了一眼，道：“换两把剑，岂不又去半天？不用换了，动手罢。”

小龙女道：“公孙先生，咱们话说明在先，我和他跟你单打独斗，都非你对手，现下以二对一，那是我们占了便宜。我们并非真的要跟你为敌，也不是与你比什么胜败。只要你不加阻拦，我们向你认输道谢。”谷主冷笑道：“赢得我手中刀剑，我自是任你们处置，倘若你们输了，婚姻之约可再不能反悔。”小龙女淡然一笑，道：“我们输了，我和他葬身在这谷中便是。”公孙谷主更不打话，左手金刀挥出，呼的一声，向杨过斜砍过去。

杨过提起剑来，还了一招“白鹤亮翅”，乃是全真派正宗剑法。公孙谷主心想：“这一招虽然法度严谨，却也只平稳而已。”右剑回过，向他肩头直刺，竟是撇开小龙女，刀剑齐向杨过身上招呼。杨过凝神应敌，严守门户，接了三招。

小龙女待谷主出了三招，这才挺剑上前。公孙谷主对她剑招却不以金刀招架，只在她来势极急之时，方出黑剑挡开，招数之中显是故意容让。

法王看了七八招，微笑道：“公孙谷主，你这般惜玉怜香，只怕要大吃苦头。”公孙谷主道：“大和尚，你若瞧不起在下，待会不妨下场赐教，此刻却不用费神指点。”说着催动刀剑，厅中风声渐响。

又斗数合，杨过使一招全真剑法的“横行漠北”，小龙女使一招玉女剑法的“彩笔画眉”，两下都是横剑斜削，但杨过长剑自左而右，横扫数尺，小龙女这剑却不过微微两颤，两招合成了玉女素心剑法中的一招“帘下梳妆”。公孙谷主一惊，举黑剑挡开了杨过长剑，横金刀守住眉心。小龙女的剑刃堪堪划到他双目之上，刀剑相交，当的一响，金刀的刀头竟被淑女剑割去了一截。

旁观众人都吃了一惊，想不到她手上这柄看来平平无奇的钝剑竟是如此锋锐。杨过与小龙女也是大出意外，他们初时选此一对钝剑，只为了名目好听而双剑同形，不料误打误撞，竟是选中了一对宝剑，这一来更是精神大振，双剑着着抢攻。

公孙谷主也是暗暗纳罕："柳妹与这小子武功都不及我，二人合力我本来丝毫不惧，怎知双剑合璧，竟然如此厉害，看来那贼秃的话倒也不假。若是今日输在他二人手下……若是今日输在他二人手下……"想到此处，猛地里左刀右攻，右剑左击，使出他平生绝学"阴阳倒乱刃法"来。黑剑本来阴柔，此时突然硬砍猛斫，变成了阳刚的刀法，而笨重长大的锯齿金刀却刺挑削洗，全走单剑的轻灵路子，刀成剑，剑变刀，当真是奇幻无方。

金轮法王、潇湘子、尹克西三人都是见识广博，但这路阴阳倒乱的刀法剑法却是生平从所未见，从所未闻。马光佐叫了起来："喂，糟老头子，你这般乱七八糟，搞的是什么古怪名堂？你……你……你可越老越不成话了！"

公孙谷主不过四十来岁，年纪也不甚老，今日存心要与小龙女成亲，却给这浑人"糟老头子长，糟老头子短"的叫着，心中如何不恼？此时也无余暇与他算账，全力施展这门已苦练了二十余年的武功，决意先打败杨龙二人再说。

杨过与小龙女双剑合璧，本已渐占上风，但对手忽然刀剑错乱，招数奇特，二人不由得手忙脚乱，霎时之间连遇险招。杨过看出黑剑的威力强于金刀，当下将剑上的刀法尽数接了过来，让小龙女去挡锯齿金刀，心想她兵刃上占了便宜，金刀不敢与她淑女剑相碰，当不致有重大危险。但这样一来，二人各自为战，玉女素心剑法分成两截，威力立减。

公孙谷主大喜，当当当，挥剑砍了三刀，左手刀却同时使了"定阳针"、"虚式分金"、"荆轲刺秦"、"九品莲台"四招。这四手剑招飘逸流转，四剑夹在三刀之中。杨过尚能勉力抵御，小龙女却意乱心慌，想挥剑去削他刀锋，但金刀势如飞凤，劈削不到。杨过情知不妙，拼着自身受伤，使一招全真剑法中的“马蹴落花”，平膀出剑，剑锋上指，将对方刀剑一齐接过。小龙女当即回剑护住杨过顶心。二人一起一合，又回到了玉女素心剑法。这套剑法的真谛在于使剑的两人心心相印，浑若一人，这一招杨过舍身相救，正是这剑术的无上心法。小龙女见他不守门户，相救自己，怕他受害，忙伸剑代他守护，于是二人皆不守而皆守，双剑之势骤然而长。

数招一过，公孙谷主额头微微见汗，刀剑左支右绌，败象已呈。小龙女与杨过却越打越是顺手。杨过左手捏个剑诀，右手剑斜刺敌人左腰，小龙女双手持住剑柄，举剑上挑，这招叫作“举案齐眉”，剑意中温雅款款，风光旖旎。她心中满溢柔情密意，回首凝视杨过，突然之间，胸间犹如被大铁锤猛力一击，右手手指剧痛，险些连剑柄也拿捏不定，不由得脸色大变，跃开三步。

公孙谷主冷笑道：“嘿，情花，情花！”心中既喜且妒。小龙女不明其意，杨过却知是情花之毒发作，她适才在剑室中被情花的小刺刺损手指，此刻动情，指上顿感剧痛。他曾身受此苦，对小龙女极是怜惜，柔声问道：“很痛罢！”公孙谷主乘此良机，刀剑向杨过一阵急攻。小龙女疼痛稍减，提剑又上。杨过心中关注，道：“你再休息一下。”岂知他一动柔情，手指上也是疼痛陡作。

公孙谷主乘隙黑剑急砍，当的一响，将他君子剑打落在地，黑剑随即前挺，已抵住杨过胸口。小龙女大惊来救，却给他金刀拦住，无法近身。谷主叫道：“拿下了这小子。”四名绿衫弟子应声上前，撒网兜转，将杨过擒在网里，渔网绕了数转，将他牢牢缠住。公孙谷主问道：“柳妹，你怎样？”

小龙女知道凭己一人非他敌手，将淑女剑往地下一掷，只听擦的一响，君子剑与淑女剑互相跃近，并在一起，牢牢的再不分开，原来双剑均有极强的磁力。小龙女悠然道："剑犹如此，人岂不若？你将我们二人一齐杀了便是。"

公孙谷主哼了一声，道："你随我来。"举手向法王等一拱道："少陪！"转入内堂。四名弟子拉着渔网，擒了杨过，跟着进去。小龙女也跟随入内。

马光佐道："大和尚，僵尸鬼，咱们得设法救人。"金轮法王微笑不答。潇湘子冷笑道："大个儿，你打得过这糟老头儿么？"马光佐抓耳摸腮，想不出主意，只道："打不过也得打！打不过也得打！"

公孙谷主昂首前行，走进一间小小的石室，说道："割几捆情花来。"

杨过与小龙女既已决心一死，二人只是相向微笑，对公孙谷主做什么事、说什么话，全不理会。过不多时，石室门口传进来一阵醉人心魄的花香，二人转头瞧去，迎眼只见五色缤纷，娇红嫩黄，十多名绿衫弟子拿着一丛丛的情花走进室来。他们手上臂上都垫了牛皮，以防为情花的小刺所伤。公孙谷主右手一挥，冷然道："都堆在这小子身上。"

霎时之间，杨过全身犹似为千万只黄蜂同时螫咬，四肢百骸，剧痛难当，忍不住大声号叫。小龙女又是怜惜，又是愤怒，向公孙谷主喝道："你干什么？"抢上去要移开杨过身上的情花。

公孙谷主伸臂挡住，说道："柳妹，今日本是你我洞房花烛的吉期，却给这小子闯进谷来，将大好的日子闹了个乱七八糟，我和他素不相识，原无怨仇，何况他既与你有旧，只要他谨守宾客之义，我自然也是礼敬有加，今日事已如此……"说到此处，左手一挥，众弟子退出石室，带上了室门。他继续说道："……是祸是福，全在你一念之间。"

杨过在情花小刺的围刺之下苦不堪言，只是不愿小龙女为自己难过，咬紧了牙关始终默不出声，于公孙谷主的话半句也没听进耳去。小龙女望着他痛楚的神情，怜惜之念大起，就在此时，手指上情花之毒发作，又是一阵剧痛，心想："我只不过给情花略刺一下，已痛得如此厉害，他遍身千针万刺，那可如何抵受？"

公孙谷主猜知她心意，说道："柳妹，我是诚心诚意，想与你缔结百年良缘，对你只有一片爱慕之忱，绝无歹意，这一节你自是明白的。"小龙女点点头，凄然道："你待我一直很好，且别说于我有救命之恩，在此之前，你对我千依百顺，殷勤周至，唯恐博不了我的欢心。"她垂首半晌，长长叹了口气，说道："公孙先生，当日你如没在荒山中遇着我，若是没救我性命，任我没声没息的死了，于咱们三人都更好些。你硬逼我与你成亲，明知我会终生不乐。这于你又有什么好处？"

公孙谷主双眉又是缓缓竖起，低沉着声音道："我向来说一是一，说二是二，决不容人欺负折辱。你既答允了与我成亲，便得成亲。至于欢乐愁苦，世事原本难料，明天的事又有谁知道了？大家走着瞧罢。"袍袖一挥，说道："此人遍身为情花所伤，每过一个时辰，疼痛便增一分，三十六日后全身剧痛而死。在十二个时辰之内，我有秘制妙药可给他医治，一天之后却是神仙难救。他是死是活，就由你说罢。"说着缓步走向室门，伸手推开了门，转头道："若是你宁可任他慢慢痛死，那也由得你，你就在这儿瞧他三十六日。我对你绝无加害之意，你尽可放心。十二个时辰之内你如回心转意，只须呼叫一声，我便拿解药来救他性命。"说着便要迈步出室。

小龙女见杨过全身发颤，咬唇出血，双目本来朗若流星，此刻已是黯然无光，想得到他身上如何痛苦，此时已然如此难当，若这疼痛每过一个时辰便增一分，一连痛上三十六天，只怕地狱之中也无如此苦刑，一咬牙，说道："公孙先生，我允你成亲便了。你快放了他，取药解救。"

公孙谷主一直逼迫，为的便是要她口出此言，此时听在耳里，心中又是欢喜又是妒恨，知道自今之后，这女子对己只有怨憎，决无半分情意，点头道："你能回心转意，于大家都好。今晚你我洞房花烛之后，明日一早我便取药救他。"小龙女道："你先给他治好伤。"谷主叹道："柳妹，你也太小觑我了。好容易才叫你答允，你实非真心情愿，我就再蠢，也岂能不知？难道我先能给他治伤么？"说着转身出门。

小龙女与杨过惨然相对，半晌无言。杨过缓缓的道："姑姑，过儿承你倾心相爱，虽在九泉，亦是心怀安畅。你将我一掌打死了罢！"小龙女心想："我先将他打死，随即自尽。"于是提起手来，潜运内劲。杨过脸露微笑，目光柔和，甜甜的瞧着她，低声道："此刻才是你我洞房花烛的时分呢。"小龙女见他神采飞扬，心想："这般一个俊俏郎君，何以老天便狠心如此，要他今日死于非命？"胸口一酸，突觉喉头发甜，似乎又要呕血，臂上的劲力登时消失。她突然扑在杨过身上，情花的千针万刺同时刺入她的体内，说道："过儿，你我同受苦楚。"

忽听背后公孙谷主"啊哟"一声惊呼，道："你……你……"随即冷冷的道："那又何苦如此？你身上挨痛，他的疼痛便能少了半分吗？"小龙女向杨过深深望了一眼，缓缓转过身去，迈步出室，再不回头。公孙谷主向杨过道："杨兄弟，再过十个时辰，我便携同灵药前来救你。这十个时辰之中，只要你清心自持，不起情欲之念。纵有痛楚，亦不难熬。"说着出室关门，径自去了。

杨过身上受苦，心中伤痛："前时所受的诸般苦楚，与今日相较已全都算不了什么。这谷主如此狠毒，我焉能一死了之，任由姑姑落在他手中苦受折磨？何况我父仇未报，岂能让那假仁假义的郭靖、黄蓉作下恶事，不受报应？”思念及此，不由得热血如沸，激昂振奋，“死不得，无论如何死不得！便算姑姑成了这谷主的夫人，我还是要救她出来。我还得苦练武功，给死去的父母报仇。”于是咬紧牙关，盘膝坐起，虽在渔网之中不能坐正姿式，还是气沉丹田，用起功来。

过了两个时辰，已是午后，一名绿衫弟子端着盘子走进来，盘中装着四个无酵馒头，说道：“谷主今日新婚大喜，也让你好好吃一个饱。”将盘子放在渔网之侧，他手上密密层层的包着粗布，唯恐为情花所伤。杨过伸手出网，取过四个馒头都吃了，心想：“我既要和这贼谷主厮拚到底，便不能作践自己身子。”那弟子笑道：“瞧不出你胃口倒好。”

突然门口绿影一晃，又有一名绿衫弟子进来，悄没声的走到那人身后，伸拳在他背心上重重击落。先前那人没瞧见来人是谁，已被打得昏晕过去。

杨过见偷袭的那人竟是公孙绿萼，奇道：“你……你……”公孙绿萼转身先将室门关上，低声道：“杨大哥悄声，我来救你。”说着解开渔网的结子，搬开丛丛情花，放了杨过出来，她手上也缠着粗布。杨过迟疑道：“令尊若知此事……”公孙绿萼道：“我拚着身受重责便是。”随手摘下一小丛情花，塞在那绿衫弟子口中，令他醒后不能呼救，然后将他缚入渔网，情花堆了个满身，这才低声道：“杨大哥，倘若有人进来，你就躲在门后。你身中剧毒，我到丹房去取解药给你。”

杨过好生感激，知她此举实是身犯奇险，自己与她相识不过一日，她竟背叛父亲来救自己，说道：“姑娘，我……我……”内心激动，竟然说不下去了。公孙绿萼微微一笑，说道：“你稍待片刻，我即时便回。”说着翩然出室。

杨过呆呆的出神：“她何以待我如此好法？我虽遭际不幸，自幼被人欺辱，但世上真心待我之人却也不少。姑姑是不必说了，如孙婆婆、洪老帮主、义父欧阳锋、黄岛主这些人，又如程英、陆无双，以及此间公孙绿萼这几位姑娘，无不对我极尽至诚。我的时辰八字必是极为古怪，否则何以待我好的如此之好，对我恶的又如此之恶？”他却想不到自己际遇特异，所逢之人不是待他极好，便是极恶，乃是他天性偏激使然，心性相投者他赤诚相待，言语不合便视若仇敌，他待别人如是，别人自然也便如是以报了。

等了良久，始终不见公孙绿萼现身。杨过越等越是担忧，初时还猜想定是丹房中有人，盗药一时不得其便，时刻渐久，心想纵然取药不得，她也必过来告知，瞧来此事已然凶多吉少，她为我干冒大险，我怎可不设法相救？于是将室门推开一缝，向外张望，门外静悄悄的并无人影，当即溜了出来，却不知公孙绿萼陷身何处。

正自彷徨，忽听转角处脚步声响，他忙缩身转角，只见两名绿衫弟子并肩而来，手中各执一条荆杖，显然是行刑之具。杨过大怒：“姑姑宁死不屈，这无耻谷主竟要对她苦刑逼迫！”当下放轻脚步，跟随在两名弟子之后。那二人并不知觉，曲曲折折的绕过几道长廊，来到一间石室之前，朗声说道：“启禀谷主，荆杖取到。”推门入内。

杨过心中怦怦而跳，见那石室东首有窗，于是走到窗下，凑眼向内张望，岂知小龙女不在室内，公孙绿萼却垂首站在父亲之前。公孙谷主居中而坐，两名绿衫弟子手持长剑，守在绿萼左右。

谷主接过荆杖，冷冷的道：“萼儿，你是我亲生骨肉，到底为何叛我？”公孙绿萼低头不语。谷主道：“你看中了那姓杨的小子，我岂有不知？我本说要放了他，你又何必性急？明日爹爹跟他说，就将你许配于他如何？”杨过如何不知公孙绿萼对己大有情意，但此刻听人公然说将出来，一颗心还是怦然而动。

公孙绿萼低头不语，过了片刻，突然抬起头来，朗声说道："爹爹，你此刻一心想着自己成亲，哪里还顾念到女儿？"公孙谷主哼了一声，并不接口。公孙绿萼又道："不错，女儿钦慕杨公子为人正派，有情有义。但女儿知他心目中只有龙姑娘一人。女儿所以救他，就是……就是瞧不过爹爹的所作所为，别无他意。"杨过心中大是激动，暗想："这贼谷主乖戾妄为，所生的女儿却如此仁义。"

公孙谷主脸上木然，并无气恼之色，淡淡的道："依你说来，那我便是为人不正派了，便是无情无义了？"公孙绿萼道："女儿怎敢如此数说爹爹。只是……只是……"谷主道："只是怎么？"绿萼道："那杨公子身受情花的千针万刺，痛楚如何抵挡？爹爹，你大恩大德，放了他罢。"谷主冷笑道："我明日自会救他放他，何用你从中多事。"

公孙绿萼侧头沉吟，似在思量有几句话到底该不该说，终于脸现坚毅之色，说道："爹爹，女儿受你生养抚育的大恩，那杨公子只是初识的外人，女儿如何会反去助他？倘若爹爹明日当真给他治伤，将他释放，女儿又何必冒险到丹房中来？"谷主厉声说道："那你为何又来了？"公孙绿萼道："女儿就知爹爹对他不怀善意，你逼迫龙姑娘与你成亲之后，便要使毒计害死杨公子，好绝了龙姑娘之念。"

公孙谷主两道长眉登时又即竖起，冷冷的道："哼，当真是养虎贻患。把你养得这么大了，想不到今日竟来反咬我一口。拿来！"说着伸出手来。绿萼道："爹爹要什么？"谷主道："你还装假呢？那治情花之毒的绝情丹啊。"绿萼道："女儿没拿。"谷主站起身来，道："那么哪里去了？"

杨过打量室中，只见桌上、柜中满列药瓶，壁上一丛丛的挂着无数干草药，西首并列三座丹炉，这间石室自便是所谓丹房了。瞧着公孙谷主的神情，绿萼今日非受重刑不可，只听她道：“爹爹，女儿私进丹房，确是想取绝情丹去救杨公子，但找了半天没找到，否则何以会给爹爹知觉？”

谷主厉声道：“我这藏药之所极是机密，几个外人一直在厅，没离开过一步，这绝情丹突然失了影踪，难道它自己会生脚不成？”绿萼跪倒在地，哭道：“爹爹，你饶了杨公子性命，命他出谷之后永世不许回来，也就是了。”谷主冷笑道：“若是我性命垂危，你未必便肯跪地向人哭求。”绿萼不答，只是抱住了他双膝。

谷主道：“你取去了绝情丹，又教我怎生救他？好，你不肯认，也由得你。你就在这儿耽一天。你虽偷了我的丹药，却送不到那姓杨的小子口中，总是枉然，十二个时辰之后，我再放你罢！”说着走向室门。

公孙绿萼咬牙叫道：“爹爹！”

谷主道：“你还有何话说？”绿萼指着那四名弟子道：“你先叫他们出去。”谷主道：“我谷中众心如一，事无不可对人言。”绿萼满脸通红，随即惨白，说道：“好，你不信女儿的话，那你便瞧我身上有没有丹药。”说着解去上衫，接着便解裙子。公孙谷主忙挥手命四名弟子出外，关上了室门。片刻之间，绿萼已将外衫与裙子脱去，只留下贴身的小衣，果然身上并无一物。

杨过在窗外见她全身晶莹洁白，心中怦的一动。他是少年男子，公孙绿萼又是身材丰腴，容颜俏丽，一看之下，不由得血脉贲张，但随即想起：“她是为救我性命，这才不惜解衣露躯，杨过啊杨过，你若再看一眼，那便是禽兽不如了。”急忙闭眼，但心神烦乱之际，额头竟轻轻在窗格子上一碰。

这一碰虽只发出微声，公孙谷主却已知觉，走到三座丹炉之旁，将中间一座丹炉推开，把东首的推到中间，西首的推到东首，然后将原在中间的推到了西首，说道：“既是如此，我便允你饶那小子的性命便是。”绿萼大喜，拜倒在地，颤声道：“爹爹！”

谷主走到靠壁的椅中坐下，道：“我谷中规矩，你是知道的。擅入丹房，该当如何？”绿萼低首道：“该当处死。”谷主叹道：“你虽是我亲生女儿，但也不能坏了谷中规矩，你好好去罢！”说着抽出黑剑，举在半空，柔声道：“唉，萼儿，你若是从此不代那姓杨的小子求情，我便饶你。我只能饶一个人，饶你还是饶他？”公孙绿萼低声道：“饶他！”谷主道：“好，我女儿当真大仁大义，胜于为父的多了。”挥剑往她头顶直劈下去。

杨过大惊，叫道：“且慢！”从窗口飞身跃入，跟着叫道：“该当杀我！”右足在地下一点，正要伸手去抓公孙谷主手腕，阻他黑剑下劈，突觉足底一软，却似踏了个空。杨过暗叫不妙，急提真气，身子陡然向上拔起。公孙谷主双掌在女儿肩头一推。公孙绿萼身不由主的急退，往杨过身上撞来。

杨过跃起后正向下落，公孙绿萼恰好撞向他身上，两人登时一齐笔直堕下，但觉足底空虚，竟似直坠了数十丈尚未着地。

杨过虽然惊惶，仍想到要护住绿萼性命，危急中双手将她身子托起，眼前一片黑暗，不知将落于何处，足底是刀山剑林？还是乱石巨岩？思念未定，扑通一声，两人已摔入水中，往下急沉，原来丹房之下竟是个深渊。

杨过双手抓着绳索，交互上升，低头向下望去，只见裘千尺和绿萼母女俩在暮色朦胧中已成为两个小小黑影。

第十九回

地底老妇

杨过身子与水面相触的一瞬之间，心中一喜，知道性命暂可无碍，否则二人从数十丈高处直坠下来，那是非死不可。冲力既大，入水也深，但觉不住的往下潜沉，竟似永无止歇。他闭住呼吸，待沉势一缓，左手抱着绿萼，右手拨水上升，刚钻出水面吸了口气，突然鼻中闻到一股腥臭，同时左首水波激荡，似有什么巨大水族来袭。

一个念头在他心中转过："贼谷主既将我二人陷在此处，岂有好事？"右手发掌向左猛劈出去，砰的一声巨响，击中了什么坚硬之物，跟着波涛汹涌，他借着这一掌之势，已抱着公孙绿萼向右避开。

他不精水性，所以能在水底支持，纯系以内功闭气所致。此时眼前一片漆黑，只听得左首和后面击水之声甚急，他右掌翻出，突然按到一大片冰凉粗糙之物，似是水族的鳞甲，大吃一惊："难道世间真有毒龙？"手上使劲，腾身而起，那怪物却被他按入了水底。他深深吸了口气，准拟再潜入水中，哪知右足竟然已踏上了实地，这一下非事先所料，足上使的劲力不对，撞得急了，右腿好不疼痛。

但心喜之余，腿上疼痛也顾不得了，伸手摸去，原来是深渊之旁的岩石。他只怕怪物继续袭来，忙向高处爬去，坐稳之后，惊魂稍定。公孙绿萼吃了好几口水，人已半晕。杨过让她伏在自己腿上，缓缓吐水。只听得岩石上有爬搔之声，腥臭气息渐浓，有几只怪物从水潭中爬了上来。

公孙绿萼翻身坐起，搂住了杨过脖子，惊道："那是什么？"杨过道："别怕，你躲在我身后。"公孙绿萼不动，只是搂得他更加紧了，颤声道："鳄鱼，鳄鱼！"

杨过在桃花岛居住之时曾见过不少鳄鱼，知道此物凶猛残忍，尤胜陆上虎狼，当日他与郭芙、武氏兄弟等见到，也是不敢招惹，总是远而避之，不意今日竟会在这地底深渊之中相遇，当下坐稳身子，凝神倾听，从脚步声中察觉共有三条鳄鱼，正一步步的爬近。

公孙绿萼低声道："杨大哥，想不到我和你死在一处。"语气中竟有喜慰之意。杨过笑道："便是要死，咱们也得先杀几条鳄鱼再说。"

这时当先一条鳄鱼距杨过脚边已不到一丈，绿萼叫道："快打！"杨过道："再等一下。"伸出右足，垂在岩边，那鳄鱼又爬近数尺，张开大口，往他足上狠狠咬落。杨过右足回缩，跟着挥脚踢出，正中鳄鱼下颚。那鳄鱼一个筋斗翻入渊中，只听得水声响动，渊中群鳄一阵骚乱，另外两条鳄鱼却又已爬近。

杨过虽中情花剧毒，武功却丝毫未失，适才这一踢实有数百斤的力道，踢中鳄鱼后足尖隐隐生疼，那鳄鱼跌入潭中后却仍是游泳自如，想见其皮甲之坚厚，心想："单凭空手，终究奈何不了这许多凶鳄，斗到后来，我与公孙姑娘迟早会膏于鳄吻，如何想个法子，方能将这些鳄鱼尽数杀死？"伸手出去想摸块大石当武器，但岩石上光溜溜的连泥沙也无一粒，只听得两头鳄鱼又爬近了些，忙问："你身上有佩剑么？"

公孙绿萼道："我身上？"想起自己在丹房中除去衣裙，只余下贴身的小衣，这时却偎身于杨过怀中，不由得大羞，登时全身火热，心中却甜甜的喜悦不胜。

杨过全神贯注在鳄鱼来袭，并未察觉她有何异状，耳听得两头鳄鱼距身前已不过丈许，身后又有两头，若是发掌劈打，原可将之击落潭中，但转瞬又复来攻，于事无补，自己内力却不绝耗损，于是蓄势不发，待二鳄爬到身前三尺之处，猛地里双掌齐发，啪啪两声，同时击在二鳄头上。鳄鱼转动不灵，杨过掌到时不知趋避，但皮甲坚厚，只是晕了一阵，滑入潭中。就在此时，身后二鳄已然爬到。杨过左足将一鳄踢下岩去，这一脚踢得重了，抱持绿萼不稳，她身子一侧，向岩下滑落。

公孙绿萼惊叫一声，右手按住岩石，运劲窜上。杨过伸掌在她背心一托，将她救上。这么一耽搁，最后一头鳄鱼已迫近身边，张开巨口往杨过肩头咬落。这时拳打足踢均已不及，虽可跃开闪避，但那巨口的双颚一合，说不定便咬在绿萼身上，危急中双手齐出，一手扳住鳄鱼的上颚，一手扳住下颚，运起内力，大喝一声，只听得喀喇一响，鳄鱼两颚从中裂开，登时身死。

杨过虽扳死凶鳄，背上却也已惊得全是冷汗。绿萼道："你没受伤罢？"杨过听她语声之中又是温柔，又是关切，心中微微一动，道："没有。"只是适才使力太猛，双臂略觉疼痛。绿萼察觉死鳄身躯躺在岩上，一动也不动，心下极是钦佩，道："你空手怎么将它弄死的？黑暗中便又瞧得恁地清楚。"杨过道："我随着姑姑在古墓中居住多年，只要略有微光，便能见物。"他说到姑姑与古墓，不由得一声长叹，突然全身剧痛，万难忍耐，不由得纵声大叫，同时飞足将死鳄踢入潭中。

两头鳄鱼正向岩上爬上来，听到他惨呼之声，吓得又跃入水中。

公孙绿萼忙握住他手臂，另一手轻轻在他额头抚摸，盼能稍减他的疼痛。杨过自知身中剧毒，纵然不处此危境，也已活不了几日，听公孙谷主说要连痛三十六日才死，但疼痛如此难当，只要再挨几次，终于会忍耐不住而自绝性命，然自己一死之后，公孙绿萼无人救护，岂不惨极，心想：“她所以处此险境，全是为了我。我不论身上如何疼痛，必当支持下去，但愿那谷主稍有父女之情，终于回心转意而将她救回。”心中盘算，一时没想及小龙女，疼痛登时轻缓，说道：“公孙姑娘，别害怕，我想你爹爹就会来救你上去。他只恨我一人，对你向来钟爱，此时定然已好生后悔。”

公孙绿萼垂泪道：“当我妈在世之时，爹爹的确极是爱我。后来我妈死了，爹爹就对我日渐冷淡，但他……但他……心中，我知道是不会恨我的。”停了片刻，陡地想起许多奇怪难解之事，说道：“杨大哥，我忽然想起，爹爹一直在怕我。”杨过奇道：“他怕你？那倒奇了。”绿萼道：“是啊，我总觉爹爹见到我之时神色间很不自然，似是心中隐瞒着什么要紧事情，生怕给我知道了。这些年来，他总是尽量避开我，不见我面。”

她以前见到父亲神情有异，虽觉奇怪，但每次念及，总是只道自母亲逝世，父亲心中悲痛，以至性情改变，但这次她摔入鳄潭，却明明是父亲布下的圈套。他在丹房中移动三座丹炉，自是打开翻板的机关。若说父亲心恨杨过，要将他置之死地，杨过本已中了情花之毒，只须不加施救，便难以活命，何况那时他正跌向鳄潭，其势已万难脱险，然则父亲何以将自己也推入潭中？这一掌之推，哪里还有丝毫父女之情？这决非盛怒之下一时失手，其中必定包藏了阴谋祸心。她越想越是难过，但心中也是越加明白。父亲从前许多特异言行当时茫然不解，只是拿“行为怪僻”四字来解释，此时想来，显然全是从一个“怕”字而起，可是他何以会害怕自己的亲生女儿，却万万猜想不透。

这时鳄潭中闹成一片，群鳄正自分嚼死鳄，一时不再向岩上攻来。杨过见她呆呆出神，问道：“是否你父亲有甚隐事，给你无意之中撞见了？”绿萼摇头道：“没有啊。爹爹行止端方，处事公正，谷中大小人等无不对他极是敬重。今日他如此对你确是不该，但以往从未有过这般倒行逆施之事。”杨过不知绝情谷中过去的情事，自难代她猜测。

鳄潭深处地底，寒似冰窟，二人身上水湿，更是凉气透骨。杨过在寒玉床上练过内功，对这一点寒冷自是毫不在意，公孙绿萼却已不住颤抖，偎在杨过怀中求暖。杨过心想这姑娘命在顷刻，定然又是难过又是害怕，想说几句笑话逗她一乐，只见潭中群鳄争食，巨口利齿，神态狰狞可怖，于是笑道：“公孙姑娘，今日你我一齐死了，你来世想转生变作什么东西？似这般难看的鳄鱼，我是说什么也不变的。”

公孙绿萼微微一笑，道：“那你还是变一朵水仙花儿罢，又美又香，人人见了都爱。”杨过笑道：“要说变花，也只有如你这等人才方配。若是我呀，不是变作喇叭花，便是牛屎菊。”绿萼笑道：“倘若阎罗王要你变一朵情花，你变不变？”

杨过默然不答，心中极是悔恨：“凭我和姑姑合使玉女素心剑法，那贼谷主终非敌手。那时他手忙脚乱，转眼便要输了。偏生事不凑巧，姑姑在剑室中给情花刺伤，而这素心剑法又须两人心灵相通，情意绵绵，方始发出威力。唉，这也是天数使然，无话可说了。却不知姑姑眼下如何？”他一想到小龙女，身上各处创口又隐隐疼痛。

公孙绿萼不听他答话，已知自己不该提到情花，忙岔开话题，说道：“杨大哥，你能瞧见鳄鱼，我眼前却是黑漆漆的，什么都瞧不见。”杨过笑道：“鳄鱼的尊容丑陋得紧，不瞧也罢。”说着轻轻拍了拍她肩头，意示慰抚，一拍之下，着手处冰冷柔腻，才想到她在丹房中解衣示父，只剩下了贴身的小衣，肩头和膀子都没衣服遮蔽。杨过微微一惊，急忙缩手。绿萼想到他能在暗中见物，自己半裸之状全都给他瞧得清清楚楚，不禁叫了声：“啊哟！”身子自然而然的让开了些。

杨过稍稍坐远，脱下长袍，给她披在身上，解衣之际，不但想到了小龙女，也想到了给自己缝袍的程英，想到了愿意代己就死的陆无双，自咎一生辜负美人之恩极多，愧无以报，不禁长长的叹了口气。

公孙绿萼整理一下衫袖，将腰带系上，忽觉杨过长袍的衣袋中有小小一包物事，伸手摸了出来，交给他道："这是什么东西？你要不要用？"杨过接了过来，入手只觉沉沉地，问道："那是什么？"绿萼一笑，说道："是你袋里的东西，怎么反来问我？"杨过凝神看时，见是个粗布小包，自己从未见过，当即打开，眼前突然一亮，只见包中共有四物，其中之一是柄小小匕首，柄上镶有龙眼核般大小的一颗珠子，发出柔和莹光，照上了公孙绿萼的俏脸，心想："古人言道珠称夜光，果然不虚。"

绿萼忽地尖叫："咦！"伸手从包中取过一个翡翠小瓶，叫道："这是绝情丹啊。"杨过又惊又喜，问道："这便是能治情花之伤的丹药？"

绿萼举瓶摇了摇，觉到瓶中有物，喜道："是啊，我在丹房中找了半天没找到，怎么反而给你拿了去？你怎地拿到的？你干么不服啊？你不知道这便是绝情丹，是不是？"她欣喜之余问话连串不断，竟没让杨过有答话的余暇。

杨过搔了搔头，道："我半点也不知道，这……这瓶丹药，怎地会放在我袋中，这可真是奇哉怪也。"

绿萼借着匕首柄上夜明珠的柔光，也看清楚了近处物事，只见小包中除匕首与装绝情丹的翡翠小瓶之外，还有块七八寸见方的羊皮，半截灵芝。她心念一动，说道："这半截灵芝就是给那老顽童折断的。"杨过道："老顽童？"绿萼道："是啊，芝房由我经管，这灵芝便是种在芝房中白玉盆里的。老顽童大闹书剑丹芝四房，毁书盗剑，踢炉折芝，都是他干的好事。"杨过恍然而悟，叫道：

“是了，是了。”绿萼忙问：“怎么？”

杨过道：“这个小包是周老前辈放在我身边的。”他此时已知周伯通对己实有暗助之意，因之把“老顽童”改口称为“周老前辈”。绿萼也已明白了大半，说道：“原来是他交给你的。”杨过道：“不，这位武林前辈游戏人间，行事鬼神莫测，他取去了我人皮面具和大剪刀，我固然不知，而他将这小包放在我衣袋里，我也毫无所觉。唉，他老人家的本事，我真是一半也及不上。”绿萼点头道：“是了，爹爹说他盗去了谷中要物，非将他截住不可，而他……他当众除去衣衫，身上却未藏有一物。”杨过笑道：“他脱得赤条条地，竟把谷主也瞒过了，原来这包东西早已放在我的袋中。”

绿萼拔开翡翠小瓶上的碧玉塞子，弓起左掌，轻轻侧过瓶子，将瓶里丹药倒在掌中，瓶中倾出一枚四四方方骰子般的丹药来，色作深黑，腥臭刺鼻。大凡丹药都是圆形，以便吞服，若是药锭，或作长方扁平，如这般四方的丹药，杨过却是从所未见，从绿萼掌中接了过来，仔细端详。绿萼握着瓶子摇了几摇，又将瓶子倒过来在掌心拍了几下，道：“没有啦，就只这么一枚，你快吃罢，别掉在潭里可就糟了。”

杨过正要把丹药放入口中，听她说“就只这么一枚”，不由得一怔，问道：“只有一枚？你爹爹处还有没有？”绿萼道：“就因为只有一枚，那才珍贵啊，否则爹爹何必生这么大的气？”杨过大吃一惊，颤声道：“如此说来，我姑姑遍身也中了情花之毒，你爹爹又有什么法子救她？”

绿萼叹道：“我曾听大师兄说道，这绝情丹谷中本来很多，后来不知怎地，只剩下了一枚，而这丹药配制极难，诸般珍贵药材无法找全，因此大师兄曾一再告诫，大家千万要谨防情花的剧毒，小小刺伤，数日后可以自愈，那是不打紧的。中毒一深，却令谷主难办，因为一枚丹药只治得一人。”杨过连叫“啊哟”，说道：“你爹爹怎地还不来救你?”

绿萼当即明白了他心意，见他将丹药放回瓶中，轻叹一声，说道：“杨大哥，你对龙姑娘这般痴情，我爹爹宁不自愧？你只盼望我将绝情丹带上去，好救龙姑娘的性命。”

杨过给她猜中心事，微微一笑，说道：“我既盼望你这么好心的姑娘能平平安安的脱此险境，也盼能救得我姑姑性命。就算我治好了情花之毒，困在这鳄潭中也是活不了，自是救治我姑姑要紧。”心想：“姑姑美丽绝伦，那公孙谷主想娶她为妻，本也可说是人情之常。然而姑姑不肯相嫁，他便诱她到剑房中想害她性命，用心已然险恶之极；而他明知惟一的绝情丹已给人盗去，姑姑身上的情花剧毒无可解救，已不过三十六日之命，他兀自要逼她委身，只怕这潭中的鳄鱼，良心比他也还好些。”

绿萼知道不论如何苦口劝他服药，也总是白饶，深悔不该向他言明丹药只有一枚，于是说道：“这灵芝虽不能解毒，但大有强身健体之功，你就快服了罢。”杨过道：“是。”将半截灵芝剖成两片，自己吃了一片，另一片送在绿萼口中，道：“也不知你爹爹何时才来放你，吃这一片挡挡寒气。”绿萼见他情致殷勤，不忍拒却，于是张口吃了。

这灵芝已有数百年气候，二人服入肚中，过不多时，便觉四肢百骸暖洋洋的极是舒服，精神为之一振，心智也随之大为灵敏。绿萼忽道：“老顽童盗去了绝情丹，爹爹当然早已知道。他说治你之伤，固是欺骗龙姑娘，便是逼我交出丹药，也是假意做作。”

杨过早就想到此节，只是不愿更增她的难过，是以并未说破，这时听她自己想到了，便道：“你爹爹放你上去之后，将来你须得处处小心，最好能设法离谷，到外面走走。”绿萼叹道：“唉，你不知爹爹的为人，他既将我推入鳄潭，决不致再回心转意放我出去。他本就忌我，经过此事之后，又怎再容我活命？杨大哥，你就不许我陪着你一起死么？”

杨过正待说几句话相慰，忽然又有一头鳄鱼慢慢爬上岩来，前足即将搭上从小包中抖出来的那张羊皮。杨过心念一动：“且瞧瞧这张羊皮有什么古怪。”提起匕首，对准鳄鱼双眼之间刺去，噗的一声，应手而入，原来这匕首竟是一把砍金断玉的利刃。那头鳄鱼挣扎了几下，跌入潭中，肚腹朝天，便即毙命。杨过喜道：“咱们有了这柄匕首，潭中众位鳄鱼老兄的运气可就不大好啦。”左手执起羊皮，右手将匕首柄凑过去，就着刃柄上夜明珠发出的弱光凝神细看。羊皮一面粗糙，并无异状，翻将过来，却见画着许多房屋山石之类。

杨过看了一会，觉得并无出奇之处，说道：“这羊皮是不相干的。”绿萼一直在他肩旁观看，忽道：“这是我们绝情谷水仙山庄的图样。你瞧，这是你进来的小溪，这是大厅，这是剑室，这是芝房，这是丹房……”她一面说，一面指着图形。杨过突然“咦”的一声，道：“你瞧，你瞧。”指着丹房之下绘着的一些水纹。绿萼道：“这便是鳄潭了。啊……这里还有通道。”

二人见鳄潭之旁绘得有一条通道，不禁精神大振。杨过将图样对照鳄潭的形势，说道：“若是图上所绘不虚，那么从这通道过去，必是另有出路。只是……”绿萼接口道：“奇在这通道一路斜着向下，鳄潭已深在地底，再向下斜，却通往何处？”图上通道到羊皮之边而尽，不知通至什么所在。

杨过道：“这鳄潭的事，你爹爹或大师兄曾说起过么？”绿萼摇头道：“直到今日，我才知丹房下面潜伏着这许多可怖之物，只怕大师兄也未必知悉。可是……可是，养这许多鳄鱼，定须时时喂东西给它们吃，爹爹不知道为什么……”想起父亲的阴狠，忍不住发抖。

杨过打量周遭情势，但见岩石对面有一团黑黝黝的影子，似是通道的入口，但隔得远了，不易瞧得清楚，心想：“就算这真是通道，其中不知还养着什么猛恶怪物，遇上了说不定凶险更大。然而总不能在此坐以待毙，反正是死，不如冒险求生。只要把公孙姑娘救出危境，将绝情丹送入姑姑口中，那便好了。”于是将匕首交在绿萼手中，道：“我过去看看，你提防鳄鱼。”左足在岩上一点，已飞入潭中。绿萼惊呼一声。杨过右足踏在死鳄肚上，借劲跃起，接着左足在一头鳄鱼的背上一点。那鳄鱼直往水底沉落，杨过却已跃到对岸，贴身岩上，反手探去，叫道：“这里果然是个大洞！”

公孙绿萼轻功远不如他，不敢这般纵跃过去。杨过心想若是回去背负，二人身重加在一起，不但飞跃不便，而且鳄鱼也借力不起，事到如今只有冒险到底，叫道：“公孙姑娘，你将长袍浸湿了丢过来。”绿萼不明他用意，但依言照做，除下长袍，在潭水中一浸，迅速提起，打了两个结，成为一个圆球，叫道：“来啦！”运劲投掷过去。杨过伸手接住，解开了结，在岩壁上找了个立足之地，左手牢牢抓住一块凸出的岩角，右手舞动浸湿了的长袍，说道：“你仔细听着声音。”将长袍向前送出，回腕挥击，啪的一声，长袍打在洞口。他连击三下，问道：“你知道洞口的所在了？”绿萼听声辨形，捉摸到了远近方位，说道：“知道啦。”杨过道：“你跳起身来，抓住长袍，我将你拉过来。”

绿萼尽力睁大双眼，但望出去始终是黑漆漆的一团，心中甚是害怕，说道：“我不……我……”杨过笑道：“不用怕，若是抓不住长袍摔在潭里，我立刻跳下来救你。咱们先前尚且不怕鳄鱼，有了这柄削铁如泥的匕首，还怕何来？”说着呼的一声，又将长袍挥出。

公孙绿萼一咬牙，双足在岩上力撑，身子已飞在半空，听着长袍在空中挥动的声音，双手齐出，右手抓住了长袍下摆，左手却抓了个空。杨过只觉手上一沉，抖腕急挥，将绿萼送到了洞口，生怕她立足不定，长袍一挥出，立即便跟着跃去，在她腰间轻轻一托，将她托起，稳稳坐在洞边。

公孙绿萼大喜，叫道：“行啦，你这主意真高。”杨过笑道：“这洞里可不知有什么古怪的毒物猛兽，咱们也只有听天由命了。”说着弓身钻进了洞里。绿萼将匕首递给他，道：“你拿着。”接过杨过递来的长袍，穿在身上。

洞口极窄，二人只得膝行而爬，由于鳄潭水气蒸浸，洞中潮湿滑溜，腥臭难闻。杨过一面爬，一面笑道：“今日早晨你我在朝阳下同赏情花，满山锦绣，鸟语花香，过不了几个时辰却到了这地方，我可真将你累得惨了。”绿萼道：“这哪怪得你？”

二人爬行了一阵，隧洞渐宽，已可直立行走，行了良久，始终不到尽头，地下却越来越平。杨过笑道：“啊哈，瞧这模样咱们是苦尽甘来，渐入佳境。”绿萼叹道：“杨大哥，你心里不快活，不必故意逗我乐子……”一言未毕，猛听得左首传来一阵大笑之声：“哈哈，哈哈，哈哈！”

这几下明明是笑声，听来却竟与号哭一般，声音是“哈哈，哈哈”，语调却异常的凄凉悲切。杨过与绿萼一生之中都从未听到过这般哭不像哭、笑不像笑的声音，何况在这黑漆漆的隧洞之中，猝不及防的突然闻此异声，比遇到任何凶狠的毒蛇怪物更令他二人心惊胆战。杨过算得大胆，却也不禁跳起身来，脑门在洞顶一撞，好不疼痛。公孙绿萼更是吓得遍体冷汗，毛骨悚然，一把抱住了他双腿。

二人实不知如何是好，进是不敢，退又不甘。绿萼低声道：“是鬼么？”这三字声音极低，不料左首那声音又是一阵哭笑，叫道：“不错，我是鬼，我是鬼，哈哈，哈哈！”

杨过心想：“她既自称是鬼，便不是鬼。”于是朗声说道：“在下杨过，与公孙姑娘二人遇难，但求逃命，对旁人绝无歹意……”那人突然插口道：“公孙姑娘？什么公孙姑娘？”杨过道：“公孙谷主之女，公孙绿萼。”那边就此再无半点声息，似乎此人忽然之间无影无踪的消失了。

当那人似哭非哭、似笑非笑之际，二人已是恐惧异常，此时突然寂静无声，在黑暗之中更是感到说不出的惊怖，相互偎倚在一起，一动也不敢动。

过了良久，那人突然喝道：“什么公孙谷主，是公孙止么？”语意之中，充满着怒气，但已听得出是女子声音。绿萼大着胆子应道：“我爹爹确是单名一个‘止’字，老前辈可识得家父么？”那人嘿嘿冷笑，道：“我识得他么？嘿嘿，我识得他么？”绿萼不敢接口，只有默不作声。又过半晌，那声音又喝道：“你叫什么名字？”绿萼道：“晚辈小名绿萼，红绿之绿，花萼之萼。”那人哼了一声，问道：“你是何年、何月、何日、何时生的？”

绿萼心想这怪人问我生辰八字干么，只怕要以此使妖法加害，在杨过耳边低声道：“我说得么？”杨过尚未回答，那人冷笑道：“你今年十八岁，二月初三的生日，戌时生，对不对？”绿萼大吃一惊，叫道：“你……你……怎知道？”

突然之间，她心中忽生一股难以解说的异感，深知洞中怪人决不致加害自己，当下从杨过身畔抢过，迅速向前奔去，转了两个弯，眼前陡然亮光耀目，只见一个半身赤裸的秃头婆婆盘膝坐在地下，满脸怒容，凛然生威。

绿萼“啊”的一声惊呼，呆呆站着。杨过怕她有失，急忙跟了进去。

但见那老婆婆所坐之处是个天然生成的石窟，深不见尽头，顶上有个圆径丈许的大孔，日光从孔中透射进来，只是那大孔离地一百余丈，这老婆婆多半不小心从孔中掉了进来，从此不能出去。这石窟深处地底，纵在窟中大声呼叫，上面有人经过也未必听见，但她从这般高处掉下来如何不死，确是奇了。见石窟中日光所及处生了不少大枣树，难道她恰好掉在树上，因而竟得活命？杨过见她仅以若干树皮树叶遮体，想是在这石窟中已是年深日久，衣服都已破烂净尽。

那婆婆对杨过就如视而不见，上上下下的只是打量绿萼，忽而凄然一笑，道：“姑娘，你长得好美啊。”绿萼报以一笑，走上一步，万福施礼，道：“老前辈，你好。”

那婆婆仰天大笑，声音仍是那么哭不像哭、笑不像笑，说道：“老前辈？哈哈，我好，我好，哈哈，哈哈！”说到后来，脸上满是怒容。绿萼不知这句问安之言如何得罪了她，心下甚是惶恐，回头望着杨过求援。

杨过心想这老婆婆在石窟中耽了这么久，心智失常，势所难免，便向绿萼摇摇头，微微一笑，示意不必与她当真，左右打量地形，思忖如何攀援出去。头顶石孔离地虽高，凭着自己轻功，要冒险出去也未必定然不能。

绿萼却全神注视那婆婆，但见她头发稀疏，几已全秃，脸上满面皱纹，然而双目炯炯有神。那婆婆也是目不转瞬的望着绿萼，二人你看我，我看你，却把杨过撇在一旁，不加理睬。那婆婆看了一会，忽道：“你左边腰间有个朱砂印记，是不是？”

绿萼又是大吃一惊，心想：“我身上这个红记，连爹爹也未必知道，这个深藏地底的婆婆怎能如此明白？她又知道我的生辰八字，瞧来她必与我家有极密切的关连。”于是柔声问道：“婆婆，你定然识得我爹爹，也识得我去世了的妈妈，是不是？”那婆婆一怔，说道：“你去世了的妈妈？哈哈，我自然识得。”突然语音声厉，喝道：“你腰间有没红记？快解开给我看。若有半句虚言，叫你命丧当地。”

绿萼回头向杨过望了一眼，红晕满颊。杨过忙转过头去，背向着她。绿萼解开长袍，拉起中衣，露出雪白晶莹的腰身，果然有一颗拇指大的殷红斑记，红白相映，犹似雪中红梅一般，甚是可爱。

那婆婆只瞧了一眼，已是全身颤动，泪水盈眶，忽地双手张开，叫道："我的亲亲宝贝儿啊，你妈想得你好苦！"绿萼瞧着她的脸色，突然天性激动，抢上去扑在她身上，哭叫："妈妈，妈妈！"

杨过听得背后二人一个叫宝贝儿，一个叫妈，不由得大吃一惊，回过身来，只见两人紧紧搂抱在一起，绿萼的背心起伏不已，那婆婆脸上却是涕泪纵横，心想："难道这婆婆竟是公孙姑娘的母亲？"

只见那婆婆蓦地里双眉竖起，脸现杀气，就如公孙谷主出手之时一模一样，杨过暗叫："不好。"抢上一步，怕她加害绿萼，却见她伸手在绿萼肩上轻轻一推，喝道："站开些，我来问你。"绿萼一怔，离开她身子，又叫了一声："妈！"

那婆婆厉声道："公孙止叫你来干么？要你花言巧语来骗我，是不是？"绿萼摇头，叫道："妈，原来你还在世上，妈！"脸上的神色又是欢喜，又是难过，这显是母女真情，哪里能有半点作伪？那婆婆却仍厉声问道："公孙止说我死了，是不是？"绿萼道："女儿苦了十多年，只道真是个无母的孤儿，原来妈好端端的活着，我今天真好欢喜啊。"那婆婆指着杨过道："他是谁？你带着他来干么？"

绿萼道："妈，你听我说。"于是将杨过怎样进入绝情谷、怎样中了情花之毒、怎样二人一齐摔入鳄潭的事，从头至尾的说了，只是公孙谷主要娶小龙女之事，却全然略过不提，以防母亲妒恨烦恼。

那婆婆遇到她说得含糊之处，一点点的提出细问。绿萼除了小龙女之事以外，其余毫不隐瞒。那婆婆越听脸色越是平和，瞧向杨过的脸色也一眼比一眼亲切。听到绿萼说及杨过如何杀鳄、如何相护等情，那婆婆连连点头，说道："很好，很好！小伙子，也不枉我女儿看中了你。"绿萼红晕满脸，低下了头。

杨过心想这其中的诸般关节，此时也不便细谈，于是说道："公孙伯母，咱们先得想个计较，如何出去？"

那婆婆突然脸色一沉，喝道："什么公孙伯母？'公孙伯母'这四字，你从此再也休得出口。你莫瞧我手足无力，我要杀你可易如反掌。"突然波的一声，口中飞出一物，铮的一响，打在杨过手中所握的那柄匕首刃上。

杨过只觉手臂剧震，五指竟然拿捏不住，当的一声，匕首落在地下。他大惊之下，急向后跃，只见匕首之旁是个枣核，在地下兀自滴溜溜的急转。他惊疑不定，心想："凭我手握匕首之力，便是金轮法王的金轮、达尔巴的金杵、公孙谷主的锯齿金刀，也不能将之震落脱手，这婆婆口中吐出一个枣核，却将我兵刃打落，虽说我未曾防备，但此人的武功可真是深奥难测了。"

绿萼见他脸上变色，忙道："杨大哥，我妈决不会害你。"走过去拉着他的手，转头向母亲道："妈，你教他怎么称呼，也就是了。他可不知道啊。"

那婆婆嘿嘿一笑，说道："好，老娘行不改姓，坐不改名，江湖上人称'铁掌莲花裘千尺'的便是，你叫我什么？嘿嘿，还不跪下磕头，称一声'岳母大人'吗？"

绿萼忙道："妈，你不知道，杨大哥跟女儿清清白白，他……他对女儿全是一片好意，别无他念。"裘千尺怒道："哼，清清白白？别无他念？你的衣服呢？干么你只穿贴身小衣，却披着他的袍子？"突然提高嗓子，尖声说道："这姓杨的如想学那公孙止这般薄幸无耻，我要叫他死无葬身之地。姓杨的，你娶我女儿不娶？"

杨过见她说话疯疯癫癫，大是不可理喻，怎地见面没说得几句话，就迫自己娶她女儿？但若率言拒绝，不免当场令绿萼十分难堪。何况这婆婆武功极高，脾气又怪，自己稍有应对不善，只怕她立时会施杀手，眼下三人同陷石窟之内，总是先寻脱身之计要紧，于是微微一笑，说道："老前辈可请放心，公孙姑娘舍身救我，杨过决非没心肝的男子，此恩此德，终生不敢或忘。"这几句话说得极是滑头，虽非答应娶绿萼为妻，但裘千尺听来却甚为顺耳。她点点头道："这就好了。"

公孙绿萼自然明白杨过的心意，向他望了一眼，目光中大有幽怨之色，垂首不言，过了半晌，向裘千尺道："妈，你怎么会在这里？爹爹怎么又说你已经过世，害得女儿伤心了十几年？倘若女儿早知你在这儿，拼着性命不要，也早来寻你啦。"她见母亲上身赤裸，如将杨过的袍子给她穿上，自己又是衣衫不周，当下撕落袍子的前后襟，给母亲披在肩头。

杨过心想小龙女所缝的这件袍子落得如此下场，心中一阵难过，触动情花之毒，全身又感到一阵剧烈疼痛。裘千尺见了，脸上一动，右手颤抖着探入怀中，似欲取什么东西，但转念一想，仍是空手伸了出来。

绿萼从母亲的神色与举动之中瞧出了些端倪，求道："妈，杨大哥身上这情花之毒，你能设法给治治么？"裘千尺淡淡的道："我陷在此处自身难保，别人不能救我，我又怎能相救旁人？"绿萼急道："妈，你救了杨大哥，他自会救你。便是你不救他，杨大哥也必定尽力助你。杨大哥，你说是不？"

杨过对这乖戾古怪的裘千尺实无好感，但想瞧在绿萼面上，自当竭力相助，便道："这个自然。老前辈在此日久，此处地形必定熟知，能赐示一二么？"

裘千尺叹了口长气，说道："此处虽然深陷地底，但要出去却也不难。"向杨过望了一眼，说道："你心中定然在想，既然出去不难，何以枯守在此？唉，我手足筋脉早断，周身武功全失了啊。"杨过早便瞧出她手足的举动有异，绿萼却大吃一惊，问道："你从上面这洞里掉下来跌伤的吗？"裘千尺森然道："不是！是给人害的。"绿萼更是吃惊，颤声道："妈，是谁害你的？咱们必当找他报仇。"

裘千尺嘿嘿冷笑，道："报仇？你下得了这手么？挑断我手足筋脉的，便是公孙止。”

绿萼自从一知她是自己母亲，心中即已隐隐约约的有此预感，但听到她亲口说了出来，终究还是全身剧烈一震，问道：“为……为什么？”

裘千尺向杨过冷然扫了一眼，道：“只因我杀了一个人，一个年青美貌的女子。哼，只因我害死了公孙止心爱的女人。”说到这里，牙齿咬得格格作响。绿萼心中害怕，与母亲稍稍离开，却向杨过靠近了些。一时之间，石窟中寂静无声。

裘千尺忽道：“你们饿了罢？这石窟中只有枣子裹腹充饥。”说着四肢着地，像野兽般向前爬去，行动甚是迅捷。绿萼与杨过看到这番情景，均感凄惨。裘千尺却是十多年来爬得惯了，也不以为意。绿萼正待抢上去相扶，已见她伏在一株大枣树下。

也不知何年何月，风吹枣子，从头顶洞孔中落下一颗，在这石窟的土中抽芽发茎，生长起来，开花结实，逐渐繁生，大大小小的竟生了五六十株。当年若不是有这么一颗枣子落下，即或落下而不生长成树，那么杨过与公孙绿萼来到这石窟时将只见到一堆白骨。谁想得到这具骸骨本是一位武林异人？绿萼自更不会知道是自己的亲生母亲。

裘千尺在地下捡起一枚枣核，放入口中，仰起头来吐一口气，枣核向上激射数丈，打正一根树干，枝干一阵摇动，枣子便如落雨般掉下数十枚来。

杨过暗暗点头，心道：“原来她手足断了筋脉，才逼得练成这一门口喷枣核的绝技，可见天无绝人之路，当真不假。”想到此处，精神不禁为之一振。

绿萼捡起枣子，分给母亲与杨过吃，自己也吃了几枚。在这地底的石窟之中，她款客奉母，举止有序，俨然是个小主妇的模样。

裘千尺遭遇人生绝顶的惨事，心中积蓄了十余年的怨毒，别说她本来性子暴躁，便是一个温柔和顺之人，也会变得万事不近人情，但母女究属天性，眼见自己日思夜想的女儿出落得这般明艳端丽，动静合度，怜爱的柔情渐占上风，问道：“公孙止说了我什么坏话？”

绿萼道：“爹爹从来不提妈的事，小时候我曾问他我像不像妈妈？又问他，妈是生什么病死的？爹爹忽地大发脾气，狠狠的骂了我一顿，吩咐我从此不许再提。过了几年我再问一次，他又是板起脸斥责。”裘千尺道：“那你心中怎么想？”绿萼眼中泪珠滚动，道：“我一直想，妈妈必定又是美貌，又是和善，爹爹跟你恩爱得不得了，因此你死了之后，旁人提到了你，他便要伤心难过，是以后来我也就不敢再问。”

裘千尺冷笑道：“现下你定是十分失望了，你妈妈既不美貌，又不和气，却是个凶狠恶毒的丑老太婆。早知如此，我想你还是没见到我的好。”绿萼伸出双臂搂住她脖子，柔声道：“妈，你和我心中所想的一模一样。”转头向杨过道：“杨大哥，我妈很好看，是不是？她待我好，待你也好，是不是？”这两句话问得语含至诚，在她心中，当真以为母亲乃是天下最好的妇人。

杨过心想：“她年青时或许美貌，现今还说什么好看？待你或许不错，对我就未必安着什么好心！”但绿萼既然这么问，只得应道：“是啊，你说的对。”

但他话中语气就远不及绿萼诚恳，裘千尺一听便知，心道：“天可怜见，让我和女儿相会，今日她心中虽满是孺慕之情，但难保永是如此，我的一番含冤苦情，须得跟她说个明明白白。”于是说道：“萼儿，你问我为何陷身在此？为什么公孙止说我已经死了，你好好坐着，我慢慢说给你听罢。”

裘千尺缓缓的道：“公孙止的祖上在唐代为官，后来为避安史之乱，举族迁居在这幽谷之中。他祖宗做的是武官，他学到家传的武艺，固然也可算得是青出于蓝，但真正上乘的武功，却是我传的。”杨过和绿萼同时“啊”了一声，颇感出于意料之外。

裘千尺傲然道：“你们幼小，自然不明白其中的道理。哼，铁掌帮帮主铁掌水上飘裘千仞，便是我的亲兄长。杨过，你把铁掌帮的情由说些给萼儿听听。”杨过一怔，道：“铁掌帮？弟子孤陋寡闻，实不知铁掌帮是什么。”

裘千尺破口骂道：“你这小子当面扯谎！铁掌帮威名震于大江南北，与丐帮并称天下两大帮会，你怎能不知？”杨过道：“丐帮嘛，晚辈倒听见过，这铁掌帮……”裘千尺急了，骂道：“嘿嘿，还亏你学过武艺，连铁掌帮也不知道……”绿萼见母亲气得面红耳赤，插口劝道：“妈，杨大哥还不到二十岁，他从小在深山中跟师父练武，武林中的事情不大明白，也是有的。”裘千尺不去理她，自管呶呶不休。

二十年前，铁掌帮在江湖上确是声势极盛，但二次华山论剑之时，帮主铁掌水上飘裘千仞皈依佛门，拜一灯大师为师，铁掌帮便即风流云散。当铁掌帮散伙之时，杨过刚刚出世，后来没听旁人提及，他自是不知。实则他母亲穆念慈，便是在铁掌帮总舵的铁掌峰上失身于他父亲杨康，受孕怀胎，世上才有他杨过。此时裘千尺说起，他竟瞠目不知所对。裘千尺在绝情谷中僻处已近三十年，江湖上的变动全没听闻，只道铁掌帮称雄数百年，现下定是更加兴旺，听杨过居然说连“铁掌帮”三字也不知道，自是要暴跳如雷了。

杨过给她毫无来由的一顿乱骂，初时强自忍耐，后来听她越骂越不成话，怒气渐生，要待反唇相稽，刺她几句，抬起头来正要开口，只见绿萼凝视着他，眼中柔情款款，脸上满是歉然之色。杨过心中一软，脸上作个无可奈何之状，心下反而油然自得起来，暗想：“你妈妈越是骂得凶，你自是越加对我好。老太婆的唠叨是耳边风，美人的柔情却是心上事。”心下一宽，脑子特别机灵，忽地想起：“完颜萍姑娘的武功与那公孙止似是一路，她又说学的是铁掌功夫，料想与铁掌帮必有干系。”闭目一想，于完颜萍与耶律齐对战时所使的拳法刀法还记得七八成，至于与公孙止连斗数场，还只是几个时辰之前的事，于他的身形出手更是记得清晰，当即叫道：“啊哟，我记起啦。”裘千尺道：“什么？”

杨过道：“三年之前，我曾见一位武林奇人与十八名江湖好汉动手，他一个人空手对敌十八人，结果对方九人重伤，九人给他打死了，这位武林奇人听说便是铁掌帮的。”裘千尺急问：“那人是怎么一副模样？”杨过信口开河：“那人头是秃的，约莫六十来岁，红光满面，身材高大，穿件绿色袍子，自称姓裘……”裘千尺突然喝道：“胡说！我两位哥哥头上不秃，身材矮小，从来不穿绿色衣衫。你见我身高头秃，便道我哥哥也是秃头么？”

杨过心中暗叫：“糟糕！”脸上却不动声色，笑道：“你别心急，我又没说那人是你哥哥，难道天下姓裘的都须是你哥哥？”裘千尺给他驳得无言可说，问道：“那你说他的武功是怎样的？”

杨过站起身来，将完颜萍的拳法演了几路，再混入公孙止的身法掌势，到后来越打越顺手，石窟中掌影飘飘，拳风虎虎，招式虽有点似是而非，较之完颜萍原来的拳法却已高了不知多少。完颜萍拳法中疏漏不足之处，他身随意走，尽都予以补足，举手抬足，严密浑成，而每一掌劈出，更特意多加上几分狠劲。

裘千尺看得大悦，叫道：“萼儿，萼儿，这正是我铁掌帮的功夫，你仔细瞧着。”杨过一面打，裘千尺口讲指划，在旁解释拳脚中诸般厉害之处。杨过暗暗好笑，心道：“再演下去，便要露出马脚来了。”于是收势说道：“打到此处，那位武林奇人已经大胜，没再打下去了。”裘千尺十分欢喜，道：“许多招式你都记错了，手法也不对，但使到这样，也已经挺不容易。那武林奇人叫什么名字？

他跟你说些什么？”杨过道：“这位奇人神龙见首不见尾，大胜之后，便即飘然远去。我只听那九个伤者躺在地下互相埋怨，说铁掌帮的裘老爷子也冒犯得的？可不是自己找死么？”

裘千尺喜道：“不错，这姓裘的多半是我哥哥的弟子。”她天性好武，十余年来手足舒展不得，此时见杨过演出她本门武功，自是见猎心喜，当即滔滔不绝的向二人大谈铁掌门的掌法与轻功。

杨过急欲出洞，将绝情丹送去给小龙女服食，虽听她说的是上乘武功，识见精到，闻之大有裨益，但想到小龙女身挨苦楚，哪里还有心情研讨武功？当即向绿萼使个眼色。

绿萼会意，问道：“妈，你怎么将武功传给爹爹的？”裘千尺怒道：“叫他公孙止！什么爹爹不爹爹？”绿萼道：“是。妈，你说下去罢。”

裘千尺恨恨的道：“哼！”过了半晌，才道：“那是二十多年前的事了。我两个哥哥闹别扭，争吵起来……”绿萼插口道：“我有两位舅舅吗？”裘千尺道：“你不知道么？”声音变得甚是严厉，大有怪责之意。绿萼心想：“我怎么会知道？”应道：“是啊，从来没人跟我说过。”

裘千尺叹了口长气，道：“你……你果然是什么都不知道。可怜！可怜！”隔了片刻，才道：“你两个舅舅是双生兄弟，大舅舅裘千丈，二舅舅裘千仞。他二人身材相貌、说话声音，全然一模一样，但遭际和性格脾气却大不相同。二哥武功极高，大哥则平平而已。我的功夫是二哥亲手所传，大哥却和我亲近得多。二哥是铁掌帮帮主，他帮务既繁，自己练功又勤，很少和我见面，传我武功之时，也是督责甚严，话也不多说半句。大哥却是妹妹长、妹妹短的，和我手足之情很深。后来大哥和二哥说拧了吵嘴，我便帮着大哥点儿。”绿萼问道：“妈，两位舅舅为什么事闹别扭？”

裘千尺脸上忽然露出一丝笑容，道：“这件事说大不大，说小不小，只怪我二哥太过古板。要知道二哥做了帮主，‘铁掌水上飘裘千仞’这八个字在江湖上响亮得紧，大哥裘千丈的名头说出去却很少人知道。大哥出外行走，为了方便，有时便借用二哥的名字。他二人容貌相同，又是亲兄弟，借用一下名字有什么大不了？可是二哥看不开，常为这事唠叨，说大哥招摇撞骗。大哥脾气好，给二哥责骂时总是笑嘻嘻的赔不是。有一次二哥实在骂得凶了，竟不给大哥留丝毫情面。我忍不住在旁插嘴，护着大哥，把这事揽到自己头上，于是兄妹俩吵了一场大架。我一怒之下离了铁掌峰，从此没再回去。

“我独个儿在江湖上东闯西荡，有一次追杀一个贼人，无意中来到这绝情谷，也是前生的冤孽，与公孙止这……这恶贼……这恶贼遇上了，二人便成了亲。我年纪比他大着几岁，武功也强得多，成亲后我不但把全身武艺倾囊以授，连他的饮食寒暖，哪一样不是照料得周周到到，不用他自己操半点儿心？他的家传武功巧妙倒也巧妙，可是破绽太多，全靠我挖空心思的一一给他补足。有一次强敌来袭，若不是我舍命杀退，这绝情谷早就给人毁了。谁料得到这贼杀才狼心狗肺，恩将仇报，长了翅膀后也不想想自己的本领从何而来，不想想危难之际是谁救了他性命。”说着破口大骂，粗辞污语，越骂越凶。

绿萼听得满脸通红，觉得母亲在杨过之前如此詈骂丈夫，实是大为失态，连叫：“妈，妈！”可哪里劝阻得住？杨过却听得十分有劲，他也是恨透了公孙止，听她骂得痛快，正合心意，不免在旁凑上几句，加油添酱，恰到好处，大增裘千尺的兴头，若不是碍着绿萼的颜面，他也要一般的破口而骂了。

裘千尺直骂到辞穷才尽，骂人的言语之中更无新意，连旧意也已一再重复，这才不得不停，接下去说道：“那一年我肚子中有了你，一个怀孕的女人，脾气自不免急着点儿，哪知他面子上仍是一般的对我奉承，暗中却和谷中一个贱丫头勾搭上了。我生下你之后，他仍和那贱婢偷偷摸摸，我一点也不知情，还道我们有了个玉雪可爱的女儿，他对我更加好了些。我给这两个狗男女这般瞒在鼓里过了几年，我才在无意之中，听到这狗贼和那贱婢商量着要高飞远走，离开绝情谷永不归来。

“当时我隐身在一株大树后面，听得这贼杀才说如何忌惮我武功了得，必须走得越远越好，又说我如何管得他紧，半点不得自由，他说只有和那贱婢在一起，才有做人的乐趣。我一直只道他全心全意的待我，那时一听，气得几乎要晕了过去，真想冲出去一掌一个，将这对无耻狗男女当场击毙。然而他虽无情，我却总顾念着这些年来的夫妻恩义，还想这杀胚本来为人极好，定是这贱婢花言巧语，用狐媚手段迷住了他，当下强忍怒气，站在树后细听。

“只听他二人细细商量，说再过两日，我要静室练功，有七日七夜足不出户，他们便可乘机离去，待得我发觉时已然事隔七日，便万万追赶不上了。当时我只听得毛骨悚然，心想当真天可怜见，教我事先知晓此事，否则他们一去七日，我再到何处找去?”说到这里，牙齿咬得格格直响，恨恨不已。

绿萼道：“那年青婢女叫什么名字？她相貌很美么?”

裘千尺道：“呸！美个屁！这小贱人就是肯听话，公孙止说什么她答应什么，又是满嘴的甜言蜜语，说这杀胚是当世最好的好人，本领最大的大英雄，就这么着，让这贼杀才迷上了。哼，这贱婢名叫柔儿。他十八代祖宗不积德的公孙止，他这三分三的臭本事，哪一招哪一式我不明白？这也算大英雄？他给我大哥做跟班也还不配，给我二哥去提便壶，我二哥也一脚踢得他远远地。”

杨过听到这里，不禁对公孙止微生怜悯之意，心想：“定是你处处管束，要他大事小事都听你吩咐，你又瞧他不起，终于激得他生了反叛之心。”绿萼只怕她又骂个没完没了，忙问：“妈，后来怎样？”

裘千尺道：“嗯，当时这两个狗男女约定了，第三日辰时再在这所在相会，一同逃走，在这两天之中却要加倍小心，不能露出丝毫痕迹，以防给我瞧出破绽。接着二人又说了许多混话。那贱婢痴痴迷迷的瞧着这贼杀才，倒似他比皇帝老子还尊贵，比神仙菩萨更加法力无边。那贼杀才也就得意洋洋，不断的自称自赞，跟着又搂搂抱抱，亲亲摸摸，这些无耻丑态只差点儿没把我当场气死。第三日一早，我假装在静室中枯坐练功，公孙止到窗外来偷瞧了几次，脸上这副神情啊，当真是打从心底里乐将上来。我等他一走开，立即施展轻功，赶到他们幽会之处。那无耻的小贱人早已等在那里。我一言不发便将她抓起，抛入了情花丛中……”杨过与绿萼不由得都“啊”的一声叫了起来。

裘千尺向二人横了一眼，继续说道：“过了片刻，公孙止也即赶到，他见柔儿在情花丛中翻滚号叫，这份惊慌也不用提啦。我从树丛后跃了出来，双手扣住他脉门，将他也摔入了情花丛中。这谷中世代相传，原有解救情花之毒的丹药，叫作绝情丹。公孙止挣扎着起来，扶着那贱婢一齐奔到丹房，想用绝情丹救治。哈哈，你道他见到什么？”

绿萼道：“妈……他见到什么？”杨过心道：“定是你将绝情丹毁了个干净，哪还能有第二件事？”

裘千尺果然说道：“哈哈，他见到的是，丹房桌上放着一大碗砒霜水，几百枚绝情丹浸在碗中。要服绝情丹，不免中砒霜之毒，不服罢，终于也是不免一死。配制绝情丹的药方原是他祖传秘诀，然而诸般珍奇药材急切难得，而且调制一批丹药，须连经春露秋霜，三年之后方得成功。当下他奔来静室，向我双膝跪下，求我饶他二人性命。他知我顾念夫妻之情，决不致将绝情丹全数毁去，定会留下若干。他连打自己耳光，赌咒发誓，说只要我饶了他二人性命，他立时将柔儿逐出谷去，永不再跟她见面，此后再也不敢复起贰心。

“我听他哀求之时口口声声的带着柔儿，心下十分气恼，当即取出一枚绝情丹来放在桌上，说道：‘绝情丹只留下一颗，只能救得一人性命。你自己知道，每人各服半颗，并无效验。救她还是救自己，你自己拿主意罢。’他立即取过丹药，赶回丹房。我随后跟去。这时那贱婢已痛得死去活来，在地下打滚。公孙止道：‘柔儿，你好好去罢。我跟你一块死。’说着拔出长剑。柔儿见他如此情深义重，满脸感激之情，挣扎着道：‘好，好。我跟你在阴间做夫妻去。’公孙止当胸一剑，便将她刺死了。

“我在丹房窗外瞧着，暗暗吃惊，只怕他第二剑便往自己颈口抹去，但见他提起剑来，我正要出声喝止，却见他伸剑在柔儿的尸身上擦了几下，拭去血迹，还入剑鞘，转头向窗外道：‘尺姊姊，我甘心悔悟，亲手将这贱婢杀了，你就饶了我罢。’说着举手往口边一送，将那枚绝情丹吞服了。这一下倒是大出我意料之外，但如此了结，足见他悔悟之诚，我也甚感满意。当时他在房中设了酒宴，殷殷把盏，向我赔罪。我痛斥了他一顿，他不住口的自称该死，发下了几百个毒誓，说从此决不再犯。”

杨过心道：“这一下你可上了大当啦！”绿萼却是泪水泫然欲滴。裘千尺怒道：“怎么？你可怜这贱婢么？”绿萼摇头不语，她实是为父亲的无情狠辣而伤心。

裘千尺又道：“我喝了两杯酒，微微冷笑，从怀中又取出一颗绝情丹来，放在桌上，笑道：‘你适才下手未免也太快了些，我只不过试试你的心肠，只消你再向我求恳几句，我便会将两枚丹药都给你，救了这美人儿的性命，岂不甚好？’”

绿萼忙问：“妈，倘使当时他真的再求，你会不会把两枚丹药都给他？”

裘千尺沉吟半晌，道：“这个我也不知道了。当时我也曾想过，不如救了这贱婢，将她赶出谷去，那么公孙止对我心存感激，说不定从此改邪归正，再也不敢胡作非为。但他为了自己活命，忙不迭的将心上人杀了，须怪不得我啊。

“公孙止拿起那颗丹药瞧了半天，举杯笑道：‘尺姊姊，过去的事又说它作甚？这丫头还是杀了的好，一干二净。你干了这杯。’他不住的只劝我喝酒，我了却了一桩心事，胸怀欢畅，竟然喝得沉沉大醉。待得醒转，已是身在这石窟之中，手足筋脉均已给他挑断，这贼杀才也没胆子再和我相见一面。哼，这当儿他只道我的骨头也早已化了灰啦。”

她说完了这件事，目露凶光，神色甚是可怖。杨过与绿萼都转开了头，不敢与她目光相接。良久良久，三人都不说话。

绿萼环顾四周，见石窟中惟有碎石树叶，满地乱草，凄然道：“妈，你在这石窟中住了十多年，便只靠食枣子为生么？”裘千尺道：“是啊，难道这千刀万剐的贼杀才每天还会给我送饭不成？”绿萼抱着她叫了声：“妈！”

杨过道：“那公孙止可跟你说起过这石窟有无出路？”裘千尺冷笑道：“我跟他做了这么多年夫妻，他从来没说过庄子之下有这样个石窟，有这样个水潭。石窟要是另有出路，这奸贼也不会放我在这里了。那些鳄鱼多半是他后来养的，他终究怕我逃出去。”

杨过在石窟中环绕一周，果见除了进来的入口之外更无旁的通路，抬头向头顶透光的洞穴望去，见那洞离地少说也有一百来丈，洞下虽长着一株大枣树，但不过四五丈高，就算二十株枣树叠起，也到不了顶，凝思半晌，实是束手无策，道：“我上树去瞧瞧。”当下跃上枣树，攀到树顶，只见高处石壁上凹凹凸凸，不似底下的滑溜，当下屏住呼吸，纵上石壁，一路向上攀援，越爬越高，心中暗喜，回头向绿萼叫道：“公孙姑娘，我若能出洞，便放绳子下来缒你们上去。”

约莫爬了六七十丈，仗着轻功卓绝，一路化险为夷，但爬到离洞穴七八丈时，石壁不但光滑异常，再无可容手足之处，而且向内倾斜，除非是壁虎、苍蝇，方能附壁不落。

杨过察看周遭形势，头顶洞穴径长丈许，足可出入而有余，心下已有计较，当即溜回石窟之底，说道："能出去！但须搓一根长索。"于是取出匕首，割下枣树树皮，搓绞成索。公孙绿萼大喜，在旁相助，两人手脚虽快，却也花了两个多时辰，直到天色昏暗，才搓成一条极长的树皮索子。

杨过抓住绳索，使劲拉了几下，道："断不了。"又用匕首割下一条枣树的枝干，长约一丈五尺，将绳索一端缚在树干中间，于是又向上爬行，攀上石壁尽头，双足使出千斤坠功夫，牢牢踏在石壁之上，两臂运劲，喝一声："上去！"将树干摔出洞穴。这一下劲力使得恰到好处，树干落下时正好横架在洞穴口上。杨过拉着绳索，将树干拉到洞穴边上，使得树干两端横架于洞外实地者较多，而中段凌空者只是数尺，再拉绳索试了两下，知道树干横架处甚是坚牢，吃得住自己身子重量，叫道："我上去啦！"双手抓着绳索，交互上升，低头下望，只见裘千尺与绿萼母女俩在暮色朦胧中已成为两个小小黑影。

手上加劲，上升得更快了，片刻间便已抓到架在洞口的树干，手臂一曲，呼的一声，已然飞出洞穴，落在地下。

舒了一口长气，站直身子，但见东方一轮明月刚从山后升起。在闭塞黑暗的鳄潭与石窟中关了大半天，此时重得自由，胸怀间说不出的舒畅，心想："我和姑姑同在古墓，却何以又丝毫不觉郁闷？可见境随心转，想出去而不得，心里才难过，要是本就不想出去，出去了反而不开心了。"于是将长索垂了下去。

裘千尺一见杨过出洞，便大骂女儿："你这蠢货，怎地让他独自上去了？他出洞之后，哪里还想得到咱们？"绿萼道："妈，你放心，杨大哥不是那样的人。”裘千尺怒道：“普天下的男人都是一般，还能有什么好的？”突然转过头来，向女儿全身仔细打量，说道：“小傻瓜，你给他占了便宜啦，是不是？”绿萼满脸通红道：“妈，你说什么，我不懂。”裘千尺更是恼怒：“你不懂，为什么要脸红？我跟你说啊，对付男人，一步也放松不得，半点也大意不得，难道你还没看清楚你妈的遭遇？”正自唠叨不休，绿萼纵起身来，接住了杨过垂下的长索，给母亲牢牢缚在腰间，笑道：“你瞧，杨大哥理不理咱们？”说着将绳索扯了几扯，示意已经缚好。

裘千尺哼了一声，道：“妈跟你说，上去之后，你须得牢牢钉住他，寸步不离。丈夫，丈夫，只是一丈，一丈之外，便不是丈夫了，知道么？你爷爷给你妈取名为千尺，千尺便是百丈，嘿嘿，百丈之外，还有什么丈夫？”绿萼又是好笑，又是伤感，心道：“妈真是一厢情愿，人家哪有半点将我放在心上了。”眼眶一红，转过了头。裘千尺还待说话，突觉腰间一紧，身子便缓缓向上升去。绿萼仰望母亲，虽知杨过立即又会垂下长索来救自己，但此时孤另另的在这地底石窟之中，不由得身子发颤，害怕异常。

杨过将裘千尺拉出洞穴，解下她腰间长索，二次垂入石窟。绿萼将树皮索子缚在腰间，这才放心，于是拉着绳索抖了几下，但觉绳索拉紧，身子便即凌空上升。眼见足底的枣树越来越小，头顶的星星越来越明，再上去数丈便能出洞，猛听得头顶一人大声呼叱，接着绳子一松，身子便急堕下去。从这百丈高处掉将下来，焉得不粉身碎骨？绿萼大声惊呼，险些晕去，但觉身子往下直跌，实做不得半点主。

杨过双手交互收索，将绿萼拉扯而上，眼见成功，猛听得身后脚步声响，竟然有人奔来袭击，这一下当真是吃惊非小，当下顾不得回身迎敌，双手如飞般收索。但听得一人大声喝道：“在这里鬼鬼祟祟，干什么勾当?”接着风声劲急，一条长大沉重的兵刃击向背心。

杨过听着兵刃风声，知是矮子樊一翁攻到，危急中只得回过左手，伸掌搭在钢杖上向旁推开，化解了这一击的来势。黑暗之中，樊一翁没见到杨过面目，但已知对方武功了得，收转钢杖，向他腰间横扫过去，这一下出了全力，直欲将他拦腰打成两截。这时杨过右手支持着绿萼的身重，加之那条百余丈的长索也是颇具份量，时刻稍久，本已觉得吃力，眼见杖到，忙又伸出左掌化解。不料樊一翁这一杖来势极猛，杨过左掌与他杖身甫触，登觉全身大震，右手拿捏不住，绳索脱手，绿萼便向下急跌。

石窟中绿萼惊呼，而在石窟之顶，裘千尺与杨过也是齐声大叫。杨过顾不得挡架钢杖，左手疾探，俯身抓住绳索。但绿萼急堕之势极大，百来斤的重量再加上急堕的冲势，几达千斤之力。杨过抓住绳索，微微一顿，随即为冲力所扯，竟是身不由主，头下脚上的向洞窟中掉了下去。他武功虽强，至此也已绝无半分腾挪余地。

裘千尺手足经络已断，武功全失，在旁瞧着，只有空自焦急，眼见盘在洞穴边的百余丈的长索越抽越短，只要绳索一尽，杨过与绿萼便是身遭惨祸了。长索垂尽，突被二人的身重拉得急了，飞将起来，摔向裘千尺身旁。裘千尺心念一动：“你这恶贼害人，也教你同归于尽。”看准绳索伸手轻轻一拨，这一拨并无多大劲力，但方位恰到好处，绳子甩将过去，正好在樊一翁腰间转了几圈，登时紧紧缠住。

樊一翁只觉腰间一紧，急忙使出千斤坠功夫想定住身子。但杨过与绿萼二人的身重并在一起，又加上这股下坠的冲力，还是带得他一步步的走向洞穴之边。樊一翁眼见只要再向前踏出一步，便是一个倒栽葱摔将下去，大惊之下，左手抓住绳索，右掌撑住了洞口岩石，这么一借力，大喝一声，竟将绳索拉得停住不动。

这时绿萼离地已不过十数丈，实已到了千钧一发之境。须知最厉害的乃是这股下坠的冲势，即是小小一颗石子，从如许高处落将下来，也是力道大得异常，待得樊一翁奋起神力将冲势止住，他手上重量便只二百来斤，于他可说已殊不足道。他右手拉住绳索，左手便要伸到腰间去解开绳索，再将敌人摔下，突觉背心微微一痛，一件尖物正好指在他第六椎节之下的“灵台穴”上，一个妇人的声音喝道：“快拉上来！灵台有损，百脉俱废！”

樊一翁大吃一惊，这“灵台有损，百脉俱废”八字，正是师父在传授点穴功夫时所谆谆告诫的，当下不敢违抗，只得双手交互用力，将杨过与绿萼拉上。但他先前力抗下坠之势，使劲过猛，此时但觉胸口塞闷、喉头甜甜的似欲吐出血来，知道自身脏腑已受内伤，实是不宜使力，苦于要害制于敌手，只得拼命使劲。好容易将杨过拉上，心中只一宽，登时四肢酸软，哇的一声，狂喷鲜血，委顿在地。

他这一松手，绳子又向下溜滑。裘千尺叫道：“快救人！”杨过哪用她嘱咐？抢住绳子，终于将绿萼吊上。绿萼数次上升下降，已自吓得晕了过去。杨过回手先点了樊一翁的伏兔、巨骨两穴，叫他手足不能动弹，这才拿捏绿萼的人中，将她救醒。

绿萼缓缓醒转，睁开眼来，已不知身在何地，月光下但见杨过笑吟吟的望着自己，不自禁的纵体入怀，叫道：“杨大哥，咱们都死了么？这是在阴世么？”杨过笑道：“是啊，咱们都死了。”绿萼听他语气不对，大有调笑的味儿，身子仰后，想瞧清楚他的脸色，却见母亲似笑非笑的望着自己，不由得大羞，叫道：“妈！”站了起来。

杨过见裘千尺虽无武功，却能制住樊一翁而救了自己性命，心下甚是钦佩，问道：“你老人家用什么法子叫这矮子听话？”裘千尺微微一笑，举起手来，手中拿着一块尖角石子。要知公孙止的点穴功夫是她所传，樊一翁又学自公孙止，三人一脉相传，口诀无异，她既将石尖对准樊一翁的灵台穴，又叫出“灵台有损，百脉俱废”这令人惊心动魄的八个字来，樊一翁焉得不慌？其实凭着裘千尺此时手上劲力，以这么小小一块石子，焉能令人“百脉俱废”？

杨过此时心中所念，只是小龙女的安危，见绿萼与裘千尺已身离险地，樊一翁也已被制，说道：“两位在此稍待，我送绝情丹去救人要紧。”裘千尺奇道：“什么绝情丹？你也有绝情丹？”杨过道：“是啊。你请瞧瞧，这是不是真的丹药。”说着从怀中取出小瓶，倒出那枚四四方方的丹药。裘千尺接过手来，闻了闻气味，说道：“不错，这丹药怎会落入你手？你既身中情花之毒，自己怎么又不服食？”杨过道：“此事说来话长，待我送了丹药之后，再跟前辈详谈。”说着接过丹药，拔步欲行。

绿萼又是伤感，又是关怀，幽幽的道：“杨大哥，你务必避开我爹爹，别让他见到。”裘千尺喝道：“又是爹爹！你若再叫他爹爹，以后就不用叫我妈了。”

杨过道：“我送丹药去治姑姑身上之毒，公孙谷主决不会阻拦。”绿萼道：“若是他又想毒计对付你呢？”杨过淡淡一笑，说道：“那也只好行一步算一步了。”

裘千尺问道：“你要去见公孙止，是不是？”杨过道：“是啊。”裘千尺道：“好，我和你同去，或可助你一臂之力。”

杨过初时一心只想着送解药去救小龙女，并未计及其他，听了裘千尺这句话，眼前突然现出一片光明：“这贼谷主的原配到了，他焉能与姑姑成亲？”大喜之下，突然又想到：“绝情丹只有一枚，虽然救得姑姑，但我却不免一死。”思念及此，不禁黯然。

绿萼见他脸色忽喜忽忧，又想到父母会面，不知要闹得如何天翻地覆，当真是柔肠百转，心乱如麻。裘千尺却极是兴奋，道：“萼儿，快背我去。”绿萼道：“妈，你须得先洗个澡，换套衣衫。”她实是怕见到父母相会的这个局面，只盼挨得一刻是一刻。

裘千尺大怒，叫道："我衣衫烂尽，身上肮脏，是谁害的？难道……"忽地想起大哥裘千丈时常假扮二哥裘千仞，在江湖上装模作样，曾吓倒无数英雄好汉，心想自己手足筋络已断，如何是公孙止的对手，便算与他见面，此仇也终难报，只有假扮二哥，先吓这恶贼一个心胆俱裂，然后俟机下手，好在他从未见过二哥之面，又料定自己早已死在石窟之中，决无疑心，但转念又想："我与他多年夫妻，他怎能认我不出？"

杨过见她沉吟难决，已有几分料到，道："前辈怕公孙止认出你来，是不是？我倒有一件宝贝在此。"于是取出人皮面具，戴在脸上，登时面目全非，阴森森的极是怕人。

裘千尺大喜，接过面具，道："萼儿，咱们先到庄子后面的树林中躲着，你去给我取一件葛衫来，还得一把大蒲扇，可别忘了。"绿萼应了，俯身将母亲背起。

杨过游目四顾，原来处身于一个绝峰之顶，四下里林木茂密，远望石庄，相距已有数里之遥。

裘千尺叹道："这山峰叫作厉鬼峰，谷中世代相传，峰上有厉鬼作祟，是以谁也不敢上来，想不到我重出生天，竟是在这厉鬼峰上。"

杨过向樊一翁喝道："你到这里来干什么？"樊一翁丝毫不惧，喝道："快快将老子杀了，休得多言。"杨过道："是公孙谷主派你来的么？"樊一翁怒道："不错，师父命我到山前山后察看，以防有奸人混迹其间，果然不出他老人家所料，有人在此干这鬼鬼祟祟的勾当。"一面说，一面打量裘千尺，心想这老太婆不知是谁，怎地公孙姑娘叫她妈妈。樊一翁年纪比公孙止夫妇均大，他是带艺投师，公孙止收他为徒之时，裘千尺已然陷身石窟，因此他并不识得，但听到他三人相商的言语，料知他们对师父定将大大不利。

裘千尺听他言语之中对公孙止极是忠心，不禁大怒，对杨过道："快毙了这矮鬼，以绝后患。"杨过回头向樊一翁瞧去，见他凛然不惧，倒也敬重他是条好汉，有心饶他性命，但想此刻正需裘千尺出力相助，却又不便拂逆其意，说道："公孙姑娘，你先背妈妈下去，我料理了这矮子即来。"

公孙绿萼素知大师兄为人正派，不忍见他死于非命，说道："杨大哥，我大师哥不是坏人……"裘千尺怒喝："快走，快走！我每一句话你都不听，要你这女儿何用？"绿萼不敢再说，负着母亲觅路下峰。

杨过走到樊一翁身畔，低声道："樊兄，你手足上穴道被点，六个时辰后自行消解。我和你无冤无仇，不能害你。"说着展开轻功，追向绿萼而去。樊一翁本已闭目待死，万想不到他竟会如此对待自己，一时怔住了无话可说，眼睁睁望着三人的背影被岩壁挡住，消失于黑暗之中。

杨过急欲与小龙女会面，嫌绿萼走得太慢，道："裘老前辈，我来背你一阵。"绿萼先觉母亲与杨过神情言语之间颇为扞格，本来有些担心，听他说愿意背负，心下甚喜，说道："那要你辛苦啦。"裘千尺道："我十月怀胎，养下这般如花似玉的一个女儿，一句话就给了你，难道背我一下也不该？"杨过一怔，不便接口，将她抱过来负在背上，一提气，如箭离弦般向峰下冲去。

裘千仞号称铁掌水上飘，轻身功夫可算得武林独步，当年与周伯通缠斗，万里奔逐，从中原直到西域，连老顽童这等高强武功也追他不上，裘千尺的功夫是兄长亲手所传，经络未废之时自也是一等一的轻功，这时伏在杨过背上，但觉他犹似脚不沾地，跑得又快又稳，不由得又是佩服，又是奇怪，心想："这小子的轻功和我家数全然不同，但绝不在铁掌门功夫之下，倒也不能小觑他了。"她本觉女儿嫁了此人大是委屈，只是女儿既然心许，那也无可奈何，此时却渐渐觉得，这个未过门的女婿似乎也不致辱没了女儿。

不到一顿饭功夫，杨过已负着裘千尺到了峰下，回头看绿萼时，她还在山腰之中，等了良久，她才奔到山脚，已是娇喘细细，额头见汗。

三人悄悄绕到庄后，绿萼不敢进庄，向邻家去借了自己的衣衫，以及母亲所要的葛衫蒲扇，又借了件男子的长袍给杨过穿上。裘千尺戴上人皮面具，穿了葛衫，手持蒲扇，由杨过与绿萼左右扶持，走向庄门。

进门之际，三人心中都是思潮起伏。裘千尺一离十余年，此时旧地重来，更是感慨万千。但见庄门口点起大红灯笼，一眼望进去尽是彩绸喜帐，大厅中传出鼓乐之声。众家丁见到裘千尺与杨过均感愕然，但见有绿萼陪同在侧，不敢多有言语。

三人直闯进厅，只见贺客满堂，大都是绝情谷中水仙庄的四邻。公孙止全身吉服，站在左首。右首的新娘凤冠霞帔，面目虽不可见，但身材苗条，自是小龙女了。

天井中火光连闪，砰砰砰三声，放了三个响铳。赞礼人唱道："吉时已到，新人同拜天地！"

裘千尺哈哈大笑，只震得烛影摇红，屋瓦齐动，朗声说道："新人同拜天地，旧人那便如何？"

她手足筋络虽断，内功却丝毫未失，在石窟中心无旁骛，日夜勤修苦练，十四年的修练倒抵得旁人二十八年有余，这两句话喝将出来，各人耳中嗡嗡作响，眼前一暗，厅上红烛竟自熄灭了十余枝。

众人吃了一惊，一齐回过头来。公孙止听了喝声，本已大感惊诧，眼见杨过与女儿安然无恙，站在这蒙面客身侧，更是愕然不安，喝道："尊驾何人？"

裘千尺逼紧嗓子，冷笑道："我和你谊属至亲，你假装不认得我么？"她说这两句话之时气运丹田，虽然声音不响，但远远传了出去。绝情谷四周皆山，过不多时，四下里回声鸣响，只听得“不认得我么？不认得我么？”的声音纷至沓来。

金轮法王、潇湘子、尹克西等均在一旁观礼，听了裘千尺的话声，知是个大有来头的人物，无不群相瞩目。

公孙止见此人身披葛衫、手摇蒲扇，正与前妻所说妻舅裘千仞的打扮相似，内功又如此了得，但容貌诡异，倒似是周伯通先前所假扮的潇湘子，其中定是大有蹊跷，心下暗自戒备，冷冷的道：“我与尊驾素不相识，说什么谊属至亲，岂不可笑？”

尹克西熟知武林掌故，见了裘千尺的葛衫蒲扇，心念一动，问道：“阁下莫非是铁掌水上飘裘老前辈么？”

裘千尺哈哈一笑，将蒲扇摇了几摇，说道：“我只道世上识得老朽之人都死光了，原来还剩着一位。”

公孙止不动声色，说道：“尊驾当真是裘千仞？只怕是个冒名顶替的无耻之徒。”裘千尺吃了一惊，心道：“这贼杀才恁地机灵，怎知我不是？”想不透他从何处看出破绽，当下微微冷笑，却不回答。

杨过不再理会他夫妻俩如何捣鬼，抢到小龙女身边，右手握着绝情丹，左手揭去罩在脸上的红巾，叫道：“姑姑，张开嘴来。”小龙女乍见杨过，心中怦的一跳，惊喜交集，颤声道：“你……你果然好了。”她此时早知公孙止心肠歹毒，行止戾狠，所以答允与他成婚，全是为了要救杨过一命，见他突然到来，还道公孙止言而有信，已治好了他所中剧毒。杨过手一伸，将那绝情丹送入她口内，说道：“快吞下！”小龙女也不知是什么东西，依言吞入肚内，顷刻间便觉一股凉意直透丹田。

这时厅上乱成一团，公孙止见杨过又来捣乱，欲待制止，却又忌惮这蒙面怪客，不知是否真是妻舅铁掌水上飘裘千仞，一时不敢发作。

杨过将小龙女头上的凤冠霞帔扯得粉碎，挽着她手臂退在一旁，说道："姑姑，这贼谷主有苦头吃了，咱们瞧热闹罢。"小龙女心中一片混乱，偎倚在杨过身上，不知说什么好。马光佐见杨过突然到来，心中说不出的欢喜，上前问长问短，啰唆不清，哪去理会杨过与小龙女实不喜旁人前来打扰。

尹克西素闻裘千仞二十年前威震大江南北，是个了不起的人物，又听他一笑一喝，山谷鸣响，内功极是深厚，有心结纳，于是上前一揖，笑道："今日是公孙谷主大喜之期，裘老前辈也赶来喝一杯喜酒么？"裘千尺指着公孙止道："阁下可知他是我什么人？"尹克西道："这倒不知，却要请教。"裘千尺道："你要他自己说。"

公孙止又问一句："尊驾当真是铁掌水上飘？这倒奇了！"双手一拍，向一名绿衫弟子道："去书房将东边架上的拜盒取来。"绿萼六神无主，顺手端过一张椅子，让母亲坐下。公孙止暗暗奇怪："她与那姓杨的小子摔入鳄鱼潭中，怎地居然不死？"

片刻之间，那弟子将拜盒呈上，公孙止打了开来，取出一信，冷冷的道："数年之前，我曾接到裘千仞的一通书信，倘若尊驾真是裘千仞。那么这封信便是假了。"裘千尺吃了一惊，心想："二哥和我反目以来，从来不通音问，怎地忽然有书信到来？却不知信中说些什么？"大声道："我几时写过什么书信给你？当真是胡说八道。"

公孙止听了她说话的腔调，忽地记起一个人来，猛吃一惊，背心上登时出了一阵冷汗，但随即心想："不对，不对，她死在地底石窟之中，这时候早就烂得只剩一堆白骨。可是这人究竟是谁？"当下打开书信，朗声诵读：

"止弟尺妹均鉴：自大哥于铁掌峰上命丧郭靖、黄蓉之手……"

裘千尺听了这第一句话，不禁又悲又痛，喝道："什么？谁说我大哥死了？"她生平与裘千丈兄妹之情最笃，忽地听到他的死讯，全身发颤，声音也变了。她本来气发丹田，话声中难分男女，此时深情流露，"谁说我大哥死了"这句话中，显出了女子声气。

公孙止听出眼前之人竟是女子，又听他说“我大哥”三字，内心深处惊恐更甚，但自更断定此人绝非裘千仞，当下继续读信：

“……愚兄深愧数十年来，甚亏友于之道，以至手足失和，罪皆在愚兄也。中夜自思，恶行无穷，又岂仅获罪于大哥贤妹而已？比者华山二次论剑，愚兄得蒙一灯大师点化，今已放下屠刀，皈依三宝矣。修持日浅，俗缘难断，青灯古佛之旁，亦常忆及兄妹昔日之欢也。临风怀想，维祝多福。衲子慈恩合什。”

公孙止一路诵读，裘千尺只是暗暗饮泣，等到那信读完，终于忍不住放声大哭，叫道：“大哥、二哥，你们可知我身受的苦楚啊。”倏地揭下面具，叫道：“公孙止，你还认得我么？”这一句厉声断喝，大厅上又有七八枝烛火熄灭，余下的也是摇晃不定。

烛光黯淡之中，众人眼前突地出现一张满脸惨厉之色的老妇面容，无不大为震惊，谁也不敢开口。厅上寂静无声，各人心中怦怦跳动。

突然之间，站在屋角侍候的一名老仆奔上前来，叫道：“主母，主母，你可没死啊。”裘千尺点头道：“张二叔，亏你还记得我。”那老仆极是忠心，见主母无恙，喜不自胜，连连磕头，叫道：“主母，这才是真正的大喜了。”厅上贺客之中，除了金轮法王等少数几个外人，具余都是谷中邻里，凡是三四十岁以上的大半认得裘千尺，登时七张八嘴，拥上前来问长问短。

公孙止大声喝道：“都给我退开！”众人愕然回首，只见他对裘千尺戟指喝道：“贱人，你怎地又回来了？居然还有面目来见我？”

绿萼一心盼望父亲认错，与母亲重归于好，哪知听他竟说出这等话来，激动之下，奔到父亲跟前，跪在地下，叫道：“爹！妈没死，没死啊。你快赔罪，请她原恕了罢！”

公孙止冷笑道：“请她原恕？我有什么不对了？”绿萼道：“你将妈妈幽闭地底石窟之中，让她死不死、活不活的苦度十多年时光。爹，你怎对得住她？”公孙止冷然道：“是她先下手害我，你可知道？她将我推在情花丛中，叫我身受千针万刺之苦，你可知道？她将解药浸在砒霜液中，叫我服了也死，不服也死，你可知道？她还逼我手刃……手刃一个我心爱之人，你可知道？”绿萼哭道：“女儿都知道，那是柔儿。”

公孙止已有十余年没听人提起这名字，这时不禁脸色大变，抬头向天，喃喃的道：“不错，是柔儿，是柔儿！”手指裘千尺，恶狠狠的道：“就……就是这个狠心毒辣的贱人，逼得我杀了柔儿！”他脸色越来越是凄厉，轻轻的叫着：“柔儿……柔儿……”

杨过心想这对冤孽夫妻都不是好人，自己中毒已深，在这世上已活不了几日，这几天中只盼找个人迹不到的所在，与小龙女二人安安静静的度过，哪里有心思去分辨公孙止夫妇的谁是谁非，轻轻拉了拉小龙女的衣袖，低声道：“咱们去罢。”

小龙女道：“这女人真的是他妻子？她真的给丈夫这么关了十多年？”她实难相信世上有如此恶毒之人。杨过道：“他夫妻二人是互相报复。”小龙女偏着头沉吟半晌，低声道：“这个我就不懂啦。难道这女人也是和我一般，被逼和他成亲？”在她想来，二人若非被逼成婚，定然你怜我爱，岂能如此相互残害？杨过摇头道：“世上好人少，恶人多，这些人的心思，原也教旁人难以猜测……”

忽听公孙止大喝一声：“滚开！”右腿一抬，绿萼身子飞起，向外撞将出来，显是给父亲踢了一脚。

她身子去向正是对准了裘千尺的胸膛。裘千尺手足用不得力，只得低头闪避，但绿萼来势太快，砰的一响，身子与母亲肩头相碰。裘千尺仰天一交，连人带椅向后摔出，光秃秃的脑门撞在石柱之上，登时鲜血溅柱，爬不起身。绿萼给父亲踢了这一脚，也是俯伏在地，昏了过去。

蒙古兵大举攻城，矢下如雨，石落似雹，纷纷向襄阳城中打去，接着架起云梯，四面八方的爬向城头。城中宋军守御严密，兵士合持大木，将云梯推离城墙。

第二十回

侠之大者

杨过本欲置身于这场是非之外，眼见公孙止如此凶暴，忍不住怒气勃发，正要上前与他理论，小龙女已抢上扶起裘千尺，在她脑后“玉枕穴”上推拿了几下，抑住流血，然后撕下衣襟，给她包扎伤处，向着公孙止喝道：“公孙先生，她是你元配夫人，为何你待她如此？你既有夫人，何以又想娶我？便算我嫁了你，你日后对我，岂不也如对她一般？”

这三句话问得痛快淋漓，公孙止张口结舌，无言以对。马光佐忍不住大声喝采。潇湘子冷冷的道：“这位姑娘说得不错。”

公孙止对小龙女实怀一片痴恋，虽给她问得语塞，只是神色尴尬，却不动怒，低声下气的道：“柳妹，你怎能跟这恶泼妇相比？我是爱你唯恐不及，我对你若有丝毫坏心，管教我天诛地灭。”小龙女淡淡的道：“天下我只要他一个人爱我，你就是再喜欢我一百倍，我也半点不希罕。”说着过去拉住杨过的手。

杨过愤慨异常，心道：“姑姑这般待我，偏生我已活不了几日，都是你这狗贼害的。”指着公孙止喝道：“你说对我姑姑没半点坏心眼，哼，你将我陷入死地，却来骗她成婚，这是好心眼么？她身中情花之毒，你明知无药可救，却不向她说破，这是好心眼么？”小龙女吃了一惊，颤声道：“当真么？”杨过道：“不要紧，你已服了解药。”说着微微一笑，这微笑中又是凄凉，又是欢喜，心想：“我把药让给你服了，我是甘心情愿的为你而死。”

公孙止望望裘千尺，又望望小龙女和杨过，眼光在三人脸上扫了一转，心中妒恨、情欲、愤怒、懊悔、失望、羞愧，诸般激情纷扰纠结。他平素虽极有涵养，此时却似陷入半疯之境，突然俯身，从红毡之下取出阴阳双刃，当的一声互击，喝道：“好，好！今日咱们一齐同归于尽！”众人万料不到他在新婚交拜的吉具之下竟藏有凶器，不禁都“噫”了一声。

小龙女冷笑道：“过儿，这等恶人，原也不必跟他客气。”呛啷一响，也从新娘的大红喜服之下取出一对剑来，正是那君子剑与淑女剑。她虽然不通世务，但对付心中恨恶之人，下手时却半点也不留情，当时为孙婆婆报仇，即曾杀得重阳宫中全真诸道心惊胆战，广宁子郝大通几乎性命不保。此日公孙止害得她与杨过不能团圆，她早已有了以死相拼之念，是以喜服下暗藏双剑，只待公孙止救治了杨过，立时俟机相刺，若是不胜，那便自刎以殉，决不将贞洁丧在绝情谷中。

众贺客见一对新婚夫妇原来各藏刀剑，都是惊愕无已，只有金轮法王等少数有识之士，才早料到这场喜事必以凶杀为结局，只是见裘千尺一击即倒，与她先前所显示的深厚内功殊不相称，不免大感诧异。

杨过从小龙女手中接过君子剑来，说道：“姑姑，咱们今日杀了这匹夫，给我报仇。”小龙女一震淑女剑，奇道：“给你报仇?”杨过暗自难过，但想此事不能跟她说穿，只说：“这贼杀才害的人着实不少。”长剑抖处，径刺公孙止左胁。他知此刻之斗实是极为凶险，小龙女身上情花之毒虽解，自己却中毒极深，若是双剑合璧而施展“玉女素心剑法”，一动真情，立时剧痛难当，当下目不斜视的望着敌人，使开“全真剑法”，一招一式，法度谨严无比。这一路剑法若是由马钰、丘处机等老道出手，自是端稳凝持，深具厚重古朴之致，在杨过使来，却不免显得少年老成，微见涩滞。

公孙止知他二人双剑联手的厉害，一上手即使开阴阳倒乱刃法，右手黑剑，左手金刀，招数凌厉无前。杨过的全真剑法乃当年王重阳所创，虽不如敌人凶悍，却是变化精微，杨过谨守不攻，接了他三招。小龙女一声呼叱，挺淑女剑攻击公孙止后心。

公孙止恚恨难当，心想："这花朵般的少女原是我新婚夫人，此时却来与旁人联剑攻我。"又想："恶婆娘突然出现，揭破前事，我威信扫地，颜面无存，非但再难逼迫柳妹成婚，连这绝情谷的基业也已不保。"但他仗着武功精湛，今日虽遇棘手难题，还是要凭武力一逞，只要打败杨过，便挟小龙女远走高飞。他不知小龙女已服绝情丹解药，还道她已不过三十六日之命，但这三十六日之中，也要叫她成为自己妻室。心中越想越邪，手上的倒乱刃法却越来越是猛恶。

小龙女使动玉女剑法，待要和杨过心意相通，发扬"素心剑法"威力，哪知他目光始终不瞧过来，只是自顾自的挥剑拒战。小龙女好生奇怪，问道："过儿，你怎么不瞧我？"她心中柔情渐动，剑光忽长。杨过听了她的语声，心中一震，登时胸口剧痛，剑招稍缓，嗤的一下，衣袖已被黑剑划破。小龙女大惊，刷刷刷连攻三剑，阻住公孙止进击。杨过道："我不能瞧你，也不能听你说话。"小龙女软语温柔："为什么？"杨过只怕再遇危险，粗声答道："你要我死，那就跟我说话好了！"他怒气一生，疼痛登止，将公孙止黑剑的招数尽行接过。

小龙女好生歉然，道："你别生气，我不说啦。"突然心念一动："啊，我剧毒已解，他可并未服药！他得到解药，自己不服，却来给我解毒。"想到此处，又是感激，又是怜惜，当真是深情无限，这一下劲随心生，玉女素心剑法威力大盛，招数递将出去，竟然将杨过全身要害尽行护住。本来她既守护杨过，杨过就该代她防御敌招，但他不敢斜目旁睨，变得她全身一无守备，处处能受敌招。

公孙止目光何等敏锐，只数招之间，便已瞧出破绽，但他不欲伤害小龙女半分，一刀一剑均是向杨过猛烈砍刺。但见攻的如惊涛冲岸，守的却也似坚岩屹立，再加上小龙女全力防护，数十招中公孙止竟是半点也奈何不得敌手。

这时绿萼已经醒转，站在母亲身旁观斗，眼见小龙女尽力守护杨过，全然不顾自身安危，不禁自问："若是换作了我，当此生死之际，也能不顾自身而护他么？"轻轻叹了口气，心道："我定能如龙姑娘这般待他，只是他却万万不肯如此待我。"

便在此时，裘千尺嘶声叫道："假刀非刀，假剑非剑！"杨过与小龙女听了都是一怔，不明白她这两句话的用意。裘千尺又叫："刀即是刀，剑即是剑！"

杨过与公孙止斗了两次，一直在潜心思索阴阳倒乱刃法的秘奥所在，但见他挥动轻飘飘的黑剑硬砍硬斫，一柄沉厚重实的锯齿金刀却是灵动飞翔，走的全是单剑路子，招数出手与武学至理恰正相反；但若始终以刀作剑，以剑作刀，那也罢了，偏生倏忽之间剑法中又显示刀法，而刀招中隐隐含着剑招的杀着，端的是变化无方，捉摸不定，此时忽听得裘千尺叫了那十六个字，心道："难道他刀上的剑招、剑上的刀招全是花假？"眼见黑剑横肩砍来，明明是单刀的招数，心中便只当他是柄长剑，君子剑挺出，双剑相交，铮的一声，两人各自后退了一步。才知这黑剑底子里果然仍旧是剑，所使的刀招只是炫人耳目，但若对方武功稍差，应付失宜，刀招却也能够伤人。

杨过一试成功，心中大喜，当下凝神找寻对方刀剑中的破绽，心想他招术错乱，虽然奇妙，但路子定然不纯，拆了数招，忽听裘千尺道："攻他右腿，攻他右腿。"杨过见公孙止金刀晃动，下盘

第十六回

杀父深仇

杨过与陆无双听得冯铁匠竟是程英的师兄，都是又惊又喜，心想黄药师的弟子，武功决计差不了，不意危难之间忽得强助，实是喜出望外。

李莫愁冷冷的道："你既已给师父逐出门墙，却还依恋不舍，岂非无聊之极？今日我要杀这三个小娃娃和一个傻女人，你站在一旁瞧热闹罢。"冯默风缓缓说道："我虽学过武艺，一生之中却从没跟人动过手，况且腿也断了，打架是打不来的。"李莫愁道："是啊，那最好也没有了，你也犯不着赔上一条老命。"冯默风摇头道："我可不许你碰我师妹一根毫毛，这几位既是我师妹的朋友，你也别逞凶横。"

李莫愁杀气斗起，笑道："那你们四个人一起上，也妙得紧啊。"说着站起身来。冯铁匠仍是不动声色，依着打铁声音，便似唱戏的角儿顺着锣鼓点子，打一下，说几个字，一板一眼的道："我离师门已三十余年，武艺早抛生疏了，得好好想想，在心中理一理。"

李莫愁嘿嘿一笑，说道："我半生行走江湖，可真还没见过这等上阵磨枪、急来抱佛脚的人物。今日里大开眼界。冯默风，你一生之中，当真从来没跟人动过手么？"冯默风道："我从来不得罪别人，别人打我骂我，我也不跟他计较，自是动不起手来。”李莫愁冷笑道：“嘿嘿，黄老邪果然尽检些脓包来做弟子，到世上丢人现眼。”冯默风道：“请你莫说我恩师坏话。”李莫愁微笑道：“人家早不要你做弟子了，你还恩师长、恩师短的，也不怕人笑掉了牙齿。”

冯默风仍是一下一下的打铁，缓缓的道：“我一生孤苦，这世上亲人就只恩师一人，我不敬他爱他，却又去思念何人？小师妹，恩师他老人家身子可好么？”程英道：“他老人家很好。”冯默风脸上登现喜色。

李莫愁见他真情流露，心想：“黄老邪一代宗师，果然大有过人之处。他将弟子打成这般模样，这人对他还是如此忠心依恋。”

此时那块镔铁打得渐渐冷却，冯铁匠又钳到炉中去烧，可是他心不在焉，送进炉的竟是右手的一柄大铁锤，却不是那块镔铁。李莫愁笑道：“冯铁匠，你慢慢想师父教的功夫便是，用不着手忙脚乱。”冯默风不答，望着红红的炉火沉思，过了一会，又将左肩窝下撑着的拐杖塞进了炉中。杨过和陆无双同时叫道：“唉，唉，那是拐杖！”程英也大叫：“师哥！”冯默风仍然不答，双眼呆望着炉火。但那拐杖在猛火之中居然并不烧毁，却渐渐变红，原来是根铁杖。再过一阵，铁锤也已烧得通红，但他抓住锤柄拐杖，却似并不烫手。

这时李莫愁才将轻蔑之心变为提防，知道眼前这容貌猥琐的铁匠实有过人之处，生怕他猝然发难，中了他的毒手，当即拂尘急挥数下，护住了身前要害，倒跃出门，叫道：“冯铁匠，你来罢！”

冯默风应声出户，身手之矫捷，绝不似身有残疾之人。他将通红的铁杖拄在地下，说道：“你这位仙姑，请你别再骂我恩师，也别跟我师妹为难，你饶了我这苦命的老铁匠罢！”李莫愁又是大出意外：“怎么临到上阵，还向人求饶？”说道：“我只饶你一人，你若害怕，干脆就别插手。”冯默风咬一咬牙齿，沉声道：“好，那你先将我打死罢!”说时全身发颤，又是害怕，又是激动。

李莫愁拂尘一起，向他头顶直击。冯默风急跃跳开，避得甚是灵巧，但手臂发抖，竟然不敢还击。李莫愁连进三招，他都以巧妙身法闪过，始终没有还手。

杨过等三人站在一旁观斗，俟机上前相助，眼见李莫愁招数渐紧，冯默风似乎的确从未与人打过架，兼之生性谦和，一柄烧得通红的大铁锤竟然击不出去。杨过心想不妙，这位武林异人武功虽强，却无争斗之心，非激他动怒不可，于是大声道：“李莫愁，你为什么骂桃花岛主不忠不孝、不仁不义?”李莫愁心想：“我几时骂过啦?”手上加快，并不回答。杨过又叫道：“你说桃花岛主淫人妻女，掳人子弟，你亲眼见到么?你说他欺骗朋友、出卖恩人，当真有这等事么?你为何在江湖上到处散播谣言，败坏黄岛主的清誉令名?”

程英愕然未解，冯默风已听得怒火冲天，一股刚勇从胸中涌起，铁锤拐杖，同时出手。他右足站地，一个“金鸡独立”式，犹如钉在地下，又稳又定，锤拐带着一股炽烈的热气，向李莫愁直逼过去。

李莫愁见他来势猛烈，不敢正面接战，纵跃闪避，寻隙还击。杨过又叫道：“李莫愁，你骂桃花岛主招摇撞骗，是个无耻之徒，我瞧你自己才无耻!”冯默风越听越怒，铁锤和拐杖横挥直压，猛不可当，初时他招术颇见生疏，斗了一阵，越来越是顺手。

二人功力原本相差不远，但李莫愁横行江湖，大小数百战，见识多他百倍，拆得二三十招，李莫愁已知冯默风功力不弱，经验却实在太过欠缺，兼之只有一腿，时刻一长，定然要输，于是立意与之游斗，待其锐气一挫，再行反攻。果然再斗得十余合，冯默风怒意稍减，斗志即懈，渐落下风，李莫愁大喜，举拂尘向他胸口疾挥。

冯默风横锤挡开。拂尘已乘势弯将过来，卷住了锤头，这是李莫愁夺人兵刃的绝招，只要一夺一甩，冯默风的铁锤非脱手不可。岂知嗤嗤嗤一阵轻响，青烟冒起，各人闻到一股焦臭，拂尘的帚尾竟已烧断。

这一来，李莫愁非但没夺到对方兵刃，反而将自己兵刃失去了，她临危不乱，掷下拂尘柄，改使五毒神掌。这路掌法虽然厉害，却非贴近施展不能见功，此时冯默风右锤左拐，舞得风声呼呼，得心应手，但见两条人影之间不断冒出青烟，原来李莫愁身上道袍带到烧得通红的锤拐，一块块的不断烧毁。她心中大怒，明明可以取胜，却被这老铁匠在兵刃上占了便宜，实是心不甘服，决意要击他一掌出气。

冯默风初次与人交手，若是上来接连吃亏，登时便会畏缩，此刻占了上风，锤拐使将出来竟是极尽精妙。李莫愁想要击他一掌，几次都是险些碰到铁锤铁拐，若非闪避得快，掌心都要给烧焦了。

突然之间，冯默风叫道："不打了，不打了，你这样子太不成体统！"独足向后跃开半丈。李莫愁一呆，一阵凉风吹来，身上衣衫片片飞开，手臂、肩膊、胸口、大腿，竟有多处肌肤露了出来。她是处女之身，这一下羞惭难当，正要转头逃走，突然背上一凉，又是一大块衣衫飞走。

杨过见她处境狼狈万状，当即扯断衣带，脱下外袍，运起内力，向她背上掷去。那袍子就似一个人般张臂将她抱住。李莫愁忙将手臂穿进袖子，拉好衣襟，饶是她一生见过大阵大仗无数，此时也不由得惊羞交集，脸上红一阵白一阵，不知是否更与敌人动手？寻思："若再上前搏斗，这件衣衫又会烧毁，这口气只好咽下再说。"向杨过点点头，谢他赠袍之德，转头对冯默风道："你使这等诡异兵刃，果是黄老邪的嫡传邪道。你凭良心说，若以真实武功拼斗，可胜得过我么？黄老邪的弟子若是规规矩矩的与我单打独斗，能占上风么?”

冯默风坦然道:“若非你失了兵刃,那么时刻一久,便可胜我。”李莫愁傲然道:“你知道就好。我那纸上写道,桃花岛门人恃众为胜,可没说错。”

冯默风低头沉思,过了一会,道:“那却不然!若是我陈梅曲陆四位师兄在此,任哪一位都强过了你。别说陈师兄、曲师兄武功卓绝,就是梅超风梅师姊也属女流,你就决计胜不了她。”

李莫愁冷笑道:“这些人死无对证,更说什么?黄老邪的功夫也只如此。我本想领教领教他亲生女儿郭夫人的神技,但举一反三,那也不必了。”说着转身欲走。

杨过心念微动,说道:“且慢!”李莫愁秀眉一扬,道:“怎么?”杨过道:“你说桃花岛主武功不过如此,那就错了。我听他说过一路玉箫剑法,尽可破得你的拂尘功夫。”说着拿起铁条,在地下挥划图形,口中解说:“喏,你这一记当面迎击,果然迅捷凌厉,但他长剑从此处横削,你就收势不及。你若反打,这剑就从此疾攻,你如正面拂穴,他就以虎形爪抓你帚尾,却倒转剑柄逆点你的肩贞穴,这一招你想得到么?”这一招果然是匪夷所思,可也是精妙绝伦,正面拂穴原是李莫愁拂尘功夫的绝招之一,杨过所说的这一招却将她克制得再无还手余地,只有丢了拂尘认输。

杨过又比划着说道:“再说到你的五毒掌法,桃花岛主留有指甲,这么一掌引开,待你手掌击到,他使出弹指神通功夫,指甲在你掌心这么一弹,你这只手掌岂不是当场废了?他只须立时削去指甲,你掌上剧毒就传不到他身上。”接着又说了十余招克制她武功的法门。

此一番话只把李莫愁听得脸如土色,他每一句话都是入情入理,所说的方法每一项均是巧妙无比,确非自己所能抵挡。

杨过又道:“桃花岛主恼你出言无状,他自己是大宗师身份,犯不着亲自与你动手，已将这些法门传了给我，命我代他收拾你。但我想到你与我师总有同门之谊，今日将桃花岛主的厉害说与你听，下次你见到他的门人，还是远而避之罢。”

李莫愁默然半晌，说道：“罢了，罢了！”转头便走，霎时之间，身形已在山后隐没，身法之快，确是江湖上少见。

其实这些法门黄药师虽已传给了杨过，若要练到真能使用，克敌制胜，最快也须在数年之后。杨过这么一番讲述，不必出手，却已将她吓得心服口服，从此终身不敢再出一句轻侮黄药师之言。

陆无双在李莫愁积威之下，只消听到她声音，心中就怦怦乱跳，见她远去，登时如释重负，拍手笑道：“傻蛋！你好口才啊，连我师父也给你吓走了。”

程英见杨过将自己所缝的袍子送给李莫愁，当时情势紧迫，那也罢了，但他新袍底下仍是穿着那件破破烂烂的旧袍子，显见这袍子因是小龙女所缝，他亲疏有别，决不忘旧。程英心中微微一酸，装作浑不在意。当下四人回到屋中去看傻姑。

刚跨进门，忽听得山前人喧马嘶，隐隐如雷，四人同时回身。

杨过道：“我去瞧瞧。”跃上马背，转出山坳，奔了数里，已到大路，但见尘土飞扬，旌旗蔽空，原来是一大队蒙古兵向南开拔，铁弓长刀，势若波涛。杨过从未见过大军启行，看到这般惊心动魄的壮观，不由得呆了。

两名小军舞起长刀，吆喝：“兀那蛮子，瞧什么？”冲将过来。杨过拨转马头便跑，两名小军弯弓搭箭，飕飕两声，向他后心射来。杨过回手接住，只觉这两枝箭势甚是劲急，若非自己身有武功，早给射得穿胸而死。两名小军见他如此本领，吓得勒住马头，不敢再追。

杨过回到铁匠铺中，将所见说了。冯默风叹道：“蒙古大军果然南下。我中国百姓可苦了！”杨过道：“蒙古人骑射之术，实非宋兵所能抵挡，这场灾祸甚是不小。”冯默风道：“杨公子正当英年，何不回南投军，以御外侮？”杨过一呆，道：“不，我要北上去寻我姑姑。蒙古军声势如此浩大，以我一人之力，有什么用？”冯默风摇头道：“一人之力虽微，众人之力就强了。倘若人人都如公子这等想法，还有谁肯出力以抗异族入侵？”

杨过觉得他话是不错，可是世上决没有比寻找小龙女更要紧之事。他自幼流落江湖，深受小官小吏之苦，觉得蒙古人固然残暴，宋朝皇帝也未必就是好人，犯不着为他出力，当下微微一笑，不再接口。

冯默风将铁锤、钳子、风箱等缚作一捆，负在背上，对程英道：“师妹，你日后见到师父，请向他老人家说，弟子冯默风不敢忘了他老人家的教诲。今日投向蒙古军中，好歹也要刺杀他一二名侵我江山的王公大将。师妹，你多多保重。我今日得见一位师父的传人，实是欢喜得紧。”说罢撑着铁拐，头也不回的去了，竟没再向杨过瞧上一眼。

杨过向程英与陆无双望了一眼，说道：“不意在此处得识这位异人。”陆无双心中偏袒杨过，道：“表姊，你师父门下的人物，除你之外，不是傻里傻气，便是疯疯癫癫。”程英一笑，淡然道：“人各有志，自是勉强不来。你说他疯疯癫癫，说不定他却说咱们是无情之辈呢。再说，我自己又何尝不有点儿傻里傻气、疯疯癫癫？”杨过听了心中怦然而动，瞧她神色如常，猜不透她此言是否意带双关。

忽听得砰的一声，傻姑从凳上摔将下来。三人都是一惊，忙扶她上炕，但见她满脸通红，双目发直，知道五毒神掌的毒性又发作了。当下程英给她服药，杨过替她按穴推拿。傻姑怔怔的瞪着他，脸上满是恐惧之色，叫道：“杨兄弟，你别找我抵命，不是我害你……”程英柔声道：“姊姊，你别害怕，他不是……”

杨过忽地想到：“她此时神智迷糊，正可逼她吐露真言。”双手一翻，扣住了她手腕，厉声道：“是谁害死我的？你不说，我就要你抵命。”傻姑求道：“杨兄弟，不是我。”杨过怒道：“你不说！好，我就扼死你。”伸手叉住她咽喉。傻姑吓得尖声大叫。

程英和陆无双哪明白杨过的用意，齐声劝阻，一个叫“杨大哥”，一个叫“傻蛋”，一个说：“别吓坏了她。”一个说：“这时候怎么闹着玩？”

杨过哪里理会，手上微微加劲，脸上现出凶神恶煞般的神气，咬牙切齿的道：“我是杨兄弟的恶鬼。我死得好苦，你知道么？”傻姑道：“我知道的，你死后乌鸦吃你的肉。”

杨过心如刀绞，他只知父亲死于非命，却不知死后连尸体也不得埋葬，竟被乌鸦啄食，大叫：“是谁害死我的？快说，快说。”傻姑声音嘶哑，道：“是你自己去打姑姑，姑姑身上有毒针，你就死了。”杨过大声嚷道：“姑姑是谁？”傻姑被他扼得气都喘不过来，几欲晕去，低声道：“姑姑就是姑姑。”杨过道：“姑姑姓什么？叫什么名字？”傻姑道：“我……我……我不知道啊，你放开我！”

陆无双见情势紧迫，去拉杨过手臂。杨过此时犹如癫狂一般，用力一挥，使了十成力，陆无双哪里抵挡得住，给他直推出去，砰的一响，撞在墙上，好不疼痛。程英见杨过平素温和潇洒，此刻状若疯虎，吓得手足都软了。

杨过心想：“今日若不问出杀父仇人的姓名，我立时就会呕血而死。”连问几声：“姑姑是姓曲么？是姓梅么？”他猜想傻姑自己姓曲，那她姑姑多半也是姓曲，说不定是梅超风。

傻姑出力挣扎，她练功时日虽远较杨过为久，武功却是不及，兼之手腕上穴道被扣，只急得哑哑而呼，说道：“你去向姑姑讨命，别……别找我。”杨过道：“姑姑在哪里？”傻姑道：“我和爷爷，出来！她和汉子，在岛上。”

杨过听了此言，一股凉气从背脊心直透下去，颤声道：“姑姑叫你爷爷做什么？”傻姑道：“叫爸爸啊，还能叫什么？”杨过脸如土色，还怕弄错，追问一句：“姑姑的汉子名叫郭靖，是不是？”傻姑道：“我不知道。姑姑就叫：‘靖哥哥，靖哥哥！’”学着黄蓉叫郭靖的腔调，双脚乱踢，忽如杀猪般叫了起来：“救命，救命！鬼……鬼……”

杨过此时哪里尚有丝毫怀疑？自己幼时孤苦、受人欺凌诸般往事，霎时间都涌向心间，心想：“若不是爹爹被害，我妈也不致悲伤困顿，这样早便死了，我自也不会吃尽这些苦头。”又想：“在桃花岛之时，郭靖夫妇对我总是不甚自然，有些儿客气，有些儿忌讳，绝不如对待武氏兄弟那么要说便说，要骂便骂，当时我但感别扭，哪知道只因他们杀了我父亲，心中怀着鬼胎。他们不肯传我武功，送我去全真教大受折磨，原来皆是为此。”

他惊愤交迸，手脚都软了。傻姑大叫一声，从床上跃起。

程英走到杨过身边，轻声说道：“傻姊姊向来傻里傻气，你是知道的。她受伤后更加语无伦次，千万别信她的。”但她内心却也深信傻姑所说是实，也知如此劝慰管不了用，只是见杨过满脸悲苦愤激之状，心中极是不忍。

这几句话杨过全没听见，他呆了半晌，大叫出门，翻身上了瘦马，双腿力夹，那马疾窜而前，转瞬间奔出数十丈外，隐隐听得身后“傻蛋！”“杨大哥！”的呼声，他哪里还去理会，心中只想：“我要复仇！我要复仇！”

这一口气狂奔，一个多时辰中驰了数十里，忽觉口唇上甚是疼痛，伸手一摸，满手都是鲜血，原来悲愤之际咬紧口唇，竟将上下唇都咬破了，心想：“郭伯母本来待我并不好，最近忽然待我好了，却原来尽是假仁假义，那也罢了，但郭伯伯，郭伯伯……”他心中对郭靖一直崇敬异常，觉他德行武功固然超凡绝俗，对待自己更是一片真心，这时才知竟是大大受了欺骗，只觉此人奸诈尤甚于黄蓉，愤懑之气竟似把胸膛也要胀裂了。

想到伤心之处，下马坐在大路中心，抱头痛哭起来。这一番大放悲声，当真是天愁地惨，似乎人世间的伤痛烦恼，尽集于他一身。他从未见过父亲一面，也从未听人说起，连母亲也是绝口不提，但他自幼空想，在小小心灵之中，早把父亲想得十全十美，世上再无如此好人。这样一位英雄豪杰，却活活让郭靖、黄蓉使奸计害死了。

他哭了一阵，忽听得马蹄声响，北边驰来四匹马，马上都是蒙古武士。当先一人手持长矛，矛头上挑着个两三岁大的婴孩，哈哈大笑的奔来。那婴儿尚未死绝，兀自发出微弱哭声。四名蒙古武士见杨过坐在路口哭喊，微感诧异，但这样一个衣衫破烂的汉人少年到处皆是，自也毫不在意。一人叫道："让路，让路。"说着挺矛向他刺去。

杨过正自烦恼，抓住矛头一扯，将那武士拉下马来，顺手反矛横扫，那武士直飞出丈许之外，脑骨碎裂而死。余下三人见他如此神勇，发一声喊，一齐转马逃回，只听啪的一声，那婴儿摔在路上。

杨过抱了起来，见是个汉人孩子，肥肥白白的甚是可爱，长矛刺在肚中一时不得就死，可也已不能医活，小嘴中啊啊啊的似乎还在叫着"妈妈"。杨过伤痛之余，悲悯之心转盛，抱着这个半死不活的孩子，又流下泪来，眼见他痛苦难当，轻轻一掌将他击死了，用蒙古武士的长矛在地下掘个坑，要将他掩埋了。

只掘得十来下，猛听得蹄声如雷，号角声中大队蒙古兵急冲而至。杨过左手抱着死婴，右手挺长矛上马，那瘦马原是久历沙场的战马，眼见战阵，精神大振，长嘶一声，向蒙古兵冲去。杨过手起矛落，一连搠翻三四人，但见敌兵不计其数的涌来，当下拨转马头，落荒而走。背后箭如飞蝗般射来，他挥矛一一拨落。瘦马脚程奇快，片刻间已将追兵抛落，但兀自不停，仍是在荒野中如飞奔跑。

又过一阵，杨过见天色渐晚，收缰遥望，四下里长草没胫，怪石迫人，暮霭苍茫，静悄悄的绝无人声，连乌鸦麻雀也没一只。

他下得马来，手中还抱着那个死婴，只见他面目如生，脸上神情痛苦异常，心中惨然，想道："这孩子的父母自是爱他犹似性命一般，孩子已死，再无知觉，他父母却要肝肠寸断了。这些凶暴残忍的蒙古兵大举南下，一路上不知要害死多少大人小孩？"越想越是难受，当下在大树旁掘一个坑，将小孩埋了，又想起傻姑的话来，心道："这小孩死了，尚有我给他掩埋，我爹爹却葬身于乌鸦之口。唉，你们既害死了他，给他埋入土中又有何妨？用心当真是歹毒之至！不报此仇，杨过誓不为人。"

当晚便在一棵大树上睡了，次晨骑上马背，任由瘦马在荒山野岭间信步而行，一时想到要去古墓见小龙女，一时又想无论如何得先杀了郭靖、黄蓉，以报父仇。肚子饿了，便摘些野果充饥。

行到第四日上，忽见远处有一人纵身跃高，伸手在一株野果树上摘取果子，杨过纵马走近，望见是金轮法王的弟子达尔巴。他每次一跃，只采到一枚果子，后来不耐烦起来，伸臂横击，打了几下，那野果树喀喇声响，从中折断，他尽采树上野果，放入怀中。

杨过心道："难道金轮法王就在左近？"他与法王本来并无仇怨，此时认定郭靖、黄蓉是杀父仇人，反而后悔当日相助郭黄而与法王作对，当下悄悄跟在达尔巴身后，要去瞧个究竟。只见他迈步如飞，直向山坳中行去。杨过下马步行，远远跟随，见他转入林木深处，越走越高，于是随着他上了一座山峰。

峰顶上搭着一座小小茅棚，四面通风。金轮法王闭目垂眉，在棚中打坐。达尔巴将野果放在棚中地下，转过身来，突见杨过走近，不由得脸色大变，叫道："大师兄，你要来加害师父么?"说着向杨过急冲过来，伸手便去扭他衣襟。他武功原比杨过为高，但此刻师父正处于奇险之境，一受外感，立时性命不保，惶急之下心神失常，这一招章法大乱，竟自犯了武学的大忌，给杨过反擒手臂，一带一送，将他摔得跌了出去。

达尔巴心中认定杨过是大师兄转世，又给他这一摔先声夺人，在地下打了个滚，翻身爬起，跃到杨过面前。杨过只道他又要动手，退后一步，哪知他突然双膝落地，磕头道："大师兄，你须念前世恩师之情。师父身受重伤，正自行功自疗，你若惊动了他，那可……那可……"说到后来，喉头哽咽，泪水长流。

杨过虽不懂他的藏语，但见他神情激动，金轮法王又是容颜憔悴，已明白了七八分，忙扶他起身，说道："我决不伤害尊师，你放心好啦。"达尔巴见他脸色和善，心中大喜，虽然不懂他说话，却已消去了敌意。

就在此时，金轮法王睁开眼来，见到杨过，大吃一惊，适才他入定运气，并未听到杨过和达尔巴对答之言，陡见大敌当前，长叹一声，缓缓说道："我枉自修练多年，总是勘不破名关，却不道今日丧身中原。"原来他受巨石撞击，内脏受了重伤，这些日来耽在荒山顶上结庐疗伤，不意杨过竟跟踪而来，此时固然丝毫用不得力，即令达尔巴将杨过逐走，争斗之时也必使他心神不定，重伤难愈。

哪知杨过躬身唱喏，说道："在下此来，非与大师为敌，请勿多心。"法王摇了摇头，待要说话，胸口突然剧痛，急忙闭目运气。杨过走进茅棚，伸出右掌，贴在他背心的"至阳穴"上。这穴道在第七脊椎之下，乃是人身督脉的大穴。达尔巴一见之下，大惊失色，挥拳便要向杨过攻去。杨过摇摇左掌，向他使个眼色。达尔巴见师父神情无异，脸上且微带笑意，这一拳举起了便不打下去。

杨过修为不深，于西藏派内功更是一无所知，掌心隐隐感到他体内气息流动，便潜运内力，将一股热气助他上通灵台、神道、身柱、陶道各穴，下通筋缩、中枢、脊中、悬枢各穴，尽其所能，仅能维护他的督脉。达尔巴武功虽强，练的都是外功，不能助师疗伤，这些日子中只有干着急的份儿。此刻金轮法王既无后顾之虑，便气走任脉，全力调理前胸小腹的伤势，只一个多时辰，疼痛大减，脸现红润，睁眼向杨过点首为谢，合掌说道：“杨居士，你何以忽来助我？”

杨过也不隐瞒，将最近得悉郭靖夫妇害死他父亲、现下决意要前去报仇、无意中跟随达尔巴上山等情说了。

金轮法王虽知这少年甚是狡黠，十句话中连一句也是难信，但他今日于杀己易于反掌之际反而相助疗伤，对己确是绝无敌意，便道：“原来居士身上尚负有如此深冤大仇。但郭靖夫妇武学深湛，杨居士要报此仇，只怕不易呢。”杨过默然，过了一会，说道：“那么我父子两代都死在他手下，也就罢了！”法王道：“我初时自负天下无敌，欲以 人之力，压倒中原群雄，争那武林盟主之位。但中土武人不讲究单打独斗的规矩，大伙儿来个一拥而上，那只好另作打算了。老衲伤愈之后，须得多邀高手相助。我方声势一大，中原武师不能恃多为胜，大家便能公平决个胜败。你可有意参与我方么？”

杨过待要答允，却想起蒙古兵将屠戮之惨，说道：“我不能相助蒙古。”法王摇头道：“你想单枪匹马去杀郭靖夫妇报仇，那可是难上加难。”

杨过沉吟半晌，说道：“好，我助你取武林盟主，你却须助我报仇。”金轮法王伸出手掌，说道：“大丈夫一言为定，击掌以誓。”二人击掌三下，订了盟约。杨过道：“我只助你争那盟主之位，你要帮蒙古人攻取江南，杀害百姓，我可不能出力。”

法王笑道：“人各有志，那也勉强不来。杨兄弟，你的武功花样甚多，不是我倚老卖老说一句，博采众家固然甚妙，但也不免驳而不纯。你最擅长的到底是哪一门功夫？要用什么武功去对付郭靖夫妇？”

这几句话可将杨过问得张口结舌，难以回答。他一生遭际不凡，性子又是贪多务得，全真派的、欧阳锋的、古墓派的、九阴真经、洪七公的、黄药师的，诸般武功着实学了不少。这些功夫每一门都是奥妙无穷，以毕生精力才智钻研探究，亦难以望其涯岸，他东摘一鳞、西取半爪，却没一门功夫练到真正第一流的境界。遇到次等对手之时，施展出来固然是五花八门，叫人眼花缭乱，但遭逢到真正高手，却总是相形见绌，便和金轮法王的弟子达尔巴、霍都相较，也是颇有不及。他低头凝思，觉得金轮法王这几句话实是当头棒喝，说中了他武学的根本大弊。

转念又想：“我既已决意与姑姑厮守终生，却何以又到处留情？程姑娘、媳妇儿，还有那完颜萍，我对她们既无真情，何以又不规规矩矩的？这真是贪多嚼不烂了。”再想：“不论洪七公、黄药师、欧阳锋，或是全真七子、金轮法王，凡是卓然而成名家者，都是精修本门功夫，别派武功并非不懂，却只是明其家数，并不研习，然则我该当专修哪一门功夫？”在情在理，自当专研古墓派的玉女心经才是，但想到洪七公的打狗棒法如此奥妙、黄药师的玉箫剑法这等精微，置之不理，岂非可惜？而义父的蛤蟆功与经脉逆行、九阴真经中的诸般功夫，无一不是以一技即足以扬名天下，好不容易的学到，又怎能弃之如遗？

他走出茅棚，在山顶上负手而行，苦苦思索，甚是烦恼，想了半天，突然间心念一动：“我何不取各派所长，自成一家？天下武功，均是由人所创，别人既然创得，我难道就创不得？”想到此处，眼前登时大现光明。

他自辰时想到午后，又自午后苦思至深夜，在山峰上不饮不食，生平所见诸般精妙武功在脑海中此来彼往，相互激荡。他曾见洪七公与欧阳锋口述比武，自己也曾口讲指划而将李莫愁惊走，此时脑中诸家武功互争雄长，比口述更是迅速激烈。想到后来，不由自主的挥拳踢腿的施展起来。初时还能分辨这一招学自洪七公，那一招学自欧阳锋，到得后来竟是乱成一团，他再难支持，仰天摔倒，昏了过去。

达尔巴遥遥望见他疯疯癫癫，指手划脚，不知干些什么，突然见他摔倒，大吃一惊，要去相救。金轮法王笑道：“别去拂乱他心思。只可惜你才智平庸，难明其中的道理。”

杨过睡了半夜，次晨一早起来又想。七日之中，接连昏迷了五次。说要综纳诸门，自创一家，那是谈何容易？以他此时的识力修为固然绝难成功，那更不是十天半月间之事。但连想数日之后，恍然有悟，猛地明白诸般武术皆可为我所用，既不能合而为一，也就不必强求，日后临敌之际，当用则用，不必去想武功的出处来历，也已与自创 派相差无几。想明白了此节，登时心中舒畅。

金轮法王经这数日运功自疗，伤势愈了八九成，已可行动如常，这日见杨过突然神情平和、一副成竹在胸的模样，知他于武学之道已进了一层，说道：“杨兄弟，我带你去见一个人。此人雄才伟略，豁达大度，包你见了心服。”杨过道：“是谁？”法王道：“蒙古王子忽必烈。他是成吉思汗之孙，皇子拖雷的第四子。”

杨过自见蒙古军士大肆暴虐之后，对蒙古人极感憎恶，皱眉说道：“我急欲去报杀父大仇，那蒙古王子却是不必见了。”法王笑道：“我已答允助你，岂能失信？但我是忽必烈王子聘来，须得向他禀告一声。他王帐离此不远，一日可至。”杨过无奈，自忖绝非郭靖、黄蓉夫妇的对手，不论斗智斗力，都是相去不可以道里计，不得金轮法王相助，此仇势必难报，只得和他同去。

金轮法王受封蒙古第一护国大师，蒙古兵将对他极是尊崇，一见到来，立即通报王爷。蒙古人世世代代向居包帐，虽然入城，仍是不惯宫室，因此忽必烈也住在营帐之中。

法王携着杨过之手走进王帐。杨过见那营帐比之寻常蒙古营帐大逾一倍，帐中陈设却甚简朴。一个二十五六岁的青年男子科头布服，正坐着看书。那人见二人进帐，忙离座相迎，笑吟吟的道："多日不见国师，常自思念。"金轮法王道："王爷，我给你引见一位少年英雄。这位杨兄弟年纪虽轻，却是一位了不起的人杰。"

杨过只道忽必烈是成吉思汗之孙，外貌若非贵盛尊荣，便当威武刚猛，哪知竟是这么一个会说汉语、谦和可亲的青年，颇觉诧异。

忽必烈向杨过微一打量，左手拉住法王，向左右道："快取酒来，我和这位兄弟喝一碗。"左右送上三只大斗，倒满了蒙古的马乳酒。忽必烈接过来一饮而尽，法王也自干了。杨过平素甚少饮酒，此时见主人如此脱略形迹，不便推却，当下也是举斗饮干，只觉那酒极是辛烈，颇带酸味。

忽必烈笑道："小兄弟，这酒味可美么？"杨过道："此酒辛辣酸涩，入口如刀，味道不美，却是男子汉大丈夫的本色。"

忽必烈大喜，连声呼酒，三人各尽三斗。杨过仗着内力精湛，喝得丝毫不动声色。忽必烈喜道："国师，你何处觅得这位好人才？真乃我大蒙古之幸。"法王当下将杨过的经历约略一说，言语中将他身份抬得甚高，隐然当他是中原武林的一位大人物。杨过给他这么一捧，不自禁也有些飘飘然之感。

忽必烈奉命南取大宋江山，在中原日久，心慕汉化，日常与儒生为伍，读经学书，又广聘武学高人，结交宾客，策划南下攻宋。若是换作旁人，见杨过如此年轻，定是难信，但忽必烈才智卓绝，气度恢宏，对金轮法王又是深信不疑，大喜之下，即命大张筵席。

不多时筵席张布，酒肉满几，蒙汉食事各居其半。忽必烈向左右道："请招贤馆的几位英雄来见。"左右应命出帐。忽必烈道："这几日招贤馆中又到来几位宾客，各怀异能，实为国家之福，唯不及国师与杨君文武全才耳。"

言谈间左右报称客到，帐门开处，走进四个人来。当先一人身材高瘦，脸无血色，形若僵尸，忽必烈向法王与杨过引见，说是湘西名宿潇湘子。第二人极矮极黑，乃是来自天竺的高手尼摩星。其后两人一个身高八尺，粗手大脚，脸带傻笑，双眼木然。另一个高鼻深目，曲发黄须，是个胡人，身上穿的却是汉服，颈悬明珠，腕带玉镯，珠光宝气。忽必烈分别引见，那巨汉是回疆人，名叫马光佐。那胡人是波斯大贾，祖孙三代在汴梁、长安、太原等地贩卖珠宝，取了个中国姓名叫作尹克西。

尼摩星与潇湘子听说金轮法王是"蒙古第一国师"，冷冷的上下打量，脸上均有不服之色，见杨过年纪幼小，只道是法王的徒子徒孙，更没放在心上。酒过三巡，尼摩星忍耐不住，说道："王爷，大蒙古地方大大的，这个大和尚是第一国师的，武功定是很大很大的，我们想要瞧瞧的。"忽必烈微笑不语。潇湘子接口道："这位尼摩星仁兄来自天竺，西藏武功传自天竺，难道世上当真有青出于蓝之事么？兄弟可有点不大相信了。"

金轮法王见尼摩星双目炯然生光，潇湘子脸上隐隐透着一股青气，知道这两人内功均深，尹克西则嘻嘻哈哈、竭力装出一股极庸俗的市侩气来，此人越是显得无能，只怕越是有底，倒也不可小看了，那巨汉马光佐却是不必挂怀，当下微微一笑，说道："老衲受封国师，是大汗和四王子殿下的恩典，老衲本是愧不敢当。"

潇湘子道：“那你就该避位让贤啊。”说着眼睛向尼摩星斜望，嘴角边微微冷笑。

法王伸筷子夹了一大块牛肉，笑道：“这块牛肉是这盘中最肥大的了，老衲原也不想吃它，只是偶尔伸筷，偶尔夹着，在佛家称为缘法罢了。哪一位居士有兴，尽可夹去。”说着举筷停在盘上，静候各人来夹。

马光佐不明白金轮法王语带机锋，说的是一块肥大牛肉，其意所指却是蒙古第一国师的高位，见他夹着牛肉让客，当即伸筷去接。他筷头将要和牛肉碰到，法王手中的一根筷子突然横出，与他筷子轻轻一碰，马光佐只感手臂剧震，把捏不定，一双筷子竟然落在桌上。法王那根筷子却已及时缩回，夹住了牛肉。众人愕然相顾。马光佐还未明白，拾起筷子，五根手指牢牢捏住，心想：“这次你总再也碰不下了。”伸筷再去夹肉。法王又是一筷横出，这一次马光佐抓得极紧，果然震他不下，却听得喀喇一声轻响，一双筷子断为四截，犹如刀斩一般，两个半截落在桌上。

马光佐大怒，大吼一声，扑上去要和法王厮拼。忽必烈笑道：“马壮士不须动怒，若要比武，待用完饭再较量不迟。”马光佐畏惧王爷，恨恨归座，指着法王喝道：“你使什么妖法，弄断了我的吃饭家伙？”法王一笑，筷子仍是夹着牛肉，伸在身前。

尼摩星初时也没将金轮法王如何放在眼内，待得见他内力深厚，再也不敢小觑。他是天竺国人，吃饭不用筷子，只用手抓，说道：“肥牛肉，大汉子抢不到的，我，想吃的。”突然五指如铁爪，猛往肉上抓去。法王横出右边一根筷子，快如闪电般颤了几颤，分点他手心、手腕、手背、虎口、中指指尖五处穴道。尼摩星手掌急翻，呼的一声，向他手腕斩落。法王手臂不动，倒竖筷子，又颤了几颤，尼摩星突觉筷尖触到自己虎口，疾忙缩回。法王那根筷子转了回去，仍将牛肉夹住。他出筷点穴，快捷无伦，数颤而回，牛肉尚未落下。杨过等都瞧得明白，就在这霎时之间，二人已交换了数招，法王出筷固然极快，尼摩星能在间不容发之际及时缩手避开，武功也着实了得。潇湘子阴恻恻的叫了声："好本事!"忽必烈知道二人以上乘武功较劲，但使的是什么功夫却瞧不出来。马光佐睁着一双铜铃般的大眼，望望这个，瞪瞪那个，不明所以。

尹克西笑嘻嘻的道："各位太客气啦！你推我让，你也不吃，我也不吃，却让得菜都冷了。"说着慢吞吞的伸出筷子，手腕上一只翡翠镯、一只镶金玉镯相互撞得玎玎珰珰乱响。他筷头尚未碰到牛肉，法王的筷子已被他内劲激得微微一荡，原来他竟抢了先着，使内劲逼得法王的筷子伸不出来。法王索性将筷子前送，让他夹着，劲力传到他筷上，再向他手臂冲去。尹克西忙运劲还击。哪知法王的内劲忽发即收，牛肉本已给尹克西夹去，给他自己的劲力一送，重又交回到法王筷上。法王笑道："尹兄定要推让，实在太客气了。"这一下是以巧取胜。尹克西中计，同时也已试出对方内力远胜于己，好在并未出丑，当即微微一笑，转筷在盘中夹了一小块牛肉，笑道："兄弟生平所爱，只是珠宝财帛，肥牛肉却不大喜欢，还是吃一块小的罢。"说着送肉入嘴，慢慢咀嚼。

金轮法王心想："这波斯胡气度倒是不凡。"转头向潇湘子道："老兄如此谦让，老衲只好自用了。"说着筷子微微向内缩了半尺。他猜想潇湘子内力不弱，不敢大意，筷子缩回半尺，就是发出内劲时近了半尺，而对方却远了半尺。潇湘子冷笑一声，筷子缓缓举起，突然抢出，夹住了牛肉，借势回夺，竟给他拉回了半尺。

金轮法王没料到他手法如此快捷，急忙运劲回夺，那牛肉便又一寸一寸的移了回来。潇湘子站起身来，左手据桌，只震得桌子格格直响，却阻不住牛肉向法王面前移动之势。眼见金轮法王神态悠闲，潇湘子额头汗珠涌出，强弱之势已分。

忽听得远处有人高声叫道："郭靖，郭兄弟，你在哪里？快快出来，郭靖，姓郭的小子哪！”呼声初时发自东边，倏忽之间却已从西边传来。东西相距几有里许之遥，似是一人喊毕，第二人跟着接上，但语音却是一人，而且自东至西连续不断，此人身法之快，呼声中内力之厚，均是世上少见。

各人愕然相顾之际，潇湘子放松筷子，颓然坐下。金轮法王哈哈一笑，说道：“承让，承让！”正要将牛肉送入口中，突然帐门扬起，人影一闪，一人伸手将法王筷上那块肥牛肉抢了过去，放入口中大嚼起来。

这一下众人都大吃一惊，同时站起，看那人时，却是个白发白须的老人，满脸红光，笑容可掬。只见他在帐内地下的毡上一坐，左手拨开白胡子，右手将牛肉往口中送去，吃得嗒嗒有声。金轮法王回思这老人抢去自己筷上牛肉的手法，越想越是骇异。

帐门口守卫的武士没拦住白须老人，猛喝：“捉刺客。”早有四柄长矛齐向他胸间搠去。那老人伸出左手，一把抓住四个矛头，向杨过道：“小兄弟，再拿些牛肉来吃，我肚子饿得狠了。”四名蒙古武士用力推前，竟是纹丝不动，随即使力回夺，但四人挣得满脸通红，四柄长矛竟似铸在一座铁山中一般，连半寸也拉不回转。杨过看得有趣，拿起席上的那盘牛肉，平平向他飞去，说道：“请用罢！”

那老人右手抄起，平平托在胸前，突然间盘中一块牛肉跳将起来，飞入他口中，犹如活了一般。忽必烈看得有趣，只道他会玩魔术，喝一声采。金轮法王等却知那老人手掌局部运力，推动盘中的某一块牛肉激跳而出。常人隔着盘子用力击敲，原可震得牛肉跳起，但定是众肉齐飞，汁水淋漓，要牛肉分别一块块跃出却万万不能，这老人的掌力实已到了所施无不自如的境地，席上众人自量无法做到，不由得均生敬畏之心。

那老人不停咀嚼，刚吞下一块牛肉，盘中又跳起一块，片刻之间，将一盘牛肉吃得干干净净。他右手一扬，盘子脱手上飞，在半空中划个弧形，向杨过与尹克西飞去。杨尹二人见他功夫了得，生怕在盘上暗中使了怪劲，不敢伸手去接，忙分向两旁让开。那盘子平平的贴着桌面飞来，对准了一盘烤羊肉一撞，那盘羊肉便向老人飞去，空盘在桌上转了几个圈子，停住不动。原来他使的是股“太极劲”，如太极图一般周而复始，连绵不断，若是在空旷处掷出盘子，那盘就会绕身兜圈。这股劲力使发也并不甚难，颇多善变幻术之人均擅此技，所难者是劲力拿捏恰到好处，刚巧飞向席上一撞，空盘停住，而将另一盘食物送到他手中。

那老人哈哈大笑，极是得意，手掌运劲，烤羊肉又是一块块的跃起，给他吃了个肉尽盘空。其时最狼狈的莫过于那四名蒙古武士，用力夺回长矛固是不能，而放手却又不敢。蒙古军法极严，临阵抛弃兵刃是杀头的死罪，何况四人身负护卫四王子的重任，只得使出吃奶的力气来与之争夺。那老人越见他们手足无措，越是高兴，突然间喝道：“变变变，两个给我磕响头，两个仰天摔一交！一二三！”那“三”字刚说完，手臂一震，四根长矛同时断折。他五指使力的方向不同，在两根长矛上运力外推，对另外两根长矛却是向内拉扯，只听得“啊哟”连声，果然两名武士俯跌下去，如同磕头，另外两名武士却是仰天摔跌。那老人拍手唱道：“小宝宝，滚元宝，跌得重，长得高！”唱的是首儿歌，那是当小孩跌交之时，大人唱来安慰他的。

尹克西猛地省起，问道：“前辈可是姓周？”那老人笑道：“是啊，哈哈，你认得我么？”尹克西站起身来，抱拳说道：“原来是老顽童周伯通周老前辈到了。”潇湘子素闻其名，金轮法王与尼摩星却不知周伯通的名头，但见他武功深湛，行事却顽皮胡闹，果然不枉了“老顽童”三字的称号。各人登时减了敌意，脸上都露出笑容。

金轮法王道：“请恕老衲眼拙，未识武林前辈。便请入座如何？王爷求贤若渴，今日得见高人，定必欢喜畅怀。”忽必烈拱手道：“正是，周先生即请入座。”周伯通摇头道：“我吃得饱了，不用再吃。郭靖呢，他在这里么？”杨过曾听黄药师说过周伯通与郭靖结拜之事，当即冷冷的道：“你找他干什么？”

周伯通自来天真烂漫，最喜与孩童接交，见座中杨过年纪最小，先便欢喜，又听他直称自己为“你”，不说什么“老前辈”、“周先生”，更是高兴，说道：“郭靖是我拜把子的兄弟，你认得他么？他从小爱跟蒙古人在一起，因此我见到蒙古包，就钻进来找找。”杨过皱眉道：“你找郭靖有什么事？”周伯通心无城府，哪知隐瞒心中之事，随口答道：“他派人送个信给我，叫我去赴英雄大宴。我老远赶去，路上玩了几场，迟到了几日，他们却早已散了，叫人好没兴头。”杨过道：“他们没留下书信给你么？”

周伯通白眼一翻，说道：“你为什么尽盘问我？你到底识不识得郭靖？”杨过道：“我怎么不识？郭夫人名叫黄蓉，是不是？他们的女儿名叫郭芙，是不是？”周伯通拍手笑道：“错啦，错啦！黄蓉这丫头自己也是个小女孩儿，有什么女儿？”

杨过一怔，随即会意，问道：“你和他夫妻俩有几年不见啦？”周伯通点着手指头儿一数，十只手指每一只数了两遍，道：“总有二十年了罢。”杨过笑道：“对啊，她隔了二十年还是小女孩儿么？这二十年中她不会生孩子么？”

周伯通哈哈大笑，只吹得白须根根飘动，说道：“是你对，是你对！他们夫妻小两口儿，生的女儿可也挺俊吗？”杨过道：“那女孩儿相貌像郭夫人多些，像郭靖少些，你说俊不俊呢？”周伯通呵呵笑道：“那就好啦，一个女孩儿若是浓眉大眼，黑黑的脸蛋，像我郭兄弟一般，那自然是美不了。”

杨过知他再无怀疑，为坚其信，又道：“黄蓉的父亲桃花岛主药师兄，和我是莫逆之交，你可认得他么？”周伯通一怔，说道：

"你这娃娃，怎么跟黄老邪称兄道弟？你师父是谁？"杨过道："我师父的本事大得紧，说出来只怕吓坏了你。"周伯通笑道："我才吓不坏呢。"右手一扬，手中空盘向他疾飞过去，呼呼风响，势道猛烈异常。

杨过早知周伯通是马钰、丘处机他们的师叔，又见他扬手时臂不内曲，全以指力发出，正是全真派的手法。他对全真武功的门道自是无所畏惧，当即伸出左手食指，在盘底一顶，那盘子就在他手指上滴溜溜的转动。

这一下周伯通固然大是欢喜，而潇湘子、尹克西、尼摩星等也是群相耸动。潇湘子初时见杨过衣衫褴褛，年纪幼小，哪将他放在眼内，此刻却想："凭这盘子飞来之势，我便不敢伸手去接，更何况单凭一指之力？只消有半点摸不准力道的来势，连手腕也得折断了。却不知这少年是何来历？"

周伯通连叫几声："好！"但也已瞧出他以指顶盘是全真一派的家数，问道："你识得马钰、丘处机么？"杨过道："这两个牛鼻子我怎不认识？"周伯通大喜。他与丘处机等虽然并无蒂芥，总觉得他们清规戒律烦多，太过拘谨，实在有些儿瞧他们不起。他生平最佩服的除师兄王重阳外，就是放诞落拓的九指神丐洪七公，而与黄药师之邪、黄蓉之巧，也隐隐有臭味相投之感。这时听杨过称马钰、丘处机为"牛鼻子"，只觉极为入耳，又问："郝大通他们怎样啦？"

杨过一听"郝大通"三字，怒气勃发，骂道："这牛鼻子混蛋得很，终有一日，我要让他好好吃点儿苦头。"周伯通兴致越来越高，问道："你要给他吃点什么苦头？"杨过道："我捉着他绑住了手足，在粪缸里浸他半天。"周伯通大喜，悄声道："你捉着他之后，可别忙浸入粪缸，你先跟我说，让我在旁偷偷瞧个热闹。"他对郝大通其实并无半分恶意，只是天性喜爱恶作剧，旁人胡闹顽皮，自是投其所好，非来凑趣不可。杨过笑道：“好，我记得了。可是你干么要偷偷的瞧？你怕全真教的牛鼻子么？”周伯通叹道：“我是郝大通的师叔啊！他瞧见我，自然要张口呼救。那时我若不救，未免不好意思，若是相救，好戏可又瞧不到啦。”

杨过暗自沉吟：“此人武功极强，性子倒也朴直可爱，但总是全真派的，又是郭靖的把兄。大丈夫心狠手辣，须得设法除了他才好。”

周伯通哪知他心中起了毒念，又问：“你几时去捉郝大通？”杨过道：“我这就去。你爱瞧热闹，就跟我来罢。”周伯通大喜，拍着手掌站起身来，突然神情沮丧，又坐了下来，说道：“唉，不成，我得上襄阳去。”杨过道：“襄阳有什么好玩？还是别去罢。”周伯通道：“郭兄弟在陆家庄留书给我，说道蒙古大军南下，必攻襄阳。他率领中原豪杰赶去相助，叫我也去出一把力。我一路寻他不见，只好追去襄阳了。”

忽必烈与金轮法王对视了一眼，均想：“原来中原武人大队赶去襄阳，相助守城。”

正说到此处，帐门中进来一个和尚，约莫四十来岁年纪，容貌儒雅，神色举止均似书生。他走到忽必烈身旁，两人交头接耳的说了几句。这和尚是汉人，法名子聪，乃是忽必烈的谋主。他俗家姓刘名侃，少年时在县衙为吏，后来出家为僧，学问渊源，审事精详，忽必烈对他甚是信任。此时他得到卫士禀报，说王爷帐中到了异人，当即入见。

周伯通抚了抚肚皮，道：“和尚，你走开些，我在跟小兄弟说话。喂，小兄弟，你叫什么名字？”杨过道：“我姓杨名过。”周伯通道：“你师父是谁？”杨过道：“我师父是个女子，她相貌既美，武功又高，可不许旁人提她的名字。”

周伯通打个寒噤，想起了自己的旧情人瑛姑，登时不敢再问，站起身来，伸袖子一挥身上的灰尘，登时满帐尘土飞扬。子聪忍不住打了两个喷嚏。周伯通大乐，衣袖挥得更加起劲，突然大声笑道："我去也！"左手一扬，四柄折断的矛头向潇湘子、尼摩星、尹克西、马光佐四人激射过去。四柄矛头挟着呜呜破空之声，去势奇速，相距又近，刹那之间，已飞到四人眼前。

潇湘子等一惊，眼见闪避不及，只得各运内劲去接，哪知四只手伸出去，一齐接了个空，噗的一声响，四柄矛头都插在地下土中。原来他这一掷之劲巧妙异常，既发即收，矛头刚飞到四人身前，突然转弯插地。马光佐是个戆人，只觉有趣，哈哈大笑，叫道："白胡子，你的戏法真多。"潇湘子等三人却是大为惊骇，忍不住脸上变色，均想适才这一接不中，矛头转弯，自己的性命实已交在对方手里，矛头若非转而落地，却是插向自己小腹，凭他这一掷之力，哪里还有命在？

周伯通戏弄四人成功，极是得意，转身便要出帐。子聪说道："周老先生，如你这般神通，当真是天下少有，小僧代王爷敬你一杯。"说着将斟好了的一杯酒送到他面前。周伯通一饮而尽。子聪又送一杯过去，道："小僧自己敬一杯！"周伯通又干了。子聪要待再敬第三杯时，周伯通忽然大叫："啊哟，不好！我肚子痛，要拉屎。"蹲下身来，解开裤带，就要在王帐之中拉屎。法王等忍不住好笑，大声喝阻。周伯通一怔，叫道："肚子痛得不对，不是要拉屎！"

杨过向子聪瞧了一眼，已然明白，原来酒中下了毒。他先前虽曾起意设法除去周伯通，以免郭靖多一强助，但这恶念在心头一闪即过，他与这老顽童无怨无仇，见他天真烂漫，实在颇有亲近之意，眼见他中了奸计，心下不忍，正想提醒于他，叫他拿住忽必烈，逼子聪取药解毒，忽听周伯通叫道："不对，不对，原来是毒酒喝得太少，这才肚子痛了。和尚，快快，再斟三杯毒酒来。越毒越好！”众人愕然相顾。子聪怕他临死发威，哪敢走近身去？

周伯通大踏步走到桌边，金轮法王挡在忽必烈身前相护，却见他左手提着裤子，右手取过盛毒酒的酒壶，仰起头咕噜噜的直灌入肚，喝了个涓滴不存。

众人群相失色。周伯通却哈哈大笑，说道：“对啦，肚子里毒物太多，老顽童可不变成了老毒物吗？须得以毒攻毒才是。”突然口一张，一股酒浆向子聪激射过去。金轮法王眼见势危，拉起桌子一挡，一条酒箭射上桌面，只溅得嗤嗤作响。

周伯通笑声不绝，走到营帐门口，忽地童心大起，拉住营帐的支柱，使劲晃了几下，那柱子喀的一声断了，一座牛皮大帐登时落将下来，将忽必烈、金轮法王、杨过等一齐盖罩在内。周伯通大喜，纵身帐上，来回奔驰，将帐内各人都踏到了。金轮法王在帐内挥掌拍出，正好击在他的脚底心。周伯通只觉一股大力冲到，倒也抵挡不住，一个筋斗翻了下来，大叫：“有趣，有趣！”扬长而去。

待得法王等护住忽必烈爬出，众侍卫七手八脚换柱立帐，周伯通早已去得远了。法王与潇湘子等齐向忽必烈谢罪，自愧护卫不周，惊动了王爷。忽必烈丝毫不介于怀，反而不绝口的称赞周伯通本事，说如此异人不能罗致帐下，甚感可惜。法王等均有愧色。

当下重整杯盘。忽必烈道：“蒙古大军数攻襄阳，始终难下。眼下中原豪杰聚会守城，这周伯通又去相助，倒是件棘手之事，不知各位有何妙策？”尹克西道：“这周伯通武功虽强，咱们也未必就弱于他了。王爷尽管攻城，咱们兵对兵，将对将，中原固有英雄，西域也有豪杰。”忽必烈道：“话虽不错，但古人有云：‘未战而庙算胜者，得算多也。多算胜，少算不胜。’进兵之前，务须成竹在胸。”子聪道：“王爷之见，极是英明……”

他一言未毕，忽听帐外有人大声叫道：“我说过不去就是不去，你们软请硬邀，都是无用。”正是周伯通在叫嚷，不知他何以去而复来，又是在和谁讲话，众人好奇心起，均想出帐看个究竟。忽必烈笑道："大家去瞧瞧，不知那老顽童又在跟谁胡闹了。"

众人步出帐外，只见周伯通远远站在西首的旷地上，四个人分站南、西、西北、北四个方位，成弧形将他围住，却空出了东面。周伯通伸臂攘拳，大声叫嚷："不去，不去！"

杨过心中奇怪："他若不去，又有谁勉强得了？何必如此争吵？"看那四人时，都是一式的绿袍，服色奇古，并非当时装束，三个男人均是中年，各戴高冠，站在西北方的则是个少女，腰间一根绿色绸带随风飘舞。

只听站在北方的男子说道："我们决非有意为难，只是尊驾踢翻丹炉、折断灵芝、撕毁道书、焚烧剑房，只得屈请大驾，亲自向家师说明，否则家师怪责，我们做弟子的万万担当不起。"周伯通嬉皮笑脸的道："你就说是一个老野人路过，无意中闯的祸，不就完了？"那男子道："尊驾是一定不肯去的了？"周伯通摇摇头。那男子伸手指着东方道："好啊，好啊，是他来了。"

周伯通回头一看，不见有人。那男子做个手势，四人手中突然拉开一张绿色的大渔网，兜头向周伯通罩落。这四人手法熟练无比，又是古怪万分，饶是周伯通武功出神入化，给那渔网一罩住，登时手足无措，只听得他大呼小叫、唤爹喊娘，却给四人提着渔网东绕西转，绑了个结结实实。一个男子将他负在肩头，余下三人持剑在旁相护，向东飞奔而去。

杨过挂念周伯通的安危，心道："我非救他不可。"当即提气追去，叫道："喂，喂！你们捉他到哪里去？"

法王等均觉如此怪事，岂能不看个究竟？当即别过忽必烈，随后赶去。奔行数里，来到一条溪边，只见那四人扛着周伯通上船，两人扳桨，溯溪上行。众人沿岸追赶，追了里许，见溪中有艘小舟，当即入舟。马光佐力大，扳桨而划，顷刻间追近数丈。但溪流曲折，转了几个弯，忽然不见了前舟的影踪。

尼摩星从舟中跃起，登上山崖，霎时间犹如猿猴般爬上十余丈，四下眺望，只见绿衫人所乘小舟已划入西首一条极窄的溪水之中。溪水入口处有一大丛树木遮住，若非登高俯视，真不知这深谷之中居然别有洞天。他跃回舟中，指明了方向，众人急忙倒转船头，划向来路，从那树丛中划了进去。溪洞山石离水面不过三尺，众人须得横卧舱中，小舟始能划入。划了一阵，但见两边山峰壁立，抬头望天，只余一线。山青水碧，景色极尽清幽，只是四下里寂无声息，隐隐透着凶险。又划出三四里，溪心忽有九块大石迎面耸立，犹如屏风一般，挡住了来船去路。

马光佐首先叫起来："糟啦，糟啦，这船没法划了。"潇湘子阴恻恻的道："你一身牛力，将船提了过去罢。"马光佐怒道："我可没这般大力，除非你僵尸来使妖法。"

金轮法王当二人争吵之先，早自寻思："那小舟如何过得这九个石屏风？"听了二人之言，说道："凭一人之力，任谁都拔不起这船，咱们六人合力，那就成了。杨兄弟、尹兄和我三人一面，尼兄、潇湘兄、马兄三位一面，六人合力齐施如何？"

众人同声叫好，依着他的分派，六人分站两旁，各自在山石上寻到了坚稳的立足之处，好在那溪极是窄狭，六人站立两旁，伸出手来足够握到船边。法王叫一声："起！"六人同时用力。六人中只杨过与尹克西力气较小，其余四人都是力兼数人，马光佐尤具神力，只听得波的一声，小舟离开水面，已越过了那九块大石组成的石屏。

众人跃回船头，一齐抚掌大笑。这六人本来勾心斗角，相互间颇存敌意，但经此一番齐心合力，自然而然的亲密了几分。

潇湘子道："我们六人的功夫虽然不怎么样，在武林中总也挨得上是一流好手，六人合力抬一艘小船，原也算不了难事，可是……”尼摩星抢着道：“四个绿衫子的男的女的，武功胡里胡涂的，小船抬得过大石的？”六人中倒有五人早在暗暗诧异，只有马光佐却在思索他说“武功胡里胡涂的”是什么意思。尼摩星又道：“他们的船小的，人的……人的……四个人……也少的。四个人能够这么……这么干的，力气也就……就好的。”尹克西道：“那三个男子也还罢了，另一个娇滴滴的十七八岁大姑娘，决计无此本事，这大石中必是另有机关，咱们一时猜想不透罢了。”

法王微微一笑，说道：“人不可以貌相，如我们这位杨兄弟，他小小年纪，却是身负绝顶武功，若非我们亲眼得见，谁又信来？”杨过谦道：“小弟末学后进，有何足道？但那四个绿衫人居然能将周伯通绑缚而去，自是有过人之处。”他口中谦逊，但说话之间已与潇湘子等一流名家称兄道弟。众人亲见他以一指之力接了周伯通的飞盘，均已不轻视于他，听他这番话说得有理，都纷纷猜测起来。

这六人中杨过年幼，法王、马光佐、尼摩星三人向在西域，潇湘子荒山独修，素不与外人交往，只尹克西于中原武林的门派、人物、武功、轶事，所知甚是广博，但对这四个绿衣男女的来历却也是想不起半点端倪。说话之间，已划到小溪尽头，六人弃舟登陆，沿着小径向深谷中行去。

山径只有一条，倒不会行错，只是山径越行越高，也越是崎岖，天色渐黑，仍不见那四个绿衫人的影踪。正感焦躁，忽见远处有几堆火光，众人大喜，均想：“这荒山穷谷之中，有火光自有人家，除了那几个绿衣人之外，常人也决不会住在如此险峻之地。”当下发足向前奔去，心知身入险地，各自戒备。但各人过去都曾独闯江湖，多历凶险，此时六大高手并肩入山，天下有谁挡得？是以虽存戒心，却无惧意。

行不多时，到了山峰顶上一处平旷之地，只见一个极大的火堆熊熊而燃，再走近数十丈，火光下已看得明白，火堆之后有座石屋。

尼摩星大声叫道："喂，喂，有客人来的！你们快出来的。"石屋门缓缓打开，出来四人，三男一女，正是日间擒拿周伯通的绿衫人。四人躬身行礼，右首一人道："贵客远来，未克相迎，实感歉仄。"法王道："好说，好说。"那人道："列位请进。"

金轮法王等六人走进石屋，只见屋内空荡荡地，除几张桌椅之外一无陈设。四个绿衫男女跟着入内，坐在主位。当先一人道："不敢请问六位高姓大名。"尹克西最擅言词，笑吟吟的将五人身份说了，最后说道："在下名叫尹克西，是个波斯胡人，我的本事除了吃饭，就是识得些珠玉宝物，可不像这几位那样个个身负绝艺。"

那绿衫人道："敝处荒僻得紧，从无外人到访，今日贵客降临，幸何如之。却不知六位有何贵干？"尹克西笑道："我们见四位将那老顽童周伯通捉拿来此，好奇心起，是以过来瞧瞧。贵处景色幽雅，令人大开眼界，实是不虚此行。"

第一个绿衫人道："那捣乱的老头儿姓周么？也不枉了他叫作老顽童。"说着恨恨不已。第二个绿衫人道："各位和他是一路的么？"法王接口道："我们和他也是今日初会，说不上有甚交情。"

第一个绿衫人道："那老顽童闯进谷来，蛮不讲理的大肆捣乱。"法王问道："他捣乱了什么？当真是如各位所说，又是撕书，又是放火烧屋？"那绿衫人道："可不是吗？晚辈奉家师之命，看守丹炉，不知那老头儿怎地闯进丹房，跟我胡说八道个没完没了，又说要讲故事啦，又要我跟他打赌翻筋斗啦，疯不像疯，癫不像癫。那丹炉正烧到紧急的当口，我无法离身逐他，只好当作没听见，哪知他突然飞起一腿，将一炉丹药踢翻了。再要采全这炉丹药的药材，唉，可不知要到何年何月了。"说着气愤之情见于颜色。

杨过笑道："他还怪你不理他，说你的不对，是不是？"那绿衫少女道："一点儿也不错。我在芝房中听得丹房大闹，知道出了岔儿，刚想过去察看，这怪老头儿已闪身进来，一伸手，就将一株四百多年的灵芝折成两截。"杨过见那少女约莫十七八岁年纪，肤色极白，娇嫩异常，眼神清澈，嘴边有粒小小黑痣，便道："老顽童当真胡闹得紧，一株灵芝长到了四百多年，那自是十分珍异之物。"那少女叹道："我爹爹原定在新婚之日和我继母分服，哪知却给老顽童毁了，我爹爹大发雷霆，那也不在话下。那老顽童折断了灵芝，放入怀内，说什么也不肯还我，只是哈哈大笑。我又没得罪他，不知为什么这般无缘无故的来跟我为难。"说着眼眶儿红红的，甚感委屈。杨过心道："老顽童毫没来由的欺侮这位姑娘，那可不该。"

尹克西道："请问令尊名号。我们无意闯入，连主人的姓名也不知，实是礼数有亏。"那少女迟疑未答。第一个绿衫人道："未得谷主允可，不便奉告，须请贵客原谅。"

杨过寻思："这些人隐居荒谷，行迹如此诡秘，原不肯向外人泄露身份。"问道："那老顽童抢了灵芝去，后来又怎样了？"

第三个绿衣人道："这姓周的在丹房、芝房中居然胡闹得还嫌不够，又冲进书房来，抢到一本书便看。在下职责所在，不得不出手拦阻。他却说：'这些骗小孩子的玩意儿，有什么大不了！'竟一口气撕毁了三本道书。这时大师兄、二师兄和师妹一齐赶到了。我们四人合力，仍是拦他不住。"法王微微一笑，说道："这老顽童性子希奇古怪，武功可着实了得，原是不易拦他得住。"

第二个绿衫人道："他闹了丹房、芝房、书房，仍是放不过剑房。他踏进室门，就大发脾气，说剑房内兵刃……兵刃太多，东挂西摆，险些儿刺伤了他，当即放了一把火，将剑房壁上的书画尽数烧毁。我们忙着救火，终于给他乘虚逃脱。我们一想这事可不得了，于是追出谷去，将他擒回，交由谷主发落。”

杨过道：“不知谷主如何处置，但盼别伤他性命才好。”第三个绿衫人道：“家师新婚在即，倒也不会轻易杀人。但若这老儿仍是胡言乱道，尽说些不中听的言语来得罪家师，那是他自讨苦吃，可怨不得人。”

尹克西笑道：“那老顽童不知为何故意来跟尊师为难？我瞧他虽然顽皮，脾气却似乎不坏。”绿衫少女道：“他说我爹爹年纪这么大啦，还娶……”那大师兄突然接口道：“这老顽童说话傻里傻气，当得什么准？各位远道而来，定然饿了，待晚辈奉饭。”马光佐大叫：“妙极，妙极！”登时容光焕发。

四个绿衫人入厨端饭取菜，一会儿开出席来，四大盆菜青的是青菜，白的是豆腐，黄的是豆芽，黑的是冬菇，竟然没一样荤腥。

马光佐生下来不到三个月，吃饭便是无肉不欢，面前这四大盆素菜连油星也不见半点，不禁大失所望。第一个绿衫人道：“我们谷中摒绝荤腥，须请贵客原谅。请用饭罢。”说着拿出一个大瓷瓶，在各人面前碗中倒满了清澈澄净的一碗白水。马光佐心想：“既无肉吃，多喝几碗酒也是好的。”举碗骨都骨都喝了两口，只觉淡而无味，却是清水，大嚷起来：“主人家忒煞小气，连酒也没一口。”

第一个绿衫人道：“谷中不许动用酒浆，这是数百年来的祖训，须请贵客原谅。”那绿衫女郎道：“我们也只在书本子上曾见到‘美酒’两字，到底美酒是怎么的样儿，可从来没见过。书上说酒能乱性，想来也不是什么好东西。”

法王、尹克西等眼见这四个绿衫男女年纪不大，言行却如此迂腐拘谨，而且自与他们说话以来，从未见四人中有哪一个脸上露过一丝笑容，虽非面目可憎，可实是言语无味。当真是：话不投机半句多，各人不再说话，低头吃饭。四个绿衫人也即退出，不再

吴昌硕「富冈百炼」

大字本

神雕侠侣

三

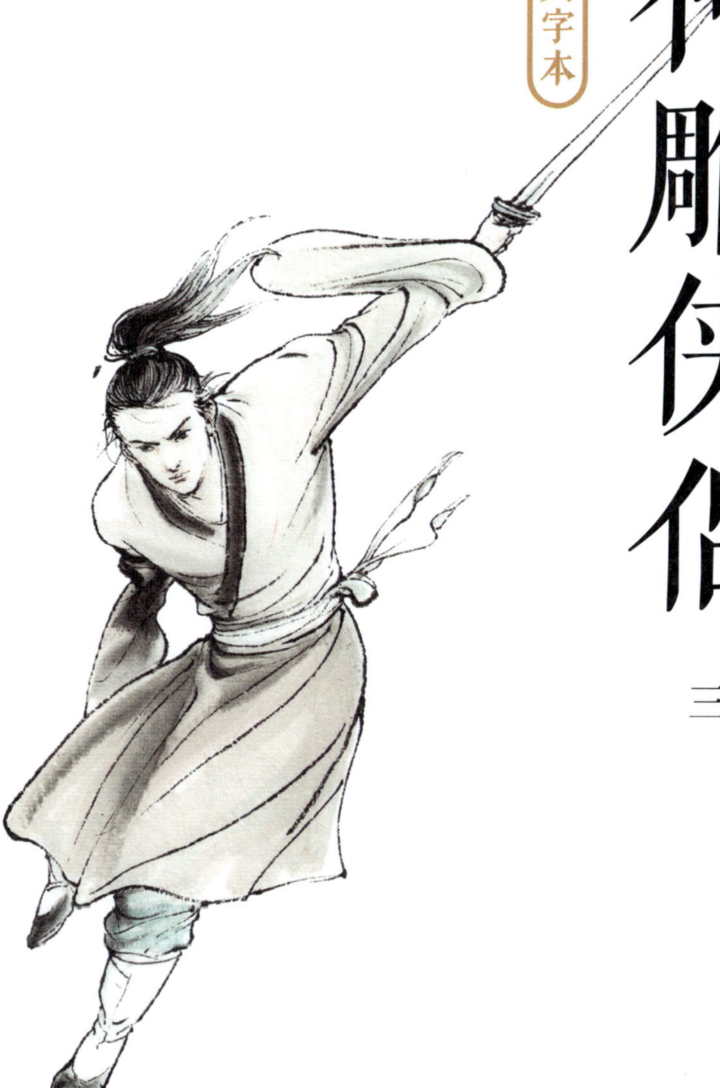

金庸

朗聲圖書
中山大學出版社
SUN YAT-SEN UNIVERSITY PRESS

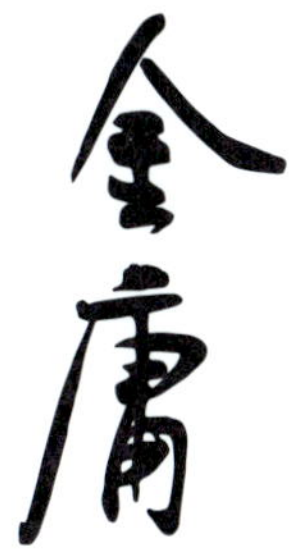

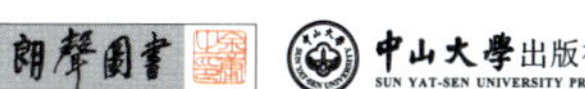

图书在版编目（CIP）数据

神雕侠侣 / 金庸著 . — 广州：中山大学出版社，2024.1
ISBN 978-7-306-07997-8

Ⅰ . ①神…　Ⅱ . ①金…　Ⅲ . ①侠义小说—中国—当代　Ⅳ . ① I247.5

中国国家版本馆 CIP 数据核字（2024）第 019755 号

衬页印章／吴昌硕「富冈百炼」。

左图／潘天寿《秃鹫》：潘天寿，近代负有盛名的国画家。有人誉之为「画坛魁首，艺苑班头」。

元世祖忽必烈像：现藏台北故宫博物院。

刘贯道《元世祖出猎图》：刘贯道，元初画家，至元年间替忽必烈绘肖像，忽必烈很是喜欢，赏他做「衣局使」的官，图中的忽必烈的相貌相信画得很像。图中一人止弯弓射雕，图顶双雕隐约可见。

晋祠宋代泥塑女像：晋祠位于山西太原，其中有「圣母殿」，旧名「女郎祠」，建造于宋徽宗崇宁元年（公元1102年），殿有彩塑四十四身，神态生动，表情丰富，由此可见到宋代女子的衣饰与形象。

苏汉臣《美人梳妆图》：苏汉臣，宋徽宗、高宗、孝宗年间画院待诏。由此可见到宋代贵族女子的服饰及化妆用具。

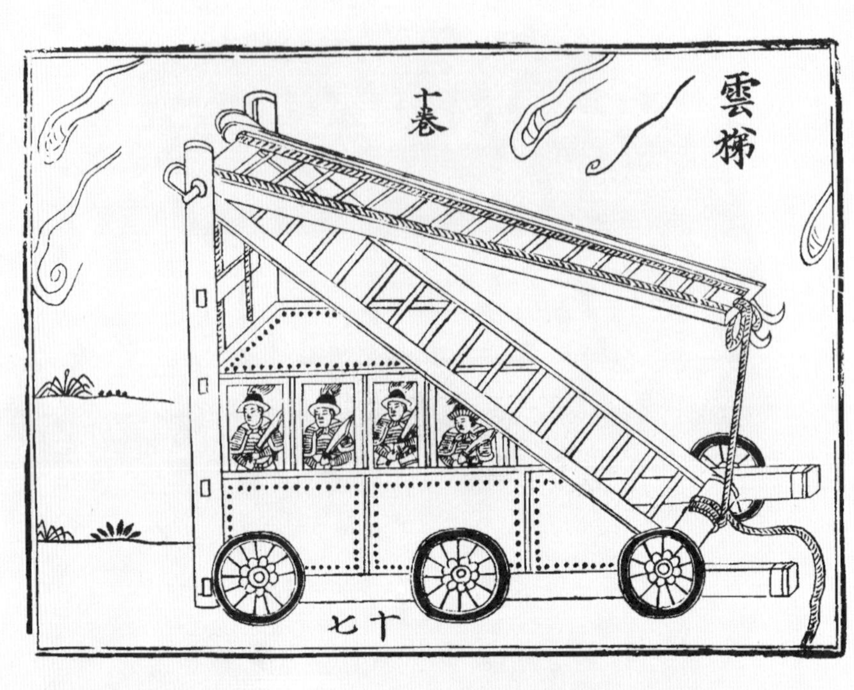

宋代攻城的云梯：
录自《武经总要》。
该书于北宋仁宗时编定出版，
南宋理宗绍定四年（杨过幼年时期）重刻，
是两宋钦定的兵法战阵总典。

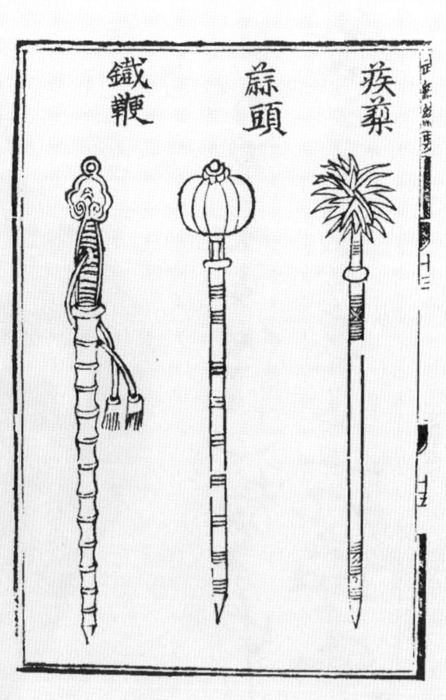

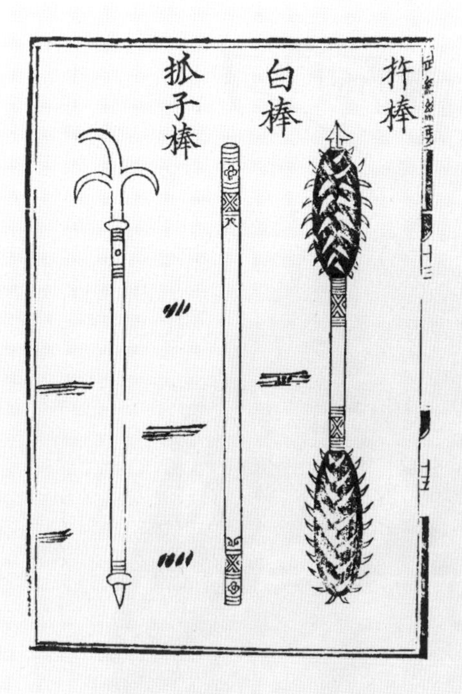

宋代的短兵器三种（右图）；长兵器三种（左图）。录自《武经总要》。

李苦禅《雄鹰图》：李苦禅，当代著名画家，擅画花鸟和鹰。本幅作品所绘雄鹰，或与书中之「神雕」相仿佛。

目 录

郭靖左足在城墙上一点，身子陡然拔高丈余，右足跟着在城墙上一点，再升高了丈余。霎时间城上城下寂然无声，数万道目光尽皆注视在他身上。

第二十一回

襄阳鏖兵

杨过正想拔出匕首，忽听得窗外有人轻轻弹了三下，急忙闭目不动。

郭靖便即惊醒，坐起身来，问道："蓉儿么？可有紧急军情？"窗外却再无声音。郭靖见杨过睡得鼻息调匀，心想他好容易睡着了，别再惊醒了他，于是轻轻下床，推门出房，只见黄蓉站在天井中招手。郭靖走近身去，低声问道："什么事？"

黄蓉不答，拉着他手走到后院，四下瞧了瞧，这才说道："你和过儿的对答，我在窗外都听见啦。他不怀好意，你知道么？"郭靖吃了一惊，问道："什么不怀好意？"黄蓉道："我听他言中之意，早在疑心咱俩害死了他爹爹。"郭靖道："他或许确有疑心，但我已答允将他父亲逝世的情由详细说给他知道。"黄蓉道："你当真要毫不隐瞒的说给他听？"郭靖道："他父亲死得这么惨，我心中一直自责。杨康兄弟虽然误入歧途，但咱们也没好好劝他，没想法子挽救。"黄蓉哼了一声，道："这样的人又有什么可救的？我只恨杀他不早，否则你那几位师父又何致命丧桃花岛上？"郭靖想到这桩恨事，不禁长长叹了口气。

黄蓉道："朱大哥叫芙儿来跟我说，这次过儿来到襄阳，神气中很透着点儿古怪，又说你和他同榻而眠。我担心有何意外，一直守在你窗下。我瞧还是别跟他睡在一房的好，须知人心难测，而他父亲……总是因为一掌拍在我肩头，这才中毒而死。”郭靖道：“那可不能说是你害死他的啊。”黄蓉道：“既然你我均有杀他之心，结果他也因我而死，那么是否咱们亲自下手，也没多大分别。”郭靖沉思半晌，道：“你说得对。那么我还是不跟他明言的为是。蓉儿，你累了半夜，快回房休息罢。过了今晚，明日我搬到军营中睡。”

他知爱妻识见智计胜己百倍，虽不信杨过对己怀有恶意，但她既如此说，也便遵依，于是伸手扶着她腰，慢慢走向内堂，说道：“过儿奋力夺回武林盟主之位，于国家大事上是非分明；两次救你和芙儿，全不顾自身安危，这等侠义心肠，他父亲如何能比？”黄蓉点头道：“这样的少年本是十分难得，但他心中有两个死结难解，一是他父亲的死因，一是跟他师父的私情。唉，我好容易说得龙姑娘离他而去，可是过儿神通广大，不知怎地又找到了她。瞧他师徒俩的神情，此后是万万分拆不开的了。”郭靖默然半晌，忽道：“蓉儿，你比过儿更加神通广大，怎生想个法子，好歹要救他不致误入歧途。”

黄蓉叹了口气道：“别说过儿的事我没法子，就连咱们的大小姐，我也不知如何是好。靖哥哥，我心中只有一个你，你心中也只有一个我。可是咱们的姑娘却不像爹娘，心里同时有两个少年郎君，对武家哥儿俩竟是不分轩轾。这教做父母的可有多为难。”

郭靖送黄蓉入房，等她上床睡好，替她盖好了被，坐在床边，握住她手，脸露微笑。近月来二人都为军国之事劳碌，夫妻之间难得能如此安安静静的相聚片刻。二人相对不语，心中甚感安适。

黄蓉握着丈夫的手，将他手背轻轻在自己面颊上摩擦，低声道：“靖哥哥，咱们这第二个孩子，你给取个名字。”郭靖笑道：“你明知我不成，又来取笑我啦。”黄蓉道：“你总是说自己不成。

靖哥哥，普天下男子之中，真没第二个胜得过你呢。”这两句话说得情意深挚，极是恳切。

郭靖俯下头来，在爱妻脸上轻轻一吻，道：“若是男孩，咱们叫他作郭破虏，若是女孩呢？”想了一会，摇头笑道：“我想不出，你给取个名字罢。”黄蓉道：“丘处机道长给你取这个‘靖’字，是叫你不忘靖康之耻。现下金国方灭，蒙古铁蹄又压境而来，孩子是在襄阳生的，就让她叫作郭襄，好使她日后记得，自己是生于这兵荒马乱的围城之中。”

郭靖道：“好啊，但盼这女孩儿将来别像她姊姊那么淘气，年纪这么大了，还让父母操心。”黄蓉微微一笑，道：“若是操心得了，那也罢了，就只……”叹了口气，道：“我好生盼望是个男孩儿，好让郭门有后。”郭靖抚摸她头发，说道：“男孩儿、女孩儿不都一样？快睡罢，别再胡思乱想了。”给她拢了拢被窝，吹灭烛火，转身回房，见杨过睡得兀自香甜，鼓交三更，于是上床又睡。

哪知他夫妻俩在后院中这番对答，都教杨过隐身在屏门之后听了个清楚。郭靖、黄蓉走入内堂，杨过仍是站着出神，反来覆去的只是想着黄蓉那几句话：“我只恨杀他不早……他父亲一掌拍在我肩头，这才中毒而死……你我均有杀他之心，结果他也因我而死。”心想：“我父因他二人而死，那是千真万确、再无可疑的了。这黄蓉好生奸滑，对我已然起疑，今晚我若不下手，只怕再无如此良机。”当下回房静卧，等郭靖回来。

郭靖揭被盖好，听得杨过微微发出鼾声，心道：“这孩子这时睡得真好。”于是轻轻着枕，只怕惊醒了他。过了片刻，正要朦胧睡去，忽觉杨过缓缓翻了个身，但他翻身之际鼾声仍是不停。郭靖一怔：“任谁梦中翻身，必停打鼾。这孩子呼吸异常，难道他练内功时运逆了气么？这岔子可不小。”却全没想到杨过是假装睡熟。

杨过缓缓又翻了个身，见郭靖仍无知觉，于是继续发出低微鼾声，一面走下床来。原来初时他想在被窝中伸手过去行刺，但觉相距过近，极是危险，倘若郭靖临死之际反击一掌，只恐自己也难逃性命，便想坐起之后出刀，总是忌惮对方武功太强，于是决意先行下床，一刀刺中郭靖要害，立即破窗跃出，又怕自己鼾声一停，使郭靖在睡梦中感到有异，因是一面下床，一面假装打鼾。

这么一来，郭靖更是给他弄得满腔胡涂，心想：“这孩子莫非得了梦游离魂之症？我若此时出声，他一惊之下，气息逆冲丹田，立时走火入魔。”于是一动也不敢动，侧耳静听他的动静。

杨过从怀中缓缓拔出匕首，右手平胸而握，一步步走到床前，突然举臂运劲，挺刀正要刺出，只听得郭靖说道：“过儿，你做什么恶梦了？”

杨过这一惊真是非同小可，双足一点，反身破窗而出。他去得快，郭靖追得更快，他人未落地，只觉双臂一紧，已被郭靖两手抓住。杨过万念俱灰，知道自己武功远非其敌，抗拒也是无用，当下闭目不语。

郭靖抱了他跃回房中，将他放在床上，搬他双腿盘坐，两手垂于丹田之前，正是玄门练气的姿式。杨过又恨又怕：“不知他要用什么恶毒的法子折磨我？”突然间想起了小龙女，深吸一口气，要待纵声大呼：“姑姑，我已失手被擒，你赶快逃命。”

郭靖见他突然急速运气，更误会他是练内功岔了气道，心想：“当此危急之际，只能缓缓吞吐，如此大呼大吸，大有危害。”忙出掌按住了他小腹。

杨过丹田被郭靖运浑厚内劲按住，竟然叫不出声，心中挂念着小龙女的安危，只急得面红耳赤，急想挣扎，苦于丹田被按，全身受制，竟然动弹不得。

郭靖缓缓的道：“过儿，你练功太急，这叫作欲速则不达，快别乱动，我来助你顺气归源。”杨过一怔，不明他其意何指，但觉一团暖气从他掌心渐渐传入自己丹田，说不出的舒服受用，又听郭靖道：“你缓缓吐气，让这股暖气从水分到建里，经巨阙、鸠尾，到玉堂、华盖，先通了任脉，不必去理会别的经脉。”

杨过听了这几句话，又觉到他正在以内功助己通脉，一转念间已猜到了八九分，暗叫：“惭愧！原来他只道我练功走火入魔，以致行为狂悖。”当下暗运内息，故意四下冲走，横奔直撞，似乎难以克制。郭靖心中担忧，掌心内力加强，将他四下游走的乱气收束在一处。杨过索性力求逼真，他此时内功造诣已自不浅，体中内息狂走之时，郭靖一时却也不易对付，直花了半个时辰，才将他逆行的气息尽数归顺。

这番冲荡，杨过固然累得有气无力，郭靖也是极感疲困，二人一齐打坐，直到天明，方始复元。郭靖微笑道：“过儿，好了吗？想不到你的内力已有如此造诣，险些连我也照护不了。”杨过知他为了救助自己，不惜大耗功力，不禁感动，说道：“多谢郭伯伯救护，侄儿昨晚险些闹成了四肢残废。”

郭靖心道：“你昨晚昏乱之中，竟要提刀杀我，幸好你自己不知，否则宁不自愧？”他只怕杨过知晓此事后过意不去，于是岔开话题，说道：“你随我到城外走走，瞧一下四城的防务。”杨过应道：“是！”

二人各乘一匹战马，并骑出城。郭靖道：“过儿，全真派内功是天下内功正宗，进境虽慢，却绝不出岔子。各家各派的武功你都可涉猎，但内功还是以专修玄门功夫为宜。待敌兵退后，我再与你共同好好研习。”杨过道：“昨晚我走火之事，你可千万别跟郭伯母说，她知道后定要笑我，说我学了龙姑姑旁门左道的功夫，以致累得郭伯伯辛苦一场。”郭靖道：“我自然不说。其实龙姑娘的功夫也非旁门左道，那是你自己胡思乱想，未得澄虑守一之故。”杨过料知此事只要给黄蓉获悉，立时便识破真相，听郭靖答应不说，心中大安。

二人纵马城西，见有一条小溪横出山下。郭靖道："这条溪水虽小，却是大大有名，名叫檀溪。"杨过"啊"了一声，道："我听人说过三国故事，刘皇叔跃马过檀溪，原来这溪水便在此处。"郭靖道："刘备当年所乘之马，名叫的卢，相马者说能妨主，哪知这的卢竟跃过溪水，逃脱追兵，救了刘皇叔的性命。"说到此处，不禁想起了杨过之父杨康，喟然叹道："其实世人也均与这的卢马一般，为善即善，为恶即恶，好人恶人又哪里有一定的？分别只在心中一念之差而已。"

杨过心下一凛，斜目望郭靖时，见他神色间殊有伤感之意，显然不是出言讥刺自己，心想："你这话虽然不错，但什么是善？什么是恶？你夫妻俩暗中害死我父，难道也是善么？当真是大言炎炎，不知羞惭。"他对郭靖事事佩服，但一想到父亲死于他夫妻手下，总是不自禁的胸间横生恶念。

二人策马行了一阵，到得一座小山之上，升崖远眺，但见汉水浩浩南流，四郊遍野都是难民，拖男带女的涌向襄阳。郭靖伸鞭指着难民人流，说道："蒙古兵定是在四乡加紧屠戮，令我百姓流离失所，实堪痛恨。"

从山上望下去，见道旁有块石碑，碑上刻着一行大字："唐工部郎杜甫故里。"杨过道："襄阳城真了不起，原来这位大诗人的故乡便在此处。"

郭靖扬鞭吟道："大城铁不如，小城万丈余……连云列战格，飞鸟不能逾。胡来但自守，岂复忧西都？……艰难奋长戟，万古用一夫。"

杨过听他吟得慷慨激昂，跟着念道："胡来但自守，岂复忧西都？艰难奋长戟，万古用一夫。郭伯伯，这几句诗真好，是杜甫做的么?”郭靖道:“是啊,前几日你郭伯母和我谈论襄阳城守,想到了杜甫这首诗。她写了出来给我看。我很爱这诗,只是记心不好,读了几十遍,也只记下这几句。你想中国文士人人都会做诗,但千古只推杜甫第一,自是因他忧国爱民之故。”杨过道:“你说‘为国为民,侠之大者’,那么文武虽然不同,道理却是一般的。”郭靖听他体会到了这一节,很是欢喜,说道:“经书文章,我是一点也不懂,但想人生在世,便是做个贩夫走卒,只要有为国为民之心,那就是真好汉、真豪杰了。”

杨过问道:“郭伯伯,你说襄阳守得住吗?”郭靖沉吟良久,手指西方郁郁苍苍的丘陵树木,说道:“襄阳古往今来最了不起的人物,自然是诸葛亮。此去以西二十里的隆中,便是他当年耕田隐居的地方。诸葛亮治国安民的才略,我们粗人也懂不了。他曾说只知道‘鞠躬尽瘁,死而后已’,至于最后成功失败,他也看不透了。我与你郭伯母谈论襄阳守得住、守不住,谈到后来,也总只是‘鞠躬尽瘁,死而后已’这八个字。”

说话之间,忽见城门口的难民回头奔跑,但后面的人流还是继续前涌,一时之间,襄阳城外大哭小叫,乱成一团。

郭靖吃了一惊,道:“干么守兵不开城门,放百姓进城?”忙纵马急奔而前,一口气驰到城外,只见一排守兵弯弓搭箭,指着难民。郭靖大叫:“你们干什么?快开城门。”守将见是郭靖,忙打开城门,放他与杨过进城。郭靖道:“众百姓惨受蒙古兵屠戮,怎不让他们进来?”守将道:“吕大帅说难民中混有蒙古奸细,千万不能放进城来,否则为祸不小。”

郭靖大声喝道:“便有一两个奸细,岂能因此误了数千百姓的性命?快快开城。”郭靖守城已久,屡立奇功,威望早著,虽无官职,但他的号令守将不敢不从,只得开城,同时命人飞报安抚使吕文德。

众百姓扶老携幼，涌入城来，堪堪将完，突见远处尘头大起，蒙古军自北来攻。宋兵分别散开，隐身城垛之后守御。只见城下敌军之前，当先一大群人衣衫褴褛，手执棍棒，并无一件真正军器，乱糟糟不成行列，齐声叫道：“城上不要放箭，我们都是大宋百姓！”蒙古精兵铁骑却躲在百姓之后。

自成吉思汗以来，蒙古军攻城，总是驱赶敌国百姓先行，守兵只要手软罢射，蒙古兵随即跟上。此法既能屠戮敌国百姓，又可动摇敌兵军心，可说是一举两得，残暴毒辣，往往得收奇效。郭靖久在蒙古军中，自然深知其法，但要破解，却是苦无良策。只见蒙古精兵持枪执刀，驱逼宋民上城。众百姓越行越近，最先头的已爬上云梯。

襄阳安抚使吕文德骑了一匹青马，四城巡视，眼见情势危急，下令道：“守城要紧，放箭！”众兵箭如雨下，惨叫声中，众百姓纷纷中箭跌倒，其余的百姓回头便走。蒙古兵一刀砍去个首级，一枪刺出个窟窿，逼着众百姓攻城。

杨过站在郭靖身旁，见到这般惨状，气愤难当，只听吕文德叫道：“放箭！”又是一排羽箭射了下去。郭靖大叫：“使不得，莫错杀了好人！”吕文德道：“如此危急，便是好人，也只得错杀了。”郭靖叫道：“不，好人怎能错杀？”

杨过心中一动，暗念：“莫错杀了好人！好人怎能错杀？”

郭靖叫道：“丐帮兄弟和各位武林朋友，大家跟我来！”说着奔下城头。杨过跟了下来。郭靖道：“你昨晚练气伤身，今日千万不能用力，在城头上给我掠阵罢。”杨过见蒙古兵屠戮汉人，真是当他们猪狗不如，本想随郭靖下去大杀一阵，听了他这话，心中一怔，又不能直说昨晚其实并非练功走火，只得回上城头。

郭靖率领众人，大开西门，冲了出去，迂回攻向蒙古军侧翼。

在众百姓之后押队的蒙古军当即分兵来敌。郭靖所率领的大半是丐帮好手，另有一小半是各地来投的忠义之士，齐声呐喊，奋勇当先，两军相交，即有百余名蒙古兵被砍下马来。眼见这队蒙古千人队抵挡不住，斜刺里又冲到一个千人队，挥动长刀，冲刺劈杀。蒙古军是百战之师，猛勇剽悍，郭靖所率壮士虽然身有武艺，一时之间却也不易取胜。被逼攻城的众百姓见蒙古军专心厮杀，不再逼攻，发一声喊，四下逃散。

只听得东边号角声响，马蹄奔腾，两个蒙古千人队疾冲而至，接着西边又有两个千人队驰来，将郭靖等一群人围在垓心。

吕文德在城头见到蒙古兵这等威势，只吓得心胆俱裂，哪敢分兵去救?

杨过站在城头观战，心中反覆念着郭靖那两句话："莫错杀了好人！好人怎能错杀?"眼见他身陷重围，心想："城头本来只须不断放箭，射死一些百姓，蒙古兵便无法攻上。郭伯伯眼下身遭危难，全是为了不肯错杀好人而起。这些百姓与他素不相识，绝无渊源，他尚且舍命相救，他又何以要害死我爹爹?"

眼望着城下的惨烈厮杀，心中的念头却只是绕着这个难解之谜打转："他和我爹爹义结金兰，交情自不寻常，但终于下手害他，难道我爹爹真是个十恶不赦的坏人么?"他自小想像父亲仁侠慷慨，英俊勇武，乃是天下一等一的好男儿，突然要他承认父亲是个坏人，实是万万不能。可是在他内心深处，早已隐约觉得父亲远远不及郭伯伯，只是以前每当甫动此念，立即强自压抑，此刻却不由得他不想到此节了。

这时城下喊声动天地，郭靖一干人左冲右突，始终杀不出重围。朱子柳率领一队人马，武氏兄弟与郭芙另行率领一队人马，均欲出城接应，只听得号角声急，蒙古又有四个千人队冲到城门之前。忽必烈用兵果然非同寻常，只待城中开门接应，四队精兵便一拥而入。吕文德瞧得心惊肉跳，大声传令："不许开城！"又命两百名刀斧手严守城门之旁，有敢开启城门者立斩。大将王坚率领弓弩手在城头不住放箭。

城内城外乱成一团，杨过心中也是诸般念头互相交战，一时盼望郭靖就此陷没在乱军之中，一时又望他杀退敌军。突见蒙古军阵势乱了，数千骑兵如潮水般向两旁溃退，郭靖手持长矛，纵马驰出，身后壮汉结成方阵，冲杀而前。这方阵甚是严整，片刻间已冲到城门口，郭靖回转马头，亲自殿后，长矛起处，接连将七八名蒙古将官挑下马来。蒙古兵将一时不敢逼近。

吕文德对郭靖倚若长城，见他脱险，心中大喜，忙叫："开城！只可小开，千万不能大开！"当下城门开了三四尺，仅容一骑，众壮汉陆续奔进城来。蒙古中军黄旗招动，两队军马分自左右冲到。吕文德大叫："郭靖兄弟，快进城！咱们不等旁人了。"郭靖见部属未曾尽数脱险，哪肯先行入城，反而回马上前，刺杀了两名冲得最近的蒙古勇士。

但大军既动，犹如潮水一般，郭靖虽武艺精深，一人之力，又怎抵挡得了大军冲击？朱子柳在城头见情势危急，忙垂下一根长索，叫道："郭兄弟，抓住了。"郭靖一回头，见最后一名丐帮兄弟已经入城，却有十余名蒙古兵跟着冲进城门。城门旁的刀斧手一面抵敌，一面用力关门，两尺厚的铁门缓缓合拢。郭靖大喝一声，挺矛刺死了一名蒙古十夫长，纵身跃起，拉住了长索。朱子柳奋力拉扯，郭靖登时向上升了丈许。

蒙古军督战的万夫长大喝："放箭！"霎时之间千弩齐发。郭靖上跃之际早已防到此着，扯下长袍下襟，右手拉索，左手将袍子在身前舞得犹如一块大盾牌，劲力贯袍，将羽箭尽皆挡开，只是他所乘的坐骑却在城门前连中数百枝长箭，竟如刺猬一般。朱子柳双手交替，将郭靖越拉越高。

眼见他身子离城头尚有二丈，蒙古军中突然转出一个高瘦和尚，身披黄色袈裟，正是金轮法王。他从一名蒙古军官手中接过铁弓长箭，拉满了弦，搭上狼牙雕翎，心知郭靖与朱子柳都武艺深湛，倘若射向人身，定被挡开，当下右手一松，羽箭离弦，向长索中节射去。这一招甚是毒辣，羽箭离郭朱二人均有一丈上下，二人无法相挡。金轮法王尚怕二人突出奇法破解，一箭既出，又分向朱子柳与郭靖各射一箭。第一箭啪的一声，将长索断成两截，第二第三箭势挟劲风，续向朱郭二人射到。

长索既断，郭靖身子一沉，那第二箭自是射他不着。朱子柳但觉手上一轻，叫声："不好！"羽箭已到面门。这一箭劲急异常，发射者显是内力极为深厚，此刻城头上站满了人，朱子柳心知若是低头闪避，这箭定须伤了身后之人，当下左手伸出二指，看准长箭来势，在箭杆上一拨，那箭斜斜的落下城头去了。

郭靖一觉绳索断截，暗暗吃惊，跌下城去虽然不致受伤，但在这千军万马包围之中，如何杀得出去？此时敌军逼近城门，我军若是开城接应，敌军定然乘机抢门。危急之中不及细想，左足在城墙上一点，身子陡然拔高丈余，右足跟着在城墙上一点，再升高了丈余。这路"上天梯"的高深武功当世会者极少，即令有人练就，每一步也只上升得二三尺而已，他这般在光溜溜的城墙上踏步而上，一步便跃上丈许，武功之高，的是惊世骇俗。霎时之间，城上城下寂静无声，数万道目光尽皆注视在他身上。

金轮法王暗暗骇异，知道这"上天梯"功夫全凭提一口气跃上，只消中间略有打岔，令他一口气松了，第三步便不能再行窜上，当下弯弓搭箭，又是一箭向郭靖背心射去。

箭去如风，城上城下众军齐叫："休得放箭！"两军见郭靖武功惊人，个个钦服，均盼他就此纵上城头。蒙古兵虽是敌人，却也崇敬英雄好汉，突见有人暗箭加害，无不愤慨。

郭靖听得背后长箭来势凌厉，暗叫："罢了！"只得回手将箭拨开。两军数万人见他背后犹似生了眼睛一般，这一箭偷袭竟然伤他不得，齐声喝采。但就在震天响的采声之中，郭靖身子已微微向下一沉，距城头虽只数尺，却再也窜不上去了。

当两军激战之际，杨过心中也似有两军交战一般，眼见郭靖身遭危难，他上升下降，再上再落，这两下起伏只片刻间之事，杨过心中却已转了几次念头："他是我杀父仇人，我杀他不杀？救他不救？"当郭靖使"上天梯"功夫将上城头之际，杨过便想凌空发掌击落，郭靖在半空无所借力，定然身受重伤，堕下城去。他稍一迟疑，郭靖已被法王发箭阻挠，无法纵上。杨过心中乱成一团，突然间左手拉住朱子柳手中半截绳索，扑下城去，右手已抓住了郭靖的手臂。

这一下奇变陡生，但朱子柳随机应变，快捷异常，当即双臂使劲，先将绳索向下微微一沉，随即劲运双臂，急甩过顶。杨过与郭靖二人在半空中划了个圆圈，就如两头大鸟般飞在半空。城上城下兵将数万，无不瞧得张大了口合不拢来。

郭靖身在半空，心想连受这番僧袭击，未能还手，岂非输于他了？望见金轮法王又是一箭射来，左足一踏上城头，立即从守军手中抢过弓箭，猿臂伸屈，长箭飞出，对准金轮法王发来的那箭射去，半空中双箭相交，将法王来箭劈为两截。法王刚呆得一呆，突然疾风劲急，铮的一响，手中铁弓又已断折。要知法王与郭靖的武功虽在伯仲之间，但郭靖自幼在蒙古受神箭手哲别传授，再加上精湛内力，弓箭之技，天下无双，法王自是瞠乎其后。他连珠三箭，第一箭劈箭，第二箭断弓，第三箭却对准了忽必烈的大纛射去。

这大纛迎风招展，在千军万马之中显得十分威武，猛地里一箭射来，旗索断绝，忽必烈的王旗立时滑了下来。城上城下两军又是齐声发喊。

忽必烈见郭靖如此威武，己军士气已沮，当即传令退军。

郭靖站在城头，但见蒙古军军形整肃，后退时井然有序，先行者不躁，殿后者不惧，不禁叹了一口长气，心想：“蒙古精兵，实非我积弱之宋军可敌。”想起国事，不由得忧从中来，浓眉双蹙。朱子柳、杨过等见他扬威于敌阵之中，耀武于万众之前，但竟没半点骄色，心下无不深佩。

忽必烈退军数十里，途中默思破城之策，心想有郭靖在彼，襄阳果是难克。法王道：“殿下亲眼所见，若非杨过那小子出手救援，郭靖今日性命不保。老衲早知那杨过是个反覆无常之徒。”忽必烈道：“不然！料那杨过是要手刃郭靖，为父报仇，不愿假手于人。我瞧他为人飞扬勇决，并非深沉险诈之小人。”法王不以为然，但不敢反驳，只道：“但愿如殿下所料。”

蒙古兵退，襄阳城转危为安。安抚使吕文德兴高采烈，又在元帅府大张筵席庆功，这一次杨过也被请为席中上宾。众人对他飞身相救郭靖时出手迅捷、奋不顾身，无不交口大赞。武氏兄弟坐在另席旁座，见杨过一到立时建功，不免心生妒意，又怕经此一役，郭靖感他相救之德，更要将女儿许配于他。两兄弟一言不发，只喝闷酒。

筵席过后，一行人回到郭靖府中。黄蓉请杨过到内堂相见，温言嘉赞。杨过逊谢。郭靖道：“过儿，适才你使力强猛，胸口可有隐隐作痛么?”他担心杨过昨晚走火之余，今日城头使力狠了，只恐伤了内脏。

杨过怕黄蓉追问情由，瞧出破绽，忙道：“没事，没事。”随即岔开话题，道：“郭伯伯，你这飞跃上城的功夫，那真是独步武林了。”郭靖微笑道：“这功夫我搁下已久，数年没练了，不免生疏，这才出了乱子。”其实昨晚他若非运用真力助杨过意守丹田，以致大耗元气，那么使“上天梯”功夫之际，即使有法王射箭阻挠，也难为不了他。但他于此节自然不提，只道："当年丹阳子马道长在蒙古传我这功夫，想不到竟用于今日。你若喜欢，这功夫过几天我便传你。"

黄蓉见杨过神情恍惚，说话之际每每若有所思，他今日奋力相救郭靖乃万目共睹，自是更无可疑，但终究放心不下，说道："靖哥哥，今晚我不大舒服，你在这儿照看一下。"郭靖点头答应，向杨过说道："过儿，今日累了，你早些回去休息罢。"

杨过辞别两人，独自回房，耳听得更楼上鼓交二更，坐在桌前，望着忽明忽暗的烛火，心中杂念丛生，忽听得门上剥啄一声，一个女子声音在门外说道："没睡么？"正是小龙女的声音。杨过大喜，一跃而起，打开了房门，只见小龙女穿着淡绿色衫子，俏生生的站在门外。杨过道："姑姑，有什么事？"小龙女笑道："我想来瞧瞧你。"杨过握住了她手，柔声道："我也正想着你呢。"

两人并肩慢慢走向花园。园中花木扶疏，幽香扑鼻。小龙女望了望天上半边月亮，道："你非亲手杀他不可么？时日无多了呢。"杨过忙在她耳边低声道："此间耳目众多，别提此事。"小龙女痴痴的望着他，说道："等到月亮圆了，那便是十八日之期的尽头。"

杨过矍然而惊，屈指一算，与裘千尺别来已有九日，若不在一二日内杀了郭靖夫妇，毒发之前便不能赶回绝情谷了。他幽幽叹了口气，与小龙女并坐在一块太湖石上。两人相对无语，柔情渐浓，灵犀互通，浑忘了仇杀战阵之事。

过了良久，忽听假山外传来脚步之声，有两个人隔着花丛走近。

一个少女的声音说道："你再逼我，干脆拿剑在我脖子上一抹，也就是了，免得我零碎受苦。"一个男人声音气愤愤的道："哼，你三心两意，我就不知道么？这姓杨的小子一到襄阳，便在人前大大露脸。你从前说过的话，哪里还再放在心上？"听声音正是郭芙和武修文。小龙女向杨过装个鬼脸，意谓你到处惹下情丝，害得不少姑娘为你烦恼。杨过一笑，拉她靠近自己，微微摇手，叫她不可作声，且听他二人说些什么。

郭芙一听武修文这几句话，登时大为恼怒，提高了声音道："既是如此，咱们从前的话就算白说。我一个人走得远远地，永远不见杨过，咱们也永远别见面了。"只听衣衫噗的一响，想是武修文拉住了郭芙的衣袖，而她用力一摔。她话中怒意更增，说道："你拉拉扯扯的干什么？人家露脸不露脸，干我什么事？我爹娘便将我终身许配于他，我宁可死了，也决不从。爹爹若是迫得我紧，我会逃得远远地。杨过这小子自小就飞扬跋扈，自以为了不起，我偏就没瞧在眼里。爹爹当他是宝贝，哼，我看他就不是好人。"武修文忙道："是啊，是啊。先前算我瞎疑心，芙妹你千万别生气。以后我再这样，教我不得好死，来生变个乌龟大王八。"语音中喜气洋溢。郭芙噗哧一笑。

杨过与小龙女相视一笑，一个意思说："你瞧，人家将我损得这样。"另一个意思说："原来我先前想错了，我心中喜欢你，旁人却是情有别钟。"听郭芙语意，对武修文虽是一时呵责，一时使小性儿，将他播弄得俯头帖耳、颠三倒四，但心中对他实是大有柔情。

只听武修文道："师母是最疼你的，你日也求，夜也求，缠着她不放。只要师母答应你不嫁那姓杨的，师父决没话说。"郭芙道："哼，你知道什么？爹虽肯听妈的话，但遇上大事，妈是从不违拗爹爹的。"武修文叹道："你对我也是这般，那就好了。"

但听得啪的一响，武修文"啊"的一声叫痛，急道："怎么又动手打人？"郭芙道："谁叫你说便宜话儿？我不嫁杨过，可也不能嫁你这小猴儿。"武修文道："好啊，你今晚终于吐露了心事，你不肯做我媳妇，却肯做我嫂子。我跟你说，我跟你说……"气急败坏，下面的话说不出来了。

郭芙语声忽转温柔，说道：“小武哥哥，你对我好，已说了一千遍一万遍，我自早知道你是真心。你哥哥虽然一遍也没说过，可我也知他对我是一片痴情。不管我许了谁，你哥儿俩总有一个要伤心的。你体贴我，爱惜我，你便不知我心中可有多为难么？”

武敦儒、武修文自小没爹娘照顾，兄弟俩向来友爱甚笃，但近年来两人都痴恋郭芙，不由得互相有了心病。武修文心中一急，竟自掉下泪来。郭芙取出手帕，掷了给他，叹道：“小武哥哥，咱们自小一块儿长大，我敬重你哥哥，可是跟你说话却更加投缘些。对你哥儿俩，我实在没半点偏心。你今日定要逼我清清楚楚说一句，倘若你做了我，该怎么说呢？”武修文道：“我不知道。我只跟你说，若是你嫁了旁人，我便不能活了。”

郭芙道：“好啦，今晚别再说了。爹爹今日跟敌人性命相搏，咱们却在园子中说这些没要紧的话，若是给爹爹听到了，大家都讨个没趣。小武哥哥，我跟你说，你想要讨我爹娘欢心，干么不多立战功？整日价缠在我身旁，岂不让我爹娘看轻了？”武修文跳了起来，大声道：“对，我去刺杀忽必烈，解了襄阳之围，那时你许不许我？”郭芙嫣然一笑，道：“你立了这等大功，我便想不许你，只怕也不能呢。但那忽必烈身旁有多少护卫之士？单是一个金轮法王，就连爹爹也未必胜得了。快别胡思乱想了，乖乖的去睡罢。”

武修文向着郭芙俊俏的脸孔恋恋不舍的望了几眼，说道：“好，那你也早些睡罢。”他转身走了几步，忽又停步回头，问道：“芙妹，你今晚做梦不做？”郭芙笑道：“我怎知道？”武修文道：“若是做梦，你猜会梦到什么？”郭芙微笑道：“我多半会梦见一只小猴儿。”武修文大喜，跳跳跃跃的去了。

小龙女与杨过在花丛后听他二人情话绵绵，不禁相对微笑，均想他二人一个痴恋苦缠，一个心意不定，比起自己两人的一往情深、死而无悔，心中的满足喜乐实是远远不及。

武修文去后，郭芙独自坐在石凳上，望着月亮呆呆出神，隔了良久，长叹了一声。忽然对面假山后转出一人，说道："芙妹，你叹什么气？"正是武敦儒。杨过与小龙女都微微一惊，想是他早已在彼，尚比自己二人先到，否则他过来时不能不知。

郭芙微嗔道："你就总是这么阴阳怪气的。我跟你弟弟说的话，你全都听见了，是不是？"武敦儒点点头，站在郭芙对面，和她离得远远的，但眼光中却充满了眷恋之情。两人相对不语，过了好一阵，郭芙道："你要跟我说什么？"武敦儒道："没什么。我不说你也知道。"说着慢慢转身，缓缓走开。

郭芙望着武敦儒的背影，见他在假山之后走远，竟是一次也没回头，心想："不论是大武还是小武，世间倘若只有一人，岂不是好？"深深叹了口气，独自回房。

杨过待她走远，笑问："倘若你是她，便嫁哪一个？"小龙女侧头想了一阵，道："嫁你。"杨过笑道："我不算。郭姑娘半点也不喜欢我。我说倘若你是她，二武兄弟之中你嫁哪一个？"小龙女"嗯"了一声，心中拿二武来相互比较，终于又道："我还是嫁你。"杨过又是好笑，又是感激，伸臂将她搂在怀里，柔声道："旁人那么三心二意，我的姑姑却只爱我一人。"

二人相倚相偎，满心愉乐的直坐到天明。

眼见朝暾东升，二人仍是不愿分开。忽见一名家丁匆匆走来，向二人请了个安，说道："郭爷请杨大爷快去，有要事相商。"

杨过见他神情紧急，心知必有要事，当即与小龙女别过，随那仆人走向内堂。那仆人道："我到处都找过了，原来杨爷在园子里赏花。"杨过道："郭大爷等了我很久么？"那仆人低声道："两位武少爷忽然不知去了哪里，郭大爷和郭夫人都着急得很，郭姑娘已哭了几次啦！”杨过一怔，已知其理：“武家哥儿俩为了争娶师妹，均想建立奇功，定是出城行刺忽必烈去了。”匆匆来到内堂，只见黄蓉穿着宽衫，坐在一旁，容色憔悴，郭靖不停的来回走动，郭芙红着双目，泫然欲泣。桌上放着两柄长剑。

郭靖一见杨过，忙道：“过儿，你可知武家兄弟俩到敌营去干什么？”杨过向郭芙望了一眼，道：“两位武兄到敌营去了么？”郭靖道：“不错，你们小兄弟之间无话不说，你事先可曾瞧出一些端倪？”杨过道：“小侄没曾留心。两位武兄也没跟我说过什么。料来两位武兄定是见城围难解，心中忧急，想到敌营去刺杀蒙古大将，若是得手，倒是奇功一件。”

郭靖叹了口气，指着桌上的两把剑，道：“便算存心不错，可是太过不自量力，兵刃都给人家缴下，送了回来啦。”

这一着颇出杨过意料之外，他早猜到武氏兄弟此去必难得逞，以他二人的武功智慧，焉能在法王、尹克西、潇湘子等人手下讨得了好去？却想不到只几个时辰之间，二人的兵器也给送了回来。郭靖拿起压在双剑之下的一封书信，交给杨过，与黄蓉对望一眼，两人都摇了摇头。杨过打开书信，见信上写道：

“大蒙古国第一护国法师金轮法王书奉襄阳城郭大侠尊前：昨宵夜猎，邂逅贤徒武氏昆仲，常言名门必出高弟，诚不我欺。老衲久慕大侠风采，神驰想像，盖有年矣。日前大胜关英雄宴上一会，匆匆未及深谈，兹特移书，谨邀大驾。军营促膝，杯酒共欢，得聆教益，洵足乐也。尊驾一至，即令贤徒归报平安如何？”

信中语气谦谨，似乎只是请郭靖过去谈谈，但其意显是以武氏兄弟为质，要等郭靖到来方能放人。郭靖等他看完了信，道：“如何？”

杨过早已算到：“郭伯母智谋胜我十倍，我若有妙策，她岂能不知？她邀我来此相商，唯一用意，便是要我和姑姑伴同郭伯伯前去敌营。郭伯伯到得蒙古军营，法王、潇湘子等合力纵能败他，但要杀他擒他，却也未必能够。有我和姑姑二人相助，他自能设法脱身。”随即想到：“但若我和姑姑突然倒戈，一来出其不意，二来强弱之势更是悬殊，那时伤他可算得易如反掌。我即令不忍亲手加害，假手于法王诸人取他性命，岂不大妙？”于是微微一笑，说道：“郭伯伯，我和师父陪你同去便是。郭伯母见过我和师父联剑打败金轮法王，三人同去，敌人未必留得下咱们。”

郭靖大喜，笑道：“你的聪明伶俐，除了你郭伯母之外，旁人再也难及。你郭伯母之意也正如此。”

杨过心道：“黄蓉啊黄蓉，你聪明一世，今日也要在我手下栽个筋斗。”说道：“事不宜迟，咱们便去。我和师父扮作你的随身僮儿，更显得你单刀赴会的英雄气概。”

郭靖道：“好！”转头向黄蓉道：“蓉儿，你不用担心，有过儿和龙姑娘相伴，便是龙潭虎穴，我们三人也能平安归来。”他一整衣衫，说道：“相请龙姑娘。”

黄蓉摇头道：“不，我意思只要过儿一人和你同去。龙姑娘是个花朵般的闺女，咱们不能让她涉险，我要留她在这儿相陪。”

杨过一怔，立即会意：“郭伯母果有防我之心，她是要留姑姑在此为质，好教我不敢有甚异动。我如定要姑姑同往，只有更增其疑。”当下并不言语。

郭靖却道：“龙姑娘剑术精妙，倘能同行，大得臂助。”黄蓉懒懒的道：“你的破虏、襄儿，就快出世啦，有龙姑娘守着，我好放心些。”郭靖忙道：“是，是，我真胡涂了。过儿，咱们走罢。”杨过道：“让我跟姑姑说一声。”黄蓉道：“回头我告知她便是，你爷儿俩去敌营走一趟，半天即回，又不是什么大事。”

杨过心想与黄蓉斗智，处处落于下风，但郭靖诚朴老实，决不是自己对手，同去蒙古军中后对付了他，再回来相救小龙女不迟，于是略一结束，随同郭靖出城。

郭靖骑的是汗血宝马，杨过乘了黄毛瘦马，两匹马脚力均快，不到半个时辰，已抵达蒙古大营。

忽必烈听报郭靖竟然来到，又惊又喜，忙叫请进帐来。

郭靖走进大帐，只见一位少年王爷居中而坐，方面大耳，两目深陷，不由得一怔："此人竟与他父亲拖雷一模一样。"想起少年时与拖雷情深义重，此时却已阴阳相隔，不禁眼眶一红，险些儿掉下泪来。

忽必烈下座相迎，一揖到地，说道："先王在日，时常言及郭靖叔叔英雄大义，小侄仰慕无已，日来得睹尊颜，实慰生平之愿。"郭靖还了一揖，说道："拖雷安答和我情逾骨肉，我幼时母子俩托庇成吉思汗麾下，极仗令尊照拂。令尊英年，如日方中，不意忽尔谢世，令人思之神伤。"忽必烈见他言辞恳挚，动了真情，心中也自伤感，当即与潇湘子、尹克西等一一引见，请郭靖上座。

杨过侍立在郭靖身后，假装与诸人不识。法王等不知他此番随来是何用意，见他不理睬各人，也均不与他说话。马光佐却大声道："杨兄……"下面一个"弟"字还未出口，尹克西在他大腿上狠狠捏了一把。马光佐"啊哟"一声，叫道："干什么?"尹克西转过了头不理。马光佐不知是谁捏他，口中唠唠叨叨骂人，便忘了与杨过招呼。

郭靖坐下后饮了一杯马乳酒，不见武氏兄弟，正要动问，忽必烈已向左右吩咐："快请两位武爷。"左右卫士应命而出，推了武敦儒、武修文进帐。两人手足都被用牛筋绑得结结实实，双足之间的牛筋长不逾尺，迈不开步子，只能慢慢的挨着过来。二武见到师父，满脸羞惭，叫了一声："师父!"都低下了头再也不敢抬起。

他兄弟俩贪功冒进，不告而行，闯出这样一个大乱子，郭靖本来十分恼怒，但见他二人衣衫凌乱，身有血污，显是经过一番剧斗才失手被擒，又见二人给绑得如此狼狈，不禁由怒转怜，心想他二人虽然冒失，却也是一片为国为民之心，于是温言说道："武学之士，一生之中必受无数折磨、无数挫败，那也算不了什么。"

忽必烈假意怪责左右，斥道："我命你们好好款待两位武爷，怎地竟如此无礼？快快松绑。"左右连声称是，伸手去解二人绑缚。但那牛筋绑缚之后，再浇水淋湿，深陷肌肤，一时解不下来。郭靖走下座去，拉住武敦儒胸前的牛筋两端，轻轻往外一分，波的一响，牛筋登时崩断，跟着又扯断了武修文身上的绑缚。这一手功夫瞧来轻描淡写，殊不足道，其实却非极深厚的内力莫办。潇湘子、尼摩星、尹克西等相互望了一眼，均暗赞他武功了得。忽必烈道："快取酒来，给两位武爷赔罪。"

郭靖心下盘算：今日此行，决不能善罢，少时定有一番恶战，二武若不早走，不免要分心照顾，当下向众人作了个四方揖，朗声道："小徒冒昧无状，承王爷及各位教诲，兄弟这里谢过了。"转头向武氏兄弟道："你们先回去告知师母，说我会见故人之子，略叙契阔，稍待即归。"武修文道："师父，你……"他昨晚行刺不成，为潇湘子所擒，知道敌营中果然高手如云，不由得担心郭靖的安危。郭靖将手一挥，道："快些走罢！你们禀报吕安抚，请他严守城关，不论有何变故，总之不可开城，以防敌军偷袭。"这几句话说得神威凛然，要叫忽必烈等人知道，即令自己有何不测，襄阳城决不降敌。

武氏兄弟见师父亲自涉险相救，又是感激，又是自悔，当下不敢多言，拜别师父，自行回城。

忽必烈笑道："两位贤徒前来行刺小侄，郭叔父谅必不知。"郭靖点头道："我事先未及知悉，小儿辈不知天高地厚，胡闹得紧。"忽必烈道："是啊，想我与郭叔父相交三世，郭叔父念及故人之情，必不出此。”郭靖正色道：“那却不然，公义当前，私交为轻。昔日拖雷安答领军来攻襄阳，我曾起意行刺义兄，以退敌军，适逢成吉思汗病重，蒙古军退，这才全了我金兰之义。古人大义灭亲，亲尚可灭，何况友朋?”

这几句话侃侃而谈，法王、尹克西等均是相顾变色。杨过胸口一震，心道：“是了，刺杀义兄义弟，原是他的拿手好戏，不知我父当年有何失误，致遭他毒手。郭靖啊郭靖，岂难道你一生之中，从未做过任何错事么?”想到此处，一股怨毒又在胸中渐渐升起。

忽必烈却全无愠色，含笑道：“既然如此，郭叔父何以又说两位贤徒胡闹?”郭靖道：“想他二人学艺未成，不自量力，贸然行刺，岂能成功?他二人失陷不打紧，却教你多了一层防备之心，后人再来行刺，那便大大不易了。”忽必烈哈哈大笑，心想：“久闻郭靖忠厚质朴，口齿迟钝，哪知他辞锋竟是极为锐利。”其实郭靖只是心中想到什么，口中便说什么，只因心中想得通达，言辞便显凌厉。法王等见他孤身一人，赤手空拳而在蒙古千军万马之中，居然毫无惧色，这股气概便非己所能及，无不钦服。

忽必烈见郭靖气宇轩昂，不自禁的喜爱，心想若能将此人罗致麾下，胜于得了十座襄阳城，说道：“郭叔父，赵宋无道，君昏民困，奸佞当朝，忠良含冤，我这话可不错罢!”郭靖道：“不错，理宗皇帝乃无道昏君，宰相贾似道是个大大的奸臣。”众人又都一怔，万料不到他竟会直言指斥宋朝君臣。忽必烈道：“是啊，郭叔父是当世大大的英雄好汉，却又何苦为昏君奸臣卖命?”

郭靖站起身来，朗声道：“郭某纵然不肖，岂能为昏君奸臣所用?只是心愤蒙古残暴，侵我疆土，杀我同胞，郭某满腔热血，是为我神州千万老百姓而洒。”

忽必烈伸手在案上一拍，道：“这话说得好，大家敬郭叔父一碗。”说着举起碗来，将马乳酒一饮而尽。随侍众人暗暗焦急，均怕忽必烈顾念先世交情，又被郭靖言辞打动，竟将他放归，再要擒他可就难了，但见忽必烈举碗，也只得各自陪饮了一碗。左右卫士在各人碗中又斟满了酒。

忽必烈道：“贵邦有一位老夫子曾道：民为贵，社稷次之，君为轻。这话当真有理。想天下者，天下人之天下也，唯有德者居之。我大蒙古朝政清平，百姓安居乐业，各得其所。我大汗不忍见南朝子民陷于疾苦之中，无人能解其倒悬，这才吊民伐罪，挥军南征，不惮烦劳。这番心意与郭叔父全无二致，可说是英雄所见略同了。来，咱们再来干一碗。”说着又举碗饮干。

法王等举碗放到口边。郭靖大袖一挥，劲风过去，呛啷啷一阵响处，众人的酒碗尽数摔在地下，跌得粉碎。郭靖大声怒道：“住了！你蒙古兵侵宋以来，残民以逞，白骨为墟，血流成河。我大宋百姓家破人亡，不知有多少性命送在你蒙古兵刀箭之下，说什么吊民伐罪，解民倒悬?”

这一下拂袖虽然来得极是突兀，大出众人意料之外，但法王等人人身负绝艺，竟然被他打落酒碗，均觉脸上无光，一齐站起身来，只待忽必烈发作，立时上前动手。

哪知忽必烈仰天长笑，说道：“郭叔父英雄无敌，我蒙古兵将提及，无不钦仰，今日亲眼得见，果真名下无虚。小王不才，不敢伤了先父之义，今日只叙旧情，不谈国事如何?”郭靖拱手道：“拖雷有子，气度宽宏，蒙古诸王无一能及，他日必膺国家重任。我有良言奉告，不知能蒙垂听否?”忽必烈道：“愿听叔父教诲。”

郭靖叉手说道：“我南朝地广人多，崇尚气节。俊彦之士，所在多有，自古以来，从不屈膝异族。蒙古纵然一时疆界逞快，日后定被逐回漠北，那时元气大伤，悔之无及，愿王爷三思。”忽必烈笑道：“多谢明教。”郭靖听他这四字说得言不由衷，说道：“就此别过，后会有期。”忽必烈将手一拱，说道：“送客。”

法王等相顾愕然，一齐望着忽必烈，均想：“好容易鱼儿入网，岂能纵虎归山？”但忽必烈客客气气的送郭靖出帐，众人也不便动手。

郭靖大踏步出帐，心中暗想：“这忽必烈举措不凡，果是劲敌。”向杨过使个眼色，加快脚步，走向坐骑之旁。

突然旁边抢出八名蒙古大汉，当先一人说道：“你是郭靖么？你在襄阳城头伤了我不少兄弟，今日竟到我蒙古军营来耀武扬威。王爷放你走，我们却容你不得。”一声吆喝，八名大汉同时拥上，各使蒙古摔跤手法，十六只手抓向郭靖。

摔跤勾打之术，蒙古人原是天下无双，这八名大汉更是蒙古军中一等一的好手，忽必烈特地埋伏在帐外擒拿郭靖。但郭靖幼时在蒙古长大，骑射摔跤自小精熟，眼见八人抓到，双手连伸，右腿勾扫，霎时之间，四人被他抓住摔出丈余，另四人被他勾扫倒地。他使的正是蒙古人正宗摔角之术，只是有了上乘武功为底，手脚上劲力大得异乎寻常，那八名大汉如何能敌？忽必烈王帐外驻着一个亲兵千人队，一千名官兵个个精擅摔跤，见郭靖手法利落，一举将八名军中好手同时摔倒，神技从所未见，不约而同的齐声喝采。

郭靖向众军一抱拳，除下帽子转了个圈子。这是蒙古人摔角获胜后向观众答谢的礼节，众官兵更是欢声雷动。那八名大汉爬起身来，望着郭靖呆呆发怔，不知该纵身又上呢，还是就此罢手？

郭靖向杨过道：“走罢！”只听得号角声此起彼和，四下里千人队百人队来往奔驰，原来忽必烈调动军马，已将郭杨二人团团围困。郭靖暗暗吃惊，心想：“我二人纵有通天本领，怎能逃出这军马重围？想不到忽必烈对付我一人，竟如此兴师动众。”他怕杨过胆怯，脸上神色自如，说道：“我二人马快，只管疾冲，先过去夺两面盾牌来，以防敌军乱箭射马。”又在他耳边低声道：“先向南冲，随即回马向北。”

杨过一怔："襄阳在南，何以向北？"随即会意："啊，是了，忽必烈军马必集于南，防他逃归襄阳，北边定然空虚。先南后北，冲他一个出其不意，措手不及，便可乘机突围。我当如何阻住他才好？"

杨过心念甫动，只见忽必烈王帐中窜出几条人影，几个起落，已拦住去路，跟着呜呜之声大作，一个铜轮一个铁轮往两匹坐骑飞到，正是法王出手阻挡二人脱身。郭靖见双轮飞来之势极为刚猛，不敢伸手去接，头一低，双手在两匹坐骑的颈中一按，两匹马前足跪下，铜铁双轮刚好在马头上掠过，在空中打了一个转，回到了法王手中。就这样微一耽搁，尼摩星与尹克西已奔到二人身前，法王与潇湘子跟着赶到，四人团团围住。

金轮法王、潇湘子等均是一流高手，与人动手，决不肯自堕身份，倚多为胜，但郭靖武功实在太强，每人又均想得那"蒙古第一勇士"的封号，只怕给旁人抢了头筹，但见白刃闪动，黄光耀眼，四人手中均已执了兵刃。法王所持是个金轮，尹克西手执一条镶珠嵌玉的黄金软鞭，潇湘子拿着一条哭丧棒模样的杆棒，尼摩星的兵刃最怪，是一条铁铸的灵蛇短鞭，在他手臂上盘旋吞吐，宛似一条活蛇。

郭靖眼看四人奔跑身形和取兵刃的手法，四人中似以尹克西较弱，当即双掌拍出，击向潇湘子面门。潇湘子杆棒一立，棒端向他掌心点来。郭靖见杆棒上白索缠绕，棒头拖着一条麻绳，便如是孝子手中所执的哭丧棒，心想此人武功深湛，所用兵刃怪模怪样，必有特异之处，当下右手回转，一招"神龙摆尾"，已抓住了尹克西的金鞭。尹克西待要抖鞭回击，鞭梢已入敌手，当即顺着对方一扯之势，和身向郭靖扑去，左手中已多了一柄明晃晃的匕首。这一招以攻为守，乃是十八小擒拿手的绝招。

郭靖叫道："好！"双手同施擒拿，右手仍是抓住金鞭不放，左手径来夺他匕首。这时右手夺他右手兵刃，左手夺他左手兵刃，双手已成交叉之势。尹克西满拟这一匕首刺出，敌人非放脱金鞭而闪避匕首不可，岂知他连匕首也要一并夺去。

就在这时，法王的金轮和潇湘子的杆棒已同时攻到。郭靖一扯金龙鞭不下，大喝一声，一股罡气自金鞭上传了过去。尹克西胸口犹如被大铁锤重重一击，眼前金星乱舞，哇的一声，喷出一口鲜血。郭靖已放脱金鞭，回手招架。尹克西自知受伤不轻，慢慢退开，在地下盘膝而坐，气运丹田，忍住鲜血不再喷出。

法王与潇湘子、尼摩星见郭靖一上手就将尹克西打伤，都是一则以喜，一则以惧，喜的是少了一人抢那“蒙古第一勇士”的头衔，惧的是郭靖如此厉害，只怕自己也折在他手里。当下三人不敢冒进，严密守住门户。

郭靖见招拆招，细察潇湘子和尼摩星的两件奇特兵刃。那哭丧棒显是精钢打就，但除了沉重坚实之外，一时之间也瞧不出异处。尼摩星的蛇形兵器却甚是古怪，活脱是条头呈三角的毒蛇，蛇身柔软屈折，当是无数细小铁球镶成，蛇头蛇尾均具锋锐尖刺，最厉害的是捉摸不定蛇身何时弯曲，蛇头蛇尾指向何方，但见那铁蛇短鞭在尼摩星手中忽而上跃飞舞，忽而盘旋打滚，变幻百端，灵动万状。郭靖当年见过欧阳锋蛇杖的招数，杖上怪蛇乃是真蛇，兼之剧毒无比，尼摩星的蛇形兵刃纵然厉害，究是死物，出招收招之际定有规矩可寻，因此心中最忌惮的仍是金轮法王。

四人拆得数招，突听一人虎吼连连，大踏步而至，魁梧奇伟，宛似一座肉山，正是马光佐到了。他手挺一根又粗又长的熟铜棍，在尼摩星身后往郭靖头顶砸了下去。四位高手激斗正酣，各人严守门户，绝无半点空隙，郭靖的掌风、法王的金轮、潇湘子的杆棒、尼摩星的铁蛇来往交错，织成了一道力网，马光佐这一棍砸将下去，给四人合组的力网一撞，虽然无声无息，熟铜棍猛地反弹上来。他一觉不对，大喝一声，劲贯双臂，硬生生将铜棍在半空止住，饶是如此，双手虎口已震得鲜血长流。他高声大叫："邪门，邪门！"手上加力，更运刚劲，猛击而下。

法王与他正面相对，料得他这一棍击下，吃到的苦头更大，只是微微冷笑。杨过在侧瞧得明白，知他膂力虽强，武功却连郭靖的一成也及不上，出手一味刚猛，若是与郭靖天下阳刚之至的"降龙十八掌"正面相撞，哪里还有生路？便算郭靖不下毒手，给法王、尼摩星等的兵刃扫上了一些，也非受伤不可，他爱这浑人心地质朴，又曾数次回护自己，眼见他这一棍击下，定然遭殃，大叫："马光佐，看剑！"君子剑出手，往他后心刺去。

马光佐一呆，铜棍停在半空，愕然道："杨兄弟，你干么跟我动手？"杨过骂道："你这浑人，在这儿瞎搅什么？快给我回去！"长剑颤动，连刺数剑，只刺得马光佐手忙脚乱，不住倒退。杨过长剑急刺，迫得他一步步退后。马光佐腿长脚大，一步足足抵得常人二步，退得十余步，已离郭靖等甚远。他见眼前剑光闪烁，全力抵御都是有所不及，更无余暇去想杨过何以忽然对己施展辣手。

杨过等他又退数步，收剑指地，低声道："马大哥，我救了你命，你知不知道？"马光佐大声道："什么？"杨过低声道："你说话小声些，别让他们听见了。"马光佐瞪眼道："为什么？我不怕这个郭靖。"这两句话仍是声音响亮，于他不过是平常语气，在常人却已似叫喊一般。杨过道："好，那你别说话，只听我说。"马光佐倒真听话，点了点头。杨过道："那郭靖会使妖法，口中一念咒语，便能取人首级，你还是走得远远的好。"马光佐睁大了铜铃般的眼睛，将信将疑。

杨过有心要救他性命，心知若说郭靖武功了得，他必不肯服输，但说他会使妖法，这浑人多半会信，又道："你一棍打他的头，棍子没撞上什么，却反弹上来，这岂不古怪？那卖珠宝的胡人武功很厉害，怎么一上手便给他伤了？”马光佐信了七八成，又点了点头，却向法王、潇湘子等望了一眼。

杨过猜到他心中想些什么，说道：“那大和尚会画符，他送了给僵尸鬼和黑矮子，身上佩了这符，便不怕妖法。大和尚有没给你？”马光佐愤愤的道：“没有啊。”杨过道：“是啊，这贼秃不够朋友，也没给我，回头咱们跟他算账。”马光佐大声道：“不错，那咱们怎么办？”杨过道：“咱们袖手旁观，离开得越远越好。”马光佐道：“杨兄弟你是好人，多亏你跟我说。”收起熟铜棍，遥望郭靖等四人相斗。

郭靖此时所施展的正是武林绝学“降龙十八掌”。法王等三人紧紧围住，心想他内力便再深厚，掌力如此凌厉，必难持久。岂知郭靖近二十年来勤练“九阴真经”，初时真力还不显露，数十招后，降龙十八掌的劲力忽强忽弱，忽吞忽吐，从至刚之中竟生出至柔的妙用，那已是洪七公当年所领悟不到的神功，以此抵挡三大高手的兵刃，非但丝毫不落下风，而且乘隙反扑，越斗越是挥洒自如。

杨过在旁观斗，惊佩无已，他也曾在古墓中练过“九阴真经”，只是乏人指点，不知真经的神奇竟至于斯。他以真经功诀印证郭靖掌法，登时悟到了不少极深奥的拳理，心中默默记习，一时忘了身上负着血海深仇，立意要将郭靖置于死地。

金轮法王的武功与郭靖本在伯仲之间，郭靖虽然屡得奇遇，但法王比他大了二十岁年纪，也即多了二十年的功力，二人若是单打独斗，非到千招之外，难分胜败，再加上潇湘子和尼摩星两个一流好手相助，法王本来不难取胜，只是郭靖的降龙十八掌实在威力太强，兼之他在掌法之中杂以全真教天罡北斗阵的阵法，斗到分际，身形穿插来去，一个人竟似化身为七人一般；又因他一上来便将尹克西打伤，这一下先声夺人，敌对的三人先求自保，不敢放手攻击，是以虽然以三敌一，也只打了个平手。

又拆数十招，法王的金轮渐渐显出威力，尼摩星的铁蛇也是攻势渐盛。郭靖暗感焦躁："如此缠斗下去，我终究要抵敌不住。过儿和那大个儿到那边相斗，那大个儿武功平平，这会儿该当已料理了他。须得尽快跟过儿会合，共谋脱身。"四人全力拼搏，目光不敢有瞬息旁顾，杨过与马光佐在十余丈外观斗，郭靖等四人均无暇顾及。

忽听得怪啸一声，潇湘子双脚僵直，一窜数尺，从半空中将哭丧棒点将下来。郭靖侧身避过，突觉眼前一暗，哭丧棒的棒端喷出一股黑烟，鼻中登时闻到一股腥臭之气，头脑微微一晕。他暗叫不好，知道棒中藏有毒物，忙拔步倒退。潇湘子见他明明已闻到自己棒中的剧毒，竟然并不晕倒，不禁大异，暗想："便是狮虎猛兽，遇到我棒中的蟾蜍毒砂也得晕倒，他居然若无其事，这可奇了。"当下二次窜起，又挥毒砂棒临空点落。

当年潇湘子在湖南荒山中练功，曾见一只蟾蜍躲在破棺之后口喷毒砂，将一条大蟒蛇毒倒，心有所悟，于是捕捉蟾蜍，取其毒液，炼制而成毒砂，藏于哭丧棒中。棒尾装有机括，手指一按，毒砂便激喷而出，发射时纵跃窜高，毒砂威力更增。这毒砂棒在遇到巨蟒猛兽时曾经用过，当者立晕，岂知郭靖内力深厚，竟能强抗剧毒。

法王与尼摩星便在郭靖之侧，虽非首当其冲，但闻到少些，已是胸口烦恶欲呕，忙窜跃远离。潇湘子鼻中早已塞有解药，在黑气中直穿而前，挥棒追击。郭靖一掌"见龙在田"往他僵直的膝盖上击去。潇湘子收棒挡格，未及发毒，身子已被掌力推得飘开五尺。

郭靖斜过身子，却见尼摩星的铁蛇递近身来，当下一掌"潜龙勿用"击出。尼摩星忙横过铁蛇，右手握蛇尾，左手执蛇头，在胸口一挡，岂知郭靖这一掌之力却是在出掌之处的四周，掌心虽对准他的胸口，他胸口竟是毫不受力，尼摩星一挡挡了个空，情知不妙，面门与小腹上已感到掌力，总算他身子矮小，行动敏捷，急忙往地下一扑，随即几个小筋斗，就似个大皮球般滚了开去。

郭靖见有隙可乘，叫道："过儿，咱们去罢！"向空旷处跃出数步。金轮法王见他脱出包围，飞窜赶来。郭靖身后与蒙古兵将相距已不过数丈，十余枝长矛指向他背心。郭靖双臂一振，架开长矛，反手抓住两名军士向法王投去，叫道："接住了！"法王如伸手接住，这么一延缓，势必给郭靖走得更远，当即侧过左肩一撞，两名军士飞出丈余，金轮猛往郭靖背上砸去。

郭靖情知只要还得一招，立时给他缠住，数招一过，尼摩星与潇湘子又跟着攻上，那时想脱身又得大费周章，当即夺过两枝长矛向后戳出。他脚下竟没片刻停留，背上又如长了眼睛一般，一矛刺向法王右肩，一矛刺向他胸口，准头劲力，绝无分毫减色。法王暗暗喝采，金轮横砸，喀喀两声，双矛齐断，看郭靖时，却已钻入了蒙古军阵中。

蒙古军奉忽必烈将令，在帐外排得密密层层，务要生擒郭靖，此时给他抢入阵来，众兵将擒他不得，伤他不能，只听得刀枪撞击，叱喝叫嚷，反而阻住了法王等三人的追击。

郭靖藏身军马之中，犹如入了密林，反比旷地上更易脱身。他几个起伏，奔到一个百夫长马前，伸手将他拉下马来，随即跃上马背，在众军中东冲西突，陡然间绕出阵后，放马急奔，口中长哨。那汗血宝马站在远处，听得主人招呼，如风驰至。

杨过远立观望，突见汗血宝马疾驰而前，奔向郭靖，暗叫："不妙！"心想郭靖只要一乘上宝马，忽必烈便是尽集天下精兵也追他不上了。情急之下，猛地大叫："啊哟，痛死我也！"摇摇晃晃的似欲摔跌，随即低声向马光佐道："别说话，快走开！越远越好。"他那一声大叫运了丹田之气，虽在众军杂乱之中，郭靖必能听见，料得他听见后定然来救，马光佐倘若在旁，说不定给他一掌送了性命。马光佐很肯听杨过的话，虽不明白他用意，还是撒开长腿，向王帐狂奔。

郭靖听得杨过的叫声，果然大是忧急，不等红马奔到，立刻回过马头，又冲入阵，向杨过站立之处驰来。法王念头一转，已明杨过用意，让郭靖在身边掠过，不加阻拦，却回身挡住了他的退路。

郭靖驰到杨过身前，急叫："过儿，怎么啦！"杨过假意摇晃身子，说道："那大汉不是我敌手，但不知怎的，我一运真力，一股气走逆了，丹田中痛如刀绞。"这番谎话全无破绽，马光佐武功平常，只出手砸了一棍，郭靖已然看出，杨过如说给马光佐打伤，不免令他生疑，但说运力出了岔子，外表上却决计瞧不出。何况前一晚郭靖误认杨过练功走火，此时激斗之下旧伤复发，事极平常。郭靖眼见他左手按住小腹，额上全是大汗，伤势甚是不轻，忙道："你伏在我背上，我负你出去。"杨过假意道："郭伯伯你快走！小侄性命无足重轻，你却是襄阳的干城。合郡军民，尽皆寄望于你。"郭靖道："你为我而来，岂能撇下你不顾？快快伏上。"

杨过犹自迟疑，郭靖双腿蹲下，将他拉着伏在自己背上。就在此时，抢来的那匹马接连中箭，长声哀鸣，倒毙于地。郭靖一生经历过无数凶险，情势越危急，越是鼓足勇气，沉着应付，说道："过儿，别怕，咱们定须冲杀出去。"长身站起，径往北冲。

此时法王、尼摩星、潇湘子又已攻到身前，郭靖眼瞧四周军马云集，比适才围得更加紧了。王帐前大纛之下，忽必烈手持酒碗，与一个和尚站着指指点点的观战，显见胜算在握，神情极是得意。

郭靖大喝一声，负着杨过向忽必烈扑去，只三四个起伏，已窜到他身前。左右卫护亲兵大惊，十余人挺着长刀长矛上前阻拦。郭靖掌风虎虎，当者披靡，一名亲兵被他掌力扫得向外跌开，只须再抢前数步，掌力便可及忽必烈之身。众亲兵舍命来挡，又怎敌得住郭靖的神勇？法王眼见危急，金轮飞出，往郭靖头顶撞去。郭靖低头让过，脚下丝毫不停。

杨过心想："倘若他拿住了忽必烈，蒙古人投鼠忌器，势必放他脱身。我再不下手，更待何时？"稍一迟疑，终于又问一句："郭伯伯，我爹爹当真罪大恶极，你非杀他不可么？"郭靖一怔，此时哪里还有余暇细想，顺口答道："他认贼作父，叛国害民，人人得而诛之。"杨过道："好！"更无半点迟疑，提起君子剑，对准他后颈便插了下去。

突然眼前白影闪动，一棒挥来，将他长剑挡开。杨过顺手黏引，卸开对方棒力，看清楚这棒是潇湘子所发，心下诧异："我剑刺郭靖，何以你反而阻挡？"但随即省悟："啊，是了，郭靖若是死在我剑下，那蒙古第一勇士之号便归于我。嘿嘿，你这僵尸哪知我是为报父仇，这区区世间虚名，岂放在心上？"他疾出数剑，将潇湘子的哭丧棒逼开，回剑又向郭靖背心刺落。潇湘子仍是挥棒挡开。

此时郭靖正以掌力与法王的金轮、尼摩星的铁蛇周旋，哪知杨过在自己背后捣鬼，只道他正奋力与潇湘子相斗，说道："小心他棒中放毒。"法王与尼摩星在郭靖对面，却瞧得明白，眼见杨过已可得手，却两次被潇湘子挡开，齐声喝道："潇湘子，你干什么？"

潇湘子阴恻恻的一笑，猛地挥棒击向郭靖，郭靖侧身避过。杨过第三次欲再下毒手，潇湘子又伸棒架开他的长剑。郭靖挂念杨过身上有伤，怕他挡不住哭丧棒，回过左掌往潇湘子胸口疾拍。潇湘子忙退开数步。

此时杨过无人拦阻，挥剑又向郭靖颈中刺落。哪知潇湘子生怕杨过得手，一退即进，哭丧棒疾点杨过后心要穴，要他不得不先救自身。郭靖右掌正与法王各以上乘内力相比拼，发觉自己与杨过却同时遇险，他不救自己，先护杨过，左掌"神龙摆尾"，砰的一声，击中杆棒，只震得潇湘子全身发烧，一张白森森的脸登时通红。

但便在此时，尼摩星着地滚进，铁蛇挺上，蛇头已触到郭靖左胁。郭靖全身内劲有七成正在对付金轮法王，三成震开潇湘子的杆棒，全无余力抵御铁蛇，危急中左胁陡然向后缩了半尺，总算避过了敌招最厉害的锋芒，但铁蛇蛇头还是刺入他胁中数寸。

郭靖一运气，肌肉回弹，铁蛇进势受阻，难再深入，跟着飞起左腿，将尼摩星踢了个筋斗。尼摩星眼见铁蛇刺中要害，这一招定然送了郭靖性命，“蒙古第一勇士”的荣号已经稳稳到手，大喜之下，万料不到敌人竟有败中求胜的厉害功夫，这一腿正中胸口，喀喇一响，三根肋骨齐断。

这一边潇湘子和尼摩星同时挫败，法王却乘虚而入，掌力疾催。郭靖左胁气门已破，再也抵挡不住，只觉一股大力排山倒海般压至，再行硬拼，非命丧当场不可，只得卸去掌力，以本身二十余年上乘内功强接了这一招，身子连晃，哇的一声，喷出一口鲜血。他命虽垂危，还是顾念杨过，叫道：“过儿，快去抢马，我给你挡住敌人。”

杨过眼见他拼命救护自己，胸口热血上涌，哪里还念旧恶？心想郭伯伯义薄云天，我若不以一命报他一命，真是枉在人世了。当即从他背上跃下，将君子剑舞成一团剑花，护住了郭靖，势如疯虎，招招都是拼命。法王与潇湘子一呆，叫道：“杨过，你干什么？”杨过不答，刷的一剑向法王刺去，剑尖颤动，又向潇湘子回刺。两人见他双目通红，神情大异，不由得退开两步，都料他要抢那“蒙古第一勇士”的名号，要独占击杀郭靖之功。

郭靖道：“过儿快别理我，自己逃命要紧。”杨过只道：“郭伯伯，是我害了你，今日我和你死在一起。”剑光霍霍，只是护着郭靖，竟不顾及自己安危。

法王与潇湘子提起兵刃，一齐攻向郭靖身前。但杨过剑招灵动，竟逼得二人近不了身。蒙古数千军马四下里围住，呼声震动天地，眼望着三人激斗。

郭靖连声催杨过快逃，却见他一味维护自己，又是焦心，又是感激，触动内伤，再也支持不住，双膝一软，坐倒在地。

尼摩星断了三根肋骨，仍是强忍疼痛，提着铁蛇慢慢走近，想来刺杀郭靖。杨过狂刺数剑，俯身将郭靖负在背上，向外猛冲。他武功本就不及法王，这时负着郭靖，怎能支持？又斗数合，嗤的一声，左臂被金轮划破了一道长长的口子。

背后呜呜声响，金轮急飞而至，声音甚低，竟是来削马足。杨过只得回剑去挡，明知自己气力耗尽，绝难挡架得住，眼见轮子距马足已不过两尺，呜呜之声，响得惊心动魄。

第二十二回

危城女婴

郭靖与杨过眼见无幸，蒙古军马忽地纷纷散开，一个年老跛子左手撑着铁拐，右手舞动铁锤，冲杀进来，叫道："杨公子快向外闯，我给你断后。"杨过百忙中一瞥，认得是桃花岛弟子铁匠冯默风，甚觉诧异，激斗之际，也无暇去细想这人如何会突然到来。

原来冯默风被蒙古人征入军中，打造修整兵器，已暗中刺杀了蒙古兵的一名千夫长、一名百夫长。他下手隐秘，未被发觉。这日听得呐喊声响，在高处望见郭靖、杨过被围，当下杀入解救。他那大铁锤舞得风声呼呼，当者立毙，登时给他杀出一条血路。

杨过心中一喜，挥剑抢出，但法王金轮转动，将他剑招和冯默风的铁锤同时接过，只有当潇湘子哭丧棒向郭靖背上递去之时，法王才放松杨过，让他回剑相救。但若他的轮子砸向郭靖，潇湘子也必运杆棒架开。若非他二人争功，杨过虽然舍命死战，郭靖亦早已丧命。忽必烈当日许下"蒙古第一勇士"的荣号，本盼人人奋勇，岂知各人互相牵制，反生大弊，这也是他始料所不及的了。

但郭靖的性命虽保于一时，蒙古军却已在四周布得犹如铜墙铁壁一般。法王与潇湘子着着争先。尼摩星咬牙忍痛，也是寻瑕抵隙，东一下西一下的使着阴毒招数。

这时郭靖与杨过在万军之中已斗了大半个时辰，日光微偏，法王舞动金轮，招数突变，当的一下，与杨过长剑相交。君子剑乃削铁如泥的利刃，金轮登时被削出了一道缺口。法王乘势向前一送，轮子随伴着一股极强的劲风压将过来。杨过只怕伤到郭靖，不敢侧身闪避，回剑相挡，金轮微斜，嗤的一声轻响，右手下臂又被轮口划伤，伤口虽然不深，但划破了血脉，鲜血迸流，数招之间，只觉腿臂渐渐发软，力气愈来愈弱，敌人攻势正急，哪能缓出手来裹伤止血？

冯默风铁锤急挥，奋力抢上救援，但法王左手一掌接着一掌拍到，令他只有招架之功，若非竭尽全力，连自保也已难能。潇湘子眼见有便宜可捡，挥棒将尼摩星铁蛇震开，猛地跃起，杆棒向郭靖当头点下，便要施放毒砂。

杨过大惊，危急中左手长出，抓住了杆棒棒头，右手中长剑顺势刺出。此时他全身门户大开，法王只要轻轻一轮，立时便可送了他性命，但法王有意要借他之手逐开潇湘子，挥掌逼开冯默风，伸左手便向郭靖背上抓去，要将他生擒活捉，立下奇功。潇湘子没料想杨过竟会拼命胡来，身未落地，杆棒已被抓住，半空中使不出力气，眼前白光闪动，剑尖已刺到了胸口，这一来形格势禁，只得撒手放棒，身子向后一仰，保住了性命。

冯默风锤拐齐施，往法王背心急砸。法王回轮挡开，当当两响，震得冯默风双手虎口齐裂，左掌往郭靖背心抓去。冯默风虎吼一声，抛去锤拐，双手自法王背后伸前，牢牢抱住了他身子，两人翻倒在地。法王大怒，挥掌击在他肩头，只震得他五脏六腑犹如倒翻一般。冯默风在军中眼见蒙古军残忍暴虐、驱民攻打襄阳，又眼见郭靖奋力死战，击退敌军，他与郭靖素不相识，更不知他是师门快婿，但知此人一死，只怕襄阳难保，是以立定了主意，宁教自己身受千刀之苦，亦要救郭靖出险。法王出掌快捷无伦，啪啪啪几下，登时打得冯默风筋折骨断，内脏重伤，然他双手始终不放，十指深深陷入法王胸口肌肉。

蒙古众兵将本来围着观斗，只道法王等定能成功，是以均不插手，突见法王倒地，潇湘子退开，当下一拥而上。

当此情势，纵然郭靖身上无伤，他与杨过二人武功再强，焉能敌得住同时拥到的千百兵将？杨过暗叹："罢了，罢了！"挥动潇湘子的杆棒乱打，突然间波的一声轻响，棒端喷出一股黑烟，身前十余名蒙古兵将给毒烟一薰，登时摔倒。原来他拿着哭丧棒乱挥乱打，无意中触动机括，喷出棒中所藏的蟾蜍毒砂。

杨过微微一怔，立时省悟，负着郭靖大踏步往前，只见蒙古兵将如潮水般涌至，他一按机括，黑烟喷出，又是十余名军卒中毒倒地。蒙古兵将虽然善战，但人人奉神信鬼，眼见他杆棒一挥，黑烟喷出，即有十余人倒地而死，齐声发喊："他棒上有妖法，快快躲避！"忽必烈的近卫亲兵勇悍绝伦，念着王爷军令如山，虽然眼见危险，还是扑上擒拿。杨过杆棒一点，黑烟喷出，又毒倒了十余人。

他撮唇作哨，黄马迈开长腿，飞驰而至。杨过奋力将郭靖拥上马背，只感手足酸软，再也无力上马，只得伸手在马臀上轻轻一拍，叫道："马儿，马儿，快快走罢！"黄马甚有灵性，见主人无力上马，竟是仰头长嘶，不肯发足。杨过眼见蒙古军又从四下里渐渐逼至，心想杆棒上毒砂虽然厉害，总有放尽之时，提起剑来要往马臀上一刺催其急走，总是不忍，大叫："马儿快走！"伸杆棒往马臀戳去。他战得脱力，杆棒伸出去准头偏了，这一下竟戳在郭靖腿上。郭靖本已昏昏沉沉，突然被杆棒一戳，睁开眼来，当即俯身拉住杨过胸口，将他提上马背。黄马长声欢嘶，纵蹄疾驰。

但听得号角急鸣，此起彼落，郭靖纵声低啸，汗血宝马跟着奔来，大队蒙古军马却也急冲追至。红马奔在黄马之旁，不住往郭靖身上挨擦。杨过知道黄马虽是骏物，毕竟不如红马远甚，当下猛吸一口气，抱住郭靖，一齐跃上红马。就在此时，只听得背后呜呜声响，金轮急飞而至。杨过心中一痛："冯铁匠死在法王手下了。"心念甫动，金轮越响越近，杨过低伏马背，只盼金轮从背上掠过，但听声音甚低，竟是来削红马马足。

原来法王将冯默风打死，站起身来，见郭靖与杨过已纵身上马，追之不及，当即掷出金轮，准头却定得甚低。他算到若以金轮打死杨过，红马仍会负了郭靖逃走，只有削断马足，方能建功。

杨过听得金轮渐渐追近，只得回剑去挡，明知自己气力耗尽，这一剑绝难挡架得住，但实迫处此，也只得尽力而为，眼见轮子距马足已不过两尺，呜呜之声，响得惊心动魄，他垂剑护住马腿，岂知红马一发了性，越奔越快，过得瞬息，金轮与马足相距仍有两尺，并未飞近。杨过大喜，知道金轮来势只有渐渐减弱，果然一刹那间，轮子距马足已有三尺，接着四尺、五尺，越离越远，终于当的一声，掉在地下。

杨过正自大喜，猛听得身后一声哀嘶，只见黄马肚腹中箭，跪倒在地，双眼望着主人，不尽恋恋之意。杨过心中一酸，不禁掉下泪来。

红马追风逐电、迅如流星，片刻间已将追兵远远抛在后面。杨过抱住郭靖，问道："郭伯伯，你怎样？"郭靖"嗯"了一声。杨过探他鼻息，只觉得呼吸粗重，知道一时无碍，心头一宽，再也支持不住，便昏昏沉沉的伏在马背上，任由红马奔驰。突见前面又有无数军马来擒郭靖，当即挥动长剑，大叫："莫伤了我郭伯伯！"左右乱刺乱削，眼前一团模糊，只见东一张脸，西一个人，舞了一阵剑，终于撞下马来。他还在大叫："杀了我，杀了我，是我不好，别伤了郭伯伯。"蓦地里天旋地转，人事不省。

也不知过了多少时候，这才悠悠醒转，他大叫："郭伯伯，郭伯伯，你怎样？别伤了郭伯伯！"身旁一人柔声道："过儿，你放心，郭伯伯将养一会儿便好。”杨过回过头来，见是黄蓉，脸上满是感激神色。她身后一人泪光莹莹，爱怜横溢的凝视着他，却是小龙女。杨过惊叫：“姑姑，你怎么来了？你也给蒙古人擒住了？快逃，快逃，别理我。”

小龙女低声道：“过儿，你回来啦，别怕。咱们都是平平安安的在襄阳。”杨过叹了口长气，但觉四肢百骸软洋洋的一无所依，当即又闭上了眼。

黄蓉道：“他已醒转，不碍事了，你在这儿陪着他。”小龙女答应了，双眼始终望着杨过。黄蓉站起身来，正要走出房门，突听屋顶上喀的一声轻响，脸色微变，左掌一挥，灭了烛火。

杨过眼前蓦地一黑，一惊坐起。他受的只是外伤，只因流血多了，兼之恶战脱力，是以晕去，但此刻已将养了半日，黄蓉给他服了桃花岛秘制的疗伤灵药九花玉露丸，他年轻体健，已是好了大半，惊觉屋顶有警，立时振奋，便要起身御敌。小龙女挡在他的身前，抽出悬在床头的君子剑，低声道：“过儿别动，我在这儿守着。”

只听得屋顶上有人哈哈一笑，朗声道：“小可前来下书，岂难道南朝礼节是暗中接见宾客么？倘若有何见不得人之事，小可少待再来如何？”听口音却是法王的弟子霍都王子。黄蓉道：“南朝礼节，因人而施，于光天化日之时，接待光明正大之贵客；于烛灭星沉之夜，会晤鬼鬼祟祟之恶客。”霍都登时语塞，轻轻跃下庭中，说道：“书信一通，送呈郭靖郭大侠。”黄蓉打开房门，说道：“请进来罢。”

霍都见房内黑沉沉地，不敢举步便进，站在房门外道：“书信在此，便请取去。”黄蓉道：“自称宾客，何不进屋？”霍都冷笑道：“君子不处危地，须防暗箭伤人。”黄蓉道：“世间岂有君子而以小人之心度人？”霍都脸上一热，心想这黄帮主口齿好生厉害，与她舌战定难得占上风，不如藏拙，当下一言不发，双目凝视房门，双手递出书信。

黄蓉挥出竹棒，倏地点向他的面门。霍都吓了一跳，忙向后跃开数尺，但觉手中已空，那通书信不知去向。原来黄蓉将棒端在信上一搭，乘他后跃之时，已使黏劲将信黏了过来。她分娩在即，肚腹隆起，不愿再见外客，是以始终不与敌人朝相。霍都一惊之下，大为气馁，入城的一番锐气登时消折了八九分，大声道："信已送到，明晚再见罢！"

黄蓉心想："这襄阳城由得你直进直出，岂非轻视我城中无人？"顺手拿起桌上茶壶，向外一抖，一壶新泡的热茶自壶嘴中如一条线般射了出去。

霍都早自全神戒备，只怕房中发出暗器，但这茶水射出去时无声无息，不似一般暗器先有风声，待得警觉，颈中、胸口、右手都已溅到茶水，只觉热辣辣的烫人，一惊之下，"啊哟"一声叫了出来，急忙向旁闪避。黄蓉站在门边，乘他立足未定，竹棒伸出，施展打狗棒法的"绊"字诀，腾的一下，将他绊了一交。霍都纵身上跃，但那"绊"字棒法乃是一棒快似一棒，第一棒若能避过，立时躲开，方能设法挡架第二棒，现下一棒即被绊倒，爬起身来想要挡过第二棒，真是谈何容易？但觉得脚下犹如陷入了泥沼，又似缠在无数藤枝之中，一交摔倒，爬起来又是一交摔倒。

霍都的武功原本不弱，若与黄蓉正式动手，虽然终须输她一筹，但亦不致一上手便给摔得如此狼狈，只因身上陡然被泼热茶，只道是中了极厉害的剧毒药水，料想此番性命难保，稍停毒水发作起来，不知肌肤将烂得如何惨法，正当惊魂不定之际，黄蓉突然袭击，第一棒既已受挫，第二棒更无还手余地，黑暗中只摔得鼻青目肿。

这时武氏兄弟已闻声赶至。黄蓉喝道："将这小贼擒下了！"

霍都情急智生，知道只要纵身站起，定是接着又被绊倒，当下"哎哟"一声大叫，假装摔得甚重，躺在地下，不再爬起。武氏兄弟双双扑下，去按他身子。霍都的铁骨折扇忽地伸出，哒哒两下，已点了两人腿上穴道，将二人身子同时推出，挡住黄蓉竹棒，飞身跃起，已自上了墙头，双手一拱，叫道："黄帮主，好厉害的棒法，好脓包的徒弟!"

黄蓉笑道："你身上既中毒水，旁人岂能再伸手触你了?"霍都一听，只吓得心胆俱裂："这毒水烫人肌肤，又带着一股茶叶之气，不知是何等厉害古怪的药物?"黄蓉猜度他的心意，说道："你中了剧毒，可是连毒水的名儿也不知道，死得不明不白，谅来难以瞑目。好罢，说给你听那也不妨，这毒水叫作子午见骨茶。"

霍都喃喃的道："子午见骨茶?"黄蓉道："不错，只要肌肤上中了一滴，全身溃烂见骨，子不过午，午不过子，你还有六个时辰可活，快快回去罢。"

霍都素知丐帮黄帮主武功既强，智谋计策更是人所难测，她父亲黄药师所学渊博之极，名字都叫作"药师"，自是精于药理，以她聪明才智与家传之学，调制这子午见骨药茶自是易如反掌，一时呆在墙头，不知该当回去挨命，还是低头求她赐予解药。

黄蓉知道霍都实非蠢人，毒水之说，只能愚他一时，时刻长了，必被瞧出破绽，说道："我与你本来无冤无仇，你若非言语无礼，也不致枉自送了性命。"霍都从这几句话中听出一线生机，当下再也顾不得什么身份骨气，跃下墙头，一躬到地，说道："小人无礼，求黄帮主恕罪。"黄蓉隐身门后，手指轻弹，弹出一颗九花玉露丸，说道："急速服下罢。"霍都伸手接过，这是救命的仙丹，哪敢怠慢，急忙送入口中，只觉一股清香直透入丹田，全身说不出的舒服受用，当下又是一躬，说道："谢黄帮主赐药!"这时他气焰全消，缓缓倒退，直至墙边，这才翻墙而出，急速出城去了。

黄蓉见他远离，微微叹息，解开武氏兄弟的穴道，想起霍都那两句话："好厉害的棒法，好脓包的徒弟。"虽然以计挫敌，心中殊无得意之情，她以打狗棒法绊跌霍都，使的固是巧劲，但也已牵得腹中隐隐作痛，当下坐在椅上，调息半晌。

小龙女点亮烛火。黄蓉打开来信，只见信上写道：

“蒙古第一护国法师金轮法王致候郭大侠足下：适才枉顾，得仰风采，实慰平生。原期秉烛夜谈，岂料青眼难屈，何老衲之不足承教若斯，竟来去之匆匆也？古人言有白头如新，倾盖如故，悠悠我心，思君良深。明日回拜，祈勿拒人于千里之外也。”

黄蓉吃了一惊，将信交给杨过与小龙女看了，说道：“襄阳城墙虽坚，却挡不住武林高手，你郭伯伯身受重伤，我又使不出力气，眼见敌人大举来袭，这便如何是好？”

杨过道：“郭伯伯……”小龙女向他横了一眼，目光中大有责备之意。杨过知她怪自己不顾性命相救郭靖，登时住口不言。黄蓉心中起疑，又问：“龙姑娘，过儿身子亦未全愈，咱们只能依靠你与朱子柳大哥拒敌了。”

小龙女自来不会作伪，想到什么，便说什么，淡淡的道：“我只护着过儿一人，旁人死活可不和我相干。”

黄蓉更感奇怪，不便多说什么，向杨过道：“郭伯伯言道，此番全仗你出力。”杨过想起自己几次三番要害郭靖，心中惭愧，道：“小侄无能，致累郭伯伯重伤。”黄蓉道：“你好好休息罢，敌人来攻之时，咱们若是不能力敌，即用智取。”转头向小龙女说道：“龙姑娘，你来，我跟你说句话。”

小龙女踌躇道：“他……”自杨过回进襄阳之后，小龙女守在他床前一直寸步不离，听黄蓉叫她出去，生怕杨过又受损伤。黄蓉道：“敌人既说明日来攻，今晚定然无事。我跟你说的话，与过儿有关。”小龙女点点头，低声嘱咐杨过小心提防，才跟黄蓉出房。

黄蓉带她到自己卧室，掩上了门，说道：“龙姑娘，你想杀我夫妇，是不是?”

小龙女虽然生性真纯，却绝非傻子，她立意要杀郭靖夫妇以救杨过性命，黄蓉若用言语盘套，她焉能吐露实情，但黄蓉摸准了她的性格，竟尔单刀直入的问了出来。小龙女一怔，支支吾吾的道：“我……我……你们待我这样好，我干么……干么要杀你们?”黄蓉见她脸生红晕，更料得准了，说道：“你不用瞒我，我早知道啦。过儿说我夫妇害死了他爹爹，要杀我夫妇二人报仇。你心爱过儿，便要助他完成这番心愿。”

小龙女给她说中，无法谎言欺骗，又道杨过已露了口风，半晌不语，叹了口气道：“我便是不懂。”黄蓉道：“不懂什么?”小龙女道：“过儿今日却又何以舍命救助郭大爷回来?他和金轮法王他们约好，是要一齐下手杀死郭大爷的。”

黄蓉一听之下，这一惊真是非同小可，她虽猜到杨过心存歹念，却绝未料到他竟致与蒙古人勾结，当下不动声色，装作早已明白一切，道：“想是他见郭大爷对他推心置腹，义气深重，到得临头，却又不忍下手。”

小龙女点点头，凄然道：“事到如今，也没什么可说的。他既然宁可不要自己性命，也只由得他罢啦。我早知道他是世上最好的好人，甘愿自己死了，也不肯伤害仇人。”

黄蓉于倏忽之间，脑中转了几个念头，却推详不出她这几句话是何用意，但见她神色之间甚是凄苦，顺口慰道：“过儿的杀父之仇，中间另有曲折，咱们日后慢慢跟他说明。他受伤不重，将养几日，也便好了，你不用难过。”

小龙女向她怔怔的望了一会儿，突然两串眼泪如珍珠断线般滚下来，哽咽道：“他……他只有七日之命了，还……还说什么将养几日?”黄蓉一惊，忙问：“什么七日之命?你快说，咱们定有救他之法。”

小龙女缓缓摇头，但终于将绝情谷中之事说了出来，杨过怎样中了情花之毒，裘千尺怎地给他只服半枚绝情丹，怎地限他在十八日中杀了他夫妇二人回报才给他服另半枚，又说那情花剧毒发作时如何痛楚，世间又如何只有那半枚绝情丹才能救得杨过性命。

黄蓉越听越是惊奇，万想不到裘千丈、裘千仞兄弟竟还有一个妹子裘千尺，以致酿成了这等祸端。

小龙女述毕原委，说道："他尚有七日之命，便是今晚杀了你夫妇，也未必能赶回绝情谷了，我更要害你夫妇作甚？我只是要救过儿，至于他父仇什么的，全不放在心上。"

黄蓉初时只道杨过心藏祸胎，纯是为报父仇，岂知中间尚有这许多曲折，如此说来，他力护郭靖，实如自戕，这般舍己为人的仁侠之心当真万分难得。她缓缓站起，在室中彷徨来去，饶是她智计绝伦，处此困境，苦无善策，想到再过几个时辰，敌方高手便大举来袭，自己虽安慰杨过说："不能力敌，便当智取。"可是如何智取？如何智取？

小龙女全心全意只是深爱杨过。黄蓉的心儿却分作了两半，一半给了丈夫，一半给了女儿，只想："如何能教靖哥哥与芙儿平安。"陡地转念："过儿能舍身为人，我岂便不能？"当下转身慨然说道："龙姑娘，我有一策能救得过儿性命，你可肯依从么？"小龙女大喜之下，全身发颤，道："我……我……便是要我死……唉，死又算得什么？便是比死再难十倍……我……我都……"黄蓉道："好，此事只有你知我知，可千万不能泄漏，连过儿也不能说给他知道，否则便不灵了。"小龙女连声答应。黄蓉道："明日你和过儿联手保护郭大爷，待危机一过，我便将我首级给你，让过儿骑了汗血宝马，赶去换那绝情丹便是。"

小龙女一怔，问道："你说什么？"黄蓉柔声道："你爱过儿，胜于自己的性命，是不是？只要他平安无恙，你自己便死了也是快乐的，是不是？”小龙女点头道：“是啊，你怎知道？”黄蓉淡淡一笑，道：“只因我爱自己丈夫也是如你这般。你没孩儿，不知做母亲的心爱子女，不逊于夫妻情义。我只求你保护我丈夫女儿平安，别的我还希罕什么？”

小龙女沉吟不答。黄蓉又道：“若非你与过儿联手，便不能打退金轮法王。过儿曾数次舍命救我夫妇，我便一次也救他不得？那汗血宝马日行千里，不到三日，便能赶到绝情谷。我跟你说，那裘千丈与过儿的父亲全是我一人所伤，跟郭大爷绝无干系。裘千尺见了我的首级，纵然心犹未足，也不能不将解药给了过儿。此后你二人如能为国出力，为民御敌，那自然最好，否则便在深山幽谷中避世隐居，我也是一般感激。”

这番话说得明明白白，除此之外，确无第二条路可走。小龙女近日来一直在想如何杀了郭靖、黄蓉，好救杨过的性命，但此时听黄蓉亲口说出这番话来，心中又觉万分过意不去，只是不住摇头，道：“那不成，那不成！”

黄蓉还待解释，忽听郭芙在门外叫道：“妈，妈，你在哪儿？”语声甚是惶急。黄蓉吃了一惊，问道：“芙儿，什么事？”郭芙推门而进，也不理小龙女便在旁边，当即扑在母亲怀里，叫道：“妈，大武哥哥和小武哥哥……”哇的一声哭了出来。黄蓉皱眉道：“又怎么啦？”郭芙哽咽道：“他……他哥儿俩，到城外打架去啦。”

黄蓉大怒，厉声道：“打什么架？他兄弟俩自己打自己么？”郭芙极少见母亲如此发怒，不禁甚是害怕，颤声道：“是啊，我叫他们别打，可是他们什么也不听，说……说要拼个你死我活。他们……他们说只回来一个，输了的便是不死，也不回来见……见我。”

黄蓉越听越怒，心想大敌当前，满城军民性命只在呼吸之间，这兄弟俩还为了争一个姑娘竟尔自相残杀。她怒气冲动胎息，登时痛得额头见汗，低沉着声音道：“定是你在中间捣乱，你跟我详详细细的说，不许隐瞒半点。”郭芙向小龙女瞧了一眼，脸上微微晕红，叫了声：“妈！”

小龙女记挂杨过，无心听她述说二武相争之事，转身而出，又去陪伴杨过，一路心中默默琢磨黄蓉适才的言语。

郭芙等小龙女出房，说道：“妈，他们到蒙古营中行刺忽必烈，失手被擒，累得爹爹身受重伤，全是女儿不好。这回事女儿再不跟你说，爹妈不是白疼我了么？”于是将武氏兄弟如何同时向她讨好、她如何教他们去立功杀敌以定取舍等情说了。黄蓉满腔气恼，却又发作不出来，只是向她恨恨的白了一眼。

郭芙道：“妈，你教我怎么办呢？他哥儿俩各有各的好处，我怎能说多喜欢谁一些儿？我教他们杀敌立功，那不正合了爹爹和你的心意么？谁教他们这般没用，一过去便让人家拿住了？”黄蓉啐道：“二武的武功不强，你又不是不知道。”郭芙道：“那杨过呢？他又大不了他们几岁，怎地又斗法王又闯敌营，从来也不让人家拿住？”

黄蓉知道女儿从小给自己娇纵惯了，她便是明知错了，也要强辞夺理的辩解，于是也不追问过去之事，说道：“放回来也就是了，干么又到城外去打架？”郭芙道：“妈，是你不好，只因为你说他们是好脓包的徒弟。”

黄蓉一怔，道：“我几时说过了？”郭芙道：“我听大武哥哥和小武哥哥说，适才霍都来下战书，你叫他们擒他，反给点了穴道，你便怪他们脓包。”黄蓉叹了口气，道：“艺不如人，那有什么法子？‘好脓包的徒弟’这句话，是霍都说的。”郭芙道：“那便是了，你不跟霍都争辩，就是默认。他二兄弟愤愤不平，说啊说的，二人争执起来，一个埋怨哥哥擒拿霍都时出手太慢，另一个说兄弟挡在身前，碍手碍脚。二人越吵越凶，终于拔剑动手。我说：‘你们在襄阳城里打架，给人瞧见了，却成什么样子？再说爹爹身上负伤，你们气恼了他，我永世也不会再向你哥儿俩瞧上一眼。’他们就说：‘好，咱们到城外打去。’”

黄蓉沉吟片刻，恨恨的道：“眼前千头万绪，这些事我也理不了。他们爱闹，由得他们闹去罢。”郭芙搂着她脖子道：“妈，若是二人中间有了损伤，那怎生是好？”黄蓉怒道：“他们若是杀敌受伤，才要咱们牵挂。他们同胞手足，自己打自己，死了才是活该。”郭芙见母亲神色严厉，与平时纵容自己的情状大异，不敢多说，掩面奔出。

这时天将黎明，窗上已现白色。黄蓉独处室中，虽然恼怒武氏兄弟，但从小养育他们长大，总是悬念，想起来日大难，不禁掉下泪来，又记着郭靖的伤势，于是到他房中探望。

只见郭靖盘膝坐在床上静静运功，脸色虽然苍白，气息却甚调匀，知道只要休养数日，便能全愈，当此情景，不禁想起少年时两人同在临安府牛家村密室疗伤的往事。

郭靖缓缓睁开眼来，见妻子脸有泪痕，嘴角边却带着微笑，说道：“蓉儿，你知道我的伤势不碍事，又何必担心？倒是你须得好好休息要紧。”黄蓉笑道：“是了。这几天腹中动得厉害，你的郭破虏还是郭襄，就要见爹爹啦。”她怕郭靖担心，于霍都下战书与武氏兄弟出城之事自是绝口不提。郭靖道：“你叫二武加紧巡视守城，敌人知我受伤，只怕乘机前来袭击。”黄蓉点头答应。郭靖又道：“过儿的伤势怎样啦？”

黄蓉还未回答，只听得房外脚步声响，杨过的声音接口道：“郭伯伯，我只是外伤，服了郭伯母的九花玉露丸，全不当他一回事。”说着推门进来，说道：“我已到城头上去瞧了一周，众弟兄都是斗志高扬，只是武家兄弟……”黄蓉一声咳嗽，向他使个眼色，杨过当即会意，说道：“武家兄弟说，你为他们身受重伤，敌人若是来袭，必当死战，方能报答你老人家的恩德。”郭靖叹道：“经此一役，他兄弟俩也该长了一智，别把天下事瞧得太过容易了。”杨过道：“郭伯母，姑姑没跟你在一起么？”黄蓉道：“我跟她说了一会子话，想是她回去睡啦。自你受伤之后，她还没合过眼呢。”

杨过“嗯”了一声，心想她与黄蓉说话之后，必来告知，只是她回来时，恰好自己到城头巡视去了。原来他初进襄阳，一心一意要刺杀郭靖夫妇，但一经共处数日，见他二人赤心为国，事事奋不顾身，已是大为感动，待在蒙古营中一战，郭靖舍命救护自己，这才死心塌地的将杀他之心尽数抛却，反过来决意竭力以报。他自知再过七日，情花之毒便发，索性一切置之度外，在这七日之中做一两件好事，也不枉了一世为人。他也料到郭靖既受重伤，敌军必乘虚来攻，是以力气稍复，即到城头察看防务。

这时牵记着小龙女，正要去寻她，忽听十余丈外屋顶上一人纵声长笑，跟着铮铮两声大响，金铁交鸣，正是金轮法王到了。

郭靖脸色微变，顺手一拉黄蓉，想将她藏于自己身后。黄蓉低声道：“靖哥哥，襄阳城要紧，还是你我的情爱要紧？是你身子要紧，还是我的身子要紧？”

郭靖放开了黄蓉的手，说道：“对，国事为重！”黄蓉取出竹棒，拦在门口，心想自己适才与小龙女所说的那番话，她尚未转告杨过，不知他要出手御敌，还是要乘人之危，既报私仇、又取解药？此人心性浮动，善恶难知，如真反戈相向，那便大事去矣，是以虽然横棒守在门口，眼光却望着杨过。

郭靖夫妇适才短短对答的两句话，听在杨过耳中，却宛如轰天霹雳般惊心动魄。他决意相助郭靖，也只是为他大仁大义所感，还是一死以报知己的想头，此时突听到“国事为重”四字，又记起郭靖日前在襄阳城外所说“为国为民，侠之大者”、“鞠躬尽瘁，死而后已”那几句话，心胸间陡然开朗，眼见他夫妻俩相互情义深重，然而临到危难之际，处处以国为先，自己却念念不忘父仇私怨、念念不忘与小龙女两人的情爱，几时有一分想到国家大事？有一分想到天下百姓的疾苦？相形之下，真是卑鄙极了。

霎时之间，幼时黄蓉在桃花岛上教他读书，那些“杀身成仁、舍生取义”的语句，在脑海间变得清晰异常，不由得又是汗颜无地，又是志气高昂。眼见强敌来袭，生死存亡系乎一线，许多平时从来没想到、从来不理会的念头，这时突然间领悟得透彻无比。他心志一高，似乎全身都高大起来，脸上神采焕发，宛似换了一个人一般。

他心中所转念头虽多，其实只是一瞬间之事。黄蓉见他脸色自迷惘而羞愧，自激动而凝定，却不知他所思何事，忽听他低声道：“你放心！”一声清啸，拔出君子剑抢到门口。

金轮法王双手各执一轮，站在屋顶边上，笑道：“杨兄弟，你东歪西倒，朝三暮四，成了反覆小人，这滋味可好得很啊？”

若在昔日，杨过听了此言定然大怒，但此时他思路澄澈，心境清明，暗道：“你这话说得不错，时至今日，我心意方坚。此后活到一百岁也好，再活一个时辰也好，我是永远不会反覆的了。”笑道：“法王，你这话挺对，不知怎地鬼迷上了身，我竟助着郭靖逃了回来。他一到襄阳，便不知藏身在何处，我再也找他不到了，正自后悔烦恼。你可知他在哪里么？”说着跃上屋顶，站在他身前数尺之地。

法王斜眼相睨，心想这小子诡计多端，不知此言是真是假，笑道：“若是找到了他，那便怎地？”杨过道：“我提手便是一剑。”法王道：“哼，你敢刺他？”杨过道：“谁说刺他？”法王愕然道：“那你刺谁？”

嗤的一响，君子剑势挟劲风，向他左胁刺去，杨过同时笑道：

“自然刺你!”他在笑谈之中陡然刺出一剑，招数固极凌厉，又是出其不意的近身突袭，法王只要武功稍差，若与尼摩星、潇湘子等人相仿，这一剑已自送了他的性命，总算他变招迅捷，危急中运劲左臂，向外疾掠，挡开了剑锋。但君子剑何等锐利，他手臂上还是给剑刃划了一道长长的口子，深入近寸，鲜血长流。

法王虽知杨过狡黠，却也万料不到他竟会在此时突然出招，以致一入襄阳便即受伤，折了锐气，不由得心中大怒，右手金轮呼呼两响，连攻两招，同时左手银轮也递了出去。杨过一步不退，敌来三招，他也还了三剑，笑道：“我在蒙古军中受你金轮之伤，此刻才还得一剑。我这剑上有些古怪，你知不知道?”法王银轮连连抢攻，忍不住问道：“什么古怪?”杨过笑道：“这古怪须怪不得我。”法王道：“花言巧语，无耻狡童！什么怪不得你?”杨过洋洋得意，说道：“我这剑从绝情谷中得来。公孙止擅用毒药，日后你若侥幸中毒不死，那便去找他算账罢。”

法王暗暗吃惊，心想莫非那公孙老儿在剑锋上喂了毒药？惊疑不定，出招稍缓。其实剑上何尝有毒？杨过想起黄蓉以热茶吓倒霍都，自知武功不是法王敌手，于是乘机以言语扰敌心神，眼见一言生效，当下凝神守御，得空便还一招，总要使他缓不出手来裹伤。法王左臂伤势虽不甚重，但血流不止，便算剑上无毒，时候一长，力气也必大减，心想眼前情势，利在速战，于是催动双轮，急攻猛打。

杨过知他心意，挥动长剑，守得严密异常。法王双轮上的劲力越来越大，猛地里金轮上击，银轮横扫，杨过眼见抵挡不住，当即纵跃逃开。法王撕下衣襟待要裹伤，杨过却又挺剑急刺。如此来回数次，法王计上心来，待他远跃避开之际，自己同时后跃，跟着银轮掷出，教杨过不得不再向后退，如此两人之间相距远了，待得杨过再度攻上，他已乘这瞬息之间，将撕下的衣襟在左臂上一绕，包住了伤处，又觉伤口只是疼痛，并无麻痒之感，看来剑上有毒多半是假，心中为之一宽。

就在此时，只听得东南角上乒乒乓乓之声大作，兵刃相互撞击。杨过放眼望去，见小龙女手舞长剑，正自力战潇湘子与尼摩星两人。潇湘子的哭丧棒在蒙古战阵中被杨过夺去，杨过昏迷中早不知抛在何处，此刻他手中又持一棒，形状与先前所使的一模一样，只不知其中是否藏有毒砂。杨过心想郭靖夫妇就在下面房中，若被法王发觉，为祸不小，该当将他引得越远越好，但此事必须不露丝毫痕迹，否则弄巧反拙，叫道："姑姑莫慌，我来助你！"几个纵跃，抢到尼摩星身后，挺剑向他刺去。

法王中了杨过暗算，自是极为恼怒，但想此行的主旨是刺杀郭靖，这狡童一剑之仇日后再报不迟，于是纵声大叫："郭靖郭大侠，老衲来访，你怎地不见客人？"他叫了几声，四下无人答应，只西北方传来一阵阵吆喝呼斗，正是他两个弟子达尔巴和霍都在围攻朱子柳。眼见杨过、小龙女与潇湘子、尼摩星一时胜败难分，屋下人声渐杂，却是守城的兵将得知有人来袭，纷纷赶来捉拿奸细。法王心想这些军士不会高来高去，自是奈何不了自己，但人手一多，终是碍手碍脚，于是又高声叫道："郭靖啊郭靖，枉为你一世英名，何以今日竟做了缩头乌龟？"

他连声叫阵，要激郭靖出来，到后来越骂越厉害，始终不见郭靖影踪，心想："襄阳数万户人家，怎知他躲在何处？此人甘心忍辱，一等养好了伤，再要杀他便难了。"微一沉吟，毒计登生，当即跃下屋顶，寻到后院的柴草堆，取出火刀火石，纵起火来，东跃西窜，连点了四五处火头，才回到屋顶，心想火势一大，怕你不从屋里出来。

杨过虽与潇湘子二人接战，但眼光时时望向法王，突见他纵火烧屋，郭靖居室南北两处都冒上了烟焰，心中一惊，险些给尼摩星的铁蛇扫中胸口，急忙缩胸避开。若非尼摩星先一日给郭靖打断肋骨，此番为了争功才拼命前来，这一记毒招杨过非受重伤不可。杨过暗叫：“好险！”又想：“郭伯伯受伤沉重，郭伯母临盆在即，这番大火一起，两人若不出屋，必受火困，但如逃出屋来，正好撞见金轮贼秃。”当下顾不得小龙女以一人而敌两大高手，向潇湘子急刺两剑，跃下屋顶，冒烟突火，来寻郭靖夫妇。

只见黄蓉坐在郭靖床边，窗中一阵阵浓烟冲了进来。郭靖闭目运功，黄蓉双眉微蹙，脸上却是神色自若，见杨过进来，只微微一笑。杨过见二人毫不惊慌，心下略定，一转念间，已想到一计，低声道：“我去引开敌人，你快扶郭伯伯去安稳所在暂避。”说着伸手轻轻揭下郭靖头顶帽子，越窗而出。

黄蓉一怔，不知他捣什么鬼，眼见烟火渐渐逼近，伸手扶住郭靖，说道：“咱们换个地方。”手上刚欲用劲，突然间腹中一阵剧痛，不由得“哎唷”一声，又坐回床边，心中大恨：“小鬼头儿，不迟不早，偏要在这当口出世，那不是存心来害爹娘的性命？”她产期本来尚有数日，只因连日惊动胎息，竟催得孩子提前出生了。

杨过一出窗口，但见四下里兵卒高声叫嚷，有的提桶救火，有的向屋顶放箭，有的在地下挥动长刀、双脚乱跳的喝骂。他跃向一名灰衣小兵身后，伸手点了他穴道，将郭靖的帽子往他头上一罩，随即将他负在背上，提剑舞动剑花，跃上屋顶。

此时潇湘子、尼摩星双战小龙女，达尔巴、霍都合斗朱子柳，均已大占上风。金轮法王却将两个轮子逼住了郭芙，双轮利口不住在她脸边划来划去，相距不过数寸，只是喝问她父母的所在。郭芙头发散乱，手中长剑的剑头已被金轮砸断，兀自咬紧牙关恶斗，对法王的问话宛似不闻，心中恼怒异常：“大武小武若不去自相残杀，此时我们三人联手，何惧这个贼秃？”忍不住脱口而出：“好，你们两个只管争去，不论是谁胜了，回来只见到我的尸首罢啦!”法王奇道:“你说什么?郭靖到底是在哪里?”

他正在等郭芙回答,突见杨过负着一人向西北方急逃,他背上那人一动也不动,自是郭靖,当即撇下郭芙,发脚追去。潇湘子、尼摩星、达尔巴、霍都四人见到,也都抛下对手,随后赶去。朱子柳不敢怠慢,追去助杨过卫护郭靖。

杨过上屋之时,奔过小龙女身旁,向她使个眼色,微微一笑,神气甚是诡异。小龙女知他又在行诈,只是猜不透他安排下什么计策,眼见敌人势大,甚是放心不下,便要一同追去相助,忽听得屋下“哇哇”几声,传出婴儿啼哭之声。郭芙喜道:“妈妈生了弟弟啦!”一跃下地。小龙女好奇心起,又想杨过智计多端,这一笑之中似是显占上风,且去瞧瞧黄蓉的孩儿再说,于是跟着进屋。

金轮法王提气急追,距杨过越来越近,心下大喜,暗想:“这一次瞧你还能逃出我的手掌?”见他背负那人头上帽子正是郭靖昨日所戴,自是郭靖无疑。

杨过所学的古墓派轻功可说天下无双,虽然背上负人,但想到多走一步,郭伯伯便离危险远一步。他没命价狂奔,法王一时倒也追他不上。杨过在屋顶奔驰一阵,听得背后脚步声渐近,于是跃下地来,在小巷中东钻西躲,大兜圈子,竟与法王捉起迷藏来。

杨过的轻功虽然稍胜法王一筹,毕竟背上负了人,若在平原旷野之间,早给赶上,但他尽拣阴暗曲折的里巷东躲西藏,法王始终追他不上。两人兜得几个圈子,潇湘子、尼摩星与朱子柳三人也已先后到来。

法王向尼摩星道:“尼摩兄,你守在这巷口,我进去赶那兔崽子出来。”尼摩星怪眼一翻,喝道:“我干么要听你号令?”法王心想这天竺矮子不可理喻,跃上墙头,放眼四望,只见杨过负着郭靖正缩在墙角喘气。他心下大喜,悄悄从墙头掩近,正要跃下擒拿,杨过突然大叫一声，跳起身来，钻入了烟雾之中，登时失了影踪。

法王纵火本是要逼郭靖逃出，但这时到处烟焰弥漫，反而不易找人了，正自东张西望，忽听达尔巴大叫：“在这里啦！”法王寻声跟去，只见达尔巴挥动黄金杵，正与杨过相斗。法王纵身而前，先截住了杨过的退路。杨过向前疾冲，一晃身便闪到了达尔巴身旁。便在此时，法王银轮已然掷出。

银轮来势如风，杨过不及闪避，嗤的一声，已掠过郭靖肩头，在他背上深深划了一道口子。法王大喜，叫声：“着！”哪知杨过不理郭靖死活，仍是放步急奔。

杨过冲出巷头，只听一个阴森森的声音说道：“小子，投降了罢！”正是潇湘子手执杆棒，拦在巷口。此时杨过前无退路，后有追兵，抬头一望，墙头上黑漆一团，却是尼摩星站着。杨过纵身跳上墙头，尼摩星怪蛇当头击下，要逼他回入巷中。杨过心想拖延已久，郭靖与黄蓉此时定已脱险，反手抓起背上那小兵往尼摩星手中一送，叫道：“郭靖给你！”

尼摩星惊喜交集，只道杨过反反覆覆，突又倒戈投降，却将一件大功劳送到自己手中，当即伸手抱住。杨过飞脚狠踢，正中他臀部，将他踢下墙头。尼摩星大声欢叫：“我捉到了郭靖的，我是蒙古国第一大勇士的！”潇湘子和达尔巴焉肯让他独占功劳，前来争夺。三人分别拉住那小兵的手足用力拉扯，三人全是力大异常，只这么一扯，将那小兵拉成了三截。他头上帽子落下，三人看清楚原来不是郭靖，登时呆在当地，半晌作声不得。

法王见杨过撇下郭靖而逃，早知其中必有蹊跷，并不上前争夺，见三人突然呆住，哼了一声，骂道：“呆鸟！”径自又去追赶杨过，心想今日便拿不到郭靖，只要杀了这反覆奸诈的小子，也就不枉了来襄阳一遭。

但此时杨过已逃得不知去向，却又往何处追寻？法王微一沉吟，已自想到："杨过这兔崽子背了个假郭靖，费这么大的力气奔逃，自是要引得我瞎追一场。郭靖却必在我先前纵火之处附近。他既使奸计，我也便将计就计，引他过来。"当下径往火头最盛处奔去。

杨过躲在一家人家的屋檐下察看动静，见法王又迅速奔回郭靖的住所。他不知郭靖是否已然逃远，心中挂虑，于是悄悄跟随。只见法王奔到那大屋附近，向下跃落，叫道："好郭靖，原来你在此处，快跟老和尚走罢！"杨过大惊，正要跟着跃下，只听得乒乒乓乓的兵刃相交，又听法王大喝："郭靖，快快投降罢！"跟着金铁撞击之声连续不绝。杨过眼珠子一滚，暗笑："臭贼秃，险些上了你的鬼当。可笑你弄巧成拙，假装什么兵器撞击。郭伯伯伤成这个样子，怎能用兵刃跟你过招？又怎能如此乒乒乓乓的打个不休？你想骗我出来，我偏躲在这儿瞧你捣鬼。"

忽听得法王大声叫道："杨过，这次你总死了罢！"杨过一奇："什么这次我死了？"随即会意："他引不出我，便想引得郭伯伯冲出来救我。"只听法王哈哈笑道："杨过啊杨过，你今日将小命送在我手里，也算是活该。"

他一言方毕，突然烟雾中白影晃动，一个少女窜了出来，挺剑向法王扑去。杨过叫道："姑姑，我在这儿！"但法王已挥动轮子将小龙女截住。原来法王大叫大嚷，显得杨过遭逢危难，小龙女听到后情切关心，冲出来动手。杨过仗剑上前，和小龙女相对一笑，使出"玉女素心剑法"，将法王裹在剑光之中，法王暗暗叫苦："这番惹祸上身，却教他二人双剑合璧。"四下里热气蒸腾，火柱烟梁，纷纷跌落。

法王奋力挥轮挡开两人双剑，急往西北角上退却。杨过叫道："今日不容他再逃，务须诛了这个祸根。"长剑颤动，身随剑起，刺向法王后心。

法王自上次在“玉女素心剑法”下铩羽，潜心思索，钻研出一套对付这剑法的武功，只是想对方双剑合璧，奥妙无方，两人心灵合一，成为一个四腿四臂的武学高手，是否真能破解，殊无把握，此时形势危急，顾不得自己这套“五轮大转”尚有许多漏洞，只得一试，于是探手怀中，呛啷啷一阵响亮，空中飞起三只轮子，手中却仍是各握一轮。这金银铜铁铅五轮轻重不同，大小有异，他随接随掷，轮子出来时忽正忽歪。

杨过与小龙女登感眼花缭乱，心下暗惊。杨过向左刺出两剑，身往右靠，小龙女立时会意，手中淑女剑向右连刺，脚步顺势移动，往杨过身侧靠近。两人见敌招太怪，不敢即攻，要先守紧门户，瞧清楚敌人招术的路子，再谋反击。

法王五轮运转如飞，但见两人剑气纵横，结成一道光网，五轮合起来的威力虽强，却攻不进剑光之中，暗叹：“瞧来我这五轮齐施，还是奈何不了两个小鬼的双剑合璧。”正自气馁，小龙女怀中突然“哇哇”两声，发出婴儿的啼哭。这一来不但法王大吃一惊，连杨过也是诧异无比，三人一呆之下，手下招数均自缓了。

小龙女左手在怀中轻拍，说道：“小宝宝莫哭，你瞧我打退老和尚。”哪知婴儿越哭越是厉害。杨过低声道：“郭伯母的？”小龙女点点头，向法王刺了一剑。

法王横金轮挡住，他没听清楚杨过的问话，一时想不透小龙女怀抱一个婴儿作甚，但想她身上多了累赘，剑法势必威力大减，当下催动金轮，猛向小龙女攻击。

杨过连出数剑，将他的攻势接了过来，侧头问道：“郭伯伯、郭伯母都好么？”小龙女道：“黄帮主扶郭大爷从火窟中逃走……”当的一响，她架开法王左手铜轮，又道：“当时情势危急，大梁快摔下来啦，我在床上抢了这女孩儿……”杨过向法王右腿横削一剑，解开了他推向小龙女的铅轮，说道："是女孩儿？"他想郭靖已生了一个女儿，这次该生男孩，哪知又是一个女儿，颇有点出乎意料之外。小龙女点头道："是女孩儿，你快接去……"说着左手伸到怀中，想把婴孩取出来交给杨过。

但婴儿哭叫声中，法王攻势渐猛，三个轮子在头顶呼呼转动，俟机下击，手中双轮更是凌厉。杨过竭尽全力也只勉强挡住，哪里还能缓手去接婴儿？小龙女叫道："你快抱了孩儿，骑汗血宝马到……"当当两响，法王双轮攻得二人连遇凶险，小龙女一句话再也说不下去。这时他二人心中所想各自不同，玉女素心剑法的威力竟然施展不出。

杨过心想只有自己接过婴儿，小龙女才不致分神失手，于是慢慢靠向她身旁。小龙女也正要将婴儿交给杨过，二人心意合一，霎时间双剑锋芒陡长，法王被迫得退开两步。小龙女左手将婴儿送了过来，杨过正要伸手去接，倏地黑影闪动，铁轮斜飞而至，砸向婴儿。小龙女怕婴儿受伤，左手松开婴儿，手掌翻起，往铁轮上抓去。那铁轮来势威猛，轮子边缘锋利逾于刀刃，但小龙女手上带着金丝手套，手掌与铁轮相接，立即顺势向外一推，再以斜劲消去轮子急转之势，向上微托，抓了下来，正是四两拨千斤的妙用。

就在此时，杨过已将婴儿接过，见小龙女抓住铁轮，叫了声："好！"法王这轮子若是向小龙女直砸，她原是抓之不住，只因准头向着婴儿，她才侧拿得手。小龙女一拿到轮子，甚是高兴，但脸上仍是冷冰冰地，蓦地里学着法王的招式，举起铁轮往敌人砸去，要来一个即以其人之道，还治其人之身。

法王又惊又愧，五轮既失其一，这"五轮大转"登时破了。他索性收回两轮，手中只剩金银二轮，横砍直击，威力又增。

杨过左手抱了孩子，道："咱们先杀了这贼秃，其余慢慢再说。"小龙女道："好！"左手持铁轮挡在胸口，与杨过双剑齐攻。

她手中多了一件厉害武器，又少了婴儿的拖累，本该威力倍增，岂知数招之下，与杨过的剑法格格不入，竟尔难以合璧。她越打越惊，不知何以如此。却不知“玉女素心剑法”的妙诣，纯在使剑者两情欢悦，心中全无渣滓，此时双剑之中多了一个铁轮，就如一对情侣之间插进了第三者，波折横生，如何再能意念相通？如何能化你心为我心？两人一时之间均未悟到此节，又斗数合，竟比两人各自为战尚要多了一番窒滞。小龙女大急，道：“今日斗他不过了，你快抱婴儿到绝情谷……”

杨过心念一动，已明白了她用意：此时若骑汗血宝马出城，七日之内定能赶到绝情谷，他虽不能携去郭靖、黄蓉的首级，但带去了二人的女儿，对裘千尺说郭靖夫妻痛失爱女，定会找上绝情谷来，那时自可设法报仇。当此情境，裘千尺势必心甘情愿的交出半枚丹药来。待得身上剧毒既解，可再奋力救此幼女出险。这缓兵之计，料想裘千尺不得不受。若在两日之前，杨过对此举自是毫不迟疑，但他此时对郭靖赤心为国之心钦佩已极，实不愿为了自己而使他女儿遭遇凶险，这时夺他幼女送往绝情谷，无论如何是乘人之危，非大丈夫所当为，因此微一沉吟，便道：“姑姑，这不成！”

小龙女急道：“你……你……”她只说了两个“你”字，嗤的一响，左肩衣服已被法王金轮划破。杨过道：“如此作为，我怎对得起郭伯伯？有何面目使这手中之剑？”说着将君子剑一举。他心意忽变，小龙女原不知情，她全心全意只求解救杨过身上之毒，听他说既要对得起杀父仇人，又要做一个有德君子，不禁错愕异常。二人所思既左，手上剑法更是难于相互呼应。法王乘势踏上，手臂微曲，一记肘锤击在杨过左肩。

杨过只觉半身一麻，抱着的婴儿脱手落下。他三人在屋顶恶斗，婴儿一离杨过怀抱，径往地下摔落。杨过与小龙女齐声惊叫，想要跃落相救，哪里还来得及？

法王听了二人断断续续的对答，已知这婴儿是郭靖、黄蓉之女，心想便拿不着郭靖，携走他女儿为质，再逼他降服，岂不是奇功一件？眼见情势危急，右手一挥，金轮飞出，刚好托在婴儿的襁褓之下。

金轮离地五尺，平平飞去，将婴儿托在轮上。三人齐从屋顶纵落，要去抢那轮子。杨过站得最近，眼见金轮越飞越低，不久便要落地，当即右足在地下一点，一个打滚，要垫身金轮之下，连轮和人一并抱住，使婴儿不受半点损伤。突见一只手臂从旁伸过，抓住了金轮，连着婴儿抱了过去。那人随即转身便奔。

杨过翻身站起，法王与小龙女已抢到他身边。小龙女叫道："是我师姊。"

杨过见那人身披淡黄道袍，右手执着拂尘，正是李莫愁的背影，不知如何，此人竟会在这当口来到襄阳，心想此人生性乖张，出手毒辣无比，这幼女落在她的手中，哪里还会有什么好下场？当下提气疾追。

小龙女大叫："师姊，师姊，这婴儿大有干连，你抱去作甚？"李莫愁并不回头，遥遥答道："我古墓派代代都是处女，你却连孩子也生下了，好不识羞！"小龙女道："不是我的孩儿啊。你快还我。"她连叫数声，中气一松，登时落后十余丈。眼见李莫愁等三人向北而去，当即追了下去。

这时城中兵马来去，到处是呼号喝令之声，或督率救火，或搜捕奸细。小龙女一概不闻不见，堪堪奔到城墙边，只见鲁有脚领着一批丐帮的帮众正在北门巡视，以防敌人乘着城中火起前来攻城，他一见小龙女，忙问："龙姑娘，黄帮主与郭大侠安好罢？"小龙女不答他的问话，反问道："可见到杨公子和金轮法王？可见到一个抱着孩子的女人？"鲁有脚向城外一指，道："三人都跳下城头去了。"

小龙女一怔，心想城墙如是之高，武功再强跳下去也得折手断脚，怎能三人都跳下了？正待询问，一瞥眼见一名丐帮弟子牵着郭靖的汗血宝马正在刷毛，心中一凛：“过儿便算夺得婴儿，若无这匹宝马，怎能及时赶到绝情谷去？”一个箭步上前，拉住了马缰，转头向鲁有脚道：“我有要事出城去，急需此马一用。”

鲁有脚只记挂着黄蓉与郭靖二人，又问：“黄帮主与郭大侠可安好么？”小龙女翻身上马，道：“他二人安好。黄帮主刚生的婴儿却给那女人抢了去，我非去夺回不可。”鲁有脚一惊，忙喝令开城。

城门只开数尺，吊桥尚未放落，小龙女已纵马出城。汗血宝马神骏非凡，后腿一撑，已如腾云驾雾般跃过了护城河。城头众兵将见了，齐声喝采。

小龙女出得城来，只见两名军士血肉模糊的死在城墙脚下，另有一匹战马也摔得腿断头裂，放眼远望，但见苍苍群山，莽莽平野，怎知这三人到了何处。她愁急无计，拍着宝马的头颈道：“马儿啊马儿，我是去救你幼主，快快带我去罢！”那马也不知是否真懂她的言语，昂头长嘶，放开四蹄，泼剌剌往东北方奔去。

原来杨过与法王追赶李莫愁，直追上了城头，均想城墙极高，她已无退路，必可就此截住。哪知李莫愁一上城头，顺手抓过一名军士，便往城下掷去，跟着向下跳落。待那军士与地面将触未触之际，她左足在军士背上一点，已将下落的急势消去，身子向前纵出，轻飘飘的着地，竟连怀中的婴儿亦未震动，那军士却已颈折骨断，哼都没哼一声，已然毙命。

法王暗骂：“好厉害的女人！”依样葫芦，也掷了一名军士下城，跟着跃落。

杨过要以旁人来作自己垫脚石，实是有所不忍，眼见时机紧迫，心念一动，发掌将一匹战马推出城头，不待战马落地，飞身跃在马背，那马摔得骨骼粉碎，他却安然跃下，跟在法王之后追去。他先一日在蒙古军营中大战，被法王的轮子割伤两处，虽无大碍，但流血甚多，身子疲软，这日又苦战多时，实已支撑不住，然想到郭靖的幼女不论落在李莫愁或法王手中都是凶多吉少，虽觉心跳渐剧，还是仗剑急追。

这三人本来脚程均快，但李莫愁手中多了一婴儿，法王臂受剑伤，剑上到底是否有毒毕竟捉摸不准，时时担心创口毒发，不敢发力，因此每人奔跑都已不及往时迅捷，待得奔出数里，襄阳城早已远远抛在背后，三人仍是分别相距十余丈，法王追不上李莫愁，杨过也追不上法王。

李莫愁再奔得一阵，见前面丘陵起伏，再行数里便入丛山，于是加快脚步，只要入了山谷，便易于隐蔽脱身。她虽听小龙女说这不是她的孩子，但见杨过舍命死追，料来定是他与小龙女的孽种无疑，只要挟持婴儿在手，不怕她不拿师门秘传“玉女心经”来换。

三人渐奔渐高，四下里树木深密，山道崎岖。法王心想再不截住，只怕被她藏入丛林幽峡之内，那就难以找寻。他从未与李莫愁动过手，但见她轻功了得，实是个劲敌，自己五轮已失其二，原不想飞轮出手，但见情势紧迫，不能再行犹豫迁延，于是大声喝道：“兀那婆娘，快放下孩儿，饶你性命，再不听话，可莫怪大和尚无情了。”李莫愁格格娇笑，脚下却更加快了。法王右臂挥动，呼呼风响，银轮卷成一道白虹，向她身后袭到。

李莫愁听得敌轮来势凌厉，不敢置之不理，只得转身挥动拂尘，待要往轮上拂去，蓦见轮子急转，银光刺眼，拂尘若是搭上了只怕立即便断，于是斜身闪跃，避开了轮子的正击。法王抢上两步，铜轮出手，这一次先向外飞，再以收势向里回砸。李莫愁仍是不敢硬接，倒退三步，纤腰一折，以上乘轻功避了开去。但这么一进一退，与法王相距已不逾三丈。法王左手接过银轮，右手铅轮向她左肩砸下。

李莫愁拂尘斜挥，化作万点金针，往法王眼中洒将下来。法王铅轮上抛，挡开了她这一招，右手接住回飞而至的铜轮，双手互交，银铜两轮碰撞，当的一响，只震得山谷间回声不绝，这时左手的银轮已交在右手，右手的铜轮已交在左手，双轮移位之际，杀着齐施。李莫愁陡逢大敌，精神为之一振，想不到这高瘦和尚膂力固然沉厚，出招尤是迅捷，当下展开生平所学，奋力应战。

两人甫拆数招，杨过已然赶到，他站在圈外数丈之地旁观，一面调匀呼吸，俟机抢夺婴儿。只见二人越斗越快，三轮飞舞之中，一柄拂尘上下翻腾。

说到武功内力，法王均胜一筹，何况李莫愁手中又抱着一个婴儿，按理不到百招，她已非败不可。哪知她初时护着婴儿，生怕受法王利轮伤害，但每见轮子临近婴儿身子，他反而急速收招，微一沉吟，已然省悟："这贼秃要抢孩子，自是不愿伤她性命。"以她狠毒的心性，自然不顾旁人死活，既看破了法王的心思，每当他疾施杀着、自己不易抵挡之时，便即举婴儿护住要害。这样一来，婴儿非但不是累赘，反成为一面威力极大的盾牌，只须举起婴儿一挡，法王再凶再狠的绝招也即收回。

法王连攻数轮，都被李莫愁以婴儿挡开。杨过瞧得心中大急，二人中哪一个只要手上劲力稍大了半分，如何不送了婴儿的小命？正想上前抢夺，只见法王右手银轮倏地自外向内回砸，左手铜轮跟着平推出去，这一来，两轮势成环抱，将李莫愁围在双臂之间。李莫愁脸上微微一红，啐了一口，暗骂贼秃这一招不合出家人的庄严身份，当下拂尘后挥，架开银轮，左手举婴儿护在胸前。法王当双手环抱之时，早已算就了后着，左手松指，铜轮突然向上斜飞，砸向她的面门。

这轮子和她相距不过尺许，忽地飞出，来势又劲急异常，实是不易招架，总算李莫愁一生纵横江湖，大小数百战，临敌经历实比法王丰富得多，危急中身子向后一仰，双脚牢牢钉在地下，拂尘却还攻敌肩。法王右肩疾缩，拂尘掠肩而过，仍有几根帚丝拂中了肩头。他左掌既空，顺势在李莫愁左臂上斩落。李莫愁手臂登时酸麻无力，低呼一声："啊哟！"纵身跃起，但觉手中已空，婴儿已被法王抢去。

法王正自大喜，突听得身旁风响，杨过和身扑上，已夺过了婴儿，在地下一个打滚，长剑舞成一道光网，护住身后，跟着翻身站起，长剑一招"顺水推舟"，阻住两个敌人近身。原来他见婴儿入了法王之手，心知只要迟得片刻，再要抢回那便千难万难，乘着他抱持未稳之际，不顾性命的扑上，一举奏功。婴儿在三人手中轮转，只一瞬间之事。

李莫愁喝采："小杨过，这一手耍得可俊！"法王大怒，双轮一击，声若龙吟，悠悠不绝，左手袍袖挥处，右手轮子向杨过递出。杨过长剑虚刺，转身欲逃，忽听得身后风响，却是李莫愁挥拂尘挡住了去路，笑道："杨过别走！且斗斗这大和尚再说。"杨过眼见法王的铜轮已递到身前不逾半尺，只得还剑招架。

二人连口鏖战，于对方功力招数，都是心中明明白白，一出手均是以快打快，但见二人身形晃动，三道白光上下飞舞，转瞬间拆了二十余招。李莫愁暗暗惊异："怎地相隔并无多日，这小子武功已练到了如此地步？"

其实杨过武功固然颇有长进，一半也因自知性命不久，为了报答郭靖养育之恩，决意死拼，遇到险招之时常不自救，却以险招还险招，逼得法王只好变招。然杨过不顾自己性命，却须顾到婴儿的安全，哪肯如李莫愁这般以婴儿掩蔽自己要害？虽见法王与李莫愁相斗之时招数避开婴儿，但想到这是郭靖之女，实是半点不敢冒险大意，只因处处护着婴儿，时刻稍长，便被法王逼得险象环生。

法王见李莫愁不顾婴儿，招数便尽力避开婴儿身子，但见杨过唯恐伤害于她，两个轮子便攻向婴儿的多而攻向他本人的反少。这一来，杨过更是手忙脚乱，抵挡不住，大声叫道："李师伯，你快助我打退贼秃，别的慢慢再说不迟。"

法王向李莫愁望了一眼，见她闲立微笑，竟是隔山观虎斗，两不相助，心中大惑不解："小龙女也叫她师姊，这女人的确是他师伯，何以又不出手相助？其中必有诡计，须得尽快伤了这小子，抢过婴儿。"当下手上加劲，更逼得杨过左支右绌，难以招架。

李莫愁知道法王不会伤害婴儿，不管杨过如何大叫求助，只是不理，双手负在背后，意态甚是闲适。

又斗一阵，杨过胸口隐隐生疼，知道自己内力不及对方，如此蛮打实是无法持久，多时不听到婴儿哭泣，只怕有失，百忙中低头向婴儿望了一眼，只见她一张小脸眉清目秀，模样甚是娇美，正睁着两只黑漆漆的眼珠凝视自己。杨过素来与郭芙不睦，但对怀中这个幼女心头忽起异样之感："我此刻为她死拼，若是天幸救得她性命，七日之后我便死了，日后她长到她姊姊那般年纪，不知可会记得我否？"激情冲动之下，心头一酸，险些掉下泪来。

李莫愁在旁眼见他势穷力竭，转瞬间便要丧于双轮之下，要待上前相助，但随即想到："这小子武功大进，正好假手和尚除他，否则日后便不可复制。"于是仍然袖手不动。

三人中法王武功最强，李莫愁最毒，但论到诡计多端，却推杨过。他一阵伤心过了，随即筹思脱身之策，心想："郭伯母当年讲三国故事，说道其时曹魏最强，蜀汉抗曹，须联孙权。"李莫愁既不肯相助自己，只有自己去助李莫愁了，当下刷刷两剑，挡住了法王，疾退两步，突将婴儿递给李莫愁，说道："给你！"

这一着大出李莫愁意料之外，一时不明他的用意，顺手将婴儿接过。杨过叫道："李师伯，快抱了孩子逃走，让我挡住贼秃！"奋

瞧瞧这山洞是否另有出口。”于是向内走去，走了七八丈，山洞已到尽头，回过头来低声道：“李师伯，他们用烟薰，你说怎么办？”李莫愁心想硬冲决计摆脱不了法王，躲在这里自然亦非了局，当真不济之时，只有丢下婴儿独自脱身，这和尚和自己无冤无仇，他志在婴儿，那时自也不会苦缠，因此并不惊慌，只是微微冷笑。

过不多时，山洞中浓烟越进越多，杨李二人闭住呼吸，一时尚可无碍，那婴儿却又哭又咳。李莫愁冷笑道：“你心疼么？”杨过怀抱着这女婴一番舍生忘死的恶斗，心中已对她生了怜惜之情，听她哭得厉害，道：“让我抱抱！”伸出双手，走近两步。李莫愁拂尘刷的一下，向他的手臂挥去，喝道：“别走近我！你不怕冰魄银针吗？”

杨过向后跃开，听了“冰魄银针”四字，忽地生出一个念头，想起幼时与她初次相遇，只将银针在手中握了片刻，即已身中剧毒，当下撕一片衣襟包住右手，走到洞口拾起李莫愁适才射他的三枚银针，针尾向下，将银针插入土中，只余一寸针尖留在土外，再洒上少些沙土，掩住针尖的光亮。此时洞口堆满了柴草，又是浓烟满洞，他弓身插针，法王与尼摩星全未瞧见。

杨过布置已毕，退身回来，低声道：“我已有退敌之计，你哄着孩子别哭。”于是大声叫道：“好极了，山洞后面有出口，咱们快走！”声音中充满了欢喜之情。李莫愁一怔，还道山洞后面真有出路。杨过将口俯到她耳畔低声说道：“假的，我要叫贼秃上当。”

法王与尼摩星听得杨过这般欢叫，一愕之下，但听得洞中寂然无声，婴儿的哭喊也渐渐隐去，哪想得到是杨过以袍袖盖在婴儿脸上，只道他真的从洞后逸出。尼摩星不加细想，立即飞身绕到山坡之后去阻截。法王却心思细密，凝神一听，婴儿的哭喊只是低沉细微，却非渐渐远去，知道又是杨过使诈，想骗他到山坡之后，便抱了孩子从洞口冲出，不禁暗暗冷笑：“这小小的调虎离山之计，也想在老和尚面前行使。”于是躲在洞侧，提起银铜两轮，只待杨过出来。

杨过叫道："李师伯，那贼秃走了，咱们并肩往外。"忽又低声道："咱们同时惊呼，诱他进洞。"李莫愁不明杨过要使何等诡计，但素知这小子极是狡猾，自己便曾吃过他不少大亏，他既然安排下妙策，谅必使得，好在婴儿抱在自己手中，只要先驱退法王，不怕他不拿"玉女心经"来换孩子，于是点了点头。

两人齐声大叫"啊哟！"杨过假装受伤甚重，大声呻吟，叫道："你……你如何对我下此毒手？"随即低声道："你装作性命不保。"李莫愁怒道："好，我今日……虽然死在你手里，却教你这小贼……也活不成。"说到后来，语声断续，已是上气不接下气。

法王在洞口听了大喜，心想这二人为了争夺婴儿，还未出洞，却已自相残杀起来，看来已斗得两败俱伤。他生怕婴儿连带送命，那便不能挟制郭靖，当即拨开柴草，抢进洞去，只跨得两步，突觉左脚底微微一痛。

他应变奇速，不待踏实，立即右足使劲，倒跃出洞，左足落地时小腿一麻，竟然险些摔倒。以他的深厚内功，即使给人连砍数刀，纵跃时也不致站立不稳，心念一转之下，已知足底心被剧毒之物刺中，正要拉下鞋袜察看，尼摩星已从山坡后转回，叫道："小子骗人的，山后出口没有的，洞里郭靖和老婆还是的。"法王住手不再脱鞋，脸上不动声色，说道："你所料不错，但洞内并无声息，想来他们都给烟火薰得昏过去了。"

尼摩星大喜，心想这番生擒郭靖之功终于落在自己手上，他也不想法王何以不抢此功劳，舞动铁蛇护住身前要害，从洞口直钻出去。杨过这三枚银针倒插在当路之处，不论来人步子大小如何，都非踏中一枚不可。尼摩星身矮步短，走得又快，右脚一脚踏中银针，一痛之下未及缩步，左脚又踏上了另一枚针尖。天竺国天气炎热，国人向来赤足，尼摩星也不穿鞋，虽然脚底板练得厚如牛皮，但那冰魄银针何等锋锐，早已刺入寸许。他生性勇悍，小小受伤毫不在意，挥铁蛇在地下一扫，察觉前面地下再无倒刺，正要继续进内活捉郭靖和老婆的，猛地里两腿麻软，站立不稳，一交摔倒。才知针刺上的毒性厉害非凡，急忙连滚带爬的冲出洞来。只见法王除去鞋袜，捧着一只肿胀黝黑的左腿，正在运气阻毒上升。

尼摩星大怒，喝道："坏贼秃，你明明中毒受伤，干么不跟我说，让我也上当的？"法王微微一笑，说道："我上一当，你也上一当，这才两不吃亏啊。"尼摩星怒气勃发，不可遏制，大声怒骂："我，郭靖也不要拿了，尼摩星，坏和尚，今日拼个死样活气的！"他双足已使不出半点力气，左手在地下一撑，和身向法王扑去，右手铁蛇往他头顶击落。法王举铜轮挡开铁蛇，随即横过手臂，一个肘锤撞出。尼摩星身在半空，难以闪避，法王这一招又是来势迅捷，竟被他一锤打中肩头。

尼摩星虽然筋骨坚厚，却也给打得剧痛攻心，他狂怒之下，再也不顾自己死活，扑将上去，牢牢抱住了法王，张口便咬，一口正咬在对方颈下的"气舍穴"上。若在平时，以法王如此武功，如何能让他欺近抱住？即令抱住了，又如何能给他咬中颈下的大穴？但此时法王知道脚底所中毒针实是非同小可，全身内力都在与毒气相抗，硬逼着不令毒气冲过大腿与小腿之间的"曲泉穴"，只要严守此关，最多是废去一只小腿，还不致送了性命，是以当尼摩星扑上来之时，他已变成内力全失，只以外功与他相抗。尼摩星却是全力施为，一咬住对方穴道，牙齿再不放松。

法王伸出右足一钩，尼摩星双足早无力气，向前扑出，两人一齐跌翻在地。法王伸手想将他扯开，但大穴被制，手上力道已大为减弱，却哪里拉得动？只得回手扣住他后颈"大椎穴"，以防他下毒手制自己死命。两人本来都是一流高手，但中毒之后近身搏斗，却如泼皮无赖蛮打硬拼一般，已是全然不顾身份。

两人在地下翻翻滚滚，渐渐滚近山谷边的断崖之旁。法王瞧得明白，大声叫道：“快放手，你再进一步，两个儿都跌得粉身碎骨。”

但尼摩星此时已失了理性，他不运气与毒气相抗，内力比法王深厚得多，用力前推，法王竟是抵挡不住。眼见距离崖边已不过数尺，下面便是深谷，法王情急智生，大叫：“郭靖来了！”尼摩星一凛，问道：“哪里的？”他这三个字一说，口一张，登时放开了法王的穴道。法王气贯左掌，呼的一声，向前击出。尼摩星知道上当，低头避开，弯腰前撞。

法王这一掌本是要逼使尼摩星向后闪避，但他忘了对方双足中毒，早已不听使唤，哪里还能向后退跃？但见他不后反前，一惊之下，两人又已纠缠在一起，突觉身下一空，两人齐往山谷中直掉下去。

李莫愁见杨过奇计成功，暗暗佩服这小子果然了得，听得二人在外喝骂殴斗，知道已无危险，拔步便要出洞，猛听得法王与尼摩星二人齐声惊呼，声音甚是怪异。这正是他二人掉下山崖之时所发，但那断崖与山洞相隔十丈开外，又被一片山石挡住，从洞中瞧不见外面情景，不知二人如此大叫为了何事。李莫愁道：“喂，小子，他们干什么啊？”杨过却也料想不到二人竟会跌落山谷，沉吟道：“那贼秃狡猾得紧，咱们假装相斗受伤，只怕他们依样葫芦，骗咱们出去。”

李莫愁心想不错，低声道：“嗯，他定是想骗我出去，夺我解药。”缓缓走向洞口，想要探首出洞窥视。杨过道：“小心地下银针。”话一出口，便即后悔：“又何必好意提醒这女魔头？”

李莫愁一惊，急忙缩步。这时洞口烟火已熄，洞中又是黑漆一团，她不能如杨过一般暗中见物，不知三枚银针插在何处，若是贸然举步，十九也要踏上。她虽有解药，但针上剧毒厉害异常，治疗时固然要受一番痛苦，而且脚上受到针刺，杨过定然乘机攻击，便缓不出手来疗毒，只怕这条性命便要送在自己的毒针之下了，说道："你快将针拔去，咱们呆在这儿干么？"杨过道："稍待片刻，让他二人毒发而死，慢慢出去不迟。"李莫愁哼了一声，她对杨过实在大是忌惮，与他同处在这暗洞之中，刻刻都是危机，自己武功已未必能够胜他，智计更是不及，当下低头沉思出洞之策。

这时洞外一片静寂，洞内二人也是各想各的心思，默不作声。突然之间，那婴儿哇的一声哭了起来，她出世以来从未吃过一口奶，此时自是饿了。

李莫愁冷笑道："师妹呢？她连自己孩子饿死也不理么？"杨过道："谁说是姑姑的孩子，这是郭靖郭大侠的女儿。"李莫愁道："哼，你用郭大侠的名头来吓我，我便怕了么？若是别人的孩子，料你也不会这般抢夺，这自是你们师徒俩的孽种。"

杨过大怒，喝道："不错，我是决意要娶姑姑的。但我们尚未成亲，何来孩子？你嘴里放干净些。"李莫愁又是冷笑一声，撇嘴道："你要我口里干净些，还不如自己与师父的行止干净些。"杨过一生对小龙女敬若天人，哪容她如此污蔑，心中更是恼怒，大声道："我师父冰清玉洁，你可莫胡言乱语。"李莫愁道："好一个冰清玉洁，就可惜臂上的守宫砂褪了。"

刷的一声，杨过挺剑向她当胸刺去，喝道："你骂我不要紧，但你出言辱我师父，今日跟你拼了。"刷刷刷连环三剑。他剑法既妙，双眼又瞧得清楚，李莫愁全赖听风辨器之术招架，虽然不失厘毫，但数招之后已是险象环生，总算杨过顾念着孩子，只怕剑底过于厉害，她便对孩子猛下毒手，因此并未施展杀着。

二人在洞中交拆十余招，那婴儿忽地一声哭叫，随即良久没了声息。

杨过大惊，立即收剑，颤声道："你伤了孩子么？"李莫愁见他对孩子如此关怀，更认定是他的亲生孩儿，说道："现下还没死，但你如不听我吩咐，你道我没胆子捏死这小鬼头么？"杨过打了个寒战，素知她杀人不眨眼，别说弄死一个初生婴儿，只消稍有怨毒，便能将人家杀得满门鸡犬不留，说道："你是我师伯，只要你不辱骂我师父，我自然听你吩咐。"李莫愁听他口气软了，心知只要婴儿在自己手中，他便无法相抗，说道："好，我不骂你师父，你就听我的话。现下你出去瞧瞧，那两人的毒发作得怎样了。"

杨过依言出洞，四下一瞧，不见法王与尼摩星的影踪，他怕法王诡计多端，躲在隐僻之处，挥剑在左近树丛长草等处斩刺一阵，不见有人隐藏，回洞说道："两人都不在啦，想是中毒之后，吓得远远逃走了。"

李莫愁道："哼，中了我银针之毒，便算逃走，又怎逃得远？你将洞口的针拔掉，放在我面前。"杨过听婴儿啼哭不止，心想也该出去找些什么给孩子吃，于是仍用衣襟裹手，拔出银针，还给了她。

李莫愁将三枚银针放入针囊，拔步往外便走。杨过跟了出来，问道："你将孩子抱到哪里去？"李莫愁道："回我自己家去。"杨过急道："你要孩子干么？她又不是你生的。"李莫愁双颊一红，随即沉脸道："你胡说什么？你送我古墓派的玉女心经来，我便将孩子还你，管教不损了她一根毫毛。"说罢展开轻功，疾向北行。

杨过跟在她身后，叫道："你先得给她吃奶啊。"李莫愁回过身来，满脸通红，喝道："你这小子怎地没上没下，说话讨我便宜？"杨过奇道："咦，我怎地讨你便宜了？孩子没奶吃，岂不饿死了？"李莫愁道："我是个守身如玉的处女，怎会有奶给你这小鬼吃？"杨过微微一笑，道："李师伯，我是说要你找些奶给孩子吃啊，又不是要你自己……"

李莫愁听了，忍不住一笑，她守身不嫁，一生在刀剑丛中出入，于这养育婴儿之事实是一窍不通，沉吟道："却到哪里找奶去？给她吃饭成不成？”杨过道：“你瞧她有没有牙齿？”李莫愁往婴儿口中一张，摇头道：“半颗也没有。”杨过道：“咱们到乡村中去找个正在给孩子喂奶的女人，要她给这婴儿吃个饱，岂不是好？”李莫愁喜道：“你果然是满腹智谋。”

两人登上山丘四望，遥见西边山坳中有炊烟升起。两人脚程好快，片刻间已奔近一个小村落。襄阳附近久经烽火，大路旁的村庄市镇尽已被蒙古铁蹄毁成白地，只有在这般荒谷僻壤之间尚有少些山民聚居。

李莫愁逐户推门查看，找到第四间农舍，只见一个少妇抱着一个岁余孩子正在喂奶。李莫愁大喜，一把将她怀中孩子抓起往炕上一丢，将女婴塞在她怀里，说道：“孩子饿了，你喂她吃饱罢。”

那少妇的儿子给摔在炕上，手足乱舞，大声哭喊。那少妇爱惜儿子，忙伸手抱起。杨过见那少妇袒着胸膛，立即转身向外，却听得李莫愁喝道：“我叫你喂我的孩子吃奶，你没听见么？谁教你抱自己儿子了？”但听得砰的一响，杨过吓了一跳，回过头来，只见那农家孩子已被摔在墙脚之下，满头鲜血，不知死活。那少妇急痛攻心，放下郭靖之女，扑上去抱住自己儿子，连哭带叫。李莫愁大怒，拂尘一起，往少妇背上击落。

杨过忙伸剑架开，心想：“天下哪有如此横蛮女子？”口中却道：“李师伯，你若将她打死了，死人可没有奶。”李莫愁怒道：“我是为你的孩子好，你反来多管闲事！”杨过心道：“这明明不是我的孩子，你却口口声声说是我的。但若真是我的，那又怎能说我多管闲事？”当下陪笑道：“这孩子饿得紧了，快让她吃奶是正经。”说着伸手到炕上去抱婴儿。李莫愁举起拂尘，挡住他手，叫道：“你敢抢孩子么？”杨过退后一步，笑道：“好，好！我不抱便是。”

李莫愁将女婴抱起，正要再送到那少妇怀中，转过身来，那少妇已不知去向，原来她乘着两人争执，已抱了儿子悄悄从后门溜走。李莫愁怒气勃发，直冲出门，但见那少妇抱着婴儿正自向前狂奔。李莫愁哼的一声，纵身而起，拂尘搂头击下，风声过去，那农妇母子两人登时脑骨碎裂，尸横当地。她再去寻人喂奶，村中却惟有男人。李莫愁怒气愈盛，胡乱杀了几人，到灶下取了火种，在农家的茅草屋上纵火焚烧，连点了几处火头，这才快步出村。

杨过见她出手凶狠若此，暗自叹息，不即不离的跟在她身后。二人一声不作，在山野间走了数十里地，那婴儿哭得倦了，在李莫愁怀中沉沉睡去。

正行之间，李莫愁突然"咦"的一声，停住脚步，只见两只花斑小豹正自厮打嬉戏。她踏上一步，要将小豹踢开，突然旁边草丛中呜的一声大吼，眼前一花，一只金钱大豹扑了出来。她吃了一惊，挫步向左跃开。那大豹立即转身又扑，举掌来抓。李莫愁举起拂尘，刷的一声，击在豹子双目之间。那豹痛得呜呜狂吼，更是凶性大发，露出白森森的一口利齿，蹲伏在地，两只碧油油的眼睛瞧定了敌人，俟机进扑。

李莫愁左手微扬，两枚银针电射而出，分击花豹双目。杨过叫道："且慢！"挥长剑将银针打下，就在此时，那豹子也已纵身而起，高跃丈余，从半空中扑将下来。杨过也飞身窜起，先舞长剑又砸飞了李莫愁的两枚银针，跟着右拳砰的一声，击在花豹颈后椎骨之上。那花豹吃痛，大吼一声，落地后随即跳起，向杨过扑来。杨过侧身避开，左掌击出，这一掌中含了五成内力，那花豹被他击得一个筋斗向后翻出。

李莫愁心中奇怪，自己两枚银针早已可制花豹死命，何以他既出手救豹，却又费这么大力气和豹子打斗？只见他左一掌，右一掌，打得豹子跌倒爬起，爬起跌倒，狼狈不堪，但每一掌却又避开豹子的要害之处，只听那猛兽吼叫之声越来越低，十余掌吃过，花豹再也受不住了，转身纵上了山坡。杨过早已防到它要逃走，预拟扯住它尾巴拉将转来，岂知那豹威风尽失，尾巴垂下，夹在后腿之间，一拉竟尔拉了个空。他正待施展轻功追去，只见那豹子跃出数丈，回身呜呜而叫，招呼两头小豹逃走。杨过心念一动，双手伸出，抓住两头小豹的头颈，一手一只，高高提起。

那母豹爱子心切，眼见幼豹被擒，顾不得自己性命，又向杨过扑来。杨过将两头小豹往李莫愁一掷，叫道："抓住了，可别弄死。"身随声起，跃得比豹子更高，他看准了从半空中落将下来，正好骑在豹子背上，抓住豹子双耳往下力揿。那豹子出力挣扎，但全身要害受制，一张巨口没入沙土之中。

杨过叫道："李师伯，你快用树皮结两条绳索，将它四条腿缚住。"李莫愁哼了一声，道："我没空陪你玩儿。"转身欲走。杨过急道："谁玩了？这豹子有奶啊！"李莫愁登时省悟，心中大喜，笑道："亏你想得出。"当即撕下十余条树皮，匆匆搓成几条绳索，先将豹子的巨口牢牢缚住，再把它前腿后腿分别绑定。

杨过拍拍身上灰尘，微笑站起。那豹子动弹不得，目光中露出恐惧之色。杨过抚摸一下它头顶，笑道："咱们请你做一会儿乳娘，不会伤你性命。"李莫愁抱起婴儿，凑到花豹的乳房之上。婴儿早已饿得不堪，张开小口便吃。那母豹乳汁甚多，不多时婴儿便已吃饱，闭眼睡去。

李莫愁与杨过望着她吃奶睡着，眼光始终没离开她娇美的小脸，只见她睡熟之后脸上微微露出笑容，两人心中喜悦，相顾一笑。

这一笑之下，两人本来存着的相互戒备之心登时去了大半。李莫愁脸上充满温柔之色，口中低声哼着歌儿，一手轻拍，抱起婴儿。杨过找些软草，在树荫下一块大石上做了个窝儿，说道："你放她在这儿睡罢！"李莫愁忙做个手势，命他不可大声惊醒了孩子。杨过伸伸舌头，做个鬼脸，眼见孩子睡得甚是宁静，不禁呼了一口长气，回头只见两头小豹正钻在母豹怀中吃奶。

四下里花香浮动，和风拂衣，杀气尽消，人兽相安。

杨过在这数日中经历了无数变故，直到此时才略感心情舒泰，但身边一旁是个杀人不眨眼的女魔头，一旁是只凶恶巨兽，也可算得奇异之极了。

李莫愁坐在婴儿身边，缓缓挥动拂尘，替她驱赶林中的蚊虫。这拂尘底下杀人无算，武林中人士见到无不惊心动魄，此时却是她生平第一次用来做件慈爱的善事。杨过见她凝望着婴儿，脸上有时微笑，有时愁苦，忽尔激动，忽尔平和，想是心中正自思潮起伏，念起生平之事。杨过不明她的身世，只曾听程英和陆无双约略说过一些，想她行事如此狠毒偏激，必因经历过一番极大的困苦，自己一直恨她恼她，此时不由得微生怜悯之意。

过了良久，李莫愁抬起头来，与杨过目光一接，心中微微一怔，轻声道："天快黑了，今晚怎么办?"杨过四下一望，道："咱们又不能带了这位大乳娘走路，且找个山洞住宿一宵，明日再定行止。"李莫愁点了点头。

杨过前后左右找寻，发现了一个勉可容身的山洞，当下找些软草，在洞中铺了一大一小两个床位，说道："李师伯，你歇一会儿，我去弄些吃的。"转过山坡去找寻野味。不到半个时辰，打了三只山兔，捧了十多个野果回来。他放开豹子嘴上绳索，喂它吃了一只山兔。再拾枯草残枝生了堆火，将余下两只山兔烤了与李莫愁分吃，说道："李师伯，你安睡罢，我在洞外给你守夜。"取出长绳缚在两株大树之间，凌空而卧。

这本是古墓派练功的心法，李莫愁看了自亦不以为意。她除了有时与弟子洪凌波同行之外，一生独往独来，今晚与杨过为伴，他竟服侍得自己舒舒服服，与昔日独处荒野的情景大不相同，不禁暗自又叹了口气。

那雕身形甚巨，形貌却是丑陋之极，全身羽毛疏疏落落，钩嘴弯曲，头顶生着个血红的大肉瘤，双腿奇粗，世上鸟类千万，从未见过如此古拙雄奇的猛禽。

第二十三回

手足情仇

杨过睡到中夜，忽然听得西北方传来一阵阵雕鸣，声音微带嘶哑，但激越苍凉，气势甚豪。他好奇心起，轻轻从绳上跃下，循声寻去。但听那鸣声时作时歇，比之桃花岛上双雕的鸣声远为洪亮。他渐行渐低，走进了一个山谷，这时雕鸣声已在身前不远，他放轻脚步，悄悄拨开树丛一张，不由得大感诧异。

眼前赫然是一头大雕，那雕身形甚巨，比人还高，形貌丑陋之极，全身羽毛疏疏落落，似是被人拔去了一大半似的，毛色黄黑，显得甚是肮脏，模样与桃花岛上的双雕倒也有五分相似，丑俊却是天差地远。这丑雕钩嘴弯曲，头顶生着个血红的大肉瘤，世上鸟类十万，从未见过如此古拙雄奇的猛禽。但见这雕迈着大步来去，双腿奇粗，有时伸出羽翼，却又甚短，不知如何飞翔，只是高视阔步，自有一番威武气概。

那雕叫了一会，只听得左近簌簌声响，月光下五色斑斓，四条毒蛇一齐如箭般向丑雕飞射过去。那丑雕弯喙转头，连啄四下，将四条毒蛇一一啄死，出嘴部位之准，行动之疾，直如武林中一流高手。这连毙四蛇的神技，只将杨过瞧得目瞪口呆，挢舌不下，霎时之间，先前轻视好笑之心，变成了惊诧叹服之意。只见那丑雕张开大口，将一条毒蛇吞在腹中。杨过心想："将这头丑雕捉去，跟郭芙的双雕比上一比，却也不输于她。”正在转念如何捕捉，突然闻到一股腥臭之气，显有大蛇之类毒物来到邻近。

丑雕昂起头来，哇哇哇连叫三声，似向敌人挑战。只听得呼的一声巨响，对面大树上倒悬下一条碗口粗细的三角头巨蟒，猛向丑雕扑去。丑雕毫不退避，反而迎上前去，倏地弯嘴疾伸，已将毒蟒的右眼啄瞎。那雕头颈又短又粗，似乎转动不便，但电伸电缩，杨过眼光虽然敏锐，也没瞧清楚它如何啄瞎毒蟒的眼珠。

毒蟒失了右眼，剧痛难当，张开大口，啪的一声，咬住了丑雕头顶的血瘤。这一下杨过出其不意，不禁“啊”的一声叫了出来。毒蟒一击成功，一条两丈长的身子突从树顶跌落，在丑雕身上绕了几匝，眼见丑雕已是性命难保。

杨过不愿丑雕为毒蛇所害，当即纵身而出，拔剑往蛇身上斩去，突然间那雕右翅疾展，在杨过右臂上一拍，力道奇猛。杨过出其不意，君子剑脱手，飞出数丈。杨过正惊奇间，只见那雕伸嘴在蟒身上连啄数下，每一啄下去便有蟒血激喷而出。杨过心想：“难道你有必胜把握，不愿我插手相助?”

毒蟒愈盘愈紧，丑雕毛羽贲张，竭力相抗。眼见那雕似乎不支，杨过拾起一块大石，往巨蟒身上不住砸打。那巨蟒身子略松，丑雕头颈急伸，又将毒蟒的左眼啄瞎。毒蟒张开巨口，四下乱咬，这时它双眼已盲，哪里咬得中什么。丑雕双爪揿住蛇头七寸，按在土中，一面又以尖喙在蟒头戳啄。眼见这巨雕天生神力，那毒蟒全身扭曲，翻腾挥舞，蛇头始终难以动弹，过了良久，终于僵直而死。

丑雕仰起头来，高鸣三声，接着转头向着杨过，柔声低呼。

杨过听它鸣声之中甚有友善之意，于是慢慢走近，笑道：“雕兄，你神力惊人，佩服佩服。”丑雕低声鸣叫，缓步走到杨过身边，伸出翅膀在他肩头轻轻拍了几下。杨过见这雕如此通灵，心中大喜，也伸手抚抚它的背脊。

丑雕低鸣数声，咬住杨过的衣角扯了几扯，随即放开，大踏步便行。杨过知它必有用意，便跟随在后。丑雕足步迅捷异常，在山石草丛之中行走疾如奔马，杨过施展轻身功夫这才追上，心中暗自惊佩。那雕愈行愈低，直走入一个深谷之中。又行良久，来到一个大山洞前，丑雕在山洞前点了三下头，叫了三声，回头望着杨过。

杨过见它似是向洞中行礼，心想："洞中定是住着什么前辈高人，这巨雕自是他养驯了的，这却不可少了礼数。"于是在洞前跪倒，拜了几拜，说道："弟子杨过叩见前辈，请恕擅闯洞府之罪。"待了片刻，洞中并无回答。

那雕拉了他的衣角，踏步便入。眼见洞中黑黝黝地，不知当真是住着武林奇士，还是什么山魈木怪，他心中惴惴，但生死早置度外，便跟随进洞。

这洞其实甚浅，行不到三丈，已抵尽头，洞中除了一张石桌、一张石凳之外更无别物。丑雕向洞角叫了几声，杨过见洞角有一堆乱石高起，极似一个坟墓，心想："看来这是一位奇人的埋骨之所，只可惜雕儿不会说话，无法告我此人身世。"一抬头，见洞壁上似乎写得有字，只是尘封苔蔽，黑暗中瞧不清楚。打火点燃了一根枯枝，伸手抹去洞壁上的青苔，果然现出三行字来，字迹笔划甚细，入石却是极深，显是用极锋利的兵刃划成。看那三行字道：

"纵横江湖三十余载，杀尽仇寇，败尽英雄，天下更无抗手，无可奈何，惟隐居深谷，以雕为友。呜呼，生平求一敌手而不可得，诚寂寥难堪也。"

下面落款是："剑魔独孤求败。"

杨过将这三行字反来覆去的念了几遍，既惊且佩，亦体会到了其中的寂寞难堪意，心想这位前辈奇士只因世上无敌，只得在深谷隐居，则武功之深湛精妙，实不知到了何等地步。此人号称"剑魔”，自是运剑若神，名字叫作“求败”，想是走遍天下欲寻一胜己之人，始终未能如愿，终于在此处郁郁以没，缅怀前辈风烈，不禁神往。

低回良久，举着点燃的枯枝，在洞中察看了一周，再找不到另外遗迹，那个石堆的坟墓上也无其他标记，料是这位一代奇人死后，是神雕衔石堆在他尸身之上。

他出了一会神，对这位前辈异人越来越是仰慕，不自禁的在石墓之前跪倒，拜了四拜。那神雕见他对石墓礼数甚恭，似乎心中欢喜，伸出翅膀又在他肩头轻拍几下。

杨过心想：“这位独孤前辈的遗言之中称雕为友，然则此雕虽是畜生，却是我的前辈，我称它为雕兄，确不为过。”于是说道：“雕兄，咱们邂逅相逢，也算有缘，我这便要走。你愿在此陪伴独孤前辈的坟墓呢，还是与我同行?”神雕啼鸣几声，算是回答。杨过却不懂其意，眼见它站在石墓之旁不走，心想：“武林各位前辈从未提到过独孤求败其人，那么他至少也是六七十年之前的人物。这神雕在此久居，心恋故地，自是不能随我而去的了。”伸臂搂住神雕脖子，与它亲热了一阵，这才出洞。

他生平除与小龙女相互依恋之外，并无一个知己友好，这时与神雕相遇，虽是一人一禽，不知如何竟是十分投缘，出洞后颇有点恋恋不舍，走几步便回头一望。他每一回头，神雕总是啼鸣一声相答，虽然相隔十数丈外，在黑暗中神雕仍是瞧得清清楚楚，见杨过一回头便答以一啼鸣，无一或爽。

杨过突然间胸间热血上涌，大声说道：“雕兄啊雕兄，小弟命不久长，待郭伯伯幼女之事了结，我和姑姑最后话别，便重来此处，得埋骨于独孤大侠之侧，也不枉此身了。”说着躬身一揖，大踏步便行。

他记挂郭靖幼女的安危，拾回君子剑后，急奔回向山洞。刚到洞口，只听得李莫愁道："你到哪里去啦？这儿有个孤魂野鬼，来来往往的哭个不停，惹厌得紧。"杨过道："哪里有什么鬼怪？"语声未毕，便听远远传来号啕大哭之声。

杨过吃了一惊，低声道："李师伯，你照料着孩子，让我来对付他。"只听得哭声渐近，有人边哭边叫："我好惨啊，我好惨啊！妻子给人害死了，两个儿子却要互相拼个你死我活。"杨过探头张望，星光下见一个披头散发的大汉正自掩面大哭，不住打着圈子疾走，衣衫破烂，面目却瞧不清楚。

李莫愁啐了一口，道："原来是个疯子，快逐走他，莫吵醒了孩子。"

但听得那汉子又哭叫起来："这世上我就只两个儿子，他们偏要自相残杀，我这老头儿还活着干么？"一面叫嚷，一面大放悲声。杨过心中一动："莫非是他？"缓步出洞，朗声道："这位可是武老前辈么？"

那人荒郊夜哭，为的是心中悲恸莫可抑制，想不到此处竟然有人，当即止住哭声，厉声喝道："你是谁？在这里鬼鬼祟祟的干么？"

杨过抱拳道："小人杨过，前辈可是姓武，尊号上三下通么？"

这人正是武氏兄弟的父亲武三通，他在嘉兴府为李莫愁银针所伤，晕死过去，待得悠悠醒转，只见妻子武三娘伏在地上，正自吮吸他左腿上伤口中的毒血。他吃了一惊，叫道："三娘，针上剧毒厉害无比，如何吸得？"忙将她推开。武三娘往地上吐了一口毒血，微微一笑，说道："黑血已经转红，不碍事了。"武三通见她两边脸颊尽成紫黑之色，不由得大惊，颤声道："三娘，你……你……"武三娘舍身为丈夫疗毒，自知即死，抚着两个儿子的头，低声道：

“你和我成亲后一直郁郁不乐，当初大错铸成，无可挽回。只求你抚养两个孩儿长大成人，要他们终身友爱和睦……”话未说完，已撒手长逝。

武三通大恸之下，登时疯病又发，见两个儿子伏在母亲尸身上痛哭，他头脑中却空空洞洞地什么也不知道了，就此扬长自去。

如此疯疯癫癫的在江湖上混了数年，时日渐久，疯病倒也慢慢痊愈了。点苍渔隐参与大胜关英雄大会之后回山，与几个武林朋友结伴同行，闲谈中听他们说起有这样一个人物，模样似与师弟武三通相像，转辗寻访，终于和他相遇。

武三通听得两个爱子已然长成，大喜之下，便来襄阳探视，到达之时，适逢金轮法王大闹襄阳，郭靖负伤，黄蓉新产。他与朱子柳及郭芙晤面之后，得知两个儿子竟尔阋墙而斗，想起妻子临死时的遗言，伤心无已，急忙追出城来，经过一座破庙时听到庙中有兵刃相交之声，进去一看，正是武敦儒与武修文在持剑相斗。他与二子相别已久，二子长大成人，原已不识，但眼见二人右手使剑，左手各以一阳指指法互点，当即上前喝止。

武氏兄弟重逢父亲，喜极而泣，然一提到郭芙，兄弟俩却谁也不肯退让。武三通不论怒骂斥责，或是温言劝谕，要他二人息了对郭芙的爱念，却始终难以成功。武氏兄弟在父亲面前不敢相互露出敌意，但只要他走开数步，便又争吵起来。当晚两兄弟悄悄约定，半夜里到这荒山中来决一胜败。武三通偷听到了二人言语，悲愤无已，抢先赶到二人约定之处，要阻止二子相斗。他越想越是难过，不由得在荒野中放声悲号。

武三通正当心神激荡之际，突见一个少年从山洞中走了出来，不禁大生敌意，喝道：“你是谁？怎知我的名字？”杨过听他自承，说道：“武老伯，小侄杨过，从前与敦儒、修文二兄曾同在桃花岛郭大侠府上寄居，对老伯威名一直仰慕得紧。”

武三通点了点头，道：“你在这儿干么？啊，是了，敦儒与修文要在此处比武，你是作公证人来着。哼哼，你既是他们知交，怎不设法劝阻？反而推波助澜，好瞧瞧热闹，那算得是什么朋友？”说到后来，竟是声色俱厉，将满腔怒火都发泄在杨过身上，口中喝骂，脚下踏步上前，举起巨掌，便要教训教训这大亏友道的小子。

杨过见他虬髯戟张，神威凛凛，心想没来由的何必和他动手，退开两步，陪笑道：“小侄不知二位武兄要来比武，老伯不可错怪了人。”武三通喝道：“还要花言巧语？你若事先不知，何以到了这里？世界这么大，却偏偏来到这荒山穷谷？”杨过心想此人不可理喻，何况与他在这荒僻之地相遇，确也甚是凑巧，一时不知如何解释。

武三通见他迟疑，料定这小子不是好人，他年轻时情场失意，每见到俊秀的少年便觉厌憎，心念一动：“这小子未必便识得我两个孩儿，鬼鬼祟祟的躲在这儿，定是另有诡计。”狂怒下更不多想，提起右掌便往杨过肩头拍下。杨过身子一闪，武三通右掌落空，当即弯过左臂，一记肘锤撞了过去。杨过见他出招劲力沉厚，不敢怠慢，斜身移步，又避过一招。武三通叫道：“好小子，轻功倒是了得，亮剑动手罢！”

就在此时，洞中婴儿忽然醒来，哭了几声。杨过心念一动：“他与李莫愁有杀妻大仇，只要一照面，非拼个你死我活不可。两人动上手便是绝招杀着，我未必能护得住婴儿。”于是笑道：“武老伯，小侄是晚辈，怎敢和你动手？但你定要疑心我不是好人，那也无法。这样罢，我让你再发三招。你若打我不死，便请立时离开此地如何？”

武三通大怒，喝道：“小子狂妄，适才我掌底留情，未下杀手，你便敢轻视于我么？”右手食指倏地伸出，使的竟然便是“一阳指”。他数十年苦练，功力深厚。杨过只见他食指晃动，来势虽缓，自己上半身正面大穴却已全在他一指笼罩之下，竟不知他要点的是哪一处穴道，正因不知他点向何处，九处大穴皆有中指之虞，当即伸出中指往他食指上一弹，使的正是黄药师所授“弹指神通”功夫。

“弹指神通”与“一阳指”齐名数十年，原是各擅胜场，但杨过功力既浅，所学为时极暂，学后又未尽心钻研苦练，哪及得上武三通数十年的专心一致？两指相触，杨过只觉右臂一震，全身发热，腾腾腾退出五六步，才勉强拿住桩子，不致摔倒。

武三通“咦”的一声，道：“小子果然在桃花岛住过。”一来碍着黄药师的面子，二来见他小小年纪，居然挡住了自己生平绝技，心起爱才之意，喝道：“第二指又来了，挡不住便不用挡，莫要震坏内脏，我不伤你性命便是。”说着抢上数步，又是一指点出，这次却是指向杨过小腹。

这一指所盖罩的要穴更广，肚腹间冲脉十二大穴，自幽门、通谷，下至中注、四满，直抵横骨、会阴，尽处于这一指威力之下。杨过见来势甚疾，如再以“弹指神通”功夫抵挡，只怕不但手指断折，还得如他所云内脏也得震伤，当下急使一招“琴心暗通”，嗤的一声轻响，君子剑出鞘，护在肚腹之前二寸。武三通手指将及剑刃，急忙缩回，跟着第三指又出。这一指迅如闪电，直指杨过眉心，料想他决计不及抽剑回护。杨过见来指奇速，绝难化解，危急中使出“九阴真经”中的功夫，飕的一声，倏地矮身从武三通胯下钻了过去。这一招虽然迅捷，毕竟姿式狼狈，抑且大失身份，好在他是小辈，在长辈胯下钻下也没什么。

武三通“啊哟”一声也来不及呼出，只觉对方手掌在自己左肩轻轻一拍，跟着听得杨过笑道：“武老伯，你第三指好厉害。”他一怔之下，垂手退开，惨然道：“嘿嘿，当真英雄出在少年，老头儿不中用啦。”

杨过忙还剑入鞘，躬身道：“小侄这一招避得太也难看，倘若当真比武，小侄已然输了。”武三通心中略感舒畅，叹道：“那也不然，你刚才如在我背后一剑，我这条老命便不在了。你这招当真机伶，似我这种老粗，原斗不过聪明伶俐的娃儿们……”他话未说完，忽听远处足步声响，有两人并肩而来。杨过一拉武三通的袖子，隐身在一片树丛之后。只听脚步声渐近，来的果然是武敦儒、武修文两兄弟。

武修文停住脚步，四下一望，道：“大哥，此处地势空旷，便在这儿罢。”武敦儒道：“好！”他不喜多言，刷的一声，抽出了长剑。武修文却不抽剑，说道：“大哥，今日相斗，我若不敌，你便不杀我，做兄弟的也不能再活在世上。那手报母仇、奉养老父、爱护芙妹这三件大事，大哥你便得一肩儿挑了。”武三通听到此处，心中一酸，落下了两滴眼泪。

武敦儒道：“彼此心照，何必多言？你如胜我，也是一样。”说着举剑立个门户。武修文仍不拔剑，走上几步，说道：“大哥，你我自幼丧母，老父远离，哥儿俩相依为命，从未争吵半句，今日到这地步，大哥你不怪兄弟罢？”武敦儒说道：“兄弟，这是天数使然，你我都做不了主。”武修文道：“不论谁死谁活，终身决不能泄漏半点风声，以免爹爹和芙妹难过。”武敦儒点点头，握住了武修文的左手。兄弟俩黯然相对，良久无语。

武三通见兄弟二人言语间友爱深笃，心下大慰，正要跃将出去，喝斥决不可做这胡涂蠢事，忽听两兄弟同时叫道：“好，来罢！”同时后跃。武修文一伸手，长剑亮出，刷刷刷连刺三剑，星光下白刃如飞，出手迅捷异常。武敦儒一一架开，第三招回挡反挑，跟着还了两剑，每一招都刺向武修文的要害。武三通心中突的一下大跳，却见武修文闪身斜跃，轻轻易易的避了开去。

荒谷之中，只听得双剑撞击，连绵不绝，两兄弟竟是性命相扑，出手毫不容情，只将武三通瞧得又是担心，又是难过，两个都是他爱若性命的亲儿，自幼来便无半点偏袒，眼见二人出剑招招狠辣，纵然对付强仇亦不过如是，斗将下去，二人中必有一伤。此时他若现身喝止，二人自必立时罢手。但今日不斗，明日仍将拼个你死我活，总不能时时刻刻跟在二子身边，寸步不离的防范。他越瞧越是痛心，想起自己身世之惨，不由得泪如雨下。

杨过幼时与二武兄弟有隙，其后重逢，相互间仍是颇存芥蒂。他生性偏激，度量殊非宽宏，见二武相斗，初时颇存幸灾乐祸之念，但见武三通哭得伤心，想起自己命不久长，善念登起："我一生没做过什么于人有益之事，死了以后，姑姑自然伤心，但此外念着我的，也不过是程英、陆无双、公孙绿萼等寥寥几个红颜知己而已。今日何不做桩好事，教这位老伯终身记着我的好处？"心念既决，将嘴唇凑到武三通耳边，低声说道："武老伯，小侄已有一计，可令两位令郎罢斗。"

武三通心中一震，回过头来，脸上老泪纵横，眼中满是感激之色，但兀自将信将疑，实不知他有何妙法能解开这个死结。杨过低声道："只是得罪了两令郎，老伯可莫见怪。"

武三通紧紧抓住他的双手，心意激动，说不出话来。他年轻时不知情爱滋味，娶妻是奉了父母之命，其后为情孽牵缠，难以排遣，但自丧妻之后，感念妻子舍身救命的深恩，对何沅君的痴情已渐淡漠，老来爱子弥笃，只要两个儿子平安和睦，纵然送了自己性命，也所甘愿。此刻于绝境之中突然听到杨过这几句话，真如忽逢救苦救难的菩萨一般。

杨过见了他的神色，心中不禁一酸："我爹爹若是尚在人世，亦必如此爱我。"低声道："你千万不可给他们发觉，否则我的计策不灵。”

这时武氏兄弟越打越激烈，使的都是越女剑法。这是当年江南七怪中韩小莹一脉所传，两人自幼至大，也不知已一同练过几千百次，但这次性命相搏，却不能有半招差错，与平时拆招大不相同。武修文矫捷轻灵，纵前跃后，不住的找隙进击。武敦儒严守门户，偶然还刺一剑，却是招式狠辣，劲力沉雄。

杨过瞧了一阵，心想：“郭伯伯武功之强，冠绝当时，但他传授徒儿似乎未得其法，武氏兄弟又资质平平，看来连郭伯伯武功的二成也未学到。”突然纵声长笑，缓步而出。

武氏兄弟大吃一惊，分别向后跃开，按剑而视，待认清是杨过，齐声喝道：“你来这儿干么？”杨过笑道：“你们又在这儿干么？”武修文哈哈一笑，道：“我兄弟俩中夜无事，练练剑法。”杨过心道：“究竟小武机警，这当儿随口说谎，居然行若无事。”冷笑一声，说道：“练剑居然练到不顾性命，嘿嘿，用功啊用功！”武敦儒怒道：“你走开些，我兄弟的事不用你管。”

杨过冷笑道：“倘若当真是练剑用功，我自然管不着。可是你们出招之际，心中尽想着我的芙妹，我不管谁管？”武氏兄弟听到“我的芙妹”四字，心中震动，不由自主的都是长剑一颤。武修文厉声道：“你胡说八道什么？”杨过道：“芙妹是郭伯伯、郭伯母的亲生女儿不是？婚姻大事须凭父母之命是不是？郭伯伯早将芙妹的终身许配于我，你们又非不知，却私自在这里斗剑，争夺我未过门的妻子，你哥儿俩当我杨过是人不是？”

这番话说得声色俱厉，武氏兄弟登时语塞。他们确知郭靖一向有意招杨过为婿，只是黄蓉与郭芙却对他不喜，这时突然给他说中心事，兄弟俩相顾看了一眼，不知如何对答。还是武修文有急智，冷笑道：“哼，未过门的妻子？亏你说得出口！这婚事有媒妁之言没有？你行过聘没有？下过文定没有？”杨过冷笑道：“好啊，那么你哥儿俩倒是有父母之命、媒妁之言了？”宋时最重礼法，婚姻大事非有父母之命、媒妁之言不可。武氏兄弟本拟两人决了胜败之后，败者自尽，胜者向郭芙求婚，那时她无所选择，自必允可，然后再一同向郭靖夫妇求恳，不料竟有一个杨过来横加插手。武修文微一沉吟，说道：“师父有意将芙妹许配于你，这话说不定也是有的。可是师母却有意许我兄弟之中一人。眼下咱们三人均是一般，谁都没有名份，日后芙妹的终身属谁，却难说得很呢。”杨过仰头向天，哈哈大笑。

武修文见他大笑不止，只不说话，怒道：“你笑什么？难道我的话错了？”杨过笑道：“错了，错了。郭伯伯固然喜欢我，郭伯母却更加喜欢我，你两兄弟哪能与我相比？”武修文道：“哼，你信口开河，有谁信了？”杨过笑道：“哈哈，我何必胡说？郭伯母私下早就许了我啦，否则我怎肯如此出力的救我岳父岳母？这都是瞧在我那芙妹份上啊。你说，你师母亲口答应过你们没有？”

二武惶然相顾，心想师母当真从未有过确切言语，连言外之意也未露过半分，莫非真的许了这小子？两人本要拼个你死我活，此时陡然杀出一个强敌，兄弟俩敌忾同仇，不禁互相靠近了一步。

杨过曾偷听到郭芙和他兄弟俩的说话，有意要激得他二人对己生妒，于是笑吟吟的道：“芙妹曾对我言道：两位武家哥哥缠得她好紧，她无可推托，只好说两个都喜欢。哈哈，世上哪有一个好女子会同时爱上两个男人？我那芙妹端庄贞淑，更加决无此理。我跟你们实说了罢，两个都喜欢，便是一个都不喜欢。”当下学着郭芙那晚的语气，娇声细气的道：“小武哥哥，你体贴我，爱惜我，你便不知我心中可有多为难么？大武哥哥，你总是这么阴阳怪气的，你要跟我说什么？”

武氏兄弟勃然变色。这几句话是郭芙分别向两人所说，当时并无第三人在，若非她自己转述，杨过焉能得知？二人心中痛如刀绞，想起郭芙始终不肯许婚，原来竟是为此。

杨过见了二人神色，知道计已得售，正色说道："总而言之，芙妹是我未过门的妻子，日后我和她百年好合，白头偕老，相敬如宾，子孙绵绵……"说到这里，忽听得身后发出幽幽一声长叹，竟是小龙女的声音。杨过脱口叫道："姑姑！"却不闻应声，随即省悟是山洞中的李莫愁所发，此人决不可与武氏父子照面，便大声道："你哥儿俩自作多情，枉自惹人耻笑。瞧在我岳父岳母的脸上，此事我也不来计较。你们好好回到襄阳，去助我岳父岳母守城，方是正事。"口口声声的竟将郭靖夫妇称作了"岳父、岳母"。

武氏兄弟神色沮丧，伸手互握。武修文惨然道："好，杨大哥，祝你和郭师妹福……福寿无疆。我兄弟俩远走天涯，世上算是没我们两兄弟了。"说着两人一齐转身。

杨过暗暗欢喜，心想他二人已然恨极了我，又必定深恨郭芙，但两兄弟此后自然友爱深挚，终如其老父所愿。

武三通躲在树丛之后，听杨过一番言语将两个爱儿说得不再相斗，心中大喜，眼见两子携手远去，忍不住叫道："文儿，儒儿，咱们一块儿走。"

二武听到父亲呼喝，一怔之下，齐声叫道："爹爹。"武三通向杨过深深一揖，说道："杨兄弟，你的恩情厚意，老夫终身感念。"杨过不禁皱眉，心想这话怎能在二武之前吐露，待要乱以他语，武修文已然起疑，说道："大哥，这小子所说，未必是真。"武敦儒不擅言辞，机敏却绝不亚于乃弟，朝父亲望了一眼，转向兄弟，点了点头。

武三通见事情要糟，忙道："别错会了意，我可没叫杨家兄弟来劝你们。"武氏兄弟本来不过略有疑心，听了父亲这几句欲盖弥彰的话，登时想起杨过素来与郭芙不睦，他与小龙女又情意深笃，适才所言多半不确。武修文道："大哥，咱们一齐回襄阳去，亲口向芙妹问个明白。”武敦儒道：“好！旁人花言巧语，咱们须不能上当。”武修文道：“爹爹，你也去襄阳罢。师父师母是你旧交，你见见他们去。”武三通道：“我……我……”满脸涨得通红，不知如何是好，要待摆出为父尊严对二子呵斥责骂，又怕他们当面唯唯答应，背着自己却又去拼个你死我活。

杨过冷笑道：“武二哥，‘芙妹’两字，岂是你叫得的？从今而后，这两字非但不许你出口，连心中也不许想。”武修文怒道：“好啊，天下竟有如此蛮不讲理之人？‘芙妹’两字，我已叫了七八年，不但今天要叫，日后也要叫。芙妹，芙妹，我的芙妹……”突然啪的一下，左颊上给杨过结结实实打了一记耳光。

武修文跃开两步，横持长剑，低沉着嗓子道：“好，姓杨的，咱们有多年没打架了。”

武三通喝道：“文儿，好端端的打什么架？”杨过转过头去，正色道：“武老伯，你到底帮谁？”按着常理，武三通自是相帮儿子，但杨过这番出头，明明是为了阻止他兄弟俩自相残杀，不由得张口结舌，说不出话来。杨过道：“这样罢，你安安稳稳的坐在这里。我不会伤他们性命，料他们也伤不了我，你只管瞧热闹便是。”他年纪比武三通小得多，但说出话来，武三通不由自主的听从，于是依言坐在石上。

杨过拔出君子剑，寒光挥动，擦的一声响，将身旁一株大松树斩为两截，左掌推出，大松树上半截倒在一旁，切口之处，平整光滑。武氏兄弟见他宝剑如此锋锐，不禁相顾失色。杨过还剑入鞘，笑道：“此剑岂为对付两位而用？”顺手折了一根树枝，拉去枝叶，成为一根三尺来长的木棒，说道：“我说岳母对我偏心，你们两位定不肯信。这样罢，我只用这根木棒，你们两位用剑齐上。你们既可用我岳父岳母所传武功，也可用你们朱师叔所传的一阳指，我却只用岳母所授的武功，只要我用错了一招别门别派的功夫，便算我输了。”

二武本来忌惮他武功了得，当日见他两次恶斗金轮法王，招数怪异，自己识都不识，但此时听他口口声声“岳父岳母”，似乎郭芙已当真嫁了他一般，心中如何不气？何况他傲慢托大，既说以一敌二，用木棒对利剑，还说限使黄蓉私下传授的武艺，两兄弟心想自己连占三项便宜，若再不胜，也是没脸再活在世上了。

武敦儒终觉如此胜之不武，摇了摇头，刚想说话，武修文已抢着道：“好，这是你自高自大，可不是我兄弟要叨你的光。若你错用了一招全真派或是古墓派的武功，那便如何？”心想你这小子武功虽强，不过强在从全真派与古墓派学得了上乘功夫，当在桃花岛之际，你给我兄弟俩打得亡命而逃，又有什么了不起了？是以用这番言语来挤兑于他。

杨过道：“咱们此刻比武，不为往时旧怨，也不为今日新恨，乃是为芙妹而斗。倘若我输了，我只要再向她看上一眼，再跟她说一句话，我便是猪狗不如的无耻之徒。但若你们输了呢？”这几句话自是逼得他兄弟俩非跟着说不可。事当此际，武修文只得道：“咱兄弟俩输了，也永不再见芙妹之面。”杨过向武敦儒道：“你呢？”武敦儒怒道：“咱兄弟同心一意，岂有异言？”杨过笑道：“好，你们今日输了，倘若不守信约，那便是猪狗不如的无耻之徒，是也不是？”武修文道：“不错。你也一样。看招罢！”说着长剑挺出，往杨过腿上刺去。武敦儒同时出剑，却挡在杨过左侧，只一招间，便成左右夹攻之势。

杨过径向前跃，叫道：“兄弟同心，其利断金。你两兄弟联手，果然厉害。”武敦儒提剑又上，杨过举着木棒，只是东闪西避，并不还手，说道：“‘妻子如衣服，兄弟如手足，衣服破，尚可缝，手足断，不可续！’这首诗你们听见过么？”武修文喝道：“你啰唆些什么？师母私下传你的功夫，怎地不施展出来？”武敦儒一声不响，只是催动剑力。

杨过道："好，小心着，我岳母亲手所授的精妙功夫这就来了！"说着木棒上翻下绊，使个打狗棒法中的"绊"字诀，左手手指伸出，虚点武敦儒的穴道。武敦儒向后闪避，武修文"哎"的一声叫，已被木棒绊了一交。

武敦儒见兄弟失利，长剑疾刺，急攻杨过。杨过道："不错，同胞手足，有难同当。"木棒晃动，霎眼之间竟已转到他身后，啪的一声，在他臀上抽了一下。他这木棒似是慢吞吞的转动，但所出之处全是对方意料所不及的部位，打狗棒法变幻无方，端的是鬼神莫测。武敦儒吃了这棒虽不疼痛，但显是输了一招，惧意暗生。武修文跃起身来，叫道："这是打狗棒法，哪里是师母暗中相授？明明是师母传授鲁长老之时，咱们一起在旁瞧见的，你偷学几招，算得什么？"杨过木棒伸出，啪的一下，又绊了他一交，这一次却是教他向前直扑。武敦儒长剑横削，护住了兄弟。

杨过待武修文爬起身来，笑道："咱们一齐瞧见，何以我会使，你却不会？我岳母跟鲁长老说的只是口诀，招数却是我岳母暗中传我的。连我的芙妹也不会，你们如何懂得？"

武修文不知他曾有异遇，当洪七公与欧阳锋比拼之时曾将招数说给他听，心想他这话多半不假，否则何以他一闻口诀即能使棒，自己却半点不解，但兀自强辩："这是因为各人品格不同了。这棒法唯丐帮帮主可使，咱们无意之中听见，未有师母之命，岂能偷学？只有卑鄙小人才牢牢记住了。你不知羞耻，徒惹旁人耻笑。"

杨过哈哈大笑，木棒虚晃，啪啪两声，在二人背上各抽一记。武氏兄弟急忙后跃，满脸涨得通红。杨过笑道："此刻既无对证，我虽用打狗棒法胜了，你们仍是心服口不服。好罢，我另使一门我岳母暗中所授的功夫，给你们见识见识。"他瞧瞧大武，又瞧瞧小武，问道："我岳母的武功，是何人所授？"武修文怒道："你再不要脸，岳母长岳母短的，咱们不跟你说话啦。”杨过一笑，道：“那又何必如此小气？好，我问你，你师母拜洪老帮主为师之前，武功传自何人？”武修文道：“我师母乃桃花岛黄岛主之女，武功是黄岛主嫡传，天下谁不知闻？”杨过道：“不错。你们在桃花岛居住多年，可知黄岛主的绝技是什么功夫？”武修文道：“黄岛主博大精深，文才武略，无所不通，无所谓绝技不绝技。”杨过道：“这话倒也不错，以剑而论，黄岛主使的是什么剑法？”武修文道：“你何必明知故问？黄岛主玉箫剑法独步武林，名震天下，江湖上无人不知。”

杨过道：“你们见过黄岛主没有？”武修文道：“黄岛主云游天下，神龙见首不见尾，连师父、师母也找他老人家不着，咱们做小辈的焉能有缘拜见？”杨过道：“那他老人家的玉箫剑法，你们是没有见过的了？”武修文冷笑道：“那一年黄岛主生日，师母设宴遥祝，宴后曾使过一次，咱兄弟俩与芙妹倒是亲眼得见的。那时杨兄已到全真教另投明师去了。”杨过笑道：“不错。后来我岳母……好好，后来你师母暗中却把玉箫剑法传于我了。”

武氏兄弟相顾一眼，均是不信，心想当年杨过虽曾拜黄蓉为师，但知师母只是教他读书，并未传授武功，因之在桃花岛上相斗，他不是自己兄弟敌手，最后打伤武修文那一推，听柯公公说乃是西毒欧阳锋的蛤蟆功。想那玉箫剑法繁复奥妙，郭芙虽是师母的独生爱女，迄今亦未得传授。杨过自终南山归来后，每次与师母相见，均是匆匆数面即便分手，就算师母有心传他剑法，也未必有此余暇。

杨过木棒轻摆，叫道：“瞧着，这是‘萧史乘龙’！”以棒作剑，倏地伸出，噗的一声轻响，武敦儒右胸早着。木棒若是换作利剑，这一剑穿胸而过，他早已性命不保了。

武修文见机得快，长剑疾出，攻向杨过右胁，终究还是慢了一步，杨过木棒回转，忽地刺向他的右腕。这一招后发而先至，武修文剑尖未及对方身体，手腕先得被棒端刺中，长剑便非脱手不可。他急忙收剑变招，缩腕回剑，左腿踢出，杨过的木棒却已刺向武敦儒肩头，身随棒去，寓守于攻，对武修文这一腿竟是不避而避。武修文一脚踢空，武敦儒却已情势紧迫，疾挥长剑严守门户，才不让木棒刺中了身子。

数招之间，二武已是手忙脚乱，拼命守御还有不及，哪有余暇挥剑去削断他的木棒？杨过口中叫出招数："山外清音，金声玉振，凤曲长鸣，响隔楼台，棹歌中流……"木棒连刺，潇洒自如，着着都是攻势，一招不待二武化解开去，第二招第三招已连绵而至。他东刺一棒，西削一招，迫得二武并肩力抗，竟尔不敢相离半步。二武当时看黄蓉使这剑法，瞧过便算，只道这些俊雅花俏的招数只是为舞剑而用，怎想得到其中竟有如许妙用。听他所叫的招数，似乎当日黄蓉确也说过，二人剑上受制，固极窘迫，心中却更是难过，深信杨过这门玉箫剑法确是黄蓉亲传。怎想得到杨过与黄药师曾相聚多日，得他亲自指点玉箫剑法与弹指神通两门绝技？

杨过见二人神色惨然，微感不忍，但想好事做到底，送佛送上西，今日若不将他二人打得服服贴贴，永不敢再见郭芙之面，那么两兄弟日后定要再为她恶斗，直至二人中有一个送命为止。有道是药不瞑眩，厥疾不瘳，既要奏刀治病，非让病人吃些苦头不可，当下催动剑法，着着进迫，竟是一招也不放松。二武愈斗愈惊，但见棒影晃动，自己周身要害似已全在他棒端笼罩之下，只得咬紧牙关，拼命抵御。

二武所学的越女剑本来也是一门极厉害的剑法，只是二人火候未到，郭靖又口齿拙劣，不善将剑法中精微奥妙之处详加指点。因此他兄弟若与一般江湖好手较量，取胜固已有余，在杨过木棒之下却是破绽百出，不知其可。杨过的玉箫剑法本来也未学好，只是他武功比二武高得太多，何况二武心中伤痛，急怒交加，不免出手更乱。

杨过不使杀着，却将内力慢慢传到棒上。二武斗了一阵，只觉对方手里这根树枝中竟有一股极强吸力，牵引得双剑歪歪斜斜，一剑明明是向对方刺出，但剑尖所指，不是偏左，便是刺到了右边。木棒上牵引之力越来越强，到后来两兄弟几成互斗。武敦儒刺向杨过的一招往往险些中了兄弟，而武修文向杨过削去的一剑，也令兄长竭尽全力，方能化解。

杨过长笑一声，叫道："玉箫剑法精妙之处，尚不止此，小心了！"笃的一响，木棒与大武长剑相交，但碰到的是剑面，木棒丝毫无损。武敦儒立感一股极大的黏力向外拉扯，长剑几欲脱手，急忙运力回夺。杨过木棒顺势斜推，连武修文的长剑也已黏住，跟着向下压落，双剑剑头一齐着地。武氏兄弟奋力回抽，刚有些微松动，杨过左脚跨前，已踏住了两柄长剑，木棒倏起，棒端在二武咽喉中分别轻轻一点，笑道："服了么？"

这木棒若是换作利刃，两人喉头早已割断，就算是这根木棒，只要他手上劲力稍大，两人也非受重伤不可。二武脸如死灰，黯然不语。杨过抬起左脚，向后退开三步，见两兄弟神情狼狈，想起幼时受他们殴打折辱，今日始得扬眉吐气，脸上不自禁现出得意神色。

二武此时更无丝毫怀疑，确信杨过果得黄蓉传了绝技，但自幼痴恋郭芙，若如此一战，即便永不再与她相见，终是心有不甘，又觉适才斗剑之时，一上来即被对方抢了先着，此后一路手忙脚乱的招架，师授武艺连一成也没使上，新练成的一阳指更无施展之机。武修文突然喝道："大哥，咱们要是就此罢手，活在世上还有什么味儿？不如跟他拼了！"武敦儒心中一凛，叫道："是！"两人挺剑抢攻，更不守御自身要害，招招均是攻势。

如此一变招，果然威力大盛，二人只攻不守，拼着性命丧在杨过棒下，也要与他斗个同归于尽。杨过木棒指向二人要害，二武竟是全然不理，右手使剑，左手将一阳指的手法使将出来，各以平生绝学，要取敌人性命。杨过笑道：“好，如此相斗，才有点味儿！”索性抛去木棒，在二人剑锋之间穿来插去。二武越打越狠，却始终刺他不着。

武三通旁观三人动手，一时盼望杨过得胜，好让两个儿子息了对郭芙之心，然见二子迭遇险招，又不免盼他二人打败杨过，心情起伏，动荡无已。

猛听得杨过一声清啸，伸指各在二人剑上一弹，铮铮两声，两柄长剑向天飞出。杨过纵身而起，将双剑分别抄在手中，笑道：“这弹指神通功夫，也是我岳母传的！”

到此地步，武氏兄弟自知若再与他相斗，徒然自取其辱。杨过倒转双剑，轻掷过去，拱手道：“多有得罪。”武修文接过长剑，惨然道：“是了，我永不再见芙妹便是。”说着横过长剑，便往颈中刎去。武敦儒与兄弟的心意无异，同时横剑自刎。杨过一惊，飞纵而前，铮铮两响，又伸指弹上双剑。两柄长剑向外翻出，剑刃相交，当的一声，两剑同时断折。

就在此时，武三通也已急跃而前，一手一把，揪住二人的后颈，厉声喝道：“你二人为了一个女人，便要自残性命，真是枉为男子汉了。”

武修文抬起头来，惨然道：“爹，你……你不也是为了一个女子……而伤心一辈子么？我……”话未说完，星光下只见父亲脸上泪痕斑斑，显是心中伤痛已极，猛想起兄弟互斗，实是大伤老父之情，哇的一声，竟哭了出来。武三通手一松，将他搂在怀内，左手却抱住了武敦儒，父子三人搂作一团。武敦儒想起自己对郭芙一片真情，哪想到她暗中竟与杨过要好，连师母也瞒过自己兄弟，将生平绝技传了她心目中的快婿，看来旁人皆是假心假意，只有父子兄弟之情才是真的，伏在父亲怀内，不由得也哭了出来。

杨过生性飞扬跳脱，此举存心虽善，却也弄得武氏兄弟狼狈万状，眼见他父子三人互相爱怜，他心中大为得意，暗想我虽命不久长，总算临死之前做了一桩好事。

只听武三通道："傻孩子，大丈夫何患无妻？姓郭的女孩子对你们既无真心，又何必牵挂于她？咱父子眼前的第一大事，却是什么？"武修文抬起头来，说道："要报妈妈的大仇。"武三通厉声道："是啊！咱父子便是走遍天涯海角，也要找到那赤练魔头李莫愁。"

杨过一惊，心道："快些引开他们三人，这话给李师伯听见了可大大不妙。"他心念甫动，只听得山洞中李莫愁冷笑道："又何必走遍天涯海角？李莫愁在此恭候多时。"说着从洞中走了出来，只见她左手抱婴儿，右手持拂尘，凉风拂衣，神情潇洒。

武氏父子万想不到这魔头竟会在此时此地现身，武三通大吼一声，扑了上去。武敦儒与武修文长剑已折，各自拾起半截断剑，上前左右夹击。杨过大叫："四位且莫动手，听在下一言。"武三通红了眼睛，叫道："杨兄弟，先杀了这魔头再说。"说话之时，左掌右指已连施三下杀着，武氏兄弟剑刃虽断，但近身而攻，半截断剑便如匕首相似，也是威力不小。

杨过知他们身有血仇，决不肯听自己片言劝解便此罢手，只是生怕误伤了婴儿，叫道："李师伯，你将孩子给我抱着。"

武三通一怔，退开两步，问道："你怎地叫她师伯？"李莫愁笑道："乖师侄，你攻这疯子的后路，孩子我自抱着。"她接了武三通三招，觉他功力大进，与当年在嘉兴府动手时已颇不相同，而武氏兄弟也非庸手，三人舍命抢攻，颇感不易对付，是以故意叫杨过“乖师侄”，好分三人之心。武三通果然中计，叫道：“儒儿、文儿，你们提防那姓杨的，我独个儿跟这魔头拼了。”杨过垂手退开，说道：“我两不相助，但你们千万不可伤了孩子。”

武三通见他退开，心下稍宽，催动掌力，着着进逼。李莫愁舞动拂尘抵御，说道：“两位小武公子，适才见你们行事，也算得是多情种子，不似那些无情无义的薄幸男人可恶。瞧在这个份上，今日饶你们不死，给我快快去罢！”武修文怒道：“贼贱人，你这狼心狗肺的恶婆娘，凭什么说多情不多情？”说着欺身直上，狠招连发。李莫愁怒道：“臭小子不知好歹！”拂尘转动，自内向外，一个个圈子滚将出来。二武的断剑与她拂尘一碰，只觉胸口剧震，断剑险些脱手。武三通呼的一掌劈去，李莫愁回过拂尘抵挡，这才解了二武之围。

杨过慢慢走到李莫愁身后，只待她招数中稍有空隙，立即扑上抢她怀中婴儿。但武氏父子大呼酣斗，逼得李莫愁挥动拂尘护住了全身，竟是丝毫找不到破绽，眼见武氏父子出手全无顾忌，招数中丝毫没有要避开孩子之意，若有差失，如何对得住郭靖夫妇？他大声叫道：“李师伯，孩子给我！”抢将上去，挥掌震开拂尘，便去抢夺婴儿。

这时李莫愁身处四人之间，前后左右全是敌人，已缓不出手来与他争夺，但若就此让他将孩子抢去，也是不甘，厉声喝道：“你敢来抢？我手臂一紧，瞧孩子活是不活？”杨过一愣，哪敢上前？

李莫愁如此心神微分，武三通左掌猛拍，掌底夹指，右手食指已点中了她腰间。李莫愁登时半身酸麻，一个踉跄，几欲跌倒，却便此乘势飞足踢去武敦儒手中断剑，拂尘猛向武修文挥落。武三通抓住武修文后心往后急扯，才使他避过了这追魂夺命的一拂。李莫愁受伤不轻，拂尘连挥，夺路进了山洞。

武三通大喜，叫道：“贼贱人中了我一指，今日已难逃性命。”

武氏兄弟手挺断剑，便要冲进洞去。武三通道：“且慢，小心贱人的毒针，咱们在此守住，且想个妥善之策……”话未说完，忽听得山洞中一声大吼，扑出一头豹子。

这头猛兽突如其来，武三通父子三人都大吃一惊，只一怔之间，银光闪动，豹子肚腹之下蓦地里射出几枚银针。这一下更是万万料想不到，总算武三通武功深湛，应变迅捷，危急中纵身跃起，银针从足底扫过，但听武氏兄弟齐呼“啊哟”，只吓得他一颗心怦怦乱跳，却见李莫愁从豹腹下翻将上来，骑在豹背，拂尘插在颈后衣领之中，左手抱着婴儿，右手揪住豹颈，纵声长笑。那豹子连窜数下，已跃入了山涧。

这一着却也大出杨过意料之外，他眼见豹子远走，急步赶去，叫道：“李师伯……”武三通见两个爱儿倒地不起，忧心如焚，伸手抱住杨过，叫道：“今日我跟你拼了。”杨过毫没防备，给他抱个正着，急道：“快放手！我要抢孩子回来！”武三通道：“好好好，咱们大伙儿一块死了干净。”杨过急使小擒拿手，想扳开他手指。武三通惶急之余，又有些疯疯癫癫，武功却丝毫未失，左手牢牢抱住他腰，右手勾封扣锁，竟也以小擒拿手对拆。

杨过见李莫愁骑在豹上已走得影踪不见，再也追赶不上，叹道：“你抱住我干么？救他们的伤要紧啊。”武三通喜道：“是，是！这毒针之伤，你能救么？”说着放开了他腰。

杨过俯身看武氏兄弟时，只见两枚银针一中武敦儒左肩，一中武修文右腿，便在这片刻之间，毒性延展，二人已呼吸低沉，昏迷不醒。杨过在武敦儒袍子上撕下一块绸片，裹住针尾，分别将两枚银针拔出。武三通急问：“你有解药没有？有解药没有？”杨过眼见二武中毒难救，黯然摇头。

武三通父子情深，心如刀绞，想起妻子为自己吮毒而死，突然扑到武修文身上，伸嘴凑往他腿上伤口。杨过大惊，叫道：“使不得！”顺手一指，点中了他背上的“大椎穴”。武三通不防，登时摔倒，动弹不得，眼睁睁望着两个爱儿，脸颊上泪水滚滚而下。

杨过心念一动：“再过五日，我身上的情花剧毒便发，在这世上多活五日，少活五日，实在没什么分别。武氏兄弟人品平平，但这位武老伯却是至性至情之人，和我心意相合，他一生不幸，罢罢罢，我舍却五日之命，让他父子团圆，以慰他老怀便了。”于是伸嘴到武修文腿上给他吸出毒质，吐出几口毒水之后，又给武敦儒吮吸。

武三通在旁瞧着，心中感激莫名，苦于被点中了穴道，无法与他一齐吮吸毒液。杨过在二武伤口上轮流吸了一阵，口中只觉苦味渐转咸味，头脑却越来越觉晕眩，知道自己中毒已深，再用力吸了几口，吐出毒汁，眼前一黑，登时晕倒在地。

此后良久良久没有知觉，渐渐的眼前晃来晃去似有许多模糊人影，要待瞧个明白，却越瞧越胡涂，也不知再过多少时候，这才睁开眼来，只见武三通满脸喜色的望着自己，叫道：“好啦，好啦！”突然跪倒在地，咚咚咚咚的磕了十几个响头，说道：“杨兄弟，你……你救了我……我两个孩儿，也救了我这条老命。”爬起身来，又扑到一个人跟前，向他磕头，叫道：“多谢师叔，多谢师叔。”

杨过向那人望去，见他颜面黝黑，高鼻深目，形貌与尼摩星有些相像，短发鬈曲，一片雪白，年纪已老。杨过只知武三通是一灯大师的弟子，却不知他尚有一个天竺国人的师叔，待要坐起，却觉半点使不出力道，向四下一看，原来已睡在床上，正是在襄阳自己住过的室中，这才知自己未死，还可与小龙女再见一面，不禁出声而呼：“姑姑，姑姑！”

一人走到床边，伸手轻轻按在他的额上，说道：“过儿，好好休息，你姑姑有事出城去了。”却是郭靖。杨过见他伤势已好，心中大慰，但随即想起：“郭伯伯伤势复原，须得七日七夜之功，难道我这番昏晕，竟已过了多日？可是我身上情花之毒却又如何不发？”一愕之下，脑中迷糊，又昏睡过去。

待得再次醒转，已是夜晚，床前点着一枝红烛，武三通仍是坐在床头，目不转睛的望着自己。杨过淡淡一笑，说道：“武老伯，我没事了，你不用担心。两位武兄都安好罢？”武三通热泪盈眶，只是点头，却说不出话来。

杨过生平从未受过别人如此感激，很是不好意思，于是岔开话题，问道：“咱们怎地回襄阳来的？”武三通伸袖拭了拭眼泪，说道：“我朱师弟受你师父龙姑娘之托，送汗血宝马到荒谷中来给你，瞧见咱们四人都倒在地下，这才赶紧救回城来。”杨过奇道：“我师父怎知我在那荒谷之中？她又有什么要事，分身不开，要请朱老伯送马给我？”武三通摇头道：“我回城之后，也没与龙姑娘遇着。朱师弟说她年纪轻轻，武功却是出神入化，可惜这次我无缘拜见。唉，少年英雄如此了得，我跟朱师弟说，咱们的年纪都是活在狗身上了。”

杨过听他夸奖小龙女，语意诚恳，心中甚是欢喜，按年纪而论，武三通便要做小龙女的父亲也是绰绰有余，但话中竟用了“拜见”两字，自是因其徒而敬其师了。杨过微微一笑，又道：“小侄之伤……”只说了四个字，武三通抢着道：“杨兄弟，武林中有人遇到危难，互相援手虽是常事，但如你这般舍己救人，救的又是从前大大得罪过你的我两个小儿，这般大仁大义之事，除了我师父之外，再也无人做得……”杨过不住摇头，叫他别说下去了。武三通不理，续道：“我若叫恩公，谅你也不肯答应。但你如再称我老伯，那你分明是瞧我武三通不起了。”杨过性子爽快，向来不拘小节，他心中既以小龙女为妻，凡是不守礼俗、倒乱称呼之事，无不乐从，于是欣然道：“好，我叫你作武大哥便是。只是见了两位令郎，倒有些不便称呼了。”武三通道：“称呼什么？他们的小命是你所救，便给你做牛做马也是应该的。”杨过道：“武大哥，你不用多谢我。我身上中了情花剧毒，本就难以活命，为两位令郎吮毒，丝毫没什么了不起。”

武三通摇头道：“杨兄弟，话不是这么说。别说你身上之毒未必真的难治，便算确实无药可救，凡人多活一时便好一时，纵是片刻之命，也决计难舍。世上并无长生之人，就算武功通天，到头来终究要死，然则何以人人仍是乐生恶死呢？”

杨过笑了笑，问道：“咱们回到襄阳有几日啦？”武三通道：“到今天已是第七日。”杨过脸现迷茫之色，道：“据理我已该毒发而死，怎地尚活在世上，也真奇了。”武三通喜道：“我那师叔是天竺国神僧，治伤疗毒，算得天下第一。昔年我师父误服了郭夫人送来的毒药，便是他给治好的。我这就请他去。”说着兴匆匆的出房。

杨过心头一喜：“莫非当我昏晕之时，那位天竺神僧给我服了什么灵丹妙药，竟连情花的剧毒也化解了。唉，不知姑姑到了何处？她若得悉我能不死，真不知该有多快活呢！”想到缠绵之处，心头一荡，胸口突然如被大铁锤猛击一记，剧痛难当，忍不住大叫一声。自服了裘千尺所给的半枚丹药之后，迄未经历过如此难当的大痛，想是半枚丹药的药性已过，而身上的毒性却未驱除，当下紧紧抓住胸口，牙齿咬得格格直响，片刻间便已满头大汗。

正痛得死去活来之际，忽听得门外有人口宣佛号：“南无阿弥陀佛！”那天竺僧双手合什，走了进来。武三通跟在后面，眼见杨过神情狼狈，大吃一惊，问道：“杨兄弟，你怎么啦？”转头向天竺僧道：“师叔，他毒发了，快给他服解药！”天竺僧不懂他说话，走过去替杨过按脉。武三通道：“是了！”忙去请师弟朱子柳过来。朱子柳精通梵文内典，只他一人能与天竺僧交谈，于是过来传译。

杨过凝神半晌，疼痛渐消，将中毒的情由对天竺僧说了。天竺僧细细问了情花的形状，大感惊异，说道：“这情花是上古异卉，早已绝种。佛典中言道：当日情花害人无算，文殊师利菩萨以大智慧力化去，世间再无流传。岂知中土尚有留存。老衲从未见过此花，实不知其毒性如何化解。”说着脸上深有怜悯之色。武三通待朱子柳译完天竺僧的话，连叫：“师叔慈悲！师叔慈悲！”

天竺僧双手合什，念了声：“阿弥陀佛！”闭目垂眉，低头沉思。室中一片寂静，谁也不敢开口。过了良久，天竺僧睁开眼来，说道：“杨居士为我两个师侄孙吮毒，依那冰魄银针上的毒性，只要吮得数口，立时毙命，但杨居士至今健在，而情花之毒到期发作，亦未致命。莫非以毒攻毒，两般剧毒相侵相克，杨居士反得善果么?”朱子柳连连点头，译了这番话，杨过也觉甚有道理。

天竺僧又道：“常言道善有善报，杨居士舍身为人，真乃莫大慈悲，此毒必当有解。”武三通听了朱子柳传译，大喜跃起，叫道：“便请师叔赶快施救。”天竺僧道：“老衲须得往绝情谷走一遭。”杨过等三人均是一呆，心想此去绝情谷路程不近，一去一回，耽搁时刻不少。天竺僧道：“老衲须当亲眼见到情花，验其毒性，方能设法配制解药。老衲回返之前，杨居士务须不动丝毫情思绮念，否则疼痛一次比一次厉害。若是伤了真元，可就不能相救了。”

杨过尚未答应，武三通大声道：“师弟，咱们齐去绝情谷，逼那老乞婆交出解药。”朱子柳当日为霍都所伤，蒙杨过用计取得解药，心中早存相报之念，说道：“正是！咱们护送师叔同去，是咱哥儿俩强取也好，是师叔配制也好，总得把解药取来。”

师兄弟俩说得兴高采烈，天竺僧却呆呆望着杨过，眉间深有忧色。

杨过坐倒在地，再无力气抗御，只是举起右臂护在胸前，眼神中却殊无半分乞怜之色。郭芙一咬牙，手上加劲，挥剑斩落。

第二十四回

意乱情迷

杨过见天竺僧淡碧色的眸子中发出异光，嘴角边颇有凄苦悲悯之意，料想自身剧毒难愈，以致这位疗毒圣手也竟为之束手，便淡淡一笑，说道："大师有何言语，请说不妨。"天竺僧道："这情花的祸害与一般毒物全不相同。毒与情结，害与心通。我瞧居士情根深种，与那毒物牵缠纠结，极难解脱，纵使得到了绝情谷的半枚丹药，也未必便能清除。但若居士挥慧剑，斩情丝，这毒不药自解。我们上绝情谷去，不过是各尽本力，十之八九，却须居士自为。"杨过心想："要我绝了对姑姑情意，又何必活在世上？还不如让我毒发而死的干净。"口中却只得称谢："多谢大师指点。"他本想请武三通等不必到绝情谷去徒劳跋涉，但想这干人义气深重，决不肯听，说了也是枉然。

武三通笑道："杨兄弟，你安心静养，决没错儿。咱们明日一早动身，尽快回来，待驱除了你的病根子，得痛痛快快喝你和郭姑娘的一杯喜酒。"杨过一怔，但想此事一时三刻也说不清楚，只得随口答应了，见三人辞出，掩上了门，便又闭目而卧。

这一睡又是几个时辰，醒转时但听得啼鸟鸣喧，已是黎明。杨过数日不食，腹中饥饿，见床头放着四碟美点，伸手便取过几块糕饼来吃，吃得两块，忽听门上有剥啄之声，接着呀的一声，房门轻轻推开。

这时床头红烛尚剩着一寸来长，兀自未灭，杨过见进来那人身穿淡红衫子，俏脸含怒，竟是郭芙。杨过一呆，说道："郭姑娘，你好早。"郭芙哼了一声，却不答话，在床前的椅上一坐，秀眉微竖，睁着一双大眼怒视着他，隔了良久，仍是一句话不说。

杨过给她瞧得心中不安，微笑道："郭伯伯要你来吩咐我什么话么?"郭芙说道："不是!"杨过连碰了两个钉子，若在往日，早已翻身向着里床，不再理睬，但此刻见她神色有异，猜不透她大清早到自己房中来为了何事，又问："郭伯母产后平安，已大好了罢?"郭芙脸上更似罩了一层寒霜，冷冷的道："我妈妈好不好，也用不着你关心。"

这世上除了小龙女外，杨过从不肯对人有丝毫退让，今日竟给她如此奚落，不由得傲气渐生，心道："你父亲是郭大侠，母亲是黄帮主，便了不起么?"当下也哼了一声。郭芙道："你哼什么?"杨过不理，又哼了一声。郭芙大声道："我问你哼什么?"杨过心中好笑："毕竟女孩儿家沉不住气，我这么哼得两声，便自急了。"说道："我身子不舒服，哼两声便好过些。"郭芙怒道："口是心非，胡说八道，成天生安白造，当真是卑鄙小人。"

杨过给她夹头夹脑一顿臭骂，心念一动："莫非我哄骗武氏兄弟的言语给她知道了?"见她虽然生气，但容颜娇美，不由得见之生怜。他性儿中生来带着三分风流，忍不住笑道："郭姑娘，你是怪我跟武家兄弟说的这番话么?"郭芙低沉着声音道："你跟他们说些什么了？亲口招认给我听听。"杨过笑道："我是为了他们好，免得他们亲兄弟拼个你死我活，伤了老父之心。这些话是武老伯跟你说的，是不是?"

郭芙道："武老伯一见我就跟我道喜，把你夸到了天上去啦。我……我……女孩儿家清清白白的名声，能任你乱说得的么?"说到这里，语声哽咽，两道泪水从脸颊上流了下来。

杨过低头不语，心中好生后悔，那晚逞一时口舌之快，对武氏兄弟越说越得意，却没想到已糟蹋了郭芙的名声，总是自己言语轻薄，闯出这场祸来，倒是不易收拾。

郭芙见他低头不语，更是恼恨，哭道：“武老伯说道，大武哥哥、小武哥哥两人打你不过，给你逼得从此不敢再来见我，这话可是真的么？”杨过暗暗叹气：“武三通这人也真不知轻重，这些话又何必说给她听？”当下无可隐瞒，只得点了点头，说道：“我胡说八道，确是不该，但我实无歹意，请你见谅。”郭芙擦了擦眼泪，怒道：“昨晚的话，那又为了什么？”杨过一怔，道：“昨晚什么话？”郭芙道：“武老伯说，待治好你病后，要喝你……你和我的喜酒，你干么仍不知羞的答应？”杨过暗叫：“糟糕，糟糕！原来昨晚这几句话也给她听去了。”只得辩道：“那时我昏昏沉沉的，没听清楚武老伯说些什么。”

郭芙瞧出他是撒谎，大声道：“你说我妈妈暗中教你武功，看中了你，要招你作女婿，有这等事么？”杨过给她问得满脸通红，大是狼狈，心想：“与郭姑娘说笑，不过给人说一声轻薄无赖，反正我本就不是正人君子，那也罢了。但我谎言郭伯母暗中授艺，此事却可大可小，万万不能让郭伯母知晓。”忙道：“郭姑娘，这都怪我出言不慎，请你遮掩则个，别让你爹爹妈妈知道。”郭芙冷笑道：“你既还怕爹爹，怎敢捏造谎言，辱我母亲？”杨过忙道：“我对伯母决无不敬之意，当时我一意要武家兄弟绝念死心，以致说话不知轻重……”

郭芙自幼与武氏兄弟青梅竹马一齐长大，对两兄弟均有情意，得知杨过骗得二人对自己死了心，永远不再见面，这份怒气如何再能抑制？又大声问道：“这些事慢慢再跟你算账。我妹妹呢？你把她抱到哪里去啦？”

杨过道："是啊，快请郭伯伯过来，我正要跟他说。"郭芙道："我爹爹出城找妹妹去啦。你……你这无耻小人，竟想拿我妹妹去换解药。好啊，你的性命值钱，我妹妹的性命便不值钱。"杨过一直暗自惭愧，但听她说到婴儿之事，心中却是无愧天地，朗声道："我一心一意要夺回令妹，交于你爹娘之手，若说以她去换解药，杨过绝无此心。"郭芙道："那么我妹妹呢？她到哪儿去啦？"杨过道："是给李莫愁抢了去，我夺不回来，好生有愧。只要我气力回复，一时不死，立时便去找寻。"

郭芙冷笑道："这李莫愁是你师伯，是不是？你们本来一齐躲在山洞之中，是不是？"杨过道："不错，她虽是我师伯，可是素来和我师父不睦。"郭芙道："哼，不和不睦？她怎地又会听你的话，抱了我妹妹去给你换解药？"杨过一跳坐起，怒道："郭姑娘你可别瞎说，我杨过为人虽不足道，焉有此意？"郭芙道："好个'焉有此意'！是你师父亲口说的，难道会假？"杨过道："我师父说什么了？"

郭芙站直身子，伸手指着他鼻子，怒容满面的道："你师父亲口跟朱伯伯说，你与李莫愁同在那荒谷之中，请朱伯伯将我爹爹的汗血宝马送去借给你，好让你抱我妹妹赶到绝情谷去……"杨过惊疑不定，插口道："不错，我师父确有此意，要我将你妹妹先行送去，得到那半枚绝情丹服了再说，但这不过是一时的权宜之计，也不致害了你妹妹……"郭芙抢着道："我妹妹生下来不到一天，你就去交给了一个杀人不眨眼的恶魔，还说不致害了我妹妹。你这狼心狗肺的恶贼！你幼时孤苦伶仃，我爹妈如何待你？若非收养你在桃花岛上，养你成人，你焉有今日？哪知道你恩将仇报，勾引外敌，乘着我爹爹妈妈身子不好，竟将我妹妹抢了去……"她越骂越凶，杨过一时之间哪能辩白？中毒后身子尚弱，又气又急之下，咕咚一声，倒在床上，竟自晕了过去。

过了好一阵，他方自悠悠醒转。郭芙冷冷的凝目而视，说道：“想不到你竟还有一丝羞耻之心，自己也知如此居心，难容于天地之间了罢？”当真是颜若冰寒，辞如刀利。杨过长叹一声，说道：“我倘真有此心，何不抱了你妹妹，便上绝情谷去？”郭芙道：“你身上毒发，行走不得，这才请你师伯去啊。嘿嘿，可是人算不如天算，我听你师父跟朱伯伯一说，便将汗血宝马藏了起来，叫你师徒俩的奸计难以得逞……”杨过道：“好好，你爱怎么说便怎么说，我也不必多辩。我师父呢？她到哪里去啦？”

郭芙脸上微微一红，道：“这才叫有其师必有其徒，你师父也不是好人。”杨过大怒，坐起身来，说道：“你骂我辱我，瞧在你爹娘脸上，我也不来跟你计较。你却怎敢说我师父？”郭芙道：“呸！你师父便怎么了？谁教她不正不经的瞎说。”杨过心道：“姑姑清澹雅致，身上便似没半分人间烟火气息，如何能口出俗言？”于是也呸了一声，道：“多半是你自己心邪，将我师父好好一句话听歪了。”

郭芙本来不想转述小龙女之言，这时给他一激，忍不住怒火又冲上心口，说道：“她说：‘郭姑娘，过儿心地纯善，他一生孤苦，你要好好待他。’又说：‘你们原是天生……天生……一对！你叫他忘了我罢，我一点也不怪他。’她又将一柄宝剑给了我，说什么那是淑女剑，和你的君子剑正是……正是一对儿。这不是胡说八道是什么？”她又羞又怒，将小龙女那几句情意深挚、凄然欲绝的话转述出来，语气却已迥然不同。

杨过每听一句，心中就如猛中一椎，脑海中一片迷惘，不知小龙女何以有此番言语，过了一会，听得郭芙话已说完，缓缓抬起头来，眼中忽发异光，喝道：“你撒谎骗人，我师父怎会说这些话？那淑女剑呢？淑女剑呢？你拿不出来，便是骗人！”郭芙冷笑一声，手腕一翻，从背后取出一柄长剑，剑身乌黑，正是那柄从绝情谷中得来的淑女剑。

杨过满腔失望，急得口不择言，叫道：“谁要与你配成一对儿？这剑明明是我师父的，你偷了她的，你偷了她的！”

郭芙自幼生性骄纵，连父母也容让她三分，武氏兄弟更是千依百顺，趋奉唯谨，哪里受得这样的重话？她转述小龙女的说话，只因杨过言语相激，才不得不委屈说出，岂知他竟如此回答，听这言中含意，竟似自己设成了圈套，有意嫁他，而他偏生不要。她大怒之下，手按剑柄，便待拔剑斩去，但转念一想：“他对他师父如此敬重，我偏说一件事情出来，教他听了气个半死不活。”

这时她气恼已极，浑不想这番话说将出来有何恶果，刷的一响，将拔出了半尺的淑女剑往剑鞘中一送，笑嘻嘻的坐在椅上，说道：“你师父相貌美丽，武功高强，果然是人间罕有，就只一件事不妥。”杨过道：“什么不妥？”郭芙道：“只可惜行止不端，跟全真教的道士们鬼鬼祟祟，暗中来往。”杨过怒道：“我师父和全真教有仇，怎能跟他们暗中来往？”郭芙冷笑道：“‘暗中来往’这四个字，我还是说得文雅了的。有些话儿，我女孩儿家不便出口。”杨过越听越怒，大声道：“我师父冰清玉洁，你再瞎说一言半句，我扭烂了你的嘴。”郭芙眉间如聚霜雪，冷然道：“不错，她做得出，我说不出。好一个冰清玉洁的姑娘，却去跟一个臭道士相好。”杨过铁青了脸，喝道：“你说什么？”

郭芙道：“我亲耳听见的，难道还错得了？全真教的两名道士来拜访我爹爹，城中正自大乱，我爹妈身子不好，不能相见，就由我去招待宾客……”杨过怒喝：“那便怎地？”郭芙见他气得额头青筋暴现，双眼血红，自喜得计，说道：“那两个道士一个叫赵志敬，一个叫尹志平，可是有的？”杨过道：“有便怎地？”郭芙淡淡一笑，说道：“我吩咐下人，给他们安排了歇宿之处，也没再理会。哪知道半夜之中，一名丐帮弟子悄悄来报我知晓，说这两位道爷竟在房中拔剑相斗……”杨过哼了一声，心想尹赵二人自来不和，房中斗剑亦非奇事。

郭芙续道：“我好奇心起，悄悄到窗外张望，只见两人已经收剑不斗了，但还在斗口。姓赵的说那姓尹的和你师父怎样怎样，姓尹的并不抵赖，只怪他不该大声叫嚷……”

杨过霍地揭开身上棉被，翻身坐在床沿，喝道：“什么怎样怎样？”郭芙脸上微微一红，神色颇为尴尬，道：“我怎知道？难道还会是好事了？你宝贝师父自己做的事，她自己才知道。”语气之中，充满了轻蔑。杨过又气又急，心神大乱，反手一记，啪的一声，郭芙脸上中了一掌。他愤激之下，出手甚重，只打得郭芙眼前金星乱冒，半边面颊登时红肿，若非杨过病后力气不足，这一掌连牙齿也得打下几枚。

郭芙一生之中哪里受过此辱？狂怒之下，顺手拔出腰间淑女剑，便向杨过颈中刺去。

杨过打了她一掌，心想：“我得罪了郭伯伯与郭伯母的爱女，这位姑娘是襄阳城中的公主，郭伯伯郭伯母纵不见怪，此处我焉能再留？”伸脚下床穿了鞋子，见郭芙一剑刺到，他冷笑一声，左手回引，右手倏地伸出，虚点轻带，已将她淑女剑夺了过来。

郭芙连败两招，怒气更增，只见床头又有一剑，抢过去一把抓起，拔出剑鞘，便往杨过头上斩落。杨过眼见寒光闪动，举起淑女剑在身前一封，哪知他昏晕七日之后出手无力，淑女剑举到胸前，手臂便软软的提不起来。郭芙剑身一斜，当的一声轻响，双剑相交，淑女剑脱手落地。

郭芙愤恨那一掌之辱，心想：“你害我妹妹性命，卑鄙恶毒已极，今日便杀了你为我妹妹报仇，爹爹妈妈也不见怪。”但见他坐倒在地，再无力气抗御，只是举起右臂护在胸前，眼神中却殊无半分乞怜之色，郭芙一咬牙，手上加劲，挥剑斩落。

那日小龙女骑了汗血宝马追寻杨过与金轮法王，却走错了方向。那红马一奔出便是十余里，待得勒转马头回来再找，杨过等人更是不知去向。她心中忧急，眼见时候过去一刻，杨过的性命便多一分危险，在襄阳周围三四十里内兜圈子找寻。红马虽快，但荒谷极是隐僻，直至过了半夜，她才远远听到武三通号啕大哭之声。循声寻去，不久便听到武氏兄弟抡剑相斗，跟着又听到杨过说话。她心中大喜，生怕杨过遇上劲敌，欲待暗中相助，于是下马将红马系在树上，悄悄隐身在山石之后，观看杨过对敌。

这一偷看不打紧，只听得杨过口口声声说与郭芙早订终身，将郭芙叫作“我那未过门的妻子”，而把郭靖夫妇叫作“岳父岳母”。小龙女越听越是惊心动魄，听他说郭靖、黄蓉夫妇已招他为婿，暗中传他武艺，又见他对武氏兄弟发怒，不许他们再见郭芙。他每说一句，小龙女便如经受一次雷轰电击，心中胡涂，似乎宇宙万物于霎时之间都变过了。若是换作旁人，见杨过言行与过去大不相同，定然起疑，自会待事情过后向他问个明白，但小龙女心如水晶，澄清空明，不染片尘，于人间欺诈虚假的伎俩丝毫不知。杨过对旁人油嘴滑舌，胡说八道，对她却从不说半句戏言，因此她对杨过的言语向来无不深信。眼见武氏兄弟不敌，她自伤自怜，不禁深深叹了一口气。当时杨过听到叹息，脱口叫了声“姑姑”，小龙女并不答应，掩面远去。杨过还道是李莫愁所发，自己听错，也没深究。

小龙女牵了汗血宝马，独自在荒野乱走，思前想后，不知如何是好。她年纪已过二十，但一生居于古墓，于世事半点不知，识见便与一个天真无邪的孩童无异，心想：“过儿既与郭姑娘定亲，自然不能再娶我了。怪不得郭大侠夫妇一再不许他和我结亲。过儿从来不跟我说，自是为了怕我伤心，唉，他待我总是很好的。”又想：“他迟迟不肯下手杀郭大侠，为父报仇，当时我一点不懂，原来他全是为了郭姑娘之故，如此看来，他对郭姑娘也是情义深重之极了。我此时若牵宝马去给他，他说不定又要想起我的好处，日后与郭姑娘的婚事再起变故。我还是独自一人回到古墓去罢，这花花世界只教我心乱意烦。”

想了一阵，意念已决，虽然心如刀割，但想还是救杨过性命要紧，于是连夜驰回襄阳，托朱子柳送红马到荒谷中去交给杨过。

这时襄阳城中刺客虽已远去，但郭靖、黄蓉未曾康复，兀自乱成一团。朱子柳文武全才，当即与鲁有脚齐心合力，负起了城防重任。正当忙乱之际，小龙女却牵了红马过来，要他去交给杨过，说什么要杨过快到绝情谷去，以郭靖初生的幼女去换解毒灵丹，只把朱子柳听得莫名其妙，不知所云。他追问几句，小龙女心神烦乱，不愿多讲，只说快去快去，迟得片刻，杨过性命便有重大危险。

她也不理郭芙正在朱子柳身畔，只想：“让你妹妹在绝情谷去耽上几日，并无大碍，这是为了救你未婚夫婿的性命，你自然也会出力。”她提到杨过的名字，不由得悲从中来，话未说得清楚，珠泪已滚滚而下，当即奔回卧室，倒在床上凄然痛哭。

朱子柳于前因丝毫不知，听了小龙女没头没脑的这几句话，怎明白她说些什么，但“迟得片刻，杨过性命便有重大危险”这句话却非同小可，心想只有到那荒谷走一遭，见机行事便了。出得门来，汗血宝马已然不见，一问亲兵，说道郭姑娘已牵了去，待要找郭芙时，她却又躲得人影不见。朱子柳暗暗叹气，心想这些年青姑娘个个难缠，不是说话不明不白，便是行事神出鬼没。

他挂念杨过的安危，另骑快马，带了几名丐帮弟子，依着小龙女所指点的途径到那荒谷察看，只见杨过与武氏父子一齐倒在地下，武三通正自运气冲穴，其余三人却已奄奄一息，心想“迟得片刻，杨过性命便有重大危险”这话果然不错，于是急忙救回襄阳，适逢师叔天竺僧自大理到来，当即施药救治。

小龙女在床上哭了一阵，越想越是伤心，眼泪竟是不能止歇。

她这一哭，衣襟全湿，伸手到腰间去取汗巾来擦眼泪，手指碰到了淑女剑，心想："我把这剑拿去给了郭姑娘，让他们配成一对儿，也是一件美事。"她痴爱杨过，不论任何对他有益之事无不甘为，于是翻身坐起，也不拭去泪痕，径自来找郭芙。

这时早已过了午夜，郭芙已然安寝，小龙女也不待人通报，掀开窗户，跃进她房中，将郭芙叫醒，便说"你们原是一对"云云，那就是郭芙对杨过转述的一番话了。她将淑女剑交给了郭芙，回头便走。郭芙听得摸不到头脑，连问："你说什么？我半点儿也不懂。"小龙女凄然不答，一跃出窗。郭芙探首窗外，忙叫："龙姑娘你回来。"却见她头也不回的走了。

小龙女低着头走进花园，一大丛玫瑰发出淡淡幽香，想起在终南山与杨过共练玉女心经时隔花接掌的情景，今日欲再如往时般师徒相处，却已不可得了。

正自发痴，忽听左首屋中传出一人的话声："你开口小龙女，闭口小龙女，有一天半日不说成不成？"小龙女吃了一惊："是谁在整天说我？"当下停步倾听，却听得另一个声音干笑数声，说道："你偏做得，我就说不得？"先一人道："这是在人家府中，耳目众多，若是让旁人听了去，我全真教声名何在？"后一人道："嘿嘿，你居然还会想到我全真教的声名？那晚终南山玫瑰花旁，这消魂滋味……哈哈，哈哈。"说到这里，只是干笑，再也不说下去了。

小龙女更是吃惊，疑心大起："难道那晚过儿跟我亲热，却让这两个道士瞧见了？"从两人语音之中，已知说话的是尹志平与赵志敬，于是悄悄走到那屋窗下，蹲着身子暗听。这时两人话声转低，但小龙女与他们相隔甚近，仍是听得清清楚楚。

只听尹志平气忿忿的道："赵师兄，你日晚不断的折磨我，到底为了什么？"赵志敬道："你自己明白。"尹志平道："你要我干什么，我都答应了，我只求你别再提这件事，可是你却越说越凶。是不是要我当场死在你面前？”赵志敬冷笑道：“我也不知道，我只是忍不住，不说不行。”

尹志平声音突然响了一些，说道：“你道我当真不知？你是妒忌，是妒忌我那一刻做神仙的时光！”这两句话甚是古怪，赵志敬并不答话，似要冷笑，却也笑不出来。隔了好一会儿，尹志平喃喃的道：“不错，那晚在玫瑰丛中，她给西毒欧阳锋点中了穴道，动弹不得，终于让我偿了心愿。是啊，我不用向你抵赖，倘若我不说，你也不会知道，是不是？我跟你说了，你便不断的烦扰我，折磨我……可是，可是我也不后悔，不，一点也不后悔……”说到后来，语声温柔，就似在梦中呓语一般。

小龙女听着这些话，一颗心慢慢沉了下去，脑中便似轰轰乱响：“难道是他，不是我心爱的过儿？不，不会的，决不会，他说谎，一定是过儿。”

只听得赵志敬又说起话来，语音冷酷僵硬：“是啊，你自然一点也不后悔。你本来不用跟我说，可是你心中忍不住欢喜，非跟一个人说说不可。好啊，那我便天天跟你说，无时无刻不提醒你，但你怎么又怕听了呢？”突然听得墙壁上发出砰砰几声，原来是尹志平以头撞墙，说道：“你说好了，都说出来好了，说得让天下人人都知道了，我也不怕……不，不，赵师兄，你要做什么我都答应，只求你别再提了。”

小龙女一晚之间，接连听到两件心为之碎、肠为之断的大事，迷迷糊糊的站在窗下，虽然听着尹赵二人说话，但于他们言中之意一时竟然难以领会。

只听赵志敬冷笑几声，说道：“咱们修道之士，一个把持不定，堕入了魔障，那便须以无上定力，斩毒龙，返空明。我不住提那小龙女的名字，是要你习听而厌，由厌而憎。这是助你修练的一番美意啊。”尹志平低声道：“她是天仙化身，我怎能厌她憎她？”突然提高声音说道：“哼，你不用说得好听，你的恶毒心肠，难道我会不知？你一来对我妒忌，二来心恨杨过，要揭穿这件事情，教他师徒二人终身遗恨。”

小龙女听到“杨过”两字，心中突的一跳，低低的道：“杨过，杨过。”说到这名字的时候，不自禁的感到一阵柔情密意，她盼望尹赵二人不住的谈论杨过，只要有人说着他的名字，她就说不出的欢喜。

只听赵志敬也提高了声音，恨恨的道：“我若不令这小杂种好好吃一番苦头，难消心头之恨，哼哼，只是……”尹志平道：“只是他武功太强，你我不是他的敌手，是不是？”赵志敬道：“那也未必，他一手旁门左道的邪派武功，何足为奇？但教撞在我手里，哼哼！咱们全真派玄门武功是天下武术正宗，还会怕这小子？尹师弟，你好好瞧着，我不会让他舒舒服服的送命，不是坏了他两个招子，便是断了他双手，教他求生不得，求死不能。那时让你的小龙女姑娘在旁瞧着，那也有趣得紧啊。”

小龙女打了个寒噤，若在平时，她早已破窗而入，一剑一个的送了二人性命，但此时懊闷欲绝，只觉全身酸软无力，四肢难动。

又听尹志平冷笑道：“你这叫作一厢情愿。咱们的玄门正宗，未必就及得上人家的旁门左道。”赵志敬怒骂：“狗东西，全真教的叛徒！你与那小龙女有了苟且之事，连人家的武功也赞到天上去啦！”尹志平连日受辱，此时再也忍耐不住，喝道：“你骂我什么？须知做人不可赶尽杀绝！”

赵志敬自恃对方的把柄落在自己手里，只要在重阳宫中宣扬出来，前任掌教马师伯、现任掌教丘师伯非将他处死不可，是以一直对他侮辱百端，而尹志平确也始终不敢反抗，这时听他竟然出言不逊，心想若不将他制得服服贴贴，自己的大计便难以成功，当下踏上一步，反手便是一掌。

尹志平没料他竟会动手，急忙低头，啪的一响，这一掌重重的打在他后颈之中，身子一晃，险些儿跌倒。他狂怒之下，抽出长剑，挺剑刺出。赵志敬侧身避过，冷笑道："好啊，你居然有胆子跟我动手。"说着便拔剑还击。尹志平低沉着嗓子道："给你这般日夜折磨，左右也是个死，不如今日让你杀了，倒也干脆。"说着催动剑招，着着进逼。他是丘处机的首徒，武功与赵志敬各有所长。两人所学招数全然相同，一动上手原是不易分出高下，但他郁积在心，此时只求拼个同归于尽，赵志敬却另有重大图谋，决不肯伤他性命，是以二三十招一过，赵志敬已给逼到了屋角之中，大处下风。

他二人在屋中乒乒乓乓的斗剑，早有丐帮弟子去报知了郭芙。她急忙披衣赶来，见小龙女站在窗下，叫了她一声："龙姑娘！"小龙女呆呆出神，竟是听而不闻。郭芙好奇心起，不即进屋，也在窗下一站，只听得赵志敬伸剑左拦右架，口中却在不干不净的讥嘲笑骂，竟是语语都侵涉到小龙女身上。

郭芙听得屋内两人越说越不成话，不便再站在窗下，一扭头待要走开，却见小龙女仍是呆呆的站着，似对二人的污言秽语丝毫不以为意，心中大是奇怪，低声问道："他们的话可是真的？"小龙女茫然点了点头，道："我不知道，也许……也许是真的。"郭芙顿起轻蔑之心，哼了一声，头也不回的走了。

尹赵二道在激斗之际，也已听到房外有人说话，当的一响，两柄长剑一交，便即分开，齐声问道："是谁？"小龙女缓缓的道："是我。"尹志平全身打个寒战，颤声道："你是谁？"小龙女道："小龙女！"

这三字一出口，不但尹志平呆若木鸡，连赵志敬也是如同身入冰窟。那日大胜关英雄宴上，只一招便给她掌按前胸，受了重伤，此后将养多日方愈，跟她动手，实无招架余地。他万料不到小龙女竟也会在襄阳城中，适才自己这番言语十九均已给她听见，一时之间吓得魂飞魄散，只想：“怎生逃命才好？”

尹志平心情异常，却没想到逃命，伸手推开了窗子。只见窗外花丛之旁，俏生生、凄冷冷的站着一个白衣少女，正是自己日思夜想、魂牵梦萦，当世艳极无双的小龙女！

尹志平痴痴的道：“是你？”小龙女道：“不错，是我。你们适才说的话，句句都是真的？”尹志平点头道：“是真的！你杀了我罢！”说着倒转长剑，从窗中递了出去。小龙女目发异光，心中凄苦到了极处，悲愤到了极处，只觉便是杀一千个、杀一万个人，自己也已不是个清白的姑娘，永不能再像从前那样深爱杨过，眼见长剑递来，却不伸手去接，只是茫然向尹赵二人望了一眼，实是打不定主意。

赵志敬瞧出了便宜，心想这女子神智失常，只怕是疯了，此时不走，更待何时？伸手挽住了尹志平的胳臂，狞笑道：“快走，快走，她舍不得杀你呢！”用力一拉，抢步出门。尹志平早已魂不守舍，全身没了力气，给他一拉，踉踉跄跄的跟了出去。赵志敬展开轻功，提气急奔。尹志平起初由他拉着，奔出数丈后，自身的轻功也施展出来。两人投师学艺还均在郭靖之前，这一发力，顷刻间便奔到东城城门边。

城门旁有十多名丐帮弟子随着两队官兵巡逻。领头的丐帮弟子认得尹赵二人，知他们是全真高士，论辈份还是郭靖的师兄，听赵志敬说有要事急欲出城，好在此时城外并无敌军来攻，当即下令开城。城门开得刚可容身，尹赵二人一跃便到了城外。领头的丐帮弟子赞道：“好俊的轻身功夫！”待要闭城，眼前突然白影一闪，似有什么人出了城。他大吃一惊，问道：“什么？”那人影早已不见。他纵到城门口向外望时，此时天甫黎明，六七丈外便朦朦胧胧的瞧不清楚，哪里瞧到有人？他回身询问，旁人均说没瞧见什么。他揉了揉双眼，暗骂：“见鬼！”看来是连日辛劳，眼睛花了。

尹赵二人不敢停步，直奔出数里才放慢脚步。赵志敬伸袖抹去额头淋漓大汗，叫道：“好险，好险！”回头向来路一看，不由得双膝酸软，险些摔倒，原来身后十余丈外，一个白衣少女站定了脚步，呆呆的望着自己，却不是小龙女是谁？赵志敬这一惊实是非同小可，“啊”的一声，脱口大呼，只道早已将她抛得无影无踪，哪知她始终跟随在后，只是她足下无声，自己竟然毫没知觉，当下拉住尹志平的手臂提气狂奔。

他一口气奔出十余丈，回头再望，只见小龙女仍然不即不离的跟随在后，相距三四丈远近。赵志敬六神无主，掉头又跑，他却不敢时时向后返视，因每一回顾，心中多一次惊恐，双腿渐渐无力，说道：“尹师弟，她此时若要杀死咱们二人，可说易如反掌，她定是另有奸恶阴谋。”尹志平惘然道：“什么另有奸恶阴谋？”赵志敬道：“我猜想她是要擒住咱们，在天下英雄之前指斥你的丑行，打得我全真派从此抬不起头来。”尹志平心中一凛，他此时对自己生死早已置之度外，倘若小龙女提剑要杀，决不反抗，但他自幼投在丘处机门下，师恩深重，威震天下的全真派若是由己而败，却是万万不可，想到此处，不由得背脊上全都凉了，当下腿下加劲，与赵志敬并肩飞奔。

两人只拣荒野无路之处奔去，有时忍不住回头一瞧，总见小龙女跟在数丈之外。古墓派轻功天下无双，小龙女追踪二人可说毫不费力，只是她遇上了这等大事，实不知如何处置才是，只好跟随在后，不容二人远离。

尹赵二人本就心慌意乱，但见小龙女如影随形的跟着，不免将她的用意越猜越恶，惊惧与时俱增，从清晨奔到中午，又自中午奔到午后未刻，四五个时辰急奔下来，饶是二人内力深厚，也已支持不住，气喘吁吁，脚步踉跄，比先前慢了一倍尚且不止。此时烈日当空，天气炎热，两人自里至外全身都已汗湿。又跑一阵，两人又饥又渴，眼见前面有一条小溪，不禁都横了心：“就算被她擒住，那也无法。”扑到溪边，张口狂饮溪水。

小龙女缓缓走到溪水上游，也掬上几口清水喝了。临流映照，清澈如晶的水中映出一个白衣少女，云鬓花颜，真似凌波仙子一般。小龙女心中只觉空荡荡地，伤心到了极处，反而漠然，顺手在溪边摘了一朵小花插在鬓边，望着水中倒影，痴痴的出神。

尹赵二人一面喝水，一面不住偷眼瞧她，见她似乎神游物外，已浑然忘了眼前之事，两人互相使个眼色，悄悄站起，蹑步走到小龙女背后，一步步的渐渐走远，数次回首，见她始终望着溪水，于是加快脚步，向前急走，不久便又到了大路。

两人只道这次真正脱险，哪知尹志平偶一返顾，只见小龙女又已跟在身后。尹志平脸如死灰，叫道：“罢了，罢了！赵师哥，咱们反正逃不了，她要杀要剐，只索由她！”说着停住了脚步。赵志敬大怒，喝道：“你是死有应得，我干么要陪着你送终？”拉着他手臂要走。尹志平心灰意懒，不想再逃。赵志敬又是害怕又是愤怒，陡地一掌，反手打了他一记耳光。尹志平怒道：“你又打我？”小龙女见两人忽又动手，大是奇怪。

就在此时，迎面驰来两骑马，马上是两名传达军令的蒙古信差。赵志敬心念一动，低声道：“抢马！咱们假装打架，别引起小龙女疑心。”当即挥掌劈去。尹志平举手挡开，还了一掌，赵志敬退了几步，两人渐渐打到大路中心。两名蒙古兵去路被阻，勒马呼叱。尹赵二人突然跃起，分别将两名蒙古兵拉下马背，掷在地下，跟着翻身上马，向北急驰。

两匹马都是良马，奔跑迅速。两人回头望时，见小龙女并未跟来，这才放心。向北驰出十余里，到了一处三岔路口。赵志敬道："她见二马向北，咱们偏偏改道往东。"缰绳向右一带，两骑马上了向东的岔道。傍晚时分，到了一个小市镇上。

二人整日奔驰，粒米未曾入口，疲耗过甚，已是饥火难熬，当即找到一家饭铺，命伙计切盘牛肉，拿三斤薄饼。赵志敬坐下后惊魂略定，想起今日之险，犹有余悸，只不知小龙女何以总是在后跟随，却不动手。尹志平脸如死灰，垂下了头，兀自魂不守舍。不久牛肉与薄饼送了上来，二人举筷便吃，忽听得饭铺外人喧马嘶，吵嚷起来，有人大声喝道："这两匹马是谁的？怎地在此处？"呼叫声中带有蒙古口音。

赵志敬站起身来，走到门口，只见一个蒙古军官带着七八名兵卒，指着尹赵二人的坐骑正自喝问。饭铺的伙计惊得呆了，不住打躬作揖，连称："军爷，大人！"

赵志敬给小龙女追逼了一日，满腔怒火正无处发泄，见有人惹上头来，当即挺身上前，大声道："牲口是我的！干什么？"那军官道："哪里来的？"赵志敬道："是我自己的！关你什么事？"此时襄阳以北全已沦入蒙古军手中，大宋百姓惨遭屠戮欺压，哪有人敢对蒙古官兵如此无礼？那蒙古军官见赵志敬身形魁梧，腰间悬剑，心中存了三分疑忌："你是买来的还是偷来的？"

赵志敬怒道："什么买来偷来？是道爷观中养大的。"那军官手一挥，喝道："拿下了！"七八名兵卒各挺兵刃，围了上来。赵志敬手按剑柄，喝道："凭什么拿人？"那军官冷笑道："偷马贼！当真是吃了豹子心肝，动起大营的军马来啦，你认不认？"说着披开马匹后腿的马毛，露出两个蒙古字的烙印。原来蒙古军马均有烙印，注明属于某营某部，以便辨认。赵志敬顺手从蒙古军士手中抢来，哪里知晓？此时一见，登时语塞，强辩道："谁说是蒙古军马？我们道观中的马匹便爱烙上几个记号，难道犯法了么？"

那军官大怒，心想自南下以来，从未见过如此强横的狂徒，抢上来伸手便抓向赵志敬胸口。赵志敬左手一勾，反掌抓住了他手腕，跟着右掌挥出，拿住了他背心，将他身子高高举起，在空中打了三个旋子，跟着向外一送。那军官身不由主的飞了出去，刚好摔进了一家磁器铺子，只听乒乓、呛啷之声不绝，一座座磁器架子倒将下来，碗碟器皿纷纷跌落，那军官全身被磁器碎片割得鲜血淋漓，压在磁器堆中，哪里爬得起身？众兵卒抢上来救护，搬架的搬架，扶人的扶人，再也顾不得去捉拿偷马贼了。

赵志敬哈哈大笑，回入饭铺，拿起筷子又吃。这乱子一闯，镇上家家店铺关上了门板，饭铺的顾客霎时间走得干干净净，均想蒙古军暴虐无比，此番竟有汉人殴打蒙古军官，只怕血洗全镇也是有的。赵志敬吃了几口，忽见饭铺掌柜走上前来，噗的一声，跪倒在地，连连磕头。赵志敬知他怕受牵连，一笑站起，说道："我们也吃饱了，你不用害怕，我们马上就走。"掌柜的吓得脸如土色，更是不住的磕头。

尹志平道："他怕咱们一走，蒙古兵问饭铺子要人。"他素来精明强干，只是对小龙女痴心狂恋，这才作事荒谬乖张，日常处事其实远胜于赵志敬，因此马钰、丘处机等均有意命他接任掌教，此时心念一转，说道："快拿上好的酒馔来，道爷自己作事自己当，你们怕什么了？"掌柜的喏喏连声，爬起身来，忙吩咐赶送酒馔。

那军官受伤不轻，挣扎着上了马背。赵志敬笑道："尹师弟，今日受了一天恶气，待会须得打他们个落花流水。"尹志平哼了一声，眼见那蒙古军官带领士兵骑马走了。饭铺中众人慌成一团，精美酒食纷纷送上，堆满了一桌。

尹赵二人吃了一阵，尹志平突然站起身来，反手一掌，将在旁侍候的伙计打倒在地。掌柜的大惊，三脚两步的赶了过来，陪笑道："这该死的小子不会侍候，道爷息怒……"话未说完，尹志平飞起左腿，轻轻将他踢倒在地。赵志敬还道他神智兀自错乱，叫道："尹师弟……你……"尹志平掀起旁边一张桌子，碗碟倒了一地，随即又将两名伙计打倒，顺手点了各人穴道，双手一拍，道："待会蒙古官兵到来，见你们店中给打得这般模样，就不会迁怒你们了，懂不懂？你们自己不妨再打个头破血流。"

众人恍然大悟，连称妙计。众店伴当即动手，你打我，我打你，个个衣衫撕烂，目青鼻肿。过不多时，忽听得青石板街道上马蹄声响，数乘马急驰而至。众店伴纷纷倒地，大呼小叫："啊哟，打死人啦！""痛啊，痛啊！""道爷饶命！"

马蹄声到了饭铺门前果然止息，进来四名蒙古军官，后面跟着一个身材高瘦的藏僧，一个又黑又矮的胡人，那胡人双腿已断，双手各撑着拐杖。蒙古军官见饭铺中乱成这等模样，皱起眉来，大声呼喝："快拿酒饭上来，老爷们吃了便要赶路。"

掌柜的一愣，心道："原来这几个军爷是另一路的。待那挨了打的军爷领了人来，却又怎地？"正自迟疑，几名军官已挥马鞭夹头夹脑劈将过来。那掌柜的忍着痛连声答应，苦于爬不起身，当下另有伙计上前招呼，安排席位。

那藏僧便是金轮法王，黑矮胡人自是尼摩星了。他二人那日踏中冰魄银针，在山洞外纠缠厮打，双双跌落山崖。幸好崖边生有一株大树，法王于千钧一发之际伸出左手牢牢抓住。尼摩星其时已是半昏半醒，却仍是紧抱法王身子不放。法王一瞧周遭情势，左手运劲一推，两人齐往崖下草丛中跌落，顺着斜坡骨碌碌的滚了十余丈，直到深谷之底方始停住。两人四肢头脸给山坡上的沙石荆棘擦得到处都是伤痕。

法王右手反将过来，施小擒拿手拗过尼摩星的手臂，喝道："你到底放是不放？"尼摩星昏昏沉沉中无力反抗，给他一拗之下，左臂松开，右手却仍是抓住他的后心。法王冷笑道："你双足中了剧毒，不思自救，胡闹些什么？"

这两句话直如当头棒喝，尼摩星低头一看，只见自己两只小腿已肿得碗口粗细，知道若不急救，转眼便是性命难保，一咬牙，拔出插在腰间的铁蛇，喀喀两响，将两条小腿一齐砍下，登时鲜血狂喷，人也晕了过去。法王见他如此勇决，倒也好生佩服，又想他双足残废，从此不足为患，伸手点了他双腿膝弯处的"曲泉穴"及大腿上的"五里穴"，先止血流，然后取出金创药敷上创口，撕下他外衣包扎了断腿。

天竺武士大都练过睡钉板、坐刀山等等忍痛之术，尼摩星更是此中能手，他一等血止，便坐了起来，说道："好，你救了我的，咱们怨仇便不算的。"法王微微苦笑，心想："你双脚虽失，身上剧毒倒已除了，我的处境反不如你。"于是盘膝坐下运功，强将足底的毒气缓缓逼出，一个多时辰之中只逼出一小滩黑水，但已累得心跳气喘。

两人在荒谷之中将养了几日，法王以上乘内功逼出了毒质，尼摩星的伤口也不再流血，折了两段树枝作拐杖，这才出得谷来。不久与几个蒙古军官相遇，同返忽必烈大营，却在这市镇上与尹赵二人相遇。

尹志平与赵志敬见到法王，不由得相顾失色。二人在大胜关英雄大会之中曾见他显示武功，委实是惊世骇俗，又想起他两名弟子达尔巴与霍都当年进袭终南山重阳宫，连全真诸子也不易抵敌，此刻狭路相逢，心中都是栗栗危惧。二人使个眼色，便欲脱身走路。

那日英雄大会，中原豪杰与会的以千百数，尹赵识得法王，法王却不识二道。他虽见饭铺中打得人伤物碎，但此刻兵荒马乱，处处残破，也不以为意。他这次前赴襄阳，闹了个大败而归，见到忽必烈时不免脸上无光，心中只在筹思如何遮掩，见两个道士坐着吃饭，自是毫不理会。

就在此时，饭铺外突然一阵大乱，一群蒙古官兵冲了进来，一见尹赵二人，呼叱叫嚷，便来擒拿。尹志平见法王座位近门，若是向外夺路，经过他身畔，只怕他出手干预，低声说道："从后门逃走！"伸手将一张方桌一推，忽朗朗一声响，碗碟汤水打成一地，两人跃起身来，奔向后门。

尹志平将要冲到后堂，回头一瞥，只见法王拿着酒杯，低眉沉吟，对店中这番大乱似乎视而不见，心中一喜："他不出手便好。"突然眼前黑影一闪，那西域矮子跃了过来，左手连晃，举拐杖向尹赵肩头各击一下。尹志平与赵志敬从未见过此人，但见他身法快捷，出手悍猛，立即沉肩闪跃。尼摩星出杖落空，"咦"的一声，见这两个道士居然并非庸手，倒也有些诧异，左杖着地撑住，右手拐杖举起，自外向内回击，阻住了二人的去路。二道双剑齐出，左右分刺，要将他迫退，夺路外闯。

尼摩星武功虽较尹赵二道为高，但双腿断折不久，元气大伤未复，一手挥杖与二道动手，另一拐杖必须支地，数招一过，已然不支。法王缓步上前，眼见赵志敬剑尖刺到，直指尼摩星前胸，尼摩星举杖挡架，尹志平长剑已抵他右胁。这一剑招数极是狠辣，尼摩星非弃杖后跃不可。法王大步跨上，正好尼摩星身子跃起，便伸左臂托在他臀下，将他抱了起来，右手按上他手臂。其时他拐杖与赵志敬的长剑尚未分离，法王的内力从杖上传将过去，赵志敬只觉右臂剧震，半边胸口发热，当的一声，长剑落地。

尼摩星内力不足，变招却是奇速，一见赵志敬长剑脱手，立即回转拐杖，已与尹志平长剑黏住。法王又在尼摩星臂上一按，尹志平有赵志敬前车之鉴，立即运力反击，岂知法王的内力亦刚亦柔，喀的一响，长剑断折，手中只剩下半截断剑。法王轻轻将尼摩星放下，双手外分，搭在尹赵二人肩头，笑道：“两位素不相识，何须动武？如此身手，已是中土第一流剑士，且请坐下谈谈如何？”他出手并无凌厉之态，但双手这么一搭，二道竟自闪避不了，只觉登时有千斤之力压在肩头，沉重无比，惟有急运内力相抗，哪里还敢答话？只怕张口后内息松了，自肩至腰的骨骼都要被他压断。

这时冲进来的蒙古官兵已在四周围住，领头的将官是个千户，识得法王是蒙古护国法师，四大王忽必烈对他极为倚重，当即上前行礼，说道：“国师爷，这两个道人偷盗军马，殴打官兵，多蒙国师爷出手……”他话未说完，向尹志平连看数眼，突然问道：“这位可是尹志平尹道爷？”尹志平点了点头，却不认得那人是谁。法王将搭在他肩头的手略略一松，稍减下压之力，心想：“这两个道士不过四十岁左右，内功居然已如此精纯，倒也不易。”那蒙古千户笑道：“尹道爷不认识我了么？十九年前，咱们曾一同在花剌子模沙漠中烤黄羊吃，我叫萨多。”

尹志平仔细一瞧，喜道：“啊，不错，不错！你留了大胡子，我不认得你啦！”萨多笑道：“小人东西南北奔驰了几万里，头发胡子都花白了，道爷的相貌可没大变啊。怪不得成吉思汗说你们修道之士都是神仙。”转头向法王道：“国师爷，这位道爷从前到过西域，是成吉思汗请了去的，说起来都是自己人。”法王点了点头，收手离开二人肩头。

当年成吉思汗邀请丘处机前赴西域相见，咨以长生延寿之术。丘处机万里西游，带了一十九名弟子随侍，尹志平是门下大弟子，自在其内。成吉思汗派了二百军马供奉卫护丘处机诸人。那时萨多只是一名小卒，也在这二百人之内，是以识得尹志平。他转战四方二十年，积功升为千户，不意忽然在此与他相遇，心中极是欢喜，当下命饭铺中伙计快做酒饭，自己末座相陪，对尹志平好生相敬，那盗马殴官之事自是一笑而罢。萨多询问丘处机与其余十八弟子安好，说起少年时的旧事，不由得虬髯戟张，豪态横生。

法王也曾听过丘处机的名头，知他是全真派第一高手，眼见尹赵二人武功不弱，心想全真派剑术内功果然名不虚传，自己此番幸得一出手便制了先机，否则当真动手，却也须二三十招之后方能取胜。

突然间门口人影一闪，进来一个白衣少女。法王、尼摩星、尹赵二道心中都是一凛，进来的正是小龙女。这中间只有尼摩星心无芥蒂，大声道："绝情谷的新娘子，你好啊！"小龙女微微颔首，在角落里一张小桌旁坐了，对众人不再理睬，向店伴低声吩咐了几句，命他做一份口蘑素面。

尹赵二人脸上一阵青、一阵白，大是惴惴不安。法王也怕杨过随后而来，他生平无所畏惧，就只怕杨龙二人双剑合璧的"玉女素心剑法"。三人各怀心事，不再说话，只是大嚼饭菜。尹赵二人此时早已吃饱，但如突然默不作声，不免惹人疑心，只得吃个不停，好使嘴巴不空。

萨多却是兴高采烈，问道："尹道长，你见过我们四王子么？"尹志平摇了摇头。萨多道："忽必烈王爷是拖雷四王爷的第四位公子，英明仁厚，军中人人拥戴。小将正要去禀报军情，两位道爷若无要事在身，便请同去一见如何？"尹志平心不在焉，又摇了摇头。赵志敬心念一动，问法王道："大师也是去拜见四王子么？"法王道："是啊！四王子真乃当今人杰，两位不可不见。"赵志敬喜道："好，我们随大师与萨多将军同去便是。"伸手桌下在尹志平腿上一拍，向他使个眼色。萨多大喜，连说："好极，好极！"

尹志平的机智才干本来远在赵志敬之上，但一见了小龙女，登时迷迷糊糊，神不守舍，过了好一阵，才明白赵志敬的用意，他是要借法王相护，以便逃过小龙女的追杀。

各人匆匆用罢饭菜，相偕出店，上马而行。法王见杨过并未现身，放下了心，暗想："全真教是中原武林的一大宗派，若能笼络上了以为蒙古之助，实是奇功一件。明日见了王爷，也有个交代。"当下言语中对尹赵二人着意接纳。

此时天色渐黑，众人驰了一阵，只听得背后蹄声得得，回过头来，只见小龙女骑了一匹驴子遥遥跟随在后。法王心中发毛，暗想："单她一人决不是我对手，何以竟敢如此大胆，跟随不舍？莫非杨过那小子在暗中埋伏么？"他与尹赵二道初次相交，唯恐稍有挫折，堕了威风，当下只作不知。

众人驰了半夜，到了一座林中。萨多命随行军士下鞍歇马，各人坐在树底休息。只见小龙女下了驴子，与众人相隔十余丈，坐在林边。她越是行动诡秘，法王越是持重，不敢贸然出手。赵志敬见尼摩星曾与小龙女招呼，不知她与法王有何瓜葛，不敢向她多望一眼。歇了半个时辰，众人上马再行，出得林后，只听蹄声隐隐，小龙女又自后跟来。

直至天明，小龙女始终隔开数十丈，跟随在后。

这时来到一处空旷平原，法王纵目眺望，四下里并无人影，心中毒念陡起："我生平纵横无敌，来到中原，却接连败在这小女子和杨过那小子双剑合璧之下。今日她对我紧追不舍，定无善意，我何不出其不意的骤下杀手，将她毙了？她便有帮手赶到，也已不及救援。此女一死，世间无人再能制我。"他心念已决，正要勒马停步，忽听得前面玎玲、玎玲的传来几下驼铃声，数里外尘头大起，一彪人马迎头奔来。

法王好生懊悔："若知她的后援此刻方到，我早就该出手了。"忽听萨多"咦"的一声，叫道："奇怪！"法王见对面奔来的是四头骆驼，右首第一头骆驼背上竖着一面大旗，旗杆上七丛白毛迎风飘扬，正是忽必烈的帅纛，但远远望去，骆驼背上却无人乘坐。萨多道："王爷来了！"纵马迎上，驰到离骆驼相隔半里之外，滚鞍下马，恭恭敬敬的站在道旁。

法王心想："既是王爷来此，可不便杀这女子了。"他自重身份，若被忽必烈见他下手杀一孤身少女，不免受其轻视，当下缓缓驰近，但见四头骆驼之间悬空坐着一人。那人白须白眉，笑容可掬，竟是周伯通。

只听他远远说道："好啊，好啊，大和尚、黑矮子，咱们又在这里相会，还有这个娇娇滴滴的小姑娘也来啦。"法王心中奇怪，此人花样百出，又怎能悬空而坐？待得双方又近了些，这才看清，原来四头骆驼之间几条绳子结成一网，周伯通便坐在绳网之上。

周伯通向来不去重阳宫，与马钰、丘处机诸人也极少往来，因此尹志平与赵志敬与他并不相识。他们虽曾听师父说起过有这么一位独往独来、游戏人间的师叔祖，但久未听到他的消息，多半已不在人世，此刻相见，均未想到是他。当年嘉兴烟雨楼大战，周伯通赶到时已是浓雾弥漫，人人目不见物，尹志平虽曾闻其声，却始终未见到他一面。

法王双眉微皱，心想此人武功奇妙，极不好惹，问道："王爷在后面么？"周伯通向后一指，笑道："过去三四十里，便是他的王帐。大和尚，我劝你此刻还是别去为妙。"法王道："为什么？"周伯通道："他正在大发脾气，你这一去，只怕他要砍掉你的光头。"法王愠道："胡说八道！王爷为什么发脾气？"周伯通指着竖在骆驼背上的王旗，笑道："王爷的王旗给我偷了来，他干么不发脾气？"法王一怔，问道："你偷了王旗来干么？"周伯通道："你识得郭靖么？"法王点点头道："怎么？"周伯通笑道："他是我的结义兄弟。咱哥儿俩有十多年不见啦，我牵记得紧，这便要瞧瞧去。他在襄阳城跟蒙古人打仗，我就偷了蒙古王爷的王旗，给他送一份大礼。”

法王猛吃一惊，暗想此事可十分糟糕，襄阳城攻打不下，连王旗也给敌人抢了去，这个脸可丢得大了，非得想个法儿将旗子夺回不可。

只见周伯通一声呼喝，四头骆驼十六只蹄子翻腾而起，一阵风般向西驰去，远远绕了个圈子，这才奔回。王旗在风中张开，猎猎作响。周伯通站直身子，手握四缰，平野奔驰，大旗翻卷，宛然是大将军八面威风。

但见他得意非凡，奔到临近，“得儿”一声，四头骆驼登时站定，想是他手劲厉害，勒得四驼不得不听指挥。周伯通笑道：“大和尚，我这些骆驼好不好？”法王大拇指一竖，赞道：“好得很，佩服之至！”心中却在寻思如何夺回王旗。周伯通左手一挥，笑道：“大和尚、小姑娘，老顽童去也！”

尹志平与赵志敬听到“老顽童”三字，脱口呼道：“师叔祖？”一齐翻鞍下马。尹志平道：“这位是全真派的周老前辈么？”周伯通双眼骨碌碌的乱转，道：“哼，怎么？小道士快磕头罢。”

尹赵二人本要行礼，听他说话古里古怪，却不由得一怔，生怕拜错了人。周伯通问道：“你们是哪个牛鼻子的门下？”尹志平恭恭敬敬的答道：“赵志敬是玉阳子王道长门下，弟子尹志平是长春子丘道长门下。”周伯通道：“哼，全真教的小道士一代不如一代，瞧你们也不是什么好脚色。”突然双脚一踢，两只鞋子分向二人面门飞去。

尹志平眼看鞋子飞下来的力道并不劲急，便在脸上打中一下，也不碍事，不敢失了礼数，仍是躬身行礼，赵志敬却伸手去接。哪知两只鞋子飞到二人面前三尺之处突然折回。赵志敬一手抓空，眼见左鞋飞向右边，右鞋飞向左边，绕了一个圈子，在空中交叉而过，回到周伯通身前。周伯通伸出双脚，套进鞋中。

这一下虽是游戏行径，但若非具有极深厚的内力，决不能将两只鞋子踢得如此恰到好处。金轮法王与尼摩星曾在忽必烈营帐中见过他飞戟掷人、半途而堕的把戏，这飞鞋倒回的功夫其理相同，只是踢出时足尖上加了一点回劲，因此见了也不怎么惊异。但赵志敬伸手抓了个空，却不禁大为骇服，凭他武功，便有极厉害的暗器射来，也能随手接过，百不失一，岂知一只缓缓飞来的破烂鞋子竟会抓不到手，当下再无怀疑，跟着尹志平拜倒，说道："弟子赵志敬叩见师叔祖。"

周伯通哈哈大笑，说道："丘处机与王处一眼界太低，尽收些不成器的弟子！罢了，罢了，谁要你们磕头？"大叫一声："冲锋！"四头骆驼竖耳扬尾，发足便奔。

法王飞身下马，身形晃处，已挡在骆驼前面，叫道："且慢！"双掌分别按在一头骆驼前额。四头骆驼正自向前急冲，被他这么一按，竟然倒退两步。

周伯通大怒，喝道："大和尚，你要打架不成？老顽童十多年没逢对手，拳头发痒，来来来，咱们便来斗几个回合。"他生平好武，但近年来武功越练越强，要找寻对手实是艰难无比，他知法王身手了得，正可陪自己过招，说着便要下驼动手。

法王摇手道："我生平不跟无耻之徒动手。你只管打，我决不还手。"周伯通大怒，道："你怎敢说我是无耻之徒？"法王道："你明知我不在军营，便去偷盗王旗，这不是无耻么？你自知非我敌手，觑准我走开了，这才偷偷去下手。嘿嘿，周伯通，你太不要脸了。"周伯通道："好，我是不是你敌手，咱们打一架便知。"法王摇头说道："我说过不跟无耻之徒动手，你勉强我不来。我的拳头很有骨气，打在无耻之徒身上，拳头要发臭的，三年另六个月中，臭气不会褪去。"周伯通怒道："依你说便怎地？"法王道："你将王旗让我带去，今晚你再来盗，我在营中守着。不论你明抢暗偷，只要取得到手，我便佩服你是个大大的英雄好汉。”

周伯通最不能受人之激，越是难事，越是要做到，当即拔下王旗，向他掷去，叫道：“接着了，今晚我来盗便是。”法王伸手接住，旗杆入手，才知这一掷之力实是大得异乎寻常，忙运内劲相抗，但终于还是退了两步，这才拿桩站住。

四头骆驼本来发劲前冲，但被法王掌力抵住了，此时他掌力陡松，四头骆驼忽地同时跳起，跃出二丈有余，向前急奔。众人遥望周伯通的背影，但见四头骆驼越跑越远，渐渐缩成四个小黑点。

法王呆了半晌，将王旗交给萨多，说道：“走罢！”

法王心想这老顽童行事神出鬼没，人所难测，须当用何计谋，方能制胜？在马上凝神思索，一时却无善策，偶然回顾，只见尹赵二道交头接耳，低声说话，不住回头去望小龙女，却又不敢多看，脸上大有惧色。他心念一转：“这姑娘莫非是为两个道士而来？”于是出言试探：“尹道兄，你和龙姑娘素来相识么？”尹志平脸色陡变，答应了声：“嗯。”法王更知其中大有缘故，问道：“你们得罪了她，她要寻你们晦气，是不是？这姑娘厉害得紧，你们和她作对，那可是凶多吉少啊。”他于尹龙二人之间的纠葛半点不知，只是见二道惊惶现于颜色，这才设词探问，竟是一问便中。

赵志敬乘机道：“她也得罪过大师啊，当日英雄会上，大师曾输在她的手下，此仇不可不报。”法王哼了一声，道：“你也知道？”赵志敬道：“此事传扬天下，武林豪杰，谁不知闻。”法王心道：“这道士倒也厉害。我欲以他制敌，他却想激得我出手助他脱困。”又想：“这两人也非平庸之辈，跟他们坦率言明，事情反而易办。”说道：“这龙姑娘要取你们性命，你们敌她不过，便想要我保护，是也不是？”

尹志平怒道：“尹某死则死耳，何须托庇于旁人？何况大师未必便能胜她。”法王见他凛然而言，绝非作伪，不禁一愣，心道：“难道我所料不对？”一时摸不准二人心意，便淡淡一笑，说道：“她与杨过双剑合璧，自有其厉害之处。但此时她孤身落单，我取她性命可说易如反掌。”赵志敬摇头道：“只怕未必。江湖上人人都说，大胜关英雄大会，金轮法王败于小龙女手下。”

法王笑道：“老衲养气数十年，你用言语激我，又有何用？”他听赵志敬如此说法，知他实是切盼自己与小龙女动手。当周伯通现身之前，他本想出手杀了小龙女，但此时已与周伯通订约盗旗，颇有需用尹赵二人之处，倘若杀了小龙女，便不能挟制二道了，当下意示闲暇，双手合什，说道：“既然如此，老衲先行一步。二位了断了龙姑娘之事，请来王爷大营过访便是。”说着一提缰绳，纵马便行。

赵志敬大急，心想只要他一走开，小龙女赶上前来，自己师兄弟二人不知要受如何的苦刑荼毒，想起当日终南山上玉蜂螫身之痛，不由得心胆俱裂，看来这藏僧不但武功高强，智谋也远在自己之上，眼见他径自前行，当即拍马追上，叫道：“大师且慢！小道路径不熟，相烦指引，永感大德。”

法工听了“永感大德”四字，微微一笑，心想：“多半是这姓赵的得罪了龙姑娘，才怕成这样，那姓尹的却是事不关己。”说道：“那也好，待会老衲说不定也有相烦之处。”赵志敬忙道：“大师有何差遣，小道无不从命。”法王和他并骑而行，随口问起全真教的情况，赵志敬一一说了。尹志平迷迷糊糊的跟随在后，毫没留心二人说些什么。

法王道：“原来马道长年老静退，不问教务，听说现任掌教丘道长年纪也不小了。”赵志敬道：“是，丘师伯也已七十多岁。”法王道：“那么丘道长交卸掌教之后，该当由尊师王道长接充了。”这一言触中了赵志敬的心事，脸色微变，道：“家师也已年迈。全真六子近年来精研性命之学，掌教的俗务，多半是要交给我这个尹师弟接手。”

法王见他脸上微有悻悻之色，低声道：“我瞧这位尹道兄武功虽强，却还不及道兄，至于精明干练，更与道兄差得远了。掌教大任，该当由道兄接充才是。”这几句话赵志敬在心中已蕴藏了七八年之久，但从未宣之于口，今日给法王说了出来，不由得怨恨之情更是见于颜色。全真六子命尹志平任三代弟子之首，即已明定要他继任掌教。初时赵志敬不过心中不服，暗存妒忌，但自抓到了尹志平的把柄后，即便处心积虑的要设法夺取他这职位。尹志平污辱小龙女，实犯教中大戒，如为掌教师尊所知，势必性命难保。但赵志敬自知生性鲁莽暴躁，素来不为全真六子所喜，师兄弟也多半和他不睦，纵然尹志平身败名裂，这掌教的位子还是落不到自己身上，他一直隐忍不发，便是为此。

法王鉴貌辨色，猜中了他的心思，暗想：“我若助他争得掌教，他便死心塌地的为我所用。全真教势力庞大，信士如云，能得该教相助，于王爷南征大有好处，实是大功一件，只怕更胜于刺杀郭靖。”心中暗自筹思，不再与赵志敬交谈。

午牌时分，一行人来到忽必烈的大营。法王回头望去，只见小龙女骑着驴子站在里许之外，不再近前，心想：“有她在外，不怕这两个道士不上钩。”

众人进了王帐，忽必烈正为失旗之事大为烦恼。要知王旗是三军表率，征战之际，千军万马全随王旗进退，实是军中头等重要的物事，突然神不知鬼不觉的给人盗去，直如打了一个大大的败仗。他见法王携了王旗回来，心下大喜，忙起座相迎。

忽必烈雄才大略，直追乃祖成吉思汗，一听法王引见尹赵二人，说是全真教的高士，当即大加接纳，显得爱才若渴，对王旗的失而复得竟似没放在心上，吩咐摆设酒筵与二人接风。尹志平心神不定，全副心思只想着小龙女。赵志敬却是个极重名位之人，见这位蒙古王爷竟对自己如此礼遇，不禁喜出望外。

忽必烈绝口不提法王等行刺郭靖不成之事，只是不住推崇尼摩星忠于所事，以致双腿残废，酒筵上请他坐了首位，接连与他把盏，尼摩星自是感激知遇，心想只要他再有差遣，赴汤蹈火在所不辞，旁人瞧着也都大为心折。

酒筵过后，法王陪着尹赵二人到旁帐休息。尹志平心神交疲，倒头便睡。法王道："赵兄，左右无事，咱们出去走走。"两人并肩走出帐来。

赵志敬举目只见小龙女坐在远处一株大树之下，那头驴子却系在树上，不禁脸上变色。法王只作不见，再详询全真教中诸般情状。

北宋道教本只正乙一派，由山西龙虎山张天师统率。自金人侵华，宋室南渡，河北道教新创三派，是为全真、大道、太乙三教，其中全真尤盛，教中道士行侠仗义，救苦恤贫，多行善举。是时北方沦于异族，百姓痛苦不堪，眼见朝廷规复无望，黎民往往把全真教视作救星。当时有人撰文称："中原板荡，南宋孱弱，天下豪杰之士，无所适从……重阳宗师、长春真人，超然万物之表，独以无为之教，化有为之士，靖安东华，以待明主，而为天下式"云云。当其时大河以北，全真教与丐帮的势力有时还胜过官府。赵志敬见法王待己亲厚，心下感激，当下有问必答，于本教势力分布、诸处重镇所在等情，尽皆举实以告。

两人边说边行，渐渐走到无人之处。法王叹了口气，说道："赵道长，贵教得有今日规模，实在不易。老衲无礼，却要说马、刘、丘、王诸位道长见识太是胡涂，怎能将掌教的大任传之于尹道兄呢？"赵志敬这些日来一直便在筹算，要待尹志平接任掌教之后，全真六子逐一凋逝，便逼他将掌教之位让给自己。但他性子急躁，想起此事究属渺茫，便算成功，也不知要在多少年之后，听法王提及，不禁叹了口气，又向小龙女望了一眼。

法王道："那龙姑娘是小事，老衲举手间便即了结，实不用烦心。倒是掌教大位不可落在无能之辈手中，这方是当务之急。"赵志敬怦然心动，说道："大师若能指点明途，小道终身全凭所命。"法王双眉一扬，朗声道："君子一言，那可不能反悔。"赵志敬道："这个自然。"法王道："好，我叫你在半年之内，便当上全真教的掌教。"

赵志敬大喜，然而此事实在太难，不由得有些将信将疑。法王道："你不信么？"赵志敬道："我信，我信。大师妙法通神，必有善策。"法王道："贵教和我素无瓜葛，本来谁当掌教都是一样。但不知怎的，老衲和道长一见如故，忍不住要出手相助。"赵志敬心痒难搔，不知如何称谢才好。

法王道："咱们第一步，是要令你在教中得一强援。贵教眼下辈份最尊的是谁？"赵志敬道："那便是今日途中遇见的周师叔祖。"法王道："不错，他若肯全力助你，尹道长多半便不是你的对手了。"赵志敬喜道："是啊，马师伯、丘师伯、我师父都要称他为师叔。他说出来的话，自是份量极重。但不知大师有何妙计，能令周师叔祖助我。"

法王道："今日我和他打了赌，要他再来盗取王旗。你说他来是不来？"赵志敬道："那自然是要来的。"法王道："这面王旗，今晚却不悬在旗杆之上，咱们去秘密的藏在一个安稳处所。蒙古大营中千帐万幕，周伯通便有通天彻地的能为，也无法在一夜之间寻找出来。"赵志敬道："是啊！"心中却想："这般打赌，未免胜之不武。"法王道："你一定想，如此打赌，不免胜之不武。但这全是为了你啊。"赵志敬呆呆的望着他，不明其故。

法王伸手在他肩头轻轻一拍，说道：“我把藏旗的所在跟你说了，你再去悄悄告知周伯通，让他找到王旗，岂非奇功一件？”赵志敬大喜，道：“不错，不错，这定能讨得周师叔祖的欢心。”但转念一想，说道：“然则大师的打赌岂非输了？”法王道：“咱们血性汉子结交朋友，只是全心全意为人，一己的胜负荣辱，又何足道哉？”赵志敬感激莫名，连称：“大师恩德，不知何以为报。”法王微微一笑，道：“你在教中先得周伯通之援，我再帮你筹划计议，那时你便要推辞掌教之位，也不可得了。”说着向左首一指，道：“咱们到那边山上去瞧瞧。”

离大营里许之处有几座小山，两人片刻间已到了山前。法王道：“咱们找个山洞，把王旗藏在里面。”前两座小山光秃秃的无甚洞穴，二人接连翻了两个山头，到了第三座小山之上。这山树木茂密，洞穴也是一个接着一个。法王道：“此山最好。”见两株大榆树间有一山洞，洞口隐蔽，乍视之下不易见到，便道：“你记住此处，待会我将王旗藏在洞内。晚间周伯通一到，你将他引来便了。”赵志敬喏喏连声，喜悦无限，向两株大榆树狠狠瞧了几眼，心想有此为记，决计不会弄错。两人回到大营，一路上不再谈论此事。

晚饭过后，赵志敬不住逗尹志平说话。尹志平两眼发直，偶而说上几句，也全是答非所问。天色渐黑，营中打起初更，赵志敬溜出营去，坐在一个沙丘之旁，但见骑卫来去巡视，防守得极是严密，心想：“以这般声势，便要闯入大营一步也极不易，周师叔祖居然来去自如，将王旗盗去，本领之高实是人所难测。”

只见头顶天作深蓝，宛似一座蒙古人的大帐般覆罩茫茫平野，群星闪烁，北斗七星更是闪闪生光，心想：“倘若果如法王所言，三月后我得任掌教，那时声名扬于宇内，天下三千道观、八万弟子尽数听我号令，哼哼，要取杨过那小子的性命，自然是易如反掌。”越想越是得意，站起身来，凝目眺望，隐约见小龙女仍然坐在那株大树之下，又想：“这位龙姑娘果然艳极无双，我见犹怜，也怪不得尹志平如此为她颠倒。但英雄豪杰欲任大事者，岂能为色所迷?”

正在洋洋自得之际，忽见一条黑影自西疾驰而至，在营帐间东穿西插，倏忽间已奔到了王旗的旗杆之下。那人宽袍大袖，白须飘荡，正是周伯通到了。

毒蛛东垂西挂，织结蛛网，不到半个时辰，洞口已被十余张蛛网布满。小龙女和周伯通初时看得有趣，均未出手干预，后来见红红绿绿的毒蛛在蛛网上爬来爬去，只瞧得心烦意乱。

第二十五回

内忧外患

周伯通抬头见杆顶无旗，不禁一怔，他只道金轮法王必在四周伏下高手拦截，便可乘机打个落花流水，大畅心怀，万料不到王旗竟然不升，放眼四顾，但见千营万帐，重重叠叠，却到哪里找去？

赵志敬迎上前去，正要招呼，转念一想："此时即行上前告知，他见好不深。要先让他遍寻不获，无可奈何，沮丧万状，那时我再说出王旗所在，他才会大大的承我之情。"于是隐身一座营帐之后，注视周伯通动静。只见他纵身而起，扑上旗杆，一手在旗杆上一撑，又已跃上数尺，双手交互连撑，迅即攀上旗杆之顶。赵志敬暗暗骇异："周师叔祖此时就算未及百龄，也已九十，虽是修道之士，总也不免筋骨衰迈，步履维艰，但他身手如此矫捷，尤胜少年，真乃武林异事。"

周伯通跃上旗杆，游目四顾，只见旌旗招展，不下数千百面，却就是没那面王旗。他恼起上来，大声叫道："金轮法王，你把王旗藏到哪里去了？"这一声叫喊中气充沛，在旷野间远远传了出去，连左首丛山之中也隐隐有回声传来。法王早已向忽必烈禀明此事，通传全军，因此军中虽然听到他呼喝，竟是寂静无声。

周伯通又叫："法王，你再不回答，我可要骂了。"隔了半晌，仍是无人理睬。周伯通骂道："臭金轮，狗法王，你这算什么英雄好汉？这是缩在乌龟洞里不敢出头啊！”

突然东边有人叫道：“老顽童，王旗在这里，有本事便来盗去。”周伯通扑下旗杆，急奔过去，喝问：“在哪里？”但那人一声叫喊之后，不再出声。周伯通望着无数营帐，竟不知从何处下手才好。

猛听得西首远远有人杀猪般地大叫：“王旗在这里啊，王旗在这里啊！”周伯通一溜烟般奔去。那人叫声不绝，但声音越来越低，周伯通只奔了一半路程，叫声便断断续续，声若游丝，终于止歇，实不知叫声发自哪一座营帐。周伯通哈哈大笑，叫道：“臭法王，你跟我捉迷藏吗？待我一把火烧了蒙古兵的大营，瞧你出不出来？”

赵志敬心想：“他倘若当真放火烧营，那可不妙。”忙纵身而出，低声道：“周师叔祖，放不得火。”周伯通道：“啊，小道士，是你！干么放不得火？”赵志敬信口胡言：“他们要故意引你放火啊。这些营帐中放满了地雷炸药，你一点火，乒乒乓乓，把你炸得尸骨无存。”周伯通吓了一跳，骂道：“这诡计倒也歹毒。”

赵志敬见他信了，心下大喜，又道：“徒孙探知他们的诡计，生怕师叔祖不察，心里急得不得了，因此守在这里。”周伯通道：“嗯，你倒好心。要不是你跟我说，老顽童岂不便炸死在这儿了？”赵志敬低声道：“徒孙还冒了大险，探得了王旗的所在，师叔祖随我来就是。”不料周伯通摇头道：“说不得，千万说不得！我若找不到，认输便是。”打赌盗旗，于他是件好玩之极的游戏，如由赵志敬指引，纵然成功，也已索然无味，这种赌赛务须光明磊落，鬼鬼祟祟实乃大忌。

赵志敬碰了个钉子，心中大急，突然想起：“他号称老顽童，脾气自然与众不同，只能诱他上钩。”便道：“师叔祖，既是如此，我可要去盗旗了，瞧是你先得手，还是我先得手。”说着展开轻身功夫，向左首群山中奔去，奔出数丈，回头果见周伯通跟在后面。他径自奔入第三座小山，自言自语：“他们说藏在两株大榆树之间的山洞中，哪里又有两株大榆树了？”故意东张西望的找寻，却不走近法王所说的山洞。忽听得周伯通一声欢呼：“我先找到了！”向那两株大榆树之间钻了进去。

赵志敬微微一笑，心想：“他盗得王旗，我这指引之功仍是少不了，何况我阻他放火，他还道真的于他有救命之恩。这比之法王的安排尤胜一筹。”心下得意，拔足走向洞去。

猛听得周伯通一声大叫，声音极是惨厉，接着听他叫道：“毒蛇！毒蛇！”赵志敬大吃一惊，已经踏进了洞口的右足急忙缩回，大声问道：“师叔祖！洞里有毒蛇么？”周伯通道：“不是蛇……不是蛇……”声音却已大为微弱。

这一着大出赵志敬意料之外，忙在地下拾了根枯柴，取火折点燃了向洞里照去，只见周伯通躺在地下，左手抓着一块布旗，不住挥舞招展，似是挡架什么怪物。赵志敬惊问：“师叔祖，怎么啦？”周伯通道：“我给……给毒物……毒物……咬中了……”说到这里，左手渐渐垂下，已无力挥动旗帜。

赵志敬见他进洞受伤，不过是顷刻之间，心想以他的武功，便是伤中要害，也不致立时不支，那是什么毒物，竟然如此厉害？又见周伯通手中所执布旗只是一面寻常军旗，实非王旗，更是心寒：“原来那法王叫我骗他进洞，却在洞里伏下毒物害他性命。”这时只求自已逃命要紧，哪里还顾得周伯通死活，也不敢察看他伤势如何、是何毒物，将火把反手一抛，转身便逃。

火把没落到地，突在半途停住，却是有人伸手接住，只听那人说道：“连尊长竟也不顾了吗？”声音清柔，如击玉磬，白衣姗姗，正是小龙女的身形，火把照出一团亮光，映得她玉颜娇丽，脸上却无喜怒之色。这一下吓得赵志敬脚也软了，张口结舌，哪里说得出话来？万料不到她竟在自己身后如此之近，满心想逃，便是不能举步。

其实小龙女远远监视，赵志敬一举一动全没离开她目光。他引周伯通上山，小龙女便跟在其后。周伯通自然知道，但并不理会，赵志敬却是茫然未觉。

当下小龙女举起火把，向周伯通身上照去，只见他脸上隐隐现出绿气。她从怀中取出金丝手套戴上，提起他手臂一看，不禁心中突的一跳，只见三只酒杯口大小的蜘蛛，分别咬住了周伯通左手三根手指。

蜘蛛模样甚是怪异，全身条纹红绿相间，鲜艳到了极处，令人一见便觉惊心动魄。她知任何毒物颜色越是鲜丽，毒性便越厉害。三只蜘蛛牢牢咬住周伯通的手指，她拾起一根枯枝去挑，连挑几下均没挑脱，当即右手一扬，三枚玉蜂针射出，登时将三只蜘蛛刺死。她发针的劲力用得恰到好处，刺死蜘蛛，却没伤到周伯通皮肉。

原来这种蜘蛛叫作“彩雪蛛”，产于西藏雪山之顶，乃天下三绝毒之一。金轮法王携之东来，有意与中原的使毒名家一较高下。那日他到襄阳行刺郭靖，没想到使毒，并未携带彩雪蛛。中了李莫愁的冰魄银针后回到大营，恨怒之余，便取出藏放彩雪蛛的金盒放在身边，只盼再与李莫愁相遇，便请她一尝西藏毒物的滋味。也是机缘巧合，既与周伯通打赌盗旗，又遇上了这个一心想当掌教的赵志敬，便在山洞中放了一面布旗，旗中裹上三只毒蜘蛛。这彩雪蛛一遇血肉之躯，立即扑上咬啮，非吸饱鲜血，决不放脱，毒性猛烈，无药可治，便法王自己也解救不了。他不肯贴身携带，便怕万一有甚疏虞，为祸非浅。

小龙女这玉蜂针上染有终南山上玉蜂针尾的剧毒，毒性虽不及彩雪蛛险恶，却也着实厉害，尖针入体，彩雪蛛身上自然而然的便产出了抗毒的质素。毒蛛捕食诸般剧毒虫豸，全凭身有这等抗毒体液，才不致中毒。毒蛛的抗毒体液从口中喷出，注入周伯通血中，只喷得几下，已自毙命跌落。幸而小龙女急于救人，又见毒蛛模样难看，不敢相近，便发射暗器，歪打正着，恰好解救了这天下无药可解的剧毒。

小龙女见三只彩雪蛛毛茸茸的死在地下，红绿斑斓，仍是不禁心中发毛；又见周伯通僵卧不动，显已毙命。她对周伯通实是好生感激，常想当日若不是他将杨过引入绝情谷，自己便已与公孙止成婚，事后念及，往往全身冷汗淋漓，胆战心悸。不料他竟毕命于此，心下甚是伤感。突然之间，只见周伯通左手舞了几下，低声道：“什么东西咬我，这么……这么厉害？”想要撑持起身，但上身只仰起尺许，复又跌倒。

小龙女见他未死，心中大喜，举火把四下察看，不再见有蜘蛛踪迹，这才放心，问道：“你没死么？”周伯通笑道：“好像还没有死透，死了一大半，活了一小半……哈哈……”他想纵声大笑，但立时手脚抽搐，笑不下去。

却听得洞外一人纵声长笑，声音刚猛，轰耳欲聋，跟着说道：“老顽童，你王旗盗到了么？今日的打赌是你胜了呢，还是我胜了？”说话的正是金轮法王。

小龙女左手在火把上一捏，火把登时熄灭，她戴有金丝手套，兵刃烈火，皆不能伤。周伯通低声道：“这场玩耍老顽童输定了，只怕性命也输了给你。臭法王，你这毒蜘蛛是什么家伙，这等歹毒？”这几句话悄声细语，有气没力，但法王隆隆的笑声竟自掩它不下。法王暗自骇然：“他给我的彩雪蛛咬了，居然还不死，这几句话内力深厚，非我所及。幸好中我之计，去了一个强敌。他此刻虽还不死，总之也挨不到一时三刻了。”

周伯通又道：“赵志敬小道士，你骗我来上了这个大当，吃里扒外，太不成话。你快去跟丘处机说，叫他杀了你罢！”赵志敬站在洞外，躲在法王身后，只听得毛骨悚然，暗想：“这事我岂能去跟丘师伯说？”法王笑道：“这个赵道士很好啊。咱们王爷要启禀大汗，封他作全真教掌教真人呢。”暗想：“周伯通之死，这赵道士脱不了干系，从此终身受我挟制。此人才识平庸，也不想想周伯通这样一个疯疯癫癫的人物，辈份虽尊，丘处机等岂能把他的言语当真？怎能凭老顽童几句话就让你当全真教掌教？”

周伯通大怒，呸的一声。他体内毒性虽已消失去大半，但彩雪蛛的剧毒绝非人所能抗，一丝一忽的微量即足以屠灭多人。周伯通真气略松，又晕了过去。

小龙女道：“金轮法王，你打不过人家，便用这种毒物害人，像不像一派宗主？快拿解药出来救治周老爷子！”

法王隔洞望见周伯通晕去，只道他毒发而毙，大是得意，暗想凭你这小小女子怎奈何得我？想起赵志敬日间言语相激，说自己曾败在她的手下，决意亲手将她擒住，显显威风，当即冲向山洞，左掌一扬，右手探出，向小龙女抓去，说道：“解药来了，好好拿着。”小龙女右手挥处，玎玲玲一阵轻响，金铃软索飞出，疾往他“期门穴”点去。

法王心道：“今日我若再擒你不到，岂不教那姓赵的道士笑话。”晃身避开金铃，探手入怀，已是双轮在手，相互撞击，当的一声巨响，震人耳鼓。小龙女一点不中，兜转软索，倏地点他后心“大椎穴”，这一下变招极快极狠。法王跃起数尺，赞道：“如你这等功夫，女中罕见！”

两人夹洞相斗，瞬息间拆了十余招。法王倘若恃力抢攻，小龙女原是难以抵挡，但他数日前攻进山洞，足底为冰魄银针刺伤，险些送了性命，小龙女武功与李莫愁全是一路，而招数巧妙尤在李莫愁之上，前事不忘，后事之师，他哪肯重蹈覆辙？何况洞中尚有毒蛛，若给咬上了，非立时送命不可，是以虽然焦躁，却不冒险强攻。黑夜之中，但听得铅轮橐橐，银轮铮铮，夹着金铃玲玲之声，宛似敲击乐器。

赵志敬远远站着，听着两人的兵刃声响，心中怦怦乱跳，想起师叔祖之死虽非自己有意加害，总是卸不了罪责，这等弑尊逆长之事，于武林任何门派均是罪不容诛，倘然法王果能将小龙女杀了，自是大妙，但若竟是小龙女获胜，又或给她脱身逃走，消息自然传出，那便如何是好？他一步步的后退，手持剑柄，身子禁不住发颤，听着双轮与金铃之声越来越密，不由得汗流浃背，湿透道袍。

法王武功虽然远胜小龙女，但轮短索长，不入山洞，终究难以取胜，转眼间已拆到六七十招，兀自制不住对方。小龙女见周伯通躺在地下一动不动，多半是没命的了，想要设法救助，却哪里缓得出手来？二人在黑暗中相斗，她目光锐敏，比法王多占了便宜，眼见法王挥轮向右斜砸，右方露出空隙，当即回转金铃软索，点向他右胁，同时左手扬动，十余枚玉蜂针向他上中下三盘射了过去。

这一下相距既近，玉蜂针射出时又是无声无息，法王待得发觉，玉蜂针距身已不逾尺，也亏他武功委实非同小可，危急中翻转银轮，卷住了金铃软索，同时双足力撑，呼的一响，身子拔起丈余，十余枚玉蜂针尽数在脚底飞过。仓卒间使力过巨，身子拔高，双臂上扬，银铅双轮连着金铃软索一齐脱手飞上半空。轮声呜呜，铃声玎玎，直响上天空十余丈处。星光下但见一团灰光，一团银光，夹着一条长索激飞而上。

小龙女不待他落地，又是一把玉蜂针射出。法王身在半空，武功再强，也是无法闪避，此时相距虽远，情势却更凶险。

但法王跃起之时，早料到敌人必会跟着进袭，双手抓住胸口衣襟向外力分，嗤的一响，长袍撕为两片，恰好玉蜂针于此时射到，他舞动两片破衣，数十枚细针尽数刺入衣中。他哈哈一笑，双足着地，抛去破衣，伸手接住了空中落下的双轮。这两次脱险，都是仗着绝顶武功加以聪明机变，于千钧一发之际逃得性命，却也因此夺得了小龙女的兵刃。

他脚一落地，立即抢到洞口，笑道：“龙姑娘，你还不投降?”他生怕小龙女在洞中设伏，不敢便此走进。小龙女却不知他有所顾忌，自已兵刃既失，玉蜂针也已十去其九，只得手心里扣着一把仅余的金针，躲在洞口一旁，默不作声。

法王等了片刻，不见动静，当下心生一计，双轮交在右手，左手拾起两片破衣，突然双轮着地掷出，一前一后，抛进了山洞之内数尺，身子一晃，双足已踏在轮上，以防地下插有毒针，跟着破衣飞舞，挥成一道布障挡在身前。他两片破衣上钉了数十枚玉蜂针，已成为一件厉害兵刃，笑道：“别人有狼牙棒，龙姑娘，你试试我狼牙布的厉害。”一言甫毕，突然手上一紧，半截长袍竟已被小龙女抓住。她戴着金丝手套，莫说狼牙布，便当真是狼牙棒也敢赤手来夺。

法王这一下出其不意，急忙运劲回夺，就这么微微一顿之间，小龙女满手金针已激射而出。法王暗叫不好，情急智生，随手抓起躺在地下的周伯通在身前一挡，跟着一招“倒踩七星步”，急窜出洞。饶是他一生数经大敌，但这一次生死系于一线，也不禁吓得满手都是冷汗，远远站在洞外喘息。

那二十余枚玉蜂针尽数钉在周伯通身上。小龙女微微叹息，心想你身死之后，尸身还要受罪，不料忽听得周伯通叫道：“好痛，好痛，什么东西又来咬我?”小龙女又惊又喜，问道：“周伯通，你还没死么?”她不懂礼法，出口便是呼名道姓。

周伯通道：“好像已经死了，可是又活了转来。不知是没死得透呢，还是没活得够。”小龙女道：“你没死便好了，那法王好凶恶，我打他不过。”取出吸铁石，将他身上所中的玉蜂针一枚枚的吸出。周伯通骂道：“法王这狗贼果真不讲道理，乘我死了还没还魂，便用这些瞧不见的细针来扎我。”小龙女不住手的跟他取针，他便不停口的骂人。

小龙女微微一笑，道：“周伯通，这些针是我扎你的。”于是将适才激斗的经过简略说了，又问：“我这玉蜂针上喂有蜂毒，你身上难不难过？”周伯通道：“舒服得很，你再扎我几下。”小龙女还道他是说笑，从怀中取出一个小小玉瓶，说道：“这瓶玉蜂蜜可解我这金针之毒，你喝一点便好啦。”周伯通连连摇手，说道：“不，不！你这些针扎在身上很舒服，似乎正是那毒蛛的克星。”

小龙女想那老顽童又在胡说八道，但见他坚不肯服，也就不加勉强，看来这怪老头儿内功深不可测，连毒蛛也害他不死，中了玉蜂针自然也是无碍。其实蜜蜂刺上之毒虽然毒性厉害，却能治疗多种疾病，于风湿等症更有神效，是以天下凡养蜂之人，决无风湿。但小龙女与周伯通均不明医理，不知玉蜂针以毒攻毒，竟使彩雪蛛的毒性又解了不少。

法王在洞外听得周伯通说话，竟然神完气足，宛若平时，更是骇然，暗想此人真难道是神仙不成？乘着他元气未复，须得痛下杀手结果了他，否则日后岂能再有这等良机。适才进洞不成，连银铅双轮也失陷在内，于是挥动小龙女的金铃软索，叫道：“龙姑娘，我借你的兵刃使使。”用力一抖，将软索挥进洞来。他武功已臻化境，任何兵刃均能运转自如，小龙女这软索虽然怪异，但他当作软鞭来用，居然也使得虎虎生风，而且发自远处，不怕对方以金针突袭。

小龙女童心忽起，拾起地下的银铅双轮，铮的一声互击，叫道：“好，咱们便掉换了兵刃打一架。”右臂平伸推出，手臂突感酸软，竟然推不到尽头。这铅轮看来不大，份量却着实不轻，小龙女一推出便感不支，当即缩回，将双轮护在胸前。

法王瞧出便宜，突然欺上，长臂倏伸，便来抢夺双轮。小龙女退了一步，左手银轮掷出。她掷轮只是虚招，乘着那一掷之势，数十枚玉蜂针又已射出。这些玉蜂针均是从周伯通身上起出，毒性已消了大半，便是射在身上也无大碍。法王这次早有防备，不接银轮，便即向旁跃开，数十枚玉蜂针尽数打空。

周伯通哈哈大笑，道："好，这贼秃过来，你便用小针扎他。再过一会，我元气一复，这就出去抓他来打屁股。"小龙女道："唉，我的玉蜂针都打完啦，一枚也不剩了。"周伯通一愕，搔头道："这可有点儿难搞。"他二人一老一小均是全无机心，想到什么，口中便说了出来。

金轮法王满腹智谋，但不知周伯通和小龙女的性情，不信天下竟有人会自暴其弱，心想："你说玉蜂针打完了，我怎会上这个当？定是想诱我近前，另使古怪法道射我。"小龙女坦然直说，反使法王不敢贸然抢攻，加之他日前在山洞内中了杨过之计，想起尼摩星自断双足之惨，竟自十二分的郑重起来。

一耗两耗，天色渐明。周伯通盘膝端坐，要以上乘内功逼出体内的余毒。可是那彩雪蛛的毒性猛恶绝伦，他每一运气，胸口便烦恶欲呕，自顶至踵，无处不是麻痒难忍，不运气却反而无事，连试三次都是如此，废然叹道："唉，老顽童这一次可不好玩了！"

法王在外偷窥，却不知他有这等难处，暗想："不好，这老头儿在运内功了！"心念一动，从怀中取出那只盛放彩雪蛛的金盒来，掀开盒盖，盒中十余只彩雪蛛蠕蠕而动，其时朝阳初升，照得盒中红绿斑斓，鲜艳夺目。法王从金盒旁取出一只犀牛角做的夹子，夹起一根蛛丝，轻轻一甩，蛛丝上带着一只彩雪蛛，黏在山洞口左首。他连夹连甩，将盒中毒蛛尽数放出，每只毒蛛带着一根蛛丝，黏满了洞口四周。盒中毒蛛久未喂食，饥饿已久，登时东垂西挂，结起一张张的蛛网，不到半个时辰，洞口已被十余张蛛网布满。

当毒蛛结网之时，小龙女和周伯通看得有趣，均未出手干预，到得后来，一个直径丈余的洞口已满是蛛网，红红绿绿的毒蛛在蛛网上来往爬动，只瞧得心烦意乱。

小龙女低声道："可惜我的玉蜂针打完了，不然一针一个，省得这些毒蜘蛛在眼前爬来爬去的讨厌。"周伯通拾起一枝枯枝，便想去搅蛛网，忽见一只大蝴蝶飞近洞口，登时被蛛网黏住。本来昆虫落入蛛网，定须挣扎良久，力大的还能毁网逃去，但这只蝴蝶躯体虽大，一碰到蛛丝立即昏迷，动也不动。小龙女心细，叫道："别动，蛛丝有毒。"周伯通吓了一跳，急忙抛下枯枝。原来法王放毒蛛封洞，并非想以这些纤细的蛛网阻住二人，倒是盼望他们出手毁网，游丝上下，免不了身上沾到一二根，剧毒便即入体。

周伯通看了一会毒蛛吃蝴蝶，又盘膝坐下，心想："反正我玄功一时不易恢复，多坐一会倒也不错。"小龙女却想："这僵持之局不知何时方了？又不知道老顽童身上的毒性去尽没有？"问道："你运功去毒，再有一天一晚可够了么？"周伯通叹道："别说一天一晚，再有一百天一百晚也不管用。"小龙女惊道："那怎生是好？"周伯通笑道："那贼秃若肯送饭给咱们吃，在这山洞中住上几年，也没什么不好。"

小龙女道："他不肯送饭的。"叹了口气，道："倘若杨过在这儿，我便在这山洞中住一辈子也没什么。"周伯通怒道："我什么地方及不上杨过了？他还能比我强么？我陪着你又有什么不好？"他这两句话不伦不类，小龙女却也不以为忤，只淡淡一笑，道："杨过会使全真剑法，我和他双剑合璧，便能将这和尚杀得落荒而逃。"周伯通道："哼，全真剑法有什么了不起？我难道不会使？杨过能胜得我么?”小龙女道:“我们这双剑合璧,叫作玉女素心剑法,要我心中爱他,他心中爱我,两心相通,方能克敌制胜。”

周伯通一听到男女之爱,立时心惊肉跳,连连摇手,说道:“休提,休提。我不来爱你,你也千万别来爱我。我跟你说,在山洞中住上几年也没什么大不了。当年我在桃花岛山洞中孤零零的住了十多年,没人相伴,只得自己跟自己打架,现今跟你在一起,有说有笑,那是大不相同了。”他自得其乐,竟想在洞中作久居之计。

小龙女奇道:“自己跟自己打架,怎生打法?”周伯通大是得意,于是将分心二用、左右互搏之术简略说了。小龙女心中一动:“若我学会此术,左手使全真剑法,右手使玉女剑法,那岂不是双剑合璧,成了玉女素心剑法?就只怕这功夫非一朝一夕所能学会。”说道:“这功夫很难学罢?”周伯通道:“说难是难到极处,说容易也容易之至。有的人一辈子都学不会,有的人只须几天便会了。你识得郭靖与黄蓉两个娃娃么?”小龙女点点头。周伯通道:“你说他两人是谁聪明些?”

小龙女道:“郭夫人千伶百俐,我听过儿说道,当世只怕无人能及得上她的聪明智慧。郭大侠的资质却平常得紧。”周伯通笑道:“什么‘平常得紧’?简直蠢笨得紧。你说我是聪明呢还是傻?”小龙女笑道:“我瞧你年纪虽然不小,仍是傻里不几,说话行事,有点儿疯疯癫癫。”

周伯通拍手道:“是啊,你这话一点儿也不错。这左右互搏之术是我想出来的,后来我教了郭靖兄弟,他只用几天功夫便学会了。但他转教他的婆娘,你别瞧黄蓉这女孩儿玲珑剔透,一颗心儿上生了十七八个窍,可是这门功夫她便始终学不会。我还道郭靖傻小子教得不对,后来老顽童亲自教她,哪知道她第一课‘左手画方,右手画圆’便画来画去不像。所以啊,有的人一学便会,有的人一辈子学不了。好像越是聪明,越是不成。”

小龙女道："难道蠢人学功夫，反而会胜过聪明人？我可不信。"周伯通笑嘻嘻的道："我瞧你品貌才智，和那小黄蓉不相上下，武功也跟她差不离。你既不信，那你便用左手食指在地下画个方块，右手食指同时画个圆圈。"小龙女依言伸出两根食指在地上划画，但画出来的方块有点像圆圈，圆圈却又有点像方块。周伯通哈哈大笑，道："是么？你这一下便办不到。"

小龙女微微一笑，凝神守一，心地空明，随随便便的伸出双手手指，左手画了一个方块，右手画了一个圆圈，方者正方，圆者浑圆。

周伯通大吃一惊，道："你……你……"过了半晌，才道："你从前学过的么？"小龙女道："没有啊，这又有什么难了？"周伯通搔着满头白发，道："那你是怎么画的？"小龙女道："我也不知道。心里什么也不想，一伸手指便画成了。"随即左手写了"老顽童"三字，右手写了"小龙女"三字，双手同时作书，字迹整整齐齐，便如一手所写一般。周伯通大喜，说道："这定是你从娘胎里学来的本领，那便易办了。"于是教她如何左攻右守，怎生右击左拒，将他在桃花岛上领悟出来的这门天下无比的奇功，一古脑儿说了给她听。

其实这左右互搏之技，关键诀窍全在"分心二用"四字。凡是聪明智慧之人，心思繁复，一件事没想完，第二件事又涌上心头。三国时曹子建七步成诗，五代间刘鄩用兵，一步百计，这等人要他学那左右互搏的功夫，便是要杀他的头也学不会的。小龙女自幼便练摒除七情六欲的扎根基功夫，八九岁时已练得心如止水，后来虽痴恋杨过，这功夫大有损耗，但此刻心灵痛受创伤，心灰意懒之下，旧日的玄功竟又回复了八九成。她所修习的古墓派内功乃当年林朝英情场失意之后所创，与她此时心境大同小异，感应一起，顿生妙悟，周伯通一加指拨，她立时便即领会。只因周伯通、郭靖、小龙女均是淳厚质朴、心无渣滓之人，如黄蓉、杨过、朱子柳辈，那就说什么也学不会了。

周伯通身上毒性未除，但口讲指划，说得津津有味。小龙女不住点头，暗自默想如何右手使玉女剑法、左手使全真剑法，只几个时辰，心中豁然贯通，说道："我全懂啦。"双手试演数招，竟然圆转如意。周伯通张大了口合不拢来，只叫："奇怪，奇怪！"

法王和赵志敬守在洞外，但听两人叽叽咕咕的说个不停，有讲有笑，侧耳倾听，只断断续续的听到几句，全然不明其中之意。

小龙女一抬头，见两人正自探头探脑的窥望，站起身来，说道："咱们走罢！"周伯通一呆，问道："哪里去？"小龙女道："出去把贼秃抓来，逼他给你解药。"周伯通拉了拉自己的大胡子，道："你准打赢他了？"

说到此处，忽听得嗡嗡声响，一只蜜蜂黏上了蛛网，不住出力挣扎。先前一只大蝴蝶一触蛛丝便即昏晕，这蜜蜂身躯甚小，却似不怕彩雪蛛的毒性，蛛网竟给撕出了一个破洞。一只面目狰狞的毒蛛在旁虎视眈眈，却不敢上前放丝缠绕，过了良久，蜜蜂才不支晕去，那毒蛛扑上便咬。

小龙女在古墓中饲养成群玉蜂，和蜜蜂终年为伴，驱蜂之术固然甚精，且把蜂儿视作朋友一般，眼见蜜蜂有难，心中大是不忍，突然转念："毒蛛形貌虽恶，我的蜂儿未必便怕它们了。"从怀中取出玉瓶，右手伸掌握住，拔开瓶塞，潜运掌力，热气从掌心传入瓶中，过不多时，一股芬芳馥郁的蜜香透过蛛网送了出去。

周伯通奇道："你干什么？"小龙女道："这是个顶好玩的把戏，你爱不爱瞧？"周伯通大喜，连叫："妙极！"又问："那是什么把戏？"小龙女微笑不答，只是催动掌力。

此时山谷间野花盛开，四下里采蜜的野蜂极多，闻到这股甜蜜的芳香，登时从各处飞涌而至。一只只野蜂不住的冲向山洞，一黏上蛛网，便都挣扎撕扯，有的给毒蛛咬死，有的却在毒蛛身上刺了一针。彩雪蛛虽是天下的至毒，但蜂毒中得多了，即便渐渐僵硬而死。

周伯通只瞧得手舞足蹈，心花怒放。洞外的金轮法王和赵志敬却是目瞪口呆，不知所措。其时彩雪蛛尚占上风，毒蛛只死了三只，蜜蜂却有四十余只毙命，但野蜂越聚越多，起初还只三四只、五六只零零落落的赶来，到后来竟是成群结队，数十只、数百只一窝一窝的涌到，片刻之间，洞口的蛛网尽皆冲烂，十余只毒蛛也尽数中刺僵毙。赵志敬吃过蜜蜂的大苦头，眼见情势不妙，忙悄悄溜入树丛，远远避开。法王却可惜彩雪蛛难得，这一役莫名其妙的全军覆没，还道野蜂有合群之心，同仇敌忾，和毒蛛相斗，却不知乃是小龙女召来，兀自寻思如何逼周伯通和小龙女出洞，结果二人性命。

小龙女将小指指甲伸入玉瓶，挑了一点蜂蜜向法王弹去，左手食指向他左边一点，右边一点，口中呼啸吆喝。几千只野蜂转身出洞，向他冲去。

法王一惊非同小可，急忙向前飞窜。他轻身功夫了得，野蜂飞得虽快，他身法更快，霎时间已窜出十余丈外。但见他犹似一溜黑烟，越奔越远，野蜂追赶不上，便各自散了。

小龙女连连顿足，不住口的叫道："可惜，可惜！"周伯通道："可惜什么？"小龙女道："给他逃走啦，没抢到解药。"原来她驱赶蜜蜂分从左右包抄，要将法王围住，可没想到这些野蜂乃乌合之众，东一窝西一窝的聚在一起，决不能和她古墓中养驯的玉蜂相比，要它们一时追刺敌人，倒还可以，至于左右包抄、前后合围这些精微的阵势，野蜂便无能为力了。但周伯通已佩服得五体投地，深觉这玩意儿比他生平所见所玩任何戏耍都强得多，鼓掌大赞，全忘了身上中毒未解。

小龙女见洞口蛛丝已除，窜出洞去，招手道：“出来罢！”周伯通跟着跃出，但身在半空，突然重重跌落，叹道：“不成，不成！力气使不出来。”猛地里全身打战，牙齿互击，格格作响，这一跌之下，引动彩雪蛛的余毒发作出来，犹似身堕万丈冰窖，酷寒难当，嘴唇和脸孔渐渐发紫，一丛白胡子连连摇晃。

小龙女惊问：“周伯通，你怎么啦？”周伯通不住发抖，颤声道：“你……你快用那针儿扎我……扎我几下。”小龙女道：“我的针上有毒啊。”周伯通道：“便……便是……有毒……有毒的好。”

小龙女想起适才野蜂与毒蛛的恶战，心道：“莫非蜂毒正是蛛毒的克星？”从地下拾起一枚玉蜂针，试着在他手臂上刺了一下。周伯通叫道：“妙啊！快再刺。”小龙女连刺几下，听他不住的叫好，眼见针上毒性已失，于是换过一枚。一共刺了十余针，周伯通不再打战，舒了一口长气，笑道：“以毒攻毒，众妙之门。”试着一运气，却觉体内余毒仍未去尽，猛地一拍膝盖，叫道：“龙姑娘，你针上的蜂毒不够，而且不大新鲜。”小龙女笑道：“那我便叫野蜂来叮你。”周伯通道：“多谢之至，快快叫罢！”

小龙女揭开玉瓶，召来一群野蜂，一一叮在周伯通身上。老顽童笑逐颜开，全身脱得赤条条地，让野蜂针刺，一面潜运神功，先将蜂毒吸入丹田，再随真气流遍全身各处大穴。约莫一顿饭功夫，遍体都是野蜂尾针所刺的小孔，蛛毒尽解，再刺下去便越来越痛，大声叫道：“够啦，够啦！再刺下去便搅出人命来啦！”拾起衣裤穿起。

小龙女微微一笑，将野蜂驱走，见金铃软索掉在一旁，顺手拾起，问道：“我要上终南山去，你去不去？”周伯通摇摇头，道：“我另有要紧事情要办，你一个人去罢！”小龙女道：“啊！是了，你要到襄阳城去相助郭大侠。”她一提到“郭大侠”三字，便想到郭芙，跟着想到了杨过，黯然道：“周伯通，你若见到杨过，别提起曾遇见过我。”却见他口中喃喃自语，但一些声息也听不到，脸上神色甚是诡异，不知在捣什么鬼。过了半晌，周伯通突然抬头问道：“你说什么？”小龙女道：“没什么了，咱们再见啦。”周伯通心不在焉，只是点头挥手。

小龙女转身走开，过了一个山坳，忽听得周伯通大声吆喝呼啸，宛似在指挥蜜蜂。小龙女好生奇怪，悄悄又走了回来，躲在一株树后张望，只见周伯通手中拿着玉瓶，正在指手划脚的呼叫。她伸手怀中一探，玉瓶果已不翼而飞，不知如何给他偷了去，但他吆喝的声音似是而非，虽有几只野蜂闻到蜜香赶来，却全不理睬他的指挥，只是绕着玉瓶嗡嗡打转。

小龙女忍不住噗哧一笑，从树后探身出来，叫道：“我来教你罢！”周伯通见把戏拆穿，贼赃给事主当场拿住，只羞得满脸通红，白须一挥，陡地窜出数丈，急奔下山，飞也似的逃走了。

小龙女哈哈大笑，心想这怪老头儿当真有趣得紧。她笑了数声，空山隐隐，传来几响回声，蓦地里只觉寂寞凄凉，难以自遣，忍不住流下两行清泪。这一晚和金轮法王斗智斗力，有老顽童陪着胡闹，倒也热闹了半天，此刻敌人走了，朋友也走了，全世界便似孤另另的只剩下了她一个人。

她一路跟随尹志平和赵志敬，只觉这两人可恶之极，虽将之碎尸万段，也难解心头之恨。她只消一出手，便能将两人杀了，但总觉得杀了他们那又如何？在大榆树下呆了半晌，自言自语：“我还是找他们去！”走下山来，跨上放在山下吃草的花驴。

上得大路行了一程，忽见前面烟尘冲天，旌旗招展，蹄声雷震，大队军马向南开拔，显是蒙古大军又去攻打襄阳。小龙女心中踌躇：“这千军万马之中，却如何去寻那两个道士？”忽见三乘马从山坡旁掠过，马上乘者黄衫星冠，正是三个道人。小龙女心道：

“怎地多了一个?”遥遥望去，最后一人正是尹志平，赵志敬和另一个年轻道士并骑在前。小龙女一提缰绳，纵驴跟了下去。

尹志平和赵志敬听得蹄声，回头一望，又见到小龙女，都不禁脸上变色。那年轻道人问道：“赵师兄，这女子是谁?”赵志敬道：“那是咱们教中的大敌，你别出声。”那道人吓了一跳，颤声道：“是赤练仙子李莫愁?”赵志敬道：“不是，是她的师妹。”那年轻道人名叫祁志诚，也是丘处机的弟子。他只知李莫愁曾多次与师伯、师父、师叔们相斗，全真诸子曾在她手下吃过不少亏，来者既是李莫愁的师妹，自然也非善类。

赵志敬举鞭狂抽马臀，一阵急奔，尹祁二人也纵马快跑，片刻间已将小龙女远抛在后。但小龙女那花驴后劲极长，脚步并不加快，只是不疾不徐的小跑。三匹马奔出四五里，气喘吁吁，渐渐慢了下来，花驴又逐步赶上。赵志敬举鞭击马，但坐骑没了力气，不论他如何抽打，只奔出数十丈，便又自急奔而小跑，自小跑而缓步。

祁志诚道：“赵师兄，我和你回头阻挡敌人，让尹师兄脱身。”赵志敬铁青着脸道：“话倒说得容易，你不要命了吗?”祁志诚道：“尹师兄身负掌教重任，咱们好歹也得护他平安。”原来他此番是奉师父丘处机之命前来，召尹志平回重阳宫接任掌教之位。

赵志敬哼了一声，不加理睬，心想：“也不知天多高，地多厚，凭你这点儿微末道行就想挡住她?”祁志诚见他脸色不善，不敢多说，勒住马缰，待尹志平上前，低声道：“尹师兄，你千金之躯，非同小可，还是你先走一步。”尹志平摇头道：“由得他去!”

祁志诚见他镇静如恒，好生佩服，暗道：“怪不得师父要他接任掌教，单是这份气度，第三代弟子中就无人能及。”他却不知尹志平此时心情特异，小龙女要杀便伸颈就戮，早已全无抗拒之念。赵志敬见二人不急，究也不便独自逃窜，好在见小龙女一时也无动手之意，于是走一段路便回头望一眼，心中大是惴惴不安。

四人三前一后，默默无言的向北而行。这时蒙古大军南冲之声已渐渐隐没，偶而随风飘来一些金鼓号角之声，但风势一转，随即消失。百姓躲避敌军，大道附近别说十室九空，简直是鸡犬不留，绝无人迹。那日尹志平与赵志敬慌不择路的逃到了偏僻之处，还可找到一家小小饭店，这时一路行来，连完好的空屋也寻不着一所。

当晚尹志平等三人便在一所门窗全无的破屋中歇宿。赵志敬和祁志诚偷偷向外张望，只见小龙女在两株大树间悬了一根绳子，横卧在绳上。祁志诚见她如此功夫，暗暗心惊，只有尹志平坦然高卧，理也不理。这一晚赵志敬忽起忽卧，哪敢合眼而睡？只待树上稍有声息，便要破门逃去。

次晨四人又行。赵志敬连晚未睡，加之受惊过甚，骑在马上迷迷糊糊的打瞌睡。祁志诚和尹志平并骑而行，落后了七八丈，祁志诚忍不住说道："尹师兄，你和赵师兄的武功，每年大较小较，我都见识过的，两位可说各有所长，难分高下。但说到胸中器量，那是不可同日而语了。"尹志平苦笑了一下，问道："师父和各位师伯叔这次闭关，你可知要有多少时日？"祁志诚道："师父说快则三月，慢则一年，因此要急召尹师兄去接任掌教。"尹志平呆呆出神，自言自语："他老人家功夫到了这等田地，不知还须修持什么？"祁志诚低声道："听说五位真人要潜心钻研，设法破解古墓派的武功。"尹志平"哦"了一声，忍不住回头向小龙女望了一眼。

原来那日大胜关英雄大会，小龙女与杨过出手气走金轮法王师徒，武功精绝，郝大通、孙不二和尹赵二道都亲眼得见。何况杨过在郭靖书房之中，手不动、足不抬，便制得赵志敬狼狈不堪，后来小龙女只一招之间，便将赵志敬震得重伤。他二人使何手法，孙不二虽在近旁，竟然便看不明白，倒似全真派的武功在古墓派手下全然不堪一击，思之实足心惊。后来又听说小龙女和杨过双剑合璧，将金轮法王杀得大败亏输，全真教上下更是大为震动。全真诸子想起郝大通失手伤了孙婆婆的性命，李莫愁、小龙女、杨过等人总有一日会来终南山寻仇。对付李莫愁一人已是大为棘手，何况再加上杨龙两个厉害脚色？李莫愁和小龙女互有嫌隙之事，他们却不知晓。

全真七子之中，谭处端早死，此时马钰也已谢世，只剩下了五人。刘处玄任了半年掌教，交由丘处机接任。五子均已年高，精力就衰，想起第三、四代弟子之中并无杰出的人才，古墓派上山寻仇之时，倘若全真五子尚在人间，还可抵挡得一阵，但如小龙女等十年后再来，那时号称天下武学正宗的全真派非一败涂地不可。因此五人决定闭关静修，要钻研一门厉害武功出来和古墓派相抗，是以赶召尹志平回山接任掌教。

尹志平等朝行晚宿，一路向西北而行。小龙女总是相隔里许，不即不离的在后相随。

这日到了陕西境内，祁志诚向尹志平道："尹师兄，咱们是回重阳宫去。难道这龙姑娘孤身一人，竟也敢涉险追来么？"

尹志平"嗯"了一声，实在猜想不透她的用意。这一路之上，日日夜夜，只是反来覆去的寻思："她要向五位真人揭发我的恶行么？要仗剑大杀全真教，以出心中恶气么？或许，她只不过要回到古墓故居，正好和我同路？又难道……又难道……她怜我一片痴心，终究对我有了情意？"想到最后一节，总不由得面红耳赤，暗自惭愧，这自是痴心妄想，比之长生遇仙，尤为渺茫，反正此时生死荣辱全已置之度外，恐惧之心倒也淡了。

又过数日，已到了终南山脚下。祁志诚取出一枝响箭，使手劲甩出，呜的一声响，冲天而起。

过不多时，四名黄冠道人从山上急奔而下，向尹志平躬身行礼，说道："清和真人，您回来啦，大家等候多时了。"尹志平道号"清和"，但除了他的亲传弟子之外，向来无人如此称呼。这四名道人都是全真教的第三代弟子，和他一直师兄弟相称，其中一人年纪比他还大得多。这四人突然改口，尹志平极感过意不去，忙下马还礼，谦道："四位师兄如此相称，小弟何以克当。"那年纪最长的道人是马钰的弟子，说道："五位师叔法旨，只待清和真人一到，即便接任掌教，至于交接大礼，要等丘师叔开关之后再行。"尹志平道："师父和四位师伯叔已经闭关了么？"那道人道："已闭了二十多天。"

说话之间，只听山上乐声响亮，十六名道士吹笙击磬，排列在道旁迎接，另有十六名道士拿着木剑、铁钵等等法器，见尹志平来到，一齐躬身行礼，前后护拥，向山上而去，竟把赵志敬冷落在后。赵志敬又是气恼，又是羡妒，但内心却又不禁暗暗得意："待掌教之位落入我的手中，再瞧你们的嘴脸却又如何？"

傍晚时分，一行人已到了重阳宫外。宫中五百多名道人从大殿直排到山门外十余丈处，只听得铜钟镗镗，皮鼓隆隆，数百名道士躬身肃候。见到这般隆重端严的情景，尹志平本来委靡颓唐，不由得精神为之一振，在十六名大弟子左右拥卫下，先到三清殿叩拜元始天尊、太上道君、太上老君三清，再到后殿叩拜创教祖师王重阳的遗像，又到第三殿全真七子集议之所，向七张空椅叩拜，然后回到正殿三清殿。

丘处机的第二弟子李志常取出掌教真人法旨宣读，命尹志平接任掌教。尹志平下拜听训，感愧交集，瞥眼见赵志敬站在一旁，脸上似笑非笑的满是讥嘲之色，心中蓦地大震。

尹志平听训已毕，站起身来，待要向群道谦逊几句，忽见外面一名道士进来，朗声说道：“启禀掌教真人，有客到。”尹志平一呆，想不到小龙女竟会这般大模大样的正式拜会，实不知如何应付才是，事到临头，要逃也逃不过，只得硬着头皮道：“请罢！”

那道士回身出去，引了两个人进来。群道一见，均大感诧异，尹志平更是奇怪。原来进来的两人一个是蒙古官员打扮，另一个却是在忽必烈营中会见过的潇湘子。

那蒙古贵官朗声说道：“大汗陛下圣旨到，敕封全真教掌教。”说着在大殿上居中一站，取出一卷黄缎，双手展开，宣读道：“敕封全真教掌教为：特授神仙演道大宗师，玄门掌教，文粹开玄宏仁广义大真人，掌管诸路道教所……”宣读到这里，见没人跪下听旨，大声道：“全真教掌教接旨。”

尹志平上前躬身行礼，说道：“敝教掌教丘真人坐关，现由小道接任掌教，蒙古大汗的敕封，非对小道而授，小道不敢拜领。”

那蒙古贵官笑道：“大汗陛下玉音，丘真人为我成吉思汗所敬，年事已高，不知是否尚在人世。这敕封原本不是定须授给丘真人的，谁是全真教掌教，便荣受敕封。”尹志平道：“小道无德无能，实是不敢拜领。”那贵官笑道：“不用客气啦，快快领旨罢。”尹志平道：“荣宠忽降，仓卒不意。请大人后殿侍茶，小道和诸位师兄商议商议。”

那贵官甚是不快，卷起了圣旨道：“也罢！却不知要商量什么？”教中职司接待宾客的四名道人当即陪着贵官和潇湘子到后殿用茶。

尹志平邀了十六名大弟子到别院坐下，说道：“此事体大，小弟不敢擅自作主，要聆听各位师兄的高见。”

赵志敬抢先道：“蒙古大汗既有这等美意，自当领旨。可见本教日益兴旺，连蒙古大汗也不敢小视咱们。”说着神情甚是得意，呵呵而笑。李志常摇头道："不然，不然！蒙古侵我国土，残害百姓，咱们怎能受他敕封？"赵志敬道："丘师伯当年领受成吉思汗诏书，万里迢迢的前赴西域，尹掌教和李师兄均曾随行，有此先例，何以受不得蒙古大汗的敕封？"李志常道："那时蒙古和大金为敌，既未侵我国土，且与大宋结盟，此一时彼一时，如何能相提并论？"赵志敬道："终南山是蒙古该管，咱们的道观也均在蒙古境内，若是拒受敕封，眼见全真教便是一场大祸。"李志常道："赵师兄这话不对。"赵志敬提高声音，道："什么不对，要请李师兄指点。"李志常道："指点是不敢。但请问赵师兄，咱们的创教祖师重阳真人是什么人？你我的师父全真七子又是什么人？"

赵志敬愕然道："祖师爷和师父辈宏道护法，乃是三清教中的高人。"李志常道："他们还都是顶天立地的大丈夫，爱国忧民，每个人出生入死，都曾和金兵血战过来的。"赵志敬道："是啊。重阳真人和全真七子名震江湖，武林中谁不钦仰？"

李志常道："想我教上代的真人，个个不畏强御，立志要救民于水火之中，全真教便算真的大祸临头，咱们又怕什么了？要知头可断，志不可辱！"这几句话大义凛然，尹志平和十多名大弟子都是耸然动容。

赵志敬冷笑道："便只李师兄不怕死，旁人都是贪生畏死之徒了？祖师爷创业艰难，本教能有今日的规模，祖师爷和七位师长花了多少心血？这时交付下来，咱们处置不当，将轰轰烈烈的全真教毁于一旦，咱们有何面目见祖师爷于地下？五位师长开关出来之时，又怎生交代？"这番话言之成理，登时有几名道人随声附和。赵志敬又道："金人是我教的死仇，蒙古灭了金国，正好替我教出了口恶气。当年祖师爷举义不成，气得在活死人墓中隐居不出，他老人家在天之灵知道金人败军覆国，正不知有多喜欢呢。"

丘处机的另一名弟子王志坦道："蒙古人灭金之后，若是与我大宋和好，约为兄弟之邦，咱们自然待以上国之礼。但今日蒙古军大举南下，急攻襄阳，大宋江山危在旦夕，你我都是大宋子民，岂能受敌国的敕封？”转头向尹志平道：“掌教师兄，你若受了敕封，便是大大的汉奸，便是本教的千古罪人。我王志坦纵然颈血溅于地下，也不能与你干休。”说到此处，已然声色俱厉。

赵志敬倏地站起，伸掌在桌上一拍，喝道：“王师弟，你是想动武不成？对掌教真人竟敢如此无礼？”王志坦厉声道：“咱们只是说理。若要动武，又岂怕你来？”

眼见双方各执一词，互不为下，气势汹汹的便要大挥老拳，拔剑相斗。一名须发花白的道人连连摇手，说道：“各位师弟，有话好好说，不用恁地气急。”王志坦道：“依师兄说该当如何？”那道人道：“依我说啊，唔，唔……出家人慈悲为怀，能多救得一个百姓，那便是助长一分上天的好生之德……唔，唔……咱们若是受了蒙古大汗的敕封，便能尽力劝阻蒙古君臣兵将滥施杀戮，当年丘师叔，不是便因此而救了不少百姓的性命么？”有几名道人附和道：“是啊！是啊！”

一名短小精悍的道人摇头道：“今日情势非昔可比。小弟随师父西游，亲眼见到蒙古兵将屠城掠地的惨酷。咱们若受敕封，降了蒙古，那便是助纣为虐，纵然救得十条八条性命，但蒙古势力一大，不知将有几千几万百姓因此而死。”这矮小道人名叫宋德方，是当年随丘处机西游的十九弟子之一。

赵志敬冷笑道：“你见过成吉思汗，那又怎地？我此番便见了蒙古四王子忽必烈，这位王爷礼贤下士，豁达大度，又哪里残暴了？”王志坦叫道：“好啊，原来你是奉了忽必烈之命，做奸细来着！”赵志敬大怒，喝道：“你说什么？”王志坦道：“谁帮蒙古人说话，便是汉奸。”赵志敬突然跃起，呼的一掌便往王志坦头顶击落。斜刺里双掌穿出，同时架开他这一击，出掌的却是丘处机另外两名弟子，其中一人便是祁志诚。赵志敬怒火更炽，大叫："好哇！丘师伯门下弟子众多，要仗势欺人么？"

正闹得不可开交，尹志平双掌一拍，说道："各位师兄且请安坐，听小弟一言。"全真教的掌教向来威权极大，众道人当即坐了下来，不敢再争。

赵志敬道："是了，咱们听掌教真人吩咐，他说受封便受封，不受便不受。大汗封的是他，又不是你我，吵些什么？"他想尹志平有把柄给自己拿在手里，决不敢违拗自己之意。李志常、王志坦等素知尹志平秉性忠义，心想凭他一言而决，的确不必多事争闹，于是各人望着尹志平，听他裁决。

尹志平缓缓道："小弟无德无能，忝当掌教的重任，想不到第一天便遇上这件大事。"说着抬起头来，呆呆出神。十六名大弟子的目光一齐注视着他，道院中静得没半点声息。

过了良久，尹志平缓缓的道："本教乃重阳祖师所创，至马真人、刘真人、丘真人而发扬光大。小弟继任掌教，怎敢稍违王马刘丘四真人的教训？诸位师兄，眼下蒙古大军南攻襄阳，侵我疆土，杀我百姓。若是这四位前辈掌教在此，他们是受这敕封呢，还是不受？"

群道听了此言，默想王重阳、马钰、刘处玄、丘处机平素行事：王重阳去世已久，第三代弟子均未见过；马钰谦和敦厚，处事旨在清静无为；刘处玄城府甚深，众弟子不易猜测他的心意；但丘处机却是性如烈火、忠义过人。众人一想到他，不约而同的叫道："丘掌教是定然不受！"赵志敬却大声道："现下掌教是你，可不是丘师伯。"

尹志平道："小弟才识庸下，不敢违背师训。又何况我罪孽深重，死有余辜。"说到这里，垂首不语。群道不知他话中含意，除赵志敬外，都以为不过是自谦之辞，只觉得"罪孽深重、死有余辜”八字，未免太重，有点儿不伦不类。赵志敬“哼”的一声，站起身来，说道：“如此说来，你是决定不受的了？”

尹志平凄然道：“小弟微命实不足惜，但我教令誉，却不能稍有损毁。”他声调渐渐慷慨激昂，又道：“方今豪杰之士，正结义以抗外侮。全真派号称武学正宗，若是降了蒙古，咱们有何面目再见天下英雄？”群道轰然喝采，李志常、宋德方、王志坦、祁志诚等大声道：“掌教师兄言之有理。”

赵志敬袍袖一拂，怒冲冲的走出道院，在门边回过头来，冷笑道：“掌教师兄，你说话倒是好听得紧啊，嘿嘿！此事后果如何，你也料想得到。”说着大踏步便行。

群道纷纷议论，都赞尹志平决断英明。四五个附和赵志敬的道人觉得不是味儿，讪讪的走了。

尹志平黯然无语，回到自己丹房，知道赵志敬受此挫折，决不干休，定要当众揭发自己的丑行。他宣称不受敕封之时便已决意一死，数月来担惊受怕，受尽折磨，这时想到死后一了百了，心中反而坦然，于是闩上丹房房门，冷然一笑，抽出长剑便往颈上刎去。

突然书架后转出一人，伸手一钩一带，尹志平毫没防备，长剑竟给他夹手夺去，一惊之下回过头来，见夺剑的正是赵志敬，只听他冷冷的道：“你败坏我教名声，便想一死了事，什么都不理了？龙姑娘守在宫门之外，待会她进来理论，教咱们如何对答？”尹志平道：“好！那么我出去在她面前自刎谢罪。”赵志敬道：“你便算自刎，此事还是不了。五位师长开关出来，定要追问。全真教令誉扫地，你便是千古罪人。”

尹志平再也支持不住，突然坐倒在地，抱着脑袋喃喃道：“你叫我怎么办？怎么办？就算死了，也是不成。”适才他在众道之前侃侃而谈，这时和赵志敬单独相处，却竟无半点自主之力。赵志敬道："好，你只须依我一件事，龙姑娘之事我就全力跟你弥缝，本教和你的声名均可保全，决无半点后患。"尹志平道："你要我受蒙古大汗的敕封？"赵志敬说道："不，不！我决不要你受蒙古大汗的敕封。"尹志平心头一松，喜道："什么事呢？快说，我一定依你。"

半个时辰之后，大殿上钟鼓齐鸣，召集全宫道众。李志常吩咐丘处机一系门下众师弟与再传弟子道袍内暗藏兵刃，生怕尹志平拒受敕封，赵志敬一派人或有异图。大殿上黑压压的挤满了道人，各人神色均极紧张。

只见尹志平从后殿缓步而出，脸上全无血色，居中一站，说道："各位道兄，小道奉丘掌教之命，接任掌教，岂知突患急病，无法可治……"这句话来得太过突兀，群道中有十余人忍不住"啊、啊"的叫出声来。尹志平续道："掌教重任，小弟已不克负荷，现下我命玉阳子座下大弟子赵志敬，接任掌教！"

这句话一出，大殿上登时寂然无声。但这肃静只是一瞬间的事，接着李志常、王志坦、宋德方等人争着大声反对："丘真人要尹师兄继任掌教，这重任岂能传给旁人？""掌教师兄好好的，怎会患上不治之症？""这中间定有重大阴谋，掌教师兄可莫上了奸人的当。"第四代的众弟子不敢大声说话，但也都交头接耳，议论纷纭，大殿上乱成一片。李志常等怒目瞪视赵志敬，只见他不动声色，双手负在背后，对各人的言语便似全然没有听见。

尹志平双手虚按，待人声静了下来，说道："此事来得突兀，难怪各位不明其中之理。我教眼前面临大祸，小道又做了一件极大的错事，此刻追悔莫及，纵然杀身以谢，也已难以挽救。"说到这里，神色极是惨痛，顿了一顿，又道："我反覆思量，只有赵志敬赵师兄才识高超，能带同本教渡过难关。各位师兄弟务须捐弃成见，出力辅佐赵师兄光大本教。”

李志常慨然道：“人孰无过？掌教师兄当真有甚差失，待五位师长开关之后，禀明领责便是。掌教让位之举，我们万万不能奉命。”尹志平长叹一声，说道：“李师弟，你我多年交好，情若骨肉。今日之事，请你体谅愚兄不得已的苦衷，别再留难了罢。”

李志常满腹疑团，瞧尹志平的神色确有极重大的难言之隐，他言语中竟是极意求恳，倒也不便再争，当下低头不语，暗自沉思方策。王志坦朗声道：“掌教师兄便真要谦让，也须待五位师长开关之后，禀明而行，那才不误了大事。”尹志平黯然道：“事在急迫，等不及了。”王志坦道：“好罢，就算如此，咱们同辈师兄弟之中，德才兼备，胜过赵师兄的并非没有。李志常师兄道力深湛，宋德方师弟任事干练，何以定要授给大众不服的赵师兄？”

赵志敬性格暴躁，强忍了许久不语，这时再也按捺不住，冷笑道：“还有敢作敢为的王志坦师兄呢？”王志坦怒道：“小弟不才，比诸位师兄差得太远。可是和赵师兄相比，自忖还略胜一筹。”赵志敬嘿的一声冷笑，抬头望着屋顶，神情极是傲慢。王志坦大声道：“小弟的武功剑术，自非赵师兄敌手，但我至少不会去做汉奸。”赵志敬面色铁青，喝道：“你有种便把话说清楚些，谁做汉奸了？”两人言语相争，越说越是激烈。

尹志平道：“两位不须争论，请听我一言。”赵王两人不再说话，但仍是怒目相视。尹志平道：“本教向来规矩，掌教之位，由上一代掌教指任，并非由本教同道互推，这话可对么？”众人齐声应道：“是！”尹志平道：“我现下指命赵志敬为本教下一任掌教，众人不得争论。赵师兄，你上前听训罢。”赵志敬得意洋洋，跨步上前，躬身行礼。

王志坦和宋德方还待说话，李志常一拉两人袍袖，使个眼色，两人素知他处事稳当，必是别有所见，于是不再争议。李志常低声道："尹师兄定是受了赵志敬的挟持，无力与抗。咱们须得暗中查明赵志敬的奸谋，再抖将出来。现下尹师兄已有此言，若再争辩，反而显得咱们理亏了。"王宋二人点头称是，随着众人参与交接掌教的典仪。

全真教一日之间竟有两人先后接任掌教，群道或忿忿不平，或暗暗纳罕。

接任典仪行毕，赵志敬居中一站，命自己的嫡传弟子守在身旁，说道："有请蒙古大汗陛下的天使。"这"天使"两字一出口，王志坦忍不住又要喝骂，李志常忙使眼色止住。过不多时，四名知宾道人引着那蒙古贵官和潇湘子走进殿来。

赵志敬忙抢到殿前相迎，笑道："请进，请进！"那蒙古贵官等候良久，早已不快，又见尹志平并不出迎，脸色更是难看。一名知宾的道人知他心意，说道："本教掌教之位，自此刻起由这位赵真人接任。"那贵官一怔，转恼为喜，笑道："原来如此，恭喜恭喜！"说着拱手为礼。潇湘子站在他身后两步之处，脸上始终阴沉沉的不显喜怒之色。

赵志敬侧着身子引那贵官来到大殿，说道："请大人宣示圣旨。"那贵官微微一笑，心想："原该由你这般人来掌教才像样子。先前那道人死样活气，教人瞧着好生有气。"取出圣旨，双手展开。赵志敬跪倒在地，只听那贵官读道："敕封全真教掌教为……"

李志常、王志坦等见赵志敬公然领受蒙古大汗敕封，相互使个眼色，刷刷几声，寒光闪动，各人从道袍底下取出长剑。王志坦和宋德方快步抢上，手腕抖处，两柄长剑的剑尖已指住赵志敬的背心。李志常朗声喝道："本教以忠义创教，决不投降蒙古。赵志敬背祖灭宗，天人共弃，不能再任掌教。"另外四名大弟子各挺长剑，将那贵官和潇湘子围住。

这一下变故来得突然之极。赵志敬虽然早知李志常等心中不服，但想掌教的威权极大，自来无人敢抗，自己既得出任此位，便是本教最高首领，所下法旨，即令五位师长也不能贸然反对，万料不到对方竟敢对掌教动武。这时他背心要害给两剑指住了，又惊又怒，却并不畏惧，大声道："大胆狂徒，竟敢犯上作乱吗?"王志坦喝道："奸贼！敢动一动，便教你身上多两个透明窟窿。"

赵志敬的武功原在王宋二人之上，但此时出其不意，俯伏在地时给人制住，已全然处于下风。他事先布置了十余名亲信在旁护卫，道袍之中也暗藏兵刃，但李志常、王志坦等都是丘处机的亲传弟子，平素在教中颇具威望，突然一齐出手，赵志敬的心腹大都不敢动弹。有几人想取兵刃，均是一伸臂便给人点了穴道。给孙婆婆掷伤了脸的张志光、在豺狼谷曾与陆无双相斗的申志凡、赵志敬的弟子鹿清笃均在其内。

李志常向那贵官道："蒙古与大宋已成敌国，我们大宋子民，岂能受蒙古的封号？两位请回，他日疆场相见，再与两位周旋。"这几句话说得十分痛快，殿上群道中有许多当即大声喝采。

那贵官白刃当前，竟是毫无惧色，冷笑道："各位今日轻举妄动，不识好歹，全真教大好基业，眼见毁于一旦，可惜啊可惜。"李志常道："神州河山都已残破难全，我们区区一个教门又何足道？阁下再不快走，倘若有人无礼，小道可未必约束得住。"

潇湘子忽地冷冷插口道："如何无礼，倒要见识见识!"猛地伸出长臂，左抓一把，右抓一把，随手便将王志坦与宋德方手中长剑都夺了过来。赵志敬立时跃起，双臂使招"白云出岫"护住后心，站在那贵官身旁。潇湘子将左手中长剑交了给他，右手剑刷的一声向李志常刺去。李志常举剑挡架，只觉手臂微微一麻，急运内力相抗，呛啷一响，双剑齐断。

潇湘子夺剑、震剑，快速无伦，只一瞬间之事，接着袍袖一拂，双掌齐出，将身边四名全真大弟子的长剑一齐震开。他连使三招，挫败全真教七名高手，殿上数百道人无不骇然，瞧不出这僵尸一般的人武功竟如此高强。

赵志敬素来瞧不起王志坦、宋德方等人的武功，这次在众目睽睽之下，给两人制得跪在地下抬不起头来，心中如何不怒，这时一剑在手，顺势就向王志坦刺去。这一招“大江东去”乃全真剑法中极凌厉的招数，剑刃破空，嗤嗤作响，直指王志坦的小腹。

王志坦向后急避。赵志敬下手毫不容情，立意要取他性命，手臂前送，剑尖又挺进了两尺有余，眼见王志坦这一下大限难逃，殿上众人一时惊得寂无声息，陡然间斜刺里一只袍袖挥出，卷住剑刃向旁一拉，嗤的一声，袍袖割断，就这么顿得一顿，王志坦向后跃开，旁边两柄长剑伸过来架住了赵志敬的剑，瞧那断袖之人时，却是尹志平。

赵志敬大怒，指着他喝道：“你……你……竟敢如此！”尹志平道：“赵师兄，你亲口答应了不受蒙古敕封，我才把掌教之位让你，为何转眼之间，即便出尔反尔？”赵志敬道：“嘿，适才你问我道：‘你要我受蒙古大汗的敕封？’我道：‘不，我决不要你受蒙古大汗的敕封！’我怎么说话不算了？受敕封的是我，可不是你。”尹志平喃喃的道：“原来如此，原来如此，你好狡狯！”

这时李志常已从弟子手中接过一柄长剑，大声道：“全真教的好兄弟，咱们仍奉尹真人为掌教。大家把这姓赵的汉奸擒下了，听由掌教真人发落。”说着挺剑上前，和赵志敬斗了起来。王志坦、宋德方与其余五名大弟子列成天罡北斗阵法，登时将潇湘子围住。潇湘子武功虽强，但这阵法一经催动，威力非常，他急从袍底取出钢棒招架，但见阵法变幻，七名全真道人左穿右插，虚实互易，不由得眼花缭乱。

那贵官早退在大殿角落，眼见情势不对，忙从怀中取出号角，呜都都的吹了起来。两名道人抢上前去，夺下号角，将他反手擒住，但终于迟了一步，号角声已然传出。

尹志平知他呼召外援，危难当头，不由得精神大振，叫道：“祁志诚师弟，你看住这蒙古官儿。于道显师兄、王志谨师兄，你们带同三位师兄，快到后山玉虚洞去帮孙师兄守护，以防外敌骚扰五位师长静修。陈志益师弟，你带六个人防守前山；房志起师弟，你带六个人防守左山；刘道宁师弟，你带六人防守右山。”

防守前后左右的，都是丘处机门下他的同门师弟。守护玉虚洞的于道显是刘处玄门下，王志谨是郝大通门下。刘处玄和郝大通都在玉虚洞中静修，于王二人武功均高，为人正直，而且纵有异心，也决不会危害亲师。尹志平于片刻之间，便分派得井井有条，各处要地都已有人把守，而且互相呼应救援，便有大批军马到来，一时也难攻打得进。众弟子见他目光如电，指挥若定，发号施令中自有一股威严，竟无人敢予违抗，一一领命而出。

忽听得门外喝骂喧哗，兵刃撞击之声大作，群道正错愕间，墙头一声唿哨，跳进数十个人来。东边是尹克西领头，西边是尼摩星领头，正面是马光佐领头，所率领的都是蒙汉西域武士中的好手。

原来忽必烈猛攻襄阳，连月不下，军中忽然疫病发作，最后一阵猛攻无效，随即退兵。那日小龙女望见大军向南急驰，便是最后的一场攻城。忽必烈大军未退，已派人收罗中原豪杰，以图后举，蒙古大汗下旨笼络全真教，也是忽必烈的计谋之一。但他知全真教禀性忠义，未必便肯归服，是以派金轮法王率领大批武林好手伏在终南山周围，倘若全真教违抗诏命，便以武力压服。

终南山本来守护周密，但一日之中两易掌教，重阳宫里乱成一团，派在外面守卫的道人都撤了回来参与易立掌教的大典，因此尹克西、尼摩星等来到重阳宫的宫墙之外，全真教中各人竟未发觉。这时敌人突然现身，尹志平派遣的各路人手倒有一大半还未离殿。

但见前后左右均是外敌，全真教道众虽多，一来大都未携兵刃，二来处在包围之中，挤成一团，四下里要害全落人手，眼见一败涂地之势已成，只有任人宰割了。

那宣敕的蒙古贵官本已给祁志诚拿住，这时高声叫道："全真教的各位道长，快掷下兵器，听由掌教赵真人发落。"

尹志平喝道："赵志敬背祖叛师，投降外敌，身负大罪，已非本教掌教。"他虽见情势极其不利，仍决意一拼，指挥群道迎敌。但群道大都赤手空拳，斗不多时，已有十余人尸横就地。接着尹志平、李志常、王志坦、宋德方、祁志诚等一一失手，或兵刃被夺，或受伤倒地，或被点中穴道，余下众道被尹克西率领的武士逼在大殿一隅，无法反抗。

那贵官官阶甚高，尹克西、潇湘子等均须听他号令。他见已获全胜，向赵志敬道："赵真人，瞧在你的面上，全真教教众谋叛抗命之事，我可以代为隐瞒，不予启奏。"赵志敬躬身连连道谢，猛地里想起一事，忙向潇湘子低声道："有件大事尚须前辈相助。我的师父师伯叔等五人在后山静修，他们若是得讯赶来，这……这……"潇湘子阴恻恻的道："赶来便赶来，我给你打发便是。"赵志敬不敢再说，心中颇感不满，一面又暗自担忧："你别小觑了我师父、师伯，他们当真来此，你有得苦头吃了。但若五位师长打退蒙古武士，我可要性命难保。"

那贵官道："赵真人，你先奉领大汗陛下的敕封，然后发落为首的叛徒。"赵志敬道："是！"跪下听旨。

尹志平、李志常等手足被缚，耳听得那贵官宣读敕封，赵志敬磕头谢恩，大呼万岁，都是怒火填膺。宋德方坐在李志常的身旁，在他耳边低声说道："李师哥，你解开我手上的绑缚，我冲出去禀告师长。"李志常与他背脊靠着背脊，潜运内力，指上使劲，解开了缚在他手腕的牛筋，低声道："可千万要缓缓禀报，装作若无其事，别让五位师长受惊，以致岔了真气内息……”宋德方缓缓点头。

宣敕已毕，赵志敬站起身来，那贵官和潇湘子等向他道喜。

宋德方见众人都围着赵志敬，突然跃起，抢到三清神像之后。尼摩星叫道：“站住的！”宋德方哪里理他，发足急奔。尼摩星双足已断，无法追赶，左手一扬，一枚蛇形小镖激射而出，噗的一声，打中了宋德方左腿。尼摩星叫道：“躺下的！”宋德方身子一晃，却不躺下的，忍痛奔跑。重阳宫房舍重重叠叠，他只转了几个弯，几名追赶他的蒙古武士便不见了他影踪。

宋德方奔到了隐僻之处，起出小镖，包扎好伤口，到丹房中取出一柄长剑，奔向后山。他转过一排青松，刚望到玉虚洞的洞门，不由得暗暗叫苦，只见数十名蒙古武士正在搬运山石，堵塞玉虚洞的洞门。一个高瘦藏僧站着督工，另有僧俗两人在旁指挥，宋德方认得这两人是曾来攻打重阳宫的达尔巴和霍都，武功与郝大通等不相上下。那高瘦藏僧形貌清奇，显然辈份武功尚在这二人之上，眼见玉虚洞门已被堵上了十之七八，不知五位师长性命如何，心道：“师父待我恩重如山，今日师长有难，若不舍命相救，枉生于天地之间。”

他明知冲上拦阻只不过白送性命，决不能解救师父的困危，但全教遭逢大难，义不能独自求全，于是手持长剑，从松树后窜出，运剑如风，向那藏僧身后刺去。他想擒贼擒王，这一剑若能侥幸得中，敌党势必大乱。

那藏僧正是金轮法王。他已向赵志敬问明全真教中诸般详情，是以一上山便堵玉虚洞，知道只要制住全真五子，余下的第三四代弟子便无可与抗。

宋德方剑尖离他背心不到一尺，见他仍是浑然不觉，正自暗喜，猛地眼前金光一闪，当的一声，那藏僧手中一件圆圆的奇形兵刃回掠过来，与他剑刃一碰。宋德方虎口剧痛，长剑脱手飞出，只这么一震，牵动真气，哇的一口鲜血喷出，迷迷糊糊之中，隐隐听得前面传来许多人齐声呐喊，不知又出了什么事，心中一阵忧急，便昏晕过去。

金轮法王也听到大殿上的叫声，但想到潇湘子、尹克西等高手在场主持，全真教的第三代弟子定然施展不出什么古怪，当下也不在意，只是催促众武士赶搬大石，及早将玉虚洞堵塞，以防丘处机等人忽然冲出，不免大费手脚。

大殿上自宋德方一走，情势又变。那贵官向赵志敬道：“赵真人，贵教犯上作乱之辈，人数可不少啊，我瞧你这掌教之位，有点儿坐不安稳呢。”

赵志敬也知众道心中不服，只要潇湘子等一去，群道立时便要反击，一不做，二不休，此时骑虎之局已成，大声说道：“按照本教教规，叛教犯上者该当何罪？”群道默然不应，心中大都说道：“你自己才叛教犯上。”赵志敬又问一声，眼望弟子鹿清笃，要他回答。鹿清笃答道：“当在三清神像之前自行了断。”

赵志敬道：“不错！尹志平，你知罪了么？服不服了？”尹志平道：“不服！”赵志敬道：“好，带他过来！”鹿清笃推尹志平上前，站在三清神像之前。赵志敬又问李志常、王志坦诸人，人人都大声回答：“不服。”一一问去，被擒众道之中只有三人害怕求饶，赵志敬便下令松绑。其余二十四人却个个挺立不屈，王志坦等性子火爆的，更是骂声不绝。

赵志敬道：“你们倔强如此，本掌教纵有好生之德，也已无法宽容。鹿清笃，你替祖师爷行法罢！”鹿清笃道：“是！”提起长剑，将站在左首第一个的于道显杀了。

于道显为人谨厚和善，全教上下个个和他交好。众道见鹿清笃将他刺死，都大声鼓噪起来。宋德方和金轮法王在后山听到的喊声，便是众道人的呼喝。尹克西将手一摆，数十名蒙古武士各执兵刃，拦在众道之前。

鹿清笃见众人叫得厉害，顿感害怕。赵志敬道："快下手，慢吞吞的干什么?"鹿清笃应道："是!"手起剑落，又刺死了两人。站在左首第四的已是尹志平，鹿清笃提起长剑，正要向他胸口刺落，忽听得一个女子声音冷冷的道："且慢，不许动手!"

鹿清笃回过头来，只见一个白衣少女站在门口，却是小龙女。只听她说道："你站开！这个人让我来杀。"

数十柄长剑此上彼落，寒光闪烁，煞是奇观。小龙女施展“天罗地网势”手法，数十柄长剑随接随抛，手中每一刻都有兵刃，也是每一刻都无兵刃。

第二十六回

神雕重剑

小龙女眼见全真教群道内哄，蒙古武士大举进袭，一切是是非非，于她便似过眼云烟，全不在意，但见鹿清笃举剑要杀尹志平，这一剑却如何能让旁人刺了？是以立时上前拦阻。

赵志敬见小龙女突于此时进殿，心下大喜：“我一路给你追逼得气都喘不过来，此刻高手如云，你自来送死，真是天赐其便！”喝道：“这小妖女不是好人，给我拿下了！”蒙古武士不听他的指喝，俱都不动。赵志敬的两名亲传弟子听到师父号令，抢上前去，伸手分抓她左右手臂。

两人手指尚未触及小龙女衣袖，眼前陡然寒光闪动，只觉手腕一阵剧痛，急忙向后跃开，原来腰间两柄长剑已给小龙女拔去。在这一瞬之间，两人手腕上各已中剑，腕骨半断，鲜血淋漓。小龙女这一下出手奇快，旁人尚未看清楚她如何夺剑出招，两名道人已负伤逃开，众人不禁都是愕然。

鹿清笃喝道：“大伙儿齐上啊！咱们人多势众，怕这小妖女何来？”他想小龙女武功再强，总不过一个年轻女子，众人一拥而上，自能取胜，当先挺剑向小龙女刺去。小龙女剑尖颤动，鹿清笃左腕、右腕、左腿、右腿各已中剑，大吼一声，倒地不起。这四剑刺得更快，连潇湘子、尹克西这等高手也不由得相顾失色。他们在绝情谷中曾见她与公孙止动手，那时剑法虽亦精妙，但决不如眼前的出神入化。

原来小龙女得周伯通授以分心二用、左右互搏之术，陡然间武功倍增。她与杨过双剑合璧使那“玉女素心剑法”，天下已少有抗手，此刻她一人同使两剑，威力尤强。二人不论如何心意相通，总不及一个人内心的意念如电，她此时所使剑术劲力虽不及二人联手，出手却比之两人同使时要快上数倍。

她长途追踪尹赵二人，连日郁郁于心，不知该当如何处置才是，这时全真道人先行发难，她乘势还击，剑上一见了血，满腔悲愤，蓦地里都发作了出来。只见白衣飘飘，寒光闪闪，双剑便似两条银蛇般在大殿中心四下游走，叮当、呛啷、“啊哟”、“不好”之声此起彼落，顷刻之间，全真道人手中长剑落了一地，每人手腕上都中了一剑。奇在她所使的都是同样一招“皓腕玉镯”，众道人但见她剑光从眼前掠过，手腕便感到剧痛，直是束手受戮，绝无招架之机。倘若她这一剑不是刺中手腕而是指向胸腹要害，群道早已一一横尸就地。群道负伤之后，一齐大骇逃开，三清神像前只余下尹志平等一批被缚的道人。

小龙女自学得左右互搏之术以后，除了在旷野中练过几次之外，从未与人动手过招，今日发硎新试，自己也想不到竟有如斯威力，杀退群道之后，竟尔悚然自惊。

赵志敬见情势不妙，忙从道袍下抽剑护身，同时移步后退。小龙女心中对他恨极，身形一晃，双剑已将他前面去路与身后退路尽皆拦住。赵志敬挥剑夺路，只听得叮当一声，尹克西道：“你不成，退开了！”原来他已挥金龙鞭将小龙女的长剑格开。小龙女连伤十余人，直到此时，方始有人接得她一剑。

小龙女道：“今日我是来向全真教的道人寻仇，与旁人无干，你快退开了。”尹克西适才见了她追风逐电般的快剑，心中也自胆寒，但他究是一流高手，总不能凭对方一语便即垂手退避，笑道：“全真教中良莠不齐，有好有坏，有些人确是该杀，但不知是哪些该死的贼道得罪了姑娘?”

小龙女“嗯”的一声，不加理睬。尹克西心想先跟她拉拉交情，动起手来倘是不敌，她也不致就下杀手，若见情势不对便即退让，旁人见我和她相识，也不会笑我胆怯，于是笑嘻嘻的道：“龙姑娘，别来多日，你贵体清健啊!”小龙女又是“嗯”了一声，目光不离尹志平、赵志敬二人，生怕他们乘机逃走。尹克西道：“跟这些贼道生气，没的损折了姑娘贵手。姑娘只须指点出来，待在下稍效微劳，一一给姑娘收拾了。”小龙女道：“好！你先给我杀了他。”说着向赵志敬一指。

尹克西心想：“此人已受蒙古大汗敕封，怎能杀他?”陪笑道：“这位赵真人为人很好啊，姑娘只怕有点误会，我叫他向姑娘赔个不是罢!”小龙女秀眉微蹙，左手剑倏地递出，快如电闪，向尹克西刺了过去。尹克西忙举鞭挡过，只听得“啊”的一声，站在他身后的赵志敬已然肩头中剑。即是潇湘子等这些高手，也没看出这一剑是怎生刺的，只是料想这一招乃右手剑所发，绕过尹克西身子，刺中了躲在他身后之人。

尹克西吃了一惊，心想这一剑虽非刺在自己身上，但自己无力护住赵志敬，那是同样的丢脸，对方出招实在太快，全然瞧不清她双剑的来势去路，如此对敌注定非败不可，想到此处，心下更加怯了，金龙鞭一摆，叫道：“龙姑娘，请你手下留情!”小龙女不理，对他既不敌视，亦无友意，脚步微动，向左踏出两步。尹克西跟着一转，仍想护住赵志敬，忽听背后哼的一声，一惊之下微微回头，但见赵志敬左肩袍袖已被剑锋划去了一片，鲜血涔涔而下。小龙女这一剑如何刺他，旁人仍然莫名其妙，剑法精妙迅疾到了这等地步，不但来去无踪，竟似乎还能隔人伤敌。

赵志敬连中两剑，心想尹克西武功平平，实不足以倚为护身符，危急中提气窜出，跃到了潇湘子身旁。小龙女便似没见，转过身子，左手向尹克西刺了一剑，右手剑却刺向尼摩星前胸。尼摩星左手撑住拐杖，右手以铁蛇一挡，但听得赵志敬高声大叫，跟着呛啷一响，长剑落地，原来手腕又已中剑。这一招更加奇特，明明小龙女与他相距甚远，却在攻击两大高手之际抽空伤他。

潇湘子哼了一声，道："龙姑娘剑法不差，我也得领教领教。"左手挥掌向旁推出，赵志敬只觉一股大力撞在肩头，立足不住，跌出数丈，亏得他内功也已颇有根柢，身上虽受了三处伤，仍是拿桩站住。潇湘子掌力未收，哭丧棒同时击出。

马光佐与杨过、小龙女一直交好，这时心中大不以为然，高声叫道："不要脸啊真正不要脸，三个武林大宗师，围攻一个小姑娘。"

潇湘子等听在耳里，脸上都是微微一热。他们生平对什么仁义道德原是素不理会，然均傲慢自负，对身份体面却瞧得极重，平时别说三人联手，便是单打独斗，也不屑跟这样一个年纪轻轻的姑娘动手，但此刻自知单凭自己一人，决计抵挡不了她这般神鬼莫测的剑招，对马光佐的讥嘲只好装作没听到，均想："浑大个儿，咱们同来办事，你却反助外人，回头定要教你吃点苦头。"便在这心念略转之间，眼前剑光晃动，小龙女已然出招。三人仍是瞧不清她的剑势，齐向后跃，退开丈余，不约而同的舞动兵刃，护住周身要害。

众蒙古武士牵着尹志平、李志常、王志坦等人退后靠向殿壁，均知眼前这四人相斗实是非同小可，只要给谁的兵刃带到少许，不死也得重伤。

潇湘子、尼摩星、尹克西均盼她先出手攻击旁人，只要能在她招数之中瞧出一些端倪，便有了取胜之机。三人都是一般的念头，于是各施生平绝技，将全身护得没半点空隙，先求己之不可胜，以求敌之可胜。这三大高手一出手便同取守势，生平实所罕有，但眼见敌手如此之强，若上前抢攻，十九求荣反辱。

大殿之上，小龙女双剑拄地，站在中央，潇湘子等三人分处三方，每人身前均有一片寒光来回晃动。尹克西的金鞭舞成一团黄光；尼摩星的铁蛇是一条条黑影倏进倏退；潇湘子的哭丧棒则搅成一张灰幕，遮住身前。

小龙女向三人望了一眼，心道："我和你们三个无冤无仇，谁有空闲跟你们动手。"见赵志敬闪闪缩缩的正要退到神像之后，素袖一拂，踏步便上。尼摩星与潇湘子自左右抢到，铁蛇和哭丧棒抢在身前，他二人联手，进攻即或不足，自守该当有余。小龙女见无隙可乘，双剑即不递出，眼见赵志敬逃向殿后，仗剑追了两步，但尼摩星和潇湘子两般兵刃使得飕飕风响，竟然抢不过去。小龙女道："你们让是不让?"

潇湘子心想："此时仇隙未成，她未必便施杀手。这全真教的掌教于我有甚好处，我何苦为他树此强敌?"他踌躇未答，尼摩星却叫了起来："我们偏偏不让，你这小妖女有什么本事，一塌胡涂施展出来的!"潇湘子、尹克西同时向他瞪了一眼，均想："咱们便是不让，又何必口吐恶言？难道凭你一人之力便敌得住她吗？当真是太过不自量力了。"只是和他协力御敌之际，不便出口埋怨。他们没想到尼摩星双腿断折，实受杨过与李莫愁之赐，他知杨过是小龙女的情郎，满腔怨毒都要发泄在她身上，这时一动上手，他与其余二人不同，存心要和她拼个死活。

小龙女也不着恼，只知要诛杀尹赵二道，非将眼前这三个高手驱开不可，冷冷的道："既不肯让，我可要得罪了!"一言甫毕，剑光闪处，突听一片声响，悠然不绝。响声未过，小龙女已向后跃退丈余，回到大殿中心站定。潇湘子和尼摩星脸上均各变色。原来这一记长声乃四十余下极短促的连续打击组成。这顷刻之间，小龙女双剑已刺削点斩，一共出了四十余招，尼潇二人守得滴水不漏，每一招均撞在兵刃之上，在群道听来，只不过一下兵刃碰击的长声而已。

她这攻招如此迅捷，潇湘子等三人心中更是惊惧。适才所以能挡住剑招，全凭两人将兵器舞得滴水不入，全无空隙，若待她一剑既出，再举起兵刃挡架，身上早已中剑了。小龙女急攻不下，也佩服这两人守得竟如此严密，微微一顿，轻飘飘的向后略退，脸孔兀自朝着潇湘子，双剑倏地反转倒刺，叮叮叮叮十二下急响，纵是琵琶高手的繁弦轮指也无如此急促，尹克西的金鞭始终没闲着，终于将这十二下也都挡了回去。

两番攻守一过，四人心中均已了然，小龙女吃亏在内力不强，剑招上的劲道不能荡开对方兵刃，若能与这三人的真力大致相仿，三人早已守御不住。小龙女提剑回到殿心，寻思破敌之计，只见三个对手的兵刃越舞越急，却哪里寻得出半点破绽？

她想："如此迅疾舞动兵刃，内力耗费极大，定难持久，我只须静以待变，时刻一长，总能寻到破绽。就算给赵志敬逃走了，慢慢再找便是。"于是双剑微颤，似攻非攻，蓄势待发，却不出击，教对手三人不敢稍有弛缓。可是潇湘子等内力均极深厚，这般舞动兵刃，一时三刻之间气力并不消减。小龙女见无隙可乘，便静静的站着，神色娴雅，风致端严。她性子向来不急，在道上追踪尹志平和赵志敬一月有余，始终没有出手，此时便再多待一天半日，又有何妨？二十年古墓中寂静自守，早练成了无人能及的耐心。

尼摩星见她仗剑闲立，旁若无人，第一个先沉不住气了，猛地里虎吼一声，铁蛇挥出，向她疾冲过去。他一出手攻击，身左便露出空隙，小龙女长剑抖动，尼摩星拐杖急撑，跃了回来，但觉肩头微微疼痛，俯眼一瞥，只见左肩衣服上已刺破一个小孔，鲜血渗出，若非小龙女也防他铁蛇进袭，他这条左臂此刻已不连在身上了。

尼摩星抢攻无功，反受创伤，心中虽怒，却也不敢贸然再进。三人分站三方各舞兵刃，小龙女站在中央全不理会。尹克西一套

"黄沙万里鞭法"反反覆覆已使了四次，猛地心念一动，叫道："尼摩兄，潇湘兄，咱们一齐踏上半步。"尼摩星与潇湘子没明白他的用意，但想他是西域大贾，见识广博，人又聪明，于是依言踏上半步。尹克西同时踏上半步，叫道："防守务须严谨，踏步要慢。咱们再踏上半步。"尼潇二人依言上前。

三人毫不怠懈，过了一会，便向前踏出半步，这时人人都已瞧出，三人围着小龙女的圈子渐渐缩小，到最后便会将她挤在中心。三人虽不敢出手攻击，但每人舞动兵刃，组成三堵铜墙铁壁，向中间逐步挤拢，三股守势合成一股强大的攻势，实是猛不可当。众人瞧到这般情景，蒙古武士和赵志敬一派的道士心中暗喜，其余的道士却均为小龙女担忧。

小龙女见三人越来越近，兵刃招数中却仍是无隙可乘，眼见过不多时，势非被他们挤死不可，当下双剑连刺，只听得叮叮之声忽急忽缓，每一招都碰在对方兵刃之上。她连攻数十剑，尽数给挡了回来，那三人却又各自踏进了半步。小龙女心中渐感慌乱，退向左侧时足底一绊，微一踉跄，这一下剑法中大现破绽，若不是潇湘子等只守不攻，不敢乘机进袭，她已遭到极大凶险。

原来大殿地下投弃着数十柄长剑，都是全真教群道所用兵刃，被人夺下后抛掷在地。小龙女适才左足踏到一把长剑的剑柄，以致站立不稳。

她忽然想起："别人两手能使双剑，我既已学会分心二用之术，两手该能同时使四柄剑。便算显不出四剑的威力，或能扰乱敌人，乘机脱困。"当下左手长剑交在右手，俯身又拾起两柄剑，左右各持双剑，四剑同时挥动。

潇湘子等大吃一惊，均想："这姑娘的招数愈来愈奇，四剑齐使，当真闻所未闻。"但三人打定了以不变应万变的主意，不管她使什么怪招奇术，总是只守不攻，逐步进迫。

小龙女四剑齐使，虽然骇人耳目，威力反不及只用双剑，她平素专练单剑，左手全真剑法，右手玉女剑法，配合得天衣无缝，这时每一只手都使双剑，毕竟大不灵便，出招时已无得手应心之妙。

潇湘子等数招之间，便发觉她剑招突然略缓，剑尖刺来时也不及先时的神妙莫测。尼摩星喉头咕咕作响，挥动铁蛇便要进袭。尹克西急叫："使不得，这是诱敌之计。"尼摩星经他提醒，吓了一跳，心想幸亏人家生意人见机得快，原来这女子如此狡狯，只要自己一攻，她立施反击，不但合围之势登时破了，只怕自己还要性命没有的。

其实小龙女本非存心诱敌，但听尹克西这么一叫，心想："这黑矮子沉不住气，须得从他身上想法子。他说我诱敌，我便当真诱他一下。"突然间右手一扬，一柄长剑向上飞出，右手剑跟着刺出，左手又有一柄长剑飞上。潇湘子等都是一惊，不知她又要玩什么花样，只见半空双剑尚未跌落，她手中仅有的双剑也掷了上去，这么一来，她两手空空，已无兵刃。尹克西叫道："自行严守，千万不可进攻。"他瞧不透小龙女的用意，但想只要严密守卫，逐步前逼，便已稳操胜算，对方虽然赤手空拳，却也不必冒险进招。

小龙女弯下腰来，双手不住在地下抓剑，一一掷上半空，同时空中长剑一柄柄落下，她一接住跟着又掷了上去。但见数十柄长剑此上彼落，寒光闪烁，煞是奇观。古墓派武功本不以内力沉雄见长，而凭手法迅疾取胜。当年小龙女传授杨过武功之时，要他以双掌拦住八十一只麻雀。这"天罗地网势"使将出来，活的麻雀尚能拦住，数十柄长剑随接随抛，在她自是浑若无事。她手中每一刻都有兵刃，也是每一刻都无兵刃，只瞧得潇湘子等目瞪口呆，均想这小姑娘在使幻术、玩把戏么？

猛地里小龙女左掌扬处，在一柄自空落下的长剑剑柄上一推，那剑横飞而出，向尹克西疾刺过去。剑头撞在他金龙鞭舞成的光幕之上，迅疾无比的弹了回来，却撞向尼摩星。尼摩星的铁蛇舞得正急，那剑一碰，便即飞去回刺小龙女。这时空中又有两柄长剑落下，小龙女双手分拨回带，三柄剑分袭三人。

顷刻之间，数十柄长剑不再向上飞起，而是在三般兵刃组成的光幕之间来回激荡，有些长剑去势斜了，被尼摩星的铁蛇大力砸碰，断成两截。小龙女手上戴了金丝手套，拍打在剑刃之上，丝毫不伤，她自幼熟习“天罗地网势”，在房舍殿堂间进退趋避的功夫更是天下无双，眼明手快，灵台澄澈，越打越急，心中竟无半点杂念，全没想到这场激战是胜是败，谁生谁死。有时顺手抓到剑柄，便刺出数剑，随即又向敌人抛掷。初时她双剑在手，潇湘子等已感不易抵御，这时数十柄长剑乱飞乱刺，中间又夹着她凌厉迅疾的击刺，却如何还能招架？何况长剑从各人兵刃上碰撞出去之时，方向力道全然无法控制，是否要伤到同伴，只有听天由命。

小龙女向空掷剑，本来不过想扰乱敌人的目光，这时情势变化，实是出乎意料之外的大大有利。从兵刃飞舞的响声之中，隐隐听得尹克西和尼摩星气息渐粗，潇湘子的哭丧棒舞得虽快，但只见惶急，与他“潇湘”两字大异其趣。

突然间尹克西右臂下垂，大叫：“不好！”原来三柄长剑飞去，正好和他的软鞭缠在一起。他守得虽然严密，但这三柄剑均是从潇湘子和尼摩星的兵刃上碰撞出来，三剑齐至，莫名其妙的缠在他鞭上。尹克西用力一抖，甩脱三剑，但正当他软鞭将起未起之际，小龙女长剑刺出，尹克西腕上剧痛，软鞭已把持不住。

但听呛啷一声，金龙软鞭落地。小龙女左掌连挥，七八柄长剑激飞而出，分刺三人，跟着双手各接住一柄长剑，身形晃处，从尹克西身前跃出。尹克西手腕受伤，兵刃落地，这铜墙铁壁般的包围圈子立时破了，眼见她双剑如两道电光似的闪动，忙向后急退。小龙女的轻功比这三人都高，一提气，直奔殿后，追赶赵志敬去了。

潇湘子等一时还不能便收兵刃，直待数十把长剑一一落地，这才住手。尹克西脸带愧色，说道：“小弟无能，给她走了！”他三人本来互不为下，谁也不佩服谁，勾心斗角，均要设法压服对方，但适才经历了这场惊心动魄的恶斗，三人都有死里逃生之感，相互间的敌意少了许多。潇湘子和尼摩星齐声道：“这怪不得尹兄……”一言未毕，忽听得山后隐隐传来叮叮当当的兵刃撞击之声。

大殿上这一战，潇湘子等本来均已胆寒，但听到这兵刃撞击声中，夹着法王五只轮子的呜呜风响，显然小龙女已在与法王动手。三人均想：“有这么一个硬手作主将，咱们再从旁夹攻，必可取胜。”尹克西拾起金龙软鞭，叫道：“大伙儿追！”抢先寻声追了下去。潇湘子举起哭丧棒，与尼摩星率领众蒙古武士发足跟随。众人此时心目中的大敌惟小龙女一人，全没将诸全真道人放在意下。

尹志平、李志常等见众蒙古武士退去，即行互解绑缚，纷纷拾起长剑，蜂拥跟去。

潇湘子等赶到重阳宫后玉虚洞前，只见轮影激荡，剑气纵横，金轮法王吼声如雷，小龙女白衣胜雪，两人相隔丈余，正自遥遥相斗。金银铜铁铅五只巨轮回旋飞舞，响声只震得众人耳中嗡嗡作响。法王的轮子在数度激战曾一再失去，但失后即补，大小重量与所失者无异，不过少了原来轮上所铸的花纹、真言而已，是以使动时仍是得心应手。

尹志平和李志常见玉虚洞的洞门已被大石堵塞，不知五位师长生死如何，心中焦急，一齐抢到洞口。达尔巴手执金杵，霍都挥动钢扇，只数招之间，便将群道打退。

王志坦大叫：“师父，师父，你老人家安好吗?”他心中焦急，语音中带有哭声。李志常转念一想：“凭着五位师长的玄功，怎能轻易给人关在洞中？定是他们练功到了紧急当口，不能分心抵御外敌。王师弟这么一叫，他们若在洞中听见，反而扰乱心神。”忙道："王师弟，别叫，五位师长受不得惊扰。"王志坦立时醒悟，扶起倒在地下的宋德方，见他受伤不轻，当下设法救助。

潇湘子等旁观法王和小龙女相斗，见他虽然守多攻少，但接得两三招便还递一招，五轮威力奇猛，逼得小龙女无法近身，比之适才三人只守不攻确是高出甚多。三人又是佩服，又是妒忌，均想："这和尚得封为蒙古第一国师，也不枉他了。"三人本想与法王夹攻合击，但见此情势，私心登起，都不愿便这么助他成功。

殊不知金轮法王出招虽猛，心中却已叫苦不迭。小龙女双手剑招不同，却配合得精妙绝伦，左手剑攻前，右手剑便同时袭后，叫他退既不可，进又不能，双剑每一路剑招都是进攻数处，叫他顾此失彼，难以并救。若不是他内功外功俱臻登峰造极之境，眼明手快，刚柔互济，武功只要略差半分，这顷刻之间身上早已中了十七八剑。其实小龙女一人而使两般剑法，出招虽快，威力终究不如与杨过联手，别说真实武功仍与法王相差甚远，即令潇湘子等人也是强胜于她。只是她一上来出招星驰电闪，各人从所未见，以致心下先行怯了。法王更在这"玉女素心剑法"下吃过苦头，一见到这剑法，心中想的便是如何自保、如何脱身。小龙女占到上风，实是仗了先声夺人之功。

拆到五六十招之时，法王已是险象环生，他收回金轮护身，不敢掷出攻敌，又数招后，再将银轮也收了回来，接着五轮齐回，变成了只守不攻，便和适才潇湘子等一般模样。五只轮子轻重大小、颜色形状各各不同，或生尖刺，或起棱角，组成五道光环，在他身周滚来滚去。

忽听得小龙女娇叱一声："着！"跟着法王低声吼叫，叮叮数响。两人纵跃来去，出手越来越快，便是潇湘子这等高手，也没瞧清两人这一叱一叫，已起了什么变化。金轮法王倘若以轮上威猛之力与她对攻，小龙女便即抵挡不住，可是他心中既怯，竟尔舍己之长，与小龙女比快，不免越来越是不利。

突然之间，尼摩星脸上微微一痛，似被什么细小暗器打中，一惊之下伸手一摸，脸上没什么，掌中却有点鲜血。他呆了一下，又见一点鲜血飞到了尹克西身上，才知激斗的二人之中已有一个受伤。过不多时，小龙女白衫之上点点斑斑的溅上十几点鲜血，宛似白绫上画了几枝桃花，鲜艳夺目。尼摩星喜道："小妖女受伤啦！"接着剑光两闪，法王一声低吼。潇湘子冷冷的道："不！是大和尚受伤！"

尼摩星一想不错，鲜血是法王受伤后溅到小龙女身上的，心想若是法王死在她的手下，再也无法将她制住，于是叫道："尹兄，潇兄，一齐上啊！"铁蛇挥动，慢慢从小龙女身后逼上。潇湘子和尹克西也觉不能再行袖手旁观，当下分从左右逼近。

法王身上中了三剑，但均是轻伤，危殆万分之中来了帮手，心中一宽，见潇湘子等并不出手攻击，各以兵刃护住自身，分从三方缓缓进逼，已知时刻稍长，小龙女势必无幸。

玉虚洞前，青松林畔，四个武林怪客围着一个素装少女，好一场恶战。众蒙古武士和全真道人目眩心惊，脸若死灰，生平哪里见过如此的激斗！

猛听得砰嘭一声震天价大响，砂石飞舞，烟尘弥漫，玉虚洞前数十块大石崩在一旁，五个道人从洞中缓步而出，正是丘处机、刘处玄等全真五子。

尹志平、李志常等大喜，齐叫"师父！"迎了上去。达尔巴和霍都大吃一惊，眼见这般破洞的声势，便如点燃了的火药开山爆石一般。两人各挺兵刃，向前抢上。丘处机等五人向旁一让，突然十掌齐出，按在两人背心，一捺一送，将两人抛出丈许之外。

达尔巴和霍都的武功与郝大通等在伯仲之间，虽不及丘处机、王处一的精湛，但也决不致只一招便给掷开。原来全真五子在玉虚洞中闭关静修，钻研拆解“玉女心经”之法，五个人殚精竭虑，日夜苦思，总觉小龙女和杨过所显示的武功，每一招每一式都恰好是全真派武学的克星，要想从招术上取胜，实是难能。后来丘处机从天罡北斗阵法中悟出一理，说道：“咱们招术变化，断然不及，但可合五人之力，以劲力补招数之不足。”于是五人便精思并力攻敌的法门，每一招出去，都是将五人劲力归集于一点。他们自知第三四代弟子中并无出类拔萃的人物，只有仗着人多，或能合力自保。这一个多月之中，终于创出了一招“七星聚会”。这一招毕竟还是从天罡北斗阵法中演化出来，虽说是“七星聚会”，却也不必定须七人联手，六人、五人，以至四人、三人，也均可并力施展。

当金轮法王率领众武士堵洞之时，这“七星聚会”正好练到了要紧当口，万万分心不得，明知大敌来攻，也只得置之不理，直到五人练到五力归一，融合无间，这才破洞而出。只可惜过于迫促，这一招还只练到三四成火候，饶是如此，达尔巴和霍都也已抵挡不住，竟给五子一击成功。

丘处机等转过身来，只见法王等四人围着小龙女剧斗方酣。五人只瞧了片刻，面面相觑，不禁面色惨然，都想：“罢了，罢了，原来古墓派的武功精妙若斯，要想胜她，那是终身无望了。”他们在洞中所想所练，都从先前所见小龙女和杨过的武功为依归，岂知眼前所显示的神奇剑招，要想瞧个明白都有所不能，什么破解抵挡，真是从何说起？

法王等四大高手的武功都在全真五子之上，此时全真教中要有如此一个都是千难万难。丘处机等心想：“若是先师在世，自能胜得过他们，周师叔大概也胜他们一筹，但若同时受这四人围攻，十九要抵敌不住。”五个老道垂头丧气，心下惭愧，自觉一代不如一代，不能承继先师的功业，大敌当前，全真教瞧来真是立足无地了。眼见招招凶险，步步危机，五人越瞧越是心惊，顾不得询问弟子变故因何而起。

这时小龙女等五人相斗，情势又已不同。小龙女招招攻击，法王等始终是遮拦多，还手少，但逐步进逼。小龙女处境越来越不利，数次想抢出圈子，暂且退走，但对方守得严密异常，每一招均给挡了回来。她知有金轮法王主持围逼，无法再使掷剑之法，何况除了手中双剑，身边已无其他兵刃。

她自在大殿上剑伤鹿清笃，到这时已斗了将近一个时辰，气力渐感不支，而强敌越逼越近，丘处机等五人又环伺在侧，这五个老道也非易与之辈，四下里尽是敌人，自己孤身一人，今日定要丧身重阳宫中了，忽然想起："我遭际若此，一死又有什么可惜？就只是……就只是……临死之时，总盼能见过儿一面。他这时是在哪里呢？多半是在跟郭姑娘亲热，说不定已成了亲，新婚燕尔，哪里想到我这苦命女子在此受人围攻？不，不！过儿不会这样，他便和郭姑娘成了亲，也决不会忘了我。我只要能再见他一面……"

她离襄阳北上之时，决意永不再和杨过相见，但这时面临生死关头，心中越来越是割舍不下。她一想到杨过，本来分心二用突然变为心有专注，双手剑招相同，再无"玉女素心剑法"的威力。法王见她剑法陡变，初时还道她是故意示弱诱敌，但数招一过，越看越不像，当下踏上半步，左手银轮护身，右手金轮往她剑上碰去。

只听得当的一声轻响，小龙女左手长剑脱手飞出，在半空中啪的一下，震为两截。法王这一下本来只是试探，竟致成功，实大出意料之外，当即右手金轮砸将过去。小龙女一惊，忙镇慑心神，刷刷刷还了三剑，但此时只凭单剑，武功便已远不及法王。潇湘子等三人瞧出便宜，三般兵刃同时攻上。

小龙女淡淡一笑，已不愿再事挣扎力抗，瞥眼望见三丈外的一株青松旁生着一丛玫瑰，花朵娇艳欲滴，突然想起当年与杨过隔着花丛练"玉女心经"的光景，心道："我既已见不到过儿，那便在临死之时心中想念着他。”脸上神色柔和，登时浸沉在瞑想之中。

法王等四下里合围，原可一举将她击毙，忽见她神情古怪，似乎忘了迎敌，各各惊诧，不知她是否施展什么邪法，四般兵刃举在半空，并不击下。但也只这么一顿，尼摩星的铁蛇便首先递了出去。

突然身旁风声飒然，有人挺剑刺来。尼摩星忙回过铁蛇挡格，却挡了个空，只见人影晃动，却是尹志平抢到了小龙女身前，倒持手中长剑，将剑柄递过去给她。小龙女这时视而不见，听而不闻，早将厮杀拼斗之事置之度外，觉得左手掌中多了一个剑柄，便顺手握着。

旁观众人突见尹志平抢入这五大高手的战团之中，直与送死无异，不禁齐声惊呼。

法王和他相识，不愿伤他性命，当即左臂在他肩头一撞，将他推开，右手挥轮向小龙女砸去。尹志平见她不知如何竟尔突然失了战意，心中大急，眼见这一轮便要将她砸死，奋不顾身的扑了上去，叫道：“龙姑娘，小心！”用自己背脊硬挡了法王金轮。

法王金轮一砸，威力裂石开山，尹志平如何抵挡得住？立时向前俯冲。小龙女接过他递来的剑后，兀自挺着剑呆呆出神，尹志平身子冲来，恰好碰在剑尖之上，剑刃透胸而入。小龙女一呆，这才醒悟，原来是他救了自己性命，眼见他背遭轮砸，胸中剑刺，受的全是致命重伤，一刹那间，满腔憎恨之心尽化成了怜悯之意，柔声道：“你何苦如此？”

尹志平命在垂危，忽然听到这“你何苦如此”五字，不禁大喜若狂，说道：“龙姑娘，我实……实在对你不起，罪不容诛，你……你原谅了我么？”

小龙女又是一怔，想起在襄阳郭府中听到他和赵志敬的说话，一个念头在脑子中闪过：“过儿对我如此深情，又曾立誓决不会变心。但他忽然决意和郭姑娘成亲，弃我如遗，了无顾惜，定是知悉了我曾受这厮所污。”她心思单纯，虽然一路跟踪尹赵二道，却从未想到此事，这时猛地给尹志平一言提醒，心中的怜悯立时转为憎恨，愤怒之情却比先前又增了几分，一咬牙，右手长剑随即往他胸口刺落。只是她生平未杀过人，虽然满腔悲愤，这一剑刺到他胸口，竟然刺不下去。

丘处机在一旁瞧着，眼见爱徒死于非命，心中痛如刀割，只是事起仓卒，不及救援，小龙女第一剑，还可说是由于法王之故，但第二剑却是存心出手。他丝毫不知这中间的原委曲折，这半年中日思夜想，多半尽是如何抵挡小龙女的招术，而近一个月中更是除此之外再无别念。他既认定小龙女是本教大敌，又决然想不到尹志平会自愿舍身救她，眼见她挺剑又刺，当即纵身而前，左手五指在她腕上一拂，右掌向她面门直击过去。丘处机的武功在全真七子之中向居第一，这一下情急发招，掌力雄浑已极。

小龙女手腕被他一拂而中，长剑拿捏不住，登时脱手，她不等长剑落地，一伸手，又已抓住，跟着递出一剑，指向丘处机胸口。便在此时，尹志平大叫一声，倒在地下，创口中鲜血涌出。小龙女左手剑同时刺向丘处机小腹，这一来双剑合璧，威力大增，丘处机武功虽然精深，但只三招之间，已是手忙脚乱。王处一见情势不对，同时抢上应援，倒反将法王等四人挤在一旁。

金轮法王等见小龙女和全真五子斗了起来，俱感讶异，但想此事大大有利，正好旁观你们自相残杀。各人使个眼色，退开数步，只待小龙女和全真五子胜败一决，他们再行出手收拾残局。

高手动武，每一招都是生死系于一发，谁也不敢稍有松懈，因此丘处机等虽见局势诡异，难以索解，但既已动上了手，哪里还有余暇询问？全真五子赤手空拳，遇上小龙女神妙无方的剑招，那费了月余之功创出来的一招“七星聚会”竟然全无施展的机会。顷刻之间，郝大通和刘处玄两人身上中剑，但两人顾念师兄弟的安危，不肯退开，跟着嗤的一响，孙不二肩头又中一剑。

全真诸弟子见师父势危，情不自禁的都惊呼起来。李志常叫道："快送兵刃！"这时五子掌风呼呼，众弟子无法近身，只得将长剑一柄柄掷去。小龙女抢着挥剑挑出，每一把掷来的长剑都给挑得飞了开去，剑长臂短，五子始终拿不到一件兵刃。忽听得叮当一声，小龙女左手剑黏住一柄飞掷而来的长剑，蓦地里往后送出，王处一猝不及防，左眼角被这一柄剑外之剑刺中，全真五子中四人负伤，胜负已分。

金轮法王哈哈大笑，叫道："各位道兄且退，这小妖女待老衲来料理罢！"说着踏上两步。潇湘子、尼摩星、尹克西三人跟着舞动兵刃上前合击，竟成了九大高手围攻小龙女的局面。

法王等一插手，全真五子登时脱出小龙女双剑的威迫，五人一声呼喝，并肩而立，或出右掌，或出左掌，五股大力归并为一，使出了那招"七星聚会"。其时虽只五星聚会，但是威力也已非同小可，小龙女斜身急退，砰的一响，沙坪上尘土飞扬，这一招将尼摩星打得重重跌了一个筋斗。

原来他双腿已断，单凭拐杖之力撑持，下盘不稳，抵不住这一招的重击。总算他危急之中避开了正面之力，虽然摔倒，却未受伤，立即跃起，哇哇怒叫，举铁蛇便往刘处玄头顶砸下。玉虚洞前呼声四起，乱成一团。

小龙女见尼摩星和全真五子动手，素袖一拂，便要抢出圈子。金轮法王抢过来挡住，叫道："尼摩兄，对付小妖女要紧。"尼摩星打得性发，对法王的叫唤不予理睬，铁蛇吞吐，招数全是打向全真诸道。小龙女双剑向法王急刺数招，法王见来势实在太快，难以招架，只得退了几步。

突然之间，小龙女一声大叫，双颊全无血色，呛啷、呛啷两声，手中双剑落地，呆呆的望着青松畔的那丛玫瑰，叫道："过儿，当真是你吗？”

便在此时，法王金轮迎面砸去，全真五子那招“七星聚会”却自后心击了上来。这一招本是抵御尼摩星而发，但那天竺矮子吃过这招的苦头，不敢硬接，身子向左闪避，这一招的劲力便都递到了小龙女背心。

哪知她竟如中邪着魔，全然不知躲闪，背心受掌，胸口中轮，一个娇怯怯的身躯受了这两股大力夹击，目光仍是望着玫瑰花丛，在这顷刻之间，她心摇神驰，便是这两股大力，似乎也没能伤到她半分。

众人为她的目光所慑，不由自主的也均转头，去瞧那玫瑰花丛中到底有什么古怪，只见青松旁一条人影飞出，窜入法王和全真五子之间，伸左臂抱起小龙女，一闪一晃，又已跃出圈子，径自坐在青松之下、玫瑰花旁，将小龙女抱在怀里。

这人正是杨过！

小龙女甜甜一笑，眼中却流下泪来，说道：“过儿，是你，这不是做梦么？”杨过俯下头去，亲了亲她脸颊，柔声道：“不是做梦，我不是抱着你么？”但见她衣衫上斑斑点点，满身是血，心中矍然而惊，急问：“你受伤重不重？”

小龙女受了前后两股大力的夹击，初时乍见杨过，并未觉痛，这时只觉五脏六腑都要翻腾过来，伸手搂住他脖子，说道：“我……我……”身上痛得难熬，再也说不下去了。

杨过见了这般情状，恨不得代受其苦，低声说：“姑姑，我还是来迟了一步！”小龙女说道：“不，你来得正好，我只道今生今世，再也瞧不见你啦！”突然间全身发冷，隐然觉得灵魂便要离身而去，抱着杨过的双手也慢慢软垂，说道：“过儿，你抱住我！”杨过的左臂略略收紧，把她搂在胸前，百感交集，眼泪缓缓流下，滴在她脸上。

小龙女道："你抱我，用……用两只……两只手！"一转眼间，突见他右手袖子空空荡荡，情状有异，惊呼："你的右臂呢？"杨过苦笑，低声道："这时候别关心我，你快闭上了眼，一点儿也别用力，我给你运气镇伤。"

小龙女道："不！你的右臂呢？怎么没了？怎么没了？"她虽命在垂危，仍是丝毫不顾念自己，定要问明白杨过怎会少了一条手臂。只因在她心中，这个少年实比自己重要百倍千倍，她一点也不顾念自己，但全心全意的关怀着他。

自从他们在古墓中共处，早就是这样了，只不过那时她不知道这是为了情爱，杨过也不知道。两人只觉得互相关怀，是师父和弟子间应有之义，既然古墓中只有他们两人，如果不关怀不体惜对方，那么又去关怀体惜谁呢？其实这对少年男女，早在他们自己知道之前，已在互相深深的爱恋了。

直到有一天，他们自己才知道，决不能没有了对方而再活着，对方比自己的生命更重要过百倍千倍。

每一对互相爱恋的男女都会这样想。可是只有真正深情之人，那些天生具有至性至情之人，这样的两个男女碰在一起，互相爱上了，他们才会真正的爱惜对方，远胜于爱惜自己。

对于小龙女，杨过的一条臂膀，比她自己的生死实在重要得多，因此固执着要问。她伸手轻轻抚摸他袖子，丝毫不敢用力，果然，袖子里没有臂膀。她忽然一点也不感到自身的剧痛，因为心中给怜爱充满了，再也不会知道自己的痛楚，轻轻说道："可怜的过儿，断了很久吗？这时还痛么？"

杨过摇摇头，说道："早就不痛了。只要我见了你面，永远不跟你分开，少一条臂膀又算得什么？我一条左臂不是也能抱着你么？"

小龙女轻轻一笑，只觉他说得很对，躺在他怀抱之中，虽然只一条左臂抱着自己，那也是心满意足了。她本来只求在临死之前能再见他一面，现今实在太好，真的太好了。

金轮法王、潇湘子、尹克西、全真五子、众弟子……众蒙古武士……人人一声不响，呆呆的望着这对小情人。在这段时光之中，谁也不想向他们动手，也是谁也不敢向他们动手。

有道是“旁若无人”，杨过和小龙女在九大高手、无数蒙古武士虎视眈眈之下缠绵互怜，将所有强敌全都视如无物，那才真是旁若无人了。爱到极处，不但粪土王侯，天下的富贵荣华完全不放在心上，甚至生死大事也视作等闲。杨过和小龙女既然不再想到生死，别说九大高手，便是天下英雄尽至，那又如何？只不过是死罢了。比之那铭心刻骨之爱，死又算得什么？

金轮法王等人当然并不惧怕这两人，只是均感极度诧异，眼见小龙女身受重伤，杨过又只剩一臂，决不能再起而抗拒，但两人互相的缠绵爱怜之中，自然而然有一股凛然之气，有一份无畏的刚勇，令人不敢轻侮。

终于小龙女忍不住又问：“你的手臂……手臂是怎么断的？快跟我说。”杨过脸上微微苦笑，说道：“手臂断了，自然是给人家斩的。”

小龙女凄然望着他，没想到再追问是谁下的毒手，既已遭到不幸，那么是谁下手都是一样，这时胸口和背上的伤处又剧烈疼痛起来，她自知命不久长，低低的道：“过儿，我求你一件事。”杨过道：“姑姑，难道你忘了，在古墓之中，我就曾答应过你，你要我做什么，我便做什么。”小龙女幽幽叹了口气，道：“那是很久很久以前的事啦！”杨过道：“在我永远是一样。”小龙女凄然一笑，低低的道：“我没多久好活了，你陪着我罢，一直瞧着我死，别去陪你的郭……郭芙姑娘。”

杨过又是伤心，又是愤恨，说道：“姑姑，我自然陪着你。那郭姑娘跟我有什么相干？我这条手臂便是给她斩断的。”小龙女吃了一惊，叫了起来："啊，是她？为什么她这样狠心？难道……难道为了你不喜欢她么？"杨过恨恨的道："我俩这般要好，为什么你又要多心？除你之外，我一生一世从来没爱过别的姑娘，这个郭姑娘啊，哼……"

杨过这条右臂，确是给郭芙斩断的。

那日杨过与郭芙在襄阳郭府之中言语冲突以致动手，郭芙怒火难忍，抓起淑女剑往他头顶斩落。杨过中毒后尚未痊愈，四肢无力，眼见剑到，情急之下只得举右臂挡在面前。郭芙狂怒之际，使力极猛，那淑女剑又锋利无比，剑锋落处，杨过一条右臂登时无声无息的给卸了下来。

这一剑斩落，竟致如此，杨过固然惊怒交迸，郭芙却也吓得呆了，知道已闯下了无可弥补的大祸，但见杨过手臂断处血如泉涌，不知如何是好，过了一会，突然哇的一声，哭了出来，掩面夺门奔出。

杨过一阵慌乱过后，随即镇定，伸左手点了自己右肩"肩贞穴"的穴道，撕下被单，紧紧缚住肩膀以止血流，再用金创药敷上伤口，寻思："此处是不能再耽的了，我得赶紧出城去。"慢慢扶着墙壁走了几步，只因流血过多，眼前一黑，几欲晕去。

便在此时，只听得郭靖大声说道："快，快，他怎么了？血止了没有？"语音中充满了焦急之情。杨过当时心中只一个念头："我决不要再见郭伯伯，无论如何不要见他。"猛力吸一口气，从房中冲了出去。

他奔出府门，牵过一匹马翻身便上，驰至城门。守城的将士都曾见他在城头救援郭靖，对他十分钦仰，见他驰马而来，立即开了城门。

此时蒙古军已退至离城百余里外。杨过不走大路，纵马尽往荒僻之处行去。寻思："我身中情花剧毒，但过期不死，或许正如那天竺神僧所言，吸了冰魄银针的毒汁之后，以毒攻毒，反而延了性命。但剧毒未去，迟早总要发作。此刻身受重伤，若到终南山去找寻姑姑，定然不能支持，难道我命中注定，要这般客死途中么?”想到一生孤苦，除了在古墓中与小龙女相聚这段时日之外，生平殊少欢愉，这时世上唯一的亲人已舍己而去，复又给人断残肢体，命当垂危，言念及此，不禁流下泪来。

他伏在马背之上，昏昏沉沉，只求不给郭靖找到，不遇上蒙古大军，随便到哪里都好，有意无意之间，渐渐行近前一晚与武氏兄弟相斗的那个荒谷。

黄昏时分，眼见四下里长草齐膝，一片寂静，料知周遭无人，在草丛中倒头便睡。他这时早将生死置之度外，什么毒虫猛兽全没加以防备。这一晚创口奇痛，哪里睡得安稳?

次晨睁眼坐起，忽见离身不到一尺处两条蜈蚣僵死在地，红黑斑斓，甚是可怖，口中却染满了血渍。杨过吓了一跳，只见两条蜈蚣身周有一大滩血迹，略一寻思，已明其理，原来他创伤处流血甚多，而血中含有剧毒，竟把两条毒虫毒死了。

杨过微微苦笑，自言自语：“想不到我杨过血中之毒，竟连蜈蚣也抵挡不住。”愤激悲苦，难以自已，忍不住仰天长笑。

忽听得山峰顶上咕咕咕的叫了三声，杨过抬起头来，只见那神雕昂首挺胸，独立峰巅，形貌狰狞奇丑，却自有一股凛凛之威。杨过大喜，宛如见了故人一般，叫道：“雕兄，咱们又相见啦!”

神雕长鸣一声，从山巅上直冲下来。它身躯沉重，翅短不能飞翔，但奔跑迅疾，有如骏马，转眼间便到了杨过身旁，见他少了一条手臂，目不转睛的望着他。

杨过苦笑道：“雕兄，我身遭大难，特来投奔于你。”神雕也不知是否能懂他的说话，转身便走。杨过牵了马匹，跟随在后。

行不数步，神雕回过头来，突然伸出左翅在马腹上一拍。那马吃痛，大声嘶叫，倒退几步，不住跳跃。杨过点头道："是了，我既到雕兄谷中，也不必再出去了，要这马何用？"心想此雕大具灵性，实不逊于人，于是松手放开缰绳，大踏步跟随神雕之后。他重伤之余，体力衰弱，行不多时便坐下休息，神雕也就停步等候。

如此边行边歇，过了一个多时辰，又来到剑魔独孤求败埋骨处的石洞。

杨过见了那个石坟，不禁大是感慨，心想这位前辈奇人纵横当时，并世无敌，自是武功神妙莫测，瞧他这般行径，定是恃才傲物，与常人落落难合，到头来在这荒谷中寂然而终，武林之中既没流传他的名声事迹，又没遗下拳经剑谱、门人弟子，以传他的绝世武功，这人的身世也真可惊可羡，却又可哀可伤。只可惜神雕虽灵，终是不能言语，否则也可述说他的生平一二。

他在石洞中呆呆出神，神雕已从外衔了两只山兔回来。杨过生火炙了，饱餐一顿。

如此过了多日，伤口渐渐愈合，身子也日就康复，每当念及小龙女，胸口虽仍疼痛，但已远不如先前那么难熬难忍。他本性好动，长日在荒谷中与神雕为伴，不禁寂寞无聊起来。

这一日见洞后树木苍翠，山气清佳，便信步过去观赏风景，行了里许，来到一座峭壁之前。那峭壁便如一座极大的屏风，冲天而起，峭壁中部离地约二十余丈处，生着一块三四丈见方的大石，便似一个平台，石上隐隐刻得有字。极目上望，瞧清楚是"剑冢"两个大字，他好奇心起："何以剑亦有冢？难道是独孤前辈折断了爱剑，埋葬在这里？"走近峭壁，但见石壁草木不生，光秃秃的实无可容手足之处，不知当年那人如何攀援上去。

瞧了半天，越看越是神往，心想他亦是人，怎能爬到这般的高处，想来必定另有妙法，倘若真的凭借武功硬爬上去，那直是匪夷所思了。凝神瞧了一阵，突见峭壁上每隔数尺便生着一丛青苔，数十丛笔直排列而上。他心念一动，纵身跃起，探手到最低一丛青苔中摸去，抓出一把黑泥，果然是个小小洞穴，料来是独孤求败当年以利器所挖凿，年深日久，洞中积泥，因此生了青苔。

心想左右无事，便上去探探那剑冢，只是剩下独臂，攀援大是不便，但想："爬不上便爬不上，难道还有旁人来笑话不成?"于是紧一紧腰带，提一口气，窜高数尺，左足踏在第一个小洞之中，跟着窜起，右足对准第二丛青苔踢了进去，软泥迸出，石壁上果然又有一个小穴可以容足。

第一次爬了十来丈，已然力气不加，当即轻轻溜了下来，心想："已有二十多个踏足处寻准，第二次便容易得多。"于是在石壁下运功调息，养足力气，终于一口气窜上了平台。见自己手臂虽折，轻功却毫不减弱，也自欣慰，只见大石上"剑冢"两个大字之旁，尚有两行字体较小的石刻：

"剑魔独孤求败既无敌于天下，乃埋剑于斯。

"呜呼！群雄束手，长剑空利，不亦悲夫！"

杨过又惊又羡，只觉这位前辈傲视当世，独往独来，与自己性子实有许多相似之处，但说到打遍天下无敌手，自己如何可及。现今只余独臂，就算一时不死，此事也已终身无望。瞧着两行石刻出了一会神，低下头来，只见许多石块堆着一个大坟。这坟背向山谷，俯仰空阔，别说剑魔本人如何英雄，单是这座剑冢便已占尽形势，想见此人文武全才，抱负非常，但恨生得晚了，无缘得见这位前辈英雄。

杨过在剑冢之旁仰天长啸，片刻间四下里回音不绝，想起黄药师曾说过"振衣千仞冈，濯足万里流"之乐，此际亦复有此豪情胜慨。他满心虽想瞧瞧冢中利器到底是何等模样，但总是不敢冒犯前辈，于是抱膝而坐，迎风呼吸，只觉胸腹间清气充塞，竟似欲乘风飞去。

忽听得山壁下咕咕咕的叫了数声，俯首望去，只见那神雕伸爪抓住峭壁上的洞穴，正自纵跃上来。它身躯虽重，但腿劲爪力俱是十分厉害，顷刻间便上了平台。

那神雕稍作顾盼，便向杨过点了点头，叫了几声，声音甚是特异。杨过笑道："雕兄，只可惜我没公冶长的本事，不懂你言语，否则你大可将这位独孤前辈的生平说给我听了。"神雕又低叫几声，伸出钢爪，抓起剑冢上的石头，移在一旁。杨过心中一动："独孤前辈身具绝世武功，说不定会留下什么剑经剑谱之类。"但见神雕双爪起落不停，不多时便搬开冢上石块，露出并列着的三柄长剑，在第一、第二两把剑之间，另有一块长条石片。三柄剑和石片并列于一块大青石之上。

杨过提起右首第一柄剑，只见剑下的石上刻有两行小字：

"凌厉刚猛，无坚不摧，弱冠前以之与河朔群雄争锋。"

再看那剑时，见长约四尺，青光闪闪，的是利器。他将剑放回原处，拿起长条石片，见石片下的青石上也刻有两行小字：

"紫薇软剑，三十岁前所用，误伤义士不祥，乃弃之深谷。"

杨过心想："这里少了一把剑，原来是给他抛弃了。不知如何误伤义士，这故事多半永远无人知晓了。"出了一会神，再伸手去拿第二柄剑，只提起数尺，呛啷一声，竟然脱手掉下，在石上一碰，火花四溅，不禁吓了一跳。

原来那剑黑黝黝的毫无异状，却是沉重之极，三尺多长的一把剑，重量竟自不下七八十斤，比之战阵上最沉重的金刀大戟尤重数倍。杨过提起时如何想得到，出乎不意的手上一沉，便拿捏不住。于是再俯身拿起，这次有了防备，拿起七八十斤的重物自是不当一回事。见那剑两边剑锋都是钝口，剑尖更圆圆的似是个半球，心想："此剑如此沉重，又怎能使得灵便？何况剑尖剑锋都不开口，也算得奇了。"看剑下的石刻时，见两行小字道：

"重剑无锋，大巧不工。四十岁前恃之横行天下。"

杨过喃喃念着“重剑无锋，大巧不工”八字，心中似有所悟，但想世间剑术，不论哪一门哪一派的变化如何不同，总以轻灵迅疾为尚，这柄重剑不知怎生使法，想怀昔贤，不禁神驰久之。

过了良久，才放下重剑，去取第三柄剑，这一次又上了个当。他只道这剑定然犹重前剑，因此提剑时力运左臂。哪知拿在手里却轻飘飘的浑似无物，凝神一看，原来是柄木剑，年深日久，剑身剑柄均已腐朽，但见剑下的石刻道：

> “四十岁后，不滞于物，草木竹石均可为剑。自此精修，渐进于无剑胜有剑之境。”

他将木剑恭恭敬敬的放于原处，浩然长叹，说道：“前辈神技，令人难以想像。”心想青石板之下不知是否留有剑谱之类遗物，于是伸手抓住石板，向上掀起，见石板下已是山壁的坚岩，别无他物，不由得微感失望。

那神雕咕的一声叫，低头衔起重剑，放在杨过手里，跟着又是咕的一声叫，突然左翅势挟劲风，向他当头扑击而下。顷刻间杨过只觉气也喘不过来，一怔之下，神雕的翅膀离他头顶约有一尺，便即凝住不动，咕咕叫了两声。

杨过笑道：“雕兄，你要试试我的武功么？左右无事，我便跟你玩玩。”但那七八十斤的重剑怎能施展得动，于是放下重剑，拾起第一柄利剑。神雕突然收拢双翼，转过了头不再睬他，神情之间颇示不屑。

杨过立时会意，笑道：“你要我使重剑？但我武功平常，在这绝壁之上跟你过招，决非雕兄敌手，可得容情一二。”说着换过了重剑，气运丹田，力贯左臂，缓缓挺剑刺出。神雕并不转身，左翅后掠，与那重剑一碰。杨过只觉一股极沉猛的大力从剑上传来，压得他无法透气，急忙运力相抗，“嘿”的一声，剑身晃了几下，但觉眼前一黑，登时晕了过去。

也不知过了多少时候，这才悠悠醒转，只觉口中奇苦难当，同时更有不少苦汁正流入咽喉，睁开眼来，只见神雕衔着一枚深紫色的圆球，正喂入他口中。杨过闻到此物甚是腥臭，但想神雕通灵，所喂之物定然大有益处，于是张口吃了。只轻轻咬得一下，圆球外皮便即破裂，登时满口苦汁。

这汁液腥极苦极，难吃无比。杨过只想喷了出去，总觉不忍拂逆神雕美意，勉强吞入腹中。过了一会，略行运气，但觉呼吸顺畅，站起身来，抬手伸足之际非但不觉困乏，反而精神大旺，尤胜平时。他暗暗奇怪，按理被人强力击倒，闭气晕去，纵然不受重伤，也必全身酸痛，难道这深紫色的圆囊竟是疗伤的灵药么？

他俯身提起重剑，竟似轻了几分。便在此时，那神雕咕的一声，又是展翅击了过来。杨过不敢硬接，侧身避开，神雕跟着踏上一步，双翅齐至，势道极是威猛。杨过知它对己并无恶意，但想它虽然灵异，总是畜生，它身具神力，展翅扑击之时，发力轻重岂能控纵自如？若给翅膀扫上了，自空坠下，哪里还有命在？眼见双翅扫到，急忙退后两步，左足已踏到了平台的边缘。

那神雕竟是毫不容情，秃头疾缩迅伸，弯弯的尖喙竟自向他胸口直啄。杨过退无可退，只得横剑封架，它一嘴便啄在剑上。杨过只觉手臂剧震，重剑似欲脱手，眼见神雕跟着右翅着地横扫，往自己足胫上掠来。杨过吃了一惊，纵身跃起，从神雕头顶飞跃而过，抢到了内侧，生怕它顺势跟击，反手出剑，噗的一响，又与它尖嘴相交。杨过这一下死里逃生，吓出了一身冷汗，叫道：“雕兄，你不能当我是独孤大侠啊！”只觉双足酸软，坐倒在地。神雕咕咕低叫两声，不再进击。

杨过无意中叫了那句“你不能当我是独孤大侠”，转念一想，此雕长期伴随独孤前辈，瞧它扑啄趋退间，隐隐然有武学家数，多半独孤前辈寂居荒谷，无聊之时便当它是过招的对手。独孤前辈尸骨已朽，绝世武功便此湮没，但从此雕身上，或能寻到这位前辈大师的一些遗风典型。想到此处，心中转喜，站起身来，叫道：“雕兄，剑招又来啦！”重剑疾刺，指向神雕胸间。神雕左翅横展挡住，右翅猛击过来。

神雕力气实在太强，展翅扫来，疾风劲力，便似数位高手的掌风并力齐施一般，杨过手中之剑又太也沉重，生平所学的什么全真剑法、玉女剑法等等没一招施用得上，只有守则巧妙趋避，攻则呆呆板板的挺剑刺击。

斗得一会，杨过疲累了，便坐倒休息。他只一坐倒，神雕便走开两步。如此玩了一个多时辰，一人一雕才溜下平台，回入山洞。

次晨醒转，神雕已衔了三枚深紫色腥臭圆球放在他身边，杨过细加审视，原来是禽兽的胆囊，想到初遇神雕时它曾大食毒蛇，又与巨蟒相斗，想来必是蛇胆。又想毒蛇之胆不知是否也具剧毒，但昨日食后精神爽利，力气大增，反正自己体内就有情花和冰魄银针的剧毒，也不用多加理会，于是一口一个吃了，静坐调息。突然之间，平时气息不易走到的各处关脉穴道竟尔畅通无阻。杨过大喜，高声叫好。本来静坐修习内功，最忌心有旁骛，至于大哀大乐，更是凶险，但此时他喜极而呼，周身内息仍是绵绵流转，绝无阻滞。

他跃起身来，提起重剑，出洞又和神雕练剑。此时已去了几分畏惧之心，虽然仍是避多挡少，但在神雕凌厉无伦的翅力之间，偶然已能乘隙还招。

如此练剑数日，杨过提着重剑时手上已不如先前沉重，击刺挥掠，渐感得心应手。同时越来越觉以前所学剑术变化太繁，花巧太多，想到独孤求败在青石上所留“重剑无锋，大巧不工”八字，其中境界，远胜世上诸般最巧妙的剑招。他一面和神雕搏击，一面凝思剑招的去势回路，但觉越是平平无奇的剑招，对方越难抗御。比如挺剑直刺，只要劲力强猛，威力远比玉女剑法等变幻奇妙的剑招更大。他这时虽然只剩左手，但每日服食神雕不知从何处采来的蛇胆，不知不觉间膂力激增。

这日出外闲步，在山谷间见有三条大毒蛇死在地下，肚腹洞开，蛇身上被利爪抓得鲜血淋漓，知道自己所食果是蛇胆。只是这些毒蛇遍身隐隐发出金光，生平从所未见，自是不知其名，心想：神雕力气这样大，想必也是多食这些怪蛇的蛇胆之故。

过得月余，竟勉强已可与神雕惊人的巨力相抗，发剑击刺，呼呼风响，不自禁的大感欣慰。武功到此地步，便似登泰山而小天下，回想昔日所学，颇有渺不足道之感。转念又想，若无先前根柢，今日纵有奇遇，也决不能达此境地，神雕总是不会言语的畜生，诱发导引则可，指教点拨却万万不能，何况神雕也不能说会什么武功，只不过天生神力，又跟随独孤求败日久，经常和他动手过招，记得了一些进退扑击的方法而已。

这一日清晨起身，满天乌云，大雨倾盆而下。杨过向神雕道："雕兄，这般大雨，咱们还练武不练？"神雕咬着他衣襟，拉着他向东北方行了几步，随即迈开大步，纵跃而行。杨过心想："难道东北方又有什么奇怪事物？"提了重剑，冒雨跟去。

行了数里，隐隐听到轰轰之声，不绝于耳，越走声音越响，显是极大的水声。杨过心道："下了这场大雨，山洪暴发，可得小心些！"转过一个山峡，水声震耳欲聋，只见山峰间一条大白龙似的瀑布奔泻而下，冲入一条溪流，奔腾雷鸣，湍急异常，水中挟着树枝石块，转眼便流得不知去向。

这时雨下得更大了，杨过衣履尽湿，四顾水气濛濛，蔚为奇观，但见那山洪势道太猛，心中微有惧意。

神雕伸嘴拉着他衣襟，走向溪边，似乎要他下去。杨过奇道："下去干么？水势劲急，只怕站不住脚。"神雕放开他衣襟，咕的一声，昂首长啼，跃入溪中，稳稳站在溪心的一块巨石之上，左翅前扇，将上流冲下来的一块岩石打了回去，待那岩石再次顺水冲下，又是挥翅击回，如是击了五六次，那岩石始终流不过它身边。到第七次顺水冲下时，神雕奋力振翅一击，岩石飞出溪水，掉在右岸，神雕随即跃回杨过身旁。

杨过会意，知道剑魔独孤求败昔日每遇大雨，便到这山洪中练剑，自己却无此功力，不敢便试，正自犹豫，神雕大翅突出，刷的一下，拂在杨过臀上。它站得甚近，杨过出其不意，身子直往溪中落去，忙使个“千斤坠”身法，落在神雕站过的那块巨石之上。双足一入水，山洪便冲得他左摇右晃，难于站稳。杨过心想：“独孤前辈是人，我也是人，他既能站稳，我如何便不能？”当即屏气凝息，奋力与激流相抗，但想伸剑挑动山洪中挟带而至的岩石，却是力所不及了。

耗了一炷香时分，他力气渐尽，于是伸剑在石上一撑，跃到了岸上。他没喘息得几下，神雕又是挥翅拂来。这一次他有了提防，没给拂中，自行跃入溪心，心想：“这位雕兄当真是严师诤友，逼我练功，竟没半点松懈。它既有此美意，我难道反无上进之心？”于是气沉下盘，牢牢站住，时刻稍久，渐渐悟到了凝气用力的法门，山洪虽然越来越大，直浸到了腰间，他反而不如先前的难以支持。又过片刻，山洪浸到胸口，逐步涨到口边，杨过心道：“虽然我已站立得稳，总不成给水淹死啊！”只得纵跃回岸。

哪知神雕守在岸旁，见他从空跃至，不待他双足落地，已是展翅扑出。杨过伸剑挡架，却被它这一扑之力推回溪心，扑通一声，跌入了山洪。

他双足站上溪底巨石，水已没顶，一大股水冲进了口中。若是运气将大口水逼出，那么内息上升，足底必虚，当下凝气守中，双足稳稳站定，不再呼吸，过了一会，双足一撑，跃起半空，口中一条水箭激射而出，随即又沉下溪心，让山洪从头顶轰隆轰隆的冲过，身子便如中流砥柱般在水中屹立不动。心中渐渐宁定，暗想：“雕兄叫我在山洪中站立，若不使剑挑石，仍是叫它小觑了。”他生来要强好胜，便在一只扁毛畜生之前也不肯失了面子，见到溪流中带下树枝山石，便举剑挑刺，向上流反推上去。岩石在水中轻了许多，那重剑受水力一托，也已大不如平时沉重，出手反感灵便。他挑刺掠击，直练到筋疲力尽，足步虚晃，这才跃回岸上。

他生怕神雕又要赶他下水，这时脚底无力，若不小休片时，已难与山洪的冲力抗拒，果然神雕不让他在岸上立足，一见他从水中跃出，登时举翅搏击。

杨过叫道：“雕兄，你这不要了我命么？”跃回溪中站立一会，实在支持不住，终又纵回岸上，眼见神雕举翅拂来，却又不愿便此坐倒认输，只得挺剑回刺，三个回合过去，神雕竟然被他逼得退了一步。杨过叫道：“得罪！”又挺剑刺去，只听得剑刃刺出时嗤嗤声响，与往时已颇不相同。神雕见他的剑尖刺近，也已不敢硬接，迫得闪跃退避。

杨过知道在山洪中练了半日，劲力已颇有进境，不由得又惊又喜，自忖劲力增长，本来决非十天半月之功，何以在水中击刺半日，剑力竟会大进？想是那怪蛇的蛇胆定有强筋健骨的奇效，以致在不知不觉之间早已内力大增，此时于危急之际生发出来，自己这才察知。

他在溪旁静坐片刻，力气即复，这时不须神雕催逼，自行跃入溪中练剑。二次跃上时只见神雕已不在溪边，不知到了何处。眼见雨势渐小，心想山洪倏来倏去，明日再来，水力必弱，乘着此时并不觉得如何疲累，不如多练一会，当下又跃入溪心。

练到第四次跃上，只见岸旁放着两枚怪蛇的蛇胆，心中好生感激神雕爱护之德，便即吃了，又入溪心练剑。练到深夜，山洪却渐渐小了。

当晚他竟不安睡，在水中悟得了许多顺刺、逆击、横削、倒劈的剑理，到这时方始大悟，以此使剑，真是无坚不摧，剑上何必有锋？但若非这一柄比平常长剑重了数十倍的重剑，这门剑法也施展不出，寻常利剑只须拿在手里轻轻一抖，劲力未发，剑刃便早断了。

其时大雨初歇，晴空一碧，新月的银光洒在林木溪水之上。杨过瞧着山洪奔腾而下，心通其理，手精其术，知道重剑的剑法已尽于此，不必再练，便是剑魔复生，所能传授的剑术也不过如此而已。将来内力日长，所用之剑便可日轻，终于使木剑如使重剑，那只是功力自浅而深，全仗自己修为，至于剑术，却至此而达止境。

他在溪边来回闲步，仰望明月，心想若非独孤前辈留下这柄重剑，又若非神雕从旁诱导，自己因服怪蛇蛇胆而内力大增，那么这套剑术世间已不可再而得见。又想到独孤求败全无凭借，居然能自行悟到这剑中的神境妙诣，聪明才智实是胜己百倍。

独立水畔想像先贤风烈，又是佩服，又是心感。寻思："姑姑见到我此刻的武功，可不知有多欢喜了。唉，不知她此时身在何处？是否望着明月，也在想我？"一念及小龙女，胸口便是一阵剧痛。

转念又想："我虽悟到了剑术的至理，但枯守荒山，又有何用？倘若情花之毒突然发作，明天便即死了，这至精至妙的剑术岂非又归湮没？"想到此处，雄心登起，自言自语的道："我也当学一学独孤前辈，要以此剑术打得天下群雄束手，这才甘心就死。"

回眼看着右臂断折之处，想起郭芙截臂之恨，不禁热血涌上胸间，心道："这丫头自恃父亲是当代大侠，母亲是丐帮帮主，自来不把我放在眼里，自小我寄居她家，不知受了她多少白眼，多少折辱？我谎言欺骗武氏兄弟，其实也是为了她好，倘若武氏兄弟中有一人为她而死，岂非也是她的罪过？哼哼，她乘我重病之际斩我一臂，此仇不报，非丈夫也！"

他向来极重恩怨，胸襟殊不宽宏，当日手臂初断，躲在这荒谷中疗伤，那是无可奈何，此刻臂伤已愈，武功反而大进，报仇雪恨之念再也难以抑制。

当下心念已决，连夜回到山洞，向神雕说道：“雕兄，你的大恩大德，终究报答不了，小弟在江湖上尚有几桩恩怨未了，暂且分别，日后再来相伴。独孤前辈这柄重剑，小弟求借一用。”说着深深一揖，又向独孤求败的石冢拜了几拜，掉首出谷。那神雕直送至谷口，一人一雕搂抱着亲热了一阵，这才依依而别。

那柄剑极是沉重，如系在腰间，腰带立即崩断。他在山边采了三条老藤，搓成一带，将重剑系了，负在背上，施展轻身功夫，直奔襄阳。

到得城外，天色未晚，心想日间行事不便，何况一晚没睡，精力不充，郭伯伯和郭伯母均是武学高手，此时必已康复，遇上了定有一番恶斗，当下在城外的坟场草丛中睡了几个时辰，然后调息运功，又采些野果饱餐了一顿，等到初更时分，来到襄阳城下。

襄阳城雄垣高，当日金轮法王、李莫愁等从城头跃下，尚须以人垫足，方免受伤，现下要从城墙脚攀上墙头，殊非易易。杨过在坟场中休息之时，早已想到了上城的法子，心想郭伯伯那“上天梯”的功夫我可不会，独孤前辈如何上那悬崖峭壁，我便如何爬上襄阳城头，走到东门旁僻静之处，眼见城头巡视的守兵走远，便跃起身来，挺重剑往城墙上奋力一刺。重剑虽无尖锋，但这一剑去势刚猛，那城墙以极厚的花冈石砌成，却听蓬的一声，应剑而破，裂出了一个碗口大的洞孔。杨过没料到随手一剑竟有这般威力，心中又惊又喜，二次跃上时左足踏入破洞，举手挺剑，在头顶的城墙上又刺了一孔，这次出手轻得多了，以免惊动城上守军。

如此逐步爬上，到最后数丈时，施展“壁虎游墙功”翻上了城头，躲在暗处。城墙内侧有石级可下，杨过待守军行开，一溜烟的飞奔而下，径向郭府而去。

他服食蛇胆后内力大增，同时身躯灵便，轻功也远胜往昔。但郭靖的武功实在非同小可，单是降龙十八掌的掌力就只怕天下无人能敌，再加上黄蓉的打狗棒法变化奥妙，自己所知者不过十之六七，因是半点也不敢大意，到了郭府门外，悄悄越墙而进。

绕过花园，即望见自己先前所住的居室，走到窗外一听，室中无人，轻轻推门，那门应手而开，便走进室中。

黑暗中隐约见到床帐桌椅与先前无异，床上衾枕却已收去。低身在床沿上一坐，想起自己一条大好的臂膀便是在这床上失去，忍不住又是伤感，又是愤怒。

他相貌俊俏，性格也颇风流自喜，虽对小龙女一往情深，从无他念，但许多少女见了他往往不由自主的为之钟情倾倒，如程英、陆无双、公孙绿萼等人或暗暗倾心，或坦率示意。此刻他手抚床边，想起自己已成残废，若再遇到这些多情少女，在她们眼中，自己势必成为可笑可怜之人，武功虽强，也不过是个惊世骇俗的怪物而已。思潮起伏，追念平生诸事，情不自禁的低声说道："只有姑姑，只有姑姑一人，别说我少了一臂，便是四肢齐折，她对我的心意也必毫无变异。"

正想到此处，忽听东面隐隐传来两人言语争执之声，听声音正是郭靖和黄蓉。杨过好奇心起，想听两人争些什么，寻声悄步，走到郭靖夫妇居室的窗下。

只听黄蓉大声说道："这两人明明是抱了襄儿前去绝情谷，想换解毒药物，你口口声声还说杨过是好人？这孩子生下不到一个时辰，便落入了他们手中，这时还有命么？"说到这里，语声呜咽，啜泣起来。

郭靖说道："过儿决不是这样的人。再说，他累次救我救你，咱们便拿襄儿换他一命，那也是心甘情愿。"黄蓉泣道："你情愿，我可不情愿……”

这时室中突然发出一阵婴儿啼哭，声音甚是洪亮。杨过大奇：“难道那小女孩已从李莫愁手中抢回来了？怎么她又说‘这时还有命么’？”屏住呼吸，凑眼到窗缝中张望，只见黄蓉手中果然抱着一个婴儿。那婴儿刚好脸向窗口，杨过瞧得明白，但见他方面大耳，皮色粗黑，脸上生满了细毛。那女婴郭襄他曾在怀中抱过良久，记得是白嫩娇小，眉目清秀，和这壮健肥硕的婴儿大不相同。黄蓉背向窗口，低声哄着婴儿，说道：“好好一对双胞胎，你快去给我找他姊姊回来。”杨过恍然大悟，才知黄蓉一胎生下了两个孩儿，先诞生的是女婴郭襄，其后又生一个男婴。当生这男婴之时，女婴已给小龙女抱走。

郭靖在室中踱来踱去，说道：“蓉儿，你平素极识大体，何以一牵涉到儿女之事，便这般瞧不破？眼下军务紧急，我怎能为了一个小女儿而离开襄阳？”黄蓉道：“我说我自己去找，你又不放我去。难道便让咱们的孩儿这样白白送命么？”郭靖道：“你身子还没复原，怎能去得？”黄蓉怒道：“做爹的不要女儿，做娘的苦命，那有什么法子？”

杨过在桃花岛上和他们相聚多年，见他们大如相敬相爱，从来没吵过半句，这时却见二人面红耳赤，言语各不相下，显然已为此事争执过多次。黄蓉又哭又说，郭靖绷紧了脸，在室中来回走个不停。

过了一会，郭靖说道：“这女孩儿就算找了回来，你待她仍如对待芙儿一般，娇纵得她无法无天，这样的女儿有不如无！”黄蓉大声道：“芙儿有什么不好了？她心疼妹子，出手重些，也是情理之常。倘若是我啊，杨过若不把女儿还我，我连他的左臂也砍了下来。”

郭靖大声喝道：“蓉儿，你说什么？”举手往桌上重重一击，砰的一声，木屑纷飞，一张坚实的红木桌子登时给他打塌了半边。那婴儿本来不住啼哭，给他这么一喝一击，竟然吓得不敢再哭。

便在此时，杨过突见西首窗下有个人影一晃，接着矮了身子，悄悄退开。杨过心想："原来除我之外，还有人在窗外偷听，却是谁了?"当下蹑足在那人之后，只见那人身形婀娜，正是郭芙。杨过心头火起："好啊！我正要找你!"突然身后一暗，房中灯火熄灭，听黄蓉气忿忿的道："你出去罢，别吓惊了孩儿!"

杨过知道郭靖就要出来，在他眼前可不易躲得过，当即钻到假山之后，快步绕到郭芙房外，一跃窜高，上了她房外那株大木笔花树，躲在枝叶之间。

过不多时，果见郭芙回到房中。只听得一个女子声音说道："已打过二更啦，姑娘请安睡罢!"郭芙哼了一声，道："我睡得着时自然会睡！你出去。"那女子应道："是。"只见一名丫鬟开门出来，带上房门，自行去了。

过了半晌，只听得郭芙幽幽的一声长叹，杨过心道："你还叹什么气？你断我一臂，我便也断你一臂，只不过好男不与女斗，此刻我下来伤你，虽然易如反掌，却不是大丈夫行径。"略一沉吟，已有计较："好，让我大声叫嚷，将郭伯伯叫来。我先将他打败，再处置他女儿。男儿汉光明磊落，再也无人能笑话我一句。"但转念又想："郭伯伯武功卓绝，我真能胜得了他么？只怕未必！那么此仇就此不报了?"念及断臂之恨，胸间热血潮涌，将心一横，正要从木笔花树上跳下，忽听得脚步声响，一人大踏步过来。

只见他脚步沉凝，身形端稳，正是郭靖。他走到女儿房外，伸指在门上轻轻一弹，说道："芙儿，你睡了么?"郭芙站了起来，道："爹，是你么?"声音微带颤抖。杨过心中一惊："莫非郭伯伯知我来此，特来保护女儿？好！我便先和你动手！打你不过，死在你手下便了。"

郭靖"嗯"了一声。郭芙将门打开，抬头向父亲望了一眼，随即低下了头。

李莫愁见黄蓉将棘藤缠了一道又是一道，在几株大树之间拉来扯去，密密层层的越缠越多，又见她脸带诡笑，似乎不怀好意，心中不禁有些发毛，说道：“够了！”

第二十七回

斗智斗力

郭靖走进房去带上了门，坐在床前椅上，半晌无言。两人僵了半天，郭靖才问：“这些时候你到哪里去啦？”郭芙道：“我……我伤了杨大哥，怕你责罚，因此……因此……”郭靖道：“因此出去躲避几天？”郭芙咬着嘴唇，点了点头。郭靖道：“你是等我怒气过了，这才回来？”

郭芙又点了点头，突然扑在他的怀里，道：“爹，你还生女儿的气么？”郭靖抚摸她的头发，低声道：“我没生气。我从来就没生气，只是为你伤心。”郭芙叫了声：“爹！”伏在他怀里，呜呜咽咽的哭了起来。

郭靖仰头望着屋顶，一声不响，待她哭声稍止，说道：“杨过的祖父铁心公，和你祖父啸天公是异姓骨肉，他的爹爹和你爹爹，也是结义兄弟，这你都是知道的。”郭芙“嗯”一声。郭靖又道：“杨过这孩子虽然行事任性些，却是一副侠义心肠，几次三番救过你爹娘的性命，也曾救过你。他年纪轻轻，但为国为民，已立下不小的功劳，你也是知道的。”郭芙听父亲的口气渐渐严厉，更是不敢接口。

郭靖站起身来，又道：“还有一件事，你却并不知道，今日也对你说了。过儿的父亲杨康，当年行止不谨，我是他义兄，没能好好劝他改过迁善，他终于惨死在嘉兴王铁枪庙中，虽然不是你母下手所害，他却是因你母而死，我郭家负他杨家实多……”

杨过听到“惨死在嘉兴王铁枪庙中”几字，那是第一次听到生父的死处，深藏心底的仇恨，猛地里又翻了上来，只听郭靖又道：“我本想将你许配于他，弥补我这件毕生之恨，岂知……岂知……唉！”

郭芙抬起头来，道：“爹，他掳我妹子，又说了许多胡言乱语，诽谤女儿。爹，他杨家虽然和我家有这许多瓜葛，难道女儿便这样任他欺侮，不能反抗？”

郭靖霍地站起，喝道：“明明是你斩断了他的手臂，他却怎样欺侮你了？他真要欺侮你，你便有十条臂膀，也都给他斩了。那柄剑呢？”郭芙不敢再说，从枕头底下取出淑女剑来。郭靖接在手里，轻轻一抖，剑刃发出一阵嗡嗡之声，凛然说道：“芙儿，人生天地之间，行事须当无愧于心。爹爹平时虽然对你严厉，但爱你之心，和你母亲并无二致。”说到最后几句话，语声转为柔和。郭芙低声道：“女儿知道。”

郭靖道：“好，你伸出右臂来。你斩断人家一臂，我也斩断你一臂。你爹爹一生正直，决不敢循私妄为，庇护女儿。”郭芙明知这一次父亲必有重责，但没料想到竟要斩断自己一条手臂，只吓得脸如土色，大叫：“爹爹！”郭靖铁青着脸，双目凝视着她。

杨过料想不到郭靖竟会如此重义，瞧了这般情景，只吓得一颗心突突乱跳，只想：“我要不要下去阻止？叫他饶了郭姑娘？”正自思念未定，郭靖长剑抖动，挥剑削下，剑到半空时微微一顿，跟着便即斩落。

突然呼的一声，窗中跃入一人，身法快捷无伦，人未至，棒先到，一棒便将郭靖长剑的去势封住，正是黄蓉。

她一言不发，刷刷刷连进三棒，都是打狗棒法中的绝招。一来她棒法精奥，二来郭靖出其不意，竟被她逼得向后退了两步。黄蓉叫道："芙儿还不快逃！"

郭芙的心思远没母亲灵敏，遭此大事，竟是吓得呆了，站着不动。黄蓉左手抱着婴孩，右手回棒一挑一带，卷起女儿身躯，从窗口直摔了出去，叫道："快回桃花岛去，请柯公公来向爹爹求情。"跟着转过竹棒，连用打狗棒法中的"缠""封"两诀，阻住郭靖去路，叫道："快走，快走！小红马在府门口。"

原来黄蓉素知丈夫为人正直，近于古板，又极重义气，这一次女儿闯下大祸，在外躲了多日回家，丈夫怒气不息，定要重罚，早已命人牵了小红马待在府门之外，马鞍上衣服银两，一应俱备，若是劝解得下，让丈夫将女儿责打一顿便此了事，那自是上上大吉，否则只好遣她远走高飞，待日子久了，再谋父女团聚。卧室中夫妻俩一场争吵，见他脸色不善，走向女儿卧房，心知凶多吉少，当即跟来，救了女儿的一条臂膀。凭她武功，原不足以阻住丈夫，但郭靖向来对她敬畏三分，又见她怀中抱着婴儿，总不成便施杀手夺路外闯，只这么略一耽搁，郭芙已奔出花园，到了府门之外。

杨过坐在木笔花树上，一切看在眼里，当郭芙从窗中掷出之时，若是伸剑下击，她焉能逃脱？但想她一家吵得天翻地覆，都是为我一人而起，这时乘人之危，实是下不了手。

只见黄蓉连进数招，又将郭靖逼得倒退两步，这时他已靠在床沿之上，无可再退。黄蓉突然叫道："接着！"将婴儿向丈夫抛去。郭靖一怔，伸左手接住了孩子。黄蓉垂下竹棒，走到丈夫身前，柔声道："靖哥哥，你便饶了芙儿罢！"郭靖摇头道："蓉儿，我何尝不深爱芙儿？但她做下这等事来，若不重处，于心何安？咱们又怎对得起过儿？唉，过儿断了一臂，无人照料，不知他这时生死如何？我……我真恨不得斩断了自己这条臂膀……"

杨过听他言辞真挚，不禁心中一酸，眼眶儿红了。

黄蓉道："连日四下里找寻，都没见到他的踪迹，若是有甚不测，必能发现端倪。过儿武功已不在你我之下，虽受重伤，必无大碍。"郭靖道："但愿如此。我去追芙儿回来，这事可不能如此了结。"黄蓉笑道："她早骑小红马出城去了，哪里还追得着？"郭靖道："这时三鼓未过，若无吕大人和我的令牌，黑夜中谁敢开城？"

黄蓉叹了口气，道："好罢，由得你便了！"伸手去接抱儿子郭破虏。郭靖将婴儿递了过去，脸有歉意，说道："蓉儿，是我对你不住。但芙儿受罚之后，虽然残废，只要她痛改前非，于她也未始没有好处……"

黄蓉点头道："那也说得是！"双手刚碰到儿子的襁褓，突然一沉，插到了郭靖胁下，使出家传"兰花拂穴手"绝技，在他左臂下"渊液穴"、右臂下"京门穴"同时一拂。这两处穴道都在手臂之下，以郭靖此时武功，黄蓉若非使诈，焉能拂他得着？但当她将儿子交与丈夫之时，已然安排了这后着。郭靖遇到妻子，当真是缚手缚脚，登时全身酸麻，倒在床上，动弹不得。

黄蓉抱起孩儿，替郭靖除去鞋袜外衣，将他好好放在床上，取枕头垫在后脑，让他睡得舒舒服服，然后从他腰间取出令牌。郭靖眼睁睁的瞧着，却是无法抗拒。

黄蓉又将儿子放在丈夫身畔，让他爷儿俩并头而卧，然后将棉被盖在二人身上，说道："靖哥哥，今日便暂且得罪一次，待我送芙儿出城，回来亲自做几个小菜，敬你三杯，向你赔罪。"说着福了一福，站起身来，在他脸颊上亲了一吻。

郭靖听在耳里，只觉妻子已是三个孩子的母亲，却是顽皮娇憨不减当年，眼睁睁的瞧着她抿嘴一笑，飘然出门，心想这两处穴道被拂中后，她若不回来解救，自己以内力冲穴，最快也得半个时辰方能解开，女儿是无论如何追不上了，这件事当真是哭笑不得。

黄蓉爱惜女儿，心想她孤身一人回桃花岛去，以她这样一个美貌少女，途中难免不遇凶险，于是回到卧室，取了桃花岛至宝软猬甲用包袱包了，挟在腋下，快步出府，展开轻功，顷刻之间赶到了南门。

只见郭芙骑在小红马上，正与城门守将大声吵闹。那守将说话极是谦敬，郭姑娘前、郭姑娘后的叫不绝口，但总说若无令牌，黑夜开城，那便有杀头之罪。

黄蓉心想这草包女儿一生在父母庇荫之下，从未经历过艰险，遇上了难题，不设法出奇制胜，一味发怒呼喝，却济得甚事？于是手持令牌，走上前去，说道："这是吕大人的令牌，你验过了罢。"

当时主持襄阳城防的是安抚使吕文德，虽然一切全仗郭靖指点，但郭靖是布衣客卿，诸般号令部署自凭吕文德的名衔发布。那守将见郭夫人亲来，又见令牌无误，忙陪笑开城，牵过自己坐骑，说道："郭夫人倘若用得着，请乘了小将这匹马去。"黄蓉道："好，我便借用一下。"郭芙见母亲到来，欢喜无限，母女俩并骑出城南行。

黄蓉舍不得就此和女儿分手，竟是越送越远。襄阳以北数百里几无人烟，襄阳以南却赖此重镇屏障，未遭蒙古大军蹂躏，虽然动乱不安，但民居一如其旧。母女俩行出二十余里，天色大明，已到了一个小市镇上，眼见赶早市的店铺已经开门。黄蓉道："芙儿，咱们同去吃点儿饮食，我便要回城去啦。"

郭芙含泪答应，心下好生后悔，实不该因一时之忿，斩断了杨过手臂，以致今日骨肉分离，独自冷清清的回桃花岛去，和一个瞎了眼睛的柯公公为伴，这日子只要想一想也就难挨了。但父亲举剑砍落的神情，此时念及兀自心有余悸，说什么也不敢回襄阳城去。

两人走进一家饭铺，叫了些熟牛肉、面饼，母女俩分手在即，谁也无心食用。黄蓉将软猬甲交给女儿，叫她晚间到了客店，便穿在身上，又反复叮咛，在道上须得留心这些、提防那些，但一时之间又怎说得了多少？眼见女儿口中只是答应，眼眶红红的楚楚可怜，平时爱娇活泼的模样一时尽失，心中更是不忍，一瞥眼见市镇西头一家糖食店前摆着一担苹果，鲜红肥大，心道："去买几个来让芙儿在道上吃，这便该分手啦。"说道："芙儿，你多吃几块面饼。便吃不下，也得勉强吃些，这兵荒马乱之际，前面也不知到哪里才有东西吃。我过去买点物事。"说着站起身来，走过十多家店面，到了那卖苹果的担子前。

她捡了十来个大红苹果放入怀中，顺手取了一钱银子，正要递给果贩，忽听得身后一个女子的声音说道："给秤二十斤白米，一斤盐，都放在这麻袋里。"

黄蓉听那女子话声清脆明亮，侧头斜望，见是个黄衣道姑站在一家粮食店前买物。这道姑左手抱着个婴儿，右手伸到怀中去取银两。婴儿身上的襁褓是湖绿色的缎子，绣着一只殷红的小马，正是黄蓉亲手所制。

她一见到这襁褓，登时心头大震，双手发颤，右手拿着的那块银子落入了箩筐。这婴儿若不是她亲生女儿郭襄，却又是谁？只见那道姑侧过半边脸来，容貌甚美，眉间眼角却隐隐含有煞气，腰间垂挂一根拂尘，自然便是江湖上大名鼎鼎的赤练仙子李莫愁了。黄蓉从未和这女魔头会过面，但这般装束相貌，除她之外更无别人。

黄蓉生下郭襄后，慌乱之际，模模糊糊的瞧过几眼，这时忍不住细看女儿，只见她眉目娇美，神姿秀丽，虽是个极幼的婴儿，但已是个美人胎子无疑，又见她小脸儿红红的，长得甚是壮健。她兄弟郭破虏虽吃母乳，还不及她这般肥白可爱。黄蓉又惊又喜，忍不住要流下泪来。

李莫愁付了银钱，取过麻袋，一手提了，便即出镇。

黄蓉见事机紧迫，不及去招呼郭芙，心想："襄儿既入她手，此人阴毒绝伦，若是强行抢夺，她必伤孩儿性命。"眼见她走出市梢，沿大路向西而行，于是不即不离的跟随在后，又想："她是过儿的师伯，虽听说他们相互不睦，但芙儿伤了过儿手臂，他们古墓派和我郭家已结上了深仇。倘若过儿和龙姑娘都在前面相候，我以一敌三，万难取胜，只有及早出手，方是上策。"眼见李莫愁折而向南，走进一座树林，当下展开轻功，快步从树旁绕了过去，赶在李莫愁的前头，突然窜出，迎面拦住。

李莫愁忽见身前出现一个美貌少妇，当即立定。黄蓉笑道："这位想必是赤练仙子李道长了，幸会幸会！"

李莫愁见她窜出时身法轻盈，实非平常之辈，又见她赤手空拳，腰带间插着一根淡黄色竹杖，一转念间，登时满脸堆欢，放下麻袋，裣衽施礼，说道："小妹久慕郭夫人大名，今日得见芳颜，实慰平生。"

当今武林之中，女流高手以黄蓉和李莫愁两人声名最响。清净散人孙不二成名虽早，武功远不及两人。小龙女则年纪幼小，霍都王了终南山古墓败归，小龙女始为人知，大胜关一战，更是名扬天下，但毕竟为时未久。黄李二人一个是东邪黄药帅娇女、大侠郭靖之妻、身任丐帮帮主二十余年；另一个以拂尘、银针、五毒神掌三绝技名满天下，江湖上闻而丧胆。此时两人初次见面，细看对方，均各暗自惊奇："原来她竟是如此的一个美貌女子！"心下都严加提防，都想对方既享大名，必有真实本领。

黄蓉笑道："道长之名，小妹一向是久仰的了。道长说话如何这般客气？"李莫愁道："郭夫人是天下第一大帮丐帮前任帮主，武林中群伦之首，小妹真是相见恨晚。"两人说了好些客套话。

黄蓉笑道："道长怀抱的这个婴儿，可爱得很啊，却不知是谁家的孩儿?”李莫愁道:“说来惭愧，郭夫人可莫见笑。”黄蓉道:“不敢。”心想眼下说到正题了，一说翻便得动手，心中筹思方策，如何在动手之前先将女儿抢过，却听李莫愁道:“也是我古墓派师门不幸，小妹无德，不能教诲师妹，这孩儿是我龙师妹的私生女儿。”

黄蓉大奇:“龙姑娘没有怀孕，怎会有私生女儿?这明明是我女儿，她当面谎言欺诈，是何用意?”她可不知李莫愁实非有心欺骗，只道这孩子真是杨过和小龙女所生。李莫愁心恨师父偏心，将古墓派的秘笈“玉女心经”单传于小师妹，这时黄蓉问及，便乘机败坏师妹的名声。黄蓉道:“龙姑娘看来贞淑端庄，原来有这等事，那倒令人猜想不到了。却不知这孩儿的父亲是谁?”

李莫愁道:“这孩儿的父亲么?说起来更是气人，却是我师妹的徒儿杨过。”

黄蓉虽然善于作伪，这时却也忍不住满脸红晕，心下大怒，暗道:“你把我女儿说成是龙姑娘私生，那也罢了，但说她父亲乃是杨过，岂非当面辱我?”但这怒色只在脸上一闪而过，随即平静如常，说道:“胡闹，胡闹，太不成话了。可是这女孩儿却真讨人喜欢，李道长，给我抱抱。”说着从怀中取出一个苹果，举在孩子面前，口中啜啜作声，逗那孩子，说道:“乖孩子，你的脸蛋儿可不像这苹果么?”

李莫愁自夺得郭襄后一直隐居深山，弄儿为乐，每日挤了豹乳喂饲婴儿。她一生作恶多端，却也不是天性歹毒，只是情场失意后愤世嫉俗，由恼恨伤痛而乖僻，更自乖僻变为狠戾残暴。郭襄娇美可爱，竟打动了她天生的母性，有时中夜自思，即使小龙女用“玉女心经”来换，也未必肯把郭襄交还。这时见黄蓉要抱孩子，便如做母亲的听到旁人称赞自己孩儿一般，颇以为喜，笑吟吟的递了过去。

黄蓉双手刚要碰到郭襄的襁褓，脸上忍不住流露出爱怜备至的神色，这慈母之情，说什么也是难以掩饰。她对这幼女日夜思想，只恐她已死于非命，这时得能亲手抱在怀中，如何不大喜若狂？

李莫愁陡见她神色有异，心中一动："她如只是喜爱小儿，随手抱她一抱，何必如此心神震荡？此中定然有诈。"猛地里双臂回收，右足点动，已向后跃出两丈开外。她双足落地，正要喝问，只见黄蓉已如影随形般窜来。李莫愁将负在肩头的麻袋一抖，袋中二十斤白米和一斤盐齐向黄蓉劈面打去。

黄蓉纵身跃起，白米和盐粒尽数从脚底飞过。李莫愁乘机又已纵后丈许，抽了拂尘在手，笑吟吟的道："郭夫人，你要助杨过抢这孩儿么？"黄蓉在这一窜一跃之间，已想到对方既已起疑，势难智取，只有用力强夺，当下也是笑嘻嘻的道："我不过见孩儿可爱，想要抱抱。你如此见外，未免太瞧人不起了。"

李莫愁道："郭大侠夫妇威名震于江湖，小妹一直钦佩得紧，今日得见施展身手，果然名下无虚。小妹此刻有事，便此拜别。"她生怕郭靖便在左近，胆先怯了，交代了这几句话，转身便走。

黄蓉一跃上前，身在半空，已抽了竹棒在手。丐帮世传的打狗棒她已传给了鲁有脚，现下随身所携的这条竹棒虽不如打狗棒坚韧，长短轻重却是一般无异，只是色作淡黄，以示与打狗棒有别。她不待身子落地，竹棒已使"缠"字诀掠到了李莫愁背后。

李莫愁心想我和你无怨无仇，今日初次见面，我说话客客气气，有甚得罪你处，何以毫没来由的便出兵刃打人？拂尘后挥，挡开竹棒，还了一招。

黄蓉的棒法快速无伦，六七招一过，李莫愁已感招架为难。她本身武功比之黄蓉原已稍逊，何况手抱孩儿，更是转动不灵。黄蓉挪动身形，绕着她东转西挡，竹棒抖动，顷刻间李莫愁已处下风。

又拆数招，李莫愁见她竹棒始终离开孩儿远远的，知她有所避忌，心想：“每次与人相斗，倒是抱着孩儿的占了便宜。”笑道：“郭夫人，你要考较小妹功夫，山高水长，尽有相见之日，何必定要今日过招？任谁一个失手，岂不伤了这可爱的孩儿？”

黄蓉心想：“她是当真不知这是我的女儿，还是装假？可须得先试她出来。”说道：“为了这孩儿，我已让了你十多招，你再不放下孩儿，我可不顾她死活了！”说着举棒向她右腿点去。李莫愁挥拂尘一挡，黄蓉竹棒不待与拂尘相交，已然挑起，蓦地戳向她左胸。这一戳又快又妙，棒端所指，正是郭襄小小的身体。

这一棒若是戳中了，便李莫愁也须受伤，郭襄受了更非立时丧命不可。黄蓉在这棒上控纵自如，棒端疾送，已点到了郭襄的襁褓，这一下看似险到了极处，但这打狗棒法在她手下使将出来，自是轻重远近，不失分毫。李莫愁哪知就里，眼见危急，忙向右闪避，自身不免就此露了破绽，啪的一下，左胫骨已被竹棒扫中，险些绊倒，向旁连跨两步，这才站定。她挥拂尘护住身前，转过头来，怒道：“郭夫人，你枉有侠名，却对这小小婴儿也施辣手，岂不可卑？”

黄蓉见她这番恼怒并非佯装，心下大喜，暗想：“你出力保护我的女儿，我偏要棒打亲女，吓你一跳。”微微一笑，说道：“道长既说这孩儿来历不明，留在世上作甚？”说着纵身而前，举棒疾攻，数招一过，郭襄又遇危险。她身在李莫愁怀中，颠簸起伏，甚不舒服，突然放声大哭起来。黄蓉暗叫：“乖女莫惊！我要救你，只得如此。”她虽心中怜惜，出手却越来越是凌厉，若非李莫愁奋力抗御，看来招招都能制郭襄的死命。李莫愁心神不定，急退数步，举拂尘护在郭襄身前，叫道：“郭夫人，你到底要怎地？”

黄蓉笑道：“当今女流英杰，武林中只称李道长和小妹二人。此刻有缘相逢，何不一分高下？”她这几棒毒打郭襄，已将李莫愁激得怒气勃发，心想：“你丈夫若来，我还忌他三分，凭你也不过是个女子，难道我便真怕了你?”当下哼了一声，道：“郭夫人有意赐教，正是求之不得。”黄蓉道：“你怀抱婴儿，我胜之不武，还是将她掷下，咱俩凭真功夫过招玩玩。”

李莫愁心想抱着婴儿决计非她敌手，施发毒针时也是诸多顾忌，心道：“江湖上多称郭靖夫妇仁义过人，但瞧她对一个婴儿也如此残忍，可见传闻言过其实。”游目四顾，见东首几株大树之间生着一片长草，颇为柔软，于是将郭襄抱去放在草上，轻轻拍了几下，又哄了几句，这才转身说道：“请发招罢。”

黄蓉与她拆了这十余招，知她武功比之自己也差不了多少，若此时将女儿抢在手中，她再上来缠斗，自己稍有疏虞，只怕便伤了女儿，只有先将她打死打伤，再抱回女儿，方无后患，这女子作恶多端，百死不足以蔽其辜，想到此处，心中已动了杀机。

李莫愁平素下手狠辣，无所不用其极，以己之心度人，见黄蓉眼角不断的向婴儿一望一瞥，心想：“她若打我不过，便会向孩儿突下毒手，分我心神。”是以站在郭襄身前，不容对方走近。

在这顷刻之间，黄蓉心中已想了七八条计策，每一计均有机可制李莫愁死命，但也均不免危及郭襄，寻思：“瞧这女魔头的神情，对我襄儿居然甚为爱惜，襄儿在她手中，纵然一时抢不回来，也无大碍，却不可冒险轻进，反使襄儿遭难。”心念一转，说道：“李道长，咱俩的武功相差不远，非片刻之间可分胜负，相斗之际若有虎狼之类出来吃了孩儿，岂不令人分心?不如先结果了这小鬼，咱们痛痛快快的打一架。”说着弯腰拾起一块小石子，放在中指上一弹，呼的一声，石子挟着破空之声急向郭襄飞去。

这一弹是她家传绝技“弹指神通”功夫，李莫愁曾见黄药师露过，知道劲力非同小可，忙举拂尘格开，喝道：“这小孩儿碍着你什么事了?何以几次三番要害她性命?”

黄蓉暗暗好笑，其实这颗石子弹出去时力道虽急，她手指上却早已使了回力，李莫愁便算不救，石子一碰到郭襄的身子立时便会斜飞，决不会损伤到她丝毫，当即笑道：“你对这孩儿如此牵肚挂肠，旁人不知，还道……还道是你的……哈哈……”李莫愁怒道：“难道是我的孩……”说到这“孩”字，突然住口，脸上一红，道：“是我什么？”黄蓉笑道：“你是道姑，自然不能有孩儿，旁人定要说这孩儿是你的妹子了。”李莫愁哼了一声，也不以为意，却不知黄蓉连口头上也不肯吃半点亏，说郭襄是她妹子，便是说郭靖和自己是她父母，讨她一个小小便宜，谁叫她适才说杨过是郭襄之父呢？

李莫愁道：“郭夫人这便请上罢！”黄蓉道：“你挂念着孩儿，动手时不能全神贯注，我纵然胜你，也无意味。这样罢，我割些棘藤将她围着，野兽便不能近前，咱俩再痛痛快快的打一架。”说着从腰间取出一柄金柄小佩刀，走到树丛中割了许多生满棘刺的长藤。

李莫愁严密监防，只怕黄蓉突然出手伤害孩子，只见她拉着棘藤，缠在孩子身周的几株大树之上，这么野兽固然伤害不了孩子，而郭襄幼小，还不会翻身，也不会滚到棘刺上去。她心想：“江湖上称道郭夫人多智，果然名不虚传。”见黄蓉将棘藤缠了一道又是一道，在几株大树间东拉来，西扯去，密密层层的越缠越多，又见她脸带诡笑，似乎不怀好意，心中不禁有些发毛，说道：“够了！”

黄蓉道：“好，你说够了，便够了！李道长，你见过我爹爹，是么？”李莫愁道：“是啊。”黄蓉道：“我曾听杨过说，你写过四句话讥嘲我爹爹，是不是？好像是什么‘桃花岛主，弟子众多，以五敌一，贻笑江湖’！”

李莫愁心中一凛：“啊，我当真胡涂了，早就该想到此事。她今日跟我缠个没了没完，原来是为了这四句话。”冷冷的道：“当日他们五个人对付我一个人，原是实情。”黄蓉道：“今日咱们以一敌一，却瞧是谁贻笑江湖?”李莫愁心头火起，喝道：“你也休得忒也托大，桃花岛的武功我见得多了，也不过如此而已，没什么了不起。”

黄蓉冷笑道：“哼哼！莫说桃花岛的武功，便算不是武功，你也未必对付得了。你有本事，便将那孩儿抱出来瞧瞧！”

李莫愁吃了一惊：“难道她已对孩儿施了毒手。”急忙纵身跃过一道棘藤，向左拐了个弯，见棘藤拦路，于是顺势向右转内，耳听得郭襄正自哇哇啼哭，稍觉放心，又向内转了几个弯，不知如何，竟然又转到了棘藤之外。她大惑不解，明明是一路转进，何以忽然转到了藤外?当下不及细想，双足点处，又向内跃去，只是地下棘藤一条条的横七竖八，五花八门，一个不小心，嗤的一声响，道袍的衣角给荆棘撕下了一块。这么一来，她不敢再行莽撞，待要瞧清楚如何落脚，突见黄蓉已站在棘藤之内，俯身抱起了孩儿。

她登时大惊失色，高声叫道：“放下了孩儿!”眼见一条条棘藤之间足可侧身通过，当即连续纵跃，跨过棘藤向黄蓉奔去，但这七八棵大树方圆不过数丈，竟是可望而不可即，她这般纵跃奔跑，似左实右，似前实后，几个转身，又已到棘藤圈之外。只见黄蓉放下孩儿，东一转，西一晃，轻巧自在的出了藤圈。

李莫愁猛地省悟，那晚与杨过、程英、陆无双等为敌，他们在茅屋外堆了一个个土墩，自己竟尔无法正面攻入，这时黄蓉用棘藤所围的，自也是桃花岛的九宫八卦神术了。她微一沉吟，心念已决：“只有先打退敌人，然后把棘藤一条条自外而内的移去，再抱婴儿。这时如莽撞乱闯，敌人占了阵图之利，自己非败不可。”一摆拂尘，窜出数丈，反而离得棘藤远远的，凝神待敌，竟没再将这回事放在心上。

黄蓉初时见她在棘藤圈中乱转，正自暗喜，忽见她纵身跃开，却也好生佩服：“这女魔头拿得起，放得下，决断好快。她得享大名，果非幸致，看来实是劲敌。”这时女儿已置于万无一失之地，心中再无牵挂，挥竹棒使招“按狗低头”，向李莫愁后颈捺落。李莫愁拂尘倒卷，缠向竹棒，刷的一声，帚丝直向黄蓉面门击来。两人以快打快，各展精妙招术，顷刻间已拆了数十招。

李莫愁功力深厚，拂尘上招数变化精微，但对方的打狗棒法实在奥妙无比，她勉力抵挡得数十招，已可说是武林中罕有之事，眼见竹棒平平淡淡的一下打来，到得身前，方向部位陡然大异，自知再斗下去，终将落败。这竹棒看来似乎并非杀人利器，但周身三十六大穴只要被棒端戳中一处，无一不致人死命。李莫愁奋力再招架了几棒，额头已然见汗，拂尘在身前连挥数下，攻出两招，足下疾向后退，说道：“郭夫人的棒法果然精妙，小妹甘拜下风。只是小妹有一事不解，却要请教。”黄蓉道：“不敢！”

李莫愁道：“这竹棒棒法乃九指神丐的绝技，桃花岛的武功倘然果真了得，郭夫人何以不学令尊的家传本事，却反而求诸外人？”黄蓉心想：“这人口齿好不厉害，她胜不了我的棒法，便想我舍长不用。”笑道：“你既知这棒法是九指神丐所传，那么也必知道棒法之名了。”李莫愁哼了一声，眉间煞气凝聚，却不答话。黄蓉笑道：“棒号打狗，见狗便打，事所必至，岂有他哉？”

李莫愁见不能激得她舍棒用掌，若与她作口舌之争，对方又伶牙俐齿，自己仍然是输，将拂尘在腰间一插，冷笑道：“天下的叫化儿个个唱惯莲花落，果然连帮主也是贫嘴滑舌之徒，领教了！”说着大踏步走到林边，在一个树墩上一坐。

她这么认输走开，黄蓉本是求之不得，但见她坐着不走，心念一转，已知其意，她实是舍不得襄儿，自己倘若去将女儿抱了出来，她必上来缠斗，这一来强弱之势倒转，那便大大不利，看来不将此人打死打伤，女儿纵入自己掌握，仍是无法平平安安的抱回家去。当下左走三步，右抢四步，斜行迂回，已抢到李莫愁身前，这几步看似轻描淡写，并无奇处，但中藏八卦变化，李莫愁不论向哪一个方位纵跃，都不能逃离她的截阻，跟着右手轻抖，竹棒已点向李莫愁左肘。

李莫愁举掌封格，喝道："自陈玄风、梅超风一死，黄药师果真已无传人。"她这话一来讥刺黄蓉只有北丐所传的打狗棒法可用，二来又耻笑黄药师收徒不谨。

黄蓉的家传"玉箫剑法"这时也已练得颇为精深，只是手中无剑，若是以棒作剑，兵刃不顺，便未必能胜眼前这个强敌，当下微微一笑，说道："我爹爹收了几个不肖徒儿，果然不妙，却哪及得李道长和龙姑娘师姊妹同气连枝，一般的端庄贞淑。"

李莫愁怒气上冲，袖口一挥，两枚冰魄银针向黄蓉小腹激射过去。她虽然杀人不眨眼，手段毒辣无比，却是个守身如玉的处女，她只道小龙女行止甚是不端，听黄蓉竟将自己与师妹相提并论，大怒之下，一出手便是最阴狠的暗器。

黄蓉这时和她站得甚近，闪避不及，急忙回转竹棒，一一拨开。若不是她的打狗棒法已练到化境，拨得开一枚，第二枚实难挡过。两枚银针从她脸前两寸之外飞掠而过，鼻中隐隐闻到一股药气，当真是险到了极处。黄蓉想起数年前爱雕的一足被这冰魄银针擦伤，医治了六七个月毒性方始去尽，一凛之下，又见双针迎面射来。

黄蓉向东斜闪，两枚银针挟着劲风从双耳之旁越过，心想："此处离襄儿太近，这毒针四下里乱飞激射，万一碰破她一点嫩皮，那可不得了！"当下疾奔向东，穿出林子。李莫愁随后追来，认定她除了棒法神妙之外，其余武功均不及自己，眼见她晃身出林，喝道："未分胜败，怎么便走了？"黄蓉转过身来，微微一笑。李莫愁道："郭夫人，你挡我银针，还是非用这竹棒不可么？"说着抢上几步。

黄蓉知道若不收起竹棒，她总是输得心不甘服，将竹棒往腰间一插，笑道："久闻李道长五毒神掌杀人无数，小妹便接你几掌。"

李莫愁一怔，心道："她明知我毒掌厉害，却仍要和我比掌，如此有恃无恐，只怕有诈。"但想她掌法纵然神妙，怎及自己的神掌沾身即毙，双掌一拍，内力已运至掌心，说道："愿领教桃花岛的落英神剑掌妙技。"眼见黄蓉右掌轻飘飘的拍来，当下左掌往她掌心按去，右掌跟着往她肩头击落。这两掌本已迅速沉猛，兼而有之，可是她右掌击出之际，同时更发出两枚银针，射向黄蓉胸腹之间。这掌中夹针的阴毒招数，是她离师门后自行所创，对方正全神提防她的毒掌，哪料得到她又会在如此近身之处突发暗器，不少武学名家便曾因此而丧生于毒针之下。

黄蓉缩回左掌，托向她右腕，化开了她右掌的扑击，右手缩入怀中，似乎也要掏摸暗器还敬，但终于迟了一步，她右手刚从怀中伸出，银针离她肋下已不及五寸，到此地步，纵有通天本领也已闪避不了。李莫愁心中大喜，只见银针透衣而没，射入了黄蓉身子。

黄蓉叫声："啊哟！"双手捧肚，弯下腰去，随即左掌拍出，击向李莫愁胸口。这一掌还是来得真快，李莫愁叫道："好！"上身后仰避开，双掌齐出，也拍向黄蓉胸口。

她知黄蓉中了这两枚银针之后，毒性迅即发作，这一招只求将她推开，与自己离得远远的，她自会毒发而死。却见黄蓉上身微微一动，并不招架，李莫愁心想："她中针之后，全身已麻痹了。"双掌刚沾上对方胸口衣襟，突然两只掌心都是一痛，似是击中了什么尖针。

她大惊之下，急忙后跃，举掌看时，只见每只掌心都刺破了一孔，孔周带着一圈黑血，显是为自己的冰魄银针所伤。她又惊又怒，不明缘由，却见黄蓉从怀中取出两只苹果，双手各持一只，笑吟吟的高高举起，每只苹果上都刺着一枚银针。李莫愁这才省悟，原来她怀中藏着苹果，先前自己发射暗器，她并不拨打闪避，却伸手入怀抓住苹果，对准银针的来路，收去了毒针，再诱使自己出掌击在苹果之上。

李莫愁本也是个绝顶聪明之人，但今日遇上了这个诡诈百出的对手，只有甘拜下风，忙伸手入怀去取解药，却听得风声飒然，黄蓉双掌已攻向她的面门。

李莫愁举左手一封，猛见黄蓉一只雪白的手掌五指分开，拂向自己右手手肘的“小海穴”，五指形如兰花，姿态曼妙难言。她心中一动：“莫非这是天下闻名的兰花拂穴手？”右手来不及去取解药，忙翻掌出怀，伸手往她手指上抓去。黄蓉右手缩回，左手化掌为指，又拂向她颈肩之交的“缺盆穴”。

李莫愁见她指化为掌，掌化为指，“落英神剑掌”与“兰花拂穴手”交互为用，当真是掌来时如落英缤纷，指拂处若春兰葳蕤，不但招招凌厉，而且丰姿端丽，不由得面若死灰，心道：“今日得见桃花岛神技，委实大非寻常，莫说我掌上已然中毒，便是安健如常，也不是她对手。”她急于脱身，以便取服解药，但黄蓉忽掌忽指，缠得她没半分余暇。那冰魄银针的毒性何等厉害，若不是她日常使用，体质习于毒性，那么这片时之间早已晕去了，但纵然如此，毒素自掌心逐步上行，只要行到心窝之间，终于也要不治。

黄蓉见她脸色苍白，出招越来越是软弱，知道只要再缠得少时，她便要支持不住，心想这女魔头作恶多端，今日毙于她自己的毒针之下，正好替武氏兄弟报了杀母之仇，当下步步进逼，手下毫不放松，同时守紧门户，防她临死之际突施反噬。

李莫愁先觉下臂酸麻，渐渐麻到了手肘，再拆数招，已麻到了腋窝，这时双臂僵直，已然不听使唤，只得叫道：“且慢！”向旁抢开两步，惨然道：“郭夫人，我平素杀人如麻，早就没想能活到今日。斗智斗力，我都远不如你，死在你的手下，实所甘服，但我斗胆求你一件事。”黄蓉道：“什么事？”双眼目不转瞬的瞪着她，防她施缓兵之计，伸手去取解药，然见她双臂下垂，已然弯不过来，听她说道：“我和师妹向来不睦，但那孩儿实在可爱，求你大发善心，好好照料，别伤了她的小命。”

黄蓉听她这几句话说得极是诚恳，不禁心中一动：“这魔头积恶如山，临死之际居然能真心爱我的女儿。”说道：“这女孩儿的父母并非寻常之辈，若是让她留在世上，不免使我一世操心，辛苦百端……”李莫愁怎听得出她言中之意，求道：“望你高抬贵手……”

黄蓉要再试她一试，走近前去，挥指先拂了她的穴道，从她怀中取出一个药瓶，问道：“这是你毒针的解药么？”李莫愁道：“是！”黄蓉道：“我不能两个人都饶了，若要我救你，须得杀那女孩儿。倘你自甘就死，我便饶那孩儿。”

李莫愁万想不到竟然尚有活命之机，只是叫黄蓉杀那女孩固然说不出口，以自己性命换得女孩活命，却也不愿，只见黄蓉从小瓶中倒出一粒解药，两根手指拈住了轻轻晃动，只等自己回答，颤声道：“我……我……”

黄蓉心想：“她迟疑了这么久，实已不易。不管她如何回答，单凭这一念之善，我便须饶她一命。她满身血债，将来自有人找她报仇。”于是拦住她话头，笑道：“李道长，多谢你对我襄儿如此关怀。”

李莫愁愕然道：“什么？”黄蓉笑道：“这女孩儿姓郭名襄，是郭靖郭爷和我的女儿，生下不久便落入了龙姑娘手中，不知你怎地竟会起了这个误会。承你养育多日，小妹感谢不尽。”说着裣衽行了一礼，将一粒解药塞入她的口中，问道：“够了么？”李莫愁茫然道：“我中毒已深，须得连服三粒。”黄蓉道：“好！”又喂了她两粒，心想这解药或有后用，却不还她，将药瓶放入了怀中，笑道：“三个时辰之后，你穴道自解。”

她快步回入树林，心想："耽搁了这多时，不知芙儿走了没有？若能让她姊妹俩见上一面，大是佳事。"转入棘藤圈中，一瞥之下，不由得如入冰窖，全身都凉了。

那棘藤圈丝毫无异，郭襄却已影踪不见。黄蓉心中怦怦乱跳，饶是她智计无双，这时也慌得没做手脚处。她定了定神，心道："莫慌，莫慌，我和李莫愁出林相斗，并无多时，襄儿给人抱去，定走不远。"攀到林中最高一株树上四下眺望。襄阳城郊地势平坦，这一眼望去足足有十余里，竟没见到丝毫可疑的事物，此时蒙古大军甫退，路上绝无行人，只要有一人一骑走动，虽远必见。

黄蓉心想："此人既未远去，必在近处。"于是细寻棘藤圈附近有无留下足印之类。只见一条条棘藤绝无曾被碰动搬移之迹，决非什么野兽冲入将孩儿衔去，寻思："我这些棘藤按九宫八卦方位而布，那是我爹爹自创的奇门之术，世上除桃花岛弟子之外，再也无人识得，虽是金轮法王这等才智之士，也不能在这棘藤之间来去自如，难道竟是爹爹到了？……啊哟，不好！"

猛地想起，数月前与金轮法王邂逅相遇，危急中布下乱石阵抵挡，当时杨过来救，曾将阵法的大要说了给他知晓，此人聪明无比，举一反三，虽不能就此精通奇门之术，但棘藤匆匆布就，破解并不甚难。她一想到杨过，脑中一晕，不由得更增了几分忧心，暗道："芙儿断他一臂，他和我郭家更是结下了深仇，襄儿落入此人手中，这条小命算是完啦。他也不用下手相害，只须随手将她在荒野中一抛，这婴儿哪里还有命在？"想起这女孩儿出世没有几天，便如此的多灾多难，竟怔怔的掉下泪来。

但她多历变故，才智绝伦，又岂是徒自伤心的寻常女子？微一沉吟，随即擦干眼泪，追寻杨过的去路。但说也奇怪，附近竟找不出他半个足印，心下大奇："他便是轻功练到了绝顶，这软泥之上也必会有浅浅的足印，难道他竟是在空中飞行的么？"

她这一下猜测果然不错，郭襄确是给杨过抱去的，而他出入棘圈，确也是从空飞行来去。

那天晚间杨过在窗外见黄蓉点了郭靖穴道，放走女儿，他便从原路出城，远远跟随，心道："郭伯母，你女儿欠我一条臂膀，你丈夫斩不了，便让我来斩。你在明，我在暗，你想永世保住女儿这条右臂，只怕也不怎么容易。"

黄蓉与女儿分离在即，心中难过，没留意到身后有人跟踪。此后她在小市镇上与李莫愁相遇、两人相斗等情，杨过在林外都瞧得清清楚楚。待得两人出林，他便跃上高树，扯了三条长藤并在一起，一端缚在树上，另一端左手拉住了，自空纵入棘圈，双足夹住郭襄腰间，左手使劲一扯，身子便已荡出棘圈。眼见黄蓉与李莫愁兀自在掌来指往的相斗，便在树梢上纵跃出林，落地后奔跑更速，片刻间回到了市镇。只见郭芙站在街头，牵着小红马东张西望，等候母亲回来，杨过双足一点，身子从丈许外远处跃上了红马。

郭芙吃了一惊，回过头来，见骑在马背的竟是杨过，心中腾的一跳，"啊"的一声叫了出来，急忙拔剑在手。小龙女的淑女剑虽利，她自是不愿使用，手中所持，仍是常用的那柄利剑。

杨过见她脸色苍白，目光中尽是惧色，他此时若要斩断她右臂，实是易如反掌，但事到临头，竟然下不了手，哼的一声，挥出右臂，空袖子已裹住了她长剑，向外甩出。郭芙哪里还拿捏得住，长剑脱手，直撞向墙角。杨过左手抢过马缰，双腿一夹，小红马向前急冲，绝尘而去。郭芙只吓得手足酸软，慢慢走到墙角拾起长剑，剑身在墙角上猛力碰撞，竟已弯得便如一把曲尺。

以柔物施展刚劲，原是古墓派武功的精要所在，李莫愁使拂尘、小龙女使绸带，皆是这门功夫。杨过此时内劲既强，袖子一拂，实不下于钢鞭巨杵之撞击。

杨过抱了郭襄，骑着汗血宝马向北疾驰，不多时便已掠过襄阳，奔行了数十里，因此黄蓉虽攀上树顶极目远眺，却瞧不见他的踪影。

杨过骑在马上，眼见道旁树木如飞般向后倒退，俯首看看怀中的郭襄，见她睡得正沉，一张小脸秀美娇嫩，心道："郭伯伯、郭伯母这个小女儿，我总是不还他们了，也算报了我这断臂之仇。他们这时心中的难过懊丧，只怕尤胜于我。"奔了一阵，转念又想："杨过啊杨过，是不是你天生的风流性儿作祟，见了郭芙这美貌少女，天大的仇怨也抛到了脑后？倘若斩断你手臂的是个男人，你今日难道也肯饶了他？"想了半日，只好摇头苦笑。他对自己激烈易变的性格非但管制不住，甚且自己也难以明白。

行出二百里后，沿途渐有人烟，一路上向农家讨些羊乳牛乳喂郭襄吃了，决意回古墓去找小龙女，不数日间已到了终南山下。

回尘旧事，感慨无已，纵马上山，觅路来到古墓之前。"活死人墓"的大石碑巍然耸立，与前无异，墓门却已在李莫愁攻入时封闭，若要进墓，只有钻过水溪及地底潜流，从密道进去。凭他这时内功修为，穿越密道自是绝不费力，然而如何处置郭襄却大为踌躇，这小小婴儿一入水底，必死无疑，但想到小龙女多半便在墓中，进去即可与她相见，哪里还能按捺得住？于是从口袋里取些饼饵嚼得烂了，喂了郭襄几口，在古墓旁找了个山洞，将她放在洞内，拔些荆棘柴草堆在洞口，心想不论在墓中是否能与小龙女相见，都要立即回出，设法安置婴儿。

堆好荆棘，绕过古墓向后走去，忽听得远处隐隐有兵刃相交之声，瞧方向正是重阳宫的所在，微一迟疑间，突见一只银色轮子发出呜呜声响，激飞上天，正是金轮法王的兵刃。他好奇心起，循声赶到重阳宫后玉虚洞前。便在此时，小龙女身受全真五子一招"七星聚会"和金轮法王轮子的前后夹击，身受重伤。

杨过若是早到片刻，便能救得此厄。但天道不测，世事难言，一切岂能尽如人意？人世间悲欢离合，祸福荣辱，往往便只差于厘毫之间！

全真五子乍见杨过到来，均知此事纠葛更多。丘处机大声道："我重阳宫清修之地，今日各位来此骚扰，却是为何？"王处一更是怒容满面，喝道："龙姑娘，你古墓派和我全真教虽有梁子，双方自行了断便是，何以约了西域胡人、诸般邪魔外道，害死我这许多教下弟子？"小龙女重伤之余，哪里还能分辩是非，和他们作口舌之争？全真教下诸弟子见她剑刺尹志平，又伤赵志敬，不论是尹派赵派，尽数拿她当作敌人，当此纷扰之际，更是无人出来说明真相。

杨过伸左臂轻轻扶着小龙女的腰，柔声道："姑姑，我和你回古墓去，别理会这些人啦！"小龙女道："你的手臂还痛不痛？"杨过笑着摇了摇头，道："早就好啦。"小龙女道："你身上情花的毒没发作么？"杨过道："有时发作几次，也不怎么厉害。"

赵志敬自给小龙女刺伤之后，一直躲在后面，不敢出头，待见全真五子破关而出，心知众师长查究起来，自己掌教之位固然落空，还得身受严刑。他本来也不过是生性暴躁，器量褊狭，原非大奸大恶之人，只是自忖武功于第三代弟子中算得第一，这掌教之位却落于尹志平身上，心下愤愤不平，就此一念之差，终于陷溺日深，不可自拔。此时暗想眼下的局面决不能任其宁定，只有搅他个天翻地覆，五位师长是非难分，方有从中取巧之机，如能假手于金轮法王和一众蒙古武士将全真五子除了，更是一劳永逸；眼见杨过失了右臂，左手又扶着小龙女，几乎已成束手待毙的情势，他生平最憎恨之人，便是这个叛门辱师的弟子，这时有此良机，哪肯放过？向身旁的鹿清笃使了个眼色，大声喝道："逆徒杨过，两位祖师爷跟你说话，你不跪下磕头，竟敢倨傲不理？”

杨过回头来，眼光中充满了怨毒，心道：“姑姑伤在你全真教一般臭道士之下，今日暂且不理，日后再来跟你们算账。”向群道狠狠的扫了一眼，扶着小龙女，移步便行。

赵志敬喝道：“上罢！”与鹿清笃两人双剑齐出，向杨过右胁刺去。赵志敬先前虽然身遭剑刺，但伤势不重，这一剑刺向杨过断臂之处，看准了他不能还手，剑挟劲风，实是使上了毕生的修为劲力。

丘处机虽不满杨过狂妄任性，目无尊长，但想起郭靖的重托，又想起和他父亲杨康昔日的师徒之情，喝道：“志敬，剑下留情！”

那一边马光佐更高声叫骂起来：“牛鼻子要脸么？刺人家的断臂！”他和杨过最合得来，眼见他遇险，便要冲上来解救，苦于相距过远，出手不及。

突见灰影一闪，鹿清笃那高大肥胖的身子飞将起来，哇哇大叫，砰的一声，正好撞在尼摩星身上。凭着尼摩星的武功，这一下虽是出其不意，也决不能撞得着他，但他双腿断了，两只手都撑着拐杖，既不能伸手推挡，纵跃闪避又不灵便，登时撞个正着，仰天一交摔倒。尼摩星背脊在地下一靠，立即弹起，一拐杖打在鹿清笃背上，登时将他打得晕了过去。

这一边杨过却已伸右足踏住了赵志敬的长剑，赵志敬用力抽拔，脸孔涨得通红，长剑竟是纹丝不动。

原来当双剑刺到之时，杨过右手空袖猛地拂起，一股巨力将鹿清笃摔了出去。赵志敬陡然感到袖力沉猛，忙使个“千斤坠”，身子牢牢定住。但这一来，长剑势须低垂，杨过起脚下落，已将剑刃踏在足底。他在山洪之中练剑，水力虽强亦冲他不倒，这时一足踏定，当真是如岳之镇，赵志敬猛力拔夺，哪里夺得出分毫？

杨过冷冷的道：“赵道长，当时在大胜关郭大侠跟前，你已明言非我之师，今日何以又提师承之说？也罢，瞧在从前叫过你几声师父的份上，让你去罢！”说完这句话，右足丝毫不动，足底的劲力却突然间消除得无影无踪。

赵志敬正运强力向后拉夺，手中猛地一空，长剑急回，嘭的一响，剑柄重重撞在胸口，正与他猛力以剑柄击打自己无疑。这一击若是敌人运劲打来，他即使抵挡不住，也必以内力相抗，现下自行撞击，那是半点也无抗力，但觉胸口剧痛，一口鲜血喷将出来，眼前一黑，仰天跌倒。

王处一和刘处玄双剑出鞘，分自左右刺向杨过，突然一个人影自斜刺里冲至，当的一声，两柄长剑荡了开去。这人正是尼摩星，他给鹿清笃撞得摔了一交，虽然打倒鹿清笃，但心头恶气未出。推寻原由，全是杨过之故，当下抡杖跃到，左手拐杖架开了王刘二道长剑，右手拐杖便向杨过和小龙女头顶猛击下去。

杨过心知尼摩星的武功了得，单用一只空袖，只怕拂不开他刚柔并济的一击，这时小龙女全身无力，正软软的靠在他身上，于是身子左斜，右手空袖横挥，卷住了小龙女的纤腰，让她靠在自己前胸右侧，左手抽出背负的玄铁重剑，顺手挥出。噗的一声，响声又沉又闷，便如木棍击打败革，尼摩星右手虎口爆裂，一条黑影冲天而起，却是铁杖向上激飞。这铁杖也有十来斤重，向天空竟高飞二十余丈，直落到了玉虚洞山后。

杨过首次以剑魔独孤求败的重剑临敌，竟有如斯威力，也不禁暗自骇然。

尼摩星半边身子酸麻，一条右臂震得全无知觉，但他生性悍勇无比，大吼一声，左手铁杖在地下一撑，跃高丈余，跟着劈了下来。杨过心想我剑上刚力已然试过，再来试试柔力，重剑剑尖抖处，已将铁拐黏住，这时只要内力吐出，便能将尼摩星掷出数丈之外，若是摔向山壁，更非撞得他筋断骨折不可。他见小龙女如此伤重，满心怨苦，这一下出手原是决不容情。正当臂上内力将吐未吐之际，只见尼摩星身在半空，双腿齐膝断绝，猛想起自己也断了一臂，不禁起了同病相怜之意，当下重剑不向上扬，反手下压，那铁拐笔直向下戳落，尘土飞扬，大半截戳入了土内。

尼摩星握着铁拐，想要运劲拔起，但右臂经那重剑一黏一压，竟如被人点了穴道一般，半点使不出劲来。杨过道："今日饶你一命，快快回天竺去罢。"尼摩星脸如死灰，僵在当地，说不出话来。

潇湘子和尹克西虽见变出意外，却哪猜得到在这一个多月之内杨过已是功力大进，还道尼摩星断腿后变得极不济事。尹克西抢上几步，拔起铁拐，递在尼摩星手中。尼摩星接了，在地下一撑，想要远跃离开，岂知手臂麻软未复，一撑之下，竟然咕咚摔倒。

潇湘子向来幸灾乐祸，只要旁人倒霉，不论是友是敌，都觉欢喜，心想："天竺矮子向来好生自负，对我不服，这就可算是完了。眼下高手毕集，快抢先擒了杨过，那正是扬名立威的良机。"纵身而出，喝道："杨过小子，数次坏了王爷大事，快随老子走罢！"

杨过心想："姑姑伤重，须得及早救治，偏生眼前强敌甚多，不下杀手，难以脱身。"低声问小龙女道："痛得厉害吗？"小龙女道："你抱着我，我……我好欢喜。"

杨过抬起头来，向潇湘子道："上罢！"玄铁剑指向他腰间，剑头离他身子约有二尺，稳稳平持。潇湘子见这剑粗大黝黑，钝头无锋，倒似是一条顽铁，心想："这小子剑法迅捷，灵动变幻，果然了得，可是拿了这根铁条，剑法再快也必有限。"说道："哪儿去捡来了这根通火棒儿？"说着便挥纯钢哭丧棒往重剑上击去。

杨过持剑不动，内劲传到剑上，只听得噗的一声闷响，剑棒相交，哭丧棒登时断成七八截，四下飞散。潇湘子大叫："不好！"向后急退。杨过玄铁剑伸出，左击一剑，右击一剑，潇湘子双臂齐折。

杨过连败鹿清笃、赵志敬、尼摩星三人，玉虚洞前众人已是群情耸动，这次他身不动，臂不抬，纯以内力震断潇湘子的兵刃，众人更是不明所以，相顾骇然，均想："这人的武功当真邪门！"

尹克西是西域大贾，善于鉴别宝物，眼见杨过以重剑震飞尼摩星的铁拐，已然暗暗吃惊："此剑如此威猛，大非寻常，剑身深黑之中隐隐透出红光，莫非竟是以玄铁制成？这玄铁乃天下至宝，便是要得一两也是绝难，寻常刀枪剑戟之中，只要加入半两数钱，凡铁立成利器。他却从哪里觅得这许多玄铁？再说，这剑倘若真是通体玄铁，岂非重达四五十斤，又如何使得灵便？"其实这剑共重八八六十四斤，若非如此沉重，杨过内力虽强，也不能发出如许威力。待见潇湘子的哭丧棒断得七零八落，尹克西更知此剑定是神品。他为人尚无重大过恶，只是自小便做珠宝买卖，一见奇珍异宝，心中便是奇痒难搔，或买或骗，或抢或偷，说什么也要得之而后快。这时见了杨过的重剑，贪念大炽，当即纵身而出，金龙鞭一抖，便往他剑上卷去。

杨过与他在绝情谷同进同出，见他成日笑嘻嘻的甚是随和客气，对他一直不存敌意，眼见金龙鞭卷到，鞭上珠光宝气，镶满了宝石、金刚钻、白玉之属，当下让玄铁剑由他软鞭卷住，说道："尹兄，我和你素无过节，快快撤鞭让路。你这条软鞭上宝贝不少，损坏了有些可惜。"尹克西笑道："是么？"运劲便夺，杨过端凝屹立，却哪里撼动得他分毫？

这时尹克西站得近了，看得分明，这剑果是玄铁所铸，金刚钻是天下至坚之物，不论与任何硬物相擦，均能划破对方而己身无损，但金龙鞭鞭梢所镶的大钻在玄铁剑上划过，剑身竟连细纹也不起一条。心头火热，知道对方武功厉害，若非出奇制胜，难夺此剑，便笑嘻嘻的道："杨兄功夫精进若斯，可喜可贺，小弟甘拜下风。”口中说着客套话，左腕一翻，突然寒光闪动，左手中已多了一柄匕首，猛地探臂，向小龙女胸口直扎过去。

他这一下倒也不是想伤小龙女性命，只是知道杨过对小龙女情切关怀，见她有难，定然舍命救援，那么自己声东击西，便能夺到了宝剑。杨过见状，果然一惊。尹克西喝道：“撒剑！”全身之力都运到右臂之上，拉鞭夺剑。

他这一声：“撒剑！”杨过当真依言撒手，挺剑送出。剑长匕短，重剑隔在三人之间，匕首便扎不到小龙女身上。但杨过情急之下，力道使得极猛，连剑带鞭的直撞了过去。尹克西明知此剑甚重，早有提防，却万想不到来势竟是如此猛烈，眼见闪避不及，急运内力，双掌疾推，砰的一声猛响，登时连退了五六步，才勉强拿桩站定，脸如金纸，嘴角边虽犹带笑容，却是凄惨之意远胜于欢愉，顷刻间只感五脏六腑都似翻转了，站在当地，既不敢运气，也不敢移动半步，便如僵了一般。

杨过走近身去，伸手接过玄铁剑，轻轻一抖，只听得丁丁东东一阵响过，阳光照射之下，宝光耀眼，金银珠宝散了满地，一条镶满珠宝的金龙软鞭已震成碎块。

杨过叫道：“金轮法王，咱们的账是今日算呢，还是留待异日？”

金轮法王见他连败尼摩星、潇湘子、尹克西三大高手，都是一招之间便伤了对手，这少年何以武功大进，实是不可思议。自己上前动手，虽决不致如那三人这般不济，但要取胜，只怕也是不易，可是此刻各路英雄聚会，给他一吓便走，颜面何存？心想：“他断了一臂，左手虽然厉害，右侧定有破绽，我专向他右边攻击，韧战久斗。他顾着小龙女的伤势，时候拖长了，心神定然不宁。”于是整一整袍袖，金银铜铁铅五轮一齐拿在手中，心知今日这一战实是生死荣辱的关头，丝毫大意不得，神色之间却仍似漫不在乎，缓步而出，笑道：“杨兄弟，恭喜你又有异遇，得了这柄威猛绝伦的神剑啊！你这件希奇古怪的法宝，只怕老衲也对付不了。”他既无胜算，便先行自留地步，极力赞誉玄铁重剑，要令旁人觉得，这少年不过运气好，得了一件神异的兵刃而已。

小龙女偎倚在杨过怀中，迷迷糊糊间见金轮法王持轮而上，心想凭杨过一人之力，决计敌他不过，低声道：“过儿，你给我找一把剑，咱们……咱们……一起……一起使玉女素心剑法除他。”杨过胸口一酸，低声道：“姑姑你放心，过儿一人对付得了。”小龙女向左挪移，要尽量遮在杨过身前，替他多挡些灾难。杨过又是感激，又是欢喜，大声道：“姑姑，咱俩今日一起力战群魔，人生至此，更无余憾。”玄铁剑向前直指。

法王不敢与他正面力拼，纵跃退后，立时呜呜声响，一只灰扑扑的铅轮飞掷过去。杨过举剑便削，铅轮却绕过他身后，回向法王，这一下竟没削中。只听得呜呜、嗡嗡、轰轰之声大作，金光闪闪，银光烁烁，五只轮子从五个不同方位飞袭过来。

杨过生怕牵动小龙女的伤势，凝立不动。法王五轮齐出，只是佯攻，旨在试探，五轮在二人身旁绕了个圈子，重行飞回。他见杨过并不举剑追击，已明其意，心下暗喜：“你不敢移动身子，加重小龙女伤势，处境之劣，无以复加。我纵跃远攻，已立于不败之地。”对方既断一臂，又要保护伤者，按照法王的身份原不能如此相斗，但他知道今日良机再难相逢，小龙女若是伤愈，他二人联手固是对付不了，便算小龙女重伤而死，杨过少了牵制，自己也未必能是敌手，只有今日乘势一举而毙，方无后患，至于是否公平，却顾不得这许多了。

这情势旁观众人也都瞧得明白，都觉法王太也不够光明。马光佐大叫：“大和尚，你是英雄，还是混蛋?”

法王只作没听见，五轮连续掷出，连续飞回，仍是绕着杨过和小龙女兜个圈子，又伸手接住。五只轮子忽高忽低，或正或斜，所发声音也是有轻有响，旁观众人均给扰得眼花缭乱，心神不定。突然之间，马光佐“啊”的一声大呼，却是铜轮斜里飞来，猛地转弯，从他头顶掠过，将他头皮削去了一片，头皮连着一丛头发，血淋淋的掉在地下。马光佐捧头大骂，却也不敢扑上去厮打。

杨过眼见小龙女伤重，多挨得一刻，便少了一分救治机会，心中暗暗焦急。法王叫道：“小心了！”蓦然间五轮归一，并排向二人撞去，势若五牛冲阵。杨过全身劲力也都贯到了左臂之上，剑尖颤动，当当当三响，挑开了金铜铁三轮，跟着挥剑下击。众人眼前一耀，地下灰尘腾起，银轮和铅轮都已从中劈开，掉在地下。

法王大声酣呼，飞步抢上，左手在铜轮上一拨，抓住金铁两轮，向杨过头顶猛砸。杨过径不招架，玄铁剑当胸疾刺，剑长轮短，轮子尚未砸到杨过头顶，剑头距法王胸口已不到半尺。法王立时后退，上前固然迅疾，退后也是快速无伦，也不见他如何跨步，已向左后侧斜退数尺，在这倏忽之间直趋斜退，确是武林中罕见的功夫。旁观众人目眩神驰，忍不住大声喝采：“好！”

玄铁剑一送即收，杨过回剑向后，当的一响，已将背后袭来的铜轮劈为两半，铜轮尚未分开落地，剑锋横挥，两半片铜轮从中截断，分为四块。玄铁剑虽然剑刃无锋，但他运上内力，竟是无坚不摧。众人见了法王的绝顶轻功，还喝得出一声采，待见到他这神剑奇威，都是惊得寂然无声。

霎时之间，法王的轮子五毁其三，但他全不气馁，舞动金铁双轮，奋勇抢攻。杨过挺剑刺出，法王侧身拗步，避剑还轮，这时轮子不再脱手，虽然无法远攻，却比遥掷坚实得多。只见他绕着杨龙二人，左攻右拒，纵跃酣斗，双轮跳荡灵动，呜呜响声不绝。杨过的玄铁剑却似使得颇为涩滞。但不论法王如何变招，始终欺不近杨龙二人三步之内。堪堪斗了四五十招，法王双轮归一，合并了向小龙女砸去。杨过玄铁剑刺出，嗒的一声轻响，已抵在金轮边上，两股内力自两件兵刃上传了出来，互相激荡，霎时之间两人僵持不动。

杨过只觉对方冲撞而来的劲力绵绵不绝，越来越强，暗自骇异："此人内力竟然如此深厚。"又想："既至互拼内力，玄铁剑上的威势便无法施展，这贼秃练功时日久长，功力深厚，为时一久，必占上风。且引他近身，用袖子出其不意的拂他面门。"于是左臂缓缓退缩，两人原本相距五尺有余，渐渐的相距五尺而四尺半，四尺半而四尺。

法王的弟子达尔巴和霍都一直守在师父身旁，眼见师父渐占优势，心中大喜，向前走近几步。达尔巴关怀师父的安危，又盼师父别伤了转世投胎的"大师兄"。霍都却是想暗算杨过。他挥动折扇，似是取凉，其实要俟机发射扇中暗器。

丘处机与王处一见他目光闪烁的缓步上前，便知他要出手助师，二人对望一眼，均想："杨过虽与我教为敌，但大丈夫光明磊落，是输是赢，当凭真实本事取决。终南山岂容奸徒猖狂？"两人各挺长剑，踏上一步，一齐瞪住了霍都。丘王二道这时须发俱白，但久习玄功，满面红光，两柄长剑青光如虹，自有一股凛凛之威，镇慑得霍都不敢妄动。

这时杨过左臂渐渐缩后，相距法王已不过三尺，心想："这和尚只要再向前半尺，我右手袖子拂将出去，虽不能制他死命，也要打得他头昏眼花。"法王见他右肩忽然微动，已知其意，心想："你手臂虽断，衣袖尚在，劲力运将上去，也是一件如同软鞭般的利器。我将计就计，拼着受你这一拂，当你挥袖之时，左臂力道必减，那时我乘势全力猛攻，却要你身受重伤。"

小龙女靠在杨过身上，一直迷迷糊糊，杨过催动内力，血行加速，全身越来越热。小龙女觉到他脸上发出热气，睁开眼来，见他额角渗出汗珠，于是伸袖轻轻抹拭，替他抹了几下，见他神色郑重，双目向前直视，便顺着他目光转头瞧去，不禁一惊，原来法王一对铜铃般的眼睛睁得大大的，就在面前。但见这双眼中凶光毕露，忙闭上眼睛，待得再次睁开，法王的眼睛又近了些。小龙女与意中人相偎相倚，偏有这么一双恶狠狠的眼睛在旁瞪视，实在讨厌。她这时没想到法王正与杨过拼斗，只知这和尚是个大恶人，又不愿他在这时来打扰自己甜蜜的时光，当下伸手入怀，取出一枚玉蜂金针，缓缓往法王的左眼中刺去。

别说金针之上喂有剧毒，便是一枚平常的绣花针刺入了眼珠，眼睛也是立瞎。总算小龙女这时只要这对讨厌的大眼移开，没想到发射暗器，而重伤之余，伸手出去时也是软弱无力，去势甚是缓慢。

但法王和杨过正自僵持，已至十分紧急的当口，任谁稍有移动，都要立吃大亏。小龙女那金针缓缓刺将过去，法王竟是半点也抗拒不得。眼见金针越移越近，自两尺而一尺，自一尺而半尺，法王大叫一声，双轮向前力送，一个筋斗向后翻出，可是玄铁剑上那股威猛之极的劲力毕竟还是不能尽数卸去。他刚站定脚步，身子一晃，便坐倒在地。达尔巴和霍都齐叫："师父！"抢上去伸手相扶。

杨过连劈两剑，将金轮铁轮又劈成两半，跟着踏上两步，挥剑向法王头顶斩落。法王岔了内息，惟觉郁闷欲死，委顿在地，全无抗拒之力。达尔巴举起黄金杵，霍都举起钢扇，一齐架住玄铁剑。但这一剑斩下来力道奇猛，达尔巴和霍都两人同时双膝一软，支撑不住，跪倒在地，但仍是挺着兵刃，死命撑住。

玄铁剑上劲力愈来愈强，达尔巴和霍都只觉腰背如欲断折，全身骨节格格作响。霍都道："师哥，你独力支撑片刻，小弟先将师父救开，再来助你。"本来两人合力便已然抵挡不住，剩下达尔巴一人，怎挡得住这重剑的威力？但他舍命护师，叫道："好！"奋力将黄金杵往上挺举。

他两人说的都是藏语，杨过不明其意，只觉杵上劲力暴增，待要运力下压，霍都已纵身跃开。

岂知霍都全不是设法相救师父，只是自谋脱身，叫道：“师哥，小弟回藏边勤练武功，十年后定要找上这姓杨的小子，跟师父和你报仇！”说着转身急跃，飞也似的去了。

达尔巴受了师弟之欺，怒不可遏，又想起杨过是大师兄转世，何以对师父如此无情无义？大声道：“大师哥，你饶小弟一命，待我救回师父，找那狼心狗肺的师弟来碎尸万段，然后自行投上，任凭大师哥处置。那时要杀要剐，小弟决不敢皱一皱眉头。”

杨过听他叽哩咕噜的说了一大篇，自然不懂，但霍都临危逃命，此人对师忠义，却也瞧得明白，眼见他神色慷慨，也敬重他是条汉子，微一侧头，见小龙女双眼柔情无限的望着自己。霎时之间，一切杀人报仇之念都抛到了九霄云外，只觉世间所有恩恩怨怨，全都算不了什么，当下玄铁剑一抬，说道：“你去罢！”

达尔巴站起身来，只是适才使劲过度，全身脱力，黄金杵拿捏不住，镗的一响，掉在地下。他俯伏在地，向杨过拜了几拜，谢他不杀之恩。这时法王兀自坐在地上，动弹不得。达尔巴将师父负在背上，大踏步下山而去。

杨过独臂单剑，杀得蒙古六大高手大败亏输。众武士见领头的六人或败或伤，哪里还敢出手，抬起负伤的潇湘子、尹克西诸人，顷刻间逃得无影无踪。

马光佐满头鲜血淋漓，走到杨过身前，挺起大拇指道：“小兄弟，真有你的！”杨过道：“马大哥，你这些同伴都是存心不良之辈，你跟他们混在一起，定要吃亏，不如辞别忽必烈王爷，回自己老家去罢！”马光佐道：“小兄弟说得是。”他向小龙女望了一眼，见她虽然重伤，仍是丰姿端丽，娇美难言，说道：“你和新娘子几时成亲？我留着吃你喜酒，好不好？”他在绝情谷中初会小龙女时见她是个新娘子，一直便当她是新娘子了。

杨过苦笑着摇了摇头，向身周团团围着的数百名道士扫了一眼。马光佐道：“啊，还有这许多臭道士没打发，我来助你。”杨过心想：“若是以一斗一，这些道人没一个是我敌手。但如他们一拥而上，情势便凶险万分，犯不着叫他枉自送命。”大声说道：“你快快去罢，我一个人对付得了。”马光佐一愣，猛地会意，鼓掌道：“不错，不错。连大和尚、活僵尸他们都打你不过，这些臭道士中什么用？小兄弟，新娘子，我去也！”倒拖熟铜棍，哈哈大笑，回头便走，只听得铜棍与地下山石相碰，呛啷啷之声不绝，渐渐远去。

杨过重剑拄地，适才和法王这番比拼实是大耗内力，寻思：“金轮法王、潇湘子等互有心病，和我相斗时逐一出手，均盼旁人鹬蚌相争，自己来个渔翁得利。要是这六人一拥而上我就万难抵挡。何况我与金轮法王比拼内力，实已输定，幸得姑姑金针一刺，才令我侥幸得胜。全真教诸道却是齐心合力，听从五子号令。群道武功虽不及法王等人，但众志成城，威力实比法王等各自为战强得多了。反正我已和姑姑在一起，打到什么时候没了力气，两人一起死了便是。”

丘处机朗声道：“杨过，你武功练到了这等地步，我辈远远不及。但这里我教数百人在此，你自忖能闯出重围么？”

杨过放眼望去，但见四下里剑光闪烁，每七个道人组成一队，重重叠叠的将自己与小龙女围在垓心。七个中上武功的道人联剑合力，便可和一位一流高手相抗，这时他前后左右，相当于有数十位高手挺剑环伺。

杨过此时早将生死置之度外，哼了一声，跨出一步，立时便有七名道人仗剑挡住。杨过挺剑刺出，七剑同时伸出招架。呛啷啷一响，七剑齐断，七道手中各剩半截断剑，忙向旁跃开。

他剑上威力如此雄浑，丘处机等虽均久经大敌，却也是前所未见。王处一叫道："璇玑、摇光后击！"杨过心想不理你如何大呼小叫，我只恃着神剑威力向外硬闯便了，当下带着小龙女跨前两步，见又有七名道人转上挡住，立即挥剑横扫。哪知这七名道人这次却不挺剑招架，身形疾晃，交叉换位，从他身前掠过，饶是七人久习阵法，身法快捷，还是"啊、啊"两声呼叫，两名道人已被剑力带到，一伤腰，一断腿，滚倒在地。

便在此时，十四柄长剑已指到了杨龙二人背后，七柄指着杨过，七柄指着小龙女。杨过若是回剑后击，虽能将十四柄剑大都荡开，但只要剩下一剑，小龙女也非受伤不可。他微一犹豫，又有七柄剑指到了小龙女右侧。到此地步，他便是豁出自己性命不要，也已无法解救小龙女了。

丘处机举手喝道："且住！"二十一柄长剑剑光闪烁，每一柄剑的剑尖离杨龙二人身周各距数寸，停住不动。丘处机道："龙姑娘，杨过，你我的先辈师尊相互原有极深渊源。我全真教今日倚多为胜，赢了也不光采，何况龙姑娘又已身负重伤。自古道冤家宜解不宜结，两位便此请回。往日过节，不论谁是谁非，自今一笔勾销如何？"

杨过和全真教本无什么深仇大怨，当年孙婆婆为郝大通误伤而死，郝大通深自悔恨，愿以一命相抵，此事也已揭过。这次他上终南山来只是为找小龙女，并非有意与全真教为敌，这时听了丘处机之言，心想："救姑姑的性命要紧，和这些牛鼻子道人相斗，胜败荣辱，何足道哉？"正要出言答允，小龙女的目光缓缓自左向右瞧去，低声问道："尹志平呢？"

尹志平背遭轮砸，胸受剑刺，两下都是致命的重伤，只是一时未死，为他同门师弟救在一旁，已是奄奄一息，气若游丝，迷迷糊糊中忽听得一个娇柔的声音问道："尹志平呢？"这四字说得甚轻，但在他耳中却宛似轰轰雷震一般。也不知他自何处生出一股力气，霍地翻身站起，冲入剑林，叫道：“龙姑娘，我在这儿!”

小龙女向他凝望片刻，但见他道袍上鲜血淋漓，脸上全无血色，不由得万念俱灰，颤声道：“过儿，我的清白已为此人玷污，纵然伤愈，也不能和你长相厮守。但他……但他舍命救我，你也别再难为他。总之，是我命苦。”她心中光风霁月，但觉事无不可对人言，虽在数百人之前，仍是将自己的悲苦照实说了出来。

尹志平听得小龙女说道：“但他舍命救我，你也别再难为他。总之，是我命苦。”这几句话传入耳中，不由得心如刀剜，自忖一时欲令智昏，铸成大错，自己对小龙女敬若天人，却害得她终身不幸，当真是百死难赎其咎，大声叫道：“师父，四位师伯师叔，弟子罪孽深重，你们千万不能难为了龙姑娘和杨过。”说着纵身跃起，扑向众道士手中兀自向前挺出的八九柄长剑，数剑穿身而过，登时毙命。

这一下变故，众人都是大出意料之外，不禁齐声惊呼。

群道听了小龙女的言语，又见尹志平认罪自戕，看来定是他不守清规，以卑污手段玷辱了小龙女。全真五子都是戒律谨严的有道高士，想到此事错在己方，都是大为惭愧，但要说什么歉仄之言，却感难以措辞。

丘处机向四个师兄弟望了一眼，喝道：“撤了剑阵!”只听得呛啷啷之声不绝，群道还剑入鞘，让出一条路来。

小龙女戴上耳环，插上珠钗，手腕上戴了玉镯。杨过泪流满面，悲不自胜，拿起凤冠，到她身后给她戴上。小龙女在镜中见他举袖擦干了泪水，再到身前时，脸上已作欢容。

第二十八回

洞房花烛

杨过仍以右手空袖搂在小龙女腰间，支撑着她身子，低声道："姑姑，咱们去罢！"小龙女甜甜一笑，低声道："这时候，我在你身边死了，心里……心里很快活。"忽又想起一事，说道："郭大侠的姑娘伤你手臂，她不会好好待你的。那么以后谁来照顾你呢？"她想到这件事，心中好生难过，低低的道："你孤苦伶仃的一个儿，你……没人陪伴……"

杨过眼见她命在须臾，实是伤痛难禁，蓦地想起："那日她在这终南山上，曾问我愿不愿要她做妻子，那时我愕然不答，以致日后生出这许多灾难困苦。眼前为时无多，务须让她明白我的心意。"大声说道："什么师徒名分，什么名节清白，咱们通通当是放屁！通通滚他妈的蛋！死也罢，活也罢，咱俩谁也没命苦，谁也不会孤苦伶仃。从今而后，你不是我师父，不是我姑姑，是我妻子！"

小龙女满心欢悦，望着他脸，低声道："这是你的真心话么？是不是为了让我欢喜，故意说些好听言语？"杨过道："自然是真心。我断了手臂，你更加怜惜我；你遇到了什么灾难，我也是更加怜惜你。"小龙女低低的道："是啊，世上除了你我两人自己，原也没旁人怜惜。"

重阳宫中数百名道人尽是出家清修之士，突然听他二人轻怜密爱，软语缠绵，无不大是狼狈，年老的颇为尴尬，年轻的少不免起了凡心。各人面面相觑，有的不禁脸红。清净散人孙不二喝道："你们快快出宫去罢，重阳宫乃清净之地，不该在此说这些非礼言语！"

杨过听而不闻，凝视着小龙女的眼，说道："当年重阳先师和我古墓派祖师婆婆原该好好结为夫妻，不知为了什么劳什子古怪礼教，弄得各自遗恨而终，咱俩今日便在重阳祖师的座前拜堂成亲，结为夫妇，让咱们祖师婆婆出了这口恶气。"他对王重阳本来殊无好感，但自起始修习古墓上他的遗刻，越练越是钦佩，到后来已是十分崇敬，隐隐觉得自己便是他的传人一般。小龙女叹了口气，幽幽的道："过儿，你待我真好。"

当年王重阳和林朝英互有深情，全真五子尽皆知晓，虽均敬仰师父挥慧剑斩情丝，实是一位了不起的英雄好汉，但想到武学渊深的林朝英以绝世之姿、妙龄之年，竟在古墓中自闭一生，自也无不感叹。这时杨过提起此事，群道中年轻的不知根由，倒没什么，年长的无不心中一震。

孙不二喝道："先师以大智慧、大定力出家创教，他老人家一番苦心孤诣，岂是你后生小子所能窥测？你再在此大胆妄为，胡言乱语，可莫怪我剑下无情了。"当日大胜关英雄宴上，杨过拒却孙不二送来长剑，当场使她下不了台。她虽是修道之士，胸襟却远不及丘处机、王处一等人宽宏，她以全真教中尊长身份，受辱于徒孙辈的少年，自不免耿耿于怀。兼之她以女流而和众道群居参修，更是自持綦严，听到杨过竟要在庄严法地、全真教上下向来认为神圣不可侵犯的祖师像前拜堂成亲，怒气勃发，难以抑制，眼见杨龙二人对她的呼喝置若罔闻，当下刷的一声，长剑二次出鞘。

杨过冷冷的瞧了她一眼，寻思："单凭你这老道姑，自然非我敌手，只是一动上手，全真教余人决无袖手之理。但我非和姑姑立刻成亲不可。若不在此拜堂，出得重阳宫去，她万一伤重不治，岂不令她遗恨而终？你骂我‘大胆妄为’，哼，我杨过大胆妄为，又非始于今日。我既说了要在重阳祖师像前成亲，说什么也要做到。”游目四顾，只见倒有半数道人已执剑在手，说道：“孙道长，你定要逼我们出去，是不是？”

孙不二厉声道：“快走！自今而后，全真教跟古墓派一刀两断，永无瓜葛，最好大家别再见面！”

杨过长叹一声，摇了摇头，转过身来，向着通向古墓的小径走了两步，慢慢将玄铁剑负在背上，右袖挥开，伸左臂扶住小龙女，暗暗气凝丹田，突然间抬起头来，仰天大笑，声动林梢。群道陡闻笑声震耳，都是一惊。

他笑声未毕，忽地放脱小龙女，纵身后跃，左手已扣住孙不二右手手腕上的“会宗”、“支沟”两穴。小龙女身无凭依，晃了一晃，便欲摔倒，杨过已拉着孙不二回过来靠在小龙女身后。这一下退后纵前，当真是迅如脱兔，群道眼睛还没一瞬，孙不二已落入他的掌握，动弹不得。丘处机、孙不二等久经大敌，本来也防到他会突然发难，擒住一人为质，但见他既收起兵刃，走向出宫的小径，唯一的手臂又扶住了小龙女，料定他已知难而退，哪知他竟长笑扰敌，而衣袖放开小龙女、还剑背上两事，竟成为腾出手来擒获孙不二的手段。群道齐声发喊，各挺长剑，但孙不二既入其手，谁都不敢上前相攻。

杨过低声道：“孙道长，多有得罪，回头向你赔礼。”拉着她手腕，和小龙女缓步走向重阳宫后殿。群道跟随在后，满脸愤激，却无对付之策。

进侧门、过偏殿、绕回廊，杨龙二人挟着孙不二终于到了后殿之上。杨过回过头来，朗声说道：“各位请都站在殿外，谁都不可进殿一步。我二人早已豁出性命不要，若要动手，我二人和孙道长一起同归于尽便了。”

王处一低声道：“丘师哥，怎么办?”丘处机道：“暂且不动，见机行事。瞧来他也不敢加害孙师妹。”这几人一生纵横江湖，威名远振，想不到临到暮年，反受一个初出道的少年挟制，想想固然有气，却也不禁好笑。

杨过拉过一个蒲团，让孙不二坐下，说道：“对不住！”伸手点了她背心的“大椎”“神堂”两穴，令她不能走动，见群道依言站在殿外，不敢进来，于是扶着小龙女站在王重阳画像之前，双双并肩而立。

只见画中道人手挺长剑，风姿飒爽，不过三十来岁年纪，肖像之旁题着“活死人”三字。画像不过寥寥几笔，但画中人英气勃勃，飘逸绝伦。杨过幼时在重阳宫中学艺，这画像看之已熟，早知是祖师爷的肖像，这时猛地想起，古墓中也有一幅王重阳的画像，虽然此是正面而墓中之画是背影，笔法却一般无异，说道：“这画也是祖师婆婆的手笔。”小龙女点点头，向他甜甜一笑，低声道：“咱俩在重阳祖师画像之前成亲，而这画正是祖师婆婆所绘，真是再好不过。”

杨过踢过两个蒲团，并排放在画像之前，大声说道：“弟子杨过和弟子龙氏，今日在重阳祖师之前结成夫妇，此间全真教数百位道长，都是见证。”说罢跪在蒲团之上，见小龙女站着不跪，说道：“咱们就此拜堂成亲，你也跪下来罢！”小龙女沉吟不语，双目红润，盈泪欲滴。杨过柔声道：“你有什么话说？在这里不好么?”小龙女颤声道：“不，不是！”她顿了一顿，说道：“我既非清白之躯，又是个垂死之人，你何必……你何必待我这样好?”说到这里，泪珠从脸颊上缓缓流下。

杨过重行站起，伸衣袖给她擦了擦眼泪，笑道：“你难道还不明白我的心么?”小龙女抬头望着他，只听他柔声道：“我真愿咱两个都能再活一百年，让我能好好待你，报答你对我的恩情。若是不能，若是老天爷只许咱们再活一天，咱们便做一天夫妻，只许咱们再活一个时辰，咱们便做一个时辰的夫妻。”小龙女见他脸色诚恳，目光中深情无限，心中激动，真不知要怎样爱惜他才好，凄苦的脸上慢慢露出笑靥，泪珠未干，神色已是欢喜无限，于是在蒲团上盈盈跪倒。

杨过跟着跪下。两人齐向画像拜倒，均想：“咱二人虽然一生孤苦，但既有此日此时，实是福缘深厚已极。过去的苦楚烦恼，来日的短命而死，全都不算什么。”两人相视一笑，在蒲团上磕下头去。

杨过低声祝祷：“弟子杨过和龙氏真心相爱，始终不渝，愿生生世世，结为夫妇。”小龙女也低声道：“愿祖师爷保佑，让咱俩生生世世，结为夫妇。”

孙不二坐在蒲团之上，身子虽然不能移动，于两人言语神情却都听得清楚，瞧得明白，但觉二人光明磊落，所作所为虽然荒诞不经，却出乎一片至性至情，不自禁想起自己少年时和马钰新婚燕尔的情景来。她本来满脸怒容，待杨龙二人交拜站起，脸上神色已大为柔和。

杨过心想：“此刻咱二人已结成大妻，即令立时便死，也已无憾。”原先防备群道闯入阻挡之心登时尽去，向小龙女笑道：“我是全真派的叛逆弟子，武林间众所知闻，你却也是个大大的叛徒。”小龙女道：“是啊。师父不许我收男弟子，更不许我嫁人，我却没一件遵守。咱二人灾劫重重，原是罪有应得。”杨过朗声道：“叛就叛到底了。王祖师和祖师婆婆英雄豪杰，胜过你我百倍，可是他们便不敢成亲。两位祖师泉下若是有知，未必便说咱们的不是！”他说这番话时神采飞扬，当真有俯仰百世、前无古人之概。

便在此时，屋顶上喀喇一声猛响，砖瓦纷飞，椽子断折，声势极是惊人，只见屋顶破洞中落下一口巨钟，对准孙不二的头顶直堕下来。

杨过与小龙女在殿上肆无忌惮的拜堂成亲，全真教上下人等无不愤怒。刘处玄沉吟半晌，心生一计，俯耳与丘处机、王处一、郝大通三人说了。三道连连点头，向门下弟子低声嘱咐几句，乘着杨龙二人转身向里跪拜之时，到前殿取下一口重达千余斤的大铜钟，四人分托，飞身上了殿顶，料准了方位，猛地向下砸落，撞破一个大洞，对准孙不二摔将下来。四道武功了得，巨钟虽重，落下时却无数寸之差，只要将孙不二罩在钟内，杨过一时伤她不得，群道一拥而上，他二人岂不束手受缚？

杨过眼见巨钟跌落，已知其理，立即抽玄铁剑刺出，势挟风雷，只听得当的一响，嗡嗡不绝，剑尖已刺到铜钟。那口钟虽重达千斤，但这一剑劲力奇强，又是从旁而至，巨钟凌空一偏，向前斜了两尺，这一落下，便要压在孙不二身上。

刘处玄等四人在殿顶破洞中看得明白，齐声惊呼，心中大恸，万料不到这少年剑上竟有如斯神力，眼见孙不二便要血肉横飞，给巨钟压得惨不可言。刘处玄双目一闭，不敢再看，却听丘处机欢声叫道："多谢手下留情！"刘处玄睁开眼来，不由得大奇，只见那口钟竟然仍是将孙不二全身罩住了，钟旁既无血肢残迹，连孙不二的道袍也没露出一截。

原来杨过眼见这一剑推动巨钟，孙不二非立时毙命不可，突然心想："今日是我夫妇大喜的日子，何苦伤害人命？这老道姑只不过脾气乖僻，又不是有什么过恶。"心念甫动，右手袖子着地拂出，推动孙不二身下的蒲团，将她送入了钟底。

刘丘王郝四道在殿顶又惊又喜，均觉不便再与杨过为敌，但各人门下的弟子早已受嘱，一待巨钟落下，立时抢入进攻。他们在殿外也瞧不见钟底的变化，只听得巨声突作，尘土飞扬，各人发一声喊，挺着长剑便攻进殿来。

杨过将玄铁剑往背上一插，伸臂抱了小龙女往殿后跃去。

丘处机叫道："众弟子小心，不可伤了他二人性命！"语音洪亮，虽在数百人呐喊叫嚷声中，各人仍是听得清清楚楚。众弟子追向殿后，大声呼喊："捉住叛教的小贼！""小贼亵渎祖师爷圣像，别让他走了！""快快，你们到东边兜截！""长春真人吩咐，不可伤他二人性命！"

刘处玄于跃上殿顶之前，已先在殿后院子中伏下二十一名硬手。杨过刚转过屏门，便见院子中剑光闪闪，知道有人拦截，心想："不如从殿顶破洞中窜出。上面虽有四个高手，但这四人谅来不致对我施展杀招。"当下抱了小龙女纵回殿中。小龙女双手抱着他头颈，柔声道："反正我们已结成夫妇，在这世上心愿已了。冲得出固好，冲不出也没什么。"杨过道："不错！"右腿飞起，左腿鸳鸯连环，砰砰两声，将两名道士踢出殿去。殿上不比玉虚洞前宽阔，挤满了道人，北斗阵法施展不开，但杨过左臂抱着小龙女后，只能出腿伤敌，也是无法突出重围，心中暗恨："这些牛鼻子道人布不成阵法，若是我尚有一臂，焉能困得住我二人？"砰的一声，又有一名道人被他踢开，飞身跌出，撞到了两人。

正纷乱间，突然殿外奔进一个白须白发的老者，身后却跟着一大群蜜蜂，正是老顽童周伯通。后殿中本就乱成一团，多了一个周伯通，众弟子一时也没在意，但蜜蜂飞进来后却立时乱叮乱刺。这些蜜蜂殊非寻常，乃是小龙女在古墓中养驯的玉蜂，全真道人中有人被叮，登时痛痒难当，有的忍耐不住，竟在地下打滚呼叫，更是乱上加乱。

周伯通本来要到襄阳城去相助郭靖，但偷了小龙女的玉蜂蜜浆后，生怕再见到她，襄阳城是不去的了，于是便上终南山来，要找到赵志敬问个明白，何以胆敢害得师叔祖九死一生。他沿途玩弄玉蜂蜜浆，渐渐琢磨出了一些指挥蜜蜂的门道。道上玩弄蜜蜂，那也罢了，一到终南山上，登时惹出了祸事。山上玉蜂闻到玉蜂蜜浆的甜香，纷纷赶来。玉蜂惯于小龙女的手势呼叱，周伯通自然驱之不动，非但驱之不动，而且不肯和他干休。老顽童见情势不妙，只有飞奔逃入重阳宫来，想找个处所躲避，正好赶上宫中闹得天翻地覆，热闹无比。

他见小龙女和杨过都在殿中，又惊又喜，忙将玉蜂蜜浆瓶子向小龙女抛去，叫道："乖乖不得了，我服侍不了这批蜜蜂老太爷，好姑娘快来救命。"杨过袍袖拂出，兜住了瓶子。小龙女微微含笑，伸手接过。

这时殿上蜂群飞舞，丘处机等从殿顶跃下向师叔见礼，请安问好。郝大通大叫："快取火把来！"众门人有的袍袖罩脸，有的挥剑击蜂，也有数人应声去取火把。

周伯通也不理丘处机等人，他额头被玉蜂刺了两下，已肿起高高两块，只盼找个蜜蜂钻不进的安稳处所躲避，见地下放着一口巨钟，心中大喜，忙运力扳开铜钟，却见钟下有人。他也不看是谁，说道："劳驾劳驾，让我一让。"将孙不二推出钟外，自行钻入，一松手，腾的一声，巨钟重又合上，心中大是得意："任你几千头几万头蜜蜂追来，也咬不到我老顽童一口了！"

杨过低声道："你指挥蜜蜂相助，咱们闯将出去。"小龙女做了杨过妻子，听到他说话中含有嘱咐之意，心中甜甜的甚是舒服，心想："好啊，他终于不再当我是师父，真的当我是妻子了。"当即应道："是！"声音极是温柔顺从，举起蜂蜜瓶子挥舞几下，呼叱数声。玉蜂遇到主人，片刻间便集成一团，小龙女不住挥手呼叱，大群玉蜂分成两队，一队开路，一队断后，拥卫着杨龙二人向后冲了出去。

周伯通这么来一搅局，丘处机等又惊又喜，又是好笑，眼见杨龙二人退向殿后，喝住众门人不必追赶。王处一解开了孙不二的穴道，丘处机便去扳那巨钟。周伯通躲在钟里，不知钟外情形，猛觉那钟被人扳动，似要揭开，大叫："乖乖不得了！"双臂伸出，撑住钟壁，喝声："下来！"丘处机内力不及他深厚，当的一声响，那钟离地半尺，又盖了下去。丘处机笑道："周师叔又在开玩笑了，来，咱们一齐动手！"

当下丘处机、王处一、刘处玄、郝大通四人各出一掌，抵在钟上向外推出，齐声喝道："起！"四股大力挤在一起，将钟抬得离地三尺，却见钟底下空荡荡的并无人影，周伯通已不知去向。四人"咦"的一声，一怔之间，一条人影一晃，周伯通哈哈大笑，站在钟旁。原来适才他手脚张开，撑在钟壁之内，连着巨钟被一齐抬起，旁人自然瞧他不见。

丘处机等重又上前见礼。周伯通双手乱摇，叫道："罢了，罢了，乖孩儿们平身免礼！"这时丘处机等均已须发皓然，周伯通却仍是叫他们"乖孩儿"。

众人正要叙话，周伯通瞥眼见到赵志敬鬼鬼祟祟的正要溜走，大喝一声，纵上去一把抓住，骂道："贼牛鼻子，还想逃么？"左手将巨钟一推，掀高两尺，右手将他往钟底掷去，左手松开，巨钟合上，口中还是喃喃不绝的骂道："贼牛鼻子，贼牛鼻子。"这时大殿上除他一人，其余个个都是道人，他大骂"贼牛鼻子"，把王重阳的徒子徒孙一起都骂了。丘处机等深知师叔的脾气，也不以为忤，不禁相对莞尔。

王处一道："师叔，赵志敬不知怎么得罪了您老人家？弟子定当重重责罚。"周伯通道："嘿嘿，这贼牛鼻子引我到山洞里去盗旗，却原来藏着红红绿绿的大蜘蛛，剧毒无比，幸亏那小姑娘，咦，那小姑娘呢？蜜蜂哪里去了？"他说话颠三倒四，王处一哪里懂得，只见他东张西望的找寻小龙女。

便在此时，十余名弟子赶来报道，杨龙二人退到了后山藏经阁楼上，众弟子不敢用火把烧蜂，只怕焚了道藏。丘处机等吃了一惊，那藏经阁是全真教的重地，历代道藏、王重阳和七弟子的著作，以及教中机密文卷尽数藏在阁中，若有疏虞，损失不小。丘处机道："咱们过去瞧瞧，杨过手下留情，没伤了孙师妹，大可化敌为友。"孙不二道："不错！"当下众人一齐赶向后山藏经阁去。

王处一见门下首徒赵志敬被周伯通罩在钟内，心想："周师叔行事胡涂，这事未必便是志敬之错，回头再行详细查问。"生怕巨钟密不通风，闷死了他，于是奋力将钟扳高数寸，伸足拨过一块砖头，垫在钟沿之下，留出数寸空隙通气，这才自后赶去。

到得藏经阁前，只见数百名弟子在阁前大声呼噪，却无人敢上楼去。丘处机朗声叫道："杨龙二位，咱们大家过往不咎，化敌为友如何？"过了一会，不闻阁上有何声息。丘处机又道："龙姑娘身上有伤，请下来共同设法医治。敝教门下弟子决不敢对两位无礼。丘某行走江湖数十年，从无片言只语失信于人。"半晌过去，仍是声息全无。

刘处玄心念一动，说道："他们早已走啦！"丘处机道："怎么？"刘处玄道："你瞧群蜂乱飞，四下散入花丛。"从弟子手中接过一个火把，抢先飞步上阁。

丘处机等跟着拾级上阁，果见阁中唯有四壁图书，并无一人，居中书案上却放着那瓶玉蜂浆。周伯通如获至宝，一把抢起，收入怀中。众人在阁中前后察看，见图书并无散失，只一堆图书放在地板上，盛书的木箱却已不见。忽听郝大通叫道："他们从这里走了！"众人循声走到阁后窗口，只见木柱上缚着一根绳索，另一端缚在对面山崖的一株树上。藏经阁与山崖之间隔着一条深涧，原本无路可通，想不到杨过竟会施展轻功，抱着小龙女从绳索上越谷而去。

杨过和小龙女在重阳宫后殿拜堂成亲，全真教上下均感大失威风，但此时见他二人全身而退，全真五子相视苦笑，心中倒也松了。孙不二本来最是愤慨，但她在殿上既见他二人情意真挚，杨过又在千钧一发之际饶了自己性命，不禁爽然若失，默无一语。

全真五子和周伯通回到大殿，询问蒙古大汗降旨敕封、尹赵两派争斗、小龙女突然来攻等等情由。李志常和宋德方据实一一禀告。丘处机潸然泪下，说道："志平玷人清白，确是大错，但他维护我教忠义，誓死不降蒙古，实是大功一件。"王处一道："志平过不掩功，小节自然有亏，却是大义凛然，咱们仍当认他为掌教真人。"刘处玄、郝大通等齐声称是。丘处机又道："若不是龙姑娘适于此时来挡住敌人，我教已然覆没。龙姑娘实是我教的大恩人，此后非但不可对他夫妇有丝毫无礼，还须设法报恩才是。唉，我们失手打伤了她，不知……不知……"料想她伤重难治，深自歉疚。

丘处机等忙于追询前事，处分善后，周伯通却丝毫没将这些事放在心上，只是把那瓶玉蜂蜜浆拿在手中把玩，几次想要揭开瓶塞诱蜂，总是怕招之能来、却不能挥之而去。这时一名弟子上前禀报，说有五名弟子被玉蜂螫伤，痛痒难当，请师长设法。郝大通想起当年孙婆婆闯宫赠蜜之事，说道："这瓶玉蜂蜜浆，料来便是龙姑娘留下给咱们治伤的。师叔，请你把蜜浆赐给五个徒孙，让他们分服了罢。"

周伯通双手伸出，掌中空空如也，说道："不知怎的，忽然找不到啦。"郝大通明明见他适才还拿在手中把弄，怎么会突然不见，定是不肯交出，但他身为长辈，却不便用言语挤兑，不由得好生为难。周伯通袍袖一拂，在身上拍了几下，说道："我没藏起来啊，你可别疑心我小气不给。要不要我脱光衣裤给你们瞧瞧？"原来老顽童贪玩爱耍、不分轻重缓急的脾性到老不改，心想几个牛鼻子给蜂儿叮了几下，最多痛上半天，也不会有性命之忧，这瓶宝贵的蜜浆可不能给人，是以郝大通一开口，他便将蜜浆塞入袖中，顺着衣袖溜下，沿胸至腹，肚子一缩，瓶子钻入裤子，从裤管中慢慢溜到脚背，轻轻落在地下。他内功精深，全身肌肉收放自如，将那小瓶送到地下，竟没发出半点声息。

王处一心想："师叔既不肯交出，只有待他背人取出玩弄之时，突然上前开口，叫他无法推托。只要大伙儿一走开，他定然熬不住，立时便会取出。此时处置逆徒赵志敬要紧，若不是尹志平宁死不屈，我教数十年清誉岂非便毁在这逆徒手中？"他想到此处，厉声说道："郝师弟，治伤之事，稍缓不妨，咱们须得先处决逆徒赵志敬！"

全真五子相交数十年，师兄弟均知王处一正直无私，赵志敬虽是他的首徒，但犯了叛教大罪，他决不致徇情回护。各人均想："这逆徒卖教求荣，戕害同门，决计饶他不得。"

忽听得巨钟底下传出一个微弱的声音，说道："周师叔祖，你若救弟子一命，我便把蜂浆还你，否则我一口吃得干干净净，左右也是个死罢了！"周伯通吃了一惊，踏开一步，果然那瓶蜜浆已失影踪。原来他站在巨钟之旁，赵志敬伏在钟下，那小瓶正好落在他面前，听得郝大通向周伯通求蜜浆不得，当下从砖头垫高的空隙中伸手取过。他以这瓶小小的蜜浆要挟，企图逃得性命，自知原是妄想，但绝望之中只要有一线生机，也要挣扎到底。周伯通听他如此说，果然大急，叫道："喂喂，你千万不可把蜜浆吃了，其他一切，都好商量。"赵志敬道："那你须得答允救我性命。"

全真五子都是一惊，心想若是师叔出口答允，便不能处置赵志敬了。丘处机急道："师叔，此人罪大恶极，万不可饶。"周伯通将头贴在地下，向着钟内只叫："喂喂，千万不可吃了蜜浆！"刘处玄道："师叔，不必理他！你要蜜浆，并不为难。咱们今日已与龙姑娘释愆解仇，待会可到古墓去求几瓶来。龙姑娘既肯给你第一瓶，再给你十瓶八瓶也不为难！"周伯通摇头道："未必，未必！"心想："你道这瓶蜜浆是她给的吗？是我偷来的。她离藏经阁时匆匆忙忙，不及携带，若是再问她要，她未必便给，纵然给了，也必让你们拿去当药服了，哪里还有我的份儿？"

只听一阵轻轻的嗡嗡之声，五六只玉蜂从院子中飞进后殿，殿门关着，在长窗上不住碰撞，无法觅路出去。周伯通心念一动，说道："赵志敬，你拿去的只怕并非玉蜂蜜浆。"赵志敬急道："是的，是的，为什么不是？"周伯通道："好，那你将瓶塞拔开，让我闻一闻再说。倘若不是，不用多说废话。"赵志敬忙拔开瓶塞，道："你闻呀，难道不是？"周伯通鼻孔深深吸气，道："唔，唔，好像不是！待我再闻几下。"

赵志敬双手紧紧抓住玉瓶，生怕他掀开巨钟，夹手硬夺，口中只道："你闻这股甜香，闻这股甜香！"玉蜂蜜浆芳香无比，瓶塞一开，已是满殿馥郁。周伯通打了个喷嚏，笑道："我伤风没好，鼻子不大管用！"一面转头向丘处机等挤眉弄眼。赵志敬也猜到他是在使缓兵之计，说道："你若伸手碰一碰铜钟，我便把蜜浆吃个精光。"这时几只玉蜂已闻到蜜香，飞到了钟边。周伯通袍袖一挥，喝道："进去叮他！"玉蜂未必便听他的号令，但钟底传出的蜜香越来越浓，果然嗡嗡数声，从钟底的空隙中钻了进去。

只听得赵志敬大声狂叫，跟着当的一响，香气陡盛，显是玉蜂已刺了他一针，而他失手打碎了瓶子。周伯通大怒，喝道："臭牛鼻子，怎地瓶子也拿不牢？"待要上前掀开巨钟，后院中剩下的玉蜂闻到蜜香，纷纷涌进，都钻进了钟底。周伯通吃过玉蜂的苦头，倒也不敢走近。但见钻入钟底的玉蜂越来越多，巨钟之内又有多大空隙，赵志敬身上沾满蜜浆，一举手一摇头都碰到玉蜂，身上已不知给刺了几百针。众人初时还听到他狂呼惨叫，过了片刻，终于寂然无声，显是中毒过多，已然死了。

周伯通一把抓住刘处玄的衣襟，道："好，处玄，你去向龙姑娘给我要十瓶八瓶蜜浆来罢。”刘处玄皱起眉头，好生为难，他适才只求周伯通不可贸然答允赵志敬饶命，以致把话说得满了，其实全真五子以一招“七星聚会”合力打伤小龙女，伤势未必能愈，怎说得上“释愆解仇”四字？这时给周伯通扭住胸口，只得苦笑道：“师叔放手，处玄去求便是！”转身向后山古墓走去。

丘处机等知道此行甚是凶险，倘若小龙女平安无事，那还罢了，若是伤重而死，不知将有多少全真弟子要死在杨过手里，齐声说道：“大伙儿一起去。”

那古墓外的林子自王重阳以来便不许全真教弟子踏进一步，众人恪遵先师遗训，走到林缘而止。丘处机气运丹田，朗声道：“杨小侠，龙姑娘的伤势还不妨事么？这里有几枚治伤的九转灵宝丸，请来取去。”周伯通低声道：“是啊，是啊！要人家的蜜浆，也得拿些什么去换！”隔了半晌，不听得有人回答。丘处机提气又说了一遍，林中仍是寂无声息，举目往林中望去，只见阴森森浓荫匝地，头顶枝丫交横，地下荆棘丛生。

刘处玄和郝大通沿着林缘走了一遍，浑不见有人穿林而入的痕迹，看来杨过和小龙女并非回到古墓，而是下终南山去了。众人又喜又愁，回到重阳宫中，喜的是杨龙二人远去，愁的是小龙女如若不治，全真教实有无穷后患。那老顽童也是一般的又喜又愁，愁的自是为了取不到玉蜂蜜浆，喜的却是不必和小龙女会面，以免揭穿他窃蜜之丑。

全真五子虽在终南山上住了数十年，却万万猜想不到杨过和小龙女到了何处。

杨龙二人在玉蜂掩护下冲向后院，奔了一阵，眼见一座小楼倚山而建，杨过知是重阳宫要地之一的藏经阁，抱着小龙女拾级上楼。两人稍喘得一口气，便听得楼下人声喧哗，已有数十名道人追到，但怕了玉蜂，不敢抢上。

杨过将小龙女放在椅上坐稳，察看周遭情势，见藏经阁之后是一条深达数十丈的溪涧。山涧虽深，好在并不甚宽，他身边向来携带一条长绳，用以缚在两棵大树之间睡觉，于是将一端缚在藏经阁的柱上，拉着绳子纵身一跃，已荡过涧去，拉直了绳子，将另一端缚在一棵大树上，然后施展轻身功夫从绳上走回。

他走到小龙女身边，柔声说道："咱们去哪里呢？"小龙女道："你说到哪里，我便跟你到哪里。"杨过笑道："这便叫作'嫁鸡随鸡，嫁狗随狗'了！"他顿了一顿，又问："你心中最想去哪里呢？"小龙女轻轻叹了口气，脸上流露出向往之色。杨过知她最盼望的便是回古墓旧居，但如何进入却大费踌躇，耳听得楼下人声渐剧，此处自是不能多耽。

他明白小龙女的心思，小龙女也知他心思，柔声道："我也不一定要回古墓，你不用操心啦。"微笑道："只要跟你在一起，什么地方都好。"杨过心想："这是咱们婚后她第一个心愿，说不定也是她此生最后一个心愿。我若不能为她做到，又怎配做她丈夫？"

茫然四顾，听着楼下喧哗之声，心中更乱，瞥眼见到西首书架后堆着一只只木箱，心念一动："有了！"当即抢步过去，只见箱上有铜锁锁着，伸手扭断锁扣，打开箱盖，见箱中放满了书籍，提起箱子倒了转来，满箱书籍都散在地下，箱子是樟木所制，箱壁厚达八分，甚是坚固。跃起来伸手到书架顶上一摸，果然铺满油布，那是为防备天雨屋漏，浸湿贵重图书而设。他扯了两块大油布放在箱内，踏着绳索将箱子送到对涧，然后回来抱了小龙女过去，笑道："咱们回家去啦。"

小龙女甚喜，微笑道："你这主意儿真好。"杨过怕她耽心，安慰道："这剑无坚不摧，潜流中若有山石挡住箱子，一剑便砍开了。我走得快，你在箱子中不会气闷的。"小龙女微笑道："便只一点不好!”杨过一怔道:“什么?”小龙女道:“我要有好一会儿见你不着啦。”

到得对涧,杨过想起郭襄尚在山洞之中,说道:“郭伯伯的姑娘我也带来啦,你说怎么办?”小龙女一呆,颤声道:“真的?你带来了郭大侠……郭大侠的姑娘?”杨过见她神色有异,一愕之间,已然会意,知她误会自己带了郭芙来,俯下头去在她脸上轻轻一吻,低声道:“是那个生下只有一个月,还不会斩断人家手臂的女娃儿!”小龙女登时羞得满脸通红,深深藏在杨过怀里,不敢抬起头来。

过了一会,她才低声道:“咱们只好把她带到墓里去啦,在这荒山野地中放着,再过半天便得要了她的小命。”杨过心想在重阳宫中耽搁了这么久,不知郭襄在山洞中性命如何,心下大是惴惴,当下将小龙女放入箱中,扛在肩头,快步寻到山洞前,却不闻啼哭之声,心中更惊,拨开荆棘,只见郭襄沉睡正酣,双颊红红的似搽了胭脂一般。两人大喜。小龙女伸手道:“我来抱。”杨过将郭襄放入她怀中,扛了木箱又行。

这时终南山上的道人都会集在重阳宫中,沿路无人撞见。行过一片瓜地,杨过把道人所种的南瓜摘了六七个放在箱中,笑道:“足够咱们吃七八天的了。”过不多时,已到了溪流之边。他低头吻了吻小龙女的面颊,轻轻合上箱盖,将油布在木箱外密密包了两层,然后将箱子放入溪水,深吸一口气,拉着箱子潜了进去。

他自在荒谷的山洪中苦练气功,再在这小小溪底潜行自是毫不费力,溪水钻入地底后忽高忽低,他循着水道而行,遇有泥石阻路,木箱不易通行,提剑劈削便过。生怕小龙女在箱中气闷,行得极是迅速,不到一炷香时分,便已钻出水面,到了通向古墓的地下隧道。

他扯去油布,揭开箱盖,见小龙女微有晕厥之状,自是重伤之后挨不得辛苦,郭襄却大喊大叫,极是精神。原来她吃了一个多月豹乳，竟比常儿壮健得多。小龙女微微一笑，低声道：“咱们终于回家啦！”再也支持不住，合上了双目。杨过不再扶她起身，便拉着木箱，回到古墓中的居室。

但见桌椅倾倒，床儿歪斜，便和那日两人与李莫愁师徒恶斗一场之后离去时无异。杨过眼望石室，看着这些自己从小使用的物件，心中突然生出一股难以形容的滋味，似是欢喜，却又带着许多伤感。他呆呆出了一会神，忽觉得一滴水点落上手背，回过头来，只见小龙女扶椅而立，眼中泪水缓缓落下。

两人今日结成了眷属，长久来的心愿终于得偿，又回到了旧居，从此和尘世的冤仇、烦恼、愁苦不再有丝毫牵缠纠葛，但两人心中，却都是深自神伤，悲苦不禁。两人都知道，小龙女受了这般重伤，既中了法王金轮撞砸，又受全真五子合力扑击，她娇弱之躯，如何抵受得住？

两人这么年轻，都是一生孤苦，从来没享过什么真正的欢乐，突然之间得到了世间最大的福气，却立时便要生生分手！

杨过呆了半晌，到孙婆婆房中将她的床拆了，搬到寒玉床之旁重行搭起，铺好被褥，扶着小龙女上床安睡。古墓中积存的食物都已腐败，一坛坛的玉蜂蜜浆却不会变坏。他倒了小半碗蜜浆，用清水调匀，喂着小龙女服了，又喂得郭襄饱饱的，这才自己喝了一碗。

他想：“我须得打起精神，叫她欢喜。我心中悲苦，脸上却不可有丝毫显露。”于是找了两根最粗的蜡烛用红布裹了，点在桌上，笑道：“这是咱俩的洞房花烛！”

两枝红烛一点，石室中登时喜气洋洋。小龙女坐在床上，见自己身上又是血渍，又是污泥，微笑道：“我这副怪模样，哪像个新娘子啊！”忽然想起一事，道：“过儿，你到祖师婆婆房中去，把她那口描金箱子拿来。好不好？”

杨过虽在古墓中住了几年，但林朝英的居室平时不敢擅入，她的遗物更是从来不敢碰触，这时听小龙女如此说，笑道："对丈夫说话，也不用这般客气。"过去将床头几口箱子中最底下的一口提了来。那箱子并不甚重，也未加锁，箱外红漆描金，花纹雅致。

小龙女道："我听孙婆婆说，这箱中是祖师婆婆的嫁妆。后来她没嫁成，这些物事自然没用的了。"杨过"嗯"了一声，瞧着这口花饰艳丽的箱子，但觉喜意之中，总是带着无限凄凉。他将箱子放在寒玉床上，揭开箱盖，果见里面放着珠镶凤冠、金绣霞帔、大红缎子的衣裙，件件都是最上等的料子，虽然相隔数十年，看来仍是灿烂如新。小龙女道："你取出来，让我瞧瞧。"

杨过把一件件衣衫从箱中取出，衣衫之下是一只珠钿镶嵌的梳妆盒子，一只翡翠雕的首饰盒子，梳妆盒中的胭脂水粉早干了，香油还剩着半瓶。首饰盒一打开，二人眼前都是一亮，但见珠钗、玉鈪、宝石耳环，灿烂华美，闪闪生光。杨龙二人少见珠宝，也不知这些饰物到底如何贵重，但见镶嵌精雅，式样文秀，显是每一件都花过一番极大心血。

小龙女微笑道："我打扮做新娘子，好不好？"杨过道："你今日累啦，先歇一晚，明儿再打扮。"小龙女摇头道："不，今日是咱俩成亲的好日子，我爱做新娘。那日在绝情谷中，那公孙止要和我成亲，我可没打扮呢！"杨过微笑道："那算什么成亲？只是公孙老儿的妄想罢啦！"

小龙女拿起胭脂，调了些蜜水，对着镜子，着意打扮起来。她一生之中，这是第一次调脂抹粉，她脸色本白，实不须再搽水粉，只是重伤后全无血色，双颊上淡淡搽了一层胭脂，果然大增娇艳。她歇了一歇，拿起梳子梳了梳头，叹道："要梳髻子，我可不会，过儿你会不会呢？"杨过道："我也不会！你不梳还更好看些。"小龙女微笑道："是么？"便放下梳子，戴上耳环，插上珠钗，手腕上戴了一双玉镯，红烛掩映之下，当真美艳无双。她喜孜孜的回过头来，想要杨过称赞几句。

一回头，只见杨过泪流满面，悲不自胜。小龙女一咬牙，只作不见，微笑道："你说我好不好看？"杨过哽咽道："好看极了！我给你戴上凤冠！"拿起凤冠，走到她身后给她戴上。小龙女在镜中见他举袖擦干了泪水，再到身前时，脸上已作欢容，笑道："我以后叫你娘子呢，还是仍然叫姑姑？"小龙女心想："还说什么'以后'啊？难道咱俩真的还有'以后'么？"但仍是强作喜色，微笑道："再叫姑姑自然不好。娘子夫人的，又太老气啦！"杨过道："你的小名儿到底叫什么？今天可以说给我听了罢。"小龙女道："我没小名儿的，师父只叫我作龙儿。"杨过说道："好，以后你叫我过儿，我便叫你龙儿。咱俩扯个直，谁也不吃亏。等到将来生了孩儿，便叫：喂，孩子的爹！喂，孩子的妈！等到孩子大了，娶了媳妇儿……"

小龙女听着他这么胡扯，咬着牙齿不住微笑，终于忍耐不住，"哇"的一声，伏在箱子上哭了出来。杨过抢步上前，将她搂在怀里，柔声道："龙儿，你不好，我也不好，咱们何必理会以后。今天你不会死的，我也不会死。咱俩今儿欢欢喜喜的，谁也不许去想明天的事。"小龙女抬起头来，含泪微笑，点了点头。

杨过道："你瞧这套衣裙上的凤凰绣得多美，我来帮你穿上！"扶着小龙女身子，将金丝绣的红袄红裙给她穿上。小龙女擦去了眼泪，补了些胭脂，笑盈盈的坐在红烛之旁。

这时郭襄睡在床头，睁大两只乌溜溜的小眼好奇地望着。在她小小的心中，似乎也觉小龙女打扮得真是好看。

小龙女道："我打扮好啦，就可惜箱中没新郎的衣冠，你只好委屈一下了。"杨过道："让我再找找，瞧有什么俊雅物儿。"说着将箱中零星物事搬到床上。小龙女见他拿出一朵金花，便拿起来给他插在头发上。杨过笑道："不错，这就有点像了。"翻到箱底，只有一叠信札，用一根大红丝带缚着，丝带已然褪色，信封也已转成深黄。

杨过拿了起来，道：“这里有些信。”小龙女道：“瞧瞧是什么信。”杨过解开丝带，见封皮上写的是“专陈林朝英女史亲启”，左下角署的是一个“喆”字。底下二十余封，每封都是一样。杨过知道王重阳出家之前名叫“王喆”，笑道：“这是重阳祖师写给祖师婆婆的情书，咱们能看么？”小龙女自幼对祖师婆婆敬若神明，忙道：“不，不能看！”

杨过笑着又用丝带将一束信缚好，道：“孙老道姑他们古板得不得了，见咱俩在重阳祖师的遗像前拜堂成亲，便似大逆不道、亵渎神圣一般。我就不信重阳祖师当年对祖师婆婆没有情意。若是拿这束信让他们瞧瞧，那些牛鼻子老道的嘴脸才教有趣呢。”他一面说，一面望着小龙女，不禁为林朝英难过，心想：“祖师婆婆寂居古墓之中，想来曾不止一次的试穿嫁衣。咱俩可又比她幸运得多了。”

小龙女道：“不错，咱俩原比祖师婆婆幸运，你又何必不快活？”

杨过道：“是啊！”突然一怔，笑道：“我没说话，你竟猜到了我的心思。”小龙女抿嘴笑道：“若不知你的心思，怎配做你妻子？”杨过坐到床边，伸左臂轻轻搂住了她。两人心中都是说不出的欢喜，但愿此时此刻，永远不变。偎倚而坐，良久无语。

过了一会，两人都向那束信札一望，相视一笑，眼中都流露出顽皮的神色，明知不该私看先师的密札，但总是忍不住一番好奇之心。

杨过道：“咱们只看一封，好不好？决不多看。”小龙女微笑道：“我也是想看得紧呢。好，咱们只看一封。”杨过大喜，伸手拿起信札，解去丝带。小龙女道：“倘若信中的话教人难过伤心，你便不用念给我听。”杨过微微一顿，道：“是啊！”心想王林二人一番情意后来并无善果，只怕信中当真是愁苦多而欢愉少，那便不如不看了。小龙女道：“不用先担心，说不定是很缠绵的话儿。”

杨过拿起第一封信，抽出一看，念道：“英妹如见：前日我师与鞑子于恶波冈交锋，中伏小败，折兵四百……”一路读下去，均是义军和金兵交战的军情。他连读几封，信中说的都是兵鼓金革之事，没一句涉及儿女私情。

杨过叹道：“这位重阳祖师固然是男儿汉大丈夫，一心只以军国为重，但寡情如此，无怪令祖师婆婆心冷了。”小龙女道：“不！祖师婆婆收到这些信时是很欢喜的。”杨过奇道：“你怎知道？”小龙女道：“我自然不知，只是将心比心来推测罢啦。你瞧每一封信中所述军情都是十分的艰难紧急，但重阳祖师在如此困厄之中，仍不忘给祖师婆婆写信，你说是不是心中对她念念不忘？”杨过点头道：“不错，果真如此。”当下又拿起一封。

那信中所述，更是危急，王重阳所率义军因寡不敌众，连遭挫败，似乎再也难以支撑，信末询问林朝英的伤势，虽只寥寥数语，却是关切殊殷。杨过道：“嗯，当年祖师婆婆也受过伤，后来自然好了。你的伤势慢慢将养，便算须得将养一年半载，终究也会痊可。”

小龙女淡淡一笑，她自知这一次负伤非同寻常，若是这等重伤也能治愈，只怕天下竟有不死之人了，但说过今晚不提扫兴之事，纵然杨过不过空言相慰，也就当他是真，说道：“慢慢将养便是了，又急什么？这些信中也无私秘，你就读完了罢！”

杨过又读一信，其中满是悲愤之语，说道义军兵败覆没，王重阳拼命杀出重围，但部属却伤亡殆尽，信末说要再招兵马，卷土重来。此后每封信说的都是如何失败受挫，金人如何在河北势力日固，王重阳显然已知事不可为，信中全是心灰失望之辞。

杨过说道：“这些信读了令人气沮，咱们还是说些别的罢！咦，什么？”他语声突转兴奋，持着信笺的手微微发抖，念道：“‘比闻极北苦寒之地，有石名曰寒玉，起沉疴，愈绝症，当为吾妹求之。’龙儿，你说，这……这不是寒玉床么？”

小龙女见他脸上陡现喜色，颤声道：“你……你说寒玉床能治我的伤？”杨过道：“我不知道，但重阳祖师如此说法，必有道理。你瞧，寒玉不是给他求来了么？祖师婆婆不是制成了床来睡么？她的重伤不是终于痊可了么？”

他匆匆将每封信都抽了出来，查看以寒玉疗伤之法，但除了那一封信外，“寒玉”两字始终不再提到。杨过取过丝带将书信缚好，放回箱中，呆呆出神：“这寒玉床具此异征，必非无因，但不知如何方能治愈龙儿之伤？唉，但教我能知此法……但教我立时能知此法……”

小龙女笑道：“你呆头呆脑的想什么？”杨过道：“我在想怎样用寒玉床给你治伤。不知是不是将寒玉研碎来服？还是要用其他药引？”他不知寒玉能够疗伤，那也罢了，此时颠三倒四的念着“起沉疴，愈绝症”六个字，却不知如何用法，当真是心如火焚。小龙女黯然道：“你记得孙婆婆么？她既服侍过祖师婆婆，又跟了我师父多年，她给那姓郝的道人打伤了，要是寒玉床能治伤，她临死时怎会不提？何况我师父，她……她也是受伤难愈而死的。”杨过本来满腔热望，听了这几句话，登时如有一盆冷水当头淋下。

小龙女伸手轻轻抚着他头发，柔声道：“过儿，你不用多想我身上的伤，又何必自寻烦恼？”杨过霎时间万念俱灰，过了一会，问道：“我师祖又是怎么受的伤？”他虽在古墓多年，却从未听小龙女说过她师父的死因。

小龙女道：“师父深居古墓，极少出外，有一年师姊在外面闯了祸，逃回终南山来，师父出墓接应，竟中了敌人的暗算。师父虽然吃了亏，还是把师姊接了回来，也就算了，不再去和那恶人计较。岂知那恶人得寸进尺，隔不多久，便在墓外叫嚷挑战，后来更强攻入墓，师父抵挡不住，险些便要放断龙石与他同归于尽，幸得在危急之际发动机关，又突然发出金针。那恶人猝不及防，为金针所伤，麻痒难当，师父乘势点了他的穴道，制得他动弹不得。岂知师姊竟偷偷解了他的穴道。那恶人突起发难，师父才中了他的毒手。”

杨过问道：“那恶人是谁？他武功既尚在师祖之上，必是当世高手。”小龙女道：“师父不跟我说。她叫我心中别有爱憎喜恶之念，说道倘若我知道了那恶人的姓名，心中念念不忘，说不定日后会去找他报仇。”杨过叹道：“嗯，师祖真是好人！”小龙女微微一笑，道：“师父今日若能见到我嫁了这样一个好女婿，可不知有多开心呢。”杨过笑道：“那也未必！她是不许你动情嫁人的。”小龙女叹道：“我师父最是慈祥不过，纵然起初不许，到后来见我执意如此，也必顺我的意。她……她一定会挺喜欢你的。”

她怀念师恩，出神良久，又道：“师父受伤之后，搬了居室，反而和这寒玉床离得远远的。她说我古墓派的行功与寒气互相生克，因此以寒玉床补助练功固是再妙不过，受伤之后却受不得寒气。”

杨过“嗯”了一声，心中存想本门内功经脉的运行。玉女心经中所载内功，全仗一股纯阴之气打通关脉，体内至寒，身体外表便发热气，是以修习之时要敞开衣衫，使热气畅散，无半点窒滞，如受寒玉床的凉气一逼，自非受致命内伤不可。寻思：“何以重阳祖师却说寒玉能起沉疴、愈绝症？这中间相生相克的妙理，可参详不透了。”但见小龙女眼皮低垂，颇有倦意，说道：“你睡罢！我坐在这里陪着。”

小龙女忙睁大眼睛，道：“不，我不倦。今晚咱们不睡。”她深怕自己伤重，一睡之后便此长眠不醒，与杨过永远不能再见，说道：“你陪我说话儿。嗯，你倦不倦？”杨过摇摇头，微笑道：“你不想睡就别睡，合上眼养养神罢！”小龙女道：“好！”慢慢合上眼皮，低声道：“师父曾说，有一件事她至死也想不明白，过儿你这么聪明，你倒想想。”杨过道：“什么事啊？”小龙女道：“师父点了那恶人的穴道，师姊不知却为什么要去给那恶人解开穴道。”杨过想了一会，只觉小龙女靠在他身上，气息低微，已自睡去。

杨过怔怔的望着她脸，心中思潮起伏，过了一会，一枝蜡烛爆了一点火花，点到尽头，竟自熄了。他忽然想起在桃花岛小斋中见到的一副对联：“春蚕到死丝方尽，蜡炬成灰泪始干。”那是两句唐诗，黄药师思念亡妻，写了挂在她平时刺绣读书之处。杨过当时看了漫不在意，此刻身历是境，细细咀嚼此中情味，当真心为之碎，突然眼前一黑，另外一枝蜡烛也自熄灭。心想：“这两枝蜡烛便像是我和龙儿，一枝点到了尽头，另一枝跟着也就灭了。”

他出了一会神，只听得小龙女幽幽叹了一口长气，道：“我不要死，过儿……我不要死，咱两个要活很多很多年。”杨过道：“是啊，你不会死的，将养一些时候，便会好了。你现下胸口觉得怎样？”小龙女不答，她适才这几句话只是梦中呓语。

杨过伸手在她额头一摸，但觉热得烫手。他又是忧急，又是伤心，心道：“李莫愁作恶多端，这时好好的活着。龙儿一生从未做过害人之事，却何以要命不久长？老天啊老天，你难道真的不生眼睛么？”

他一生天不怕地不怕的独来独往，我行我素，但这时面临绝境，彷徨无计，轻轻将小龙女的身子往旁挪了一挪，跪倒在地，暗暗祷祝：“只要老天爷慈悲，保佑龙儿身子痊可，我宁愿……我宁愿……”为了赎小龙女一命，他又有什么事不愿做呢？

他正在虔诚祷祝，小龙女忽然说道：“是欧阳锋，孙婆婆说定是欧阳锋！……过儿，过儿，你到哪里去了？”突然惊呼，坐起身来。杨过急忙坐回床沿，握住她手，说道：“我在这儿。”小龙女睡梦间蓦地里觉得身上少了依靠，立即惊醒，发觉杨过原来便在身旁，并未离去，心中大是喜慰。

杨过道：“你放心，这一辈子我是永远不离开你的啦。将来便是要出古墓，我也是寸步不离的守在你身边。”小龙女说道：“外边的世界，果然比这阴沉沉的所在好得多，只不过到了外边，我便害怕。”杨过道：“现今咱们什么也不用怕啦。过得几个月，等你身子大好了，咱俩一齐到南方去。听说岭南终年温暖如春，花开不谢，叶绿长春，咱们再也别抡剑使拳啦，种一块田，养些小鸡小鸭，在南方晒一辈子太阳，生一大群儿子女儿，你说好不好呢？”小龙女悠然神往，轻轻的道：“永远不再抡剑使拳，那可有多好！没有人来打咱俩，咱俩也不用去打别人，种一块田，养些小鸡小鸭……唉，倘使我可以不死……”

忽然之间，两颗心远远飞到了南方的春风朝阳之中，似乎闻到了浓郁的花香，听到了小鸡小鸭叽叽喳喳的叫声……

小龙女实在支持不住，又要朦朦胧胧的睡去，但她又实是不愿睡，说道：“我不想睡，你跟我说话啊。”杨过道：“你刚才在睡梦中说是欧阳锋，那是什么事？”小龙女道：“我说了欧阳锋么？说些什么？”杨过道：“你又说孙婆婆料定是他。”小龙女听他一提，登时记起，说道：“啊！孙婆婆说，打伤我师父的，一定是西毒欧阳锋。她说世上能伤得我师父的人寥寥无几，只有欧阳锋是出名的坏人。我师父至死都不肯说那恶人的名字。孙婆婆问她：‘是不是欧阳锋，是不是欧阳锋？’师父总是摇头，微笑了一下，便此断气了。那欧阳锋可不是你的义父吗？他武功果然了得，难怪师父打他不过。”

杨过叹道：“现下我义父死了，师祖和孙婆婆死了，重阳祖师和祖师婆婆都死了，什么怨仇，什么恩爱，大限一到，都被老天爷一笔勾销。倒是我师祖最看得破，始终不肯说我义父的姓名……”突然大叫：“啊，原来如此！”

小龙女问道：“你想起了什么？”杨过道：“我义父被师祖点了

穴道，不是李莫愁解的，其实当时师祖没有点中！”小龙女道：“没有点中？不会的。师父的点穴手段高明得很。”杨过道：“我义父有一门天下独一无二的奇妙武功，全身经脉能够逆行。经脉一逆，所有穴道尽皆移位，点中了也变成点不中。”小龙女道：“有这等怪事?”

杨过道：“我试给你瞧瞧。”说着站起身来，左手撑地，头下脚上，的溜溜转了几个圈子，吐纳了几口，突然跃起，将顶门对准床前石桌的尖角上撞去。小龙女惊呼：“啊哟！小心！”只见他头顶心“百会穴”已对着石桌尖角重重一撞。“百会穴”正当脑顶正中，自前发际至后发际纵画一线，自左耳尖至右耳尖横画一线，两线交叉之点即为该穴所在。此穴乃太阳穴和督脉所交，医家比为天上北极星，所谓“百会应天，璇玑（胸口）应人，涌泉（足底）应地”，是谓“三才大穴”，最是要紧不过。哪知杨过以此大穴对准了桌角碰撞，竟然无碍，翻身直立，笑道：“你瞧，经脉逆行，百穴移了位啦！”小龙女啧啧称奇，道：“真是古怪，亏他想得出来！”

杨过这么一撞，虽未损伤穴道，但使力大了，脑中也不免有些昏昏沉沉，迷糊之间，似乎突然想到了一件重要之事，到底是什么事，却又说不上来。小龙女见他怔怔的发呆，笑道：“傻小子，轻轻的试一下也就是了，谁教你撞得砰嘭山响，有些痛么?”杨过不答，摇手叫她不要说话，全神贯注的凝想，但脑海中只觉有个模糊的影子摇来晃去，隐隐约约的始终瞧不清楚，似乎要追忆一件往事，又像是突然新发现了什么，恨不得从脑中伸出一只手来，将那影子抓住，放在眼前，细细的瞧个明白。

他想了一会，不得要领，却又舍不得不想，双手抓头，甚是苦恼，道：“龙儿，我想到了一件极要紧的事儿，却不知是什么。你知道么?”一人思路混杂，有如乱丝，自己理不清头绪，却去询问旁人，此事本来不合情理，但他二人长期共处，心意相通，对方的心思平时常可猜到十之八九。小龙女道："这事十分要紧？"杨过道："是啊。"小龙女道："是不是和我伤势有关呢？"杨过喜道："不错，不错！那是什么事？我想到了什么事？"

小龙女微笑道："你刚才在说你义父欧阳锋，说他能逆行经脉，这和我伤势有什么关系？我又不是他打伤的……"杨过突然跃起，高声大叫："是了！"

这"是了"两字，声宏音亮，古墓中一间间石室凡是室门未关的，尽皆隐隐发出回音，"是了，是了……"之声不绝。杨过一把抓住小龙女的右臂，叫道："你有救了！你有救了！我有救了！我有救了！"大叫几声，不禁喜极而泣，再也说不下去。小龙女见他这般兴奋，也染到了他的喜悦之情，坐起身来。

杨过道："龙儿，你听我说，现下你受了重伤，不能运转本门的玉女心经，以致伤势难愈。但你可以逆行经脉疗伤，寒玉床正是绝妙的补助。"小龙女若有所悟，喃喃的道："逆行经脉……寒玉床……"杨过喜道："你说这不是天缘么？你倒练玉女心经，那便成了！刚好有寒玉床。"小龙女迷迷惘惘的道："我还是不明白。"杨过道："玉女心经顺行乃至阴，逆行即为纯阳。我说到义父的经脉逆行之法，隐隐约约便觉你的伤势有救，只是如何疗伤，却摸不着半点头脑，后来想到重阳师祖信中提及的寒玉，这才豁然而悟。"小龙女道："难道祖师婆婆以寒玉疗伤，她也是逆行经脉么？"杨过道："那倒不见得，这经脉逆行之法，祖师婆婆一定不会。但我猜想她必是为阴柔内力所伤，与你所受的阳刚之力恰恰相反。"小龙女含笑点头，喜悦之情，充塞胸臆。

杨过道："事不宜迟，咱们这便起手。"去柴房搬了几大捆木柴，在石室角落里点了起来，然后将最初步的经脉逆行之法传授小龙女，扶着她坐上寒玉床。他自行坐在火堆之旁，伸出左手，和小龙女右掌对按，说道："我引导这里的热气强冲你各处穴道，你勉力使内息逆行，冲开一处穴道便是一处，待热气回到寒玉床上，伤势便减了一分。”小龙女笑道：“我也得似你这般倒过来打转么？”杨过道：“那倒不用。倒转身子逆行经脉，穴道易位，临敌时十分有用。咱们慢慢疗伤，还是坐着的好。”

小龙女伸手握住他左掌，微笑道：“那位郭姑娘还不算太坏，没斩断你两条手臂。”两人经历了适才这番生死系于一线的时刻，于断臂之事已视同等闲，小龙女竟拿此事说笑。杨过也笑道：“要是我双臂齐断，还有两只脚呢。只是用脚底板助你行功，臭哄哄的未免不雅。”小龙女嗤的一笑，当下默默记诵经脉逆行之法，过了一会，说道：“行了！”

杨过见火势渐旺，潜引内息，正要起始行功，突然叫道：“啊哟！险些误了大事！”小龙女道：“怎么？”杨过指着睡在床脚边的郭襄道：“咱们练到紧要关头，要是这小鬼头突然叫嚷起来，岂不糟糕！”小龙女低声道：“好险！”修道人练功，最忌外魔扰乱心神。当年小龙女和杨过共练玉女心经，被尹志平及赵志敬无意中撞见，小龙女惊怒之下险些呕血身亡。其时她身子安健尚且如此，今日重伤之下，如何能容得半点惊扰？

杨过调了小半碗蜜浆，抱起郭襄喂饱了，将她放到远处一间石室之中，关上两道室门，便是她大声哭叫，也再不会听到，这才回到寒玉床边，说道：“你全身三十六处大穴尽数冲开，我瞧快则十日，慢须半月。本来这么多的时日之中，免不了有外物分心，但这古墓与尘世隔绝，当真是天下最好不过之地，便是最幽静的荒山穷谷，也总会有清风明月、鸟语花香扰人心神。”小龙女微微一笑，道：“我这伤是全真道人打的，但全真教的祖师爷造了墓室、备了寒玉床，供我安安静静的休息，回复安康，他们的功罪也足以相抵了。”杨过道：“那金轮法王呢？咱们可饶他不得。”

小龙女叹道：“只要我能活着，你还有什么不满足的么？”杨过握住了她手，柔声道："你说得是。这次你伤好了，咱们永远不再跟人动手。老天爷待咱们这么好！唉。"小龙女低低的道："咱们到南方去，种几亩田，养些小鸡小鸭……"她出了一会神，突觉掌心一股热力传了过来，心中一凛，当即依杨过所传的经脉逆行之法用起功来。

这经脉逆行和寒玉床相辅相成的疗伤怪法，果然大有功效。当年一灯大师以一阳指神功替黄蓉打通周身穴道，治愈重伤，道理原是一般，只是使一阳指疗伤内力耗损极大，见功却是甚快，杨过这怪法子却不免多费时日。再者，即令是丝毫不会武功的婴儿受了重伤，精通一阳指神功之人也能以本身浑厚内力助其打通玄关，起死回生。但小龙女如无深湛的内功根基，而所学与杨过又非同一门派，纵然欧阳锋复生，黄药师亲至，施治者和受治者的精微内息不能丝丝合拍，也决不能一一冲破逆通经脉的无数难关。

杨过除一日三次给郭襄喂蜜及煮瓜为食之外，极少离开小龙女身边，遇到逆冲大穴，有时一连四五个时辰两人手掌不能分离。当时郭靖受伤，黄蓉以七日七夜之功助他疗伤，小龙女体质既远不如郭靖壮健，受的伤又倍重之，所需时日自是更为长久。好在古墓石室密处地底，却不若郭靖当年疗伤牛家村时那般敌友纷至，干扰层出不穷。

那日黄蓉在林外以兰花拂穴手制住李莫愁，遍寻女儿郭襄不见，自是大为忧急，出得林来，向李莫愁喝问："你使什么诡计，将我女儿藏到哪里去啦？"李莫愁奇道："那小姑娘不是好好的在棘藤中么？"黄蓉急得几乎要哭了出来，摇头道："不见了。"李莫愁抚养郭襄多日，对她极是喜爱，突然听得失踪，心下一怔，冲口说道："不是杨过，便是金轮法王。"黄蓉问道："怎么？"

李莫愁于是将襄阳城外她如何与杨过、法王二人争夺婴儿之事说了，说到惊险处，黄蓉也不禁耸然动容，见李莫愁神色间甚是挂怀，确信她实不知情，于是伸手将她穴道解了，顺手小指一拂，拂中了她胸口的“璇玑穴”。这么一来，她行动与平时无异，但十二个时辰之内不能发劲伤人。李莫愁微微苦笑，站直身子，以拂尘挥去身上泥尘，说道：“若是落在杨过手中，那倒不妨，就怕是法王这贼秃抢了去。”黄蓉道：“怎么?”李莫愁道：“杨过待这小女娃儿极好，料来决无加害之意，因此上我才瞎猜，以为是他女儿……”说到这里急忙住口，生怕黄蓉又要生气。

但黄蓉心中，却在想另一件事。她在想像杨过当时如何和李莫愁及金轮法王恶斗，出力保护郭襄，自己和郭芙却错怪了他，以至郭芙斩断了他一条手臂。她内心深感歉仄，自怨自艾：“唉，过儿救过靖哥哥，救过我，救过芙儿，这次又救了襄儿……但我心中先入为主，想到他作恶多端的父亲，总以为有其父必有其子，从来就信不过他……便是偶尔对他好一阵，不久又疑心他起来。蓉儿啊蓉儿，你枉然自负聪明，说到推心置腹，忠厚待人，哪里及得上靖哥哥的万一。”

李莫愁见她眼眶中珠泪盈然，只道她是担心女儿的安危，劝道：“郭夫人，令爱生下不过一月，迭遭大难，但居然连毛发也无损伤。她生得如此玉雪可爱，便是我这杀人不眨眼的魔头，也喜欢得什么似的，可知她生就福命，一生逢凶化吉。你尽管望安，咱俩一起去找寻罢。”

黄蓉伸袖抹了抹眼泪，心想她说得倒也不错，又想：“诚以接物，才是至理。以后宁可让人负我，不可我再负人了。”便伸手解开了她的“璇玑穴”，说道：“李道长愿同去找寻小女，小妹感谢之至。但若道长另有要紧事咱们就此别过，后会有期。”

李莫愁道：“什么要事？最要紧之事莫过于去找寻这小娃娃了。你等一等!”说着抢步钻进一株大树的树洞，解开了豹子脚上的绳索，在它后臀轻轻一拍，说道："放你去罢。"那豹子低吼一声，窜入长草之中。黄蓉奇道："这豹子干什么？"李莫愁笑道："那是令千金的乳娘。"

黄蓉微微一笑，两人一齐回到镇上，只见郭芙站在镇头，正伸长了脖子张望。

郭芙见到黄蓉，大喜纵上，叫了声："妈！妹妹给……"一句话没说完，看清楚站在母亲身后的竟是李莫愁，不禁大吃一惊。她曾与李莫愁交过手，平时听武氏兄弟说起杀母之仇，心中早当她是世上最恶毒之人。

黄蓉道："李道长帮咱们去找你妹子。你说妹妹怎么啦？"郭芙道："妹妹给杨过抱了去啦，他还抢了我的小红马去。你瞧这把剑。"说着举起手中弯剑，道："他用断臂的袖子一拂，这剑撞在墙角上，便成了这个样子！"黄蓉与李莫愁齐声道："是袖子？"郭芙道："是啊，当真邪门！想不到他又学会了妖法。"

黄蓉与李莫愁相视一眼，均各骇然。她二人自然都知一人内力练到了极深湛之境，确可挥绸成棍、以柔击刚，但纵遇明师，天资颖异，至少也得三四十年的功力，杨过小小年纪，竟能到此境地，实是罕有。黄蓉听说女儿果然是杨过抱了去，倒放了一大半心。李莫愁却自寻思："这小子功夫练到这步田地，定是得力于我师父的玉女心经。眼下有郭夫人这个强援，我助她夺回女儿，她便得助我夺取心经。我是本派大弟子，师妹虽得师父喜爱，但她连犯本派门规，这心经焉能落入男子手中？"她这么一想，自己颇觉理直气壮。

黄蓉问明了杨过所去的方向，说道："芙儿，你也不用回桃花岛啦，咱们一起找杨大哥去。"郭芙大喜，连说："好，好！"但想到要见杨过，脸色又十分尴尬。黄蓉脸一沉，说道："你总得再见他一面，不管他恕不恕你，务须诚诚恳恳的向他引咎谢罪。"郭芙心中不服，道："干么啊？他不是抢了妹妹去吗？"黄蓉简略转述李莫愁所说言语，道：“他若存有歹心，你妹子焉能活到今日？再说，他这袖子的一拂，若不是拂在剑上，而是对准了你的小脑袋儿，你想想现下是怎生光景？”

郭芙听母亲这么一说，心中不自禁的一寒，暗想：“难道他当真是手下留情了么？”但她自幼给母亲宠惯了，兀自嘴硬，辩道：“他抱了妹妹向北而去，自然是去绝情谷了！”黄蓉摇头道：“不会，他定是去终南山。”郭芙撅起嘴唇道：“妈，你尽是帮着他！他倘若真有好意，怎不抱妹妹到襄阳来还给咱们？抱去终南山又干什么？”

黄蓉叹道：“你和杨大哥从小一块儿长大的，居然还不懂得他的脾气！他从来心高气傲，受不得半点折辱，突然给你斩断一臂，要伤你性命，有所不忍，但如就此罢休，又是不甘。这才抱了你妹子去，叫咱们担心忧急。过得一些时日，他气消了，自会把你妹子送回。你懂了吗？你冤枉他偷你妹子，他索性便偷给你瞧瞧！”

黄蓉回到适才打尖的饭铺去，借纸笔写了个短简，给了二两银子，命饭铺中店伙送到襄阳去给郭靖。那店伙道：“郭大侠保境安民，真是万家生佛，小人能为郭大侠稍效微劳，那是磕头去求也求不来的。”无论如何不肯收银子，拿了短简，欢天喜地的去了。郭芙见众百姓对父亲如此崇敬，心中甚是得意。

当下三人买了牲口，向终南山进发。郭芙不喜李莫愁，路上极少和她交谈，逢到迫不得已非说不可，神色间也是冷冷的。

朝行夜宿，一路无事，这日午后，三人纵骑正行之间，突见迎面有人乘马飞驰而来。

【注】

据史籍记载，尹志平继丘处机为全真教掌教，其后相继各任掌教依次为李志常、张志敬、王志坦、祁志诚等。至于赵志敬则为小说中的虚构人物。

郭芙被烟火熏得快将晕去，吓得连哭也哭不出了，忽听得东首呼呼声响，只见一团旋风裹着一个灰影疾卷而来，旋风到处，火焰向两旁分开。风中人影便是杨过。

第二十九回

劫难重重

郭芙叫道："是我的小红马，是我的……"叫声未毕，红马已奔到面前。郭芙纵身上前。红马认得主人，不待她伸手拉缰，已陡然站住，昂首欢嘶。

郭芙看马上乘者是个身穿黑衣的少女，昔日见过一面，是曾与她并肩共斗李莫愁的完颜萍。只见她头发散乱，脸色苍白，神情极是狼狈。郭芙道："完颜姊姊，你怎么了？"完颜萍伸手指着来路，道："快……快……"突然身子摇晃，摔下马来。郭芙惊叫一声，伸手扶起，向母亲道："妈，她便是那个完颜姊姊。"说着向李莫愁瞪了一眼。

黄蓉心想："她骑了汗血宝马奔来，天下无人再能追赶得上，本来已无危险。但她手指北方，神情惶急，必是为旁人担忧，咱们须得赶去救人。"叫女儿抱了完颜萍坐在马上，说道："这马脚程太快，你千万不可越过我头！"郭芙问道："为什么啊？"黄蓉道："前面有重大危险，怎么这都想不到？"说着向李莫愁一招手，两人纵马向北。

奔出十余里，果然听得山岭彼方隐隐传来兵刃相交之声。黄蓉和李莫愁纵马绕过山岭，只见前面空地上有五人正自恶斗。其中二人是武氏兄弟，另外一男一女，年纪均轻，黄蓉并不识得，四人联手与一个中年汉子相抗。虽然以四敌一，但兀自遮拦多，进攻少，武氏兄弟均已负伤，只那少年一柄长剑纵横挥舞，抵挡了那中年汉子的大半招数。旁边空地上躺着一人，却是武三通，不住口的吆喝叫嚷。

黄蓉见那汉子左手使柄金光闪闪的大刀，右手使柄又细又长的黑剑，招数奇幻，生平未见，自己若不出手，武氏兄弟便要遭逢奇险，向李莫愁道："那两个少年是我徒儿。"李莫愁涩然一笑，心想："他们母亲是我杀的，我岂不知？"见那中年汉子武功高得出奇，江湖上却从未听说有这号人物，心下暗自惊异，微微一笑，道："下场罢！"拔出拂尘一拂，黄蓉也已持竹棒在手。两人左右齐上，李莫愁拂尘攻那人黑剑，黄蓉的竹棒便缠向他金刀。

这中年汉子正是绝情谷谷主公孙止，突见两个中年美貌女子双双攻来，心中一震。只听李莫愁叫道："一！"拂尘挥出一招，跟着又叫："二！"原来她与黄蓉暗中较上了劲，要瞧是谁先将这汉子的兵刃打落脱手。但她一直叫到"十"字，公孙止仍是有攻有守。那少年长剑刷刷刷连刺三剑，指向公孙止后心。这三剑势狠力沉，公孙止缓不出手来抵挡，向前纵跃丈余，脱出圈子，心知再斗下去，定要吃亏，向黄蓉与李莫愁横了一眼，暗道："哪里钻出这两个厉害女将来？偏又这般美貌！"刀剑互击，嗡嗡作响，纵身再上。

黄蓉与李莫愁不敢轻敌，举兵刃严守门户，哪知公孙止在空中一个转身，落地后几下起落，奔上了山岭。黄蓉和李莫愁相视一笑，均想："此人武功既强，人又狡猾，自己若是落单，只怕不是他的敌手。"

武氏兄弟手按伤口，上前向师母磕头，一站直身子，都怒目瞪视李莫愁。

黄蓉道："旧账暂且不算，你们爹爹的伤不碍事么？这两位是谁？啊哟，不好！李姊姊快跟我来！"不及上马，飞身向来路急奔。李莫愁没领会她的用意，但也随后跟去，叫道："怎么啊？"黄蓉道："芙儿，芙儿正好和这人撞上！"

两人提气急追，但公孙止脚程好快，便在这稍一耽搁之际，已相距里许。

只见郭芙双手搂着完颜萍，两人骑了小红马正缓步绕过山岭。黄蓉遥遥望见，提气高叫："芙儿——小心！"叫声未歇，公孙止快步抢近，纵身飞跃，已上了马背，伸手将郭芙制住，跟着拉缰要掉转马头。黄蓉撮唇作哨。红马听得主人召唤，便即奔来。

公孙止吃了一惊，心想："今日行事怎地如此不顺，连一头畜生也差遣不动？"当下运劲勒马。这一勒力道不小，红马一声长嘶，人立起来。公孙止强行将马头掉转，要向南奔驰，但红马翻蹄踢腿，竟一步步的倒退而行。黄蓉大喜，急奔近前。公孙止见红马倔强无比，黄蓉与李莫愁转眼便要追到，当即兵刃入鞘，右手挟了郭芙，左手挟了完颜萍，下马奔行。黄蓉和李莫愁都是一等一的轻功，不多时便已追近，相距不过数十步之遥。

公孙止转过身来，笑道："我双臂这般一使劲，这两个花朵般的女孩儿还活不活？"黄蓉说道："阁下是谁？我和你素不相识，何以擒我女儿？"公孙止笑道："这是你的女儿？原来你是完颜夫人？"黄蓉指着郭芙道："这才是我女儿！"公孙止向郭芙看了一眼，又向黄蓉望了一眼，笑嘻嘻的道："啧啧啧，很美，母女俩都很美，很美！"

黄蓉大怒，只是女儿受他挟制，投鼠忌器，只有先使个缓兵之计，再作道理，正待说话，突然飕飕两声发自身后，两枝长箭自左颊旁掠过，直向公孙止面门射去。箭去劲急，破空之声极响。黄蓉听得箭声，险些喜极而呼，错疑是丈夫到了。中原一般武林高手均少熟习箭术，而蒙古武士箭法虽精，以无浑厚内力，箭难及远。这两枝箭破空之声如此响亮，除了郭靖所发之外，她生平还未见过第二人有此功力。但比之郭靖毕竟相差尚远，箭到半路，她便知并非丈夫。

公孙止眼见箭到，张口咬住第一枝箭的箭头，跟着偏头一拨，以口中箭杆将第二枝箭拨在地下。黄蓉心道：“此箭若是靖哥哥所射，你张口欲咬，不在你咽喉上穿个窟窿才怪。”心念方动，只听得飕飕之声不绝，连珠箭发，一连九箭，一枝接着一枝，枝枝对准了公孙止双眉之间。这一来公孙止不由得手忙脚乱，忙放下二女，抽剑格挡。

黄蓉和李莫愁发足奔上，待要去救二女，只见一团灰影着地滚去，抱住了郭芙向路旁一滚，待要翻身站起，公孙止左手金刀尚未拔出，空掌向他头顶击落。

那人横卧地下，翻掌上挡，双掌相交，砰的一声，只激得地下灰尘纷飞。公孙止叫道：“好啊！”第二掌加劲击落。眼见那人难以抵挡，黄蓉打狗棒挥出，使个“封”字诀，已接过了这掌。公孙止见敌人合围，料知今日已讨不了好去，哈哈一笑，倒退三步，转身扬长而去。这一下身法潇洒，神态英武，黄蓉等倒也不敢追赶。

抱着郭芙那人站起身来，松臂放开。黄蓉见他腰挂长弓，身高膀阔，正是适才使剑的少年，那十一枝连珠箭自然是他所发了。郭芙为公孙止所制，但并未受伤，说道：“耶律大哥，多谢你救我。”说着脸上一红，甚感娇羞。

这时武修文和另一少女也已追到，只武敦儒留在父亲身边照料。按理武修文该替各人引见，但他满腔怒火，狠狠的瞪着李莫愁，浑忘了身旁一切，黄蓉连叫他两声，竟没听见。李莫愁却早已站得远远的，负手观赏风景，并不理睬众人。

郭芙指着适才救她的少年，对黄蓉道：“妈，这位是耶律齐耶律大哥。”指着那高身材的少女道：“这位是耶律燕耶律姊姊。”黄蓉赞道：“两位好俊的功夫！”耶律兄妹齐称：“郭夫人夸奖！”上前行礼。

黄蓉道："瞧两位武功是全真一派，但不知是全真七子中哪一位门下？"她见耶律齐武功了得，少年子弟中除杨过之外罕有其匹，料想不会是全真门下的第四代子弟。耶律燕道："我的功夫是哥哥教的。"黄蓉点了点头，眼望耶律齐。耶律齐颇感为难，说道："长辈垂询，原该据实禀告。只是我师父嘱咐晚辈，不可说他老人家的名讳，请郭夫人见谅。"

黄蓉一怔，心想："全真七子哪里来这个怪规矩了？这少年武功人才两臻佳妙，为什么说不得？"心念一动，突然哈哈大笑，弯腰捧腹，显是想到了什么滑稽之极的趣事。郭芙奇道："妈，什么事好笑？"她听母亲正自一本正经的询问耶律齐的师承门派，蓦地里如此发笑，只怕耶律齐定要着恼，心中微感尴尬，又道："妈，耶律大哥不便说，也就是了，有什么好笑？"黄蓉笑着不答。耶律齐也是笑容满面，道："原来郭夫人猜到了。"郭芙甚感迷惘，转头看耶律燕时，见她也是大惑不解，不知两人笑些什么。

这时武修文左足跪地，在给完颜萍包扎伤处。她刚才给公孙止挟制了奔跑时扭脱了右足小腿关节。黄蓉问道："修儿，你爹爹的伤势怎样？"武修文道："爹爹中了那公孙老儿的一剑，伤在左腿，幸亏没伤到筋骨。"黄蓉点点头，过去抚摸汗血宝马的长鬣，轻轻说道："马儿啊马儿，我郭家满门真是难以报答你的恩情。"眼见武修文始终不和郭芙说话，神色间颇有异状，但照料完颜萍却极是殷勤，也不知是故意做给女儿看呢，还是当真对这姑娘生了情意，一时也理会不了这许多，说道："咱们瞧你爹爹去。"

武三通本来坐着，见黄蓉走近，叫道："郭夫人！"站起身来，终因腿上有伤，身子微微一晃。武敦儒和耶律燕同时伸手去扶，两人手指互碰，不由得相视一笑。

黄蓉心中暗笑："好啊，又是一对！没几日之前，两兄弟为了芙儿拼命，兄弟之情也不顾了，这时另行见到了美貌姑娘，一转眼便把从前之事忘得干干净净。”突然间想到郭靖，心下不禁自傲，靖哥哥对自己一片真心，当真是富贵不夺，艰险不负，眼前的少年人有谁能比得上？跟着又想到了杨过，觉得他和小龙女的情爱身份不称，伦常有乖，然而这份生死不渝的坚贞，却也令人可敬可佩。

武氏兄弟和郭芙同在桃花岛上自幼一齐长大，一来岛上并无别个妙龄女子，二来日久自然情生，若要两兄弟不对郭芙钟情，反而不合情理了。后来忽然得知郭芙对自己原来绝无情意，自是心灰意懒，只道此生做人再无半点乐趣，哪知不久遇到了耶律燕和完颜萍，竟尔分别和两兄弟颇为投缘。这时二武与郭芙重会，心中暗地称量，当真是情人眼里出西施，只觉自己的意中人非但并无不及郭芙之处，反而颇有胜过。一个心道：“耶律姑娘豪爽和气，哪像你这般捏捏扭扭，尽是小心眼儿？”另一个心道：“完颜姑娘楚楚可怜，多温柔斯文，争似你每日里便是叫人呕气受罪？”他兄弟俩本已立誓终生不再与郭芙相见，但这时狭路相逢，难以回避，均想：“今日并非我有意前来找你，可算不得破誓。”

郭芙心中，却尽在回想适才自己被公孙止所擒、耶律齐出手相救之事，几次偷眼瞧他，见这人长身玉立，英秀挺拔，不禁暗自奇怪：“去年和他初会，事过后也便忘了，哪知这人的武功竟如此了得。妈妈和他相对大笑，却又不知笑些什么？”

黄蓉看了武三通腿上的剑伤，幸喜并无大碍。当下各人互道别来之情。

那日武三通、朱子柳随师叔天竺僧赴绝情谷寻求解药，刚出襄阳城，武三通便见到两个儿子。他吃了一惊，只怕两人又要决斗，忙叫朱子柳陪师叔先去，抢上去揪住二武兄弟厉声喝问，原来他兄弟俩为了曾对杨过立誓不再见郭芙之面，不愿再在襄阳多耽。武三通大慰，连赞："好孩儿，有志气！"又道："杨兄弟舍命救我父子，他眼下有难，如何能不设法报答？咱父子三人一起去绝情谷。"

但绝情谷便如世外桃源一般，虽曾听杨过说过大致的所在方位，却着实不易找到入口。三人盘旋来去，走了不少岔路，好容易寻到了谷口，天竺僧和朱子柳却已双双失陷，被裘千尺派遣弟子以渔网阵擒住。武三通父子几次救援不成，反险些也陷在谷内，只得退出，想回襄阳求救，途中偏又和公孙止遇上，说他三人擅闯禁地，动起手来。武三通不敌，腿上中了一剑。公孙止倒也不欲害三人性命，只是催迫他们快走，永远不许再来。

便在此时，耶律兄妹和完颜萍三人在大路上并骑驰来。这三人曾和武氏兄弟联手拒敌，当即下马叙旧。公孙止在旁冷眼瞧着，他既和小龙女成不了亲，又被妻子逐出，正在百无聊赖之际，见到完颜萍年轻美貌，不禁又起歹心，突然出手将她夺走。当下耶律兄妹、武氏父子群起而攻。武三通若非先受了伤，六人联手，原可和公孙止一斗，但他腿伤后转动不便，真正武功精强的只剩耶律齐一人，自是抵挡不住。恰好汗血宝马自终南山独自驰回襄阳，武修文截住宝马，让完颜萍骑了逃走，心想公孙止失了鹄的，终当自去，想不到黄蓉和李莫愁竟会于此时赶到。

黄蓉听后，将杨过断臂，夺去幼女等情也简略说了。武三通大惊，忙解释当日情由，说道："杨兄弟一片肝胆热肠，全是为了相救我那两个畜生，免得他兄弟自残，沦于万劫不复之地，想不到竟生出这些事来。"想到杨过不幸断肢，全是受了自己两子的牵累，越想越气，突然指着两兄弟大骂起来。

武氏兄弟在一旁和耶律兄妹、完颜萍三人说得甚是起劲，过不多时，郭芙也过来参与谈论。六人年纪相若，适才又共同经历了一场恶战，说起公孙止穷凶极恶，终于落荒而逃，无不兴高采烈。突然之间，猛听得武三通连珠弹般骂了起来："武敦儒、武修文你这两只小畜生，杨过兄弟待你们何等大仁大义，你这两只畜生却累得他断了手臂，你们自己想想，咱们姓武的怎对得他住？”他面红耳赤的越骂越凶，若不是腿上有伤，便要扑过去挥拳殴击。二武莫名其妙，不知父亲何以忽然发怒，各自偷眼去瞧耶律燕和完颜萍，均觉在美人之前，给父亲这么畜生长、畜生短的痛骂，实是大失面子，倘若他再抖出兄弟俩争夺郭芙的旧事，那更是狼狈之至了。两兄弟你望我，我望你，不知如何是好。

黄蓉见局面尴尬，劝道：“武兄也不必太过着恼，杨过断臂，全因小妹没有家教，把女孩儿纵坏了。当时我们郭爷也是气恼之极，要将小女的手臂砍一条下来。”武三通大声道：“对啊，不错。应该砍的！”郭芙向他白了一眼，心道：“要你说什么‘应该砍的’？”若不是母亲在前，她立时便要出言挺撞。

黄蓉道：“武兄，现下一切说明白啦，实是错怪了杨过这孩子。眼前有两件大事，第一，咱们须得找到杨过，好好的向他赔个不是。”武三通连称：“应得，应得。”黄蓉又道：“第二件大事，便是上绝情谷去相救令师叔和朱大哥，同时替杨过求取解药。但不知朱大哥如何被困，刻下是否有性命之忧？”

武三通道：“我师叔和师弟是被渔网阵困住的，囚在石室之中，那老乞婆倒似还不想便即加害。”黄蓉点头道：“嗯，既是如此，咱们须得先找到杨过，跟他同去绝情谷救人。一获解药，好让他立刻服下，免得迁延时日，多生危险。”武三通道：“不错，却不知杨过现下是在何处？”黄蓉指着汗血宝马道：“此马刚由杨过借了骑过，只须让这马原路而回，当可找到他的所在。”武三通大喜，说道：“今日若非足智多谋的郭夫人在此，老武枉自暴跳如雷，却不免一筹莫展了。”郭芙再也忍耐不住，说道：“可不是吗？”

黄蓉微微一笑，她一句不提去寻回幼女，却说得武三通甘心跟随，又想：“武氏父子既去，那三个年轻人多半也会随去，凭空多了几个强助，岂不是妙？”向耶律齐道：“耶律小哥若无要事，便和我们同去玩玩如何？”耶律齐尚未回答，耶律燕拍手叫道：“好，好！哥哥，咱们一起去罢！”耶律齐忍不住向郭芙望了一眼，见她眼光中大有鼓励之意，于是躬身道：“听凭武前辈和郭夫人吩咐。晚辈们能多获两位教益，正是求之不得。”完颜萍也是脸有喜色，缓缓点头。

黄蓉道：“嗯，咱们人虽不多，也得有个发号施令之人。武兄，大伙儿一齐听你号令，谁都不可有违。”武三通连连摇手，说道：“有你这个神机妙算、亚赛诸葛的女军师在此，谁还敢发号施令？自然是你挂帅印。”黄蓉笑道：“当真？”武三通道：“那还有假？”黄蓉笑道：“小辈们也还罢了，就怕你这老儿不听我号令。”武三通大声道：“你说什么，我便干什么！赴汤蹈火，在所不辞。”黄蓉道：“在这许多小辈之前，你可不能说过了话不算？”武三通涨红了脸，道：“便是无人在旁，我也岂能言而无信？”

黄蓉道：“好！这一次咱们找杨过，求解药，救你的师叔、师弟，须得和衷共济。旧日恩怨，暂且搁过一边。武兄，你们父子可不能找李莫愁算账，待得大事一了，再拼你死我活不迟。”武三通一怔，他可没想到黄蓉这番言语相套，竟是如此用意。李莫愁和他有杀妻大恨，这一口怒气却如何忍得下？正自沉吟未答，黄蓉低声道：“武兄，你眼前腿上有伤，君子报仇，十年未晚，又岂急在一时？”武三通道：“好，你说什么，我就干什么。”

黄蓉纵声招呼李莫愁：“李姊姊，咱们走罢！”她让汗血宝马领路，众人在后跟随。红马本欲回归襄阳，这时遇上了主人，黄蓉牵着它面向来路，便向终南山而去。

武三通和完颜萍身上有伤，不能疾驰，一行人每日只行一百余里，也就歇了。李莫愁暗中严加戒备，歇宿时远离众人，白天赶路之时也是遥遥在后。

一路上朝行晚宿，六个青年男女闲谈说笑，越来越是融洽。武氏兄弟自来为在郭芙面前争宠，手足亲情不免有所隔阂，这时各人情有别钟，两兄弟便十分的相亲相爱起来。武三通瞧在眼里，自是老怀弥慰，但每次均即想起："那日两兄弟就算不中李莫愁的毒针，他二人自相残杀，必有一亡，而活着的那一个，我也决不能当他是儿子了。现下这两只畜生居然好端端地有说有笑，杨兄弟却断了一条手臂。唉，真不知从何说起？该当斩下两只小畜生的臂膀来，接在杨兄弟身上才是道理。"至于杨过不免由此变成三只手，他却没有想到。

不一日来到终南山上。黄蓉、武三通率领众人要去重阳宫拜会全真五子。李莫愁远远站定，说道："我在这里相候便了。"黄蓉知她与全真教有仇，也不相强，径往重阳宫去。

刘处玄、丘处机等得报，忙迎出宫来，相偕入殿，分宾主坐下，刚寒暄得几句，忽听得后殿一人大声吆喝。黄蓉大喜，叫道："老顽童，你瞧是谁来了？"

这些日来，周伯通尽在钻研指挥玉蜂的法门。他生性聪明，锲而不舍，居然已有小成，这天正玩得高兴，忽听得有人呼叫，却是黄蓉的声音。周伯通喜道："啊哈，原来是我把弟的刁钻古怪婆娘到了！"大呼小叫，从后殿抢将出来。

耶律齐上前磕头，说道："师父，弟子磕头，您老人家万福金安。"周伯通笑道："免礼平身！你小娃儿也万福金安！"

众人一听，都感奇怪，想不到耶律齐竟是周伯通的弟子。这老顽童疯疯癫癫，教出来的徒弟却是精明练达，少年老成，与他全然不同。丘处机等见师叔门下有了传人，均甚高兴，纷纷向周伯通道贺。郭芙这时方始省悟，那日母亲和耶律齐相对而笑，便因猜到他师父是老顽童之故。

原来耶律齐于十二年前与周伯通相遇，其时他年岁尚幼，与周伯通玩得投机，老顽童便收他为徒。所传武功虽然不多，但耶律齐聪颖强毅，练功甚勤，竟成为小一辈中的杰出人物。只是周伯通见他规规矩矩，不是小顽童模样，心中终觉有憾，因此不许他自称是老顽童的嫡传弟子。事到如今，想赖也赖不掉了。

正热闹间，突然山下吹起锁呐，教中弟子传讯，有敌人大举来袭。当日全真教既拒蒙古大汗的敕封，复又杀伤多人，丘处机等便知这事决不能就此善罢，蒙古兵迟早会杀上山来，全真教终不能与蒙古大军对垒相抗，早已安排了弃宫西退的方策。这时全真教的掌教由第三代弟子李志常充任，但遇上这等大事，自仍由全真五子发号施令。丘处机向黄蓉道："郭夫人，蒙古兵攻山！时机当真不巧，不能让贫道一尽地主之谊了。"

只听得山下喊杀之声大作，金鼓齐鸣。原来黄蓉等自南坡上山，蒙古兵却自北坡上山，前后相差不到半个时辰。

周伯通道："是敌人来了？当真妙不可言，来来来，咱们下去杀他个落花流水。"伸手抓住了耶律齐的手腕，说道："你显点师父教的功夫，给几位老师兄们瞧瞧。我看也不差于全真七子。你加上去算全真八子好了。"大凡小孩有了心爱玩物，定要到处显炫，博人称赏，方始欢喜。他初时叫耶律齐不可泄露师承，是嫌他全无顽皮之性，半点不似老顽童如此明师的高徒。但今日师徒相见，高兴之下，早将从前自已嘱咐的话忘得干干净净。

丘处机道："师叔，我教数十年经营，先师的毕生心血，不能毁于一旦，咱们今日全身而退，方为上策。"也不等周伯通有何高见，便即传令："各人携带物事，按派定路程下山。"众弟子齐声答应，负了早就打好的包裹，东一队、西一队的奔下山去。前几日中，全真五子和李志常早已分派妥当，何人冲前，何人断后，何处会合，如何联络，曾试演多次，因此事到临头，毫不混乱。

黄蓉道："丘道长，贵教安排有序，足见大才，眼前小小难关，不足为患。行见日后卷土重来，自必更为昌盛。此番我们有事来找杨过，就此拜别。"丘处机一怔，道："杨过？却不知他是否仍在此山之中？"黄蓉微微一笑，道："有个同伴知晓他的所在。"

说到此时，山下喊杀之声更加响了。黄蓉心想："全真教早有布置，自能脱身。我上山来是找杨过、接女儿，别混在大军之中，误了要事。"当下和丘处机等别过，招呼一同上山的诸人，奔到重阳宫后隐僻之处，对李莫愁道："李姊姊，就烦指引入墓之法。"

李莫愁问道："你怎知他定在古墓之中？"黄蓉微微一笑，道："杨过便不在古墓，玉女心经一定在的。"李莫愁一凛，暗道："这位郭夫人当真厉害，怎地知悉我的心事？"

李莫愁随着众人自襄阳直至终南，除黄蓉外，余人对她都毫不理睬，沿途甚是没趣，自不必说，武氏父子更虎视眈眈的俟机欲置之死地。黄蓉心想："她对襄儿纵然喜爱，也决不肯干冒如此奇险，必定另有重大图谋。"一加琢磨，想起杨过与小龙女曾以玉女心经的剑术击败金轮法王，而李莫愁显然不会这门武功，否则当日与自己动手，岂有不使之理？她自是既想取玉女心经，又怕七人先入古墓取了经去。两下里一凑合，便猜中了她的心意。

李莫愁心想你既然知道了，不如索性说个明白，便道："我助你去夺回女儿，你须助我夺回本门武经。你是丐帮帮主、扬名天下的女侠，可不能说了话不算。"黄蓉道："杨过是我们郭爷的故人之子，和我小有误会，见面即便冰释。小女倘若真在他处，他自会还我，说不上什么夺不夺。"李莫愁道："既然如此，咱们各行其是，便此别过。"说着转身欲行。

黄蓉向武修文使个眼色。武修文长剑出鞘，喝道："李莫愁，今日你还想活着下终南山么？"

李莫愁心想：单黄蓉一人自己已非其敌，再加上武氏父子、耶律兄妹等人，哪里还有生路？她本来颇有智计，但一遇上黄蓉，竟是缚手缚脚，一切狡狯伎俩全无可施，当下淡淡的道：“郭夫人精通奇门之变，杨过既然在此山上，郭夫人还愁找不到么？何必要我引路？”

黄蓉知她以此要挟，说道：“要找寻古墓的入口，小妹却无此本事。但想杨过和龙姑娘虽在墓中隐居，终须出来买米打柴。我们七个人分散了慢慢等候，总有撞到他的日子。”意思说你若不肯指引，我们便立时将你杀了，只不过迟几日见到杨过，也没什么大不了。

李莫愁一想不错，对方确是有恃无恐。在这平地之上，自己寡不敌众，但若将众人引入地下墓室，那时凭着地势熟悉，便能设法逐一暗害，说道：“今日你们恃众凌寡，我别无话说，反正我也是要去找杨过，你们跟我来罢！”穿荆拨草，从树丛中钻了进去。

黄蓉等紧跟在后，怕她突然逃走。见她在山石丛中穿来插去，许多处所明明无路可通，但东一转，西一弯，居然别有洞天。这些地势全是天然生成，并非人力布置，因此黄蓉虽然通晓五行奇门之术，却也不能依理推寻，心想：“有言道是‘巧夺天工’，其实天工之巧，岂是人所能夺？”

行了一顿饭时分，来到一条小溪之旁，这时蒙古兵呐喊之声仍然隐隐可闻，但因深处林中，听来似乎极为遥远。

李莫愁数年来处心积虑要夺玉女心经，上次自地底溪流出墓，因不谙水性，险些丧命，此后便在江河中熟习水性，此次乃有备而来。她站在溪旁，说道：“古墓正门已闭，若要开启，须费穷年累月之功。后门是从这溪中潜入，哪几位和我同去？”

郭芙和武氏兄弟自幼在桃花岛长大，每逢夏季，日日都在大海巨浪之中游泳，因此精通水性，三人齐道：“我去！”武三通也会游水，虽然不精，但也没将这小溪放在心上，说道：“我也去。”

黄蓉心想李莫愁心狠手辣，若在古墓中忽施毒手，武三通等无一能敌，本该自己在侧监视，但产后满月不久，在寒水中潜泳只怕大伤中元，正自踌躇，耶律齐道："郭伯母你在这儿留守，小侄随武伯父一同前往。"

黄蓉大喜，此人精明干练，武功又强，有他同去，便可放心，问道："你识水性么？"耶律齐道："游水是不大行，潜水勉强可以对付。"黄蓉心中一动，道："是在冰底练的么？"耶律齐道："是。"黄蓉又问："在哪里练的？"耶律齐道："晚辈幼时随家父在斡难河畔住过几年。"原来蒙古苦寒，那斡难河一年中大半日子都是雪掩冰封。蒙古武士中体质特强之人常在冰底潜水，互相赌赛，以迟出冰面为胜。

黄蓉见李莫愁等结束定当，便要下溪，当下无暇多问，只低声道："人心难测，多加小心。"她对女儿反而不再嘱咐，这姑娘性格莽撞，叮咛也是无用，只有她自己多碰几次壁，才会得到教训。

耶律、完颜二女不识水性，与黄蓉留在岸上。李莫愁当先引路，自溪水的一个洞穴中潜了下去。耶律齐紧紧跟随。郭芙与武氏父子又在其后。

耶律齐等五人跟着李莫愁在溪底暗流中潜行。地底通道时宽时窄，水流也是忽急忽缓，有时水深没顶，有时只及腰际，潜行良久，终于到了古墓入口。李莫愁钻了进去。五人鱼贯而入，均想："若非得她引路，焉能想到这溪底居然别有天地？"这时身周虽已无水，却仍是黑漆一团，五人手拉着手，唯恐失散，跟着李莫愁曲曲折折的前行。

又行多时，但觉地势渐高，脚下已甚干燥，忽听得轧轧声响，李莫愁推开了一扇石门，五人跟着进去。只听得李莫愁道："此处已是古墓中心，咱们少憩片刻，这便找杨过去。"自入古墓，武三通和耶律齐即半步不离李莫愁身后，防她使奸行诈，然伸手不见五指，只有以耳代目，凝神倾听。郭芙和武氏兄弟向来都自负大胆，但此刻深入地底，双目又如盲了一般，都不自禁的怦怦心跳。

黑暗之中，寂然无声。李莫愁忽道：“我双手各有一把冰魄银针，你们三个姓武的，怎不过来尝尝滋味？”武三通等吃了一惊，明知她不怀好意，但也没料到竟会立即发难。武氏父子都吃过她毒针的苦头，实不敢丝毫轻忽，各自高举兵刃，倾听银针破空之声，以便辨明方向来势，挡格闪避，只是各人聚集一起，纵然用兵刃将毒针砸开，仍不免伤及自己人。耶律齐心想若容她乱发暗器，己方五人必有伤亡，只有冒险上前近身搏击，叫她毒针发射不出，才有生路。郭芙心中也是这个主意，两人不约而同的向李莫愁发声处扑去。

岂知李莫愁三句话一说完，当众人愕然之际，早已悄没声的退到了门边。耶律齐和郭芙纵身扑上，使的都是近身搏斗的小擒拿法，勾腕拿肘，要叫李莫愁无法发射暗器。两人四手一交，郭芙首先发觉不对，“咦”的一声叫了出来。耶律齐双手一翻一带，已抓住了两只手腕，但觉肌肤滑腻，鼻中跟着又闻到一阵香气，直到听得郭芙呼声，方始惊觉。

只听得轧轧声响，石门正在推上。耶律齐和武三通叫道：“不好！”抢到门边，但听得风声飕飕，两枚银针射了过来，两人侧身避过，伸手再去推石门时，那门已然关上，推上去竟是如撼山丘，纹丝不动。

耶律齐伸手在石门上下左右摸了一转，既无铁环，亦无拉手。他随即沿墙而行，在室中绕了一圈，察觉这石室约莫两丈见方，四周墙壁尽是粗糙坚厚的石块。他拔出长剑，用剑柄在石门上敲了几下，但听得响声郁闷，显是极为重实。这石门乃是开向室内，只有内拉方能开启，但苦于光秃秃的无处可资着手。郭芙急道：“怎么办？咱们不是要活活的闷死在这儿么？”耶律齐听她说话声音几乎要哭了出来，安慰道：“别担心。郭夫人在外接应，定有相救之策。”一面四下摸索，寻找出路。

李莫愁将武三通等关在石室之中，心中极喜，暗想：“这几个家伙出不来啦。师妹和杨过只道我不识水性，说什么也料不到我会从秘道进来偷袭。只不知他二人是否真的在内？”心知只有不发出半点声息，才有成功之望，否则当真动手，只怕此时已然敌不过二人中任何一个，于是除去鞋子，只穿布袜，双手都扣了冰魄银针，慢慢的一步步前行。

连日来小龙女坐在寒玉床上，依着杨过所授的逆冲经脉之法，逐一打通周身三十六处大穴。这时两人正以内息冲激小龙女任脉的“膻中”穴。此穴正当胸口，在“玉堂”穴之下一寸六分，古医经中名之曰“气海”，为人身诸气所属之处，最是要紧不过。两人全神贯注，不敢有丝毫怠忽。小龙女但觉颈下“紫宫”、“华盖”、“玉堂”三穴中热气充溢，不住要向下流动，同时寒玉床上的寒气也渐渐凝聚在脐上“鸠尾”、“中庭”穴中，要将颈口的一股热气拉将下来。只是热气冲到“膻中穴”处便给撞回，无法通过。她心知只要这股热气一过膻中，任脉畅通，身受的重伤十成中便好了八成，只是火候未到，半点勉强不得。她性子向来不急，古墓中日月正长，今日不通，留待明日又有何妨？因此内息绵绵密密，若断若续，殊无半点躁意，正合了内家高手的运气法要。

杨过却甚性急，只盼小龙女早日痊可，便放却了一番心事，但也知这内息运功之事欲速则不达，何况逆行经脉，比之顺行又是加倍艰危。但觉小龙女腕上脉搏时强时弱，虽不匀净，却无凶兆，当下缓缓运气，加强冲力。

便在这寂无声息之中，忽听得远处“嗒”的一响。这声音极轻极微，若不是杨过凝气运息，心神到了至静的境地，决计不会听到。过了半晌，又是“嗒”的一声，却已近了三尺。

杨过心知有异，但怕小龙女分了心神，当这紧急关头，要是内息走入岔道，轻则伤势永远难愈，重则立时毙命，岂能稍有差池？因此心中虽然惊疑，只有故作不知。但过不多时，又是轻轻“嗒”的一响，声音更近了三尺。他这时已知有人潜入古墓，那人不敢急冲而来，只是缓缓移近。过了一会，轧轧两声轻响，停一停，又是轧轧两声，敌人正在极慢极慢的推开石门。倘若小龙女能于敌人迫近之前冲过“膻中穴”，自是上上大吉，否则可凶险万分，此时已是骑虎难下，便欲停息不冲，也已不能。

只听得“嗒”的一声轻响，那人又跨近了一步。杨过心神难持，实不知如何是好，突觉掌心震荡，一股热气逼了回来，原来小龙女也已惊觉。杨过忙提内息，将小龙女掌上传来的内力推了转去，低声道：“魔由心生，不闻不见，方是真谛。”练功之人到了一定境界，常会生出幻觉，或耳闻雷鸣，或剧痛奇痒，只有一概当其虚幻，毫不理睬，方不致走火入魔。这时杨过听脚步声清晰异常，自知不是虚相，但小龙女正当生死系于一线的要紧关头，只有骗她来袭之敌是心中所生的魔头，任他如何凶恶可怖，始终置之不理，心魔自消。小龙女听了这几句话，果然立时宁定。

其时古墓外红日当空，墓中却黑沉沉的便如深夜。杨过耳听脚步声每响一次，便移近数尺，心想世上除自己夫妻之外，只有李莫愁和洪凌波方知从溪底潜入的秘径，那么来者必是她师徒之一。凭着杨过这时的武功，本来自是全不畏惧，只是早不来，迟不来，偏偏于这时进袭，不由得彷徨焦虑，苦无抵御之计。敌人来得越慢，他心中的煎熬越是深切，凶险步步逼近，自己却只有束手待毙。他额上渐渐渗出汗珠，心想：“那日郭芙斩我一臂，剑锋倏然而至，虽然痛苦，可比这慢慢的煎迫爽快得多。”

又过一会，小龙女也已听得明明白白，知道决非心中所生幻境，实是大难临头，想要加强内息，赶着冲过“膻中穴”，但心神稍乱，内息便即忽顺忽逆，险些在胸口乱窜起来。就在此时，只听脚步之声细碎，倏忽间到了门口，飕飕数声，四枚冰魄银针射了过来。

这时杨过和小龙女便和全然不会武功的常人无异，好在两人早有防备，一见毒针射到，同时向后仰卧，手掌却不分离，四枚毒针均从脸边掠过。李莫愁没想到他们正自运功疗伤，生怕二人反击，因此毒针一发，立即后跃，若她不是心存惧怕，四针发出后跟着又发四针，他二人决计难以躲过。

李莫愁隐隐约约只见二人并肩坐在寒玉床上。她一击不中，已自惴惴，见二人并不起身还手，更不明对方用意，当即斜步退至门边，手执拂尘，冷冷的道：“两位别来无恙！”

杨过道：“你要什么？”李莫愁道：“我要什么，难道你不知么？”杨过道：“你要玉女心经，是不是？好，我们在墓中隐居，与世无争。你就拿去罢。”李莫愁将信将疑，道：“拿来！”

这玉女心经刻在另一间石室顶上，杨过心想：“且告知她真相，心经奥妙，让她去慢慢参悟琢磨就是。我们只消有得几个时辰，姑姑的‘膻中穴’一通，那时杀她何难？”但此时小龙女内息又是狂窜乱走，杨过全神扶持，无暇开口说话。

李莫愁睁大眼睛，凝神打量两人，朦朦胧胧见到小龙女似乎伸出一掌，和杨过的手掌相抵，心念一动，登时省悟：“啊，杨过断臂重伤，这小贱人正以内力助他治疗。此刻行功正到了要紧关头，今日不伤他二人性命，此后怎能更有如此良机？”她这猜想虽只对了一半，但忌惮之心立时尽去，纵身而上，举起拂尘便往小龙女顶门击落。

小龙女只感劲风袭顶，秀发已飘飘扬起，只有闭目待死。便在此时，杨过张口一吹，一股气息向李莫愁脸上喷去。他这时全身内力都用以助小龙女打通脉穴，这口气中全无劲力，只是眼见小龙女危急万分，唯一能用以扰敌的也只是吹一口气罢了。

李莫愁却素知杨过诡计多端，但觉一股热气扑面吹到，心中一惊，向后跃开半丈，她自因智力不及而惨败在黄蓉手下之后，处处谨慎小心，未暇伤敌，先护自身，跃开后觉得脸上也无异状，喝道："你作死么？"

杨过笑道："那日我借给你的一件袍子，今日可带来还我么？"李莫愁想起当日与铁匠冯默风激斗，全身衣衫都被火红的大铁锤烧烂，若非杨过解袍护体，那一番出丑可就狼狈之极了。按理说，单凭这赠袍之德，今日便不能伤他二人性命，但转念一想，此刻心肠稍软，他日后患无穷，当下欺身直上，左掌又拍了过去。

危难之中，杨过陡然间情急智生，想起先几日和小龙女说笑，曾说我若双臂齐断，你只好抓住我的脚板底了，耳听得掌风飒然，李莫愁的五毒神掌又已击到，当下不遑细想，猛地里头下脚上，倒竖过来，同时双脚向上一撑，挥脱鞋子，喝道："龙儿，抓住我脚！"左掌斜挥，啪的一声，和李莫愁手掌相交。他身上一股极强的内力本来传向小龙女身上，突然内缩，登时生出黏力，将李莫愁的手掌吸住。便在同时，小龙女也已抓住了他的右脚。

李莫愁忽见杨过姿式古怪，不禁一惊，但随即想起那日他抵挡自己的"三无三不手"便曾这般怪模怪样，也没什么了不起，当下催动掌力，要将杨过毙于当场。当年她以五毒神掌杀得陆家庄上鸡犬不留之时，掌力已极为凌厉，经过这些年的修为，更是威猛悍恶。杨过但觉一股热气自掌心直逼过来，竟不抗拒，反而加上自己的掌力，一齐传到了小龙女身上。

这么一来，变成李莫愁和杨过合力，协助小龙女通关冲穴。李莫愁所习招数虽不如杨龙二人奥妙，但说到功力修为，自比他二人深厚得多。小龙女蓦地里得了一个强助，只觉一股大力冲过来，“膻中穴”豁然而通，胸口热气直至丹田，精神大振，欢然叫道：“好啦，多谢师姊！”松手放脱杨过的右脚，跃下寒玉床来。

李莫愁一愕，她只道是小龙女助杨过疗伤，因此催动掌力，想乘机震伤杨过心脉，岂知无意中反而助了敌人。杨过大喜，翻转身子，赤足站在当地，笑道：“若非你赶来相助，你师妹这膻中大穴可不易打通呢。”李莫愁踌躇未答，小龙女突然“啊”的一声，捧住心口，摔倒在寒玉床上。杨过惊问：“怎么？”小龙女喘道：“她，她，她手掌有毒。”

这时杨过头脑中也是大感晕眩，已知李莫愁运使五毒神掌时剧毒逼入掌心，适才与她手掌相交，不但剧毒传入自己体内，更传到了小龙女身上。

杨过提起玄铁重剑，喝道：“快取解药来！”举剑当头砍下。李莫愁举拂尘挡架，铮的一声，精钢所铸的拂尘柄断为两截，虎口也震得鲜血长流。她这柄拂尘以柔力为主，不知会过天下多少英雄豪杰，但被人兵刃震断，却是从所未有之事，只吓得她心惊胆战，急忙跃出石室。杨过提剑追去，左臂前送，眼见这一剑李莫愁万难招架得住，不料体内毒性发作，眼前金星乱冒，手臂酸软无力，当的一声，玄铁剑掉落在地。

李莫愁不敢停步，向前窜出丈余，这才回过头来，只见杨过摇摇晃晃，伸手扶住墙壁，心想：“这小子武功古怪之极，我稍待片刻，让他毒发跌倒，才可走近。”

杨过咽喉干痛，头胀欲裂，当下劲贯左臂，只待李莫愁近前，一掌将她击毙，哪知她站得远远的竟不过来。杨过“啊”的一声，仆跌在地，手掌已按住玄铁剑的剑柄。李莫愁这时已成惊弓之鸟，不敢贪功冒进，算定已立于不败之地，仍是站着静观其变。

杨过心想多挨一刻时光，自己和小龙女身上的毒便深一层，拖延下去，只于敌人有利，当下吸一口气，内息流转，晕眩少止，握住玄铁剑剑柄，站了起来，反身伸臂抱住小龙女腰间，喝道：“让路!”大踏步向外走出。李莫愁见他气势凛然，不敢阻拦。

杨过只盼走入一间石室，关上室门让李莫愁不能进来，小龙女任督两脉已通，只须半个时辰，两人便可将体内毒液逼出。此事比之打通关脉易过百倍。杨过幼时中了李莫愁银针之毒，一得欧阳锋传授，即时将毒液驱出，眼前两人如此功力，自是毫不为难。

李莫愁自也知他心意，哪容他二人驱毒之后再来动手？她不敢逼近袭击，不即不离的跟随在后，和杨过始终相距五尺。杨过站定了等她过来，她也即站定不动。

杨过但觉胸腔中一颗心越跳越是厉害，似乎要从口中窜将出来，实在无法再行支持，跌跌冲冲的奔进一间石室，将小龙女在一张石桌上一放，伸手扶住桌面，大声喘气，明知李莫愁跟在身后，也顾不得了。稍过片刻，才知竟是来到停放石棺之处，自己手上所扶、小龙女置身的所在，乃是一具石棺。

李莫愁从师学艺之时，在古墓中也住过不少时候，暗中视物的本事虽然不及杨龙二人，却也瞧清楚石室中并列五具石棺，其中一具石棺棺底便是地下秘道的门户，她适才正是由此进来，心道：“你们想从这里再逃出去吗？这次可没这么容易了。”

三人一坐一站，另一个斜倚着身子，一时石室中只有杨过呼呼喘气之声。

杨过身子摇晃几下，呛啷一声，玄铁剑落地，随即仆跌下去，扑在小龙女身上，跟着手中一物飞出，啪的一声轻响，飞入一具空棺之中，叫道：“李莫愁，这玉女心经总是不能让你到手。啊哟……”长声惨叫，便一动也不动了。

室中五具石棺并列，三具收殓着林朝英师徒和孙婆婆，另外两具却是空的，其中一具是秘道门户，棺盖推开两尺有余，可容出入，另一具的棺盖则只露出尺许空隙。李莫愁见杨过将“玉女心经”掷入这具空棺，又惊又喜，但怕又是他的狡计，过了片刻，见他始终不动，这才俯身去摸他脸颊，触手冰凉，显已死去，哈哈大笑，说道：“坏小厮，饶你刁恶，也有今日！”当即伸手入棺中去取心经。

但杨过这么一掷，将“心经”掷到了石棺的另一端，李莫愁拂尘已断，否则便可用帚尾卷了出来。她伸长手臂摸了两次，始终抓不到，于是缩身从这尺许的空隙钻入石棺，爬到石棺彼端，这才抓住“心经”，入手猛觉不妙，似乎是一只鞋子。

便在此时，杨过仰起身子，左臂向前急送，玄铁剑的剑头抵住棺盖，发劲猛推，棺盖合缝，登时将李莫愁封在棺中！

李莫愁自始不知“玉女心经”其实是石室顶上的石刻，总道是一部书册。杨过假装惨呼跌倒，扑在小龙女身上，立时除下她脚上一只鞋子，掷入空棺，软物碰在石上，倒也似是一本书册。他掷出鞋子后当即经脉倒转，便如僵死一般。其实他纵然中毒而死，也不会瞬息之间便已全身冰冷，一个人心停脉歇，至少也得半个时辰之后全身方无热气。李莫愁大喜之下，竟至失察。此举自是凶险万分，李莫愁倘若不理他死与不死，在他顶门先补上一掌五毒神掌，杨过自不免假死立变真死，但身处绝境，也只有行险以求侥幸，居然一举成功。

杨过推上棺盖，劲贯左臂，跟着又用重剑一挑，喝一声：“起！”将另一具空棺挑了起来，砰的一声巨响，压在那棺盖之上。这一棺一盖，本身重量已在六百斤以上，加之棺盖的榫头做得极是牢固，合缝之后，李莫愁武功再高，无论如何也逃不出来了。

杨过中毒后心跳头痛，随时均能晕倒不起，只是大敌当前，全凭着一股强劲的心意支持到底，待得连挑两剑，已是神困力乏，抛下玄铁剑，挣扎着走到小龙女身旁，以欧阳锋所授之法，先将自身的毒质逼出大半，然后伸左掌和小龙女右掌相抵，助她驱毒。

郭芙、耶律齐等被困于石室之中，众人从溪底潜入，身上携带的火折尽数浸湿，难以着火，黑暗中摸索了一会，哪里找得着出路？五人无法可施，只得席地枯坐。

武三通不住的咒骂李莫愁阴险恶毒。郭芙本已万分焦急愁闷，听武三通骂个不停，更是烦躁，忍不住说道："武伯伯，那李莫愁阴险恶毒，你又不是今天才知，怎么你毫不防备？这时再来背后痛骂，又有何用？"武三通一怔，答不出话来。

武氏兄弟和郭芙重会以来，各怀心病，当和耶律兄妹、完颜萍等在一起之时，大家有说有笑，但从不曾相互交谈，这时武修文听她出言抢白父亲，忍不住道："咱们到古墓中来，是为了救你妹子，既然不幸遭难，大家一起死了便是，你又发什么小姐脾气了……"他还待要说，武敦儒叫道："弟弟！"武修文这才住口，他说这番话时心意激动，但话一出口，自己也是大为诧异。他从来对郭芙千依百顺，怎敢有半分冲撞，岂知今日居然厉声疾言的数说她起来。

郭芙也是一怔，待要还嘴，却又说不出什么道理，想到不免要生生闷死在这古墓之中，从此不能再见父母之面，心中一痛，黑暗中也看不清周遭物事，伏在一块什么东西上面，呜呜咽咽哭了起来。武修文听她哭泣，心中过意不去，说道："好啦，是我说得不对，跟你赔不是啦。"郭芙哭道："赔不是又有什么用？"哭得更加厉害起来，顺手拉起手边一块布来醒了醒鼻涕，猛地发觉，原来是靠在一人的腿上，拉来擦鼻涕的竟是那人的袍角。

郭芙一惊，急忙坐直身子，她听武三通父子都说过话，那三人都不是坐在她身边，只有耶律齐始终默不作声，那么这人自然是他了。她羞得满脸通红，嗫嚅着道："我……"

耶律齐忽道："你听，什么声音？"四人侧耳倾听，却听不到什么。耶律齐道："嗯，嗯，是婴儿啼哭。郭姑娘，定是你的妹子。"这声音隔着石壁，细若游丝，若不是他内功修为了得，耳音特强，决计听不出来。他站起身来走了几步，哭声登时减弱，心中一动："婴儿哭声既能传到，这石室或有通气之处。"当下留神倾听，要分辨哭声自何处传入。

他向西走几步，哭声略轻，向东退回，哭声又响了些，斜趋东北，哭声听得更是清晰。于是走到东北角上，伸剑在石墙上轻轻刺击，刺到一处，空空空的声音微有不同，似乎该处特别薄些。他还剑入鞘，双掌抵住石块向外推去，全无动静，他吸一口气，双掌力推，跟着使个"黏"字诀，掌力急收，砰的一声，那石块竟尔被他掌力吸出，掉在地下。

郭芙等惊喜交集，齐声欢呼，奔上去你拉我扳，又起出了三块石头。此时身子已可通过，众人鱼贯钻出，循声寻去，到了一间小小的石室。郭芙黑暗中听那孩子哭得极响，当即伸手抱起。

这婴儿正是郭襄。杨过为了相助小龙女通脉，又和李莫愁对敌，错过了喂食的时刻，因此她哭得甚是厉害。郭芙竭力哄她，又拍又摇，但郭襄饿狠了，越哭越凶。郭芙不耐烦起来，将妹子往武三通手里一送，道："武伯伯，你瞧瞧有什么不对了。"

耶律齐伸手在桌上摸索，摸到了一只烛台，跟着又摸到火刀火石，当下打火点烛。众人在沉沉黑暗之中闷了半日，眼前突现光明，都是胸襟大爽，齐声欢呼。

武三通究竟生过儿子，听了郭襄如此哭法，知是为了肚饿，见桌上放有调好了的蜜水，又有一只木雕小匙，便舀了一匙蜜水喂她。蜜一入口，郭襄果然止哭。耶律齐笑道："若不是小郭姑娘饿了大哭，只怕咱们都要死在那间石室里了。"

武三通恨恨的道："这便找李莫愁去。"各人拉断桌腿椅脚，点燃了当作火把，沿着甬道前行。每到转角之处，武敦儒便用剑尖划了记号，生怕回出时迷失道路。

五人进了一室又是一室，高举火把，寻觅李莫愁的踪迹，见这座古墓规模庞大，通道曲折，石室无数，均是惊诧不已，万想不到一条小溪之下，竟会隐藏着如是宏伟的建构。

待走进小龙女的卧室，见到地下有几枚冰魄银针。郭芙以布裹手，拾起两枚，说道："待会我便用这毒针还敬那魔头一下。"

杨过以内力助小龙女驱出毒质，眼见她左手五只指尖上微微渗出黑水，只须再有一顿饭时分便可毒质尽除，忽听得通道中脚步声响，共有五人过来。杨过暗暗吃惊，心想每当紧急关头，总是有敌人来袭，李莫愁一人已难应付，何况更有五人？小龙女关脉初通，内力不固，毒质若不立即驱出，势必侵入要穴。正自彷徨，突见远处火光闪动，那五人行得更加近了。杨过伸臂抱起小龙女，跃进压在李莫愁之上的那空棺之中，伸掌推拢棺盖，只是不合榫头，以防难以出来。

他二人刚躲入石棺，耶律齐等便即进来。五人见室中放着五具石棺，都是一怔，隐约均觉这事太过巧合，大是恶兆。郭芙忍不住道："哼，咱们这儿五个人，刚好有五口棺材！"

杨过和小龙女在石棺中听到郭芙的声音，均感奇怪："怎么是她？"杨过左掌仍是不离小龙女手掌，要赶着驱出毒质。他听来者五人之中有郭芙在内，虽觉奇怪，却是心中一宽，料想她还不致乘人之危，当下一声不响，全心全意的运功驱毒。

耶律齐已听到石棺中的呼吸之声，心想李莫愁躲在棺中，必有诡计，这次可不能再上她当，当即做个手势，叫各人四下里围住。郭芙见棺盖和棺身并未合拢，从缝中望进去尚可见到衣角，料定必是李莫愁躲着，哈哈一笑，心道："即以其人之道，还治其人之身！"左掌用力将棺盖一推，两枚冰魄银针便激射进去。

这两枚银针发出，相距既近，石棺中又无空隙可以躲闪。杨龙二人齐叫："啊哟！"一针射中了杨过右腿，另一针射中小龙女左肩。

郭芙银针发出，正大感得意，却听石棺中竟传出一男一女的惊呼声，她心中怦然一跳，也是"啊哟"一声叫了出来。耶律齐左腿飞出，砰嘭一响，将棺盖踢在地下。杨过和小龙女颤巍巍的站起身来，火把光下但见二人脸色苍白，相对凄然。

郭芙不知自己这一次所闯的大祸更甚于砍断杨过一臂，心中只略觉歉仄，陪话道："杨大哥，龙姊姊，小妹不知是你两位，发针误伤。好在我妈妈有医治这毒针的灵药，当年我的两只雕儿给李莫愁银针伤了，也是妈妈给治好的。你们怎么好端端的躲在棺材之中？谁又料得到是你们呢？"

她想自己斩断了杨过一臂，杨过却弄曲了她的长剑，算来可说已经扯平，何况爹爹妈妈又为此狠狠责骂过自己，心道："我不来怪你，也就是了。"她自幼处于顺境，旁人瞧在她父母份上，事事趋奉容让，因此她一向只想到自己，绝少为旁人打算，说到后来，倒似杨龙二人不该躲在石棺之中，以致累得她吓了一跳。她哪知小龙女身中这枚银针之时，恰当体内毒质正要顺着内息流出，突然受到如此剧烈的一刺，五毒神掌上的毒质尽数倒流，侵入周身诸处大穴，这么一来，纵有灵芝仙丹，也已无法解救。李莫愁的银针不过是外伤，但教及时医治，原本无碍，然毒质内侵，厉害处却相差不可以道里计了。

小龙女在一刹那之间，但觉胸口空荡荡的宛似无物，一颗心竟如不知到了何处，转头瞧杨过时，只见他眼光之中又是伤心，又是悲愤，全身发颤，便似一生中所受的忧患屈辱尽数要在这时候发泄出来。小龙女不忍见他如此凄苦，轻声道："过儿，咱们命该如此，也怨不得旁人，你别太气苦了。"伸手先替他拔下腿上银针，然后拔下自己肩头的毒针。这冰魄银针是她本师所传，和李莫愁自创的五毒神掌毒性全然不同，本门解药她是随身携带的，取出来给杨过服了一颗，自己服了一颗。杨过恨极，呸的一声，将解药吐在地下。

郭芙怒道："啊哟，好大的架子啊。难道我是存心来害你们的吗？我向你们赔了不是，也就是了，怎么发这般大的脾气？小小一两枚针儿，又有什么了不起啦？"

武三通见杨过脸上伤心之色渐隐，怒色渐增，又见他弯腰拾起地下一柄黑黝黝的大剑，知道情势不对，忙上前劝道："杨兄弟请别生气。我们五人给李莫愁那魔头困在石室之中，好容易逃了出来，郭姑娘一时鲁莽，失手……"

郭芙抢着道："怎么，是我鲁莽了？你自己也以为是李莫愁，否则怎地不作声？"武三通瞧瞧杨过，瞧瞧郭芙，不知如何劝说才好。

小龙女又取出一颗解药，柔声道："过儿，你服了这颗药。难道连我的话你也不听了？"杨过听小龙女这般温柔缠绵的劝告，张开口来，吞了下去，想起两人连日来苦苦在生死之间挣扎，到头来终成泡影，再也忍耐不住，突然跪倒，伏在石棺上放声大哭。

武三通等面面相觑，均想他向来十分硬朗，怎地今日中了小小一枚银针，便如此痛哭起来？

小龙女伸手抚摸杨过头发，说道："过儿，你叫他们出去罢，我不喜欢他们在这里。"她从不疾言厉色，"我不喜欢他们在这里"这句话中，已含了她最大的厌憎和愤慨。

杨过站起身来，从郭芙起始，眼光逐一横扫过去，他虽怒极恨极，终究知道郭芙发射银针实是无心之过，除了怪她粗心鲁莽之外，不能说她如何不对，何况纵然一剑将她劈死，也已救不了小龙女的性命。他提剑凝立，目光如炬，突然间举起玄铁重剑，当的一声巨响，火花一闪，竟尔将他适才躲藏在内的石棺砍为两段。这一剑不单力道沉雄绝伦，其中更蕴蓄着无限伤心悲愤。

郭芙等见他这一剑竟有如斯威力，不禁都惊得呆了。眼见这石棺坚厚重实，系以花冈石凿成，一个石匠若要将之断为两截，非用大斧大凿穷半日之功不可。倘若杨过用的是开山巨斧或厚背大砍刀，犹有可说，长剑却自来以轻捷灵动为尚，便是宝剑利刃，和这般坚石硬碰也是非损即折，岂知这柄剑斫石如泥，刃落棺断。

杨过见五人愕然相顾，厉声喝道："你们来做什么？"武三通道："杨兄弟，我们是随着郭夫人来找你的。"杨过怒道："你们要来夺回她的女儿，是不是？为了这小小婴儿，你们便忍心害死我的爱妻。"武三通惊道："害死你的爱妻？啊，是龙姑娘。"他见小龙女穿的是新娘服饰，登时会意，忙道："你夫人中了毒针，郭夫人有解药，她便在外边。"杨过呸的一声，喝道："你们这么来一扰，毒质侵入了我爱妻周身大穴。郭夫人便怎么了？她难道还有起死回生的本事么？"武三通因杨过有救子之恩，对他极是尊敬，虽听他破口斥责，也丝毫不以为忤，只喃喃的道："毒质侵入了周身大穴，这便如何是好？"

这一旁却恼了郭芙，听杨过言语中对她母亲颇有不敬，勃然大怒，喝道："我妈妈什么地方对你不起了？你幼时无家可归，不是我妈收留你的么？她给你吃，给你着，你，哼，你到头来反而忘恩负义，抢我的妹子。"这时她早知妹子虽落入杨过手中，并非他存有歹意，但既和他斗上了口，想不到什么话可以反唇相稽，便又牵扯上了这件事。

杨过冷笑道："不错，我今日正要忘恩负义。你说我抢这孩子，我便抢了永远不还，瞧你拿我怎样？"郭芙左臂一紧，牢牢抱住妹子，右手高举火把，挡在身前。武三通急道："杨兄弟，你夫人既然中毒，快设法解毒要紧……"

杨过凄然道："武兄，没有用的。"突然间一声长啸，右袖卷起一拂，郭芙等五人猛觉一阵疾风掠过，脸上犹似刀割，热辣辣的生疼，五枝火把一齐熄灭，眼前登时漆黑一团。郭芙大叫一声："啊哟！”耶律齐生怕杨过伤害于她，纵身抢上，只听得郭襄“啊啊”一声啼哭，已出了石室。众人蓦地一惊，哭声已在数丈之外，身法之快，宛如鬼魅。

郭芙叫道：“我妹子给他抢去啦。”武三通叫道：“杨兄弟，龙姑娘！杨兄弟，龙姑娘！”却哪里有人答应？各人均无火折，黑沉沉瞧不见周遭情势。耶律齐道：“快出去，别给他关在这里。”武三通怒道：“杨兄弟大仁大义，怎会做这等事？”郭芙道：“他仁义个……还是快走的好，在这里干什么？”刚说了这句话，忽听得石棺中喀喀两响，因有棺盖相隔，声音甚是郁闷。

郭芙大叫：“有鬼！”拉住了身旁耶律齐的手臂。武三通等听清楚声音确是从石棺中发出，似乎有僵尸要从棺中爬将出来。黑暗之中，人人毛骨悚然。

耶律齐向武三通低声道：“武叔叔，你在这边，我在那边。僵尸若是出来，咱们四掌齐施，打他个筋折骨断。”他反手握住郭芙手腕，拉她站在自己身后，生怕鬼物暴起伤人。

只听得呼的一响，棺中有物飞出。武三通和耶律齐早已运劲蓄势，听到风声，同时拍击下去。两人手掌碰到那物，齐叫：“不好！”原来击到的竟是一条长长的石块，却是放置在棺中的石枕。两人这一击用足了全身之力，将那石枕猛击下去，撞上石棺，碎片纷飞，石枕裂为数块，同时风声飒然，有物掠过身边。武三通和耶律齐待要出掌再击，那物已然飘然远去，但听得室外“嘿嘿”几下冷笑，随即寂然无声。

武三通惊道：“李莫愁！”郭芙叫道：“不，是僵尸！李莫愁怎会在石棺之中？”耶律齐“嗯”的一声，并不接口。他不信世上竟有什么鬼怪，但若说是李莫愁，却又不合情理，她明明和自己一起进来，杨过和小龙女却已在古墓多日，她怎会处于杨龙二人身下的棺中？武三通道：“然则李莫愁哪里去了？”耶律齐道：“这墓中到处透着邪门，咱们还是先出去罢。”郭芙道：“我妹子怎生是好？”武三通道：“咱们没法子，你妈妈必有妙策，大家出去听她吩咐便了。”

当下众人觅路而出，潜回溪水。刚从水底钻上，眼前一片通红，溪左溪右的树林均已着火，一股热气扑面而来。郭芙惊叫：“妈，妈！”却不闻应声。蓦地里一棵着了火的大树直跌下来，耶律齐拉着她向上游急跃，这才避过。此时正当隆冬，草木枯槁，满山已烧成一片火海。五人虽然浸在溪水之中，大火逼来，脸上仍感滚热。

武三通道：“必是蒙古兵攻打重阳宫失利，放火烧山泄愤。”郭芙急叫：“妈，妈！你在哪里啊？”忽见溪左一个女子背影正在草间跳跃避火。郭芙大喜，叫道：“妈，妈！”从溪水中纵身而出，奔了过去。武三通叫道：“小心！”喀喇、喀喇几响，两株大树倒下，阻断了他的眼光。

郭芙冒烟突火的奔去。当她在溪水中时，一来思母心切，二来从黑沉沉的古墓中出来，眼前突然光亮异常，目为之眩，不易看得清楚，待得奔到近处，才见背影不对，一怔之间，那人陡然回过身来，竟是李莫愁。

原来她被杨过压在石棺之下，本已无法逃出，后来杨过盛怒下挥剑斩断上面一口石棺，连下面的棺盖竟也斩裂，李莫愁死里逃生，先掷出石枕，再跟着跃出。

她闭在棺中虽还不到一个时辰，但这番注定要在棺中活生生闷毙的滋味，实是人生最苦最惨的处境，在这短短的时刻之中，她咬牙切齿，恨极了世上每一个还活着的人，心中只想：“我死后必成厉鬼，要害死杨过，害死小龙女，害死武三通，害死黄蓉……”不论是谁，她都要一一害死。后来她虽侥幸逃得性命，心中积蓄的怨毒却是丝毫不减，忽然见到郭芙，当即脸露微笑，柔声道：“郭姑娘，是你啊，大火烧得很厉害，可要小心了。”

郭芙见她神色亲切，颇出意料之外，问道：“见到我妈妈么？”李莫愁走近几步，指着左首，道：“那边不是么？”郭芙顺着她手指望去。李莫愁突然欺近，一伸手点中她腰下穴道，笑道：“别性急，你妈就会来找你的。”眼见大火从四面八方逼近，若再逗留，自己性命不保，纵身一跃，疾驰而西。郭芙软瘫在地，只听李莫愁凄厉的歌声隔着烈焰传了过来：“问世间，情是何物，直教生死相许？”

歌声渐远，蓦地里一股浓烟随风卷至，裹住了郭芙。她四肢伸动不得，被浓烟呛得大声咳嗽。武氏父子和耶律齐站在溪水之中，满头满脸都是焦灰，小溪和郭芙之间烈火冲起两三丈高，四人明知她处境危急，但如过去相救，只有陪她一起送命，决计救她不出。

郭芙被烟火熏得快将晕去，吓得连哭也哭不出了，忽听得东首呼呼声响，转过头来，只见一团旋风裹着一个灰影疾刮而来，旋风到处，火焰向两旁分开，顷刻间已刮到她身前。风中人影便是杨过。郭芙本以为有人过来相救，正自欢喜，待得看清却是杨过，身外虽然炙热，心头宛如一盆冷水浇下，想道：“我死到临头，他还要来讥嘲羞辱我一番。”她究竟是郭靖、黄蓉之女，狠狠的瞪着杨过，竟是毫不畏惧。

杨过奔到她身边，挺剑刺去，剑身从她腰下穿过，喝道：“小心了！”左臂向外挥出。玄铁剑加上他浑厚内力，郭芙便如腾云驾雾般飞上半空，越过十余株烧得烈焰冲天的大树，扑通一声，掉入了溪水。耶律齐急忙奔上，扶了起来，解开她被封的穴道。郭芙头晕目眩，隔了一会，才哇的一声哭了出来。

原来杨过带着小龙女、郭襄出墓，见蒙古兵正在烧山。杨龙二人在这些大树花草之间一起度过几年时光，忽见起火，自是甚为痛惜，眼见蒙古军势大，无力与抗。杨过不知小龙女毒质侵入要穴与脏腑之后还能支持得多久，当下找了个草木稀少的石洞暂且躲避。

过不多久，遥遥望见郭芙为李莫愁所害，大火即将烧到身边。杨过道：“龙儿，这姑娘害了我不够，又来害你，今日终于遭到如此报应。”小龙女明亮的眼光凝视着他，奇道：“过儿，难道你不去救她？”杨过恨恨的道：“她将咱们害成这样，我不亲手杀她，已是对得起她父母了。”小龙女叹道：“咱们不幸，那是命苦，让别人快快乐乐的，不很好吗？”

杨过口中虽如此说，但望见大火烧近郭芙身边，心里终究不忍，涩然道：“好！咱们命苦，人家命好！”除下身上浸得湿透的长袍，裹在玄铁剑上，催动内力急挥，剑上所生风势逼开大火，救了郭芙脱险。他回到小龙女身边，头发衣衫都已烧焦，裤子着火，虽即扑熄，但腿上已烧起了无数大泡。

小龙女抱着郭襄，退到草木烧尽之处，伸手给杨过整理头发衣衫，只觉嫁了这样一位英雄丈夫，心中不自禁的得意，俏立劲风烈焰之间，倚着杨过，脸上露出平安喜乐的神色。杨过凝目望着她，但见大火逼得她脸颊红红的倍增娇艳，伸臂环着她的腰间。在这一刹那时，两人浑忘了世间的一切愁苦和哀伤。

他二人站在高处，武氏父子、郭芙、耶律齐五人从溪水中隔火仰望，但见他夫妇衣袂飘飘，姿神端严，宛如神仙中人。郭芙向来瞧不起杨过，这时猛然间自惭形秽。

杨过和小龙女站立片刻，小龙女望着满山火焰，叹道：“这地方烧得干干净净，待花草树木再长，将来不知又是怎生一副光景？”杨过不愿她为这些身外之物难过，笑道：“咱俩新婚，蒙古兵放烟火祝贺，这不是千千万万对花烛么？”小龙女微微一笑。杨过道：“到那边山洞中歇一忽儿罢，你觉得怎样？”小龙女道：“还好！”两人并肩往山后走去。

武三通忽地想起一事，纵声叫道：“杨兄弟，我师叔和朱师弟被困绝情谷，你去不去救他们啊？”杨过一怔，并不答话，自言自语道："我还管得了这许多么？"

他心中念头微转，脚下片刻不停，径自向山后草木不生的乱石堆中走去。小龙女中毒虽深，一时尚未发作，关穴通后，武功渐复，抱着郭襄快步而行。两人走了半个时辰，离重阳宫已远，回头遥望，大火烧得半边天都红了。

北风越刮越紧，冻得郭襄的小脸苹果般红。小龙女道："咱们得去找些吃的，孩子又冷又饿，只怕支持不住。"杨过道："我也真傻，抢了这孩子来不知干什么，徒然多个累赘。"小龙女俯头去亲亲郭襄的脸，道："这小妹妹多可爱，你难道不喜欢么？"杨过笑道："人家的孩子，有什么希罕？除非咱俩自已生一个。"小龙女脸上一红，杨过这句话触动了她心底深处的母性，心想："若是我能给你生一个孩儿……唉，我怎能有这般好福气？"

杨过怕她伤心，不敢和她眼光相对，抬头望望天色，但见西北边灰扑扑的云如重铅，便似要压到头上来一般，说道："瞧这天怕要下大雪，得找家人家借宿才好。"他们为避火势，行的是山后荒僻无路之处，满地乱石荆棘，登高四望，十余里内竟然全无人烟。杨过道："这一场雪定然不小，倘若大雪封山，那可糟了，说不得，只好辛苦一些，今日须得赶下山去。"

小龙女道："武三叔、郭姑娘她们不知会不会遇上蒙古兵？全真教的道士们不知能否逃得性命？"语意之中，极是挂念。杨过道："你良心也真忒好了，这些人对你不起，你还是念念不忘的挂怀。难怪当年师祖知你良心太好，怕你日后吃苦，因此要你修习得无情无欲，什么事都不过问。可是你一关怀我，十多年的修练前功尽弃，对人人都关怀起来。"

小龙女微微一笑，说道："其实啊，我为你担心难过，苦中是有甜的。最怕的是你不要我关怀你。"杨过道："不错，大苦大甜，远胜于不苦不甜。我只能发痴发癫，可不能过太太平平、安安静静的日子。”小龙女微笑道：“你不是说咱俩要到南方去，种田、养鸡、晒太阳么?”杨过叹道：“我只盼能够这样。”

又行出数里，天空飘飘扬扬的下起雪来。初时尚小，后来北风渐劲，雪也越下越大。两人自不放在心上，在大风雪之下展开轻功疾行，另有一番兴味。

小龙女忽道：“过儿，你说我师姊到哪里去了?”杨过道：“你又关心起她来了。这一次没杀了她，也不知……也不知……”他本待说“也不知咱们能活到几时，日后能不能再杀了她”，但怕惹起小龙女伤心，便不再说下去。小龙女道：“师姊其实也是很可怜的。”杨过道：“她不甘自己独个儿可怜，要弄得天下人人都如她一般伤心难过。”

说话之间，天色更加暗了。转过山腰，忽见两株大松树之间盖着两间小小木屋，屋顶上已积了寸许厚白雪。

杨过喜道：“好啦，咱们便在这儿住一晚。”奔到临近，但见板门半掩，屋外雪地中并无足迹，他朗声说道：“过路人遇雪，相求借宿一宵。”隔了一会，屋中并无应声。

杨过推开板门，见屋中无人，桌凳上积满灰尘，显是久无人居，于是招呼小龙女进屋。她关上板门，生了一堆柴火。木屋板壁上挂着弓箭，屋角中放着一只捕兔机，看来这屋子是猎人暂居之处。另一间屋中有床有桌，床上堆着几张破烂已极的狼皮。杨过拿了弓箭，出去射了一只獐子，回来剥皮开膛，用雪一擦洗，便在火上烤了起来。

这时外边雪愈下愈大，屋内火光熊熊，和暖如春。小龙女咬些熟獐肉嚼得烂了，喂在郭襄口里。杨过将獐子在火上翻来翻去，笑吟吟的望着她二人。

松火轻爆，烤肉流香，荒山木屋之中，别有一番温馨天地。

周伯通晃身抢近小龙女，一伸臂便托着她腰，将她放上了箱顶。慈恩生怕给小龙女赶上，全神贯注的疾奔。小龙女坐在箱上，平稳安适，犹胜于骑马。

第三十回

离合无常

这段宁静平安也无多时。郭襄睡去不久，东边远远传来擦擦擦的踏雪之声，起落快捷。杨过站起身来，向东窗外张去。只见雪地里并肩走来两个老者，一胖一瘦，衣服褴褛，瞧模样是丐帮中人，劲风大雪之际，谅是要来歇足。杨过此时不愿见任何世人，对武林人物更是厌憎，转头道："外边有人，你到里面床上睡着，假装生病。"小龙女抱起郭襄，依言走进内室躺在床上，扯过床边一张七孔八穿的狼皮盖在身上。

杨过抓起一把柴灰，涂抹脸颊头颈，将帽沿压得低低的，又将玄铁剑藏入内室，耳听得两人走近，接着便来拍门。杨过将獐肉油腻在衣衫上一阵乱抹，装得像个猎人模样，这才过去开门。

那肥胖老丐道："山中遇上这场大雪，当真苦恼，还请官人行个方便，让叫化子借宿一宵。"杨过道："小小猎户，老丈称什么官人？尽管在此歇宿便是。"那胖老丐连声称谢。杨过心想自己曾在英雄会上大献身手，莫要被他们认出了，于是撕下两条烤熟的獐腿给了二人，说道："乘着大雪正好多做些活。明儿一早便得去装机捉狐狸，我不陪你们啦。"胖老丐道："小官人请便。"

杨过粗声粗气的道："大姐儿他妈，咳得好些了吗？"小龙女应道："一变天，胸口更是发闷。"说着大声咳了一阵，伸手轻轻摇醒郭襄。女人咳声中夹着婴孩的哭叫，这一家三口的猎户真是像得不能再像。

杨过走进内室，砰的一声掩上了板门，上床躺在小龙女身旁，心想：“这胖化子恁地面熟，似在什么地方见过。”一时却想不起来。

胖瘦二丐只道杨过真是荒山中的一个穷猎户，毫没在意，吃着獐腿，说起话来。瘦丐道：“终南山上大火烧通了天，想是已经得手。”胖丐笑道：“蒙古大军东征西讨，打遍天下无敌手，要剿灭全真教小小一群道士，便似踏死一窝蚂蚁。”瘦丐道：“但前几日金轮法王他们大败而回，那也是够狼狈了。”胖丐笑道：“这也好得很啊，好让四王子知道，要取中国锦绣江山，终究须靠中国人，单凭蒙古和西域的武士可不成。”瘦丐道：“彭长老，这次南派丐帮要是能起得成，蒙古皇帝要封你个什么官啊？”

杨过听到这里，猛地记起，这胖老丐曾在大胜关英雄会上见过，只是那时他披裘裹毡，穿的是蒙古人装束，时时在金轮法王耳畔低声献策的，便是此人了，心想：“原来两个家伙都是卖国贼，这就尽快除了，免得在这里打扰。”

这胖老丐正是丐帮中四大长老之一的彭长老，早就降了蒙古。只听他笑道：“大汗许的是‘镇南大将军’的官，可是常言道得好：讨饭三年，皇帝懒做。咱们丐帮里的人，还想做什么官？”他话是这么说，语调中却显然满是热中和得意之情。瘦丐道：“做兄弟的先恭喜你了。”彭长老笑道：“这几年来你功劳不小，将来自然也少不了你的份儿。”

那瘦丐道：“做官我倒不想。只是你答应了的摄魂大法，到底几时才传我啊？”彭长老道：“待南派丐帮正式起成，我一当上帮主，咱两个都空闲下来，我自便传你。”那瘦丐道：“你当上了南派丐帮的帮主，又封了大蒙古国镇南大将军的官，只有越来越忙，哪里还会有什么空闲？”彭长老笑道：“老弟，难道你还信不过做哥哥的么？”那瘦丐不再说话，鼻中哼了一声，显是不信。杨过心道：“天下只有一个丐帮，自来不分南北，他要起什么南派丐帮，定是助蒙古人捣鬼。”

只听那瘦丐又道：“彭长老，你答应了的东西，迟早总得给。你老是推搪，好教人心灰意懒。”彭长老淡淡的道：“那你便怎样？”那瘦丐道：“我敢怎么样？只是我武功低，胆子小，没一项绝技傍身，却跟着你去干这种欺骗众兄弟的勾当，日后黄帮主、鲁帮主追究起来，我想想就吓得浑身发抖，那还是乘早洗手不干的好。”杨过心想：“瘦老儿性命不要了，胆敢说这样的话？那彭长老既然胸怀大志，自然心狠手辣。你这人啊，当真是又奸又胡涂。”彭长老哈哈一笑，道：“这事慢慢商量，你别多心。”那瘦丐不语，隔了一会，说道：“小小一只獐腿吃不饱，我再去打些野味。”说着从壁上摘下弓箭，推门而出。

杨过凑眼到板壁缝中张望，只见那瘦丐一出门，彭长老便闪身而起，拔出短刀，躲在门后，耳听得他脚步声向西远去，跟着也悄悄出门。杨过向小龙女笑道：“这两个奸徒要自相残杀，倒省了我一番手脚。那胖化子厉害得多，那瘦的决不是他的对手。”小龙女道：“最好两个都别回来，这木屋安安静静的，不要有人来打扰。”杨过道：“是啊。”突然压低声音道：“有脚步声。”只听西首有人沿着山腰绕到屋后。

杨过微微一笑，道：“那瘦老儿回来想偷袭。”推窗轻轻跃出。果见那瘦丐矮着身子在壁缝中张望。他不见彭长老的影踪，似乎一时打不定主意。杨过走到他的身后，“嘻”的一声笑。

那瘦丐出其不意，急忙回头，只道是彭长老到了身后，脸上充满了惊惧之色。杨过笑道：“别怕，别怕。”伸手点了他胸口、胁下、腿上三处穴道，将他提到门前，放眼尽是白茫茫的大雪，童心忽起，叫道：“龙儿，快来帮我堆雪人。”随手抄起地下白雪，堆在那瘦丐的身上。小龙女从屋中出来相助，两人嘻嘻哈哈的动手，没多久间，已将那瘦丐周身堆满白雪。这瘦丐除了一双眼珠尚可转动之外，成为一个肥胖臃肿的大雪人。

杨过笑道："这精瘦干枯的瘦老头儿，片刻之间便变得又肥又白。"小龙女笑道："那个本来又肥又白的老头儿呢，你怎生给他变一变？"杨过尚未回答，听得远处脚步声响，低声道："胖老儿回来啦，咱们躲起来。"两人回进房中，带上了房门。小龙女摇动郭襄，让她哭叫，口中却不断安慰哄骗："乖宝宝，别哭啦。"她一生从不作伪，这般精灵古怪的勾当她想都没想过，只是眼见杨过喜欢，也就顺着他玩闹。

彭长老一路回来，一路察看雪地里的足印，眼见瘦老丐的足印去了又回，显是埋伏在木屋左近。他随着足印跟到木屋背后，又转到屋前。杨过和小龙女在板缝中向外张去，但见他矮身从窗孔中向屋内窥探，右手紧握单刀，全神戒备。

瘦老丐身上寒冷彻骨，眼见彭长老站在自己身前始终不觉，只要伸手挥落，便能击中他要害，苦在身上三处要穴被点，半分动弹不得。

彭长老见屋中无人，甚是奇怪，伸手推开了板门，正在猜想这瘦丐到了何处，忽听得远远传来脚步之声。彭长老脸上肌肉一动，缩到板门背后，等那瘦丐回来。

杨过和小龙女都觉奇怪，那瘦丐明明已成为雪人，怎么又有人来？刚一沉吟，已听出来的共有两人，原来又有生客到了。彭长老耳音远逊，直到两人走近，方才惊觉。

只听得屋外一人说道："阿弥陀佛，贫僧山中遇雪，向施主求借一宿。"彭长老转身出来，见雪地里站着两个老僧，一个白眉长垂，神色慈祥，另一个身材矮小得多，留着一部苍髯，身披缁衣，虽在寒冬腊月，两人衣衫均甚单薄。

彭长老一怔之间，杨过已从屋中出来，说道："两位大和尚进来罢，谁还带着屋子走道呢？"便在此时，彭长老突然见到了瘦丐所变成的雪人，察看之下，便即认出，见他变得如此怪异，心下大是惊诧，转眼看杨过时，但见他神色如常，似是全然不知。

杨过迎着两个老僧进来，寻思："瞧这两个老和尚也非寻常之辈，尤其那黑衣僧相貌凶恶，眼发异光，只怕和这彭长老是一路。"说道："大和尚，住便在此住，我们山里穷人，没床给你们睡，你两位吃不吃野味？"那白眉僧合什道："罪过，罪过。我们带有干粮，不敢劳烦施主。"杨过道："这个最好。"回进内室，在小龙女耳边低声道："两个老和尚，看来是很强的高手。"小龙女一皱眉头，低声道："世上恶人真多，便是在这深山之中，也教人不得清静。"

杨过俯眼板壁缝中张望，只见白眉僧从背囊中取出四团炒面，交给黑衣僧两团，另两团自行缓缓嚼食。杨过心想："这白眉老和尚神情慈和，举止安详，当真似个有道高僧，可是世上面善心恶之辈正多，这彭长老何尝不是笑容可掬，和蔼得很？那黑衣僧的眼色却又如何这般凶恶？"

正寻思间，忽听得呛啷啷两响，黑衣僧从怀中取出两件黑黝黝的铁铸之物。彭长老本来坐在凳上，立即跃起，手按刀柄。黑衣僧对他毫不理睬，喀喀两响，将一件黑物扣在自己脚上，原来是副铁铐，另一副铁铐则扣上了自己双手。杨过和彭长老都诧异万分，猜不透他自铐手足是何用意，但这么一来，对他的提防之心便减了几分。

那白眉僧脸上大有关怀之色，低声道："又要发作么？"黑衣僧道："弟子一路上老是觉得不对，只怕又要发作。"突然间跪倒在地，双手合什，说道："求佛祖慈悲。"他说了那句话后，低首缩身，一动不动的跪着，过了一会，身子轻轻颤抖，口中喘气，渐喘渐响，到后来竟如牛吼一般，连木屋的板壁也被吼声震动，檐头白雪扑簌簌地掉将下来。彭长老固是惊得心中怦怦而跳，杨过和小龙女也相顾骇然，不知这和尚干些什么，从吼声听来，似乎他身上正经受莫大的苦楚。杨过本来对他颇怀敌意，这时却不自禁的起了怜悯之心，暗想："不知他得了什么怪病，何以那白眉僧毫不理会？"

再过片刻，黑衣僧的吼声更加急促，直似上气难接下气。那白眉僧缓缓的道："不应作而作，应作而不作，悔恼火所烧，证觉自此始……"这几句偈语轻轻说来，虽在黑衣僧牛吼一般的喘息之中，仍令人听得清清楚楚。杨过吃了一惊："这老和尚内功如此深厚，当世不知有谁能及？"只听白眉僧继续念偈："若人罪能悔，悔已莫复忧，如是心安乐，不应常念着。不以心悔故，不作而能作，诸恶事已作，不能令不作。"

他念完偈后，黑衣僧喘声顿歇，呆呆思索，低声念道："若人罪能悔，悔已莫复忧……师父，弟子深知过往种种，俱是罪孽，烦恼痛恨，不能自已。弟子便是想着'诸恶事已作，不能令不作。'心中始终不得安乐，如何是好？"白眉僧道："行罪而能生悔，本为难得。人非圣贤，孰能无过？知过能改，善莫大焉。"

杨过听到这里，猛地想起："郭伯伯给我取名一个'过'字，表字'改之'，说是'知过能改，善莫大焉'的意思。难道这位老和尚是圣僧，今日是来点化我吗？"

黑衣僧道："弟子恶根难除。十年之前，弟子皈依吾师座下已久，仍然出手伤了三人。今日身内血煎如沸，难以自制，只怕又要犯下大罪，求吾师慈悲，将弟子双手割去了罢。"白眉僧道："善哉善哉！我能替你割去双手，你心中的恶念，却须你自行除去。若是恶念不去，手足纵断，有何补益？"黑衣僧全身骨骼格格作响，突然痛哭失声，说道："师父诸般开导，弟子总是不能除去恶念。"

白眉僧喟然长叹，说道：“你心中充满憎恨，虽知过去行为差失，只因少了仁爱，总是恶念难除。我说个‘佛说鹿母经’的故事给你听听。”黑衣僧道：“弟子恭聆。”说着盘膝坐下。杨过和小龙女隔着板壁，也是肃然静听。

白眉僧道：“从前有只母鹿，生了两只小鹿。母鹿不慎为猎人所捕，猎人便欲杀却。母鹿叩头哀求，说道：‘我生二子，幼小无知，不会寻觅水草。乞假片时，使我告知孩儿觅食之法，决当回来就死。’猎人不许。母鹿苦苦哀告，猎人心动，纵之使去。

“母鹿寻到二子，低头鸣吟，舐子身体，心中又喜又悲，向二子说道：‘一切恩爱会，皆由因缘合，会合有别离，无常难得久。今我为尔母，恒恐不自保，生死多畏惧，命危于晨露。’二鹿幼小，不明其意。于是母鹿带了二子，指点美好水草，涕泪交流，说道：‘吾期行不遇，误堕猎者手；即当应屠割，碎身化糜朽。念汝求哀来，今当还就死；怜汝小早孤，努力活自己。’”

小龙女听到这里，念及自己命不长久，想着“生死多畏惧，命危于晨露”、“怜汝小早孤，努力活自己”这几句话，忍不住泪水流了下来。杨过明知白眉僧说的只是佛家寓言，但其中所述母子亲情悲切深挚，也是大为感动。

只听白眉僧继续讲道：“母鹿说完，便和小鹿分别。二子鸣啼，悲泣恋慕，从后紧紧跟随，虽然幼小奔跑不快，还是跌倒了重又爬起，不肯离开母亲。母鹿停步，回头说道：‘儿啊！你们不可跟来，如给猎人见到，母子一同毕命。我是甘心就死，只是哀怜你们稚弱。世间无常，皆有别离。我自薄命，使你们从小便没了母亲。’说毕，便奔到猎人身前。两小鹿孺慕心切，不畏猎人弓箭，追寻而至。

“猎人见母鹿笃信死义，舍生守誓，志节丹诚，人所不及；又见三鹿母子难分难舍，恻然悯伤，便放鹿不杀。三鹿悲喜，鸣声咻咻，以谢猎者。猎人将此事禀报国王，举国赞叹，为止杀猎恶行。”

黑衣僧听了这故事，泪流满面，说道：“此鹿全信重义，母慈子孝，非弟子所能及于万一。”白眉僧道：“慈心一起，杀业即消。”说着向身旁的彭长老望了一眼，似乎也有向他开导之意。黑衣僧应道：“是！”白眉僧道：“若要补过，唯有行善。与其痛悔过去不应作之事，不如今后多作应作之事。”说着微微叹息，道：“便是我，一生之中，何尝不是曾做了许多错事。”说着闭目沉思。

黑衣僧若有所悟，但心中烦躁，总是难以克制，抬起头来，只见彭长老笑眯眯的凝望自己，眼中似发光芒。黑衣僧一怔，觉得曾在什么地方和此人会过，又觉得他这眼色瞧得自己极不舒服，当即转头避开，但过不片刻，忍不住又去望了他一眼。彭长老笑道：“下得好大的雪啊，是不是？”黑衣僧道：“是，好大的雪。”彭长老道：“来，咱们去瞧瞧雪景。”说着推开了板门。黑衣僧道：“好，去瞧瞧雪景。”站起身来，和他并肩站在门口。杨过虽隔着板壁，也觉彭长老眼光甚是特异，心中隐隐有不祥之感。

彭长老道：“你师父说得好，杀人是万万不可的，但你全身劲力充溢，若不和人动手，心里便十分难过，是不是啊？”黑衣僧迷迷糊糊的应道：“是啊！”彭长老道：“你不妨发掌击这雪人，打罢，那可没有罪孽。”黑衣僧望着雪人，双臂举起，跃跃欲试。这时离二僧到来之时已隔了小半个时辰，瘦丐身上又堆了一层白雪，连得他双眼也皆掩没。彭长老道：“你双掌齐发，打这雪人，打啊！打啊！打啊！”语音柔和，充满了劝诱之意。黑衣僧运劲于臂，说道：“好，我打！”

白眉僧抬起头来，长长叹了口气，低声道：“杀机既起，业障即生。”

但听得砰的一声响，黑衣僧双掌齐出，白雪纷飞。那瘦丐身上中掌，震松穴道，“啊”的一声大叫，声音惨厉，远远传了出去。小龙女轻声低呼，伸手抓住了杨过手掌。

黑衣僧大吃一惊，叫道：“雪里有人！”白眉僧急忙奔出，俯身察看。那瘦丐中了黑衣僧这一下功力深厚之极的铁掌，早已毙命。黑衣僧神不守舍，呆在当地。

彭长老故作惊奇，说道：“这人也真奇怪，躲在雪里干什么？咦，怎么他手中还拿着刀子？”他以“摄魂大法”唆使黑衣僧杀了瘦丐，心中自是得意，但也不禁奇怪：“这厮居然有这等耐力，躲在雪中毫不动弹。难道白雪塞耳，竟没听到我叫人出掌搏击吗？”

黑衣僧只叫：“师父！”瞪目呆视。白眉僧道：“冤孽，冤孽。此人非你所杀，可也是你所杀。”黑衣僧伏在雪地之中，颤声道：“弟子不懂。”白眉僧道：“你只道这是雪人，原无伤人之意。但你掌力猛恶，出掌之际，难道竟无杀人之心么？”黑衣僧道：“弟子确有杀人之心。”

白眉僧望着彭长老，目不转睛的瞧了一会，目光甚是柔和，充满了悲悯之意，便只这么一瞧，彭长老的“摄魂大法”竟尔消于无形。黑衣僧突然叫了出来：“你……你是丐帮的长老，我记起了！”彭长老脸上笑眯眯的神色于刹那间影踪不见，眉宇间洋溢乖戾之气，说道：“你是铁掌帮的裘帮主啊，怎地做了和尚？”

这黑衣僧正是铁掌帮帮主裘千仞。当日在华山绝顶顿悟前非，皈依一灯大师座下为僧。这位白眉老僧，便是与王重阳、黄药师、欧阳锋及洪七公齐名的一灯大师。裘千仞受剃度后法名慈恩，诚心皈佛，努力修为，只是往日作孽太多，心中恶根难以尽除，遇到外诱极强之际，不免出手伤人，因此打造了两副铁铐，每当心中烦躁，便自铐手足，以制恶行。这一日一灯大师在湖广南路隐居之处接到弟子朱子柳求救的书信，于是带同慈恩前往绝情谷去。哪知在这深山中遇到彭长老，慈恩却无意间杀了一人。

慈恩出家以来，十余年中虽有违犯戒律，但杀害人命却是第一次，一时心中迷惘无依，只觉过去十余年的修为顷刻间尽付东流。他狠狠瞪着彭长老，眼中如要喷出烈火。

一灯大师知道此时已到紧急关头，如以武功强行制住他不许动手，他心中恶念越积越重，终有一日堤防溃决，一发而不可收拾，只有盼他善念滋长，恶念潜消，方能入于证道之境。他站在慈恩身旁，轻轻念道："阿弥陀佛，阿弥陀佛！"直念到七八十声，慈恩的目光才离开彭长老身上，回进木屋坐倒，又喘起气来。

彭长老早知裘千仞武功卓绝，却不认得一灯大师，但见他白眉如雪，是个行将就木的衰僧，浑不放在意下，本想只消以"摄魂大法"制住裘千仞，便可为所欲为，哪知道一灯的目光射来，自己心头便如有千斤重压，再也施展不出法术，这一来登时心惊胆战，没了主意，倘若发足逃走，这裘千仞号称"铁掌水上飘"，轻功异常了得，雪地中足迹清楚，那是决计逃不了的，只盼他肯听白眉老和尚劝人为善的话，不来跟自己为难。他缩在屋角，心中惴惴不安。慈恩喘气渐急，他一颗心也是越跳越快。

杨过听一灯讲了三鹿的故事，想起有生之物莫不乐生恶死，那瘦丐虽然行止邪恶，死有余辜，但突然间惨遭不测，却也颇为怃然，又见慈恩掌力大得异乎寻常，暗想这和尚不知是谁，竟有如此高强武功？

但听得慈恩呼呼喘气，大声道："师父，我生来是恶人，上天不容我悔过。我虽无意杀人，终究免不了伤人性命，我不做和尚啦！"一灯道："罪过，罪过！我再说段佛经给你听。"慈恩粗声道："还听什么佛经？你骗了我十多年，我再也不信啦。"格喇、格喇两声，手足铁铐上所连的铁链先后崩断。一灯柔声道："慈恩，已作莫忧，勿须烦恼。”

慈恩站起身来，向一灯摇了摇头，蓦地里转身，对着彭长老胸口双掌推出，砰的一声巨响，彭长老撞穿板壁，飞了出去。在这铁掌挥击之下，自是筋折骨断，便有十条性命也活不成了。

杨过和小龙女听得巨响，吓了一跳，携手从内室出来，只见慈恩双臂高举，目露凶光，高声喝道：“你们瞧什么？今日一不做，二不休，老子要大开杀戒了。”说着运劲于臂，便要使铁掌功拍出。

一灯大师走到门口，挡到杨龙二人身前，盘膝往地下一坐，口宣佛号，说道：“迷途未远，犹可知返。慈恩，慈恩，你当真要沉沦于万劫不复之境么？”慈恩脸上一阵青、一阵红，心中混乱已极，善念和恶念不住交战。此日他在雪地里行走时胸间已万分烦躁，待得给“摄魂大法”一扰，又连杀两人，再也难以自制。眼中望将出来，一灯大师一时是救助自己的恩师，一时却成为专跟自己作对的大仇人。

如此僵立片刻，心中恶念越来越盛，突然间呼的一声，出掌向一灯大师劈去。一灯举手斜立胸口，身子微晃，挡了这一掌。慈恩怒道：“你定是要和我过不去！”左手又是一掌，一灯大师伸手招架，仍不还招。慈恩喝道：“你假惺惺作甚？快还手啊，你不还手，枉自送了性命，可别怨我！”

他虽神智混乱，这几句话却说得不错，他的铁掌功夫和一灯大师的一阳指各擅胜场，当年本在武林齐名。一灯的佛学修为做他师父而有余，说到武功，要是出一阳指全力周旋，或可胜得一招半式，掌上功夫却有所不及，这般只挨打而不还手，时候稍久，纵不送命，也必重伤。可是一灯抱着舍身度人的大愿大勇，宁受铁掌撞击之祸，也决不还手，只盼他终于悔悟。这并非比并武功内力，却是善念和恶念之争。

杨过和小龙女眼见慈恩的铁掌有如斧钺般一掌掌向一灯劈去，

劈到第十四掌时，一灯“哇”的一声，一口鲜血喷了出来。慈恩一怔，喝道：“你还不还手么？”一灯柔声道：“我何必还手？我打胜你有什么用？你打胜我有什么用？须得胜过自己，克制自己！”慈恩一愣，喃喃的道：“要胜过自己，克制自己！”

一灯大师这几句话，便如雷震一般，轰到了杨过心里，暗想：“要胜过自己的任性，要克制自己的妄念，确比胜过强敌难得多。这位高僧的话真是至理名言。”却见慈恩双掌在空中稍作停留，终于呼的一声又拍了出去。一灯身子摇晃，又是一口鲜血喷出，白须和僧袍上全染满了。

杨过见他接招的手法和耐力，知他武功决不在黑衣僧之下，但这般一味挨打，便是铁石身躯终于也会毁了。这时他对一灯已然钦佩无已，明知他要舍身点化恶人，但决不能任他如此丧命，心想凭自己单掌之力，挡不了黑衣僧的铁掌，回身提起玄铁重剑，绕过一灯身侧，待慈恩又挥掌拍出，便即挺剑直刺。

玄铁剑激起劲风，和慈恩的掌风一撞，两人身子都是微微一摇。

慈恩“咦”的一声，万万想不到荒山中一个青年猎人竟有如此高强武功。一灯大师瞧了杨过一眼，也十分诧异。慈恩厉声喝道：“你是谁？干什么？”杨过道：“尊师好言相劝，大师何以执迷不悟？不听金石良言，已是不该，反而以怨报德，竟向尊师猛下毒手。如此为人，岂非禽兽不如？”慈恩大怒，喝道：“你也是丐帮的？跟那个鬼鬼祟祟的长老是一路的么？”杨过笑道：“这二人是丐帮败类，大师除恶即是行善，何必自悔？”慈恩一怔，自言自语：“除恶即是行善……除恶即是行善……”

杨过隔着板壁听他师徒二人对答，已隐约明白了他的心事，知他因悔生恨，恶念横起，又道：“那二人是丐帮叛徒，意图引狼入室，将我大汉河山出卖于异族。大师杀此二人，实是莫大功德。这二人不死，不知有多少善男女家破人亡。我佛虽然慈悲，但遇到邪魔外道，不也要大显神通将之驱灭么?”

杨过所知的佛学尽此而已，实在浅薄之至，但慈恩听来却极为入耳。他缓缓放下手掌，一转念间，猛地想起自己昔日也曾受大金之封，也曾相助异族侵夺大宋江山，杨过这几句话无异是痛斥自己之非，突然提掌向他劈去，喝道：“小畜生，你胡说八道些什么?”

这一掌既快且狠，杨过只道已用言语打动了他，哪料他竟会忽地发难，霎时间掌风及胸，危急中不及运劲相抗，索性顺着他掌力纵身后跃，砰嘭格喇两声响，木屋板壁撞破了一个大洞，杨过飞身到了屋外。一灯大师大吃一惊，暗道：“难道这少年便也如此丧命？瞧来他武功不错啊！唉，我怎不及时救他性命?”心下好生懊恼。

蓦地里屋中柴火一暗，板壁破洞中刮进一股疾风，杨过身随风至，挺剑向慈恩刺去，喝道：“好，你我今日便较量较量。”慈恩右掌斜劈，欲以掌力震开他剑锋。可是杨过这路剑法实是独孤求败的绝技，虽然年代相隔久远，不能亲得这位前辈的传授，但洪水练剑，蛇胆增力，仗着神雕之助，杨过所习的剑法已彷佛于当年天下无敌的剑魔。慈恩一掌击出，杨过剑锋只稍偏数寸，剑尖仍是指向他左臂。慈恩大骇，向右急闪，才避过了这一剑，立即还掌劈出。两人各运神功，剑掌激斗。

一灯越看越奇，心想这少年不过二十有余，竟能与当代一流高手裘铁掌打成平手，自己见多识广，却也认不出他的武功是何家数，这柄剑如此沉重，亦奇妙之至。一回头间，见小龙女手抱婴儿，站在门边，容颜佳丽，神色闲雅，对两人恶斗殊不惊惶，暗想：“这个少女也非寻常人物。”随即见她眉间与人中隐隐有一层黑气，不禁叫了声：“啊哟！”小龙女报以一笑，心道：“你瞧出来了。”

这时两人一剑双掌越斗越激烈，杨过在兵刃上占了便宜，慈恩却多了一条手臂，可说扯了个直。只听得砰的一声，木板飞脱一块，接着格喇声响，柱子又断了一条，木屋既小，又非牢固，实容不下两个高手的剧斗。剑刃和掌风到处，木板四下乱飞，终于喀喇喇一声大响，木柱折断，屋面压了下来。小龙女抱起郭襄，从窗中飞身而出，一灯在后相护，挥袖拂开了几块碎木。

北风呼呼，大雪不停，两人恶斗不休。慈恩十余年来从未与人如此酣战，打得兴发，大吼声中铁掌翻飞，堪堪拆到百余招外，但觉对方剑上劲力不住加重，他年纪衰迈，渐渐招架不住。杨过挺剑当胸刺去，见他斜走闪避，当即铁剑横扫，疾风卷起白雪，直扑过去。慈恩双目被雪蒙住，忙伸手去抹，猛觉玄铁剑搭上了右肩，陡然间身上犹如压上了千钧之重，再也站立不住，翻身跌倒。杨过剑尖直刺其胸，这剑虽不锋利，力道却是奇大，只压得他肋骨向内剧缩，只能呼气出外，不能吸进半口气来。

便在此刻，慈恩心头如闪电般掠过一个“死”字。他自练成绝艺神功之后，纵横江湖，只有他去杀人伤人，极少遇到挫折，便是败在周伯通手下，一直逃到西域，最后还是凭巧计将老顽童吓退，此时去死如是之近，却是生平从未遭逢，一想到“死”，不由得大悔，但觉这一生便自此绝，百般过恶，再也无法补救。一灯大师千言万语开导不了的，杨过这一剑却登时令他想到：“给人杀死如是之惨，然则我过去杀人，被杀者也是一样的悲惨了。”

一灯大师见杨过将慈恩制服，心想：“如此少年英杰，实在难得。”走上前去，伸指轻轻在剑刃上一点，杨过只觉左臂一热，玄铁剑立时荡开。

慈恩挺腰站起，跟着扑翻在地，叫道：“师父，弟子罪该万死，弟子罪该万死！”一灯微笑，伸手轻抚其背，说道：“大觉大悟，殊非易易。还不谢过这位小居士的教诲？”

杨过本就疑心这位老和尚是一灯大师，给他一指荡开剑刃，心想这一阳指功夫和黄岛主的弹指神通真有异曲同工之妙，当世再无第三人的指力能与之并驾齐驱，当即下拜，说道："弟子杨过参见大师。"见慈恩向自己跪倒，忙即还礼，说道："前辈行此大礼，可折煞小人了。适才多有得罪。"指着小龙女道："这是弟子室人龙氏。快来叩见大师。"小龙女抱着郭襄，裣衽行礼。

慈恩道："弟子适才失心疯了，师父的伤势可厉害么？"一灯淡然一笑，问道："你可好些了么？"慈恩歉仄无已，不知说什么才好。

四人坐在倒塌的木柱之上。杨过约略述说如何识得武三通、朱子柳及点苍渔隐，又说到自己如何在绝情谷中毒，天竺神僧及朱子柳如何为己去求解药被困。一灯道："我师徒便是为此而去绝情谷。你可知这慈恩和尚，和那绝情谷的女谷主有何渊源？"

杨过听彭长老说过"铁掌帮的裘帮主"，便道："慈恩大师俗家可是姓裘，是铁掌帮的裘帮主？"见慈恩缓缓点头，便道："如此说来，绝情谷的女谷主便是令妹了。"慈恩道："不错，我那妹子可好么？"杨过难以回答，裘千尺四肢被丈夫截断筋脉，成为废人，实在说不上个"好"字。慈恩见他迟疑，道："我那妹子暴躁任性，若是遭到了孽报，也不足为奇。"杨过道："令妹便是手足有了残疾，身子倒是挺安健的。"慈恩叹了口气，道："隔了这许多年，大家都老了……嗯，她一向只跟她大哥说得来……"说到这里，呆呆出神，追忆往事。

一灯大师知他尘缘未断，适才所以悔悟，只因临到生死关头，恶念突然消失，其实心中孽根并未除去，将来再遇极强的外感，不免又要发作，自己能否活得那么久，到那时再来维护感化，一切全凭缘法了。

杨过见一灯瞧着慈恩的眼光中流露出怜悯之情，忽想："一灯大师武功决不在他弟子之下，始终不肯还手，定有深意。我这出手，只怕反而坏了事。”忙道：“大师，弟子愚不解事，适才轻举妄动，是否错了，请大师指点。”

一灯道：“人心难知，他便是将我打死了，也未必便此能大彻大悟，说不定陷溺更深。你救我一命，又令他迷途知返，怎会是错？老衲深感盛德。”转头望着小龙女，问道：“小娘子如何毒入内脏？”杨过听他一问，似在沉沉黑暗之中突然见到一点光亮，忙道：“她受伤之后正在打通关脉治疗，岂知恰在那时中了喂有剧毒的暗器。大师可能慈悲救她一命？”说着不由自主的双膝跪地。

一灯伸手扶起，问道：“她如何打通关脉？内息怎生运转？”杨过道：“她逆运经脉，又有寒玉床及弟子在旁相助。”一灯听了他的解释，不由得啧啧称奇，道：“那位欧阳兄当真是天下奇人，开创逆运经脉之法，实是匪夷所思，从此武学中另辟了一道蹊径。”伸指搭了小龙女双手腕脉，脸现忧色，半晌不语。

杨过怔怔的瞧着他，只盼他能说出“有救”两个字来。小龙女的眼光却始终望着杨过，她早便没想到能活至今日，见杨过脸色沉重，只为自己担忧，缓缓的道：“生死有命，岂能强求？过儿，忧能伤人，你别太过关怀了。”

一灯自进木屋以来，第一次听到小龙女说话，听她这几句话语音温柔，而且心情平和，达观知命，不禁一怔。他不知小龙女自幼便受师父教诲，灵台明净，少受物羁，本想这姑娘小小年纪，中毒难治，定然忧急万状，哪知说出话来竟是功行深厚的修道人口吻，心想：“这一对少年夫妇实是人间龙凤，男的武功如此了得，女的参悟生死，更是不易。我生平所遇，只有郭靖、黄蓉夫妇，方能和他们比肩，我那些弟子无一能及。唉，只是她中毒既深，我受伤后又使不出一阳指神功。”微一沉吟，说道：“两位年纪轻轻，修为却着实不凡，老衲不妨直言……”杨过听到这里，一颗心不由得沉了下去，双手冰冷。

只听一灯续道：“小夫人剧毒透入重关，老衲倘若身未受伤，可用一阳指功夫助她体内毒质暂不发作。然后寻觅灵药解毒。如今嘛……好在小夫人幼功所积颇厚，老衲这里有药一颗，服后保得七日平安。咱们到绝情谷去找到我师弟……”杨过拍腿站起，叫道：“啊，不错，这位天竺神僧治毒的本事出神入化，必有法子解毒。”

一灯道：“倘若我师弟也不能救，那是大数使然。世上有的孩子生下来没多久便死了，小夫人嫁人之后方始不治，也不为夭。”说到这里，想起当年周伯通和刘贵妃所生的那个孩子，只因自己由妒生恨，坚不肯为其治伤，终于丧命；而那个孩子，却是慈恩打伤的。

杨过睁大了眼睛望着一灯，心想：“龙儿能否治愈，尚在未定之天，你却不说一句安慰的言语。”小龙女淡淡一笑，道：“大师说得很是。”眼望身周大雪，淡淡的道：“这些雪花落下来，多么白，多么好看。过几天太阳出来，每一片雪花都变得无影无踪。到得明年冬天，又有许许多多雪花，只不过已不是今年这些雪花罢了。”

一灯点了点头，转头望着慈恩，道：“你懂么？”慈恩点了点头，心想日出雪消，冬天下雪，这些粗浅的道理有什么不懂？

杨过和小龙女本来心心相印，对方即是最隐晦的心意相互也均洞悉，但此刻她和一灯对答，自己却是隔了一层。似乎她和一灯相互知心，自己反而成为外人，这情境自与小龙女相爱以来从所未有，不由得大感迷惘。

一灯从怀中取出一个鸡蛋，交给了小龙女，说道：“世上鸡先有呢，还是蛋先有？”这是个千古无人能解的难题。杨过心想：“当此生死关头，怎地问起这些不打紧的事来？”

小龙女接过蛋来，原来是个磁蛋，但颜色形状无一不像。她微一沉吟，已明其意，道：“蛋破生鸡，鸡大生蛋，既有其生，必有其死。”轻轻击碎蛋壳，滚出一颗丸药，金黄浑圆，便如蛋黄。一灯道：“快服下了。”小龙女心知此药贵重，于是放入口中嚼碎咽下。

次晨大雪兀自未止，杨过心想此去绝情谷路程不近，一灯的丸药虽可续得七日性命，但必须全力赶路，毫不耽搁，方能及时到达，说道：“大师，你伤势怎样?”一灯伤得着实不轻，但想救援师弟、朱子柳和小龙女三人，都是片刻延缓不得，当下袍袖一拂，说道：“不碍事。”提气发足，在雪地里窜出丈余。杨过等三人随后跟去。

小龙女服了丸药后，只觉丹田和缓，精神健旺，展开轻功，片刻间便赶在一灯大师之前。慈恩吃了一惊，心想这娇怯怯的姑娘原来武功竟也这生了得，蓦地里好胜心起，腿下发劲，向前急追。一个是轻功天下无双的古墓派传人，一个是号称“铁掌水上飘”的成名英雄，霎时之间赶出数十丈，在雪地中成为两个黑点。杨过生怕慈恩忽又恶性发作，加害小龙女，当即追上相护。他轻功不及二人，但内功既厚，脚下劲力自长，初时和二人相距甚远，行不到半个时辰，前面二人的背影越来越是清晰。

忽听身后一灯笑道：“小居士内力如此深厚，真是难得。师承是谁，能见告么?”杨过脚步略慢，和他并肩而行，说道：“晚辈武功是我妻子教的。”一灯奇道：“尊夫人可不及你啊?”杨过道：“近数月来，晚辈不知怎的忽地内力大进，自己也不明白是何缘故。”

一灯道：“你可服了什么增长内力的丹药？或者是成形的人参、千年以上的灵芝?”杨过摇了摇头，说道：“晚辈吃过数十枚蛇胆，吃后力气登时大了许多，不知可有干系?”一灯道：“蛇胆？蛇胆只能驱除风湿，并无增力之效。”杨过道：“这是一种奇蛇之胆，那毒蛇身上金光闪闪，头顶生有肉角，形状十分怪异。”一灯沉吟片刻，突然道："啊，那是菩斯曲蛇。佛经上曾有记载，原来中土也有。听说此蛇行走如风，极难捕捉。"杨过道："是一头大雕衔来给弟子吃的。"一灯赞叹："这真是旷世难逢的奇缘了。"

两人口中说话，足下毫不停留，又行一会，和小龙女及慈恩二人更加近了。一灯和杨过相视一笑。他二人轻功虽不及小龙女和慈恩，但长途奔驰，最后决于内力深厚。再看前面两人时，小龙女已落后丈许，以内力而论，她自是不及慈恩。疾行间转过一个山坳，杨过指着前面道："咦，怎地有三个人？"

原来小龙女身后不远又有一人快步而行。杨过一瞥之间，便觉此人轻身功夫实不在小龙女和慈恩之下，只见他背上负着一件巨物，似是一口箱子，但仍然步履矫捷，和小龙女始终相隔数丈。一灯也觉奇怪，在这荒山之中不意连遇高人，昨晚遇到一对少年英秀的夫妻，今日所见此人却显然是个老者。

小龙女给慈恩超越后，不久相距更远，听得背后脚步声响，只道杨过跟了上来，说道："过儿，这位大和尚轻功极好，我比他不过，你追上去试试。"身后一个声音笑道："你到箱子上来歇一歇，养养力气，不用怕那老和尚。"小龙女听得语音有异，回头一看，只见一人白发白须，却是老顽童周伯通。

他笑容可掬的指着背上的箱子，说道："来，来，来！"这木箱正是重阳宫藏经阁中之物，想来装着全真教的道藏经书，他才这般巴巴的背负出来。小龙女微微一笑，尚未回答，周伯通突然身形晃动，抢到她身边，一伸臂便托着她腰，将她放上了箱顶。这一下身法既快，出手又奇，小龙女竟不及抗拒，身子已在木箱之上，不禁暗自佩服："全真派号称天下武学正宗，果有过人之处，重阳宫的道人打不过我，只是没学到师门武功的精髓而已。"

这时杨过和一灯也均已认出是周伯通，只有慈恩生怕小龙女赶上，全神贯注的疾奔，不知身后已多了一人。周伯通迈开大步跟随其后，低声道："再奔半个时辰，他脚步便会慢下来。"小龙女笑道："你怎知道？"周伯通道："我跟他斗过脚力，从中原直追到西域，又从西域赶回中原，几万里跑了下来，哪能不知？"小龙女坐在箱上，平稳安适，犹胜骑马，低声笑问："老顽童，你为什么帮我？"周伯通道："你模样儿讨人欢喜，又不似黄蓉那么刁钻古怪。我偷了你的蜜糖，你也不生气。"

这般奔了半个多时辰，果如周伯通所料，慈恩脚步渐慢。周伯通道："去罢！"肩头推耸，将小龙女送出丈余，她养足力气，纵身奔跑，片刻间便越过慈恩身旁，侧过头来微微一笑。慈恩一惊，急忙加力。但两人轻功本在伯仲之间，现下一个休憩已久，一个却是一步没停过，相距越来越远，再也追赶不上。

慈恩生平两大绝技自负天下无对，但一日一夜之间，铁掌输于杨过，轻功输于小龙女，不由得大为沮丧，但觉双腿软软的不听使唤，暗自心惊："难道我大限已到，连一个小姑娘也比不过了？"他昨晚恶性大发，出手打伤了师父，一直怔忡不安，这时用足全力追赶小龙女不上，更是心神恍惚，但觉天下事全是不可思议。

杨过在后看得明白，见周伯通暗助小龙女胜过慈恩，颇觉有趣，加快脚步走到他身边，笑道："周老前辈，多谢你啊。"周伯通道："这裘千仞好久没见他了，怎地越老越胡闹，剃光了头做起和尚来？"杨过道："他拜了一灯大师为师，你不知道么？"说着向后一指。周伯通大吃一惊，叫道："段皇爷也来了么？"回头遥遥望见一灯，叫道："出行不利，溜之大吉！"当即斜刺里窜出，钻进了树林。杨过也不知"段皇爷"是什么，但见树分草伏，周伯通霎时间去得无影无踪，暗想："这人行事之怪，真是天下少有。"

一灯见周伯通躲开，快步上前，见慈恩神情委顿，适才的刚勇强悍突然间不知去向，说道："你对胜负之数，还是这般勘不破么？"慈恩惘然不语。一灯道："有所欲即有所蔽。以你武功之强，若非一意争胜，岂能不知背后多了一人？”

四人加紧赶路，起初五日行得甚快，到第六日清晨，一灯伤势不轻，渐渐支持不住。杨过道：“大师还是暂且休息，保养身子为要。此去绝情谷已不在远，晚辈夫妇随慈恩大师赶去谷中，好歹也要救神僧和朱大叔出来。”一灯微笑道：“我留着可不放心。”稍停片刻，又道：“只怕谷中变故甚多，老僧还是亲去的好。”慈恩道：“弟子背负师父前往。”说着将一灯负在背上，大踏步而行。

午时过后，一行人来到谷口。杨过向慈恩道：“咱们是否要报明身份，让令妹出来迎接大师？”慈恩一怔，尚未回答，忽听得谷中隐隐传来兵刃相交之声。慈恩挂念妹子，生怕是她在和武三通等人交手，任谁一方伤了都不好，说道：“咱们快去制止动手要紧。”施展轻功向前急冲。他不识谷中道路，杨过一路指点。

四人奔到邻近，只见七八名绿衣弟子各执兵刃，守在一丛密林之外，兵刃声从密林中传将出来，却不见相斗之人。

绿衣弟子突见又有外敌攻到，发一声喊，冲将过来，奔到近处，认出了杨过和小龙女，一齐住足。领头的弟子上前两步，按剑说道：“主母请杨相公办的事，大功已成么？”

杨过反问道：“林中何人相斗？”那绿衣弟子不答，侧目凝视，不知他此来居心是善是恶。杨过微笑道：“小弟此来，并无恶意。公孙夫人安好？公孙姑娘安好？”那弟子心中去了几分敌意，道：“托福，主母和姑娘都好。”又问：“这两位大和尚是谁？各位和林中四个女子可是一路么？”杨过道：“四个女子？那是谁啊？”那弟子道：“四个女子分作两路闯进谷来，主母传令拦阻，她们大胆不听，现已分别引入情花坳中。哪知她们一见面，自己却打了起来。”

杨过听到“情花坳”三字，不禁一惊，猜不出四个女子是谁，倘是黄蓉、郭芙、完颜萍、耶律燕，四人怎会互斗？说道：“便烦引见一观，小弟若是相识，当可劝其罢斗，一同叩见谷主。”那弟子心想反正这四个女子已经被困，让你见识一下，也可知我绝情谷的厉害，便引四人走进密林。果见四个女子分作两对，正自激斗。

杨过和小龙女一见，暗暗心惊。原来四个女子立足处是一片径长两丈的圆形草地，外边密密层层的围满了情花，不论从哪个方位出来，都有八九丈地面生满情花。任你轻功再强，也决不能一跃而出，纵然跃至半路也是难能。

小龙女叫道：“是师姊！”南向而斗的两个女子一是李莫愁，另一个是她弟子洪凌波。两人各持长剑，想是李莫愁的拂尘在古墓中折断后，仓卒间不及重制。

敌对的两女一个手持柳叶刀，另一个兵刃似是一管洞箫，两人身形婀娜，步法迅捷，武功也自不弱，但和李莫愁相抗总是不及。杨过一惊：“是她们表姊妹俩？”这时洪凌波身子略侧，穿淡黄衫子的少女回过半面，穿浅紫衫的少女跟着斜身，正是程英和陆无双。

四人局处径长两丈的草地之中，便似擂台比武或斗室恶斗一般，地形有限，不能踏错半步，这么一来，武功较差的更是处处缚手缚脚。幸得李莫愁兵刃不顺手，洪凌波对陆无双顾念昔日之情，不肯猛下杀手，因此程陆二女虽处下风，还在勉力支持。

杨过问那领头的绿衣弟子道：“她们四人好端端的，怎会闯到这圆圈中去打架？”那绿衣人甚是得意，傲然道：“这是公孙谷主布下的奇径。我们把奸细逼进情花坳，再在进口处堆上情花，哪里还能出来？”杨过急道：“她们都已中了情花之毒么？”那绿衣人道：“就算没中，也不久了。”

杨过心想：“凭你们的武功，怎能将李莫愁逼入情花坳中？啊，是了，定是使出带刀渔网阵绝恶的法门。倘若程陆二女再中情花之毒，世上已无药可救。”当即朗声说道：“程姊姊、陆姊姊，小弟杨过在此。你们身周花上有刺，剧毒无比，千万小心了。”

李莫愁早瞧出情花模样诡异，绿衣弟子既用花树拦路，其中必有缘故，因此一入情花坳后，便低声嘱咐洪凌波小心，须得远离花树。程英和陆无双也均乖巧伶俐，如何看不出来？四人料想花树中不是安有机关陷阱，便有毒箭暗器，这时听杨过一叫，对身周花树更增畏惧，向草地中心挤拢，近身而搏，斗得更加凶了。

程英和陆无双听得杨过到来，心下极喜，急欲和他相见，苦于敌人相逼极紧，难以脱身。李莫愁却想只有杀了两女，铺在情花上作垫脚石，方能踏着她们身子出去。杨过和小龙女之来，原使她大吃一惊，好在中间有情花相隔，他们不能过来援手，厉声喝道：“凌波，你再不出全力，自己的小命要送在这儿了。”洪凌波忙应道：“是！”剑上加劲，并力向程英刺去。

程英举箫挡架，李莫愁长剑向她咽喉疾刺。陆无双抢上提刀横架。李莫愁冷笑一声，长剑微晃，飞起左腿，踢中她的手腕。陆无双柳叶刀脱手飞出，跌入情花丛中。李莫愁长剑闪动，向程英连刺三剑。程英招架不住，向后急退。她只要再退一步，左脚便得踏入花丛。陆无双惊叫：“表姊，不能再退。”李莫愁微笑道：“不能再退，那便上前罢！”说着斜后让开一步。程英明知她决无善意，但自己所站之处实在过于危险，只得跟着踏前。李莫愁冷笑道：“好大的胆子！”长剑抖动，闪出十余点银光，剑尖将她上半身尽数罩住了。

杨过在外瞧得明白，知是古墓派剑法的厉害招数，叫作“冷月窥人”，倘若不明这一招的来龙去脉，十九会尽力守护上身，小腹便非中剑不可，眼见程英举箫在自己胸前削下，忙从地下拾起一块小石，放在拇指和中指之间，飕的一声，弹了出去，石子去势劲急，直取李莫愁双目。便在此时，李莫愁剑尖蓦地下指，离程英的小腹已不过数寸。她陡见石子飞到，不及挺剑杀敌，只得回剑击开石子。

杨过所使的正是黄药师传授的弹指神通功夫，但火候未到，只能声东击西，引敌回救。倘是黄药师亲自出手，这颗石子便击在李莫愁剑上，将长剑震落或是荡开，那就万无一失，但也亏得当时传了杨过这手功夫，他晚年所收的女弟子方始保住了性命。纵然如此，杨过和程英都已吓出了一身冷汗。

李莫愁见程英这一下死里逃生，本来白嫩的面颊吓得更是全无血色，知她心神未定，喝道："又来了！"长剑抖动，仍是这一招"冷月窥人"。程英学了乖，知她此招攻上盘是虚而攻中盘是实，当即箫护丹田。哪知李莫愁诡变百出，剑尖果然指向程英丹田，跟着欺近身去，左手食指伸出，点中了她胸口的"玉堂穴"。程英一呆之际，李莫愁左脚横扫，先将陆无双踢倒，跟着足尖又点中了程英膝弯外侧的"阳关穴"，这几下变招快速无比，霎时间程陆二人齐倒，杨过欲待相救，已然不及。

李莫愁抓起程英背心，奋力远抛，跟着又将陆无双掷去，喝道："凌波，踏在她二人身上……"话犹未毕，杨过已纵身而入，伸左臂接住程英，跟着又向前跃。程英胸口与腿上虽被点了穴道，双臂无恙，当即抱住了陆无双，叫道："杨大哥，你……"她对杨过本来一往情深，此时见他不惜踏入情花丛中，舍身相救，更是难以自已。

杨过接住二女后倒退跃出，将她们轻轻放在地下。程英左腿麻木，立足不稳，小龙女给她解了穴道。三女一齐望着杨过，只见他裤脚给毒刺扯得稀烂，小腿和大腿上鲜血淋漓，不知有多少毒刺刺伤了他。程英眼中含泪，陆无双急得只说："你……你……不用救我，谁教你这样？"杨过朗笑一声，道："我身上情花之毒未除，多一点少一点没什么不同。"

但人人都知，毒深毒浅实是大有分别，他这么说，只是安慰眼前这三个姑娘而已。

程英含泪瞧着杨过右手空袖。陆无双又叫：“傻蛋，你……你的右臂呢？怎么断了？”小龙女见二女对杨过极是关怀，顷刻间已将她二人当作是最要好的朋友看待，微笑道：“你怎么叫他傻蛋，他可不傻啊？”陆无双“啊”了一声，歉然道：“我叫惯了，一时改不过口来。”和程英对望一眼，道：“这位姊姊是？”杨过道：“那就是……”程英接口道：“那定是小龙女前辈了。”陆无双道：“是了。我早该想到，这样仙女般的人物。”程陆二女以前见杨过对小龙女情有独钟，心中不能不含妒念，此刻一见，不由得自惭形秽，均想：“我怎能和她相比？”

陆无双又问：“杨大哥，你手臂到底是怎生断的？伤势可全愈了么？”杨过道：“早就好了。是给人斩断的。”陆无双怒道：“是哪个该死的恶贼？他定然使了卑鄙的奸计，是不是？是那万恶的女魔头么？”

忽然背后一个女子声音冷笑道：“你这般背后骂人，难道便不卑鄙么？”陆无双等吃了一惊，回过头来，只见说话的是个美貌少女，正是郭芙。她手按剑柄，怒容满面，身旁男男女女站着好几个人。

陆无双奇道：“我又没骂你，我是骂那斩断杨大哥手臂的恶贼。”

刷的一响，郭芙长剑从鞘中抽出了一半，说道：“他的手臂便是我斩断的。我赔不是也赔过了，给爹爹妈妈也责罚过了，你们还在背后这般恶毒的骂我……”说到这里，眼眶一红，心中委屈无限。

原来武三通、郭芙、耶律齐、武氏兄弟等在小溪中避火，待火势弱了，才缘溪水而下，和黄蓉及完颜萍、耶律燕相遇，便到绝情谷来。一行人比一灯、杨过等早到了半日，只是在谷前谷后遍寻天竺僧和朱子柳被困之处不获，耽搁了不少时光。至于李莫愁师徒和程英姊妹进入绝情谷，却均是被周伯通童心大发而分别引来。

当下黄蓉、武三通等向一灯行礼，各人互相引见。程英从未见过黄蓉，但久闻这位师姊的大名，一直十分钦仰，当下恭恭敬敬的上前磕头，叫了声：“师姊！”黄蓉从杨过口中早知父亲暮年又收了个女徒，这时见她丰神秀美，问起父亲，得知身体安健，更是欢喜。

守在林旁的绿衣弟子见入谷外敌会合，声势甚盛，不敢出手拦阻，飞报裘千尺去了。

郭芙和陆无双怒目对视，心中互相憎恨。郭芙听母亲吩咐，竟要对程英长辈称呼，更是不喜，那一声“师叔”叫得异常勉强。

杨过和小龙女携手远远的站着。杨过向小龙女臂弯中抱着的郭襄瞧了一眼，说道：“龙儿，把这女孩儿还给她母亲罢。”小龙女举起郭襄，在她颊上亲了亲，走过去递给黄蓉，说道：“郭夫人，你的孩儿。”黄蓉称谢接过，这女孩儿自出娘胎后，直到此刻，她方始安安稳稳的抱在怀里，这份喜悦之情自是不可言喻。

杨过对郭芙朗声说道：“郭姑娘，你妹子安好无恙，我可没拿她去换救命解药。”郭芙怒道：“我妈妈来了，你自然不敢。你若无此心，抱我妹妹到此来干么？”按照杨过往日的脾性，立时便要反唇相稽，但他近月来迭遭生死大变，于这些口舌之争已不放在心上，只淡淡一笑，便和小龙女携手走开。

陆无双向郭襄看了一眼，对程英道：“这是你师姊的小女儿吗？但愿她长大以后，别要横蛮刁恶才好。”郭芙如何听不出这句话是讥刺自己，接口道：“我妹妹横蛮不横蛮，干你什么事？你说这话是什么用意？”陆无双道：“我又没跟你说话。横蛮刁恶之人，天下人人管得，怎能不干我事？”在陆无双心坎儿里，念兹在兹的便只杨过一人。她和程英见杨过手臂被郭芙斩断，原是一般的心痛恼怒，但她不如表姊沉得住气，虽在众人之前，仍是发作了出来。郭芙大怒，按剑喝道："你这跛脚……"黄蓉喝道："芙儿，不得无礼！"

便在此时，只听得远处"啊"的一声大叫，众人回过头去，但见情花丛中，李莫愁将洪凌波的身子高高举起，这一声喊叫便是洪凌波所发。众人忙于厮见，一时把隔在情花丛中的李莫愁师徒忘了。陆无双惊叫："不好，师父要把师姊当作垫脚石，快，快想法子救……"众人一愣之间，只见李莫愁已将洪凌波掷出，摔在情花丛中，跟着飞身跃出，左脚在洪凌波胸口一点，人又跃高，双脚甩起，右手却抓住洪凌波又向外掷了数丈，然后再落在她身上。

她两次落下借力，第三次跃起便可落在情花丛外，她生怕黄蓉等上前截拦，跃出的方位和众人站立之处恰恰相反。她纵身又要跃起，洪凌波突然大叫一声，跟着跃起，抱住了她左腿。李莫愁身子往下一沉，空中无从用力，右脚飞出，砰的一声，踢中洪凌波的胸口，这一脚好不厉害，登时将她踢得脏腑震裂，立时毙命，但洪凌波双手仍是牢牢抱住她左腿不放，两人一齐摔下，跌落时离情花丛边缘已不过两尺。然而终于相差了这两尺，千万根毒刺一齐刺进了李莫愁体内。

这一变故凄惨可怖，人人都是惊心动魄，眼睁睁的瞧着，说不出话来。陆无双感念师姊平素相待的恩情，伤痛难禁，放声大哭，叫道："师姊，师姊！"杨过想起当日戏弄洪凌波的情景，也不禁黯然神伤。

李莫愁俯身扳开洪凌波的双手，但见她人虽死了，双眼未闭，满脸怨毒之色。李莫愁心想："我既中花毒，解药定须在这谷中寻求。"待要绕过花堆，觅路而行，忽听黄蓉叫道："李姊姊，请你过来，我有句话跟你说。"李莫愁一愕，微一踌躇，走到数丈外站定，问道："什么？"暗盼她肯给解药，至少也能指点寻觅解药的门径。

黄蓉道："你要出这花丛，原不用伤了令徒性命。"李莫愁倒持长剑，冷冷的道："你要教训我么？"黄蓉微笑道："不敢。我只教你一个乖，你只须用长剑掘土，再解下外衫包两个大大的土包，掷在花丛之中，岂不是绝妙的垫脚石么？不但你能安然脱困，令徒也可丝毫无伤。"

李莫愁的脸自白泛红，又自红泛白，悔恨无已，黄蓉所说的法子其实毫不为难，只是惶急之际没有想到，以致既害了世上唯一的亲人，自己却也摆脱不了祸殃，不由得恨恨的道："这时再说，已经迟了。"黄蓉道："是啊，早就迟了。其实，这情花之毒，你中不中都是一样。"李莫愁瞪视着她，不明白她言中之意。黄蓉叹道："你早就中了痴情之毒，胡作非为，害人害己，到这时候，嗯，早就迟了。"

李莫愁傲气登生，森然道："我徒儿的性命是我救的，若不是我自幼将她养大，她早已活不到今日。自我而生，自我而死，原是天公地道之事。"黄蓉道："每个人都是父母所生，但便是父母，也不能杀死儿女，何况旁人？"

武修文仗剑上前，喝道："李莫愁，你今日恶贯满盈，不必多费口舌、徒自强辩了。"跟着武敦儒、武三通，以及耶律齐、耶律燕、完颜萍、郭芙六人分从两侧围了上去。

程英和陆无双分执箫刀，踏上两步。陆无双道："你狠心杀我全家，今日只要你一人抵命，算是便宜了你。不说你以往过恶，单是害死洪师姊一事，便已死有余辜。"郭芙回头向陆无双望了一眼，冷笑道："你拜的好师父！"陆无双瞪眼以报，说道："一人便有天大的靠山，那也是自作孽，不可活！你别学这魔头的榜样！"

李莫愁听陆无双说到"靠山"两字，心中一动，提声叫道："小师妹，你便丝毫不念师门之情么？"她一生纵横江湖，任谁都不瞧在眼里，此时竟向小龙女求情，实因自知处境凶险无比，而杀洪凌波后内心不免自疚，终于气馁。

小龙女一时不知如何回答。杨过朗声道："你背师杀徒，还提什么师门之情？"李莫愁叹了一口气道："好！"长剑一摆，道："你们一齐上来罢，人越多越好。"

武氏兄弟双剑齐出，程英、陆无双自左侧抢上。武三通、耶律齐等兵刃同时递出。适才见了她杀害洪凌波的毒辣手段，人人均是极为愤恨，连一灯大师也觉若容这魔头活在世上，只有多伤人命。但听得兵刃之声叮当不绝，李莫愁武功再高，转眼便要给众人乱刀分尸。

突然之间，李莫愁左手一扬，叫道："看暗器！"众人均知她冰魄银针厉害，一齐凝神注目，却见她纵身跃起，竟然落入了情花丛中。众人忍不住出声惊呼。原来李莫愁突然想到，倘若情花果有剧毒，反正我已遍体中刺，再刺几下也不过如此，她这一回入花丛，连黄蓉和杨过也没料及，但见她对穿花丛，直入林中去了。

武修文道："大伙儿追！"长剑一摆，从东首绕道追去，但林中道路盘旋曲折，只跑出数丈，眼前出现三条歧路。他正迟疑间，忽见前面走出五个身穿绿衣的少女，当先一人手提花篮，身后四人却是腰佩长剑。

当先那少女问道："谷主请问各位，大驾光临，有何指教？"杨过遥遥望见，叫道："公孙姑娘，是我们啊。"这少女正是公孙绿萼。她一听到杨过的声音，矜持之态立失，快步上前，喜道："杨大哥，你大功告成了罢？快见我妈妈去。"杨过道："公孙姑娘，我给你引见几位前辈。"于是先引她拜见一灯，然后再见慈恩和黄蓉。

公孙绿萼不知眼前这黑衣僧人便是自己的亲舅舅，行了一礼，也不以为意，但听杨过称黄蓉为郭夫人，知她便是母亲日夜切齿的仇人，杨过非但没杀她，反而将她引入谷来，不觉疑心大起，退后两步，不再行礼，说道："家母请众位赴大厅奉茶。"暗想此中变故必多，一切当由母亲作主，于是引导众人来到大厅。

裘千尺坐在厅上椅中，说道："老妇人手足残废，不能迎客，请恕无礼。"

慈恩心中所记得的妹子，乃是她与公孙止成亲时的闺女，当时盈盈十八，娇嫩婀娜，不意此刻眼前竟是个秃头皱面的丑陋老妇，回首前尘，心中一阵迷惘。

一灯见他目中突发异光，不由得为他担忧。一灯生平度人无算，只有这个弟子总是不能大彻大悟，悔恶行善，只因他武功高深，当年又是一帮之主，实是武林中了不起的人物，昔日陷溺愈深，改过也便愈难。他以往十余年隐居深山，倒还安稳，这时重涉江湖，所见事物在在引他追思往昔。常言道"不见可欲，其心不乱"，但若一见可欲，其心便乱，哪里谈得上修为自持？一灯这次带慈恩上绝情谷来，固是为了相救师弟和朱子柳，但也有使他多历磨难、坚其心志的深意。

裘千尺见杨过逾期不返，只道他早已毒发而死，突然见他鲜龙活跳的站在面前，心下大奇，问道："你还没死么？"杨过笑道："我服了解毒良药，早把你的花毒消了。"裘千尺"嗯"了一声，心想："世上居然尚有解药能解情花之毒，这倒奇了。"突然心念一动，冷笑道："撒什么谎？倘若真有解毒良药，那天竺和尚跟那姓朱的书生又巴巴的赶来作甚？"杨过道："裘老前辈，天竺神僧和朱前辈给你关在什么地方？晚辈既已亲到，请你放了他们罢！"裘千尺冷笑道："缚虎容易纵虎难！"她这话倒也不假。她四肢残废，全凭一门渔网阵才擒了天竺僧和朱子柳。倘若释放，天竺僧不会武功，倒也罢了，朱子柳必要报复，绝情谷众弟子可没一个是他对手。

杨过心想只要他跟亲兄长见面，念着兄妹之情，诸事当可善罢，于是微笑道："裘老前辈，你仔细瞧瞧，我给你带了谁来啦？你见了定是欢喜不尽。"

裘千尺和兄长睽别数十年，慈恩又已改了僧装，她虽知兄长出家，但心中所记得的兄长乃是个剽捷勇悍的青年，一时之间哪里认得出这个老僧？她听了女儿禀报，知道杀兄大仇人黄蓉已到，眼光从众人脸上逐一扫过，终于牢牢瞪住黄蓉，咬牙道："你是黄蓉！我哥哥是死在你手里的。"

杨过吃了一惊，本意要他兄妹相见，她却先认出了仇人，忙道："裘老前辈，这事暂且不说，你先瞧瞧还有谁来了？"

裘千尺喝道："难道郭靖也来了吗？妙极，妙极！"她向武三通瞧瞧，又向耶律齐瞧瞧，只觉一个太老，一个太少，都似乎不对，心下一阵惘然，要在人丛中寻出郭靖来，陡然间眼光和慈恩的眼光相触，四目交投，心意登通。

慈恩纵身上前，叫道："三妹！"裘千尺也大声叫了出来："二哥！"二人心有千言万语，真是一时不知如何说起。过了半晌，裘千尺问道："二哥，你怎么做了和尚？"慈恩问道："三妹，你手足怎地残废了？"裘千尺道："中了公孙止那奸贼的毒计。"慈恩惊道："公孙止？是妹丈么？他到哪里去了？"裘千尺恨恨的道："你还说什么妹丈？这奸贼狼心狗肺，暗算于我。"慈恩怒气难抑，大叫："这奸贼哪里去了？我将他碎尸万段，跟你出气。"

裘千尺冷冷的道："我虽受人暗算，幸而未死，大哥却已给人害死了。"慈恩黯然道："是！"裘千尺猛地提气喝道："你空有一身本领，怎地到今日尚不给大哥报仇？手足之情何在？"慈恩瞿然而惊，喃喃道："给大哥报仇？给大哥报仇？"裘千尺大喝道："眼前黄蓉这贱人在此，你先将她杀了，再去找郭靖啊。"慈恩望着黄蓉，眼中异光陡盛。

一灯缓步上前，柔声道："慈恩，出家人怎可再起杀念？何况你兄长之死，是他自取其咎，怨不得旁人。”慈恩低头沉思，过了片刻，低声道：“师父说得是。三妹，这仇是不能报的。”

裘千尺向一灯瞪了一眼，怒道：“老和尚胡说八道。二哥，咱们姓裘的一门豪杰，大哥给人害死，你全没放在心上，还算是什么英雄好汉？”慈恩心中一片混乱，自言自语：“我算得什么英雄好汉？”裘千尺道：“是啊！想当年你纵横江湖，‘铁掌水上飘’的名头有多大威风，想不到年纪一老，变成个贪生怕死的懦夫。裘千仞，我跟你说，你不给大哥报仇，休想认我这妹子！”

众人见她越逼越紧，都想：“这秃头老太婆好生厉害。”黄蓉当年中了裘千仞一掌，幸蒙一灯大师仗义相救，才得死里逃生，自然知他了得，霎时之间，心中已盘算了好几条脱身之策。郭芙却再也忍耐不住，喝道：“我妈只是不跟你一般见识，难道便怕了你这糟老太婆？你再噜苏不休，姑娘可要对你不客气了。”黄蓉正要喝阻，但转念一想：“眼见那裘千仞便要受她之激，按捺不住，芙儿出来一打岔，倒可分散他的心神。”郭芙见母亲不出声拦阻，又道：“我们远来是客，你不好好接待，却如此无礼，还夸什么英雄好汉？”裘千尺冷冷的望着她，说道：“你便是郭靖和黄蓉的女儿吗？”郭芙道：“不错，你有本事便自己动手。你哥哥早已出家做了和尚，怎能再跟人打打杀杀？”

裘千尺喃喃的道：“好，你是郭靖和黄蓉的女儿，你是郭靖和黄蓉的……”那“女儿”两字尚未说出，突然“呼”的一声，一枚铁枣核从口中疾喷而出，向郭芙面门激射过去。她上一句说了“你是郭靖和黄蓉的女儿”，下句再说“你是郭靖和黄蓉的”这八个字，人人都以为她定要再说“女儿”两字，哪知在这一霎之间，她竟会张口突发暗器。这一下突如其来，而她口喷枣核的功夫更是神乎其技，连公孙止武功这等高明也给她射瞎了右眼，郭芙别说抵挡，连想躲避也没来得及想。

众人之中，只有杨过和小龙女知她有此奇技，小龙女没料到她会暴起伤人，杨过却时时刻刻均在留心，目光没一刹那间曾离开她的脸，但见她口唇一动，不是说“女儿”两字的模样，当即疾跃上前，抽出郭芙腰间长剑，回手急掠。当的一声，接着呛啷一响，长剑竟被铁枣核打得断成两截，半截剑掉在地下。

众人齐声惊呼，黄蓉和郭芙更是吓得花容失色。黄蓉心下自警：“我料得她必有毒辣手段，但万万想不到她身不动、足不抬、手不扬、头不晃，竟会无影无踪的蓦地射出如此狠辣暗器。”枣核打断长剑，劲力之强，人人都瞧得清楚，均想：“若不是杨过这么一挡，郭姑娘哪里还有命在？他出手如此之快，也真令人惊诧。”

裘千尺瞪视杨过，没料到他竟敢大胆救人，冷冷的道：“你今日再中情花之毒，刻下纵然未发，决计挨不过三日。世上仅有半枚丹药能救你性命，难道你不信么？”

杨过出手相救郭芙之时，在那电光石火般的一瞬间怎有余裕想到此事，这时经裘千尺一提，不由得气馁，上前一躬到地，说道：“裘老前辈，晚辈可没得罪你什么，若蒙赐予丹药，终身永感大德。”裘千尺道：“不错，我重见天日，也可说受你之赐。但我裘老太婆有仇必报，有恩却未必记在心上。你应承取郭靖、黄蓉首级来此，我便赠药救你。岂知你非但没遵约言，反而救我仇人，又有何话说？”

公孙绿萼眼见事急，说道：“妈，舅舅的怨仇可跟杨大哥无干。你……你就发一次慈悲罢。”裘千尺道：“我这半枚丹药是留给我女婿的，不能轻易送给外人。”公孙绿萼一听，满脸涨得通红，又羞又急。

郭芙连得杨过救援，直到此时，才相信杨过仁侠为怀，实无以妹子来换解药之意，回思自己一再损伤于他，而他始终以德报怨，大声道：“杨大哥，小妹以前全都想错了，请你见谅。”然而不知如何，心中对他的嫌隙总是难解，这句话刚说过，立时便想："你一再救我，也不过是想向我卖弄本领，要我服你，感激你，显得你虽只一条手臂，仍比我有两条手臂之人强得多，哼，好了不起吗？"

杨过微微一笑，笑容之中却大有苦涩之意，心想："你出言认错，最是容易不过，却不知我和龙儿为你受了多大的苦楚。"但见裘千尺一双眼睛牢牢的瞪着自己，显然若不允娶她女儿，她决不肯给那半枚救命的灵丹，再僵持下去，徒然使公孙绿萼和小龙女为难，朗声道："我已娶龙氏为妻，杨过死则死矣，岂能作负义之徒？"说着便即转身，携了小龙女的手，走向厅门，寻思："让你们在厅中争闹，我正好去救天竺神僧和朱大叔。"

裘千尺冷笑道："好，好！你自愿送命，与我无干。"转头对慈恩道："二哥，听说黄蓉是丐帮的帮主，咱们铁掌帮不敢得罪她罢。"慈恩道："铁掌帮？早就散了伙啦，还有什么铁掌帮？"裘千尺说道："怪不得，怪不得，你无所依仗，胆子就更加小了……"

她不住的发言相激，公孙绿萼不再听母亲的言语，只是眼望着杨过一步步的出厅。她突然奔出，叫道："杨过，你这般无情无义，算我瞎了眼睛。"杨过愕然停步，心想这位姑娘向来斯文守礼，怎地忽然如此失常，难道是听得我和龙儿成婚，因而恚怒难当么？他微感歉仄，回过头来，说道："公孙姑娘……"公孙绿萼骂道："好奸贼，我叫你入谷容易出谷难……"她口中虽骂，脸上神色却柔和温雅，同时连使眼色。杨过一见，早知别有缘故，也大声喝道："我怎么了？谅你这区区绝情谷也难不了人。"他面向大厅，裘千尺看得明白，因此眉目之间不敢丝毫有异。

绿萼骂道："我恨不得将你一劈两半，剖出你的心来瞧瞧……"口一张，噗的一声，吐出一枚枣核，向杨过迎面飞去。

杨过伸手接住，冷笑道："快快给我回去，我便不来伤你，谅你这点雕虫小技，能难为得我了？"绿萼使个眼色，命他快走，忽地双手掩面，叫道：“妈，他……他欺负人！”奔回大厅。她一番相思尽成虚空，意中人已与旁人结成良缘，这份伤心却是半点不假。裘千尺见她泪流满面，喝道：“萼儿，这成什么样子？那小子性命指日难保。”绿萼伏在她的膝头，呜咽不止。

这一番做作，厅上众人都被瞒过，只有黄蓉却暗暗好笑，心道：“她假意恼恨杨过，好叫母亲不防，便可俟机盗药。想不到杨过这小子到处惹下相思，竟令这许多美貌姑娘为他颠倒。”想到此处，向程英和陆无双望了一眼。

杨过接了枣核，快步便行，只觉绿萼的话很是奇怪，一时想不透是何用意。小龙女见了绿萼的脸色和眼神，也知她喝骂是假，道：“过儿，她假意恼你，是不是叫她母亲不防，以便偷盗丹药？”杨过道：“似乎是这样。”

两人转了个弯，杨过见四下无人，提手看掌中枣核，却是个橄榄核儿，中心隐隐有条细缝。杨过手指微一用力，榄核破为两半，中间是空的，藏着一张薄纸。小龙女笑道：“这姑娘的话中藏着哑谜儿，什么‘一劈两半，剖出心来瞧瞧’，原来是这个意思。”

杨过打开薄纸，两人低首同看，见纸上写道：“半枚丹药母亲收藏极密，务当设法盗出相赠，天竺僧及朱前辈囚于火浣室中。”字旁绘着一张地图，通路盘旋曲折，终点写着“火浣室”三字。杨过大喜，道：“咱们快去，正好此时无人阻拦。”

吴昌硕「心月同光」

大字本

神雕侠侣

四

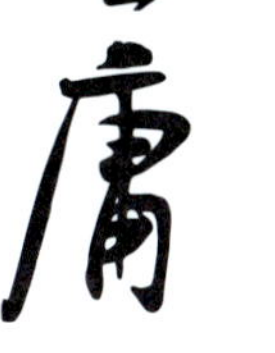

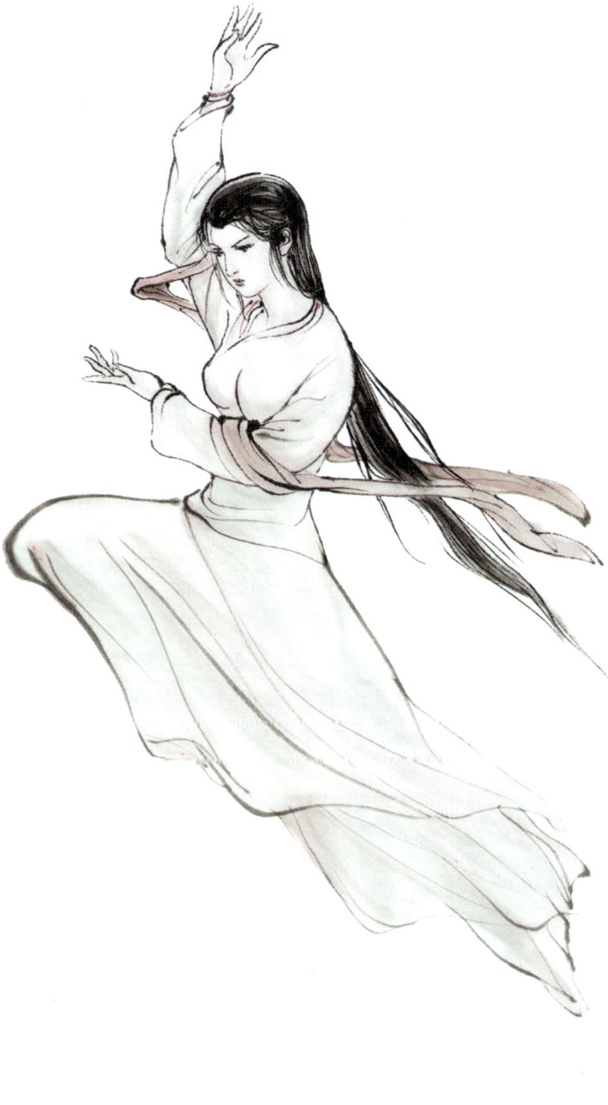

金庸

朗声图书

中山大学出版社
SUN YAT-SEN UNIVERSITY PRESS

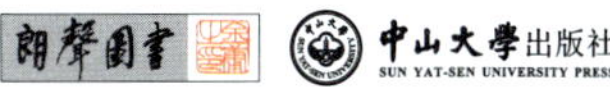

朗聲圖書

图书在版编目（CIP）数据

神雕侠侣/金庸著.—广州：中山大学出版社，2024.1

ISBN 978-7-306-07997-8

Ⅰ.①神…　Ⅱ.①金…　Ⅲ.①侠义小说—中国—当代　Ⅳ.①I247.5

中国国家版本馆CIP数据核字（2024）第019755号

敬告读者

为了维护读者、著作权人和出版发行者的合法权益，本书采用了新型数码防伪技术。正版图书的定价标示处及外包装盒上均贴有完好的防伪标签。刮开涂层，可见到一组数码，您可以通过两种途径查验真伪。

1. 拨打全国免费电话4008301315，按语音提示从左到右依次输入相应数码并按#键结束。
2. 扫描防伪标上的二维码，按提示输入相应数码。

读者如发现盗版图书，可向当地“扫黄打非”办公室、新闻出版局、公安机关、市场监督管理局等部门举报，或直接与我们联系。

联系电话：020-34297719　13570022400

我们对举报盗版、盗印、销售盗版图书等侵权行为的有功人员将予以重奖。

广州市朗声图书有限公司

衬页印章／吴昌硕「心月同光」。

左图／潘天寿指画《雄鹰》：指画是以手指及指甲蘸墨作画，不用笔。

宋理宗像：理宗做了四十年皇帝，他接位时成吉思汗尚在世，逝世时忽必烈已做了五年蒙古大汗。杨过自幼年至壮年都是在理宗做皇帝的时期。

宋度宗像：理宗的侄儿，他做了十年皇帝，再过五年南宋就灭亡了。度宗九年，蒙古军攻陷樊城，襄阳城守将吕文焕（吕文德之弟）投降。

朱玉《太平风会图》（部分）：两人打架，旁人劝阻，打架者声势汹汹，显非武林高手。

朱玉《太平风会图》（部分）：
朱玉，元朝画家，江苏昆山人。
画中人均作宋人装束，
描绘宋朝走江湖者在街头卖艺的情景。
据说宋太祖赵匡胤善使杆棒，
「太祖棍法」在宋朝武林中甚为流行。
本图现藏美国芝加哥美术馆。

傅抱石《待细把江山图画》：

傅抱石，近代国画家。题记中有「漫游太华，归来写此」云云，画的是华山。「待细把江山图画」是辛稼轩词。

大元聖政國朝典章綱目

大德七年 中書省劄付江西奉使宣撫呈乞照中統以至今日所定格例編集成書頒行天下照得先據御史臺比及國家定立律令以來合從 中書省為頭一切隨朝衙門各各編類中統建元至今 聖旨條畫及朝廷已行格例置簿編寫檢舉仍令監察御史及各道提刑按察司體究成否廢官吏有所持循政令不至廢弛已經遍行合屬依上施行去訖今據見呈仰照驗施行

詔令

世祖皇帝

成宗皇帝

詔令卷之一　　典章一

世祖聖德神功文武皇帝

皇帝登寶位詔 中統元年四月初六日欽奉

詔旨節文朕惟
祖宗肇造區宇奄有四方武功迭興文治多闕五十餘年於此矣蓋時有
先後事有緩急天下大業非一聖一朝所能兼備也
先皇帝即位之初風飛雷厲將大有為憂國愛民之心雖切於己尊賢使
能之道未得其人方董夔門之師遽遺鼎湖之泣豈期遺恨竟弗克
終肆予冲人渡江之後蓋將深入焉乃聞國中重以僉軍之擾黎庶
驚駭若不能一朝居者予為此懼馹騎馳歸目前之急雖紓境外之
兵未戢乃會群議以集良規不意宗盟輒先推戴左右萬里名王巨
僚不召而來者有之不謀而同者皆是咸謂國家之大統不可久曠
神人之重寄不可暫虛今日
太祖嫡孫之中
先皇母弟之列以賢以長止予一人雖在征伐之間每存仁愛之念博施
濟衆實可為天下主天道助順人謨與能

忽必烈「皇帝登宝位诏」：

庚申年即1260年。

宪宗蒙哥于1259年七月攻宋而死，

因此忽必烈的登位诏中说：

「先皇帝即位之初，

风飞雷厉，将大有为。

忧国爱民之心虽切于己，

尊贤使能之道未得其人。

方董夔门之师，遽遗鼎湖之泣。

岂期余恨，竟弗克终。

肆予冲人，渡江之后，

盖将深入焉……」

相传黄帝于鼎湖乘龙上天，

「鼎湖」指皇帝逝世。

目 录

波的一声，裘千尺第三枚枣核钉又从口里喷出，射向黄蓉咽喉。黄蓉为了遵守“不避不格”的诺言，只得行险，双膝微曲，待枣核钉对准嘴唇飞到，一口真气喷了出去。

第三十一回

半枚灵丹

绝情谷占地甚广，群山围绕之中，方圆三万余亩。道路曲折，丘屏壑阻，但杨过与小龙女展开轻身功夫，按图而行，片时即到，只见前面七八丈处数株大榆树交相覆荫，树底下是一座烧砖瓦的大窑，图中指明天竺僧和朱子柳便囚于此处。

杨过向小龙女道："你在这里等着，我进去瞧瞧，里面煤炭灰土，定然脏得紧。"弓身走进窑门，一步踏入，迎面一股热气扑到，接着听得有人喝道："什么人？"杨过道："谷主有令，来提囚徒。"

那人从砖壁后钻了出来，奇道："什么？"见是杨过，更是惊疑，道："你……你……"杨过见是个绿衣弟子，便道："谷主命我带那和尚和那姓朱的书生出去。"那弟子知道谷主性命是他所救，曾当众说过要他做女婿，绿萼又和他交好，此人日后十九会当谷主，倒也不敢得罪，说道："但……谷主的令牌呢？"杨过不理，道："你领我进去瞧瞧。"那人答应了，转身而入。

越过砖壁，炽热更盛，两名粗工正在搬堆柴炭，此时虽当严寒，这两人却上身赤膊，下身只穿一条牛头短裤，兀自全身大汗淋漓。那绿衣弟子推开一块大石，露出一个小孔。杨过探首张去，只见里面是间丈许见方的石室，朱子柳面壁而坐，伸出食指，正在石壁上挥划，显是在作书遣怀，只见他手臂起落潇洒有致，似乎写来极是得意。那天竺僧却卧在地下，不知死活如何。杨过叫道："朱大叔，你好？"

朱子柳回过头来，笑道："有朋自远方来，不亦说乎？"杨过暗自佩服，心想他被困多日，仍然安之若素，临难则恬然自得，遇救则淡然以嘻，这等胸襟，自己远远不及，问道："神僧他老人家睡着了么？"这句话出口，心中突突乱跳，只因小龙女的生死全都寄托在这天竺僧身上。朱子柳不答，过了一会，才轻轻叹道："师叔他老人家抗寒抗热的本领，本来远非我所能及，可是他……"

杨过听他语意，似乎天竺僧遇上了不测，心下暗惊，不及等他说完，便转头向那绿衣弟子道："快开室门，放他们出来。"那弟子奇道："钥匙呢？这钥匙谷主亲自掌管。若叫你放人，定会将钥匙交你。"

杨过心急，喝道："让开了！"举起玄铁重剑，一剑斩出，喀的一声响，石壁上登时穿了一个大洞。那弟子"啊"的一声叫，吓得呆了。杨过直刺三剑，横劈两剑，竟将那五寸圆径的窗孔开成了可容一人出入的大洞。

朱子柳叫道："杨兄弟，恭贺你武功大进！"弯腰抱起天竺僧，从破孔中送了出来。杨过伸手接过，触到天竺僧手臂温暖，心中一宽，但随即见他双目紧闭，心道："啊哟，这火浣室中死人也薰得热了。"忙伸手探他鼻息，觉得微有呼吸出入。朱子柳跟着从破洞中跃出，说道："师叔昏迷了过去，想来并无大碍。"杨过脸上一红，暗叫："惭愧！"自知真正关心的其实并非天竺僧死活，而是自己妻子能否获救，问道："大师给热晕了么？快到外面透透气去。"抱着他走出。

小龙女见三人出来，大喜迎上。杨过道："找些冷水给大师脸上泼一泼。"朱子柳道："不，我师叔是中了情花之毒。"杨过一惊，问道："中得重不重？"朱子柳道："我想不碍事，是师叔自己取了花刺来刺的。”杨过和小龙女大奇，齐问：“干么?”朱子柳叹道：“我师叔言道：这情花在天竺早已绝种，不知如何传入中土。要是流传出去，为祸大是不小，当年天竺国便有无数人畜死于这花毒之下。我师叔生平精研疗毒之术，但这情花的毒性实在太怪，他入此谷之时，早知灵丹未必能得，就算得到，也只救得一人，他发愿要寻一条解毒之方，用以博施济众。他以身试毒，要确知毒性如何，以便配药。”

杨过又是惊诧，又是佩服，说道：“佛言我不入地狱，谁入地狱？大师为救世人，不惜干冒大难，实令人钦仰无已。”朱子柳道：“古人传说，神农尝百草，觅药救人，因时时食错毒药，脸为之青。我这位师叔也可说有此胸怀了。”

杨过点头道：“正是。不知他老人家何时能够醒转?”朱子柳道：“他取花刺自刺，说道若是所料不错，三日三夜便可醒转，屈指算来已将近两日了。”杨过和小龙女对望一眼，均想：“他昏迷三日三夜，中毒重极。好在这情花毒性随人而异，心中若动男女之情，毒性便发作得厉害。这位大和尚四大皆空，这一节却胜于常人了。”

小龙女道：“你们在这窑中，是哪里找来的情花?”朱子柳道：“我二人被禁入火浣室中后，有位年轻的姑娘常来探望……”小龙女道：“可是长挑身材、脸色白嫩、嘴角旁有颗小痣的么?”朱子柳道：“正是。”小龙女向杨过一笑，对朱子柳道：“那是谷主之女绿萼姑娘。她听说两位是为杨过求药而来，自是另眼相看。除了不敢开室释放之外，你们要什么便给什么了。”朱子柳道：“正是。师叔要她攀折情花花枝，我请她递讯出外求救，她一一应允。这火浣室规定每日有一个时辰焚烧烈火，也因她从中折冲，火势不旺，我们才抵挡得住。我常问她是谁，她总不肯说，想不到竟是谷主之女。”小龙女道：“我们所以能寻到这里，也是这位姑娘指点的。”

杨过道："尊师一灯大师也到了。"朱子柳大喜，道："啊，咱们出去罢。"杨过眉头微皱，说道："就是慈恩和尚也来了，这中间只怕有点麻烦。"朱子柳奇道："慈恩师兄来了，那岂不是好？他兄妹相见，裘谷主总不能不念这份情谊。"他虽比慈恩先进师门，但慈恩的武功与江湖上的身份本来均可与一灯大师比肩，点苍渔隐和朱子柳等敬重于他，都尊之为师兄。朱子柳请绿萼传讯出去求救，原是盼慈恩前来，两家得以和好，哪知杨过说反增麻烦，甚是不解。

杨过略述慈恩心智失常，以及裘千尺言语相激的情形。朱子柳道："郭夫人驾临谷中，那是最好不过，她权谋机智，天下无双，况且有我师主持大局，杨兄弟你武功又精进若斯，必无他变。我倒是担心师叔的身子。"杨过也觉天竺僧的安危倒是第一等大事，说道："还是找个所在，静候大师回复知觉。我夫妇和朱大叔一起守护便了。"朱子柳沉吟道："却在哪里好呢？"寻思半晌，总觉这绝情谷中处处诡秘，难觅稳妥的静养所在，心念一动，说道："便在此处。"

杨过一怔，即明其意，笑道："朱大叔所言大妙，此处看似凶险，其实倒是谷中最安稳的所在，只要制住在此看守的那几个绿衣弟子，使他们不能泄漏机密即可。"朱子柳伸手虚点一指，笑道："这事容易。"抱起天竺僧，说道："我们在这窑中安如磐石，还是请杨兄弟贤夫妇去助我师一臂之力。"

杨过想起一灯重伤未愈，慈恩善恶难测，自己若是只守着天竺僧一人，未免过于自私，于心难安，眼见朱子柳抱起天竺僧钻入窑中，便和小龙女重觅旧路回出。

两人经过一大丛情花之旁，其时正当酷寒，情花固然不华，叶子也已尽落，只余下光秃秃的枝干，甚是难看，树枝上兀自生满尖刺。

杨过突然间想起李莫愁来，说道：“情之为物，有时固然极美，有时却也极丑，便如你师姊一般。春花早谢，尖刺却仍能制人死命。”小龙女道：“但盼神僧能配就治疗花毒的妙药，不但医好了你，我师姊也可得救。”

杨过心中，却是盼望天竺僧先治小龙女内脏所中剧毒，想天竺僧昏迷后必能醒转，但若竟然不醒，终于死去，那便如何？眼望妻子，心中柔情无限，突然之间，胸口一阵剧痛。他知乃因适才为救程陆姊妹、花毒加深之故，生怕小龙女怜惜自己而难过，于是转头瞧着那些光秃秃的花枝，想起情意绵绵之乐，生死茫茫之苦，不由得痴了。

这时绝情谷大厅之中又是另一番光景。裘千尺出言激兄，语气越来越是严厉。一灯大师一言不发，任凭慈恩自决。慈恩望望妹子，望望师父，又望望黄蓉，一个是同胞手足，一个是传法恩师，另一个却是杀兄之仇，心中恩仇起伏，善恶交争，哪里决得定主意？自幼至老数十年来的大事，在脑海中此来彼去，忽而泪光莹莹，忽而嘴角带笑，心中这一番火并，比之他生平任何一场恶战都更为激烈。

陆无双见杨过出厅后良久不回，反正慈恩心意如何，与她毫不相干，轻轻扯了扯程英的衣袂，悄步出厅。程英随后跟出。陆无双道：“傻蛋到哪儿去了？”程英不答，只道：“他身中花毒，不知伤势怎样？”陆无双道：“嗯！”心中也甚牵挂，突然道：“真想不到，他终于和他师父……”程英黯然道：“这位龙姑娘真美，人又好，也只这样的人才，方配得上杨大哥。”陆无双道：“你怎知道这龙姑娘人好？你话都没跟她说过几句。”

忽听得背后一个女子声音冷冷的道：“她脚又不跛，自然很好。”陆无双伸手拔出柳叶刀，转过身来，见说话的正是郭芙。

郭芙见她拔刀，忙从身后耶律齐的腰间拔出长剑，怒目相向，喝道："要动手么？"

陆无双笑嘻嘻的道："干么不用自己的剑？"她幼年跛足，引为大恨，旁人也从不在她面前提起，这次和郭芙斗口，却给她数次引"跛足"为讽，心中怒到了极处，于是也以对方断剑之事反唇相稽。郭芙怒道："我便用别人的剑，领教领教你武功。"说着长剑虚劈，嗡嗡之声不绝。陆无双道："没上没下的，原来郭家的孩子对长辈如此无礼。好，今日教训教训你，也好让你知道好歹。"郭芙道："呸，你是什么长辈了？"陆无双笑道："我表姊是你师叔，你若不叫我姑姑，便得叫阿姨。你问问我表姊去！"说着向程英一指。

郭芙以母亲之命，叫过程英一声"师叔"，心中实是老大不服气，暗怪外公随随便便的收了这样一个幼徒，又想程英年纪和自己相若，未必有什么本领，这时给陆无双一顶，说道："谁知道是真的还是假的？我外公名满天下，也不知有多少无耻之徒，想冒充他老人家的徒子徒孙呢。"

程英虽然生性温柔，听了这话也不自禁有些生气，但此时全心全意念着杨过的安危，无意争这些闲气，说道："表妹，咱们找……找杨大哥去。"陆无双点点头，向郭芙道："你听明白了没有？她不是叫我表妹么？郭大侠和黄帮主名满天下，也不知有多少无耻之徒，想冒充他两位的儿子女儿呢！"说着嘿嘿冷笑，转身便走。

郭芙一呆，心想："有谁要冒充我爹爹妈妈的儿女？"但随即会过意来："啊哟！她是骂我野种来着，骂我不是爹妈亲生的儿女！"一听懂她语中含意，哪里还忍耐得住？纵身而上，挺剑往她后心刺去。

陆无双听得剑刃破风之声，回刀挡格，当的一响，手臂微感酸麻。郭芙喝道："你骂我是野种么？"长剑连连进招。陆无双左挡右架，冷笑道："郭大侠是忠厚长者，黄帮主是桃花岛主的亲女，他二位品德何等高超……”郭芙道：“那还须说得？也不用你称赞我爹娘来讨好我。”她只道陆无双真心颂扬她父母，剑招去势便缓了，哪知陆无双接着道：“你自己呢？你斩断杨大哥手臂，不分青红皂白的便冤枉好人，这样的行径跟郭大侠夫妇有何相似之处？令人不能不起疑心。”郭芙道：“疑心什么？”陆无双阴阴的道：“你自己想想去。”

耶律齐站在一旁，知道郭芙性子直爽，远不及陆无双机灵，口舌之争定然不敌，耳听得数语之间，郭芙便已招架不住，说道：“郭姑娘，别跟她多说了。”他瞧出郭芙武功在陆无双之上，不说话只动手，定可取胜。岂料郭芙盛怒之际，没明白他的用意，说道：“你别多事！我偏要问她个明白。”

陆无双向耶律齐瞪了一眼，道：“狗咬吕洞宾，将来有得苦头给你吃的。”耶律齐脸上一红，心知陆无双已瞧出自己对郭芙生了情意，这句话是说，这姑娘如此蛮不讲理，只怕你后患无穷。

郭芙瞥眼见耶律齐突然脸红，疑心大起，追问：“你也疑心我不是爹爹妈妈的亲生女儿？”耶律齐忙道：“不是，不是，咱们走罢，别理会她了。”陆无双抢着道：“他自然疑心啊，否则何以要你快走？”郭芙满脸通红，按剑不语。耶律齐只得明言，说道：“这位陆姑娘说话尖酸刻薄，你要跟她比武便比，不用多说。”陆无双抢着道：“他说你笨嘴笨舌，多说话只有多出丑。”

这时郭芙对耶律齐已有情意，便存了患得患失之心，旁人纵然说一句全没来由的言语，只要牵涉到她意中人，不免要反覆思量，细细咀嚼，听陆无双这么说，只怕耶律齐当真看低了自己。她自幼得父母宠爱，两个小伴武氏兄弟又对她千依百顺，除了杨过偶然顶撞于她之外，从未跟人如此口角过，今日陡然间遇上了一个十分厉害的对手，登时处处落于下风，她也已知道说下去只有多受对方阴损，骂道：“不把你另一只脚也斩跛了，我不姓郭。”说着运剑如风，向陆无双刺去。陆无双道：“你不用斩我的脚，便已不姓郭了，谁知道你姓张姓李？”转弯抹角，仍是骂她“野种”。说话之间，两人刀剑相交，斗得甚是激烈。

郭靖夫妇传授女儿的都是最上乘的功夫。这些武功自扎根基做起，一时难于速成。郭芙的天资悟性，多似父亲而少似母亲，因此根基虽好，学的又是正宗武功，但这时火候未到，许多厉害的杀手还用不出来，饶是如此，陆无双终究不是她对手，加之左足跛了，纵跃趋退之际不大灵便。郭芙怒火冲上，招数尽是着眼于攻她下盘，剑光闪闪，存心要在她右腿上再刺一剑。

程英在旁瞧着，秀眉微蹙，暗想：“表妹骂人虽然刻薄，但这位郭姑娘也太横蛮了些，无怪他的右臂会给她斩断。再斗下去，表妹的右腿难保。”只见陆无双不住倒退，郭芙招招进逼，忽听得嗤的一声，陆无双裙子上划破了一道口子，跟着轻叫一声：“啊哟！”踉跄倒退，脸色苍白。郭芙抢上两步，横腿扫去。程英见她得胜后继续进逼，陆无双已处险境，当即轻轻纵上，双手一拦，说道：“郭姑娘手下容情。”郭芙提起剑来，见刃上有条血痕，知陆无双腿上已然受伤，得意洋洋的指着她道：“今日姑娘教训教训你，好教你以后不敢再胡说八道。”

陆无双腿上创伤疼痛，怒道：“但凭你一把剑，就封得了天下人悠悠之口吗？”她知郭芙深以父母为荣，偏偏就诬她不是郭靖、黄蓉的女儿。郭芙喝道：“天下人说什么了？”踏上一步，长剑送出，要将剑尖指在她胸口之上。

程英夹在中间，眼见长剑递到，伸出三指，搭住剑刃的平面，向旁轻轻一推，将长剑荡了开去，劝道：“表妹，郭姑娘，咱们身处险地，别作这些无谓之争了。”

郭芙挺剑刺出，给她空手轻推，竟尔荡开，不禁又惊又怒，喝道：“你要帮她是不是？好好好，你们两个对付我一个，我也不怕，你抽兵刃罢！”说着长剑指着程英当胸，欲刺不刺，静待她抽出腰间玉箫。

程英淡淡一笑，道：“我劝你们别吵，自己怎会也来争吵？耶律兄，你也来劝劝郭姑娘罢！”耶律齐道：“不错，郭姑娘，咱们身在敌境，还是处处小心为是。”郭芙急道：“好啊，你不帮我，反而帮外人。”她见程英淡雅宜人，风姿嫣然，突然动念：“难道他是看上了她？”耶律齐半点也没猜到她的念头，续道：“那慈恩和尚有些古怪，咱们还是瞧瞧令堂去。”

陆无双只听得郭芙一句话，见了她脸上神色，立刻便猜到了她心事，说道：“我表姊相貌比你美，人品比你温柔，武功又比你高，你千万要小心些！”这四句话每一句都刺中了郭芙的心事，她心头一震，问道：“我小心些什么？”陆无双冷笑道：“除非我是傻瓜，我才不喜欢表姊而来喜欢你呢！你横蛮泼辣，有什么好？”这两句话说得过于明显，郭芙如何能忍？长剑晃动，绕过程英，向陆无双胁下刺去。

她这一招叫作“玉漏催银箭”，是黄蓉所授的家传绝技，剑锋成弧，旁敲侧击，去势似乎不急，但剑尖笼罩之处极广，除非武功高于她的对手以兵刃硬接硬架，否则极难闪避。程英眉心一蹙，心道：“这位姑娘怎地尽使这等凶狠招数？我表妹便算言语上得罪于你，终究不是死仇大敌，怎可不分轻重的便下杀手？”好在黄药师也传过她这路剑法，于此一招的去势了然于胸，当下劲蓄中指，待郭芙剑划弧形，铮的一声轻响，已将长剑弹落于地。

这一弹程英使的虽是“弹指神通”功夫，但所得力纯在巧劲，只因事先明白对手剑路，恰于郭芙剑上劲力成虚的一霎之间弹出，否则她两人功夫只在伯仲之间，单凭一指之力，可不能弹去郭芙手中兵刃。她跟着左足上前踏住长剑，玉箫出手，对准了郭芙腰间穴道。弹剑、踏剑、指穴这三下一气呵成，郭芙被她一占机先，处境登时极为尴尬，如俯身抢剑，腰间数处穴道非有一处给点中不可，但若跃后闪避，长剑是给人家夺定了。她武功虽然不弱，临阵经验却少，一时之间俏脸涨得通红，打不定主意。

耶律齐喝道："喂，这位姑娘，你把我的兵刃踏在地下干么？"侧身长臂，来抓玉箫。程英手臂回缩，转身挽了陆无双便走。郭芙忙抢起长剑，叫道："慢走，你我好好的比划比划。"陆无双回头笑道："还比划……"程英手臂一抬，带着她连跃三步，二人已在数丈之外，陆无双那句话没能说完。

耶律齐道："郭姑娘，她侥幸一招得手，其实你们二人胜败未分。"郭芙恨恨的道："是啊，我剑划弧形，尚未刺出，她已乘虚出指。看不出她斯斯文文的却这么狡猾。"耶律齐"嗯"了一声，他性子刚直，不愿饰词讨好，说道："这位程姑娘武功不弱，下次如再跟她动手，不可轻敌。"

郭芙听他称赞程英，眉间掠过一阵阴云，忍不住冲口而说："你说她武功好吗？"耶律齐道："是。"郭芙怒道："那你不用理我，去跟她好啊。"说着转过了身子。耶律齐急道："我劝你不可轻敌，要你留神，那是帮你呢，还是帮她？"郭芙听他话中含意确是回护自己，不由得一笑。耶律齐道："我不是帮你夺剑么？你还怪我吗？"郭芙回过头来，说道："怪你，怪你，怪你！"脸上却堆满了笑意。

耶律齐心中一喜，忽听得大厅中传来吼声连连，同时呛啷、呛啷，铁器碰撞的响声不绝。郭芙叫道："啊哟，快瞧瞧去。"她本来听裘千尺啰唆不绝，说的都是数十年前旧事，她可不知每句话中实都隐藏危机，越听越是腻烦，便溜了出来，却无缘无故的和程陆姊妹打了一架，这时猛听得异声大作，挂念母亲，便即奔回大厅。

只见一灯大师盘膝坐在厅心，手持念珠，口宣佛号，脸色庄严慈祥。慈恩和尚在厅上绕圈疾行，不时发出虎吼，声音惨厉，手上套着一副手铐，两铐之间相连的铁链却已挣断，挥动时相互碰击，铮铮有声。裘千尺居中而坐，脸色铁青，她相貌本就难看，这时更加狰狞可怖。黄蓉、武三通等站在大厅一角，注视慈恩的动静。

慈恩奔了一阵，额头大汗淋漓，头顶心便如蒸笼般的冒出丝丝白气，白气越来越浓，他也越奔越快。一灯突然提气喝道："慈恩，慈恩，善恶之分，你到今日还是参悟不透？"慈恩一呆，身子摇晃，扑地摔倒。

裘千尺喝道："萼儿，快扶舅舅起来。"公孙绿萼上前扶起，慈恩睁开眼来，见绿萼的脸庞在眼前不过尺余，迷迷糊糊望出来，但见她长眉细口，绿鬓玉颜，依稀是当年妹子的容貌，叫道："三妹，我在哪里啊？"绿萼道："舅舅，我是绿萼。"慈恩喃喃道："舅舅，谁是你舅舅？你叫谁啊？"裘千尺喝道："二哥，她是你三妹的女儿。她要你领她去见大舅舅。"

慈恩矍然而惊，说道："我大哥么？你见不到了，他已在铁掌峰下跌得粉身碎骨，尸首无存。"一跃而起，指着黄蓉喝道："黄蓉，我大哥是你害死的，你……你……你偿他的命来！"

郭芙进厅后靠在母亲身边，接过妹子抱在怀里，突见慈恩这般凶神恶煞般指着母亲喝骂，立时忍耐不住，走上数步，说道："和尚，你再无礼，姑娘可容不得你了。"

裘千尺冷笑道："这小女子可算得大胆……"慈恩道："你是谁？"郭芙道："郭大侠是我爹爹，黄帮主是我妈妈。"慈恩道："你抱着的娃娃是谁？"郭芙道："是我妹妹。"慈恩厉声道："哼，郭靖、黄蓉，居然还生了两个孩儿。"

黄蓉听他语声有异，喝道："芙儿，快退开！"郭芙见慈恩疯疯癫癫，说了半天也不动手，料想他害怕母亲了得，心中对他毫不忌惮，反而走上一步，笑道："你有本事就快报仇，没本事便少开口！”

慈恩喝道：“好一个有本事便快报仇！”这声呼喝宛如半空中响了个霹雳，只听得案上的茶碗当当乱响。郭芙绝未料到一个人竟能发出这般响声，一惊之下，不禁手足无措，但见慈恩左掌拍出，右手成抓，同时袭到，两股强力排山倒海般压了过来，待欲退后逃避，却哪里还来得及？

黄蓉、武三通、耶律齐三人不约而同的纵上。三人于一瞥之间均已看出，慈恩右手这一抓虽然凶猛，但远不及左掌那么一触即能制人死命，因此三掌齐出，都击向他左掌。砰的一声，四股掌力相撞。

慈恩嘿的一声，屹立不动。黄蓉等三人却同时倒退数步。耶律齐功力最浅，退得最远，其次则为黄蓉。她未稳身形，先看女儿，只见郭襄已给慈恩抓去，郭芙却兀自呆立当地，惊得慌了，竟然忘了躲闪。黄蓉大吃一惊：“莫非芙儿终究还是为掌力所伤？”立即纵上，伸左手将她拉了回来，右手打狗棒护住身前，只要使出“封”字诀，慈恩掌力再猛，一时也已伤她不得。郭芙其实未受损伤，但心中一片混乱，直至靠到母亲身上，方始“啊”的一声叫了出来。

这时武氏兄弟、耶律燕、完颜萍等见慈恩终于动手，各自拔出兵刃。裘千尺手下的众弟子也都纷纷散开，只待谷主下令，便即上前围攻。只有一灯大师仍是盘膝坐在厅心，对周遭的变故便如不见，口诵佛经，声音不响，却甚为清澈。

慈恩举起郭襄，大叫：“这是郭靖、黄蓉的女儿，我先杀此女，再杀黄蓉！”裘千尺大喜，叫道：“好二哥！这才是英名盖世的铁掌水上飘裘大帮主！”

当此情势，别说黄蓉等无一人的武功能胜过慈恩，即令有胜于他的，投鼠忌器，也难以从这半疯之人手中抢救婴儿。

郭芙突然大叫："杨过，杨大哥，快来救我妹子。"她数次遭逢大难，都是杨过出其不意的救了她出来，这时眼见人人无法可施，心中自然而然的盼望杨过来救。但杨过此时却正和小龙女偷闲相聚，两人携手缓行，正自观赏绝情谷中夕阳下山的晚景，哪想到大厅之中竟然情势如此紧迫。

慈恩右手将郭襄高高举在头顶，左掌护身，冷笑道："杨过？杨过是什么人？此时便算东邪、西毒、南帝、北丐、中神通一齐来此，也只能伤得我裘千仞性命，却救不了这小女娃娃。"

一灯缓缓抬起头来，望着慈恩，但见他双目之中红丝满布，全是杀气，说道："你要找人家报仇，人家来找你报仇，却又如何？"慈恩喝道："谁有胆子，那便过来！"这时天将傍晚，暮色入厅，众人眼中望出来均有朦胧之感，慈恩的脸色更显得阴森可怖。

突然之间，猛听得黄蓉哈哈大笑，笑声忽高忽低，便如疯子发出来一般。众人不禁毛骨悚然。郭芙叫道："妈妈！"武三通、耶律齐同声叫："郭夫人！"众人心中怦怦而跳，均想她女儿陷入敌手，以致神态失常。但见她将打狗棒往地下一抛，踏上两步，拆散了头发，笑声更加尖细凄厉。郭芙叫道："妈妈！"上前拉她手臂。黄蓉右手一甩，将她挥得跌出数步，随即张开双臂，尖声惨笑，走向慈恩。

这一下连裘千尺也是大出意料之外，瞪目凝视，惊疑不定。

黄蓉双臂箕张，恶狠狠的瞪着慈恩，叫道："快把这小孩儿打死了，要重重打她的背心，不可容情。"慈恩脸无人色，将郭襄抱在怀里，说道："你……你……你是谁？"黄蓉纵声大笑，张臂往前一扑。慈恩的左掌虽然挡在身前，竟是不敢出击，向侧滑开两步，又问："你是谁？"

黄蓉阴恻恻的道："你全忘记了吗？那天晚上在大理皇宫之中，你抓住了一个小孩儿。对啊，就是这样……就是这样……你弄得他半死不活，终于无法活命……我是这孩子的母亲。你快弄死这小孩儿，快弄死这小孩儿，干么还不下手？”

慈恩听到这里，全身发抖，数十年前的往事蓦地兜上心来。

当年他击伤大理国刘贵妃的孩子，要南帝段皇爷舍却数年功力为他治伤，段皇爷忍心不治，此孩终于毙命。后来刘贵妃瑛姑和慈恩两度相遇，势如疯虎般要抱住他拼个同归于尽。慈恩武功虽高于她，却也不敢抵挡，只有落荒而逃。黄蓉当年在青龙滩上、华山绝顶，曾两次亲闻瑛姑的疯笑，亲见她的疯状，知道这是慈恩一生最大的心病，见他手中抱着孩子，无法可施之际便即行险，反而叫他打死郭襄。武三通、裘千尺、耶律齐等都道她是疯了，以致语出不伦。只有一灯才暗暗佩服黄蓉的大智大勇，心想便是一等一的须眉男子，也未必便有此胆识，有人纵能思及此策，但“快弄死这孩儿”之言势必不敢出口，眼见慈恩如此怨气冲天，凶悍可怖，他轻轻一掌，岂不立时送了郭襄的性命？

慈恩望望黄蓉，又望望一灯，再瞧瞧手中的孩子，倏然间痛悔之念不能自已，呜咽道：“死了，死了！好好的一个小孩儿，活活的给我打死了。”缓步走到黄蓉面前，将郭襄递了过去，说道：“小孩儿是我弄死的，你打死我抵命罢！”黄蓉欢喜无限，伸手欲接，只听得一灯喝道：“冤冤相报，何时方了？手中屠刀，何时方抛？”慈恩一惊，双手便松，郭襄便直往地下掉去。

不等郭襄身子落地，黄蓉右脚伸出，将孩儿踢得向外飞出，同时狂笑叫道：“小孩儿给你弄死了，好啊，好啊，妙得紧啊。”她这一脚看似用力，碰到郭襄身上，却只以脚背在婴儿腰间轻轻托住，再轻轻往外一送。她知道这是相差不得半点的紧急关头，如俯身去抱起女儿，说不定慈恩的心神又有变化。

郭襄在半空中稳稳飞向耶律齐。他伸臂接住，但见郭襄乌溜溜的一对眼珠不住滚动，张开小嘴正欲大哭，鲜龙活跳，不似有半点损伤，一怔之下，随即会意，料想黄蓉知道郭芙莽撞，才将幼女掷给自己，当即伸掌在婴儿口上轻按，阻住她哭出声来，大叫：“啊哟，小孩儿给这和尚弄死了。”

慈恩面如死灰，刹时之间大彻大悟，向一灯合什躬身，说道：“多谢和尚点化！”一灯还了一礼，道：“恭喜和尚终证大道！”两人相对一笑，慈恩扬长而出。裘千尺急叫：“二哥，二哥，你回来！”慈恩回过头来，说道：“你叫我回来，我却叫你回来呢！”说罢大袖一挥，飘然出了大厅。一灯喜容满脸，说道：“好，好，好！”退到厅角，低首垂眉，再不言语。

黄蓉挽起头发，从耶律齐手中抱过郭襄。郭芙见母亲如常，妹子无恙，又惊又喜，扑在母亲怀里，说道：“妈，我还道你当真发了疯呢！”黄蓉走到一灯身前，行下礼去，说道：“侄女迫于无奈，提及旧事，还请大师见谅。”一灯微笑道：“蓉儿，蓉儿，真乃女中诸葛也！”厅中诸人之中，只有武三通隐约知道一些旧事，余人均是相顾茫然。

裘千尺见事情演变到这步田地，望着兄长的背影终于在屏门外隐没，料想此生再无相见之日，胸口不禁一酸，体味他“你叫我回来，我却叫你回来呢”那句话，似乎是劝自己悬崖勒马，回头是岸，心中隐隐感到一阵惆怅，一阵悔意；但这悔意一瞬即逝，随即傲然说道：“各位在此稍待，老婆子失陪了。”黄蓉道：“且慢！我们今日造访，乃是为求绝情丹而来……”裘千尺向身旁随侍的众人一点头。众弟子齐声唿哨，每处门口都涌出四名绿衣弟子，高举装着利刃的渔网，拦住去路。四名侍女抬起裘千尺的坐椅，退入内堂。

黄蓉、武三通、耶律齐等见到渔网阵的声势，心下暗惊，均想：“这渔网阵好不厉害，不知如何方能破得？”便这么一迟疑，大厅前门后门一齐轧轧关上，众绿衣弟子缩身退出。武氏兄弟仗剑外冲，砰的一声，大门合拢，两兄弟的双剑夹在门缝之中，登时折断，看来大门竟是钢铁所铸。黄蓉低声道：“不须惊惶！出厅不难，但咱们得想个法儿，如何破那带刀渔网，如何盗药救人？”

公孙绿萼随着母亲进了内堂，问道：“妈，怎么办？”裘千尺见兄长已去，对方好手云集，知道此事甚为棘手，但杀兄大仇人既然到来，决不能就此屈服，好言善罢，微一沉吟，说道：“你去瞧瞧，杨过和那三个女子在干什么？”此言正合绿萼心意，她点头答应，向“火浣室”而去。

行到半路，听到前面有人说话，正是杨过的声音，接着小龙女回答了一句，好似说到“公孙姑娘”四字。这时天已全黑，绿萼往道旁柳树丛中一闪，心道：“不知她在说我些什么？”放轻脚步，悄悄走近，见杨过和小龙女并肩站立，听杨过道：“你说此事全仗公孙姑娘从中周旋，委实不错。但愿神僧早日醒转，大家释仇解怨，邪毒尽除，岂不是妙？……啊哟！”这“啊哟”一声惊呼突如其来，绿萼吓了一跳，不知杨过蓦地里遇上了什么怪事。

她心中关切，情不自禁的探头张望，朦胧中只见杨过摔倒在地，小龙女俯身扶着他的左臂。杨过背部抽搐颤动，似在强忍痛楚。小龙女低声道：“是情花之毒发作了吗？”杨过只是呻吟：“嗯……嗯……”竟痛得牙关难开。绿萼大是怜惜，心想：“他已服了半枚丹药，再服半枚，情花之毒便解。这半枚灵丹，说什么也得去向妈妈要来。”

过了片刻，杨过站起身来，吁了一口长气。小龙女道：“你每次发作相距越来越近，更是一次比一次厉害。那神僧尚须一日方能醒转，便算他能配解药，也未必……也未必……你这番苦楚，可也难受得很啊。”她本想说“也未必来得及”，但终于改了口。杨过苦笑道：“这位公孙老太太性子执拗之极，她的解药又藏得隐秘异常，若非她自愿给我，否则便是将谷中老幼尽数杀了，钢刀架在她颈中，也是决计不肯拿出来的。”小龙女道：“我倒有个法子。”杨过早猜到她的心意，说道：“龙儿，你再也休提此言。你我夫妻情深爱笃，若能白头偕老，自然谢天谢地，如有不测，那也是命数使然。咱两人之间决不容有第三人拦入。”小龙女呜咽道：“那公孙姑娘……我瞧她人很好啊，你便听了我的话罢。”

绿萼心中大震，知道小龙女在劝杨过娶了自己，以便求药活命。只听杨过朗声一笑，道：“公孙姑娘自然是好。其实天下好女子难道少了？那程英程姑娘，陆无双陆姑娘，也是重情笃义之人。只是你我既然两心如一，怎容另有他念？你再设身处地想想，若有一个男人能解你体内剧毒，却要你委身以事，你肯不肯啊？”小龙女道：“我是女子，自作别论。”杨过笑道：“旁人重男轻女，我杨过却是重女轻男……”说到此处，忽听得树丛后瑟的一声响，杨过问道：“是谁？”

绿萼只道被他发觉了踪迹，正要应声，忽听一个女子的声音说道：“傻蛋，是我！”只见陆无双和程英从树丛后的小路上转了出来。绿萼乘机悄悄退开，心中思潮起伏不定：“别说和龙姑娘相比，便是这程陆二位姑娘，她们的品貌武功，过去和他的交情，又岂是我所能及？”她自见杨过，便不由自主的对他一往情深，先前固已知他对小龙女情义深重，但内心隐隐存了二女共事一夫的念头，此刻听了这番话，更知相思成空，已成定局。她自幼便郁郁寡欢，今日万念俱灰，决意不想活了，漫步向西走去。

她神不守舍，信步所之，浑不知身在何处，心中一个声音只是说：“我不想活了，我不想活了！”

也不知走了多少时候，山石彼端忽然隐隐传来说话的声音。绿萼一凝神间，不禁微微一惊，原来神魂颠倒的乱走，竟已到了谷西自来极少人行之处，抬头见一座山峰冲天而起，正是谷中绝险之地的绝情峰。

这山峰峰腰有一处山崖，不知若干年代之前有人在崖上刻了“断肠崖”三字，自此而上，数十丈光溜溜的寸草不生，终年云雾环绕，天风猛烈，便飞鸟也甚难在峰顶停足。山崖下临深渊，自渊口下望，黑黝黝的深不见底。“断肠崖”前后风景清幽，只因地势实在太险，山石滑溜，极易掉入深渊，谷中居民相戒裹足，便是身负武功的众绿衣弟子也轻易不敢来此，却不知是谁在此说话？

公孙绿萼本来除死以外已无别念，这时却起了好奇之心，于是隐身山石之后侧耳倾听，一听之下，心中怦的一跳，原来说话之人竟是父亲。她父亲虽然对不起母亲，对她也是冷酷无情，但母亲以枣核钉射瞎了他一目，又将他逐出绝情谷，绿萼念起父女之情，时时牵挂，此刻忽又听到了这熟悉的声音，才知他并未离开绝情谷，却躲在这人迹罕至之处，想来身子也无大碍，登时心下暗喜。

只听他说道：“你遍体鳞伤，我损却一目，都是因杨过这小贼而起，咱俩不但敌忾同仇，也是同病相怜。”说着笑了起来，对方却并不回答。绿萼颇感奇怪，暗想父亲是在跟谁说话啊？听他语气中微带轻薄之意，难道对方是个女子么？

只听得公孙止又道：“咱们在这人迹罕至的所在相逢，可说是天意，当真是有缘千里来相会。”一个女人“呸”的一声，嗔道：“我全身为情花刺伤，你半点也没放在心上，尽说些风话，拿人取笑。”绿萼心道：“啊，原来是今日闯进谷来的李莫愁。”只听公孙止忙道：“不，不，我怎不放在心上？自然要尽力设法。你身上痛，我心里更痛。”

与公孙止说话的正是李莫愁。她遍身为情花所刺，中毒着实不轻，幸好她满腔愤怒憎恨，怨天尤人，不动男女之情，身上倒无多大痛楚，但知花毒厉害，亟于寻觅解药，谷中道路错综，乱走乱撞，竟到了断肠崖前。公孙止却在此已久，他有意来此僻静之处，以便避过谷中诸人，然后俟机害死裘千尺，重夺谷主之位。两人曾交过手，都知对方武功了得，见面后均想：“我正有事于谷中，何不倚他为助?”三言两语，竟尔说得甚是投契。

公孙止于当年所恋婢女柔儿死后，专心练武，女色上看得甚淡，但自欲娶小龙女而不可得，抑制已久的情欲突然如堤防溃决，不可收拾，以他堂堂武学大豪的身份竟致出手去强夺完颜萍，已与江湖上下三滥的行径无异，此时与李莫愁邂逅相遇，见她容貌端丽，心中又即动念：“杀了裘千尺那恶妇后，不如便娶这道姑为妻，她容貌武功，无一不是上上之选，正可和我相配。”哪知李莫愁心地狠毒，用情却是极专，她一生恶孽，便是因“情”之一字而来，这时听公孙止言语越来越不庄重，心下如何不恼？但为求花毒的解药，只得稍假辞色，敷衍对答。

公孙止道：“我是本谷的谷主，这情花解药的配制之法，天下除我之外再无第二人知晓，只是配制费时，远水救不得近火，好在谷中尚余一枚，在那恶妇手中。咱们只须除灭了她，那便什么都是你的了。”最后一句话意存双关，意思说不但给你解药，这绝情谷的主妇之位也都属你。天下只他一人知晓解药制法，这话原本不假，情花在谷中生长已久，公孙止上代的祖先损伤了不少人命，才试出解药的配制之方，为了情花有阻拦外人入谷之功，因此并不芟除，而解药的方子也是父子相传，不入旁人之手。虽是裘千尺，也只道解药是上代遗存，方子已然失传。但裘千尺那枚解药现下只剩半枚，公孙止却不知悉。

李莫愁沉吟道：“既是如此，你先头岂非白说？解药在尊夫人手中，而尊夫人又已与你反目成仇，便算杀她不难，解药却如何能够到手?”公孙止踌躇未答，过了半晌，说道：“李道友，你我一见投缘，我纵死亦不足惜。”李莫愁淡淡的道：“这个可不敢当。”

公孙止道："我有一计，能从恶妇手中夺得灵丹，但盼你答应我一件事。"李莫愁勃然道："我一生闯荡江湖，独来独往，从不受人要胁。解药你肯给便给，不肯便索罢休。我李莫愁岂是哀怜乞命之辈？"

公孙止武功虽然甚强，但一生僻处幽谷，便是江湖上最厉害的人物也均不知，纵然略有所闻，也是得自数十年前裘千尺的转述。近十年来赤练仙子李莫愁声名响亮，武林中无人不知她貌如桃李，心若蛇蝎，这公孙止却懵懵懂懂的一无所悉，听她这几句话说得甚有气派，只有更喜，忙道："你会错我的意思了。我但盼能为你稍尽绵薄，欢喜还来不及，岂有要胁之意？只是要夺那绝情丹到手，势不免伤了我亲生女儿的性命，因之我说得不甚妥善，也是有的。你千万不可介意。"

公孙绿萼隐身大石之后，听到"势不免伤了我亲生女儿的性命"这句话，不由得全身一震。

李莫愁也感诧异，问道："解药是在令爱手中么？"公孙止道："不是的，我跟你实说了罢！那恶妇性情固执暴戾之极，解药必是收藏在隐秘无比的处所，强逼要她献出，势所不能，只有出之诱取一途。"李莫愁点头道："确是如此。"公孙止道："这恶妇对人人均无情义，心肠恶毒，无所不至，惟有对她的亲生女儿却十分爱惜。咱们瞧准了这点，由我去将女儿绿萼诱来，你出手擒她，将她掷在情花丛中。这么一来，那恶妇不得不取出绝情丹来救治女儿。咱们俟机劫夺，便能成功。只可惜这绝情丹世间唯存一枚，既给了你，我那女儿的小命便保不住了。"李莫愁沉吟道："咱们也不必用真的情花来刺伤令爱，只消假意做作，让她似乎中毒，那便既可夺丹，又能保全令爱。"公孙止叹道："那恶妇十分精明，我女儿倘若只中假毒，焉能瞒得过她？"说到这里，忽然声音呜咽，似乎动了真情。李莫愁道："为了救我性命，却须伤害令爱，我心何忍？看来你原也舍不得，此事便作罢休。”公孙止忙道：“不，不！我虽舍她不得，可更加舍你不得。”李莫愁默然，心想除此而外，确也更无别法。公孙止道：“咱们在此稍待，过了夜半，我便去叫女儿出来，凭她千伶百俐，也决想不到她爹爹有此计谋。”

两人如此对答，每一句话绿萼都听得清清楚楚，越想越是害怕。那日公孙止将她和杨过驱入鳄鱼潭，她已知父亲绝无半点父女之情，但当时还可说出于一时之愤，今日竟然如此处心积虑，要害死亲生女儿来讨好一个初识的女子，心肠狠毒，真是有甚于豺狼虎豹。她本来不想活了，然而听到二人如此安排毒计图谋自己，却不由得要设法逃开，好在四下里山石嶙峋，树木茂密，隐蔽之处甚多，于是轻轻向后退出一步，隔了片刻，又退出一步，直退至数十丈外，才转身快步走开。

她走了半个时辰，离绝情峰已远，知道父亲不久便要前来相诱，连卧房也不敢回去，凄凄凉凉的坐在一块岩石之上，寒风侵肌，冷月无情，只觉世间实无可恋，喃喃自语：“我本就不想活了，爹爹你又何必设这毒计来害我？你要害死我，尽管来害罢。真是奇怪，我又何必逃？”

突然之间，一个念头如闪电般射进了心里：“爹爹用心狠毒，此计果然大妙。反正我要自尽，何不用此计向妈妈骗取灵丹，去救了杨大哥的性命？他夫妻团圆，总不免要感激我这一心一意待他的苦命姑娘。”想到此处，又是欣喜，又是伤心，精神却为之一振，四下一看，瞧清了身在何处，举步走进母亲卧房。

她经过情花树丛之时，折了两条花枝，提在手中，走到母亲房外，低声叫道：“妈，你睡着了么？”裘千尺在房中应道：“萼儿，有什么事？”绿萼叫道：“妈，妈！我给情花刺伤了。”说着张臂便往情花枝上用力一抱。

花枝上千百根小刺同时刺入了她身体。她自幼便受谆谆告诫，决不能为花刺刺伤，幼时因无体内情欲诱引，偶尔被小刺刺中，亦无大碍，后来年纪渐大，旁人的告诫也越加郑重。十余年来小心趋避之物，想不到今日自行引刺入体，心中这番痛楚却更深了一层。她咬紧牙关，又叫了几声："妈！"

裘千尺听到呼声有异，吃了一惊，忙命侍女开门，扶绿萼进来。绿萼叫道："我身上有情花花刺，你们不可近前。"两名侍女骇然变色，大开房门，让绿萼自行走进，哪敢碰她身子？

裘千尺见女儿脸色惨白，身子颤抖，两枝情花的花枝挂在胸前，忙问："你怎么了，怎么了？"绿萼叫道："是爹爹，是爹爹！"她怕母亲的目光厉害，低下头不敢望她。裘千尺怒道："你还叫他爹爹？那老贼怎么了？"绿萼道："他……他……"裘千尺道："你抬起头来，让我瞧瞧。"绿萼一抬头，遇到母亲一对凛凛生威的眸子，不禁打了个寒战，说道："他……他和今日进谷来的那个美貌道姑，在断肠崖前鬼鬼祟祟的说话，我躲在大石后面，想听他说些什么……"这几句话半点不假，此后却非捏造谎言不可，绿萼只怕给母亲瞧出破绽，说到这里，又低下头来。

裘千尺道："他两个说些什么？"绿萼道："说什么同病相怜，什么有缘千里来相会。他们……他们一起骂你恶妇长、恶妇短的，我听着气不过……"说到这里便呜呜咽咽的哭了起来。裘千尺咬牙切齿，道："莫哭，莫哭！后来怎样？"绿萼道："我不小心身子一动，给他们知觉了。那道姑……那道姑便将我推入了情花丛里。"

裘千尺听她声音有些迟疑，喝道："不对，你在说谎！到底是怎样？休得瞒我。"绿萼出了一身冷汗，道："我没骗你，这……这难道不是情花么？"裘千尺道："你说话的语调不对，你自小便是这样，说不得谎，做娘的难道不知？"绿萼灵机一动，咬牙道："妈，我是骗了你，是爹爹推我入情花丛的。他恼我跟你、帮你，和他作对，说我只要娘，不要爹。他……他拼命要讨好那美貌道姑。”

裘千尺恨极了丈夫，绿萼这几句话恰恰打中她心坎，登时深信不疑，忙拉住女儿手掌，温言道：“萼儿不用烦恼，让娘来对付这老贼，总须出了咱娘儿俩这口恶气。”当下命侍儿取过剪刀钳子，先将花枝移开，然后钳出肌肤中断折了的小刺。

绿萼哽咽道：“妈，女儿这番是活不成了。”裘千尺道：“不怕，不怕。咱们还有半枚绝情丹未用，幸好没给那无情无义的杨过小贼糟蹋了。你服了这半枚丹药，花毒虽然不能除净，只要你乖乖的陪着妈妈，对任何臭男子都不理睬，甚至想也不去想他们，那便决计无碍。”裘千尺苦受丈夫的折磨，杨过又不肯做她女婿，恨极了天下的男人，女儿如能终身不嫁，正合她心愿，可说再好也没有。

绿萼皱眉不语。裘千尺又问：“那老贼和那道姑呢，他们在哪里？”绿萼道：“我从情花丛中挣扎着爬起，没敢回头再看，他们多半仍在那边。”裘千尺暗自沉吟：“老贼有了强助，必来夺回此谷。谷中弟子多半是他心腹亲信，事到临头，必定归心于老贼，最多也是袖手旁观，两不相助，决不会出手与他为敌。我手足残废，所仗的只是一门枣核钉。这暗器出其不意的射出固是威力极大，但老贼既有防备，多半便奈何他不得，如他手持盾牌来攻，我便一筹莫展。那便如何是好？”

绿萼见母亲目光闪烁，沉吟不语，还道她在斟酌自己的说话是真是伪，生怕她问个不休，终于查知真相，自己一番受苦不打紧，取不到解药，杨过身上的毒质终是难除。她一想到杨过，胸口一阵大疼，“啊”的一声叫了出来。裘千尺伸手抚摸她头发，道：“咱们取绝情丹去。”双手一拍，命四名侍女将坐椅抬出房门。

绿萼自杨过去后，一直想知道母亲将半枚丹药藏在何处。曾听母亲说过，丹药决不能藏在身边，否则任谁都可杀了她，一搜即得，心想她手足残废，行动须人扶持，决不能窜高伏低，也不能藏之于什么山洞僻谷，想来定是藏在府第之中。但她数十日来到处查探，丹房、剑室、花园、卧床，没一处不详加察看，始终瞧不出半点端倪，这时见母亲命侍女将坐椅抬向大厅，不由得大为讶异，心想大厅是人人所到之处，最难藏物，何况此刻强敌聚集于厅，正是为这半枚丹药而来，难道丹药便在敌人面前，任其予取予携么？

大厅前后铁门紧闭，众弟子手提带刀渔网监守，见裘千尺到来，上前行礼。为首的弟子躬身说道："敌人绝无声息，似是束手待毙。"裘千尺哼了一声，心道："井底之蛙，当真不知天高地厚。善者不来，来者不善，今日闯进谷来的这些人物，焉是束手待毙之辈？"说道："开门！"两名弟子打开铁门，另有八名弟子提着两张渔网，在裘千尺左右护卫，相率进厅。

只见一灯大师、黄蓉、武三通、耶律齐诸人都坐在大厅一角。裘千尺待椅子着地，举手说道："这里除了黄蓉母女三人，其余的我可不究擅自闯谷之罪，一齐给我走罢！"黄蓉微笑道："裘谷主，你大难临头，不知快求避解，兀自口出大言，当真令人齿冷。"裘千尺心中一凛，暗想："她怎知我大难临头？难道她已知那老贼回谷？"冷冷的道："是福是祸，须待报应到来方知。老妇人肢体不全，以残废之身，还怕什么大难？"

黄蓉自不知公孙止已回绝情谷，但鉴貌辨色，眼见裘千尺眉间隐有重忧，与适才出厅时飞扬狠恶的神态大不相同，料想谷中或有内变，因此出言试探，听裘千尺虽然说得嘴硬，自己所料却多半不错，说道："裘谷主，令兄是自行失足摔下深谷而死，绝非小妹所伤。但若你对此事始终耿耿，小妹不避不让，任你连打三枚枣核钉如何？只是打过之后，小妹不论死活，你却须赐赠解药，以救杨过之伤。小妹倘若死了，这里许多朋友决不记恨，仍然助你解脱大祸，以退内敌。你这项买卖做是不做?”

黄蓉这般说法，实是让对方占尽了便宜，眼见裘千尺除枣核钉厉害之外别无伤敌手段，而大声说出“内敌”两字，更是打中了她心坎。

裘千尺心想：“当真有这么好?”说道：“你是丐帮帮主，谅必言而有信。我打你三枚枣核钉，你当真不避不让，亦不用兵器格打?”

黄蓉尚未回答，郭芙抢着道：“我妈只说不避不让，可没说不用兵器格打。”黄蓉微笑道：“裘谷主要泄心中恼恨，小妹不用兵刃暗器格打就是。”郭芙叫道：“妈，那怎么成?”适才她长剑被枣核钉击断，知道这暗器力道强劲无比，倘若真的不让不格，母亲血肉之躯如何抵挡得了？黄蓉却想：“过儿于我郭家一门四人均有大恩，此刻他身上剧毒难解，说什么也要叫老太婆交出解药。她这枣核钉自是天下最凌厉的外门暗器，任她连打三钉确然十分凶险，稍有疏虞，不免便送了性命。但若非如此，她焉肯交出解药?”

黄蓉说这番话时，早已替裘千尺设身处地的想得十分周到，既要让她泄去心中若干怨毒郁积，又乘着她内变横生、忧急惊惧之际，允她御敌解难，而泄愤之法，正是她惟一能以之伤人的伎俩，纵是裘千尺自己，也提不出更有利的方法来。

但裘千尺觉得此事太过便宜，未免不近人情，哑声道：“你是我的对头死敌，却甘心受我三枚枣核钉，到底包藏着什么诡计，什么祸心?”

黄蓉走上前去，低声道：“此处耳目众多，只怕有不少人对你不怀好意，我要在你耳边说几句话。”裘千尺向弟子扫射了一眼，心想：“这些人大半是老贼的亲信，确是不可不防。”便点了点头。

黄蓉凑过头去，悄声道：“你的对头不久便要发难动手，小妹自己何尝不是身处险地？咱们快快揭过了这场过节，小妹不论死活，大伙儿便可并肩应敌。再者杨过于我有恩，我便送了性命，也要求得绝情丹给他。人生在世，有恩不报，岂不与禽兽无异?”说罢便退开三步，凝目以望。

裘千尺听了“有恩不报，岂不与禽兽无异”这话，心中也是一动，暗想：“若不是杨过这小子相救，我此刻还是孤零零的在地底山洞中挨苦受难。”但这念头便如闪电般一瞬即过，善念消退，恶心立生，冷冷的道：“任你百般花言巧语，老妇人铁石心肠，不改初衷，来来来，你站开了，吃我三钉!”

黄蓉衣袖一拂，道：“我拼死挨你三钉便了。”说着纵身退后，站在大厅正中，与裘千尺相距约莫三丈，说道：“请发射罢!”

武三通等虽然素知黄蓉足智多谋，但裘千尺枣核钉的厉害各人亲眼所见，这时见黄蓉空手站立，无不心中惴惴。郭芙更是着急，走过去一拉黄蓉衣袖，低声道：“妈，咱们找个地方，我把软猬甲脱下来给你换上，那就不怕老太婆的棺材钉了。”黄蓉微微一笑，道：“以软猬甲挡枣核钉，那又何足为奇？你且看妈妈的手段。”

只听得裘千尺道：“各人闪……”那“开”字尚未出口，枣核钉已疾射而出，直指黄蓉的小腹。这枚枣核钉的去势当真是悍猛无伦，虽是极小的一枚铁钉，但破空之声有如尖啸。黄蓉“啊”的一声高叫，弯腰捧腹，俯下身去。

郭芙和武三通等一齐大惊，待要上前相扶，啸声又起，这第二枚枣核钉却是射向黄蓉的胸口。黄蓉仍是一声大叫，摇摇晃晃的退后几步，似乎便要摔倒。

裘千尺见黄蓉果然如言不闪不格，两枚铁钉均已打中她身上要害，这两枚铁钉的力道，便岩石也射入了，何况血肉之躯？但黄蓉身中两钉，虽似已受重伤，但竟不摔倒，显是苦苦支撑，要再受自己一钉。裘千尺心下骇然，暗想：“先前见这女子娇怯怯的模样，不信她有甚能耐可当丐帮的帮主。如此看来，当真是个了不起的人物！”但想她身中两钉，决计性命不保，就此报了深仇，不禁欣然色喜，波的一声，第三枚枣核钉又从口里喷出。这一次却是射向黄蓉的咽喉，要使铁钉透喉而过，杀害兄长的大仇人立毙于当场。

黄蓉说出甘受三钉之时，尚未筹得善策，只是知道非此不足以换得解药，纵然身死，也是报了杨过的大恩，但其后与裘千尺一番低语，稍有余裕，心念电闪，已有了计较。先一阵郭芙的长剑被枣核钉打断，黄蓉拾起剑头，藏在衣袖之中，待枣核钉打到，一弯臂便将剑头挡在铁钉射到之处。只是钉剑相撞，必有金铁之声，她两次大声叫唤，便将这声音掩盖了过去。这一巧招裘千尺果然并未发觉。

黄蓉有意装得身受重伤，既可稍减对方怒气，也可保全她一谷之主的身份。但第三枚枣核钉直指咽喉，倘若举起衣袖，以袖中暗藏的剑头挡格，必被裘千尺瞧出破绽，自己便算毁了“不避不格”的诺言，处此情境，只得行险，当下双膝微微一曲，待枣核钉对准嘴唇飞到，她胸腹之间早已真气充溢，张口用力吐出，一股真气喷将出去。她知这枣核钉来势所以这般凌厉，全凭真气激发，若以气敌气，则敌远我近，大占便宜，枣核钉纵不从空堕落，来劲也必急减。哪知裘千尺独居山洞，手足既废，整日价除了苦练这门枣核功夫之外，心不旁骛。黄蓉功力既不及她深厚，又须处分帮务、助守襄阳、生儿育女、伴夫课徒，哪能如她这般苦心致志？因此一股真气喷出，枣核钉来势只略略一缓，劲力仍是猛恶无比。

黄蓉心中一惊，铁钉已到嘴唇，当这千钧一发之际别无他法，只好张口急咬，硬生生将铁钉咬住了。这一下只震得满口牙齿生疼，立足不定，倒退了两步。她先前倒退乃是假装，这次却真是被铁钉来势冲击而退，也幸好她应变奇速，退步消势，否则上下四枚门牙非当场跌落不可，饶是如此，也已震得牙齿出血。

旁观众人齐声惊呼，围了拢来。黄蓉一仰头，波的一声，将枣核钉喷出，钉入横梁，皱眉道："裘谷主，小妹受了你这三钉，命不久长，盼你依言赐药。"

裘千尺见她竟能将枣核钉一口咬住，也自骇然，眼见两枚枣核钉明明射入她体内，何以仍然直立不倒？侧目向绿萼望了一眼，心想："我儿中了情花之毒，别说杨过不允婚事，他便当真是我的女婿，这半枚绝情丹也岂能给他？"但自己亲口答应给药，言入众人之耳，总不能立时反悔，她双眼一转，已有计较，说道："郭夫人，咱两人虽是女流，但行事慷慨有信，当胜须眉。你挺身受我三钉，如此气概，世所罕有，我甚是佩服，解药便可给你。我若少待有事，仍盼各位援手。"

郭芙只道母亲当真中了铁钉，叫道："我妈妈若受重伤，这里大伙儿都要跟你拼命。"转头向黄蓉道："妈，老太婆的钉子打中了你身上何处？"

黄蓉不答女儿的问话，向裘千尺道："小女胡言，谷主不必当真。小妹生平说一是一，自当相助谷主退敌，便请赐药是幸。"武三通等听黄蓉说话中气充沛，声音爽朗，半点不像受了伤的模样，渐渐宽心。

这一层裘千尺也已瞧出，心下惊疑不定，想道："她有如此武功，我纵要反悔，也不容易，只有以诈道相待。"于是点头说道："那么我先多谢了。"转头向女儿道："萼儿过来，我有言吩咐。"

黄蓉一生之中，不知对付过多少奸猾无信之徒，裘千尺眼光闪烁不定，如何逃得过她的双目？她知裘千尺决不肯就此轻易交出解药，只是要怎生推脱欺诈，一时自是猜想不出。

只听裘千尺道："将我面前数过去的第五块青砖揭开了。"绿萼大奇："难道那绝情丹竟是藏在砖下？"黄蓉一听，暗赞裘千尺心思灵巧："这绝情丹如此宝贵，不知有多少人在亟亟图谋。她藏在这当眼之处，确是使人猜想不到，砖下所藏当是真药无疑。她决不会事先料到有此刻的情势，因而在砖下预藏假药。”裘千尺如命人赴丹房或是内室取药，黄蓉倒也难知取来的绝情丹是真是假，这时见她命女儿揭开青砖，却是少了一层顾虑。

绿萼数到第五块青砖，拔出腰间匕首，从砖缝中插入，揭起砖块，只见砖下铺着灰泥，全无异状。

裘千尺道：“砖下藏药之处，大有机密，不能为外人所知。萼儿，俯耳过来。”黄蓉知道裘千尺狡计将生，当下叫声“哎唷”，捧腹弯腰，装得身上伤势发作，好让裘千尺防备之心稍杀，以便凝神听她对女儿的说话。岂知裘千尺也已料到了此节，在绿萼耳畔说得声音极轻，黄蓉虽是全神贯注，也只听到“绝情丹便在青砖之下”九字。但她早料到绝情丹是在青砖之下，这九个字听来一无用处，此后只见裘千尺的嘴唇微微颤动，半个字也听不出来，再看绿萼时，但见她眉尖紧蹙，只是“嗯、嗯、嗯”的答应。

黄蓉知道眼前已到了紧急关头，却不知如何是好，正自惶急，忽听得一灯大师道：“蓉儿过来，我瞧瞧你的伤势如何？”黄蓉回过头来，见一灯坐在屋角，脸上颇有关切之容，心想：“他一搭我的脉搏，便知我非受伤。”于是走过去伸出手掌。一灯伸出三指搭住她的脉腕，念道：“阿弥陀佛……阿弥陀佛……老婆婆说……阿弥陀佛……砖下有两瓶……阿弥陀佛，阿弥陀佛……东首的藏真药……阿弥陀佛……西首的藏假药……阿弥陀佛……叫女儿取西首假药……阿弥陀佛……假药给你……阿弥陀佛……”

一灯大师口诵佛号之时，声音甚响，说到“砖下有两瓶”这些话时，声音放低。黄蓉只听他说了“老婆婆说”那四个字，即明其理，知道一灯大师数十年潜修，耳聪目明，远胜常人。佛家原有“天眼通”、“天耳通”之说，佛经上言道，具此大神通者，当深处禅定之际，“能闻六道众生语言及世间种种音声，通达无碍”。这般说法过于玄妙，自不可信，但内功深厚、心田澄明之人能闻常人之所不能闻，却非奇事。裘千尺对女儿低声细语，一灯大师在数丈外闭目静坐，一字一语听得明明白白。他知丹药真假关连杨过性命，佛家有好生之德，岂能见死不救，于是告知了黄蓉。

黄蓉待他念两句佛号，便问："我的伤能好么？""枣核钉能起出么？"每问一句，刚好将一灯所说"东首的藏真药"、"西首的藏假药"那些话掩盖了。裘千尺向两人望了几眼，但见黄蓉脸有忧色，只是询问自己伤势，一灯不住的说"阿弥陀佛"，哪料得到自己奸计已尽为对方知悉。

绿萼听母亲说完，点头答应，弯下腰来，伸手到砖底的泥中一掏，果有两个小瓶并列，她心中一酸，暗道："杨郎啊杨郎，今日我舍却性命，取真药给你，这番苦心，你未必知道罢？"当下摸了东首那瓷瓶出来，说道："妈，绝情丹在这儿了！"她伸手在土下掏摸，只有她才知这瓶子原在东首，裘千尺和黄蓉却都以为是从西首取出。

两个瓷瓶外形全然相同，瓶中的半枚丹药模样也无分别，裘千尺倘不以舌试舐药味，也是难分真假。她见绿萼取出瓷瓶，心道："先前我还防这丫头盗丹药去讨好情郎，现下她也中了情花之毒，自是救自己性命要紧了。"她生性偏狭狠恶，刻薄寡恩，决不信世上有人甘愿舍却自己性命以救旁人，说道："咱们信守诺言，丹药交给郭夫人。"绿萼道："是！"双手捧着瓷瓶，走向黄蓉。

黄蓉先裣衽向裘千尺行礼，说道："多谢厚意。"心中却想："既知真药所在，难道还盗不到么？"

正要伸手去接瓷瓶，突然屋顶上喀喇一声响，灰土飞扬，登时开了一个大洞，一人从空跃落，夹手便将绿萼手中的瓷瓶夺了去。绿萼大惊失色，叫道："爹爹！"

黄蓉见公孙绿萼脸色大变，极为惶急，不禁一怔："公孙止夺去的瓷瓶，明明装的是假药，她何必如此着急？"

便在此时，大厅厅门轰的一声巨响，震得厅上每一枝红烛摇晃不已，火焰忽明忽暗，跟着又是一响，门闩从中截断，两扇大门左右弹开，走进一男三女。男的正是杨过，女的则是小龙女、程英和陆无双。

绿萼见杨过进来，失声叫道："杨大哥……"迎上前去，只踏出两步，立觉不妥，要说的那句话缩回了口中，脚步也即停止。黄蓉一直注视着绿萼的神色，只见她瞧着杨过的眼光之中流露出无限深情、无限焦虑，登时恍然，心道："蓉儿啊蓉儿，难道你做了妈妈，连女儿家的心事也不懂了？她妈妈命她给我们假药，但她痴恋过儿，递过来的却是真药，公孙止抢去的正是续命灵丹，她如何不急？"

杨过眼望对面断肠崖，茫茫白雾之中，隐隐约约间似见一个白衣姑娘鬓佩红花、身形飘忽，手执双剑正和公孙止激斗。

第三十二回

情是何物

当黄蓉、一灯、郭芙等被困大厅之时，杨过和小龙女在花前并肩共语。不久程英和陆无双到来。小龙女见程英温雅腼腆，甚是投缘，拉住她手说话。陆无双向杨过述说适才跟郭芙比武之事，怎样讥刺得她哭笑不得，程英又怎样制得她失剑输阵。杨过这番再和程陆二女相会，想到她二人对己情意深重，而自己无以还报，心中不免歉仄，眼见陆无双明知自己已娶小龙女为妻，却无怨怼之状，口口声声的说要惩戒郭芙为自己出气，而程英对小龙女也是神情亲切，自是大为欣慰。

四人坐在石上，小龙女和程英说话，杨过和陆无双说话。但龙程二人性子沉静，均是不擅言辞，只说得几句便住了口。杨过和陆无双却你一句“傻蛋”、我一句“媳妇儿”的有说有笑。程英突然插口笑道：“杨大哥，你现下有了杨大嫂，叫我表妹可得改改口了。”

杨过“啊”的一声伸手按住了口。陆无双也突然惊觉，羞得满脸飞红。程英心中暗悔，想道：“他们随口说笑，原无他意，我这么一提，反而着了痕迹。”忙打岔道：“杨大哥，你中了花毒，现下觉得怎样？”杨过道：“没什么。郭伯母足智多谋，定能设法给我求到灵丹妙药，我担心的倒是她的伤势。”说着向小龙女一指。

程英和陆无双一齐失惊，问道：“怎么？杨大嫂也受了伤吗？

我们竟一点没瞧出来。”小龙女微笑道：“也没怎样。我运内力裹住毒质，不让它发作，几天之中，谅无大碍。”陆无双道：“是什么毒？也是情花之毒么？”小龙女道：“不是，是我师姊的冰魄银针。”陆无双道：“原来又是李莫愁这魔头。傻……杨大哥，你不是瞧过她那本《五毒秘传》么？冰魄银针之毒虽然厉害，却也并不难解。”

杨过叹了口气，说道：“毒质侵入了脏腑，非寻常解药可治。”于是将小龙女如何逆转经脉疗伤、郭芙如何误发毒针之事说了。陆无双伸手在石上重重一拍，恨恨的道：“郭芙仗着父母之势，竟是如此无法无天。表姊，咱们不能便此跟她罢休。她父母是当世大侠，便又怎样？”小龙女道：“这件事也怪不得她，倒和斩断他的手臂不同。”程英道：“杨大嫂，我师父曾说，以内力裹住毒质，虽可使其一时不致发作，但毒质停留愈久，愈是伤身，须得及早设法解毒才是。”小龙女“嗯”了一声。杨过心想：“天竺僧醒转之后，是否有法可以解毒，实所难言。”他不愿多谈此事，以增小龙女烦恼和自己伤心，说道：“郭伯母和一灯大师等对付那疯和尚不知怎样了，咱们瞧瞧去。”

当下四人觅路回向大厅，离厅尚有十余丈，只见厅顶上人影一闪，认出是公孙止，接着垮喇喇一声响，见他打破屋顶，跳了下去。杨过生怕公孙止在这屋顶破洞下布置了带刀渔网阵，要引自己入彀，于是挺玄铁重剑撞开铁门，昂首直入。

公孙止夺得绝情丹到手，虽见黄蓉等好手群集，却也不以为意，心想：“我便打不过，难道还跑不了么？”正要夺路外闯，猛见杨过破门直入，声势威猛之极。他一惊之下，双足一点，腾身而起，要从屋顶破洞中重行跃出，心想眼下首要之事，是将绝情丹送去给李莫愁服食解毒，至于杀裘千尺、夺绝情谷，那是来日方长，不必急急。

他身子甫起，黄蓉已抢过打狗棒跟着跃高，使个“缠”字诀，往他脚上缠去。裘千尺喝道：“老贼！”呼的一声，一枚枣核钉往公孙止小腹上射去。公孙止纵起时便已防到此着，挥刀格开铁钉，上跃之势竟丝毫不缓，耳听得风声劲急，第二枚枣核钉又从斜刺里射到，但金刀已击出在外，不及收回再格，黄蓉的打狗棒又跟着缠到，拼着大腿洞穿，也决不能让铁钉射入小腹，当下侧身横腿，抵挡铁钉。

哪知道裘千尺这一钉竟不是射向公孙止，准头却是对住了黄蓉。这一下奇变横生，连黄蓉也万万料想不到，急挥打狗棒挡格，但枣核钉劲力实在太强，只感全身一震，手臂酸软，啪的一声，打狗棒掉在地下，身子跟着落地。公孙止上跃之力也尽，落在黄蓉身侧，横刀向她砍去。

杨过玄铁剑疾指，一股劲风直掠出去，公孙止的金刀登时被这股凌厉的剑势逼得荡开了三尺。公孙止只觉敌人剑上劲力有如排山倒海，心下惊骇无已，想不到相隔月余，这小子断了右臂，武功反而精进若斯。

绿萼站在父亲与母亲之间，她平素对严父甚是害怕，从不敢对他多说一言半语，但自从听了他在断肠崖前对李莫愁所说的那番话后，伤心到了极处，竟然惧怕尽去，向公孙止道：“爹爹，你打断妈妈四肢，将她囚禁在地底山洞之中，如此狠心，已是世间罕有。今晚你在断肠崖前，跟李莫愁又说些什么话来？”

公孙止心中一凛，他与李莫愁在那隐僻之极的处所说话，万料不到竟会言入旁人之耳。他虽然狠毒，但对女儿如此图谋，总不免心虚，突然间听她当众叫破，不由得脸色大变，道：“什……什么？我没说什么。”

绿萼淡淡的道：“你要害死女儿，去讨好一个跟咱家全不相干的女子。女儿是你亲生，你要我死，女儿也不敢违抗。但你手中的绝情丹，却是妈妈已经答应了给旁人的，你还给我罢！”说着走上两步，向着他伸出手来。

公孙止将瓷瓶揣入了怀中，冷笑道：“你母女二人心向外人，一个叛夫，一个逆父，都不是好东西。今日我暂且不来跟你们计较，日后报应到头，自见分晓。”说着刀剑互撞，发出嗡嗡之声，大踏步便往外闯。

杨过听绿萼直斥公孙止之非，但不明其中原委，当即横过玄铁剑，拦住公孙止去路，向绿萼道：“公孙姑娘，我有言请问。”

公孙绿萼听了他这句话，一股自怜自伤之意陡然间涌上心头，暗道：“我舍命为你取丹之事，决不能让你知晓。过了几年，你子孙满堂，自早把我这苦命女子忘了，又何必为了此事，使你终生耿耿于怀？”低声道：“杨大哥有何吩咐？”杨过道：“你适才言道：令尊要害你性命，去讨好一个毫不相干的女子，那女子是谁？此事从何说起？”绿萼道：“那女子是李莫愁，至于其中原委……”顿了一顿，说道：“我爹爹虽如此待我，但终是我亲生之父，此事做女儿的不便再说……”

裘千尺喝道：“你说啊！他能做得，你便说不得？”绿萼摇头道：“杨大哥，那半枚绝情丹，在我爹爹怀中的瓷瓶之内。我……我是个不孝的女儿。”说到此处，再也忍耐不住，纵声叫道：“妈！”奔向裘千尺身前，扑入她怀中。她说“我是个不孝的女儿”，在裘千尺听来还道是指违抗父亲，其实绿萼心中却说的是不遵母命。满厅数十人中，只有黄蓉一人才明白她的真意。

公孙止见强敌环伺，心下早有计较：“天幸恶妇痰迷心窍，在这紧急关头去打了郭夫人一枚枣核钉，只要引得她们双方争斗，我便可乘机脱身。”当下纵声笑道：“好好好，乖女儿，真不枉了爹爹疼爱。你和妈妈守住这边，要令今日来到咱们绝情谷的外人，个个来得去不得。”说着举刀提剑，突向倚在椅上的黄蓉杀去。

黄蓉右臂兀自酸软，提不起打狗棒，只得侧身而避。郭芙手中一直握着耶律齐的长剑，当即挺剑护母。公孙止黑剑疾刺郭芙咽喉，郭芙举剑挡格。黄蓉急叫：“小心！”铮的一声轻响，郭芙长剑立断，公孙止的黑剑去势毫不停留，直往她头颈削去。黄蓉急得一颗心几乎要从脖子中跳了出来，在这一刹那间竟无解救之方。陆无双在旁喝道：“举右臂去挡！”

郭芙眼见敌剑削到颈边，哪容细辨是谁呼喝，不由自主的举臂一挡。

程英喝道：“表妹，你怎地……”她知陆无双恼恨郭芙斩断杨过的手臂，存心扰乱郭芙心神，要她举臂挡剑，那么一条手臂也非送掉不可。程英对杨过断臂，心中自也十分伤痛，适才黑暗中言念及此，曾悄悄哭了一会，但她只觉这事甚是不幸，虽恼恨郭芙下手太狠，但决没想要断她一臂来报复，因此听得陆无双的呼喝，忙出口喝阻，但为时已经不及，公孙止的剑刃已掠上了郭芙的手臂。

但听得嗤的一声响，郭芙衣袖上划破了一条极长的口子，同时身子被剑刃震得立足不定，向旁跌出，但说也奇怪，她手臂竟然没被削断，连鲜血也没溅出一点。程英、陆无双固然吃惊，公孙止和裘千尺等也是心头大震。郭芙斜退数步，站稳身子，还道陆无双是好意相救，心中好生感激，叫道：“多谢姊姊！可是你怎知……”

杨过忙接口道：“这公孙老儿不知你武功如此了得。”他知道黄蓉有一件宝刀利刃不能损伤的软猬甲，郭芙所以能保全手臂，定系软猬甲之功，她问“可是你怎知……”下面自是要说“我有软猬甲护身？”杨过心想公孙止利剑不能伤她，其胆已寒，可不能让他知悉其中原委，向公孙止道：“这位姑娘是郭大侠和黄帮主之女，桃花岛岛主黄药师的外孙女，她家传绝艺，周身刀枪不入，你这口破铜烂铁的玩意儿，怎能伤她？”

公孙止怒道：“哼，适才我手下留情，难道当真便伤她不得。”

说着抖动黑剑，发出嗡嗡之声。郭芙暗想："我既不怕他的刀剑，只须上前猛攻便是。跟他打有赢无输，这便宜如何不捡？"说道："小武哥哥，你的剑给我，这老儿不信我家桃花岛的功夫，且让他见识见识。"武修文倒转长剑，将剑柄送了过去。郭芙伸手接住，挽个剑花，说道："公孙老儿，你再上罢！"得意洋洋，有恃无恐，便似高手戏弄庸手一般神态。

公孙止见她这剑花一挽，便知她剑术的火候甚浅，喝道："好，我再领教！"举刀向她面门砍去，郭芙身形斜闪，还了一剑。公孙止黑剑倒翻上来，往她剑上震去。郭芙心道："不好！我身上有软猬甲，剑上却无护剑宝甲，双剑一交，我手中长剑又是非断不可。"当即回剑避开。公孙止双手一并，刀剑均已握在右掌之中，跟着左掌拍出。郭芙大喜："你这掌拍在我软猬甲上，那是倒了大霉啦！"但恐他掌力厉害，拍在身上不免内脏受震，于是身子略侧，要先卸去他七成掌力，然后再受他这掌。

哪知公孙止一掌尚未使老，突然倒纵丈余，说道："好丫头，暗箭伤人！"身子向前直跌。郭芙愕然说道："我没伤到你啊！"不禁大奇："难道软猬甲真有如此妙用？他手掌尚未沾及我衣，竟然便已受伤。"

她又怎知公孙止老奸巨猾，心中只是念着要将绝情丹尽速送去给李莫愁服食，哪有闲心来跟郭芙这般小姑娘争强斗胜？他假装受伤摔跌，脚下似乎站立不定，几个踉跄，跌跌撞撞的冲向后堂。他在这片刻之间，已将敌情审察清楚，正面杨过和黄蓉是厉害人物，还有那长眉老僧虽似神游入定，但决非易与之辈，正好乘着郭芙似乎得手之际，便此从后堂溜走。

公孙绿萼见他怀了绝情丹要走，忙纵身向前，说道："爹爹慢走！"便在此时，尖啸声起，两枚枣核钉也已袭向公孙止。裘千尺生怕公孙止一闪避，铁钉便打中女儿，因此铁钉喷出时取势甚高，射向他的后脑。公孙止一低头，两枚铁钉从绿萼鬓上掠过，叮叮两响，钉入了石壁。公孙止喝道："让开！"脚下毫不停留。绿萼道："你把绝情丹……"话未说完，公孙止左手前伸，扣住她手腕脉门，转过身来，将女儿挡在胸前，喝道："恶妇，你真要拼命，大家同归于尽罢！"

裘千尺口中两枚枣核钉已喷到了唇边，突见变生不测，收势不及，急忙侧头，将两枚铁钉向旁射出。在这千钧一发之际，她只求枣核钉不致打在女儿身上，哪里还顾得取什么准头，但听得"啊、啊"两声大叫，两名绿衣弟子一中脑门，一中前胸，立时毙命。

公孙止知道要夺回绝情谷，除了仗李莫愁为助之外，必须众弟子归心，眼下这事正是激怒众弟子的良机，叫道："恶妇，你辣手杀我弟子，决不能跟你干休！"

这时杨过已截住了他的去路，说道："咱们万事须得有个了断，别忙便走！"公孙止将女儿举起，狞笑道："你敢拦我？"以左脚为轴，滴溜溜转了个圆圈，跟着又以右脚为轴，再转一圈，两个圈子一转，已向前趋进四尺，离杨过已近。杨过见他又是一个圈子转上，惟恐伤了绿萼，忙向旁跃开。

公孙绿萼身在父亲手中，动弹不得，一个圈子转过来时，陡然见到杨过跳跃相避，让开了去路，眼光中充满着关怀之情，不禁芳心大慰："他为了我，宁可不要解药！我死也瞑目了。"她手足虽不能动，头颈却能转动，低声叫道："杨郎，杨郎！"额头撞向公孙止挺起的黑剑。黑剑锋锐异常，公孙绿萼登时香消玉殒，死在父亲手里！

杨过大叫一声："啊哟！"抢上欲救，哪里还来得及？公孙止也是吃了一惊，心中微微一酸，耳听得背后怒喝，三枚枣核钉电闪而至，当即将女儿的尸体向身后抛出，三枚铁钉尽数打在她身上。

众人见他如此狠毒，绿萼身死之后尚对她这般糟蹋，无不大愤，纷纷拔出兵刃涌上。

公孙止叫道："众弟子，恶妇勾结外敌，要杀尽我绝情谷中男女老幼。渔网刀阵，一齐围上了。"众弟子自来对他奉若神明，那日他被裘千尺打瞎眼睛逃走，众弟子无所适从，只得遵奉裘千尺的号令，这时听得他一叫，谁也不及细想，执起带刀渔网从四角围了上来。

每张渔网都是两丈见方，网上明晃晃的缀满了尖刀利刃。众人武功虽强，实不知如何应付才是，眼见四周渔网向中间一合，每人身上难免洞穿十来个窟窿。这一包上来，连裘千尺也围在其内。她大声呼喝："众弟子别听老贼胡言乱语，大家停步，快停步！"但众弟子充耳不闻，只听得公孙止喝着号令："坤网向前，坎网斜退向左，震网转右！"众弟子应声施为，一张张带刀渔网渐渐逼近。

黄蓉从怀中摸出一把钢针，扬手向西首八名绿衣弟子射去，眼见相距既近，钢针又多，八名弟子至少也会有五六人受伤，渔网阵打出缺口，便可由此冲出。却听得叮叮叮、铮铮铮几声响，黄蓉所发钢针，裘千尺所喷铁钉，全被渔网上的吸铁石收了去。黄蓉暗叫："不好！"喝道："芙儿，举剑护住头脸，强攻破网。"

郭芙听了母亲的呼喝，抖动长剑，向东北角疾冲。四名弟子张开渔网，向她兜去，五六把尖刀碰到她身上软猬宝甲，渔网反弹，但持网的弟子跟着分从左右抢前，尖刀虽然伤她不得，渔网却仍要将她裹住。

杨过站在公孙止身后，本在渔网阵之外，但八张渔网随着公孙止的号令左兜右转，已将他围入阵内。杨过见情势危急，提起玄铁重剑，运劲往郭芙身前的渔网上斩去。垮喇喇一声响，渔网裂成两片，拉着网角的四名弟子同时摔倒。武三通、耶律齐等更不怠慢，拳掌齐施，摧筋断骨，将这四名弟子手足打伤，以防他们更携新网，再来围攻。杨过纵声长啸，两剑挥过，又是两张渔网散裂破败。这渔网以金丝和钢线绞成，极坚极韧，但玄铁重剑无坚不摧，三剑斩出，三网立破。众弟子齐声惊呼，向后退开。

公孙止喝道："五网齐上！他一剑难破五网！"杨过心想："五张渔网一齐卷上，确也难挡。"随即斜步向左，制敌机先，砰的一声，又斩破了一张。渔网拉得甚紧，一剑斩落，破网声如裂金石。

便在此时，忽听得厅外一人厉声叱道："往哪里走？"黄影晃动，一人从厅门中窜了进来，仗剑傲立，正是赤练仙子李莫愁。

她刚立定，厅门中又冲进一人，满身血污，散发披头，却是朱子柳。他一双空手，左指右掌，狠狠向李莫愁扑去。李莫愁手中虽有兵刃，但见朱子柳发疯般势同拼命，竟是不敢接招，绕着厅角闪避。两人都是极高的轻功，顷刻间已在大厅上兜了六七个圈子。杨过大感惊疑："李莫愁的武功未必不及朱伯伯，何以对他如此惧怕？那天竺僧呢？"

两人武功各有所长，但轻功显是李莫愁强多了，几个圈子一奔，人人都看出朱子柳决计追她不上，而且他身上流下点点鲜血，溅成了一个圆圈，看来受伤竟自不轻。武三通父子三人，分从左右围上。朱子柳叫道："师哥，这毒妇害死了师叔。咱们无论如何……"一口气喘不过来，站立不定，身子不住摇晃。

一灯听到天竺僧的死讯，饶是他修为深湛，竟也沉不住气，立即站起。

杨过头脑一阵晕眩，转头向小龙女望去，小龙女的眼光正也转过来望着他。两人四目交投，都是心中一冷，全身如堕冰窖。小龙女缓缓走过去靠在他身上。杨过一声长叹，携着她的手，往外便走。

原来天竺僧平时多近毒药，体内抗毒之力甚强，他以大量情花自刺，预计昏晕三日夜方醒，但两日两夜过后不久，便即醒转。他沉思半晌，便道：“这情花之毒虽甚厉害，却比我所设想的为轻，该当有法可解。”朱子柳大喜，当即禀告一灯等已来到绝情谷中，而火浣室的石门也已为杨过破去。天竺僧道：“事不宜迟，咱们便去设法配药救人。”

两人走出火浣室，天竺僧便到情花树之下低头寻觅药草。他知一物克治一物，毒蛇出没处必有化解蛇毒的草药，而配制情花解药所需的药草，主要的一味多半也会正生长在情花之下。岂知李莫愁正躲在花树旁山石之后，眼见天竺僧低头走近，不问情由便射出一枚冰魄银针。天竺僧不会武功，银针透胸而入，登时毙命。

朱子柳听得嗤的一声响，师叔便即不动，知道山石后伏有敌人，但不知天竺僧已死，不顾自身安危，抢前救人。李莫愁知他心意，又是一针向天竺僧的尸体射去。朱子柳手中没有兵刃，忙抢前劈出一掌将银针击落，肩背却就此卖给了敌人。李莫愁长剑乘势挥出，正中他右肩。朱子柳急忙沉肩卸劲，终究已深入寸许，当下连出数指，点向敌人腰间，招招均抢先着。他肩头已伤，倘再退缩闪避，固然救不得天竺僧，而敌人连绵进招，实是后患无穷。

两人剑来指去，拆了数招，朱子柳见天竺僧俯伏在地下，毫不动弹，叫道：“师叔，师叔！”天竺僧并无应声。李莫愁笑道：“你要他答应，倒也容易。只消你也吃我一枚毒针，到阴世去叫他便是。”朱子柳心中悲痛，更增敌忾之念，一招一式，丝毫不乱，出指时劲力反加。星月微光之下，李莫愁见他眼神如电，招招抢攻，竟是同归于尽的拼命打法，再拆数招，不禁害怕起来，长剑急攻两招，转身便走。朱子柳俯身一搭师叔手腕，脉息全无，已然死去多时，一声悲啸，提气向李莫愁疾追。两人一前一后的奔进了大厅。

公孙止见李莫愁赶到，又惊又喜，叫道：“李道友到这边来！”说着迎将上去。黄蓉一见公孙止的神气，已自猜到了几分，叫道：“过儿，隔开这两个魔头，别让他们凑近！”杨过听得天竺僧的死讯，已然万念俱灰，绝情丹是公孙止得去也好，不是他得去也好，全没放在心上，听到黄蓉的呼喝，只微微苦笑，却不出手。

耶律齐拾起半张斩裂的带刀渔网，叫道："敦儒兄，拉住这边。"他和武敦儒、完颜萍、耶律燕四人各自抓住渔网一角，拦在公孙止和李莫愁之间。

厅上这么一乱，众绿衣弟子错了步伐。裘千尺乘机喷吐枣核铁钉，众弟子忙乱中不及张网收钉，接连有五人中钉毙命，带刀渔网阵七零八落，登时溃散。

公孙止大声叫道："李道友，咱们分路出去，到适才见面之处相会。"两人齐声呼哨，分自左右掠过杨过和小龙女身畔，窜出厅去。杨过视而不见，毫不理会。黄蓉叫道："龙家妹子，截住公孙止，绝情丹在他身上。"小龙女一惊，心想："天竺僧既死，过儿身上的花毒全仗这半枚绝情丹化解。"当即挣脱杨过的手，飞步向公孙止追去。杨过叫道："由得他去罢！"小龙女道："怎能由得他去？"杨过只得在后跟随。

公孙止和李莫愁一个奔向东北，一个向西北而行，众人也是分头追赶。小龙女、杨过、程英、陆无双四人追赶公孙止。武氏父子、朱子柳、完颜萍五人追赶李莫愁。耶律齐兄妹和郭芙留着陪伴一灯和黄蓉，监视裘千尺。

武氏父子一行五人之中，朱子柳肩头受了剑伤，适才奋战，流血甚多，奔了一阵，渐感难支。众人停步为他裹伤，稍一耽搁，已失了李莫愁的踪迹。

朱子柳恨恨的道："今日若教这魔头逃脱了，咱们怎对得起师叔？"五人在花丛树木间穿来插去，始终不见李莫愁的影迹。武三通怒火冲天，奋力拔起一根树干，将花木打得东倒西歪。朱子柳道："那公孙止叫她到适才见面之处相会。咱们虽不知这二人在何处见过面，但只须钉住公孙止，那女魔头为求解药，迟早会去寻他。”武三通道：“师弟此言甚是，咱们这便去找公孙止。”于是五人向西北方寻去。

走不多时，果然听得前面隐隐传来呼喝之声。武三通扶住朱子柳加快脚步，但呼喝之声忽远忽近，一霎时竟又寂静无声，半点也听不到什么了。五人觅路而行，扰攘了一夜，天色渐明，正行之间，忽听得前面高处有人纵声长笑，声音尖厉，有若枭鸣。众人停步抬头，只见对面悬崖上站着一人仰天发笑，却不是公孙止是谁？那悬崖下临深谷，上面山峰笔立，峰顶深入云雾之中，不知尽头。

朱子柳见他状若癫狂，心下暗惊：“倘若他一个失足，跌入了下面万丈深谷，这人死不足惜，那半枚绝情丹却要随之而逝了。”当下如飞奔去，转了个弯，只见杨过、小龙女、程英、陆无双四人站在山边，一齐仰头望着公孙止。

小龙女见朱子柳等到来，低声道：“朱大叔，你快想个法子，怎生引他下来。”朱子柳一瞧周遭情势，但见有道宽不逾尺的石梁通向公孙止站立之处，石梁和山崖上都生满了青苔，便是一人转折也有所不便，除非他自愿出来，否则绝难过去动手。

武三通想起杨过救了二子性命，全了他兄弟之情，今日之事义不容辞，当下捋袖说道：“我去揪他过来。”刚跨出两步，身边人影闪动，程英已抢在他面前，说道：“我去！”她身法好快，一纵身便踏上了石梁。哪知她快杨过更快，程英但觉腰间一紧，身子已被杨过的袍袖缠住，给他拉了回来，耳边听杨过说道：“我值得什么，何苦如此？”程英一张俏脸涨得绯红，说不出话来。

便在此时，只听得小龙女道：“借剑一使！”掠过武敦儒和完颜萍身边，双手伸出，已将二人手中的长剑夺了过去。这一下手法当真是捷逾电闪，武敦儒和完颜萍一愕之下，已见小龙女轻飘飘的奔过石梁，到了公孙止身前。

公孙止身处绝地，见小龙女竟敢过来，一惊之下，抢上拦在石梁的尽头，横剑护身，狞笑道："你当真不要性命了么？"小龙女心道："无论如何，我得夺回绝情丹才死。"柔声说道："公孙先生，你于我有救命之恩，不料我反而害得你数受折磨，我……我心中好生歉仄。我不是来跟你拼命的。"公孙止道："那你要干什么？"小龙女道："我是来求你赐予绝情丹，救我夫郎。此丹于你无用，若肯赐下，小女子永感大恩大德。"

杨过在石梁彼端叫道："龙儿回来，半枚丹药救不得你我二人之命，要来何用？"

公孙止见小龙女俏立石梁之上，衣襟当风，飘飘然如欲乘风而去，这般丰姿，李莫愁又岂能及得万一？他张着独目痴痴而望，说道："你叫那姓杨的小子作夫郎？"小龙女道："是啊，我跟他成了亲啦。"公孙止道："你若允我一事，这丹便可给你。"小龙女见他眼珠骨溜溜转动，已知其意，摇头道："我已有夫，岂能嫁你？公孙先生，你对我有情，可是我心另有所属，只有辜负你一番好意。"公孙止独眼一翻，喝道："那你快快退去，若再与我为敌，莫怪我刀剑无情。"小龙女道："你定要动手，和我翻脸成仇，咱们岂不枉自相识了一场？"她语音柔和，在她心中，确是记着公孙止以前那番相救之德。

公孙止冷笑道："我要亲眼见到杨过这小子毒发呻吟而死，要见他痛得在地下翻来翻去的打滚，要见你这位贤德妻子，终于成为个披麻带孝的俏寡妇。"他越说越是恶毒，咬牙切齿，面目狰狞。杨过不住叫道："龙儿！回来，跟这人多说什么？"若不是石梁实在太窄，容不得两人立足，他早已奔过去拉她回头了。小龙女凄然一笑，说道："你听！他在叫我回去。他只是顾惜我，可不在乎自己身上剧毒是否能治。"

公孙止和小龙女相距不过半丈，心想只要跨上一步，便能将她擒住，只是站立处地势实在太险，她稍一挣扎，势必两人同时摔下深谷，但若不擒她为质而使敌人有所顾忌，自己困于这断肠崖上又如何脱身？当前敌人之中只杨过一人厉害，但自己奋力冲闯，他也未必拦阻得住，最好是紧随小龙女过了石梁，然后出手擒她，再去和李莫愁会合。他心下如意算盘一打定，刀剑互击，金铁交鸣之声震得山谷响应，喝道："还不退去！"剑随声至，向小龙女刺去。小龙女左剑挡格，右剑还击。

她自跟周伯通习了分心合击之术后，武功陡增一倍。虽然脏腑潜毒，内力消减，但双手同使"玉女素心剑法"，其神妙处又岂是公孙止的金刀黑剑所能敌。他刀剑虽然变幻百端，其实刀仍是刀、剑仍是剑，只不过多了一件兵刃而已。霎时之间，小龙女手中双剑舞成两团白影，攻拒击刺，宛似两大高手联手进攻一般，公孙止越斗越是心惊，暗暗生悔："早知她忽然学会了这等厉害剑术，便不能跟她动手的了。"总算"玉女素心剑"招数虽然精妙，伤人的威力不强，小龙女也无杀他之意，因此上公孙止还支撑得一时。

他二人在山崖上斗得正急，不久一灯大师、黄蓉、郭芙、耶律齐、耶律燕也均赶到。各人仰头观战，眼见山崖如此之险，两人斗得如此之凶，无不骇然。

郭芙向耶律齐道："咱们快上去帮手！"耶律齐摇头道："石梁上无第二人可插足之处。"郭芙和公孙止交过手，知他武功极高，连母亲也非敌手，小龙女一人如何斗得他过？急得只叫："妈，妈，快想法子帮龙姊姊啊。"

其实不用她呼叫，这边人人都急盼设法使小龙女得脱险境，可是对面山崖上决不能多容一人立足，但见公孙止金刀黑剑连使杀手，小龙女双剑纵横，回旋之际似乎娇柔无力，时候稍长，看来终须丧在公孙止手下。只有一灯、杨过、黄蓉、朱子柳四人才瞧出小龙女招数实占上风，但激斗之际，足下一个滑溜，立时跌落深谷，每一瞬间都有生死大险。眼见两团白影裹着一道黄光、一道黑气，人人屏息凝气，手心中捏着一把冷汗。

再斗片刻，黄蓉瞧出小龙女双剑所使的竟是分心合击之术，这门武功举世除周伯通和郭靖外无第三人会得，小龙女自是得了周伯通的传授。双剑合璧，本来威力奇大，但她重伤之后加上中毒，内力大损，出剑乏劲，始终无法取胜。黄蓉心念一动，说道："过儿，你和我同时向公孙止说话，你用言语恐吓，我却引他高兴，叫他分心。"当下大声说道："公孙先生，裘千尺那恶妇已被我杀死了。"公孙止隔着山谷听见，心中一震，将信将疑。杨过叫道："公孙止，李莫愁说你不肯拿解药给她，要来寻你的晦气。"黄蓉叫道："不，李莫愁说，只要你治愈了她身上情花之毒，她便委身嫁你。"杨过叫道："我们大伙儿决不容你心愿满足，拿到你之后，要你身受情花刺肤之惨。"黄蓉叫道："此事大可善罢，公孙先生，你不用担心，大家化敌为友如何？"杨过叫道："你从前害死的那个使女柔儿，化成厉鬼来捉你啦，喏喏喏，柔儿就在你背后，你快转身瞧！"

他二人你一言我一语，黄蓉说话之后，公孙止心中一喜，待得杨过说话，他又是一惊。小龙女于每一句话也都听在耳里，但一来事不关己，二来分心二用之际，心田一片空明，是以剑势丝毫不缓。公孙止本来已左支右绌，挡架为难，这样一来更是心乱如麻，大声喝道："你们胡言乱语叫嚷些什么？快闭嘴！"杨过叫道："喂！公孙止，你背后那个披头散发的姑娘是谁，她为什么伸长舌头，满面血污？啊，啊，她手爪好长，来抓你的头颈了！"突然间提气喝道："好，柔儿！抓公孙止的头颈。"

公孙止明知他是在扰乱自己心神，但陡然间听他这么一声呼喝，禁不住打个冷战，回头斜目一瞥。便在此时，小龙女长剑斜出，剑尖颤处，已刺中他左腕。公孙止把捏不定，金刀直飞起来，在初升朝阳的照耀之下，金刀闪烁，掉入了崖下山谷，过了良久，才传上来极轻微的一响，隐隐似有水声，似乎谷底是个水潭。武三通、朱子柳等相顾骇然，心想那金刀掉下去隔了这么久声音才传上来，这山谷可不知有多深。

公孙止金刀脱手，别说进攻，连守御也已难能。小龙女左一剑、右一剑，连刺四剑，公孙止身子摇晃，右腕中剑，黑剑又掉下了谷去。小龙女右剑对着他前胸，左剑指住他小腹，说道："公孙先生，你将绝情丹给我，我不伤你的性命。"公孙止颤声道："你虽有善心，旁人呢？"小龙女道："都不伤你便是。"

至此地步，公孙止只求自己活命，哪里还去顾念李莫愁？从怀中掏出那个小瓷瓶递过。小龙女左手剑仍是指住他小腹，右手接过瓷瓶，心中又是甜蜜，又是酸楚，心想："我自己虽然难活，但终于夺到了绝情丹，救了过儿。"双足一点，提气从石梁上奔回。

武三通、朱子柳等早知小龙女武功了得，可是说什么也想不到竟然如此出神入化，两手同使双剑，剑法竟能截然不同，分进合击，实是生平所未见。他们固曾听说周伯通和郭靖双手能分使不同武功，但得之传闻，也只将信将疑，今日亲眼目睹，无不叹服，看到奥妙凶险处，既感惊心动魄，又是心旷神怡。耶律兄妹、武氏兄弟、程英、陆无双、郭芙等小一辈的更瞧得目为之眩，见她年纪与自己相若，武功之高却是无法形容，尽皆死心塌地的钦佩。但见她手持瓷瓶，飘飘若仙的从石梁上过来，众人齐声喝采。

杨过抢上前去拉住了她。众人围拢来慰问。小龙女拔开瓷瓶的瓶塞，倒出半枚丹药，笑吟吟的道："过儿，这药不假罢？"杨过漫不经意的瞧了一眼，道："不假。龙儿，你觉得怎样？为什么脸色这样白？你运一口气试试。"小龙女淡淡一笑，她自石梁上奔回之时，已觉丹田气血逆转，烦恶欲呕，试运真气强行压住，竟然气息不调，自知受毒已深，天幸将半枚绝情丹夺来，此外也顾不得这许多了。

杨过握着她右手，但觉她手掌冰冷，惊问："你觉得怎样？"小龙女道："没什么，你快把丹药服了。"杨过接过瓷瓶，颤声说道："半枚丹药难救两人之命，要它何用？难道你死之后，我竟能独生么？"说到此处，伤痛欲绝，左手一扬，竟将这世上仅此半枚能解他体内毒质的丹药，掷入了崖下万丈深谷之中。

这一下变故人人都是大出意料之外，一呆之下，齐声惊呼。

小龙女知他决意与自己同生共死，心中又是伤痛，又是感激，恶斗之后剧毒发作，再也支持不住，身子微微一晃，晕倒在杨过怀中。

郭芙、武氏兄弟、完颜萍、耶律燕等不明其中之理，七张八嘴的询问议论。

便在此时，武三通大声喝道："李莫愁，今日你再也休想逃走了。"吆喝着飞步向左首山崖边赶去。众人回过头来，只见公孙止正沿着山坡间小径向西疾奔，那边山畔斜坡上站着一个道姑，正是李莫愁。眼见两人便要会合，武三通和她却相距尚远。

忽听得山后一个苍老的声音哈哈大笑，转出一人，肩头掮着一只大木箱，白须拂肩，却是老顽童周伯通。

黄蓉叫道："老顽童，把那个道姑赶过来。"周伯通叫道："妙极！大伙儿瞧瞧老顽童的本领。"揭开木箱箱盖，双手挥动，一群蜜蜂飞出，直向李莫愁冲去。原来蒙古大军火焚终南山，全真教道士全身而退，所携出的都是教中的道藏经籍，周伯通却掮了一只木箱，将小龙女养驯的玉蜂装了不少而来。他孜孜不倦的玩弄多日，领会了指挥蜂群的若干法门，这时听得黄蓉一叫，正好大显身手。

公孙止见到蜂群，吃了一惊，不敢再向李莫愁走近，往山坳中一缩身，躲了开去。李莫愁见玉蜂嗡嗡飞近，前无去路，只得沿山路向东退来。武氏父子、程英、陆无双等各执兵刃迎近。耶律齐叫道："师父，你老人家好本事，快把蜜蜂群收了罢！"

周伯通大呼小叫，要收回蜂群，但他驱蜂之术究未十分到家，大出风头之后，心中万分得意，呼喝更加不对，蜂群怎肯听他的号令？仍是嗡嗡振翅，向李莫愁追去。

杨过抱着小龙女，低声唤道："龙儿，龙儿。"小龙女悠悠睁眼，耳畔听得玉蜂嗡嗡声响，便似回到了终南故居一般，喜道："咱们回家了吗？"定了定神，才想起适才之事，于是低啸数声，跟着又呼喝几下，那群玉蜂立时绕着李莫愁团团打转，不再乱飞。

小龙女道："师姊，你生平行事如此，今日总该后悔了罢？"李莫愁脸如死灰，问道："绝情丹呢？"小龙女凄然一笑，道："绝情丹已投入了谷底的深渊之中。你为什么要害死天竺僧？他如不死，不但救得杨过和我的性命，也能解你之毒。"李莫愁一颗心如铅之重，料知小师妹此言不假，万万想不到一枚冰魄银针杀了天竺僧，到头来竟是害了自己。

这时武氏父子、程英、陆无双等已四面合围，周伯通兀自在指手划脚的呼叫。小龙女道："周老爷子，是这般呼啸。"于是撮唇作啸。周伯通学着呼了几声，千百头玉蜂果然纷纷回入木箱。周伯通大喜，叫道："龙姑娘，多谢你教导！"

一灯大师微笑道："伯通兄，多年不见，你仍是清健如昔。"周伯通一怔，登时满脸通红，忙合上箱盖，说道："你也好，我也好，大家都好。"捎起木箱，头也不回的去了。

李莫愁眼瞧周遭情势，单是黄蓉、杨过、小龙女任谁一人，自己便均抵敌不住，何况群敌合围？当下把心横了，说道："各位枉自称作侠义中人，嘿嘿，今日竟如此倚多为胜，仗势欺人！小师妹，我是古墓派弟子，不能死在旁人手下，你上来动手罢！"说着倒转长剑，将剑尖对准了自己胸膛。小龙女摇头道："事已如此，我杀你作甚？"

武三通突然喝道："李莫愁，我要问你一句话，陆展元和何沅君的尸首，你弄到哪里去了？"李莫愁陡然听到陆展元和何沅君的名字，全身一颤，脸上肌肉抽动，说道："都烧成灰啦。一个的骨灰散在华山之巅，一个的骨灰倒入了东海，叫他二人永生永世不得聚首。"众人听她如此咬牙切齿的说话，怨毒之深，当真是刻骨铭心，无不心下暗惊。

陆无双道："龙家姊姊心好，不肯杀你。我全家给你杀得鸡犬不留，只剩下我一人，今日我可要报仇了。表姊，咱们上！"武氏兄弟齐声道："我妈妈死在你手下，别人饶你，我兄弟俩决计饶你不得。"李莫愁淡然道："我一生杀人不计其数，倘若人人要来报仇，我有多少性命来赔？便算是千仇万冤，我终究也不过是一条性命而已。"陆无双和武修文叫道："那就便宜了你。"两人一个持刀，一个挺剑，同时举步上前。

李莫愁手腕一振，啪的一声，手中长剑竟自震断，嘴角边意存轻蔑，双手负在背后，不作抵御，只待刀剑砍到，此生便休。

就在此时，忽见东边黑烟红焰冲天而起。黄蓉叫道："啊哟，庄子起火。"朱子柳道："暂缓杀她，抢救师叔的遗体要紧。"说着纵身上前，以一阳指手法连点李莫愁身上三处穴道，使她无法再逃。程英道："还有公孙姑娘的遗体。"众人都道："不错！"飞步奔回。武氏兄弟押着李莫愁。杨过、小龙女、黄蓉、一灯大师四人缓步在后而行。

离庄子尚有半里，已觉热气扑面，只听得呼号喧哗、梁瓦倒塌声不绝于耳。武三通道："公孙止这老儿奸恶如此，龙姑娘该当杀了他才是。"朱子柳道："这场火多半不是公孙止放的，我猜是那光头老太婆裘千尺的手笔。"武三通愕然道："裘千尺？她自己一个好好基业，何必要放火烧了？"朱子柳道："谷中弟子都不服她，便算咱们杀了公孙止，那老太婆也不能再在此处安居，我瞧这妇人心胸狭窄之极……”

说话之间已奔近情花丛畔天竺僧丧生之处。朱子柳抱起天竺僧的遗体，见他面目如生，脸上犹带笑容。武三通道：“师叔死得极快，倒没受什么苦楚。”朱子柳沉吟道：“师叔那时正在寻找解除情花之毒的草药……”

这时黄蓉和一灯也已赶到，黄蓉听了朱子柳的话，在天竺僧身周细看，并未发现有何异状，伸手到天竺僧的衣袋中去，也寻不到什么东西，问朱子柳道：“令师叔没留下什么言语么？”朱子柳道：“没有。我和师叔从那砖窑中出来，谁也没料到竟会有大敌窥伺在侧。”黄蓉瞧瞧天竺僧含着笑容的脸色，突然心念一动，俯身翻过天竺僧的手掌，只见他右手拇指和食指之间拿着一株深紫色的小草。黄蓉轻轻扳开他的手指，拿起小草，问道：“这是什么草？”朱子柳摇摇头，并不识得。黄蓉拿近鼻边一闻，觉有一股恶臭，中人欲呕。一灯忙道：“郭夫人小心，这是断肠草，含有剧毒。”黄蓉一怔，好生失望。

武氏兄弟押着李莫愁到来，武修文听一灯说这草含有剧毒，说道：“师娘，不如叫这万恶的女魔头把草吃了。”一灯道：“善哉，善哉！小小孩儿，不可多起毒心。”武修文急道：“师祖爷爷，难道对这恶魔，你也要心存慈悲么？”

这时四周树木着火，毕卜之声大作，热气越来越是难以忍受。黄蓉道：“大伙先退向东北角石山上再说。”各人奔上斜坡，眼见屋宇连绵，已尽数卷入烈火之中。

李莫愁被点中了穴道，虽能行走，武功却半点施展不出，暗自运气，想悄悄冲开穴道，乘人不防便突然发难，纵然伤不了敌人，自己当可脱身逃走，哪知真气一动，胸口小腹之中立时剧痛，忍不住“啊”的一声叫了出来。她遍身受了情花之刺，先前还仗真气护身，花毒一时不致发作，这时穴道受制，真气涣散，花毒越发越猛。她胸腹奇痛，遥遥望见杨过和小龙女并肩而来，一个是英俊潇洒的美少年，一个是娇柔婀娜的俏姑娘，眼睛一花，模模糊糊的竟看到是自己刻骨相思的意中人陆展元，另一个却是他的妻子何沅君。她冲口而出，叫道："展元，你好狠心，这时还有脸来见我?"心中一动激情，花毒发作得更厉害了，全身打颤，脸上肌肉抽动。众人见她模样可怖已极，都不自禁的退开几步。

李莫愁一生倨傲，从不向人示弱，但这时心中酸苦，身上剧痛，熬不住叫道："我好痛啊，快救救我。"朱子柳指着天竺僧的遗体道："我师叔本可救你，然而你杀死了他。"李莫愁咬着牙齿道："不错，是我杀了他，世上的好人坏人我都要杀。我要死了，我要死了！你们为什么活着？我要你们一起都死！"她痛得再也忍耐不住，突然间双臂一振，猛向武敦儒手中所持长剑撞去。武敦儒无日不在想将她一剑刺死，好替亡母报仇，但忽地见她向自己剑尖上撞来，出其不意，吃了一惊，自然而然的缩剑相避。

李莫愁撞了个空，一个筋斗，骨碌碌的便从山坡上滚下，直跌入烈火之中。众人齐声惊叫，从山坡上望下去，只见她霎时间衣衫着火，红焰火舌，飞舞身周，但她站直了身子，竟是动也不动。众人无不骇然。

小龙女想起师门之情，叫道："师姊，快出来！"但李莫愁挺立在熊熊大火之中，竟是绝不理会。瞬息之间，火焰已将她全身裹住。突然火中传出一阵凄厉的歌声："问世间，情是何物，直教生死相许？天南地北……"唱到这里，声若游丝，悄然而绝。

小龙女拉着杨过手臂，怔怔的流下泪来。众人心想李莫愁一生造孽万端，今日丧命实属死有余辜，但她也非天生狠恶，只因误于情障，以致走入歧途，愈陷愈深，终于不可自拔，思之也是恻然生悯。程英和陆无双对满门被害之仇一直念念不忘，然见她下场如此之惨，大仇虽然得报，心中却无喜悦之情。黄蓉怀中抱着郭襄，想及李莫愁无恶不作，但生平也有一善，于郭襄有月余养育之恩，于是拿着郭襄的两只小手，向火焰中拜了几拜。

杨过从断肠崖前赶回之时，本想到大厅去抢出公孙绿萼的遗体，但火头从大厅而起，没行到半路，早已望见厅堂四周烈焰冲天，这时火势愈大，想起绿萼和李莫愁一善一恶，同是殉情而死，同是葬身火窟，心下黯然，不禁一声长叹。

便在此时，猛听得东北角山顶上有人纵声怪笑，有若枭鸣，极是刺耳。杨过冲口而出："是裘千尺！她怎地到了那边山顶上去？"小龙女心念一动，道："咱们再问问她去，是否尚有绝情丹留下？"杨过苦笑道："龙儿，龙儿，你到这时候还想不透么？"

黄蓉、武三通、朱子柳等听小龙女如此说，均想："何不便问问她去？倘若再求得丹药，定要迫杨过服食，不容他再这般自暴自弃的毁丹寻死了。"人人心念相同，好几人齐声说道："过去瞧瞧。"武氏父子、耶律齐、完颜萍等抢先拔足便奔。杨过叹了口气，微微摇头，心想："除非你们能求得仙丹灵药，使我夫妻同时活命。"

程英一直在旁默默的瞧着他，突然说道："杨大哥，你不可拂逆众人一片好心。咱们都过去罢！"她自来待杨过甚厚，杨过心中极是感激，虽然他情有独钟，不能移爱，但对这位红颜知己相敬殊深。两人相识以来，她从没求过他做什么事，这时忽地说出这句话来，教杨过万难拒却，只得点头应道："好，大伙去瞧瞧这老太婆在山顶捣什么鬼。"

一行人依循裘千尺的笑声奔向山顶。杨过见这山顶草木萧瑟，正是当日他和公孙绿萼、裘千尺三人从洞中逃出生天之处。今日风物无异，而绿萼固已不在，自己在世上也已为日无多了。

众人行到离山顶约有里许之处，已看清楚裘千尺独自坐在山巅一张太师椅中，仰天狂笑，状若疯狂。陆无双道："她只怕是失心疯了。"黄蓉道："大家别走近了，这人心肠毒辣，须防有甚诡计。我瞧她未必便真是疯癫。"众人怕她枣核钉厉害，远远的站住了脚。黄蓉提一口气，正欲出言，忽见对面山石后转出一人，蓝衫方巾，正是公孙止。

他脱下长袍，拿在右手一挥，劲透衫尾，长袍登时挺得笔直，众人暗暗喝采。只听他大声狞笑，喝道："恶毒老妇，你一把大火，将我祖先数百年相传的大好基业烧得干干净净，今日还饶得过你么?"说着挥动长衫，向裘千尺奔去。

只听得飕的一声响，裘千尺吐出一枚枣核钉，向公孙止激射过去。破空之声在高山之巅发出，铁钉射程又远，响声更是尖锐威猛。公孙止长袍一抖，已将铁钉裹住。枣核钉力道极强，但长袍将它劲力拉得偏了，虽然刺破了数层长袍，却已打不到身上。公孙止初时还料不定手中长袍是否真能挡得住枣核钉，只是心中恼怒已极，见她独坐山巅，孤立无援，正是杀她的良机，否则待山下敌人赶到便不能下手了，是以冒险疾冲而上，待见枣核钉伤不得自己，脚下奔跑更速。裘千尺见他奔近，惊叫："快救人哪!"神色惶恐之极。

郭芙道："妈，这老头儿要杀人了!"黄蓉心中不解："这老妇明明没疯，却何以大声发笑，将他招来?"只听得呼呼两声，裘千尺接连发出两枚枣核钉，两人相距近了，铁钉去势更急。公孙止长衫连挥，一一荡开，忽地里他长声大叫，身子猛然不见，缩入了地中。裘千尺哈哈大笑。

那笑声只发出"哈哈……"两响，地底下忽然飞出一件长袍，裹住裘千尺的坐椅，将她连人带椅的拖进了地底。裘千尺的笑声突然变为尖叫，夹着公孙止惊惶恐怖的呼声从地底传上。这声音好一阵不绝，蓦地里一片寂静，无声无息。

众人在山腰间看得清楚、听得明白，面面相觑，不明其理，只有杨过懂得其中的缘故，不禁暗叹："报应，报应！"众人加快脚步，奔到山巅，只见四名婢女尸横就地，旁边一个大洞，向下望去，黑黝黝的深不见底。

原来裘千尺在地底山洞中受尽了折磨，心中怨毒深极，先是一把火将绝情庄烧成了白地，再命婢女将自己抬到这山巅之上。当日杨过和绿萼从地洞中救她出来，便由这山巅的孔穴中脱身。她命四名婢女攀折树枝，拔了枯草，将孔穴掩没，然后击毙婢女，纵声发笑，至于她发钉、吃惊，全是假装，好使公孙止不起疑心。

公孙止不知这荒山之巅有此孔穴，飞步奔来时终于踏上了陷阱。但他垂死尚要挣扎，挥出长袍想拉住裘千尺的坐椅，以便翻身而上，岂知一拉之下，两人一起摔落。想不到两人生时切齿为仇，到头来却同刻而死，同穴而葬。这一跌百余丈，一对生死冤家化成一团肉泥，你身中有我，我身中有你，再也分拆不开。

杨过说出原委，众人尽皆叹息。程英、耶律齐兄妹等掘了一个大坑，将四名婢女葬了。眼见绝情谷中火势正烈，已无可安居之处，众人于一日之间见了不少人死亡，觉得这谷中处处隐伏危机，均盼尽早离去。

朱子柳又道："杨兄弟受毒后未获解药，我们须得及早去寻访名医，好为他医治。"众人齐声称是。黄蓉却道："不，今日还去不得。"朱子柳道："郭夫人有何高见？"黄蓉皱眉道："我受了裘千尺枣核钉的震荡，一直内息不调，今晚委屈各位便在谷中露宿一宵，待明日再行如何？"众人听得她身子不适，自无异议，当下分头去寻山洞之类的住宿之地。

小龙女和杨过并肩而行，正要下山，黄蓉道："龙家妹妹，你过来，我有几句话跟你说。"说着将郭襄交给郭芙抱着，过去携了小龙女的手，向杨过微微一笑，道："过儿，你放心，她既已和你成婚，我决不会劝她跟你离异。"杨过一笑不答，心中奇怪："郭伯母要跟她说些什么？"眼见两人携手走到山下一株大树下坐了下来，虽然纳闷，却也不便过去，转念一想："龙儿什么也不会瞒我，待会何愁她不说？"

黄蓉拉着小龙女的手坐下，说道："龙家妹妹，我那莽撞胡涂的女孩儿对你和过儿多有得罪，我实是万分的过意不去。"小龙女道："那没什么。"心中却道："她一枚毒针要了我们两人的性命，你纵然说万分的过意不去，又有什么用了？"

黄蓉见她神色黯然，心中更是歉仄。她当时未入古墓，未悉原委，只道银针虽毒，亦不难治，当年武三通、杨过等均受其毒，后来一一治愈，哪想得到小龙女却是适当经脉逆转之际为郭芙发针射中，实已制了她死命，说道："有一件事我不明白，要向妹妹请教。你辛辛苦苦的夺得了绝情丹，过儿却不肯服，竟投入了万丈深渊之中，那是什么缘故？"

小龙女轻轻叹了口气，心想："我性命已在旦夕之间，过儿对我情义深重，焉肯独活？但事已至此，我又何必多说，徒然多起波澜？"只道："他脾气有点古怪。"

黄蓉道："过儿是个至性至情之人，想是他见公孙姑娘为此丹舍身，心中不忍，因此情愿不服，以报答这位红颜知己。妹妹，他这番念头固然令人起敬，但人死不能复生，他如此坚执，反倒违逆公孙姑娘舍身求丹之意了。"小龙女点了点头。

黄蓉又道："过儿只听你一人的话，你好好劝劝他罢。"小龙女凄然道："他便肯听我的话，这世上又哪里再有绝情丹？"黄蓉说道："绝情丹虽然没有，他体内情花之毒未必便不能解，所难者是他不肯服药。"小龙女又惊又喜，站起身来，说道："那……那是什么解药啊？"黄蓉拉着她手，道："你坐下。"从怀中取出一株深紫色的小草，说道：“这是断肠草，那天竺僧临死之际，手中持着这棵小草。朱子柳大哥言道，天竺僧出去找寻解药，突然中针而毙。你可见到他人虽断气，脸上犹带笑容？自是因找到此草而喜。我师父洪七公他老人家曾道：凡毒蛇出没之处，七步内必有解救蛇毒之药，其他毒物，无不如此，这是天地间万物生克的至理。这断肠草正好生在情花树下，虽说此草具有剧毒，但我反覆思量，此草以毒攻毒，正是情花的对头克星。”

这番话只听得小龙女连连点头。黄蓉道：“服这毒草自是干冒大险，但反正已然无药可救，咱们死里求生，务当一试。据我细想，十成中倒有九成生效。”小龙女素知黄蓉多智，她既说得如此断定，谅无乖误，何况除此之外亦无他法。眼见李莫愁身上情花之毒发作，其疼痛难当之状令人心悸神飞，万一断肠草治不好情花之毒，杨过反而被草药毒毙，那也胜于因情花之毒发作而死。她低头沉吟，心意已决，道：“好，我便劝他服食。”

黄蓉又从怀中取出一大把断肠草来，交给了小龙女，说道：“我一路拔取，这许多总该够了。你要他先服少量，运气护住脏腑，瞧功效如何，再行酌量增减。”小龙女收入怀中，向黄蓉盈盈拜倒，低声道：“过儿他……他一生孤苦，行事任性。郭夫人你要好好照看他些。”黄蓉忙伸手扶起，笑道：“你照看着他，胜我百倍，待襄阳围解之后，咱们同到桃花岛上盘桓些时。”

她虽聪明，却哪想得到小龙女自知命不久长，这几句话是全心全意的求她照顾杨过。黄蓉抬起头来，只见杨过远远站在对面山坳之中，凝望着小龙女。

杨过一直便望着小龙女，只是听不见她和黄蓉的说话，见黄蓉走开，便缓缓过来。小龙女站起身来，说道：“今儿见了许多惨事，可是咱们自己的日子也不多了。过儿，旁人的事儿，咱们一概不提，你陪我走走。”杨过道：“好，我也正是这个意思。”两人手携着手，顺着山腰的幽径走去。

行不多时，见一男一女并肩在山石旁喁喁细语，却是武敦儒和耶律燕。杨过微微一笑，加快脚步，走过两人身畔。忽听前面树丛中传出嬉笑之声，完颜萍奔了出来，后面一人笑道：“瞧你逃到哪儿去？”完颜萍见到杨龙二人，脸上一红，叫道：“杨大哥、大嫂！”转身奔入左首林中，跟着武修文从树丛中出来，追入林去。

杨过低声吟道：“问世间，情是何物？”顿了一顿，道：“没多久之前，武氏兄弟为了郭姑娘要死要活，可是一转眼间，两人便移情别向。有的人一生一世只钟情于一人，但似公孙止、裘千尺这般，却难说得很了。唉，问世间，情是何物？这一句话也真该问。”小龙女低头沉思，默默无言。

两人缓缓走到山脚下，回头只见夕阳在山，照得半天云彩红中泛紫，蓝天薄雾衬着山顶积雪，实是美艳难以言宣，两人想到在世之时无多，对这丽景更是留恋。

小龙女痴痴的望了一会，忽问：“你说人死之后，真要去阴世，真是有个阎罗王么？”杨过道：“但愿如此。阴世便有刀山油锅诸般苦刑，也还是有阴世的好。否则，渺渺茫茫，咱俩可永不能相见聚会了。”小龙女道：“是啊，但愿得真有个阴世才好。听说黄泉路上有个孟婆，她让你喝一碗汤，阳世种种你便尽都忘了。这碗汤啊，我可不喝。过儿，我要永永远远记着你的恩情。”她善于自制，虽然心中悲伤，语气还是平平淡淡。杨过却实在忍耐不住了，转过身去，拭了拭眼泪。

小龙女叹道：“幽冥之事，究属渺茫，能够不死，总是不死的好。过儿，你瞧这朵花儿多好看。”杨过顺着她的手指，见路边一朵深红色的鲜花正自盛放，直有碗口来大，在风中微微颤动，似牡丹不是牡丹，似芍药不是芍药，说道：“这花当真少见，隆冬之际，尚开得这般灿烂。我给她取个名儿，便叫作龙女花罢。”说着走过去摘下，插在小龙女鬓边。小龙女笑道：“多谢你啦。给了我一朵好花，给花取了个好名儿。”

两人又行一阵，在一片草地上坐了下来。小龙女道：“你还记得那日拜我为师的情景么？”杨过道：“怎不记得？”小龙女道：“你发过誓，说这一生永远听我的话，不管我说什么，你总是不会违拗。现下我做了你妻子，你说该当由我‘出嫁从夫’呢，还是由你‘不违师命’？”杨过笑道：“你说什么，我便做什么。师命不敢违，妻命更加不敢违。”小龙女道：“嗯，你可要记得才好。”

两人偎倚着坐在草地之上，遥遥听见武三通高呼两人前去用食，杨过和小龙女相视一笑，均想：“何必为了一餐，舍却如此美景？”过了一会，天色渐黑，两人累了一日一夜，身上又各受伤，终于都慢慢合上眼睡着了。

睡到中夜，杨过迷迷糊糊道：“龙儿，你冷吗？”要伸手把她搂在怀里，哪知一搂却搂了个空。杨过吃了一惊，睁开眼来，身边空空，小龙女已不知到了何处。他急跃而起，转身四望，冷月当空，银光遍地，空山寂寂，花影重重，哪里有小龙女在？杨过急奔上山，大声呼道：“龙儿，龙儿！”

他在山巅大叫：“龙儿，龙儿！”四下里山谷鸣响，传回来“龙儿，龙儿！”的呼声，但小龙女始终没有回答。杨过心中惊诧：“她到了哪里去呢？这山中不见得有什么猛禽怪兽，便是有，也伤她不得。倘若夜中猝遇强敌，她睡在我身旁，我决不致绝无知觉。”

他这么大声呼叫，一灯、黄蓉、朱子柳等尽皆惊醒。众人听说小龙女突然不知去向，个个都大感诧异，分头在绝情谷四周寻找，却哪有她的踪迹？

杨过急奔疾走，如癫如狂。终于各人重行会聚，杨过也静了下来，心想：“她必是自行离去，我才一无所知。但为什么要走？此事定与郭夫人日间跟她所说的话有关。当日她悄然远行，终于到这绝情谷来，也便因郭夫人一番说话而起。”大声问道：“郭伯母，你日间到底跟她说了些什么话？”

黄蓉也想不出小龙女何以会忽地失踪，见杨过额上青筋暴起，更是担心，说道：“我要她劝你服那断肠草，或可解你体内情花之毒。”杨过冲口而出：“她既活不成，我又何必独自活在世间？”黄蓉安慰道：“你不用心急。龙姑娘一时不知去了哪里，她武功高强，哪里会有不测？怎说得上‘活不成’三字？”杨过焦急之下，难以自制，大声道：“你的宝贝女儿用冰魄银针打中了她，那时她正当逆转经脉疗伤，剧毒尽数吸入了丹田内脏。她又不是神仙，怎么还活得成？”

黄蓉怎料得到竟有此事？她虽听女儿说在古墓中以冰魄银针误伤了杨龙二人，但想他夫妻均是古墓派传人，与李莫愁同出一派，自有本门解药，只不过一时疼痛，决无后患，这时听杨过一说，惊得脸都白了。她动念极快，立时想到：“原来过儿不肯服那绝情丹，是为了妻子性命难保，是以不愿独生。那么龙姑娘去了哪里呢？”抬头向公孙止和裘千尺失足堕入深洞的那山峰望了一眼，不禁打了个寒战。

杨过目不转瞬的凝视着她，黄蓉望着那山峰发战，这心意他如何不知？霎时之间又惊又怒，说道：“她既已性命难保，你便劝她自尽，好救我一命，是不是？你自以为是对我一番善心，我……我……我好恨你……”说到这里，气塞胸臆，仰天便倒，竟自晕了过去。

一灯伸手在他背上推拿了一会，杨过悠悠醒转。黄蓉说道：“我只劝她救你性命，决没劝她自尽，你若不信，也只由得你。”众人面面相觑，实不知该当如何。黄蓉道：“咱们上这山峰去瞧瞧。”当下众人一齐上峰，向深洞中望下去，却是黑黝黝的什么也瞧不见。

程英忽道：“咱们搓树皮打条长索，让我到那深洞中去探一探。杨大嫂万一……万一不幸失足……”黄蓉点头道：“咱们总须查个水落石出。”

当下各人举刀挥剑，割切树皮搓结绳索，人多力强，到天明时便已结成一条百余丈的绳索。众小辈纷纷请缨，自愿下洞。杨过道：“我下去瞧。”众人望着黄蓉，听她示下。黄蓉知杨过对自己已然起疑，倘若出言阻止，他必不肯听，但若让他下去，说不定小龙女当真跌死在内，他怎肯再会上来？一时踌躇不语。

程英毅然道：“杨大哥，我下去。你信得过我么？”除小龙女外，杨过最服的便是程英，自己也确是忧心如焚，手足无力，便点了点头。武氏父子和耶律齐等拉住长索，将程英缓缓缒将下去。长索直放到只余数丈，程英方始着地。

众人团团站在洞口周围，谁都不开口说话，怔怔的望着山洞，只待程英上来传报消息。各人越是心焦，程英始终迟迟不上。黄蓉和朱子柳对望一眼，两人是同样的心思：“倘若小龙女真的死在下面，杨过定要跃下洞去，须得及时拉住了他。”

杨过向黄蓉和朱子柳望了一眼，心道：“我若要寻死，自会悄悄的自求了断，难道会在这儿跟你们拉拉扯扯，效那愚夫愚妇所为么？”

只见武三通手中执着的绳索突然晃动，郭芙、武氏兄弟等齐声叫道：“快拉她上来。”各人合力拉绳，将程英吊上。程英未出洞口，已大声叫道：“没有，杨大嫂不在。”众人大喜，不约而同吁了口长气。片刻间程英钻出洞来，说道：“杨大哥，我到处都仔细瞧过了，下面只有公孙止夫妇粉身碎骨的遗骸，再无别物。”

朱子柳沉吟道：“咱们四下里都找遍了，想来龙姑娘此时定已出谷。”陆无双忽道：“还有一处没去瞧过，说不定她正在设法捞那颗绝情丹上来……”

杨过心头一震，没听她说完，发足便往断肠崖奔去。他一面急奔，一面大呼：“龙儿，龙儿！”到得崖前，俯视深谷，但见灰雾茫茫，哪有人影？

寻思：“龙儿心思单纯，如有什么心事，决计不会对我隐瞒。”逐一回想小龙女说过的言语：“她只说过，要我记得永远听她吩咐的誓言。我自是永不违拗她的心意，那又何消说得？可是她并没吩咐过我什么啊？”抬起头来，低声道：“龙儿，龙儿，你到底去了哪里？要我遵从你什么话呢？”眼望着对面的断肠崖，隐隐约约间便似见一个白衣姑娘鬓佩红花、身形飘忽，手执双剑正与公孙止激斗。他大叫一声：“龙儿！”一定神，哪里有小龙女在？只是一团团白雾随风飘荡而已，但那朵红花却当真是在对面山崖之下。

他心中奇怪：“昨日龙儿与公孙止在此相斗，明明未见有此花在。此处全是山石，草木不生，怎会有花？若说是风吹来，又怎能如此凑巧？”当下提一口气，从石梁奔到崖上。走到临近，不禁胸口腾的一震，这正是他昨日摘来插在小龙女鬓边那一朵，左侧两片花瓣微现憔悴之色，他认得清清楚楚，昨晚临睡，这朵红花仍在小龙女鬓边，花既在此，小龙女昨夜自是到过此处了。

杨过俯身拾起花朵，只见花下有个纸包，忙打开纸包，里面包着一束深紫色的小草，正是情花树下的断肠草。他心中怦怦乱跳，拿着那张包草的白纸翻来覆去细看，上面并无字迹，忽听得隔崖陆无双叫道：“杨大哥，你在那边干么啊？”杨过一回头，猛见崖壁上用剑尖刻着两行字，一行大的写道：“十六年后，在此重会，夫妻情深，勿失信约。”另一行较小的字写道：“小龙女书嘱夫君杨郎，珍重万千，务求相聚。”

杨过痴痴的望着那两行字，一时间心慌意乱，实不明是何用意，心想："她约我十六年后在此重会，那么她到哪里去了呢？她身中剧毒，难以痊可，十天半月都未必挨得到，怎能有十六年之约？她明明知道我已将绝情丹摔去，又怎能期我于十六年之后？"他越想心绪越乱，身子摇摇欲坠。

众人在对崖见他如痴如狂，深怕他一个失足，便此堕入谷底深渊。倘若过去相劝，那崖上只能再容一人，如杨过真的发起狂来，他武功又高，无人制得他住，势必被他一同拖堕深渊。黄蓉眉头微蹙，对程英道："师妹，他似乎还肯听你话。"程英点点头，道："是！我过去瞧瞧。"说着飞身上了石梁，向杨过走去。

杨过听得背后脚步声，大声喝道："谁也不许过来！"猛地转身，眼中射出凶光。程英柔声道："杨大哥，是我啊。我只是助你找寻杨大嫂，别无他意。"杨过凝视着程英，过了半晌，眼色渐渐柔和。

程英向前走了一步，道："这朵红花，是杨大嫂留下的么？"杨过道："是啊。为什么要十六年？为什么要十六年？"程英缓步走到崖上，顺着杨过的目光，向石壁上那两行字低声读了一遍，也是大惑不解，说道："郭夫人足智多谋，料事如神，谁也比她不上。咱们问她去，必有明解。"杨过道："不错。石梁滑溜，你脚下小心。"当下飞身过了对山，将崖壁的两行字对黄蓉说了。

黄蓉默默沉思了一会，突然两眼发亮，双手一拍，笑道："过儿，大喜，大喜！"杨过惊喜交集，颤声道："你说……说是喜讯么？"黄蓉道："这个自然。龙家妹子遇到了南海神尼，当真是旷世奇缘。"杨过脸色迷惘，问道："南海神尼？那是谁？"

黄蓉道："南海神尼是佛门中的大圣，佛法与武功上的修为俱是深不可测。只因她足迹罕履中土，是以中原武林人士极少有人知她老人家的大名。我爹爹当年曾见过她一面，承蒙授以一路掌法，一生受用无穷。嗯，那是十六、三十二，不错，是三十二年之前的事了。”杨过将信将疑，喃喃的道：“三十二年？”

黄蓉道：“是啊，这位神尼只怕已近百岁高龄。我爹爹说，每隔十六年，她老人家便来中土一行，恶人撞到了她那是前世不修。好人遇到了，她老人家必有慈悲。龙家妹子这等美艳如仙的人物，她老人家定是十分喜欢，将她收作徒儿，带到南海去了。”杨过喃喃的道：“隔十六年，隔十六年。一灯大师，此事当真么？”一灯“嗯”的一声。

黄蓉抢着道：“这位神尼佛法虽深，脾气却有点古怪。大师，你见过她老人家么？”一灯摇头道：“老衲无缘，未曾得见。”黄蓉叹道：“她老人家便是有一点不通情理，想人家少年夫妻，如花年华，却要他们生生的分隔十六年，那不是太残忍了么？龙妹妹武功已这么高，再学十六年，难道真要把丈夫制得服服贴贴才罢手么？”说着哈哈一笑。

杨过道：“不，郭伯母，那倒不是的。”黄蓉问道：“怎么？”杨过道：“龙儿毒入脏腑，性命难保，倘若真的蒙神尼她老人家垂青，那么这十六年之中，定是神尼以大神通驱除她体内剧毒。我总道……总道那是再也治不好的了。”

黄蓉叹了口气，说道：“芙儿莽撞伤人，我……我真是惭愧无地。过儿，你这番猜测似乎更近情理。龙妹妹毒入脏腑，神尼便有仙丹妙药，也非短时能将剧毒除尽。只盼她早日康复，神尼忽发善心，不用这么久，便放她和你相会了。”

杨过从未听说过“南海神尼”的名字，心头恍恍惚惚，欲待不信，但花草在手，字迹在石，却是千真万确之事。小龙女如真遇到不测，又怎能有十六年之约？他沉吟半晌，又问：“郭伯母，你怎知是南海神尼收了她去？她又怎地不在壁上书下真情，也好免我牵挂？”

黄蓉道："我是从'十六年后'这四字中推想出来的。我只知南海神尼每隔十六年一履中土，除她之外，并无别人有此等奇习。一灯大师，你想得起另有旁人么？"一灯摇头道："没有。"黄蓉道："这位神尼连她名字也不准旁人提，怎许龙妹妹在石上书她名号？就可惜这断肠草不知能否解得你体内之毒，倘若……唉，十六年后龙妹妹欣然归来，要是见不到你，只怕她也不肯再活了。"

杨过眼眶中泪水充盈，望出来模糊一片，依稀若见对面崖上有个白影徘徊，似是十六年后小龙女在此寻觅，却是失望伤心，寻不到自己。一阵冷风吹来，他机伶伶打个冷战，毅然道："郭伯母，那我便到南海去找她，但不知神尼她老人家驻锡何处？"

黄蓉道："你千万莫作此想，南海神尼所住的大智岛岂容外人涉足？而男子一登此岛，更是立召杀身之祸。我爹爹颇蒙神尼青目，也从未敢赴大智岛拜谒。龙妹妹既蒙神尼她老人家收留，相见有日，十六年弹指即过，又何必急在一时？"

杨过瞪着黄蓉，厉声道："郭伯母，你这番话到底是真是假？"黄蓉道："你再去瞧瞧石壁上的字迹，若非龙家妹子所书，我说的自然也未必是真。"杨过道："那字迹没错。她写我这'杨'字，右边那'日'字下总是少写一画，这不是别人假冒的。"黄蓉拍手道："那便好了。不瞒你说，我只觉此事太过凑巧，一直还疑心是朱大哥暗中布置了来让你宽心的呢。"

杨过低头沉思半晌，说道："好，我便服这断肠草试试，倘若无效，十六年后，请郭伯母告知我那苦命的妻子罢！"转头向朱子柳说道："朱大叔，但不知这草如何服法？"

朱子柳只知这断肠草剧毒无比，如何用来以毒攻毒却全无头绪，向一灯道："师父，此事须听你老人家示下。"

一灯伸出右手食指，在杨过的"少海"、"通里"、"神门"、"少冲"四处穴道上缓缓各点一指。这四穴都属于阳气初生的"手少阳心经”。杨过但觉一股暖气自四穴通向胸口，心中闷塞之意立时大减。一灯道：“情花之毒既与心意相通，料想断肠草解毒之时也必攻心。我点你四穴，护住心脉。你先服一棵试试。”杨过躬身道谢。一灯叹道：“我师弟若在，他必能配以君臣调和的良药，也不用咱们这般提心吊胆的暗中摸索了。”

杨过当得悉天竺僧被李莫愁打死之时，料知小龙女无法治愈，死志早决，但此刻想到十六年之约，求生意念复又大旺，于是取出一棵断肠草来，放入口中慢慢咀嚼，但觉奇臭无比，而其味苦极，远胜黄连。他连草带汁吞入肚中，此前他不愿独活，这时却惟恐先死，只怕十六年后小龙女重来断肠崖时找不到自己，那时她伤心失望，如何能忍？当即盘膝坐下，潜运内力，护住心脉和丹田，过不多时，腹中猛地一动，跟着便大痛起来。

这痛楚就如千万枚钢针同时在腹中扎刺，又如肚肠寸寸断绝，“断肠”二字，实非虚言。杨过一声不哼，出力强忍，约莫过了一盏茶时分，疼痛更遍及全身，四肢百骸，尽受荼毒，但一块心田始终暖和舒畅，足见一灯大师的一阳指神功实是精深卓绝。这番疼痛足足持续了小半个时辰，他才觉痛楚又渐渐回归肚腹，忽地哇的一声，吐出一大口血来。这口血殷红灿烂，比寻常人血鲜艳得多。

程英、陆无双等见他吐血，都是“啊”的一声轻呼。一灯大师却是脸有喜色，低声道：“师弟，师弟，你虽身死，仍有遗惠于人。”杨过一跃而起，道：“我这条命是天竺神僧、大师和郭伯母三位救的。”

陆无双喜道：“你身上的毒质都解去了吗？”杨过道：“哪有这么快？但既知此草有效，每日服他一棵，毒性总能逐步减轻。”陆无双道：“你怎知毒性何日除净？如果体内已经无毒，你仍然吃之不已，岂不是肚肠都烂断了么？”杨过道：“这个我可自知，如毒性未净，倘若……倘若心中情欲不净，胸口便会剧痛。”

郭芙一直在旁怔怔听着，突然插口道：“杨大哥只想念杨大嫂，她才不会想念你呢。”昨日公孙止以黑剑削来，郭芙得陆无双提醒，举臂挡过，当时只道她是好意，倒也颇为感激，但后来越想越不对，陆无双既不会好心提醒，更不会知道自己身披软猬甲，自然是想为杨过报断臂之仇，心中怒气郁积已久，这时忍不住出言讥嘲。黄蓉忙喝：“芙儿你瞎说什么?”陆无双却已满脸飞红。郭芙仍不住口，说道：“十六年后杨大嫂便要回来，你不用痴心妄想。”陆无双再也忍耐不住，刷的一声拔出了柳叶刀，戟指喝道：“若不是你，杨大哥又何用与杨大嫂分手一十六年?你自己想想，你害得杨大哥可有多惨?”郭芙秀眉一扬，待要反唇相稽，黄蓉厉声喝道：“芙儿，你再对人无礼，你立时自行回桃花岛去。不许你去襄阳。”郭芙不敢再说，只是对陆无双怒目而视。

杨过长叹一声，对陆无双道：“这件事阴差阳错，郭姑娘也不是有意害人。无双妹子，此事今后不用再提了。”陆无双听他叫自己为“无双妹子”，而叫郭芙为“郭姑娘”，显然分了亲疏，心中一喜，于是还刀入鞘，向郭芙扮个鬼脸。

一灯道：“杨少侠服断肠草而身子不损，看来这草确有解毒之效，但为求万全，不宜连续服食，等七日之后，再服第二次。那时你仍须自点这四处穴道护住心脉，所服药草，份量也须酌减。”杨过躬身道：“谨聆大师教诲。”

黄蓉见太阳已到了头顶，说道：“咱们离襄阳已久，不知军情如何，我心下甚是牵挂，今日便要回去。过儿，你也一起去襄阳罢，郭伯父想念你得紧呢。”杨过道：“我要在这里等候我妻子。”郭芙奇道：“你要在此等她十六年?”杨过道：“我不知道，反正我也没别的地方好去。”黄蓉道：“你在这里再等十天半月，也是好的。倘若龙家妹子真无音讯，你便到襄阳来。”杨过怔怔的瞧着对面山崖，并不答应。

当下众人与杨过作别。郭芙见陆无双并无去意，忍不住说道：“陆无双，你在这里陪伴杨大哥么？”陆无双脸上一红，道：“跟你有什么相干？”程英忽道：“杨大哥尚未全愈，我和表妹留着照料他几天。”

黄蓉知道这个小师妹外和内刚，要是女儿惹恼了她，说不定后患无穷，忙向郭芙横了一眼，不许她多说多话，说道：“过儿有小师妹和陆姑娘照料，那是再好也没有了。待他体内毒性全解之后，三位请结伴到襄阳来，拙夫和小妹扫榻相候。”

杨过、程英、陆无双三人伫立山边，眼望一灯、黄蓉等一行人渐行渐远，终于被林梢遮没。山林中大火烧了一夜，这时渐已熄灭。

杨过道：“两位妹妹，我有一个念头，说出来请勿见怪。”陆无双道：“谁会见怪你了？”杨过道：“咱三人相识以来，甚是投缘，我并无兄弟姊妹，意欲和两位义结金兰，从此兄妹相称，有如骨肉。两位意下如何？”程英心中一酸，知他对小龙女之情生死不渝，因有十六年遥遥相待，故要定下兄妹名份，以免日久相处，各自尴尬，但见陆无双低下了头，眼中含泪，忙道：“咱两人有这么一位大哥，真是求之不得。”

陆无双走到一株情花树下，拔了三棵断肠草，并排插好，笑道：“人家结拜时撮土为香，咱三人别开生面，插草为香。”她虽强作欢颜，但说到后来，声音已有些哽咽，不待杨过回答，先盈盈拜了下去。杨过和程英也在她身旁跪倒，拜了八拜，各自叙礼。

杨过道：“二妹、三妹。天下最可恶之物，莫过于这情花花树，倘若树种传出谷去，流毒无穷。咱们发个愿心，把它尽数毁了，你说可好？”程英道：“大哥有此善愿，菩萨必保佑你早日和大嫂相聚。”杨过听了这话，精神为之一振。

当下三人到火场中捡出三件铁器，折下树枝装上把手，将谷中尚未烧毁的情花花树一株株砍伐下来。谷中花树为数不少，又要小心防备花刺，因此直忙到第六日，方始砍伐干净。三人惟恐留下一株，祸根不除，终又延生，在谷中到处寻觅，再无情花花树的踪迹，这才罢手。经此一役，这为祸世间的奇树终于在杨程陆三人手下灭绝，后人不复再睹。

次日清晨，陆无双取出一棵断肠草，道："大哥，今天你又要吃这毒草了。"

杨过有了七日前的经历，知道断肠草虽毒，自己却尽可抵御得住，于是自点护心的四处穴道，取过一棵断肠草嚼烂咽下。这一次他体内毒性已然减轻，疼痛也不若上次那么厉害，过了小半个时辰，呕出一口鲜血，疼痛即止。

杨过站直身子，舒展了一回手脚，见程英和陆无双都是满脸的喜色，心想："这两个义妹如此待我，生平有这样一个红颜知己，已可无憾，何况两个？只是我却无以为报。"微一沉吟，心想："二妹得遇明师，所学大是不凡，只须假以时日，循序渐进，便能达一流高手之境。三妹的遭际却远不如她。"说道："三妹，你的师父和我师父是师姊妹，说起来咱二人还是师兄妹。咱们古墓派最精深的武功，载在玉女心经之中。李莫愁毕生心愿，便是想一读此经，却到死未能如愿。左右无事，我便传你一些本门的武功如何?"陆无双大喜，道："多谢大哥，下次再撞到郭芙，便不怕她无礼了。"

杨过微微一笑，当下将"玉女心经"中的口诀，自浅至深的说给她听，说道："你先把口诀记熟，练功之时可请二妹助你。这谷中无外人到来，正是练功的绝妙所在。"

此后数日，陆无双专心致志的记诵玉女心经，她所学本是古墓派功夫，一脉相通，易于领会。渐渐学到深奥之处，陆无双不能明晓，杨过教她尽管囫囵吞枣的硬记，日久自通。如此教了将近一月，陆无双将整部心经从头至尾的记全了，反覆背诵，再无遗漏。杨过也每隔七日，便服一次断肠草解毒，服量逐次减少。

一日早晨，陆无双与程英煮了早餐，等了良久，不见杨过到来，二人到他所歇宿的山洞去看时，只见地下泥沙上划着几个大字："暂且作别，当图后会。兄妹之情，皎如日月。"

陆无双一怔，道："他……他终于去了。"发足奔到山巅，四下遥望，程英随后跟至。两人极目远眺，惟见云山茫茫，哪有杨过的人影？陆无双心中大痛，哽咽道："你说他……他到哪里去啦？咱们日后……日后还能再见到他么？"

程英道："三妹，你瞧这些白云聚了又散，散了又聚，人生离合，亦复如斯。你又何必烦恼？"她话虽如此说，却也忍不住流下泪来。

杨过在断肠崖前留了月余，将玉女心经传了陆无双，始终没再得到小龙女半点音讯踪迹，知道再等也是无用，于是拔了一束断肠草藏在怀中，沙上留字，飘然离去。他心总不死，盼望小龙女又回到了终南山，当下又去古墓，但见凤冠在床，嫁衣委地，徒增一番伤心而已。

下得山来，在江湖上东西游荡，忽忽数月，这日行近襄阳，见蒙古军烧成白地的废墟中已新添了些草舍茅寮，人烟渐聚，显是近数月中蒙古铁蹄并未南下。他虽牵记郭靖，但不愿见郭芙之面，心想："与雕兄睽别已久，何不前去一访？"当下觅路赴荒谷而来。

行近剑魔独孤求败昔年隐居之所，便纵声长啸，边啸边走，过不多时，只听得前面山腰中传来呱呱鸣声。一抬头，但见神雕蹲在一株大树之下，双爪正按住一头豺狼。神雕见到杨过，放开豺狼，大踏步过来。那豺狼死里逃生，夹着尾巴钻入了草丛。杨过抱住神雕，一人一禽，均是十分欣喜，一齐回到石室。他想离此不过数月，却已自生入死，自死出生，悲欢聚散，经历了无数变故，只可惜神雕不会说话，否则大可向它一吐心怀了。

如此数日，他便在荒谷中与神雕为伴。这日闲着无事，漫步来到独孤求败埋剑的山崖之前。纵跃上崖，看到朽烂木剑下的石刻："四十岁后，不滞于物，草木竹石，均可为剑。自此精修，渐而进于无剑胜有剑之境。"心想："我持玄铁重剑，几已可无敌于天下，但瞧独孤前辈遗言，显是木剑可胜玄铁重剑，而最后无剑却又胜于木剑。龙儿既说须十六年后方得相见，这漫漫十余年中，我就来钻研这木剑胜铁剑、无剑胜有剑之法便了。"

于是攀折树枝，削成一柄木剑，寻思："玄铁剑重近七十斤，这柄轻飘飘的木剑要能以轻制重，只有两途：一是剑法精奥，以快打慢；一是内力充沛，恃强克弱。"

自此而后，他日日夜夜勤修内功，精研剑术，每逢大雨之后，即到山洪之中与水相抗，以增出招之力，不觉夏尽秋来，自秋而冬，杨过用功虽勤，内力剑术却进展均微。知道自己修为本来已至颇高境界，百尺竿头再求进步，实甚艰难，倒也并不烦躁。

这一日天下大雪，神雕欢呼一声，跃到旷地上，展开双翅，卷起一股劲风，将雪片吹了开去。杨过心念一动："冬日并无山洪，雪中练剑倒也是个绝妙法门。"但见神雕双翅卷动之力越来越大，雪花下得虽密，竟没半片飘落身上。

杨过兴起，提起木剑，也到雪中舞了起来，同时右手袖子跟着挥动，每见雪花飘落，或以剑风、或用袖力将雪花荡开，如此玩了半日，木剑和袖子的力道均觉颇有增进。

这雪一连下了三日，杨过每日均在雪中练剑。到第三日下午，雪下得更是大了，杨过正自凝神挥剑击雪，神雕突然挥翅向他扫来。杨过没加防备，险些扫中，当即纵身急跃相避，但额头上微感冰凉，已有两片雪花黏了上来，立时想到：“那日在悬崖之上，雕兄挥翅与我搏击，令我剑术大进，今日又在和我练剑了。”于是伸出木剑还刺，喀喇一响，木剑与雕翅相碰，立时折断。神雕不再进击，却翅而立，啾啾低鸣，神色间竟有责备之意。

杨过心想：“要以木剑和你的惊人神力相抗，只有侧避闪跃，乘隙还击。”当下又削了一柄木剑，在雪地中再与神雕斗了起来。这一次却支持到十余招，木剑方断。

如此勤练不休，杨过见神雕毫无怠意，似乎督责甚严，心中又是感激，又是惭愧，暗想：“我若练不成木剑，如何对得住雕兄一番美意？而这番旷世难逢的奇缘，又怎能任他白白错过？”因此纵在睡梦之中，也在思索如何避招出招，如何增厚内力。练功既勤，对小龙女的相思倒也不再如数月前那么的心焦如焚了。这时体内情花之毒早已尽解，内力既增，体格日壮，已非复昔日的憔悴容颜。

眼见天寒地冻，已是与小龙女分手的周年，杨过道：“雕兄，我欲去绝情谷一行，今日和你暂别。”于是携了木剑，出谷而去。那神雕跟了出来，行到岔道，杨过向神雕一揖，踏上向北的大道，不料神雕咬住他衣衫，拉他向南。杨过道：“雕兄，我往北有事，咱们就此别过。”但神雕只是拉他往南。杨过心中奇怪：“雕兄往日甚是解事，何以此刻如此固执？”苦在言语不通，只得跟着它向南。神雕见他跟来，便放开口不再拉他衣衫，但只要杨过转身向北，便咬住他衫角不放。杨过心想：“雕兄至为神异，拉我向南，必有深意，我跟它前往便了。”于是消了赴绝情谷之意，跟着神雕，直往东南方而来。

行了十余里，杨过骤然间心中一动：“雕兄寿高通灵，莫非它引我到南海去和龙儿相会么？”想到此处，胸口热血奔腾，难以抑止，当下迈开大步，随着神雕疾驰。不一月间，已抵东海之滨。

他站在海边石上，远眺茫茫大海，眼见波涛汹涌，心中忧喜交集。过不多时，耳听得远潮隆隆，声如闷雷，连续不断。他幼时曾在桃花岛上住过，知道海边潮汐有信，每日子午两时各涨一次，这时红日当空，想来又是潮涨之时。潮声愈来愈响，轰轰发发，便如千万只马蹄同时敲打地面一般，但见一条白线向着海岸急冲而来，这一股声势，比之雷震电轰更是厉害。杨过见天地间竟有如斯之威，脸上不禁变色。

一转瞬间，海潮已冲至身前，似欲扑上岩来。杨过纵身后跃，突觉背心一股极大的劲力推到，正是神雕展翅扑击。他身在半空，不由自主，扑通一声，跌入了滔天白浪之中，但觉口中一咸，喝下了两口海水。

此时处境甚危，幸好在山洪之中习剑已久，当即打个“千斤坠”，在海底石上牢牢钉住身躯。海面上波涛山立，海底却较为平静。他略一凝神，已明其理：“原来雕兄引我到海畔来，是要我在怒涛中练剑。”当下双足一点，窜出海面，劲风扑脸，迎头一股小山般的大浪当头盖下。他左臂使劲在水中一按，跃过浪头，急吸一口长气，重又回入海底。

如此反覆换气，待狂潮消退，他也已累得脸色苍白。当晚子时潮水又至，他携了木剑，跃入白浪之中挥舞，但觉潮水之力四面八方齐至，浑不如山洪般只是自上冲下，每当抵御不住，便潜入海底暂且躲避。

似此每日习练两次，未及一月，自觉功力大进，若在旱地上手持木剑击刺，隐隐似有潮涌之声。此后神雕与他扑击为戏，便避开木剑正面，不敢以翅相接。

一日杨过杀得兴起，挥剑削出，使上了十成力气。神雕呱的一声大叫，向旁闪跃。杨过收势不及，一剑斩在一株小树上，木剑破折，小树的树干却也从中断截。杨过手执断剑的剑柄，心想：“这木剑脆薄无力，竟能断树，自是凭借了我手上劲力，将来树断而剑不断，那便可差近独孤前辈当年的神技了。”

春去秋来，岁月如流，杨过日日在海潮之中练剑，日夕如是，寒暑不间。木剑击刺之声越练越响，到后来竟有轰轰之声，响了数月，剑声却渐渐轻了，终于寂然无声。又练数月，剑声复又渐响，自此从轻而响，从响转轻，反覆七次，终于欲轻则轻，欲响则响，练到这地步时，屈指算来在海边已有六年了。

这时候杨过手仗木剑，在海潮中迎波击刺，剑上所发劲风已可与扑面巨浪相拒，神雕纵然力道惊人，也已挡不住他木剑的三招两式，这时他方体会到剑魔独孤求败暮年的心境：“以此剑术，天下复有谁能与抗手？无怪独孤前辈自伤寂寞，埋剑穷谷。”又想：“若不是雕兄当年目睹独孤前辈练剑的法门，我又焉能得此神技？我心中称它为雕兄，其实它乃是我的良师。说到年岁，更不知它已有多大，只怕叫它雕公公、雕爷爷，便也叫得。”

在海畔练剑之时，不断向海船上的归客打听南海岛中可有一位神尼。但数年中问过千百个舟师海客，竟无半点音讯，便也渐渐绝了念头，心想不到十六年的期限，终是难与小龙女相会。

某一日风雨如晦，杨过心有所感，当下腰悬木剑，身披敝袍，一人一雕，悄然西去，自此足迹所至，踏遍了中原江南之地。

【注】

“问世间，情是何物，直教生死相许？”一词，调寄《迈陂塘》，作者是金人元好问，作于金泰和五年，其时杨过之父杨康五岁。

风陵渡的客店中，郭芙、郭襄、郭破虏三姊弟坐在火堆旁烤火，听众客人述说神雕侠的种种豪侠义举。郭襄悠然神往，只盼能见一见这位神雕大侠。

第三十三回

风陵夜话

大宋理宗皇帝开庆元年，是为蒙古大汗蒙哥接位后的第九年，时值二月初春，黄河北岸的风陵渡头扰攘一片，驴鸣马嘶，夹着人声车声，这几日天候乍寒乍暖，黄河先是解了冻，到这日北风一刮，下起雪来，河水重又凝冰。水面既不能渡船，冰上又不能行车，许多要渡河南下的客人都给阻在风陵渡口，无法启程。风陵渡上虽有几家客店，但北来行旅源源不绝，不到半天，早已住得满了，后来的客商再也无处可以住宿。

镇上最大的一家客店叫作“安渡老店”，取的是平安过渡的采头。这家客店客舍宽大，找不到店的商客便都涌来，因此更是份外拥挤。掌柜的费尽唇舌，每一间房中都塞了三四个人，余下的二十来人实在无可安置，只得都在大堂上围坐。店伙搬开桌椅，在堂中生了一堆大火。门外北风呼啸，寒风挟雪，从门缝中挤将进来，吹得火堆时旺时暗。众客人看来明日多半仍不能成行，眉间心头，均含愁意。

天色渐暗，那雪却是越下越大了起来，忽听得马蹄声响，三骑马急奔而至，停在客店门口。堂上一个老客皱眉道：“又有客人来了。”

果然听得一个女子声音说道：“掌柜的，给备两间宽敞干净的上房。”掌柜的陪笑道：“对不住您老，小店早已住得满满的，委实腾不出地方来啦。”那女子说道：“好罢，那么便一间好了。”那掌柜道：“当真对不住，贵客光临，小店便要请也请不到，可是今儿实在是客人都住满了。”那女子挥动马鞭，啪的一声，在空中虚击一记，叱道：“废话！你开客店的，不备店房，又开什么店？你叫人家让让不成么？多给你钱便是了。”说着便向堂上闯了进来。

众人见到这女子，眼前都是陡然一亮，只见她年纪三十有余，杏脸桃腮，容颜端丽，身穿宝蓝色的锦缎皮袄，领口处露出一片貂皮，服饰颇为华贵。这少妇身后跟着一男一女，都是十五六岁年纪，男的浓眉大眼，神情粗豪，女的却是清雅秀丽。那少年和少女都穿淡绿缎子的皮袄，少女颈中挂着一串明珠，每颗珠子都是一般的小指头大小，发出淡淡光晕。众客商为这三人气势所慑，本在说话的人都住口不言，呆呆的望着三人。

店伴躬身陪笑道：“奶奶，你瞧，这些位客官们都是找不到店房的。你三位若是不嫌委屈，小的让大家挪个地方，就在这儿烤烤火，胡乱将就一晚，明儿冰结得实了，说不定就能过河。”那少妇心中好不耐烦，但瞧这情景却也是实情，蹙起眉头不语。坐在火堆旁的一个中年妇人说道：“奶奶，你就坐到这儿，烤烤火，赶了寒气再说。”那美貌少妇道：“好，多谢你啦。”坐在那中年妇人身旁的男客赶紧向旁挪移，让出老大一片地方来。

三人坐下不久，店伙便送上饭菜。菜肴倒也丰盛，鸡肉俱有，另有一大壶白酒。那美貌少妇酒量甚豪，喝了一碗又是一碗，那少年和那文秀少女也陪着她喝些，听他三人称呼，乃是姊弟。那少年年纪似较少女为大，却叫她“姊姊”。

众人围坐在火堆之旁，听着门外风声虎虎，一时都无睡意。

一个山西口音的汉子说道：“这天气真是折磨人，一会儿解冻，一会儿结冰，老天爷可真不给人好日子过。”一个湖北口音的矮个子道："你别怨天怨地啦，咱们在这儿有个热火儿烤，有口安稳饭吃，还争什么？你只要在我们襄阳围城中住过，天下再苦的地方都变成了安乐窝。"

那美貌少妇听到"襄阳围城"四字，向弟妹二人望了一眼。

一个广东口音的客人问道："请问老兄，那襄阳围城之中，却是怎生光景？"那湖北客人说道："蒙古鞑子的残暴，各位早已知闻，那也不用多说了。那一年蒙古十多万大军猛攻襄阳，守军统制吕大人是个昏庸无能之徒，幸蒙郭大侠夫妇奋力抗敌……"那少妇听到"郭大侠夫妇"的名字，神色又是一动。听那湖北客人续道："襄阳城中数十万军民也是人人竭力死守，没一个畏缩退后的。像小人只是个推车的小商贩，也搬土运石，出了一身力气来帮助守城。我脸上这老大箭疤，便是给蒙古鞑子射的。"众人一齐望他脸上，见他左眼下果然有个茶杯口大小的箭创，不由得都肃然起敬。

那广东客人道："我大宋土广人多，倘若人人都像老兄一样，蒙古鞑子再凶狠十倍，也不能占我江山。"那湖北人道："是啊。你瞧蒙古大军连攻襄阳十余年，始终打不下，别的地方却是手到拿来。听说西域外国几十个国家都给蒙古兵灭了，我们襄阳始终屹立如山。蒙古四王子忽必烈亲临城下督战，可也奈何不了我们襄阳人。"说着大有得意之色。

那广东客人道："老百姓都是要和鞑子拼命的，鞑子倘若打到广东来，瞧我们广东佬也好好跟他妈的干一下子。"那湖北人道："不跟鞑子拼命，一般的没命。蒙古鞑子攻不进襄阳，便捉了城外的汉人，绑在城下一个个的斩首，还把四五岁、六七岁的小孩儿用绳子绑了，让马匹拉着，拖在城下绕城奔跑，绕不到半个圈子，孩儿早已没了气。我们在城头听到孩儿们啼哭呼号，真如刀割心头一般。鞑子只道使出这等残暴手段，便能吓得我们投降，可是他越狠毒，我们越守得牢。那一年襄阳城中粮食吃光了，水也没得喝了，到后来连树皮污水也吃喝干净，鞑子却始终攻不进来。后来鞑子没法子，只有退兵。”那广东人道：“这十多年来，倘若不是襄阳坚守不屈，大宋半壁江山只怕早已不在了。”

众人纷纷问起襄阳守城的情形，那湖北人说得有声有色，把郭靖、黄蓉夫妇夸得便如天神一般，众人赞声不绝。

一个四川口音的客人忽然叹道：“其实守城的好官各地都有，只是朝廷忠奸不分，往往奸臣享尽荣华富贵，忠臣却含冤而死。前朝的岳爷爷不必说了，比如我们四川，朝廷就屈杀了好几位守土的大忠臣。”那湖北人道：“那是谁啊？倒要请教。”那四川人道：“蒙古鞑子攻打四川十多年，全赖余玠余大帅守御，全川百姓都当他万家生佛一般。哪知皇上听信了奸臣丁大全的话，说余大帅什么擅权，又是什么跋扈，赐下药酒，逼得他自杀，换了一个懦弱无能的奸党来做元帅。后来鞑子一攻，川北当场便守不住。阵前兵将是余大帅的旧部，大家一样拼命死战。但那元帅只会奉承上司，一到打仗，调兵遣将什么都不在行，自然抵挡不住了。丁大全、陈大方这伙奸党庇护那狗屁元帅，反冤枉力战不屈的王惟忠将军通敌，竟将他全家逮京，把王将军斩首了。”他说到这里，声音竟有些呜咽，众人同声叹息。

那广东客人愤愤的道：“国家大事，便坏在这些奸臣手里。听说朝中三犬，这奸臣丁大全便是其中一犬了。”一个白净面皮的少年一直在旁听着，默不作声，这时插口道：“不错，朝中奸臣以丁大全、陈大方、胡大昌三人居首。临安人给他们名字中那个‘大’字之旁都加上一点，称之为丁犬全、陈犬方、胡犬昌。”众人听到这里都笑了起来。

那四川人道：“听老弟口音，是京都临安人氏了。”那少年道：“正是。”那四川人道：“然则王惟忠将军受刑时的情状，老弟可曾听人说起过？”那少年道：“小弟还是亲眼看见呢。王将军临死时脸色兀自不变，威风凛凛，骂丁大全和陈大方祸国殃民，而且还有一件异事。”众人齐问：“什么异事？”

那少年道：“王将军是陈大方一手谋害的。王将军被绑赴刑场之时，在长街上高声大叫，说死后决向玉皇大帝诉冤。王将军死后第三天，那陈大方果然在家中暴毙，他的首级却高悬在临安东门的钟楼檐角之上，在一根长竿上高高挑着。这地方猿猴也爬不上去，别说是人了，若不是玉皇大帝派的天神天将，却是谁干的呢？”众人啧啧称奇。那少年道：“此事临安无人不晓，却非我生安白造的。各位若到临安去，一问便知。”

那四川人道：“这位老弟的话的确不错。只不过杀陈大方的，并不是天神天将，却是一位英雄豪杰。”那少年摇头道：“想那陈大方是朝中大官，家将亲兵，防卫何等周密，常人怎杀得了他？再说，要把这奸臣的首级高高挑在钟楼的檐角之上，除非是生了翅膀，才有这等本领。”那四川人道：“本领非凡的奇人侠士，世上毕竟还是有的。但小弟若不是亲眼目睹，可也真的难以相信。”那少年奇道：“你亲眼见他把陈大方的首级挂上高竿？你怎会亲眼看见？”

那四川人微一迟疑，说道：“王惟忠将军有个儿子，王将军被逮时他逃走在外。朝中奸臣要斩草除根，派下军马追拿。那王将军之子也是个军官，虽会武艺，却是寡不敌众，眼见要被追兵逮住，却来了一位救星，赤手空拳的将数十名军马打得落花流水。小王将军便将父子卫国力战、却被奸臣陷害之情说了。那位大侠连夜赶赴临安，想要搭救王将军，但终于迟了两日，王将军已经被害。那大侠一怒之下，当晚便去割了陈大方的首级。那钟楼檐角虽是猿猴所不能攀援，但那位大侠只轻轻一纵，就跳了上去。”

那广东客人问道：“这位侠客是谁？怎生模样？”那四川人道：“我不知这位侠客的姓名，只是见他少了一条右臂，相貌……相貌也很奇特，他骑一匹马，牵一匹马，另外那匹马上带着一头模样希奇古怪的大鸟……”他话未说完，一个神情粗豪的汉子大声说道：“不错，这便是江湖上赫赫有名的‘神雕侠’！”

那四川人问道：“他叫作‘神雕侠’？”那汉子道：“是啊，这位大侠行侠仗义，好打抱不平，可是从来不肯说自己姓名，江湖上朋友见他和一头怪鸟形影不离，便送了一个外号，叫作‘神雕大侠’。他说‘大侠’两字决不敢当，旁人只好叫他作‘神雕侠’，其实凭他的所作所为，称一声‘大侠’又有什么当不起呢？他要是当不起，谁还当得起？”

那美貌少妇突然插口道：“你也是大侠，我也是大侠，哼，大侠也未免太多啦。”

那四川人凛然道：“这位奶奶说哪里话来？江湖上的事儿小人虽然不懂，但那位神雕大侠为了救王将军之命，从江西赶到临安，四日四夜，目不交睫，没睡上半个时辰。他和王将军素不相识，只是怜他尽忠报国，却被奸臣陷害，便这等奋不顾身的干冒大险，为王将军伸冤存孤，你说该不该称他一声大侠呢？”

那少妇哼了一声，待要驳斥，她身旁的文秀少女说道：“姊姊，这位英雄如此作为，那也当得起称一声‘大侠’了。”她语音清脆，一入耳中，人人都觉说不出的舒服好听。

那少妇道：“你懂得什么？”转头向那四川人道：“你怎能知道得这般清楚？还不是道听涂说？江湖上的传闻，十成中倒有九成靠不住。”

那四川人沉吟半晌，正色道：“小人姓王，王惟忠王将军便是先父。小人的性命是神雕大侠所救。小人身为钦犯，朝廷颁下海捕文书，要小人颈上的脑袋。但既涉及救命恩人的名声，小人可不敢贪生怕死，隐瞒不说。”

众人听他这么说，都是一呆。那广东人大拇指一翘，大声道：

"小王将军，你是个好汉子，有哪个不要脸的胆敢去向官府出首告密，大伙儿给他个白刀子进，红刀子出。"众人轰然称是。那美妇人听他如此说，也已不能反驳。

那文秀少女望着忽明忽暗的火光，悠然出神，轻轻的道："神雕大侠，神雕大侠……"转头向小王将军道："王大叔，这位神雕大侠武功既然这等高强，又怎地会少了一条手臂？"那美妇人神色大变，嘴唇微动，似要说话，却又忍住。小王将军摇头道："我连神雕大侠的姓名也问不到，他老人家的身世是更加不知了。"那美妇人哼了一声，道："你自然不知。"

那临安少年道："神雕侠诛杀奸臣，是小王将军亲眼目睹，那么自然不是天神天将所为了。但奸臣丁大全一夜之间面皮变青，却必是上天施罚之故。"那广东人道："他怎么一夜之间面皮变青？这可真奇了。"那临安少年道："从前临安人都叫丁大全为丁犬全，但现今却叫作'丁青皮'。他本来白净脸皮，忽然一夜之间变成了青色，而且从此不褪，凭他多么高明的大夫也医治不了。听说皇上也曾问起，那奸臣奏道：他一心一意为皇上效力，忧心国事，数晚不睡，以致脸色发青。可是临安城中个个都说，这奸相祸国殃民，玉皇大帝遣神将把他的脸皮打青了。"那广东人笑着摇头，道："这可愈说愈奇了。"

那神情粗豪的汉子突然哈哈大笑，拍腿叫道："这件事也是神雕侠干的，嘿嘿，痛快痛快。"众人忙问："怎么也是神雕侠干的？"那大汉只是大笑，连称："痛快，痛快。"那广东客人欲知详情，命店小二打来两斤白干，请那大汉喝酒。

那大汉喝了一大碗白干，意兴更豪，大声说道："这件事不是兄弟吹牛，兄弟也有一点小小功劳。那天晚上神雕侠突然来到临安，叫我带领伙伴，把临安钱塘县衙门中的孔目差役一起绑了，剥下他们的衣服，让众伙伴乔扮官役。大伙儿又惊又喜，不知神雕侠何以如此吩咐，但想来必有好戏，自然遵命办理。到得三更过后，神雕侠到了钱塘县衙门，他老人家穿起县官服色，坐上正堂，惊堂木一拍，喝道：‘带犯官丁大全！’”他说到这里，口沫横飞，喝了一大口酒。

那广东客人道：“老兄那时在临安作何营生？”那汉子横了他一眼，大声道：“作什么营生？大碗喝酒，大块吃肉，大秤分金，做的是没本钱买卖。”那广东客人吃了一惊，不敢再问。

那大汉又道：“那时我听到‘丁大全’三字，心中一怔，寻思：‘丁大全这狗官是当朝宰相啊，神雕侠怎地将他拿来了？’只见神雕侠又是一拍惊堂木，两名汉子果然把一个身穿大臣服色的家伙揪了上来。早一年丁大全到佑圣观烧香，我在道观外见过他的面目，这时一看，可不是丁大全是谁？他吓得浑身发抖，想跪又不想跪。一名兄弟在他膝弯里踢了一脚，他扑地便跪倒了，哈哈，痛快，痛快！神雕侠问道：‘丁大全，你知罪了么？’丁大全道：‘不知。’神雕侠喝道：‘你营私舞弊，屈杀忠良，残害百姓，通敌误国，种种奸恶情事，快快给我招来。’丁大全道：‘你到底是什么人？劫侮大臣，可不知王法么？’神雕侠道：‘你还知道王法？左右，打他四十板再说！’大伙儿素来恨这奸相，这时候下板子时加倍出力，只打得这奸相晕去数次，连连求饶。神雕侠问他一句，他便答一句，再也不敢倔强。神雕侠命取过纸笔，叫他写供状。他稍一迟疑，神雕侠便喝令我们打他屁股，掌他嘴巴。”

那文秀少女噗哧一笑，低声道：“有趣，有趣！”

那大汉咕嘟喝了一大口酒，笑道：“是啊，原本有趣得很。那丁大全吃打不过，只得亲笔招供，可是他拖拖挨挨，写得极慢，神雕侠连声催促，他总是不肯写快。不久天色将明，衙门外人声喧哗，到了大批军马，想是风声泄漏了出去。神雕侠怒起上来，喝道：‘把他脑袋砍了！’跟着向我使个眼色。我知神雕侠轻易不肯伤人性命，于是拔出钢刀，在丁大全颈中刷的一刀，这一刀下去时，钢刀在半空中转了个圈儿，砍在头颈中的不是刀锋，而是刀背。但这一下丁大全可吓破了胆，只见他脸色突然转蓝，晕了过去。神雕侠哈哈一笑，说道：‘这也够他受的了，咱们不用杀他，要朝廷将他明正典刑。’叫我们便穿着衙役衣服，从边门溜走，各自回家。他老人家亲自断后，也没交锋打仗，大伙儿平平安安的退走。听说神雕侠第二天亲入皇宫，把丁大全的供状交给皇帝老儿。但不知丁大全如何花言巧语，皇帝老儿竟信了他的，还是叫他做宰相做下去。”

小王将军叹道：“主上若不昏庸无道，奸臣便不能作恶。去了个秦桧，来个韩侂胄；去了韩侂胄，来个史弥远；去了史弥远，又来丁大全。眼见贾似道日渐得势，这又是个祸国殃民之徒。唉，奸臣一个接着一个，我大宋江山，眼见难保呢。”那大汉道：“除非请神雕侠做宰相，那才能打退鞑子，天下太平。”

那美貌少妇插口道：“哼，他也配做宰相？”那大汉怒道：“他不配难道你配？”那少妇怒气上冲，喝道：“你是什么东西，胆敢对我无礼？”眼见那大汉手中执着根拨火铁棒，随手从地下拾起一段木柴，在拨火棒上 敲。那大汉手臂一震，只觉半身酸麻，当的一声，火棒脱手落在地下，火堆中火星溅了起来，烧焦了他数十根胡子。众人失声惊叫。那大汉性子虽躁，但领教了她如此武功，吃了亏竟是不敢发作，只是咕咕哝哝的摸着胡子，连酒也不想喝了。

那文秀少女道：“姊姊，人家说那神雕侠说得好好地，你干么老是不爱听？”她转头向那大汉嫣然微笑，道：“大叔，你别见怪。”那大汉本来满腔怒气，但见她这么甜甜一笑，怒火登时消于无形，裂着大口报以一笑，想说句客气话，却不知如何措词才好。

那少女道：“大叔，那神雕侠你是怎么认得他的？”那大汉向少妇望了一眼，迟疑着不说。那少女道：“你说好啦，只要不得罪我姊姊便成。神雕侠多大年纪啦？他的神雕好不好看？”不等大汉回答，转头向那少妇道：“姊姊，不知他那头神雕跟咱们一对白雕儿比起来又怎样？”

那少妇道：“跟咱们的双雕比？天下哪有什么雕儿鹰儿，能比得上咱们的双雕。”那少女道：“那也不见得。爹爹常说：学武之人须知天外有天，人上有人，决计不可自满。人既如此，比咱们的雕儿更好的禽鸟，想来也是有的。”那少妇道：“你小小年纪，懂得什么。咱们出来之时，爹妈叫你听我的话，你不记得了么？”那少女笑道：“那也得瞧你说得对不对啊。弟弟，你说我的话对，还是姊姊的话对？”

她身旁那少年虽然生得高大壮实，却是满脸稚气，迟疑了一会，道：“我不知道。爹爹说咱两个该听大姊姊的话，叫你别跟大姊姊顶嘴。”那少妇甚是得意，道：“可不是么？”那少女见弟弟帮着大姊，也不生气，笑道：“你什么也不懂的。”回头又向那粗豪汉子道：“大叔，你再说神雕侠的故事罢！”

那大汉道：“好，既然姑娘要听，我便说说，我姓宋的虽然本事低微，可也是个响当当的汉子，生平说一是一，决没半句虚言。姑娘若是不信，那便不用听了。”

那少女提起酒壶给他斟了一碗酒，笑道：“我怎会不信？快点儿讲罢！”又叫道：“店小二，再打十斤酒，切二十斤牛肉，我姊姊请众位伯伯叔叔喝酒，驱驱寒气。”店小二连声答应，吆喝着吩咐下去。众人笑逐颜开，齐声道谢。过不多时，三名店伴将酒肉送了上来。

那美貌少妇沉脸道：“我便是要请客，也不请胡说八道之人。店小二，这酒肉的钱可不能开在我账上。”店小二一愣，望望少妇，又望望少女，不知如何是好。那少女从头上拔下一枚金钗，递给店小二，说道：“这是真金的钗儿，值得十几两银子罢。你拿去给我换了。再打十斤酒，切二十斤羊羔。”

那少妇怒道：“妹妹，你定要跟我赌气，是不是？单是钗头这颗明珠，总值得百多两银子，你死赖活赖的跟朱伯伯要来，却这么随随便便的请人喝酒。瞧你回到襄阳时，妈问起来时怎么交代？”那少女伸伸舌头，笑道：“我说在道上掉了，找来找去找不到。”那少妇道：“我才不跟你圆谎呢。”那少女伸筷夹了一块牛肉，放在口中吃了，说道：“吃也吃过了，难道还能退么？各位请啊，不用客气。”

众人见她姊妹二人斗气，都觉有趣，心中均喜那少女天真潇洒，便是不能喝酒之人也都端起酒碗喝了几口，暗中帮那少女。那少妇赌气闭上眼睛，伸手塞住耳朵。

那少女笑道：“宋大叔，我姊姊睡着了，你大声说也不妨，吵不醒她的。”那少妇睁开眼来，怒道：“我几时睡着了？”那少女道：“那更好啦，越发不会吵着了你。”那少妇大声道：“襄儿，我跟你说，你再跟我抬杠，明儿我不要你跟我一块走。”那少女道：“我也不怕，我自和三弟同行便是。”那少妇道：“三弟跟着我。”那少女道：“三弟，你说跟谁一起走？”

那少年左右做人难，帮了大姊，二姊要恼，帮了二姊，大姊又要生气，嗫嚅着道：“妈妈说的，咱三人一块儿走，不可失散了。”那少妇向妹子瞪了一眼，恨恨的道：“早知你这般不听话，你小时候给坏人掳了去，我才不着急要找你回来呢。”

那少女听她这般说，心肠软了，搂着少妇的肩膀，央求道：“好姊姊，别生气啦，算是我错了。”那少妇气鼓鼓的不理。那少女道：“你不笑，我可要呵你痒了。”那少妇反而更转过头去。那少女突伸右手，向少妇背后袭到她的腋底。那少妇头也不回，左手向后掠出。那少女出左手拿她手腕，右手继续向前。那少妇右肘微沉，压向妹子的臂弯。那少女手掌转个圆圈，避开了她的一压，姿式好看之极。顷刻之间，两人你来我去的拆解了七八招，使的都是巧妙的“小擒拿手法”。那少女固然呵不到姊姊腋底，那少妇也抓不着妹子手腕。

突然屋角有人低低喝了声：“好俊功夫！”姊妹俩同时住手，向屋角望去，只见一人蜷成一团，脑袋埋在双膝之间，正自沉沉大睡。姊妹俩在火堆旁坐下之时即便见他如此睡着，始终没动过一动，旁人固然瞧不见他脸孔，他也见不到姊妹俩的玩闹，看来这一声喝采不是他所发。

那少年道：“大姊、二姊，爹爹叫咱们不要随便显露功夫。”那少女微笑道：“小老头儿，少年老成，算你说得对。”转头向那粗豪大汉道：“宋大叔，对不起，咱姊妹俩忙着斗嘴，忘了听你讲故事，你请快说罢。”

那姓宋的大汉道：“我可不是讲故事，那是千真万确的经历。”那少女道：“是啦，你宋大叔说的，自然千真万确。”

那大汉喝了口酒，笑道：“吃了姑娘这许多酒肉，要不说也不成的啦。若不是昨晚三粒骰子上输了个干干净净，我也真该请还姑娘才是。你大叔长，大叔短，难道是白叫的么？说到我怎样识得神雕侠，我跟这位小王将军差不多，也是神雕侠救了我的性命。不过这一次他倒不是使武功，却是出钱去买的。”那少女笑道：“咦，这倒奇了，他出钱买你？你值多少银子一斤啊？”

那大汉呵呵大笑，说道：“我姓宋的这身贱肉，比牛肉猪肉可贵得多了，神雕侠居然出到二千两银子。五年多前，我在山东济南府打抱不平，杀了一个地痞，杀人偿命，判了个斩决，那也没话好说。哪知道过了几天，历城县的县官审讯一个无恶不作的土豪，又将我提上堂去一顿拷打，说那土豪谋财害命、掳人勒赎、强抢民女、包娼包赌的事都是我做的，当堂将那土豪放了。后来牢头跟我说，原来那土豪送了一千两银子给县官，县官便把他的罪名都加在我身上。反正犯一条死罪是杀头，十条死罪也是杀头，这叫作两人作事一人当。我一听之下冤气冲天，在狱中大喊大叫，痛骂赃官，可是那又有什么用？

“过了几天，赃官又提堂再审，那土豪又是跟我并排跪着。我破口大骂：‘贼赃官，你贪赃枉法，日后不得好死！’那赃官笑嘻嘻的道：‘宋五，你不用这般火爆，本官已查得清清楚楚，你是冤枉的。那地痞非你所杀，全是该犯所为！’说着向那土豪一指，命衙役重重责打，又上夹棍，逼他招认杀那地痞，跟着便将我放了出来。这一下我可摸不着头脑了，那地痞明明是我所杀，怎地又去算在别人的账上？”

那少女听到这里，格的一声笑，说道：“这县官可真算得是胡涂透顶。”

宋五道：“他才不胡涂呢。我回到家里，我老娘才跟我说，原来我判了死罪之后，我娘天天在街上痛哭，这天适逢神雕侠经过，问起原因。神雕侠再去一打听，明白了其中道理，他老人家说他有事在身，这当儿没空去跟这赃官算账，他给了我娘二千两银子，将我买了出来。过了三个月，县中沸沸扬扬的传说，说县官大发脾气，气得呕血，原来有一晚被盗四千两银子。我知道定是神雕侠所为，不敢再在原籍居住了，便搬去江南临安府。过了一年多，有人跟我说，海边有一位断了臂的相公，带着一头大怪鸟，呆呆的望着海潮，一连数天都是如此。我连忙赶去，果然见到他老人家，这才能向他磕头道谢呢。”

那少妇忽道：“你谢什么？他付出二千两，收进四千两，还净赚二千两银子呢。这姓杨的岂肯做赔本之事？”那少女道：“姓杨的？神雕侠姓杨么？”那少妇说：“我不知道，我又没说他姓杨。”那少女道：“我明明听见你说的。”那少妇道：“定是你听错了。”

那少女道：“好罢！我不跟你争，那位神雕侠就算赚了二千两银子，也必是用来救困济贫，他是个慷慨潇洒的大侠，难道还会自己贪图财物？”众人齐声喝采，都道：“姑娘说得是！”

那少女问道：“宋大叔，神雕侠望着大海干么？他在等人吗？”宋五摇头道：“这个我可不知道了，这种事我们是不敢问的。”

那少女拿起两根木柴投在火里，望着火光由暗转红，轻轻的道：“那神雕侠虽然急人之难，解人之困，说不定他自己却有一件为难的心事呢？他为什么要呆呆的望着海潮？”

坐在西首角里的一个中年妇人突然说道：“小妇人有个表妹，有缘见过神雕侠，她也曾见神雕侠呆望大海，神色奇怪，因而亲口问过他。神雕侠说道：‘我的结发妻子在大海彼岸，不能相见。’”众人不约而同的“哦”了一声。

那文秀少女道：“原来他有妻子的，不知道为什么会在大海彼岸。他本领这样高强，干么不渡海去找她啊？”那中年妇人道：“我表妹也这般问过他。他说道：‘大海茫茫，不知到何处方能得见。’”那少女轻轻叹道：“我料想这样的人物，必是生具至性至情，果然不错。”又问：“你表妹生得很俊罢？她心中暗暗的喜欢神雕侠，是不是？”那美貌少妇喝道：“二妹，你又在异想天开啦！”

那中年妇人道：“我表妹的相貌，原也可算得是个美人。神雕侠救了她母亲，杀了她父亲。我表妹是不是暗中喜欢神雕侠，旁人可没法知道，现下她嫁了一个忠厚老实的庄稼人。神雕侠给了她一大笔钱，日子过得挺不错呢。”那少女道：“神雕侠救了她母亲，杀了她父亲？这事可真奇了。”

那美貌少妇道：“这人脾气古怪得很，好起来救人性命，恶起来挥剑杀人。是啊，他从小便是这样。”那少女奇道：“他从小便是这样？你怎知道？”那少妇道：“我知道的。”

那少女连连追问原因，那少妇总是不说。那少女道：“好，你不说便不说，我才不希罕听呢！反正你便说了，我也未必就信。”转头向那中年妇人道：“大嫂，把你表妹的事说给我听，好不好？”

那妇人道：“好啊。我表妹和我是姑表姊妹，我二人年纪差了十七岁，她妈妈是我的姑母……”那少女笑道：“她爹爹便是你姑丈了。”那妇人笑道：“你瞧，我啰里啰唆的，莫怪姑娘不耐烦了。我姑丈是河南人，那一年蒙古鞑子打到内黄，把我姑丈掳去了当奴隶。我姑母带了我表妹，沿路讨饭，从河南寻到山东，又从山东寻到山西，寻访我姑丈的下落。”小王将军叹道：“万里寻夫，那可是难得之极啊。”那妇人道：“只因我姑母和表妹容貌不错，在道上奔波加倍的不易。两人用污泥涂黑了脸，以免坏人见色起意……”

那少女问道：“什么见色起意？”火堆旁围坐的众人中倒有一半笑了起来。那美貌少妇愠道：“二妹，你不懂便别瞎说，大姑娘家，这不教人笑话吗？”那少女咕哝道：“我不懂才问啊，懂了还问什么？”

那中年妇人微笑道：“这些难听话，姑娘不懂才好。嗯，我姑母和表妹足足寻了四年，皇天不负苦心人，终于在淮北寻到了姑丈，原来他是在一个蒙古千户手下为奴。那千户凶恶得紧，我姑母见到我姑丈之时，他刚给千户打折了一条左腿。我姑母自是万分心痛，求那千户释放归家。那千户哪肯答应，说道这奴才是用一百两银子买来的，除非有五百两银子来赎，否则宁可打死，也不能放。我姑母连五两银子也拿不出，哪里有五百两银子？左思右想，只得做起那不要脸的勾当，将自己和女儿都卖入了勾栏……”

那少女又不懂了，只是适才一句问话惹起了许多人的哄笑，这时不敢再问，听那妇人续道：“这样过了数年，母女俩虽略有积蓄，但要贮足五百两银子，那谈何容易？幸好客人子弟们知道了她母女这番赎夫救父的苦心，给钱时往往多给了些。母女俩挨尽辛苦屈辱，这年大年晚，终于凑足了五百两银子。两人捧到千户府中，交给了千户的账房，心想一家人从此可以团聚，欢欢喜喜的过新年了。”

那少女听到这里，也代那母女两人欢喜。却听那妇人说道：“那蒙古千户收了五百两银子，便叫姑丈出来，让他夫妻父女相见。我姑丈一家三口，向那千户磕头辞别。怎知道那千户见了我的表妹，忽起歹心，说道：‘好，你们来赎这奴才，那是再好不过，五百两银子兑上来罢！’我姑母大吃一惊，五百两银子早已交给了千户的账房收下，怎么还兑银子？那千户脸色一变，喝道：‘我是堂堂蒙古的千户老爷，难道还会混赖奴才们的银子？’我姑母又是害怕又是伤心，当下在厅堂上放声大哭起来。那千户道：‘也罢，今日大年夜晚，我便开恩让你们夫妻团聚，但怕这奴才一去不归，且把你们的闺女抵押在这里。’我姑母知他不怀好意，怎肯答应？那千户呼喝军健，将我姑丈姑母赶出府去。

“我姑母舍不得女儿，在千户府前呼天抢地的号哭。众百姓明知她受了冤屈，但这淮北之地已不是我大宋所有，蒙古官兵杀个汉人便如践踏蝼蚁，有谁敢出来说句公道话？我姑丈却反而说道：‘千户老爷既然瞧上了咱们闺女，那是旁人前生修不到的福份，你哭什么？’原来他做奴才做得久了，竟是染上了一身奴才气。他接着问那五百两银子从何而来。我姑母初时不肯说，但被逼得紧了，终于说了出来。我姑丈大怒，说我姑母败坏名节，不守妇道，竟然自甘堕落，去做这般低贱之事，当即写了一纸休书，把我姑母休了。”众人齐声叹息，都说她姑母一生遭际实是不幸到了极处。

那中年妇人道：“我姑母千辛万苦的熬了七八年，落得这等下场，实在不想活了，便到树林中解下腰带上了吊。皇天有眼，那位神雕侠正好经过，救了她下来，问明原委，只听得他怒气冲天。当晚便跳进千户府中，只见那千户正在逼迫我表妹，我姑丈居然在旁劝我表妹依从，说道她在勾栏里这些年，又不是良家闺女，难道还想起什么贞节牌坊么？神雕侠一拳打死了我姑丈，抓起那千户投入淮河之中，把我表妹救了出来。他说我姑母卖身救夫，可比一般贞女节妇更加令人起敬。他又说生平最恨的便是负心薄幸之人、奴颜事敌之辈，我姑丈两者齐犯，他下手可不能容情了。”

那少女听得悠然神往，随手端起酒碗，喝了一大口，轻轻说道：“你们许多人都见过神雕侠，我却没福见过。若能见他一面，能听他说几句话，我……我又可比什么都欢喜。”

那少妇大声道：“这人武功自然是好的，但跟爹爹相比，可又差得远啦。你小娃儿不知世事，让人家加油添酱的一说，便道这人如何如何了不起。其实这人你也见过的，他还抱过你呢。”那少女红晕双颊，啐道：“你做姊姊的，说话也这般颠三倒四，有谁信你的？”那少妇道：“你不信也由得你。这个什么神雕侠姓杨名过，小时候在咱们桃花岛住过的。他那条手臂，便是……便是……嗯，你生下来没到一天，他就抱过你了。”

这美貌少妇便是郭芙，那少女是她妹妹郭襄，那少年则是郭襄的孪生兄弟郭破虏。忽忽十余年，郭芙早已与耶律齐成婚，郭襄和郭破虏也都已长大了。姊弟三人奉父母之命，前赴晋阳邀请全真教耆宿长春子丘处机至襄阳主持英雄大会。这一日三姊弟从晋阳南归，却被冰雪阻于风陵渡口，听了众人一番夜话。

郭襄满脸喜色，低声自言自语：“我生下来没到一天，他便已抱过我了。”转头对郭芙道：“姊姊，那神雕侠小时候真在咱们桃花岛住过么？怎地我没听爹妈说起过？”郭芙道：“你知道什么？爹妈没跟你说过的事多着呢。”

原来杨过断臂、小龙女中毒，全因郭芙行事莽撞而起。每当提及此事，郭靖便要大怒，女儿虽已出嫁，他仍要厉声呵责，不给女儿女婿留何情面，因此郭家大小对此事绝口不提，郭襄和郭破虏始终没听人说起过杨过之事。

郭襄道："这么说来，他跟咱家很有交情啊，怎地一直没来往？嗯，三月十五襄阳城英雄大会，他定是要来与会的了。"郭芙道："这人行事怪僻，性格儿又高傲得紧，他多半不会来。"郭襄道："姊姊，咱们怎生想法儿送个请帖给他才好。"转头向宋五道："宋五叔，你能想法子带个信给神雕侠么？"宋五摇头道："神雕侠云游天下，行踪无定。他有事用得着兄弟们，便有话吩咐下来。我们要去找他，却是一辈子也未必找得着。"

郭襄好生失望，她听各人说及杨过如何救王惟忠子裔、诛陈大方、审丁大全、赎宋五、杀人父而救人母的种种豪侠义举，不由得悠然神往，听姊姊说自己幼时曾得他抱过，更是心中火热，恨不得能见他一面，待听说他多半不会来参与英雄大会，忍不住叹了口气，说道："英雄会上的人物不见得都是英雄，真正的大英雄大豪杰，却又未必肯去。"

突然间波的一声响，屋角中一人翻身站起，便是一直蜷缩成团、呼呼大睡那人。众人耳边厢但听得轰轰声响，原来是那人开口说话："姑娘要见神雕侠却也不难，今晚我领你去见他就是。"众人听了那说话之声先已失惊，再看他形貌时，更是大为诧异。但见他身长不到四尺，躯体也甚瘦削，但大头、长臂、大手掌、大脚板，却又比平常人长大了许多，这副手脚和脑袋，便是安在寻常人身上也已极不相称，他身子矮小，更是诡奇。

郭襄大喜，说道："好啊，只是我跟神雕侠素不相识，贸然求见，未免冒昧，又不知他见是不见。"那矮子轰然道："你今日若不见他，只怕日后再也见不到了。"郭襄奇道："为什么？"

郭芙站起身来，向那矮子道："请问尊驾高姓大名。"那矮子冷笑道："天下似我这等丑陋之人，岂有第二人了？你既不识，回去一问你爹爹妈妈便知。”

就在此时，远处缓缓传来一缕游丝般的声音，低声叫道：“西山一窟鬼，十者到其九，大头鬼，大头鬼，此时不至，更待何时?”这话声若断若续，有气无力，充满着森森鬼气，但一字一句，人人都听得明明白白。

那大头矮子一怔，一声大喝，突然砰的一声响，火光一暗，那矮子已然不知去向。众人齐吃一惊，见大门已然撞穿，原来那矮子竟是破门跃出。撞破门板不奇，奇在一撞即穿，此人跟着一撞之势而出。

郭破虏道：“大姊，这矮子这等厉害!”郭芙跟着父母，武林中人物见过不少，但这矮子却从未听父母说过，一时呆呆的说不出话来。郭襄却道：“爹爹的授艺恩师江南七怪之中，便有一位矮个子的马王神韩爷爷。三弟，你乱叫人家矮子，爹爹知道了可要不依呢。你该称他一声前辈才是。”郭靖对江南七怪的恩德一生念念不忘，推恩移爱，对任何盲人、矮子均是礼敬有加，平素便如此教训子女。

郭破虏尚未回答，忽听得呼的一声响，那大头矮子又已站在身前，北风夹雪，从破门中直吹进来，火堆中火星乱爆。郭芙怕那矮子出手伤了弟妹，抢上一步，挡在郭襄与郭破虏的身前。

那矮子大头一摆，从郭芙腰旁探头过去，对郭襄说道：“小姑娘，你要见神雕侠，便同我去。”郭襄道：“好！大姊、三弟，咱们一块去罢。”郭芙道：“神雕侠有什么好见?你也别去。咱们和这位尊驾又是素不相识。”郭襄道：“我去一会儿就回来，你们在这儿等我罢。”宋五突然站起身来，说道：“姑娘，千万去不得。这人是……是西山一窟鬼中的……中的人物，你去了……去了凶多吉少。”那矮子裂嘴狞笑，说道：“你知道西山一窟鬼?知道我们不是好人?”左掌突然劈出，打在宋五肩头。砰的一声，宋五向后飞出，撞在墙上，登时晕了过去。

郭芙大怒，大声说道：“尊驾请便罢！我妹妹年幼无知，岂能随着你黑夜里到处乱闯？”转头向妹子厉声喝道：“别胡闹。不能去！”

就在此时，那游丝般的声音又送了过来：“西山一窟鬼，十者到其九，大头鬼，大头鬼，阴魂不至，累人久候！”这声音一时似乎远隔数里，一时却又如近在咫尺，忽前忽后，忽东忽西，只听得人人毛骨竦然。

郭襄心意已决：“今晚纵然撞到妖魔鬼怪，我也要见那神雕侠一见。”说道：“前辈，请你带我去！”说着双足一点，从那矮子撞破的大门中穿了出去。郭芙急叫：“你干什么？”伸手没抓到妹子手臂，忙飞身跃起，要从大门中追出。

哪知她身子将要穿门而出，门洞倏忽不见，郭芙忙在半空中身子一沉，硬将这一冲之势阻住，双脚落地，脚尖离门已不到一尺，待得看清，险些失声惊呼，原来那矮子的身躯正挡在门口，自己和他相距不过数寸，他的鼻尖几乎要碰到自己胸口，教她如何不惊？当下急忙后跃，一阵寒风裹着雪花吹到身上，大头矮子已然隐没。郭芙大叫：“二妹，回来！”跃出门去，只听得远处轰轰大笑，哪里有郭襄的影子？

那矮子将郭芙吓退，转身跃入雪地，说道：“好！小姑娘有胆子。”抓住郭襄手腕，向前纵跃。他所使的不同于寻常轻身功夫，却如一只大青蛙般，一跃跟着一跃的向前，身子虽矮，每一下纵跃都是出去了老远。

郭襄左腕被他拉着，有如被箍在一只铁圈之中，彻骨生疼，心中怦怦乱跳，不知这矮子要拉自己到什么地方。她自幼得郭靖和黄蓉亲传，武功已颇有些根柢，但初时纵跃还可以跟得上那矮子，到得后来，全仗他一拉一提，方得和他同起同落。

这般跃出里许，山后突然有人说道：“大头鬼，怎地来得这般迟？哈哈，还带着个好美貌的女娃儿！”那矮子道：“她是郭靖、黄蓉的女儿，想见见神雕侠，我便带了她来。”那人一愣，道：“郭靖、黄蓉的女儿？”山后另一人阴声阴气的道：“快三更天啦，赶紧上路！”只听得蹄声杂沓，山背后转出数十匹马来。

这时大雪兀自下个不停，地下白雪反光之中，郭襄见数十匹马上高高矮矮的一共骑着九人，倒有大半数的马匹鞍上无人。那矮子过去牵过两匹马来，将一匹马的缰绳交给了郭襄，自己骑上了一匹，喝道：“走罢！”一声胡哨，数十匹马忽喇喇的便向西北方奔驰而去。

郭襄瞧那九人时，其中两个是女子，一个老态龙钟，是个老妇，另一个身穿大红衣裙，全身如火一般红，在雪地中显得甚是刺眼。其余七人的面目瞧不清楚。郭襄寻思：“听先前那人呼叫，说什么西山一窟鬼，十者到其九。眼前正是十个人，想来这群人便是西山一窟鬼了。宋五叔只说一句我跟他去凶多吉少，那人一掌便将宋五叔击得昏晕，瞧来确是凶横得紧。但他说带我去见神雕侠，总不会骗我。他们既和神雕侠相识，定然不是歹人。”

转眼之间，已驰出十余里，当先一人“得儿”一声叫，数十匹马一齐停了下来。当先那人纵马驰上一个小丘，回过马来。郭襄一见他的形貌，又是吃惊，又是好笑，原来这人也是个矮子，坐在马背上的上身也不过两尺，胡子却有三尺来长，垂过马腹，满脸皱纹，双眉紧锁，生相愁苦不堪。

只听他说道：“此去倒马坪已不到三十里路，江湖上多说那神雕侠武功实在了得，咱们先行计议一下，可不能折了西山一窟鬼的锐气。”那老妇道：“便请大哥下令。”那长胡子道：“咱们跟他车轮大战呢，还是一拥而上？”郭襄吃了一惊：“听他口气，他们是要和神雕侠为敌。”

那老妇道：“神雕侠的本领到底怎样？七弟，你且说说明白。”

一个身如铁塔的大汉说道：“我虽见过他，可也没怎么跟他动手，我瞧……我瞧……他很有点儿邪门。”

那红衣红裙的少妇说道：“七哥，你到底为何跟神雕侠结仇，这会儿该当说个清楚了。待会儿动起手来大家也好心中有数。你老是吞吞吐吐的，说半句，瞒三句。”那大汉怒道：“西山一窟鬼同生同死，这人既然找上门来，咱们还有退缩的吗？”一个身形高瘦的人阴声阴气的道：“谁说退缩了？但便是九妹不问，我也要问。咱们又没得罪他。他为什么说要将西山一窟鬼赶出山西？”那大汉怒道：“你们大家瞧瞧，他割了我一对耳朵。这口气不出，还说什么好兄弟、好姊妹？”说着除下头顶的毡帽，淡淡雪光之下，果见他脑袋两侧光秃秃的少了双耳。西山一窟鬼其余九人一齐大怒，有的连声咒骂，有的咆哮如雷，都说要和神雕侠决一死战。

红衣少妇道：“七哥，他又为什么割你耳朵？你犯着什么了？你又在调戏良家妇女了，是不是？”一个满脸笑容的人怒道：“七哥便是调戏良家妇女，也用不着旁人来硬出头。”这人生相甚是奇特，虽在发怒，脸上笑容丝毫不减。郭襄凝目看去，原来他嘴角上翘，双眼眯拢，多半便是伤心哭泣之时，在旁人看来也是笑逐颜开。

那大汉道：“不是，不是！这一日我的婆娘和四个小妾为了鸡毛蒜皮的事争吵，大家动起刀子来。偏生这个什么神雕侠经过见到了，这人生来多管闲事，竟出言相劝，我第三个小妾不争气，居然向他笑了一笑……”那红衣少妇道：“哈，我知道啦，七哥便喝起醋来，不许她笑。”那大汉道：“什么喝醋？我是不许旁人来管我的家事。我一拳便将我小妾打落了三个门牙，叫那断了胳臂的杂种快滚。”

郭襄听到这里，忍不住说道：“他好意相劝，你何以出言无礼？那便是你的不是了。”众人一齐转头望着她，想不到这个小小姑娘竟敢如此大胆。

那大汉果然怒气勃发，喝道："连你这小东西也敢管起老子来！五哥，这娃儿是你的人么？"那大头矮子道："她要见神雕侠，我便带她去瞧瞧，别的我什么都不管。"那大汉道："好，那我教训教训她。"马鞭扬起，啪的一响，便往郭襄头上击落。

郭襄举起马鞭一格，双鞭相交，两条马鞭卷在一起。那大汉回臂里夺，郭襄只觉一股大力拉扯过去，再也把握不住，只得放手，手掌心已擦得甚是疼痛。那大汉夺过马鞭，又要挥鞭击落，那长须老翁喝道："七弟，时候不早了，快说完了赶路，怎地跟小孩子家一般见识？"那大汉的马鞭举在半空，便不击下来。

那长须老翁冷笑道："西山一窟鬼都是天不怕地不怕的人物，郭靖和黄蓉的名头再响，也吓不到咱们。小女娃娃，你再多说多话，马上便将你宰了。"他侧过头来，说道："七弟，大丈夫跌得倒爬得起，我长须鬼的长胡子，当年就曾给敌人剪断过。你的双耳到底是怎样割了的？"

那大汉道："我叫神雕侠快滚，他倒笑了笑，转身便走。都是我第三个小妾不好，她又哭叫起来，说她是被我霸占强娶的，当时心中便不甘愿，现下又给大妇欺侮；还说我娶了她之后，又娶第四个小妾，好没良心。那神雕侠回过头来，脸色大变，问我：'这女人说话可真？'我道：'真便怎样？假便怎样？老子外号叫作煞神鬼，向来杀人不眨眼，你可知道么？'他沉着脸道：'你倘若喜欢她，为何娶了她又娶别个？要是不喜欢她，当初又何必娶她？'我哈哈大笑，说道：'我起初喜欢，玩厌了就不喜欢。男子汉三妻四妾，有何希奇？老子还想再娶四个呢。'他道：'如你这般无情无义之徒世上多生几个，岂不教天下女子心寒？'突然间欺近身来，拔出我腰间匕首，便将我两只耳朵都割了，跟着将匕首对准我的胸口，喝道：'挖出你的心肝瞧瞧，到底是什么颜色！'"

郭襄只听得眉飞色舞，忍不住便要喝采，但见西山一窟鬼个个脸色阴沉、貌相凶恶，终于把唇边的一个“好”字缩了回去。

那大汉续道：“那时我的婆娘和四个小妾一齐跪下求情，第三、第四小妾还大声哭了起来，他妈的还说宁可杀了她们，不可杀我，要是我死了，她们要自杀殉夫，他奶奶的，肉麻得不得了。嘿，真是丢脸，真是丢脸！我大怒喝骂：‘快快下手！你杀了我！西山一窟鬼自会缠你个阴魂不散！’他皱起眉头，向我五个女人道：‘这般无情无义之辈，你们还为他求情？’我五个女人只是磕头。他问我第三小妾道：‘你说是给他霸占的，心中很不愿意。我给你杀了他岂不是好？’我那小妾道：‘当时不愿意，后来就愿意了。你千万杀他不得。’我怒道：‘你杀好了，杀了我一个，我们还有九个。’他道：‘好！今日且不杀你。西山一窟鬼那便怎样？月尽之夜，我在倒马坪相候，你去把一窟鬼尽数邀来见我。若是不敢，西山一窟鬼都给我滚出山西，永远不许回来。’”

众人听他说完，都是半晌不语。隔了一阵，那老妇道：“他使什么兵刃？武功是哪一派的家数？”那大汉道：“他只有一条左臂，空手不使兵刃。武功嘛……我倒瞧不出来。”那老妇道：“大哥，这人一出手便制住了七弟，想是手脚十分灵便，武功也有点邪门。咱们倚多为胜，你带头，我和五弟从旁相助，以三对一，一上去便宰了他，不容他施展功夫。”

那长须老翁低头沉思片刻，抬起头来，说道：“这神雕侠名头甚大，十余年来栽在他手下的人着实不少，料来必有惊人艺业。今日这一战实是非同小可。我和二妹正面迎击，三弟四弟近身搏击，攻他下盘，五弟六弟从后突击，七弟八弟以长兵器在外侧游斗，扰乱他的心神，九妹发射暗器，十弟施放毒雾。西山一窟鬼结拜以来，从没十人齐上动手，今日是第一次，倘若再宰他不了，教咱们个个自假鬼变成为真鬼！”

那大头矮子道：“大哥，咱们十人打他一人，胜之不武，倘若传扬了出去，也教江湖上好汉笑话。”那老妇道：“咱们把神雕侠宰了，除了这小娃儿，今晚之事还有谁人知道？”一言甫毕，手臂微扬。那大头矮子左袖急挥，挡在郭襄身前，跟着从衣袖上拈起一枚细针，说道：“二姊，是我带了她来的，不能伤她性命。”回头对郭襄道：“小姑娘，你若要去见神雕侠，今晚之事不可对任何人说起，否则你快快回去罢。”

郭襄又是惊惧，又是愤怒，心想：“这老太婆出手好生阴毒，若非矮叔叔相救，我已给她这枚无影无踪、无声无息的细针刺死。”于是说道：“我不说就是。”跟着又补上一句：“你们有十兄弟，难道他就没帮手么？”

那大头矮子哈哈大笑，说道：“神雕侠出没江湖十余年，倒没听说他有什么帮手。他便是有一头不会说话的大鸟相伴。”说着一提马缰，大声喝道：“走罢！”众人奔出一阵，那矮子对郭襄道：“待会动手之时，你莫离开我的身边。”郭襄点点头，她知道西山一窟鬼中颇多心狠手辣之辈，这大头矮子有心照顾，以防同伙中有人对她突下毒手，只是他嗓门极粗，虽然低声说话，其余九人却没一个不听见。

郭襄骑在马上随着众人奔驰，眼见这一窟鬼个个身怀绝技，神雕侠武功再强，如何能以一敌十？心想：“倘若爹爹妈妈在这儿就好了，他们决不能袖手旁观。”

正行之间，前面黑沉沉的一座大树林中忽然传出几声虎吼，几匹马惊嘶起来，有的站定不动，有的转头想逃。那瘦长汉子马鞭连挥，当先冲进树林。那老妇骂道：“不中用的畜生，还怕小野猫子吃了你们么？”马群被各人一阵驱赶，都奔入树林。众人驰出数十丈，忽听得前面一人厉声喝道：“什么人胆大妄为，深夜中擅闯万兽山庄？”

西山一窟鬼一齐勒马，只见当路站着一人，身旁各蹲着一头猛虎。马群听到双虎呜呜发威之声，又惊扰起来。长须老翁在马上一拱手，说道：“西山一窟鬼道经贵地，没登门拜访，乞恕无礼。”对面那人哦了一声，道：“是西山一窟鬼么？阁下是长须鬼樊爷了？”长须老翁道：“正是。我们有事赶赴倒马坪，回头再行上门谢罪。”他知万兽山庄的人物很不好惹，此刻又正要全力对付神雕侠，不愿旁生枝节，因此说话很是谦抑。

对面那人道：“各位少候。”提高声音叫道：“大哥，是西山一窟鬼去倒马坪，说回头上门谢罪。”群鬼一听，都是怫然不悦，心想：“我们说回头上门谢罪，只是一句客气话。难道西山一窟鬼还真能对人低头了？”西山十鬼个个都有惊人的艺业，各人在结义相聚之前便都已闯下不小的万儿，待得十人聚义，更是声势大盛，近年来在晋陕一带横冲直撞，武林中人人对他们忌惮三分。若不是今晚与神雕侠有约在先，单凭对面那人这一句话，便要出手打个落花流水了。

却听得树林深处有人大剌剌地道：“谢罪是不用了，让他们绕过林子走路罢。”

群鬼一听此言，登时大怒。那高瘦如竹杆之人冷笑道：“西山一窟鬼行路向来不会绕弯儿！”一提马缰，向站在路中那人迎面冲去。

那人左手一扬，身旁双虎立即扑上，瘦子的坐骑受惊，人立起来。那瘦子骑术甚精，身附鞍上，刷的一响，双手已各持一柄短枪，向两头猛虎刺去。左边的猛虎向旁跃开，右边的猛虎却一掌抓破了他坐骑的肚子，那猛虎跟着一声狂吼，也已中枪受伤。那瘦子纵身下地，喝道：“亮兵刃罢！”左枪高，右枪低，摆个“双龙伏渊势”，却不向前递出。

对面那人冷冷的道：“你伤我家的守夜猫，便要绕道而过，也由不得你了。无常鬼，手中双枪留下了罢！”无常鬼听他知道自己外号，说道：“尊驾是谁？万兽山庄向在西凉，怎地移到了晋南？

你要留我手中双枪，那也容易得紧。”那人道：“万兽山庄要搬家，可不用禀报西山一窟鬼罢？西凉住得厌了，便到晋南来玩玩。我大哥叫你们绕过林子，已是万分客气了。我三哥有病在身，不喜欢外人骚扰，知不知道？”说到这里，突然间左手伸出，一把抓住了无常鬼右手枪近枪尖处的杆子。无常鬼万没料到他出手如此迅捷，左枪疾刺，右手同时运力里夺。那人右手一探，又已抓住了无常鬼的左手枪。两人力道均大，谁也没能夺得对方兵刃脱手，啪啪两响，却将两条枪杆崩断了。

这一来，西山一窟鬼群情耸动，那外号叫作“长须鬼”的老翁说道：“尊驾是八手仙猴史爷了？青甲狮王身子不适么？此刻我们有事在身，明日此时，再在此处相会。”

万兽山庄主人是兄弟五人，大哥白额山君史伯威、二哥管见子史仲猛、三哥青甲狮王史叔刚、四哥大力神史季强、最小一个便是眼前这八手仙猴史孟捷。五兄弟的祖先世代相传以驯兽为生，这五人都生具异禀，不但驯兽的本事出神入化，而且从猛兽纵跃扑击的行动之中悟得了武功的法门。史氏兄弟自幼和猛兽为伍，竟然以兽为师，各自练就了一身本领。史叔刚于二十余岁之时入山捕兽，得遇奇人，又学会了极精深的内功。他回家后转授兄弟。五人野兽越养越多，武功也越来越强。万兽山庄的名头渐渐扬于江湖，武林中人给他五兄弟取了个总外号，叫作“虎豹狮象猴”。五人之中，又以青甲狮王史叔刚超逸绝伦。这时长须鬼听说史叔刚有病，心中先自宽了，暗想史氏兄弟纵然厉害，我西山一窟鬼也不畏惧，何况去了“虎豹狮象猴”中的狮王，更加不足道哉，于是订下了明晚决斗的约会。

八手仙猴史孟捷道：“好，明晚子时，我兄弟在林外相候大驾。”说着双手一拱，噗噗两响，两个折断的枪尖射入长须鬼身旁的树干之中。长须鬼一怔：“他为何定是不让我们穿林而过？史氏兄弟在这林中有何勾当?”当下也拱手说道:“西山十鬼告辞!”双腿一夹,拍马向前。史孟捷大声道:“且慢!我大哥请各位绕道过林,难道各位没生耳朵么?”

长须鬼一勒马缰,待要答话,只听得树林东北角和西北角同时有人哈哈大笑,跟着浓烟冒起。一人叫道:“你们在树林中捣什么鬼?这可瞒不了一窟鬼。”另一人叫道:“这叫作捣鬼遇上鬼祖宗了。”原来群鬼中排行第八的丧门鬼和第十的笑脸鬼乘史孟捷和长须鬼说话之际,绕到他身后放起火来。

火头刚窜起,便听得丧门鬼和笑脸鬼失声惊叫,狂奔而回,气急败坏,神情惶惧已极。长须鬼喝问:“什么?”丧门鬼叫道:“老虎,老虎!一百头,两百头……”

史孟捷见林中火起,满脸惊怒,纵声叫道:“大哥,二哥,正事要紧,让群鬼走罢!哪里找他们不到?”

突然之间,众人眼前一花,一只小狗般的野兽从密林中钻了出来,瞬眼之间便奔到了林外。这野兽身子不大,四条腿极长,周身雪白,尾巴却是漆黑,猫不像猫,狗不像狗。史孟捷大叫:“九尾灵狐出来啦!”飞身追出。他这一声叫喊之中,充满着惶急惊恐之情。

猛听得树林后一声高呼,似虎啸而非虎啸,似狮吼而非狮吼,更如是一人纵声大叫,郭襄一听得这呼号,背上隐隐感到一阵寒意。这一声响过,四下里百兽齐吼,狮子、老虎、豹子、豺狼、大象、猿猴、猩猩……一时也分辨不清,跟着蹄声杂沓,千万头野兽从林中奔将出来。只听得一人叫道:“大哥往东北,二哥往西北,四弟赶向西南……”语声正和适才啸声相似。

郭襄但见几个黑影闪了几闪,已出了密林。她明知危险,但好奇心起,忙也纵马追出树林。那大头鬼叫道:“郭姑娘,不可乱走!”纵马追了上来。

郭襄一出树林，眼前登时出现一片奇景，只见五个人各率一群野兽，在白雪铺盖的平原上分向五方急奔。这些野兽显是训练有素，互相并不撕打抓咬，成群结队，或东或西，奔跑得毫不杂乱。郭襄又是害怕，又觉好玩。只见五队野兽渐渐接近，围成一个大圆圈。

陡然间白影一闪，那条小狗似的野兽从兽群中钻了出来，在郭襄面前疾掠而过，身法之快，当真是有如电闪。郭襄吃了一惊，俯身伸手去捉，那小兽早已奔在她身前数丈之外。它一站定，忽地回头望着郭襄，圆圆的眼珠如火般红，骨溜溜地转个不停，黑夜之中，宛如两点火星。

只听得史氏兄弟叫道："九尾灵狐，九尾灵狐，在那边，在那边！"跟着群兽便如山崩地裂般冲将过来。

郭襄催马向旁闪避，但那马见到这许多猛兽，吓得全身酥软，双腿一弯，跪倒在地。郭襄大惊："群兽向我奔来，可要将我踏成肉泥了！"当即跃马离鞍，斜刺里奔出，鼻管中只闻到阵阵腥风，兽群便如一条大河般从她身边流过，不多时便已远去。

这时西山一窟鬼也都已驰马出林。长须鬼道："史氏兄弟武功再强，咱们也不畏惧，只是这许多畜生却不易打发。今晚且不撩拨，留下力气去对付神雕侠，大伙儿走罢！"那老妇道："好，今晚杀神雕侠，明日再来烧狮子、烤老虎！"说着一提马缰，便欲绕林而行。

猛听得狮吼虎啸之声大作，群兽分道归来。这一次的吼声并不猛恶，奔跑也不迅捷。长须鬼陡然变色，叫道："不好，大伙儿快走！"但四面八方都有野兽叫声，各人显已陷入兽群包围之中。长须鬼一声胡哨，十个人一齐跃下马来，分站五个方位，各自抽出兵刃，默不作声的待敌到来。

大头鬼低声道："小姑娘，你快些回去罢，犯不着在这儿涉险。”郭襄道：“神雕侠呢？你答应带我去见他的。”大头鬼皱眉道：“这许多恶兽你没见到吗？”郭襄道：“你跟野兽的主人说道理啊，便说你们跟神雕侠有约，没功夫多耽搁。”大头鬼皱眉道：“哼，西山一窟鬼向来不跟人说道理。”

说话之间，史氏兄弟已率领野兽回来。五人都身穿兽皮短袍，离开西山一窟鬼约四五丈站定。仍是五弟史孟捷发话道：“万兽山庄和西山一窟鬼向来没梁子，各位何以林中纵火，赶走了九尾灵狐？”

郭襄听他说话语音中恨恶愤怒之意极深，心想：“那头小兽固然生得可爱，却也不见得有什么了不起，何必这么大惊小怪？它明明只有一条尾巴，又怎地叫作九尾灵狐？”

那穿红衣红裙的女子说道：“今日之事，起因在于史氏昆仲。万兽山庄素来在甘凉一带开山立业，突然来到我们山西，黑夜之中，又不许人经过官路大道。似这等横法，还来责怪别人么？”

白额山君史伯威喝道：“事已如此，还多说什么？西山一窟鬼一个也不能活着。”大声怒吼，赤手空拳的便向长须鬼扑来，双掌握成虎爪之势，人未到，风先至，便当真是一头猛虎也没这般威风。

长须鬼一个滑步，向左侧退开丈许，呼的一声，一件长兵刃向史伯威横扫过去。史伯威虎爪伸出，已将长兵刃之端抓在手中，原来是一根鸡蛋粗细的钢杖。他手掌尚未握紧，猛觉得手臂一热，急忙撒手，左掌急运神功将钢杖格开，若不是见机得快，胸口已被杖端点中。史伯威心中一惊：“西山一窟鬼近年来声名极响，果非等闲之辈。”当下不敢托大，呛啷啷兵刃出手，却是一对虎头双钩。这对钩右手钩重十八斤，左手钩重十七斤，实是极沉猛的利器，双钩化作两道黄光，和长须鬼的钢杖恶斗起来。

这时管见子史仲猛手持烂银点钢管，以一敌二，和催命鬼的地堂刀、丧门鬼的链子枪相斗。大力神史季强和老妇人吊死鬼手中的一根长索相拼，他力气虽巨，但吊死鬼的长索软绵绵地无着力之处，但听他吼叫连连，空有一身神力，却是无法施展。八手仙猴史孟捷的对手则是使八角铜锤的大头鬼。眼见史孟捷的判官双笔招数精奇，大头鬼有些招架不住，红衣红裙的俏鬼提刀上前相助。

雪地之中，十个人分成四团厮杀，大雪纷纷而下，一时难分胜败。

西山一窟鬼中尚有四人未曾出手，对方却只青甲狮王一人空手掠阵，但见他靠在一头雄狮身上，病奄奄的有气无力。这一仗一窟鬼以众敌寡，显是占了胜势，但史氏兄弟只要纵声一呼，群兽咆哮而上，一窟鬼不免立时从上风转为下风。

郭襄见到群兽环伺，心中害怕，又记挂着要见神雕侠，叫道："大头鬼叔叔，别打了，你们人多，便胜了也不光采。是你们得罪了人家，还是赔个不是罢！"但众人哪来睬她？

十人激斗良久。长须鬼和史伯威始终旗鼓相当。老婆婆吊死鬼的长索招数变幻多端，化成一个个大圈小圈，史季强稍不留神，险些给她绳圈套上了项颈，幸好他力大招猛，吊死鬼也有顾忌。大头鬼和俏鬼一刚一柔，相辅相成，但史孟捷出招奇快，常言道一快打三慢，三人团团而斗，史孟捷浑没落了下风。但听得大头鬼雷震般的声音轰轰而吼，俏鬼却是阴声阴气的说笑，意图分散敌人心神。史孟捷充耳不闻，凝神接战。

这一边催命鬼和丧门鬼却已抵敌不住史仲猛的银管。他那银管较齐眉棍略短而中空，招数甚是古怪，三人斗到分际，丧门鬼挺枪刺出，史仲猛对准了他枪尖也是挺管刺去，那银管直通过去，竟将枪杆套入了管子之中。丧门鬼大骇，可又不肯撒手放脱兵刃。讨债鬼跃上相助，挥牌砸出，打向史仲猛的银管。史仲猛抽管而退，丧门鬼这才收回了链子枪。讨债鬼的兵刃似是一块铁牌，其实却是一本用精钢铸成的账簿，共有五张，每一张可以翻动，薄张之边锋锐比于刀剑，实是一件奇门利器。

西山十鬼每人本来各有姓名，但自“西山一窟鬼”的名号在江湖上大响以来，十人索性舍却真姓名，各以一鬼为号。十人的长相行事原本皆有奇特之处，十兄弟相互说道：“江湖上的好汉叫咱们为鬼，咱们便居之不疑，且看是人厉害呢，还是鬼猛恶?”那讨债鬼本使镔铁牌，只因他再细微的怨仇也必报复，从来不肯放过一个小小得罪他之人，武林中送了他一个外号叫作“讨债鬼”，他听了反而欣然，索性将兵刃铸成账簿之形，在每张铁片上用尖刀划了仇人姓名，务要报仇雪怨之后，账簿上才一笔勾销。

烂银点钢管是件奇形兵刃，铁账簿的形状却更加奇特，五张铁片相互撞击，当当作响。催命、丧门、讨债三鬼合斗史仲猛，情势才渐见有利。

郭襄站在一旁，眼见一窟鬼和史氏兄弟剧斗不休，心想神雕侠的约会早已过时，只怕他等得不耐烦，自行走了，她越想越是焦急，却又无力阻止各人厮拚。

千百头猛兽蹲伏在地，围成一个密密的圈子。西山一窟鬼放眼只见黑暗中到处闪烁着一点点绿油油的眼睛，均知纵然将史氏五兄弟尽数打死，要冲出兽圈却也艰难之极。那老妇吊死鬼只想用绳索缠住大力神史季强，但教擒住了他，便能逼令史氏兄弟召回群兽，让出道来。但史季强的武功本在吊死鬼之上，只因她兵刃奇特，占了便宜，才勉强打成平手，想要擒他真是谈何容易？笑脸鬼叫道：“二姊，我来助你。”从腰间抽出兵刃，向史季强扑去。

史季强正斗得焦躁，见笑脸鬼扑上，正合心意，叫一声：“来得好!”青铜杵猛向他头顶盖下。笑脸鬼侧过身子，横过双鞭一挡，噗的一声，双鞭登时折断。笑脸鬼大骇，一个打滚，翻了出去。砰的一响，青铜杵击在地下。笑脸鬼伸手入怀，抓了一把毒粉，不待站起，已扬手向史季强撒去。史季强陡见眼前出现一股淡红色的薄雾，心中一怔，脚步摇晃，立时摔倒。吊死鬼长绳卷处，已套住了他的双腿。

史伯威、史仲猛、史孟捷三人见大力神失手，都是又惊又怒，苦于被群鬼缠住，无法分身来救。郭襄叫道：“你们干什么？诡计伤人，算什么好汉？”她对交斗双方谁也不帮，但见笑脸鬼这一招太不光明，忍不住出声指斥。

便在此时，忽听得身旁一声低吼，青甲狮王史叔刚缓缓站起身来，低沉着嗓子喝道：“放下我四弟！”

史季强昏晕不醒。吊死鬼用长索连他手臂也缚上了，忌惮他力气太大，怕他突然醒转后崩断绳索，又点了他胁下穴道，叫道：“你驱开畜生让道，我们便放人！”眼见史叔刚双目凹进，满脸蜡黄，走路也摇摇晃晃，显然患病不轻，对他毫不在意。

郭襄见史叔刚缓缓走向群鬼，觉他手足情深，扶病迎敌，实是个硬汉，忙道：“喂，你有病在身，不可动手。”史叔刚向她点了点头，说道：“多谢！”脚下不停，仍是一步步走向史季强。笑脸鬼向吊死鬼使个眼色，分从左右抢上，要连这痨病鬼一起擒住。

两人扑到史叔刚身边，四手探出，猛听得史叔刚一声低吼，左手在吊死鬼肩头一拍，右手在笑脸鬼背上一托，两人只觉一股巨力突然压在身上，都是脚步一个踉跄，险些摔倒，急忙提气跃开，幸好史叔刚并未追来。两人相顾骇然，都吓出了一身冷汗，想不到这个痨病鬼竟如此厉害。

史叔刚俯身解开四弟穴道，轻轻一拉，已将吊死鬼的长索拉得断为数截。但史季强中了毒雾，始终不醒。史叔刚皱起眉头，喝道：“取解药来！”笑脸鬼道：“你收回众畜生，我自将解药给你。”

史叔刚哼了一声，摇摇晃晃的向笑脸鬼走去。笑脸鬼不敢和他正面为敌，快步闪开。史叔刚似因身上有病，纵跃不得，仍是有气没力的向他走去。站在一旁的四鬼同时拥上，笑脸鬼也回身而斗。史叔刚出掌甚缓，但掌力甚是沉雄，五鬼团团围住了，你刺一枪，我砍一刀，却不敢近身。笑脸鬼怕毒倒自己兄弟，也不敢再放毒雾。

郭襄心想："这大个子中了诡计，甚是可怜！"从地下抓起一团雪，在史季强额头磨擦，又将一团雪塞在他口里。毒雾药力本不能持久，史季强体魄又壮，头上一冷，悠悠醒转，见郭襄兀自以雪团替他擦额，说道："多谢小姑娘！"猛地翻身站起，用手背揉了揉眼睛，见五鬼围攻史叔刚，大声叫道："三哥退开！"伸手便去扭笑脸鬼的头颈。

史伯威急舞双钩和长须鬼的钢杖斗得正紧，眼见史季强醒转，心下大喜，纵声长啸。蹲伏着的猛兽听得啸声，立时都站了起来，作势欲扑。史伯威又是一声大喝，群兽齐声怒吼。

西山一窟鬼虽然见过不少大阵大仗，当此情景却也不禁胆战心惊。群兽吼声未绝，已纷纷向西山十鬼扑去。

郭襄"啊"的一声呼叫，吓得脸色惨白。史叔刚伸手推开一头扑向郭襄的猛虎，除下自己头上皮帽，戴在郭襄头上。群兽久经训练，一见她戴上皮帽，便不向她扑咬，转头攻击十鬼。猛虎、豺狼、豹子、狮子、人猿、黑熊……诸般猛兽对十鬼或抓或咬。西山十鬼奋力杀毙了七八头恶兽，但一来史氏兄弟从旁牵制，二来猛兽实在太多，片刻之间，十鬼人人受伤，衣衫碎裂，鲜血淋漓，眼见立时便要命丧当地，无一能逃出猛兽的爪牙。

郭襄见三头雄狮向大头鬼一人围攻，他手中的八角铜锤已掉在地下，右臂被一头雄狮咬住不放，全仗左手运掌成风，勉强支撑，抵挡着另外两头雄狮。郭襄想起他带自己出来，见他如此狼狈，心中不忍，当下不加思索，除下皮帽，扬手挥出，安在他的头上，头大帽小，形相极其好笑，而且摇摇欲坠，戴不安稳。史氏兄弟操练群兽之时，头上均戴这种特制的皮帽，畜生无知，哪里分得清友敌，一见大头鬼戴上了皮帽，登时转身走开。这边厢四头花豹却已将郭襄围住。

这时史叔刚正在抢夺长须鬼手中的钢杖，免得他伤兽太多，听得郭襄呼救，回头一看，不禁一惊，只因相距甚远，不及过去解救。但说也奇怪，四头豹子竟不向郭襄抓咬，绕着她边嗅边走，挨挨擦擦，情状居然十分亲热。郭襄吓得呆了，见四头花豹实无恶意，一怔之下，想起母亲和姊姊均曾说过，自己幼时吃母豹的乳汁长大，看来这四头花豹嗅到自己身上体气有异，因而引为同类。她又惊又喜，俯身搂住两头豹子的头颈，另外两头花豹便伸舌舐她的手背和脸颊。郭襄只觉一阵酸痒，格格的笑了出来。史氏兄弟驯兽以来，从未见过如此奇景，无不又惊又喜。

大头鬼虽因皮帽而暂得免祸，但见兄弟姊妹九人个个难逃困厄，怎肯一人独生？他西山一窟鬼并非正人君子，平时所作所为也是旁门左道的居多，但相互间义气深重，当下抓起皮帽，向红衣红裙的俏鬼掷去，叫道："九妹，你快逃命罢。"那俏鬼接住了皮帽，立即掷给了长须鬼，叫道："大哥，你先出去，将来设法给我们报仇便是。"长须鬼却将皮帽抛在笑脸鬼头上，说道："十弟，君子报仇，十年未晚，你大哥活不到这么久了。"他十人竟是谁也不肯要这件救命之物。

笑脸鬼给五条恶狼缠住了，腾不出手来掷帽。豺狼又是极贪极狠之物，口中一咬到血，虽见笑脸鬼头上有了皮帽，却不肯就此舍却美食。笑脸鬼大声咒骂，脸上可仍然带着笑意。

猛听得头顶清啸冷冷，有人朗声说道："西山一窟鬼不守信约，累我空等半晚，却原来在这里和群兽胡闹！"

郭襄一听大喜，心道："神雕侠到了！"一抬头，只见一株大树的横干上坐着一人，身旁蹲着一头硕大无朋却又丑陋不堪的巨雕。这人身穿灰布长袍，右袖束在腰带之中，果是断了一臂，再看那人相貌时，不由得机伶伶打个冷战，只见脸色焦黄，木僵枯槁，哪里是个活人？实是一个僵尸。西山一窟鬼中尽有相貌狞恶之人，但决无一人如他这般难看。

郭襄未见他之时，小姑娘的心中将他想像得风流儒雅、英俊潇洒，此时一见，不禁大失所望，心道："世上竟有如此相貌奇丑之人！"忍不住再向他望了一眼，却见他一双眸子精光四射，英气逼人。那闪电般的眼光扫过她脸时略一停留，似乎微感奇怪。郭襄心口一阵发热，不由自主的晕生双颊，低下头来，隐隐约约的觉得，这神雕侠倒也不怎么丑陋了。

杨过纵口长呼，龙吟般的啸声直上天际。郭襄心旌摇荡，如痴如醉。啸声不绝，群兽纷纷摔倒，接着西山十鬼、史氏兄弟先后跌倒，只十余头大象、史叔刚和郭襄两人勉强直立。

第三十四回

排难解纷

眼前之人，正是杨过。十六年来，他苦候与小龙女重会之约，漫游四方，行侠仗义，因一直和神雕为侣，闯下了一个“神雕侠”的名头。他自思少年风流孽缘太多，累得公孙绿萼为己丧命，程英和陆无双一生伤心，因此经常戴着黄药师所制的那张人皮面具，不以真面目示人。这晚与西山一窟鬼约斗倒马坪，对方过期不至，便一路寻来。

西山一窟鬼在群兽围攻之下，人人性命在呼吸之间，陡然间听到杨过说话，又多了一个强敌，均想：“罢了，罢了，连最后一丝逃生之望，也已断绝。”只听杨过朗声又道：“这几位是万兽山庄的史氏贤昆仲么？各位住手，听我一言。”

史伯威道：“我们正是姓史。阁下是谁？”随即道：“啊，恕我眼拙，阁下想必是神雕侠了？”

杨过道：“不敢，正是在下。快喝住这些虎狼狮豹罢，再迟得片刻，假鬼只怕要变真鬼。”史伯威道：“待假鬼人人成了真鬼，再与阁下叙话。”杨过皱眉道：“西山一窟鬼和在下有约在先，你叫恶兽将他们咬死了，我跟谁说话去？”

史伯威听他言语渐渐无礼，嘿嘿一声冷笑，反而驱群兽加紧上前攻击。杨过喝道：“你既知我是神雕侠，怎地对我的说话不加理睬？”史伯威笑道：“神雕侠便怎样？你有本事，便自行把我的野兽喝住罢！”

杨过说道：“雕兄，好！咱们下去！”右手袖子一挥，一人一雕，从树干上翩然而下。

群兽不待人雕落地，已吼叫着纷纷扑上。神雕双翅展开，左击右拂，拨出一股猛烈无比的劲风，豺狼等身躯较小的恶兽被疾风一卷，站不住脚，踉踉跄跄的跌开。一狮一虎怒吼扑上，神雕横翅扫出，直有千斤巨力，一狮一虎同时被它扫了个筋斗。它左翅跟着拍出，正中一头金钱豹子的脑门，那金钱豹软瘫在地，动弹不得。群兽见它如此威猛，谁也不敢上前，都是远远蹲着，呜呜低吼。

史伯威大怒，纵身向杨过扑去，手成虎爪之形，抓向他的胸口。杨过右肩微晃，袖子从上而下，噗的一声，击在他双腕之上。史伯威但感手腕剧痛，有如刀削，禁不住“啊”的一声叫了出来。

史叔刚缓步上前，伸掌平平推出。杨过叫道：“好功夫！”左掌伸出相抵，微微一笑，使上了三成掌力。他十余年来在海涛之中练功，掌力倘若用足了，别说血肉之躯，纵然大树厚墙，也是一掌而摧。史叔刚曾得异人传功，内力却亦不同凡俗，身子一晃，竟不后退。杨过道：“小心了！”掌力催动，又加上了两成劲道。史叔刚眼前一黑，知道性命不保，忽听得杨过说道：“啊，你身上有病！”身前一股排山倒海而至的巨力瞬时间消于无影无踪。史叔刚死里逃生，呆呆的说不出话来。

伯威、仲猛、季强、孟捷史氏四兄弟见他怔怔的站立不动，只道他已受了重伤，急怒之下，一齐扑向杨过。但见他身子微挫，正好一头猛虎从侧面窜上，杨过伸手抓住猛虎头颈，将这畜生当作了一件活兵刃，挡开史仲猛的银管和史季强的铜杵，让四只虎爪抓向史伯威和史孟捷的头脸胸口。杨过十余年前使那玄铁重剑之时，兵刃已有七十余斤，这头猛虎躯干虽巨，也不过一百数十斤重，他提在手中，浑若无物。猛虎头颈被抓，惊怒交集，哪里还认得出主人，张牙舞爪，向史氏兄弟又抓又咬。伯威、孟捷两人平时虽与猛兽为伍，这时却也闹了个手忙脚乱。

郭襄在旁拍手笑道：“神雕侠，好功夫，史家兄弟服了罢？”杨过向她瞧一眼，心道：“这个小姑娘是什么路道？她既与花豹为友，却又出言嘲笑史氏兄弟？”

史叔刚吐纳两下，气息顺畅，知道未受内伤，神雕侠手下留情，饶了自己性命，心想：“若凭真实功夫，咱五兄弟齐上也不是他的对手。”眼见二哥和四弟兀自挺着兵刃，俟隙向杨过进击，忙叫道：“二哥、四弟，赶快住手，咱们可不能不知好歹。”

管见子史仲猛一听，立即撤回递出去的银管。那大力神史季强却是个莽撞之徒，心想：“什么叫作不知好歹？先吃我一杵再说。”双手执杵，呼的一声，往杨过头顶压击下去，这一招他叫作“巨象开山”，学的是巨象用长鼻击物的姿势。他那铜杵铸成象鼻之形，前细后粗，微微弯曲，阳刚之中也带阴柔之力，这一击下来，势道威猛之极。

杨过更不闪避，掷开猛虎，左掌翻处，已将象鼻杵前端抓住，笑道：“咱们较量较量，是谁力大？”史季强用力下压，但象鼻杵停在杨过头顶，竟连分毫也压不下去。史叔刚叫道：“四弟不得无礼！”史季强向里硬夺，待要收回铜杵，但杵端被杨过抓住了，竟如被生铁铸住了一般。史季强连运三次劲，始终夺不回来。杨过发觉他回夺之力大得异常，心想：“我不显神功，这个一身蛮力的莽夫终是不服。”突然左手往上急拗。这一拗之力集于铜杵中部，运劲既巧且猛，按理史季强非脱手不可，哪知他仍是牢牢抓住，只是那条和象鼻般粗大的铜杵却弯成了曲尺之形。杨过喝道：“好！”转劲向下拗落，铜杵从另一边弯将下来，啪的一声，断成两截。史季强被震得双手虎口都破裂寸许，鲜血长流。但这大汉竟有一股狠劲，仍是死命抓住杵柄不放。

杨过哈哈一笑，顺手挥出，半截铜杵笔直插下，没入雪地之中，刹时不见了影踪。地下积雪不到一尺，那断杵却有三尺来长，却给他一插灭迹，神功实是惊人。他游目四顾，见史叔刚、史孟捷等正在喝止虎豹，只是群兽野性发作，又见了人血，实不易立时喝止。

杨过向郭襄打个手势，叫她用手指塞住双耳。郭襄不明其意，但依言按耳，只见他纵口长呼，龙吟般的啸声直上天际。郭襄虽已塞住了耳朵，仍然震得她心旌摇荡，如痴如醉，脚步站立不稳。幸好她自幼便修习父亲所授的玄门正宗内功，因此武功虽然尚浅，内功的根基却扎得甚为坚实，远胜于一般武林中的好手，听了杨过这么一啸，总算没有摔倒。

啸声悠悠不绝，只听得人人变色，群兽纷纷摔倒，接着西山十鬼、史氏兄弟先后跌倒，只有十余头大象、史叔刚和郭襄两人勉强直立。那神雕昂首环顾，甚有傲色。杨过心想这病夫内力不浅，我若再催啸声，硬生生将他摔倒，只怕他要受剧烈内伤，当下长袖一挥，住口停啸。过了片刻，众人和群兽才慢慢站起。豺狼等小兽竟有被他啸声震晕不醒的，雪地中遍地都是群兽吓出来的屎尿。群兽不等史氏兄弟呼喝，纷纷夹着尾巴逃入了树林深处，连回头瞧一眼也都不敢。

史氏兄弟和西山一窟鬼生平哪里见过这等威势？呆呆站着，竟不知说什么好。

杨过道："史氏昆仲请恕无礼，只因在下和西山一窟鬼有约，迫得阻住双方动手。待在下这回事了结之后，你们再分高下，在下谁也不帮，袖手观斗。"转头向煞神鬼道："怎么样？你们要一个个的跟我车轮战呢，还是十个儿一齐上？"

煞神鬼给他啸声震荡之下，虽然翻身站起，但心魂未定，一时答不出话来。长须鬼一揖至地，恭恭敬敬的道：“神雕大侠，你老人家的武功跟我们天差地远，西山一窟鬼如何敢跟你动手？我们性命都是你老人家救的，你此后有何差遣，我们水里水里去，火里火里去，无不遵从。你要叫我们兄弟退出山西，我们立时便走，决不敢有片刻停留。”

杨过见了他的神情，心中早在怀疑，这时听了他说话，问道：“尊驾可是姓樊，大号叫作一翁么？”

这长须鬼正是绝情谷中公孙止的首徒樊一翁，他自蒙杨过饶了性命，僻地隐居，数年后重入江湖，仗着一身卓绝武功，成为西山一窟鬼之首。他和杨过相见之时，杨过尚未断臂，这时戴上了人皮面具，自更认他不出，当即躬身答道：“小人正是樊一翁，听从神雕大侠吩咐。”

杨过微微一笑，举手道：“不敢！各位既愿听从在下之言，那也不用退出山西境界。煞神鬼老兄，你放你那四个妾侍回家去罢！”煞神鬼道：“是！”顿了一顿，说道：“四个贱人倘若不肯走，小人用大棍子轰她们出去。”

杨过一怔，想起当日煞神鬼五个妻妾跪地为他求情的神色，倒似对他真有情义，倘若她们情愿跟他，而他反而硬轰四妾出门，只怕反而伤了她们之心，于是笑道：“那也不用。她们倘若愿走，你不得强留，如果愿意跟你，唉，那有什么法子？你说还要娶四个妾侍，这话当真？”煞神鬼道：“小人不要脸，家里大老婆小老婆打打闹闹，累得神雕大侠费心，又险些害了各位兄弟姊妹的性命，如何再敢胡作非为？小人便有这胆子，我大哥也决不容许。”众人一听，都笑了起来。

杨过道：“好啦，我的事已经了结，你们双方动手便是。”说着和神雕退在一旁，负手背后，只待史氏兄弟和西山十鬼再斗。

樊一翁叉手上前，向史伯威道："西山十鬼擅闯宝庄，落得个个遍体鳞伤，今日暂且别过，但不知宝庄要在山西安业呢，还是回凉州去？我们好上门拜访啊。"

史伯威听他言语之中，意思是要登门寻仇，昂然道："我们兄弟在凉州恭候大驾。倘若我三弟竟然……竟然因此不治，这深仇大恨岂能罢休？不用各位驾临凉州，我们四兄弟自会上门。"

樊一翁一怔，说道："史三哥本就有病，这事跟我们有何干系，倒要请教。"史伯威怒气上冲，满脸通红，喝道："我三弟……"史叔刚一声长叹，说道："大哥，这事不用再提了。西山一窟鬼也是无心之失，小弟命该如此，不必多结无谓的冤家。"

史伯威强忍怒气，道："好！"向樊一翁一抱拳，道："青山不改，绿水长流，咱们后会有期。"转头向杨过道："神雕大侠，我兄弟再练三十年武功，也不是你的对手，只好服输，这是输得口服心服。此后也不敢再见你面，你到哪里，我们先行退避便是。"杨过笑道："史大哥言重了。"

史伯威道："走罢！"走到史叔刚身边，伸手扶住他的胳臂，转身便行。

樊一翁听他言语中有许多不解之处，忙道："史大哥请留步。史三哥说我们是无心之失，除了我们十兄弟擅闯宝庄之外，是否此外尚有冒犯之处？倘若真是我们的不是，西山一窟鬼杀头尚且不惧，何惧向贤昆仲磕头赔礼？"

史伯威适才见他们在群兽围攻之下互掷皮帽，个个确是不怕死的硬汉，倒也是非分明，凄然道："你们惊走了九尾灵狐，使我三弟的内伤无法医治，纵然磕一千个头、一万个头，又有何用？"樊一翁吃了一惊，想起史氏兄弟率领群兽大举追逐那只小狐狸，想不到这只小畜生竟有这等重大干系。

煞神鬼道："这只小狐狸有什么用？嗯，既与史三哥贵体有关，大伙儿合力追捕便是，谅那小小一只狐狸，何足道哉？”史季强大声道：“什么何足道哉？你只要捉得住这只九尾灵狐，我史老四给你磕一百个响头。啊哈！便是磕一千个头，我也心甘情愿。”说到这里，语音竟有些呜咽。

樊一翁心想：“史氏兄弟善于驯兽，当今之世，再无胜得过他们的了。他们既说得如此艰难，旁人还有什么指望？”想到这里，不自禁的向杨过瞧了一眼。

郭襄忍不住插口道：“你们说来说去，怎地不求求神雕侠？”管见子史仲猛心中一动，寻思：“这位神雕侠武功深不可测，说不定他有法子。”当下说道：“小姑娘你知道什么？除非是大罗金仙下凡，否则还有谁能捕得那头九尾灵狐？”杨过微微一笑，明知他是出言相激，却不接口。郭襄道：“这九尾灵狐到底有什么希奇，请史二叔说来听听。”

史仲猛叹了口气，道：“前年岁尾，我三弟在凉州打抱不平，和人动手，对方突然使用诡计，我三弟一个不慎，身受重伤……”

郭襄奇道：“这位史三叔武功好得很啊，是谁这等厉害，竟能伤得了他？”史叔刚道：“姑娘谬赞。在下这点点微末本领，实如萤火之光。姑娘这般说，岂不让神雕大侠笑掉了牙齿？”郭襄向杨过一瞥，说道：“他！他自然不同。我说是旁人啊。”

史仲猛道：“打伤我三弟的，是个蒙古王子，名叫霍都，听说是蒙古第一护国大师金轮法王的弟子。”杨过微微颔首，心道：“原来是他，怪不得有此功夫。”

郭襄向杨过道：“神雕侠，请你去把这蒙古王子痛打一顿，为史三叔报了这仇罢！”史仲猛道：“这个却不敢劳动神雕侠的大驾，只须我三弟内伤痊愈，再去寻他，正大光明的打上一架，却也未必再输。只是我兄弟所练的内功另成一派，受了这内伤之后历久不愈，须饮九尾灵狐之血方能治得。”

郭襄和西山一窟鬼齐声道："啊，原来如此。"

史仲猛道："那九尾灵狐是百兽中极罕见、极灵异之物，我五兄弟足足寻了一年有余，才在晋南发现了灵狐的踪迹。这头灵狐藏身之处也真奇怪，是在此西北三十余里的一个大泥沼中……"煞神鬼奇道："大泥沼？是黑龙潭么？"史仲猛道："正是。各位久在晋南，自然知道，这黑龙潭方圆数里之内全是污泥，人兽无法容身。我们费了好大力气，才将它引到这树林之中。"煞神鬼恍然大悟，道："啊！怪不得贤昆仲不许我们进入林中。"

史仲猛道："是啊。想我们姓史的到晋南来是客，便再无礼，也不能霸占晋南之地，此事当真是迫不得已。那九尾灵狐奔跑迅捷无伦，各位适才都是亲眼得见的。我们率领兽群，在林中围得密不通风，眼见灵狐便可成擒，不意各位在林中放起火来。野兽受惊乱窜，给灵狐逸了出去。说来惭愧，我们虽尽全力，终于追捕不得。那灵狐这一逃回巢穴，再要诱它出来可就千难万难了。我三弟的内伤日重一日，势难拖延，我兄弟忧心如焚，以致行事莽撞，言语中缺了礼数，还请各位担代则个。"说着抱拳唱喏，眼光却望着杨过。

樊一翁道："此事须让我们西山十鬼告罪才是。但不知贤昆仲先前如何诱那灵狐出来？此时何以不能重施故法？"史仲猛道："狐性多疑，极难令它上当，这灵狐尤其狡狯无比。我们用了一千多只雄鸡，每隔数丈烤熏一只，将烤鸡的香味送入黑龙潭中，再让它今天吃一只，明天吃一只，一直食了两个月有余，防备之心渐减，这才慢慢引到这森林之中。这一回它受了大惊吓，便是再隔十年，也不会再上当了。"樊一翁点头道："确是如此。但若我们直入黑龙潭捕捉，那又如何？"

史仲猛道："这黑龙潭数里内全是十余丈深的污泥，轻功再高，也是难以立足，不论船只、皮筏还是木排，都是不能驶入。

那九尾灵狐身小体轻，脚掌既厚，奔跑又速，因此能在污泥上面滑过。”

郭襄突然想起自己家中豢养的双雕，她姊弟三人常自骑雕凌空为戏，这神雕的躯体比之她家的双雕大逾一倍，只怕两个人也载得起，于是说道：“神雕侠，只要你肯赐予援手，便有法子。”杨过微笑道：“史氏昆仲是降狮伏虎的大行家，他们尚自束手，区区纵愿尽力，复有何用?”

史仲猛听他的口气，竟是肯出手相助，这是他兄弟生死的关头，再也顾不得旁的，双膝一曲，便在雪地中跪下，向着杨过拜了下去，说道：“神雕大侠，舍弟命在旦夕，还望大侠垂怜。”史伯威、史季强、史孟捷三人也都跪了下去。

杨过急忙扶起，连称：“不敢。”闪电般的眼光在郭襄脸上一转，说道：“你说我有法子，倒要听听小妹妹的高见。”郭襄道：“你骑在大雕身上，不就能飞入黑龙潭了?”

杨过哈哈大笑，道：“我这位雕兄和寻常飞禽不同，它身子太重，不会飞的。它的铁翅一扫能毙虎豹，便是不能飞翔。”转头向史氏兄弟说道：“说不得，小弟姑且去出力一试，若是不成，诸位莫怪。”

史氏兄弟大喜，心想这位大侠名满天下，自是一诺千金，倘若他亦无法，那也是命该如此了。史伯威又拜了几拜，道：“如此便请大侠和西山诸位大哥同到敝处休憩，从长计议。”

樊一翁道：“这祸端因我兄弟而起，自当听由差遣。”史伯威道：“不敢。大伙儿不打不成相识，各位若不嫌弃，便请交了我兄弟这几个朋友。”西山一窟鬼和史氏兄弟适才过招动手，均知对方了得，双方本无仇怨，只不过一时言语失和，当下各自客气了几句，相互结纳起来。

杨过却道：“兄弟这便上黑龙潭去一趟，不论成与不成，再来宝庄拜候。”西山一窟鬼和史氏兄弟听他没叫旁人同去，素闻他行事独来独往，虽有出力之心，却是不敢自荐。杨过向众人一抱拳，转身向北便行。

郭襄心想：“我此来是要见神雕侠，现下已经见到了。他虽容貌丑陋，但武功惊人，扶危济困，急人之急，果然当得起‘大侠’两字，我此行可算不虚。”但想他不知如何去捕捉九尾灵狐，好奇心油然而生，不知不觉的缓步跟在杨过后面。

大头鬼待要叫她，转念一想：“她一意要见神雕侠，必是有何言语要跟他说。”史氏兄弟不知郭襄的来历，更是不便多说什么。

郭襄随在杨过之后，相隔数丈，一心要瞧他如何去捉灵狐，只见杨过渐行渐快，神雕和他并肩而行，迈开大步，竟是疾如奔马。顷刻之间，郭襄已落在杨过之后十来丈，遥遥望见他大袖飘飘，似在雪地中徐行缓步，可是和他相距却越来越远。郭襄展开家传轻功，出力追赶，但不到一盏茶时分，杨过和神雕的背影已缩成两个黑点。郭襄焦急起来，叫道：“喂，你等我一等啊！”就这么内息一岔，脚下踉跄，一交摔在雪地之中。她又羞又急，不禁哭了出来。

忽听得一个温和的声音在耳边响起：“为什么哭？是谁欺侮你了？”郭襄抬头看时，竟是杨过，不知他如何能这般迅速的回来。她既惊且喜，立时又觉不好意思，低下头来，掏手帕拭抹眼泪。哪知适才奔得急了，手帕竟是掉了。

杨过从袖中取出一块手帕，拈在拇指和食指之间，笑道：“你是找这个么？”郭襄一看，正是自己那块角上绣着一朵小花的手帕，突然说道：“是了，便是你欺侮我啊。”杨过奇道：“我怎地欺侮你了？”郭襄道：“你抢了我的手帕去，不是欺侮我么？”杨过笑道：“你自己掉在地上，我好心给你拾了起来，怎说是抢你？”郭襄笑道：“我跟在你后面，我的手帕便是掉了，你又怎能拾到？明明是你抢我的。”其实郭襄跟随身后，杨过早就知晓，故意加快脚步，试试她的轻功，觉得这个小姑娘年纪虽幼，武功却出自名家所授，一发觉她在雪地摔倒，生怕她跌伤，急忙赶回，见她身后数丈之处掉了一块手帕，当即给她拾起，只是他行动奇速，倏去倏回，虽然在前却能拾到她的手帕。

杨过微笑道：“你姓什么？叫什么名字？尊师是谁？为什么跟着我？”郭襄道：“你尊姓大名？你先跟我说，我才跟你说。”杨过这十余年来连真面目也不肯示人，自是不愿对一个陌生姑娘说出自己姓名，道：“你这姑娘好生奇怪，既不肯说，那也罢了。手帕奉还。”说着轻轻一扬，手帕四角展开，平铺空中，稳稳的飞到郭襄身前。郭襄大感有趣，伸手接住，说道：“神雕侠，这是什么功夫？你教给我好不好？”

杨过见她一派天真烂漫，对自己狰狞可怖之极的面目竟是毫无惧意，心想：“我且吓她一吓。”突然厉声道：“你好大胆，为什么不怕我？我要害你了。”说着走上一步，举手欲击。郭襄一惊，但随即格的一笑，道：“我才不怕呢。你如真的要害我，还会先说出来么？神雕大侠义薄云天，岂能害我一个小小女子？”

纵是恬退清高之人、山林隐逸之士，听到有人真诚赞扬，也决无不喜之理，杨过虽然不贪受旁人谄谀，但听郭襄说得恳挚，确是衷心钦佩自己，不禁微笑道：“你素不识我，怎知我不会害你？”郭襄道：“我虽不识你，昨晚在风陵渡却听到许多人说你的事迹。我心中说：‘这样一位英雄人物，定要见见。’因此便跟着大头鬼来见你了。”

杨过摇头道：“我算是什么英雄？你见了之后，定然觉得见面不如闻名。”郭襄忙道：“不，不！你若不算英雄，有谁还能算是英雄？”她这话一出口，随即觉得这话大有语病，可把自己父亲也说得不如他了，又道：“当然，除了你之外，世上也还有几位大英雄大豪杰，但你也是其中之一。”

杨过心想：“你这样一个十几岁的小娃儿，能知道几个当世的人物？”微笑道：“你说哪几位是大英雄大豪杰？”郭襄听他言语中似有轻视自己之意，说道：“我说出来，倘若说得对，你便带我去捉那九尾灵狐好不好？”杨过道：“好，你倒说几位听听。”

郭襄道：“我说啦。有一位英雄，镇守襄阳，奋不顾身，力抗蒙古，保境安民。这算不算是大英雄？”杨过大拇指一翘，道：“对！郭靖郭大侠，算得是大英雄。”郭襄道：“还有一位女英雄，辅佐夫君，抗敌守城，智计无双，料事如神。这算不算是大英雄？”杨过道：“你说的是郭夫人黄帮主？嗯，也可算是一位英雄。”郭襄道：“还有一位老英雄，五行奇术，鬼神莫测，弹指神通，罕有其匹。这算不算是大英雄？”杨过道：“这是桃花岛主黄药师，那是武林前辈，我素来敬仰的。”

郭襄说了三人，见他都欣然认可，心下甚是得意，说道：“又有一位，率领丐帮，锄奸杀敌，为国为民，辛苦劳碌，他算不算是大英雄？”杨过道：“你说的是鲁有脚鲁帮主？此人武功并不怎么，也说不上有什么大作为，但瞧在‘锄奸杀敌，为国为民’八个字上，算他是一号人物。”郭襄心想：“你自己这样的了不起，眼界自是极高，我再说下去，只怕你要说不对了。何况，除了爸爸、妈妈、外公、鲁老伯，我也想不出还有谁了。”

杨过见她脸现踌躇之色，心想：“郭伯伯、郭夫人、黄岛主、鲁帮主这四人都是名扬天下的豪杰，这小姑娘说得出他们名头，原也不足为奇。”于是说道：“你只要再说一个，说得对，我便带你同去黑龙潭捕捉九尾灵狐。”

郭襄待要说姊夫耶律齐，觉得他武功虽高，终还够不上“大英雄”三字，要说武敦儒、武修文两位师兄罢，那更加谈不上，正自为难，突然灵机一动，说道：“好，又有一位：解困济急，锄强扶弱，众口称扬，神雕大侠！这位倘若不算是大英雄，那你便是撒赖。”杨过笑道：“小姑娘说话有趣得紧。”郭襄道：“那你便带我去黑龙潭么？”杨过笑道：“你既说我是大英雄，大英雄岂能失信于小姑娘？咱们走罢。”

郭襄很是高兴，伸出右手便牵住了他的左手。她自幼和襄阳城中的豪杰为伴，众人都当她是小侄女看待，互相脱略形迹，绝无男女之嫌，这时她心中一喜，竟也没将杨过当作外人。

杨过左手被她握住，但觉她的小手柔软娇嫩，不禁微微发窘，若要挣脱，似乎显得无礼，侧目向她望了一眼，见她跳跳蹦蹦，满脸喜容，实无半分他念，于是微微一笑，手指北方，说道：“黑龙潭便在那边，过去已不在远。”借着这么一指，将手从郭襄手掌中抽了出来。杨过少年时风流倜傥，言笑无忌，但自小龙女离去之后，他郁郁寡欢，深自收敛，十余年来行走江湖，遇到年轻女子，他竟比道学先生还更守礼自持，虽见郭襄纯洁无邪，但十多年来拘谨惯了，连她的手掌也不敢多碰一下。

郭襄丝毫不觉，和他并肩而行，走了几步，见那神雕形貌虽丑，躯体却极雄伟，伸手拍了拍它的背脊。她从小便和一对白雕玩惯了，常自拍打为戏，哪知这神雕翅膀微展，刷的一下，将她手臂推开。郭襄吃了一惊，“啊”的一声叫了出来。

杨过笑道：“雕兄勿恼！何必和人家小姑娘一般见识？”郭襄伸了伸舌头，走到杨过右侧，不敢再和神雕靠近。她哪里知道，她家中的双雕乃是家畜，这神雕于杨过却是半师半友，以年岁而论更属前辈，身份大不相同。

两人一雕向着黑龙潭而去。那所在极易辨认，方圆七八里内草木不生。黑龙潭本是一座大湖，后因水源干枯，逐年淤塞，成为一片污泥堆积的大沼泽。只一顿饭功夫，杨过和郭襄已来到潭边。纵目眺望，眼前一片死气沉沉，只潭心堆着不少枯柴茅草，展延甚广，那九尾灵狐的藏身所在，想必便在其中。

杨过折下一根树枝掷入潭中。树枝初时横在积雪之上，过不多时便渐渐陷落，下沉之势虽甚缓慢，却绝不停留，眼见两旁积雪掩上，树枝终于没得全无半点踪迹。郭襄不禁骇然："树枝份量甚轻，尚自如此，这淤泥上怎能立足？"怔怔望着杨过，不知他有何妙策。

杨过折下两根树干，每根长约六尺，拉去小枝，缚在脚底，道："我且试试，不知成与不成？"身子向前一挺，飞也似的在积雪上滑了开去。但见他东滑西闪，左转右折，实无瞬息之间停留，在潭泥上转了个圈子，回到原地。

郭襄拍手笑道："好本事，好功夫！"杨过见她眼光中充满艳羡之意，知她极盼随己入潭捉狐，但自量又无这等轻身本领，笑道："我答应过要带你到黑龙潭捕捉九尾灵狐，你有没胆子？"郭襄轻轻叹了口气，说道："我没你这般本领，纵有胆子，也是枉然。"杨过微笑不语，又折下两根五尺来长的树干，递给郭襄，说道："缚在自己脚底下罢！"

郭襄又惊又喜，将树枝牢牢缚在脚底。杨过道："你身子前倾，脚下不可丝毫使力。"伸左手握住了她右手，轻喝："别怕！"一提一拉，郭襄身不由主的跟着他滑入了潭中。初时心中惊慌，但滑出数丈后，只觉身子轻飘飘的有如御风而行，脚下全不着力，连叫："当真好玩！"

两人滑了一阵，杨过忽然奇道："咦！"郭襄道："怎么？"她微一凝神，足下稍重，左脚一沉，污泥没上了足背，她惊叫一声："啊哟！"杨过一提将她拉起，说道："记着，时刻移动，不得有瞬息之间在原地停留。"郭襄道："是了！你瞧见了什么？是九尾灵狐吗？"杨过道："不是！那潭中好似有人居住。"郭襄大奇："这地方怎住得人？”杨过道：“我也是不懂了。但这些柴草布置有异，并非天然之物。”

这时两人离那些枯柴茅草更加近了，郭襄仔细瞧去，说道：“不错，乙木在东，丙火在南，戊土居中，北方却不是癸水，而是庚金之象。”

她自幼听母亲谈论阴阳五行之变，也学了两三成。她与姊姊郭芙性格颇有差异，虽然豪爽，却不鲁莽，可比姊姊聪明得多。黄蓉常说：“你外公倘若见了你，定是喜欢到了心坎儿中去。”黄药师颇务医卜星相、琴棋书画，以及兵法纵横诸般杂学，郭襄小小年纪，竟隐然有外祖之风，只是分心旁骛，武功进境便慢，同时异想天开，我行我素，行事往往出人意表，令郭靖、黄蓉头痛之极。她在家中有个外号，叫作“小东邪”。比如这次金钗换酒飨客，跟随一个素不相识的大头鬼去瞧神雕侠，又跟一个素不相识的神雕侠去捕捉灵狐，其大胆任性之处，与当年的黄蓉、郭芙均自不同。

杨过听她道出柴草布置的方位，颇感诧异，问道：“你怎知道？是谁教你的？”郭襄笑道：“我是在书上瞧来的，也不知道说得对不对。但我瞧这潭中的布置也平平无奇，不见得是什么了不起的高人。”

杨过点头道：“嗯，但那人在污泥潭居住，竟不陷没，这可奇了。”于是朗声说道：“黑龙潭中的朋友，有客人来啦。”过了一会，潭中寂静无声。杨过再叫一遍，仍然无人应答。杨过道：“看来虽然有人堆柴布阵，却不住在此地，咱们过去瞧瞧。”向前滑出二十余丈，到了堆积柴草之处。

郭襄忽觉脚下一实，似是踏到了硬地。杨过更早已察觉，笑道：“说来平平无奇，原来潭中有个小岛。”一句话刚说完，突然眼前白影闪动，茅草中钻出两只小狐，却是一对九尾灵狐，一向东北，一向西南，疾奔而远。

杨过叫道："你站在这里别动！"腰间一挺，对着奔向东北的那头灵狐追了下去。这时他不用照顾郭襄，在雪泥之上展开轻功滑动，当真是疾如飞鸟。可是那灵狐奔得也真迅捷，一溜烟般折了回来，掠过郭襄的身前。突然风声微响，杨过急闪而至，衣袖挥出，堪堪要卷到灵狐，那灵狐猛地跃起，在空中翻了个筋斗，这么一来，杨过的衣袖便差了尺许，没有卷到。郭襄连叫："可惜！"

但见一人一狐在茫茫白雪上犹如风驰电掣般追逐，只把郭襄瞧得惊喜交集，不住口的叫嚷为杨过助威："神雕侠，再快一点儿！小灵狐，你终于逃不了，不如投降了罢！"另一头灵狐东一钻，西一纵，时时奔近杨过身边。杨过知它故意来扰乱自己心神，只作不见，始终追逐第一头灵狐，要叫它跑得筋疲力竭。哪知这灵狐身子虽小，力道却长，自知今日面临大难，奋力狂奔，全无衰竭之象。

杨过奔得兴发，脚下越来越快，见另一头灵狐为救同侣又奔过来打岔，笑骂："小畜生，难道我便奈何你不得。"俯身抓起一团白雪，随手一捏，已然坚如石块，呼的一声掷出，正中那灵狐脑袋，当即翻身栽倒。杨过不欲伤它性命，是以出手甚轻，那灵狐在地下打了个滚，复又站定，奔入岛上的茅草丛中，再也不敢出来了。

杨过若是如法炮制，立时便可将那头亡命而奔的灵狐击倒擒住，但他存心和它赛一赛脚力，说道："小狐狸，我若用雪团打你，你死了也不心服。大丈夫光明正大，我若果追你不上，那便饶你性命。"一口气提到胸间，身子向前，凌空飞扑，借着滑溜之势，竟已赶到灵狐之前，回身返手来捞。小灵狐大惊，向右飞窜。杨过早已有备，衣袖挥处，将灵狐卷入袖中，左手拿住它头颈提了起来，得意之下，不禁哈哈大笑。

但笑声忽然中歇，只见那灵狐直挺挺的一动也不动，竟已死了。杨过心想："糟糕，我袖子一卷之力使得太大，这小东西原来如此脆弱，但不知死狐狸的血是否能够治得史老三的内伤？"他提着死狐，滑到郭襄身边，说道："这只狐狸死了，只怕不中用，咱们再捉那头活的。"说着将死狐往地下一掷。他生怕狐狸装死，虽将它掷出，衣袖后甩，只待它一动，立时挥出将之卷回，但那灵狐动也不动，显是死得透了。

郭襄道："这小狐狸生得倒也可爱，想是奔得累死了的。"提起一根枯柴，说道："我去赶那头小狐出来，你在这里候着。"说着走前数步，将枯柴往草丛中打了下去。

一下打落，待要提起再打第二下，说也奇怪，竟然提不起来，似乎被草丛中什么野兽牢牢咬住了。郭襄"咦"的一声惊叫，用力一夺，柴枝反而脱手落入了草丛。

跟着瑟的一响，草丛中钻出一个人来，一头白发，衣衫褴褛，却是个年老婆婆，恶狠狠的望着郭襄，举起柴枝，作势欲打。郭襄大惊，忙向后跃，退到杨过身旁。

便在此时，地下那头死狐狸翻身跃起，窜入了那老妇的怀抱之中，一对小眼骨溜溜望着杨过，原来它竟是装死。

杨过见这情景，又是好气，又是好笑，心想："今日居然输给了一只小畜生，看来这对小狐还是这老婆婆养的。这人不知是谁，江湖上可没听人说起有这么一号人物。若是要那小狐，只怕尚有周折。"于是垂手唱喏，说道："晚辈冒昧进谒，请前辈恕罪。"

那老妇瞧了瞧两人脚下的树枝，脸上微有惊异之色，但这惊奇的神情一现即逝，挥手说道："老妇人隐居僻地，不见外客，你们去罢！"话声阴恻恻的又尖又细，眉梢眼角之间隐隐有股戾气。

杨过见这老妇容颜令人生怖，但眉目清秀，年轻时显是个美人，实在想不起这是何人，当下又施一礼，说道："在下有一位朋友受了内伤，须九尾灵狐之血方能医治，伏望老前辈开恩赐予，救人一命，在下和敝友同感大德。"

那老妇仰天大笑："哈哈，哈哈，嘿嘿！"良久不绝，但笑声中却充满着凄惨狠毒之意，笑了一阵，这才说道：“受了内伤，须得救他性命。好啊，为什么我的孩儿受了内伤，旁人却死也不肯救他性命？”杨过悚然而惊，说道：“不知前辈的令郎受了什么内伤？这时施救，还来得及么？”那老妇又是哈哈大笑，说道：“还来得及么？还来得及么？他死了几十年啦，尸骨都已化作了尘土，你说还来得及么？”

杨过知她忆及往事，心情异常，不便多说什么，只得说道：“我们昧然来此求这灵狐，原是不该，常言道无功不受禄，老前辈若有所命，只教在下力之所及，自当遵办。”

那白发老妇眼珠骨溜溜一转，说道：“老妇人孤居泥塘，无亲无友，全仗这对灵狐为伴。你要拿去，那也可以，你便把这小姑娘留下，陪伴老妇人十年。”

杨过眉头一皱，尚未回答，只听郭襄笑道：“这地方都是烂泥枯柴，有什么好玩？我才不爱在这儿呢。你若嫌寂寞无聊，便请到我家去，住十年也好，二十年也好，我爹爹妈妈定对老前辈款以上宾之礼，岂不是好？”那老妇脸一沉，怒道：“你爹妈是什么东西，便请得到我？”郭襄性子豁达大量，别人纵然莽撞失礼，她总是一笑便罢，极少生气。那老妇这句话重重得罪了郭靖、黄蓉，若是给郭芙听到了，立时便起风波，郭襄却只微笑着向杨过伸了伸舌头，不以为意。

杨过觉得这小姑娘随和可亲，丝毫没替他招惹麻烦，向她略一点头，意示嘉许，转头向那老妇道：“前辈对这小妹妹赐垂青目，原是她难求的机缘，但她未得父母允可，自己未便作主……”

那老妇厉声道：“她父母是谁？你是她什么人？”杨过微一踌躇，对这两句话均感难以回答。郭襄已接口道：“我爹爹妈妈是乡下人，说来老前辈也不会知道。他……他么？他是我的……大哥哥！”说了眼望杨过。

这时杨过双目也正瞧着她，两人眼光一触。杨过脸上戴着人皮面具，死板板、阴沉沉的不现喜怒之色，但眼光中却流露出亲近回护的暖意。郭襄心中一动，不禁想道："倘若我真有这么一位大哥哥，他定会处处照顾我、帮着我，决不像姊姊那样，成日价便是啰唆骂人，这个不对，那个不许的。"想到此处，脸上充满着温柔敬服的神色。杨过道："是啊。我这个小妹子年幼不懂事，我便带她出来阅历阅历……"郭襄本来担心杨过出言否认，听他如此说，不由得满脸喜色，又听他道："她见这九尾灵狐如此神异，知道必是一位了不起的前辈高人所养，是以随晚辈同来拜见。得睹尊范，实是有幸。"

那老妇冷笑道："说话乱拍马屁，又有何用？你们如此追逐击打我的灵狐，是尊重前辈之道么？快快给我滚了出去，永远休得再来滋扰！"说着双掌一挥，一掌推向杨过，一掌推向郭襄。三人相隔一丈有余，那老妇凌空出掌，原是击不到杨郭二人身上，但郭襄见她手掌拍出，一股寒风便袭了过来。杨过衣袖微摆，将她推向郭襄的掌风化解于无形，对推向自己的掌风却不理睬。

那老妇原本不想伤害二人，只求将他们逐出黑龙潭去，因此掌上只使了五成力，但见眼前二人竟是浑若无事，不由得又惊又怒，气凝丹田，手掌上加了一倍力量，仍是两掌推出，这时已顾不得对方的死活了。郭襄一觉掌风袭到，胸口立感闷塞，但杨过衣袖一挥，寒气登消，心知两人正自比拚内功，眼见那老妇剑拔弩张，容色可怖，杨过却意定神闲，自是占了上风。

那老妇身形疾闪，倏地窜前，这一下快得出奇，只听蓬的一声响，双掌已结结实实的击在杨过胸前。她一击即退，不让杨过还手，已退出在两丈以外。郭襄大惊，拉着杨过的手问道："你……你可有受伤么？"那老妇厉声道："你中了我'寒阴箭'掌力，已活不到明天此刻，这可是自作自受，须怪不得旁人。"

当十五年之前，杨过的武功已远非这老妇所能及，这时他内外兼修，渐臻入神坐照的化境，那老妇的“寒阴箭”掌力虽然狠毒凌厉，却如何伤得了他？只不过他与这老妇无怨无仇，又是为求她心爱之物而来，贸然捕捉灵狐，终究自己理亏，因此便任她拍击三掌，竟不还手。

那老妇二十余年来苦练“寒阴箭”掌力，已能一掌连碎十七块青砖，而每块青砖的砖屑决不四散飞扬，实是阴狠强劲，兼而有之。她见杨过中了自己双掌，定已内脏震裂，但仍是笑吟吟的浑若无事，心道：“这小子临死还在硬挺。”说道：“乘着还未倒毙，快快带了小娃儿出去罢，莫要死在我黑龙潭中。”

杨过抬起头来，朗声说道：“老前辈僻处荒地，或不知世间武学多端，诸家修为，各有所长。”说罢纵声长笑，笑声雄浑豪壮，直有裂石破云之势，显是中气沛然，内力深湛。

那老妇一听，知他竟然丝毫未受损伤，不由得脸如死灰，身子摇晃，这时才知他让了自己三掌，自己可绝非他的对手，当下不等他笑完，提起怀中灵狐，撮唇一吹，另一头灵狐也从草丛中钻出，跃入老妇怀中。那老妇厉声说道：“尊驾武学惊人，令人好生佩服，但若要恃强抢夺老婆子这对灵狐，却是休想。你只要走上一步，老婆子先捏死了灵狐，教你空手而来，空手而归。”

杨过见她说得斩钉截铁，知道这老妇性子极硬，宁死不屈，不由得大费踌躇。倘若抢着出手点她穴道，再夺灵狐，瞧来她竟会一怒自戕。这样史叔刚纵然救活，岂不是另伤了一条无辜性命？

便在此时，身后忽然传来一声佛号：“阿弥陀佛！”接着有人说道：“老僧一灯求见，盼瑛姑赐予一面。”

郭襄四顾无人，心中大奇，听这声音并不响亮，明明是从近处发出，但四下里绝无藏身之处，这说话之人却在哪里？她曾听母亲说起过，知道一灯大师是前辈高人，曾救过母亲之命，又是武氏兄弟之父武三通伯伯的师父，只是她从未见过，这时忽然听到有人自称“一灯”，自是又惊又喜。

杨过听到一灯的声音，也是十分欢喜，他知一灯所使的是上乘内功“千里传音”之法。这功夫虽然号称“千里传音”，自然不能当真声闻千里，但只要中间并无大山之类阻隔，功夫高深之人可以音送数里，而且听来如同人在身侧，越是内功深湛，传音越是柔和。杨过只听了他这两句话，心下便大为钦服，自叹这位高僧功力浑厚，自己颇有不及，又想：“这老妇原来叫作瑛姑。不知一灯大师要见她何事？有他出面调处，灵狐或能到手。”

黑龙潭中这个老妇正是瑛姑。当年一灯大师在大理国为君之时，瑛姑是他宫中贵妃，老顽童周伯通与她私通，生下一子。后来裘千仞以铁掌功将孩儿震伤，段皇爷以妒不救，孩儿因之死亡，段皇爷悔而出家，是为一灯。瑛姑在华山绝顶杀裘千仞不得、追周伯通未获，其后漫游江湖，终于在黑龙潭定居。这时一灯到黑龙潭外已有七日，每天均于此时传声求见，但瑛姑记着数十年前他狠心不救孩儿的恨事，心中怨毒难解，始终不愿和他相见。

杨过见瑛姑退了几步，坐在一堆枯柴之上，目光中流露出恶狠狠的神色。过了一会，听得一灯又道：“老僧一灯千里来此，但求瑛姑赐予一面。”瑛姑提着一对灵狐，毫不理会。杨过心想：“一灯大师武功高出她甚多，若要过来相见，非她能拒，何必如此苦苦相求？”只听得一灯又说一遍，随即声音寂然，不再说了。

郭襄道：“大哥哥，这位一灯大师是个了不起的人物，咱们去见见他可好？”杨过道：“好！我正要去见他。”但见瑛姑缓缓站起，目露凶光，见着这副神情心中极不舒服，于是握着郭襄的手，说道：“走罢！”两人身形一起，从雪地上滑了出去。

郭襄被杨过拉着滑出数十丈，问道：“大哥哥，那一灯大师是在哪里啊？我听他说话，好似便在身旁一般。”杨过被她连叫两声“大哥哥”，听她语声温柔亲切，心中一凛，暗想：“决不能再惹人堕入情障。这小姑娘年幼无知，天真烂漫，还是及早和她分手，免得多生是非。”但在这污泥之中瞬息之间也停留不得，更不能松开她手。郭襄道：“我问你啊，你没听见么？”

杨过道：“一灯大师在东北角上，离这里尚有数里，他说话似近实远，使的是‘千里传音’之术。”郭襄喜道：“你也会这法儿？教教我好不好？日后咱们相隔千里，我便用这法儿跟你说话，岂不有趣？”杨过笑道：“说是千里传音，其实能够声闻里许，已经是了不起的功夫了。要练到一灯大师这等功力，便如你这般聪明，也得等头发白了才成呢。”郭襄听他称赞自己聪明，很是高兴，说道：“我聪明什么啊？我能及得上我妈十分中的一分，就心满意足了。”

杨过心中一动，见她眉目之间隐隐和黄蓉有三分相似，寻思：“生平所见人物，不论男女，说到聪明机变，再无一人及得上郭伯母，难道她竟是郭伯母的女儿么？”但随即哑然失笑：“世上哪有这等巧事？倘若她真是郭伯母的女儿，郭伯伯决不能任她在外面乱闯。”问道：“令堂是谁？”

郭襄先前说过父亲和母亲是大英雄，这时不好意思便说自己是郭靖、黄蓉的女儿，笑道：“我的妈妈，便是我的妈妈，说出来你又不认得。大哥哥，你的本事大呢，还是一灯大师的大？”

杨过这时人近中年，又经历了与小龙女分手的惨苦磨练，虽是豪气不减，少年时飞扬跳脱的性情却已收敛了大半，说道：“一灯大师望重武林，数十年之前便已和桃花岛主齐名，是当年五大高人中的南帝，我如何能及得上他老人家？”郭襄道：“要是你早生几十年，当世便有六大高手了。那是东邪、西毒、南帝、北丐、中神通、神雕侠。啊，还有郭大侠和郭夫人。那是八大高手。”杨过忍不住问道：“你见过郭大侠和郭夫人么？”郭襄道：“我自然见过的，他们喜欢我得很呢。你识得他们么？待万兽山庄这事一了，我同你一起去瞧瞧他们好不好？”

杨过对郭芙砍断自己手臂的怨气，经过这许多年后已渐淡忘，但小龙女身中剧毒以致迫得分隔十六年，此事却不能不使他恨极郭芙，当下淡淡的道：“到得明年，或者我会去拜见郭大侠夫妇，但须得等我见到我妻子之后，那时我夫妻俩同去。”他一说到小龙女，忍不住心头大是兴奋。

郭襄也觉得他手掌心突然潮热，问道：“你夫人一定极美，武功又好。”杨过叹道：“世上再没一人能有她这么美了。嗯，说到武功，此时一定也已胜过我许多。”郭襄大起敬慕之心，道：“大哥哥，你定要带我见见你的夫人，你答应我，肯不肯？”杨过笑道：“为什么不肯？内人一定也会喜欢你的，那时候你才真的叫我大哥哥罢。”郭襄一怔，问道：“为什么现下叫不得？”

便这么一停，她右足陷入了污泥。杨过拉着她一跃，向前急滑十余丈，远远望见雪地上有一人站着，白须垂胸，身披灰布僧袍，正是一灯大师，当下朗声说道：“弟子杨过，叩见大师。”带着郭襄，提气奔到他的身前。

一灯所站处已在黑龙潭的污泥之外，他乍闻“弟子杨过”四字，心头一喜，见他拜倒在地，忙伸手扶起，笑道：“杨贤侄别来无恙，神功进境若斯，可喜可贺。”

杨过站起身来，只见一灯身后地下横卧着一人，脸色蜡黄，双目紧闭，似乎是具死尸，不禁一呆，凝目看时，却是慈恩，惊道：“慈恩大师怎么了？”一灯叹道：“他为人掌力所伤，老衲虽已竭尽全力，却也回天乏术。”

杨过俯身按慈恩脉搏，只觉跳动既缓且弱，相隔良久，方始轻轻一动，若非他内功深厚，早已死去多时，问道：“慈恩大师这等武功，不知如何竟会遭人毒手？”

一灯道："我和他在湖南隐居，近日来风声频传，说道蒙古大军久攻襄阳不下，发兵绕道南攻大理，以便回军迂回，还拔襄阳。慈恩见老衲心念故国，出去打探消息，途中和一人相遇，二人激斗一日一夜，慈恩终于伤在他的手下。"杨过顿足道："唉，原来金轮法王这老贼又来到中原！"

郭襄奇道："你怎知是金轮法王，一灯大师又没说是他？"杨过道："大师说他连斗一日一夜，那么慈恩大师自不是中了旁人的奸计暗算。当今之世，能用掌力伤得了慈恩大师的，屈指算来不过三数人而已，而这数人之中，又只金轮法王一人才是奸恶之辈。"郭襄道："你找这奸徒算账去，好不好？也好替这位大和尚报了这一掌之仇。"

慈恩横卧地下，双目紧闭，气息奄奄，这时突然睁开眼来，望着郭襄摇了摇头。郭襄道："怎么？你不要报仇么？啊，你是说那金轮法王很厉害，生怕我大哥哥不是他的敌手。"

一灯道："小姑娘猜错了。我这徒儿生平造孽甚多，这十余年中力求补过，恶业已消去大半，但有一件事使他耿耿于怀，临死之际不得瞑目。这决不是盼望有人代他报仇，将仇人打死，而是但愿能获得一人饶恕，便可安心而逝。"郭襄道："他是来求这烂泥塘中的老太婆么？这个人心肠硬得很，你如得罪了她，她是决不肯轻易饶人的。"一灯叹了口气，道："正是如此！我们已在此求恳了七日七夜，她连相见一面也都不肯。"

杨过心中一凛，突然想起那老妇人所说孩儿受伤、别人不肯医治那一番话，说道："那是为了她的孩儿受伤不治之事了？"一灯身子微微颤动，点了点头，道："原来你都已知道了。"杨过道："弟子不知此中情由，只是曾听泥潭中那位前辈提起过两句。"于是将为追九尾灵狐而与那老妇相遇的经过简略说了。

一灯轻轻的道："她叫瑛姑，从前是我的妻子，她……她的性子向来是十分刚强的。唉，再拖下去，慈恩可要支持不住了。”郭襄心中立时生出许多疑团，但一时也不敢多问。

杨过慨然道：“人孰无过，既知自悔，前事便当一笔勾销。这位瑛姑，胸襟也未免太放不开了。”他见慈恩去死不远，不由得大起侠义之心，说道：“大师，弟子放肆，要硬逼她出来，当面说个明白。”

一灯沉吟半晌，心想：“我和慈恩二人此来是为求瑛姑宽恕，自是万万不能用强。但苦苦哀求多日，她始终不肯见面，瞧来再求下去也是枉然。杨过若有别法，试一试也好，就算无效，也不过不见面而已。”说道：“贤侄能劝得她出来，那是再好不过，但千万不能伤了和气，反而更增我们的罪孽。”

杨过点头答应，取出一块手帕，撕成四片，将两片塞在慈恩耳中，另两片递给郭襄，做个手势。郭襄会意，塞在耳内。杨过对一灯道：“弟子班门弄斧，要教大师见笑了。”一灯合什道：“贤侄妙悟神功，世所罕见，老衲正要领教。”杨过又谦了几句，气凝丹田，左手抚腰，仰首纵声长啸。

这啸声初时清亮明澈，渐渐的越啸越响，有如雷声隐隐，突然间忽喇喇、轰隆隆一声急响，正如半空中猛起个焦雷霹雳。郭襄耳中虽已塞了布片，仍然给这响声震得心魂不定，花容失色。那忽喇喇、轰隆隆的霹雳般的声音一阵响似一阵，郭襄好似人在旷野，一个个焦雷在她身畔追打，心头说不出的惶恐惊惧，只盼杨过的啸声赶快止歇，但焦雷阵阵，尽响个不停，突然间雷声中又夹着狂风之声。

郭襄唤道：“别叫了，我受不住了啦！”但她的喊声全被杨过的呼啸掩没，连自己也听不到半点，只觉得魂飞魄散，似乎全身骨骼都要被啸声震松。

便在此时，一灯伸手过来，握住她的手掌。郭襄定了定神，觉得有一股暖气从一灯的手掌中传了过来，知他是以内力助己镇定，于是闭目垂首，暗自运功，耳边啸声虽然仍如千军万马般奔腾汹涌，却已不如适才那般令人心惊肉跳。

杨过纵声长啸，过了一顿饭时分，非但没丝毫衰竭之象，反而气势愈来愈壮。一灯听得也不禁暗自佩服，虽觉他啸声过于霸道，使的不是纯阳正气，但自己当日盛年之时，却也无这等充沛的内力，此时年老力衰，自更不如；心想这位杨贤侄内力之刚猛强韧，实非当世任何高手所能及，不知他如何练来。杨过随着神雕在海潮狂涛之中练功，一灯并不知情。

再过半炷香时分，迎面一个黑影从黑龙潭中冉冉而来。杨过衣袖一拂，啸声登止。郭襄嘘了一口长气，兀自感到一阵阵头晕脑胀。

只听得那人影尖声说道："段皇爷，你这么强凶霸道，定要逼我出来相见，到底为了何事？"一灯道："是这位杨贤侄作啸相邀。"

说话之际，那人影已奔到身前，正是瑛姑。她听了一灯之言，惊疑不定，寻思："世间除了段皇爷之外，居然尚有人内功这等高深。此人虽然面目难辨，但头发乌黑，最多也不过三十余岁年纪，怎能有如此功力？先前他受我三掌不伤，已令人惊奇，这啸声却直是可怖可畏。"适才杨过的啸声震得她心魂不定，知道若不出潭相见，对方内力一催，自己势非神智昏乱、大受内伤不可，受了对方挟制，不得不出，脸色自然十分勉强。

她定了定神，向杨过冷然道："灵狐便给你，老婆子算是服了你，快快给我走罢。"说着抓住灵狐头颈，便要向杨过掷来。杨过道："且慢，灵狐乃是小事，一灯大师有事相求，且请听他一言。"瑛姑冷冷的望着一灯，道："便听皇爷下旨罢！"

一灯喟然道："前尘如梦，昔日的称谓，还提它作甚？瑛姑，你可认得他么？"说着伸手指向横卧在地的慈恩。这时的慈恩已改作僧装，比之三十余年前华山绝顶上相会之时，面目亦已大不相同。瑛姑瞧了他一眼，道：“我怎认得这和尚？”

一灯道：“当日用重手法伤你孩儿的是谁？”瑛姑全身一震，脸色由白转红，立时又从红转白，颤声道：“裘千仞那恶贼，他便是尸骨化灰，我也认得出他。”一灯叹道：“事隔数十年，你还是如此怨毒难忘。这人便是裘千仞！你连他相貌也不认得了，可是还牢牢记着旧恨。”

瑛姑大叫一声，缩身上前，十指如钩，作势便要往慈恩胸口插落，细瞧他的脸色，果然依稀有几分像裘千仞的模样，但凝目瞪视一阵，又似不像，只见他双颊深陷，躺在地下一动不动，人已死去了大半，厉声道：“这人当真是裘千仞？他来见我作甚？”

一灯道：“他确是裘千仞。他自知罪孽甚深，已皈依我佛，投在我门下出家为僧，法名慈恩。”瑛姑哼了一声道：“作下罪孽，出家便可化解，怪不得天下和尚道士这般众多。”一灯道：“罪孽终是罪孽，岂是出家便解？慈恩身受重伤，命在旦夕之间，念着昔年伤了你孩儿，深自不安，死不瞑目，因此强忍一口气不死，千里跋涉，来到此处，求你宽恕他的罪过。”

瑛姑双目瞪视慈恩，良久良久，竟是一瞬也不瞬，脸上充满着憎恨怨怒，便似毕生的痛苦不幸，都要在这顷刻间发泄出来。

郭襄见她神色如此可怖，不禁暗自生惧，只见她双手提起，运劲便欲下击。郭襄虽然害怕，但忍不住喝道：“且慢！他已伤成这个样子，你再打他，是何道理？”

瑛姑冷笑道：“他杀我儿子，我苦候了数十年，今日才得亲手取他性命，为时已经太迟。你还问我是何道理！”

郭襄道：“他既已知道悔悟，旧事何必斤斤计较？”瑛姑仰天大笑，说道：“小娃儿，你说得好轻描淡写！倘若他杀的是你儿子，你便如何？”郭襄道：“我……我……我哪里来的儿子？”瑛姑哼了一声，道："倘若他杀的是你丈夫，是你情人，那又怎样？"郭襄脸上一红，道："你胡说八道，我哪里来的丈夫、情人？"

瑛姑恼怒愈增，哪愿更与她东扯西缠，凝目望着慈恩，双掌便要拍落，突见慈恩叹了一口气，嘴角边浮过一丝笑意，低声道："多谢瑛姑成全。"

瑛姑一愣，手掌便不拍落，喝道："什么成全？"转念间已明白了他的心意，原来他自知必死，却盼自己加上一掌，以便死在自己手下，一掌还一掌，以了冤孽。她冷笑数声，说道："哪有这样的便宜事？我不来杀你，可是我也不饶你！"这三句话说得阴气森森，令人不自禁的感到一阵寒意。

杨过知道一灯决不会跟她用强，郭襄是小孩儿家，说出话来瑛姑也不重视，自己再不干预，此事终无了局，于是冷然道："瑛姑前辈，你们相互间的恩恩怨怨，我亦不大了然。只是前辈说话行事未免太绝，杨过不才，此事却要管上一管。"

瑛姑愕然回顾，她击过杨过三掌，又听过他的啸声，知道此人武功之高，自己实难望其项背，想不到在这当口，他又出来恃强相逼，思前想后，不由得悲从中来，往地下一坐，放声大哭起来。

这一哭不但杨过和郭襄莫名其妙，连一灯也是大出意外。只听她哭道："你们要和我相见，软求不成，便出之硬逼。可是那人不肯见我，你们便不理会了。"

郭襄忙道："老前辈，是谁不肯见你啊？我们也帮你这个忙。"瑛姑道："你们只能来欺侮我女流之辈，遇到真正厉害的人物，你们岂敢轻易惹他？"郭襄道："我这小丫头自是无用，但眼前有一灯大师和我大哥哥在此，却又怕谁来？"

瑛姑微一沉吟，霍地站起，说道："你们只要去找了他来见我，跟我好好说一会子话，那么要灵狐也好，要我跟裘千仞和解也好，我全依得。"杨过道："前辈要见的是谁，却是如此难见？"瑛姑指着一灯，低声道："你问他好了。"

郭襄见她脸上似乎隐隐浮过一层红晕，心中大奇："这么老了，居然还会害羞?"

一灯见杨过和郭襄一齐望着自己，缓缓道："他说的是老顽童周伯通周师兄。"

杨过喜道："是老顽童么？他和我也很说得来，我去找他来见你便是。"

瑛姑道："我的名字叫作瑛姑，你须得先跟他说明白了，再来见我。否则他一见到我便走，那可再也找他不着。只要他肯来，一切唯君所命。"

杨过见一灯缓缓摇头，心知周伯通和瑛姑必有重大过节，因而无论如何不肯见面，但想周伯通童心甚盛，说不定能用个什么古怪计策将他骗来，说道："那老顽童在什么地方？晚辈尽力设法邀他前来便是。"

瑛姑道："此去向北百余里，有个山谷，叫作百花谷，他便隐居其间，养蜂为乐。"

杨过听到"养蜂为乐"四字，立时便想起小龙女，又记起周伯通当年自小龙女处习得指引玉蜂之法，不由得眼眶一红，说道："好！晚辈这便去见他，请各位在此稍候。"说着向瑛姑问明了百花谷的所在，转身便行。郭襄跟随在后。

杨过俯首低声道："那位一灯大师武学深湛，人又慈和，你留在此处，向他讨教一些功夫，只要他稍加指点，你便终身受用不尽。"郭襄道："不，我要跟你去见那个老顽童。"杨过皱眉道："这是十分难逢的良机，你怎地白白错过了。"郭襄道："找到老顽童后，你要走了，我也得回家去，还是让我和你同去罢！"这几句话中，大有相处之时无几、多得一刻便好一刻之意。

杨过见她对自己颇为依恋，心想："我若真有这么一个小妹妹为伴，浪荡江湖，却也减少几分寂寞。”微微一笑，说道：“你一晚没睡，难道不倦吗？”郭襄道：“倦是有些倦的，不过我要同你去。”杨过道：“好罢！”拉着她的手掌，展开轻功飞奔。

郭襄给他这么一拉，身子登时轻了大半，步履间毫不费力，笑道：“若是你不拉着，我也能跑得这么快，那才好呢。”杨过道：“你的轻功根柢已很不错，再练下去，终有一天会这样。”突然仰起头来，一声唿哨。郭襄吓了一跳，伸左手按住耳朵。杨过却非作啸，只见神雕从右侧树丛中大踏步出来。杨过道：“雕兄，我们北去有事，你也去罢。”神雕昂首啼鸣数声，也不知它懂不懂，便与杨过、郭襄并肩而行。

行出里许，神雕越奔越快，郭襄虽有杨过提携，仍是渐渐追赶不上。神雕不耐烦了，双膝一弯，矮了身子。杨过笑道：“雕兄愿意负你一阵，你谢谢它罢！”郭襄不敢对神雕无礼，先向它裣衽施礼，这才坐到它的背上。

神雕跨开大步，郭襄但觉风生耳际，两旁树木不住的倒退，虽然未如她家中双雕飞行之速，却也有如快马。杨过大袖飘飘，足不点地般随在神雕之旁，间或和郭襄指点江山，议论风物，说几句笑话。郭襄大乐，但觉生平际遇之奇，从未有如今日，只盼神雕行得慢些，那百花谷愈是迟到愈好。

日未过午，一人一雕已奔出百余里，杨过依着瑛姑所指的路径，转过两个山坳，突然间眼前一亮，但见青青翠谷，点缀着或红或紫、或黄或白的鲜花。两人一路行来，遍地不是积雪，便是泥泞，此处竟是换了一个世界。

郭襄拍手大喜，叫道：“老顽童好会享福，竟选了如此奇妙的所在。大哥哥，你说此处怎么会这生好法？”杨过道：“此处山谷向南，高山阻住了北风，想来地下又有硫磺、煤炭等类矿藏，地气特暖，因之阳春早临，百花先放。”郭襄道：“雕伯伯，多谢你了！”从神雕背上跃下，与杨过并肩而行。

两人走进山谷，又转了几个弯，迎面两边山壁夹峙，三株大松树冲天而起，挡在山壁之间，成为两道天然的门户。耳听得嗡嗡之声不绝，无数玉蜂在松树间穿进穿出。

杨过知道周伯通便在其内，朗声说道：“老顽童，小兄弟杨过，携同小朋友来找你玩儿啦！”他其实与周伯通辈份相差三辈，叫他祖师爷也还不够，但知周伯通年纪虽老，却胡闹贪玩，越跟他不分尊卑，他越喜欢。

果然叫声甫歇，松树中钻出一个人来，杨过一见，不由得吓了一跳。十余年前与周伯通初见之时，周伯通已须眉如银，哪知此时面貌丝毫无改，而头发、胡子、眉毛，反而半黑半白，竟然比前显得更年轻了。只听他哈哈大笑，说道：“杨兄弟，怎地到今日才来找我？啊哈，你戴这鬼脸吓谁啊？”说着伸手便来抓杨过脸上的人皮面具。

周伯通这一抓是向左方抓去，杨过右肩略缩，脑袋反而向左稍偏，周伯通登时一抓落空。他五指箕张，停在杨过颈侧，微微一怔，不禁仰天大笑，说道：“杨兄弟，好功夫，好功夫！只怕已经胜过老顽童当年年轻之时。”

原来两人这么一抓一让，各已显示了极深湛的武功。按说周伯通这么一抓，手指的劲力笼罩了丈许方圆之内，杨过别说偏头相让，便是纵身急跃，也决避不过他这么一抓，除非是伸手抵格，硬碰硬的对掌，方得拆解。但杨过右肩略缩，后着便是要以铁袖功袭向周伯通前胸。老顽童凝神待架，左侧的劲力登弱，杨过将头轻轻一侧，对方硬抓的刚劲尽数卸去。

郭襄丝毫不知其中道理，只是听周伯通称赞杨过，心中得意，说道：“周老爷子，你现下的功夫强呢，还是年轻时强？”周伯通道："我年轻时白头发，现下黑头发，自然是今胜于昔。"郭襄道："现下你都胜不过我大哥哥，从前自然更加不及他了。"

周伯通并不生气，呵呵笑道："小姑娘胡说八道！"突然伸出双手，抓住她背脊和后腰，高举半空，打了三个圈子，轻轻向上一抛，又接住了轻轻放在地下。

神雕与郭襄同来，突见周伯通将她戏弄，心中生气，刷的一下，展翅向周伯通扫去。周伯通心想："我倒试试你这只扁毛畜生有多大能耐！"双掌运力，还击出去。只听得蓬的一响，双力相交。周伯通凝立不动，雕翅的扫力从他身旁掠了过去。神雕待要追击，杨过喝道："雕兄请勿无礼！眼前这位乃是前辈高人！"神雕收翅昂立，神色极是倨傲。周伯通心中佩服，笑道："好畜生！力气倒真不小，怪不得摆这么大架子。"

杨过道："这位雕兄不知已有几百岁，它年纪可比你老得多呢！喂，老顽童，你怎地返老还童，雪白的头发反而变黑了？"周伯通笑道："这头发胡子，不由人作主，从前它爱由黑变白，只得让它变，现下又由白变黑，我也拿它没有法子。"郭襄道："将来你越变越幼小，人人见了你，都拍拍你头，叫你一声小弟弟，那才教好玩呢。"

周伯通一听，不由得当真有些担忧，呆呆出神，不再言语。其实世间岂真有返老还童之事，只因他生性朴实，一生无忧无虑，内功又深，兼之在山中采食首乌、茯苓、玉蜂蜜浆等大补之物，须发竟至转色。即是不谙内功之人，老齿落后重生，筋骨愈老愈健之事，亦在所多有。周伯通虽非道士，但深得道家冲虚养生的要旨，因此年近百龄，仍是精神矍铄，这一大半可说是天性使然。

杨过见他听了郭襄一言，蓦地里担了无谓的心事，不禁暗自好笑，说道："周兄，只要你去见了一人。我保你不会越变越小。"周伯通道："去见谁啊？"杨过道："我说出此人的名字来，你可不许拂袖便走。”

周伯通只是直性子，人却不傻，否则又如何能练到这般深湛的武功？他听了杨过这两句话，隐隐已猜到他的来意，说道：“世间我有两个人不见。一是段皇爷，一是他的贵妃瑛姑。除这二人之外，谁都见得。”杨过心想：“看来只有使个激将之计。”说道：“原来你曾输在他们手里，武功不及，因此见了他们害怕。”周伯通摇头道：“不是，不是！老顽童行事卑鄙下流，对不起他二人，因此没脸和他们相见。”

杨过一呆，万万想不到周伯通不肯和瑛姑见面竟是为此，他转念极快，说道：“难道他二人大祸临头，命在旦夕，你也不肯伸手相救么？”

周伯通一愣，他对一灯和瑛姑负疚极深，两人若是有难，便舍了自己性命相救，也无半分踌躇，然见郭襄笑吟吟的绝无丝毫担忧的神色，大笑道：“你想骗我吗？段皇爷武功出神入化，怎会有大祸临头？倘若真有厉害的对头，他打不过，我也打不过。”

杨过道：“老实跟你说了罢！瑛姑思念你得紧，无论如何要你去跟她一会。”周伯通倏然变色，双手乱摇，厉声道：“杨兄弟，你只要再提一句，就请立即出我百花谷去，休怪老顽童翻脸不认人。”

杨过大袖一挥，说道：“周老兄，你想逐我出这百花谷，却也不那么容易。”周伯通笑道：“嘿嘿，难道你想跟我动手不成？”杨过道：“正要领教！若我输了，立时便出百花谷去，永世不再上门。若你输了，可得随我去见瑛姑。”周伯通道：“不对，不对！第一，我怎会输给你这小娃娃？第二，就算我输了，我也决不去见刘贵妃。”杨过怒道：“你赢了固然不去见她，输了仍然不见，那么咱们赌赛什么？”周伯通道：“不见便是不见，有什么好说的。快快动手罢！”杨过心想软骗不成，只有用强，当真动手比武，可也实无胜算，说不得，只有走到哪里是哪里了。

周伯通生性好武，虽在百花谷隐居，每日仍是练功不辍，但以他如此功力，普天下哪里找对手去？这时见杨过愿意比武，自是心痒难搔，跃跃欲试，心想若再多言，只怕他忽而又不愿动手了，岂不是错过良机？当下左掌一提，喝道："看拳！"右手一拳打了出去，使的是七十二路"空明拳法"。

杨过左手还了一掌，猛觉得对方拳力若有若无，自己掌力使实了固然不对，使虚了也是极其危险，不禁暗暗吃惊，当下展开十余年来在狂涛怒潮中所苦练的掌法还击出去。他呼呼呼连劈三掌，掌力激荡，身周花树上花瓣纷纷下坠，红黄紫白，便如下了一阵花雨，好看煞人；再劈三掌时，四下里喀喇、喀喇之声不绝，竟是枝干断折。杨过初时担心周伯通年老力衰，受不住自己刚猛无俦的掌力，出掌时均是一发即收，但六招一过，立知对方内力固厚，拳法巧妙更远在自己之上，只要稍一不慎，登时便会败在老头儿的拳下，这才鼓劲出招，再不留半分余力。

周伯通打得高兴，大叫道："好功夫，好掌法！这一架打得可真过瘾。"

两人拳掌所及的圈子渐渐扩大，郭襄一步步的向后退开。酣斗良久，老顽童那七十二路空明拳堪堪打完，他虽在招数上占了便宜，但以劲力而论，却总不及杨过在海潮中练出来的汹涌奔腾、无穷无尽之势。

郭襄站在一旁，但见群花飞舞之中，杨过与周伯通拳来足往，激斗不休。她明知两人谁也没伤害对方之意，但高手比武，打到如此兴发，只要稍有失闪，立时便有性命之忧，不禁暗自为杨过担心，两只手掌中都是捏了一把冷汗。

周伯通见自己练了数十年的"空明拳"始终奈何不了杨过，心中暗赞："好小子，了不起！"突然招式一变，左拳右掌，双手同时进搏，使的正是他独创一格的双手两用之术。这么一来，有如是老顽童摇身一变，化身为二，左右夹击。

杨过以单掌对他双手，本就吃亏，这时更感支绌。当年小龙女受周伯通之教，学会了双手同使“玉女素心剑法”，因而大败金轮法王，其后杨龙二人会面，杨过右臂已失，小龙女怕他难过，只约略一提，并没细说如何双手分使两种不同招数。这时周伯通乍然使了出来，杨过暗暗心惊，只得左掌加劲，右侧衣袖也接了对方一小半的攻势。

郭襄虽然无法领会两人招数中精微奥妙之处，但两人自旗鼓相当而转为杨过处于劣势，却也瞧得出来。她越看越惊，猛地想起父亲教自己练武之时，双手曾以两种不同武功同时与自己及兄弟破虏拆招，看来周伯通此时所使的正是父亲这门功夫。她不知父亲这本事便是周伯通所授，还道这老儿不知如何从父亲那里偷学了武功去，忍不住叫道：“老顽童住手，不公平，不公平！大哥哥，不用跟他打了。”

周伯通一怔，跳开两步，喝道：“什么不公平？”郭襄道：“你这怪招，是从我爹爹那里偷去的，用来跟我大哥哥打架，不害羞么？”周伯通听她口口声声叫杨过为“大哥哥”，只道她真是杨过的妹子，一时想不起杨过的父亲是谁，笑道：“小姑娘又来胡说，这功夫是我自己在山洞中想出来的，怎说偷自你的爹爹？”

郭襄道：“好罢！便算你不是偷的，你有两只手，我大哥哥只一条臂膀，打了这么久，还比什么？倘若我大哥哥跟你一样也有两只手，你早输了！”周伯通一呆，道：“这句话却有点道理，可是他便有两只手，却不能双手同使两般拳招啊！”说着哈哈大笑，甚是得意。

郭襄道：“你明欺我大哥哥断臂不能复生，便来说这风凉话。你倘若真是英雄好汉，比武过招时便不能占人便宜，大家公公平平的打一架，那才分得出谁强谁弱。”周伯通道：“好！我双手同使一门拳招便是。”郭襄小嘴一扁，道：“嘿嘿，亏你不害羞，这还算公平呢？”周伯通道：“难道我学他一样，也去教女人砍一条臂膀下来？”

郭襄一怔，向杨过望了一眼，寻思：“原来他这手臂是给女人砍断的。不知那恶女人是谁？怎地如此狠心？”随即说道：“那倒不用。你只须将一只手缚在腰带之中，大家独臂对独臂，不就公平了？”

周伯通觉得这样比武倒是好玩，又自恃单手使用一门武功本就习练有素，未必便不及双手，于是右臂往腰带中一插，向杨过道：“这要教你败而无怨。”

当郭襄和周伯通说话之际，杨过在旁听着，始终不插一言。他自断臂以后，虽不忌讳旁人说及“独臂”两字，但一直自负己虽独臂，决不输于天下任何肢体完好之人，待见周伯通自缚右臂，显是对自己有轻视之意，凛然说道：“老顽童，你这么做作，岂不是小看了杨过？我的独臂倘若打不过你的双手，我便自……自……”他本要说“自刎于这百花谷”，但突然想起与小龙女相会之期已在不远，岂可自轻？一时语塞，竟然说不下去。

郭襄大悔，她当初原是以小儿女的心情极力回护杨过，这时想到他是当代大侠，名满天下，决不能与自缚手臂之人相斗，忙道：“大哥哥，都是我不好……”奔到周伯通身前，将他右臂从腰带中拉了出来，说道：“我大哥哥便是一只手，也敌得过你双手齐使，不信你便试试。”

杨过不待周伯通再说什么，身形微斜，单掌便劈了过去。周伯通左手还了一拳，自忖不能占他便宜，右臂垂在腰侧，竟不举起出招。

周伯通虽以单臂应战，然招数神妙无方，杨过仍感应付不易。瞬息间二十余招过去，杨过暗想我虽只一臂，但方当盛年，与这年近百岁的老翁拆到一百余招仍是胜他不得，我这十多年来的功夫练到哪里去了？但觉周伯通发来的拳掌之力中阳刚之气渐盛，与“空明拳”的一味阴柔颇不相同，心念一动，猛地里想起了终南山古墓石壁上所见的“九阴真经”，此刻周伯通所使招数，正是真经中所载的一路“大伏魔拳法”，拳力笼罩之下，实是威不可当。杨过大喝一声：“大伏魔拳法何足道哉？你双手齐使，接一下我的‘黯然销魂掌’！”

周伯通听他叫出自己所使拳法的名称，已然一怔，又听他说要用什么“黯然销魂掌”，更是奇怪。他自幼好武，于天下各门各派的武功见闻广博之极，但“黯然销魂掌”这名目今日却是第一次听到。只见杨过单臂负后，凝目远眺，脚下虚浮，胸前门户洞开，全身姿式与武学中各项大忌无不吻合。他踏进一步，左手成掌，虚按一招，意存试探。杨过浑如不觉，理也不理。周伯通说道：“小心了！”发拳往他小腹击去。

他生怕伤了对方，这一拳只用了三成力，哪知拳头刚要触到杨过身上，突觉他小腹肌肉颤动，同时胸口向内一吸，倏地弹出。周伯通吃了一惊，忙向左跃开，心想内家高手吸胸凹腹以避敌招，原属寻常，但这等以胸肌伤人，却是见所未见，闻所未闻，当下好奇之心大起，喝道：“你这是什么武功？”杨过道：“这是‘黯然销魂掌’中的第十三招，叫作‘心惊肉跳’！”周伯通喃喃的道：“没听见过，没听见过！”杨过道：“这是我自创的一十七路掌法，你自然没听见过。”

杨过自和小龙女在绝情谷断肠崖前分手，不久便由神雕带着在海潮之中练功，数年之后，除了内功循序渐进之外，别的无可再练，心中整日价思念小龙女，渐渐的形销骨立，了无生趣。一日在海滨悄立良久，百无聊赖之中随意拳打脚踢，其时他内功火候已到，一出手竟具极大威力，轻轻一掌，将海滩上一只大海龟的背壳打得粉碎。他由此深思，创出了一套完整的掌法，出手与寻常武功大异，厉害之处，全在内力，一共是一十七招。

他生平受过不少武学名家的指点，自全真教学得玄门正宗内功的口诀，自小龙女学得玉女心经，在古墓中见到九阴真经，欧阳锋授以蛤蟆功和逆转经脉，洪七公与黄蓉授以打狗棒法，黄药师授以弹指神通和玉箫剑法，除了一阳指之外，东邪、西毒、北丐、中神通的武学无所不窥，而古墓派的武学又于五大高人之外别创蹊径，此时融会贯通，已是卓然成家。只因他单剩一臂，是以不在招数变化取胜，反而故意与武学通理相反。他将这套掌法定名为“黯然销魂掌”，取的是江淹“别赋”中那一句“黯然销魂者，唯别而已矣”之意。自掌法练成以来，直至此时，方遇到周伯通这等真正的强敌。

周伯通听说这是他自创的武功，兴致更高，说道：“正要见识见识!”挥手而上，仍是只用左臂。杨过抬头向天，浑若不见，呼的一掌向自己头顶空空拍出，手掌斜下，掌力化成弧形，四散落下。

周伯通知道这一掌力似穹庐，圆转广被，实是无可躲闪，当下举掌相迎，啪的一下，双掌相交，不由得身子一晃，都只为他过于托大，殊不知他武功虽然决不弱于对方，但一掌对一掌，却远不及杨过掌力的厚实雄浑。

周伯通吐出胸中一口浊气，喝采道：“好！这是什么名目?”杨过道：“这叫作‘杞人忧天’！小心了，下一招乃是‘无中生有’!”

周伯通嘻嘻一笑，心想“无中生有”这拳招之名，真是又古怪又有趣，亏这小子想得出来，于是猱身又上。杨过手臂下垂，绝无半点防御姿式，待得周伯通拳招攻到近肉寸许，突然间手足齐动，左掌右袖、双足头锤、连得胸背腰腹尽皆有招式发出，无一不足以伤敌。

周伯通虽然早防到他必有绝招，却万万料想不到他竟会全身齐攻，瞬息之间，十余招数同时攻到，说来“无中生有”只是一招，中间实蕴十余招变式后着，饶是周伯通武学深湛，也闹了个手忙脚乱。他右臂本来下垂不用，这时不得不举起招架，竭尽全力，才抵挡了这一路掌法，说到还招，竟是不能的了。总算一一挡过，急忙跃后丈许，以防杨过更有古怪后着。

郭襄叫道：“周老爷子，你两只手齐用也不够，最好是多生一只手。”周伯通也不以为忤，笑道：“小女娃子，你叫我三只手么？”

杨过见他将自己突起而攻的招式尽数化解，无一不是妙到巅毫，不禁暗暗叹服，叫道：“下一招叫作‘拖泥带水’！”周伯通和郭襄齐声发笑，喝采道：“好名目！”杨过道：“且慢叫好！看招！”右手云袖飘动，宛若流水，左掌却重滞之极，便似带着几千斤泥沙一般。

周伯通当年曾听师兄王重阳说起黄药师所擅的一路五行掌法，掌力之中暗合五行，此时杨过右袖是北方癸水之象，左掌是中央戊土之象，轻灵沉猛，兼而有之，当下不敢怠慢，左手使“空明拳”中的一招，右手使一招“大伏魔拳”，以轻灵对轻灵，以浑厚对浑厚，两下冲击，两人同声呼喝，各自退出数步。

这四招一过，一老一少都暗自佩服对方。杨过心想：“自练成这黯然销魂掌法以来，所遇强敌当以此翁为最，若要胜他，委实不易。倘欲真分胜负，非以内力比拼不可，那时若不是一死一伤，便如洪七公与我义父比武那般，闹个同归于尽，却又何苦？”不由得收起狂傲之气，一躬到地，说道：“周老前辈，佩服佩服，晚辈甘拜下风。”转头向郭襄道：“小妹子，周老前辈是请不动的了，咱们走罢！”

周伯通忙道：“且慢，且慢！你说这套什么销魂掌共有一十七路，尚有十三路未施啊？怎地便走了？”杨过道：“咱们无怨无仇，何必性命相拼？你向来待我很好，又待我妻子很好，我一直心下感激。你武功高强，晚辈认输便是。”

周伯通连连摇手道：“不对，不对！你没输，我也没赢，你要出这百花谷，除非把一十七路掌法使全了。”他自听到杨过叫出四路掌法，什么“心惊肉跳”、“杞人忧天”、“无中生有”、“拖泥带水”，名目既趣，掌法更怪，便是常人也欲一穷究竟，何况周伯通一来好武，二来好奇，非得尽见全豹不可。

杨过道：“咦，这可好笑了。我既然请不动你，那便拍手便走，难道连请客的也得留下吗?”周伯通央求道：“好兄弟，你余下那一十三招掌法，我怎猜想得到?请你大发善心，做做好事，说给我听了。你要学什么功夫，我都教你便是。”

杨过心念一动，说道：“你要学我这掌法，丝毫不难。我也不用你教武功，只是你学了之后，须得随我走一遭，去见一见那位瑛姑。”周伯通愁眉苦脸，说道：“你便是杀我的头，我也不见她。”杨过道：“既然如此，晚辈告辞。”

周伯通双掌一错，纵身拦住去路，跟着呼的一拳打出，陪笑道：“好兄弟，你便施展下一招罢！”杨过举掌格开，使的却是全真派武功。周伯通连变拳法，杨过始终以全真派掌法和九阴真经中所载武功抵敌。

杨过要将周伯通击败，原非易事，但只求自保，老顽童却也奈何他不得。不论周伯通如何故露破绽，如何假意示弱，杨过终不上当，那“黯然销魂掌”中新的招式再不显示，偶而却又将“心惊肉跳”、“杞人忧天”、“无中生有”、“拖泥带水”这四招略加变化的使将出来，更令周伯通心痒难搔。

两人激斗将近半个时辰，周伯通毕竟年老，气血已衰，渐渐内力不如初斗之时，他知再难诱逼杨过使出黯然销魂掌来，双掌一吐，借力向后跃出，说道：“罢了，罢了！我向你磕八个响头，拜你为师，你总肯教我了罢！杨过师父，弟子周伯通磕头！”说着便跪将下来。

杨过暗暗好笑，心想世间竟有如此好武成癖之人，忙抢上扶起，说道："这个哪里敢当？那黯然销魂掌余下一十三招的名目，我可说与你知。"周伯通大喜，连叫："好兄弟！好兄弟！"

郭襄道："大哥哥，他不肯跟咱们去，你别教他。"杨过却知老顽童是个"武痴"，他听了一十三招的名目之后，更加无可抗拒，势须磨着自己演式，微微一笑，说道："听个名目并不打紧。"周伯通忙道："是啊，听听名目有什么要紧，小姑娘忒也小器。"

杨过坐在大树下的一块石上，说道："周兄你请听了，那黯然销魂掌余下的一十三招是：徘徊空谷，力不从心，行尸走肉，庸人自扰，倒行逆施……"说到这里，郭襄已笑弯了腰，周伯通却一本正经的喃喃记诵，只听杨过续道："废寝忘食，孤形只影，饮恨吞声，六神不安，穷途末路，面无人色，想入非非，呆若木鸡。"郭襄心下凄恻，再也笑不出来了。

这一十三招名称说将出来，只把老顽童听得如痴如狂，隔了良久，才道："想那'面无人色'这一招，如何用以克敌制胜？"杨过道："这虽是一招，其实中间变化多端，脸上喜怒哀乐，怪状百出，敌人一见，登时心神难以自制，我喜敌喜，我忧敌忧，终至听命于我。此乃无声无影的胜敌之法，比之以长啸镇慑敌人又高出一筹。"周伯通道："这是从九阴真经的慑心大法中变化出来的么？"杨过道："正是！"

周伯通眉花眼笑，问道："那么'倒行逆施'呢？"杨过突然头下脚上，倒过身子，拍出一掌，说道："这是'倒行逆施'的三十七般变化之一。"周伯通点头道："那是源自西毒欧阳锋的武功了。"杨过站直身子，道："不错，不过我这掌法逆中有正，正反相冲，自相矛盾，不能自圆其说。"

周伯通想了片刻，不明其理，搔头问道："那是什么？"杨过道："此中详情，可不足为人道了。"周伯通"嗯"了一声，不再说话，心知再问下去，杨过是决计不肯再说的了。

郭襄在一旁瞧着，见他搔耳摸腮，神情惶急，不由得生了怜悯之心，走到他的身边，低声道："周老爷子，到底你为什么定然不肯去见瑛姑？咱们一齐想个法儿，求大哥哥把这套掌法教你，好不好？"

周伯通叹了口长气，说道："这是我少年时的胡涂事，说出来实在难以为情。"郭襄道："怕什么啊？你说了出来，比藏在心中还舒服些。我跟你说，我做了错事，爹爹妈妈问起，我从不隐瞒，给爹妈责骂一场，也就完了。否则撒个谎儿骗了过去，自己后来反憋得难过。这一次我悄悄出来，爹妈知道了定要生气，可是已经出来了，我也不会瞒着不说。"

周伯通见她一派天真无邪的神色，又望了望杨过，说道："好，我把少年时的胡涂事跟你说了，你可不许笑话。"郭襄说道："谁笑话你了？"拉着他的手，亲亲热热的挨在他身旁，道："你就当作说旁人的事，要不然就当是说个故事。待会儿，我也说一件我做过的坏事给你听。"

周伯通瞧着她文秀的小脸，笑道："你也做过坏事么？"郭襄道："自然，你以为我不会做？"周伯通道："好，那你先说一件给我听听。"郭襄道："岂止一件，连十件八件也有。嗯，有一个军士在城头守夜睡着了，爹爹叫人绑了，说要斩首示众。我见他可怜，半夜里悄悄将他放了，叫他快快逃走。爹爹很是生气，我招了出来，爹爹将我打了一顿。又有一次，一个穷家女孩子羡慕我妈妈腕上的金钏儿好看，我就偷了送给她，妈妈找来找去找不着，我肚里暗暗好笑，可没说出来。因为说了出来之后，妈妈不在乎，姊姊却会向那女孩子要回来。"

周伯通叹了口气，道："这些事情比起我那件事，可都算不了什么。”于是将他如何随师兄王重阳赴大理拜会段皇爷，如何刘贵妃随他学习武艺，如何两人做下了胡涂之事，如何刘贵妃向他痴缠，他又如何回避不见，段皇爷如何一怒而舍弃皇位、出家为僧，诸般情事，一五一十的都向郭襄和杨过说了。

郭襄怔怔的听着，直到周伯通说完，眼见他满脸愧容，便问：“那段皇爷除了刘贵妃外，还有几位妃子？”周伯通道：“他虽不如大宋天子那么后宫三千，但三宫六院，数十位后妃总是有的。”郭襄道：“照啊！他有数十位后妃，你连一位夫人也没有，他顾全朋友之义，该将刘贵妃送了给你才是啊。”

杨过向她点了点头，心想：“这小姑娘不拘于世俗礼法之见，出言深获我心。”

周伯通道：“他当时虽然也有此言，但刘贵妃是他极心爱之人，他为此连皇帝也不做而去做和尚，可见我实是对不起他之极了。”

杨过突然插口道：“一灯大师所以出家，是为了对你不起，不是你对他不起，难道你不知道么？”周伯通奇道：“他有什么对我不起？”杨过道：“只为旁人害你儿子，他忍心见死不救。”

周伯通数十年来始终不知瑛姑曾和他生有一子，听了杨过之言不由得大奇，忙问：“什么我的儿子？”杨过道：“我所知亦不详尽，只是听一灯大师这般说。”于是转述了一灯在黑龙潭畔所说的言语。

周伯通猛然听说自己生过一个儿子，宛似五雷轰顶，惊得呆了，半晌作声不得，心中一时悲，一时喜，想起瑛姑数十年来的含辛茹苦，更大起怜惜歉仄之情。

杨过见他如此，心想：“这位老前辈是性情中人，正是我辈，我又何惜那一十七招黯然销魂掌？”说道：“周老前辈，我将全套掌法一一演与你瞧罢，不到之处，尚请指点。”当下口讲手比，将那一十七路掌法从头至尾演了出来，只是“面无人色”那一招，因他脸上戴了人皮面具，未予显示，但他说了其中变化，周伯通熟知九阴真经，即能心领神会，反是于“行尸走肉”、“穷途末路”各招，却悟不到其中要旨。

杨过反覆讲了几遍，周伯通总是不懂。杨过叹道：“周老前辈，十五年前，内子和我分手，晚辈相思良苦，心有所感，方有这套掌法之创。老前辈无牵无挂，快乐逍遥，自是无法领悟其中忧心如焚的滋味。”周伯通道：“啊，你夫人为何和你分手？她人又美，心地又好，你钟情相思，原也怪你不得。”

杨过不愿再提小龙女被郭芙毒针误伤之事，只简略说她中毒难愈，为南海神尼救去，须隔十六年方得相见，自己日夜苦思，虔诚祷祝她平安归来，最后说道：“我只盼能再见她一面，便是要我身受千刀万剐之苦，也是心甘情愿。”

郭襄从不知相思之深，竟有若斯苦法，不由得怔怔的流下两行清泪，握着杨过的手，柔声道：“老天爷保佑，你终能再和她相见。”

杨过自和小龙女分别以来，今日第一次听到别人这般真心诚意的安慰，心中大是感激，一言之恩，自此终身不忘，当下叹了口气，站起身来，向周伯通行了一礼，说道：“周兄，告辞了！”和郭襄并肩自来路出去。

郭襄行出数步，回头向周伯通道：“周老前辈，我大哥哥这般思念他的夫人，你的瑛姑自亦这般思念于你。你始终不肯和她相见，于心何忍？”周伯通一惊，脸色大变。杨过低声道：“小妹子，别再说了。人各有志，多言无益。”两人一雕，自来路缓缓而回。

郭襄道：“大哥哥，我若问起你夫人的事，你不会伤心罢？”杨过道：“不会的，反正没过几个月，我便可和她相见了。”话是这般说，心下却大是惴惴：“再过几个月，我真能和龙儿相会吗？”

郭襄道：“你怎么跟她识得的？”杨过于是将自己幼时怎样孤苦伶仃，怎样在重阳宫学艺、受师父及同门的欺侮，怎样逃入古墓、为小龙女收容，怎样日久情生，怎样历尽艰辛方得结成夫妇等情，择要说了，只是郭靖、黄蓉、李莫愁等人的名字却都略过不提。

郭襄默默听着，对杨过用情之深大有所感，终于又说了一句：“但愿老天爷保佑，你终能和她相会，从此不再分离。”杨过道：“多谢你，小妹子，我永远记得你这番好心。日后见了我妻子，我也会告诉她。”说到这里，语音已然哽咽。

郭襄道：“我每年生日，妈妈和我烧香拜天，妈妈总是叫我暗中说三个心愿，我常常想了半天，也想不出来。到今年生日时，我可就早想好了，我会盼望大哥哥和他夫人早早团聚。”杨过道：“还有两个心愿呢？”郭襄微笑道：“我可不能跟你说。”

便在此时，忽听得身后有人大呼：“杨兄弟，等我一等！”听声音正是周伯通。杨过大喜，回过身来，只见周伯通如飞赶至，叫道：“杨兄弟，我想过啦，你快带我去见瑛姑。”郭襄喜道：“那才是呢，你不知人家想得你多苦。”周伯通道：“你们走后，我想着杨兄弟的话，越想越是牵肚挂肠。倘若不去见她，以后的日子别想再睡得着，这句话非要亲口问她个清楚不可。”杨过和郭襄见此行不虚，都十分欢喜。

依着周伯通的性子，立时便要去和瑛姑相见，但其时天色已晚，郭襄星眼困饧，大见倦色，于是三人一雕在林中倚树而睡。次日清晨再行，未过巳时，已来到黑龙潭边。

瑛姑和一灯见杨过果真将周伯通请来，当真喜出望外。瑛姑一颗心扑通扑通乱跳，一个字也说不出来。

周伯通走到瑛姑身前，大声道：“瑛姑，咱们所生的孩儿，头顶心是一个旋儿呢，还是两个旋儿？”瑛姑一呆，万没想到少年时和他分手，暮年重会，他开口便问这样不相干的一句话，于是答道：“是两个旋儿。”周伯通拍手大喜，叫道：“好，那像我，真是个聪明娃儿。”跟着叹了口气，摇头道：“可惜死了！”

瑛姑悲喜交集，再也忍耐不住，放声哭了出来。周伯通拍她背脊，大声安慰：“别哭，别哭！”又向一灯道：“段皇爷，我偷去了你妻子，你不肯救我儿子，大家扯个直，前事不究，都不用提了。”

一灯指着躺在地下的慈恩道：“这是杀你儿子的凶手，你一掌打死他罢！”

周伯通道：“瑛姑，你来下手！”

瑛姑向慈恩望了一眼，低声道：“倘若不是他，我此生再也不能和你相见，何况人死不能复生，且尽今日之欢，昔年怨苦，都忘了他罢！”

周伯通道：“这话也说得是，咱们便饶了他啦！”

慈恩伤势极重，全仗一口真气维系，此时听周伯通和瑛姑都说恕他杀子之仇，心中大慰，再无挂怀之事，低声道：“多谢两位。”向一灯道：“多谢师父成全。”又向杨过道：“多谢施主辛苦。”双目一闭，就此逝去。

一灯大师口诵佛号，合什躬身，说道：“慈恩，慈恩，你我名虽师徒，实乃良友，相交二十余年，攻过切磋，无日或离，今日你往生极乐，老衲既喜且悲。”当下与杨过、郭襄一齐动手，将慈恩就地葬了。

周伯通和瑛姑四目对视，千言万语，真不知从何说起。

杨过瞧着慈恩的新坟，想起那日在雪谷木屋之中，他与小龙女燕尔新婚、见到慈恩发疯的种种情景，这一位以铁掌轻功驰名江湖的一代武学大师，终于默默归于黄土，心中不胜感慨。

瑛姑从怀中提出两只灵狐，说道：“杨公子，大德深重，老妇人愧无以报，这两只畜生便请持去罢。”杨过接过一只，谢道：“蒙赐一头，已领盛情。”

一灯道：“杨贤侄，你两只灵狐都取了去，但不必伤它们性命，只须割开灵狐腿上血脉，每日取血一小杯，两狐轮流割血，每日服上一杯，令友纵有多大的内伤也能痊愈。”

杨过和瑛姑一齐大喜，说道：“能保得灵狐性命，那是再好不过。”当下杨过提了灵狐，向一灯、周伯通、瑛姑拜别。瑛姑道：“你取完狐血之后，就地放了，两只小畜生自能归来。”

周伯通突然插口道：“段皇爷，瑛姑，你们一齐到我百花谷去，我指挥蜜蜂给你们瞧瞧，我又新学了一套掌法，嘿嘿，了不起，了不起。杨兄弟，你治好了你的朋友之后，和你小妹子也都来玩玩。”

杨过笑道：“其时若无俗事牵绊，自当来向三位前辈请聆教益。”说着躬身施礼而别。

两头灵狐眼珠骨溜溜的望着瑛姑，啾啾而鸣，哀求乞怜。瑛姑喝道：“杨公子会饶了你们性命，吵什么？”郭襄伸手抚摸狐头，微笑安慰。

郭襄道：“连你真面目也没见过，怎能算是识你？这可不是小事。”杨过道：“好。”左手一起，揭下了脸上的面具。郭襄眼前登时出现一张清癯俊秀的脸孔。

第三十五回

三枚金针

杨过请得周伯通来和瑛姑团聚，令慈恩安心而死，又取得灵狐，一番辛劳，连做三件好事，自是十分高兴，和郭襄、神雕一齐回到万兽山庄。

史氏兄弟见杨过连得两头灵狐，喜感无已，当即割狐腿取血。史叔刚服后，自行运功疗伤。

是晚万兽山庄大排筵席，公推杨过上座，席上所陈，尽是猩唇、狼腿、熊掌、鹿胎等诸般珍异兽肉，旁人一生从未尝得一味的，这一晚筵席中却有数十味之多。席旁放了一只大盘，盛满山珍，供神雕享用。

史氏兄弟和西山一窟鬼对杨过也不再说什么感恩戴德之言，各人心中明白，自己性命乃杨过所赐，日后不论他有什么差遣，万死不辞。席上各人高谈阔论，说的都是江湖上的奇闻轶事。

郭襄自和杨过相见以来，一直兴高采烈，但这时却默默无言，静听各人的说话。杨过偶尔向她望了一眼，但见她脸上微带困色，只道小姑娘连日奔波劳碌，不免疲倦，也不以为意，哪想到郭襄因和他分手在即，良会无多，因而悄悄发愁。

喝了几巡酒，突然间外面树林中一只猿猴高声啼了起来，跟着此应彼和，数十只猿猴齐声啼鸣。史氏兄弟微微变色。史孟捷道：

“杨大哥和西山诸兄且请安坐，小弟出去瞧瞧。”说着匆匆出厅。

各人均知林中来了外敌，但眼前有这许多好手聚集，再强的敌人也不足惧。煞神鬼道：“最好是那霍都王子到来，大伙儿跟他斗斗，也好让史三哥出了这口恶气……”

话犹未了，只听得史孟捷在厅外喝道：“是哪一位夜临敝庄？且请止步！”跟着一个女子声音说道：“有没有一个大头矮子在这屋里？我要问他，把我妹子带到哪里去了？”

郭襄听得姊姊寻了前来，又惊又喜，一瞥眼，只见杨过双眼精光闪烁，神情特异，心中暗暗奇怪，喉咙头那一声“姊姊”，到了嘴边却没呼叫出来。

只听史孟捷怒道：“你这女子好生无礼，怎地不答我的问话，擅自乱闯？”又听郭芙喝道：“让开！”接着当当两响，兵刃相交，显是郭芙硬要闯进，史孟捷却在外拦住，两人动起手来。

杨过自在绝情谷中和郭芙别过，十余年未见，这时蓦地里听到她的声音，不由得百感交集，但听得厅外兵刃相交之声渐渐远去，史孟捷已将郭芙引开。

大头鬼道：“她是冲着我而来，我去会会。”说着奔出厅去。史季强和樊一翁也跟了出去。

郭襄站起身来，说道：“大哥哥，我姊姊找我来啦，我得走了。”杨过一惊，道：“那是……那是你姊姊么？”郭襄道：“是啊，我想见见神雕大侠，那位大头叔叔便带我来见你。我……很欢喜……”她话没说完，头一低便奔了出去。

杨过见她一滴泪水落在酒杯之中，寻思：“原来她便是那个小婴儿，却长得这么大了。她深夜前来寻我，必有要事，怎地一句不说便去了？瞧她满怀心事，我可不能不管。”当下飘身离厅，追了出去。只见郭襄背影正没入林中，几个起伏，已赶到她身后，说道：“小妹子，你有什么为难之事，但说不妨。”

郭襄微笑道："没有啊，我没为难之事。"淡淡的月光正照在她雪白秀美的脸上，杨过看得清楚，她眼中兀自含着一泓清泪，于是柔声道："原来你是郭大侠和郭夫人的姑娘，是你姊姊欺侮你吗？"他想郭靖、黄蓉名满天下，威震当世，他们的女儿决无办不了的难事，多半是郭芙强横霸道，欺侮了小妹妹。

郭襄强笑道："我姊姊便是欺侮我，我也不怕。她骂我，我便跟她斗嘴，反正她也不敢打我。"杨过道："那你前来找我，为了何事？你跟我说罢！"郭襄道："我在风陵渡口听人说起你的侠义事迹，心下好生钦佩，很想见你一面，除此别无他意。今晚饮宴之时，我想起'天下没不散的筵席'这句话，心下郁郁，哪知道筵席未散，我……却不得不走了。"说到这里，语音中已带哽咽。

杨过心头一震，想起她生下当日，自己便曾怀抱过她，后来和金轮法王、李莫愁等数番争夺，又曾捕缚母豹，喂她乳吃，其后携入古墓，养育多时，想不到此时重见，竟然已是如此一个亭亭玉立的少女。回思往事，不由得痴痴怔住。

过了片刻，郭襄道："大哥哥，我得走啦！我托你一件事。"杨过道："你说罢。"郭襄道："你夫人和你在什么时候相会啊。"杨过道："是在今年冬天。"郭襄道："你会到你夫人后，叫人带个讯到襄阳给我，也好让我代你欢喜。"

杨过大是感激，心想这小姑娘和郭芙虽是一母所生，性情却是大不相同，问道："你爸爸妈妈安好罢？"郭襄道："爸爸妈妈都好。"心头突然涌起一念，说道："大哥哥，待你和夫人相会后，到襄阳我家来作客，好不好？我爹妈和你夫妇都是豪杰之士，自必意气投合，相见恨晚。"

杨过道："到那时再说罢！小妹子，你我相会之事，最好别跟你姊姊说……嗯，最好也别跟你爹爹妈妈说起。"郭襄奇道："为什么？"忽地想起风陵渡口众人谈论神雕侠之时姊姊对他颇有微词，说不定他们曾结有梁子，当即又道：“我不说便是。”

杨过目不转瞬的瞧着她，脑海中却出现了十五年多以前怀中所抱那个婴孩的小脸。郭襄被他瞧得微微有点害羞，低下头去。杨过胸中涌起了一股要保护她、照顾她的心情，便似对待十多年前那个稚弱无助的婴儿一般，说道：“小妹子，你爹爹妈妈是当代大侠，人人都十分敬重，你有什么事，自也不用我来效劳。但世事多变，祸福难言。你若有不愿跟爹妈说的缓急之情，要什么帮手，尽管带个讯来，我自会给你办得妥妥贴贴。”

郭襄嫣然一笑，道：“你待我真好。姊姊常对人自称是郭大侠、郭夫人的女儿，我有时听着真为她害羞。爹爹妈妈虽然名望大，咱们可也不能一天到晚挂在嘴角上啊。我若对人家说，神雕大侠是我的大哥哥，我姊姊便学不来。”

杨过微笑道：“令姊又怎瞧得起我这般人了？”他顿了一顿，屈指数着，说道：“你今年十六岁啦，嗯，到九月、十月……十月廿二、廿三、廿四……你生日是十月廿四，是不是？”郭襄大是奇怪，大声的叫了一下：“咦！”说道：“是啊，你怎知道？”杨过微笑不答，又道：“你生在襄阳，因此单名一个‘襄’字，是不是？”郭襄道：“你什么都知道了，却装着不识得我。我生下来的第一天，你便抱过我了，是不是？”

杨过悠然神往，不答她的问话，仰起头说道：“十六年前，十月廿四，在襄阳大战金轮法王，龙儿抱着那孩儿……”

郭襄不懂他说些什么，隐隐听得树林中传来兵刃相交之声，有些焦急，生怕姊姊为史孟捷等所伤，说道：“大哥哥，我真的要走啦。”

杨过喃喃的道：“十月廿四，十月廿四，真快，快十六年了。”忽然惊觉，道：“啊，你要走了……嗯，到今年十月廿四，你要烧香祷祝，向上天求三个心愿。”他记起她曾说过，烧香求愿之时，将求上天保佑他和小龙女相会。

郭襄道："大哥哥，将来若是我向你也求三件事，你肯不肯答应？"杨过慨然道："但教力之所及，无不从命。"从怀中取出一只小盒，打开盒盖，拈了三枚小龙女平素所用的金针暗器，递给郭襄，说道："我见此金针，如见你面。你如不能亲自会我，托人持针传命，我也必给你办到。"

郭襄道："多谢你啦！"接过金针，说道："我先说第一个心愿。"当即以第一枚金针还给了杨过，道："我要你取下面具，让我瞧瞧你的容貌。"杨过笑道："这件事未免太过轻而易举，我因不愿多见旧人，是以戴上面具。你这么随随便便的使了一枚金针，岂不可惜？"心想："我既已亲口许诺，再无翻悔，你持了金针，便要我去干天大的难事，我也义无反顾。怎地竟来叫我做这样一件不相干的小事？"郭襄道："连你真面目也没见过，怎能算是识你？这可不是小事。"杨过道："好！"左手一起，揭下了脸上的面具。

郭襄眼前登时现出一张清癯俊秀的脸孔，剑眉入鬓，凤眼生威，只是脸色苍白，颇形憔悴。杨过见她怔怔的瞧着自己，神色间颇为异样，微笑道："怎么？"郭襄俏脸一红，低声道："没什么。"心中却说："想不到你生得这般俊。"

她定一定神，又将第二枚金针递给杨过，说道："我要说第二个心愿啦。"杨过微笑道："你再过几年说也还不迟，小姑娘家，尽说些孩子气的心愿。"却不伸手接针。郭襄将金针塞在他手里，说道："我这第二个心愿是，今年十月廿四我生日那天，你到襄阳来见一见我，跟我说一会子话。"这虽比第一个心愿费事些，可仍然孩子气极重。杨过笑道："我答应了。这又有什么大不了？不过我只见你一人，你爹妈姊姊他们，我却不见。"郭襄笑道："这自然由得你。"

她白嫩的纤手拈着第三枚金针，在月光下闪闪生辉，说道：

“这第三个心愿嘛……”杨过微微摇头，心想：“我杨过岂是轻易许人的？小姑娘不知轻重，将我的许诺视作玩意。”只见她脸上突然一阵晕红，笑道：“这第三个心愿，我现下想不出，日后再跟你说。”说着转身窜入林中，叫道：“姊姊，姊姊！”

郭襄循着兵刃撞击之声赶去，只见郭芙和史孟捷、大头鬼两人斗得正酣，樊一翁和史季强按着兵器，在旁观战。郭襄叫道：“姊姊，我来啦，这几位都是好朋友。”

郭芙在父母指点之下修习武功，丈夫耶律齐又是当代高手，日常切磋，比之十余年前自己大有进境，只是她心浮气躁，浅尝即止，不肯痛下苦功钻研，因此父母丈夫都是武学名家，她自己却始终徘徊于二三流之间，这时在史孟捷和大头鬼夹击下已渐渐支持不住，正焦躁间，忽听得妹子呼叫，喝道：“妹妹快来！”

史孟捷亲耳听得郭襄叫杨过为“大哥哥”，此刻郭芙又叫她为“妹妹”，不禁一惊，心道：“难道这女子是神雕大侠的夫人还是姊妹？”硬生生将递出去的一招缩了回来，急向后跃。

郭芙明知对方容让，但她打得心中恚怒，长剑猛地刺出，噗地一声，史孟捷胸口中剑。大头鬼吓了一跳，叫道：“喂，怎么……”郭芙长剑圈转，寒光闪处，大头鬼臂上又给划了一条长长的口子。她心中得意，喝道：“要你知道姑奶奶的厉害！”

郭襄大叫：“姊姊，我说这几位都是朋友。”郭芙怒道：“快跟我回去！谁识得你这些猪朋狗友？”史孟捷胸口所中这一剑竟自不轻，他身子晃了几下，向前一扑而倒。郭襄纵身而上，弯腰将他扶起，问道：“史五叔，史五叔，你伤得怎样？”史孟捷伤口中鲜血喷将出来，溅得她衣上点点斑斑。郭襄忙撕下衣襟，给他裹扎。

郭芙提剑站在一旁，连连催促：“快走，快走！回家告诉爹爹妈妈，不结结实实打你一顿，我才不信呢！”郭襄怒道：“你胡乱出手伤人，我也告诉爹爹妈妈去！”史孟捷见她小脸儿涨得通红，珠泪欲滴，强笑道：“姑娘不用担心，我的伤死不了人！”史季强提着象鼻杵，猛喘大气，一时打不定主意，不知要和郭芙拼命呢，还是先救五弟之伤。

突然之间，郭芙“啊”的一声惊叫，迎面只见两头猛虎悄没声的逼来，她转身欲避，却见左侧蹲着两头雄狮，瞧右边时，更有四头豹子，原来在这顷刻之间，史仲猛已率领群兽，将她团团围住了。郭芙脸色惨白，几欲晕倒。忽听得树林中一人说道：“五弟，你的伤怎样？”史孟捷道：“还好！”那人道：“嗯，神雕侠传令，让这两位姑娘走罢！”史季强几声唿哨，群兽转过身子，隐入了长草之中。

郭襄道：“史五叔，我代姊姊跟你赔个不是罢。”史孟捷创口剧痛难当，苦笑道：“冲着神雕侠的金面，令姊便是杀了我，那也没什么。”郭襄急道：“你的伤……可真的不打紧吗？”郭芙一把拉住她手，喝道：“你还不回去？”用力一扯，牵着她奔出树林而去。

史氏昆仲和西山一窟鬼都隐伏在侧，见她姊妹二人离去，一齐奔出，来瞧史孟捷和大头鬼之伤。各人七张八嘴，都说郭芙不该，只是不知她和杨过到底有何干系，言语之中倒是不敢无礼。史季强愤愤的道：“那小姑娘人这么好，她姊姊便这么强横。我五弟明明容让，她又不是不知道，居然还下毒手。这一剑要是再刺下去两寸，五弟还活得成么？”大头鬼道：“咱们问神雕侠去，这女子到底是什么来头。在风陵渡口，她曾连说神雕侠的不是，我瞧神雕侠也未必会回护她。”

大树后一人缓步而出，说道：“侥天之幸，史五哥的伤势还不甚重。这女子行事向来莽撞，我这条右臂，便是给她一剑斩去的。”说话的正是杨过。

众人听了，无不愕然，怔怔的望着他，说不出话来。人人均有满腹疑窦，却谁也不敢发问。

郭芙携同郭襄回到风陵渡头，其时黄河已经解冻，姊弟三人过了河，迤逦径归襄阳。一路上郭芙唠唠叨叨，不住口的责备郭襄，说她不该随着不相干之人到处乱闯惹事。郭襄便装耳聋，给她个不瞅不睬，至于见到杨过之事，更是绝口不提。

到得襄阳，郭芙见了父母，递上长春真人丘处机的书信，说他年老有病，不能起床，但全真教教主李志常将率同教中好手前来赴会。回毕正事，第一句话便道："爹，妈，妹妹在道上不听我话，闯下了好大的乱子。"郭靖吃了一惊，忙问端的。郭芙当下将郭襄在风陵渡随一个不相识的江湖豪客出外、两日两夜不归之事，加油添酱的说了。

郭靖这些日来正为军务紧急，忧心国事，甚是焦虑，听大女儿这么一说，怒气暗生，问道："襄儿，姊姊的话没错罢？"郭襄嘻嘻一笑，说道："姊姊大惊小怪，我跟一个朋友去瞧瞧热闹，又有什么大不了啦！"郭靖皱眉道："什么朋友？叫什么名字？"郭襄伸伸舌头，道："啊哟，我可没问他名字，只知道他外号叫作'大头鬼'。"郭芙道："似乎是什么'西山一窟鬼'中的人物。"郭靖也听到过"西山一窟鬼"的名头，这一批人虽说不上恶行素著，却也不是正人君子，听得小女儿竟和这干人厮混，更加恼怒。但他素来沉稳，只是"嘿"的一声，便不再问。黄蓉却将郭襄好好数说了一场。

当晚郭靖夫妇排设家宴，替郭芙、郭破虏接风洗尘，却不设郭襄的座位。耶律齐出言相劝岳父和岳母。郭靖道："女孩儿家若不严加管教，日后只有害了她自己。襄儿从小便古古怪怪，令人莫测高深。你做姊夫的，也得代我多操一番心才是呢。"耶律齐唯唯答应，不敢再说。

郭靖夫妇惩于以往对郭芙太过溺爱，以致闯出许多祸来，对郭襄和郭破虏便反其道而行之，自幼即管束得极是严厉。郭破虏沉静庄重，大有父风，那也罢了。郭襄却是口中答应，心里一百二十个的不愿意。这晚听丫鬟言道，老爷太太排设家宴，故意不请二小姐。郭襄一怒，索性便不吃饭，一直饿了两天。到第三天上，黄蓉心疼不过，瞒着郭靖，亲自下厨煮了六色精致小菜，又哄又说，才把小女儿调弄得破涕为笑。黄蓉的烹调本事天下无双，她久已不动，这时一显身手，自教郭襄吃得眉花眼笑。但这么一来，夫妇俩教训女儿的一片心血、一番功夫，却又付诸流水了。

其时蒙古大军已攻下大理，还军北上，另一路兵马自北而南，两路大军预拟会师襄樊，一举而灭大宋。这一次蒙古事先筹划数年，志在必得，北上的大军由皇弟忽必烈统率，南下大军由蒙古皇帝蒙哥御驾亲统，精兵猛将，尽皆从龙而来，声势之大，实是前所未有。是时秋高气爽，草长马肥，正利于蒙古铁骑驰骤。

蒙古大军尚未逼近，襄阳城中已一夕数惊。岂知临安大宋朝廷由奸臣丁大全当国，主昏臣奸，对此竟然不当作一回事。襄阳告急的文书虽是雪片价飞来，但朝廷中君臣相互言道："蒙古鞑子攻襄阳数十年不下，这一次也必铩羽而归，襄阳城是鞑子的克星。惯例如此，岂有他哉？吾辈尽可高枕无忧，何必庸人自扰？"

当蒙古南路大军进逼大理之时，郭靖知道此番局势紧急，实是非同小可，于是撒下英雄帖，遍请天下英雄齐集襄阳，会商抗敌御侮大计。蒙古军行神速，没多久便灭了大理。其时大理国国主是段兴智，是一灯大师的曾孙，号称"定天贤王"，年方稚幼，立后未及两年而亡，国亡时由武三通、朱子柳、点苍渔隐等救出。

当各路英豪会集襄阳之时，蒙古北路大军也已渐渐逼近。英雄大宴会期定于十月十五，预定连开十日。这一日正是十三，距会期已不过两天，东南西北各路好汉，犹如百川汇海，纷纷来到襄阳。郭靖、黄蓉夫妇全神部署军务，将接待宾客之事交给了鲁有脚和耶律齐处理。武敦儒、耶律燕夫妇和武修文、完颜萍夫妇从旁襄助。

这一日朱子柳到了，点苍渔隐到了，武三通到了，全真教掌教李志常率领本教十六名师兄弟到了，丐帮诸长老和帮中七袋、八袋诸帮首到了，陆冠英、程瑶迦夫妇到了……一时襄阳城中高手如云，群贤聚会。许多前辈英侠平时绝少在江湖上露面，因知这一次襄阳英雄宴关连天下气运，实非寻常，又仰慕郭靖夫妇仁义，凡是收到英雄帖的十之八九都赶来赴会。比之当年大胜关英雄大会，盛况尤有过之。

十月十三日晚间，郭靖夫妇在私邸设下便宴，邀请朱子柳、武三通等十多位知交一叙契阔。酒过三巡，丐帮帮主鲁有脚始终未至，众人只道他帮务纷繁，不暇分身，也不以为意。众人欢呼畅饮，纵论十余年来武林间轶事异闻。耶律齐、郭芙夫妇伴着武氏兄弟等一班小友另开一桌，席上猜枚赌饮，更是喧声盈耳。

正热闹间，突然一名丐帮的八袋弟子匆匆进来，在黄蓉耳边低声说了几句。黄蓉脸色大变，霍地站起，颤声道："有这等事？"众人吃了一惊，一齐转头瞧着她。只听黄蓉说道："这里并无外人，你尽管说。此事经过如何？"众人见她说话之时目眶含泪，料知出了不幸之事，只听那八袋弟子说道："今日午后，鲁帮主带同两名七袋弟子循例往城南巡营，哪知直到申牌过后，仍未回转。弟子等放心不下，分批出去探视，竟在岘山脚下的羊太傅庙中，见到了鲁帮主的遗体……"众人听到"遗体"两字，都不自禁"啊"的一声叫了出来。

那弟子说到这里声音已是呜咽，要知鲁有脚武功虽不甚高，但仁信惠爱，甚得帮众的推戴。那弟子接着道："那两名七袋弟子也躺在帮主身畔，一人已然毙命，另一个身受重伤，尚未气绝。他说他三人在庙外遇到蒙古的霍都王子，帮主首先遭了暗算。两名七袋弟子和他拼命，也都伤在他的掌下。"

郭靖气得脸色惨白，只道：“嘿嘿，霍都，霍都！”心想若是早知有今日之事，当年在重阳宫中对他就不该手下留情。

黄蓉道：“那霍都留下了什么语言没有？”那弟子道：“弟子不敢说。”黄蓉道：“有什么不敢说？他说教郭靖、黄蓉快快投降蒙古，否则便和这鲁有脚一般，是不是？”那弟子道：“帮主明见。霍都那恶贼正是如此妄说。”丐帮中习俗，黄蓉虽然早就不任帮主，但帮众不论当面背后仍是称她为“帮主”。黄蓉皱眉道：“鲁帮主的打狗棒，自然也给那霍都抢去了？”那弟子道：“正是。”

当下众人纷纷离席，去瞧鲁有脚的遗体，只见他背心上中了一根精钢扇骨，胸口肋骨折断，显是霍都先以暗器在后偷袭得手，再运掌力将他打死。众人见后，尽皆悲愤。

这时襄阳城中所聚丐帮弟子无虑千数，鲁有脚为奸人所害的消息传将出去，城中处处皆有哀声。

郭襄平日和鲁有脚极为交好，常常拉着他到郊外荒僻处喝酒，一老一少，举杯对酌，郭襄磨着他说些江湖上的奇事趣谈，一耗便是大半日，两人都引为乐事。羊太傅庙离襄阳城不远，也是郭襄和鲁有脚常到之处。她听说这位老朋友竟是在那庙中被害，心中悲痛，当即打了一葫芦酒，提了一只菜篮，便和平时一样，来到庙中。

其时将近子夜，郭襄放下两副杯筷，斟满了酒，说道：“鲁老伯，半个月之前，我还曾和你在这里对酌谈心，哪想到英雄惨遭横祸，魂而有知，还请来此享一杯浊酒。”说着将对面的一杯酒泼在地下，自己举杯一饮而尽，想到这位忘年之交从此永逝，不禁悲从中来，垂泪说道：“鲁老伯，我再跟你干一杯！”说着一杯酹地，自己又喝了一杯。

她酒量其实甚浅，只是生性豁达，喜和江湖豪士为伍，也就跟着他们饮酒大言，这时两大杯酒一干，朱颜酡晕，已觉微微潮热。

黑暗中忽见门外似有人影一闪，心想鲁有脚的鬼魂当真到了，叫道："是鲁老伯么？你英灵不昧，请来一会。"她一颗心虽然怦怦乱跳，却也甚想见见鲁有脚的鬼魂。却听一个女子声音说道："你三更半夜在这里捣什么鬼？妈妈叫你快些回去。"一人从庙外闪了进来，正是郭芙。

郭襄好生失望，说道："我正在招鲁老伯鬼魂相见，你这么一冲，他怎么还肯前来？姊姊，你先回去，我随后即回。"郭芙道："又来瞎说八道了，你这个小脑袋中，装的尽是胡思乱想。鲁有脚的鬼魂为什么要来见你？"郭襄道："他平日和我最好，何况我还答应跟他说一件心事，说好是在我生日那天告诉他的。岂料他竟然等不到。"说到这里，不由得黯然神伤。

郭芙道："妈妈一转眼不见了你的人影，掐指一算，料得到你定是到了这里。你这小猴儿虽然调皮，可怎翻得出妈妈的手掌心？妈妈骂你越来越大胆了，说不定那霍都还躲在左近，你一个小娃儿，深夜里孤身来到这里，岂不危险？"郭襄叹了口气，道："我记挂着鲁老伯，也就没想到危险了。好姊姊，你陪我在这里坐一会儿，说不定鲁老伯的鬼魂真会来和我见面。不过你别开口，吓走了他。"

郭芙平时不大瞧得起鲁有脚，总觉得他所以能做丐帮帮主，全仗母亲扶持提拔，心想他的鬼魂当真便来，我也不怕。她又知这个小妹妹的脾气，她既要在此等待，除非爹娘亲来喝阻，自己是无论如何劝她不回去的，于是坐了下来，叹道："二妹，你年纪越大，倒似越不懂事了。你今年十六岁啦，再过得两三年，便要找婆家了，难道到了婆婆家里，也是这般疯疯癫癫的不成？"

郭襄道："那又有什么不同？你跟姊夫成了亲，还不是和从前做闺女那般自由自在？"郭芙道："嘿！你怎能拿旁人跟你姊夫相比？他是当今豪杰，识见处处高人一等，自不会拘束我。他这等文才武略，小一辈中，又有谁及得上他？你将来的丈夫能有他一半好，爹爹妈妈便已心满意足了。”

郭襄听她说得傲慢，小嘴一扁，道：“姊夫自然了得，但我不信世上就没及得上他的人。”郭芙道：“你不信，那便走着瞧罢！”言下甚有傲意。郭襄道：“我便识得一人，比姊夫好上十倍。”郭芙大怒，道：“是谁？你倒说来听听。”郭襄道：“我为什么要说？我自己心中知道，那便是了。”郭芙冷笑道：“是朱三弟么？是王剑民么？”她说的几个都是少年英侠。郭襄不住摇头，道：“他们连姊夫也还及不上，怎说得上好过他十倍。”郭芙道：“除非你是说咱们的外公啦、爹娘啦、朱大叔啦这些前辈英雄。”

郭襄道：“不！我说的那人，年纪比姊夫还小，模样儿长得比姊夫俊，武功可比姊夫强得多啦，简直是天差地远，比也不能比……”她一面说，郭芙便“呸，呸，呸！”的“呸”个不停。

郭襄却不理会，续道：“你不肯相信，那也由得你。这个人为人又好，旁人有什么急难，不管他识与不识，总是尽力替人排解。”她说到后来，一张俏脸微微抬起，悠然神往。

郭芙怒道：“你净在自己小脑瓜子儿里瞎想。鲁有脚死了之后，丐帮没了帮主。妈刚才说，乘着英雄大宴，群豪聚会，便在会中推举，大伙儿比武决胜，举一位武功最强之人出任帮主，以免帮中污衣派、净衣派两派又起纷争。你所说之人既然这么厉害，叫他来跟你姊夫比一比啊，瞧是谁夺得帮主之位。”

郭襄“嘻”的一笑，道：“他不见得希罕做丐帮帮主。”郭芙怒道：“你怎敢瞧不起帮主的职位？从前洪老公公做过，妈也做过，难道你连洪老公公和妈也敢瞧不起么？”郭襄道：“我几时说过瞧不起了？你知道我和鲁老伯是最要好的。”

郭芙道：“好罢！你就叫你那个大英雄来跟你姊夫比一比啊。

眼下当世好汉都聚会在襄阳，谁是英雄，谁是狗熊，只要一出手就分得明明白白。”郭襄道：“大姊，你说话就最爱缠夹不清，我几时说过姊夫是狗熊来着？如果他是狗熊，你不也成了畜生？你我一母所生，我也没什么光采。”

郭芙听得笑又不是，气又不是，站起身来，道：“我没功夫跟你胡闹。你再不回去，别连我也一起挨骂。”郭襄伶牙俐齿，最爱和大姊姊斗口，说道：“啊哟，你是嫁出去的姑奶奶，爹爹妈妈素来最疼你的。你又是下一任的帮主夫人，谁有天大的胆子，敢来骂你？”郭芙听妹子称自己为“下一任的帮主夫人”，心中一乐，说道：“这许多英雄好汉，瞧出去眼也花了，你姊夫也未准成，可别把话先说得满了，教人家听见了笑话。”

郭襄出神半晌，只见一轮银盘斜悬天边，将满未满，仅差一抹，叹道：“看来鲁老伯的鬼魂是不会来了。大姊，何必就这么快便推新帮主，让大伙儿心中多想念一下鲁老伯不好么？”郭芙道：“你这又是孩子话啦？丐帮是江湖上第一大帮，群龙无首，那怎么成？”郭襄道：“妈说哪一天推选帮主？”郭芙道：“十五是英雄大宴的正日，最要紧的自是商议如何联络四海豪杰，共抗蒙古。这番商议少则五六天，多则八九天，待得推举丐帮帮主，总得到廿三、廿四罢。”郭襄“啊”的一声。

郭芙问道：“怎么？”郭襄道：“没什么，廿四恰好是我的生日。你们推举帮主，这么一乱，妈妈再也没心思给我做生日了。”郭芙哈哈大笑，道：“你这小娃儿做生日，又打什么紧了？怎么能拿来和推举帮主这等大事相比？说出来也不怕笑掉了人家牙齿。你啊，这世上恐怕也只有你一个儿，才记得这件鸡毛蒜皮的小事。”

郭襄涨红了小脸，道：“爹爹便不记得，妈妈一定记得的。你说是小事，我却说不是小事。我满十六岁了，你知不知道？”郭芙更加好笑，讥讽道：“到那一天啊，襄阳城中几千位英雄好汉，都来给我们郭二小姐祝寿，每个人都送你一份厚礼。因为咱们的郭二小姐满十六岁啦，不再是小娃儿，是大姑娘啦！哈哈，哈哈！”

郭襄偏过了头，道：“旁人自然不理会，可是至少有一位大英雄记得我的生日，他答应过，要来跟我见面的。”她说这几句话时，心中颇为自傲。

郭芙道：“是什么大英雄？啊，是那位比你姊夫还要了得的少年英雄？我跟你说，第一，世上就没这么一号子人物，压根儿是你小脑袋在胡思乱想。第二，就算真的有，他有多少大事要干，怎能赶来跟你这小娃儿祝寿？除非他是为赴英雄大宴，这才到襄阳城来。”郭襄给姊姊激得几乎要哭了出来，顿足叫道：“他答应过记得的，他答应过记得的。他不来赴英雄宴，他也不来争帮主。”郭芙道：“他不是英雄，爹爹自不会送英雄帖给他。他便是要来赴英雄宴，也还大大的不够格呢。”

郭襄摸出手帕来抹了抹眼泪，道：“既是这样，你们的英雄大宴我也不到，你们推举帮主也好，新帮主荣任也好，恁他多热闹的事，我一眼也不瞧。”

郭芙冷笑道：“啊唷，郭二小姐不到，英雄大宴还成什么局面啊？做丐帮的新帮主还有什么风光啊？那怎少得了你呢？”

郭襄伸手塞住双耳，便向庙门奔出。

突见黑影一闪，庙门口静静站着一个人，阻住了出路，郭襄一惊，急忙后跃，才不致和他撞了个满怀。月光下只见这人身材极高，面目黝黑，上身却是奇短，凝神看时，原来这人两足折断，胁下撑着一对六尺来长的拐杖，一双裤脚管缝得甚长，晃晃荡荡的拖在地下，侏儒踩高跷，成了巨人。郭芙惊道：“你是尼摩星？”

那人正是尼摩星。此次蒙古皇帝御驾亲征，所有蒙古西域的勇士武人尽皆扈驾南下，人人都盼在这役中一显身手，以博功名荣宠。尼摩星双腿虽断，手上武功未失，经过十余年来苦练，一双铁杖上的造诣只有更胜断腿之前。蒙古大军攻略而来，距襄阳尚有数百里之遥，但尼摩星等一干武士谍探，却已先抵襄阳城外四周。这一晚他原拟在羊太傅庙中歇宿，却在庙外听得了郭芙姊妹的对答，不由得大喜若狂，心想郭靖虽非襄阳城守主帅，但襄阳的得失实系于此人，若将他两个爱女俘获了去，纵不能逼他降服，却也可扰乱他的心神，实是大大的一件奇功。他听郭芙认出了自己，说道："郭大姑娘眼力好的，多年不见，你长得更加好看的。大家免伤和气，这就乖乖随我去的！"

郭芙又惊又怒，心知此人武功厉害，自己姊妹齐上，也决不是他的敌手，忍不住向郭襄怒视一眼，心道："都是你闯出来的乱子，眼前的祸事可不知如何收拾？"

郭襄却问尼摩星道："你的两条腿怎地如此奇怪？从前没断之时，也是这般长么？"

尼摩星"哼"了一声，不去理她，对郭芙道："你姊妹俩在前边走的，可不用打逃跑的主意的！"言语之中，便已将她姊妹视作了俘虏。郭襄笑道："你这人说话倒是奇怪，半夜三更的，你叫我姊妹到哪里去啊？"尼摩星怒道："小娃儿不许多言的，快跟我走的。"他也怕襄阳城中有能人出来接应，不免功败垂成。

郭芙低声道："二妹，这黑矮子是蒙古的武士，功夫十分了得，我攻他左侧，你攻他右侧。"说着刷的一声，长剑出鞘，向尼摩星腰间刺去。

郭襄出城时没携兵刃，同时心想这人没了两腿，全凭双拐撑住，姊姊用剑刺他，教他如何抵敌？反而叫道："姊姊，这人可怜，别伤着了他！"

她叫声未歇，尼摩星左杖支地，右杖横扫，当的一下，击在郭芙剑上，黑暗中火花飞溅，郭芙长剑险些脱手飞出，只感手臂酸麻，胸口隐隐作疼，当下左手捏个剑诀，剑随身走，展开“越女剑法”，击刺攻拒，和尼摩星斗了起来。这“越女剑法”乃当年江南七怪中的韩小莹传与郭靖，其后韩小莹不幸惨死，郭靖感念师恩，珍而重之的传了给两个女儿。这剑法源远流长，变化精微，原是剑学中的一个大宗，若由郭靖使将出来，自是雷霆生威，势不可当，但郭芙限于功力，剑法虽精，在尼摩星的双铁杖下不由得相形见绌。

郭襄见尼摩星双杖交互使用，左杖出击则右杖支地，右杖出击则左杖支地，趋退敏捷，与身有双腿无异，加之铁杖甚长，他居高临下，挥杖俯击，更增威势，姊姊显然不敌，这时才骇急起来。郭芙只觉敌人杖上压力越来越重，一股沉滞的黏力拖着她手中长剑，剑尖刺出去时歪歪斜斜。郭襄护姊心切，双掌一错，赤手空拳的便向尼摩星扑了过去。

只听得尼摩星喝一声：“着！”左杖在地下一点，身子跃在半空，双杖齐出，迅捷无比，右杖点中了郭襄左肩，左杖点中了郭芙胸口。郭襄身子摇晃，连退数步。郭芙所中那一杖竟自不轻，支持不住，腾的一声，坐倒在地。

尼摩星起落飘忽，犹似鬼魅，既快且阴，铁杖微点，便已欺近郭芙身前，冷笑道：“我叫你乖乖的跟我走的……”郭芙一跃而起，叫道：“二妹快向庙后退走！”尼摩星大吃一惊，铁杖明明点中了郭芙的“神藏穴”，怎地她竟能仍然行动自若？他哪知郭芙身上穿着软猬甲，还道她郭家家传的闭穴绝技，居然能不怕打穴，其实郭芙虽然穴道未闭，但铁杖撞击之下，亦已疼痛彻骨，再也不能灵动运剑。郭襄展开“落英掌法”，护在姊姊身后，叫道：“姊姊，你先走！”

尼摩星左手铁杖击出，在郭襄身前直砸下去，离她鼻尖不逾三寸，疾风只刮得她嫩脸生疼，喝道：“谁也不许动的！”郭襄怒道："我先前还说你可怜，原来你这么横蛮可恶！"尼摩星哈哈大笑，说道："小娃儿不吃点苦头，不知爷爷的厉害的。"铁杖点地，笃笃笃而响，面露狞笑，一步步走近。郭襄一生之中从未受过这等惊吓，眼见他一张黑脸狰狞丑陋，双目圆睁，露出白森森的獠牙，便似要扑上来咬人一般，禁不住失声尖叫。

忽然间身后一人柔声说道："别怕！用暗器打他。"当此危急之际，郭襄也不及辨别说话的是谁，在身边一摸，急道："我没暗器。"眼见尼摩星又逼近了一步，不知如何是好，只得双掌使招"散花势"，护在身前。她手掌刚向前伸出，身后突有一股微风吹到，只感手臂轻轻一振，腕上的一对金丝芙蓉镯忽地离手飞出，叮叮两响，撞在尼摩星的铁杖之上。

这两下碰撞声音甚轻，但尼摩星双杖竟然就此拿捏不住，两条黑沉沉的铁杖猛向后掷，砰砰两声巨响，撞在墙壁之上，震得屋梁上泥灰乱落。尼摩星双杖脱手，身子随即跌倒。但他一个筋斗翻过，背脊在地下一靠，借势跃起，哇哇哇的怒声怒叫，黑漆漆的十根手指伸出，在半空中和身便向郭襄扑到。

郭襄大骇，不暇细想，顺手在头发里拔下一枚青玉簪，扬手便往尼摩星打去，只见身后微风又起，托着玉簪向前。尼摩星左手在前，右手在后，突见玉簪来势怪异，急忙双手齐格，接着轻叫一声："古怪的！"坐倒在地，便此一动也不动了。

郭襄生怕他使甚诡计，跃到郭芙身边，颤声道："姊姊，快走！"两姊妹站在羊太傅的神像之旁，只见尼摩星始终不动，郭芙道："莫非他突然中风死了！"提声喝道："尼摩星，你捣什么鬼？"心想他铁杖脱手，行动不便，此时已不用惧他，挺着长剑上前几步，只见尼摩星双目圆睁，满脸骇怖之色，嘴巴张得大大的，竟已死去。

郭芙惊喜交集，晃火折点亮神坛上的蜡烛，正要上前察看，忽听庙门外有人叫道："芙妹，二妹，你们在庙里么？"正是耶律齐到了。郭芙喜道："齐哥快来，奇怪……奇怪之极啦！"

郭芙来寻妹子，良久不归，耶律齐想起鲁有脚遭人暗算，此时襄阳城外敌人出没，放心不下，出来迎接她两姊妹回城。他带着两名丐帮的六袋弟子，奔进殿来，眼见尼摩星死在当地，吃了一惊。他知这天竺矮子武功甚强，自己也敌他不住，竟能被妻子所杀，实是大出意外，从郭芙手中接过烛台，凑近看时，更是诧异无比。

但见尼摩星双掌掌心都穿过一孔，一枚青玉簪钉在他脑门正中的"神庭穴"上。这青玉簪稍加碰撞，即能折断，却能穿过这武学名家的双掌，再将他钉死，发簪者本领之高实是不可思议。他转头向郭芙道："外公他老人家到了么？快引我拜见。"

郭芙奇道："谁说外公来了？"耶律齐道："不是外公么？"双眉一扬，喜道："原来是恩师到了。"转身四顾，却不见周伯通的踪迹，他知师父性喜玩闹，多半是躲起来要吓自己一跳，当即奔出庙外，跃上屋顶察看，四下里却无人影。郭芙叫道："喂！你傻里傻气的说什么外公啦、师父啦？"

耶律齐回进大殿，问起她姊妹俩如何和尼摩星相遇、此人如何毙命。郭芙说了，但见妹子的青玉簪竟能将此人钉死，也是说不出半点道理。耶律齐道："二妹身后定有高人暗中相助。我想当世有这功夫的，除了岳父之外，只有咱们外公、我恩师、一灯大师以及金轮法王他们五人。法王是蒙古国师，自不会和尼摩星为敌，一灯大师轻易不开杀戒，因此我猜不是外公，便是恩师了。二妹，你说助你的是谁？"

郭襄自青玉簪打出、尼摩星倒毙之后，立即回头，但背后却寂无人影，她心中一直在默诵"别怕，用暗器打他"这句话，只觉话声好熟，难道竟是杨过？但一想到杨过，心中便说："决不是他！只因我盼望是他，将别人的声音也听作了他的。"耶律齐相询之时，她兀自出神，竟没听见。

郭芙见妹子双颊红晕，眼波流动，神情有些特异，生怕她适才吃了惊吓，拉住她手道："二妹，你怎么了？"郭襄身子一颤，满脸羞得通红，说道："没什么。"郭芙愠道："姊夫问你刚才是谁出手救你，你没听见么？"郭襄道："啊，是谁帮我打死这恶人么？自然是他！除了他还有谁能有这样的本领？"郭芙道："他？他是谁？是你说的那个大英雄么？"郭襄心中怦怦乱跳，忙道："不，不！我说是鲁老伯的鬼魂。"郭芙呸的一声，摔脱她手。郭襄道："刚才人影不见，定是鲁老伯在暗中呵护我了。你知道，他生前跟我是最好的。"

郭芙将信将疑，心想鬼神无凭，难道鲁有脚真会阴魂不散，但若不是鬼魂，怎地举手杀人，自己明明在侧，却瞧不见半点影踪？

耶律齐手持尼摩星的两根铁杖，叹道："这等功力，委实令人钦服。"郭芙、郭襄凝神看时，但见每根铁杖正中嵌着一枚金丝芙蓉镯，宛似匠人镶配的一般。这金丝细镯乃用黄金丝、白金丝打成芙蓉花叶之形，手艺甚是工巧，但被人罡气内力一激，竟能将尼摩星一对粗重的铁杖撞得脱手飞出，无怪耶律齐为之心悦诚服。

郭芙道："咱们拿去给妈妈瞧瞧，到底是谁，妈一猜便知。"

当下两名丐帮弟子一负尸体，一持双杖，随着耶律齐和郭氏姊妹回入城中。郭靖和黄蓉听郭芙述说经过，回想适才的险事，不由得暗暗心惊。

郭襄只道自己这番胡闹，又要挨爹娘一番重责，但郭靖心喜女儿厚道重义，反而安慰了她几句。黄蓉见丈夫不怒，更将小女儿搂在怀里疼她，看到尼摩星的尸身和双杖之时，沉吟半晌，向郭靖道："靖哥哥，你说是谁？"郭靖摇头道："这股内力纯以刚猛为主，以我所知，自来只有两人。"黄蓉微微颔首，道："可是恩师七公早已逝世，又不是你自己。”她细问羊太傅庙中动手的经过，始终猜想不透。

待郭芙、郭襄姊妹分别回房休息，黄蓉道：“靖哥哥，咱们二小姐心中有事瞒着咱们，你知道么？”郭靖奇道：“瞒什么？”黄蓉道：“自从她北上送英雄帖回来，常常独个儿呆呆出神，今晚说话时的神气更是古怪。”郭靖道：“她受了惊吓，自会心神不定。”

黄蓉道：“不是的。她一会子羞涩腼腆，一会子又口角含笑，那决不是惊吓，她心中实是说不出的欢喜。”郭靖道：“小孩儿家忽得高人援手，自会乍惊乍喜，那也不足为奇。”黄蓉微微一笑，心道：“这种女孩儿家的情怀，你年轻时尚且不懂，到得老来，更知道些什么？”当下夫妻俩转过话题，商量了一番布阵御敌的方略，以及次日英雄大宴中如何迎接宾客，如何安排席次，这才各自安寝。

黄蓉躺在床中，念着郭襄的神情，总是难以入睡，寻思：“这女孩儿生下来的当日便遭劫难，我总担心她一生中难免会有折磨，差幸十六年来平安而过，难道到此刻却有变故降到她身上么？”再想到强敌压境，来日大难，合城百姓都面临灾祸，若能及早知道些端倪，也可有所提防，而这女孩儿偏生性儿古怪，她不愿说的事，从小便决不肯说，不论父母如何诱导责骂，她总是小脸儿涨得通红，绝不会吐露半句，令得父母又是好气，又是好笑。

黄蓉越想越是放心不下，悄悄起身，来到城边，令看守城门的军士开城，径往城南的羊太傅庙来。

时当四鼓，斗转星沉，明月为乌云所掩。黄蓉手持一根白蜡短杆，展开轻功，奔上岘山，离羊太傅庙尚有数十丈，忽听得“堕泪碑”畔有说话之声。黄蓉伏低身子，悄悄移近，离碑数丈，躲在一株大树之后，不再近前。

只听一人说道：“孙三哥，恩公叫咱们在堕泪碑后相候，这碑为什么起这么一个别扭名字？可挺不吉利的。”那姓孙的道：“恩公生平似乎有件什么大不称心之事，因此见到什么断肠、忧愁、堕泪的名称，便容易挂在心上。”先一人道：“以恩公这等本领，天下本该再也没什么难事了，可是我见到他的眼神，听他说话的语气，似乎心中老是有什么事不开心。这‘堕泪碑’三字，恐怕是他自己取的名儿。”

那姓孙的道：“那倒不是。我曾听说鼓儿书的先生说道：三国时襄阳属于魏晋，守将羊祜功劳很大，官封太傅，保境安民，恩泽很厚。他平日喜到这岘山游玩，去世之后，百姓记着他的惠爱，在这岘山上起了这座羊太傅庙，立碑纪德。众百姓见到此碑，想起他生平的好处，往往失声痛哭，因此这碑称为‘堕泪碑’。陈六弟，一个人做到羊太傅这般，那当真是大丈夫了。”那姓陈的道：“恩公行侠仗义，五湖四海之间，不知有多少人受过他的好处。要是他在襄阳做官，说不定比羊太傅还要好。”姓孙的微微一笑，说道：“襄阳郭大侠既保境安民，又行侠仗义，那是身兼羊太傅和咱们恩公两人的长处了。”

黄蓉听他们称赞自己丈夫，不禁暗自得意，又想：“不知他们说的恩公是谁？难道便是暗中相助襄儿的那人么？”

只听那姓孙的又道：“咱哥儿俩从前和恩公作对，后来反蒙他救了性命，恩公这待敌如友的心肠，倒可比得上羊祜羊太傅。说‘三国’故事的那先生还道：羊祜守襄阳之时，和他对抗的东吴大将是陆逊的儿子陆抗。羊祜派兵到东吴境内打仗，割了百姓的稻谷作军粮，一定赔钱给东吴百姓。陆抗生病，羊祜送药给他，陆抗毫不疑心的便服食了。部将劝他小心，他说：‘岂有酖人羊叔子哉？’服药后果然病便好了。羊叔子就是羊祜。因他人品高尚，敌人也敬重他。羊祜死时，连东吴守边的将士都大哭数天。这般以德服人，那才叫英雄呢。”

姓陈的摸着碑石，连声叹息，悠然神往，过了半晌，说道：“恩公叫咱们到此相会，想来也是为了仰慕羊太傅的为人了？”那姓孙的道：“我曾听恩公说，羊祜生平有一句话，最是说到了他心坎儿中。”姓陈的忙问：“什么话啊？你慢慢说，我得用心记一记。连恩公也佩服，这句话定是非同小可。”

那姓孙的道：“当年陆抗死后，吴主无道，羊祜上表请伐东吴，既可救了东吴百姓，又乘此统一天下，却为朝中奸臣所阻，因此羊祜叹道：‘天下不如意事，十常居七八’，恩公所称赏的便是这句话了。”那姓陈的没料到竟是这么一句话，颇有点失望，咕哝了几句，突然大声道：“孙三哥，羊祜，羊祜，这名字跟恩公不是音同……”那姓孙的喝道：“禁声！有人来了。”

黄蓉微微一惊，果听得山腰间有人奔跑之声，她心想：“与‘羊祜’音同字不同，难道竟是‘杨过’？不，决计不会，过儿的武功便有进境，也决计不致到此出神入化的地步。这人想说的不会是‘音同字不同’。”

过不多时，只听上山那人轻拍三下手掌，那姓孙的也击掌三声为应。那人走到堕泪碑前，说道：“孙陈两位老弟，恩公叫你们不必等他了，这里有两张恩公的名帖，请两位立即送去。孙三弟这张送去河南信阳府赵老爵爷处，陈八弟这张交湖南常德府乌鸦山聋哑头陀，便说请他们两位务须于十天之内赶到此处聚会。”孙陈两人恭恭敬敬的答应了，接过名帖，藏入怀内。

这几句话一入黄蓉耳内，更令她大为惊诧，信阳府赵老爵爷乃宋朝宗室后裔，太祖三十二势长拳和十八路齐眉棒是家传绝技，他是袭爵的清贵，向不与江湖武人混迹。乌鸦山聋哑头陀则是三湘武林名宿，武功甚强，只因又聋又哑，却也从来不与外人交往。这次襄阳英雄大宴，郭靖与黄蓉明知这二人束身隐居，决计不会出山，但敬重他们的名望，仍是送了英雄帖去，果然两人回了书信，婉言辞谢，难道这什么“恩公”真有这般天大的面子，单凭一纸名帖，便能呼召这两位山林隐逸高士于十天之内赶到？

黄蓉心念一转，深有所忧：“英雄大宴明日便开，这人召聚江湖高手来到襄阳，有何图谋？莫非是相助蒙古，不利于我么？”但想赵老爵爷和聋哑头陀虽然性子孤僻，却决非奸邪之徒，那“恩公”倘若便是暗助襄儿杀毙尼摩星的，正是我辈中人。

她正自沉吟，只听那三人又低声说了几句，因隔得远了，听不明白，但听得那姓陈的道：“……恩公从不差遣咱们干什么事，这一回务必……大大的风光热闹……挣个面子……咱们的礼物……”其余的话便听不见了。那姓孙的大声道：“好，咱们这便动身。你放心，决计误不了恩公的事。”说着三人便快步下山。

黄蓉于那“恩公”是什么来历实是想不到丝毫头绪，却又不愿打草惊蛇，擒住那三人来逼问。待三人去远，走进庙内，前后察看了一遍，不见有何异状，料来因敌军逼近，庙内的火工庙祝均已逃入城中，是以阒无一人。出庙回城时，天色已然微明了。

将近西门外的岔路，迎面忽见两骑快马急冲而来，黄蓉闪身让在路边，只见马上乘的是两个精壮汉子。两乘马奔到岔路处，一个马头转向西北，另一个马头转向西南，便要分道而行。只听一个汉子道：“你记得跟张大胯子说，汉口吹打的、唱戏的、做傀儡戏的，全叫他自己带来，别忘了带挂灯结彩的巧匠。”另一个笑道：“你别尽叮嘱我，你叫的川菜大师傅若是到迟了一天，就算恩公饶了你，大伙儿全得跟你过不去。”那人笑道：“嘿，那还差得了？迟到一天，割下我的脑袋来切猪头肉。”两人说着一抱拳，分道纵马而去。

黄蓉缓缓入城，心下更是嘀咕：“早听说张大胯子是汉口一霸，交结官府，手段豪阔，附近山寨豪客都卖他的面子，怎地这‘恩公’一句话便能叫得他来？他们大张旗鼓，到底要干什么？”

突然间心头一凛，叫道："是了，是了！必是如此。"

她回进府中，问郭靖道："靖哥哥，咱们可是漏送了一张帖子？"郭靖奇道："怎地漏送了帖子，咱们反覆查了几遍，不会有遗漏的啊。"黄蓉道："我也这么想。咱们生恐得罪了哪一位好汉，便是没多大名望的脚色，以及明知决不会来的数十位洗手退隐的名宿，也都早送了英雄帖去。可是今日所见，明明是一位大有来头的人物心中不忿，也要在襄阳城中来办个英雄大宴，跟咱们斗上一斗。"

郭靖喜道："这位英雄跟咱们志趣相同，当真再好也没有了。咱们便推他作盟主，由他率领群雄，共抗蒙古，咱夫妇一齐听他号令便是。"黄蓉秀眉微蹙，说道："但瞧此人的作为，又不似为抗敌御侮而来。他发了名帖去邀信阳赵老爵爷、乌鸦山聋哑头陀、汉口张大胯子等一干人前来。"郭靖又惊又喜，拍案而起，说道："此人如能将赵老爵爷、聋哑头陀等高人邀到，襄阳城中声势大壮。蓉儿，这样的人物，咱们定当好好交上一交。"

黄蓉沉吟未言，知宾的弟子报道江南太湖众寨主到来。郭靖、黄蓉迎了出去。当日各路豪杰纷纷赶到，黄蓉应对接客，忙得不亦乐乎，对昨晚所见所闻，一时不暇细想。

翌日便是英雄大宴，群英聚会，共开了四百来桌，襄阳统率三军的安抚吕文德、守城大将王坚等向各路英雄敬酒。筵席间众人说起蒙古残暴，杀我百姓，夺我大宋江山，无不扼腕愤慨，决意与之一拼。当晚便推举郭靖为会盟的盟主，人人歃血为盟，誓死抗敌。

郭襄那日在羊太傅庙中与姊姊闹了别扭，说过不去参加英雄大宴，果然赌气不出，独个儿在房中自斟自饮，对服侍她的丫鬟道："大姊去赴英雄大宴，我一个人舒舒服服的吃酒，未必便不及她快活。"郭靖、黄蓉关怀御敌大计，这时哪里还顾得到这女孩儿在使小性儿？郭靖压根儿便没知悉。黄蓉略加查问，知她性情古怪，也只一笑而已。

众英雄十之八九都是好酒量，待得酒酣，有人兴致好，便在席间显示武功，引为笑乐。黄蓉终是挂念小女儿，对郭芙道：“你去叫妹子来瞧瞧热闹啊，这样子的大场面，一生未必能见得上一次。”郭芙道：“我才不去呢。二小姐正没好气，要找我拌嘴，没的自己去找钉子碰。”郭破虏道：“我去拖二姊来。”匆匆离席，走向内室。

过不多时，郭破虏一人回来，尚未开口，郭芙便道：“我说过她不会来的，你瞧不是吗？”黄蓉见儿子脸上全是诧异之色，问道：“二姊说什么了？”郭破虏道：“妈，真是奇怪！”黄蓉道：“怎么啦？”郭破虏道：“二姊说，她在房中摆英雄小宴，不来赴这英雄大宴啦。”黄蓉微微一笑，道：“你二姊便想得出这些匪夷所思的门道，且由得她。”郭破虏道：“二姊真的有客人哪。五个男的，两个女的，坐在二姊房里喝酒。”

黄蓉眉头一皱，心想这女孩儿可越来越加无法无天了，怎能邀了大男人到姑娘家的香闺中纵饮？“小东邪”的名头可一点儿不错，但今日嘉宾云集，决不能为这事责罚女儿，扫了众英雄的豪兴，对郭芙道：“你兄弟年轻脸嫩，不会应付生客，还是你去。请妹子的朋友们齐来大厅喝酒，大伙儿一同高兴高兴。”

郭芙好奇心起，要瞧瞧妹子房中到了什么客人，她素知妹子不避男女之嫌，什么市井酒徒、兵卒厮役都爱结交，心想今日所邀的多半是些不三不四之辈，听得母亲吩咐，当即起身，走向郭襄的闺房。

离房门丈许，便听得郭襄道：“小棒头，叫厨房再送两大坛子酒来。”“小棒头”是个丫鬟，郭襄给自己丫鬟取的名字也是大大的与众不同。那丫鬟答应了。只听得郭襄又道：“吩咐厨房再煮两只羊腿，切廿斤熟牛肉来。”小棒头应声出房。只听得房中一个破锣般的声音说道：“郭二姑娘当真豪爽得紧，可惜我人厨子以前不知，否则早就跟你交个朋友了。”郭襄笑道：“现下再交朋友也还不迟啊。”

郭芙皱起眉头，往窗缝中张去，只见妹子绣房中放着一张矮桌，席上杯盘狼藉。八个人席地而坐，传杯送盏，逸兴横飞。迎面一人肥头肥脑，敞开胸膛，露出胸口一排长长的黑毛。那人左首是个文士，三绺长须，衣冠修洁，手中折扇轻摇，显得颇为风雅，扇面上却画着个伸长舌头的无常鬼。文士左首坐着个四十来岁的女子，五官倒生得清秀，但脸上刀创剑疤，少说也有十来处。侧面坐着个身材高瘦的带发头陀，头上金冠闪闪发光，口中咬着半只肥鸡，吃得津津有味。其余三人背向窗子，瞧不见面目，看来两个是白发老翁，另一个是黑衣的尼姑。郭襄坐在这一干人中间，俏脸上带着三分红晕，眉间眼角微有酒意，谈笑风生，十分得意。郭芙心想，瞧他们这般高兴，便是邀他们到大厅去，看来也是不去的。

只见一个白发老翁站起身来，说道：“今日酒饭都有八成了，待姑娘生辰正日，咱们再来大醉一场。小老儿有一点薄礼，倒教姑娘见笑了。”说着从怀中取出一个锦盒，放在桌上。另一个老翁道：“百草仙，你送的是什么啊，让我瞧瞧。”说着打开锦盒，不禁低呼了一声，道：“啊，这枝千年雪参，你却从何处觅来？”说着拈在手上。

郭芙从窗缝中望进去，见他拿着一枝尺来长的雪白人参，宛然是个成形的小儿模样，头身手足，无不具备，肌肤上隐隐泛着血色，真是希世之珍。

众人啧啧称赞，那百草仙甚是得意，说道：“这枝千年雪参疗绝症、解百毒，说得上有起死续命之功，姑娘无灾无难到百岁，原也用它不着。但到百岁寿诞之日，取来服了，再延寿一纪，却也无伤大雅。”众人鼓掌大笑，齐赞他善颂善祷。

那肥头肥脑的人厨子从怀中掏出一只铁盒，笑道：“有一个小玩意，倒也可博姑娘一笑。”揭开铁盒，取出两个铁铸的胖和尚，长约七寸，旋紧了机括，两个铁娃娃便你一拳、我一脚的对打起来。各人看得纵声大笑。但见那对铁娃娃拳脚之中居然颇有法度，显然是一套“少林罗汉拳”，连拆了十余招，铁娃娃中机括使尽，倏然而止，两个娃娃凝然对立，竟是武林高手的风范。

众人瞧到这里，不再发笑，脸上竟似都有忧色。那脸有疤痕的妇人道：“人厨子，你别为争面子，却给郭二姑娘惹麻烦！这是嵩山少林寺的铁罗汉，你怎地去偷来的？”人厨子笑道：“嘿嘿，我人厨子便有天大的胆子，也不敢去少林寺摸鸡摸狗。这是少林寺罗汉堂首座无色禅师命我送来的。他老人家说，到姑娘生辰正日，决能赶到襄阳来跟姑娘祝寿。哪，这才是我人厨子的薄礼呢！”掀开铁盒的夹层，露出一只黑色的玉镯来。

这黑玉镯乌沉沉的，看来也没什么奇处。人厨子从腰间拔出一柄厚背薄刃的鬼头刀，对准玉镯一刀砍了下去，当的一声，鬼头刀反弹起来，黑玉镯竟是丝毫不损。众人齐声喝采。接着文士、尼姑、头陀、妇人等均有礼物送给郭襄，无一不是争奇斗胜、生平罕见的珍物。郭襄笑吟吟的谢着收下。

郭芙越瞧越奇，转身奔回大厅，一五一十的都跟母亲说了。

黄蓉一听，心中惊讶只有比郭芙更甚，当下向朱子柳招招手，三人退到了内堂。黄蓉命女儿将适才所见再说一遍。朱子柳也是诧异万分，道：“人厨子、百草仙竟会到襄阳来？那黑衣尼姑多半便是杀人不眨眼的绝户手圣因师太，那文士的折扇上画着一个无常鬼，嗯，难道竟是转轮王张一氓？”他一面说，黄蓉一面点头。朱子柳却连连摇头，说道：“此事决计不会，想郭二姑娘能有多大年纪，除了最近一次，素来足不出襄阳方圆数十里之地，怎能结识这些三山五岳的怪人？再说，嵩山少林寺的无色禅师，听说他近年来面壁修为，武林中的高人专诚上山，想见他一面都不可得，怎能到襄阳来给小女孩祝寿？嗯，定是小姑娘串通了一些好事之徒，故意虚张声势，来跟姊姊闹着玩的。”

黄蓉沉吟道：“但圣因师太、张一氓这些人的名头，我们平时绝少提及，襄儿未必会知道，要捏造也造不来。”朱子柳道：“这么说来，那是真的了。咱们过去见见，以礼相会。他们既是二姑娘的朋友，到襄阳来绝无恶意。”黄蓉道：“我也这么想。只是圣因师太、转轮王张一氓这些人行事忽邪忽正，喜怒不测。咱们虽然不惧，可是缠上了也够人头痛的，眼前大敌压境，实在不能再分心去对付这些怪人……”

突然窗外一人哈哈大笑，说道：“郭夫人请了。一干怪人前来襄阳，只为祝寿，别无歹意，何必头痛？”说到那“别无歹意，何必头痛”八个字，声音已在数丈之外。黄蓉、朱子柳、郭芙一齐抢到窗边，但见墙头上黑影一闪，身法快捷无伦，倏忽隐没。郭芙纵身欲追，黄蓉一把拉住，道：“别轻举妄动，追不上啦！”一抬头，只见天井中公孙树树干上插着一把张开了的白纸扇。

那纸扇离地四丈有余，郭芙自忖不能一跃而上，叫道：“妈！”黄蓉点了点头，轻轻纵起，左手在树干上略按，借势上翻，右手又在一根横枝上一按，身子已在四丈高处，拔出纸扇，落下地来。

三人回到内堂，就灯下看时，见纸扇一面画着个伸出舌头的白无常，笑容可掬，双手抱拳作行礼之状，旁边写着十四个大字：“恭祝郭二姑娘长命百岁芳龄永继”。黄蓉翻过扇子，见另一面写着道：“黑衣尼圣因、百草仙、人厨子、九死生、狗肉头陀、韩无垢、张一氓拜上郭大侠、郭夫人，专贺令爱芳辰，冒昧不敢过访，恕罪恕罪。”这几行字墨渖未干，写得遒劲峭拔。

朱子柳是书法名家，赞道：“好字，好字！”黄蓉沉吟道：“咱们瞧瞧襄儿去。”

朱子柳年纪已长，也不用跟小女孩避什么嫌疑，当下一齐来至郭襄房中。只见小棒头和另一名丫鬟正在收拾杯盘残菜。郭襄道：“朱伯伯，妈，姊姊，你们瞧，这是客人送给我的生日礼物。”黄蓉和朱子柳看了千年雪参、双铁罗汉、黑玉镯，以及绝户手圣因师太、转轮王张一氓等所赠珍异礼物，都是暗暗称奇。郭襄开动机括，让一对铁罗汉对打，大是得意。黄蓉待那十余招“罗汉拳”打完，柔声道：“襄儿，到底是怎么回事，跟妈说了罢。”

郭襄笑道：“几个新朋友知道我快过生日啦，送了些好玩的礼物给我。”黄蓉问道：“这些人你怎生识得的？”

郭襄道：“我是今日第一天才识得的啊。我独个儿在房里喝酒，那个韩无垢姊姊在窗外说道：‘小妹子，咱们来跟你一起喝酒，好不好？’我说：‘再好也没有了，请进来，请进来！’他们便从窗子里跳了进来，还说到廿四那天，都要来给我祝寿呢。不知他们怎地知道我的生日？妈，这几位都识得你和爹爹，是不是？不然怎能送我这许多好东西？”

黄蓉道：“你爹和我都不识得他们。是你什么古怪朋友代你约的，是不是？”郭襄笑道：“我没什么古怪朋友啊，除非是姊夫。”郭芙怒道：“胡说！你姊夫怎地古怪了？”郭襄伸了伸舌头，笑道：“他娶了你，不古怪也古怪了。”郭芙伸手便打。郭襄格格一笑，躲了开去。

黄蓉道：“两姊妹别闹！襄儿，我问你，转轮王、百草仙他们，可说到咱们的英雄大宴没有？”郭襄道：“没有啊。但那个老头儿九死生和百草仙，都说很佩服爹爹。”黄蓉再问几句，见郭襄确没隐瞒什么，说道：“好啦！快去睡罢。”与朱子柳、郭芙转身出房。

郭襄追到门口，说道：“妈，这枝千年雪参只怕当真很有点好处，你吃一半，爹爹吃一半。”黄蓉道：“那是百草仙送给你的生日礼啊。”郭襄道：“我生下来便生了，什么功劳都没有，你可辛苦了。”黄蓉心想倒不可负了女儿这份孝心，于是接了雪参，回思郭襄诞生之日的惊险苦难，不禁喟然。

当日英雄大宴尽欢而散。郭靖回到房中，与妻子说起会上群英齐心协力、敌忾同仇，言语中甚是兴奋。黄蓉随即说起圣因师太、百草仙等七人与郭襄夜宴等情。郭靖一怔，道：“竟有这般事？”看那千年雪参时，果是一件生平仅见的珍物。黄蓉笑道：“咱们这位宝贝小姑娘的面子，倒似比爹娘还大呢。”郭靖不语，低头想着圣因师太、转轮王、韩无垢等一干人的生平行事。

黄蓉道：“靖哥哥，丐帮推选帮主之事，不如提早几日办妥，否则迟到襄儿生日，倘若百草仙等人真的到来，襄阳城中龙蛇混杂，或有他变。”郭靖道：“我却另有一个主意，咱们索性在十月廿四推选帮主，大大的热闹一场。要是无色禅师、聋哑头陀等人驾临，咱们晓以大义，请这伙朋友同抗外敌，岂不是好？”

黄蓉皱眉道：“我只怕他们只是借祝寿为名，却是存心来捣乱一场。你想他们能和襄儿这小孩子有什么交情，怎会当真巴巴的赶来祝寿？自来树大招风，人怕出名，只怕天下武学之士，倒有一半不愿你做这武林盟主呢。”

郭靖站起身来，哈哈一笑，说道：“蓉儿，咱们行事但求无愧于天、无愧于心。为抗蒙古，帮手越多越好。这武林盟主嘛，是谁当都是一样。再说，邪不能胜正，这干人若是真有歹意，咱们便跟他们周旋一场，你的打狗棒法和我的降龙十八掌倒有十多年没动了呢，也未必就不管事了。”

黄蓉见他意兴勃发，豪气不减当年，笑道：“好，咱们便照主帅之意。你把这枝雪参服了罢，我瞧总能抵得上三五年的功力。”郭靖道：“不！你连生了三个孩子，内力不免受损，正该滋补一下才是。”

他俩夫妻恩爱，当真数十年如一日，推让了半日，最后郭靖说道：“来日龙争虎斗，定有好朋友受到损伤，这雪参乃救命之物，咱们还是留着。”

恭祝郭二姑娘多福多寿

西山一窟鬼各放一个烟花，组起来是“恭祝郭二姑娘多福多寿”十个大字。十字颜色各不相同，华丽繁富，妙丽无方，高悬半空，良久方散。群豪欢呼喝采。

第三十六回

献礼祝寿

次日英雄大宴续开。郭襄房中竟然又摆设英雄小宴。黄蓉早便吩咐厨房精心备了菜肴，让女儿招待客人。郭芙这几日尽在盘算丈夫是否能夺得丐帮帮主之位，对妹子的怪客毫没放在心上。

如是数日，英雄大会中对如何联络各路豪杰、如何扰乱蒙古后军、如何协助城守，均已商议妥善。群豪磨拳擦掌，只待敌军到来厮杀。郭靖见群豪齐心，虽然喜慰，但他久在蒙古军中，知道蒙古大军兵势之强，决非数千名江湖汉子所能抵御，心下总是不能无忧。

这日十月廿四，大会已毕，排定午后推选丐帮的帮主。群豪用过午膳，纷纷赶往城西大校场去，只见校场正中巍巍搭着一座高台，台南排列着千余张椅子板凳。

这时台下已聚了二千余名丐帮帮众，尽是丐帮中资历长久、武艺超群的人物，品级最低的也是四袋弟子。这二千余名帮众分归四大长老统率。丐帮原来鲁简梁彭四大长老中，鲁有脚升任帮主后新近遇害，彭长老叛帮，为慈恩所杀，简长老年迈病死，现下只剩下一位梁长老，成为首席长老，其余三位长老均系由八袋弟子递升。帮众按着路军州县，于东南西北四方围着高台坐地。丐帮祖传规矩，不论大会小集，人人席地而坐，不失乞丐本色。

丐帮职司迎宾的帮众肃请群豪分别入座观礼。耶律齐、郭芙夫妇，武敦儒、耶律燕夫妇，武修文、完颜萍夫妇等因系小辈，又是一半主人身份，坐在最后一排；各人十余年来苦练，均自觉武功大有进境，暗自盘算，如何在数千英雄之前一显身手。

郭破虏坐在大姊身旁，眼见群英济济，声势非凡，心中说不出的欢喜，说道："二姊真奇怪，竟不爱瞧热闹。"郭芙嘴一扁，说道："这小东邪的小心眼儿，谁也猜她不透。"

只见东边群丐之中一名八袋弟子站起身来，伸手将一个大海螺放在嘴边，呜呜呜的吹了一阵。黄蓉跃上台去，向台下群雄行礼，朗声说道："敝帮今日大会，承天下各路前辈英雄、少年豪杰与会观礼，敝帮上下均是至感荣宠，小妹这里先谢过了。"说着又行一礼。台下群雄一齐站起还礼。

黄蓉又道："敝帮鲁故帮主仁厚仗义，一生为国为民，辛勤劳苦，不幸日前在岘山羊太傅庙中为奸人霍都所害。此仇未复，实为敝帮奇耻大辱……"说到这里，丐帮诸弟子想到鲁有脚一生公平正直、宽厚待下，有的不禁呜咽，有的出声哭了出来，有的更咬牙切齿，大骂奸贼霍都。

黄蓉续道："但蒙古大军侵犯襄阳，指日便至，我们不能为了敝帮一己的私事，误了国家大计，是以本帮报仇之事，暂且搁下，且待退了强敌再说。"台下群英轰然叫好，都说先公后私，这才是英雄豪杰的胸怀。

黄蓉续道："只是敝帮弟子十数万人，遍布天下，须得及早推举一位新帮主。乘着今日之便，咱们要推一位德才兼备、文武双全的英雄，以作丐帮之主。至于如何推举，小妹并无成见，请梁长老上台说话。"

梁长老跃上高台，众人见他白发如银，但腰板挺直，精神矍铄，这一跃起落轻捷，更见功夫，人人都喝起采来。这大校场上聚集着四五千人，没一个不是中气充沛的，这一齐声喝采，直似轰轰雷鸣一般。

梁长老抱拳答谢，待众人喝采声止歇，大声说道："黄前帮主神机妙算，说什么便是什么，决不能错。但她老人家客气，定要我们四个长老和八个八袋弟子商量决定。我们十二个臭皮匠商量了半天，想出了这么个法儿。"一时台下鸦雀无声，静听他宣布，只听梁长老道："我们想，丐帮弟子遍布天下，虽然都没什么本事，不能有什么大作为，人数倒也是不少的。要统率这十数万人马，正如黄前帮主所说，非得德才兼备、文武双全不可。我们丐帮虽不能说人才凋零，但要像洪老帮主、黄前帮主那样百年难见的人物，那是再也遇不上的了，甚至像鲁故帮主那样德能服众的人品，也是寻不出的了。我们想来想去，只有请黄前帮主勉为其难，再来统率这十数万弟子。"他说到这里，台下又是采声雷动，比先前更加响了。众人均想："别说丐帮之中没黄蓉这样的人才，只怕普天下也找不出第二个人来。"

梁长老待众人静了下来，又道："黄前帮主倘若不答应，我们只有苦求到底，可是眼前却有一件大大的为难处。蒙古鞑子这一次南北大军合攻襄阳，情势实在紧迫。黄前帮主全神贯注，辅佐郭大侠筹思保境退敌的大计，这一件大事非同小可，我们若是不断拿一群叫化儿伙里的小事去麻烦她老人家，天下的老百姓不把我们臭叫化骂死才怪？因此上我们思前想后，只有另行推选一位帮主才是。"这番话只听得台下众人个个点头，均想："丐帮行事处处先公后私，无怪数百年来始终是江湖上第一大帮。"

只听他又道："本帮之内既无杰出的人才，黄前帮主又不能分心，眼前只有一条明路，那便是请一位帮外英雄来参与本帮，统率这十数万子弟。想当年本帮君山大会，推举帮主，终于举出了黄前帮主，那时她老人家可也不是丐帮的弟子啊。不瞒各位说，当时兄弟很不服气，还跟她老人家动手过招，结果怎么呢？哈哈，那也不用多说，总之给打得五体投地，心悦诚服。她老人家当了帮主之后，敝帮好生兴旺，说得上风生水起。君山那一会，黄前帮主还只是个十多岁的小姑娘，她一条竹棒打得丐帮四长老心悦诚服，可当真英雄了得。”众人听得悠然神往，一齐望着黄蓉。丐帮弟子之中，年长的当时大都均曾亲与其会，回思昔日情境，胸间豪气陡生。

梁长老又道：“今日座间，个个都是江湖上闻名的好汉，任哪一位愿来做敝帮的头脑，我们都欢喜得紧。只不过英雄好汉太多，可就难以抉择。我们十二个臭皮匠便想了个笨法儿，只有请各位英雄到台上一显身手，谁强谁弱，大伙儿有目共睹。”他说到这里，台下采声四起。

梁长老又道：“不过兄弟有一句话说明在先，今日比武，务请点到为止，倘若有甚人命损伤，敝帮可罪过太深。各位相互之间如有什么梁子，决不能在这台上了断，否则是跟敝帮上下有意过不去了，那时却莫怪得罪。”他说这几句话时，目光从左至右的向众人横扫一遍，神色凛然。要知比武决胜，各逞绝技，倘然下手不容情，动不动便有死伤，这时正当聚义以抗外敌，如何可以自相残杀？因此梁长老郑重告诫，意思说若有人乘机仇杀，大家便要群起而攻之。

群雄早知今日丐帮大会中大有热闹，听得梁长老如此说，各自暗暗盘算。长一辈的人物本身早有名位，或为哪一家哪一派的掌门，或为哪一帮哪一寨的首领，自不能再出来争作丐帮的帮主。身无所属的高手名宿为数固亦不少，然均想武林中得名不易，自己武功虽然不输于旁人，但说要压倒场中数千位英雄好汉，那可决无把握，设若给人打下台来，闹得灰头土脸，没吃着羊肉却惹上一身羊臊，自是顾虑良多。四十岁以下的壮年青年，却有不少怦然心动，跃跃欲试，但都明白如此比武，自然是车轮战，上台越早，越是吃亏。因此梁长老说完之后，却无一人上台。

梁长老大声道：“除了几位前辈耆宿、出世高人之外，天下英雄，尽在此间，只要瞧得起敝帮的，便请上台赐教。本帮子弟中若是自信才艺出众，也可上台，纵然是个四袋子弟，说不定他向来深藏不露，无人知他英雄了得啊。”他说了几遍，只听台下一人暴雷似的喝道：“俺来也！”腾的一声，跃到了台上。

众人看时，都吃了一惊，但见此人高大肥胖，足足有三百来斤，这一上台，那搭得极是坚实的高台竟也微微摇晃。那人走到台口，也不抱拳行礼，双手在腰间一叉，说道：“俺叫千斤鼎童大海，丐帮帮主是当不来的。哪一位要跟俺动手，便上来罢。”台下众人一听，都是一乐，听这人说话，准是个浑人。

梁长老笑道：“童大哥，咱们今日不是摆擂台。倘若童大哥不愿做敝帮帮主，便请下台去罢。”童大海脑袋一摆，说道：“这明明是个擂台，谁说不是擂台？你不许俺出手，怎地又叫人上台？”梁长老还待要说，童大海道：“好，你要跟我动手也好！”呼的一拳，迎面向梁长老击去。梁长老后跃避开，笑道：“我这几根老骨头，怎受得起童大哥一拳？”童大海笑道：“我原说你不成，乘早站开些……”他话未说完，台口人影一闪，已站着一名衣衫褴褛的化子。

这化子三十来岁年纪，背负六只布袋，是梁长老嫡传的徒孙，性子暴躁，平素对师祖又敬若神明，眼见千斤鼎童大海对师祖无礼，当下便按捺不住，跃上台来，冷冷的道：“我师祖不能跟后辈动手。童大哥，还是我接你三拳罢！”

童大海喝道：“再好也没有！”也不问他姓名，提起醋钵大的拳头，叫道：“看招！”便往他胸口锤了过去。那化子转身踏上一步，波的一声闷响，这拳打中了他背上的布袋。童大海只感到着拳之处软腻滑溜，心下奇怪，喝道："你袋中放着什么玩意?"那化子冷冷的道："叫化子捉什么?"童大海吃了一惊，失声道："蛇……蛇……"那化子道："不错，是蛇!"童大海想起适才这一拳，不禁有些恶心，第二拳打出去时抬手直击面门，岂知这化子纵身一跃，在空中转了半个圈子，又将背心向着他。

童大海生怕拳头被袋中大蛇咬着，又或是一拳打中了大蛇的毒牙，硬生生将拳头收转，举掌在胸口一挡，右腿踢向对方下盘。那化子见他发毛，暗暗好笑，侧身在台上一滚，背负的布袋已靠上他的小腿。这袋中的大蛇其实甚是驯善，毒牙早已拔去，但童大海哪里知道，连声大叫，双足乱跳。那化子右臂长处，已抓住他胸口，顺势运劲，喝道："伍子胥高举千斤鼎!"将他身子举在半空。

童大海慌乱中被对方抓住了胸口"紫宫穴"，登时全身酸软，无法动弹，空自怒气冲天，却发不得威。台下群雄想起他的外号叫作"千斤鼎"，再见了他这副狼狈情状，登时全场哄笑。梁长老忍笑向那化子喝道："快放下，休得无礼!"那化子道："是!"将童大海放在台上，一纵下台，钻入了人丛。

童大海满脸涨成了紫酱色，指着台下骂道："贼化子，再来跟童大爷真刀真枪的打过啊，这般鬼鬼祟祟，算是什么好汉?臭叫化，瘟叫化!"他不住口的只骂化子，台下数千丐帮弟子却人人只感有趣，无人理会于他。

突然间一条人影轻飘飘的纵上高台，左足在台缘一立，摇摇晃晃的似欲摔跌下来。童大海心地却好，叫道："小心!"上前伸手欲扶。他哪知这人有意在群英之前显一手上乘武功，手掌刚搭上那人左臂，那人一勾一带，施出了大擒拿手中一招"倒跌金刚"。童大海身不由主的向台外直飞出去，砰的一声，结结实实的摔在地下。众人瞧那人时，但见他衣饰修洁，长眉俊目，原来是郭靖的弟子武修文。

郭靖坐在台左第一排椅上，见他这招大擒拿手虽然巧妙洒脱，但行径轻狂，大违忠厚之道，心下不悦，脸色便沉了下来。果然台下有多人不服，台东台西同时响起了三个声音，叫道："好俊功夫，兄弟来领教几招！""这算什么？""人家好意扶你，你却施暗算！"发话声中，三个人同时跃上台来。

武修文学兼郭靖、黄蓉两家，又是家学渊源，得父亲与师叔授了一阳指神技，这时在后辈英雄中实已是第一流的人才，见三人齐至，心下暗暗欢喜，寻思："我同时败此三人，方显得功夫。"反而怕这三人分别来斗，当下更不说话，身形晃动，刹时之间向上台的三人每人发了一招。那三人尚未站稳，敌招却倏忽已至，急忙举手招架。武修文不待对方缓过手来，双掌翻飞，竟然以一围三，将三个对方包围在垓心，自己占了外势。那三人互相挤撞，拳脚越加难以施展。台下群雄相顾失色，均想："郭大侠名震当世，果然名不虚传，连教出来的徒儿也这般厉害？"

那三个人互相不识，不知旁人的武功拳路，被武修文一围住，无法呼应照顾，反而各自牵制。三人连冲数次，始终抢不出武修文以绵密掌法构成的包围圈子。

完颜萍在台下见丈夫已稳占上风，心中自是欢喜。郭芙却道："这三个人脓包，当然不是小武哥哥的敌手。其实他何必这时候便逞英雄，耗费了力气？待会有真正高手上台，岂不难以抵敌？"完颜萍微笑不语。

耶律燕平时极爱和郭芙斗口，嫡亲姑嫂，互不相让，这时早猜中了嫂子的心意，说道："小叔叔先上去收拾一批，待他不成了，敦儒又上去收拾一批。他又不成了，我哥哥这才上台，独败群雄，让你安安稳稳的做个帮主夫人，何等不美？"郭芙脸上一红，说道："这许多英雄豪杰，谁不想当帮主？怎说得上'安安稳稳'

四字?”

耶律燕道:“其实呢,也不用我哥哥上台。”郭芙奇道:“怎么?”耶律燕道:“刚才梁长老不是说的么?当年丐帮大会君山,师母还不过十多岁,便以一条竹棒打得群雄束手归服,当上了帮主。常言道:有其母必有其女。嫂子啊!还是你上台去,比我哥哥更成。”郭芙嗔道:“好!小油嘴的,你取笑我。”伸手便到她腋下呵痒。耶律燕往耶律齐背后一躲,笑道:“帮主救命,帮主救命,帮主夫人这要谋财害命啦。”

这时郭芙、武氏兄弟等都已三十余岁,但自来玩闹惯了的,耶律燕、完颜萍虽均已生儿育女,一见面仍是嘻嘻哈哈,兴致不减当年。

黄蓉早已在大校场四周分布丐帮弟子,吩咐见有异状立即来报。她坐在郭靖身旁,时时放眼四顾,察看是否有面生之人混入场来。她一直担心圣因师太、韩无垢、张一氓等这一干人前来捣乱,但时届未末申初,四下里一无动静,寻思:“那一干人来襄阳到底为的什么?说有什么图谋,怎的仍不见有丝毫端倪?如说真的来为襄儿祝寿,世间决无是理。”转头看台上时,只见武修文已将两人击下台来,剩下一人苦苦撑持,料得五招之内也须落败,心想:“今日天下群雄以武会友,为争丐帮帮主,最后却不知是谁夺得魁首,独占鳌头?”

其时台下数千英雄心中,个个存的都是这个念头,但在郭府后花园中,却有一人始终没想到这件大事。小郭襄一直在想:“今日是我十六岁生日。那天我拿了一枚金针给他,要他今儿来见我一面,他当时亲口答应了,怎地到这时还不来?”

她坐在芍药亭中,臂倚栏干,眼见红日渐渐西斜,心想:“今日已过去了大半天,他就算立时到来,最多也只有半天相聚。”眼望着地下的芍药花影，两根手指拈着剩下的一枚金针，轻轻说道："我还能求他一件事……但说不定他压根儿就已把我忘了，连今天要来看我都没记得，这第三件事还说什么？"转念又想："不会的，决计不会。他是当世大侠，最重然诺，怎能说过的话不算？再过一会儿，嗯，只再过一会儿，他一定便会前来瞧我。"想到不久便能和他见面，不由得晕生双颊，拈着金针的手指微微发颤。

她轻轻叹了口气，一个念头终是排遣不去："他虽重然诺，可是我终究是个小姑娘啊。他答应的话倘是对爹爹说的，无论怎么也定会信守。但是我呢，我这个小东邪郭襄，在他眼中算得是什么？只不过是个异想天开小女孩儿罢啦。这时他便算记得我的话，也不过是哈哈一笑，摇头说道：'胡闹，胡闹！'"

芍药亭畔，小郭襄细数花影，情思困困。大校场中，黄蓉兀自在反覆推想："羊太傅庙中芙儿、襄儿遇险，得逢高人暗中解救。靖哥哥说，当世只二人有此刚猛内力，但洪七公恩师已故，靖哥哥更加不是。难道邀集这些旁门左道之士来给襄儿祝寿的，并非那个杀死尼摩星的高手？然则此人是谁？老顽童周伯通虽爱玩闹，行事无此细密；一灯大师端严方正，决无如此闲情逸致；西毒欧阳锋、慈恩和尚裘千仞都已亡故，竟难道是爹爹？"

她与父亲已十余年不见。黄药师便如闲云野鹤，漫游江湖，谁也不知他的行踪。说到这件事的古怪难测，倒与他的生性颇有几分相似。黄药师名震江湖数十年，乃是出名的"黄老邪"，这些邪魔外道多半和他臭味相投，倘若他出面招集，那些人非卖他的老面子不可。她想到这里，一呆之下，不自禁的又惊又喜。按理说黄药师决不会来跟女儿和外孙女如此胡闹，但他一生行事从来不可以常理推断，当真如天外神龙，矫夭变幻，黄蓉虽是他的亲生女儿，却也往往莫测其高深。他大举邀人来给外孙女儿祝寿，说不定自有深意呢？

她想到这里，向郭芙招了招手，命她过来，低声问道：“你妹子在风陵渡出去了一日两夜，她回来后，有没说起外公什么事？”郭芙一怔，道：“外公？没有啊！妹子连外公的面也没见过。”黄蓉道：“你仔细想想，她在风陵渡和西山一窟鬼一齐出去，到底还讲到谁没有？”

郭芙道：“没有啊，没说到谁。”她自知妹子当日为的是要去瞧瞧杨过，但她在父母面前，最怕的便是提及“杨过”两字。母亲倒还罢了，父亲只要一听见，往往脸色一沉，便有一两天不跟她说话。因此妹子既然没说，她也就乐得不提，何况此事早已过去，并无下文，又何必提起此人，自讨没趣？

黄蓉见她脸色微微有异，料到她心中还隐瞒着什么，说道：“眼前之事可不是闹着玩的，你听到见到过什么，全说给我知道。”郭芙见母亲脸色郑重，不敢再瞒，只得道：“只是听几个闲人讲起什么神雕大侠，那便是杨……杨……杨过了。妹子便说要去瞧瞧他。”黄蓉心中一凛，道：“见到了他没有？”郭芙道：“一定没见到。倘若见到了，妹子还不咭咭呱呱的说个不停么？”

黄蓉心中暗叫：“是过儿，是过儿！当真是他么？”问道：“在羊太傅庙中出手杀死尼摩星的，你想会不会是他？”郭芙道：“怎么会啊？杨……杨大哥怎会有这等好功夫？”黄蓉道：“你跟妹子在羊太傅庙中说了些什么，从头至尾跟我说，一句也不能漏了。”

郭芙道：“也没什么大不了的，妹子就是爱跟我顶嘴。”于是将妹子如何说不赴英雄大宴、不瞧丐帮推举帮主，如何说在她生日那天将有一位少年英俊的英雄来见她等言语一一说了，最后笑道：“她朋友倒果然来了不少，但不是和尚尼姑，便是老头儿老太婆，哪有什么少年英俊的英雄？”

听到这里，黄蓉更无怀疑，料定郭襄所说之人，必是杨过无疑，想来郭襄与杨过约定在羊太傅庙中相会，却给姊姊闯去撞散了，杨过不忿郭芙讥刺，为了给郭襄争一口气，竟然遍邀江湖高手，来给她送礼祝寿。“但是，他，他为什么要给襄儿花这么大的力气？”想到小女儿日来心神不定，眼光朦胧，恍恍惚惚，想到她常时突然间红晕双颊，黄蓉不由得倒抽一口凉气：“竟难道襄儿在风陵渡一日两夜不归，已和他做出事来？”跟着便想：“杨过恨我害死他的父亲，恨芙儿断他手臂，更恨芙儿用毒针打伤小龙女。啊哟，小龙女和他相约十六年后重会，今年正是第十六年了。杨过是报仇来啦！”

一想到“杨过是报仇来啦”这七个字，蓦地里背上感到一阵凉意。她知杨过自小便行事十分厉害，对小龙女又是用情既专且深，倘若苦候小龙女十六年终于不得相见，推寻祸根，自会深恨郭家满门。这一十六年的怨毒积了下来，以他性情，决不会将郭芙一剑杀了便能罢休，定当设下狠毒阴损的计谋，大举报复，“难道他竟要诱骗襄儿上手，使她倾心相从，然后折磨得她求生不能，求死不得？不错，不错，依着杨过的性儿，他正会如此。”一想到此点，连日积在心头的疑窦尽数而解：杨过所以要杀尼摩星救郭襄，所以遍请当世高手来给她祝寿，全是为了要赢得她的心。

心下又默默计算：“可是有一点不对了！今日是襄儿生日。十六年前，襄儿出世之后，又过数月，杨过才在绝情谷中与小龙女分手。按理推想，他便是要报仇，也得等足十六年，过了与小龙女约会之期再说。这十六年之约虽然渺茫，但那留言明明是她亲手所书，谁又能知道他夫妻俩终究不得相会？难道我爹爹……难道南海神尼……”她眉尖深锁，越想越是不安，心道：“不管怎样，襄儿若再和他相见，实是凶险无比。襄儿天真烂漫，怎懂得人心的鬼蜮狠毒？”

只听得“啊哟”一声叫，跟着腾的一响，黄蓉抬起头来，见武修文又将一个上台比武的胖大和尚用掌力震下台来。她走到郭靖身边，低声道："你在这里照料，我去瞧瞧襄儿。"郭靖道："襄儿没来么?"黄蓉道："我去叫她，这小丫头实在古怪。"郭靖微微一笑，想到与妻子初识之时，她穿了男装，打扮成一个小乞儿模样，何尝又不古怪了?

黄蓉见丈夫笑得温馨，也报以一笑，当下匆匆赶回府中。一路上虽感焦虑，但想到丈夫那副笑容，想到他那宽厚坚实的双肩，似乎天塌下来也能担当一般，心头又宽慰了许多。

她径到郭襄房中，女儿并不在房，一问小棒头，说是二小姐在后花园中，不许去打扰她。黄蓉微微一惊："襄儿连大校场上的比武也不要看，定是和杨过暗中约上了。"于是先回自己房中，身边暗藏金针暗器，腰间插了柄短剑，再拿了短棒，然后往后花园来。她知杨过此时武功大非昔比，实是个可畏可怖的强敌，因此丝毫不敢怠忽。她不走鹅卵石子铺成的花径，却从假山石后的小路绕了过去，将近芍药亭边，但听得郭襄幽幽的叹了口长气。

黄蓉伏低身子，躲在假山石后，听得女儿轻轻说道："怎么到这个时候，还是不来，可真叫人心焦死了。"黄蓉大慰："原来他还没到，正可先行拦阻。"只听郭襄又道："每年生日，妈总是叫我说三个心愿，这时左右无人，我便跟老天爷说了罢。"黄蓉本要出去跟女儿说话，听了她这几句话，本已跨出一步的左脚又缩了回来，寻思："我虽是她母亲，平时也不易猜得中她心思，这时正好听她说三个什么心愿。"

过了片刻，只听郭襄道："老天爷，我第一个心愿，盼望爹爹妈妈率领人马，会同众位英雄好汉，把来犯的蒙古兵尽数杀退，襄阳城百姓得保太平。"黄蓉暗暗舒了口气，心道："这小丫头虽然古怪，可不是不识大体之人。"

又听她道："我第二个心愿，盼望爹爹妈妈身子安泰，百年长寿，盼望爹娘事事如意称心。"黄蓉诞育郭襄之时，夫妇俩都遭逢生死大险，事后思及，不免心惊，因此自然而然的对她不如对大女儿那般爱怜，这时听了她这几句至性流露的祝愿，不自禁的眼眶微湿，疼爱之情，油然而增。

郭襄的第三个心愿一时却不说出，隔了片刻，才道："我第三个心愿，盼望神雕大侠杨过……"黄蓉虽早料到女儿第三个心愿定与杨过有关，但听到她亲口说出"杨过"两字，心头终于还是一震，听得她续道："……和他夫人小龙女早日团聚，平安喜乐。"

这一句话却是黄蓉万万料想不及，她只道杨过既要诱骗女儿，定然花言巧语，说上许多假话，岂知女儿已知道小龙女之事，也明白杨过一心一意等待和小龙女相会，因此暗中为他祷祝。但转念一想，却又担上了心："啊哟，不妙！杨过这厮用心更加深了一层，她越是跟襄儿说不忘旧情，襄儿越会觉得他是个深情可敬之人，对他更为倾心。不错，不错，当年靖哥哥倘若见了我之后便将华筝公主抛诸脑后，半点也不念昔日恩义，我反要怪他薄幸了。"

只因黄蓉将这件事四面八方的想得十分周至，自来又对杨过存着几分忌惮防范之意，再加上对女儿关怀过切，不由得思潮起伏，暗暗心惊。便在此时，忽听得擦的一声轻响，墙头上跃下一人，但见他大头矮身，形相甚是古怪可笑。

郭襄一见那人，便跳起身来，喜道："大头鬼，大头鬼叔叔，他……他也来了么？"

大头鬼走进芍药亭中，躬身施了一礼，神态竟然异常恭谨。郭襄笑道："啊哟，大头鬼叔叔，你怎地跟我这般客气啊？"大头鬼道："你别叫我大头鬼叔叔，只叫'大头鬼'三字便成了。神雕大侠命我来跟郭姑娘说……"

郭襄一听，好生失望，登时眼眶便红了，道：“大哥哥说有事不能来看我么？可是他答应过的……”大头鬼不住摇晃他那颗大头，说道：“不是，不是……”郭襄急道：“怎么不是？他明明答应过的。”心中一急，竟要流下泪来。大头鬼道：“我不是说他没答应你，我是说，他不是不来看你啊！”郭襄破涕为笑，娇嗔道：“你瞧你，说话不明不白的，不是这个，又不是那个。”

大头鬼微笑道：“神雕大侠说，他要亲自给姑娘预备三件生日礼物，是以今日要到得迟了些。”郭襄心花怒放，道：“这许多人已给我送了这么多好东西，我什么都也有啦，请你跟大哥哥说，不用费心再预备礼物了。”大头鬼摇头道：“这三件礼物嘛，第一件已预备好啦，第二件神雕大侠带领了兄弟们正在办，这时候多半已经齐备。”郭襄叹道：“我倒宁可他早些来，别费事跟我办礼物了。”

大头鬼道：“那第三件礼物，神雕大侠说须得在大校场丐帮大会之中亲手交给姑娘，因此请你这就到大校场去，算来时候也差不多啦。”郭襄叹口气道：“我本来跟姊姊呕气，说过不去丐帮大会的，大哥哥既这么说，那是非去不可的了。好罢，你同我一块儿去。”大头鬼点了点头，嘘溜溜吹了声口哨，墙外黑黝黝的扑进一件庞然大物来，却是那头神雕。

郭襄一见神雕，扑过去要揽它项颈，便如见到久别重逢的好友一般。神雕却退开两步，傲然昂立，侧首斜睨。郭襄笑道：“你可真神气得紧，不睬我吗？我偏偏要你睬我。”说着纵身而上，一把抱住了神雕的头颈。这一次神雕没再闪避，但斜过脑袋，便似庄严的父亲遇到了又顽皮又可爱的女儿，终于无可奈何。郭襄道：“雕大哥，咱们一起去罢。我请你吃好东西，你喝酒不喝？”大头鬼笑道：“你请神雕喝酒，那它再喜欢也没有了。”

当下二人一雕奔往大校场。走进大会场子，群雄见到神雕躯体雄伟、形相丑怪，无不啧啧称奇。郭襄引着大头鬼和神雕来到台边，拣一处空地坐下。负责知宾的丐帮弟子见大头鬼是生客，当下过来招呼，请问姓名。大头鬼冷然道："我没名字的，什么也不懂得的，郭二姑娘带我来，我便来了。"

不久黄蓉也即来到，只想："杨过公然要到大校场来，事先又作了周密布置，待会定要大闹一场。"

这时武敦儒、修文兄弟已给人打下台来，朱子柳的侄儿、点苍渔隐的三个弟子、丐帮中的四名八袋弟子、六名七袋弟子，均已先后失手。台上耶律齐已连败三名好手，正施展周伯通所授的七十二路空明拳，和一个四十余岁的壮汉交手。

这壮汉名叫蓝天和，是贵州的一个苗人，幼时随人至四川青城山采药，失足堕入山崖，得遇奇人，学得了一身刚猛险狠兼而有之的外门武功。他掌力中隐隐有风雷之声，轰轰发发，的是威风了得。耶律齐的拳法却是拳出无声，脚去无影，飘飘忽忽，令对方难以捉摸，两人一刚一柔，在台上打了个旗鼓相当。这番功夫显露出来，台下数百名本来大想上台一较的好汉无不自愧不如，均想："幸亏我没贸然上台，否则岂不是自献其丑？人家这般的内力外功，我便是再练十年，也未必是他二人的对手。"

蓝天和的掌力虽猛，但狂风不终朝，骤雨不终夕，毕竟难以持久，虽听他一掌掌发出去时呼呼之声越来越大，其实中间所蕴潜力却已大不如前。耶律齐的拳招既不比前快，亦不比前慢，始终全神贯注的见招拆招。他知今日之斗不是击败几个对手便算了局，上台来的敌手多半愈来愈强，因此必得留下后劲。

蓝天和久战不胜，心下焦躁起来，自思在西南各路二十余年，从未遇到过一个能挡得住自己三十招的劲敌，想不到今日在天下英雄之前，偏偏奈何不了一个后辈，当下催动内劲，不住增加掌力。两人回旋反覆的又拆了二十余招，蓝天和陡见对方拳法中露出破绽，大喝一声："着！"一掌"九鬼摘星"，往耶律齐胸口打去。耶律齐右掌挥出，双掌相交，登时黏着不动，变成了各以内力相拼的局面。

过了片刻，蓝天和忽然脸上变色，踉踉跄跄的退了两步，拱手说道："佩服，佩服！"他走到台口，朗声说道："耶律大爷手下留情，没要了兄弟的性命，果然是英雄仁义，兄弟心悦诚服。"说着深深吸一口气，摇了摇头，跃下台去。耶律齐拱手道："承蓝兄相让。"

原来蓝天和一掌打出，与耶律齐右掌相交，急忙催动内力，猛觉着手之处突然间变得虚虚荡荡，便如伸手入水，似空非空，似实非实，另有一股黏稠之力缠在掌上。这股似虚非虚的知觉，瞬息间便从对方掌心传到自己手臂，再自手臂通到胸口，直降丹田，小腹中登时便如积蓄了十多碗沸水，挤逼着要向外爆炸。他这一惊之下，自是魂飞天外，急忙运劲后夺，但手掌竟如给极韧的胶水黏住了一般，虽向后拉了半尺，却离不开对方掌心。当年师父授他武艺之时，曾说他这一路风雷掌法，以之行走江湖已可说绰绰有余，但若遇上了内家高手，千万要小心在意，只要给对方内力侵入丹田，纵不是当场毙命，这一身功夫可也废了。这念头在脑海中一闪，双目一闭，只待就死，陡然间掌上黏力忽失，跟着丹田中郁热之气也缓缓消失。他微一运劲，竟觉全身功夫丝毫未损，那自是对方手下容情，因此上感愧之余，站到台口向群雄交代了几句。

适才二人这一场龙争虎斗，蓝天和掌力威猛凌厉，台下人人有目共睹，但耶律齐居然将他败于无形，凡是稍有见识之人，再也不敢上台挑战。耶律齐是郭靖、黄蓉的女婿，与丐帮大有渊源，四大长老和众八袋弟子都愿他当上帮主。他又是全真派耆宿周伯通的弟子，全真教弟子算来都是他晚辈。凡是与郭靖夫妇、全真教有交情的好手，都不再与争。只有几个不自量力的莽撞之徒才上台领教，但都是接不上数招，便即落败。

郭芙见丈夫艺压当场，心中的欢喜自是难以言宣，一瞥眼间，忽见一只奇丑的巨雕和那个在风陵渡见过的大头矮子分坐在妹子两侧，不禁一怔。当郭襄和大头鬼、神雕来到大校场时，耶律齐和蓝天和激斗正酣，郭芙全神贯注在丈夫身上，神雕虽然形貌惊人，她却是视而不见。这时劲敌已去，她才想到何以妹子说过不来却又来了？一转念间，暗道：“不好！杨过自称‘神雕大侠’，这只穷凶极恶的大鸟，必定便是什么神雕了。神雕既来，杨过也必就在左近，他倘若来抢帮主……他倘若来抢帮主……”一刹那间，心中自喜变忧，当日杨过拂袖将她长剑击弯的情景历历如在目前，“齐哥武功虽强，能不能敌得过这个独臂怪人呢？唉，这人自幼便是我命中的魔星，今日当此要紧关头，他迟不迟，早不早，却又来了！”但游目四顾，并不见杨过的踪迹。

这时天色将黑，耶律齐又连败七人，待了良久，再也无人上台较艺。

梁长老走到台口，朗声道：“耶律大爷文武双全，我帮上下向来钦仰，若能为我帮之主，自是人人悦服拥戴……”他说到这里，台下丐帮的帮众一齐站起，大声欢呼。

梁长老又道：“不知有哪一位英雄好汉，还欲上来一显身手？”他连问三遍，台下寂静无声。

郭芙大喜，心想：“杨过此刻不至，时机已失！待齐哥一接任帮主，他便再要来捣乱，也已来不及了。”便在此时，忽听得蹄声紧迫，两骑马向大校场疾驰而来，听那马蹄之声，马上乘客显是身有急事。郭芙一惊：“终于来了！”

但见两骑马如飞般驰进校场，乘者身穿灰衣，却是郭靖派出去打探军情的探子。郭靖虽然瞧着台上比武，心中可无时无刻不念着军情，一见这两个探子如此纵马狂奔，心道：“终于来了！”郭靖、郭芙父女心中说的都是“终于来了”四字，但女儿指的是杨过，父亲心中所指却是“蒙古大军”。

两名探子驰到离高台数丈处翻身下马，奔上前来向郭靖行礼。郭靖与黄蓉不等二人开口，先瞧脸色，盖军情好恶，脸上必有流露，但见二人满脸又是迷惘又是欢喜之色，似乎见到了什么意外的喜事。

只听一名探子报道：“禀报郭大侠：蒙古大军左翼前锋的一个千人队，已到了新野。”郭靖心中一惊，暗道：“来得好快！”又听另一名探子道：“禀报：蒙古右翼前锋的一个千人队，已抵邓州。”郭靖“嗯”了一声，心想：“北路敌军又分两路，军行神速，锋势锐利之极。”新野与邓州离襄阳均不过一百余里，由两地南下而至襄阳对岸的樊城，一路平野，并无山川隔阻之险，蒙古铁骑驰骤而来，只须一日便能攻到。

却听第二个探子喜孜孜的说道：“可是有件奇事，邓州城郊的蒙古千人队一个个都死在就地，军官士卒，无一得生。”郭靖奇道：“有这等事？”第一个探子道：“小人所见也是如此，新野的蒙古前锋一千人全变了野鬼，只见遍地都是尸首。最奇怪的是，这些蒙古兵尸首上的左耳都给人割了去。”第二个探子道：“邓州的蒙古兵也是这般，人人没了左耳。”

郭靖和黄蓉对瞧一眼，均是惊喜交集，寻思：“蒙古两路先锋都是全军覆没，那是大大的折了锐气。虽说来攻敌军至少有十余万之众，损折二千人无关大局，但讯息传去，蒙古三军为之夺气，于我大吉大利。却不知是谁奇兵突出，将这两路蒙古兵尽数歼灭？”郭靖问道：“新野和邓州的守军怎样了？”两名探子齐道：“两城守军闭城不出，蒙古军死在郊外，守城的将军只怕此刻尚未得知。”黄蓉道：“你们快去禀报吕大帅，他这一高兴，定然重重有赏。”两探子磕过了头，欢天喜地的去了。

蒙古先锋队尚未与襄阳守军交战，即已两路齐歼，黄蓉站到台上宣布这个喜讯，登时全场欢声雷动。黄蓉道："丐帮新立帮主，固是喜事，可怎及得上这件聚歼敌军的大事？梁长老，快命人摆设酒筵，咱们须得好好庆祝一番。"

这酒筵倒是早就预备下了的，丐帮今晚本来要大宴群雄，祝贺新立帮主，这时传到大捷之讯，锦上添花，人人均是兴高采烈。武敦儒等较艺落败，虽然不无怏怏，但满场喜气洋溢，早把少数人的心中郁闷冲得干干净净。丐帮宴客不设桌椅，群雄东一围、西一堆的在大校场上席地而坐，便此杯觥交错，吃喝起来。筵席模样虽陋，酒肉菜肴却极是丰盛。

群雄都道是郭靖、黄蓉安排下的奇计，流水价过来敬酒祝捷。郭靖不住口的说绝非自己之功。但他向来谦抑，群雄哪里肯信？黄蓉道："靖哥哥，这事好生奇怪，此时实在琢磨不透。咱们别忙分辩，且候确息。"原来黄蓉一得探子之报，知道其中甚有蹊跷，当即派遣八名精明强干的丐帮弟子，骑了快马，分赴新野、邓州再探。

郭襄和大头鬼、神雕坐在一起，旁人见了神雕这等威猛模样，谁也不敢坐近。郭襄只问："大哥哥怎地还不来？"大头鬼道："他说过要来，总会来的。"一言甫毕，忽道："你听，那是什么声音？"郭襄侧耳静听，只听得远处传来一阵阵狮吼虎啸、猿啼象奔之声，她心中一喜，叫道："史家兄弟来啦！"

过不多时，群兽吼叫之声越来越近。校场上群雄先是愕然变色，跟着纷纷拔出兵刃，站了起来，场中登时乱成一片："哪里来的这许多猛兽？""是狮子，还有大虫！""大家小心！""提防恶狼，提防豹子！"

郭靖对武修文道："去传我号令，调二千弓弩手来。"武修文应道："是!"刚欲转身，忽听得远处有人长声叫道："万兽山庄史氏兄弟奉神雕侠之命，来向郭二姑娘祝寿，恭献寿礼。"声音非一人所发，乃史氏五兄弟齐声高呼。他五人内功另成一家，虽非一等一的高手，但纵声长啸，竟同具宫、商、角、徵、羽五音之声，铿锵豪迈，震人耳鼓。黄蓉向武修文一挥手，命他即去传令，心想史氏兄弟虽如此说，但人心难测，未必便无他意，宁可调集弓弩手有备而不发，胜于无备而受制于人。武修文跃上马背，驰去调兵。

不多时第一队弓弩手已到，布在大校场之侧，郭靖在蒙古习得骑射之术，以此教练士卒，是故襄阳兵精，甲于天下，遂能以一城之众，独抗蒙古数十年。襄阳弓弩手人人能挽强弓，发硬箭，射术实不逊于蒙古武士。

弓弩手刚布好阵势，只见一条大汉身披虎皮，领着一百头猛虎来到大校场外，正是白额山君史伯威。那一百头猛虎排得整整齐齐，蹲伏在地。接着管见子史仲猛率领一百头金钱豹子、青甲狮王史叔刚率领一百头雄狮、大力神史季强率领一百头大象、八手仙猴史孟捷率领一百头巨猿，各列队伍，排在校场四周。群兽猛恶狰狞，不断发出低吼，然行列整齐，竟是丝毫不乱。校场上群雄个个见多识广，但陡然间见到这许多猛兽，亦不免心中惴惴。

史氏五兄弟手中各提一只皮袋，走到郭襄身前，躬身说道："恭祝姑娘长命百岁，平安如意。"郭襄忙起立还礼，道："多谢五位史家叔叔。史三叔，你身子可大好了？史五叔，你胸口的伤也好了？"史叔刚、史孟捷齐道："多谢姑娘关怀，都好了。"

史伯威指着五只皮袋道："这是神雕侠送给姑娘的第一件生辰礼物。"郭襄笑道："真是生受不起。那是什么啊？嗯，我猜你的皮袋里装着一只小老虎，他的装着一只小豹子，是不是？那倒好玩得紧。"

史伯威摇头道："不是，这件礼物，是神雕侠率领了七百多位江湖好手去办来的，费的气力可真不小。"说着打开手中的皮袋。郭襄探头往袋口一张，大吃一惊，叫道："是耳朵！"史伯威道："正是！五只皮袋之中，共是两千只蒙古兵将的耳朵。"郭襄尚未会意，惊道："这许多人耳朵，我……我要来干么？"

郭靖、黄蓉却听得分明，一齐离座，走到史伯威身前，就皮袋中一看，再想起适才探子之言，不由得惊喜交集。黄蓉道："史大哥，原来新野和邓州城郊的蒙古兵，是神……神雕侠率人所杀？"

史氏五兄弟向郭靖、黄蓉拜倒。郭靖夫妇拜倒还礼。史伯威才答道："神雕侠言道：郭二姑娘身在襄阳，今日是她十六岁生辰，蒙古蛮兵竟敢无礼前来进犯，岂不是要惊吓了郭二姑娘？实是非杀不可。只恨番兵势大，不能尽诛，因此带领豪杰，杀了他作先锋的两个千人队。"

郭靖道："神雕大侠现在何处？小可当亲自拜见，为襄阳合城百姓致谢。"这十多年来，郭靖专心练兵守城，极少理会江湖游侠之事，而杨过隐姓埋名，所交多是介乎邪正之间的人物，因此郭靖竟不知"神雕侠"便是杨过。史伯威道："神雕侠连日忙于为令爱采备生日礼物，未克前来拜见郭大侠和郭大人，请了恕罪。"

忽听得远处啸声又起，一个声音叫道："西山一窟鬼奉神雕侠之令，来向郭二姑娘祝寿，恭献寿礼。"声音尖细，若断若续，但人人听得十分清楚。

郭靖见第一件寿礼实在太大，忙提声叫道："郭靖谨候台驾。"他话声浑厚和平，远远传送出去，跟着走到大校场入口处相迎。

黄蓉和他并肩而立，低声道："你猜这神雕侠是谁？"郭靖道："我猜不出。"黄蓉道："便是杨过！"郭靖一呆，随即满心欢畅，说道："了不起，了不起！他立下如此奇功，当真是大宋之福。"黄蓉道："你猜他第二件寿礼是什么？"郭靖微笑道："过儿才智卓绝，只有你方胜得了他，也只有你，才猜得中他的心思。”黄蓉摇头道：“这一次我可猜不中了。”心想：“杨过为襄阳立此大功，但口口声声说是为了襄儿。他对我夫妇与芙儿的怨恨可丝毫未消。”

过不多时，长须鬼樊一翁领着八鬼来到校场，向郭靖夫妇见了礼，径自走到郭襄身前，说道：“恭祝姑娘康宁安乐，福泽无尽！神雕侠命我们来送第二件生辰礼物。”

郭襄道：“多谢，多谢。”眼见西山一窟鬼手中各自拿着一只木盒，生怕他们又送什么人鼻子、人耳朵来，忙道：“若是难看的物事，就别打开来。”大头鬼笑道：“这次是挺好看的。”

樊一翁打开盒子，取出一个极大的流星火炮，晃火折点着了。那火炮冲天而起，在半空中一声爆炸，散了开来，但见满天花雨，组成一个“恭”字。郭襄拍手笑道：“好玩，好玩得很！”吊死鬼接着也放了一个烟花，却是一个“祝”字。西山一窟鬼各放一个，组起来是“恭祝郭二姑娘多福多寿”十个大字。十字颜色各不相同，高悬半空，良久方散。群雄欢呼喝采。这烟花乃汉口镇天下驰名的巧手匠人黄一炮所作，华美繁富，妙丽无方，端的是当世一绝。

郭靖微微一笑，心想：“小女孩儿家原是喜欢这个，也亏过儿觅得这妙制烟花的巧手匠人。”

半空中十个大字刚散，北边天空突然升起一个流星，相距大校场约有数里，跟着极北远处，又有一个流星升起。

黄蓉心想：“这流星传讯，取法于烽火报警，顷刻之间，便可一个接一个的传出数百里之遥，只不知杨过安排下了什么。他这第二件礼物，决不只是放几个烟花博我襄儿一粲便算。”当下吩咐丐帮弟子安排筵席，宴请史氏兄弟和西山一窟鬼。

斟酒未定，忽听得北方远远传来犹如闷雷般的声音，一响跟着一响，轰轰不绝，只是隔得远了，响声却是极轻。

史氏兄弟和西山一窟鬼听了这声音，突然间一齐跃起身来，高声欢呼，大叫："成功了，成功了！"群雄愕然不解。大头鬼摇头晃脑，手指北方，大叫："妙极，妙极！"这时天已全黑，北面天际却发出隐隐红光。

黄蓉又惊又喜，叫道："南阳大火！"郭靖拍腿大叫："不错，正是南阳！"黄蓉向樊一翁道："愿闻其详。"

樊一翁道："这是神雕侠送给郭二姑娘的第二件薄礼，烧了蒙古二十万大军的粮草。"黄蓉心中已猜到三分，听他如此说，不禁与郭靖相顾大喜。

原来蒙古大军南攻襄阳，以南阳为聚粮之地，数年之前，即在南阳大建粮仓草场，跟着四处征发，成千成万斛米麦、成千成万担草料，流水般汇向南阳。常言道："大军未发，粮草先行"，米麦是士卒的食物，干草是马匹的秣料，实是军中的命脉所在。蒙古自来以骑兵为主，这草料更是一日不可或少。郭靖曾数次遣兵袭击南阳，但蒙古官兵守得牢固，始终无功，想不到杨过竟在一夕之间放火将它烧了。

郭靖眼见北方红光越冲越高，担心起来，向樊一翁道："出手的诸位豪杰都能全身而退么？可须咱们前去接应？"樊一翁心道："郭大侠不问战果，先问将士安危，果然是仁义过人。"说道："多谢郭大侠挂怀，神雕侠早有安排。在南阳城中纵火的，是圣因师太、人厨子、张一氓、百草仙这些高手，共有三百余人，想来寻常蒙古武士也伤他们不得。"郭靖恍然大悟，向黄蓉道："你听！过儿邀集群豪，原来是为立此奇功。若非这许多高人同时下手，原也不易使两千蒙古精兵全军覆没。"

樊一翁又道："我们探得蒙古番兵要以火炮轰打襄阳，南阳城的地窖之中藏了数十万斤火药。因此我们的祝寿烟花一放起，流星传讯，埋伏在南阳城内的一干好手便同时动手，先烧火药，再烧粮草。蒙古大军的士卒马匹，这番可要饿肚子了。”

郭靖和黄蓉对视一眼，均是暗自心惊。他夫妇俩当年随成吉思汗西征，曾亲眼见到蒙古军以火炮轰城，当真有崩山裂石之威。只是火药和铁炮殊不易得，因此蒙古数攻襄阳，都未用炮。这次皇帝蒙哥御驾亲征，自是携有当世最厉害的攻城利器了。若不是杨过这一把火，襄阳合城军民难免尽遭大劫。两人又想：“歼灭敌军两个千人队，固然大杀其威，但毁了蒙古军在南阳积贮数年的火药和大军粮草，只要他粮运不继，那就逼得非退兵不可。这场功劳可更加大了。”夫妇俩向史氏兄弟、西山一窟鬼连声称谢。史伯威和樊一翁都道：“小人等只是奉了神雕侠之命办事，小小奔走之劳，两位何足挂齿？”

这时远处火药爆炸声仍不断隐隐传来，只是隔得远了，听来模糊郁闷。陡然之间，几下声音略响，接着地面也微微震动。樊一翁喜道：“那个最大的火药库也炸了。”

郭靖叫过武氏兄弟，说道：“你二人各带二千弓弩手掩袭南阳。敌军倘若部队齐整，那就不要下手，要是惊慌混乱，可乘势发箭杀伤。”二人接令而去。

两件事接踵而来，校场上欢呼大叫，把盏敬酒之声，响成一片，人人都称颂神雕侠功德无量。

郭芙眼见丈夫艺冠群雄，将丐帮帮主之位拿到了手，于当世豪杰之前大大露脸，哪知蓦地里生出这些事来。杨过人尚未到，却已将丈夫的威风压得丝毫不剩，虽说歼灭蒙古先锋、火烧南阳粮草火药，实是两件大大的好事，但她总不免愀然不乐；又听史氏兄弟和西山一窟鬼说道，这是杨过送给妹子的两件生日礼物，那十个烟火大字高悬天空，惟恐群雄不知此举全是为了妹子，相形之下，自己更加没了光采。她转念一想：“好哇！杨过这厮恨我斩他的手臂，故意削我面子来着!”想到此处，更是勃然而怒。

梁长老和耶律齐、郭芙同席，眼见人人兴高采烈，郭芙却是脸色不豫，微一沉吟，已知其理，笑道：“老头子可真的老胡涂啦，这一欢喜，竟把眼前的大事抛到了脑后。”当即跃上高台，朗声说道：“各位英雄请了，蒙古番兵连遭两大挫折，咱们自是不胜之喜。可还有一件喜上加喜之事，适才耶律大爷显示了精湛武功，人人钦服。我们丐帮便奉耶律大爷为本帮之主。天下英雄，可有不服的么？本帮弟子，可有异言的么？”

他连问三声，台下无人出声。梁长老道：“如此便请耶律大爷上台。”耶律齐跃上高台，抱拳向台下团团行礼，正要说几句“无德无能”的谦抑之言，忽听得台下有人叫道：“且慢，小人有一句话，斗胆要请教耶律大爷。”耶律齐一怔，眼见这句话是从丐帮弟子的人丛中发出，拱手道：“不敢！请说便是。”

只见丐帮中站起一人，大声道：“耶律大爷的令尊在蒙古贵为宰相，令兄也曾居高官，虽然都已逝世，但咱们丐帮和蒙古为敌。耶律大爷负此重嫌，岂能为本帮之主？”

耶律齐恨恨的道：“先君楚材公被蒙古皇后下毒害死，先兄耶律晋为当今蒙古皇帝所杀，小可与蒙古暴君，实有不共戴天之仇。”那乞丐道：“话虽是如此说，但令尊之死，甚为暧昧，下毒云云，只是风传，未闻有何确证。令兄犯法获罪，死有应得，此仇不报也罢，倒是本帮大仇未复……”郭芙听得他出言讥刺丈夫，再也按捺不住，喝道：“你是谁？胆敢在此胡言乱语？有胆子的，站到台上去说。”

那乞丐仰天大笑，说道：“好，好，好！帮主还未做成，帮主夫人先显威风。”也不见他移步抬脚，身子微晃，已站在台口。群雄见他露了这手轻功，心头都是一惊：“这人武功强得很啊，那是谁？”台下数千对眼光，齐都集在他身上。

只见他身披一件宽大破烂的黑衣，手持一根酒杯口粗细的铁杖，满头乱发，一张脸焦黄臃肿，凹凹凸凸的满是疤痕，背上负着五只布袋，原来是一名五袋弟子。丐帮中本乏相貌俊雅之人，但这人更是奇丑无伦。丐帮帮众识得他名叫何师我，向来沉默寡言，随众碌碌，只因十余年来为帮务勤勉出力，才逐步升到五袋弟子，但武艺低微，才识卑下，谁都没对他丝毫重视，均想他升到五袋弟子，已是极限，哪料到这样一个庸人竟会突然向耶律齐当众提出质问，而武功之强更是大出帮众意料之外，都想："这何师我从哪里偷偷学了这一身功夫来啦?"

何师我为人虽然平庸，但相貌之丑却令人一见难忘，因此耶律齐倒也识得他，当下抱拳道："不知何兄有何高见，要请指教。"何师我冷笑道："指教两字，如何克当？只是小人有两件事不明白，因此上台来问问。"耶律齐道："哪两件事?"何师我道："第一件，我帮新旧帮主前后交替，历来都以打狗棒为信物。耶律大爷今日要做帮主，不知这根本帮至宝的打狗棒却在何处？小人想要见识见识。"此言一出，丐帮帮众心中都道："这一句话问得厉害。"只听耶律齐道："鲁帮主命丧奸人之手，这打狗棒也给奸人夺了去。此乃本帮的奇耻大辱，凡本帮弟子，人人有责，务须将打狗棒夺回。"

何师我道："小人第二件不明白之事，是要请问：鲁帮主的大仇到底报是不报?"耶律齐道："鲁帮主为霍都所害，众所共知，当世豪杰，无不悲愤。只是连日追寻，未知霍都这奸贼的下落，这是本帮的要务，咱们便是找遍了天涯海角，也要寻到霍都这奸贼，为鲁帮主报仇。"

何师我冷笑道："第一，打狗棒尚未夺回。第二，杀害前帮主的凶手还没找到。这两件大事未办，便想做帮主啦，未免太性急了些罢?"这几句话理正词严，咄咄逼人，只说得耶律齐无言以对。

梁长老道："何老弟的话自也言之成理。但本帮弟子十数万人，遍布天下，不能无人为首，而寻棒锄奸，更不是说办便办，也须得有人主持，方能成此两件大事。咱们急于立一位新帮主，正是为此。”何师我摇头道：“梁长老这几句话，错之极矣，可说是反因为果，本末倒置。”

梁长老是丐帮中四大长老之首，帮主死后便以他为尊，这五袋弟子竟敢当众抢白，可说大胆已极。梁长老怒道：“我这话如何错了？”何师我道：“依弟子之见，谁人能夺回打狗棒，谁人能杀了霍都为鲁帮主报仇，咱们便拥他为本帮之主。但如今日这般，谁的武功最强，谁便来作本帮帮主，假如霍都忽然到此，武功又胜过耶律大爷，难道咱们便奉他为帮主不成？”这几句话只说得群雄面面相觑，都觉实是颇为有理。

郭芙却在台下叫了起来：“胡说八道，霍都的武功又怎胜得过他？”何师我冷笑道：“耶律大爷武功虽强，却也不见得就天下无敌。小人只是丐帮的一个五袋弟子，也未必便输于他了。”郭芙正恼他言语无礼，听他自愿动手，那是再好也没有，叫道：“齐哥，你便教训教训这大胆狂徒。”

何师我冷冷的道：“本帮事务，向来只是帮主管得，四大长老管得，帮主夫人却管不得。别说耶律大爷还没做帮主，就算当上了，耶律夫人也不能这般当众斥责帮中弟子，是不是？”郭芙满脸通红，只道：“你……你这厮……”

何师我不再理她，转头道：“梁长老，弟子倘若胜了耶律大爷，这帮主便由弟子来当，是不是？还是等到有人获棒杀仇，再来奉他为主？”梁长老见他越来越狂，胸中怒气上升，说道：“不论是谁，他若不能战胜群雄，那就当不上帮主，日后若不能获棒杀仇，终也是愧居此位。耶律大爷若是当了本帮之主，那两件大事他不能不办。但如胜不过何兄弟，他又焉能得任此位？”何师我大声道：“梁长老此言有理，小人便先领教耶律大爷的手段，再去寻棒锄奸。”言下之意，竟是十拿九稳能胜得耶律齐一般。

耶律齐行事自来稳健持重，但听了何师我这些话，心头也不禁生气，说道：“小弟才疏学浅，原不敢担当帮主的重任。何兄肯予赐教，那好得很。”何师我冷冷的道：“好说，好说。”将铁杖在台上一插，呼的一掌，便向耶律齐击去。这一掌力道似乎并不甚强，但掌力分布所及，几有一丈方圆。梁长老尚未退开，竟被他掌力在脸颊上一带，热辣辣的颇为疼痛，忙跃在台侧。

耶律齐不敢怠慢，左手一拨，右拳还了一招“深藏若虚”，用的仍是七十二路空明拳中的招数。两人拳来脚往，在高台上斗了起来。这时将近戌时，月沉星淡，高台四周插着十多枝大火把，两人相斗的情状台下群雄都瞧得清清楚楚。

黄蓉看了十余招，见耶律齐丝毫未占上风，细看何师我的武功，竟辨不出是何家数，所出拳脚，招式甚是驳杂，全无奇处，但功力却极深厚，少说也已有四十年以上的勤修苦练，心想：“最近十一二年来，才偶尔在丐帮名册之中，见到何师我因积劳而逐步上升，从没听人称道过他的武功。但瞧他身手，决非最近得逢奇遇这才功力猛进。他在帮中一直隐晦不露，难道为的便是今天么？”

待斗到五十招以上，耶律齐渐渐心惊，不论自己如何变招，对方始终从容化解，实是生平罕见的强敌，但他却又不乘势抢攻，似乎旨在消耗了自己内力，然后大举出击。

耶律齐这一日已连斗数人，但对手除了蓝天和外，余子碌碌，均不足道，并没耗去他多少力气，眼见何师我若往若还，身法飘忽不定，当下双拳一挫，陡然间变拳为掌，径行抢攻。周伯通那双手互搏之术并非人人可学，耶律齐虽是他的入室高弟，却也没学到他这路奇功，但全真教玄门的正宗武功，耶律齐却已学到了十之八九，这时施展出来，但见台边十多根火把的火头齐向外飘，只此一节，足见掌力之强。火把照映之下，高台上两人拳掌飞舞，形影回旋，当真好看煞人。

黄蓉问郭靖道：“你说这人是何家数？”郭靖道：“迄此为止，他尚未露出一招本门武功，显是在竭力隐藏自身来历，再拆七八十招，齐儿可渐占胜势，那时他若不认输，便得露出真相。”

这时两人越斗越快，一转瞬间便或攻或守的交换四五招，因之没多时便拆了七八十招，果如郭靖所云，耶律齐的掌风已将对手全身罩住。郭靖和黄蓉凝目注视着何师我，知他处此境地，若再不使出看家本领，仍用旁门杂派的武功抵挡，非吃大亏不可。耶律齐也已瞧出此点，掌力渐渐加重，但毫不盲进，只是稳持先手。

眼见何师我非变招不可，蓦地里他双手袍袖齐拂，一股疾风向外疾吐，跟着缩了回去，台边十余枝火把的火焰同时暴长，一阵光亮，随即尽皆熄灭。群雄眼前一黑，只听得耶律齐和何师我齐声大叫，腾的一声，有人跌下台来。何师我却在台上哈哈大笑。众人惊讶之下，谁都没有作声，静寂中只听得何师我得意的笑声。

梁长老叫道：“点燃火把！”十多名丐帮弟子上来将火把点亮，只见耶律齐站在台下，左脸上鲜血淋漓，破了个酒杯大的伤口。何师我伸出左掌，冷笑道：“好铁甲，好铁甲。”手掌中抓着一把鲜血。

郭靖和黄蓉对望一眼，知道郭芙爱惜夫婿，将软猬甲给他穿在身上，因之何师我击了他一掌，手掌反被甲上的尖刺刺破，但耶律齐脸上如何受伤，如何跌下台来，黑暗中却未瞧见。

原来何师我于激斗正酣之际，突然使出“大风袖”功夫，将高台四周的火把尽数吹灭。耶律齐一怔之下，急忙拍出一掌，以护自身，猛觉得指尖上一凉，触到了什么铁器，立时醒觉，知道对方久战不胜，忽施奸计，在黑暗之中取出兵刃突袭。他虽赤手空拳，也不惧敌人手有兵刃，当下施出“大擒拿手”，意欲夺下对方兵器，将他奸谋暴于天下英雄之前，一招“巧手八打”，欺到了何师我身前两尺之处，右腕翻处，已抓住了敌人兵刃之柄。他左掌跟着拍出，直击敌人面门，这一来，何师我兵刃非撒手不可。

黑暗之中，何师我果然侧头闪避，松了手指，耶律齐夹手将兵刃夺过。便在此时，他左颊上猛地一阵刺痛，已然受伤，跟着啪的一下，胸口中掌，站立不稳，登时被震下台。他哪料到对手的兵刃甚为特异，中装机括，分为两截，上半截给他夺去，余下的半截陡然飞出，击中了他的面颊。这一下深入半寸，创口见骨，但所中尚非要害，何师我的杀手本在那一掌之中，幸好郭芙硬要他在长袍内暗披软猬甲，这一掌他非但未受损伤，何师我的掌心反而被刺得鲜血淋漓。

郭芙见丈夫跌下台来，惊怒交迸，忙抢上去护持。梁长老等明知何师我暗中行诈，然无法拿到他的证据，同时两人一齐受伤带血，也不能单责哪一个违反了“点到即止”的约言，看来两人都只稍受轻伤，但耶律齐被击下台，这番交手显是输了。

郭芙大不服气，叫道：“这人暗使奸计，齐哥，上台去跟他再决胜败。”耶律齐摇头道：“他便是以智取胜，也是胜了。何况纵然各拼武功，我也未必能赢。”

黄蓉向耶律齐招招手，命他近前，瞧他夺来的那半截兵刃时，却是一根五寸来长的钢条，一时也想不起武林之中有何人以此作为武器。

何师我昂起一张黄肿的丑脸，说道：“在下虽胜了耶律大爷，却未敢便居帮主之位。须得寻到打狗棒，杀了霍都，那时再听凭各位公决。”众人心想，这几句话倒说得公道，眼见他虽然胜得暧昧，但武功究属十分高强，听了这几句话后，丐帮中便有人喝起采来。

何师我站到台口，抱拳向众人行礼，说道：“哪一位英雄愿再赐教，便请上台。”

他那“台”字刚出口，猛听得史伯威“啊”的一声大叫，围在大校场四周的五百头猛兽忽地站起，齐声吼叫。单是一头雄狮或猛虎纵声而吼，已有难当之威，何况五百头猛兽合声长啸？这声音当真如山崩地裂一般，但见大校场上沙尘翻腾，黄雾冲天，群雄身前的酒杯菜碗被这巨声震得互相碰撞，叮叮不绝。

群兽吼叫声中，西山一窟鬼和史氏兄弟十五人同时跃到台边，抽出兵刃，团团将高台四面围住。

忽见校场入口处火光明亮，八个人高举火炬，朗声说道：“神雕侠祝贺郭二姑娘芳辰，奉上第三件礼物。”八人说毕，便即足不点地般进场而来，转眼间到郭襄身前，人人露了一手上乘轻功。中间四人各伸一手，合抓着一只大布袋，看来那第三件礼物便是在这布袋之中了。

八人躬身向郭襄行礼，自报姓名，群雄一听，无不骇然，原来当先一个老和尚，竟是五台山佛光寺方丈昙华大师，素与少林寺方丈天鸣禅师齐名，其余赵老爵爷、聋哑头陀、昆仑派掌门青灵子等，无一不是武林中久享盛名的前辈名宿。

郭襄却不知这些人有多大名头，起身还礼，笑靥如花，说道：“有劳各位伯伯叔叔了。那是什么好玩的物事？”提着布袋的四人手臂同时向后拉扯，喀喇一声响，布袋裂成四块，袋中滚出一个光头和尚来。

两边旗斗之中各自跃下一人，斜斜下堕，正是黄药师和杨过。两人落到离台数丈之处已然靠近，黄药师伸右手拉住了杨过的左手，在半空中携手而下。

第三十七回

三世恩怨

那和尚肩头在地下一靠，立即纵起，身手竟是十分矫捷，但见他怒容满脸，叽哩咕噜的大声说话，却是谁也不懂。郭靖与黄蓉识得这和尚是金轮法王的二弟子达尔巴，不知他怎生给昙华大师、赵老爵爷等擒住。

郭襄本来猜想袋中装的定是什么好玩的物事，却见是个形貌粗鲁的藏僧，微感失望，说道："大哥哥送这和尚给我，我可不喜欢。他自己在哪里，怎么还不来？"

来送第三件礼物的八人之中，青灵子久居藏边，会说藏语，他在达尔巴耳边低声说了几句话。达尔巴脸色一变，大吃一惊，目不转睛望着台上的何师我。青灵子又用藏语大声说了两句话，将背上负着的一根黄金杵交给了达尔巴。那本是达尔巴的兵刃，他受八大高手围攻而被擒，这兵刃也给夺了去。

达尔巴倒提金杵，大叫一声，纵身跃到台上。

青灵子向郭襄笑道："郭二姑娘，这和尚会变戏法，神雕侠叫他上台变戏法给你看。"郭襄大喜，拍手道："原来如此。我正奇怪，大哥哥费了这么大的劲儿，找了这和尚来有什么用呢？"

达尔巴对何师我叽哩咕噜的大声说话。何师我喝道："兀那和尚，你说些什么，我一句不懂。"达尔巴猛地踏步上前，呼的一声，挥金杵往他头顶砸了下去。何师我侧身避过。达尔巴舞动金杵，着着进逼。何师我赤手空拳，在这沉重的兵刃猛攻之下只有不住倒退。

丐帮帮众见这藏僧如此凶猛，都起了敌忾同仇之心，纷纷鼓噪起来。梁长老喝道："大和尚休得莽撞，这一位是本帮未来的帮主。"但达尔巴哪里理睬，将金杵舞成一片黄光，风声呼呼，越来越响。

丐帮中早有六七名弟子忍耐不住，跃到台边，欲待上台应援。但青灵子等八大高手、史氏五兄弟、西山一窟鬼，一共二十三人团团围在台边，阻住旁人上台。丐帮虽然人众，一时却抢不上去。正纷乱间，青灵子晃身上了高台，拔起何师我插在台边的铁棒。何师我大惊，纵身来抢，但给达尔巴的金杵逼住了，竟无法上前一步。

郭靖和黄蓉不明其中之理，猜不透杨过派这些人前来捣乱，到底是何用意，但想他送给郭襄的第一件和第二件礼物于襄阳大大有利，这第三件礼物不该反有敌意，因此夫妇俩袖手不动，静观其变。

耶律齐虽给何师我使诈击下高台，但他已立志承继岳母的大业，决为丐帮出力，眼见何师我给达尔巴逼得手忙脚乱，大声喝道："何兄勿慌，我来助你！"纵身窜向台边。猛听得左首一人叫道："谁都不得上台。"横臂阻住了他的去路。耶律齐伸手一拨，那人反抓擒拿，招数精妙，而内力雄浑，更是别具一功。耶律齐吃了一惊，看那人时，正是史氏兄弟中的老三史叔刚。耶律齐连变数招，始终不能将他击退，心下暗暗骇异："这人只是神雕侠手下的一名走卒，已然如此了得。那神雕侠叱咤号令，驱使得动这许多高手，他自己更不知是何等人物？"

青灵子高举铁棒，大声道："各位英雄请了，请瞧瞧这是什么物事。"突伸右掌，向铁棒拦腰一劈，喀的一响，铁棒登时碎裂，这棒原来中空，并非实心。青灵子拉开两截断了的铁棒，露出一条晶莹碧绿的竹棒来。

丐帮帮众一见，刹那间寂静无声，跟着齐声呼叫：“帮主的打狗棒！”正和史氏兄弟、西山一窟鬼等动手的帮众纷纷退开，人人都大为奇怪：“打狗棒怎么会藏在这铁棒之内？如何会落入何师我手中？他又干么隐瞒不说？”

众人静待青灵子解释这许多疑团，青灵子却不再说话，跃下台来，双手横持打狗棒，恭恭敬敬的交给郭襄。郭襄睹物思人，想起鲁有脚的声音笑貌，不禁心下黯然，接过棒来，递给了母亲。

这时达尔巴的金杵招数更紧，何师我全仗小巧身法东闪西避，险象环生。丐帮帮众见了打狗棒后，都知青灵子等擒了达尔巴来对付何师我，中间必有重大缘故，当下不再有人意图上台应援。

眼见不出十招，何师我便要丧身在金杵之下，黄蓉猛地想起一事：“何师我用兵刃打伤齐儿，他袖中明明藏有兵刃，何以到此危急关头，仍不取出御敌？”只见达尔巴的金杵掠地扫去，何师我跃起闪避。达尔巴金杵倒翻，自下砸上。何师我双脚离地，身在半空，这一招无论如何没法闪躲，忽听得铮的一响，兵刃相交，何师我借势跃开，手中已多了一件短短的兵器。达尔巴怒容满脸，大声咒骂，黄金杵舞得更加急了。但何师我兵刃在手，劣势登时扭转，但见他点、戳、刺、打，兵刃虽短，招数却极奥妙，与达尔巴打了个旗鼓相当。

朱子柳看了片刻，忽地省悟，叫道：“郭夫人，我知道他是谁了。只是还有一件事不明白。”黄蓉微微一笑，道：“那是用胶水、蜂蜜，调了面粉、石膏之类涂上去的。”

耶律齐和郭芙、郭襄姊妹这时都站在黄蓉身边，听了他二人的对答，都摸不着头脑。郭芙问道：“朱伯伯，你说谁是谁了？”朱子柳道：“我说的是打伤你丈夫这个何师我。”郭芙道：“怎么？他不是何师我么？那么又是谁了？”朱子柳道：“你仔细瞧瞧，他使的是什么兵刃？”郭芙凝神瞧了一会，道：“这短兵刃长不过尺，却又不是蛾眉刺、判官笔，也不是点穴橛。”

黄蓉道：“你得用心思想想啊。他何以一直不用兵刃，宁可干冒大险，东躲西闪，直到给那和尚逼得性命交关，才不得不取兵刃出来？他用兵刃打伤齐儿，何以要先灭烛火？”郭芙皱眉道：“这人奸诈狡猾，那又有什么道理了？”郭襄道：“想是他怕场中有人认得他的兵刃身法，因此不愿显示真相。”朱子柳赞道：“照啊，郭二小姐聪明得紧。”

郭芙听他称赞妹子，心中不服，道：“什么不愿显示真相？他不是清清楚楚的站在台上吗？谁都瞧得见。”郭襄想起母亲适才的话，说道：“啊，他脸上这些凹凹凸凸的疮疤，原来都是用胶水面粉假扮的。这张脸啊，真是吓人，我只瞧了一眼，就不想再瞧第二眼。”黄蓉道：“他越装得可怖，便越不易露出破绽，因为人人觉得丑恶，不敢多看，那么他乔装的假脸上日久如有什么变形，别人便不会发觉。唉！乔装这么多年，可真不容易呢。”朱子柳道：“脸型可以假装，武功和身法却假装不来，练了数十年的功夫，哪里变得了？”

郭芙道：“你们说这何师我是假的，那么他是谁啊？妹子，你聪明得紧，你倒说说看。”郭襄摇头道：“我一点也不聪明，因此我一点也不知道。”朱子柳微笑道：“大小姐是见过他的，那时候二小姐可还没出世。十七年前，大胜关英雄大会上，有一人曾和我斗了数百合，那是谁啊？”郭芙道：“是霍都？不，不会是他。嗯，他用的是一把折扇，和这兵刃倒有点儿相像，是了，他现下手中这把扇子只余扇骨，没有扇面。”朱子柳道：“我跟他这场激斗，是我生平的大险事之一，他的身法招数我怎能不记得？这人若不是霍都，朱子柳是瞎了眼啦。”

郭芙再瞧台上那何师我时，见他步武轻捷，出手狠辣，果然依稀便是当年英雄大会上那个霍都，但心中仍有许多不明之处，又问："倘若他真是霍都，这西藏和尚是他师兄啊，难道便认他不出，却跟他这般狠打？"黄蓉道："只因达尔巴认得出他是师弟，才跟他拼命。那年终南山重阳宫大战，杨过以一柄玄铁剑压住了达尔巴、霍都二人，霍都眼见性命危殆，突使奸计，叛师脱逃。这事全真教上下人人得见，你总也听人说过的罢？"郭芙道："嗯，原来达尔巴因此才这般恨他。"

郭襄听母亲说"杨过以一柄玄铁剑压住了达尔巴、霍都二人"这句话，想像杨过当年的雄姿英风，不禁神往。

郭芙又问："怎地他又变成了乞丐？咱们的打狗棒怎地又在他的手中？"黄蓉道："那还不容易推想吗？霍都叛师背门，自然怕师父和师兄找他，于是化装易容，混入了丐帮，浑浑噩噩，不露半点锋芒，十余年中按部就班的升为五袋弟子，丐帮中固然无人疑心，金轮法王更是寻他不着。可是这等奸恶自负之徒决不肯就此埋没一生，时机一到，他便要大干一场了。那日鲁帮主出城巡查，他暗伏在侧，忽施毒手，下手时却露出自己本来面目，并留下活口，让那弟了带回话来，说杀鲁有脚的乃是霍都。他夺得打狗棒后，暗藏在这铁棒之中。待得本帮大会推举帮主，他便可提出'寻还打狗棒'这件大事来。这是本帮世代相传的帮规，又有谁能驳他呢？唉，霍都这奸贼，如此工于心计，也可算得是个人杰。"

朱子柳笑道："但有你郭夫人在，他纵能作伪一时，终究瞒不过你。"黄蓉微笑不答，心道："霍都混在丐帮之中，始终不露头角，便能瞒过了我，但想作丐帮之主，却把黄蓉忒也瞧得小了。"

朱子柳道："杨过这孩子也真了得，他居然能洞悉霍都的奸谋，既将打狗棒夺回，又揭穿了霍都的真面目，送给郭二小姐的这件礼物，可不算小啊。"郭芙道："哼，不过他碰巧得知罢了，也没什么了不起。”

郭襄心想：“那日大哥哥在羊太傅庙外，见到我祭奠鲁老伯，知道我跟鲁老伯是好朋友，因此千方百计去为我报仇，嗯，这件礼物可当真不小，他这番心意……”忽然想起一事，说道：“霍都虽在丐帮中扮成一个丑叫化子，可是有时却又以本来面目在外惹事生非。史氏兄弟中的史三叔曾给他打伤过，想是史三叔一意找他报仇，终于寻到了他的踪迹。”

黄蓉点头道：“不错，江湖上时时有霍都的行迹，旁人更不会想到丐帮中的何师我和他同是一人。何师我，何师我，你瞧他这假名，便是以自己为师之意。一个人太自以为了不起，终有败事的一日。”

郭芙道：“妈，怎地这何师我又说要去杀死霍都？那不是傻么？”黄蓉道：“这是一句掩饰之言，只是令旁人更加不起疑心而已。”

郭芙道：“杨……杨大哥既然早知何师我便是霍都，应当早就说了出来，不该让这何师我来打伤齐哥。”黄蓉微笑道：“杨过又不是神仙，怎知齐儿会中此人暗算？”郭襄道：“大姊却是神仙，因此把软猬甲先给姊夫穿上了。”郭芙瞪了她一眼，心中不自禁的得意。

说话之间，台上达尔巴和霍都斗得更加狠了。两人一师所传，互知对方武功家数，达尔巴胜在力大招沉，霍都长于矫捷轻灵，堪堪又斗数百招，兀自不分胜败。突然之间，达尔巴大喝一声，金杵脱手，疾向霍都掷去，这杵重达五十余斤，一掷之下势道凌厉之极。霍都吃了一惊，他生平从未见师兄使过这般招数，心道：“他久斗不胜，发起蛮来了？”急忙侧身闪避。达尔巴抢上前去，手掌在金杵上一推，金杵转过方向，又向霍都追击过去。霍都大骇，才知十余年中师兄追随师父左右，师父又传了他深湛武功，这飞掷金杵之技正是从师父五轮飞砸的功夫中变化出来，眼见金杵撞来的力道太猛，决不能以铁扇招架，只得滑步斜身躲过，金杵从他头顶横掠而过，相差不逾两寸。

达尔巴金杵越掷越快，高台四周插着的火把被疾风所激，随着忽明忽暗。霍都在杵影中跳荡闪避，往往间不容发。台下群雄屏息以观，瞧着这般险恶的情势，无不骇然。达尔巴掷到第十八下，猛喝一声，双掌推杵，金杵如飞箭般平射而出。霍都再也无法闪避，砰的一声，金杵撞正胸口。他身子软软垂下。横卧台下，一动也不动了。

达尔巴收起金杵，大哭三声，盘膝坐在师弟身前，念起“往生咒”来，念咒已过，纵下高台，走到青灵子身前，高举金杵交还。青灵子却不接他兵刃，说道：“恭贺你清洗师门败类。神雕侠饶了你，叫你回去西藏，从此不可再到中原。”达尔巴道：“多谢神雕大侠，小僧谨如所命。”合什行礼，飘然而去。

郭芙见霍都死在台上，一张脸臃肿可怖，总不信这脸竟是假的，拔出长剑，跃上台去，说道：“咱们瞧瞧这奸人的本来面目，究是如何。”说着用剑尖去削他的鼻子。

蓦地里霍都一声大喝，纵身高跃，双掌在半空中直劈下来。原来他给金杵一撞，身受致命重伤，却未立即毙命。他故意一动不动，只待达尔巴上前察看，便施展临死一击，与其同归于尽。岂知达尔巴凄然念咒，祝其往生极乐，随即下台而去。郭芙却上来用剑削他面目。霍都这一击之中，将身上力道半分不余的使了出来。郭芙乍见死尸复活，大惊之下，竟忘了挥剑抵御。她身上的软猬甲又已借给了丈夫，眼见性命要丧在霍都双掌之下。郭靖、黄蓉、耶律齐等同时跃起，均欲上台相救，其势却已不及。

只听得嗤嗤两声急响，半空中飞下两枚暗器，分从左右打到，同时击中霍都胸口。这两枚暗器形体甚小，似乎只是两枚小石子，力道却大得异乎寻常。霍都身子一仰，向后直摔，喷出一口鲜血，这才真的死去。

众人惊愕之下，仰首瞧那暗器射来之处，但见云淡星稀，钩月斜挂，此外空荡荡的并无别物，暗器似乎分从台前两根旗杆的旗斗中发出。

黄蓉听了这暗器的破空之声，知道当世除了父亲的“弹指神通”之外，再无旁人有此等功力，只是两根旗杆都高达数丈，相互隔开十余丈，何以两边同时有暗器发出？惊喜之下不暇细想，纵声叫道：“是爹爹驾临么？”

只听得左边旗斗中一个苍老的声音哈哈大笑，说道：“杨过小友，咱们一起下去罢！”右边旗斗中一人应声：“是！”两边旗斗之中各自跃下一人。

星月光下，两个人衣衫飘飘，同时向高台跃落，一人白须青袍，一人独臂蓝衫，正是黄药师和杨过。两人都是斜斜下堕，落到离台数丈之处已然靠近，黄药师伸右手拉住了杨过的左手，在半空中携手而下。众人若不是先已听到了两人说话之声，真如陡然见到飞将军从天而降一般。

郭靖、黄蓉忙跃上台去向黄药师行礼。杨过跟着向郭靖夫妇拜倒，说道：“侄儿杨过，向郭伯伯、郭伯母磕头。”郭靖忙伸手扶起，笑道：“过儿，你这三件厚礼，唉，真是……真是……”他心中感激，不知道要说“真是”什么才好。

郭芙生怕父亲要自己相谢杨过救命之恩，抢着向黄药师道：“外公，幸好你老人家的弹指神通功夫，免得我受那奸人双掌的一击。”

杨过跃下高台，走到郭襄身前，笑道：“小妹子，我来得迟了。”

郭襄一颗心怦怦乱跳，脸颊飞红，低声道：“你费神给我备了三件大礼，当真……当真辛苦你啦。”杨过笑道：“只是乘着小妹子的生日，大伙儿图个热闹，那算得什么？”说着左手一挥。

大头鬼纵声怪叫："都拿上来啊。"大校场口有人跟着喝道："都拿上来啊！"远处又有人喝道："都拿上来啊。"一声跟着一声，传令出去。

过不多时，校场口涌进一群人来，有的拿着灯笼火把，有的挑担提篮，有的扛抬木材木板，分布在校场四周，当即竖木打桩，敲敲打打，东搭一个木台，西挂一个灯笼，进来的人源源不绝，可是秩序井然，竟无一人说话，个个只是忙碌异常的工作。

群雄见杨过适才送了那三件厚礼，都对他佩服得五体投地，暗想他召集这一大批人来，定又大有作为。哪知过不多时，西南角上一座木台首先搭成，有人打起锣鼓，做起傀儡戏来，做的是《八仙贺寿》。接着西北角上有人粉墨登场，唱一出《满床笏》，那是郭子仪生日，七子八婿祝寿的故事。片刻之间，这边放花炮，那边玩把戏，满场上闹哄哄的全是喜庆之声。每一台戏都是三湘湖广、河南四川的名班所演，当真是人人卖力，各展绝艺。群雄各依所喜，分站各处台前观赏，喝采之声，此伏彼起。

这时史氏兄弟已带领猛兽离场，西山一窟鬼和神雕、青灵子等高手也都悄然退去。

郭襄见杨过给自已想得这般周到，双目含着欢喜之泪，一时无话可说。

郭芙想起妹子在羊太傅庙中的言语，说有一位少年大侠要来给她祝寿，现下果如所言，不禁暗暗恚怒，拉着黄药师的手问长问短，对身周的热闹只作不见。

郭靖虽觉杨过为小女儿如此铺张扬厉未免小题大做，但想他自来行事异想天开，今天一日之中为襄阳城和丐帮干下如此三件大事，此刻要任性胡闹一番，自也由得他，当下只是捻须摇头，微笑不语。

黄蓉问父亲道："爹爹，你和过儿约好了躲在这旗斗中么？"

黄药师笑道："非也！那日我在洞庭湖上赏月，忽听得有人中夜传呼，来访烟波钓叟，说有个什么神雕侠，邀他赴襄阳一会。那个烟波钓叟武功不弱，性儿却有点古怪，我老头子担起心来，生怕他暗中要对我的好女儿、好女婿不利，于是悄悄跟了来。原来这神雕侠竟是小友杨过，早知如此，老头子又何必操这份心？"黄蓉知道父亲虽在江湖上到处云游，心中却时时挂念着自己，笑道："爹，这一次你可也别走啦，咱们得好好儿聚一聚。"

黄药师不答，向郭襄招了招手，笑道："孩子过来，让外公瞧瞧你。"郭襄从未见过外公，忙近前行礼。黄药师拉着她手，细细瞧她脸庞，黯然道："真像，真像。"黄蓉知他又想起了亡妻，说郭襄生得像她外婆年轻之时，怕勾起他的心事，并不接口。郭芙笑道："那还有不像的么！你叫老东邪，她叫小东邪……"郭靖喝道："芙儿，对外公没规没矩！"黄药师大喜，道："襄儿，你的外号叫'小东邪'么？"郭襄脸上微微一红，道："起初是姊姊这么叫我，后来人人都这么叫了。"

这时丐帮的四大长老围在杨过身边，不住口的称谢，均想："他为襄阳城立此大功，又夺回打狗棒，揭破霍都的奸谋，鲁帮主大仇得报，若肯为本帮之主，真是再好也没有了。"梁长老道："杨大侠，敝帮老帮主不幸逝世……"杨过早猜中他的心思，不待他说下去，抢着道："耶律大爷文武双全，英明仁义，是我昔年的知交好友，由他出任贵帮帮主，定能继承洪、黄、鲁三位帮主的大业。"

黄药师问了几句郭襄的武功，转过头去，要招呼杨过近前说话，一回头，只见他身影微晃，已走出校场口外，说道："杨过小友，我也走啦！"长袖摆动，一瞬眼间已追到了杨过身边，一老一少，携手没入黑暗之中。

黄蓉心头有一句要紧话要对父亲说，只是身旁人多，不便开言，哪知他说走便走，竟无片刻停留，吃了一惊，急忙追出。

但黄药师和杨过走得好快，待黄蓉追出，已在十余丈外。黄蓉叫道："爹爹，过儿，且相聚几日再去！"远远听得黄药师笑道："咱两个都是野性儿，最怕拘束，你便让咱们自由自在的去罢。"最后那几个字音已是从数十丈外传来。黄蓉暗暗叫苦，眼见追赶不及，只得回转。大校场上锣鼓喧天，兀自热闹。

丐帮四大长老聚头商议。一来若无霍都打扰，已立耶律齐作了帮主，二来杨过于丐帮有大恩，他既也推荐耶律齐，此事可说顺理成章。当下四人禀明黄蓉，上台宣布，立耶律齐为丐帮帮主。

帮众依着历来惯例，依次向耶律齐身上唾吐。帮外群雄纷纷上前道贺。

郭襄见杨过此次到来，只与自己说得一句话，微笑相对片刻，随即分手，心中说不出的惆怅，眼见姊姊兴高采烈的站在姊夫身畔，与道贺的群雄应酬，但觉心中伤痛再难忍受，当即转身，要回自己家去。只走得几步，黄蓉已追到她身边，携住了她手，柔声道："襄儿，怎么啦？今天不快活么？"郭襄道："不，我快活得很。"说了这句话，随即低头，满眶泪水，险些便掉了下来。黄蓉如何不明白女儿的心事，却只说些戏文中的有趣故事，要引她破涕为笑。

两人慢慢回府。黄蓉陪女儿到她自己房里，问道："襄儿，你累不累？"郭襄道："还好。妈，你一夜没睡，该休息了。"黄蓉拉着她，并肩坐在床边，伸手给她拢了拢头发，说道："襄儿，杨过大哥的事，我从来没跟你说过。这回事说来话长，你若是不累，我便跟你说说。"郭襄精神一振，道："妈，你说罢。"

黄蓉道："这事须得打从他祖父说起。"于是将如何郭啸天与杨铁心当年在临安牛家村结义、郭杨两家指腹为婚，如何杨康认贼作父、卖国求荣、终至死于非命，如何杨过幼时寄居桃花岛，如何郭芙斩断他的手臂，如何他和小龙女在绝情谷分手等情，一一说了。

郭襄只听得惊心动魄，紧紧抓住了母亲的手，小手掌心中全是汗水。她怎料想得到这个自己中心藏之、何日忘之的“大哥哥”，与自己家里竟有这么深的渊源，更料不到他那只手臂竟是为姊姊斩断，而他妻子小龙女所以离去，也是因中了姊姊误发的毒针所起。她只道杨过只是她邂逅相逢的一位少年侠士，只因他倜傥英俊、神采飞扬，这才使她芳心可可，难以自遣，却原来这中间恩恩怨怨，竟然牵缠及于三代。待得母亲说完，她已是如醉如痴，心中一片混乱。

黄蓉幽幽叹了口气，说道：“初时我还会错了意，还道他和你结识，实蓄歹念。唉，说到诚信知人，我实是远远不及你爹。你杨大哥今晚干这三件大事，别说他绝无邪念，纵是不安好心，咱们受惠非浅，也是感激不尽。”郭襄奇道：“妈，杨大哥怎会不安好心？他有什么邪念？”黄蓉道：“我起初想错了，只道他深恨咱们郭家，因此要在你身上复仇。”郭襄摇头道：“那怎么会？他若要杀我出气，那真是易如反掌，风陵渡边，他只须出一根手指便戳死了我，费什么事？”黄蓉道：“你是小孩子，不懂的。他如要叫你受苦，要咱们伤心烦恼，自有比杀人更恶毒十倍的法儿。唉，那不必说了，我此刻也知道他不会。可是我心中挂着一件事，好生不安。”

郭襄道：“妈，你担心什么？我瞧杨大哥对从前的事也已不放在心上。他不久便要和杨大嫂相会，那时心里一快活，什么事都一笔勾销了。”黄蓉叹道：“我担心不安的，便是怕他见不着小龙女。”

郭襄瞿然而惊，道：“什么？那怎么会？杨大哥亲口跟我说，杨大嫂因为身受重伤，得蒙南海神尼救去医治，约好了十六年后相会，他夫妻俩情深爱重，互相等了这么久，怎能见不着？”黄蓉眉头深皱，“嗯”了一声。郭襄又道：“杨大哥说，杨大嫂在断肠崖下以剑刻字，说道：‘十六年后，在此重会，夫妻情深，勿失信约。’又说：‘珍重万千，务求相聚。’难道刻的字是假的么？”黄蓉道：“这刻字是千真万确，半点不假，可是我便担心小龙女对杨过相爱太深，因而杨过终于再也见她不着。”

郭襄不明母亲言中之意，怔怔的望着她。黄蓉道：“十六年前，你杨大哥夫妻都受了重伤，你杨大哥尚有药可治，小龙女却毒入膏肓。你杨大哥眼见爱妻难愈，他也不想活了，纵有仙丹妙药，他也不肯服食。”她说到这里，声音更转柔和，叹道：“唉，有些事情，你年纪还小，这时候是不会懂的。”

郭襄怔怔的出神，过了片刻，抬头道：“妈，倘若我是杨大嫂，我便假装身子好了，让他服食丹药治病。”

黄蓉一呆，没料到女儿虽然幼小，竟也能这般为人着想，说道：“不错，我只担心小龙女当时便是如此，才离杨过而去。她谆谆叮嘱，说夫妻情深，勿失信约，又说珍重万千，务求相聚。当时我瞧着‘珍重万千’四个字，便猜想小龙女突然影踪不见，是为了要你杨大哥安安静静的等她十六年。唉，她想这长长的十六年过去，你杨大哥对旧情也该淡了，纵然心里难过，也会爱惜自己身体，不会再图自尽了。”

郭襄道：“那么，那南海神尼呢？”黄蓉道：“那南海神尼，却是我的杜撰了。世上压根儿就没这一个人。”郭襄大吃一惊，颤声道：“没……没有南海神尼？”

黄蓉叹道：“那日在绝情谷中，断肠崖前，我见了杨过这般凄苦模样，心有不忍，只得捏造了一个南海神尼来安慰他，好教他平平安安的等过这一十六年。我说南海神尼住在大智岛，实则世上就没这一个岛。我又说南海神尼教过你外公的掌法，好令他更加坚信不疑。杨过这孩儿聪明绝顶，我若非说得活龙活现，他怎能相信？

他若是不信，小龙女这番苦心，也就没有着落了。”

郭襄道：“你说杨大嫂已经死了么？这一十六年的信约全是骗他的么？”黄蓉忙道：“不，不！说不定小龙女仍在人世，到了相约之日，她果真来和杨过相聚，那自是谢天谢地。她是古墓派的唯一传人，古墓派的创派祖师林朝英学问渊博，内功外功俱臻化境，倘若遗下神奇功夫，令小龙女得保不死，也是在情理之中。”

郭襄心下稍宽，道：“是啊，我也这么想，杨大嫂是这样的好人，杨大哥又这般爱她，她不会就这么死的。倘若杨大哥到了约会之期见她不着，岂不是要发狂么？”

黄蓉道：“今日你外公到来，我便想向他提一句，请他老人家相助圆这个南海神尼的谎儿，可是一直不得其便。”郭襄也担起忧来，说道：“这会儿杨大哥正和外公在一起，他立时会问起南海神尼之事。外公不知前因后果，不免泄漏了机关，那可怎生是好？”黄蓉道：“倘若小龙女真能和他相聚，自是上上大吉，什么都好。要是到了约期他见不着小龙女，此人一发性儿，不知要闹出多大乱子来。他会深恨我撒谎骗他，令他苦等了一十六年。”郭襄道：“妈，那你不用担心，你全是为了他。你是一片好心，救了他的性命。”

黄蓉道：“不说郭杨两家三世相交，便是过儿自己，他曾数次相救你爹爹、妈妈、姊姊和你，今日又为襄阳立了这等大功，虽说咱们于他小有恩惠，但实不足以相报其万一。唉，过儿一生孤苦，他活到三十多岁，真正快活的日子实在没有几天。”

郭襄黯然低首，心想：“大哥哥倘若不能和杨大嫂相会，只怕他真的要发狂呢。”黄蓉又道：“你杨大哥是个至性至情之人，只因自幼遭际不幸，性子不免有点孤僻，行事往往出人意表。”郭襄淡淡一笑，道：“他和外公，和我，都是邪派。”黄蓉正色道：“不错，他是好人，可是有点邪气。要是小龙女不幸已经逝世，你可千万别再跟他见面了。”

郭襄没料到母亲竟会这般说，忙问：“为什么？为什么不能再见杨大哥？”黄蓉握住她手，说道：“要是他和小龙女终于相会，你要跟他们一起去游玩，便一起去，爱到他们家里去作客，便去好了，就是随他们到天涯海角，我也放心。但若他会不到小龙女，襄儿，你不知你杨大哥的为人，他发起狂来，什么事都做得出。”郭襄颤声道：“妈，他如见不到杨大嫂，伤心悲痛，咱们该得好好劝他才是。”黄蓉缓缓摇头，说道：“他是不听人劝的。”

郭襄顿了一顿，问道：“妈，隔了一十六年，你说他伤心之下，会不会再图自尽呢？”黄蓉沉吟半晌，道：“许多人的心思我都猜得到，可是你杨大哥，他从小我就不明白他心中在打什么主意，正因为我猜他不透，是以不许你再跟他相见，除非他和小龙女同来，那自是又当别论。”郭襄呆呆出神，并不接口。

黄蓉道：“襄儿，妈这全是为你好，你如不听妈的话，将来后悔可就来不及了。”她见女儿秀眉紧蹙，眼现红晕，柔声道：“襄儿，我再说一回事你听，那是你杨大哥之父杨康的作为。”于是又将杨铁心如何收穆念慈为义女，如何比武招亲而遇到杨康，如何杨康作恶多端，而穆念慈始终对他一往情深、生下杨过、终于伤心而死等情一一说了，最后道：“穆念慈姊姊品貌双全，实是一位难得的好女子，只因误用了真情，落得这般下场。”

郭襄道：“妈，她是没有法子啊。她既喜欢了杨叔叔，杨叔叔便有千般不是，她也要喜欢到底。”

黄蓉凝视着女儿的小脸，心想：“她小小年纪，怎地懂得这般多？”眼见她神情困顿，眼皮软垂，于是拉开棉被，帮她除去鞋袜外衣，叫她睡下，给她盖上了被，道：“快合上眼睛！妈看你睡着了再去。”郭襄依言合眼，一夜没睡，也真的倦了，过不多时，便即鼻息细细，沉沉入梦。

黄蓉望着女儿俏丽的脸庞，心想：“三个儿女之中，我定要为你操心最多。你们三姊弟中，到底我最怜惜哪一个，可也真的说不上来呢。”当下自行回房安睡。

傍晚时分，武氏兄弟派了快马回报，说道南阳的大军粮草果然一焚而尽，火药爆炸，炸死了不少蒙古兵将，余火兀自未熄，蒙古前军退兵百里，暂且按兵不动。襄阳城中得到这个确讯，满城狂喜，“神雕大侠”四个字挂在口上说个不停。有的更加油添酱，将杨过说得犹似三头六臂一般，讲到他怎地歼灭新野、邓州两路敌兵，怎地火烧南阳，口沫横飞，有声有色，似乎一切全是他亲眼目睹，谁也没他知道得明白详尽。

当晚郭靖夫妇应安抚使吕文德之邀，到署中商议军情，直到深夜方回。次日清晨，耶律齐、郭芙、郭破虏依例到后堂向父母请安，等了良久，不见郭襄到来。黄蓉担心起来，命丫鬟到二小姐房中瞧瞧，是不是她身子不适。过了一会，那丫鬟和郭襄的贴身使女小棒头同来回报，说道：“二小姐昨晚没回房安睡。”

黄蓉吃了一惊，忙问：“怎地昨晚不来禀报？”小棒头道：“昨夜夫人回来得晚了，婢子不敢前来惊扰，只道二小姐过一会儿就能回房，哪知道等到这时还没见到。”

黄蓉微一沉吟，即到女儿房中察看，只见她随身衣服和兵刃、银两等一件也没携带，正自奇怪，忽见女儿枕底露出白纸一角。黄蓉情知不妙，暗暗叫苦，抽出一看，只见纸上写道：

“爹爹妈妈尊鉴：女儿去劝杨大哥千万不要自寻短见，劝得他听了之后，女儿即归。女襄叩上。”

黄蓉呆在当地，作声不得，心道：“这女孩儿恁地天真！杨过是何等样人，这世上除了小龙女之外，他还能听谁的劝？要是他肯听旁人的言语，那也不是杨过了。”有心要即行出去寻女儿回来，但南北两路蒙古大军虎视襄阳，眼前攻势虽然顿挫，但随时能再挥兵进攻，这时候如何能为儿女之私，轻身涉足江湖？当下和郭靖商议之后，写了四通恳切的书信，分交八名能干得力的丐帮弟子，分四路出去寻找郭襄，命她即行归家。

郭襄那日听了母亲详述往事之后，虽即睡去，但恶梦连连，一会儿见杨过挥剑自杀，将另一条手臂也斩断了，一会儿又见他自千丈高崖上跃将下来，跌得血肉模糊。做了几个恶梦之后，满身冷汗的醒来，坐在床上细细思量："大哥哥给了我三枚金针，答允给我做到三件事。眼下金针还剩一枚，正好持此相求，要他依我，千万不能自尽。他是豪侠之士，言出必践，我这便找他去。"于是留了一封短简，当即出城。

可是杨过和黄药师携手同行，此刻到了何处，实是毫无头绪。郭襄行出三十余里，腹中饥饿起来，要想寻一家饭店打尖。但襄阳城郊百姓为了逃避敌军，早已十室十空，别说饭店，连有人的人家也找不到一家。郭襄从未独自出过门，想不到道上有这等难处，坐在路旁一块石上，双手支颐，暗暗发愁。

坐了一会，心想："没有饭店，寻些野果充饥便了。"纵目四顾，身周数里之内连果树也没一棵。正没做理会处，忽听得马蹄声响，一乘马自东而西奔来。驰到近处，只见马上坐着个极高极瘦的年老僧人，身披黄袍。马匹奔驰极快，转眼便过去了，奔出数丈，那老僧忽地圈转马头，回到郭襄身前停住，问道："小姑娘，你是谁？怎么一个人在这儿？"

郭襄见他目光如电，心中微微一凛，但随即想到在黑龙潭前所遇到的一灯大师，暗想："那一灯大师如此慈祥，这老和尚想必也是好人。"答道："我姓郭，要去找一个人。"那老僧道："你去找谁？"郭襄侧过了头微微一笑，道："老和尚多管闲事，我不跟你说。”那老僧道：“你要找的人是怎生模样，或许我曾在道上见到，便可指点途径。”郭襄一想不错，便道：“我找的那人最好认不过，是个没有右臂的青年男子。他或许是和一只大雕在一块儿，也或许只有他独自一人。”

那老僧正是金轮法王，听她所说之人正是杨过，心中一惊，脸上却现喜色，道：“啊，你要找的人姓杨名过，是不是？”郭襄大喜，道：“是啊，你识得他？”法王笑道：“我怎不识得？他是我的小朋友。我识得他的时候，你还没出世呢。”

郭襄俏脸上一阵红晕，笑问：“大和尚，你叫什么法名啊？”法王道：“我叫珠穆朗玛。”珠穆朗玛是西藏境内一座高山之名，此峰之高，天下第一，法王随口说了出来，隐有武功高绝、无人可及之意。

郭襄笑道：“什么珍珠、木马，叽哩咕噜的，名字这么长。”金轮法王道：“叫珠穆朗玛。”郭襄道：“好，是珠穆朗玛大师。你知道我大哥哥在哪儿么？”法王道：“你大哥哥？”郭襄道：“杨过啊？”法王道：“啊，你叫杨过作大哥哥，你说姓郭啊？”郭襄脸上又是微微一红，道：“我们是世交，他从小住在我家里的。”

法王心念一动，道：“我有个方外之交，与老僧相知极深。此人武艺高强，名满天下，也是姓郭，单名一个靖字，不知姑娘识得他么？”郭襄一怔，心想：“我偷偷出来，他既是爹爹的朋友，说不定硬要押我回去，还是不说的好。”说道：“你说郭大侠么？他是我本家长辈。大和尚是瞧他去么？”

法王人既精明，又是久历世务，郭襄这么神色稍异，他如何瞧不出来？当即叹道：“我和郭大侠乃是过命的交情，已有二十余年不见，日前在北方听到噩耗，说郭大侠已经逝世，老僧心痛如绞，因此兼程赶来，要到他灵前去一拜。唉，大英雄不幸短命，真是苍天无眼了。”说到这里，泪水滚滚而下，衣襟尽湿。他内功深湛，全身肌肉呼吸皆能控纵自如，区区泪水，自是说来便来。

郭襄见他哭得悲切，虽然明知父亲不死，但父女关心，不由得心中也自酸苦，眼眶一红，说道：“大和尚，你不用伤心，郭大侠没有死。”法王摇头道：“你别瞎说！他确是死了。小女孩儿怎知道大人的事？”郭襄道：“我正自襄阳出来，怎不知道？刚刚昨天我便见过郭大侠。”

法王此时再无怀疑，仰天大笑，说道：“啊，你便是郭大侠的小姐。”突然又摇头道：“不对，不对，郭大侠的小姐名叫郭芙，我也识得，她今年总有三十五岁出头了，哪像你这般小？”郭襄经不起他这么一激，道：“那是我大姊姊。她叫郭芙，我叫郭襄。”

法王心中大喜，暗想：“今日当真是天降之喜，这福气自己撞将过来。”说道：“如此说来，郭大侠真是没死了。”郭襄见他喜形于色，还道他真是为父亲健在而欢喜，觉得此人良心真好，说道：“自然没有死！我爹爹倘若死了，我哭也哭死了。”法王喜道：“好，好，好！我信你了。郭二姑娘，如此我便不到襄阳去了。相烦你告知令尊郭大侠和令堂黄帮主，便说故人珠穆朗玛敬候安好。”他料知郭襄定要问他杨过之事，于是以退为进，双手一合什，牵过马来，便要上鞍。

郭襄道：“喂喂，大和尚，你这个人怎么如此不讲理啊？”法王道：“我怎地不讲理了？”郭襄道：“我跟你说了我爹爹的消息，你却没跟我说杨过的消息，他到底在哪里？”法王道：“啊，昨天在南阳之北的山谷之中，老僧曾和杨过小友纵谈半日，他正在该处练剑，此刻十九未走，你去找他便了。”郭襄秀眉微蹙，道：“这许多山谷，到哪里去找他？请你说得明白些。”法王沉吟半晌，便道：“好罢！我本要北上，就带你去见他便了。”郭襄大喜，道：“如此多谢你啦。”

法王牵过马来，道：“小姑娘骑马，老僧步行。”郭襄道：“这个何以克当?”法王笑道:“这马四条腿,未必快得过老僧的两条腿。”

郭襄正欲上马,忽道:“啊哟,大和尚,我肚子饿啦,你带着吃的没有?”法王从背囊中取出一包干粮。郭襄吃了两个面饼,上马便行。

法王大袖飘飘,随在马侧。郭襄想起他那句话:“这马四条腿,未必快得过老僧的两条腿”,一提马缰,笑道:“大和尚,我在前面等你。”话声未毕,那马四蹄翻飞,已发足向前疾驰。

这马脚力甚健,郭襄但觉耳畔风生,眼前树过,晃眼便奔出了里许。她回头笑道:“大和尚,你追得上我么?”说话甫毕,微微一惊,原来竟尔不见了金轮法王的踪影。忽听得那和尚的声音从前面树林中传出:“郭姑娘,我这坐骑跑不快,你得加上几鞭。”郭襄大奇:“怎地他反在前面?”纵马抢上,只见法王在身前十余丈处大步而行。郭襄挥鞭抽马,那马奔得更加快了,然而和法王始终相距十余丈,几乎要迫近数尺也有所不能。这时两人已走上襄阳城北大路,一望平野,那马四只铁蹄溅得黄土飞扬,看法王时,却是脚下尘沙不起,宛似御风而行一般。

郭襄好生佩服,心想:“他若非身具这等武功,也不配和爹爹结成知交。”由钦生敬,叫道:“大和尚,你是长辈,还是你来骑马罢,我慢慢跟着便是。”法王回头笑道:“咱们何须在道上多费时光?早些找到你大哥哥不好么?”这时郭襄胯下的坐骑渐感乏力,奔跑已无先前之速,反而与法王越离越远了。

便在此时,只听得北边又有马蹄声响,两乘马迎面驰来。法王道:“咱们把这两匹马截下来,三匹马掉换着骑,还可赶得快些。”过不多时,两乘马已奔到近前,法王双手一张,说道:“下来走走罢!”

两马受惊,齐声长嘶,都人立起来。马上乘客骑术甚精,身随鞍起，并没落马，一人怒喝：“什么人？要讨死么？”刷的一声，马鞭从半空抽将下来。郭襄喜叫：“大头鬼，长须鬼，别动手，是自己人！”马上乘客正是西山一窟鬼中的长须鬼和大头鬼。

这时法王左手回带，已抓住了大头鬼的马鞭，往空一夺。不料大头鬼人虽矮小，却是天生神力，那马鞭又是极牢韧的牛皮所制，法王这一夺实有数百斤的大力，但马鞭居然不断，也没将大头鬼拉得鞭子脱手。法王叫道：“好小子！”手劲暗加，呼的一声，终于将大头鬼拉下马来。

大头鬼大怒，撒手松鞭，便欲扑上跟法王放对。长须鬼叫道：“三弟且慢！”说道：“郭二小姐，你怎地和金轮法王在一起了？”当日金轮法王和杨过等同入绝情谷，长须鬼樊一翁见过他一面，因此识得。

郭襄笑道：“你认错人啦，他叫珠穆朗玛大师，是爹爹的好朋友。金轮法王却是爹爹的对头，这不是牛头不对马嘴么？”樊一翁问道：“你在哪里遇见这和尚的？”郭襄道：“我刚碰着他。这位大和尚说道我爹爹不在了，你说好笑不好笑？他要带我去见大哥哥呢。”大头鬼道：“二小姐快过来，这和尚不是好人。”郭襄将信将疑，道：“他骗我吗？”大头鬼道：“神雕侠在南边，怎地他带你往北？”

金轮法王微微一笑，道：“两个矮子瞎说八道。”身形略晃，倏忽间欺近二鬼身侧，双掌齐下，径向二鬼天灵盖拍落。

这十余年来，法王在蒙古苦练“龙象般若功”，那是密宗中至高无上的护法神功。

那“龙象般若功”共分十三层，第一层功夫十分浅易，纵是下愚之人，只要得到传授，一二年中即能练就。第二层比第一层加深一倍，需时三四年。第三层又比第二层加深一倍，需时七八年。如此成倍递增，越是往后，越难进展。待到第五层后，欲再练深一层，往往便须三十年以上的苦功。密宗一门，高僧奇士历代辈出，但这一十三层“龙象般若功”却从未有一人练到十层以上。这功夫循序渐进，本来绝无不能练成之理，若有人得享数千岁高龄，最终必臻第十三层境界，只是人寿有限，密宗中的高僧修士欲在天年终了之前练到第七层、第八层，便非得躁进不可，这一来，往往陷入了欲速不达的大危境。北宋年间，藏边曾有一位高僧练到了第九层，继续勇猛精进，待练到第十层时，心魔骤起，无法自制，终于狂舞七日七夜，自绝经脉而死。

那金轮法王实是个不世出的奇才，潜修苦学，进境奇速，竟尔冲破第九层难关，此时已到第十层的境界，当真是震古铄今，虽不能说后无来者，却确已前无古人。据那《龙象般若经》言道，此时每一掌击出，均具十龙十象的大力，他自知再求进境，此生已属无望，但既已自信天下无敌手，即令练到第十一层，也已多余。当年他败在杨过和小龙女剑下，引为生平奇耻大辱，此时功力既已倍增，乘着蒙古皇帝御驾亲征，便扈驾南来，要双掌击败杨龙夫妇，以雪当年之耻。

这时他双掌齐出，倏袭二鬼，大头鬼举臂一格，喀的一响，手臂立即折断，脑门跟着中掌，连哼也没哼一声，当即毙命。樊一翁功力远为深厚，眼见敌人这一击甚是厉害，使一招“托天势”，双手举起撑持，立觉有千斤重力压在背上，眼前一黑，扑地便倒。

郭襄大惊，喝道：“这两个是我朋友，你怎敢出手伤人？”

樊一翁喷了两口鲜血，猛地纵起，抱住了法王两腿，叫道：“姑娘快逃。”法王左手抓住他背心，要将他提起摔出，但樊一翁舍命回护郭襄，双手便如铁圈般牢牢握住了敌人双腿。法王虽然力大，却拉他不脱。郭襄又惊又怒，此时自已知道法王不怀好意，可是不愿舍樊一翁而独自逃命。双手在腰间一插，凛然道：“恶和尚，你恁地歹毒！快放了长须鬼，姑娘随你去便是。”樊一翁叫道：“姑娘快逃，别管……”下面一个“我”字没说出口，就此气绝。

法王提起樊一翁的尸身往道旁一掷，狞笑道："你若要逃，何不上马？"郭襄一生从未恨过任何人，当日鲁有脚死在霍都手下，但她未曾目睹霍都下手，只是心中悲痛，却没憎恨仇人，这时见法王如此毒辣残忍，不由得恨到极处，对他怒目冷视，竟无半点惧色。法王道："小姑娘，你怎地不怕我？"郭襄道："我怕你什么？你要杀我，快动手好啦！"法王大拇指一翘，赞道："好，将门虎女，不愧乃父。"

郭襄向着法王狠狠的望了一眼，想要埋葬两位朋友，苦无锄头铁铲之属，微一沉吟，提起两人尸身，放在樊一翁的坐骑背上，翻过踏蹬皮索，将尸身绑住了，在马臀上踢了一脚，说道："马儿，马儿，你送主人回家去罢。"那马吃痛，疾驰而去。

那晚杨过和黄药师并肩离了襄阳，展开轻功，向南疾趋，倏忽间奔出数十里之遥，卯末辰初，已到宜城。两人来到一家酒楼，点了酒菜，共叙契阔。黄药师说起程英、陆无双姊妹十余年来隐居故乡嘉兴，以傻姑为伴。他曾想携同两人出来行走江湖散心，两姊妹总是不愿。杨过黯然长叹，颇感内疚。

两人喝了几杯。杨过说道："黄岛主，这十多年来，晚辈到处探访你老人家的所在，想请问你一件事，直到今日，方始如愿。"黄药师笑道："我随意所之，行踪不定，要找我确是不易。但不知老弟要问我何事。"杨过正要回答，忽听得楼梯上脚步声响，上来三人。

黄杨二人听那脚步之声，知道上楼的三人武功甚强，大非庸手，一瞥之下，杨过识得当先一人乃是潇湘子，第二人面目黝黑，并不相识，第三人却是尹克西。这时潇湘子和尹克西也已见到杨过，两人愕然止步，互相使个眼色，便欲下楼。

杨过轩眉笑道："故人久违，今日有幸相逢，何以匆匆便去？"

尹克西拱了拱手，陪笑道："杨大侠别来无恙？"潇湘子深恨终南山上折臂之辱，这十余年来虽然功力大进，自知终非敌手，当下再也不向杨过多瞧一眼，径自走向楼梯。

那黑脸汉子也是忽必烈帐下有名的武士，这次与尹潇二人来到宜城打探消息。眼见潇湘子满脸怒色，当即大声道："潇湘兄且请留步，既有恶客阻了清兴，待小弟赶走他便是。"说着伸出大手便往杨过肩头抓来，要提起他摔下楼去。

杨过见他手掌心紫气隐隐，知道此人练的是毒砂掌中的一门，心念微动："我何不借此三人，向黄老前辈探问南海神尼之事？"眼见他手掌将及自己肩头，反手一搭，啪的一声，清清脆脆的打了他个耳光。黄药师暗吃一惊："这一掌打得好快！"就只这么一掌，已瞧出杨过自创武功，已卓然而成大家。只听得啪啪连响，潇湘子左右双颊也均中掌。杨过念着尹克西举止有礼，便饶过了他。

黄药师笑道："杨老弟，你新创的这路掌法可高明得紧啊，老夫意欲一睹全豹，以饱眼福。"杨过道："正要向前辈请教。"当下身形晃动，将那路"黯然销魂掌法"施展开来，长袖飘动，左掌飞扬，忽而一招"拖泥带水"，忽而一招"神不守舍"，将潇湘子、尹克西和黑脸汉子一起裹在掌风之中。那三人犹如身陷洪涛巨浪，跌跌撞撞，随着杨过的掌风转动，别说挣扎，竟连站定脚步也是不能，到了全然身不由主的境地。黄药师举杯干酒，叹道："古人以《汉书》下酒，老夫今日以小兄弟的掌法下酒，豪情远追古人矣。"

杨过叫道："老前辈请指点一招。"手掌一摆，掌力将潇湘子向黄药师身前送来。黄药师不敢怠慢，左掌推出，将潇湘子送了回去，只见那黑脸大汉跟着又冲近身来，于是举杯饮了一口，回掌将他推出。杨过凝神瞧他掌法，虽然功力深厚，却也并非出奇的神妙，心想："我若非出全力以赴，引不出他学自南海神尼的掌法。”当下气聚丹田，催动掌力，将潇湘子、尹克西、黑脸汉子三人越来越快的推向黄药师身前。

黄药师回了数掌，只觉那三人冲过来的势头便似潮水一般，一个浪头方过，第二个更高的浪头又扑了过来，心想：“这少年的掌力一掌强似一掌，确是武林中的奇才！”

便在此时，那黑脸汉子忽地凌空飞起，脚前头后，双脚向黄药师面门踹到。黄药师斜掌卸力，右手不自禁的微微一晃，酒杯中一滴酒泼了出来，跟着尹克西和潇湘子双双凌空，一正一斜的撞到。黄药师叫道：“好！”放下酒杯，右手还了一掌。

黄杨两人相隔数丈，你一掌来，我一掌去，那三人竟变成了皮球玩物，给两人的掌力带动，在空中来往飞跃。“黯然销魂掌”使到一半，黄药师的“落英神剑掌法”已相形见绌，他眼见尹克西如箭般冲到，自忖掌力不足以与之对抗，伸指一弹，嗤的一声轻响，一股细细的劲力激射出去，登时将杨过拍出的掌力化解了。他连弹三下，但听得扑通、扑通、扑通三响，潇湘子等三人摔在楼板之上，晕了过去。这“弹指神通”奇功与杨过的“黯然销魂掌”斗了个旗鼓相当，谁也没能赢谁。

两人哈哈一笑，重行归座，斟酒再饮。黄药师道：“老弟这一路掌法，以力道的雄劲而论，当世唯小婿郭靖的降龙十八掌可以比拟。老夫的落英神剑掌便输却一筹了。”杨过连连逊谢，说道：“晚辈当年得蒙前辈指点‘弹指神通’与‘玉箫剑法’两大奇功，终身受益不浅。晚辈自创这路掌法，颇有不少渊源于前辈所指拨的功夫，前辈自是早已看出。闻道前辈曾蒙南海神尼指点，学得一路掌法，不知能赐晚辈一开眼界否？”

黄药师奇道：“南海神尼？那是谁啊？我从没听过此人的名头。”

杨过脸色大变，站起身来，颤声说道：“难道……难道世上并无……并无南海神尼其人？”黄药师见他神色陡然大异，倒也吃了一惊，沉吟道：“莫非是近年新出道的异人？老夫孤陋寡闻，未闻其名。”

杨过呆立不动，一颗心便似欲从胸腔中跳将出来，暗想：“郭伯母说得明明白白，说龙儿蒙南海神尼所救，原来尽是骗人的鬼话，原来都是骗我的，都是骗我的！”仰天一声长啸，震动屋瓦，双目中珠泪滚滚而下。

黄药师道：“老弟有何为难之事，不妨明示，说不定老夫可相助一臂之力。”杨过一揖到地，哽咽道：“晚辈心乱如麻，言行无状，须请恕罪。”长袖扬起，转身下楼，但听得喀喇喀喇响声不绝，楼梯踏级尽数给他踹坏。

黄药师茫然不解，自言自语：“南海神尼，南海神尼？那是何人？”

杨过放开脚步狂奔，数日间不食不睡，只是如一股疾风般卷掠而过。他自忖唯有疲累如死，才不致念及小龙女，到底日后是否再能和她相见，此时实是连想也不敢想。不一日已到了大江之滨，他心力交瘁，再也难以支持，眼见一帆驶近岸旁，当下纵身跃上，摸出一锭银两掷给舟子，也不问那船驶向何处，在舱中倒头便睡。

大江东去，浊浪滔滔，杨过所乘那船沿江而下，每到一处商市必停泊数日，上货卸货，原来是在长江中上落贸迁的一艘商船。杨过心中空荡荡地，反正是到处漫游，也不怕那船在途中多所耽搁，在舟中只是白日醉酒，月夜长啸，书空咄咄，不知时日之过。舟子和客商贪他多给银两，只道他是个落拓江湖的狂人，也不加理会。

这一日舟抵江阴，听得船中一个客商说起要往嘉兴、临安买丝。杨过听到“嘉兴”两字，猛地一惊：“我父当年在嘉兴王铁枪庙中惨被黄蓉害死，说道是‘葬身鸦腹’，难道竟连骸骨也四散无存了？我不好好安葬亡父骸骨，是为不孝。”言念及此，当即舍舟上陆。

此时方当隆冬，江南虽不若北方苦寒，却也是遍地风雪。杨过身披蓑衣，头戴斗笠，踏雪南行，第三日上到了嘉兴。

到得城中，已近黄昏，他找一家酒楼用了酒饭，问明王铁枪庙的路径，冒着漫天大雪，大踏步而行。到得铁枪庙时已二更时分，大雪未停，北风仍紧。

朦朦胧胧的白雪反光之下，见这庙年久失修，已破败不堪，山门腐朽，轻轻一推，竟尔倒在一边。走进庙去，只见神像毁破，半边斜倒，到处蛛网灰尘，并无人居。悄立殿上，想像三十余年之前，父亲在此殿上遭人毒手，以致终身父子未能相见一面，伤心人临伤心地，倍增苦悲。

在庙中前前后后瞧了一遍，心想父亲逝世已久，自不致再留下什么遗迹，走到庙后，只见两株大树之间有座坟墓，坟前立着一碑，坟墓和碑石都盖满了白雪。杨过大袖一挥，疾风掠出，碑上白雪飞散，看碑上刻字时，不由得怒火攻心，难以抑制，原来碑上刻着一行字道：“不肖弟子杨康之墓”，旁边另刻一行小字：“不才业师丘处机书碑”。

杨过大怒，心想：“丘处机这老道忒也无情，我父既已死了，又何必再立碑以彰其过？我父却又如何不肖了？哼，肖你这个牛鼻子老道有什么好处？我不到全真教去大杀一场，此恨难消。”手掌扬起，便要往墓碑拍落。

便在此时，忽听得西北方雪地中传来一阵快速的脚步声，这声音好生奇怪，似乎是几个武林好手同行，却又似是两头野兽紧跟而来，脚步着地时左重右轻，大异寻常。杨过好奇心起，停掌不击，耳听得这声音正是奔向王铁枪庙而来，于是回进正殿，隐身在圮倒的神像之后，要瞧瞧是什么怪物。

片刻之间，脚步声走到庙前，停着不动，似乎怕庙中有敌人隐伏，过了一会，这才进殿。杨过探头一瞧，险些儿哑然失笑。原来进庙的共是四人，这四人左腿均已跛折，各人撑了一根拐杖，右肩上各有一条铁链，互相锁在一起，因此行走时四条拐杖齐落，跟着便是四条右腿同时迈步。

只见当先那人头皮油光晶亮，左臂断了半截。第二人额头生三个大瘤，左臂齐肘而断，两人均是残废中加了残废。第三人短小精悍。第四人是个高大和尚。四人年纪均已老迈。杨过暗暗称奇："这四人是什么路数？何以如此相依为命，永不分离？"只听得嗒嗒两声响，为首的秃子取出火刀火石打着了火，找半截残烛点着了。杨过看得分明，见除第一人外，其余三人都只有眼眶而无眼珠，这才恍然："原来那三人须仗这秃子引路。"

秃头老者举起蜡烛，在铁枪庙前后巡视，四人便如一串大蟹，一个跟一个，相距不逾三尺，杨过早已藏好，别说这四人行动不便，又只一人能够见物，纵然四人个个耳目灵便、手足轻捷，也搜不出他藏在神像之后。四人巡查后回到正殿。秃头老者道："柯老头没泄露咱们行踪，他如邀了帮手，定是先行埋伏在此。"第三人道："不错，他答应决不吐露半句，这些人以侠士自负，那'信义'两字，倒是瞧得很重的。"

四个人并肩坐地。生瘤子的第二人道："师哥，你说这柯老头真的会来么？"第一人道："那就难说得很，按理是不会来的，谁能有这么傻，眼巴巴的自行来送死？"第三个瘦子道："可是这柯老头乃江南七怪之首，当年他们和那十恶不赦的丘老道打赌，万里迢迢的赶到蒙古去教郭靖武艺，这件事江湖传闻，都说江南七怪千金一诺，言出必践。咱们也瞧在这件事份上，那才放他。"

杨过在神像后听得清楚，心想："原来他们在等候柯老公公。"

只听第二人道："我说他一定不来，彭大哥，要不要跟你打一个赌，瞧瞧是谁……"一句话还没说完，只听得东边雪地上传来一阵脚步声，也是一轻一重，有人以拐杖撑地而来。杨过幼时曾在桃花岛上与柯镇恶相处，一听便知是他到了。那瘦子哈哈一笑，道："侯老弟，柯老头来啦，还打不打赌呢？"那生瘤子的喃喃道："贼厮鸟，果真不怕死，这般邪门。"

但听得铮铮铮几声响，铁杖击地，飞天蝙蝠柯镇恶走进殿来，昂然而立，说道："柯镇恶守约而来，这是桃花岛的九花玉露丸，一共十二粒，每人三粒。"右手轻扬，一个小小瓷瓶向为首的秃头老者掷去。那老者喜道："多谢！"伸手接了。柯镇恶道："老夫的私事已了，特来领死。"但见他白须飘飘，仰头站在殿中，自有一股凛凛之威。

那生瘤子的道："师哥，他取来了九花玉露丸，治得好咱们身上的内伤隐痛，咱们跟他又没深仇大怨，就饶了他罢。"那瘦子冷笑道："嘿，侯老弟，常言道养虎贻患，你这妇人之仁，只怕要叫咱们死无葬身之地。他此刻虽未泄露，谁保得定他日后始终守口如瓶？"突然提高声音喝道："一齐动手！"四人应声跃起，将柯镇恶围在垓心。

那光头老者哑声道："柯老头，三十余年之前，咱们同在此处见到杨康惨死，想不到今日你也走上他这条路子，这才真是报应不爽。"

柯镇恶铁杖在地下一登，怒道："那杨康认贼作父，卖国求荣，乃卑鄙无耻的小人。我柯镇恶堂堂男儿，无愧天地，你如何拿这奸贼来跟我飞天蝙蝠相比？你难道还不知柯某可杀不可辱吗？"那瘦子哼的一声，骂道："死到临头，还充英雄好汉！"其余三人同时出掌，往他顶门击落。柯镇恶自知非这四人敌手，持杖挺立，更不招架。

只听得呼的一声疾风过去，跟着砰的一响，泥尘飞扬，四人都觉得落掌之处情形不对，似乎并非击上了血肉之躯。那秃头老者早已瞧得明白，但见柯镇恶已然不知去向，他原先站立之处，竟尔换上了庙中那铁枪王彦章的神像。神像的脑袋为这劲力刚猛的四掌同时击中，登时变成泥粉木屑。

那秃头老者大惊之下，回过头来，只见一个三十来岁的男子满脸怒容，抓住柯镇恶的后颈，将他高高举在半空，喝道："你凭什么辱骂我先父？"

柯镇恶问道："你是谁？"杨过道："我是杨过，杨康是我爹爹。我幼小之时，你待我不错，却何以在背后胡言毁谤我过世的先人？"柯镇恶冷冷的道："古往今来的人物，有的流芳百世，有的遗臭万年，岂能塞得了世人悠悠之口？"杨过见他丝毫不屈，更加愤怒，提起他身子重重往地下一掷，喝道："你说我父如何卑鄙无耻了？"

那秃头老者见杨过如此神功，在一瞬之间提人换神，自己竟尔不觉，谅来非他对手，轻轻一扯连着其余三人的铁链，悄步往庙外走去。杨过身形略晃，拦在门口，喝道："今日不说个明白，谁都不能活着离去。"四个人齐声大喝，各出一掌，合力向前推出。杨过喝道："来得好！"左手也是一掌推出，这股强劲无伦的掌风横压而至，四个人立足不定，向后便倒，喀喇喇一声响，都压在神像之上，将神像撞得碎成了十多块。四人中第二个武功最弱，偏是他额头肉瘤刚好撞正神像的胸口，立时昏晕。

杨过道："你四人是谁？何以这般奇形怪状的连在一起？又何以与柯镇恶在此相约会面？"那秃头老者给杨过这一掌推得胸口塞闷，五脏六腑似乎尽皆倒转，盘膝坐着运了几口气，这才慢慢说出一番话来。

原来这秃头老者乃是沙通天，第二人生瘤子的是他师弟三头蛟侯通海，第三个短小精悍之人是千手人屠彭连虎，最后一个高大和尚是大手印灵智上人。三十余年之前，老顽童周伯通将这四人拿住，交给丘处机、王处一等看守，监禁在终南山重阳宫中，要他们改过自新，这才释放。四人恶性难除，千方百计的设法脱逃，但每次均给追了回来。第三次脱逃之时，彭连虎、侯通海、灵智上人三个各自杀了几名看守的全真弟子。全真教的道人为惩过恶，打折了他们一腿，又损了三人眼睛，只有沙通天未伤人命，双目得以保全。到得十六年前蒙古武士火焚重阳宫，沙通天等终于在混乱中逃了出来。只因三人目盲，非依沙通天指路不可，彭连虎等生怕他一人弃众独行，是以坚不肯除去全真道人系在他们肩头的铁链，四个人连成一串，便是为此。

杨过当年在重阳宫学艺为时甚暂，又不得师父和师兄们的欢心，从未被准许走近监禁四人之处，因此不识四人面目，更不知他们的来历。

沙通天等逃出重阳宫后，知道全真教的根本之地虽然被毁，但在江湖上仍是势力十分庞大，自己四人已然残废，无法与抗，于是潜下江南，隐居于荒僻的乡村之中，倒也太太平平的过了十六年。这一日四人在门外晒太阳，忽见柯镇恶从村外小路经过。沙通天生怕他是为己而来，当即拦路截住。柯镇恶的武功远不及四人，一动手就被制住，询问之下，才知他另有要事。四人虽与他并无重大仇怨，但恐他泄漏了自己行踪，便要将他打死。

柯镇恶当时言道，他须赴嘉兴一行，事毕之后，自当回来领死，四人若能容他多活数日，他愿取桃花岛的疗伤至宝九花玉露丸为酬。四人伤腿之后，每逢阴雨便自酸痛难熬，听柯镇恶说能赠以灵药，于是要他发下重誓，决不吐露四人的行藏，亦不相邀帮手前来助拳，这才约定日子，在王铁枪庙中重会。

沙通天叙毕往事，说道："杨大侠，令尊在日，我们都是他府中上客。直至他老人家逝世，我们丝毫没对不起他之处，望你念在昔日之情，放我们去罢。”数十年前，沙通天、彭连虎诸人都是江湖上响当当的脚色，纵然刀剑加颈，斧钺临身，亦决不肯丝毫示弱，但自被长期幽禁、断腿伤目之后，心灰气沮，豪意尽销，竟向杨过哀哀求告起来。

杨过哼了一声，并不理会，向柯镇恶道：“你刚才可是去见程英、陆无双姊妹么？却是为了何事？”柯镇恶仰天长笑，说道：“杨过啊杨过，你这小子好不晓事？”杨过怒道：“我怎地不晓事了？”柯镇恶笑道：“事到如今，我飞天蝙蝠早没把这条老命放在心上，便是在年轻力壮之时，柯镇恶几时又畏惧于人了？你武功再高，也只能吓得倒贪生怕死之辈，难道江南七怪是受人逼供的么？”

杨过见他正气凛然，不自禁的起敬，说道：“柯老公公，是我杨过的不是，这里向你谢过了。只因你言语中辱及先父，这才得罪。柯老公公名扬四海，杨过自幼钦服，从来不敢无礼。”柯镇恶道：“这才像句人话。我听说你人品不错，又在襄阳立下大功，才当你是一号人物。倘若与你父亲一般，便是跟我多说一句话，也算是污辱了我。”

杨过胸间怒气又增，大声道：“我爹爹到底做错了何事，你且说个明白。”要知杨过所交游的人中，知悉他父亲杨康往事的原亦不少，只是谁都不愿直言其短，触犯于他，便逢杨过问起，也只拣些不相干的事说说。柯镇恶自来嫉恶如仇，生性鲠直异常，哪理会杨过是否见怪，当下将杨康和郭靖的事迹原原本本的说了，又说到杨康和欧阳锋如何害死江南七怪中的五怪，如何在这铁枪庙中掌击黄蓉，终于自取其死，最后说道：“当晚经过，这几个都是亲眼目睹。沙通天、彭连虎，你两个且说说，柯老头这番话中可有一句虚言？”

六人在殿中击毁神像，大声说话，惊起了高塔上数百只乌鸦，盘旋空际，呀呀而鸣。

沙通天叹道：“那一天晚上，也是有这许多乌鸦……我手上给杨公子抓了一把，若不是彭兄弟见机得快，将我这手臂斩去，怎能活到今日？”彭连虎道：“柯老头的话虽然大致不错，但杨大侠的令尊当年礼贤下士，人品是十分……十分英俊潇洒的。”

杨过抱头在地，悲愤难言，想不到自己生身之父竟是如此奸恶，自己名气再响，也难洗生父之羞。神殿上六人均自不作一声，唯听得乌鸦鸣声不绝。

过了良久，柯镇恶道：“杨公子，你在襄阳立此大功，你父亲便有千般不是，也都掩盖过了。他在九泉之下，自也欢喜你为父补过。”

杨过回思自识得郭靖夫妇以来诸般情事，暗想黄蓉所以对自己始终提防顾忌，过去许多误会别扭，皆是由斯种因。若无父亲，己身从何而来？但自己无数烦恼，也实由父亲而起，不禁深深叹了一口长气，问柯镇恶道：“柯老公公，程陆两位可都安好么？”

柯镇恶道：“她们听说你火烧南阳粮草，尽歼蒙古军先锋，欢喜得了不得，细细问你的详情，又问起小龙女的消息，她两姊妹都是十分挂怀。只可惜我所知也是有限。”

杨过幽幽的道：“这两位义妹，我也有十六年没见了。”突然转过身来，向沙通天喝道：“柯老公公答应把性命交给你们，他老人家向来言出必践，从不失信于人。现下你们快快动手。倘若你们倚多为胜，四个人合力杀得了他。我便再杀你们这四个狗才，给他老人家报仇。”

沙通天等呆了半晌。彭连虎道：“杨大侠，我们四人无知，冒犯了柯老侠的虎威，望你两位大人不记小人之过。”杨过道：“那你们记好，这是你们自己不守信约，不敢跟柯老公公动手。”彭连虎道：“是，是。柯老侠大信大义，我们向来是十分钦佩的。”杨过道："那快快给我走罢。下次休要再撞在我手里。"沙通天等四人一齐躬身行礼，退出庙去。

杨过如此救了柯镇恶性命，却又顾全他的面子，柯镇恶自是十分感激。两人踢开殿上泥块，坐在地下。

柯镇恶道："我来到嘉兴，是为了郭二姑娘。"杨过微微一惊，问道："这小姑娘怎么了？"柯镇恶叹了口气，脸上却露微笑，说道："郭靖那两个宝贝女儿，各有各的淘气，真是好叫人头痛。也不知为了什么，郭襄这小娃儿忽然不声不响的离了襄阳，不知去向，可教她父亲好生着急，连派了几批人出去寻访，都是音讯全无。有人居然找上桃花岛来。其实这个整日价跳蹦个不停的小娃儿，又怎肯回桃花岛来跟老瞎子作伴？我心下挂念，于是也出来找她。"

杨过道："可得到什么讯息？"柯镇恶道："日前我在临安郊外，偷听到两个蒙古使臣的说话，说道襄阳郭大侠的小女儿已被擒到蒙古军中……"杨过叫道："啊哟！不知是真是假？"柯镇恶道："蒙古两路大军南北夹攻襄阳，临安朝廷的当国大臣还在妄想议和，这两个蒙古使臣是派来欺骗我大宋君臣的，官职倒是不小。他二人肆无忌惮的用蒙古话谈论，只道旁人决不会懂。偏生我柯老蝙蝠曾在蒙古十多年，眼睛虽瞎，耳朵却灵，听了个明明白白。"杨过皱起眉道："如此说来，这事确非虚假了？"

柯镇恶道："是啊！我本要送几枚毒蒺藜给这两个蒙古鞑子尝尝滋味，但急于要赶去襄阳报信，不想旁生枝节，给绊住了身子，岂知还是遇上了四只恶鬼拦路。老头儿不论哪一日归天都不打紧，郭二姑娘的讯息却不能不报，这才求他们宽限数天，就近到嘉兴来告知程英和陆无双两位姑娘。程陆两位得讯后当即北上，老头儿便依约前来送死。想不到柯老头儿守了信约，四只恶鬼却言而无信，事到临头居然不敢下手，哈哈，哈哈！”

杨过沉吟半晌，问道：“柯老公公可曾听那两个蒙古使臣说起，郭二姑娘如何被擒？可有性命危险？”柯镇恶道：“这个他们倒并没说起，从话中听来，好像这两个鞑子官儿也不大清楚。”杨过道：“此事急如星火，晚辈这便赶去，尽力相救，柯老公公缓缓而来罢。”

柯镇恶日前从到桃花岛找寻郭襄的丐帮弟子口中，得知杨过在襄阳干下的大事，甚服其能，说道：“有你前去，我可放心了。”

杨过道：“柯老公公，晚辈拜托你一件事，请你替先父立过一块墓碑，碑上便书：‘先父杨府君康之墓，不肖子杨过谨立’几个字。”柯镇恶一怔，随即会意，说道：“不错，不错！你原是不肖令尊。你之不肖，远胜于旁人之肖了。老朽定当遵办。”

杨过回到嘉兴城里，买了三匹好马，疾驰向北，一路上不住换马，丝毫不敢耽搁，不一日已近蒙古军营。

蒙古皇帝南征襄阳，在新野、邓州两处莫名其妙的吃了个大败仗，在南阳多年积储的粮草火药更于一晚间给烧得精光，再伤了不少士卒，锐气大挫，又不明宋军虚实，是以大军在南阳以北安寨立营，按兵不动，双方未曾开仗。四野旌旗四展，刀枪耀目，杨过纵目望去，一座营帐接着一座，不见尽头。

杨过等到晚间，闯入大营查探，但见刁斗森严，号令整肃，果然是非同小可，御营周围更是密密层层的布满了长矛大戟，防守得铁桶相似。杨过知道大营中勇士无数，自来好汉敌不过人多，倒也不敢稍露形迹。踏访了大半夜，只查得东大营一处。次日再查探西大营，一连四晚，将东南西北四座大营尽数踏访遍了，没探到与郭襄有关的丝毫消息。他在营中擒到一名会说汉语的参谋，逼问之下，那参谋据实而言，说道从没听到擒获襄阳郭大侠之女这回事。

杨过放心不下，又查了数日，这才确知郭襄不在蒙古军中，心想：“瞧来郭伯伯已将她救了回去，又或许那两个蒙古使臣误听人言，传闻不实。”算来小龙女十六年之约将届，于是纵骑向北，往绝情谷而去。

小龍女
珍重萬千 務求

杨过奔到断肠崖前，瞧着小龙女所刻下的那几行字，叫道：“是你亲手刻下的字，怎地你不守信约?”但听得群山响应，四周山峰都传来：“不守信约……不守信约……”

第三十八回

生死茫茫

那日郭襄见金轮法王猛下毒手，打死了长须鬼和大头鬼二人，心中伤痛，自知难脱他的魔掌，昂首说道：“你快打死我啊，还等什么？”金轮法王笑道：“要打死你这娃娃还不容易？今天杀了两个人，已经够了。过几天拣个好日子，再拿你开刀，快乖乖跟我走罢。”郭襄心想这时与他相抗，徒然自取其辱，只有且跟他去，俟机再谋脱身，于是向他扁扁嘴，做个鬼脸，伸伸舌头，上马缓缓而行。

法王心中大乐，暗想：“皇上与四大王千方百计要取郭靖性命，始终未能如愿。今日擒获了郭靖的爱女，以此挟制，不怕他不俯首听命。比之一剑将他刺死犹胜一筹。便算郭靖当真倔强不服，我们在城下慢慢折磨这个姑娘，教他心痛如割，神不守舍，那时大军一鼓攻城，焉能不胜？”

行到天色晚了，胡乱在道旁找一家人家歇宿。屋中住户早已逃光，空空荡荡，唯余四壁。法王取出干粮，分些与郭襄吃了，命她在厢房安睡，自己盘膝坐在堂上用功。

郭襄翻来覆去，怎睡得着？挨到半夜，悄悄到堂前张望，只见法王靠在墙壁上，鼻息沉酣，已然睡去。郭襄大喜，悄悄越窗而出，将包袱布撕成四块，缚在马脚之上，然后牵了马缰，放轻脚步，一步步走去，直到离屋约莫半里，回头不见法王追来，这才上马疾驰。她想法王醒来发觉自己逃走，料定必回襄阳，自会向南追去，我偏朝西北奔跑。一口气驰了小半个时辰，坐骑脚力不济，这才按辔缓行，一路上时时回头而望，始终不见法王追到，到天色大明时，算来已驰出五六十里，心中大为宽慰。

这时已走上了一条山边小径，渐渐上岭，越走越高，转过一个山坳，忽听得前面鼾声如雷，一人撑开手足，横卧当路。一看之下，这一惊当真非同小可，险些儿从马背摔将下来，原来当道而卧那人光头黄袍，正是金轮法王，也不知他如何竟抢在前面。郭襄拨转马头，疾下山坡，回首望时，见法王兀自高卧，并不起身追赶。

这一次她不再循路而行，向着东南方落荒而逃。奔了一顿饭时分，只见前面大树上一人双足钩住树干，倒吊着身子，向她嘻嘻直笑，却不是法王是谁？郭襄不惊反怒，喝道：“你要拦阻，好好拦阻便了，如何这般不三不四，戏耍姑娘？”纵马向前急冲，奔到近处，提起马鞭，刷的一鞭向他脸上击去。

只见他更不闪避，马鞭挥去，鞭梢击在脸上，却没听到丝毫声响，便在此时，她坐骑已疾驰而过。郭襄右手一拉，要将马鞭带转，突觉一股大力传上右臂，身不由主的离了马鞍，飞上半空。原来法王见马鞭击到，张嘴咬住了鞭梢，身子倒挂在树干之上，便如打秋千般一荡，竟将郭襄拉了起来。

郭襄身在空中，却不慌乱，见法王弯腰缩身，又要将自己荡回，当即撒手松鞭，乘势直堕，摔将下来。法王倒是一惊，生怕她摔跌受伤，忙仰身伸手来接，叫道：“小心了！”郭襄大叫：“啊哟！”跌到离法王双手半尺之处，突然双掌齐出，砰砰两声，击在他的胸口。这一下变招奇速，饶是法王武功高强，人又机智，竟然没能避开，只见他手脚乱舞，掉在地下，直挺挺的一动也不动了。

郭襄没料到竟然一击成功，不由得喜出望外，拾起地下一块大石，便要往他光头上砸落，但她一生从未杀过人，虽深恨此人害了自己两个朋友，待要下手，终究有所不忍，呆了一呆，放下大石，伸手点了他颈中“天鼎穴”、背上“身柱穴”、胸口“神封穴”、臂上“清冷渊”、腿上“风市穴”，一口气手不停点，竟点了他身上一十三处大穴，但兀自不放心，又捧过四块几十斤的巨岩，压在他的身上，说道：“恶人啊恶人，姑娘今日不杀你，你以后可要知道好歹，不能再害人了罢！”说着上了马背。

金轮法王双目骨溜溜的望着她，笑道：“小姑娘良心倒好，老和尚很喜欢你啊！”只见四块巨岩突然之间从他身上弹了起来，砰嘭、砰嘭几声，都摔了开去，他跟着一跃而起，也不知如何，身上被点的一十三处大穴一时尽解。郭襄只惊得目瞪口呆，说不出话来。

原来法王虽中了她的双掌，但这两掌如何能震他下树？又如何能伤得他不能动弹？他却假装受伤，要瞧瞧郭襄如何动手，待见她收石不砸，暗想：“这个小妮子聪明伶俐，心地又好，有我二徒之长，却无二徒之短。”不由得起了要收她为徒之心。

他生平收了三个弟子，大弟子文武全才，资质极佳，法王本欲传以衣钵，可是不幸早亡；二弟子达尔巴诚朴谨厚，徒具神力，不能领会高深秘奥的内功；三弟子霍都王子则是个天性凉薄之人，危难中叛师而别，无情无义。法王自思年事已高，空具一身神技，却苦无传人，百年之后，这绝世武功岂非就此湮没无闻？每当念及，常致郁郁。这时见郭襄资质之佳，可说生平罕见，虽说是敌人之女，但她年纪尚幼，何难改变，心想只要传以绝技，时日一久，她自会渐渐淡忘昔日之事。何况自己与她父母只是两国相争，这才敌对，又不是有什么不共戴天的深仇大怨。武林中人，对收徒传法之事瞧得极重，出家人没有子女，一身本事全靠弟子传宗接代，衣钵的授受更是头等大事，法王既动此念，便将攻打襄阳、胁迫郭靖的念头放到了脑后。

郭襄见他眼珠转动，沉吟不语，当即跃下马来，说道：“老和尚的本领真是不小，就可惜不做好事。”法王笑道：“你既羡慕我的本领，只须拜我为师，我便将这一身功夫，倾囊传你。”郭襄啐道：“呸！我学了和尚的功夫有什么用？我又不想做尼姑。”法王笑道：“难道学我的功夫，便须做尼姑不成？你点我的穴道，我能自解；你用大石压在我身上，石头自己会跳起来；你骑了马奔跑，我能抢在你前面睡觉，这些功夫难道不好玩么？”

郭襄心想这些功夫当真好玩，但这老和尚是恶人，怎能拜他为师，再者自己急于要找杨过，没功夫跟他瞎缠，摇头说道：“你本领再高，我也不能拜恶人为师。”

法王道：“你怎知我是恶人？”郭襄道：“你一出手便打死了长须鬼和大头鬼两个，他们跟你无怨无仇，如何便下这毒手？”法王笑道：“我是帮你找坐骑啊，是他两个先动手的，你没瞧见吗？倘若我本领差些，早就先给他们打死了。做和尚的慈悲为怀，若不是迫不得已，决不伤害人命。”

郭襄哼了一声，不信他的话，说道：“你到底要怎样？倘若你真是好人，怎地又不让我走？”法王道：“我怎不让你走了？你骑马赶路，要东便东，要西便西，我只是在路上睡觉，伸手拦阻过你没有？”郭襄道：“既是如此，你让我找杨大哥去，别跟我啰唣。”

法王摇头道：“那可不成，你须得拜我为师，跟我学二十年武艺，那时候你要找谁，便去找谁。”郭襄恼道：“你这和尚好不讲理，我不爱拜师，你勉强我干么？”法王说道：“你这小娃儿才不讲理，像我这样的明师，普天之下却哪里找去？旁人便是向我磕三百个响头，苦苦哀求十年八年，我也不能收他为徒。今日你得遇这千载难逢的良机，居然自不惜福，岂非奇了？”

郭襄伸手指刮脸，说道：“好羞，好羞！你是什么明师了？你不过胜得我一个十多岁的女娃子，那有什么希奇？你胜得过我爹爹妈妈么？胜得过我外公黄老岛主么？别说这些人，单就我大哥哥杨过，你就打他不赢。”法王冲口而出：“谁说的？谁说我打不赢杨过这小子？”

郭襄道：“天下的英雄好汉，谁都这般说。前几日襄阳城中英雄大宴，个个都说世上便有三个金轮法王一齐动手，加起来三头六臂，也打不过一位独臂的神雕大侠杨过！”

她这番话其实乃是随口编造，只不过意欲气气法王，别说英雄大宴中商议的是如何守襄阳、抗蒙古，就真有人论到法王和杨过武功优劣，郭襄未曾与会，也不会听到。岂知言者无心，听者有意，这话正好刺中了法王的痛处。他十余年前果曾数度败在杨过手下，只道天下英雄确是以此作为话柄，熬不住满腔怒火如焚，喝道：“杨过这小子若是在此，教他尝尝我‘龙象般若功’的厉害，要他吃饱了苦头，才知当世究竟是他杨过了得，还是我金轮法王高明。”

郭襄心念一动，道：“你明知我大哥哥不在这儿，自可胡吹大气。你有胆子去找他较量一下么？你的‘蛇猪不若功’……”法王抢着道：“是龙象般若功！”郭襄道：“你胜得过他，才是龙象，如果不堪一击，终究连小蛇臭猪也不若了！你如胜得过他，我自会求着来拜你为师。只是料得你也不敢前去找他，因此说了也是枉然。我瞧啊，只要你一见杨过的影子，吓得连逃走也来不及啦。”

法王岂不知郭襄在使激将之计，但他一生自视极高，偏生曾败于杨过手下，此番将“龙象般若功”练到了第十层，原是要找杨过一报昔年大败之辱，大声道：“我说知道杨过在什么地方，那是骗你的，就可惜不知这小子躲到了何处，否则我不找上门去，打得他磕头求饶才怪。”

郭襄哈哈大笑，拍手唱道：“和尚和尚爱吹牛，自夸天下无敌手，望见杨过东边来，脚底加油朝西走。”法王呸了一声，怒目而视。

郭襄道：“我虽不知杨过此时身在何方，但再过一个多月，他定要到一个处所，我却知道。”法王说道：“到什么地方？”郭襄道：“跟你说了有什么用？你又不敢去见他，徒然吓得你魂不附体。”法王咬得牙齿格格作响，喝道：“你说，你说！”郭襄道：“他要到绝情谷去，要在断肠崖前和他妻子小龙女相会。一个杨过已叫你心惊肉跳，再加上一个小龙女，嘿嘿，老和尚啊，你又何苦到断肠崖前去送死？就算他们夫妻重会，不想杀人，你大败亏输之后，也难免伤心断肠了。”

十余年来，金轮法王苦练“龙象般若功”之时，心中便以杨过与小龙女联手齐上的“玉女素心剑法”为敌手，倘若他无把握能以一敌二，胜得这夫妇二人，此番也不敢贸然便重来中原，这时听郭襄如此说，更是触动了他心头之忌，怒极反笑，说道：“咱们这便上绝情谷去！待我打败了杨过和小龙女二人，那时却又如何？”郭襄道：“假如你真有这等高强的武功，我还不赶着拜你为师么？那才是求之不得呢。只可惜那绝情谷地处幽僻，不易找到它的所在。”法王笑道：“恰好我便去过，那倒不用发愁。既然现下为时尚早，你且跟我到蒙古营中，待我料理了几件事，再同到绝情谷去便了。”

郭襄见他肯到绝情谷去找杨过比武，心怀大宽，暗道：“我只愁你不肯去，既给我说动了，还怕什么？你这恶和尚这会儿狠天狠地，待你见了大哥哥，那时才有得你受的了。”当下便随他赴蒙古军中。

法王一意要郭襄承受自己衣钵，心想只有收服她的心，日后方能成为本门高弟，因此一路上待她极是慈和。武林中明师固是难求，但良材美质的弟子也同样的不易遇到，徒须择师，师亦择徒。

法王与郭襄一路上谈谈说说，觉她聪明过人，悟性特强，不由得暗暗欣喜。有时郭襄伤心长须鬼和大头鬼惨死，怪责法王下手狠辣，法王也不以为忤，反觉她是性情中人，不似霍都王子之天性凉薄。

法王携郭襄所去的蒙古军营，是皇弟忽必烈统率的南大营，而杨过前去寻找的，却是蒙哥大汗驻跸所在的北大营，只因两个蒙古使臣随口闲谈，柯镇恶没听得仔细，累得杨过空找了数日。其后杨过动身赴绝情谷时，法王和郭襄不久也即起行，三人相距不过百余里而已。

郭靖与黄蓉自幼女出走，日夕挂怀。其后派出去四处打探的丐帮弟子一一回报，均说不知音讯。又过十余日，突然程英和陆无双到了襄阳，传来柯镇恶的讯息，说道郭襄已被掳入蒙古军中。郭靖、黄蓉大惊。当晚黄蓉便和程英两人暗入蒙古军营，四下查访，也如杨过一般，探不到丝毫端倪。第三晚更和蒙古众武士斗了一场，四十余名武士将黄蓉和程英团团围住，总算黄程两人武功了得，黄蓉又连使诡计，这才闯出敌营，逃回襄阳。

黄蓉心下计议，瞧情势女儿并非在蒙古军中，但迄今得不到半点音讯，决非好兆，眼见蒙古大军并无即行南攻的迹象，与郭靖商议了，自行出城寻访。她随身带同一双白雕，若有紧急情事，便可令双雕传递信息。程英、陆无双姊妹坚要陪她同去。三人绕过蒙古大军，向西北而行。黄蓉心想：“襄儿此去，是要劝杨过不可自寻短见，上次她在潼关、风陵渡左近与他相遇，这番看来又会重赴旧地，在风陵渡或可访到若干踪迹。”

三人离襄阳时方当严冬，沿路缓缓而行，寻消问息，到得风陵渡时已是二月下旬，冰销雪融。黄蓉等三人在渡口问了半日，撑渡的、开店的、赶车的、行脚的，都说没见到这么一个小姑娘。

程英劝慰道：“师姊，你也不须烦恼。襄儿出生第一天，便给金轮法王和李莫愁这两个大魔头抢去。常言道大难不死，必有后福。那时如此凶险，尚且无恙，何况今日？”黄蓉叹了一口气，并不言语。三人离了渡口，再往郊外闲走。

这一日艳阳和暖，南风薰人，树头早花新着，春意渐浓。程英指着一株桃花，对黄蓉道：“师姊，北国春迟，这里桃花甫开，桃花岛上的那些桃树却已在结实了罢！”她一面说，一面折了一枝桃花，拿着把玩，低吟道：“问花花不语，为谁落？为谁开？算春色三分，半随流水，半入尘埃。”黄蓉见她娇脸凝脂，眉黛鬓青，宛然是十多年前的好女儿颜色，想像她这些年来香闺寂寞，自是相思难遣，不禁暗暗为她难过。

便在此时，只听得嗡嗡声响，一只大蜜蜂飞了过来，绕着程英手中那枝桃花不断打转，接着便停在一朵花上，采取花蜜。黄蓉见这只蜜蜂身作灰白，躯体也比常蜂大了一倍有余，心念一动，说道：“这似乎是小龙女所养的玉蜂，怎地在此出现？”陆无双说道：“不错，咱们便跟着这蜜蜂，瞧它飞向何处？”

这蜜蜂采了一会花蜜，飞离花枝，在空中打了几个旋，便向西北方飞去。黄蓉等三人忙展开轻身功夫，跟随在后。那蜜蜂飞行一会，遇有花树，又停留一会，如此飞飞停停，又多了两只蜜蜂。三个人追到傍晚，到了一处山谷，只见嫣红姹紫，满山锦绣，山坡下一列挂着七八个木制的蜂巢。那三只大蜂振翅飞去，投入蜂巢。

另一边山坡上盖着三间茅屋，屋前有两头小狐，转着骨溜溜的小眼向黄蓉等而望。忽听呀的一声，中间茅屋的柴扉推开，出来一人，苍髯童颜，正是老顽童周伯通。黄蓉大喜，叫道：“老顽童，你瞧是谁来啦？”

周伯通见是黄蓉，哈哈大笑，奔近迎上，只跨出几步，突然满面通红，转身回转茅屋，啪的一声，关上了柴扉。黄蓉大奇，不知他是何用意，伸手拍门，叫道：“老顽童，老顽童，怎地见了远客，反躲将起来？”砰砰砰拍了几声。周伯通在门内叫道：“不开，不开！死也不开！”黄蓉笑道：“你不开门，我一把火将你的狗窝烧成了灰。”

忽听得左首茅屋柴扉打开，一人笑道：“荒山光降贵客，老和尚恭迎。”黄蓉转头过来，只见一灯大师笑眯眯的站在门口，合什行礼。黄蓉上前拜见，笑道：“原来大师和老顽童作了邻居，真是想不到。老顽童不知何故，突然拒客，闭门不纳？”一灯呵呵大笑，道：“且莫理他！三位请进，待老僧奉茶。”

三人进了茅屋，一灯奉上清茶，黄蓉问起别来起居。一灯道：“郭夫人，你猜上一猜，那右首茅屋中的是谁？”黄蓉想起周伯通忽地脸红关门的怪态，心念一转，已知其理，笑道：“晓寒深处，春波碧草，相对浴红衣。好啊，好啊！”“晓寒深处”云云，正是刘贵妃瑛姑昔年所作的《四张机》词。

一灯大师此时心澄于水，坐照禅机，对昔年的痴情余恨，早置一笑，当下鼓掌笑道：“郭夫人妙算如神，万事不出你之所料。”走到门口叫道：“瑛姑，瑛姑，过来见见昔日的小友。”过不多时，瑛姑托着一只木盘过来飨客，盘中装着松子、青果、蜜饯之类。黄蓉等拜见了，五人谈笑甚欢。

一灯、周伯通、瑛姑数十年前恩怨牵缠，仇恨难解，但时日既久，三人年纪均老，修为又进，同在这百花谷中隐居，养蜂种菜，莳花灌田，哪里还将往日的尴尬事放在心头？但周伯通蓦地见到黄蓉，不自禁的深感难以为情，因之闭门躲了起来。他虽在自己房中，却竖起了耳朵，倾听五人谈话，只听黄蓉说着襄阳英雄大会中诸多热闹情事，待说到揭穿霍都假装何师我的紧要关头，她却把言语岔到了别处，再也忍耐不住，推门而出，到了一灯房中，问道：“那霍都后来怎样啊？给他逃走了没有？”

当晚黄蓉等三人都在瑛姑的茅屋歇宿。翌晨黄蓉起身，走出屋外，只见周伯通手掌中托着一只玉蜂，手舞足蹈，得意非凡。黄蓉笑道：“老顽童，什么事啊，这般欢喜？”周伯通笑道：“小黄蓉，我的本领越来越是高强，你佩服不佩服？”

黄蓉素知他生平但有两好，一是玩闹，一是武学，这十余年来隐居荒谷，潜心练武，想来又有什么“分心二用，双手互搏”之类古怪高明的武功创了出来，倒也颇想见识见识，说道：“老顽童的武功，我打小时候起便佩服得五体投地，那还用问？这几年来，又想出了什么奇妙的功夫？”周伯通摇头道：“不是，不是。近年来最好的武功，是杨过那小娃娃所创的‘黯然销魂掌’，老顽童自愧不如。武学一道，且莫提起！”

黄蓉心中暗暗称奇：“杨过这孩子当真了不起，小则小郭襄，老则老顽童，人人都对他倾倒，不知那‘黯然销魂掌’又是什么门道？”问道：“那你越来越高强的，是什么本事啊？”

周伯通手掌高举，托着那只玉蜂，洋洋自得，说道：“那是我养蜂的本事。”黄蓉撇嘴道：“这玉蜂是小龙女送给你的，有什么希奇了？”周伯通道：“这个你就不懂了。小龙女送给我的玉蜂，固是极宝贵的品种，但老顽童亲加培养，更养出了一批天下无双、人间罕觏的异种来。当真是巧夺天工，造化之奇，也无如此奇法。小龙女如何能及呀？”

黄蓉哈哈大笑，说道：“老顽童越老越不要脸，这一场法螺吹得呜都都地响，你这张厚脸皮，当真是天下无双、人间罕觏的异种，巧夺天工，奇于造化。”周伯通也不生气，笑嘻嘻的道：“小黄蓉，我且问你。人是万物之灵，身上有刺花刺字，或刺盘龙虎豹，或书‘天下太平’。但除了人之外，禽兽虫蚁身上，可有刺字的？”黄蓉道：“虎有黄斑、豹有金钱，至于蝴蝶毒蛇，身上花纹更奇于刺花十倍。”周伯通道：“但你见过虫蚁身上有字的没有？”黄蓉道："你说是天生的么？那倒没见过。"周伯通道："好罢，今儿给你开一开眼界。"说着将左掌伸到黄蓉眼前。

只见他掌心中托着那只巨蜂的双翅之上果然刺得有字，黄蓉凝目看去，见玉蜂右翅上有"情谷底"三字，左翅上有"我在绝"三字，每个字细如米粒，但笔划清楚，显是用极细的针刺成。黄蓉大奇，口中喃喃念道："情谷底，我在绝。情谷底，我在绝。"心想："这六个字决非天生，乃是有人故意刺成的，按着老顽童的性儿，决不会做这般水磨功夫。"一转念间，笑道："那又是什么天下无双、人间罕觏了？你磨着瑛姑，要她用绣花针儿刺上这六个字，难道还瞒得过我么？"

周伯通一听，登时涨红了脸，说道："你这就问瑛姑去，看是不是她刺的字？"黄蓉笑道："那她还不给你圆谎么？你说太阳从西边出来，她也会说：'不错，太阳自然从西边出来，谁说从东边出来啊？'"

周伯通一张脸更加红了，那是三分害羞，三分尴尬，更有三分受到冤枉的气恼。他放了掌中玉蜂，一把抓着黄蓉的手，道："来来来，我教你亲眼瞧瞧。"拉着她走到山坡边一个蜂巢旁边。这蜂巢孤另另的竖在一旁，与其余的蜂巢不在一起。周伯通手一扬，捉了两只玉蜂，说道："请看！"

黄蓉凝目看去，只见那两只玉蜂双翅上也都有字，那六个字也是一模一样，右翅是"情谷底"，左翅是"我在绝"。黄蓉大奇，暗想："造物虽奇，也决无造出这样一批蜜蜂来之理。其中必有缘故。"说道："老顽童，你再捉几只来瞧瞧。"周伯通又捉了四只，其中两只翅上无字，另外两只双翅都刺着这六个字。他见黄蓉低头沉吟，显已服输，不敢再说是瑛姑所为，笑道："你还有何话说？今日可服了老顽童罢？"

黄蓉不答，只是轻轻念着："情谷底，我在绝。情谷底，我在绝。”她念了几遍，随即省悟：“啊！那是‘我在绝情谷底’。是谁在绝情谷底啊？难道是襄儿？”心中怦怦乱跳，侧头向周伯通道：“老顽童，这窝玉蜂不是你自己所养，是外面飞来的。”

周伯通脸上一红，道：“咦！那可真奇了。你怎知道？”黄蓉道：“我怎么不知？这窝蜜蜂飞到这里，有几天啦？”周伯通道：“这些玉蜂飞来有好几年了，只是初时我没察觉翅上生得有字，直到几个月前，这才偶尔见到。”黄蓉沉吟道：“当真有好几年了？”周伯通道：“是啊，难道连这个也用得着骗你？”

黄蓉沉吟半晌，回到茅屋，和一灯大师、程英、陆无双等商议，都觉绝情谷底必有蹊跷。黄蓉挂念女儿，当下便要和程陆姊妹同去一探。一灯大师道：“左右无事，咱们便同去走走。那日令爱来此，这小姑娘慷慨豪迈，老僧很喜欢她。”黄蓉当即拜谢，心中却平添一层隐忧，心道：“一灯大师定是料想襄儿遭逢危难，否则他何必舍却幽居清修之乐，一同赶去？”周伯通有热闹可赶，如何肯留？坚要和瑛姑随众同行。黄蓉见平添了三位高手相助，宽心不少，心想凭着自己这一行六人，不论斗智斗力，只怕当世再无敌手，襄儿便是落入奸人之手，也必能救出。于是六人双雕，结伴西行。

杨过于三月初二抵达绝情谷，比之十六年前小龙女的约期还早了五天。此时绝情谷中人烟绝踪，当日公孙止夫妇、众绿衣子弟所建的广厦华居早已毁败不堪。杨过自于十六年前离绝情谷后，每隔数年，必来谷中居住数日，心中存了万一之想，说不定南海神尼大发慈悲，突然提早许可小龙女北归。虽每次均是徒然苦候，废然而去，但每来一次，总是与约期近了几年。

此刻再临旧地，但见荆莽森森，空山寂寂，仍是毫无曾经有人到过的迹象，当下奔到断肠崖前，走过石梁，抚着石壁上小龙女用剑尖划下的字迹，手指嵌入每个字的笔划之中，一笔一笔的将石缝中的青苔揩去，那两行大字小字显了出来。他轻轻的念道："小龙女书嘱夫君杨郎，珍重万千，务求相聚。"一颗心不自禁的怦怦跳动。

这一日中，他便如此痴痴的望着那两行字发呆，当晚绳系双树而睡。次日在谷中到处闲游，见昔年自己与程英、陆无双铲灭的情花花树已不再重生，他戏称之为"龙女花"的红花却开得云霞灿烂，如火如锦，于是摘了一大束龙女花，堆在断崖的那一行字前。

这般苦苦等候了五日，已到三月初七，他已两日两夜未曾交睫入睡，到了这日，更是不离断肠崖半步。自晨至午，更自午至夕，每当风动树梢，花落林中，心中便是一跳，跃起来四下里搜寻观望，却哪里有小龙女的影踪？

自从听了黄药师那几句话后，他早知"大智岛南海神尼"云云，乃是黄蓉捏造出来的鬼话，但崖上字迹确是小龙女所刻，却半分不假，只盼她言而有信，终来重会。眼见太阳缓缓落山，杨过的心也是跟着太阳不断的向下低沉。当太阳的一半被山头遮没时，他大叫一声，急奔上峰。身在高处，只见太阳的圆脸重又完整，心中略略一宽，只要太阳不落山，三月初七这一日就算没过完。

可是虽然登上了最高的山峰，太阳最终还是落入了地下。悄立山巅，四顾苍茫，但觉寒气侵体，暮色逼人而来，站了一个多时辰，竟是一动也不动。再过多时，半轮月亮慢慢移到中天，不但这一天已经过去，连这一夜也快过去了。

小龙女始终没有来。

他便如一具石像般在山顶呆立了一夜，直到红日东升。四下里小鸟啾鸣，花香浮动，春意正浓，他心中却如一片寒冰，似有一个声音在耳际不住响动："傻子！她早死了，在十六年之前早就死了。她自知中毒难愈，你决计不肯独活，因此图了自尽，却骗你等她十六年。傻子，她待你如此情意深重，你怎么到今日还不明白她的心意?”

他犹如行尸走肉般踉跄下山，一日一夜不饮不食，但觉唇燥舌焦，于是走到小溪之旁，掬水而饮，一低头，猛见水中倒影，两鬓竟然白了一片。他此时三十六岁，年方壮盛，不该头发便白，更因内功精纯，虽然一生艰辛颠沛，但向来头上一根银丝也无，突见两鬓如霜，满脸尘土，几乎不识得自己面貌，伸手在额角发际拔下三根头发来，只见三根中倒有两根是白的。

刹时之间，心中想起几句词来：“十年生死两茫茫，不思量，自难忘。千里孤坟，无处话凄凉。纵使相逢应不识，尘满面，鬓如霜。”这是苏东坡悼亡之词。杨过一生潜心武学，读书不多，数年前在江南一家小酒店壁上偶尔见到题着这首词，但觉情深意真，随口念了几遍，这时忆及，已不记得是谁所作，心想：“他是十年生死两茫茫，我和龙儿却已相隔一十六年了。他尚有个孤坟，知道爱妻埋骨之所，而我却连妻子葬身何处也自不知。”接着又想到这词的下半阕，那是作者一晚梦到亡妻的情境：“夜来幽梦忽还乡，小轩窗，正梳妆。相对无言，惟有泪千行。料得年年肠断处，明月夜，短松冈。”不由得心中大恸：“而我，而我，三日三夜不能合眼，竟连梦也做不到一个!”

猛地里一跃而起，奔到断肠崖前，瞧着小龙女所刻下的那几行字，大声叫道：“‘十六年后，在此重会，夫妻情深，勿失信约!’小龙女啊小龙女！是你亲手刻下的字，怎地你不守信约?”他一啸之威，震狮倒虎，这几句话发自肺腑，只震得山谷皆鸣，但听得群山响应，东南西北，四周山峰都传来：“怎地你不守信约？怎地你不守信约？不守信约……不守信约……”

他自来便生性激烈，此时万念俱灰，心想：“龙儿既已在十六年前便即逝世，我多活这十六年实在无谓之至。”望着断肠崖前那个深谷，只见谷口烟雾缭绕，他每次来此，从没见到过云雾下的谷底，此时仍是如此。仰起头来，纵声长啸，只吹得断肠崖上数百朵憔悴了的龙女花飞舞乱转，轻轻说道：“当年你突然失踪，不知去向，我寻遍山前山后，找不到你，那时定是跃入了这万丈深谷之中，这十六年中，难道你不怕寂寞吗?”

泪眼模糊，眼前似乎幻出了小龙女白衣飘飘的影子，又隐隐似乎听得小龙女在谷底叫道：“杨郎，杨郎，你别伤心，别伤心!”杨过双足一登，身子飞起，跃入了深谷之中。

郭襄随着金轮法王，同到绝情谷来。法王狠辣之时毒逾蛇蝎，但他既存心收郭襄作衣钵传人，沿途对她问暖嘘寒，呵护备至，就当她是自己亲生爱女一般。郭襄恨他掌毙长须鬼和大头鬼，神色间始终冷冷的。法王一生受人崇仰奉承，在西藏时俨若帝王之尊，便是大蒙古的四王子忽必烈，对他也是礼敬有加。但小郭襄一路上对他冷言冷语，不是说他武功不如杨过，便是责他胡乱杀人，竟将这个威震异域的大蒙古第一国师弄得哭笑不得。

这一日两人走到绝情谷，忽听得一人大声叫道：“怎地你不守信约?”声音中充满着悲愤、绝望、痛苦之情。

郭襄听来，似乎四周每座山峰都在凄声叫喊：“你不守信约，你不守信约!”她吃了一惊，叫道：“是大哥哥，咱们快去!”说着抢步奔进谷中。金轮法王大敌当前，精神一振，从背上包袱中取出金银铜铁铅五轮拿在手里。这时他虽已将“龙象般若功”练到第十层，但想这十六年中，杨过和小龙女也决不会浪费光阴，搁下了功夫，因此丝毫不敢轻忽。

郭襄循声急奔，片刻间已至断肠崖前，只见杨过站在崖上，数十朵大红花在他身旁环绕飞舞。她见那悬崖生得凶险，自己功夫低浅，不敢飞身过去，叫道："大哥哥，我来啦!"但杨过凝思悲苦，竟是没有听见。郭襄遥遥望见他举止有异，叫道："我这里尚有你的一枚金针，须听我话，千万不可自尽……"一面说，一面便从石梁往悬崖上奔去。她奔到半途，只见杨过纵身一跃，已堕入下面的万丈深谷之中。

这一来郭襄只吓得魂飞魄散，当时也不知是为了相救杨过，又或许是情深一往，甘心相从于地下，双足一登，跟着也跃入了深谷。

法王堕后七八丈，见她跃起，急忙飞身来救。他一展开轻功，当真是如箭离弦，迅捷无伦，但终于迟了一步，赶到崖边，郭襄已向崖下落去。法王不及细想，使招"倒挂金钩"，俯身抓她手臂。这一招原是行险，只要稍有失闪，连他也带入了深谷之中。手指上刚觉得已抓住了她衣衫，只听得嗤的一响，撕下了郭襄的半幅衣袖，眼见她身子冲开数十丈下的烟雾，直入谷底，浓烟白雾随即弥合，将她遮得无影无踪。

法王黯然长叹，沮丧不已，手中持着那半幅衣袖，怔怔的望着深谷。

过了良久，忽听得对面山边一人叫道："兀那和尚，你在这里干么?"法王回过头来，只见对山站着六人，当先一个苍髯童颜，正是周伯通。他身旁站着三个女子，识得是黄蓉、程英、陆无双，再后面是一个白鬟白眉的老僧，一个浑身黑衣的年老女子，他却不知是一灯大师和瑛姑。法王数次见识过周伯通的功夫，知道这老儿的武功别出机杼，端的神出鬼没，心中自来对他存着三分忌惮，而黄蓉身兼东邪、北丐两家之所长，机变百出，也是个厉害之极的人物。他神功已成，本可与这两个中原一流武学高手一较，但此时痛惜郭襄惨亡，只凄然道："郭襄姑娘堕入深谷之中了。唉!"说着长叹一声。

众人一听，都是大吃一惊。黄蓉母女关心，更是震动，颤声道："这话当真？"法王道："我骗你作甚？这不是她的衣袖么？"说着将郭襄的半幅衣袖一扬。黄蓉瞧那衣袖，果真是从女儿的衣上撕下，这一来犹如身入冰窟，全身发颤，说不出话来。

周伯通怒道："臭和尚，你干么害死这小姑娘？忒地心毒。"法王摇头道："不是我害死的。"周伯通道："好端端的她怎会堕入深谷？不是你推她，便是逼她。"法王叹息道："都不是。我有意收她为徒，传我衣钵，如何肯轻易加害？"周伯通一口唾涎吐了过去，喝道："放屁！放屁！她外公是黄老邪，父亲是郭靖，母亲是小黄蓉，哪一个不强过你这臭和尚了？却要她来拜你为师，传你的臭衣钵？便是我老顽童传她几手三脚猫把式，不也强过你这些破铜烂铁的圈圈环环吗？"

他和法王相距甚远，这一口唾涎吐将过去，风声隐隐，便如一枚铁弹般直奔其面门。法王侧头避过，心下暗服。周伯通见他给自己骂得哑口无言，不禁洋洋自得，又大声道："她定是不肯拜你为师，是不是？而你一心要收她为徒，是不是？"法王点了点头。周伯通又道："照啊，如此这般，你就推她下谷。"

法王心中怅惘，叹道："我没有推她。但她为何自尽，老僧实是不解。"

黄蓉心神稍定，一咬牙，提起手中竹棒，径向法王扑了过去。她使个"封"字诀，棒影飘飘，登时将法王身前数尺之地尽数封住了。在这宽不逾尺的石梁之上，黄蓉痛心爱女惨亡，招招下的均是杀手。

法王武功虽胜于她，却也不敢硬拼，眼见她棒法精奇，如和她缠上数招，那周伯通过来助战，所处地势太险，那就极难对付，当下左足一点，退后三尺，一声长啸，忽地从黄蓉头顶飞跃而过。黄蓉竹棒上撩，法王银轮斜掠架开。黄蓉吸一口气，回过身来。只见周伯通拳脚交加，已与法王打在一起。法王自恃大宗师的身份，见对方不使兵刃，当下将五轮插回腰间，便以空手还击。黄蓉自石梁奔回，竹棒点向他的后心。

法王自练成十层“龙象般若功”后，今日方初逢高手，正好一试，见周伯通挥拳打到，于是以拳对拳，跟着举拳还击。两人拳锋尚未相触，已发出劈劈啪啪的轻微爆裂之声。周伯通吃了一惊，料知对方拳力有异，不敢硬接，手肘微沉，已用上空明拳中的功夫。法王一拳击出，力近千斤，虽不能说真有龙象的大力，却也决非血肉之躯所能抵挡，然与周伯通的拳力一接，只觉空空如也，竟无着力之处，心下暗感诧异，左掌跟着拍出。

周伯通已觉出对方劲力大得异乎寻常，实是从所未遇。他生性好武，只要知道谁有一技之长，便要缠着过招较量，一生大战小斗，不知会过多少江湖好手，但如法王所发这般巨力，却是见所未见，闻所未闻，一时不明是何门道，当下使动七十二路空明拳，以虚应实，运空当强。这么一来，虽教法王的巨力无用武之处，但要伤敌，却也决无可能。

法王连出数招，竟似搔不着敌人的痒处。他埋头十余年苦练，一出手便即无功，自是大为焦躁，只听得背后风声飒然，黄蓉的竹棒戳向背心“灵台穴”，当下回手一掌，啪的一响，竹棒登时断为两截，余力所及，只震得地下尘土飞扬，沙石激荡。

黄蓉一惊跃开，暗想这恶僧当年已甚了得，岂知今日更是大胜昔时，他这一掌力道强劲，怪诞异常，那是什么功夫？

程英和陆无双见黄蓉失利，一持玉笛，一持长剑，分自左右攻向法王。黄蓉叫道：“两位小心！”话声甫毕，喀喀两响，笛剑齐断。法王因郭襄惨亡，今日不想再伤人命，喝道：“让开了！”不再追击程陆二人。

突见黑影晃动，瑛姑已攻至身畔，法王手掌外拨，斜打她的腰胁。瑛姑的武功本来尚不及黄蓉，但她所练的“泥鳅功”却善于闪躲趋避，但觉一股巨力撞到，身子两扭三曲，竟将这一击避过。法王却不知她武功其实未臻一流高手之境，连打两拳都给她以极古怪的身法避开，不禁暗暗惊讶。他自恃足以横行天下的神功竟然接连两人都对付不了，不免稍感心怯，当下不愿恋战，晃身向左闪开。

瑛姑竭尽全力，方始避开了法王的两招，见他退开，正是求之不得，哪敢抢上拦阻？周伯通叫道：“别逃！”猱身追上。

法王正欲回掌相击，突听嗤嗤轻响，一股柔和的气流涌向面门，正是一灯大师使出“一阳指”功夫，正面拦截。法王一直没将这白眉老僧放在眼内，哪料到他这一指之功，竟是如此深厚。

此时一灯大师的“一阳指”功夫实已到了登峰造极、炉火纯青的地步，指上发出的那股罡气似是温淳平和，但沛然浑厚，无可与抗。法王一惊之下，侧身避开，这才还了一掌。一灯大师见他掌力刚猛之极，也是不敢相接，平地轻飘飘的倒退数步。一个是南诏高僧，一个是西域异士，两人交换了一招，谁也不敢对眼前强敌稍存轻视。周伯通顾全身份，不肯上前夹击，站在一旁监视。

一灯与法王本来相距不过数尺，但你一掌来，我一指去，竟越离越远，渐渐相距丈余之遥，各以平生功力遥遥相击。黄蓉在旁瞧着，但见一灯大师头顶白气氤氲，渐聚渐浓，便似蒸笼一般，显是正在运转内劲，深恐他年迈力衰，不敌法王，心中又伤痛女儿惨亡，便欲上前与仇人一拼，但听两人掌来指往，真力激得嗤嗤声响，实是插不下手去，正自无计，忽听得头顶雕鸣，于是撮唇作哨，向着法王一指。

一对白雕纵声长鸣，从半空中向法王头顶扑击下去。

若是杨过的神雕到来，法王或稍有忌惮，这一对白雕躯体虽大，也不过是平常禽鸟，怎奈何得了他？但他此时正出全力和一灯大师相抗，半分也松懈不得，双雕突然扑到，只得左掌向上扬了两下，两股掌力分击双雕。双雕抵受不住，直冲上天。就是这么一打岔，一灯立占上风。法王左掌连催，方始再成相持之局。

双雕听得黄蓉哨声不住催促，而敌人掌力却又太强，于是虚张声势，突然长鸣，向下疾冲，待飞到法王头顶丈许之处，不待他发掌，早已飞开。双雕此起彼落，虽然不能伤敌，却也大大扰乱了法王的心神。高手对敌，讲究的是凝意专志，灵台澄明，内力方能发挥极致，法王掌力之强固然大胜一灯，但修心养性之功却是远逊，此时为了郭襄之死颇为惋惜，心神本已不定，双雕再来打扰，更加烦躁起来。

他心意微乱，掌力立起感应，一灯微微一笑，向前踏了半步。黄蓉见一灯举步上前，提声喝道："郭靖、杨过，你们都来了，合力擒他！"

其实郭靖是她丈夫，她决不会直呼其名，但她这一声呼喝是要令法王吃惊，倘若叫的是"靖哥哥"，法王不免转念："'靖哥哥'，那是谁？"如此一顿，那突如其来的惊吓就大为减弱。果然法王一听到"郭靖、杨过"两人之名，大吃一惊："这两个好手又来，老和尚殆矣！"

便在此时，一灯又踏上了半步。半空中双雕也已瞧出了便宜，那雌雕大声鸣叫，疾扑而下，直冲法王面门，伸出利爪去挖法王眼珠。法王骂道："孽畜！"左掌上拍。

岂知雌雕这一下仍是虚招，离他面前尚有丈许，早已逆冲而上，那雄雕却悄没声的从旁偷袭而下，待得法王发觉，左爪已快触到他的光头。法王又惊又怒，挥手一拂，正中雕腹。雄雕抓起了他头顶金冠，振翅高飞。但法王这一拂力道何等强劲，那雄雕身受重伤，虽然飞上半空，终于支持不住，突然翻了个筋斗，堕入崖旁的万丈深谷之中。

黄蓉、程英、陆无双、瑛姑都忍不住叫出声来。周伯通大怒，喝道："臭和尚，老顽童不讲究什么江湖规矩了。说不得，要来个以二对一。"纵身抡拳，往法王背心打去。

那雌雕见雄雕堕入深谷，厉声长鸣，穿破云雾，跟着冲了下去，良久不见回上。

金轮法王前后受敌，心中先自怯了，他武功虽高，如何挡得住这两大高手的夹攻？不敢再行恋战，呛啷啷金轮和银轮同时出手，前挡一阳指，后拒空明拳，在两股内力夹击之中，斜身向左窜出，身形晃动，已自转过山坳。周伯通大声吆喝，自后赶去。

法王好容易脱身，提气急奔，心知只要再被周伯通一缠上，数百招内难分胜败，那白眉老僧乘虚下手，自己这条老命非葬送在这绝情谷中不可。眼见前面是一片密密层层的树林，正要发足奔入，突听得嗤的一声急响，一粒小石子从林中射出。

树林离他尚有百余步，但这粒小石子不知由何神力奇劲激发，形体虽小，破空之声却响亮异常，对准面门疾射而来。法王举银轮一挡，啪的一响，小石子撞在轮上，登时碎成数十粒，四下飞溅，脸上也溅到了两粒，虽然石粒微细，伤他不得，却也隐隐生疼。法王又是一惊："这粒小石子从如此远处射来，竟撞得我轮子晃动，此人功力之强，决不在那老和尚和老顽童之下，怎地天下竟有如许高手？"

他一怔之间，只见林中一个青袍老人缓步而出，大袖飘飘，颇有潇洒出尘之致。周伯通大喜，叫道："黄老邪！这臭和尚害死了你的外孙女儿，快合力擒他！"

林中出来的正是桃花岛主黄药师。他与杨过分手后，北上漫游，一日在一处乡村小店中小酌，猛见双雕自空中飞过，知道若非女儿，便是两个外孙女儿就在近处，于是悄悄跟随，来到绝情谷中。他不愿给女儿瞧见，只远远跟着，直至见一灯和周伯通分别和金轮法王动手不胜，这藏僧实是生平难遇的好手，不禁见猎心喜，跟着出手。

法王双轮互击，当的一响，声若龙吟，说道：“你便是东邪黄药师么?”黄药师点了点头，说道：“不错。大师有何示下？”法王道：“我在藏边之时，听说中原只有东邪、西毒、南帝、北丐、中神通五人了得，今日见面，果然名不虚传。其余四位哪里去了？”黄药师道：“中神通和北丐、西毒，谢世已久，这位高僧便是南帝，这一位周兄，是中神通的师弟。”周伯通道：“若是我师兄在世，你焉能接得他的十招?”

这时三人作丁字形站立，将法王围在中间。法王瞧瞧一灯大师、瞧瞧周伯通、又瞧瞧黄药师，长叹一声，将五轮抛在地下，说道：“单打独斗，老僧谁也不惧。”周伯通道：“不错。今日咱们又不是华山绝顶论剑，争那武功天下第一的名号，谁来跟你单打独斗？臭和尚作恶多端，自己裁决了罢。”法王叹道：“中原五大高人，今见其二，老僧死在三位手上，也不枉了。只可惜那龙象般若功至老僧而绝，从此世上更无传人。”提起右掌，便往自己天灵盖上拍了下去。

周伯通听到“龙象般若功”五字，心中一动，抢上去伸臂一挡，架过了他这一掌，说道：“且慢!”法王昂然道：“老僧可杀不可辱，你待怎地?”周伯通道：“你这什么龙象般若功果然了得，就此没了传人，别说你可惜，我也可惜。何不先传了我，再图自尽不迟?”言下竟是十分诚恳。

法王尚未回答，只听得扑翅声响，那雌雕负了雄雕从深谷中飞上，双雕身上都是湿淋淋地，看来谷底是个水潭。雄雕毛羽零乱，已然奄奄一息，右爪仍牢牢抓着法王的金冠。雌雕放下雄雕后，忽地转身又冲入深谷，再回上来时，背上伏着一人，赫然便是郭襄。

黄蓉惊喜交集，大叫："襄儿，襄儿！"奔过去将她扶下雕背。

法王见郭襄竟然无恙，也是一呆。周伯通正架着他的手臂，右眼向一灯一眨，左眼向黄药师一闪，做了个鬼脸。东邪、南帝双手齐出，法王右胁左胸同时中指。若是换作别人，虽然点正他的要害，也闭不了他的穴道，但东邪、南帝这两根手指，当今之世再无第三根及得，一是精微奥妙的"弹指神通"，一是玄功若神的"一阳指"，法王如何受得？"嘿"的一声，身子晃了一下。周伯通伸手在他背心"至阳穴"上补了一拳，笑道："躺下罢！"法王双腿一软，缓缓坐倒。一灯等三人对望一眼，心中均各骇然："这藏僧当真厉害，身上连中三下重手，居然仍不摔倒。"

三人抢到郭襄身旁，含笑慰问，只听她叫道："妈，他在下面……在下面，快……快去……救他……"只说了这几句，心神交疲，晕了过去。一灯拿起她的腕脉一搭，说道："不碍事，只是受了惊吓。"伸手在她背心推拿了几下。过了一会，郭襄悠悠醒转，说道："大哥哥呢，上来了吗？"黄蓉道："杨过也在下面？"郭襄点了点头，低声道："当然哪！"她心中是说："倘若他不在下面，我跳下去干么？"黄蓉见女儿全身湿透，问道："卜面是个水潭？"郭襄点了点头，闭上双眼，再无力气说话，只是手指深谷。

黄蓉道："杨过既在谷底，只有差雕儿再去接他。"当下作哨召雕。但连吹数声，双雕竟毫不理睬。黄蓉好生奇怪，数十年来，双雕闻唤即至，从不违命，何以今日对自己的口哨直似不闻？

她又一声长哨，只见那雌雕双翅一振，高飞入云，盘旋数圈，悲声哀啼，猛地里从空中疾冲而下。黄蓉心道："不好！"大叫："雕儿！"只见那雌雕一头撞在山石之上，脑袋碎裂，折翼而死。众人都吃了一惊，奔过去看时，原来那雄雕早已气绝多时。众人见这雌雕如此深情重义，无不慨叹。黄蓉自幼和双雕为伴，更是伤痛，不禁流下泪来。

陆无双耳边，忽地似乎响起了师父李莫愁细若游丝的歌声：“问世间，情是何物，直教生死相许？天南地北双飞客，老翅几回寒暑？欢乐趣，离别苦，就中更有痴儿女。君应有语，渺万里层云，千山暮雪，只影向谁去？”她幼时随着李莫愁学艺，午夜梦回，常听到师父唱着这首曲子，当日未历世情，不明曲中深意，此时眼见雄雕毙命后雌雕殉情，心想：“这头雌雕假若不死，此后万里层云，千山暮雪，叫它孤单只影，如何排遣？”触动心怀，眼眶儿竟也红了。

程英道：“师父、师姊，杨大哥既在潭底，咱们怎生救他上来才好？”

黄蓉抹了抹眼泪，问女儿道：“襄儿，谷底是怎生光景？”郭襄精神渐复，说道：“我一掉下去，笔直的沉到了水里，心中一慌，吃了好几口水。后来不知怎的冒上了水面，大哥哥……杨大哥拉住我头发，提了我起来……”黄蓉稍稍放心，道：“水潭旁有岩石之类，可以容身，是不是？”郭襄道：“水潭旁都是大树。”黄蓉“嗯”了一声，问道：“你怎么会跌下去的？”

郭襄道：“杨大哥拉我起来，第一句话也这般问我。我取出那枚金针，交了给他，说道：‘我来叫你保重身子，不可自寻短见。’他目不转瞬的向我瞧着，却不说话。不久雄雕儿跌了下来，跟着雌雕将雄雕负了上去，又下来负我。我叫杨大哥上来，他一言不发，提着我放上了雕背。妈，叫雕儿再下去接他啊。”

黄蓉暂不跟她说双雕已死，脱下外衣，盖在她的身上，转头道：“看来过儿一时并无危险，咱们快搓一条长索，接他上来。”众人齐声说是，分头去剥树皮。

各人片刻间剥了不少树皮。程英、陆无双和瑛姑便用韧皮搓成绳索，一灯、黄药师、周伯通、黄蓉四人手撕刀割，切剥树皮。这四人虽是当今武林中顶尖儿的高手，但做这等粗笨功夫，也不过胜在力大而已，未必便强过寻常熟手工人，直忙到天黑，还只搓了一百多丈绳索，看来仍是远远不足。程英在绳索一端缚了一块岩石，另一端绕在一棵大树上，绳索渐结渐长，穿过云雾，垂入深谷。

这七人个个内力充沛，直忙了整晚，毫没休息。到得次晨，郭襄也来相助。黄蓉才简略问了几句她被法王所擒的经过。

绳索不断加长，杨过在谷底却没送上半点讯息。黄药师取出玉箫，运气吹动，箫声悠扬，直飘入谷底。按理杨过听到箫声，必当以长啸作答，但黄药师一曲既终，谷口惟见白烟横空，寂静无声。

黄蓉微一沉吟，取剑斩下一块树干，用剑尖在木材上划了五个字："平安否　盼答"，将木块掷了下去。良久良久，谷底始终没有回音。各人面面相觑，暗暗担心。

程英道："山谷虽深，计来长索也应已经垂到，待我下去瞧瞧。"周伯通叫道："我先去！"也不等旁人答话，抢到谷边，一手拉绳，波的一声溜了下去，穿烟破雾，刹那间不见了影踪。过了约莫半个时辰，只见他捷如猿猴般援索攀了上来，须发上沾满了青苔，不住摇头，说道："影踪全无，影踪全无，有什么杨过？连牛过、马过也没有。"

众人一齐望着郭襄，脸上全是疑色。郭襄急得几乎要哭了出来，说道："杨大哥明明是在下面，怎会不在？他坐在水边的一棵大树上啊。"

程英一言不发，援绳溜下谷去，陆无双跟随在后。接着瑛姑、周伯通、黄药师、一灯等一一援绳溜下。

黄蓉道："襄儿，你身子未曾康复，不可下去，别再累妈担心。你杨大哥若在底下，咱们这许多人定能救他上来，知道了么？"郭襄心中焦急，含泪答应。黄蓉向坐在地下的金轮法王瞧了一眼，心想他穴道被点，将满十二个时辰，这人内功奇高，别要给他以真气冲开穴道，于是走过去在他背心“灵台”、胸下“巨阙”、双臂的“清冷渊”上又补了几下，这才援索下谷。

手上稍松，身子堕下时越来越快，黄蓉在中途拉紧绳索，使下堕之势略缓，又再松手，如此数次，方达谷底。只见深谷之底果是个碧水深潭，黄药师等站在潭边细心察看，却哪里有杨过的踪迹？又见潭左几株大树之上，高高低低的安着三十来个大蜂巢，绕着蜂巢飞来飞去的都是玉蜂。黄蓉心念一动，说道：“周大哥，你捉只蜜蜂来瞧瞧，看翅上是否有字？”周伯通依言捉了一只玉蜂，凝目一看，道：“没字。”

黄蓉打量山谷周围情势，但见四面都是高逾百丈的峭壁，无路可通，潭边的大树奇形怪状，不知名目，抬起头来，云雾封谷，难见天日，正沉吟间，猛听得周伯通叫道：“这一只有字，这一只有字。”黄蓉过去一看，只见那玉蜂双翅之上，果然刺着“我在绝，情谷底”六个细字。料得关键是在碧水潭中。潭边七人之中惟她水性最好，于是略加结束，取一颗九花玉露丸含在口中，以防水中有甚毒虫水蛇，一个旋子，跃入了潭中。

那潭水好深，黄蓉急向下潜，越深水越冷，到后来寒气透骨，睁眼看去，四面蓝森森、青郁郁，似乎结满了厚冰。黄蓉暗暗吃惊，但仍不死心，钻上水面来深深吸了几口气，又潜了下去。但潜到极深之处，水底有一股抗力，越深抗力便越强，黄蓉纵出全力，也无法到达潭底，同时冷不可耐，四周也无特异之处，只得回了上来。

众人见她嘴唇冻成紫色，头发上一片雪白，竟是结了一层薄冰，无不骇然。程英和陆无双忙折下树枝，在她身旁生起一个火堆。

郭襄见母亲与众人一一缘绳下潭，心想：“大哥哥便是不肯上来，外公和妈妈他们抬也抬了他上来。到底他为什么要自尽呢？难道杨大嫂死了？永远不跟他见面了？”

正自怔怔的出神，忽听得金轮法王“啊哟、啊哟”的大声呻吟。郭襄转过身来，只见他脸上肌肉抽搐，显是在忍受极大痛苦。郭襄哼了一声，说道：“你这是自作自受，谁叫你动不动便出手杀人？”法王“啊哟、啊哟”叫得更加响了，眼光中露出哀求之色。

郭襄忍不住问道：“怎么？很痛么？”法王道：“你妈妈点了我背心的灵台穴和胸下巨阙穴，我全身如有千万只蚂蚁在咬，痛痒难当，她为什么不再点了我膻中穴和玉枕穴？”郭襄一怔，她跟母亲学过点穴、拂穴之法，知道“膻中”和“玉枕”是人身要穴中的要穴，只要稍受损伤，立即毙命，说道：“我妈暂且不杀你，你不知感激，还多说什么？”法王昂然道：“她如点了我膻中、玉枕两穴，我胸背麻木，就可少受许多痛苦。我这般深厚的修为，难道能要得了我的性命？”郭襄不信，道：“你少吹牛。妈妈说的，‘膻中和玉枕，一碰便送命’，你身上麻痒，用力忍耐一下，他们马上就回上来啦。”

法王道：“郭姑娘，一路上我待你如何？”郭襄道：“还算不错。可是你杀了长须鬼和大头鬼，又害死我家的双雕，你待我再好，我也不记情。”法王道：“好罢，杀人偿命，待会你杀了我，给你朋友报仇便是。但我一路上这般待你，你却如何报答？”郭襄道：“你说怎么报答？”法王道：“你给我在膻中穴和玉枕穴上用力各点一指，让我少受些苦楚，便算是报答我了。”

郭襄不住摇头，道：“你要我杀你，我才不动手呢。”法王急道：“大丈夫言出如山，你点我这两处穴道，我决计死不了。待会你妈妈上来，我还要向她求情，岂肯轻易便死？”郭襄见他说得诚恳，心想：“我先轻轻的试一试。”伸指在他胸口膻中穴上轻轻一点，法王舒了一口气，道：“果然好得多了，你再用力些。”郭襄加重劲力，只见他展眉一笑，毫无受伤迹象，只是脸色由红转白、又由白转红的变了两次，说道：“再重些！”郭襄便依照父母所传的点穴之法，在他膻中穴上点了一指。

法王道：“好啊，我胸口不怎么难受啦！你瞧死不了，是不是？”郭襄大感惊奇，道：“我再点你的玉枕穴啦！”起初仍是轻点试探，这才运力而点。法王道：“多谢，多谢！”闭目暗暗运气，突然间一跃而起，说道：“走罢！”

郭襄大骇，叫道：“你……你……”法王左手一勾，抓住了她的手腕，说道：“快走，我金轮法王武功独步天下，难道这‘推经转脉、易宫换穴’的粗浅功夫也不会么？”说着双足一点，带着郭襄向前奔出。

郭襄大叫：“你骗人，你骗人！”心下好生后悔：“我实在见识太低，连这些粗浅功夫也不知道。”她怎知这“推经转脉、易宫换穴”的奇功又如何是粗浅功夫？实是他西藏密宗极深奥艰难的内功，奇妙处比之欧阳锋逆转全身经脉虽然大为不及，却也是一宗甚难修练的怪异神功。当郭襄点他膻中、玉枕两穴之时，他已暗自推经转脉、易宫换穴，将另外两处穴道转了过来。郭襄落指时还怕伤了他的性命，实则是替他解开了穴道。

金轮法王带着郭襄跃出数丈，突然间心念一转，毒计陡生，眼见两棵大树上系着那根长索，只须弄断绳索，周伯通、一灯、黄药师、黄蓉等人势必丧命深谷，于是纵身过去抓住长索，便要运力扯断。

郭襄大惊，一记肘捶撞向他胁下。也是法王过于托大，对她丝毫没加提防，这一记肘捶正好撞中了“渊液穴”，只感半身酸麻，刹时间浑身无力。郭襄用力一扭，挣脱了他的手腕，双掌搭在他背心，叫道：“推你下去，摔死你这恶和尚。”法王大惊，暗运内力冲穴，口中却哈哈大笑，说道：“凭你这点微末功夫，也推得我动？”

郭襄却不知时机稍纵即逝，此刻法王穴道未解，只须用力一推，他便摔下谷去，又或快速出手，连点他身上数处穴道，他也无论如何来不及推经转脉、易宫换穴。但她见先前点他膻中和玉枕两处要穴，反而助他解开了穴道，只道再点也是无用，当下纵身跃开，奔到崖边，说道："我跟妈妈死在一起！"便要往深谷中跳落。

法王大惊，吸一口真气，冲破了郭襄所点的"渊液穴"，不及扯断长索，便向她扑去。郭襄发足便奔，在山石和大树间纵来跃去。若在平阳之地，法王只须两个起落，早便追上，但断肠崖前到处都是古木怪石，郭襄东一钻，西一躲，一时倒也奈何她不得，跟她捉迷藏般大兜圈子，追了良久，方始使一招"雁落平沙"，从空中飞扑而下，抓住了她手臂。郭襄张口大呼："妈！"只叫得一声，法王便按住了她嘴。就在此时，远远传来了陆无双之声："小郭襄哪里去了？"

法王心下一凛，暗叫："可惜，可惜！终于错过了时机！"伸指点了郭襄的哑穴，拖了她发足疾奔。其实这当儿时机尚未错过，还只陆无双一人上来，他奔将过去，尽来得及弄断长索，陆无双一人又怎阻挡得住？只是他吃了周伯通、一灯、黄药师等人的苦头，好容易逃得性命，忽然听到人声，只道黄药师等已一齐回上，哪敢再去生事？

黄蓉等在谷底细细查察，再也搜不到什么踪迹，四周也无血渍，谅来杨过并未遇到不幸，众人一商量，只得先行回上，再定行止。第一个缘绳而上的是陆无双、其次是程英、瑛姑。

待得黄蓉上来时，只听得程英等三人正在高呼："小郭襄，小郭襄，你在哪里啊？"黄蓉见女儿和法王一齐失踪，这一急真是非同小可，急忙登高眺望。接着黄药师、一灯、周伯通一一上来，七人找遍了绝情谷，哪里有两人的踪迹？

找到谷口，只见地下遗着郭襄一只鞋子。程英道："师姊，你休担忧，定是那法王挟持襄儿一路南行。襄儿留下鞋子，好教咱们知道。这孩子的聪明机警，实不下于她妈妈呢。”黄蓉再想起女儿先前的说话，法王只是逼她拜师，要她承受衣钵，想来一时不致有何危难，这才忧心稍减。

一行人奔向高台，在敌人强弓射不到处勒马站定。只见台上站着两人，一个身披黄色僧袍，正是金轮法王，另一个妙龄少女被绑在一根木柱之上，却是郭襄。

第三十九回

大战襄阳

一行人取道南下，沿路打听法王和郭襄的踪迹。行不数日，道路纷纷传言，说道蒙古南北两路大军夹攻襄阳，在城下与宋军开仗数次，互有胜败，襄阳情势十分紧急。黄蓉心下担忧，说道："鞑子猛攻襄阳，咱们须得急速赶去，襄儿的安危，只得暂且不去理会了。"众人齐声称是。

黄药师、一灯、周伯通等辈，本来都是超然物外、不理世事的高士，但襄阳存亡关系重大，或汉或虏，在此一战，却不由得他们袖手不顾。

于路毫不耽搁，不一日抵达襄阳城郊。只听得号角声此起彼落，远远望去，旌旗招展，剑戟如林，马匹奔驰来去，襄阳城便如裹在一片尘沙之中，蒙古大军竟已合围。众人见了这等声势，无不骇然。黄蓉道："敌军势大，只有挨到傍晚，再设法进城。"当下七人躲在树林之中，除了周伯通嘻笑自若之外，人人均有忧色。

待到二更时分，黄蓉当先领路，闯入敌营。这七人轻功虽高，但蒙古军营重重叠叠，闯过一座又是一座，只闯到一半，终于给巡查的小校发觉。军中击鼓鸣锣，立时有三个百夫队围了上来。其余军营却是寂无声息，毫不惊慌。

周伯通夺了两枝长矛，当先开路，黄药师和一灯各持一盾，倒退反走，抵挡追兵，四个女子居中，向前急闯。好在身处蒙古营中，敌兵生怕伤了自己人马，不敢放箭，少了一件最厉害的兵器，否则若在空旷之地，万箭齐发，周伯通、黄药师等便有三头六臂，又怎抵挡得了。七人边战边进，敌兵却愈聚愈多，数十枝长矛围着七人攒刺。周伯通、黄药师等掌风到处，敌兵矛断戟折、死伤枕藉。但蒙古兵剽悍力战，复又恃众，竟不稍却。

周伯通笑道："黄老邪，咱们三条老命，瞧来今日要断送在这里了，只是你怎生想个法儿，把这四个小女娃儿救了出去。"瑛姑呸了一声道："说话不三不四，我老太婆也算小女娃儿么？要死便死在一起，咱们只救这三个小娃儿便了。"

黄蓉暗暗心惊："老顽童素来天不怕地不怕，从不说半句泄气之言，今日陷入重围，竟想到要断送老命，看来情形当真有点不妙！"眼见四下里敌军蜂聚蚁集，除了舍命苦战，一时也想不出别样计较。

再冲了数重军营，黄蓉瞥见左首立着两座黑色大营帐，她曾随成吉思汗西征，知是积贮辎重粮食之处，心念一动，猛地里窜了出去，从敌兵手中抢过一个火把，直扑辎重营。蒙古兵发喊赶来。黄蓉奔得迅捷，头一低，已钻入营中，高举火把，见物便烧，顷刻之间，在两座辎重营中连点了七八个火头，这才冲出，又和周伯通等会合。

辎重营中堆的不少是易燃之物，火头一起，立时噼噼啪啪的烧将起来。周伯通瞧得有趣，抛下长矛，抢了两根火把，到处便去放火，他更在无意之中烧到一座马厩，登时战马奔腾，喧哗嘶鸣，这么一来，蒙古大营终于乱了。

郭靖在城中听得北门外敌军扰攘，奔上城头，只见几个火头从蒙古营中冲天而起，知道有人在敌营中捣乱，忙点起二千人马，命武敦儒、武修文兄弟杀出城去接应。

二武冲出里许，火光中望见黄药师扶着陆无双、一灯扶着周伯通，七个人骑了五匹马急冲而至。二武却不上前厮杀，领着人马布开阵势，射住阵脚，阻住追来的敌军，这才下令后队变前队，掩护着黄蓉等人，缓缓退入城中。

郭靖站在城头相候，见是岳父、爱妻和一灯大师、周伯通等到了，心中大喜，忙开城相迎。只见陆无双腰间中枪，周伯通背上中了三箭，须眉头发，被火烧得干干净净，两人受伤甚是不轻。程英、黄蓉、瑛姑也均受箭伤，只是所伤不在要害。一灯和黄药师均深通医道，看了周陆二人的伤势后，都是愁眉不展，半晌说不出话来。

周伯通笑道："段皇爷，黄老邪，你们不用发愁，老顽童心血来潮，知道自己决计死不了。你们多花点儿精神，好好医治陆无双小娃儿是正经。"他一直和黄药师嬉皮笑脸，对一灯却甚是敬重，不但敬重，简直很有点害怕，一灯出家已久，他却仍称之为"段皇爷"。黄药师和一灯见他强忍痛楚，言笑自若，稍觉放心。但陆无双却昏迷不醒。

次日天甫黎明，便听得城外鼓角雷鸣，蒙古大军来攻。襄阳城安抚使吕文德和守城大将王坚督率兵马，守御四门。郭靖与黄蓉登城望去，只见蒙古兵漫山遍野，不见尽头。蒙古大军曾数次围攻襄阳，但军容之盛，兵力之强，却以此次为最。幸好郭靖久在蒙古军中，熟知蒙古兵攻城的诸般方略，早已有备，不论敌军如何用弓箭、用火器、用垒石、用云梯攻城，守城的宋兵居高临下，一一破解。直战到日落西山，蒙古军已损折了二千余人马，但兀自前仆后继，奋勇抢攻。

襄阳城中除了精兵数万，尚有数十万百姓，人人知道此城一破，无人得以幸存，因此丁壮之夫固然奋起执戈守城，便是妇孺老弱，也是担土递石，共抗强敌。一时城内城外杀声震动天地，空中羽箭来去，有似飞蝗。

郭靖手执长剑，在城头督师。黄蓉站在他的身旁，眼见半爿天布满红霞，景色瑰丽无伦，城下敌军飞骑奔驰，狰狞的面目隐隐可见，再看郭靖时，见他挺立城头，英风飒飒，心中不由得充满了说不尽的爱慕眷恋之意。他夫妻相爱，久而弥笃，今日强敌压境，是否能再度将之击退，谁都难以逆料。黄蓉心想："我和靖哥哥做了三十年夫妻，大半生心血都花在这襄阳城上。咱俩共抗强敌，便是两人一齐血溅城头，这一生也真是不枉了。"一瞥眼，见郭靖左鬓上又多了几茎白发，不禁微生怜惜之心："敌兵猛攻一次，靖哥哥便多了几十根白发。"

忽听得城下蒙古兵齐呼："万岁，万岁，万万岁！"呼声自远而近，如潮水涌近，到后来十余万人齐声高呼，真如天崩地裂一般。但见一根九旄大纛高高举起，铁骑拥卫下青伞黄盖，一彪人马锵锵驰近，正是大汗蒙哥临阵督战。

蒙古官兵见大汗亲至，士气大振。只见红旗招动，城下队伍分向左右，两个万人队冲上来急攻北门。这是大汗的扈驾亲兵，最是精锐之师，又是迄今从未出动过的生力军，人人要在大汗眼前建立功勋，数百架云梯纷纷竖立，蒙古兵将便如蚂蚁般爬向城头。

郭靖攘臂大呼："兄弟们，今日叫鞑子大汗亲眼瞧瞧咱们大宋好男儿的身手！"他这一声呼喝中气充沛，万众呐喊喧嚷之中，仍是人人听得清楚。城头上宋兵战了一日，已然疲累不堪，忽听得郭靖这么呼叫，登时精神大振，均想："鞑子欺侮得咱们久了，这时须教他们大汗知道咱们的厉害！"当下各人出力死战。

但见蒙古兵的尸体在城下渐渐堆高，后续队伍仍如怒涛狂涌，践踏着尸体攻城。大汗左右的传令官骑着快马奔驰来去，调兵向前。暮色苍茫之中，城内城外点起了万千火把，照耀得如同白昼。

安抚使吕文德瞧着这等声势，眼见守御不住，心中大怯，面如土色的奔到郭靖身前，叫道："郭……郭大侠，守不住啦，咱……咱们出城南退罢！"郭靖厉声道："安抚使何出此言？襄阳在，咱们人在，襄阳亡，咱们人亡！"

黄蓉眼见事急，吕文德退兵之令只要一说出口，军心动摇，襄阳立破，提剑上前，喝道："你只要再说一声弃城退兵，我先在你身上刺三个透明窟窿！"吕文德左右的四名亲兵上前拦阻，黄蓉横腿扫出，四名亲兵一齐摔跌开去。

郭靖喝道："大伙儿上城抗敌，再不死战，还算是什么男儿汉？"众亲兵素来敬服郭靖，见他神威凛凛的这么呼喝，齐声应是，各挺兵刃，奔到城墙边抗敌。大将王坚纵声叫道："咱们拼命死守，鞑子兵支持不住了！"

猛听得蒙古的传令官大呼："众官兵听者：大汗有旨，哪一个最先攻登城墙，便封他为襄阳城的城主。"蒙古兵大声欢呼，军中枭将悍卒个个不顾性命的扑将上来。传令官手执红旗，来回传旨。郭靖挽起铁胎弓，搭上狼牙箭，飕的一声，长箭冲烟穿尘，疾飞而去。那传令官当胸中箭，登时倒撞下马。蒙古官兵一声喊，士气稍挫。过不多时，又有一队生力军万人队开抵城下。

耶律齐手持长枪，奔到郭靖身前，说道："岳父岳母，鞑子猛攻不退，小婿开城出去冲杀一阵。"郭靖道："好！你领四千人出城，可要小心了。"耶律齐翻身下城。不久战鼓雷鸣，城门开处，耶律齐领了一千名丐帮弟子、三千名官兵，一般的标枪盾牌，冲了出去。

北门外蒙古兵攻城正急，突见宋军杀出，翻身便走。耶律齐挥军赶上。突然蒙古军中三声炮响，左右两个万人队包抄上来，将耶律齐所领的四千人围在垓心。

那三千官兵训练有素，武艺精熟，骁勇善斗，又有一千名丐帮弟子作为骨干，虽然被围，却是丝毫不惧。郭靖、黄蓉、吕文德、王坚四人从城头上望将下去，但见宋军阵势不乱，以一当十，高呼酣战，黑暗中刀光映着火把，有如千万条银蛇闪动，真乃好一场大战！

蒙古兵势众，两个万人队围住了耶律齐的四千精兵，另一个万人队又架云梯攻城。

郭靖见耶律齐一队人拦在城外，蒙古援兵调遣不便，传令下去，命武氏兄弟挥兵让出缺口，任由蒙古兵爬上城来。二武应命，领兵退开。霎时之间，成百成千的蒙古兵爬上了城头。城下千千万万蒙古兵将眼见城破，大叫："万岁！万岁！"

吕文德脸如土色，吓得全身如筛糠般抖个不住，只叫："郭大侠，这……这便……便如何是好？咱……们这……这该当……"

郭靖不语，眼见蒙古兵已有五千余人爬上城头，举起黑旗一招，蓦地里金鼓齐鸣，朱子柳与武三通各率一队精兵，从埋伏处杀将出来，立时填住了缺口，不令蒙古兵再行攻上。城头的五千余人陷入了包围之中。

这时城外宋军被围，城头蒙古军被围，东西南三门也是攻拒恶斗，十分惨烈，喊声一阵响于一阵。

蒙古大汗立马于小丘之上，亲自督战，身旁两百多面大皮鼓打得咚咚声响，震耳欲聋，什么说话的声音都给掩没了。但见千夫长、百夫长一个个或死或伤，血染铁甲，从阵前抬了下来。大汗蒙哥身经百战，当年随拔都西征，曾杀得欧洲诸国联军望风披靡，直攻至多瑙河畔、维也纳城下，此刻见了这一番厮杀，也不由得暗暗心惊："往常都说南蛮懦怯无用，其实丝毫不弱于我们蒙古精兵呢！"

其时夜已三更，皓月当空，明星闪烁，照临下土，天上云淡风轻，一片平和，地面上却是十余万人在舍死忘生的恶战。

这一场大战自清晨直杀到深夜，双方死伤均极惨重，兀自胜败不决。宋军占了地利，蒙古军却仗着人多。

又战良久，忽听得前军齐声呐喊，一队宋军急驰而至，直冲向小丘。大汗的护驾亲兵纷纷放箭阻挡。蒙哥居高临下，放眼望去，只见一名宋军将军手执双矛，骑了一匹高头大马，在战阵中左冲右突，威不可当，羽箭如雨点般向他射去，都被他一一拨开。蒙哥左手一挥，鼓声立止，回头问左右道：“此人如此勇猛，可知是谁么?”左首一个白发将军道：“启禀陛下，这人便是郭靖。当年成吉思汗封他为金刀驸马，远征西域，立功不小。”蒙哥失声道：“啊，原来是他！将军神勇，名不虚传!”

蒙哥左右统率亲兵的众将听得大汗夸奖敌人，都是心中不忿。四名将军齐声呼喝，手挺兵刃冲了上去。

郭靖见这四人身高马大，两个带着万夫长的白色头饰，两个带着千夫长的红色头饰，喊声如雷，纵马奔近身来，当即拍马迎上，长矛一起，啪的一声，将一名千夫长手中的大刀刀杆震断，跟着一矛透胸而入。两名万夫长双枪齐至，压住郭靖矛头。一名千夫长的蛇矛刺向郭靖小腹。四人使的都是长兵刃，急切间转不过来，郭靖长矛撒手，身了右斜，避过那千大长的 矛，跟着双腕翻转，抓住两名万夫长的铁枪枪头，大喝一声，宛如在半空中起个霹雳，振臂回夺。那两名万夫长虽是蒙古军中有名的勇士，但怎禁得郭靖的神力？登时手臂酸麻，两柄铁枪脱手。郭靖不及倒转枪头，就势送出，当当两声，两柄铁枪的枪杆撞在两人胸口。两名万夫长都披了护胸铁甲，枪杆刺不入身，但给郭靖内力一震，立时狂喷鲜血，倒撞下马。

那千夫长甚是悍勇，虽见同伴三人丧命，仍是挺矛来刺。郭靖横过左手铁枪格开他蛇矛，右手铁枪砰的一声，重重击在他的头盔之上，只打得他脑盖碎裂。

众亲兵见郭靖在刹那之间连毙四名勇将，无不胆寒，虽在大汗驾前，亦不敢上前与之争锋，只是不住的放箭。郭靖纵马欲待抢上小丘，但数百枝长矛密密层层的排在大汗身前，连抢数次，都是不能近身，突然间胯下坐骑一声嘶鸣，前腿软倒，竟是胸口中了两箭。众蒙古亲兵大声欢呼，拥了上来。

人丛中只见郭靖纵跃而起，挺枪刺死了一名百夫长，跳上了他的坐骑，枪挑掌劈，霎眼间打死了十多名蒙古官兵。

蒙哥见他横冲直撞，当者披靡，在百万军中来回冲杀，蒙古官兵虽多，竟是奈何他不得，不由得皱起眉头，传令道："是谁杀得郭靖，立赏黄金万两，官升三级！"重赏之下，众官兵蜂拥向前。

郭靖见情势危急，又冲不到大汗跟前，挥枪打开身旁几名敌兵，弯弓搭箭，疾向蒙哥射去。这一箭去势好不劲急，犹如奔雷闪电，直扑蒙哥。护驾的亲兵大惊，两名百夫长闪身挡在大汗面前，噗的一声，长箭穿过第一名百夫长，但去势未衰，又射入第二名百夫长前胸，将两人钉成了一串，在蒙哥身前直立不倒。

蒙哥见了这等势头，不由得脸上变色。众亲兵拥卫大汗，退下了小丘。

便在此时，蒙古中军发喊，一支宋军冲了过来，当先一人舞着两柄铁桨，狂砸猛打，却是点苍渔隐。原来黄蓉见丈夫陷阵，放心不下，命点苍渔隐领了二千人冲入接应。蒙古兵见大汗退后，阵势微乱。

黄蓉在城头看得明白，下令道："大家发喊，说蒙古大汗死了！"众军欢呼叫喊："蒙古大汗死了，蒙古大汗死了！"襄阳军连年与蒙古兵相斗，聪明的都学说了几句蒙古话，这时便有人用蒙古话叫了起来。

蒙古官兵听得喊声，都回头而望，只见大汗的大纛正自倒退，大纛附近纷纭扰攘，混乱中哪里能分真假，只道大汗真的殒命，登时军心大乱，士无斗志，纷纷后退。

黄蓉下令追杀，大开北门。三万精兵冲了出来。耶律齐率领的四千人已损折了半数，余下的乘势追敌。蒙古官兵久经战阵，虽败不溃，精兵殿后，缓缓向北退却，宋兵倒也不能迫近。只是攻入襄阳的五千余蒙古精锐之师却无一活命。

待得四门蒙古兵退尽，天色已然大明。这一场大战足足斗了十二个时辰，四野里黄沙浸血，死尸山积。断枪折戈、死马破旗，绵延十余里之遥。

这一仗蒙古兵损折了四万余，襄阳守军也死伤二万二三千人，自蒙古兴兵南侵以来，以此仗最为惨烈。

襄阳守军虽然杀退了敌兵，但襄阳城中到处都闻哀声，母哭其子，妻哭其夫。

郭靖、黄蓉不及解甲休息，巡视四门，慰抚将士，再去看视周伯通和陆无双的伤势时，见两人都已好转。周伯通耐不住卧床休息，早已在庭园中溜来溜去。郭靖、黄蓉相视一笑，这才回府就寝。

次日清晨，郭靖正在安抚使府中与吕文德及大将王坚商议军情，忽有小校来报，说道探得一个蒙古万人队正向北门而来。吕文德惊道："怎……怎么刚刚去，又来了？这……这可不成话啊！"

郭靖拍案而起，登城瞭望。只见敌兵的万人队在离城数里之地列开阵势，却不进攻。过不多时，千余个工匠负石竖木，筑成了一个十余丈高的高台。

这时黄药师、黄蓉、一灯、朱子柳等都已在城头观敌，见蒙古兵忽然构筑高台，均感不解。朱子柳道："鞑子建此高台，若是要窥探城中军情，不应距城如此之远，何况我军只须射以火箭，立时焚毁，又有何用？"黄蓉皱眉沉思，一时也想不透敌军的用意。高台甫立，又见数百蒙古军牵了骡马，运来大批柴草，堆在台周，却似要将此台焚毁一般。众人更觉奇怪。朱子柳道：“难道敌军攻城不下，于是筑坛祭天么？又或许是什么厌胜祈禳的妖法。”郭靖道：“我久在蒙古军中，从未见过他们做这般怪事。”

说话之间，又望见千余名士兵舞动长锹铁铲，在高台四周挖了一条又深又阔的壕沟，挖出来的泥土便堆在壕沟以外，成为一堵土墙。黄药师怒道：“襄阳城是三国时诸葛亮的故居，鞑子无礼，在这位大贤门前玩弄玄虚，岂不是欺大宋无人么？”

只听得号角吹动，鼙鼓声中，一个万人队开了上来，列在高台左侧，跟着又是一个万人队列在右侧。阵势布定，又有一个万人队布在台前，连同先前的万人队，一共是四个万人队围住了高台。这个大阵绵延数里，盾牌手、长矛手、斩马手、强弩手、折冲手，一层一层，将那高台围得铁桶相似。

猛听得一阵号响，鼓声止歇，数万人鸦雀无声，远处两乘马驰到台下。马上乘客翻身下鞍，携手上了高台，只因隔得远了，两人的面目瞧不清楚，依稀可见似是一男一女。

众人正错愕间，黄蓉突然惊呼一声，往后便倒，竟是晕了过去。众人急忙救醒，齐问：“怎么？什么事？”黄蓉脸色惨白，颤声道：“是襄儿，是襄儿。”众人吃了一惊，面面相觑。朱子柳道：“郭夫人，你瞧明白了么？”黄蓉道：“我虽瞧不清她面目，但依情理推断，决计是她。鞑子攻城不成，竟然使出奸计，真是……真是无耻卑鄙已极。”黄药师和朱子柳经她一说，登时省悟，满脸愤激之色。郭靖却兀自未解，问道：“襄儿怎地会到这高台上去？鞑子使什么奸计了？”

黄蓉挺直身子，昂然道：“靖哥哥，襄儿不幸落入了鞑子的手里，他们建此高台，台下堆了柴草，却将襄儿置在台上，那是要逼你投降。你若不降，他们便举火烧台，叫咱们夫妇心痛断肠，神智昏乱，不能专心守城。”

郭靖又惊又怒，问道：“襄儿怎会落入鞑子手里？”黄蓉道：“连日军务紧急，我怕你分心，没说此事。”于是将郭襄如何在绝情谷中被金轮法王掳去之事说了。郭靖一听杨过在谷底失去踪迹，连连追问端详，待听黄蓉说完，皱眉道：“蓉儿，这可是你的不对了，过儿生死未明，你怎地便舍他而去？”郭靖一向敬重爱妻，从未在旁人之前对她有丝毫失礼，这两句责备之言说得甚重，不由得黄蓉满脸通红。

一灯道：“郭夫人深入寒潭，冻得死去活来，查明杨过确系不在谷底，又何况小姑娘落入奸人之手，大伙儿都主张追赶，须怪郭夫人不得。”一灯既如此说，郭靖自不敢再说什么，只恨恨的道：“郭襄这小娃儿成日闯祸，倘若过儿有甚好歹，咱们心中何安？让她给蒙古兵烧死了干净。”

黄蓉一言不发，转身下城。众人正商议如何营救郭襄，忽见城门开处，一骑向北冲出，马上乘者正是黄蓉。众人一见，无不大惊。郭靖、黄药师、一灯、朱子柳等纷纷上马追出。

一行人奔向高台，在敌人强弓射不到处勒马站定。只见台上站着两人，一个身披黄色僧袍，正是金轮法王，另一个妙龄少女被绑在一根木柱上，却不是郭襄是谁？

郭靖虽恼她时常惹事，但父女关心，如何不急？大声叫道：“襄儿，你别慌，爹爹妈妈都来救你啦！”他内力充沛，话声清清楚楚的送上高台。郭襄早给太阳晒得昏昏沉沉，忽听得父亲声音，喜叫：“爹爹，妈妈！”

金轮法王哈哈大笑，朗声说道：“郭大侠，你要我释放令爱，半点不难，只瞧你有没有胆量骨气？”郭靖向来沉稳厚重，越处危境，越是凝定，听法王这般说，竟不动怒，说道：“法王有何难题，便请示下。”法王道：“你若有做父母的慈爱之心，便上台来束手受缚，一个换一个，我立时便放了令爱。”他素知郭靖深明大义，决不肯为了女儿而断送襄阳满城百姓，是以出言相激，盼他自逞刚勇，入了圈套。但郭靖怎能上他这个当，说道：“鞑子若非惧我，何须跟我小女儿为难？鞑子既然惧我，郭靖有为之身，岂肯轻易就死？”

法王冷笑道：“人道郭大侠武功卓绝，骁勇无伦，却原来是个贪生怕死之徒。”他这激将之计若是用在旁人身上，或能收效，但郭靖身系合城安危，只是淡淡一笑，并不理会。

这几句话却恼了武三通和点苍渔隐，两人一挥铁锤，一舞双桨，纵马向前冲去。蒙古数千名射手挽弓搭箭，指住二人，只待奔近，便要射得他们便似刺猬一般。一灯大师见情势不妙，飞身下马，三个起伏，已拦在两个徒儿的马前，大袖一扬，阻住马匹的去路，喝道：“回去！”武三通和点苍渔隐本是逞着一股血气之勇，心中如何不知这一去是有死无生，眼见师父阻拦，便勒马而回。蒙古官兵见这高年和尚追及奔马，禁不住暴雷也似喝采。

法王说道：“郭大侠，令爱聪明伶俐，老衲本来很喜欢她，颇有意收之为徒，传以衣钵。但大汗有旨，你若不归降，便将她火焚于高台之上。别说你心痛爱女，老衲也觉可惜，还请三思。”

郭靖哼了一声，眼见四十名军士手执火把站在台下柴草堆旁，只待法王一声令下，便即点火。四个万人队将这高台守得如此严密，血肉之躯如何冲得过去？何况即使冲近了，火发台焚，又怎救得女儿下来？

他久在蒙古军中，知道蒙古用兵素来残忍，略地屠城，一日之间可惨杀妇孺十数万人，若将郭襄烧死，真如踩死一只蚂蚁一般，抬起头来，遥望女儿容色憔悴，不禁心中大是痛惜，当下叫道：“襄儿听着，你是大宋的好女儿，慷慨就义，不可害怕。爹娘今日救你不得，日后定当杀了这万恶奸僧，为你报仇。懂得了么？”郭襄含泪点头，大声叫道："爹爹妈妈，女儿不怕！"

郭靖道："这才是我的好女儿！"解下腰间铁胎硬弓，搭上长箭，飕飕飕连珠三箭，高台下三名手执火把的蒙古兵应声倒地，三枝长箭都是透胸而过。郭靖射术学自蒙古神箭将军哲别，再加数十年的内力修为，他所站之处敌兵箭射不到，他却能以强弩毙敌。众蒙古兵齐声发喊，高举盾牌护身。郭靖道："走罢！"勒转马头，与黄蓉等回入城中。

一行人站上城头。黄蓉呆呆望着高台，心乱如麻。

一灯道："鞑子治军严整，要救襄儿，须得先设法冲乱高台周围的四个万人队。"黄药师道："正是。"凝思片刻，说道："蓉儿，咱们用二十八宿大阵，跟鞑子斗上一斗。"黄蓉垂头道："便是斗胜了，鞑子举火烧台，那便怎么处？"郭靖昂然道："咱们奋力杀敌，襄儿生死，付诸天命。岳父，请问那二十八宿大阵怎生摆法？"

黄药师笑道："这阵法变化繁复，当年我瞧了全真教的天罡北斗阵后，潜心苦思，参以古人阵法，创下这二十八宿阵来，有心要与全真教的道士们较个高下。"一灯道："黄老邪五行奇门之术天下独步，这二十八宿大阵想来必是妙的。"黄药师道："我这阵法本意只用于武林中数十人的打斗，并没想到用于千军万马的战阵。然略加变化，似乎倒也合用，只可惜眼前少了一人双雕。"一灯道："愿闻其详。"

黄药师道："双雕若不给那奸僧害死，咱们阵法发动，双雕便可飞临高台，抢救襄儿下来，目下却无善策。这二十八宿大阵乃依五行生克变化，由五位高手主持。咱们东南北中四个方位都有人了，但老顽童身受重伤，少了西方一人。倘若杨过在此，此人武功不在昔年欧阳锋之下，此刻却哪里找他去？这西方的主将，倒是大费踌躇。"

郭靖眼光掠过高台，向北方云天相接处遥遥望去，一颗心已飞到了绝情谷中，喃喃的道："过儿是生是死，当真教人好生牵挂。"

当日杨过心伤肠断，知道再也不能和小龙女相会，于是纵身跃入谷底，只道定然粉身碎骨，从此一了百了，不料下堕良久，突然扑通一响，竟是摔入了一个水潭之中。他从数百余丈高处跃将下来，冲力何等猛烈，笔直的堕将下去，也不知沉入水中多深，突然眼前一亮，似乎看到一个水洞，待要凝神再看，水深处浮力奇强，立时身不由主的被浮力托了上来，便在此时，郭襄跟着跌入了潭中。

当时的奇事一件跟着一件，杨过不及细想，待郭襄浮上水面，当即伸手将她救到潭旁的岸上，问道："小妹子，你怎么跌到了这里？"郭襄道："我见你跳下来，便跟着来了。"杨过摇头道："胡闹，胡闹！你难道不怕死么？"郭襄微笑道："你不怕死，我也不怕死。"杨过心中一动："难道她小小年纪，竟也对我如此情深？"想到此处，不由得双手微微颤动。

郭襄从怀中取出最后一枚金针，说道："大哥哥，当日你给了我三枚金针，曾说凭着每一枚金针，我可相求一事，你无有不允。今日我来求恳：不论杨大嫂是否能和你相会，你千万不可自寻短见。"说着便将金针放入他手中。

杨过眼望手中的金针，颤声道："你从襄阳到这里来，便是为求我这件事么？"郭襄心中欢喜，说道："不错。大丈夫言而有信，你答允过我的事，可不许赖。"

杨过叹了一口长气，一个人从生到死，又从死到生的经过一转，不论死志如何坚决，万万不会再度求死。他上下打量郭襄，只见她全身湿透，冷得牙关轻击，却是满脸喜色，于是拾了些枯枝，待要生火，但两人身边的火折火绒都已浸湿了不能使用，只得道：

“小妹子，你先练两遍内功，免得寒气入体，日后生病。”郭襄兀自不放心，问道：“你已答允了我，不再自尽了？”杨过道：“我答允了！”郭襄大喜，说道：“咱两个一起练。”

两人并肩坐下，调息运气。杨过自幼在寒玉床上习练内功，这一些寒气自不放在心上，伸手抚住郭襄背脊上的“神堂穴”，一股阳和之气缓缓送入她体内。过不多时，郭襄只觉周身百脉，无不畅暖。

待郭襄内息在周天搬运数转，杨过这才问起她如何到绝情谷来。郭襄说了。杨过怒道：“这法王如此可恶，咱们觅路上去，待你大哥哥揍他个半死。”说话未了，突然空中堕下一头大雕，在潭中载沉载浮，受伤甚重。郭襄惊道：“是咱家的雕儿。”跟着雌雕飞下将雄雕负上，第二次飞下时，杨过将郭襄扶上雕背。他只道那雕儿定会再来接自己上去，岂知待了良久，竟是毫没声息，他哪里知道雌雕已殉情而死。

杨过待雕不至，当即观看潭边情景，一瞥眼间，只见大树上排列着数十个蜂巢。这些蜂巢比寻常的为大，而在巢畔飞来舞去的，正是昔年小龙女在古墓中驯养的异种玉蜂。杨过一见，禁不住“啊”的一声惊呼出来，双足钉在地下，移动不得，过了片刻，这才走近巢旁察看，只见蜂巢之旁糊有泥土，实是人工所为，依稀是小龙女的手迹。

他定了定神，心想：“遮莫当年龙儿跃下此谷，便在此处居住？”绕着寒潭而行，察看一遍，但见四下削壁环列，宛似身处一口大井之底，常言道“坐井观天”，但坐在此处，望上去尽是白云浓雾，又怎得见天日？

杨过折下几根树干，敲打四周山壁，全无异状，但凝神察看，发现有几棵大树的树皮曾为人剥去，有些花草畔的石块排列整齐，实非天然，霎时之间，忽喜忽忧，一颗心怦怦的跳个不住，这时已料得小龙女定在此处住过，只是悠悠一十六年，到今日是否玉人无恙，有谁能说？杨过素来不信鬼神，但情急之下，终于跪了下来，喃喃祝祷：“老天啊老天，你终须保佑我再见龙儿一面。”

祷祝一会，寻觅一会，终是不见端倪。杨过坐在树下，支颐沉思：“倘若龙儿死了，也当在此处留下骸骨，除非是骨沉潭底。”记得先前沉入潭时曾见到大片光亮，甚非寻常，其中当有蹊跷，想到此处，一跃而起。

他大声说道：“好歹也要寻个水落石出，不见她的尸骨，此心不死。”于是纵身入潭，直往深处潜去，那潭底越深越寒，潜了一会，四周蓝森森的都是玄冰。杨过虽不畏寒，但深处浮力太强，用力冲了数次，也不过再潜下数丈，始终无法到底。此时气息渐促，于是回上潭边，抱了一块大石，再跃入潭中。

这一次却急沉而下，猛地里眼前一亮，他心念一动，忙向光亮处游去，只觉一股急流卷着他的身子冲了过去，光亮处果是一洞。他抛下大石，手脚齐划，那洞内却是一道斜斜向上的冰窖。他顺势划上，过不多时，波的一响，冲出了水面，只觉阳光耀眼，花香扑鼻，竟是别有天地。他不即爬起，游目四顾，只见繁花青草，便如一个极大的花园，然花影不动，幽谷无人。他又惊又喜，纵身出水，见十余丈外有几间茅屋。

他提气疾奔，但只奔出三四丈，立时收住脚步，一步步慢慢挨去，只想：“倘若在这茅屋之中仍是探问不到龙儿的消息，那便怎么处？”走得越近，脚步越慢，心底深处，实是怕这最后的指望也终归泡影，最后走到离茅屋丈许之地，侧耳倾听，四下里静悄悄地，绝无人声鸟语，惟有玉蜂的嗡嗡微响。

待了一会，终于鼓起勇气，颤声道：“杨某冒昧拜谒，请予赐见。”说了两声，屋中无人回答。伸手轻轻一推板门，那门呀的一声开了。

举步入内，一瞥眼间，不由得全身一震，只见屋中陈设简陋，但洁净异常，堂上只一桌一儿，此外便无别物，桌儿放置的方位他却熟悉之极，竟与古墓石室中的桌椅一模一样。他也不加思量，自然而然的向右侧转去，果然是间小室，过了小室，是间较大的房间。房中床榻桌椅，全与古墓中杨过的卧室相同，只是古墓中用具大都石制，此处的却是粗木搭成。

但见室右有榻，是他幼时练功的寒玉床；室中凌空拉着一条长绳，是他练轻功时睡卧所用；窗前小小一儿，是他读书写字之处。室左立着一个粗糙木橱，拉开橱门，只见橱中放着几件树皮结成的儿童衣衫，正是从前在古墓时小龙女为自己所缝制的模样。他自进室中，抚摸床儿，早已泪珠盈眶，这时再也忍耐不住，眼泪扑簌簌的滚下衣衫。

忽觉得一只柔软的手轻轻抚着他的头发，柔声问道："过儿，什么事不痛快了？"这声调语气，抚他头发的模样，便和从前小龙女安慰他一般。杨过霍地回过身来，只见身前盈盈站着一个白衫女子，雪肤依然，花貌如昨，正是十六年来他日思夜想、魂牵梦萦的小龙女。

两人呆立半晌，"啊"的一声轻呼，搂抱在一起。燕燕轻盈，莺莺娇软，是耶非耶？是真是幻？

过了良久，杨过才道："龙儿，你容貌一点也没变，我却老了。"小龙女端目凝视，说道："不是老了，是我的过儿长大了。"

小龙女年长于杨过数岁，但她自幼居于古墓，跟随师父修习内功，屏绝思虑欲念。杨过却饱历忧患，大悲大乐，因此到二人成婚之时，已似年貌相若。

那古墓派玉女功养生修炼，有"十二少、十二多"的正反要诀："少思、少念、少欲、少事、少语、少笑、少愁、少乐、少喜、少怒、少好、少恶。行此十二少，乃养生之都契也。多思则神怠，多念则精散，多欲则智损，多事则形疲，多语则气促，多笑则肝伤，多愁则心慑，多乐则意溢，多喜则忘错昏乱，多怒则百脉不定，多好则专迷不治，多恶则焦煎无宁。此十二多不除，丧生之本也。”小龙女自幼修为，无喜无乐，无思无虑，功力之纯，即是师祖林朝英亦有所不及。但后来杨过一到古墓，两人相处日久，情愫暗生，这少语少事、少喜少愁的规条便渐渐无法信守了。婚后别离一十六年，杨过风尘飘泊，闯荡江湖，忧心悄悄，两鬓星星；小龙女却幽居深谷，虽终不免相思之苦，但究竟二十年的幼功非同小可，过得数年后，重行修炼那“十二少”要诀，渐渐的少思少念，少欲少事，独居谷底，却也不觉寂寞难遣，因之两人久别重逢，反显得杨过年纪比她为大了。

小龙女十六年没说话，这时说起话来，竟然口齿不灵。两人索性便不说话，只是相对微笑。杨过到后来热血如沸，拉着小龙女的手，奔到屋外，说道：“龙儿，我好快活。”猛地跃起，跳到一棵大树之上，连翻了七八个筋斗。

这一下喜极忘形的连翻筋斗，乃杨过幼时在终南山和小龙女共居时的顽童作为，十多年来他对此事从来没想起过，哪料到今日人近中年，突然又来这么露了一手。只是他武功精湛，身子在半空中矫夭腾挪，自然而然显出了上乘轻功。小龙女纵声大笑，什么“少语、少笑、少喜、少乐”的禁条，全都抛到九霄云外去了。

小龙女从身边取出手帕，本来在终南山之时，杨过翻罢筋斗，笑嘻嘻的走到她身旁，小龙女总是拿手帕给他抹去额上汗水，这时见他走近，脸不红，气不喘，哪里有什么汗水？但她还是拿手帕替他在额头抹了几下。

杨过接过手帕，见是用树皮的经络织成，甚为粗糙，想像她这些年来在这谷底的苦楚，不禁心酸难言，轻轻抚着她头发，说道：

“龙儿，也真难为你在这里挨了一十六年。”

小龙女幽幽叹了口气，说道：“倘若我不是从小在古墓中长大，这一十六年定然挨不下来。”

两人并肩坐在石上互诉别来情事。杨过不住口的问这问那。小龙女讲了一会话，言语渐渐灵便，才慢慢将这一十六年中的变故说了出来。

那日杨过将半枚绝情丹抛入谷底，小龙女知他为了自己中毒难治，不愿独生。当晚她思前想后，惟有自己先死，绝了他的念头，才得有望解他体内情花之毒。但倘若自己露了自尽的痕迹，只有更促他早死，思量了半夜，于是用剑尖在断肠崖前刻了那几行字，故意定了一十六年之约，这才纵身跃入深谷。当时她想，如果杨过天幸得保性命，隔了长长的十六年后，即使对自己相思不减，想来也决不致再图殉情。

她说到这里，杨过叹道：“你为什么想到一十六年？倘若你定的是八年之约，咱们岂不是能早见八年？”小龙女道：“我知你对我深情，短短八年时光，决计冲淡不了你那烈火一般的性子。唉，哪想到虽隔一十六年，你还是跳了下来。”杨过笑道：“可知一个人还是深情的好。假如我想念你的心淡了，只不过在断肠崖前大哭一场，就此别去，那么咱俩终生不能再见了。”小龙女道：“冥冥之中，自有天意。”两人出死入生，经历如此剧变之后，终能相聚，这时坐在石上相偎相倚，心中都是深深感谢苍天眷顾。

两人默然良久。杨过又问：“你跃入这水潭之中，便又怎样？”小龙女道：“我昏昏迷迷的跌进水潭，浮起来时给水流冲进冰窖，通到了这里，自此便在此处过活。这里并无禽鸟野兽，但潭中水产丰盛，谷底水果食之不尽，只是没有布帛，只能剥树皮做衣衫了。”

杨过道：“那时你中了冰魄银针，剧毒侵入经脉，世上无药可治，却如何在这谷底居然好了？”他凝视小龙女，虽见她容颜雪白，殊无血色，但当年中毒后眉间眼下的那层隐隐黑气却早已褪尽。

小龙女道："我在此处住了数日后，毒性发作，全身火烧，头痛欲裂，当真支持不住，想起在古墓中洞房花烛之夕，你教我坐在寒玉床上逆运经脉，虽然不能驱毒，却可稍减烦恶苦楚。这里潭底结着万年玄冰，亦有透骨之寒，于是我潜回冰窖，在那边耽了一会，竟然颇有效验。此后时常回到堕下来时的水潭之旁，向上仰望，总盼能得到一点你的讯息。有一日忽见谷顶云雾中飞下几只玉蜂，那自是老顽童携到绝情谷中来玩弄而留下的。我宛如见到好友，当即构筑蜂巢，招之安居。后来玉蜂愈来愈多。我服食蜂蜜，再加上潭中的白鱼，觉得痛楚稍减，想不到这玉蜂蜂蜜混以寒潭白鱼，正是驱毒的良剂，如是长期服食，体内毒发的次数也渐渐加长。初时每日发作一两次，到后来数日一次，进而数月一发，最近五六年来居然一次也没再发，想是已经好了。"

杨过大喜，道："可见好心者必有好报，当年你若不是把玉蜂赠给老顽童，他不能带到绝情谷来，你的病也治不好。"小龙女又道："我身子大好后，很想念你，但深谷高逾百丈，四周都是光溜溜的石壁，怎能上得？于是我用花树上的细刺，在玉蜂翅上刺下'我在绝情谷底'六字，盼望玉蜂飞上之后，能为人发现。数年来我前后刺了数千只玉蜂，但始终没有回音带转，我一年灰心一年，看来这一生终是不能再见你一面了。"

杨过拍腿大悔，道："我忒也粗心。每次来绝情谷，总是见到玉蜂，却从没捉一只来瞧瞧，否则你也可少受几年苦楚了。"小龙女笑道："这原是我无法可施之际想出来的下策。其实，谁又能想得到这小小蜜蜂身上刺得有字？这字细于蝇头，便有一百只玉蜂在你眼前飞过，你也看不到它翅上有字。我只盼望，什么时候一只玉蜂撞入了蛛网，天可怜见给你看到了，你念着咱俩的恩义，定会伸手救它出来，那时你才会见到它翅上的细字。"她却不知蜂翅上的细字终于给周伯通发现，而给黄蓉隐约猜到了其中含义。

两人说了半天话，小龙女回进屋去烧了一大盆鱼，佐以水果蜂蜜。潭水寒冷，所产白鱼躯体甚小，却是味美多脂。杨过吃了一个饱，只觉腹中暖烘烘地甚是舒服，这才述说一十六年来的诸般经历。他纵横江湖，威慑群豪，遭际自比独居深谷的小龙女繁复千百倍，但小龙女素来不关心世务，只求见到杨过便万事已足，纵是最惊心动魄的奇遇，她听着也只淡淡一笑，犹如春风过耳，终不萦怀。倒是杨过絮絮问她如何捉鱼摘果，如何造屋织布，对每一件小事都兴味盎然，从头至尾问个明白，似乎这小小谷底，反而大于五湖四海一般。

两人长谈了一夜，直到天明，这才倦极而眠。醒来时日已过午，杨过道："龙儿，咱俩便在这谷底终老呢，还是设法回去那花花世界？"依着小龙女的心意，宁可便在谷底安静太平的和杨过厮守，但想他喜欢热闹，虽然对自己情深爱重，终是过不惯这般寂居的日子，便道："咱们想法子上去瞧瞧罢，若是上面不好，可再回来，只是……只是，要上去却难得紧呢。"

两人潜入冰窖，回到潭边，只见一条长索从谷口直悬下来，水潭旁又有许多纵横错杂的脚印，潭边生着一个火堆，余烬未熄。杨过道："啊，有人来找过咱们了，而且还潜入过水潭。"在潭边走了一圈，见到一株大树上有人用刀尖刻着两行字道："一灯、伯通、瑛姑、蓉、英、无双，至此觅杨过不遇，怅怅而归。"

杨过心中感激，道："他们终是没忘记我。"小龙女道："谁也不会忘记你的。"杨过道："他们虽然也潜入过水潭，但因无百余丈高处跃下来的急冲之力，沉潭不深，是以见不到冰窖所在。倘若我也是缘绳下来，那便找你不着了。"小龙女道："我早说过万事前定，老天爷在冥冥中早有安排。"杨过摇头笑道："这叫作精诚所至，金石为开。"

他伸手拉扯绳索，试出绳身坚韧，上面系得牢固，说道：“我先上去，瞧那法王是否尚在。”但想一灯大师、黄岛主、老顽童等既到过这里，这法王必已逃之夭夭了。又问：“你的武功可有搁下？若是爬不上，我负你上去。”小龙女微笑道：“十六年来虽无寸进，从前所学的功夫多半还留着。”杨过回头一笑，左手抓着绳索，微一运劲，身子已窜上丈余，接着小龙女也攀绳上来。两人不多时便爬出了深谷。

并肩站在断肠崖前，瞧着小龙女当年在石壁上所刻的那两行字，真如隔世，两人相对一笑，此时心头之喜，这一十六年来的苦楚登时化作云烟。

杨过在山边摘了一朵“龙女花”，替小龙女簪在鬓边，一时花人相映，花光肤色，不知是红花替人添了娇艳，还是人面给桃花增了姿色？

黄药师在襄阳城头说要摆个“二十八宿大阵”，与金轮法王大战一场。郭靖禀明安抚使吕文德，请下将令，让黄药师在校场上调兵遣将。这时参与英雄大会的各路豪杰虽已散了大半，留在城中的也还是英才济济，各人齐集校场听调。

黄药师道：“鞑子用四个万人队围着高台，咱们倘若多点人马，便胜了他，也算不得本事。咱们也只用四万人。孙子兵法有言，十则围之，但善用兵者以一围一，有何难哉？”站上将台，说道：“咱们这二十八宿大阵，共分五行方位。”召集统兵将领，详加解释，又道：“这阵势变化繁复，非一时所能融会贯通，因此今日之战，要请五位熟悉五行变化之术的武学高手指挥，领军的将军须依这五位的号令行事。”众将躬身听令。

黄药师道：“中央黄陵五炁，属土，由郭靖统军八千，此军直捣中央，旨在救出郭襄，不在歼敌。各军背负土囊，中盛黄土，一攻至台下，立即以土囊灭火压柴，拆台救人。”郭靖接令，站在一旁。

黄药师又道：“南方丹陵三炁，属火。相烦一灯大师统军，领兵八千。此路兵中一千人卫护主将，其余七千人编为七队，分由朱子柳、武三通、点苍渔隐、武敦儒、武修文兄弟、武敦儒夫人耶律燕、武修文夫人完颜萍等七人统率。上应朱雀七宿，是为井木犴、鬼金羊、柳土獐、星日马、张月鹿、翼火蛇、轸水蚓七星。”一灯大师接令。

黄药师又道：“北方玄陵七炁，属水。由黄蓉统军，领兵八千。此路兵中一千人卫护主将，其余七千人编为七队，分由耶律齐、梁长老、郭芙，及丐帮诸长老、诸弟子统率。上应玄武七宿，是为斗木獬、牛金牛、女土蝠、虚日鼠、危月燕、室火猪、壁水貐七星。”黄蓉应命接令。这一路兵以丐帮弟子为主力，人才极盛。

黄药师点了三路兵后，说道：“东方青陵九炁，属木。此路兵由我东邪黄药师统军，也是统兵八千。我门下弟子死得干干净净，傻姑不在身边，这里只剩下程英一人。”于是点了参与英雄大会的豪杰六人，说道：“东路兵也分八队，一路卫护主将，其余七队上应青龙七宿，是为角木蛟、亢金龙、氐土貉、房日兔、心月狐、尾火虎、箕水豹七星。”

他点到最后一路西路军，说道：“这一路由全真教教主李志常主军……”众人听到这里，都觉以声望武功而论，这一路主将远较其余四路为弱。忽听得将坛下一人大声说道：“喂，黄老邪，你撇下我不理吗？”众人看时，说话的正是老顽童周伯通。黄药师道：“周兄，你背伤未愈，不能辛劳，本来请你任西路主将，原是最妙……”

周伯通抢着道：“区区小伤，放在什么心上？我便做西路主将便了。志常，你敢和我争这主将做么？”李志常躬身道：“弟子不敢。”周伯通笑道：“好啊，我也知道你不敢。”说着便从李志常手中接过了令箭。黄药师无奈，只得道：“那么周兄务请小心了。你领兵八千，其中一千相烦瑛姑统率，卫护主将，其余七队由李志常等全真教的第三代弟子分领，上应白虎七宿，是为奎木狼、娄金狗、胃土雉、昴日鸡、毕月乌、觜火猴、参水猿七星。”

他点将已毕，命诸路军士在军器库中领取应用各物齐备，然后令旗一展，四万兵马分列东南西北中五方，朗声说道：“昔日里云台二十八将上应天象，辅佐汉光武中兴，咱们这二十八宿大阵虽然比不上汉光武的声势，但抗敌御侮、守土卫国，却也是堂堂之旗，正正之师。诸君各听主将号令，今日与蒙古鞑子决一死战。”众兵将齐声答应，有若雷震。当下号炮三响，四门大开，五路兵马列队而出。

只见东路军各人背负一根极长的木桩，攻到高台东首，一千兵手执盾牌，冲前挡箭，其余七千人纷纷放下木桩，东打一根，西打一根，看来似乎杂乱无章，实则八千根木桩的位置皆依黄药师所绘图画而树立，分按五行八卦，顷刻间已将高台东首封住。

西路军以全真教为主力，群道素来熟悉天罡北斗阵法，只见长剑如雪，七人一堆，四十九人一群，左穿右插，蜂拥卷来，蒙古兵将看得眼也花了，只得放箭阻挡。

猛听得北方众军发喊，却是黄蓉领着丐帮弟子，拖着一架架水龙，将毒汁往蒙古兵身上射去。那毒汁溅身，登时疼痛不堪，少刻便即起泡腐烂，蒙古军抵挡不住，向南败退。

却见南方烟雾冲天，乃是一灯率领八千人施行火攻，硫磺硝石之属一阵阵从喷火铁筒中喷出。蒙古军见势头不对，当即败至中央。郭靖领军八千，随后缓缓而上，见蒙古军乱，当即挥军而前，直冲高台。

忽听得高台旁号角声响，喊声大作，地底下钻上数万顶头盔来。原来蒙古主帅也是善能用兵，除了在高台四周明布四个万人队外，掘地为坑，另行伏兵数万。郭靖等远远望来，只道敌军是掘的陷坑，岂知是埋伏了生力军。这一来蒙古军败势登时扭转，二十八宿大阵纵横来去，虽将敌军冲乱，要聚而歼之，却已有所不能。

战鼓雷鸣，宋军与蒙古军大呼酣斗。高台旁的守军强弓硬弩，向外激射，郭靖所率中路军数度冲前，均被箭雨射了回来。两军斗了半个时辰，一时胜败未分。黄药师青旗招展，猛地里东路军攻南，西路军攻北，阵法变动。

二十八宿大阵暗伏五行生克之理。南路一灯大师的红旗军抢向中央，郭靖的黄旗军奔西，周伯通的全真教白旗军冲向北方，黄蓉率领下的黑旗军丐帮弟子兵趋东，黄药师的青旗军转向南路。这五行大转，是谓火生土、土生金、金生水、水生木、木生火。宋兵虽只四万人，但阵法精妙，领头的均是武林好手，而宋兵人人对郭靖夫妇感恩，决意舍命救其爱女，是以蒙古人虽然人数多了一倍，竟也抵挡不住。

激战良久，黄药师纵声长啸，青旗军退向中央，黄旗军回攻北方，黑旗军迂回南下，红旗军疾趋而西，白旗军东向猛攻。这阵法又是一变，五行逆转，是谓木克土、土克水、水克火、火克金、金克木。

这五行生克变化，说来似乎玄妙，实则是我国古人精研物性之变，因而悟出来的至理，通阴阳之道，反鬼神之说，我国医学、历数等等，均依此为据，所谓“五运更始，上应天期，阴阳往复，寒暑迎随，真邪相薄，内外分离，六经波荡，五气倾移”，在当时可谓举世无匹。蒙古坚甲利兵，武功鼎盛，但文智浅陋，岂能与当世第一大家黄药师相抗？是以阵法连转数次，守御高台的统兵将领登时眼花缭乱，头昏脑胀，但见宋军此一队来，彼一队去，正是“瞻之在前，忽焉在后”，不知如何挥军抵敌才是。

金轮法王站在高台之上，瞧着台下的大战，心下也是暗自骇异。当日黄蓉以小小的石阵相困，他已然参解不透，何况黄药师胸中实学，更是胜女十倍。这二十八宿大阵在五位当代高手主持之下展布开来，不由得他不服，眼见蒙古兵死伤越来越重，黄旗军一步步逼向高台。他虽以郭襄为要胁，但终不忍真的便举火将她烧死，转头向她瞧了一眼，只见她双手虽然被缚，却是抬起了头，殊无惧色。法王叫道："小郭襄，快叫你父投降，我从一数到十，你父亲不降，我便下令举火了。"

郭襄道："你爱数便数，别说从一数到十，你且数到一千一万试试。"法王怒道："你道我当真不敢烧死你吗？"郭襄冷然道："我只觉得你挺可怜的。"法王怒道："我可怜什么？"郭襄道："你打不过我爹爹妈妈，打不过我外公黄岛主，打不过一灯大师，打不过老顽童周伯通，打不过我大哥哥杨过，只有本事把我绑在这里。我襄阳城中，便是一个帐前的小卒，也不似你这般卑鄙无耻。法王，我倒想劝你一句话。"法王咬紧牙齿问道："你劝我什么？"郭襄道："如你这般为人，活在世上有何意味？不如跳下高台，图个自尽罢！"

郭襄此时早已将生死置之度外，她从小便伶牙俐齿，说话素不让人，这几句话只抢白得法王几乎气炸了胸膛。他大声喝道："郭靖听着：我从一数到十，你若不归降，我便下令举火烧台。"郭靖道："你瞧我郭靖是投降之人么？"

黄药师用蒙古语大声叫道："金轮法王，你料敌不明，是为不智；欺侮弱女，是为不仁；不敢与我们真刀真枪决胜，是为不勇。如此不智不仁不勇之人，还充什么英雄好汉？你在绝情谷中给我擒住，向小姑娘郭襄磕了一十八个响头，哀哀求告，她才放你。你这忘恩负义、贪生怕死之徒，还有脸面身居蒙古第一国师之位么？"

向郭襄磕头求饶，其实并无此事，但黄药师深谋远虑，早在发兵之前，便要黄蓉将这一番斥责法王的言辞译成了蒙古话，暗暗记熟，这时以丹田之气朗声说了出来，虽在千万人大呼酣战之际，仍是人人听得明白，却教法王辩也不是，不辩也不是。蒙古人自来最尊敬的是勇士，最贱视的是懦夫，众军听了黄药师这几句话，不由得仰视高台，脸有鄙色。两军交战，气盛者胜，蒙古军将士听得己方主将如此卑鄙无耻，一股气先自衰了。宋兵却人人奋勇，节节争先。

法王见情势不对，叫道："郭靖，你听着，我从一数到十，'十'字出口，你的爱女便成焦炭。一……二……三……四……"他每叫一字，便停顿一会，只盼郭靖终于受不住煎逼，纵不投降，也当心神大乱。

郭靖、黄药师、一灯、黄蓉、周伯通五路兵马听得法王在台上报数，又见台下数百名军士高举火把，只待他一声令下，便即举火焚烧柴草，人人都是又急又怒，竭力冲杀，想攻到台前救援郭襄。但蒙古兵箭法精绝，台前数千精兵张弓发箭，势不可当。万箭攒射下，点苍渔隐、梁长老、武修文等都身带箭伤，更有四名全真教的第三代弟子、十余名丐帮好手中箭身亡，宋军兵将死伤更不计其数。

黄蓉事先曾命郭芙将软猬甲给外公穿上，盖这一战凶险殊甚，倘若为了相救女儿以致父亲身受损伤，那可是终生抱憾了。黄药师心想这是女儿的一番孝心，不便拒却，但暗中又脱了下来，骗得周伯通穿在身上，因之周伯通虽然箭伤未愈，但在枪林箭雨中纵横来去，却是安然无恙。他见弩箭射到自己身上竟然一一跌落，不由得心中大乐，直抢而前，掌风发处，蒙古射手纷纷辟易。

只听得金轮法王高声叫道："八……九……十！好，举火！"刹时间堆在台边的柴草着火，浓烟升起。郭靖所统的八千黄旗军背上虽各负有土囊，但攻不到台前二百步以内，只有徒呼负负。

黄蓉眼见黑烟中火焰上升，脸色惨白，摇摇欲坠。耶律齐伸手扶住，说道："岳母，你到阵后休息，我便性命不在，也要救襄妹出来。"

便在此时，猛听得远处喊声如雷，阵后数万蒙古兵铁甲铿锵，从两侧抢出，径去攻打襄阳。"万岁，万岁，万万岁！"的呼声震山撼野。蒙古大汗蒙哥的九旄大纛高高举起，疾趋城下，精兵悍将在大汗亲自率领之下蜂涌攻城。

郭靖左手持盾，右手挺矛，本已抢到离高台不足百步之处，蒙古射手箭如蝗集，却始终伤不着他，眼见便可窜上高台，忽听得阵后有变，不禁吃了一惊，心道："啊哟，不好，中了鞑子的调虎离山之计。安抚使懦怯惧敌，城中兵马虽众，但乏人统领，只怕大事不妙。"

郭靖与黄药师发兵之际，城中本来也已严加戒备，以防敌军乘隙偷袭，哪知高台前的敌军居然如此悍勇顽抗，而蒙古大汗竟不顾高台前两军相持，亲身涉险攻城。郭靖心想："救女事小，守城事大！"大声道："岳父，咱们别管襄儿，急速回袭敌军后方。"

黄药师回头望去，只见火焰渐渐升高，法王正自长梯一级级走下，高台顶上只余郭襄一人，他岂不明这中间的轻重缓急，郭襄一人如何能和襄阳全城的安危相比？只得长叹一声："罢了！"命旗手挥动青旗，调兵回南。

郭襄被绑高台，眼见父母外公都无法上来相救，浓烟烈火，迅速围住台脚，自知顷刻之间便要身遭火焚而死。她初时自是极为惶急，但事到临头，心中反而宁静了下来，举首向北遥望，但见平原绿野，江山如画，心想："这么好玩的世界，我却快要死了。但不知大哥哥这时在哪里，从谷底回上来没有？"

回思与杨过数日相聚的情景，虽然自今而后再无重会之期，但单是这三次邂逅，亦已足慰平生。她这时身处至险，心中却异常安静，对高台下的两军剧战竟尔不再关心。正当如此神驰深谷、追忆往日之际，忽听得远处一声清啸鼓风而至，刹时间似乎将那千军万马的厮杀声一齐淹没。

郭襄心头一凛，这啸声动人心魄，正与杨过那日震倒群兽的啸声一般无异，当即转头往啸声处望去，只见西北方的蒙古兵翻翻滚滚，不住向两旁散开，两个人在刀山枪林中急驱而前，犹似大船破浪冲波而行。在那两人之前却是一头大鸟，双翅展开，激起一阵狂风，将射来的弩箭纷纷拨落。这头大鸟猛鸷悍恶，凌厉无伦，正是杨过的神雕。

郭襄大喜，凝目望那两人时，但见左首一人青冠黄衫，正是杨过，右首那人白衣飘飘，却是个美貌女子。两人各执长剑，舞起一团白光，随在神雕身后，冲向高台。郭襄失声叫道：“大哥哥，这位就是小龙女么？”

杨过身旁的女子便是小龙女，只是隔得远了，郭襄这话杨过却没听见。神雕当先开路，双翅鼓风，将射过来的弩箭吹得歪歪斜斜，纵然中在身上，也已无力，否则神雕虽是灵禽，健翎如铁，但终是血肉之躯，如何能不受箭伤？蒙古兵将中见神雕来得猛恶，跃马挺枪来刺，却给杨过和小龙女长剑刺处，一一落马。两人一雕相互护持，片刻间冲到台前。

杨过叫道：“小妹子莫慌，我来救你。”眼见高台的下半截已裹在烈火之中，他纵身一跃，上了梯级，向上攀行数丈，猛觉头顶一股掌风压将下来，正是金轮法王发掌袭击。杨过倒持长剑，回掌相迎，砰的一声响，两股巨力相交，两人同时一晃，木梯摇了几摇，几乎折断。两人都是一惊，暗赞对手了得：“一十六年不见，他功力居然精进如斯！”

杨过见情势危急，不能和他在梯上多拼掌力，长剑向上疾刺，或击小腿，或削脚掌。法王身子在上，若出金轮与之相斗，则兵刃既短，俯身弯腰实在大是不便，只得急奔回上高台。杨过向他背心疾刺数剑，招招势若暴风骤雨，但法王并不回首，听风辨器，一一举轮挡开，便如背上长了眼睛一般。杨过喝采道："贼秃！恁地了得！"

法王刚刚踏上台顶，回手便是一轮。杨过侧首让过，身随剑起，在半空中扑击而下。法王举金轮一挡，左手银轮便往他剑上砸去。

适才两人在梯级上较量了这一招，杨过但觉法王掌力沉雄坚实，生平敌手之中从未见过，不由得暗暗称奇，心想自己在海潮之中练功，力足以与怒涛相抗，十六年前法王已非自己对手，何以今日他一掌击下，自己竟会险些儿招架不住？眼见他双轮砸至，竟不避让，长剑抖动，有心要试一试他的真力。刹时剑轮相触，声若龙吟。两股巨力再度相抗，喀的一响，杨过的长剑断成数截，法王的双轮也自拿捏不住，脱手飞出，跌下高台，砸死了三名蒙古射手。杨过心下暗惊："一十六年来，我从未使过玄铁重剑，今日可当真忒也托大了。"

两人交拆了这一招，各自向后跃开，均觉手臂隐隐酸麻。法王探手入怀，跟着便取出铜轮铁轮，扑击过来。杨过却更无别般兵刃，右手衣袖带风挥出，左手发掌相抗。

郭襄叫道："老和尚，我说你打不过我大哥哥是不是？你自逞武艺高强，何以手执兵刃，和他空手而斗？好不要脸！"法王哼了一声，并不答话，手中双轮的招数却着着加紧。

黄药师、郭靖、黄蓉等正自领兵回救襄阳，突见杨过、小龙女和神雕斜刺杀出，冲上了高台，无不精神大振。黄药师招动令旗，在东南西北中五路兵马中各调兵四千，合成二万，袭击攻城敌军的后方，剩下二万兵马在高台下为杨过声援。宋军人数减了一半，然见杨过上了高台，皆是以一当十，竭力死战。只是蒙古兵的射手守得犹如铁桶相似，当真是寸土必争。宋军冲上了数丈，转眼间又给逼了回来。

在襄阳城下，攻城战也是激烈展开。安抚使吕文德不敢临城，全身铁甲披挂，却带同两名心爱小妾，躲在小堡中不住发抖，颠三倒四的只念："救苦救难观世音菩萨，保佑……保佑我一家老少平安……救苦救难……"两名小妾替他揉搓心口，拭抹口边的白沫。

探事军士流水价来报："东门又有敌军万人队增援……北门鞑子的云梯已经竖起……"吕文德翻着白眼，只问："郭大侠回来了没有？鞑子还不退兵么？"

这时杨过单手独臂，已与法王的铜铁双轮拆到二百招以上。两人武功家数截然不同，但均是愈斗力气愈长，轮影掌风，笼盖了高台之顶，台脚下冲上来的黑烟直熏入三人眼中。杨过虽无兵刃，却始终不落下风。法王激斗中觉得高台微微摇晃，心知台脚为火焚毁，顷刻间便要倒塌，那时势必和杨过、郭襄同归于尽，又见杨过掌法越变越奇，再斗百余招只怕便要为他所制，情急之下，毒念陡起，猛地里铁轮向杨过右肩砸下，乘他沉肩卸避，右手铜轮突然飞出，击向郭襄面前。她绑在木桩之上，全身动弹不得，如何能避？

杨过大吃一惊，急忙纵起，挥右袖将铜轮击落。但高手厮拼，实是半分相差不得，他只求相救郭襄，全身门户洞开，法王长身探臂，铁轮的利口冲向杨过左腿。杨过身在半空，急出右足，踢向敌人手腕。法王铁轮斜翻，这一下杨过终于无法避过，嗤的一响，右足小腿中轮，登时血如泉涌，受伤不轻。郭襄"啊"的一声惊叫。法王已掏出铅轮，仍是双轮在手，直上直下的径向郭襄攻来。他知杨过虽然受伤，仍非片刻之间能将他制服，当下只是袭击郭襄，使杨过奋力相救，手忙脚乱，处于全然挨打的局面。

郭襄叫道："大哥哥，你别管我，只须杀了这藏僧给我报仇。"但听杨过"啊"的一声，左肩被轮子划伤。

小龙女和神雕在台下守护，和周伯通合力驱赶蒙古射手，使他们不能向郭襄放箭。但她全副心神却始终放在杨过身上，挥剑杀敌之际，时时抬眼望高台，突然间只见杨过身染鲜血，心头突的一跳，险些儿魂飞天外。这时木梯早已烧断，无法上台去助战，她心头一片茫然，只是舞剑砍杀，已不知自己身在何处，此时到底在做什么。

杨过面临极大险境，数次要使出黯然销魂掌来摧败强敌，但这路掌法身与心合，他自与小龙女相会之后，喜悦欢乐，哪里有半分"黯然销魂"的心情？虽在危急之中，仍无昔日那一份相思之苦，因之一招一式，使出去总是差之厘毫，威力有限。

他在高台上空手搏击、肩腿受伤的情景，郭靖等也都望见了，只是相距过远，如何能插翅飞上相助？黄蓉心念一动，抢过耶律齐手中长剑，抛给郭靖，叫道："射上去给过儿！"郭靖接过长剑，取过两张铁胎硬弓，双弓相并，将剑柄扣在弓弦之上，左手托定两弓，右手拉满双弦，随即一放，飕的一声急响，长剑白光闪闪，破空飞去。

那长剑呼呼声响，直向杨过身后射去。杨过右手袖子一卷，裹住了剑身，正好法王铅轮砸到，杨过左手接住长剑从双轮之间刺了出去。可是他左肩受伤之后劲力已减。法王双轮一绞，啪的一响，又已将长剑绞断。众人在台下看得清楚，无不大惊失色。

杨过心知今日已然无幸，非但救不了郭襄，连自己这条性命也要赔在台上，凄然向小龙女望了一眼，叫道："龙儿，别了，别了，你自己保重。"便在此时，法王铁轮砸向他的脑门。杨过心下万念俱灰，没精打采的挥袖卷出，拍出一掌，只听得噗的一声，这一掌正好击在法王肩头。

忽听得台下周伯通大声叫道："好一招'拖泥带水'啊!"杨过一怔，这才醒觉，原来自己明知要死，失魂落魄，随手一招，恰好使出了"黯然销魂掌"中的"拖泥带水"。这套掌法心使臂、臂使掌，全由心意主宰，那日在百花谷中，周伯通只因无此心情，虽然武术精博，终是领悟不到其中妙境。杨过既和小龙女重逢，这路掌法便已失却神效，直到此刻生死关头，心中想到便要和小龙女永诀，哀痛欲绝之际，这"黯然销魂掌"的大威力才又不知不觉的生了出来。

法王本已稳操胜券，突然间肩头中掌，身子一晃，惊怒交集，立即和身扑上。杨过退步避开，跟着"魂不守舍"、"倒行逆施"、"若有所失"，连出三招，跟着是一招"行尸走肉"，踢出一脚。这一脚发出时恍恍惚惚，隐隐约约，若有若无，法王哪里避得过了？砰的一响，正中胸口。法王大叫一声，一口鲜血喷出，翻下高台。

宋军和蒙古军不约而同的齐声大叫，宋军乃是欢呼，蒙古将士却是惊喊。

这时那高台连连摇晃，格格剧响，杨过知道事急，不及去解郭襄之缚，挥掌推出，击断了绑着她的那根木桩，将她连桩抱起，看准了神雕之背，涌身便跳。那神雕双翅一扑，跃起丈余，它体重不能飞翔，这一跃却也有数人之高，杨过和郭襄稳稳落上雕背，缓缓着地。便在此时，烟火飞腾中巨响连作，高台不断倾斜。

法王被杨过踢下高台，虽然身受重伤，还是想死里逃生，强忍一口气，一个打滚，正想翻身站起，忽听得背后一人哈哈大笑，将他拦腰抱住，按在地下，跟着只觉千针万箭，一齐刺入体内。原来按住他的正是老顽童周伯通。他身上穿着桃花岛至宝软猬甲，这副宝甲刀枪不入，而且生满尖刺，犹如刺猬一般，法王本已受伤，再给老顽童这么一抱一按，哪里还能动弹？高台倒塌，周伯通纵身跃开，法王便被压在火柱之下。

黄蓉见爱女终于死里逃生，不禁喜极而泣，心里对杨过的感激真是难以言宣，便是为他死了亦所甘愿，忙奔向女儿身旁，割断她身上的绑缚。郭靖、黄药师、一灯大师、耶律齐等也无不精神大振。

高台下蒙古军见主将殒命，登时散乱，再给五路宋军来回冲击，登时溃不成军。

郭靖攘臂大呼："回救襄阳，去杀了那鞑子大汗。"宋军应声呐喊，掉头向正在攻城的蒙古军冲去。

小龙女撕下衣襟给杨过裹伤，双手颤抖，竟是一句话也说不出来。杨过微笑道："你在台下，担心受惊，更苦过我在台上恶战。"只听得宋军喊声犹如惊天动地，旗分五色，猛向蒙古军冲锋。杨过凝目遥望，见敌军部伍严整，人数又多过宋军数倍，宋军如潮水般冲了一次又一次，却哪里撼得动敌军分毫?

杨过叫道："巨奸虽毙，敌军未败，咱们再战。你累不累?"这四句话前三句慷慨激昂，最后一句却转成了温柔体贴的调子。小龙女淡淡一笑，说道："你说上，便上罢!"

忽然身旁一个少女声音说道："杨大嫂，你真美!"正是郭襄。小龙女回头笑道："小妹子，多谢你为我们祝祷重会。你大哥哥尽说你好，定要带我到襄阳来见你一见。"郭襄叹了一口气，道："也真只有你，才配得上他。"小龙女挽住她手，跟她甚是亲热。小龙女本来对谁都是冷冷的不大理睬，但听杨过夸赞郭襄，说她为自己夫妇祝祷重会，又不顾性命的跃下深谷，来求杨过不可自尽，对她也便不同。

杨过牵过几匹四下乱窜的无主战马，说道："我来开路，一齐冲罢!"跃上马背，当先驰去。小龙女和郭襄各乘一匹，跟在他身后。三人奔驰向南，但见数百道云梯竖在襄阳城墙外，蒙古兵如蚂蚁般正向上爬。

三人驰上一个小丘，纵目四望，忽见西首有千余蒙古兵围住了耶律齐率领的三百来人。这些蒙古兵均使四尺弯刀，将耶律齐的部属一个个劈下马来。郭芙领着一队兵马待要冲入相救，却被蒙古两个千人队拦住了，夫妻俩遥遥相望，却是不能相聚。郭芙眼见丈夫身旁的士卒越来越少，一颗心不住的下沉，深知战阵中千军万马相斗，若是落了单被围，武功再高也必无幸。

杨过叫道："郭大姑娘，你向我磕三个响头，我便去救你丈夫出来。"依着郭芙平素骄纵的性儿，别说磕头，宁可死了，也不肯在嘴上向杨过服输，但这时见丈夫命在须臾，更不迟疑，纵马上了小丘，翻身下马，双膝跪倒，便磕下头去。

杨过吃了一惊，急忙扶起，深悔自己出言轻薄，忙道："是我的不是，我胡说八道，你别当真。耶律兄和我一见如故，焉有不救之理？"飞身奔下小丘，在战场上将一匹匹健马牵过，一共牵了八匹，前四匹，后四匹，排成两列，跟着跃上马背，单手提着八根缰绳，大声呼喝，向敌军刀阵中冲了进去。

宋时战阵之中，原有连环甲马一法，当年双鞭呼延灼攻打水泊梁山，即曾以连环马阵法取胜。杨过将这八匹马连成二列，宛然是个小小的连环马之阵。只是八匹马杂凑而成，未加训练，奔动之际或东或西，不成行列，全仗杨过神力提缰，将八匹马制得服服贴贴，卅二只铁蹄翻飞，击土扬尘，疾驰而前。杨过施展轻身功夫，在八匹马背上往复跳跃。蒙古军哪里见过这等神奇的骑术？惊奇之间，八匹马已冲入阵中。杨过衣袖一卷，抢过一面大旗，竖在马鞍之上。

蒙古兵将大声呼喝，上前阻挡，杨过挥旗横扫，将三名将官打下马来，眼见距耶律齐已不过两丈，叫道："耶律兄，快向上跳!”跟着大旗挥动，耶律齐涌身跃起，杨过运臂一卷，大旗正好将他身子卷住。两人八马，驰出敌军重围。

耶律齐喘了口气，说道：“杨兄弟，多谢你相救，只是我尚有部属被围，义不能独生，我要跟他们死在一起。”杨过心念一动，道：“你也去抢一面大旗来罢。”跟着取出火折一晃，将旗子点燃了。耶律齐道：“妙计!”纵马上前，夺了一杆大旗，便在杨过的火旗上引着了。两人纵声大呼，挥动火旗，又攻了进去。

这两面火旗舞动开来，声势大是惊人，犹似两朵血也似的火云，在半空中飞舞来去，蒙古兵将只要给带上了，无不烧得焦头烂额，当此情势，蒙古兵将虽然勇悍，却也不能不退。耶律齐的部队这时只剩下七八十人，乘势一冲，出了包围圈子。耶律齐收集残兵，屯在土丘之上，略事喘息。

郭芙走到杨过身前，盈盈下拜，道：“杨大哥，我一生对你不住，但你大仁大义，以德报怨，救了……”说到此处，声音竟自哽咽了。其实过往杨过曾数次救她性命，但郭芙对他终存嫌隙，明知他待自己有恩，可是厌恶之心总是难去，常觉他自恃武功了得，有意示惠逞能，对己未必安着什么好心。直到此番救了她丈夫，郭芙才真正感激，悟到自己以往之非。

杨过急忙还礼，说道：“芙妹，咱俩从小一起长大，虽然常闹别扭，其实情若兄妹。只要你此后不再讨厌我、恨我，我就心满意足了。”

郭芙一呆，儿时的种种往事，刹时之间如电光石火般在心头一闪而过：“我难道讨厌他么？当真恨他么？武氏兄弟一直拼命的想讨我欢喜，可是他却从来不理我。只要他稍为顺着我一点儿，我便为他死了，也所甘愿。我为什么老是这般没来由的恨他？只因为我暗暗想着他，念着他，但他竟没半点将我放在心上?”

二十年来，她一直不明白自己的心事，每一念及杨过，总是将他当作了对头，实则内心深处，对他的眷念关注，固非言语所能形容。可是不但杨过丝毫没明白她的心事，连她自己也不明白。

此刻障在心头的恨恶之意一去，她才突然体会到，原来自己对他的关心竟是如此深切。“他冲入敌阵去救齐哥时，我到底是更为谁担心多一些啊？我实在说不上来。”便在这千军万马厮杀相扑的战阵之中，郭芙陡然间明白了自己的心事：“他在襄妹生日那天送了她这三份大礼，我为什么要恨之切骨？他揭露霍都的阴谋毒计，使齐哥得任丐帮帮主，为什么我反而暗暗生气？郭芙啊郭芙，你是在妒忌自己的亲妹子！他对襄妹这般温柔体贴，但从没半分如此待我。”

想到此处，不由得恚怒又生，愤愤的向杨过和郭襄各瞪一眼，但蓦地惊觉：“为什么我还在乎这些？我是有夫之妇，齐哥又待我如此恩爱！”不知不觉幽幽的叹了口长气。虽然她这一生什么都不缺少了，但内心深处，实有一股说不出的遗憾。她从来要什么便有什么，但真正要得最热切的，却无法得到。因此她这一生之中，常常自己也不明白，为什么脾气这般暴躁？为什么人人都高兴的时候，自己却会没来由的生气着恼？

郭芙脸上一阵红、一阵白，想着自己奇异的心事。杨过、小龙女、耶律齐、郭襄等人却都在凝目遥望襄阳城前的剧战。眼见蒙古军已蚁附登城，郭靖、黄药师等所率领的兵马虽在后攻击牵制，只是人数太少，动摇不了蒙古攻城大军的阵伍。蒙古大汗的九旄大纛渐渐逼近城垣，城内守军似乎军心已乱，无力将登城的敌军反击下来。郭襄急道：“大哥哥，怎么是好？怎么是好？”

杨过心想：“此生得与龙儿重会，老天爷实在待我至厚，今日便是死了，也已无憾。男儿汉大丈夫为国战死沙场，正是最好的归宿。”言念及此，精神大振，叫道：“耶律兄，咱们再去冲杀一阵。”耶律齐道：“再好没有。”小龙女和郭襄齐声道：“大伙儿一齐去！”杨过道：“好！我当前锋，你们多捡长矛，跟随在我身后。”耶律齐当下传令部属，在战场上捡拾长矛，每人手中都抱了三五枝。

杨过执了一枝长矛，跃马冲前，那神雕迈开大步，伴在马旁，伸翅拨开射来的弩箭。小龙女、耶律齐、郭芙、郭襄四人紧随其后。杨过对着蒙古大汗的九旄大纛，疾驰而去。耶律齐吃了一惊，心想蒙古大汗亲临前敌，定然防卫极严，精兵猛将，多在左右，自己这百余人冲了过去，岂非白白送死？但想自己这条命是杨过救的，真所谓水里水里去，火里火里去，他要到哪里，便跟到哪里，何必多言？

这一行人去得好快，转眼间冲出数里，已到襄阳城下。蒙哥的扈驾亲兵见杨过来得势头猛恶，早有两个百人队冲上阻挡。杨过左臂一挥，一枝长矛飞掷出去，洞穿一名百夫长的铁甲，贯胸而过。他顺手从耶律齐手中接过一枝长矛，掷死了第二名百夫长。蒙古亲兵一阵惊乱，杨过已突阵而过。众亲兵大惊，挺刀举戟，纷纷上前截拦。杨过一矛一人，当者立毙。他左臂的神功系从山洪海潮之中练成，这长矛飞掷之势，便是岩石也能插入，何况常人血肉之躯？他每一枝长矛都是对准了顶盔贯甲的将军发出，顷刻间掷出了一十七枝长矛，杀了一十七名蒙古猛将。

这一下突袭，当真如迅雷不及掩耳，蒙古大军在城下屯军十万余众，但杨过奔马而前，便如摧枯拉朽般破坚直入，一口气冲到了大汗的马前。

蒙哥的扈驾亲兵舍命上前抵挡。执戟甲士横冲直撞的过来，遮在大汗身前。杨过回臂要去耶律齐手中再拿长矛时，却拿了个空，原来已给蒙古甲士隔断。眼见蒙古大汗脸有惊惶之色，拉过马头正要退走，杨过一声长啸，双脚踏上马鞍，跟着在马鞍上一点，和身跃起，直扑而前。十余名亲兵将校挺枪急刺，杨过在半空中提一口真气，一个筋斗，从十余枝长枪上翻了过去。

蒙古大汗见势头不好，一提马缰，纵骑急驰。他胯下这匹坐骑乃是蒙古万中选一的良驹，龙背鸟颈、骨挺筋健、嘶吼似雷、奔驰若风，名为“飞云骓”，和郭靖当年的“汗血宝马”不相上下。此刻鞍上负了大汗，四蹄翻飞，径向空旷处疾驰。杨过展开轻功，在后追去。蒙古军数百骑又在杨过身后急赶。

两军见了这等情势，城上城下登时都忘了交战，万目齐注，同声呐喊。

杨过见大汗单骑逃遁，心下大喜，暗想你跑得再快，也要教我赶上了，哪知道这“飞云骓”实是非同小可，后蹄只在地下微微一撑，便窜出了数丈。杨过提气急追，反而和大汗越来越远了。他弯腰在地下拾起一根长矛，奋力往蒙哥背心掷去。

眼见那长矛犹似流星赶月般飞去，两军瞧得亲切，人人目瞪口呆，忘了呼吸。只见那飞云骓猛地里向前一冲，长矛距大汗背心约有尺许，力尽而堕。宋军大叫：“啊哟！”蒙古军齐呼：“万岁！”

这时郭靖、黄药师、黄蓉、周伯通、一灯等相距均远，只有空自焦急，却哪里使得出一分力气去助杨过？蒙古兵将千千万万，也只有呐喊助威，枉有尽忠效死之心，又怎赶得上飞云骓的脚力？

蒙哥在马背上回头一望，见将杨过越抛越远，心下放宽，纵马向西首一个万人队驰去。那万人队齐声发喊，迎了上来，只要两下里一凑合，杨过本领再高，也伤不着大汗了。

杨过眼见功败垂成，好生沮丧，突然间心念一动：“长矛太重，难以及远，何不用石子？”拾起两枚石子，运劲掷了出去。但听得嗤嗤声响，两粒石子都击在飞云骓臀上。那马吃痛，一声长嘶，前足提起，人立起来。

蒙哥虽贵为有史以来最大帝国的大汗，但自幼弓马娴熟，曾跟随祖父成吉思汗、父亲拖雷数次出征，于拔都西征欧洲之役中，他更建立殊勋，毕生长于马背之上、刀枪之中，这时变出非常，却并不慌乱，挽雕弓、搭长箭，双腿紧紧夹住马腹，回身向杨过便是一箭。

杨过低头避过，飞步抢上，左手中早已拾了一块拳头大小的石块，呼的一声掷出，正中蒙哥后心。杨过这一掷劲力何等刚猛，蒙哥筋折骨断，倒撞下马，登时毙命。

蒙古兵将见大汗落马，无不惊惶，四面八方抢了过来。郭靖大呼传令，乘势冲杀。城内宋军开城杀出。郭靖、黄药师、黄蓉等发动二十八宿大阵，来回冲击。蒙古军军心已乱，自相践踏，死者不计其数，一路上抛旗投枪，溃不成军，纷纷向北奔逃。

郭靖等正追之间，忽见西方一路敌军开来，队伍甚是整齐，军中竖起了四王子忽必烈的旗号。蒙古兵败如山倒，一时之间哪能收拾？忽必烈治军虽严，给如潮水般涌来的败兵一冲，部属也登时乱了。忽必烈见势头不妙，率领一支亲兵殿后，缓缓北退。郭靖等直追出三十余里，眼见蒙古兵退势不止，而吕文德流水价的派出传令官召郭靖回军保城，宋军这才凯旋而回。

自蒙古和宋军交锋以来，从未有如此大败，而一国之主丧于城下，更是军心大沮。蒙古大汗之位并非父死子袭，系由皇族王公、重臣大将会议拥立。蒙哥既死，其弟七王子阿里不哥在北方蒙古老家得王公拥戴而为大汗。忽必烈得讯后领军北归，与阿里不哥争位，兄弟各率精兵互斗。最后忽必烈得胜，但蒙古军已然元气大伤，无力南攻，襄阳得保太平。直至一十三年后的宋度宗咸淳九年，蒙古军始再进攻襄阳。

郭靖领军回到襄阳城边，安抚使吕文德早已率领亲兵将校，大吹大擂，列队在城外相迎。众百姓也拥在城外，陈列酒浆香烛，罗拜慰劳。

郭靖携着杨过之手，拿起百姓呈上来的一杯美酒，转敬杨过，说道："过儿，你今日立此大功，天下扬名固不待言，合城军民，无不重感恩德。"

杨过心中感动，有一句话藏在心中二十余年始终未说，这时再也忍不住了，朗声说道："郭伯伯，小侄幼时若非蒙你抚养教诲，焉能得有今日？"

他二人自来万事心照，不说铭恩感德之言，此时对饮三杯，两位当世大侠倾吐肺腑，只觉人生而当此境，复有何求！

二人携手入城，但听得军民夹道欢呼，声若轰雷。杨过忽然想起："二十余年之前，郭伯伯也这般携着我的手，送我上终南山重阳宫去投师学艺。他对我一片至诚，从没半分差异。可是我狂妄胡闹，叛师反教，闯下了多大的祸事！倘若我终于误入歧路，哪有今天和他携手入城的一日？"想到此处，不由得汗流浃背，暗自心惊。

襄阳城中家家悬彩，户户腾欢。虽有父兄子弟在这一役中阵亡的，但军胜城完，悲戚之念也不免稍减。

这晚安抚使署中大张祝捷之宴，吕文德便要请杨过坐个首席。杨过说什么也不肯。众人推让良久，终于推一灯大师为尊，其次是周伯通、黄药师、郭靖、黄蓉，这才是杨过、小龙女、耶律齐。吕文德心下暗自不悦，心想："黄岛主是郭大侠的岳父，那也罢了。一灯老和尚貌不惊人，周老头子疯疯癫癫，怎能位居上座？"群雄纵谈日间战况，无不逸兴横飞，吕文德却哪里插得下口去？

酒过数巡，城中官员、大将、士绅纷纷来向郭靖、杨过等敬酒，极口赞誉群侠功略丰伟，武艺过人。

郭靖想起师门重恩，说道："当年若非全真教丘道长仗义、七位恩师远赴蒙古，又得洪老恩师栽育，我郭靖岂能立此微功？但咱们今日在此欢呼畅饮，各位恩师除柯老恩师外，均已长逝，思之令人神伤。”一灯等尽皆黯然。郭靖又道：“此间大事已了，明日我想启程赴华山祭扫恩师之墓。”杨过道：“郭伯伯，我也正想说这句话，大伙儿一齐都去如何？”一灯、黄药师、周伯通等都想念这位逝世的老友，齐声赞同。

是晚群雄直饮至深夜，大醉而散。

【注】

《元史》本纪卷三载：“宪宗讳蒙哥，睿宗拖雷之长子也。……九年二月丙子，帝悉率诸兵……丁丑，督诸军战城下……攻镇西门、攻东新门、奇胜门……攻护国门……登外城，杀宋兵甚众……屡攻不克……癸亥，帝崩。……帝刚明雄毅，沉断而寡言……御群臣甚严。”

《续通鉴》：“蒙古主屡督诸军攻之，不克……蒙古主殂……史天泽与群臣奉丧北还，于是合州围解。”《续通鉴考异》：“元宪宗自因顿兵日久，得疾而殂。《重庆志》谓其中飞石……今不取。”

依历史记载，宪宗系因攻四川重庆不克而死，是否为了中飞石，史书亦记载各异。但蒙古军宋军激战最久、战况最烈者系在襄阳，蒙古军前后进攻数十年而不能下。为增加小说之兴味起见，安排为宪宗攻襄阳不克，中飞石而死，城围因而得解。

杨过朗声说道：“今番良晤，豪兴不浅，他日江湖相逢，再当杯酒言欢。咱们就此别过。”说着袍袖一拂，携着小龙女之手，与神雕并肩下山。

第四十回

华山之巅

次日清晨，郭靖等一行人生怕襄阳军民大举相送，一早便悄悄出了北门，径往华山而去。周伯通、陆无双、武氏兄弟、点苍渔隐等伤势未愈，众人骑在马上，缓缓而行。好在也无要事，每日只行数十里即止。

不一日来到华山，受伤众人在道上缓行养伤，这时也已大都痊可。一行人上得山来，杨过指点洪七公与欧阳锋埋骨之处。黄蓉早在山下买备鸡肉蔬菜，于是生火埋灶，做了几个洪七公生前最喜欢的菜肴，供奉祭奠。群雄一一叩拜。

欧阳锋的坟墓便在洪七公的墓旁。郭靖与欧阳锋仇深似海，想到他杀害恩师朱聪、韩宝驹等五侠的狠毒，虽然事隔数十年，仍是恨恨不已。只有杨过思念旧情，和小龙女两人在墓前跪拜。周伯通上前一揖，说道："老毒物啊老毒物，你生前作恶多端，死后骸骨仍得与老叫化为邻，也可算是三生有幸。今日人人都来拜祭老叫化，却只有两个娃娃向你叩头，你地下有知，想来也要懊悔活着之时太过心狠手辣了罢？"这一篇祭文别出心裁，人人听着都觉好笑。

众人取过碗筷酒菜，便要在墓前饮食，忽然山后一阵风吹来，传到一阵兵刃相交和呼喝叱骂之声，显是有人在动手打斗。周伯通抢先便往喧哗声处奔去。余人随后跟去。转过两个山坳，只见一块石坪上聚了三四十个僧俗男女，手中都拿着兵刃。

这群人自管吵得热闹，见周伯通、郭靖等人到来，只道是游山的客人，也不理会。一名铁塔般的大汉朗声说道："大家且莫吵闹，乱打一起也非了局，这'武功天下第一'的称号，决不是叫叫嚷嚷便能得手的。今日各路好汉都已相聚于此，大伙儿何不便凭兵刃拳脚上见个雌雄？只要谁能长胜不败，大家便心悦诚服，公推他为'武功天下第一'。"一个长须道人挥剑说道："不错。武林中相传有'华山论剑'的韵事，咱们今日便来论他一论，且看当世英雄，到底是谁居首？"余人轰然叫好，便有数人抢先站出，大叫："谁敢上来？"

周伯通、黄药师、一灯等人面面相觑，看这群人时，竟无一个识得。

第一次华山论剑，郭靖尚未出世，那时东邪、西毒、南帝、北丐、中神通五人，为争一部《九阴真经》，约定在华山绝顶比武较量，艺高者得，结果中神通王重阳独冠群雄，赢得了"武功天下第一"的尊号。二十五年后，王重阳逝世，黄药师等二次华山论剑，除东邪、西毒、南帝、北丐四人外，又有周伯通、裘千仞、郭靖三人参与。各人修为精湛，各有所长，但真要说到"天下第一"四字，实所难言，单以武功而论，似乎倒以发了疯的欧阳锋最强。想不到事隔数十年，居然又有一群武林好手，相约作第三次华山论剑。这一着使黄药师等尽皆愕然。更奇的是，眼前这数十人并无一个识得。难道当真"长江后浪推前浪，一辈新人胜旧人"？难道自己这一干人都作了井底之蛙，竟不知天外有天，人上有人？

只见人群中跃出六人，分作三对，各展兵刃，动起手来。数招一过，黄药师、周伯通等无不哑然失笑，连一灯大师如此庄严慈祥的人物，也忍不住莞尔。又过片刻，黄药师、周伯通、杨过、黄蓉等或忍俊不禁，或捧腹大笑。原来动手的这六人武功平庸之极，连与武氏兄弟、郭家姊妹相比，也是远远不及，瞧来不过是江湖上的一批妄人，不知从哪里听到“华山论剑”四字，居然也来附庸风雅。

那六人听得周伯通等人嘻笑，登时罢斗，各自跃开，厉声喝道：“不知死活的东西。老爷们在此比武论剑，争那‘武功天下第一’的名号。你们在这里嘻嘻哈哈的干什么？快快给我滚下山去，方饶了你们性命。”

杨过哈哈一笑，纵声长啸，四下里山谷鸣响，霎时之间，便似长风动地，云气聚合。那一干人初时惨然变色，跟着身战手震，呛啷啷之声不绝，一柄柄兵刃都抛在地下。杨过喝道：“都给我请罢！”那数十人呆了半晌，突然一声发喊，纷纷拼命的奔下山去，跌跌撞撞，连兵刃也不敢执拾，顷刻间走得干干净净，不见踪影。

瑛姑、郭芙等都笑弯了腰，说不出话来。黄药师叹道：“欺世盗名的妄人，所在多有，但想不到在这华山之巅，居然也得见此辈。”

周伯通忽道：“昔年天下五绝，西毒、北丐与中神通已然逝世，今日当世高手，却有哪几个可称得五绝？”黄蓉笑道：“一灯大师和我爹爹功力与日俱深，当年已居五绝，今日更无疑义。你义弟郭靖深得北丐真传，当可算得一个。过儿虽然年轻，但武功卓绝，小一辈英才中无人及得，何况他又是欧阳锋的义子。东和南是旧人，西和北两位，须当由你义弟和过儿承继了。”

周伯通摇头道：“不对，不对！”黄蓉道：“什么不对？”周伯通道：“欧阳锋是西毒，杨过这小子的手段和心肠可都不毒啊，叫他小毒物，有点儿冤枉。”

黄蓉笑道：“靖哥哥也不做叫化子，何况一灯大师现今也不做皇爷了。我说几位的称号得改一改。爹爹的‘东邪’是老招牌老字号，那不用改。一灯大师皇帝不做，去做了和尚，该称‘南僧’。过儿呢，我赠他一个‘狂’字，你们说贴切不贴切？”

黄药师首先叫好，说道：“东邪西狂，一老一少，咱两个正是一对儿。”杨过道：“想小子年幼，岂敢和各位前辈比肩。”

黄药师道：“啊哈，小兄弟，这个你可就不对了。你既然居了一个‘狂’字，便狂一下又有何妨？再说以你今日声名之盛、武功之强，难道还不胜过老顽童吗？”黄药师知道女儿故意不提周伯通，是要使他心痒难搔，于是索性挤他一挤。杨过也明白他父女的心意，和小龙女相视一笑，心想：“这个‘狂’字，果然说得好。”

周伯通道：“南帝、西毒都改了招牌，‘北丐’呢，那又改作什么？”朱子柳道：“当今天下豪杰，提到郭兄时都称‘郭大侠’而不名。他数十年来苦守襄阳，保境安民，如此任侠，决非古时朱家、郭解辈逞一时之勇所能及。我说称他为‘北侠’，自当人人心服。”一灯大师、武三通等一齐鼓掌称善。

黄药师道：“东邪、西狂、南僧、北侠，四个人都有了，中央那一位，该当由谁居之？”说着向周伯通望了一眼，续道：“杨夫人小龙女是古墓派唯一传人。想当年林朝英女侠武功卓绝，玉女素心剑法出神入化，纵然是重阳真人，见了她也忌惮三分。当时林女侠若来参与华山绝顶论剑之会，别说五绝之名定当改上一改，便是重阳真人那‘武功天下第一’的尊号，也未必便能到手。杨过的武艺出自他夫人传授，弟子尚且名列五绝，师父是更加不用说了。是以杨夫人可当中央之位。”小龙女微微一笑，道：“这个我是万万不敢当的。”黄药师道：“要不然便是蓉儿。她武功虽非极强，但足智多谋，机变百出，自来智胜于力，列她为五绝之一，那也甚当。”

周伯通鼓掌笑道：“妙极，妙极！你什么黄老邪、郭大侠，老实说我都不心服，只有黄蓉这女娃娃精灵古怪，老顽童见了她便缚手缚脚，动弹不得。将她列为五绝之一，真是再好也没有了。”

各人听了，都是一怔，说到武功之强，黄药师、一灯等都自知尚逊周伯通三分，所以一直不提他的名字，只是和他开开玩笑，想逗得他发起急来，引为一乐。哪知道周伯通天真烂漫，胸中更无半点机心，虽然天性好武，却从无争雄扬名的念头，决没想到自己是否该算五绝之一。

黄药师笑道："老顽童啊老顽童，你当真了不起。我黄老邪对'名'淡泊，一灯大师视'名'为虚幻，只有你，却是心中空空荡荡，本来便不存'名'之一念，可又比我们高出一筹了。东邪、西狂、南僧、北侠、中顽童，五绝之中，以你居首！"

众人听了"东邪、西狂、南僧、北侠、中顽童"这十一个字，一齐喝采，却又忍不住好笑。五绝之位已定，人人欢喜，当下四散在华山各处寻幽探胜。

杨过指着玉女峰，对小龙女道："咱们学的是玉女剑法，这玉女峰不可不游。"小龙女道："正是。"

两人携手同上峰顶，见有小小一所庙宇，庙旁雕有一匹石马。那庙便是玉女祠，祠中大石上有一处深陷，凹处积水清碧。杨过当年来过华山，虽未上过玉女峰，却曾听洪七公说起山上各处胜迹，对小龙女道："这是玉女的洗头盆，碧水终年不干。"小龙女道："咱们到殿上拜拜玉女去。"

走进殿中，只见玉女的神像容貌婉娈，风姿嫣然，依稀和古墓中祖师林朝英的画像有些相似。两人都吃了一惊。小龙女道："难道这位女神便是咱们的祖师婆婆么？"杨过说道："祖师婆婆当年行侠天下，有惠于人。有人念着她老人家的恩德，在这里立祠供奉，说不定也是有的。"小龙女点头道："若是寻常仙姑，何以祠旁又有一匹石马？看来那是纪念师祖婆婆的那匹坐骑。"两人并肩在玉女像前拜倒，心意相通，一齐轻轻祷祝："愿咱俩生生世世都结为夫妇。”

忽听得身后脚步之声轻响，有人走进殿来。两人站起身来，见是郭襄。杨过喜道：“小妹子，你和咱们一起玩罢!”郭襄道：“好!”小龙女携着她手，三人走出殿来。

经过石梁，到了一处高冈，见冈腰有个大潭。郭襄向潭里一望，只觉一股寒气从潭中直冒上来，不禁打个寒颤。这大潭望将下去深不见底，比之绝情谷中那深谷，却又截然不同。绝情谷的深谷云封雾锁，从上面看来，令人神驰想像，不知下面是何光景，这大潭却可极目纵视，只是越瞧越深，使人不期然而生怖畏。小龙女拉住她手，说道：“小心!”

杨过道：“这个深潭据说直通黄河，是天下八大水府之一。唐时北方大旱，唐玄宗曾书下祷雨玉版，从这水府里投下去。”郭襄道：“这里直通黄河？那可奇了。”杨过笑道：“这也是故老相传而已，谁也没下去过，也不知真的通不通？”郭襄道：“唐玄宗投玉版时，杨贵妃是不是在他身边？后来下雨了没有？”杨过哈哈一笑，说道：“这个你可问倒我啦。看来老天爷爱下雨便下雨，不爱下便不下，未必便听皇帝老儿的话。”郭襄凝望深潭，幽幽的道：“嗯，便是贵为帝王，也未必能事事如意。”

杨过心中一凛，暗道：“这孩子小小年纪，何以有这么多感慨？须得怎生想个法儿教她欢悦喜乐。”正欲寻语劝慰，小龙女突然“咦”的一声，轻声道：“瞧是谁来了？”

杨过顺着她手指望去，只见山冈下有两人在长草丛中蛇行鼠伏般上来。这两人轻功甚高，走得又极隐蔽，显是生怕给人瞧见，但小龙女眼力异于常人，远远便已望见。杨过低声道：“这两人鬼鬼祟祟，武功却大是不弱，这会儿到华山来必有缘故，咱们且躲了起来，瞧他们作何勾当。”三人在大树岩石间隐身而待。

过了好一会功夫，听得践草步石之声轻轻传上。这时天色渐晚，一轮新月已挂在大树之巅。郭襄靠在小龙女身旁，她对上来的这两人全不关心，望着杨过的侧影，心中忽想：“若是我终身得能如此和大哥哥、龙姊姊相聚，此生再无他求。”但觉此时此情，心满意足，只盼时光便此停住，永不再流，但内心深处，却也知此事决不能够。

小龙女在暮霭苍茫中瞧得清楚，但见郭襄长长的睫毛下泪光莹然，心想：“她神情有异，不知怀着什么心事。我和过儿总得设法帮她办到，好教她欢喜。”

只听得那两人上了峰顶，伏在一块大岩之后。过了半晌，一人悄声道：“潇湘兄，这华山林深山密，到处可以藏身。咱们好好的躲上几日，算那秃驴神通如何广大，也未必能寻得到。待他到别地寻找，咱们再往西去。”

杨过瞧不见二人身形，听口音是尹克西的说话，他口称“潇湘兄”，那么另一人便是潇湘子了，心想：“蒙古诸武士来我中土为虐，其中金轮法王、尼摩星、霍都等已然伏诛，达尔巴、马光佐作恶不深，只剩下潇湘子和尹克西这两个家伙。当日我饶了他们性命，但看来二人怙恶不悛，不知又在干什么奸恶之事。”

听潇湘子阴恻恻的道：“尹兄且莫欢喜，这秃驴倘若寻咱们不着，定然守在山下孔道之处。咱们若是贸然下去，正好撞在他的手里。”尹克西道：“潇湘兄深谋远虑，此言不差，却不知有何高见。”潇湘子道：“我想这山上寺观甚多，咱们便拣一处荒僻的，不管住持是和尚还是道士，都下手宰了，占了寺观，便这么住下去不走啦。那秃驴决计想不到咱们会在山上穷年累月的停留。他再不死心，在山中搜寻数遍，在山下守候数月，也该去了。”尹克西喜道：“潇湘兄此计大妙。”他心中一欢喜，说话声音便响了一些。

潇湘子忙道：“禁声！”尹克西歉然道：“嗯，我竟然是乐极忘形。”接着两人悄声低语。杨过再也听不清楚，暗暗奇怪：“这两人怕极了一个和尚，唯恐给他追上。这两个恶徒武功各有独到之处，方今除了黄岛主、一灯大师、郭伯伯等寥寥数位，极少有人是他们之敌，何况他二恶联手，更是厉害，不知那位高僧是谁，竟能令他们如此畏惧？又不知他何以苦苦追踪，非擒到这二人不可？”又想：“那潇湘子说要杀人占寺，打的尽是恶毒主意，这件事既给我撞到了，怎能不管？”

只听得远处郭芙扬声叫道：“杨大哥、杨大嫂、二妹……杨大哥、杨大嫂、二妹……吃饭啦……吃饭啦！”杨过回过头来，向小龙女和郭襄摇了摇手，叫她们别出声答应。过了半晌，郭芙不再呼唤。

忽听得山腰里一人喝道：“借书不还的两位朋友，请现身相见！”这两句喝声只震得满山皆响，显是内力充沛之极，虽不威猛高昂，但功力之淳，竟是不弱于杨过的长啸。

杨过一惊，心想：“世上竟尚有这样一位高手，我却不知！”他略略探身，往呼喝声传来处瞧去，月光下只见一道灰影迅捷无伦的奔上山来。过了一会，看清楚灰影中共有两人，一个灰袍僧人，携着一个少年。潇尹二人缩身在长草丛中，连大气也不敢透一口。杨过见了那僧人的身形步法，暗暗称奇：“这人的轻功未必在龙儿和我之上，但手上拉了一少年，在这陡山峭壁之间居然健步如飞，内力之深厚，竟可和一灯大师、郭伯伯相匹敌。怎地江湖之上从未听人说起有这样一位人物？”

那僧人奔到高冈左近，四下张望，不见潇尹二人的踪迹，当即向西峰疾奔而去。郭襄忍耐不住，大声叫道：“喂，和尚，那两人便在此处！”她叫声刚出口，飕飕两响，便有两枚飞锥、一枚丧门钉，向她藏身处急射过来。杨过袍袖一拂，将三枚暗器卷在衣袖之中。郭襄内功不深，叫声传送不远，那僧人去得快了，竟没听见她的呼叫。郭襄见他足不停步的越走越远，急道："大哥哥，你快叫他回来。"

杨过长吟道："有缘千里来相会，无缘对面不相逢！"这两句话一个个字远远的传送出去。那僧人正走在山腰之间，立时停步，回头说道："有劳高人指点迷津。"杨过吟道："踏破铁鞋无觅处，得来全不费功夫。"那僧人大喜，携了那少年飞步奔回。

潇湘子和尹克西听了杨过的长吟之声，这一惊非同小可，相互使个眼色，从草丛中窜了出来，向东便奔。杨过见那僧人脚力虽快，相距尚远，这华山之中到处都是草丛石洞，若是给这两个恶徒躲了起来，黑夜里却也未必便能找着，当下伸指一弹，呼的一声急响，一枚飞锥破空射去，正是潇湘子袭击郭襄的暗器。杨过不知那僧人找这二人何事，不欲便伤他们性命，这枚飞锥只在二人面前尺许之处掠过，激荡气流，刮得二人颜面有如刀割。二人"啊"的一声低呼，转头向北。杨过又是一枚丧门钉弹出，再将二人逼了转来。

便这么阻得两阻，那僧人已奔上高冈。潇湘子和尹克西眼见难以脱身，各出兵刃，并肩而立，一个手持哭丧棒，一个手执软鞭。尹克西那条珠光宝气的金龙鞭在重阳宫中给杨过震得寸寸断绝，现下这条软鞭上虽仍镶了些金珠宝石，却已远不如当年金龙鞭的辉煌华丽。

那僧人四下一望，见暗中相助自己之人并未现身，竟不理睬潇尹二人，先向空旷处合什行礼，说道："少林寺小僧觉远，敬谢居士高义。"

杨过看这僧人时，只见他长身玉立，恂恂儒雅，若非光头僧服，宛然便是位书生相公。和他相比，黄药师多了三分落拓放诞的山林逸气，朱子柳却又多了三分金马玉堂的朝廷贵气。这觉远五十岁左右年纪，当真是腹有诗书气自华，俨然、宏然，恢恢广广、昭昭荡荡，便如是一位饱学宿儒、经术名家。杨过不敢怠慢，从隐身之处走了出来，奉揖还礼，说道：“小子杨过，拜见大师。”心中却自寻思：“少林寺的方丈、达摩院首座等我均相识，他们的武功修为似乎还不及这位高僧，何以从不曾听他们说起?”

觉远恭恭敬敬的道：“小僧得识杨居士尊范，幸何如之。”向身旁的少年道：“快向杨居士磕头。”那少年上前拜倒，杨过还了半礼。这时小龙女和郭襄也均现身，觉远合什行礼，甚是恭谨。

潇湘子和尹克西僵在一旁，上前动手罢，自知万万不是觉远、杨过和小龙女的敌手，若要逃走，也是绝难脱身。两人目光闪烁，只盼有甚机会，便施偷袭。

杨过道：“贵寺罗汉堂首座无色禅师豪爽豁达，与在下相交已十余年，堪称莫逆。六年之前，在下蒙贵寺方丈天鸣禅师之召，赴少室山宝刹礼佛，得与方丈及达摩院首座无相禅师等各位高僧相晤，受益非浅。其时大师想是不在寺中，以致无缘拜见。”

神雕大侠杨过名满天下，但觉远却不知他的名头，只道：“原来杨居士和天鸣师叔、无相师兄、无色师兄均是素识。小僧在藏经阁领一份闲职，三十年来未曾出过山门一步，只为职位低微，自来不敢和来寺居士贵客交接。”杨过暗暗称奇：“当真是天下之大，奇材异能之士所在都有，这位觉远大师身负绝世武功，深藏不露，在少林寺中恐亦没没无闻，否则无色和我如此交好，若知本寺有此等人物，定会和我说起。”

杨过和觉远呼叫相应，黄药师等均已听见，知道这边出了事故，一齐奔来。杨过和觉远说话之际，众人一一上得冈来，当下杨过替各人逐一引见。黄药师、一灯、周伯通、郭靖、黄蓉在武林中都已享名数十年，江湖上可说是谁人不知，哪个不晓，但觉远全不知众人的名头，只是恭谨行礼，又命那少年向各人下拜。众人见觉远威仪棣棣，端严肃穆，也不由得油然起敬。

觉远见礼已毕，合什向潇湘子和尹克西道："小僧监管藏经阁，阁中片纸之失，小僧须领罪责，两位借去的经书便请赐还，实感大德。"杨过一听，已知潇湘子和尹克西在少林寺藏经阁中盗窃了什么经书，因而觉远穷追不舍，但见他对这两个盗贼如此彬彬有礼，倒是颇出意料之外。

尹克西笑嘻嘻的道："大师此言差矣。我两人遭逢不幸，得蒙大师施恩收留，图报尚自不及，怎会向大师借了什么经书不还，致劳跋涉追索？再说，我二人并非佛门弟子，借了佛经又有何用？"

尹克西是珠宝商出身，口齿伶俐，这番话粗听之下原也言之成理。但杨过等素知他和潇湘子并非良善之辈，而他们所盗的经书自也不会是寻常佛经，必是少林派的拳经剑谱。若依杨过的心性，只须纵身上前，一掌一个打倒，在他们身上搜出经书，立时了事，又何必多费唇舌？但觉远是个儒雅之士，却向众人说道："小僧且说此事经过，请各位评一评这个道理。"

郭襄忍不住说道："大和尚，这两个人躲在这里鬼鬼祟祟的商量，说要杀人占寺，好让你寻他们不着。若不是作贼心虚，何以会起此恶心？"

觉远向潇尹二人道："罪过罪过，两位居士起此孽心，须得及早清心忏悔。"

众人见他说话行事都有点迂腐腾腾，似乎全然不明世务，跟这两个恶徒竟来说什么清心忏悔，都不禁暗暗好笑。

尹克西见觉远并不动武，却要和自己评理，登时多了三分指望，说道："大家原该讲道理啊！"觉远点头道："众位，那日小僧在藏经阁上翻阅经书，听得山后有叫喊殴斗之声，又有人大叫救命。小僧出去一看，只见这两位居士躺在地下，被四个蒙古武官打得奄奄一息。小僧心下不忍，上前劝开四位官员，见两位居士身上受伤，于是扶他们进阁休息。请问两位，小僧此言非虚罢？"

尹克西道："不错，原是这样。因此我们二人对大师救命之恩感激不尽。"

杨过哼了一声，说道："以你两位的功夫，别说四名蒙古武士，便是四十名、四百名，又怎能将你们打倒？君子可欺以方，觉远大师这番可上了你们的大当啦。"

觉远又道："他们两位养了一天伤，说道躺在床上无聊，向小僧借阅经书。小僧心想宏法广道，原是美事，难得这两位居士生具慧根，亲近佛法，于是借了几部经书给他们看。哪知道有一天晚上，这两位居士乘着小僧坐禅入定之际，却将小徒君宝正在诵读的四卷《楞伽经》拿了去。不告而取，未免稍违君子之道，便请两位赐还。"

一灯大师佛学精湛，朱子柳随侍师父日久，读过的佛经也自不少，听了他这番言语，均想："这两人从少林寺中盗了经书出来，我只道定是拳经剑谱的武学之书，岂知竟是四卷《楞伽经》。这《楞伽经》虽是达摩祖师东来所传，但经中所记，乃如来佛在楞伽岛上说法的要旨，明心见性，宣说大乘佛法，和武功全无干系，这两名恶徒盗去作甚？再说，《楞伽经》流布天下，所在都有，并非不传秘籍，这觉远又何以如此紧追不舍，想来其中定有别情。"

只听觉远说道："这四卷《楞伽经》，乃是达摩祖师东渡时所携的原书，以天竺文字书写，两位居士只恐难识，但于我少林寺却是世传之宝。"众人这才恍然："原来是达摩祖师从天竺携来的原书，那自是非同小可。"

尹克西笑嘻嘻的道："我二人不识天竺文字，怎会借阅此般经书？虽说这是宝物，但变卖起来，想亦不值什么钱。除了佛家高僧，谁也不会希罕，而大和尚们靠化缘过日子，又是出不起价的。"

众人听他油腔滑调的狡辩，均已动怒。觉远却仍是气度雍容，说道："这《楞伽经》共有四种汉文译本，今世尚存其三。一是刘宋时求那跋陀罗所译，名曰《楞伽阿跋多罗宝经》，共有四卷，世称‘四卷楞伽’。二是元魏时菩提流支译，名曰《入楞伽经》，共有十卷，世称‘十卷楞伽’。三是唐朝实叉难陀所译，名曰《大乘入楞伽经》，共有七卷，世称‘七卷楞伽’。这三种译本之中，七卷楞伽最为明畅易晓，小僧携得来此，难得两位居士心近佛法，小僧便举以相赠。倘若二位要那四卷楞伽和十卷楞伽，也无不可，小僧当再去求来。”说着从大袖中掏出七卷经书，交给身旁的少年，命他去赠给尹克西。

杨过心道：“这位觉远大师竟是如此迂腐不堪，世上少见，难怪他所监管的经书竟会给这两个恶徒盗去。”

只听那少年说道：“师父，这两个恶徒存心不良，就是要偷盗宝经，岂是当真的心近佛法？”他小小身材，说话却是中气充沛，声若洪钟。众人听了都是一凛，只见他形貌甚奇，额尖颈细、胸阔腿长、环眼大耳，虽只十二三岁年纪，但凝气卓立，甚有威严。

杨过暗暗称奇，问道：“这位小兄弟高姓大名？”觉远道：“小徒姓张，名君宝。他自幼在藏经阁中助我洒扫晒书，虽称我一声师父，其实并未剃度，乃是俗家弟子。”杨过赞道：“名师出高徒，大师的弟子气宇不凡。”觉远道：“师非名师，这个徒儿倒真是不错的。只是小僧修为浅薄，未免耽误了他。君宝，今日你得遇如许高士，真乃三生有幸，便当向各位请教。常言道：‘闻君一席话，胜读十年书’。”张君宝应道：“是。”

周伯通听觉远噜哩噜苏说了许久，始终不着边际，虽然事不关已，却先忍不住了，叫道：“喂，潇湘子和尹克西两个家伙，你们骗得过这个大和尚，可骗不过我老顽童。你们可知当今五绝是谁？”尹克西道：“不知，却要请教。”

周伯通得意洋洋的道：“好，你们站稳了听着：东邪、西狂、南僧、北侠、中顽童。五绝之中，老顽童居首。老顽童既为五绝之首，说话自然大有斤两。这经书我说是你们偷的，就是你们偷的。便算不是你们偷的，也要着落在你们两个厮鸟身上，找出来还给大和尚。快快取了出来！若敢迟延，每个人先撕下一只耳朵再说。你们爱撕左边的还是右边的?”说着磨拳擦掌，便要上前动手。

潇湘子和尹克西暗皱眉头，心想这老儿武功奇高，说干就干，正自不知所措，忽听觉远说道：“周居士此言差矣！世事抬不过一个理字。这部《楞伽经》两位居士若是借了，便是借了，若是不借，便是不借。倘若两位居士当真没有借，定要胡赖于他，那便于理不当了。”

周伯通哈哈大笑，说道：“你们瞧这大和尚岂非莫名其妙?我帮他讨经，他反而替他们分辩，真正岂有此理。大和尚，我跟你说，我赖也要赖，不赖也要赖。这经书倘若他们当真没偷，我便押着他们即日启程，到少林寺中去偷上一偷。总而言之，偷即是偷，不偷亦偷。昨日不偷，今日必偷；今日已偷，明日再偷。”

觉远连连点头，说道：“周居士此言颇合禅理。佛家称色即是空，空即是色，色空之际，原不必强求分界。所谓‘偷书’，言之不雅，不如称之为‘不告而借’。两位居士只须起了不告而借之心，纵然并未真的不告而借，那也是不告而借了。”

众人听他二人一个迂腐，一个歪缠，当真是各有千秋，心想如此论将下去，不知何时方休。杨过截断周伯通的话头，对尹潇二人说道：“你二人帮着蒙古来侵我疆土，害我百姓，早已死有余辜。今日一灯大师和觉远大师两位高僧在此，我若出手毙了你们，两位高僧定觉不忍。我指点两条路，由你们自择，一条路是乖乖交出经书，从此不许再履中土。另一条路是每人接我一掌，死活凭你们的运气。”

尹、潇面面相觑，不敢接话。他二人都在杨过手下吃过大苦头，心知虽只一掌，却是万万经受不起。尹克西心想：“只须挨过了今日，自后练成武功，再来报仇雪耻。众人之中，只有觉远和尚最好说话，欲脱此难，只有着落在他身上。”说道：“杨大侠，你我之事，咱们以后再说。你武功远胜于我，在下是不敢得罪你的。至于有没有借了经书，还是让觉远大师跟咱们两个细细分说，这件事可没碍着你杨大侠啊？”

杨过尚未回答，觉远已连连点头，说道：“不错，不错，尹居士此言有理。”杨过摇头苦笑，一回首，只见张君宝目光炯炯，跃跃欲动。杨过向他使个眼色，命他径自挺身而出，自己当可为他撑腰。

张君宝会意，大声道：“尹居士，那日我在廊下读经，你悄悄走到我的身后，伸指点了我穴道，便把那四卷《楞伽经》取了去。此事可有没有？”尹克西摇头道：“倘若我要借书，尽管开言便是，谅小师父无有不允，又何必点你穴道？”

觉远点头道：“嗯，嗯，倒也说得是。”张君宝道：“两位既说没有借，可敢让我在身上搜上一搜么？”觉远道：“搜人身体，似觉过于无礼。但此事是非难明，两位居士是否另有善策，以释我疑？”

尹克西正欲狡辩饰非，杨过抢着道：“觉远大师，谅这两个奸徒决不会当真潜心佛学，这四卷《楞伽经》中，可有什么特异之处？”

觉远微一沉吟，道：“出家人不打诳语，杨居士既然垂询，小僧直说便是。这部《楞伽经》中的夹缝之中，另有达摩祖师亲手书写的一部经书，称为《九阳真经》。”

此言一出，众人矍然而惊。当年武学之士为了争夺《九阴真经》，闹到辗转杀戮，流血天下，最后五大高手聚集华山论剑，这部经书终于为武功最强的王重阳所得。此后黄药师尽逐门下弟子、周伯通被囚桃花岛、欧阳锋心神错乱、段皇爷出家为僧，种种事故皆和《九阴真经》有关，哪想到除了《九阴真经》之外，达摩祖师还著有一部《九阳真经》。这经书的名字人人都是第一次听见，但《九阴真经》的名头实在太响，黄药师、周伯通、郭靖、黄蓉、杨过、小龙女皆曾先后研习，少林寺的武功为达摩祖师所传，他手写的经书自然非同小可，是以一听之下，登时群情耸动。

觉远并没察觉众人讶异，又道："小僧职司监管藏经阁，阁中经书自是每部都要看上一看。想那佛经中所记，尽是先觉的至理名言，小僧无不深信，看到这《九阳真经》中记着许多强身健体、易筋洗髓的法门，小僧便一一照做，数十年来，勤习不懈，倒也百病不生，近几年来又拣着容易的教了一些给君宝。那《九阳真经》只不过教人保养有色有相之身，这臭皮囊原来也没什么要紧，经书虽是达摩祖师所著，终究是皮相小道之学，失去倒也罢了。但《楞伽经》却是佛家大典，两位居士又不懂天竺文字，借去也无用处，还不如赐还小僧了罢。"

杨过暗自骇异："他已学成了武学中上乘的功夫，原来自己居然并不知晓，还道只是强身健体、百病不生而已。如此奇事，武林中从所未有。我若非亲眼见他这般拘谨守礼，必说他故意装腔作势、深藏不露。难怪天鸣、无色、无相诸禅师和他同寺共居数十年，竟不知侪辈中有此异人。"

一灯大师却暗暗点头，心道："这位师兄说《九阳真经》只不过是皮相小道，果已深悟佛理。禅宗之学，在求明心见性，《九阳真经》讲的是武功，自是为他所不取了。"

尹克西拍了拍身子，笑道："在下四大皆空，身上哪有经书？"潇湘子也抖了抖长袍，说道："我也没有。"

张君宝突然喝道："我来搜！"上前伸手，便向尹克西胸口扭去。尹克西左手在他手腕上一带，右手在他肩头轻轻一推，啪的一声，将张君宝推出去，摔了个筋斗。

觉远叫道："啊哟，不对，君宝！你该当气沉于渊，力凝山根，瞧他是否推得你动?”张君宝爬起身来，应道：“是！师父。”纵身又向尹克西扑去。

众人早便不耐烦了，忽听觉远指点张君宝武艺，都是一乐，均想：“料不到这位君子和尚居然也会教徒弟打架。”

只见张君宝直窜而前，尹克西揪住他手臂，向前一推一送。张君宝依着师父平时所授的方法，气沉下盘，对手这么一推，他只是上身微晃，竟没给推动。尹克西吃了一惊，心想：“我对周伯通、郭靖、杨过一干人虽然忌惮，但这些人都是武林中顶儿尖儿的高手，除了这寥寥数人而外，我实已可纵横当世，岂知这小小孩童也奈何他不得?”当下加重劲力，向前疾推。张君宝运气和之相抗。哪知尹克西前推之力忽而消失，张君宝站立不定，扑地俯跌。尹克西伸手扶起，笑道：“小师父，不用行这大礼。”

张君宝满脸通红，回到觉远身旁道：“师父，还是不行。”觉远摇了摇头，说道：“他这是故示以虚，以无胜有。你运气之时，须得气还自我运，不必理外力从何方而来。你瞧这山峰。”说着一指西面的小峰，续道：“他自屹立，千古如是。大风从西来，暴雨自东至，这山峰既不退让，也不故意和之挺撞。”张君宝悟性甚高，听了这番话当即点头，道：“师父，我懂了，再去干过。”说着缓步走到尹克西身前。

杨过见他两次都是急扑过去，这一次听了觉远指点几句，登时脚步沉稳，心道：“他师徒想是修习《九阳真经》已久，是以功力深厚。但两人从没想到这部经书不但教人强身健体，还教人如何克敌制胜、护法伏魔，因之临敌打斗的诀窍，竟是半点不通。”

张君宝走到距尹克西身前四尺之处，伸出双手去扭他手臂。尹克西哈哈一笑，左手砰的一声，拍在张君宝胸前。他碍着大敌环伺在侧，不便出手伤人，这一拍只使了一成力，但求令张君宝吃痛，叫他不敢再行纠缠。张君宝全然不知闪避，只见敌人手掌在眼前一晃，已拍在自己胸口，叫道："师父，我挨打啦。"尹克西一掌击中，陡觉对方胸口生出一股弹力，将掌力撞了回来，幸亏自己这一掌劲力使得小，否则尚须遭殃。他跟着左手探出，抓住张君宝肩头，想提起他来摔他一交，哪知竟然提他不起。

尹克西这一来倒是甚为尴尬，连使几招擒拿手法，但均只推得张君宝东倒西歪，要将他摔倒却是不能，迫得无奈，当下连击数掌，笑道："小师父，我可不是跟你打架。君子动口不动手，你还是走开，咱们好好的讲理。"他每一掌都击在张君宝身上，掌力逐步加重，但张君宝体内每次都生出反力，他掌力增重，对方抵御之力也相应加强。

张君宝叫道："啊哟，师父，他打得我好痛，你快来帮手。"尹克西道："我这是迫于无奈，是你过来打我，可不是我过来打你。老师父，你要打我便请打好了，你于我有救命之恩，我是万万不敢还手的。"

觉远摇头晃脑的道："不错，尹居士此言有理……嗯，嗯，君宝，我帮手是不帮的，但你要记得，虚实须分清楚，一处有一处虚实，处处总此一虚实。你记得我说，气须鼓荡，神宜内敛，无使有缺陷处，无使有凹凸处，无使有断续处。"

张君宝自六七岁起在藏经阁中供奔走之役，那时觉远便将《九阳真经》中扎根基的功夫传授了他，只是两人均不知那是武学中最精湛的内功修为。少林僧众大都精于拳艺，但觉远觉得抡枪打拳不符佛家本旨，抑且非君子当所为，因此每见旁人练武，总是远而避之。直到此时张君宝迫得和尹克西动手，觉远才教他以抵御之法，但这也只是守护防身，并非攻击敌人。张君宝听了师父之言，心念一转，当下全身气脉流贯，虽不能如觉远所说"全身无缺陷处、无凹凸处、无断续处"，但不论尹克西如何掌击拳打，他已只感微微疼痛，并无大碍了。

饶是如此，尹张两人的功力终究相去不可以道里计，尹克西倘若当真使出杀手，自然立时便轻轻易易的杀了这少年，但他眼见杨过、小龙女、周伯通、郭靖等站在左近，哪里敢便下毒手？两人纠缠良久，张君宝固不能伸手到对方身边搜索，尹克西却也打他不倒。只瞧得杨过等众人暗暗好笑，潇湘子不住皱眉。

郭襄叫道："小兄弟，出手打他啊，怎么你只挨打不还手？"觉远忙道："不可，勿嗔勿恼，勿打勿骂！"郭襄叫道："你只管放手打去，打不过我便来帮你。"张君宝道："多谢姑娘！"挥拳向尹克西胸口打去。觉远摇首长叹："孽障，孽障，一动嗔怒，灵台便不能如明镜止水了。"

张君宝一拳打在尹克西胸口，他从来未练过拳术，这一拳打去只如常人打架一般，如何伤得了对方？尹克西哈哈大笑，心中却大感狼狈。他成名数十载，不论友敌，向来不敢轻视于他，岂知今日在众目睽睽之下，竟尔奈何不了一个孩童，下杀手伤他是有所不敢，想要提起他来远远摔出，却有所不能，一时好不尴尬，只能不轻不重的发掌往他身上打去，只盼他忍痛不住，就此退开。

那边厢觉远听得张君宝不住口的哇哇呼痛，也是不住口的求情叫饶："尹居士，你千万不可下重手伤了小徒的性命。这孩子人很聪明，良心好，知道我失了世代相传的经书，归寺必受方丈重责，这才跟你纠缠不清，你可万万不能当真……"他求了几句情，又禁不住出言指点张君宝："君宝，经中说道：要用意不用劲。随人所动，随屈就伸，挨何处，心要用在何处……"

张君宝大声应道："是！"见尹克西拳掌打向何处，心意便用到何处，果然以心使劲，敌人着拳之处便不如何疼痛。

尹克西叫道："小心了，我打你的头！"张君宝伸臂挡在脸前，精神专注，只待敌拳打到，哪料到尹克西虚晃一拳，左足飞出，砰的一声，踢了他一个筋斗。张君宝几个翻身，滚到杨过身前，这才站起。

觉远叫道："尹居士，你如何打诳语？说打他的头，叫他小心，却又伸脚踢他，这不是骗人上当么？"

众人听了都觉好笑，心想武学之道，原在实则虚之，虚则实之，虚虚实实，叫人捉摸不定，岂能怪人玩弄玄虚？

张君宝年纪虽小，心意却坚，揉了揉腿上被踢之处，叫道："不搜你身，终不罢休！"说着拔步又要上前。杨过伸手握住他手臂，说道："小兄弟，且慢！"

张君宝手臂被他拉住，登时半身酸麻，再也不能动弹，愕然回头。杨过低声道："你只挨打不还手，终是制他不住。我教你一招，你去打他，且瞧仔细了。"于是右手袖子在张君宝脸前一拂，左拳伸出，击到他胸前半尺之处，突然转弯，轻轻一下击在他的腰间，低声道："你师父教你：挨何处，心要用在何处。这句话最是要紧不过，你出拳打人，打何处，也是心要用在何处。你打他之时，心神贯注，便如你师父所言，要用意不用劲。"

张君宝大喜，记住了杨过所教的招数，走到尹克西身前，右手成掌，在他脸前一扬，跟着左拳平出，直击其胸。尹克西横臂一封，张君宝这一拳忽地转弯，啪的一声，击中在他胁下。尹克西受过他的拳击，本来打在他身上痛也不痛，因此虽见杨过授他招数，心下更没半点在意，暗想我便受你一百拳、二百拳，又有何碍？哪知这一拳只打得他痛入骨髓，全身颤动，险些弯下腰来。

他不知张君宝练了《九阳真经》中的基本功夫，真力充沛，已是非同小可，只不过向来不会使用，这时分别得到觉远和杨过的指点，懂得了用意不用劲之法，那便如宝剑出匣，利锥脱囊，威力大不相同。尹克西又惊又怒，眼见张君宝右手一扬，左拳又是依样葫芦的击来胸口，知他跟着便弯击自己胁下，于是反手一抄他的手腕，右手砰的一掌，将张君宝击出数丈之外。

张君宝内力虽强，于临敌拆解之道却一窍不通，如何能是尹克西之敌？这一下额头撞在岩石之上，登时鲜血长流。他却毫不气馁，伸袖抹了抹额上鲜血，走到杨过身前，跪下磕了个头，道："杨居士，求你再教我一招。"

杨过心道："我若再当面教招，那尹克西瞧在眼内，定有防备。这便无用。"于是在他耳边低声说道："这一次我连教你三招。第一招左右互调，我使左手时，实则是该使右手，我出右袖时，你打他时须用左拳。"张君宝点头答应。杨过当下教了他一招"推心置腹"。张君宝跟着他出拳推掌，心中却记着左右互调。

杨过道："第二招我左便左，我右便右，不用调了。"这一招叫作"四通八达"，拳势大开大阖，甚具威力，张君宝试了两遍便记住了。

杨过又低声道："第三招'鹿死谁手'，却是前后对调，这一招最难，部位不可弄错。你不会认穴，那也无妨，待会我在他背心上做个记号，你用指节牢牢按在这记号之上，那便制住他了。"当下错步转身，左回右旋，猛地里左手成虎爪之形，中指的指节按在张君宝胸口，低声道："这一招全凭步法取胜，你记得么？"张君宝点头道："记得！"把这三招在心中默想一遍，走向尹克西身前。

当杨过教招之时，尹克西看得清清楚楚，心想："这三招果然精妙，倘若你杨过突然对我施招，我倒也不易抵挡，但既这般当面演过，又是这个不会半分武术的小娃娃来出手，我若再对付不了，除非尹克西是蠢牛木马。杨过啊杨过，你可也太小觑人了。"他气恼之下，也没加深思，眼见张君宝走近，不待他出招，一拳便击中了他的肩头。

张君宝生怕错乱了杨过所教的招数，眼见拳来，更不抵御闪避，咬牙强忍。尹克西这一拳是先打他个下马威，出拳用了五成力道，只打得他肩头骨骼格格声响。张君宝"啊哟"一声，跟着右掌左拳，使出了第一招“推心置腹”。

当杨过传授张君宝拳法时，尹克西瞧得明白，早便想好了应付之策，准拟一招便摔得他头破血流，决不容他再施展第二招、第三招。哪知张君宝这招“推心置腹”使出来时方位左右互调，和杨过所传截然不同。尹克西左肘横推，料得便可挡开他右手的一掌，不料手肘竟推了个空，砰的一声，结结实实的吃了一拳，跟着自己右手又抓了个空，小腹上再中一掌，但觉得内脏翻动，全身冷汗直冒，这两下受得实是不轻。他若非自作聪明，只须待敌招之到再行拆招，那么张君宝所学拳法虽然神妙，以他此时功力，总不能出招如电，尹克西尽可从容化解，便算中了一拳，第二掌也必能避开。

张君宝一招得手，精神大振，踏上一步，使出第二招“四通八达”来。这一招拳法虽只一招，却是包着东南西北四方，休、生、伤、杜、死、景、惊、开八门。尹克西胸腹间疼痛未止，眼见这少年身形飘忽，又攻了过来，他适才吃了大亏，已悟到原来杨过所授的拳法须得左右互调，只道这第二招仍是应左则右，应右则左，眼见那少年这招出手极快，当下制敌机先，抢到左方，发掌便打。岂知这一招的方位却并不调换，尹克西料敌一错，又是缚手缚脚，出招全都落在空处，霎时间只听得劈拍声响，左肩、右腿、前胸、后背，一齐中掌。总算张君宝打得快了之后内力不易使出，尹克西所中这四掌还不如何疼痛，只是累得他手忙脚乱，十分狼狈。

觉远心头一凛，叫道：“尹居士，这一下你可错了。要知道前后左右，全无定向，后发制人，先发者制于人啊。”

杨过心道：“这位大师的说话深通拳术妙理，委实是非同小可，这几句话倒使我受益不浅。‘后发制人，先发者制于人’之理，我以往只是模模糊糊的悟到，从没想得这般清楚。只是他徒弟和别人打架，他反而出言指点对方，也可算得是奇闻。”转念又想：“凭那尹克西的修为，便是细细的苦思三年五载，也不能懂得他这几句话的道理。”

尹克西听了觉远的话，哪想到他是情不自禁的吐露了上乘武学的诀窍，只道他是故意胡言乱语，扰乱自己心神，喝道：“贼秃，放什么屁！哎哟……”这“哎哟”一声，却是左腿上又中了张君宝的一脚。他狂怒之下，双掌高举，拼着再受对方打中一拳，运上了十成力，从半空中直压下来。

张君宝第三招尚未使出，月光下但见敌人须髯戟张，一股沉重如山的掌力直压到顶门，叫声：“不好！”待要后跃逃避，全身已在他掌力笼罩之下。

觉远叫道：“君宝，我劲接彼劲，曲中求直，借力打人，须用四两拨千斤之法。”

觉远所说的这几句话，确是《九阳真经》中所载拳学的精义，但可惜说得未免太迟了些，事到临头，张君宝便是聪明绝顶，也决不能立时领悟，用以化解敌人的掌力。这时他被尹克西的掌力压得气也透不过来，脑海中空空洞洞，全身犹似堕入了冰窖。

尹克西连遭挫败，这一掌已出全力，存心要将这纠缠不休的少年毁于掌底，纵然杨过等人放不过自己，那也顾不了许多，总之是胜于受这无名少年的屈辱。眼见便可得手，忽听得嗤的一声轻响，一粒小石子横里向左颊飞来，石子虽小，劲力却大得异乎寻常。尹克西无可奈何，只得退了一步避开。

这粒小石子正是杨过用“弹指神通”的功夫发出，他弹出石子之前，手中已先摘了几朵鲜花，捏碎了团成个小球，石子飞出，跟着又弹出那个花瓣小球，石子射向尹克西的左颊，那花瓣小球却在他背后平飞掠过。尹克西受石子所逼，退了一步，正好将自己项颈下的“大椎穴”撞到了花球之上。

倘若杨过将花球对准了这穴道弹出，花球虽轻，亦必挟有劲风，尹克西自会挡架闪避，但这时他自行将穴道撞将过去，竟是丝毫不觉，只是浅灰的衣衫之上，被花瓣的汁水清清楚楚的留下了一个红印。

尹克西这一退，张君宝身上所受的重压登时消失，他当即向西错步，使出了杨过所授的第三招“鹿死谁手”。

尹克西一呆，寻思：“第一招他左右方位互调，第二招忽然又不调了，这一招我不可鲁莽，且看明白了他拳势来处，再谋对策。”他这番计较原本不错，只可惜事先早落杨过的算中。杨过传授这一招之时，已料到他必定迟疑，但时机一纵即逝，这招“鹿死谁手”东奔西走，着着抢先，古语云：“秦失其鹿，天下共逐之”，岂是犹豫得的？

张君宝左一回右一旋，已转到了敌人身后，其时月光西斜，照在尹克西背上，只见他项颈下衣衫上正有一个指头大的红印。张君宝心想：“这位杨居士神通广大，也没见他过来，怎地果然在他背后作了记号？”当下不及细思，左手指节成虎爪之形，意传真气，按在这红印之上。这“大椎穴”非同小可，乃手足三阳督脉之会，在项骨后三节下的第一椎骨上。人身有二十四椎骨，古医经中称为应二十四节气，“大椎穴”乃第一节气。尹克西“大椎穴”被内劲按住，一阵酸麻，手脚俱软，登时委顿在地。

旁观众人除了潇湘子外，个个大声喝采。

张君宝见敌人已无可抗拒，叫声：“得罪！”伸手便往他身上里里外外搜了一遍，却哪里有《楞伽经》的影踪？

张君宝抬起头来瞧着潇湘子。潇湘子已知其意，心想自己的武功和尹克西在伯仲之间，尹克西既已在这少年手底受辱，自己又怎讨得了好去？当下在长袍外拍了几下，说道：“我身上并无经书，咱们后会有期。”猛地里纵起身子，往西南角上便奔。

觉远袍袖一拂，挡在他的面前。潇湘子恶念陡起，吸一口气，将他深山苦练的内劲全都运在双掌之上，挟着一股冷森森的阴风，直扑觉远胸口。

杨过、周伯通、一灯、郭靖四人齐声大叫："小心了！"但听得砰的一响，觉远已然胸口中掌，各人心中正叫："不妙！"却见潇湘子便似风筝断线般飘出数丈，跌在地下，缩成一团，竟尔昏晕了过去。原来觉远不会武功，潇湘子双掌打到他身上，他既不能挡，又不会避，只有无可奈何的挨打，可是他修习《九阳真经》已有大成，体内真气流转，敌弱便弱，敌强愈强。那掌力击在他身上，尽数反弹了出来，变成潇湘子以毕生功力击在自己身上，如何不受重伤？

众人又惊又喜，齐口称誉觉远的内力了得。但觉远茫然不解，口说："阿弥陀佛，阿弥陀佛。"张君宝俯身到潇湘子身边一搜，也无经书。

杨过道："适才我听这两个奸徒说话，那经书定是他们盗了去的，只不知藏在何处。"武修文道："咱们来用一点儿刑罚，瞧他们说是不说。"觉远道："罪过罪过，千万使不得。"黄蓉道："这些亡命之徒，便是斩去了他一手一足，他也决计不肯说，刑罚是没有用的。"

便在此时，忽听得西边山坡上传来阵阵猿啼之声。众人转头望去，见杨过那头神雕正赶着一头苍猿，伸翅击打。那苍猿躯体甚大，但畏惧神雕猛恶，不敢与斗，只是东逃西窜，啾啾哀鸣。郭襄看得可怜，奔了过去，叫道："雕大哥，就饶了这猿儿罢。"神雕收翅凝立，神情傲然。

尹克西站起身来，扶起了潇湘子，向苍猿招了招手。那苍猿奔到他身边，竟似是他养驯了的一般。两人夹着一猿，脚步蹒跚，慢慢走下山去。众人见了这等情景，心下恻然生悯，也没再想到去跟他二人为难。

郭襄回头过来，见张君宝头上伤口中兀自汩汩流血，于是从怀中取出手帕，替他包扎。张君宝好生感激，欲待出言道谢，却见郭襄眼中泪光莹莹，心下大是奇怪，不知她为什么伤心，道谢的言辞竟此便说不出口。

却听得杨过朗声说道："今番良晤，豪兴不浅，他日江湖相逢，再当杯酒言欢。咱们就此别过。"说着袍袖一拂，携着小龙女之手，与神雕并肩下山。

其时明月在天，清风吹叶，树巅乌鸦啊啊而鸣，郭襄再也忍耐不住，泪珠夺眶而出。正是：

"秋风清，秋月明，落叶聚还散，寒鸦栖复惊。相思相见知何日，此时此夜难为情。"

（全书完。郭襄、张君宝、觉远、《九阳真经》等事迹，在《倚天屠龙记》中续有叙述。）

后　记

《神雕侠侣》的第一段于一九五九年五月二十日在《明报》创刊号上发表。这部小说约刊载了三年，也就是写了三年。这三年是《明报》最初创办的最艰苦阶段。重行修改的时候，几乎在每一段的故事之中，都想到了当年和几位同事共同辛劳的情景。

《神雕》企图通过杨过这个角色，抒写世间礼法习俗对人心灵和行为的拘束。礼法习俗都是暂时性的，但当其存在之时，却有巨大的社会力量。师生不能结婚的观念，在现代人心目中当然根本不存在，然而在郭靖、杨过时代却是天经地义。然则我们今日认为天经地义的许许多多规矩习俗，数百年后是不是也大有可能被人认为毫无意义呢？

道德规范、行为准则、风俗习惯等等社会性的行为模式，经常随着时代而改变，然而人的性格和感情，变动却十分缓慢。三千年前《诗经》中的欢悦、哀伤、怀念、悲苦，与今日人们的感情仍是并无重大分别。我个人始终觉得，在小说中，人的性格和感情，比社会意义具有更大的重要性。郭靖说“为国为民，侠之大者”，这句话在今日仍有重大的积极意义。但我深信将来国家的界限一定会消灭，那时候“爱国”、“抗敌”等等观念就没有多大意义了。然而父母子女兄弟间的亲情、纯真的友谊、爱情、正义感、仁善、勇于助人、为社会献身等等感情与品德，相信今后还是长期的为人们所赞美，这似乎不是任何政治理论、经济制度、社会改革、宗教信仰等所能代替的。

武侠小说的故事不免有过份的离奇和巧合。我一直希望做到，武功可以事实上不可能，人的性格总应当是可能的。杨过和小龙女一离一合，其事甚奇，似乎归于天意和巧合，其实却须归因于两人本身的性格。两人若非钟情如此之深，决不会一一跃入谷中；小龙女若非天性淡泊，决难在谷底长时独居；杨过如不是生具至性，也定然不会十六年如一日，至死不悔。当然，倘若谷底并非水潭而系山石，则两人跃下后粉身碎骨，终于还是同穴而葬。世事遇合变幻，穷通成败，虽有关机缘气运，自有幸与不幸之别，但归根结底，总是由各人本来性格而定。

神雕这种怪鸟，现实世界中是没有的。非洲马达加斯加岛有一种“象鸟”(Aepyornis titan)，身高十呎余，体重一千余磅，是世上最大的鸟类，在公元一六六〇年前后绝种。象鸟腿极粗，身体太重，不能飞翔。象鸟蛋比鸵鸟蛋大六倍。我在纽约博物馆中见过象鸟蛋的化石，比一张小茶几的几面还大些。但这种鸟类相信智力一定甚低。

《神雕侠侣》修订本的改动并不很大，主要是修补了原作中的一些漏洞。

一九七六年五月